靖江活宝卷文库

香球记

刘正坤◇编著

苏州新闻出版集团
古吴轩出版社

图书在版编目（CIP）数据

香球记 / 刘正坤编著. -- 苏州 : 古吴轩出版社,
2023.10
（靖江活宝卷文库）
ISBN 978-7-5546-2219-3

Ⅰ. ①香… Ⅱ. ①刘… Ⅲ. ①宝卷(文学)－作品集－
靖江 Ⅳ. ①I276.6

中国国家版本馆CIP数据核字(2023)第200719号

责任编辑：李　倩
封面设计：吴　静
责任校对：黄菲菲
责任照排：江苏光明印刷有限公司

书　　名：靖江活宝卷文库·香球记
编　　著：刘正坤
出版发行：苏州新闻出版集团
古吴轩出版社
地址：苏州市八达街118号苏州新闻大厦30F
电话：0512-65233679　　　　邮编：215123
出 版 人：王乐飞
印　　刷：江苏光明印刷有限公司
开　　本：787mm×1092mm　1/16
印　　张：65.75
字　　数：1211千字
版　　次：2023年10月第1版
印　　次：2023年10月第1次印刷
书　　号：ISBN 978-7-5546-2219-3
定　　价：168.00元(全二册)

编委会

序言

靖江市非遗保护中心

中国靖江宝卷,是国家级非物质文化遗产项目。

讲经宝卷的起源久远,可以肯定地说,至少在明代中期,靖江做会讲经就已经很普遍了。

这样一种源远流长的民间艺术自然从那时期起就一代一代不断地传承下来,在传承中变化,在变化中发展,一直流传到今天,成为国家级非物质文化遗产。由于民间艺术缺乏文字的记载,我们今天只能通过有限的史料和对宝卷文本的解读去推测它的历史,没有完整的谱系,我们今天能找到的资料,最早不过清末,从宝卷传承谱系种可以看到,靖江讲经的佛头,传承最久的只有四代。如刘正坤大师高中毕业后拜袁戈生师傅为师, 袁戈生是新中国成立前跟随讲经师傅季汉生学艺,再往上师承情况就不详了,但可以肯定地说,他们的宝卷讲唱都是一代一代由师傅口耳相传下来的。

正是一代一代的口耳相传,许多历史的记忆,包括民间传说、民间习俗,方言俗语等,就是这样得到继承的,我很感兴趣的靖江宝卷中的"史料"虽然不是信史,方言中的一些人名、地名、俗语,可以帮助人们判断宝卷产生的时代。

1983 年, 刘正坤大师跟随靖江著名讲经艺人袁戈生学徒, 由于他虚心好学,会讲唱全部圣卷、草卷 90 余部,熟悉全部科仪卷仪式。2006 年开始,他先后多次受靖江市委宣传部、靖江市广播电视台邀请,录制《靖江讲经》节目,《五虎本西》《八美图》《和合记》《香莲帕》《地藏卷》《文武香球》《狸猫换太子》《儒释争雄传》《城隍宝卷》《薛仁贵征东》共 10 部宝卷,共 252 集,120 多小时,在电视台反复播放，得到靖江市广大市民的一致好评，并制成 DVD 光盘公开发行。先后参加中央电视台在季市古镇拍摄的微电影《味寻天下》，江苏电视台在孤山镇拍摄的《寻找年味》活动，并现场讲唱宝卷。2014 年出版《玉蝉女十二美》，该书约 75 万字，在 2016 年获评"泰州市第十届哲学社会科学优秀成果"一等奖，2018 年获评江苏省乡土人才"三带"新秀。

1979 年，刘正坤大师高中毕业后，学了木工。他自己心里也明镜似的清楚，学点技术何等不易。做木匠为了吃饭，但学讲经才是他的爱好和心愿。他思前想后，还是改换门庭，师从袁戈生学了佛头。

毕竟他文化水平高，功底深厚，二十岁登台演讲，很快便声名鹊起。值得称道的是，刘正坤有自己的艺术追求。他认为佛头得爱憎分明，敢爱敢恨，善于用情感和技艺感染听众。喜，能让听众开怀大笑；悲，要让听众唏嘘落泪。

刘正坤在近 40 年的讲经生活中，培养了好多弟子，如戴汝荣、朱灿林、倪小彬、朱晓明、黄灿生、张进、王宏兴、卞继华等。现在他们均能独立登台演讲靖江宝卷，其中卞继华又带了两名徒弟，王宏兴又带了一名徒弟，这些弟子都经师傅们口传心授。靖江宝卷的传承真是后继有人。

刘正坤大师的宝卷，由于学有所本，较好地保存了靖江宝卷的"层叠累积"的时代痕迹。即各个时代的人在演讲时留下的时代特有的痕迹。如宝卷中讲"十三省""开南考"都是明代的遗留。一个有文化，口才好的人，从书本中改编故事讲经，可能讲得很好，但会把时代的痕迹完全抹掉。他讲的只能是说唱艺术，是自己的创作，不能算非物质文化遗产了，所以非物质文化遗产的代表性传承人一定要是上有师承，下能传授，是传承谱系中的连接前代和后人的一个纽带，而不是完全是自学成才者。

每个好的讲经者，都会既保存前人的优点，同时又有自己的时代的特点，总而言之，"艺海无涯"，刘正坤大师及其弟子将会继续求新求变……

如今的刘正坤，有瞬间入戏的功夫，讲唱技巧炉火纯青，声音柔和顺畅，表情丰富动人，声调随情节的变化高低起伏，面目随情节的发展从喜变忧。他的这一身技艺是在多年的不断变化求新的过程中磨炼而成的。

读刘大师的宝卷，随着情节变化时常会想起他的表情、动作与声调的变化，这就是一个优秀民间艺人的感染力。我们觉得更值得说的是，他改编的宝卷，虽然有不同的题材的文学作品，如小说、戏曲、评书，但经过靖江讲经艺人的演唱，实际上就是进行第二次的创作，情节上仍大体相似，但细节上确有很大不同，里面融入了讲唱者丰富的生活经验和阅历，融入了演讲者的方言词汇，融入了靖江的民风民俗，这就赋予了表演新的意义，使其变成了富有浓郁的地方特色的靖江宝卷。

作 者 简 介

刘正坤，江苏靖江人。1963 年出生，高中文化。1983 年成为靖江著名宝卷讲唱艺人袁戈生学徒。由于他虚心好学，博采众长，在近 40 年的实践中，逐渐形成了独有的讲唱风格，先后多次在靖江电视台讲唱宝卷 14 部，向全市播放，并制成 DVD 光盘公开发行。多次接待专程来靖考察宝卷的国内外专家学者，先后应邀参加江苏昆山锦溪“苏浙沪千年宝卷讲唱交流活动”、甘肃临泽“丝绸之路视野下的民间宝卷学术研讨会”、江苏靖江举办的“中国宝卷生态化保护与传承交流研讨会”和“中国说唱文学暨靖江宝卷研讨会”，均现场讲唱宝卷，都获优秀表演奖；两次参加泰州市百姓名嘴演讲大赛并获奖；两次应邀至南京艺术学院，为该院校师生讲唱靖江宝卷，开创了靖江宝卷文化荣登大学殿堂之先河；先后参加中央电视台在季市古镇拍摄的微电影《味寻天下》，江苏电视台在孤山镇拍摄的《寻找年味》活动，并现场讲唱宝卷。2014 年出版《玉蝉女十二美》，该书约 75 万字，在 2016 年获评“泰州市第十届哲学社会科学优秀成果”一等奖。2018 年获评江苏省乡土人才“三带”新秀。

近 40 年来，他先后带徒 14 人，能讲唱宝卷 90 余部。现为江苏省省级非物质文化遗产代表性传承人、江苏省民间文艺家协会会员、泰州市民间文艺家协会理事、泰州市作家协会会员，靖江市著名讲经艺术家。

凡　例

一、圣卷、草卷以内容区分。圣卷又名正卷，主要是讲民间信仰的各种神仙、菩萨修道成仙成圣的故事；草卷又名小卷，虽也有一些神仙菩萨，但主要内容是讲民间传说的历史、人物故事。

二、靖江宝卷是以韵白相间的形式讲唱的。在本书正文中，说白部分一般用宋体字排，唱词部分一般用楷体字排，以示区别。

三、靖江讲经宝卷从明清至今，口头传承，层递累积，既有历史上遗留下来的方言词汇口语，也有当前的一些方言词语，有着鲜明的时代烙印，故一般不予改动，俾更多地保留讲经宝卷原文。

四、书中的方言词汇对于外地读者不容易理解，编者尽量追溯语源，找出其本字。少数方言词汇没有适当的字，以音同义近的字词替代。书稿中的方言如宁（人）、瓜（家）、现（像）等均用其方言字，本书中不再一一标注。书稿中一些异体字或繁体字因在靖江方言中有其特殊意义，因此在书稿中予以保留。

五、讲经宝卷系民间讲唱文学，宝卷中的时代、地名、事件及称谓不尽准确，除了明显的错误外，一般亦不予改动。又宝卷中常引用四书五经上的成句，或断章取义，凑句乘韵，因系讲经艺人的习惯遗留，亦保留原貌，识者谅之。

目　录

圣　卷

草　卷

圣　卷

雪山宝卷

法东流，人世间，万佛喜，鬼人愁。——圣谕

佛在西天法东流，阳光普照人世间，
太子出家万佛喜，无生说法鬼人愁。
山外青山楼外楼，多少欢乐多少愁，
多少高楼饮美酒，多少流落在外头。
今日不知明日事，枉着闲气一场空。
西方路上一条街，两个孩童笑起来，
问你孩童笑什么，父母修道坐莲台。
西方路上一对鹅，口衔青草念弥陀，
畜生晓得修办道，人不修道为如何。
天也空来地也空，人生渺渺在其中，
万贯家财有何用，死后不能带手中。
吃吃素来修修道，报报父母养育恩，
免免生死轮回苦，修修来世好收成。
阿弥陀佛天天念，只要功夫不要钱，
场面看看没好处，地府罪孽要少点。
阿弥陀佛是把刀，劈破乾坤几千遭，
钢刀割断缠身索，跳出苦海更逍遥。
收留闲文归经典，开宣宝卷劝善人，
拜请雪山宝卷初展开，拜请忍辱仙人降临来。

宝卷初展开，礼拜佛如来，
树从根上起，花从叶里开。
宝卷初开启，香云透大天，
大众同念佛，福寿广无边。
经也开来卷也开，香花灯烛供经台，
大家聆听佛祖卷，能消八难免三灾。
佛在灵山莫远求，灵山就在你心头，
人人有座灵山塔，天如及早塔下修。
开开卷来阵阵响，老少福寿广无边。

说者雪山宝卷，是一部劝善，小弟子今日开读，总要讲到有头有尾，有始有终，喜怒哀乐，悲欢离合。物有本末，事有始终，要讲到修道得道，了道成圣，送他登山显圣，方成宝卷，才能算是一部完整的劝善宝卷。

先讲那朝皇登位，那省州府出贤人。

经典盖板之上，注有昔日二字。昔者远也，日是今日，远年经典，今日所讲，远朝近还，要还朝代，确然不难。

昔年昔月周朝初年静万大王登龙位。

山河一统治乾坤。

静万大王登殿，真正像样，文有忠良，武有能将，四海升平，八方太平，刀枪入库，马放南山。

老兵回家种田地，少兵另找它营生。
四海渔翁献活宝，高山猎户送麒麟。
龙庭日日生紫雾，凤国朝朝结彩裙。
皇皇多有道，端坐九龙庭。
八方都清净，处处罢刀兵。
三阳初开泰，六合正同春。
风调并雨顺，五谷贺丰登。
国正天心顺，官清民乐安。
妻贤夫过少，子孝父心宽。
静万大皇列为英明，五更鼓打端坐龙庭。
父慈子孝弟兄恭敬，家家福禄户户康宁。

万民齐喝彩，称赞有道君。

皇皇有道讲不尽，山清水秀出贤人。

众位，我们听经皆多，闻经皆广，耳闻贤人出世，不如出在何方数块。要说出在边邦外国，人生嘞三头六臂，和我华严国做对，算不上贤人；要说出生荒山野地，独霸一方，自立为皇，拦挡短路，扰乱江山，称孤道寡，更算不上贤人。

该应我主江山稳，华严国内出贤人。

贤人不出在州府县，出在皇皇紫金城。

不是张三其别个，静万大皇坐龙庭。

众位善人一听，就不大相信，为底高？因为静万大皇是华严国一国之主，有道明君，怎称得上宝卷的贤人？因为静万大王，同缘正宫娘娘，摩耶夫人，未有生育，三十六宫，宫宫皆空，七十二妃，不曾有太子登基。那一天早朝，万岁端坐八宝金殿。

文听钟声见朝驾，武听鼓响拜明君。

文官爬上金銮殿，武官站到牡丹亭。

文武百官都来朝驾，有左殿臣相陈琳，带儿子上殿。万岁一望："陈爱卿，这小孩是谁家的？"

"启奏万岁，这小犬是我家的。"

"爱卿，金殿乃文武百官见驾商议国家大事的地方，你怎好把小孩子带到这里来？"

陈琳闻听这一声，止不住腮边泪纷纷："万岁啊，因为他家母亲丧残生，无人照看他当身。"

万岁睁龙目观看，这孩子底高腔调？天庭饱满，地阁方圆，虎背熊腰，鼻直口方，眉清目秀，唇若涂朱，两耳垂肩，一表人才。

万岁看看龙心悦，如同拾到宝和珍："陈爱卿，我孤家登基数年，男花女花未有生育，不如将你的儿子送给我，等他长大成人。"

"万里江山交把他，传接孤家后代根。"

陈琳一听，浑身松劲，心上就想：我家夫人已亡故，又不可能再有生养，假使我把儿子送把万岁，那我不就绝下代了？陈琳赶忙启奏："万岁，非是微臣不肯，只因我夫人临终前，千叮咛、万嘱咐，陈家就这一点骨肉，哪怕吃尽千辛万苦，也要将他抚养长大成人，继承陈家香火。"

万岁啊,我哪怕咬口生姜喝口醋,慢慢抚养他长成人。
万岁听见这一声,止不住腮边泪纷纷,
喊一声可怜了。
这就叫君不如臣,臣子家也有香烟后。
孤家怎没得后代根。
可怜了,山上没得千年木,
世上少逢百岁人。
等到老龙归沧海,
江山交把哪当身。
万里江山有何用,没得太子后代根。

陈琳说:“万岁,你不必伤心难过,实际上,要太子也便当够,我听人家说的。

欲享儿孙福,须舍世间财。
为人多积德,子女天送来。
前世修来福,今生享荣华。
今世再积德,锦上又添花。
万岁啊,一国之主做好事,就有太子后代根。

“爱卿,我一国之主,做底高好事,万岁,现在老百姓,钱粮国课委该重,实在交不动,要望你万岁做好事,监牢里犯罪,有的关关几十年,是上有老下有小,夫妻难得团圆,父母难得见面,实在可怜,要望你万岁赦免。”

万岁闻听这一声,点滴不错半毫分。

万岁出赦旨一道,将监牢里的罪犯,死罪赦成活罪,重罪赦成轻罪。轻罪赦成无罪,放他们回去。

监牢罪犯赦三等,钱粮国课减三分。

又颁发圣旨到全国各地,凡是疯瘫拐脚,耳聋眼瞎,四肢不全的,生活不能自理的,统统国家照顾。

不提万岁做好事,经中另表一段情。

那一日,燃灯古佛在菩提场中圣真殿内,聚集十方三界诸佛菩萨,演说妙法。

皈依十方一切佛,佛法无边度众生。
皈依十方一切法,法轮常转度众生。
皈依十方一切僧,僧家说法度众生。

燃灯古佛说，我要将因果妙法。传授，不晓果有那个喜欢，唯有无着和天亲二位菩萨说，佛爷，我们今朝前来听闻佛法的，都是诚心诚意，吃苦修行的，请佛爷，世尊随心传授。古佛说："今日在会弟子，如有人献上优钵罗花的，我先传授给他。"语言末了，有何直国的太子，名叫忍辱，听见古佛说，哪献上优钵罗花，就将因果佛法先传授给他，心中就想：我家花园中，开放金花七朵，可宝就是优钵罗花，倒是青枝绿叶，不如待我家去采来献给古佛。

忍辱仙人站起身，将身来到花园门。
采了金灯花七朵，将花献上佛世尊
古佛看见呵呵笑，忍辱弟子听分明。

"忍辱弟子，这花不是优钵罗花，这花叫金灯花，你摘错了。"忍辱说："古佛，既然如此，这个花我找不到。""忍辱弟子，你真心诚意，要献优钵罗花给我的。这花在这里是找不到的，你要到人间去，遍游东南西北四城门，方遇到优钵罗花，但你不得贪小便宜，更不能痴心妄想，要用银子问人家买。"

忍辱一听，浑身来劲，随手拿宝贝摩尼珠一粒。

仙风阵阵就动身，哪肯耽搁下凡尘。

忍辱一阵仙风，下了虚空，来到凡间一看，真是花花世界，朗朗乾坤。看见：

一本万利是典当，二龙戏珠是钱庄。
三阳开泰南货店，四季时鲜水果行。
五颜六色绸线店，六谷囤积是粮仓。
七星宝剑军器店，八卦灯笼是混堂。
九江运来瓷器碗，十字街上卖茶坊。
忍辱仙人进城中，看见酒店门口盅碰盅，
饭店门口卖葫葱，混堂门口挂灯笼。
来了一般小弟兄，你洗澡来我会东，
敨敨鸾带拍拍胸，今朝洗澡不伤风。
忍辱仙人进坊中，看见银匠师傅口吹风，
皮匠师傅口衔棕，木匠店里轻轻空，
铁匠店里叮叮咚，石灰店里雪雪白。
乌煤店里暗通通。
忍辱仙人进城中，看见一个年老翁，

头么朝前冚，背么朝后弓，
前间好躲雨，后面好栽葱，
嘴里打格响号子走，卖格韭菜共葫葱。
忍辱仙人忙动身，东门到了面前存。
忍辱仙人到东门，看见一位女佳人，
手中拿了花七朵，小姐连喊两三声。

忍辱仙人来到东门，看见一位绝体面的小姐。这小姐底高腔调，人不高不矮，个子不细不大，瓜子长罗脸，越看越体面。

又不高，又不矮，真正好看。
又不胖，又不瘦，美貌千金。
胜过那，三国里，貂蝉女子。
更比那，杨贵妃，胜过三分。

这小姐手里拿了七朵鲜花，忍辱追上去就问："请问小姐，你手里拿的是底高花？""官人，我这花叫优钵罗花。"

忍辱听见这一声，心中欢乐八九分。

"小姐，你这花果卖？""不卖，为底高？"官人啊："千两黄金花不卖，情愿送把有缘人。"

"小姐，你拿这优钵罗花送把我。""为底高？""我和你有缘。""有底高缘？""我正好要买花，你正好被我碰到，这就是缘分。"

有缘千里来相会，无缘对面不相逢。

"小姐，你不要走，你就拿花送把我。""送把你可以的，你只要依到我条件。""底高条件？"

奴家今年十六春，有缘遇到小官人。
如果要我花七朵，终身许配你当身。
我你二人成婚配，愿做牵床掸席人。
忍辱闻听这一声，心中思量八九分。

忍辱仙人心上就想：古佛说够，下凡买花，不能心生邪念，痴心妄想，讨小便宜，如果不听古佛之言，难以授记，想必这花我不好买。"小姐，既然你这花不卖，又不肯送，我不要了，我不如到南门去望望看。"

忍辱仙人站起身，南门就在面前存。

忍辱仙人到南门，巧遇东门女佳人。

忍辱仙人来到南门，到又遇到东门才间卖花的女子了，忍辱望望又没有其他人卖花，就说："姐姐，你拿这花卖把我，我又不是别的用场，我是去供养古佛的，你如要我成婚匹配，结为夫妻，这是万万不能的。"

我如和你配了婚，断啦修行办道根。

小姐见他不肯和她结为夫妻，很不欢喜。"官人，既然如此，我走了。"忍辱见小姐走了，心上就想：我不如到西门去望望看。

忍辱仙人站起身，哪肯耽搁上西门？

来到西门，到又遇到那个卖花女子了，忍辱说："小姐，你究竟果肯拿花卖把我，哪怕你价钱再大点，随你要多少，我都给你。""官人，如果你不答应我的婚姻大事，我一朵花都没得卖给你。"

金银再多我不卖，情愿送把有缘人。

嘴里说话脚笃奔，将身离开西城门。

忍辱说，我到北城门再去望望看。

忍辱急忙就动身，将身来到北城门。

奇怪，忍辱到了北门，这卖花的女子到又来了，又碰到了，到稀奇哩，又没有预约，世上哪有咁巧的事情啊，总不见得这就叫缘分呢。罢了罢了，这也可能是菩萨度我，他如果不答应她，花又不得到手。

今朝将花送把我，我就和你配成婚。

小姐闻听这一声，心中欢乐八九分。

"官人，你口说无凭，要对天发誓，我才相信。"

忍辱无奈，没有办法，为了得到优钵罗花，只好：

双膝跪到地埃尘，祷告虚空过往神。

三界龙天来作证，愿和小姐配成婚。

卖花女子听见忍辱发愿，心中欢喜，就问："官人，你家住何方贵地，尊姓大名？"

父姓什来母姓什，你是排行第几人。

"小姐，我真人面前不说假，假人面前不说真。今朝你拿优钵罗花送把我，我也告诉你真心话，我家住在河直国，父亲是阿都世王，母亲是昆伽皇后，我名叫忍辱。我要此花非为别事，只是燃灯古佛要将因果佛法传授，谁献上优钵罗花，就先传授谁，所以我寻遍四城门，才遇见你小姐。不知小姐家住何处，尊姓大名？”

“我家住在金关云门，名叫机云，父母双亡，家中只有我一人。我小时候，燃灯古佛对我家母亲说够：‘优钵罗花种子，留落在你家后花园中。’又用手对我一指：‘此女，长大成人，花就开放，将花变卖金银，方可度命。’直到今年，花果然开了，我孤身一人，无依无靠，所以此花不卖，我要以终身相许，将花赠送。既然官人要此花供佛，不如我拿三朵，你拿四朵，我你二人同到菩提场圣真殿去，乞求燃灯古佛先将因果佛法传授给你。”

机云女子先知闻，七朵仙花命凑成。

与夫共入龙花会，快将仙花献燃灯。

忍辱仙人同了机云仙女来到菩提场中，九拜已毕，献与仙花，请古佛传法。古佛接花后，将花撕碎，望空而撒，只见空中天花乱坠，地涌金莲，果然佛法无边。又见：

孔雀衔花空中舞，乌鸦抬头听讲经。

木马嘶声天地动，铁牛哮吼地也惊。

奇花异草纷纷落，自然空中乐声频。

燃灯古佛撒花以后，就对机云仙女说了：“机云，你不应该硬逼忍辱答应你的婚姻大事。你果晓得，凡是答应婚姻的人，要等婚姻圆满后，才能授纪佛法。你们各自下凡，投胎去吧。”

机云闻听这一声，果要躁死又还魂。

心中想：我害了忍辱了，不能等他先授记因果佛法。望空长叹三声，气死而去。

一头栽倒地埃尘，呜呼哀哉丧残生。

忍辱听见古佛一说，心生烦恼，没得办法，只好下凡投胎托生。

机云真魂先动身，李天皇宫去托生。

忍辱仙人下凡尘，华严国皇室里面去托生。

不说俩人去托生，再说君皇凡间人。

再说，华严国，静万大皇同缘正宫娘娘摩耶未有生育。三十六宫，宫宫皆空；七十二妃，未有太子登基。陈琳夫人亡故，带子上殿，万岁触景生情，要养太子，传接皇位，来下大做好事，广行方便，大赦天下。

好事做嘞有天大，功劳确有海能深，皇后娘娘六甲怀孕紧随身。

这怀孕有多长时间了？二十四个月。正宫娘娘摩耶，底高腔调，跑起路来撑啊撑，说起话来哼啊哼，肚子到有箩能大，如同八幅头罗裙倒开门。虽然时间长，肚子咁大，就是不生产，心中想想到有点难过。过年子正好是丙寅年，四月初八日，腾腾空御花园里的无忧树鲜花开放，宫娥彩女，赶紧就报，奏于万岁知道，万岁一听，龙颜大悦，赶紧传正宫娘娘一起到御花园观看无忧花。

娘娘听见万岁召，急急忙忙就动身。

来到御花园一望，无忧花满树开放，青枝绿叶，真是世间少有。

娘娘说："是从我进宫以来几十年了，不曾看见过无忧树放过青、开过花，今朝怎突然这棵树就放青了，而且满树开花？"万岁说："志同啊（何为志同，就是志同道合的意思，这是万岁对正宫的称呼），这棵树生于开天辟地格辰光，长生长死。我小时候听见先生说够，每逢到无忧树复活开花，必定有菩萨出世。"

娘娘闻听这一声，心中欢乐八九分。

"万岁啊，妾身身怀六甲，已二十四个月了，心上常常忧闷，我想采夹一朵花戴戴，解解心头之闷。"

不知万岁果准："志同啊，这树上花多呢，又不是开一朵，你要采花哪个短你啊？"皇后听了，满心欢喜，吩咐宫娥彩女取来檀香，娘娘左手拈香，右手去摘花，正在这时，只见娘娘左肋下放出万道祥光，顿时迸开皮肤，蹦出一个小男孩，正是中午午时辰光，太子落地，园中百鸟高叫，释迦文佛降世了。

四月初八日，圣诞降生辰。

千花重吐放，地涌一枝春。

赏花游玩圣良辰，黄莺啼叫乱纷纷。

皇后爱花亲手采，左肋毫光透出来。

那太子一落地，一声也不哭，突然站起身来，一手指天，一手指地，走了七步，开放莲花，自言自语地说："将来天上天下唯我独尊也。"

太子金身降凡来，御花园内出母胎。

一身黄毛如狼虎，满朝文武尽惊呆。

合宫眷属尽惊唬，万岁吓得口不开。

万岁一看，命总吓断，目瞪口呆，一句话总说不出来，皇后更是吓得心惊肉跳，这时宫娥赶紧将金盆拿来，帮太子沐浴。万岁立即上殿，召集文武大臣商议，为底高太子降生，不从母后红门经过，生出来就会行走，会说话，长上一身的黄毛，就怕：

不是我龙胎凤骨生，妖魔鬼怪进宫门。

左殿臣相陈琳启奏："万岁，免费龙忧，不如立召钦天监来，帮太子排排八字，看到底怎样。"万岁准奏，立即出召旨一道。

立召立召三立召，立召崔信入朝门。

钦天监崔信听见万岁一召，对金殿上跑起来蛮快，三呼已毕，万岁赐他锦凳宽坐，龙凤香茶解渴，万岁就将太子降生，会跑，会说话，长一身黄毛，这个事情告诉他，崔信一听，眼睛来杠直眨，手指头直掐，细细地帮太子八字一排。崔大人呵呵大笑，而且大笑不止，万岁问："爱卿，你为何如此大笑？""万岁，听微臣奏来。"

呵呵大笑奏皇闻，从来未有第二人。

生在寅年并寅月，更是寅日午时辰。

三寅一根擎天柱，定是扶皇保驾人。

黄毛日后自然脱，是个白面小书生。

万岁闻听这一声，如同拾到宝和珍。

随手颁发圣旨，大赦天下罪人，钱粮国课三年不交，一概赦免，满朝文武官连升三级，以表庆贺。

诸州各府县，市镇及乡村。

一应齐赦免，户户尽沾恩。

大赦天下众罪人，百姓户户都沾恩。

不提万岁欢乐，再说光阴似箭，日月如梭，光阴似箭催人老，日月如梭追少年。不知不觉，太子倒也长到七岁了，身上的黄毛也没有了，自动脱掉了，浑身雪白，脸上如同敷白粉，小伙子一等，不啦泡好盖华严国十三个省。万岁想：太子七岁了，也好教他识字了，朝中只有苏佑丞相才高八斗、学富五车，不如封他为御史先生，叫他去教太子读书。那天早朝，万岁坐殿，万岁皇开金口，帝露银牙："苏佑爱卿，孤家只有一个宝贝太子，已经年方七岁，孤家加封你为御史先生，带太子到万宝书院念书去吧。"

苏佑闻听这一声，带了太子就动身。

来到万宝书院，苏先生说："太子殿下，每个人读书，都有学名的，我来帮你取学名。""先生，你帮我取底高学名？""我帮你取学名就叫悉达。"太子说："先生，你到帮我取了学名，你教我读底高书？”“太子，民家老百姓的孩子，开蒙先读礼仪，像你千岁，应该读安邦定国之书。”“先生，我不读这个书。”“哪你要读底高书？”“我要读《天甲兵书》《地甲兵书》《护伽蓝法书》。”“啊呀，太子千岁。你不要乱说，天下哪有这书？”“先生，不是我瞧不起你，就有这书，你也不识得。”

先生一听口难开，涨红面孔走出来。
教书教勤无其数，哪有此书传下来？
横也难来竖也难，一人做个两难人。
进退两难无办法，太白星君到来临。

太白星君为底高来？因为凡间实在没有太子读的书，他所说的《天甲兵书》《地甲兵书》《护伽蓝法书》都是天书，凡间哪里有呢？太白星君早已算到苏佑先生为难，所以变作卖书先生。

一阵仙风把凡下，万宝书院面前呈。

仙风一散，对书院门口一站，口中叫喊：“卖书啊，卖书啊，卖书啊！”

高喊三声卖书文，惊动苏佑老先生。

苏先生说：“卖书先生，你卖书多年，果曾卖过《天甲兵书》《地甲兵书》《护伽蓝法书》？”“有是有够，这个书天下难寻哩！只有我家祖传，有此三卷书。”

“就是无人识得，先生，你到把我望望看。”

太白星君随手打开书包，拿出三卷天书，苏先生一看，眼睛发暗，眼乌珠漆黑，高头一个字都不识得，要问卖书先生，抬头一望，卖书先生早已不见，影迹无踪了。苏先生一想：才间不是卖书先生，可保倒是真人，送书来把太子千岁的。

苏佑跪在地埃尘，谢谢虚空过往神。

先生将三卷天书拿进书院：“千岁，你要读的书有了，但是我不认识，你到望望看。”太子拿到手一望：“先生，不需要你教，我都识得的。”

三卷天书不非轻，太子将书看分明。
不用先生来指教，原来太子自聪明。

太子朝也读，夜也读，读得一年又一年，读得一春又一春，不知不觉，七岁开蒙的

一霍子读到十五岁，三卷天书都精通。
不提太子多聪明，再说边邦不太平。

再说交际国，国王李显，自称天皇，原来对华严国年年进贡，岁岁来朝。那年

不服，心上就想：他也是人，我也是人，他是一国之主，我也是一国明君，为底高我要进贡把他？我不如先下手为强，在香山顶上摆起九面铁鼓，设起百万精兵，排好阵势，写道战书到华严国，如若有能人一箭连穿九面铁鼓，我国年年进贡，岁岁来朝，如果没有这个能人：

兵将反到午朝门，铁打龙庭坐不成。

江山和你平半分，我为君来你为臣。

交际国番使来到华严国金殿之上，将战书呈上，万岁睁开龙目观看：

万岁战书看完成，掇开龙心火一盆。

“众位爱卿，交际国以小犯上，如果叛逆相等，哪一位卿家，替我孤家担忧，前往香山，一箭射穿九面铁鼓，孤家重重封赠于他，文到一品，武到将军。”

问到文官不答应，问到武官不作声。

文武百官跪嘞金殿上，总像泥塑木雕人。

万岁喊声可怜了，

你们些臣子，来平常辰光。

太平年岁总嫌官职小，

战乱年岁不作声，

孤家江山如同风中烛，

出不到扶皇保驾人。

万岁见无此能人，只好退朝，来到朝阳宫，正宫娘娘摩耶身边。

忧心且且，眼泪珠抛，正在这时，太子悉达来了，参见父皇。太子看见父皇龙眼驾泪，就问父皇：“你为底高到这种腔调？”

万岁就将李天王打来战书的事一说。

太子一听笑盈盈，叫声父皇放宽心。

孩儿虽然年纪轻，万般武艺尽皆精。

哪怕九重生铁鼓，何愁百万大精兵。

“孩儿你年纪轻轻，如果去射鼓，我和你母后怎能放心？况且路途遥远，跋涉艰难。”

假使有个长和短，我们年老靠何人？

父皇你不必担心，孩儿一定要去，为子者，应该尽孝也。

若是香山来取胜，年年进贡你称心。

若是香山来失败，永不回朝见父亲。

万岁见太子一心要去，心上就想：朝中又无能人，不如就让他去，作兴李天王见太子亲临，要让他三分也不晓得。主意拿定，挑选三万精兵，和太子一同前往。

文武百官来相送，万岁送出午朝门。

太子在路行走，非止一日，晓行夜宿，不肯耽搁，饥餐渴饮。

在路行走数日整，香山到了面前存。

先差手下去通报，天王迎接太子身

李天王听见说是华严国太子亲临战场，不敢怠慢，亲自下山迎接。献茶已毕，李天王说："太子千岁，你亲自降临，来此有何贵干？"

"天王，你写战书，到我华严国，我国无人敢来射鼓，所以我只好亲自来了。"

天王闻听这一声，哈哈大笑不绝声。

"太子千岁，倒不是我看不起你，你年纪轻轻，胎毛未脱，乳臭未咁，竟敢说如此大话，真是可笑！"

"天王，你不要看不起我，人不可貌相，海水不可斗量。"

你要见我年纪轻，百般武艺件件精。

"好，太子千岁，我和你打一个赌，你如真有本事，一箭射穿九面铁鼓够，我将我的宝贝公主耶输许配给你，招你为东宫驸马。如你不能射鼓退兵够，莫怪我小邦不客气。"

太子说："好，天王，君子一言，驷马难追。"

太子闻听怒生嗔，掇开雄心火一盆。

太子快马加鞭，一马跑到山上，见九面铁鼓并排摆在那里，旁边有百万精兵。太子左手拈弓，右手搭箭，望准铁鼓，大喊一声"穿"，又听一声响亮，九面铁鼓全部射穿了。官兵一看，舌头都吓塌出来了，不敢上前，只好投降。

果然太子不虚传，九面铁鼓一箭穿。

前世姻缘今相会，万岁脸上有光辉。

李天王亲眼所见，太子一箭射穿了九重铁鼓，赞叹不绝，果然英雄无敌，连忙请罪："太子千岁，小邦有眼无珠，请你恕罪。"将太子请到银安殿上，赐他锦凳宽坐，龙凤香茶解渴。天王召来文武大臣，在午朝门外，高搭彩楼台一座，等耶输公主好招取驸马。

天王召集众朝臣，高搭彩楼午朝门。

公主站在彩楼上，彩球捧在手中存。
对准太子来抛下，抛中前世买花人。
只因前世罚誓愿，今世夫妻配成婚。
忍辱仙人转悉达，耶输就是机云身。

交际国内鼓乐喧天，热闹非凡，太子和公主拜堂成亲，太子打发三万精兵回转，告诉父皇母后得知，说“我射鼓退兵取胜，现已成为驸马”。

万岁夫妇笑颜开，福气前世修得来。

光阴似箭，日月如梭，太子和公主成婚，不知不觉到有四年了。

太子不愿在红尘，只因发愿配成婚。
吹拉弹唱他不喜，珍鲜百味不想吞。

太子说：“公主啊，我你夫妻，同床共枕，已有四载，我也要回去了。”

金殿上见我家双父母，书院要见老先生。

公主耶输是一个大孝女，心中想：我和太子完婚四年，却不曾见过公婆底高模样，既然太子要还朝，我应该奏明父王，和太子一同回转。

夫妻来到银安殿，父王叫啦两三声。

天王看见公主驸马到，眉花眼笑，因为天王将公主视为珍宝，对她特别好，手一带，公主对天王膝馒头上一戤：“皇女，今朝夫妻上殿，有何事情？”公主就拿太子要还朝的事情上下一说，天王通情达理：“皇女，既然太子要还朝，你就和他一同回转吧。”

夫妻闻听这一声，如同拾到宝和珍。

天王说：“皇女，你要回转，我也没有什么好东西把你，我国家宝库房里有一粒丹青丸，是外国进贡得来的，你在为难的时候，只要用开水冲开服下去，就可以逢凶化吉，遇难成祥，今日，父皇就送给你吧。”另外又点三千官兵，送夫妻二人动身。

今日太子转朝门，文武百官送登程。
三春天气风和暖，桃红柳绿正逢春。
桃花谢了重开放，人死怎得再还魂？
一路行程心中想，忽然看见一僧人。

太子一路行来，看见一位僧人，头戴昆芦古帽，身穿万佛袈裟，脚踏僧鞋。僧人说：“太子千岁，你慢慢走，等等我。”

太子说："僧人师傅，你唤我有何事情？"

"千岁，你有没有看见你后面是什么？"

太子回头一看，是一条小沟，里面有很多的鱼虾，都聚在一起玩耍。

僧人说："太子啊，人生在世，就好比这鱼虾。"

花花世界像水沟，人像鱼虾闹啾啾。

水深不去寻出路，等到水浅难出头。

僧人说完，驾起祥云，来到空中，大声叫喊："太子，光阴不久，岁月不多，及早修行为妙，不要错过光阴，我今去也。"

忽听空中唤，太子叫几声。

日月清风好，不如及早修。

太子闻听这一声，僧人说话不差分。

夜叉不怕英雄汉，阎王不怕帝皇孙。

众位，你们晓得这僧人是哪个？

不是张三其别个，太白星君下凡尘。

太白星君早已晓得，太子悉达将来要享清福，不能享洪福，将来要端坐八宝莲台，但他自己不晓得，得赶紧下凡点化与他。所以他变作一僧人，前来点化太子，吃素修行。

太子在路行走数日整，到了京都帝皇城。

黄门官一报，万岁知道，就将太子夫妻二人对金殿上一召，太子就将交际国射鼓退兵取胜，招为驸马和耶输完婚的事一一奏明。

万岁上下听完成，皇儿连连口内称。

"皇儿，你们一路辛苦，速到东宫，去见你母后吧！"

夫妻来到东宫，见过摩耶千岁娘娘。

皇后看见太子到，如同拾到宝和珍。

跑前一把来捧住，心肝皇儿喊几声。

心肝啊，我想你想到肝肠断，望你望到眼睛穿。

心肝啊，我们母子来相会，如同枯木又逢春。

"母后，你不必难过，我不是回来嘞吗？皇儿不孝，让母后操心了。"

万岁见儿转朝门，心中欢喜八九分。

年轻射鼓退兵将，娶得耶输转朝门。

不提万岁，皇后见太子回朝，心中高兴，单讲悉达太子，一落里想起僧人的话，“人生在世，光阴不长，岁月不多。”格天子和公主游看御花园。

夫妻二人对前撑，荷花池到面前存。

两人来到荷花池，看见一只虫子，躲嘞荷叶底落脱壳。那虫子拿老壳子一脱，一阵风，飞到空中。

公主说：“太子，这是底高虫？”

“这是虾爬虫，脱壳子飞是蜻蜓。”

公主啊，人生不如这蜻蜓，
死后只好见阎君。

太子回到宫中，只是闷闷不乐，茶不思，饭不想，渐渐消瘦下来。那一日，瞒了耶输公主，不把她晓得，单身出了东宫门。

太子千岁出东门，看见一位女佳人。

悉达太子到了东城门，看见一位女子，脸上涂粉，嘴上胭脂，十分美貌，手中抱一个小孩。小孩长得英俊潇洒，十分可爱。

太子长叹一声说：“人来世上，总像这小孩该有多好啊！”

那女子说：“乾坤尚可转变，世人岂无更改。”

太子闻听这一声，突然不见女佳人。
太子移步又动身，看见一位老年人。
手拿拐杖腰驼曲，骨瘦如柴不像人。

太子就问：“老公公，现在这般光景，你年轻的时候底高腔调？”

老人说：“要谈这话了，我年轻的时候只当永远不年纪大哩，心高气硬，欺负好人，胡作非为，瞧不起年纪大的，我现在才晓得。”

光阴似箭催人老，日月如梭追少年。
好像光阴无多日，已经老到能功成。
走路变了三只脚，风吹眼泪落纷纷。

真是古人之言：“人老三不才，小便滞一鞋，见风流眼泪，放屁屎就来。”

太子就想：我假使到年纪大了，不晓得果也是这个腔调。花开有谢，人生有死，此苦怎能免除？

太子脚笃又动身，南门到了面前存。

一到南门，看见格茅草棚子里，躺着一位病人，面黄肌瘦，不成样子，在那里哼声不绝，叫苦连天。

太子就问了："你怎到这个腔调够？"

那病人说："官人啊，我现在病重十分，真是求生不得，求死不能，真苦煞我了！"

> 喊一声，官人啊！
> 我现在热起来如同炉中火，
> 冷起来如同水生冰，
> 一歇寒来一歇热，寒寒热热分不清。

"格你不曾害病的辰光是怎样光景啊？""你听我说来。"

> 从小使枪并弄棍，百般武艺件件能，
> 哪晓今日身患病，求医服药都不灵，
> 求生不生难痊瘉，求死不死苦伤心，
> 太子上下听完成，心中思量八九分。

太子心中就想：我现在身强力壮，可保从来也不曾害过病。但是天有不测风云，人有旦夕祸福，假使有朝一日，一场大病不起，无常鬼一到，性命难保，任你英雄好汉，皇亲国戚，此劫难逃。

> 太子只是叹世情，人生恐怕此光景。
> 万贯家财有何用，争田守地白费心。
> 太子急忙又动身，西门到了面前存。

一到西门，就感到臭气难闻。太子说："这个地方怎么这么臭的？"四处寻找，又找不到哪里臭，找了好长时间，终于找到了，究竟底高臭，在格茅草窝里，躺着一具死尸，皮肉已烂，也分不出男女，满身是苍蝇蚂蚁，看来死嘞好几天了，无人收尸，也不晓得果是来路经商客人，也作兴是人家千金小姐。

> 太子仔细看看清，不觉两眼泪淋淋。
> 人死如同猪狗羊，点滴不差半毫分。
> 太子连忙站起身，北门又到面前存。

太子来到北门，看见一位出家僧人，头戴昆芦古帽，身穿纳衣，肩背锡杖，手托盂钵，口念弥陀。

太子连忙走到他面前："师傅，弟子要免生老病死之苦，请你僧人师傅指点。"

那僧人朝他望望:"你要免生老病死之苦可以,你只要舍弃皇宫,抛离恩爱,割断红尘,上山修行,方可免除生老病死之苦。"

"师傅啊,我父亲乃当今万岁,我母亲是正宫娘娘,哪里阎王就一点总不讲情分啊?"

太子千岁,你要晓得,龙王管水,阎王管鬼。

"如果阎王讲情分,阳间蹲不下许多人。"

"我再说把你听,从前东关外有个年纪大的名叫俞培修,家中金银满库,良田万顷,珍珠八宝,而且不少。自己单造一座十王庙,天天烧香点烛,祷告十王菩萨:'假使我要死,请十王菩萨带个信把我,等我好早作安排。'

曾歇几年,俞培修年纪大了,一命身亡,来到了阴曹地府,他就问阎王:'我在阳世修心念佛,出了一大笔银子修了十王庙,别的要求没得,只要我临终前送个信把我,你为何不送?'

阎王说:'我信早已送出,而且不止一次,共是三次,你不信,我说给你听。第一次信,你头生白发;第二次信,你耳聋眼花;第三次信,你牙齿脱落。你为底高还不安排?现在反悔嫌迟了。'太子你想,俞培修如此安排,尚且没用,你还是出家为好,方可免除生老病死之苦。"

阎王哪肯讲情分,耍说当今万岁身。
世上万般皆如梦,多少英雄化灰尘。
贫僧今朝相劝你,快到雪山去修真。
倘若修得出正果,免除阴司地狱门。
太子听了这般话,师傅说话不差分。
父母妻子都不管,明朝立刻就动身。
说罢两人来分别,急急匆匆转宫门。

太子来到宫中,面带忧愁。公主就问:"太子你为何闷闷不乐?"

太子说:"公主,我和你夫妻四载,恩爱如山,并无争论,到后来总有分别,你果晓得。"

夫也空,妻也空,空有夫妻,
世界上,有多少,同死同生。

"我今朝外出散心,看了四门光景,东门遇到一个老人,南门遇到一个病人,西门遇到一个死人,北门遇到一个僧人。那个僧人叫我到雪山去修道,明朝我们就要分别了。”

公主听见这一声，琴上弦断好几根。

太子啊，此话是真还是假，莫非欺骗我当身。

可宝今日去游玩，外面遇上好美人。

嫌我奴家太丑陋，你想娶她进家门。

恐怕公主我不肯，故意哄骗我当身。

太子说：“公主，你说哪里话？我来问你，我将绫罗剪断，你可接得起来？”

公主说：“无针不引线，怎能接得？”

“海水往东流，果得对西流，一碗水泼得地上，果收得回来？”

公主说：“满地流散，怎能归碗？”

“公主，既然绫罗难接，泼水难收，你就不必多说了，我明天一定要走的。”

耶输听见这几声，顿时腮边泪纷纷。

太子真的去修道，奴家以后靠何人。

不如待我上殿去，奏于父皇得知闻。

耶输公主，二十四拜来到金殿：“见过父皇。”

万岁说：“公主，你不在宫中陪伴太子，到金殿有何事情？”

公主未曾开口先流泪，哭到死去又还魂。

公主边哭边说：“那太子游玩四门，回来说要去修道，我再三相劝，劝不醒他，上下根由一说。”

万岁听说怒生嗔，掇开龙心火一盆。

“公主，他果曾说到哪里去修道？”

“他说到雪山去修道，再也不回来了。”

万岁一听，勃然大怒，圣旨一道，拿太子对金殿上就召。太子听见父皇一召，对金殿上跑起来蛮快。

万岁说：“悉达，父皇有哪三桩对不起你？你万里江山不要，而要出家修道。”

“父皇，并非孩儿忤逆不孝，只是人生在世光阴不长，岁月不多，不能免得地狱之苦，我要早办前程。”

吃吃素来修修道，报报父母养育恩；

免免生死轮回苦，修修来世好收成；

万岁听见怒生嗔，便骂太子忤逆人；

不想父母年纪老，不靠爹娘修啥身；

倘若逆子修成正，乾坤世界并无人。

万岁说："皇儿，为父母就生你一子，爱如珍宝，为底高不享受富贵荣华，吃的是山珍海味，穿的是绫罗绸缎。一日五宴，何等快乐？"

"父皇，此言错了，万贯家财、荣华富贵、金银财宝都是空的，吃是空的，穿也是空的，你不相信，我说把你听。"

金也空，银也空，空有金银。

到死后，不能够，带在手中。

叹世人，不理论，铜钱银子惹祸根。

亲眷为它恼，邻舍为它挣。

弟兄之间为钱财，

骨肉亲当做路边人，

两国之间为了金共银，

搞乱江山不太平。

"从前有一个员外，家中万贯家财，就是没得男女后代，蹲家大做好事，广行方便，济困扶危，请僧道两班，拜四十九天求子大忏，惊动玉帝，送他一子，传宗接代。员外十分高兴，家中大贺热闹满月，因为宝宝来之不易，帮他取名叫金银。过了两年，院君又生到一子，员外更加高兴，因为一子是险子，肇有两个儿子更好了，帮他取名叫财宝。过了两年，院君又生到一子。员外说：'我上六十岁了，这么大年纪了，也难抚养你长大成人。'就帮他取名叫冤家，又过了几年，院君又生到一子，员外更加难过，就帮他取名叫孽障。不曾歇几年，员外陡得患难毛病，到要死了，就拿长子、次子——金银和财宝，喊到床前，员外说：'你们两人最大，爹爹马上要死了，你们哪个跟我到阎王家去？'兄弟两人一听，浑身松劲，两人都说：'父亲啊，你年纪咁大了，也好死了，打一个比方，你就好比老杨树，我们好比嫩杨青，树到老来应该伐，不能损坏我们嫩杨青。'"

你死只好留你死，非关我们半毫分。

弟兄两个手直摇，对外就跑。员外又拿冤家、孽障弟兄两个喊到床前，说："孩儿，爹爹要走了，你们哪个跟我上阎王家去？"冤家说："爹爹，我跟你上阎王家去。"孽障也说："爹爹啊，我跟你上阎王家去。"员外一听，老泪纵横，长叹一声，人生在世，如同春梦一场。

金银财宝带不走，冤家孽障紧随身。

满库金银财宝没得用，死后带不走半毫分。

豆腐生嘞四角齐，多放油来一样肥。

鱼肉多吃要反胃，不如吃点烂黄祭。

太子将言说，父皇听原因。

金锣敲不过铜锣响，绫罗穿不过布草衣。

“皇儿啊，既然这些都是空的，你抛离父母妻子，舍弃皇宫，出家修道，你怎对得起你爹娘和房中妻子？我看你还是留在宫中，帮我生男育女，怀中抱子，足头登妻，传接皇家后代。”

“父皇，生男育女也是空的。”

儿也空，女也空，空有儿女。

鬼门关，来经过，果得相逢。

万岁说罢泪汪汪，我儿到底不应当。

掌管江山啥不好，面南背北做君皇。

太子见父泪汪汪，劝父不必多悲伤。

从前多少君皇辈，果曾仍在立朝纲。

就是一世英雄汉，哪个不去见阎王。

父皇放我修成正，临终度你上天堂。

“皇儿，自古至今，只有读书进京赴考，考取功名成就，不曾听见说念佛也能上天宫。放下荣华富贵不要，何必吃素修行办道？”

“父皇，你真不准我修道，只要把四样宝贝把我。”

“儿啊，不要说四样，就是四十样，我也把你，究竟哪四样？”

一服长生不死药，二粒无病保身珍；

三杀阎王一把剑，四叉无常枪一根。

倘若有了四样宝，孩儿永不出朝门。

万岁听了，龙颜大怒，吼骂如雷：“你好大的胆子，竟敢说出狂言乱语！”

万岁怒生嗔，骂声小畜生。

你要修办道，押入冷宫门。

万岁开口，殿官动手，吃亏，就将太子对冷宫里一背。冷宫里底高腔调，伸手不见五指，面东不见面西。

冷宫里，又没有，天光日色。

头顶冰，脚踏雪，冷水浇身。

太子打入冷宫内，果比黄连苦三分。

太子在冷宫内暗暗祷告：上有神明，下有神明，虚空过往神明，弟子悉达若有修行之份，伏望世尊接引，前往雪山修道，弟子感恩不尽。

焦楼三更半夜深，冷宫里面并无人。

太子暗暗来祷告，四大天王得知闻。

太子在冷宫祷告，叫人有诚心，佛有感应，惊动四大天王，金刚揭帝、护法天王、韦陀天尊，诸佛菩萨，一起动身，腾云驾雾，来到冷宫，一声高叫："时间已到，快快上马，动身去罢。"

太子听见喜十分，天王打开冷宫门。

太子跨上雪花马，三声马叫就动身。

耶输公主听见花园里马叫一声，晓得不妙，赶紧起身，跑前一看，眼睛发暗，命总吓断。

慌忙走进冷宫门，果然太子动了身。

一把拖住马尾巴，亲夫连叫两三声。

亲夫啊，今朝你到哪里去？

为何半夜要动身？

"公主，你不必拖住，我这是要上雪山修道，我走之后，宫里日子好过，你就过下去，如果日子难过，你就回转交际国去吧，另找如意郎君，成婚匹配。"

随你招来随你嫁，非关我事半毫分。

耶输闻听这一声，双抛眼泪劝夫身。

夫君啊，我们结婚四年春，

争论未有半毫分，恩爱到有海能深。

你今朝半夜三更出朝门同，

叫我再嫁哪个人？

"公主啊，你说的话一点都不错，但是我要去修道，只能忍痛割爱，夫妻将来总有分别的辰光够，只好你归你，我归我，好像小鸟出巢各自飞。"

公主听见泪纷纷：你是忘恩负义人。

要我辰光如珍宝，如今当做路边人。

要上娘家路又远，叫我怎得转家门？

太子闻听这一声，腮边不住泪纷纷：

公主啊，夫妻本是同林鸟，

临终哪有一处存？

阳间看你帝皇面，阴间不怕帝皇孙。

"太子啊，格你真心要修道么，你年纪轻哩，不好等年纪大了好修啊？"

"公主，此言差矣，年老来修道，腰驼背曲了，路远跑不动，佛号念不高。要修道么趁早修，老来修道气齁齁，连三思量修办道，黄泥护到颈跟头。"

公主想："我这样说他也不听，哪样说他也不回心，我不如来吓他一霍子，看他果回心转意。"

"太子啊，我听说这雪山上冷冷清清，虎狼成群，妖魔鬼怪多了，你如果到那里去修道，不要不曾修到正果，反倒被老虎吃掉了。"

"贤妻，你不要吓我。修道不怕死，怕死不修道，修行不怕妖精怪，修道何愁猛虎吞？"

今夜前往雪山去，修成正果转朝门。

公主说："太子啊，你来宫中到有宫娥彩女服侍，到了雪山，一日三餐，从何而来？"

夫人你且放心，

口咁就吃清泉水，肚饥野菜当饭吞。

公主含泪亲夫叫，铁打心肠软三分。

夫君啊，我们完婚四年春，男花女花不曾生。

你到雪山去修道，我在宫中靠何人。

"公主，你不必难过，你假使要孩儿也不为难。"说着就用金鞭，对公主腹中连指三指，"公主，你回去吧，我包你六年之内，定有孩儿陪伴与你，我乃去了。"

快马加鞭就动身，将身离开帝皇城。

公主见太子走了，哭得肝肠欲断，如同万箭穿心。世上多少衷苦事，只有生死离别情，由于小弟子才疏学浅，也难以用语言来表达。

悉达骑马动了身，公主哭转内宫门。

单说太子悉达，那日到了雪山下马，谢过诸佛菩萨，独自上山。来到前山一望，前山二龙摆尾，来到后山一看，后山叠叠放云，真是仙山活水之地。他一边对山上跑，一边就念：

弯弯曲曲曲曲弯，曲曲弯弯上高山。

我今来到仙山上，不成正果不下山。

来到山上妙高峰顶一张，房子没得一间，只有盘罗石一块。太子就想：坐在地上修道有地气够，人要生病，不如就坐在这盘罗石上。心中又想：人是铁，饭是钢，没得吃，饿嘞就犯丧，没得吃怎么办？正好鸟儿在松树上，叽叽喳喳，叽叽喳喳，吃松树果子。太子说："鸟好吃，我人也好吃，证明果子没毒。"

饥饿就吃松树果，山水潮口办修行。

不提太子修办道，再说公主一段情。

只因太子临走之前，用金鞭对公主连指三指，时隔半载，公主有怀孕在身，心中要想上殿告诉父皇，可惜四肢无力，难以起步。直到今日，一定要上金殿，告诉父皇母后，已有六甲怀孕在身。哪晓才要动脚，正宫娘娘摩耶来了。她来做底高？她来喊公主一起去看望太子，她告诉耶输，万岁已经绕过太子了，叫陈琳带了钥匙，去打开冷宫门，释放太子回宫。

公主闻听这一声，如同天打一雷阵，

喊一声母后啊，

太子不在冷宫内，雪山上面办修行。

"他底高辰光去够，就是关进冷宫的第一天夜里。"

"格你怎不背住他？"

"母后啊，我再三相劝他不听，我哭得死去活来，等我睁开眼睛一看，人不见了。"

娘娘听了魂飞散，犹如当头霹雳针。

呆了半个多时辰，默默无语出宫门。

摩耶正宫娘娘招来御膳房的厨师。

"千岁娘娘，召我有何吩咐？"

"哀家问你，太子在冷宫中，你一天三顿茶饭怎样送的？"

御厨师说："我用一根绳子，一个篮子把绳子系在篮子上，把饭菜摆在篮子里，送进冷宫。吃好之后，碗筷有太子放在篮子里还把我。天天如此，一顿都不少。"

千岁娘娘说："格到稀奇了，耶输说太子不在冷宫，厨师说天天又对冷宫里送饭够，而且一顿不少，又总吃啦得够，我不如亲自到冷宫去望望看。”

千岁娘娘忙动身，苏佑丞相后面跟。
一经来到花园内，将身走进冷宫门。
走进冷宫细细看，不见太子一个人。
高喊太子不答应，低喊太子不作声。
娘娘顿时号啕哭，莫非当真逃出门。
就是太子逃出去，送来饭菜何人吞。
况且封皮未揭坏，这种事情难解分。
娘娘哭得肝肠断，惊动天王上界神。

天王站在云端之内，高声叫道："国母娘娘，你不要悲泪啼哭，我是东方持国大王。厨师送来的一日三顿茶饭，是我替太子吃啦得够。现在太子在雪山上修道，你不必挂念，等他修成正果前来度你。”

一阵仙风动了身，皇后哭断肚肠根。
两人走出花园门，金殿上面奏皇闻。
啼啼哭哭开言说，皇儿不在冷宫门。
上次关进冷宫内，谁知当夜就动身。
他到雪山修办道，光阴到有半载春。
我们所生他一子，到老依靠哪当身。
万岁听了如雷打，顿时呆了片时辰。

万岁吩咐皇后回宫，然后召集文武百官商议："你们何人前往雪山，劝太子回来。”

御史先生苏佑说："万岁，太子是我的门生，微臣愿往雪山劝太子回朝。”

"好，既然如此，孤家赐你三千官兵，速速动身，不得有误。”

苏佑先生出朝门，带了兵将就动身。
在路行走数日整，雪山就在面前存。

苏佑带人来到雪山顶上，四面一看，没有见到太子，只觉得山上冷冷清清的，心中就十分忧闷：太子在山上修道，怎不来堂块够？直寻到妙高峰顶，远远看见一人，走近一看，原来是太子，苏佑连忙行礼，朝太子仔细一望，心就吓得直荡，太子底高腔调：

眼睛落塘二三分，骨瘦如柴不像人。

“太子千岁，你何苦啊？好好皇宫不登，上堂块来受罪，日间饥饿，夜间露宿，无人陪伴，冷冷清清，真是何苦啊，得福不知福啊！”

太子开口笑盈盈，叫声先生听原因。
你说皇城多快乐，我看不及此山林。
我贪清净修办道，你爱快乐在朝廷。
就叫各人心中爱，何必管我冷清清。

“太子，既然如此，你果曾想想，在此修行，你身从何来？”

“身子乃父母所生，父母生我，我修道为父母，若是修成正果，就先度父母，以报养育之恩，烦劳你先生回去，奏于我父皇，譬如我。”

沿小辰光关节重，三六九岁丧残生。

“不要说呆话，我来问你，你七岁熟读天书，十五岁射鼓退兵，这是为何？你抛离江山，又抛年轻妻子，忤逆父母，怎舍得够？速速跟我回宫去吧！”

“先生，你走吧，要我回宫，势比登天还难。”

要我太子转回身，日出西天往东行。
要我太子转回心，阴沟里蚯蚓作天阴。
要我太子转朝门，除非等我修成正。
如果不能修成正，要我回转万不能。
先生闻听这一声，大骂太子忤逆人。
忤逆不孝修成正，佛国里蹲不下许多人。
先生带兵回打转，不曾劝到太子身。

苏佑先生将太子大骂一顿，怒气冲天，一路下山，依旧日夜兼程，回转京都皇城，来到殿上，把山上劝太子的前后经过一说，气得万岁死去活来。

苏佑说：“万岁，微臣无能，你另选他人去吧。”

万岁闻听泪淋淋，我儿为何不回心。
不想父母年纪大，江山交把哪个人？

万岁又问：“还有那一位卿家，愿意替孤家担忧，再上雪山，劝太子回心还朝？如果谁劝了太子回转的，官上加职，重重封赠于他，文官一品，武到将军。”

陈琳臣相启奏：“我皇万岁，万岁，万万岁。微臣愿意，但不过我要带三千官兵，八百名宫娥彩女。”

万岁准奏。有话则长，无话则短。单说那日，陈琳带官兵来到雪山妙高顶峰，看见太子打坐在盘罗石上，便高声叫道：“太子千岁，微臣今天奉皇旨，接你还朝。”

连说几遍，太子只当没有听见，陈琳走到太子身边，将太子扛了一下：“太子，我喊你，你有没有听见？”随手吩咐宫娥彩女，吹拉弹唱迎接太子千岁还朝。

太子闻听笑盈盈，立起身来叫爱卿。
京都皇城我不爱，样样我都不称心。
宫娥彩女像精怪，吹拉弹唱鬼哭声。
爱卿白吃千辛苦，来到雪山白费心。
你就使尽千般计，永不下山转朝廷。

太子说：“陈琳，你不要多说了，赶快下山去吧。”

陈琳说：“太子千岁，你如不回朝，我无法回去对万岁交旨，你一定要跟我一同回去。”

“陈琳，你如此大胆，君要臣死，臣不得不死，父要子亡，子不得不亡，你还不快走！”太子大喊一声，吓得三千兵马，八百名宫娥彩女，个个目瞪口呆，一句话都说不出来。

太子到底法力深，波罗揭帝念几声。
顿时乌天并黑地，狂风大作怕坏人。
陈琳一见魂魄散，众人吓得失三魂。
不到一个多时辰，众人吹到午朝门。

众人一看，命总吓断：不得了，才间在雪山够，怎得到皇城了？太子真是法力无边啊！

单说丞相陈琳被吹到午朝门，吓得魂不附体，连忙启奏万岁：“启奏陛下，臣陈琳无能，太子有通天的法术，不但他不肯回转，相反把我们用神风都吹回来了，请万岁定夺。”

万岁闻听这一声，魂灵冒到九霄云。

值殿将军王珍就说了：“万岁，你不必烦恼，待我去劝太子回朝。”

“王爱卿，你怎么劝？”

“万岁，你赐我三千官兵，尚方宝剑，我去前山放火。后山杀人，惊动太子下

“王珍，你先回转，以后再说。”

王珍带兵走了。

王珍辞别下山林，带领军兵转回京。

路上行走数日整，到了皇皇午朝门。

王珍来到金殿，将上雪山的经过说了一遍。

万岁听嘞号啕哭，无计可施泪淋淋。

正宫哭得苦伤心，不知孩儿怎光景。

孩儿出门快六载，并无一刻放宽心。

有一日，文武百官都来朝驾，宰相冯光就说了："万岁，还有一个办法，可以请太子回朝。"

"爱卿请讲。"

"现在太子修心坚固，法力无边，难以宣召。现在只有同耶输娘娘商议。他们有夫妻情分，叫耶输上雪山，也作兴太子看夫妻之情，跟她打转。"

万岁准奏，立召耶输上殿见驾。

一道圣旨到宫门，公主慌忙就动身。

公主来到金殿之上，万岁朝她一望，腹大腰粗。万岁说："耶输，朕看你腹大腰粗，是何缘故？"

公主两泪汪汪：

万岁啊，我真人面前不说假，

假人面前不说真，上下根由告诉你，

你要包涵我当身。

万岁大发雷霆："耶输，你从实招来。"

"万岁，那天太子夜里走的时候，我劝他不住，我说：'官人你去修道，宫中无人陪伴，我和你完婚四载，又没有格一男半女，你叫我如何是好？'太子说：'你不要难过，要男女便当够，待我来用金鞭指腹，包你在六年之内有孩儿陪伴。'说罢，就用金鞭对我连指三指。他走之后，我果然身怀六甲了。"

万岁闻听这一声，心中疑惑八九分。

鞭指成胎我不信，莫非你宫中有别人。

"耶输，怪不到太子不肯回来呢，原来你不守妇道，水性杨花，宫中偷情，被太子发现，所以他赌气走了，是不是啊？"

公主闻听泪纷纷，冤枉喊嘞不绝声：

万岁啊，总说世上没得冤枉事，

我这件冤枉海能深。

“左右殿官听令，将这贱人拖出午朝门，腰分两段，决不要容情。”万岁开口，殿官动手，公主放声大哭，哭得是天昏地暗，哭得是日月不明。

苏佑丞相赶忙启奏：“万岁息怒，万岁息怒，你如果现在将耶输公主斩首。”

如被李天王来晓得，搅嘞江山不太平。

“不如万岁你亲自上雪山，带耶输、国母娘娘及文武百官一同前往。如果太子回来，他肯定说到这个事情够；如果太子不回来，等耶输拿孩子养下来，将她一刀两段，又不嫌迟。”

万岁一想，倒也是得，反正早死晚死，只有一个死，又没得同起来死。万岁准奏，召三宫六院、耶输公主、正宫娘娘一同前往雪山，宣召太子回京。

万岁亲自出朝门，满副銮驾闹纷纷。

三宫六院都奉令，文武百官齐动身。

逢州都有州官接，逢府都有府官迎。

在路行走来得快，雪山到了面前存。

来到山下，万岁叫正宫娘娘：“摩耶，带宫娥彩女先上山。”

来到山顶，正宫娘娘见盘罗石上坐着一个人，像蝉壳一般，正宫就问彩女：“这是哪个？”

彩女说：“这是太子千岁，娘娘啊，你连自己皇儿都不认得了。”

娘娘看见亲儿身，放声大哭泪纷纷。

今朝见了亲儿面，如同枯木又逢春。

娘娘一把来捧住，心肝孩儿喊几声。

心肝啊，我想你想到肝肠断，

望你望到眼睛穿。

心肝啊，你赶紧跟我回朝转，

父母全靠你当身。

太子正在打坐念佛，听见有哭声，睁眼一看，原来是母后娘娘，赶忙见礼：“母后，孩儿有失远迎，请你恕罪。”

“孩儿，你在皇宫之中，我们对你爱如珍宝，你要抛离娘亲出家修道，修得一身骨头不成样儿，叫为娘怎得不伤心？”

心肝啊，你要真心修办道，

回宫也可办修行。

“皇儿啊，你可晓得，你家父皇亲自来了，现在就在山下。快去见你的父皇，我们一同回朝，你如不回去，为娘今朝就死在你面前。”

心肝啊，如果你不转朝门，

我也不要命残生。

太子一听，心生一计：“母后，你既然千里迢迢来到雪山，孩儿怎敢忤逆不孝？你带大家先走，孩儿即刻就到。”

皇后一听十分高兴。大众哈哈一笑：如果不是娘娘亲临雪山，太子怎肯回朝？

宫娥百官喜欢心，吹拉弹唱闹盈盈。

正宫娘娘心欢喜，搀了太子一同行。

跑出去曾有多远，腾腾空跳出来两只斑斓猛虎，头像巴斗，身段像箩口，脚像伐树锄头，尾子如同扫场的扫帚，眨眼铜铃，就要吃人。

牙齿一敲叮当响，吼喊如同响雷阵。

大家一看，命总吓断，

只是跑来只是溜。

腰把子弯嘞象秤钩，

吓得齁总不敢齁。

突估曾溜出去二十步，

到跌啦十几个大跟斗。

回过头来望一望，

吃人的老虎在后头。

个个溜起来又惾，对前直跳，总丑虎跳、看看不稀奇，跌得浑身是烂泥，再说正宫娘娘溜得快，老虎追勤快。

正宫溜嘞汗淋淋，命就抓在手掌心。

谁知老虎天神变，骗骗凡人肉眼睛。

一只猛虎将太子衔上山顶，一只猛虎追吓娘娘，吓得娘娘号啕大哭，逃下山来，立即启奏万岁，太子被老虎衔走了。其中一个军将就说了：“万岁，才间娘娘下山，微臣看得明明白白，格老虎不是吃人的老虎，好像是天神。”

苏佑丞相说：“万岁，我有一计。”

“但说无妨。”

“上次你要杀那耶输的，不如叫耶输上山，如果被老虎吃啦得，譬如你上次把她杀啦得。”

万岁准奏，挥手叫耶输上山去了。

公主无奈上山林，双抛泪珠落淋淋。
再加腹中身有孕，鞋尖足小步难行。
将身爬到山顶上，不伤良来也伤心。

公主来到妙高峰顶，见到太子，放声大哭。

太子说：“耶输，你到堂块来做底高？”

公主此时大放声，亲夫别我六年春。
我宫中受尽千般苦，夫君哪里得知闻。
你将金鞭来指腹，害我奴家有孕身。
父皇害我偷别人，坏我奴家好名声。
求你亲夫回朝转，救我苦命落难人。

“夫君啊，自从你上了雪山，父皇几次派人来宣召。你不回去，他寻事寻到我身上来了，他问我身孕何来，我说你用金鞭指腹而来，他不相信，说我一定有别的男人。还说你为底高不蹲皇城？就是被我气跑了。他要将我拖出午朝门外斩首，好嘞苏丞相保本，我才落到一条性命。官人啊，如果你再不回转，我的性命就保不住了。”

救命胜造七层塔，还比修道胜三分。

太子说：“夫人，我们出家之人要看破红尘，发愿修道，永不回朝。”公主说：“你再不回去，我死也死在这里，或者我在这里服侍你。”

太子说：“耶输，我和你说过的，吃素修道之人，要恩爱断绝。”

“太子啊，你不回去，不如我就拜你为师，也在此修道，夫妻二人一起修。”这叫：

夫也修来妻也修，万贯家财一齐丢。
有朝一日修成正，修作灵山伴世尊。

“好是好的，有你不多，无你不少。”

耶输略须放宽心，同夫打坐共修行。
太子口念波罗蜜，一阵狂风吓坏人。
将公主吹到午朝门，睁眼一看失了魂。

耶输吓得魂飞魄散，连忙到金殿启奏，哪晓父皇不曾回朝，只好退回宫内，放声大哭。正好有个值殿将军名叫吉安，见公主无事上殿，连忙写起本章，日夜行走，飞奔送往雪山，告诉万岁。万岁说："这还了得，我曾说她宫中有别的男人。"

故此不见太子面，私自逃出转宫门。

我若一日回朝转，贱人性命活不成。

苏佑说："万岁，此事回朝再说。现在主要召太子回宫，娘娘同太子下山，老虎追赶，官兵看见，不是老虎，而是天神。莫非太子修道虔诚，所以天神护佑？这是万岁洪福齐天，不如万岁亲自上山，天神不敢阻挡。"

万岁准奏，先发诏书九道，钦差九个先上山。

来到山上，苏佑说："太子千岁，诏书到来，听宣读诏。"

"奉天承运，皇帝诏曰，兹尔储君悉达，年登五岁，熟读天书三卷，盖世无双，十五岁，香山射鼓退兵，声扬万国，威震千邦，应立帝基治万民。怎奈不图皇位治四海，弃父母已出家，别娇妻而修道，三宣逆命，罪重如山，九诏到来，速回宫殿，念你有功，诸罪具赦，领旨谢恩。"

那苏佑读完诏书，第二个陈琳又读，第三个梁旭，第四个谢忠，第五个李洋，第六个赵元，第七个李庆，第八个王福，第九个冯光，九道诏书，各人宣读，与苏佑一样内容。

太子接过诏书说：

叫我登基无福气，召我回朝万不能。

九位钦差大人只好下山奏与万岁，万岁又同众臣、国母娘娘，一起上山，太子迎接。

万岁说："儿啊，我只有你一个儿子，望你长大成人，立国安邦，为何要抛离我们，在此修道。"

太子说："父皇啊，儿子见光阴似箭，日月如梭，长生不久，要免生死轮回之苦，只有早办前程。请父皇以后不要再来烦我了。"

除非天翻并地覆，海枯石烂转朝门。

江山龙庭我不要，随你交把哪个人。

万岁闻听这一声，果要气死又还魂。

吩咐武士："替我拿他的手足割下来。"

武士不敢动手，太子说："父皇要我手足，我自己来割，请父皇赐我宝剑一把。"太子接剑在手，口中默动真言，将宝剑到地上一划，只听哗啦一声响亮，顿时雪山分为两半。

剑劈雪山两分开，满山人马尽惊呆。

波浪滔滔河隔断，凡夫俗子不得来。

万岁看见号啕哭，正宫哭死又活来。

只好带兵回朝转，从此以后再不来。

万岁回朝，值殿将军吉安说："万岁，前日微臣见耶输无事上殿，臣不敢不奏，请万岁定夺。"天子听见耶输之事，有大罪在身，即与朝臣共议，将耶输公主治罪，以正国法。"

苏佑丞相赶紧保本："万岁，万万不能，等到耶输公主生育之后再作理论。"

万岁准奏。宫娥彩女慌忙跑去告诉耶输："娘娘啊，大事不好！"

娘娘啊，总说祸事天能大，

只比天大小二分。

"彩女，何事惊慌？"

"娘娘啊，万岁要拿你身丧其命，好嘞苏佑丞相保本，说等你生育以后再作理论，你暂时一条性命才稳。"

公主听见号啕哭，只恨夫君太子身。

公主日夜啼哭，怨气高到九霄，惊动燃灯古佛知道，晓得耶输公主遭难，打发卫房圣母，赶紧等耶输在梦中生儿，不得有误。

耶输日夜泪纷纷，其夜做梦到园门。

只见隔河有个伢，眉清目秀貌十分。

对着公主咪咪笑，口中不住叫娘亲。

公主看见心欢喜，开口便问小官人。

你家住在何地方，家中果有父母身。

官官开口回答说，我乃不是别个人。

父亲雪山去修道，母亲耶输苦难人。

公主一听，心中欢喜，说："你既然是我家儿子，你快点过来，母亲抱你回去。"

公主一梦掺苏醒，听见里床哭声音。

忙唤宫娥并彩女，快快前来看分明。

宫娥彩女将灯点起来一看，欢乐一半。果不其然，里床一个小孩，长得十分美貌，只是两个手抓紧嘞倒拳，两眼紧闭。

公主吩咐宫娥彩女点起香烛来，祷告一番："上有神明，下有神明，虚空过往神明，倘若这小孩是我门中之子够，赶快告诉他，手眼分开。"人有诚心，佛有感应，一祷告，小孩眼睛也睁开来了，手也分开了，只见他左手手掌心上有一个"罗"字，右手手掌心上有一个"睺"字。

公主生养小官人，取名罗睺太子身。

宫娥彩女赶紧报，奏于万岁知道，说耶输娘娘夜间生到一个小官人。

万岁闻奏龙心怒，赶快除掉泼贱人。

苏佑启奏："万岁且慢，你说耶输有罪，她没有招认，待等满月之后，如实招供，再定她的罪，好以正国法。不如将她先打入冷宫，待等满月之后，再作理论。

万岁准奏，以卿所奏，再就将耶输公主：

带到冷宫里去遭磨难，这件冤枉海能深。

光阴似箭，日月如梭，转眼之间，已有三十天，小太子满月了，万岁吩咐对公主严加审问。公主一口咬定，是太子金鞭指腹才有怀孕的，万岁就是不相信。

如果不是和别人，哪里生到小畜生。
金鞭指腹我不信，鬼话连天骗啥人。
太子出门已六载，哪有怀胎六年春。
不受刑罚不招认，还是押进冷宫门。

公主来到冷宫说："我实在是冤枉啊，叫我如何招认？况且我不是低三下四之人，我如果真的和别的男人。"

一来对不起我家双父母，二是对不起太子身。

"公主娘娘，我们也不逼你招认，只是皇命难违，我们也没有办法，替我用刑。"一声令下，一人从耶输手中抱过罗睺太子，二尺多长的竹鞭拿得来，重打四十竹鞭。公主细皮嫩肉，哪背得起这样痛打。

四十竹鞭打完成，皮开肉绽苦伤心。
公主喊一声恩夫啊，
你来雪山修办道，我来冷宫受苦刑。
恩夫啊，
我来冷宫遭磨难，你来雪山果知闻？
恩夫啊，
你早回来可以见到我格面，
晚回来只好会鬼魂。

审问官说："公主，你不要怪我们心狠，只是皇命难违，你究竟招与不招啊？"公主心上就想：今朝招也是死，不招也是死，实在这竹鞭我吃不消，我不如糊头乱说，横招霍子拉倒了。

"你们不要打了，我招就是！"

喊声大人啊，

自从太子出宫门，宫中来了一个人。

夜间和我同床睡，如今才到能功成。

审问官录下口供，走出冷宫，来到金殿，将耶输娘娘口供呈上。

万岁上下看完成，掇开龙心火一盆。

立即召众臣商议："耶输，此罪重大，罪该万死，五天之后，身丧其命。"究竟昏君怎样要她的命？

众位呀，人家总说烰炭黑，

昏君心比烰炭黑三分。

出圣旨一道，差刑部众人在金光门外，高搭楼台一座，下面挖一个潭头，足有一丈多深，潭头里用松枝桃材架起来烧，烧焜之后，叫耶输抱小太子罗睺。从楼台上跳到深潭头里去好烧煞得，以正国法。五天之后，楼台也搭好了，潭头也挖好了，松枝桃材也架起来烧焜了，昏君吩咐，从冷宫将耶输公主和太子两个押了出来。

公主啼哭泪纷纷，前面到了信阳门。

走过信阳门，前面到乐师宫，公主娘娘听见里面吹拉弹唱，笙箫细乐，热闹非凡，公主心里更加难过：想想以前太子来家的辰光，夫妻两个常来这里游玩散心，如今太子出家，到雪山修道，我马上要命丧黄泉。

越思越想越难过，果比黄连苦三分。

雪上加霜无两样，双目流泪落满胸。

一般武士说："娘娘啊，你不要哭，跑快点啊。"

"我足尖小，怎跑得快？请你们行行方便。"

"公主娘娘，不是我们要催你，只因为万岁限好时辰，如果错过时辰，我们难有性命。我们家上有老，下有小，要靠我们活命的。快点走，哭有底高用啊？马上死到临头了。"

公主只好急匆匆，前面到了朝阳宫。

想想从前来经过，国母娘娘此地封。

宫娥彩女来服侍，笙箫细乐送进宫。

谁知今朝这般苦，想想哭得眼睛红。

公主一路啼哭，直到金光门外，宫娥说："娘娘，楼台到了，你上去吧。"耶输公主无奈，抱着罗睺太子，站到楼台，对下一望，火势蛮烺，吓得魂飞天外，魄上九霄。

公主一看失了魂，火光冲天怕坏人。

手中罗睺哀哀哭，娘娘开口放悲声。

投了我胎害了你，跟娘火里丧残生。

公主正在伤心，一个彩女走上楼台，手中拿了酒饭，哭着对公主说："娘娘，你快来吃吧，把肚子吃饱了，好做一个饱死鬼。"

公主说："我吃不下。"

"娘娘啊，这个饭你一定要吃，这个饭叫离别饭，又叫断头送命饭，你一定要吃。"

"谢谢宫娥好意，我实在吃不下，你拿走吧。"

闲人个个都来看，人人总是好伤心。

公主有罪倒也罢，小孩烧死不该应。

个个都念弥陀佛，苍天总要长眼睛。

又一个宫娥走上楼台，高声叫喊："娘娘，万岁有令，你反正要死了，将身上的腰裙脱下来献与国太。"

公主一听，放声大哭。

此裙不是一般裙，水不进来火不焚。

当初父皇赐给我，如今逼我献她人。

左手抱了亲生子，右手腰里解腰裙。

公主无奈，只好将珍珠宝裙脱下来，心中就想：啊呀，我好糊涂啊，我从交际国和太子回来，我家父皇赐我一粒丹青丸。他对我说够，如果遇到为难之事，只要服下这粒丹青丸，可以逢凶化吉，遇难成祥。随手叫彩女端碗开水来，公主将丹青丸泡开，一口服下，抱着小太子，对西方雪山方向高喊三声："我的亲夫啊，快来救救我耶输吧！"

公主娘娘苦十分，望西喊夫两三声。

怨气未绝心酸痛，将身跳入火坑中。

正在这时，一道祥光，只见火坑里面，泛起五色莲花，五彩缤纷。

娘娘手抱亲生子，足踏莲花上天门。

楼台上众臣，宫娥彩女，看到此事，奏与万岁说："娘娘跳下火坑潭里，只见潭内一道祥光，泛起五色莲花，娘娘站在莲花上，腾云驾雾往天上去了。"

万岁闻听这一声，心中思量八九分。

谅必耶输冤枉事，皇天不负苦心人。

万岁和正宫娘娘讲讲："志同啊，人生在世如同春梦一场，争田夺地，钩心斗角，到最后又有什么用？只有千年计，没有千年寿，我们不如像皇儿一样。"

吃吃素来修修道，修修来世好收成。

我们再说悉达太子，在雪山上，修道六年，功德圆满，那一天和耶输母子一起来到菩提场中圣真殿，拜见燃灯古佛。

古佛开口大笑："善哉，善哉，大有功德，功德无量。悉达，你现在婚姻已满，当来授记，号称'释迦牟尼佛'，我将因果佛法传授给你。"

太子听见喜十分，前世姻缘合配成。

今日古佛来授记，号称释迦文佛尊。

太子悉达授记了因果佛法，身坐八宝莲台，说法八十九年，讲经说法三万伍仟余场，于招真二年先度父母升天，又度岳父岳母升天，后度无数众生。

合国朝臣都修道，王珍也度上天门。

释迦佛，落皇宫，不登皇位。

十九岁，上雪山，办道修行。

芦穿膝，雀灌顶，六年苦恨。

留生老，病死苦，直到如今。

离恩割爱修成正，免坠阴司地狱门。

雪山宝卷讲完成，听得人人都修仙。

今朝听了佛祖卷，男女老少福无边。

宝卷讲完成，礼拜佛四尊。

佛前求忏悔，（罪孽）灾难化灰尘。

圆满师菩萨摩阿萨，宝卷圆满注长生。

全卷终

尾声

自古以来，人生在世总有一死，不论古今万岁，还是英雄豪杰，都难免此劫。

地府阎君挂铁牌，不论皇亲共秀才，咬钉嚼铁男子汉，描龙绣凤女裙钗，没有死来只有生，阳间蹲不下许多人。那么，既然晓得早晚要死，人生在世几十年光景，正如释迦牟尼佛所说，光阴不多，岁月不长，为何不多做好事，少做坏事，不要做恶事。古人有云："善有善报，恶有恶报，如果不报，时间未到。"善恶到头终有报，只是来早与来迟。人生在世，如同春梦一场，到最后，还不是两手空空，去见阎王？所以奉劝诸君要积德行善，修修来世，如同一些古人，忙到最后，辛苦一场，又有何用？真是可叹，可叹也。

一叹孔子与周工，教诲子弟满西东。
满腹经纶良才广，大限一到一场空。
二叹颜回天地聪，锦绣文章透真龙。
可怜聪明少长寿，三十二岁短命终。
三叹石崇是富翁，堆金积玉满库中。
锦帐连绵四十里，死无棺木一场空。
四叹彭祖八百翁，世上并无一人同。
三十六妻九十子，无一子媳送他终。
五叹杨家七弟兄，独占兵权在手中。
双龙会上多败阵，撞碑一死老令公。
六叹英雄是武松，景阳打虎逞英雄。
杀死嫂嫂西门庆，荡寇到底命归空。
七叹韩信会用兵，千方百计在其心。
扶持汉室封王位，屈死未央命归阴。
八叹项羽好英雄，能举铁鼎千斤重。
力大盖世无敌手，乌江自刎命归空。
九叹关羽气势宏，五关六将逞英雄。
单刀赴会曹营里，五十八岁命归终。
十叹为人莫行凶，人生如戏一般同。
有朝一日无常到，金银儿女一场空。

以上古人，不都是英雄豪杰吗？不都是万贯家财吗？到最后不过如此光景。所以奉劝诸君，凡事要看穿一点，不要斤斤计较，得过且过，以上古人就是我们的前车之鉴。

城隍宝卷

上西天，苦黄连，花仙果，蜜能甜。——圣谕

昔年唐僧上西天，山遥路远苦黄连。
吃尽园中花仙果，取得真经蜜能甜。
天也愁来地也愁，君也愁来臣也愁。
天愁天干不下雨，地愁五谷少收成。
君愁江山不得稳，臣子愁嘞怕出征。
小也愁来老也愁，穷也愁来富也愁。
小么又愁长不大，老么也愁阎王勾。
穷么愁嘞没饭吃，富么又愁贼来偷。
鸡子愁过端午节，鸭子又愁赏中秋。
人来世上就吃得格愁更饭，
伍子胥过关一夜就愁白头。
今日不知明日事，
人在世上枉着闲气一夜空。
城隍宝卷初展开，
拜请文曲星宿降临来。
宝卷初展开，礼拜佛如来。
树从根上起，花从叶里开。
寿香炉内烧，寿烛放光毫。
老少齐念佛，仙家下九霄。

光阴似箭日月如梭，人生百岁能有几个！
良田万顷种不了许多，
金银满库买不到地府阎罗。
空手来么空手走，不如趁早念弥陀。
劝善终有福，挑祸两无功。
人无千年好，花无百日红。
吃酒不醉量为高，见色不贪是英豪。
非里之财不可取，忍气吞声祸可消。
耐字没得忍字高，忍字头上有张刀。
为人晏有几个忍，不犯法律哪一条。
人生在世力不齐，家中缺少美貌妻。
有了美女来作忱，心中要想买落地。
买了良田千万亩，恨无出门没马骑。
骑了白马要坐轿，恨无官职被人欺。
做了七品知县府，心中要想做皇帝。
做了一朝真命主，心中要想做玉帝。
贪心不足四个字，爬嘞高来跌得低。
邻舍隔壁起高房，让他几尺又何妨。
千年计划没得用，果记得当年秦始皇。
收留闲文归经典，开宣宝卷劝善人。

说者城隍宝卷，是一部劝善。小学生今日开读，应先还朝代帝主，后还贤人出世根由。经典盖板之上注有“昔日”二字，昔者远也，日是今日，远年经典，今日所讲，远朝近还，要还朝代确然不难。

唐朝太宗皇帝登龙王，一统山河治乾坤。

众位：唐太宗皇帝登殿，真正像样，文有忠良，武有能将，八大朝臣，九卿四相，文官执笔安社稷，武官拖刀治乾坤，东华门凳钟，西华门凳鼓，文听钟声见朝驾，武听鼓响拜明君。

整个有三座皇城：外罗城、里罗城、紫金城。外罗城有三十六行生意，做买做卖，鱼樵耕读，士农工商，琴棋诗画，样样都有。里罗城是文武百官的朝房。

紫金城不住张三其别个，总是皇子共皇孙。

皇皇多有道，端坐九龙庭。

八方都清静，处处罢刀兵。

国正天心顺，官清民乐安。

妻贤夫过少，子孝父心宽。

太宗天子列为英明，五更鼓打端坐龙庭。

父慈子孝弟兄恭敬，家家福禄户户康宁。

万民齐喝彩，称赞有道君。

众位啊，皇皇有道讲不尽，

山清水秀出贤人。

大众听经皆多，闻经皆广，耳闻贤人出世，不知出在何方数块。这贤人既不出在边邦外国，也不出在荒山野地。要说出在边邦外国，人生嘞三头六臂，兴兵造反，和我中国人做对，算不得贤人。要说出在荒山野地，独霸一方，自立为王，拦挡短路，扰乱江山，称孤道雾，就更算不上贤人了。

该应我主江山稳，大邦中原出贤人，贤人出得其则不远，出在山西省绛州府龙门县北门外李家村，一人姓李名福，同缘陈氏。

说到李家豪富很，龙门县盖顶有名声。

提到这李福，是天上仓库星宿临凡，陈氏是接玉星宿下界，所以两位富星下凡，发财就一点总不难。

仓库星，下凡尘，仓仓满库。

接玉星，来下界，接玉堆金。

李福家中真是叫万贯家财：东库房堆金不堆银，西库房堆银不堆金，秤称银子斗量金，安童成对，侍女成双，鸡鸭成群，骡马成行，夫妻双双，端坐高堂，生活覅做，一世风光，乃积乃仓，赛过天堂。五亩之宅，树枝已桑，周见于二代，郁郁于文哉。

出入安童骑骡马，扫地梅香戴金花。

格大家要问了，这李福家咁种豪富，果有多大的官职？要讲做官，芝麻咁大的官总没得，在过去皇帝敕封过的。

有钱男子称员外，发财女子号院君。

格李员外咁总豪富，果有不称心的事情啊？

众位啊，

他家夫妻同庚三十六岁春，

男花女花不曾生。

果是他家天生就没得男女后代？不是的，本来他家有五男二女传宗接代够，把他自己作啦得够，怎样作啦得够呢？

说到李福员外是个黑心肠，

银子里面要钻铅，大钱又用小钱掺。

米麦也要挑水涨，

棉花总掺出去晒夜场。

玉皇大帝就说够："好一个李福，你是天上星宿下凡，本应该登东土里行善积德，你不但不做好事，相反做下无边罪孽。"所以玉主大发雷霆，高提龙毫御笔。

拿李福名下五男二女勾嘞干干净，

命中一子欠三分。

玉主来杠勾子孙，李福不知半毫分。

格天子员外端坐高厅，对楼下一望，外面格人成淘打浪。

"安童啊，今朝果是哪里格菩萨圣诞，人家辄去烧香上会，人总排队啊！"

"员外，不是的。"

"格过些人总上哪里去啊？"

"员外，堂块清明寒节要到了，人家总去荣宗祭祖，飘山化白上祖坟。"

"啊呀！安童，往年把清明脚督我辄来外面收租要债不来家，今年凑巧我到来家哩！人家有祖先三代，我家也有三代宗亲，你赶紧带银子上街，展香烛纸马，买供品家来，等我也好去上上祖坟。"

安童闻听这一声，纸马供品买进门。

因为员外几年不曾去上坟哩，今朝心上特别高兴。格天子天气也好，上坟格人家倒也不少。员外身骑银宗白马，带领安童四个，转啊转，来到了李家坟园。员外吩咐安童将供品供起来，自己亲自烧香点烛，弯下腰来头就直凿。

哪晓得拜啊拜，抬起头来对东南上一望，心就吓得直荡。"安童啊，格东南上一个坟咁高，格老奶奶白发来背上飘，年纪可保有八十高，她咁大年纪还来杠上哪个坟啊？"

"员外，格老奶奶我们认得她够，她格命苦，如同盐卤，根由细底，格哪比得上你啊！"

格老奶奶住嘞前间凤凰村，

今年年纪到有八十六岁春。

男花女花不曾生。

员外啊，

等到这个奶奶将来丧残生，终究结果是孤坟。

李福员外闻听只一声，不觉联想到自身。

员外喊声可怜啊，

我家夫妻两个如今同庚到有三十六岁春，

没得香烟后代根。

等到将来我家夫妻两个一命呜呼丧残生，

万贯家财交何人？

三代宗亲啊！

你们在堂为人，死嘞为灵，有灵有感，阴灵何在么？

你们格坟么今朝到有我来上，

将来哪个来上我坟？

我格安童啊！

这个银宗白马么我也骑不动，早点扶我转家门。

员外来到家中，想想心上难过，就对高厅上一坐，忧心且且，眼泪珠抛。到把快嘴梅香看见嘞够，赶紧丑虎跳，就对陈氏院君身边报。“主母娘娘啊，员外今朝上坟家来，不晓为点底高，来高厅上眼泪珠抛。”院君一想：家有勤妻，夫不吃淡饭，家有贤妻，夫不遭祸事。

员外有个焦愁事，我做消愁解闷人。

随身衣裳不打扮，绣带飘飘下楼门。

员外看见院君到，如同看见对头人。

我把你大胆陈氏你还了得，

你果晓得李家规矩重，无事端端下楼门。

你不是大户人家千金女，你是个花前月下人。

陈氏闻听只一声，止不住腮边泪纷纷。

员外啊，

我才间来楼上好好很，梅香告诉我知闻。

说你不晓为点底高，忧心且且么。

我下楼来张看张看你么，

好言好语不曾得得到，你辱骂我奴家果该因。

员外一听，浑身松劲：不好嘞呱，我错怪嘞她嘞哇！赶紧拍拍她格肩兜，背背她格衣袖：“院君，远不格天地，好吃不过冬冲晚米，再好是我和你恩爱夫妻，才间我言语重嘞点，你果包含得起。”

“员外，我和你一夜夫妻百夜恩，百夜夫妻海能深。随你说底高，我辄包含得起，你究竟为点底高？忧心且且，眼泪珠抛，哭到这种腔调？”

员外一想：我家院君蛮聪明格，我弄格哑谜她猜猜哩。

院君啊，

你绣带飘飘下楼门，后间跟的是何人？

院君回过头一望，一个小梅香上她大当：“你格冤家，才间可保走我后间，指指点点，做个鬼脸，得罪嘞我家员外。”随手拎住她个青丝细，背住她格缔都缔，拿她一霍子掀倒地，倒拳不长柄，到她身上就卵钉，打嘞她嗷地方救命。

打一几来骂一声，头上敲到足后跟。

梅香挨一打，再对杠一雍，鼻子管里呲通呲通：“主母娘娘啊，你颠颠倒来倒倒颠，你家没得男女为何打我小梅香？”

员外说：“院君啊，你打错嘞人了。”

“员外，你说我后间格人，不就是她，我不打她打哪个？”

员外说：“不是得，我问你有多大年纪，何苦啊！”

“员外，我和你两条黄中合张犁同(耕)庚，今年三十六岁春。格明年么，明年三十七，再到三十八，再到三十九，请和尚道士唪唪经，拜拜斗，贺格四十岁好到手。”

“院君啊，我不是得啊，我今年和你同年三十六岁春，明年只有三十五，再到三十四，再到三十三，慢慢对三十岁上赶(栓)。”

“员外啊，你何苦啊？年纪只有越活越大的，怎越活越小啊？真是黄杨木，倒长缩。”

“院君啊，你也晓得年纪越活越大唻，院君啊！”

我们夫妻同庚三十六岁春，

果有传宗接代人。

十来岁，在场上，跳绳踢毽，
二十岁，爱人家，美貌千金，
三十岁，爱人家，娇妻美妾，
四十岁，爱人家，孝子贤孙，
五十岁，没男女，枉苦一世，
六十岁，没男女，大树无根。
院君啊，
人到七十古来稀，没得男女被人欺。
院君啊，
山中没有千年木，世上少逢百岁人。
等到我们丧残生，没得飘山化白人。

“员外你何苦啊！你怎登家闲思量，惹格落，吃得五谷敖六谷，要底高子孙啊？你果曾听见人家说啊，男是冤家女是害，三世修不到绝下代，无男无女多自在，光枕滑席哪里来。你就好比吕洞宾，我就好比何仙姑，清清爽爽两个人，也不晓得多适意哩！”

员外一听，更加伤心。

院君啊，
你年纪轻轻比神仙，老来无子苦黄连。

“员外，你不要难过，我家万贯家财，家里只要该一担米，我们死嘞覅愁没得人来理。只要该担糠，覅愁没得人来杠，家里只要有一担柴，我们死了覅愁没得人来唔。”

员外闻听只一声，更加啼哭泪纷纷。
院君啊，
如果我们年老归地府，哪做飘山化白人。

“员外，你不要难过，你真正要男女够，也便当够，够些精穷烂穷，穷斯烂矣。今朝穷到底，明朝到底穷，东壁打西浪，有竹架没得望，衣不遮身，食不充口的人家，不分细啊大，男女养上好几个，又没得本事拿小伙养大嘞，不如趁些伙滴点大，不懂事，去抱一个回来，抚养长大成人，帮他娶妻换席，生男育女，传宗接代。”

只有假儿没假孙，传接我家后代根。

“院君啊，好是好够，格个仦滴点大，抱一个家来，或者用长箸子背一个家来。尺把长，我们起早坐夜，吃尽千辛万苦，拿他抚养到七八岁，送他攻书上学，他再不听话，你就登家骂。喉咙稍微大点，邻舍隔壁又要齿论：这人家派没得男女格呢，派绝下代够，带到个儿子，一天到夜，蹲家喉气百调，这人家也派有儿子啊，如果这个仦气相大点，到溜家去够，告诉他家父母，该应说得他，他再说谎说我们打嘞他，该应打嘞他，他说杀得他，讲情说理格人家大人就说够：儿啊，仦派沿小受教育够，没得规矩，大了就不成方圆，桑树条子派沿小就慢慢越够，馁点上他家去；还有不讲理的人家大人就说格：儿啊，我往常原舍不得拿你送把他家呢，辄是你家妈妈呢，要想发绝下代人家财，要想得绝下代人家家当呢，儿啊，馁点家来，不要蹲他家，不要想得他家绝下代家当，发他家绝下代财。乡下人有句土话够，金格落，银角落，不如嫡亲娘啊老子身边穷角落，西北风最冷，绝下代人家心最狠呢。

绝下代人家有绝下代心，拿旁人家子孙不当人。

“肇这仦到家去够，院君啊，我们忙上好几年，用掉许多钱，起了多少早五更，坐了多少深黄昏，跑了多少慌忙路，吃了多少冷点心，一片心血，只好撂嘞东洋大海。”

院君啊，

古人有云，田要深耕，儿要亲生。

深耕田地才出五谷，亲生男女才孝双亲。

“员外，别人家仦不好带，我家侄男侄女多哩！不好带个家来，总是嫡亲格呢。”

“院君啊，侄男侄女更加不好带。为底高？你不相信，我来打个比方把你听：我家种一块田花，隔壁人家种一块田瓜，格瓜藤游啊游，到游到我家花田里来够，开上许多花，结上几个大大瓜。格瓜到熟得够，我家安童就说够：我家今年不曾种瓜，田里长上几个大大瓜，总熟得够，我们去扯家来吃吃。正好隔壁头人家安童也去扯瓜，他家安童说：不要扯，你家又不曾种瓜，你家种格是花，这瓜是我家瓜藤游你家田里去长够，这瓜派我家扯家去。我家安童就说够，哪请你瓜藤游我家田里来嘎。瓜长嘞我家田里，我们就要扯。肇两个人家安童就打架，打嘞头破血流，就像血猴。刚好来了一个年老公公，胡子拖胸，站嘞大路当中：‘小朋友，扯瓜不要争，只要理瓜根。’肇几个人对田岸上一撑，望你们蹲杠理瓜根，拿瓜藤一背,吃人家大亏。”

院君啊,

侄男侄女就好比一夹瓜,理理根基也是别人家。

“员外,格侄男侄女不好带,家里体面安童,体面梅香多哩,辄是沿小我家买家来够,吃点亏,等他们夜里困做堆,等啦三年并两载。”

生到男来育到女,也好传接后代根。

“院君啊,你何苦啊,我家这种大户头人家,拿安童梅香,放家成婚匹配。”

三三两两传出去,坏啦我家好名声,

另外我再打个比方把你听,

安童梅香好比一笼鸡,早起开窝崩崩飞。

家鸡吆嘞头头转,野鸡打嘞恰天飞。

“员外,你这也不肯,那也不肯,可保怪我交你结婚几年,不曾生到男女香烟,我家库房里银子多得很,你请出三媒六证人,赶紧拿格偏房娶过门,拿我搿到足后跟”。“院君啊,你怎说到这话够,我年纪虽然不老,见识倒是不小。”

东埭上,娶偏房,常常打架。

西村上,娶偏房,闹到如今。

南埭上,娶偏房,不曾有养。

北村上,娶偏房,没得儿孙。

员外喊声院君啊,

我如果拿偏房娶家来么,

一来对不起你家高厅上双父母,

二来掼拉夫妻结发情。

院君啊,

绝下代留我绝下代,决不拿偏房娶家来。

院君闻听只一声,止不住腮边泪纷纷。

喊一声可怜啊,

只怪我嫁到李家数年春,破血不曾生。

诸亲六眷辄议论,说我绝得他家香烟后代根。

我或男或女么,哪怕黄胖和尚养一个,

我家员外也没得更伤心。

妻劝夫,在高厅,悲泪啼哭

夫劝妻,在高厅,哭得伤心

一阵风,哭声传到老安童房中,安童就说呱:“我家员外万贯家财,穿么穿勒绸,吃么吃得油,为点底高事情哭得干种伤心,我到去望望看。”

急急忙忙就动身,

高厅到勒面前存。

安童跑到高厅一看,恨不得命总吓断,员外家夫妻两个泪流满面,哭得死去活来。

“员外,你交主母娘娘为点底高,怎哭到这种腔调?”

员外抬头一看,是家里多年格老安童,员外一把背住安童格手,眼泪只是对外拌(抛),看看就象筛酒,员外喊一声。

安童啊,

你到我家数年春,我家事情你知闻。

我家夫妻同庚三十六岁春,果有香烟后代根。

“啊呀员外,就为点男女事情,你交主母娘娘哭得干种伤心啊,你果曾听见人家说嘎。”

欲享儿孙福,须舍世间财。

为人多积德,子孙天送来。

前世修来福,今生享荣华。

今世做好事,锦上又添花。

为人在世多积德,生到男女后代根。

“安童啊,我年纪说老不老,说小不小,你叫我好事做点底高?”

“员外,不要你动手,只要你开口,库房里金子银子都有,拿出来,我们安童梅香大家帮您家拿好事做起来。”

众位,员外要养儿子传宗接代,好事做勒大了,钱用啦多了,格员外究竟做哪些好事够?

路上不平挑土修,桥坏刄板换木头。

天阴落雨送人家钉鞋伞,黑夜暗星点路灯。

遇到二三十格小光棍,赠他铜钱做营生。

三岁孩童亡父母,带他家中长成人。

“安童，我家好事做了一年，怎不曾生到男女香烟，钱用掉不少，怎不曾生到儿子惯宝宝？”

“员外，你家好事做嘞嫌小，所以男女生不到，现在老百姓家里作孽哩，春天没粮草，夏天田里做活计没凉帽，夜里身上蚊虫咬，秋天没雨具，冬天没得棉衣棉裤防寒。要过年，没得钱，总要你员外周全。”

“啊呀，格要用多少钱啊？”

“员外，你又没得男女，格钱放杠做底高？”

你做做好事积积德，作兴也养到个儿子传传下代。

员外闻听这一声，想想不惜半毫分。
农民家里过春天，长天大日天。
没草又没粮，男女饿嘞哭连连，
员外做好事，挨家挨户送米粮。
春季过了夏季到，农民田里把草薅。
六月里格太阳像火烧，个个晒嘞背皮焦。
员外做好事，送他一个好凉帽。
农民家里过夏天，床上帐子不连牵。
倒头蚊子嘴又尖，咬嘞个个浑身痒。
端张板凳困嘞野场上，斫点青草做做烟。
员外做好事，送他蒲扇共蚊烟。
夏季过了秋季里，农民田里做活计。
女格没斗篷，男格没蓑衣。
天阴落雨湿济济，暴头雨落得来溜总溜不期。
员外做好事，送他格斗篷共蓑衣。
秋季过了冬季到，西北风一起冷际遭。
外面大雪对家飘，
女的没棉裤，男的没棉袄。
个个冻嘞懒伸腰，
大人冻嘞杂杂跳。小朋友冻嘞叽里呱啦嗷。
员外做好事，送他棉裤共棉袄。
农民家里要过年，买东买西少铜钱。

大的又要补,小的又要连。

个个总要添新鲜,

男女蹲家哭连连,争嘞要要守岁钱。

员外做好事,挨家打听送铜钱。

好事又做一年整,还是没得后代根。

“安童啊,我家怎还养不到儿子够?”

“员外,你做这咁大的好事,只有天下凡人才晓得,天上玉主还不晓得,连你家祖宗来坟肚里总不晓得。”

“安童,格怎弄才好?”

“最好请僧道两班,家来吹吹唱唱,拜七七四十九天求子大忏,表章升天,御宰台前,玉皇面前,才求到子孙哩!”

员外闻听只一声,想想不错半毫分。

三清寺里请道友,报恩寺里请僧人。

因为报恩寺远,三清寺近,所以安童就先去请和尚,打转再请道士。

李家安童站起身,报恩寺到面前存。

乡下人有句土话够:杨叶黄,和尚道士忙;杨叶青,饿断和尚道士接连筋。格天子和尚对庙里一坐,没得事做,身上衣裳痒,赶紧背起来抖,眼睛一蒙,看见一个半风,对衣裳缝里一攻:你格冤家,你咬我一痒,我嚼你一响。和尚手脚又馋,拿半风对嘴里一搭,一嚼冰崩,正在这个辰光,安童到了,安童对杠一站,直把嗓子就喊:“老师傅,往堂请你做交易,出门工支一天总要要八十,今朝沿格蹲家没事捉白虱嗄。”

和尚闻听只一声,脸辄红到耳后跟。

“安童哥哥呀,今朝怎咁稀客嘎,外间底高风啊,拿你吹得来嘎?外面长罗罗风,扁罗罗风,方罗罗风,圆罗罗风,吹得来,转得来,我旋(相)得来够,来请坐请坐。”

等安童坐下来够,和尚就问他:“安童哥哥,你今朝来果有底高事情啊?”

“师傅,无事不登三宝殿,我奉我家员外之命,来请你做交易够。”

“唪经啊?”

“不是的。”

“礼斗啊?”

“也不是的。”

“这也不是的，哪也不是的，果是请我家去薅草，我桩样辄会，就是薅草不内。”

“哪要你薅草，请你家去做道场。”

“一天头忙丧道场。”

“我家又不曾死人。”

“做三天啊？”

“不止。”

“四天啊？”

“加起来。”

“做七天啊！”

“还不止，做七七七七……四十九天哩！”

和尚一听笑颜开，发到一笔大横财。
老和尚么笑嘻嘻，叫声安童小弟弟，
你家员外好心意，都拿交易挑我的。
交你家员外来商议，先付铜钱三千二。
来到城里典当里，赎回铛铛铙钵共法衣。
老和尚么笑呵呵，叫声安童小哥哥。
交你家员外来相商，再付铜钱三千三，
来到城里西水关，典当里面赎经担。

“老师傅啊，你又没得经担，怎好上我家去吃素饭，做道场？”我倒也无所谓，就是我家主母娘娘身边有个小梅香，格她个嘴巴子好哩，格她要打窃你够：我家安童哥哥从报恩寺里请来一般霉和尚。”

头毛长嘞像罪犯，脸上黑得像烰炭。
眼睛睁嘞像油盏，嘴么长嘞像缸爿。
身上衣裳动线襻，脚上鞋子打确板。
吹格曲子像鬼喊，没得一副好经担，要到我家做道场。

和尚一听，大发雷霆：“快点死走，你家交易不宰主挑我。”

小和尚就说够：“师傅啊，你发底高火啊？有话么好好说。”

“徒弟，人要脸，树也晓得要皮哩！他说得我们一个钱都不值，我们又不好，格他请我们做底高？”

“师傅啊，要寻人家钱，格只好脸皮放厚点啊。往常到廿四夜脚督，哪怕一个老头子走堂上街卖草，你总背住得，老爹，马上到廿四夜了，要念灶经，你请我，我拿钱财看嘞不重，师傅啊，你果曾算算，这笔交易做下来，你念灶经要念几世哩！这笔交易做到家，银子拖到几板车。”

“格我们又没得经担，怎好上他家去做道场？你嘴唇边薄枵枵，说起话来轻飘飘，总不见得弄铜勺铲刀中蹲他家敲。”

“师傅啊，你不要担心，我们没得经担，后间师伯师叔家有哩，不好去问他们借。”老和尚一听，倒蛮相信。小和尚说：“安童哥哥，你蹲堂等等。我们格经担，总放嘞我家师伯师叔家里，不是吹，我们格经担好弄车子推。”

老和尚急急跑来急急奔，
哪肯耽搁赶路程。

那晓他有格齁老病够，到杠未曾开口，到齁嘞不得过：“师兄师弟，你这个老脸皮，又来做底高？”

“师兄师弟，我来借经担够。”

“又来借经担？上一次拿格经担借把你，格锣可宝吃糯米饭来下敲够，敲啊敲，摁啊摁，高头摁上好几条大大老鳖，为个铙，几回要想对你杠跑，想想总是师弟兄道理不值得，寻丧你越弄越不成腔嘞够，自己没得钱买酒吃，急得没办法，拿借把你格铃具木鱼对酒店里一压，今朝到又来借喽！徒弟们，拿绳子拿得来，拿这老和尚吊起来。”老和尚听见要吊，吓得就丑虎跳，溜起来不晓有多馁。溜到家小和尚就问他：“师傅啊，你跑嘞咁格馁，经担果曾借得到？”“好嘞我溜嘞馁，后间要赶嘞吊。”“师傅啊，到不是我说你哩，你年纪虽然咁老，就是脾气不好，等我到去试试看。”“你早哩，他们交我师弟兄道理也不借把我哩，也借把你啦？”“格不一定，有志不在年高，无志空长百岁。”

小和尚就站起身，师伯师叔家面前存。

小和尚会说话了，说打死人要抵命，骗煞人不要偿命，一点不假。他深深一礼，一躬到底，格总客气：“师伯师叔在上，徒侄有礼了。”“徒侄，不须客气，一旁宽坐。”“师伯师叔，现在道士家做交易，专门欺负我们和尚家，堂块李家庄李员外家要做四十九天道场，我来和你们师伯师叔相商，借你们的经担，用你们的和尚，无论如何要去帮站站场子，挣到钱你们分六成，我们只要得四成。你们也咁大年纪了，有些事情也要看淡点，你们又不曾成家，又没得男女下代，从今往后，我就是你们的儿子，如你们有伤风咳嗽，我端汤送茶；千年临危，我披麻戴孝；周年时节，我烧钱化纸；清明辰光，我飘山化白。”

在养老么死殡葬，飘山化白我当身。

几句鬼话一说，格老和尚人总欢喜煞的。“徒侄，你家格现世宝师傅，只要有你一半会说，我也拿经但借把他够。过种死腔，跑到堂吭气总来不期，我看见他心上就不好过。”

老和尚么开言谈，吩咐香火人点经担。

一点药师琉璃幡，二点欢门共板幡。

员外家里做道场，再点八件大红畅。

大锣小锣要带的，铛铛鸽子不用提。

铃具木鱼拿出去，员外家里要放灯，再打笙箫共乐器。

安童打转又去三清寺里请道士，因为道士近，整理整理到也到堂块喽。

安童做事麻利很，僧道两班同进门。

和尚家醮首就说够：“员外，我家如来佛为大，我们要蹲前高厅办事。”

道士家醮首说：“员外，我家三清玉帝为大，我们要蹲前高厅设忏堂。”

员外说：“何苦何苦，我家为了生男育女，传宗接代，请你们家来做点交易也要争地方，哪里不一样办事啊？既然你们要争，我就帮你们来分。”

后高厅上面设道友，前高厅上面供僧人。

和尚一听，浑身来劲，来到前高厅，马纸折折供起来，铃具木鱼拿出来，锣鼓打闹台。道士也忙，设立忏堂，铃具钉当，灯烛辉煌，洗脸漱口，走进忏堂，志心朝礼，口称玉皇。

三清三境朝南供，太乙救苦大天尊。

肇员外家里闹热了。

一般道士一般僧人，员外家里诵经文，

表章发到天空去，御宰台前求子孙。

一般道士一般和尚，员外家里拜大忏，

笙箫共乐器，锣鼓打闹场。

员外家里设壇场，蹲家诵经又拜忏。

吹的吹来唱的唱，铺设下来吃夜饭。

员外家里做大斋，斋僧榜文贴出来。

斋僧榜文上写：有我李福，同缘陈氏，为了生男育女，传宗接代，请了僧道两班，大做道场四十九天，请大家都到我家来吃斋饭。

哪个吃斋吃一天，赏他一副蜡烛钎。

蜡烛钎来蜡烛钎，三十个提大老黄边。

大家一听，格外来劲，上李员外家去吃一天斋饭，拿到三十个铜钱，对杠一坐，活计覅做，既有饭吃，还有钱拿，真正相嘞不好意思。阿弥陀佛嘴里念，念到半夜里还有三大碗面，吃到底高辰光？一下子吃到二麦齐黄，家里塍豆蛮忙。大家说："麦辄黄了，家去埲豆啊。"人跑啦一半。

员外说："可宝嫌我家钱少，再加点。"

哪个吃斋吃一天，赏他一副土基箱。

土基箱来土基箱，四十个提大老黄边。

大家说："倒也蛮好哩。"

一天到夜底高活计总覅做，饭照吃，还拿到四十个钱。吃到底高辰光？一下子吃到芒种。

大家说："随他家多少钱，我们要家去种种田，他家斋饭吃不到几年，我们拿田里忙好嘞，到好吃嘎好几年哩！"人到全部辄跑啦得够。

就剩几个叫花子来杠，叫花子就说够："我们三天不上街，嘴里淡歪歪，斋饭不曾吃几天，铜钱弄到好几千。走啊，上街啊，买肉家来煨啊！"擎几个叫花子拿肉买家来，拿个锅子，到后花园吃亏，蹲杠就煨，翻大腔，煨嘞烟高崩天。

员外在高厅上到看见嘞够："安童，到去望望看，后花园怎来杠冒烟够？"

安童跑到杠一望："花子啊，你们来堂烧底高？"

"我们嘴里有点麻，来堂烧点茶。"

"才间两杠桶茶挑出来，不够你们吃？"

"格茶冷的，不好吃。"

"快点啊，员外在高厅上望了。"

"晓得够。"

格肉熟得么就吃焉，老花子年纪大了嚼不动，要煨煨烂哩，一点不偷懒，一下子煨到晚。员外说："格茶怎咁难煨够？我到去望望看。"

员外来到花子身边："花子，你们来堂煨底高？"

“员外,我们嘴里有点麻,来堂煨点茶。”

“倒把我望望看。”

花子一听,吓得没命,做贼人心虚,拿锅盖一撂,吓得就丑虎跳。

只是跑来只是溜,腰把子弯嘞像秤钩。

吓得夠总不敢夠,

实估曾溜出去二十步,到跌啦十几个大跟斗。

员外跑到前面一看,眼睛发暗！不好了。

我家拜求子大忏做大斋,你们怎就把荤开。

员外发火,拿和尚道士回走,气势汹汹,来到前面高厅:“僧人师傅,快点歇手,我家忏不拜喽！”

“员外,为底高?”

“不拜就是不拜。”

“员外,格到没得咁便当哩！”

我从四城门八水关,请来多少好和尚。

又不高来又不长,才到你家做道场。

回我醮首微小可,要回客师多艰难。

“师傅啊,你覅生气,你们虽然不曾做到四十九天,我安四十九天钱算把你们,一斋一寸,不少你们一分。果好?”

和尚一听,浑身来劲。

“员外,如果你拿钱一文不少总算把我,我拿大家总带走,而且一个辄不发火。”

前高厅上面回僧人,道士家笑嘞肚里疼。

道士家醮手就说够:“师兄师弟,员外作底识货够,和尚家睁着眼睛念白字,书上面明明写的南无,他要念做那摩,员外发火,拿他们回走,生意统统挑我。大家赶紧动家伙,念功课。”上坛,拜玉皇朝天大忏,肇一拜头一揿,不晓得多起劲。

志心朝礼,玉皇大天尊,玄穹高上帝。

志心朝礼,玉皇大天尊,玄穹高上帝。

员外来到后高厅:“道士先生,覅蹲堂帝啊帝,铃具木鱼收收上人家去。”道士家醮首就说够:“员外,我们志心朝礼,个个头总磕到底,就像鸡子拾米,功劳无比,你竟也瞧不起啊?不要说志心朝礼,就是志心朝外,我家忏还是不拜。员外,格没得咁使当嘛,你请我们是做四十九天,今朝到夜才二十九,怎好半途中间就歇手?人家请我们总说没工夫,在李员外家做道场哩!你说再不中不晚叫我们上哪里去?我倒无所谓,我家些客师不容易打发。"

我从四城门八乡村,请来多少好先生。

又不高来又不长,才到你家做道场。

回我醮首微小可,要回客师多艰难。

"道士先生,你不要发火,安四十九天工资,一斋一寸,不推扳你一文,统统全部总算把你们果走。"

"过好够,既然你员外咁大量,我们也不白拿你家的钱,我们经不曾念得完,带庙里去念,忏不曾拜得完,带庙里去拜。"

这叫:经也完来忏也完,神也喜来佛也欢。

"员外,得你家钱财,帮你家消灾,你赶紧来。"

点点烛来烧烧香,合家大小拜龙天。

连心炮仗一缕烟,拿菩萨送嘞上西天。

哪晓李员外家求子大忏不曾拜完成,仍然没得后代根。

"安童,我家为底高用啦更多钱,怎不见动静,怎还生不到男女够?"

"员外,东南上有个观音寺,人家总说,观音菩萨来下显圣,求官得俸禄,求荣华就能富贵,求儿子就有香烟后代。不如到去求求菩萨看?"员外过咱只要养到儿子传宗接代,东说东好,西说西好,怎说怎好,随便花多少钱也舍得,所以展了香烛纸马,带了安童四个。

员外骑马前面走,院君坐轿后面跟。

在路行走来得快,观音寺到面前存。

员外来到观音寺一看,眼睛发暗:天井里么长青草,四周房子噔噔响就要倒,东半间山头对下雍,西半间山头直隆通,三只脚台子靠壁摆,四只脚椅子靠屏风。

柱棵脚辄锈嘞大半个空,哪里有菩萨来堂显威风。

"安童啊,这倒倒儿庙里也有菩萨啦?"

"员外,这个庙宇虽然不好,菩萨到灵哩!多年古庙有活佛,荒山野地有妖精,我们倒进去看看看。"

跑到里面一看,员外更加眼睛发暗。

屋望里结得蜘蛛网,佛台上沙灰有半寸深。

员外算舍得够,拿身上袍子脱下来,拿佛台上沙灰挍挍干净,吩咐安童将供品供起来。员外亲自烧香点烛,弯下腰来头就直凿,祷告一番:“观音菩萨,我是堂北门外李家村够,姓李名福,同缘陈氏,我家夫妻两个同庚到了三十九,至今男花女花都没有,辄说你来堂显圣,我到你门口来求子够。”

观音菩萨啊,

你如果送我李家一子香烟后代根,

我大香大烛了愿心。

安童说:“员外,你愿心嫌小,儿子就怕求不到。”

“奴才,大香大烛还小哩?”

“员外,你咁咱没得男女许大香大烛,等你养到儿子,你果舍得,你的脾气我不晓得?你也舍得大香大烛够,弄夹三支清香,一对鬼鬼拜烛,跑到堂做势拿头么直凿,拜烛曾点多少时赶紧一吹扑托,多到点蒂头算计明年清明脚督好去照小麦。”

“啊依喂,你格奴才,把你说说我就咁小气啊?”

院君赶紧跪下来:“菩萨菩萨,你大人不计小人言,我家员外愿心嫌小,你千万不能见恼,我来许个大愿把你听听。”

你只要送我家一子后代根,

我前山门修到你后山门。

“主母娘娘,你这愿心说大就大,说小就小。”要说大,你真正拿出大量银子,请六匠,将观音寺造嘞簇簇新;要说小,这个庙本身要倒,前面漏够,你到后间不漏的地方去探点瓦来,拿前间修好嘞,后边到又漏嘞够,后间墙上有个洞,前间好够,你到前边墙上敲几块砖头,去拿后边修好嘞,前边到又坏嘞够,这也叫前山门修到后山门。这和割肉补疮有什么两样?安童:“观音菩萨大显神通,送我家一子传宗接代够,我就这样来修。”

屋上总盖琉璃瓦,根根椽子辄雕花。

替她观音菩萨换袍套,小菩萨个个总装金。

“员外,主母娘娘许嘞咁大的愿心,你也好问问观音菩萨,你家果有男女后代?”

“奴才,这烂泥菩萨也会说话啦?”

“员外,这烂泥菩萨虽然不会说话,她有教板来堂块哩!”

“你好跌跌教格呢。”

“我又不会跌,你嫑拿两块教板合起来,凑香烛头上转三转,对地上一丢,我就晓得你家果养到儿子。”

员外一听,喜之不尽,当真拿两块教板凑香烛头上转三转,对下一掼,一个冚嘞朝底,一个仰面朝上。“安童啊,这底高教?”“圣教,果好?”“好够,果养到儿子啊?”“养到够。”

员外闻听只一声,心辄落到足后跟。

“员外,你嫑高兴得太早啊,教要跌到三教才作数哩!”

“格我再来跌。”

哪晓得格天子员外去嘞不巧,观音菩萨上天上去赴蟠桃盛会够:不来家。小菩萨不敢做主,大家商议商议说:“嫑耽搁人家工夫,早点回他走么。”

这下子员外拿教板对下一掼,两个总仰面朝上。“安童,只底高教?”

“阳教,果好?”

“不好。”

“果养到儿子啊?”

“养不到。快点走。”

“我才间来格辰光就说这倒倒儿庙里没得菩萨,就有菩萨总不是胎孩菩萨,辄是说谎的菩萨,才间准我有够,站堂就回我没得,这底高菩萨?”

“员外,你不要发火,先付圣教,再付阳教,圣圣阳,圣圣阳。员外要养儿子最多嫑歇大半年。”

员外闻听笑盈盈,喜在眉头笑在心。

安童说:“员外,你不要高兴得太早,教要跌到三教才作数哩!”

员外说:“格我再来跌。”

员外又拿两块教板合起来凑香烛头上转了三转,正要对下丢,小菩萨为难了:现在准他有,等菩萨家来说没得,我们到哪里去偷到格儿子把他家?现在回他没得,菩萨家来说有够,好好许嘞修庙,到把你们回掉了,格要挨吃嘞得!小菩萨商议商议说:“这次我们也不要准他有,也不要回绝得没得。”

这下子员外将教板对下一掼,小菩萨个个着躁,就将教板扶嘞竖嘞杠尖尖头朝上,两个捧住得点总不颤。

“安童，这倒稀奇哩，教是两块板，早起跌得晚，不是正就是反，怎两个竖嘞堂尖尖头朝上，点总不颤够，这底高教？”

“员外，这站堂，立得堂格教，就叫立教，果好？”

“好够，果养到儿子啊？养到够，立教立教，员外要养儿子立刻就到。”

员外闻听只一声，心中欢乐八九分。

员外带领安童院君高高兴兴回转自己家门，他们一走，观音菩萨赴会也家来够。在半空中，就看见庙里香云飘飘，来到庙中就问小菩萨：“今朝哪个到我庙里来烧香够？”

小菩萨说：“是北门外李家村李福员外和院君来烧香够。”

观音菩萨一听，不大相信：堂块周围他李福最发财，也最小气，一年忙到头，二年忙到梢，从来舍不得用嘎一个钱，买嘎一匝香来敬敬我观音菩萨，今朝怎太阳从西天出来够？怎舍得嘎？

“菩萨，他无事不登三宝殿，他来有事求你哩。”

“底高事啊？”

“他家夫妻同庚到了三十九，男花女花都没有，到你面前来求子够。”

“不要睬他，平常不来敬菩萨，到四十岁没得后代到来求我喽！”

“平时不烧香，急来抱佛脚，不要理他。”

“菩萨，你不要发火，他家许嘞愿大哩！”

“有多大？”

“你倒猜猜看。”

“常空帮我换顶帽子？”

“不止。”

“换件袍子啊？”

“也不止。”

“格有多大？”

“你顶猜大点。”

“总不可能帮我修庙吗？”

“菩萨，他家说够，只要送他一子香烟后代根，前山门修到后山门，屋上总盖琉璃瓦，根根椽子辄雕花，替你观音菩萨换袍套，我们小菩萨个个总装金。”

观音菩萨就想：乡下人有句土话够，敬菩萨一钱不落虚空地，既然他舍得用咁多银子,我去问问玉主看,他家究竟为底高到今朝没有生育。

观音菩萨站起身,御宰台前见世尊。

玉主说:“观音弟子,才间你曾走多远,怎有打转啊?”

“玉主啊,我来凡间格庙不好,就怕今朝夜里要倒,格怎弄?”

“果是叫我下凡帮你去化缘,我玉皇大帝面子大点,帮你多化到点钱,好帮你修庙?”

“玉主啊,不要你下凡,只要你为点小难,现在有人帮我修庙哩!”

“哪个?”

“山西省绛州府龙门县北门外李家村李福。”

“过好够。”

“好底高哩?要送他儿子下代哩!”

“我倒来望望看,玉主将簿子一看,眼睛发暗:“观音弟子,本来李福家有五男二女香烟后代,只因他用了大斗小称,所以要绝掉他家男女子孙,命中一子还欠三分。”

观音菩萨一听,浑身松劲:李家生不到男女,我格庙就修不成。她赶紧双膝俱跪,双目流泪。

玉主啊,
你如不送李家一子香烟后代根,
我跪死你面前不起身。

“观音弟子,你不要难过,你来开口,不等你现丑,只因他家作得孽,所以只好打发五官不正、四肢不全、丑陋不堪的星宿下凡投胎。”

正在这个时候,有东斗文曲星星宿才归天界,观音菩萨有慈悲之念,赶紧保本:“玉主啊,如果把五官不正、四肢不全、丑陋不堪的星宿到李家投胎托生,等他长大成人,又不得成家立业,大人还要为他操心劳碌。也不如把文曲星打发他下凡。

玉主一听,到蛮相信,随手拿文曲星宿唤到御宰台前。

“文曲星,你虽然才归天界,身为星宿,应到凡间去,为人间出力。观音弟子保本,等你再次到凡间去投胎托生。

文曲星宿闻听只一声,止不住腮边泪纷纷:
玉主啊,

你叫我到凡间去托生，

我也不晓得哪个是我的生身父，

哪个是我的老母亲。

我也不晓得哪里州府县里来出世，

何年何月降生辰。

“文曲星，你不要哭，等你到凡间去享福，你到山西省绛州府龙门县北门外李家村去投胎托生，仓库星宿下凡李福是你生身父亲，接玉星宿下界陈氏，是你生身母亲。”

你早un生来晚un生，五月十五子时生。

话言未了，就叫文曲星到变法台去变，一变二变，金光出现，三变四变，变作仙桃牡丹花模样。玉皇大帝打发打弹张仙、送子娘娘，拿六角金丝盘拿得来，将牡丹花和仙桃装起来，赶紧送嘞下凡。

玉主传下令，仙家下凡尘。

欲问仙家何方去，李家村上送子孙。

仙家下虚空，随身带了风。

不是为了送子事，无事怎肯下虚空。

仙家来是一阵风，去是影无踪，云头一滚，能走几省，芦花一颠，能走几千，仙风一散，半夜三更就对李福家陆地上空一站。

张仙就说够：“送子娘娘，他家这落地上多少格恶里宿来堂啊？有天狗星、地狗星、丧门星、拦子星、吊客星，就是没得贵子星，就贵子星来也被些恶星宿吃掉了。”

送子娘娘说：“你有金弓银弹，你不好射？”

张仙赶紧拿金弓银弹拿出来，弓拉拉满，弹子照照准，对准些恶星宿一弹子，就将天狗星、地狗星、丧门星、拦子星、吊客星射嘞咁干净。

贵子星送上绣楼门。

仙风一散，两位仙家就对陈氏踏板上一站，口中叫喊：“陈氏醒来，陈氏醒来。”

众位，不是喊她格人，而是喊她的魂灵，虽然她困着得，人有三魂七魄。

陈氏的魂灵挨一喊到来嘞够：“两位仙家，唤我有何吩咐？”

“陈氏，你家好事做了不少，又许嘞修观音寺庙，修到两样天宝，你望望哪一样最好？”

陈氏一看，六角金丝盘里有一枝牡丹花、一个仙桃，心上就想：我是上四十岁的人了，不欢喜油头粉面打扮，只欢喜口中滋味。

“仙家，我要吃你的桃子哩！”

手脚又馋，就拿桃子对嘴里直摺，舒歪歪，甜歪歪，我所欲也！

“陈氏，你梦中吃得仙桃子，就有六甲怀孕紧随身，从今向后，逢桥过缺都要当心，切记切记，不可忘记，我们去了。”

仙家去时一阵风，
掺醒陈氏一梦中。

陈氏身子一翻，被辄拖到踏板。员外说：“何苦，何苦，三四十岁格人困觉咁种蛮法子，把你身子一翻，被总拖到踏板，院君啊！”

你往常困觉总像眠蚕样，
今朝果像虎翻身。

“员外，我才间做梦够。”

“你做底高梦啊？”

“我才间梦见两位仙家，手里托格盘子，肚里装格牡丹花和桃子，问我欢喜哪一样。我吃得他格桃子哩！”

员外一听，喜之不尽，拿衣脱子对身上一擐，脚对踏板上一站，荧灯火一上，抽屉开开来，祥梦书拿出来，翻到第十一张，第九排，上面写嘞清清爽爽，明明朗朗。

梦吃仙桃是男喜，梦插牡丹女千金。

“院君，恭喜贺喜你了！”

“员外，喜从何来？”

“院君，你才间做梦吃得桃子，马上我家就要养到儿子了！”

“员外，轻省点哎，夜静夜静，听出去不近，十头八个月有养，人家不说底高，假使十头八个月没得养，人家要笑够。”

辄说我家夫妻两个困困发得昏，
半夜三更总蹲家想子孙。

病喜病喜，就从心肺上来起，一月怀孕如露水，二月怀孕水生冰，随她多体面格女的，只要一结婚一病伙，肇作得黄丝搭脑，就不成腔调，脸上么削骨瘦，头毛对下脱，眼睛落塘，脸上像表青纸能黄。吃汤呕汤，吃水呕水，肚肠一啾，吃下去格东西总对外呕，哪怕吃粥，总要吊喔。

伸腰仰觉不得过，四肢无力少精神。

三月怀孕成血块，四月怀孕长四肢。陈氏怀孕到四个月格辰光，嘴馋了："梅香，我肚里饿了，心口头饿嘞槽，小肚子饿嘞象茄瓢，替我拿点甜点心来。"

梅香拿甜点心拿得来，她吃得滴点："恔点拿走，人总甜煞得，牙肖不过，我开覅吃。"

"主母娘娘，您要吃底高？"

"弄点咸够，改改胃口。"

梅香做事麻利很，菜就焯焯裹馄饨。

一歇辰光，馄饨忙嘞停停当当，煮好嘞，端到她身边："主母娘娘，这个馄饨才忙够，新鲜够，你多吃点啊。"

吃得两只，盆对旁半间一推："快点端走，这个咸够，醋心不过，我开覅吃。"

"主母娘娘，你咁咱烦了，甜格又不是，咸格又不是，你究竟要吃点底高啊？"

"梅香呀，你不晓得够，我们怀孕格人，当真心上难过了，梅香啊！"

我现在吃到甜格又牙肖，
吃到咸格又醋心，
如果多吃得一口又撑心饱，
少吃一口又槽人。

五月怀孕生五子，六月怀孕长六根。底高叫五子：心、肝、脾、肺、肾。底高叫六根：天有六空，地有六水，君有六部，臣有六房，人有六根。如果一个人没有残疾，就叫六根全套够；如果六根只要少掉一根，不是疯瘫拐脚，就是耳聋眼瞎，也就是说六根不全。

陈氏怀孕到了六个月格辰光，人懒了："梅香啊，我可宝有一个月不曾梳头了，替我拿木梳拿来，替我梳梳头。"

"主母娘娘呀，木梳不就在你身边格梳妆台子上，你不好自己拿下子呀？"

"我就点辄怕颤耶。"

梅香把木梳拿得来，替她头梳好嘞就走了，正好员外从外面进来，她放声就叫："员外耶，你快点来啊，我背上不晓怎咁痒够。"

员外一望："何苦何苦，你背上怎得咁痒嘎。是一个蚊子叮嘞你背上，你只要轻轻一颤，蚊子吓得溜出去几丈哩！”

“员外，我就是点总怕颤耶，还点总怕颤哩！”

杠块些梅香来下说够：“员外，些冤家来下说我底高，些梅香说够。”

我家主母娘娘拿怀孕带到六月中，

头毛不梳一蓬隆，衣裳不扭一霍笼。

黄炎木梳拿不动，伸手也怕掸蚊虫。

七月怀孕生七巧，八月怀孕八般生，怀孕带到九月零，搲娘肚皮，掐娘心。

十月怀孕带完成，等于死里又逃生，

十月怀胎多艰难，过重门槛赛盘山。

十月怀孕满足，瓜熟就要蒂落，陈氏底高腔调，跑起路来撑啊撑，说起话来哼啊哼，肚子到有箩口大，就像八幅头罗裙倒开门，肚子咕咕响，等等响就要养。梅香说：“主母娘娘，你跑起路来撑啊撑，说起话来哼啊哼，可保今朝夜里要分身，我去帮你请个奶奶来接生。”

“梅香，请哪里格奶奶？”

“卞家庄格卞奶奶。”

“好够，就请卞奶奶。”

“不来家，她人也忙煞得哩！上西沙去了。”

“啊呀梅香啊，格这怎么办呀？”

“我假使今朝夜里生产，没得格稳婆大嫂，这事情怎得了？”

“主母娘娘覅紧够，张家庄还有个张奶奶哩！只好说她弄起来没有卞奶奶道理，覅管她耶，总比没得好呢！”

“就请张奶奶来，恐怕外面暗，喊两个妹妹做做伴，假使不敢走，带碗灯笼火。”

“不要紧够，外面早哩，我一个人敢跑够。”

梅香急急忙忙就动身，要请张奶奶来接生。

只是跑来只是奔，前面到了张家村。

刚好凑巧，张奶奶来草积边头拔草，梅香对杠一站，直巴嗓子就喊：“张奶奶，我来请你够。”

“啊呀，你是？”

“我是北门外李家村李员外家里梅香。”

“啊呀，是梅香妹妹啊，今朝怎咁稀客嘎？”

“张奶奶，我家主母娘娘跑起来撑啊撑，说起来哼啊哼，可宝今朝夜里要分身，我来请你张奶奶去接生。”

张奶奶一听，对杠一钉，点辄不兴，嘴一尖，只是做死腔：“请我去接生哩？旁人家请我去接生，我打趟子，丑虎跳去，提到这个人家，我不高兴去，为底高？这人家是有事有人，没事没人，上岸要财，落水要命的人家，我才不高兴去哩！梅香妹妹，不好意思，我现在不做这交易了，我要做这交易我也坐家来，我人也忙煞得哩！”

昨天夜里半夜二三更，外面捶门打鼓不绝声。

三顶轿子四部车，拿我张奶奶接得上西沙。

“奶奶，格你怎不曾去够？”

“我高兴去嘞，帮人家接生，人总污澡煞得，秽污不过，横颤竖颤，三朝弄几个鬼鬼红蛋，陪养仈格人坐一个月污房，落马马弄四两烂糖，你说我果高兴帮人家去忙？”

梅香就想：格能作的卞奶奶又上西沙去了，这个张奶奶三脚猫，也做势搭架子，拿乔，不肯去哩，我今朝骗也要拿她骗嘞去！“张奶奶，格些人家是底高人家啊？三钱买个壶，就该一张嘴，说来说去是个小气鬼，我家员外大量了，我才间来请你接生，员外就对我说好嘞够：‘梅香啊，张奶奶咁大年纪，夜啾啾嘞，请她来接生，不要白她，我家不论男喜女喜，包头丝带四色礼，上下衣服做到底，十两银子干给礼，还有五斗陈饭米，她只要帮我家忙一忙，满月称她二十斤上白糖。’”

张奶奶闻听笑颜开，这桩好事哪里来。

张奶奶一听，浑身总来大劲，赶紧拿草对灶面前一撴：“啊依喂，大半世生接得来够，不曾有哪家舍得把咁多东西把我，格我去喽！媳妇啊，我格亲孙子呢？”

“婆婆啊，宝宝才困着得够，外面两不参光，看不清爽，你拿宝宝喊醒嘞，瞌睡朦松，路上吓坏嘞，到大不合算，员外家今朝夜里又不一定养。你明朝家来带宝宝去也不嫌晚。”

“不是格格亲孙子，我格拐杖来哪里啊？”

“拐杖啊，才间烧晚饭不曾寻到东西剖火，弄你拐杖掊火够，你望望果来锅洞边？”

张奶奶跑到锅洞边一看，眼睛发暗，木头拐杖掊掊火，焦啊焦就剩半段，她再急得没有办法，就拿半段头拐杖对夹肘里一夹，赶紧拔脚，哪晓得忘记掉鞋子要拔，跑起来叭塌叭塌。

梅香就来前面走，奶奶就来后面跟。

在路行走来得快，到了李家大前门。

张奶奶手脚不慢，来到高厅之上，见过员外万福，梅香着忙，拿她带进香房，恭喜院君万福，陈氏如如突突就哭。

陈氏院君看见奶奶到，如同来了救命人。

奶奶啊，

我现在一阵痛来痛格死，两阵痛来痛格昏。

张奶奶又刁，吩咐梅香搀住她格腰，上身对下身抹抹："梅香啊，你家主母娘娘年纪上了身，不抵年轻人生育，坐堂块仈难养得下来了。"

"奶奶，格怎弄哩？"

"赶紧搀她起来跑跑转转，转嘎几个溜溜，哪怕掼她几个大大跟斗，跌跌仈才抛得下来呢？"

格梅香又不懂底高，信张奶奶糊头乱说，肇几个梅香拿陈氏搀起来跑，搀起来转，痛嘞陈氏浑身辄冒大汗，陈氏喊声奶奶啊。

我家梅香搀我来堂香房里面转啦几个弯，

如同走到鬼门关，

奶奶呀，

人家总说男子骑马坐船三分命，

我们女子生产片时辰。

奶奶呀，

我现在就像长江里格破船装足得载，

闪山风一起命难存。

啊依喂，更大年纪，生嘞个把小孩，卖怪，嗜到这种腔调。把她嗜啊嗜，哭啊哭，我心上到像突粥，我来吓她霍子哩，她就不哭够。

"院君娘娘啊，你年纪虽然咁大，养宝宝才头一个，叫头票生，养头一个宝宝不好把外面人晓得，如果多一个人晓得，要多三天仈才养得下来，多两个人晓得，要多六天仈才抛得下来！"

"啊呀奶奶，外面跑路格人又多，格把许多人晓得，不多上几个月才养得下来，格不人也痛煞得。”

陈氏腮边泪纷纷，三魂吓得少二魂。

“奶奶，我肇不哭喽，我到问问你看，你年纪更老，见识不少，一般人家生育有几样生法？”

“格多哩，一般局气好够，有朝阳生，背阳生，掩胞生，顺胞生，脚踏莲花生。也有犯穷倒霉格人家，就是胞胎煞，杀母生，不分细啊大，一下子死掉娘儿两个了。”

陈氏闻听胆颤惊，

魂灵冒到九霄云。

奶奶啊，人家到局气好吗？

遇到朝阳生，背阳生，掩胞生，顺胞生，脚踏莲花生吗？

我家晓得果是格胞胎煞，弄不好是个杀母生。

众位啊，

这叫当家才知柴米贵，养儿才报父母恩。

“随你多号，伆总不抛，时辰一到，自然养起来就馋。”

“等到几时？”

农历五月十五日，二更以后，三更交初，半夜子时差方不多，陈氏院君在香房之中。

连痛几个紧痛阵，腹中生下小官人。

伆对下一抛，叽里呱啦卵嗷，张奶奶用手一操，一望一个大大老小，赶紧帮忙，就拿陈氏扶嘞上床，替宝宝金盆洗嘞银盆过，红绿绸包紧嘞腾腾，脐带高头护丝绵，抱去摆嘞他家妈妈里床边。

张奶奶一想：我上他家来，倒也好几天了，我去对员外说声好家去哩。手脚不慢，来到高厅之上。

又头跑来又头撑，万福高厅面前存。

张奶奶站杠就喊：“恭喜恭喜员外万福，你家养到一个宝宝，肥头胖耳朵，三朝就会吃米粥。”

“啊呀奶奶，托福托福。”

“员外，你家宝宝也太太平平生下来够，可以说是母子平安，我也回去了。”

“啊呀奶奶，大对不起你啊，你来我家起了几个早更，坐上几个黄昏。后朝你早点来,我对你决不怠慢,抓嘎几个大大红蛋。”

张老八十一听,一点总不高兴,嘴一尖,只是做死腔。梅香就说够:“员外,我请张奶奶来接生,她搭架子拿乔不肯来。我准她盘子够,你不拿盘子把她,你说她果肯走啊?”

“梅香,我也咁大年纪,养到一个胖突突格儿子,我人也高兴煞得够。覅小气,弄底高盘子啊?同张奶奶上我家厨房里去,大大盆子,老钵头,只要她拿得动,尽她挑一担。”

梅香闻听笑盈盈,喊声员外你不聪明。

“员外,不是格格盘子啊。格底高盘子啊,我对她说够,我家不分男喜是女喜,包头丝带四色礼,上下衣裳做到底,十两银子干给礼,还有五斗陈饭米,你只要去帮我家忙一忙,满月称她二十斤上白糖。”

员外闻听怒生嗔,骂声梅香嚼舌根。

“你格寃家,啰哩啰唆,许上更多啊!”

“员外,往常不曾养到宝宝格辰光,堂块烧香,杠块敬菩萨,蹲家拜求子大忏,又大做好事,随便花多少钱,你总舍得。堂块养到嘞宝宝喽,把点欢喜钱到又舍不得嘞够。”

员外听见只一声,脸辄红到耳后根。

“梅香,你说得很有道理,我全部依你。人不好上岸要财,落水要命。你拿包头四色礼办把奶奶,十两银子干给礼,称把奶奶。就是这上下衣裳做到底,这不中不晚,到哪里请到格裁缝,不如拿你家主母娘娘格箱子开开来,尽张奶奶拣,拣她欢喜格穿一套好家去。”

张奶奶来到厢房,格大户人家的女子好衣服多了,奶奶望望这一套也欢喜够,那一套也欢喜够,辄对身上一穿,不是穿一套哎,一下子穿上七八套。

梅香说:“奶奶,你咁大年纪,家去又没底高事,不好坐坐好走啊?”

她哪坐得下来落,膝弯肚里搞嘞结打结实,坐凳总坐不下来,手要拿东西辄弯不起来,还有五斗陈饭米,一斗二十斤,五斗一百斤哩,委该重。奶奶现在年纪大拿不动,又不好意思叫员外家送。

员外说:“算了算了,我就拿好事做到底么。安童啊,五斗陈饭来委该重,张奶奶实在拿不动,弄嘎一部小车,拿张奶奶送嘞向家。”

张奶奶一听嘴呲嘞像北瓜花,肇对小车上一戳,看看真像一个老八太。

车推奶奶对前奔，前面到了陈家村。

刚好凑巧，陈奶奶来田里薅草，这个接生奶奶她认得够，离老远就喊：“张奶奶，你在哪里够？”

奶奶一想：员外对我说够，他家养了儿子不要告诉人家。“陈奶奶，我来人家借米够。”

“不要哄我，一早早哪家拿米借把你啊？”嘴说这话，弄耙子对小车门口一拦，“你果告诉我，如果不告诉我，你今朝覅想得走。”

“格我告诉你，你覅告诉人家。”

“你说，我不告诉人家。”

“昨天夜里，李家村，李员外家半夜落月。”

“啊呀，月亮掉下来，压死几个人够？”

“不是的，员外家养嘞儿子了，你望啊，我身上新衣服辄是他家够，十两银子也是他家够，五斗陈饭米也是他家够，满月还有二十斤白糖哩！”

陈奶奶一听笑颜开，我去也能发大财。

陈奶奶就想：张奶奶接生弄到更多东西，我去说他几声好，肯定把我也不少。耙子一掮打转，草也不薅喽，家去把门一锁，动身就走，弄子里向前，听见薛奶奶咕啦咕啦来家摇棉，对她家门口一撑，直把嗓子开声：“薛奶奶，李员外家养嘞儿子了，我们上他家去道喜啊！”薛奶奶说：“我不去，我拿这个沙摇起来，等嘞上街换米家来烧中饭哩！”

“薛奶奶，你覅错掉鱼盘吃豆腐啊，上员外家去道喜，有鸡蛋吃哩。”

薛奶奶听见吃鸡蛋，馋沫拖到脚背上。

棉条一撂，跑起来蛮惾，拿门一锁，就和陈奶奶同走，两个老八十一跑头一颠，望望过种化腔，花鞋子辄要踢破罗裙边。

盘子里栽花根又浅，鷂子无威骨头轻。

跑到半路上，陈奶奶就说够：“薛奶奶，我们今朝去不能把话说同嘞，我说恭喜，你要说贺喜。”

“格我晓得够。”

两个奶奶齐动身，到了员外家大前门。

陈奶奶说：“恭喜恭喜员外，檐头高九尺。”

薛奶奶年纪虽然不大，牙子抛掉好几个，牙子不关风，说话不成龙啼咚：“贺喜贺喜,员外檐头高九尺。”

员外在高厅上到听见嘞够:“安童,哪个一早把鸡子放出去了,在隔壁人家菜田里吃菜,人家在闹呢,不要吆窜掉,到夜不晓得上窝。”

“员外,不是吆鸡,而是恭喜贺喜。”

“那个啊,陈薛二位奶奶,快快有请。”

奶奶来到高厅上,拜见员外有钱人。

陈奶奶说:“恭喜恭喜员外檐头高九尺。”

薛奶奶说:“贺喜贺喜员外檐头高九尺。”

员外说:“覅号,覅号,我家檐头还是咁高,奶奶,你们怎更早嘎?”

“我们来道喜够。”

“有底高喜啊?”

“你家养嘞宝宝呢!”

“奶奶,不值得欢喜,养格黄毛丫头,不是儿子。”

“啊呀,格拉倒吧,我们走喽。”

“奶奶下次来相啊。”

“员外,格我们走了你不要恨哎。”

“我恨底高?”

“那一年刘家庄刘员外家,养到一个胖突突格儿子,我们去道喜,小气死嘞,怕把我们吃,哄我们说养个小姐哩!哪晓到三朝日子,拿宝宝抱出来拜祖宗,到哭落里一望,到当真变作小姐哩,回头人辄恨煞得。”

员外闻听只一声,三魂吓得少二魂。

“奶奶,你们覅走,我家养的是官官,不是小姐。”

“既然如此,我们就坐一会儿好走啊。”

“奶奶,你们怎晓得我家养嘞儿子够?”

陈奶奶说:“昨天夜里来家摇摇棉,灯花一曝,晓得员外家喜事要到,所以今朝跑嘞咁恔。”

薛奶奶说,“早起起来拔拔草,喜鹊当门叫,晓得员外家喜事到,所以我跑嘞更恔,来路上碰到陈奶奶,肇我们两人同来够。”

员外一听笑颜颜,两个奶奶是神仙。

“奶奶,你们刚才说,我家檐头高九尺,怎高到九尺嘎?”

“员外家夫妻两个年纪将要上半百，养到格儿子肥头胖耳朵，檐头高三尺，抚养到七八岁，攻书上学，聪明伶俐，十八九岁，龙门高跳，头名高中，檐头又高三尺，长大成人，娶妻换席，生男育女，传宗接代，檐头又高三尺，三三果是九尺。”

员外闻听只一声，点滴不错半毫分。

“奶奶，我家养嘞儿子，只有你们两个人和接生格张奶奶晓得，你们到不能告诉旁人格呢！”

陈奶奶说：“我不作声，我看见人家只和人家讲讲。”

薛奶奶说：“我死气总不叹，我看见人家只和人家说说。”

“啊呀，还说死气总不叹，如果讲讲说说，哪个不晓得我家养嘞儿子啊！梅香啊，不能怠慢，快点为两个奶奶烧蛋。”

梅香一听，来老钵头咁大格劲：平常辰光来到一个亲戚，都是烧三个鸡蛋一碗茶，格些亲戚又客气，只吃两个，总要空一个把我梅香吃吃，今朝员外家是大喜事，我烧四个蛋一个人，他们每人吃掉两个，我一个人就吃四个。梅香将八个蛋烧得来端到两个奶奶面前：“奶奶，你们今朝来嘞早不曾吃早饭，快点吃嘎四个蛋。”

众位，过咱不抵现在蛋不稀奇，家家户户总有吃，过咱一般格人家饭也吃不饱，哪有钱买蛋吃？

两个奶奶看见格蛋，舍不得吃啊，陈奶奶用筷子一捞，四个蛋对袋子里一落：我家去带把孙孙。薛奶奶看见陈奶奶不吃，她也不吃，用筷子一捞，将四个蛋也对袋子里一落：我家去和老老分分。梅香一看，人也霉煞得哩，还想多吃两个哩，蛋壳子总不曾看见一个。

梅香想想多气闷，果要气死又还魂。

员外说：“奶奶，吃得蛋，再总好不要作声，说我家养嘞儿子呢！”

两个奶奶不约而同地说：“不作声，不作声，我们看见人家，只和人家谈谈。”

员外闻听只一声，果要躁死又还魂。

“梅香，不要歇手，赶紧为两个奶奶办酒。”一歇歇辰光，酒菜停当，两个老八十乡下人，难得吃到格酒，甜咪咪倒也不丑，就像穷吼，一山海碗就做两口，吃得扶柱不上壁，跑路总要跌，舌头打绞，说话辄不入调，两人蹲杠说胡话。

陈奶奶说：“酒是糯米浆，一吃就翻腔。”

薛奶奶说：“酒是福水，一吃就软腿，不好嘞够，乌龟上树喽，乌龟上树喽！”

员外说:“不好了,两个奶奶酒吃醉了,来堂说胡话哩!梅香啊,快点拿两个老奶奶送走,不要醉煞得堂害我,覅好处落不到,再陪啦两口老笨登棺材,格不人也霉煞得。”

扶嘞两个奶奶就动身,

哪肯耽搁出前门。

因为两个奶奶酒醉够,人没得知觉,大路她们不走,偏偏要对豆田里撑,刚好凑巧,遇到员外家嫡亲侄儿李小宝。这李小宝是底高人呢?方圆五里总晓得够,赌钱鬼癞子,头上没得几根毛。

小宝说:“奶奶,你们来田里做底高?”

“小宝,我们来你家叔叔家道喜够,她家养嘞儿子哩!”

小宝听见只一声,心辄落到足后跟。

心上就想:我身边钱全部输光了,午饭项当总没得,不如上叔叔家去道喜,说他几声好,也能混到顿中饭吃吃。

急急跑嘞急急奔,赶到员外家大前门。

将身来到高厅上,拜见叔叔自家人。

“叔叔啊,我家有嘞弟弟略!”

“你怎晓得够?”

“我听见陈薛二位奶奶说格。”

员外一听,气得没命:“这两个老东西,叫她们紧紧口,委该不好,出门就告诉你侄儿小宝。”

“叔叔啊,倒不是我做侄儿格说你哩,咁大年纪养到一个儿子,不好贺贺闹热满月啊?等亲戚朋友大家辄来相相喝喝满月酒,大家才晓得你家有了香烟后代。”

“侄儿啊,不是我舍不得,五月十五养的,到六月十五才满月,热么热煞得,哪个蹲家忙,如果忙嘞多,吃不掉又要馊。如果忙嘞少,不够头不够脑,大家肚子吃不饱,亲戚朋友要作吵,惹起祸来到不得了。”

“叔叔啊,没得人帮忙够,我三天之前就来做对手,我还帮我家弟弟打一个万家锁,覅烦神,你手里又寒苦,留它去,斗一个千家锁总好格呢,也不要客气。”格我斗一个百家锁拿得来,几句好话一说,肚子混饱了。小宝又说:“叔叔,我想下来,这个满月一定要贺,你果曾想想,陈薛两位奶奶能够告诉我,就不告诉旁人啊，假使到六月十五，亲戚朋友赶得来，弄不到吃，格人家要骂够，要咒够，你绞尽脑汁养到格儿子，不要把人家咒啦得？”

员外想想真气人，果要气死又还魂。

“安童，只怪奶奶嘴快，看来这个满月省不掉了，替我赶紧带点银子上街。”

拿嘎几个箩子，方箩子，圆箩子，

扫毛篮，四四十六篮，

四城门八水关，沿村叫喊买鸡蛋。

“顺便带点洋红家来上上颜，诸亲六眷家送红蛋，外公家吃得红蛋多艰难，三朝要做洗澡探毛衫，满月要寻紫竹穿悠篮。”

“梅香啊，你们也有事做，不能耽搁，赶紧去烧嘎两个猫咪粥。”

梅香一听，对杠一钉，点总不兴。

“梅香啊，我果叫得动你啊？”

“员外，端嘞你家碗，就要受你管，抓嘞你家筷，就要受你喊，沿小家里没得钱，才卖到你家做梅香，你怎叫不动我啊？”

“格我叫你去烧猫咪粥，你为底高不去啊？”

“员外，你辄拿难题目把我做，昨日隔壁王奶奶家一只大花猫，就来我家灶边上跑，拿它对锅里一督，背起来一渥，就好烧嘎一锅猫咪粥，现在猫祭上嘞树，叫我上哪里去捉得住？”

“你格冤家，叫你烧猫咪粥，哪叫你烧猫祭粥啊？”

“格我又不会。”

“我教你。”

冬冲晚米刮见心，枣子卜合共莲芯。

煨嘞粘笃笃，就叫猫咪粥。

肇员外家里忙了。

四个梅香把米淘，四个安童把水挑，四个梅香拔草烧，挑格挑来烧格烧，诸亲六眷都送到，定不遮瞒半丝毫。

员外就问：“安童，红蛋先送把哪家？”

“员外，这有规矩的，红蛋应该先送把宝宝格外公家。”

“格送多少哩？”

“男子逢单，女子逢双，轻轻一颤，弄它一担，前间要张，弄到一百零三，后面不要数，弄它一百零五。”

肇一个安童挑红蛋箬子，一安童挑猫咪粥。

两个安童站起身，西门报喜做营生。

在路行走来得快，陈员外家到了面前存。

两个安童对陈员外家门口一撑，口中开声：“同事哥哥，我们是李家村李员外家里的安童，我家主母娘娘生产了，我们来报喜格，请你们速速通报，报于你家员外知道。”

“好的。”

你们蹲我家大前门口等一等，

等我报于我家员外好知闻。

安童丑虎跳，对高厅上报，报于陈员外知道。“员外，外面有姑爷家安童，说小姐生产了，前来报喜格。”员外就想：按规矩这些安童只好走耳廓门进来，只因为是我家小姐家的喜事，所以不能怠慢，瞧不起这些安童，就是瞧不起我家女儿女婿。

吩咐安童忙不住，打开朝阳两扇门。

李家安童一看：员外客气哩，按照我们格身份，只好走耳廓门进去，员外叫我们走正门，他对我们客气，我们不能当福气；他敬我们一寸，我们敬他一尺；他敬我们一尺，我们敬他一丈。

陈家安童出来把红蛋陆猫咪粥接过去，李家安童不肯耽搁，一步三拜，两步六拜。

慢慢拜到高厅上，拜见员外有钱人。

安童一躬到底，各种客气：“员外在上，李家安童有礼了。”

“安童，不须客气，一旁宽坐。”

“员外在上，哪有安童的座位？”

“既来之，则安之，一旁宽坐。”

“谢坐。”

“安童，我家小女生格是男还是女啊？”

“员外，我们不曾去主母娘娘床里家，不晓得是男还是女。你只要数红蛋呢。男子逢单，女子逢双。”

员外一听，到也相信。吃亏，将两个红蛋箬子辄对身边一背，这个箬子一数，正好一百零五，格一个箬子一张，正好一百零三，员外当时欢喜了，就对李家村执指一指："女儿，女儿啊！"

你嫁到李家数年春，破血不曾生。

诸亲六眷都议论，说你绝得李家香烟后代根。

如今你家有了香烟后，我陈家有了小外甥。

陈老员外笑颜颜，随手来到库房边，铜钱拿了好几千，打发两个小梅香。

赶紧来到街坊上，买点红绿绸缎夹宝兰，

好替外甥做嗄两件洗澡探毛衫。

梅香做事麻利很，顺便将裁缝师傅请进门。

为裁缝师傅不丑，办了羊羔美酒，好酒好菜，好好款待。酒过三巡，菜过五味，将红绿绸缎拿出来，裁缝师傅老老诚诚就去裁，梅香一把揿住她格剪刀。

裁缝师傅啊，我打你招呼，

你到我家来做洗澡探毛衫，

我家菜不成格菜，饭不成格饭，

我家官官又现长，

请你剪刀头上放放宽，上下放放长，

三朝穿起来着他扫，满月穿起来到膝弯。

啊哟喂，真是扁担戳城门，三年就会说话，大户人家的梅香也会说点吉口令哩。寻丧她家宝宝咁肯长，三朝穿起来着地扫，满月穿起来到膝弯。格长到十七八岁成婚，匹配不要长到天咁高。

我如果今朝不对她几句，显得我这裁缝师傅没得色样。一看，手里的剪刀是两半片的，当中用铁钉销的，不如依剪刀为题，对她四句。

龙凤剪刀两个铰，当中又用铁钉销。

昨天龙宫裁龙袄，今朝又做状元袍。

裁缝师傅麻利很，探毛衫做嘞现成成。

陈员外又吩咐安童上街买嘞鸭蛋、鸭子生够，压住子孙，又买了淘箩，淘淘箩箩，李家安童再才打转，李员外就说够："安童，像你们这样子报喜不要说满月里间跑过来，就是百日里间总跑不过来。"

"员外，我们等陈老员外家买鸭蛋和淘箩够，不然老早家来了。"

"格再要跑快点了。"

“晓得够。”

光阴似箭，日月如梭，光阴似箭催人老，日月如梭追少年。五月十五养够，转眼之间到了六月初五初六，员外家里准备买鱼买肉，初七初八，员外家里准备杀鸡宰鸭，到了初九，员外吩咐安童，用小车从城里对家推酒，到了初十，家里忙嘞不歇，到了十一十二，家里摆台凳总来不期，到了六月十三，贺满月的就慢慢对员外家赶(栓)，到了六月十五，贺满月的人不可胜数。东天才有点放毫，贺满月的都对员外家跑，东天才有点天亮，路上贺满月的跑嘞就像牵线，前间一百二，后间哩咕啦腔不脱连。

有钱骑嘞高头马，
不是亲来也是亲，
穷落街坊无人问，
富落深山有远亲。

员外家门口的人不晓多旺，就像东海里波浪，挤如也，撰如也，推背走，轧不开，到了上茶过后，礼物辄从人头上对里间售。

前高厅，坐老者，八九十岁。
后高厅，坐小姐，美貌千金。
晒场上，歇轿帘，不计其数。
后花园，系骡马，密勇层层。
不讲员外家贺满月闹热很，
再说李小宝癞子一个人。

格天子李小宝在哪里呢？在万家绒线店里说白话。有人说：“你格癞棺材，蹲堂说昏话，还不去吃中饭来？”

“到哪里吃？”

“你也是梦账啊，你家叔叔家今朝来家贺闹热满月，人辄闹热煞得，你不去吃满月酒啊？”

“啊，今朝到六月十五略，不是十五，十四格明朝过来？”

小宝闻听只一声，心中思量八九分。

啊呀，我承认我家叔子三天前间就去帮忙够，而且斗一个百家锁去，手到袋子里一摸，袋子里瘪笃笃，一点没着落，袋子口朝天，摸摸没得一个剪边。空手两倒拳去贺底高满月够，还是家去望望老婆看。她来家摇摇棉，果曾聚到两个私房钱，把我去贺满月好装场面。

急急忙忙就动身，哪肯耽搁转家门。

小宝心上一想：一个好好当家人，平常分文没得拿家来把老婆，怎好意思家去问老婆要钱？就来门口转上几趟，晃上几晃，不好意思进门。小宝家老婆冯氏很贤良，这人家虽然穷，穷到也穷嘞安逸够，夫妻合得也很好够，冯氏看见丈夫来门外晃阿晃，不好意思进门，就打窃他。

小宝未曾进门笑嘻嘻，就怕要家来偷东西。

小宝趁此机会，一下子溜到里边捧住冯氏："贼妻子，贼婆娘啊。"

"丈夫啊，你这底高话啊，为什么喊我贼妻子、贼婆娘啊？""乡下人有句土话够，跟做官的官娘子，跟做贼的贼娘子（婆娘），你说我家来偷东西，哪不是贼啊？格你不就是贼婆娘啊。"

"丈夫啊，不要开玩笑，今朝手气怎样？"

"不要谈了，妻子啊，我喉咙口人总痛煞得够。"

"丈夫啊，不得了了，天不怕，地不怕，就怕喉咙口要打坝。你从几时开始痛的？"

"就从格天子吃得叔叔家几个红蛋，就一脚痛到今朝。"

"你何苦啊，可宝你像穷吼，几个红蛋就做一口，又不曾剥壳，就对嘴里直肉。再对杠一挂，不上不下，我多做人家啊。叔叔家送几个红蛋来，我早起多烧嘞两碗粯子粥，红蛋凑棉车灯头上敲敲剥剥，当一顿中饭，吃得饱笃笃。"

"妻子啊，不是红蛋挂嘞喉咙口。"

"格是底高？"

"叔叔家今朝满月够。"

"格你不好去啊？"

"去底高呀？我又没得钱，没得钱家来怎弄落，我望望你来家摇摇棉，果曾聚到两个私房钱，把我去贺满月装格场面。"

"没得，我蹲家摇摇棉，弄到两个钱，只够买点油和盐，哪有钱把你去装场面？"

"格没得我要寻够。"

"你寻耶。"

小宝来到厨房里一晃，锅子上他大当，釜冠对灶上一搁，锅子对手里一托，又头跑又头嗷,人情急似债,锅子当铁卖。

“卖锅子啊,锅子卖。”

“丈夫啊,你快点拿锅子拿家来耶,锅子是块铁,把你卖啦得只好歇。”

我们哪怕到邻舍隔壁家去讲情份,
你断我的玉食万不能。

“格你果有钱把我?”

“当真没得。”

“没得你再不要吃,我就拿锅子卖啦得。”

肇妻子么蹲后面赶(栓),小宝就怕把她赶(栓)到,心上就想,这锅子端手里溜起来不快,只有顶头上才好哩,他不晓得妻子蹲家做人家,早起多烧两碗粥留嘞锅里当中饭够,他将锅子对头上一顶,粯子粥灌嘞一领,看看就像个贼景。

前面流到胸膛骨,
后面拖到足后跟。

“丈夫啊,你拿锅子拿家来啊,你到望望看,粯子粥灌嘞一领,看看果像个贼景。”

“格你果有钱把我?”

“你拿锅子拿家来再说耶。”

小宝将锅子对灶上一搁,釜冠对上一督:“妻子,钱呢?”

“你拿剪刀拿来把我。”

“啊呀妻子啊,你不能寻死啊,堂块贺满月也没得钱哩,如果你一死,要买棺材我更加没得钱。”

“丈夫啊,你不要怕,我不寻死。”

小宝抬头一望,剪刀来壁帐上直荡。“妻子啊,剪刀拿去。”

冯氏对床邦上一坐,拿枕头搬起来,对膝盖上一搁,用剪刀头子一挑,二百个钱对踏板上一抛,小宝赶紧弯腰,冯氏说:“慢,肇果赌钱嘞?”

李小宝过咱要钱了,哪怕叫他画刀总来格:“妻子啊!”

我春二三月赔你蹲家摇摇棉,
五忙六时帮你做对手种种田,
寒冬腊月上床早点眠,决不上街下乡赌铜钱。
拿嘞银子就动身,石板桥到面前存。

只是对前跑，前面到了石板桥，小宝就想：我家老婆才间到说二百个钱，叔子是大户人家，有人坐账够，假使问我送多少，我说送二百，坐账先生一数，只有一百九十九，格我当场不就现大丑啊！如果我家妻子蹲家数昏嘞头，肚里有二百零一，多到一个钱我拿下来下次也好买老酒吃，我到来数数看。数么你蹲桥两头数焉，他跑到桥当中去，够桥呢是两块头桥板，当中不曾镗缝，他来到桥当中，哭落一蹦，将钱拿出来数数，不多不少，二百个正好，对袋子里灌够，不曾弄得好，到灌夹层头肚里去够，二百个钱"嚯落"对河里一抛。他放死声就号："不好了，我钱抛掉了，河里辄是水，要下去摸钱就变落水鬼。"

抛啦铜钱二百文，叔叔家满月贺不成。

他肇一跑一钉，点总不兴，只好回转。来到门口，冯氏对他一望："丈夫啊，叔叔眼眶子到就大嘞么，好丑你也送二百个钱，中饭辄不曾留你蹲杠吃？"

"妻子啊，我也不曾去哩。"

"格你怎么不去？"

"我没得钱。"

"你钱呢？"

"妻子啊，你格钱哪里不好放啊，就要放嘞格枕头肚里，天天我们困觉拿头搁得上，格钱吃得我们人身上格仙气，才间跑到石板桥，变作老鼠精，全部总跳河里去了。"

冯氏闻听只一声。止不住腮边泪纷纷。

"丈夫啊，你也是个穷命，格二百个钱也是我出嫁格辰光，我家妈妈把我格压身钱哩，我放嘞枕头肚里，一觉总不曾舍得用，到把你忙抛啦得够！"

"妻子啊，格叔叔家今朝果要去啊？"

"格怎好不去啊？就该这一个嫡亲叔子，他家难得有事情，如果不去，下次碰到，人头对熟面，格就不像样。"

"格到哪里有钱呀？我来帮你想办法。"

冯氏朝老棉絮一望，老棉絮上她大当："丈夫啊，反正天暖起来了，这老棉絮也不盖了，你背到典当里去当它点钱，也好去贺满月装场面。"

六月天气暖洋洋，棉絮结得板凳上，典当里面当铜钱，叔叔家贺满月装场面。

"妻子啊，格到寒冬腊月怎么办？"

"到寒冬腊月盖帐子，等你今朝去摆架子呢。"李小宝拿一根烂稻草绳来，拿格坏老棉絮横一扶来竖一扶，就像乡下人捆格稻种包。

背了老棉絮就动身，典当到了面前存。

小宝手脚不慢，将老棉絮对柜台高头一掼："先生，当当。"

格朝奉先生有多大年纪呢？只好十八九岁，二十岁不足，朝格老棉絮望望："果就当这个东西啊？"

"是的。"

小先生用手到老棉絮高头一敲，沙灰冒上来一人多高，望望上面漆黑，爬上一层跳虱，小先生拿老棉絮搬起来对场心里一掼。小宝从场心里将老棉絮背家来又对柜台上一贯："先生啊，当几钱呀？"

"三贯。"

小宝耳朵五灶经，不曾听得大清。"三万来，小先生，我不要当咁多，我当得起，回头赎不起。"

"不是三万，而是三贯。"

"先生，一贯算多少？"

"你来拿老棉絮对我柜台上一掼，我对场心里一掼，你又背家来对我柜台上一掼，你说果是三贯？快点死走，不要你够。"

"哪里一个钱总不值，就送把你啊？"

"送把我，我也不要。"

两人说说，老先生到出来够："这个赌钱鬼，个个都认得他够。小宝，小宝，你来堂号点底高？"小宝就拿当老棉絮的事情一五一十告诉他。

上上下下说一遍，老先生心中总知闻。

老先生一想：这个李小宝远近有名的赌钱鬼，家里么穷嘞嗒嗒渧，如果不打发他死走，肇你要做生意，他蹲堂吵鬼火。"小宝，我打你招呼，我家这小先生才来的，他不识货，像你这个老棉絮，方圆五里辄寻不到，小宝，你要当几钱，我当把你。"

"先生，你看值几钱，就当几钱。"

"当嗄七百二十个钱果好呀？"

"好喽好喽。"

老先生把烂老棉絮放到柜台顶底落，然后开张当票把他。小宝就想，这七百二十个钱不够用啊，又要买糕粽，要切长寿面，要买五色果子，叔叔婶婶是长辈，还要包嘎一提包,不如来拿当票卖啦得。典当门口卖当票,一了百清。他肇对杠一站,直把嗓子就喊:“卖刮刮叫格红绸被当票,卖刮刮叫的红绸被典票。”刚好凑巧,一个乡下老头子上街卖草,他身边钱也卖嘞不少,他也认得这个瘌子够,就问:“小宝小宝,你来杠嗷点底高?”

“啊老爹,我卖红绸被典票。”

“果新啊?”

“九成,为底高要卖?”

“等钱用呢。我家下半年小女儿要出嫁,你格红绸被果好嫁女儿啊?”

“老爹,不要说嫁女儿,就是嫁媳妇总好嫁。”

“不要说卵话,那家嫁媳妇啊?小宝,你格典票要卖几钱啊?”

“八十个钱。”

老头子毫不犹豫将八十个铜钱一付,李小宝不肯耽搁。

拿了铜钱就动身,将身走出是非门。

老头子就想,乡下人上街苦一天啊,如将当票拿家去,作兴要弄啦得,不如今朝顺便就赎家去,省得下次再来烦神。

拿了当票就动身,典当就在面前存。

老头子将当票对柜台上一摆,七百二十个钱朝柜台上一放:“先生,赎当。”

老先生拿格坏老棉絮从柜台顶底落拖出来,就对场心里一撂。

老头子翻腔,等上小半天:“先生,我格红绸被呢?”

“杠不来场心里啊?”

“格不是红绸被,是坏老棉絮,你格当票辄哪里来的?”

“问李小宝瘌子买够。”

“老爹啊,你上嘞他格当了,他典的不是红绸被,就是这个烂老棉絮。”

老头子闻听只一声,果要臊死又还魂。

老头子发狠,困地落就滚。人家看看他又作孽,咁大年纪,就劝他:“老爹,不要难过,破财消灾,你拿这老棉絮拿家去,随便多没用,揿揿台子总好格呢。”

“我花更多钱,就买块揿台布啊?”

“格你拿老棉絮背嘞打转,等山东人来问他换嘎几个山海碗。”

“我花咁多钱,就换几个碗啊?”

“格随你,你蹲堂嗐耶。”

不提老头子多气闷，再讲小宝一个人。

小宝老棉絮当到七百二十个钱，当票卖到八十个钱，总共身边有八百个钱，心上就想：这滴点钱还是不丰富，不如上斗鸡场（也就是赌钱场）去掼宝，如果手气好，连中几宝，银子无了不了，随便我买底高。

拿了铜钱就动身，赌钱场上做营生。

赌钱场上格人太多了，不知多少，无了不了。小宝又挤不上桩。因为他天天来赌钱，总认得够。他就请一个熟悉人帮他拿八百个钱带进去。格格人说："我虽然帮你拿钱带进去，你压底高落？"

"不怕输嘞苦，我就压白虎。"

大家总晓得够，赌钱鬼最刁，鸡蛋辄手里也把他盘小嘞够。八百个钱到赌钱台上就剩几十个钱，老板不当一回事，顺手就对钱桶里一掼，小宝等上多少时，也没得格说法，他放声就喊："老板，我输格还是赢够？"

"小宝你压格底高？"

"不怕输嘞苦，我压格是白虎。"

"小宝，对不起，才间连中十三宝青龙，你输啦得够。"

钱没有了，小宝一听，吓断老命：不好了！

输掉铜钱八百文，叔叔家满月贺不成。

他肇出劲对里轧，硬轧到赌钱台前："老板，我钱输啦得？哪里我格钱芯子也输啦得了？"

大家要问，钱也有芯子来？有够，因为过去用的是小钱，小钱中间有眼的，钱是用绳子穿的，所谓钱芯子，就是穿钱的绳子。

老板手脚又馋，捧一大捧绳子对小宝身边一掼："拿去啊，随你多刁，这串条绳把你去系腰。"

小宝肇不肯走，老板要做生意，他蹲杠吵鬼火，旁人就说够，老板啊，你把嘎一个钱他，等他早点死走。

小宝死脸烂皮弄到一个钱，肇出来够，心上就想，这一个钱放哪里好，放袋子里摸摸要弄啦得，抓手里要抛啦得，有了，我虽然瘌子，十五根头毛倒也蛮长，辫个辫子花，我把这一个钱系它辫梢上。如钱要抛，除非头抛啦得。

瘌子想想多气闷，默默无语不作声。

才间八百个钱嫌少，现在就该一个钱了，怎么办？罢了罢了，千里送鹅毛——礼轻情意重,人情无厚薄,只要我不漏落,哪怕我买嘎三尺红头绳,送去把我家弟弟,也算我去了。

又头跑来又头奔,绒线店到面前存。

绒线店的老板姓范,李小宝花头三真大了,进门就说:"范老板,挑你一笔大生意。"

"小宝啊,你有底高大生意?"

"下半年我家要嫁小姨娘,两千两银子把我办嫁妆。今朝出来打听打听哪家货色好,既经济又实惠,下半年生意就挑他。"

范老板一听,浑身总来大劲,赶紧吩咐安童,帮他拿烟杆,装烟,点火,等他啪落啪落,吃得十几代烟后,范老板就问他:"小宝兄弟啊,今朝果剪点带走啊。"

"剪哩!"

"剪夹多少?"

"一个钱。"

"何苦何苦,才间烟钱也不止一个钱啊,一个钱单客,两个钱双客,你果好回我没得,我倒也是得。你欢喜底高颜色嘎?"

"你辄搬出来等我拣。"范老板做巴结生意,将橱窗里,天蓝格、杏黄格、大红格、雪青格等等,全部对柜台上搬。小宝一看,大红的到不丑,他趁老板不注意格辰光,良心又黑,一下子扽上七八尺,对衣袖管里一塞。

老板说:"小宝,你欢喜底高颜色嘎?大红的倒不丑,就剪大红的。"

本来一个钱剪三尺,做巴结交易剪四尺,肇又偷到七八尺,总共有一丈二三尺,老板把绒线还要搬到橱窗里。

小宝从背后头将钱拿到前面来,凑柜台上敲敲:"范老板,钱来堂,我走了。"
"你走啊,大不了就一个钱。"

范老板不晓得他格钱系嘞辫子高头够,他人一走,钱也就跟他走了。俗话说得不假。

十个瘌子九个刁,拐子也能做强盗。

等范老板把绒线辄搬好了,到柜台上拿钱,没得。那晓松木板子柜台一个结圆溜溜,他当是钱哩,去拿,拿不动,用手出劲掐,也掐不上来啊。"阿亦喂,小宝赌赌钱力气多大啊,拿钱总揿木头肚里去了。"二铜钱眼镜戴起来一望,原来是个结,赶紧跑到门外面一望,钱也来小宝背上直荡。"小宝小宝来,你到算事情哩。”

今朝早起起来打喷嚏，

晓得今朝做生意不吉利。

遇到一个李瘌痢，还说挑我大生意。

剪我红头绳一个钱总不把，

我果要骂你是个老脸皮。

“你要骂我，我困你家柜台上就不走，我家叔叔要斗万家锁。”

你家姓范，就来你一个人头上出轿。他肇仰面朝天对柜台上一困，生意生意么做不成，范老板人辄躁煞得。

“小宝兄弟啊，你家叔叔家是哪家啊？”

“哪家啊，你站好嘞，当心吓倒嘞。我家叔叔是黑黑有名格北门外李家村李福员外，他家今朝来家贺闹热满月，我要斗一个万家锁送去把我家弟弟。”

“小宝，你早说焉，你家叔叔和我沿小世兄相称，合得再好不过。今朝我又没得工夫上他家去。安童啊，到钱桶里拿嘎五十个钱，把小宝带去。”

安童一想：小宝人虽穷，志不穷，平常来街上碰到，吃茶吃酒，辄不要我们摸兜包口，反正钱不是我够，我多把点他。安童两手到钱桶里咕啦一把，对小宝衣兜里一擤，小宝跑到外面一数，不多不少正好二百五。小宝心想：叔叔面子大哩，才间一提他的名字，二百五十个钱到袋子里了。不如来借叔子格名斗钱，他再。

东城门斗到西城门，南城门斗到北城门，

四个城门抓格总，铜钱斗到三千三百八十文。

小宝没得钱不会办事，有钱他也会干事情够。首先到山竹行买了筛子扁担，落绳，糕粽店里买了糕粽，面店里切得长寿面，纸马店里卷了香烛纸马，南货店里买嘞五色果子(所谓五色是花生、枣子、桂圆、饼干、水果糖)，因为叔子婶子是长辈。

又包了一提(大斧)代富头包，并并结结一担挑。

挑了担子就动身，前面来了一个人。

来了哪个？王小宝，代介师，剃头钱，文明点叫他理发师。过去理发师出门理发是挑担子的，担子上有理发的工具，炉子、干柴。随便在哪里，坐下来烧水就好剃头够，王小宝也是一个瘌子，他和李小宝一个对西，一个对东，两人一碰。

李小宝说：“人多不碍路，船多不碍港，哪个眼睛瞎格和我撞肩膀？”抬头一看:“啊,王癞子。”

“啊,李稀毛。”

“何苦何苦,你癞子我稀毛不一样够。今朝你忙嘞咁客气上哪去?”

李小宝一想,才间来街上,桩梓辄思量到嘞,就不曾想到拿头剃剃。“王师兄,不告诉你,告诉你,你发到一笔大财哩。”

“告诉我,告诉我焉,你今朝上那里去啊?”

“告诉你可以够,你帮我拿头剃剃。”

“格堂太阳大哩,我们跑啦一段果好?”

“好格呢。”

两个癞子齐动身,
垂杨柳脚下好安身。

“李师兄,堂块柳树底落倒是阴凉笃笃够,就凑堂剃吗?”

“好格呢。”

因为是六月中旬,天又暖,又不要烧水,到河里舀点冷水,王小宝帮李小宝洗头,手到他头上一挠,癞屑子对铜盆里一抛,铜盆里水就毅笃笃,就像烧格粯子粥。

“阿亦喂,头上格癞屑粒多了。”

“你也不比我少多少。”

头洗好了,开始剃头,两个人来杠上上搞,王癞子剃刀不曾弄得好,剃刀一斜,对李癞子后得脑上一斫,拿李癞子头到剃坏嘞够。

“阿亦喂,怎咁痛够?”用手一摸,满手通红。

“不得了,头把你剃坏了。”

“不要紧够,头皮急,一歇歇就好够。格你果告诉我,今朝究竟你上哪里去?”

“我家叔叔家来家贺闹热满月,假使你去帮我家弟弟剃一个满月和宝头,肯定钱不少。”

“格你带我同去,弄到钱我们二一添足五均分。”

“好是好的,我家叔叔他要站高头够,你剃头果会说鸽子落?”

“格会的。不要说说鸽子,麻雀子,白头公公,乌鸦,喜鹊,我辄会说够。”

“不是叫你上搞说鸟,而是叫你说好。”

“会够,格你拿我当作我家弟弟,你一边剃头,一边倒说说看。”

王痢子一边剃头一边就说。

剃刀生嘞亮堂堂，老君炉里炼成钢，

昨天剃格夜扒叉，今朝又剃白日闯。

“要么你是白日闯，我偷你家底高嘎？”

“格我到说错了，我重新说。”

剃刀生嘞亮堂堂，老君炉里练成钢。

昨天剃格生意客，今朝又剃瘌哩光。

两人来杠上上搞，头也就剃好，时间也不早，肚里也不饱。

两个小宝忙动身，员外家晒场面前存。

李小宝说：“王师兄，你果懂自尊自贵，自轻自贱？”

“李师兄，我不懂。”

“我告诉你，如果我家叔叔家专程请你来剃头，证明你好，值钱够，叫自尊自贵；如果我家叔叔家今朝请嘞代介师傅，你到又来嘞够，又欲不着你，蹲杠晃啊晃，就叫不值价，自轻自贱。”

“格他家果曾请啊？”

“我哪晓得？”

“我和你同来够，只有你蹲堂等等，等我进去望望看。如果不曾请，是你格局气，如果请了，是你格晦气。”

“格我跑更远，总不见得就打转呢？”

“这也没办法。”

李小宝挑格担子来到前面：“撞开撞开，让我李小宝进来。”

大家一看，吓得冒汗，格担礼，实在了不起，大家赶紧让条路让他进去。

将身来到高厅上，拜见叔叔自家人。

李福员外一看：“侄儿啊，暖热夏天，你忙上更客气做底高？”

“叔叔啊，我小意思，只好礼到礼到。”

“侄儿啊，你客气了，赶快坐下来喝酒。”

李小宝一望，八仙台子坐八个人，那张台子上就七个，他说：“希里补旧帐，空当就插上，来嘞早，不如我来嘞巧。”尖啜啜，就对格空位置上一坐。坐下来没得十分钟，格苍蝇嗡啊嗡倒有十几只飞得来够，对小宝后得脑坏格地方一歇，大家看看劲异怪了，格七个人赶紧坐过一张台子上去，小宝也跟嘞去，格七个人坐这一张台子上来，他也跟得来，他不晓得他头上吸苍蝇，人家不和他坐。

李员外说："侄儿啊，不要蹲杠轧嘎轧，坐我叔叔身边来。"

肇叔侄两个坐杠吃酒。吃吃酒，小宝就开口："叔叔啊，今朝弟弟满月，果曾请个代介师傅家来，帮弟弟剃满月荷宝头啊。"

"啊呀，侄儿啊，你也说三天之前就来帮忙，寻丧到现在才来，我桩样事情辄想到嘞，就这桩事情不曾想得到，但不过也不要紧，今朝不剃，明朝还好剃够。"

"叔叔啊，格不好啊。今朝弟弟满月剃头无忌，今朝而且一定要剃，就像张家村张员外家，蹲家贺闹热满月，桩样事情都办嘞很体面，就不曾想到请个代介师傅帮宝宝剃个满月荷宝头，回头害上一个大大善攻瘤，鲜血淌来紫血流，揉总不好上去揉。"

员外闻听只一声。

果要躁死又还魂。

"侄儿啊，格怎么办？这不中不晚到哪里请到格代介师傅呀？"

"叔叔，你不要发急，代介师傅我请带来了。"

"来哪里？"

"来你家大前门外面。"

"格你怎不和他同进来？"

"叔叔啊，你说得咁便当啊。三代拜相，也不可以轻师慢匠啊。"

"他叫底高？"

"他叫王小宝。"

"安童啊，大前门外面快快有请王小宝代介师傅。"

安童来到门外："哪一位是王代介师？哪一位是王小宝代介师？"

王小宝一听，浑身来劲。"我我我，我就是王小宝代介师。"

"快快跟我来，我家员外有请。"

王小宝闻听只一声，心中欢乐八九分。

将身来到高厅上，拜见员外有钱人。

员外为他不丑，办了一桌好酒。酒过三巡，菜过五味，王小宝说："梅香妹妹，我马上帮宝宝剃头，你们大家辄要帮我做对手。先去拿宝宝抱下来。"

梅香来到陈氏香房之中，将宝宝抱出来。王小宝心上就想：李小宝说够，弄到钱要两个人均分。今朝动到手，就要开口，辄要说他家好话。员外一高兴，笑呵呵,袋子里格钱才肯对外摸。

东方日出宝莲开,是男是女抱下来。

男子抱上金銮殿,女子抱上凤凰台。

员外闻听笑颜开,麻利才子到我家来。

王小宝拿伢对膝馒头上一搁:“梅香妹妹,先帮我拿把大斧(代富)来,等我好帮宝宝剃头。”

梅香一听,吓啦大半条命。不得了啊,我家李哥哥不晓从哪里请得来格现世宝代介师傅,剃刀总没得,也帮宝宝剃头哩。“我家大斧几年不曾用了,大斧口又钝,可保口有半寸,宝宝头皮又嫩,把你摁上几摁,格头不把你摁坏嘞?”

“不是得,大斧,大斧叫大大斧(代代富)的意思。”

“格我去帮你拿。”

“另外再帮我拿把秤来。”

“代介师傅啊,倒不是说你哩,你要咁会管闲事做底高?”

“我晓得够,你肯定先称称我家官官毛死有多重,剃啦头毛净重还有多重,你再秤钩没得地方铡,肇对宝宝鼻子管里一塞,格鼻子不把你铡坏嘞!”

“不是得,秤叫秤秤有余。”

“好,格我帮你拿。”

“另外再包两个稳子包来,肇拿把笤帚来。”

“代介师傅啊,你心要更黑做底高,哪家满月格伢剃头不号?他再一号,你在他嘴里塞一个稳子包,格不把你卡煞得?”

“不是的,稳子,稳子,稳住子孙,也稳住子孙哩!”

“肯定你不会剃头,一歇再拿宝宝头剃坏嘞。急得没法,弄点稳子烂泥对我家宝宝头上一拓,笤帚一刷,滴光丝滑。”

“梅香妹妹,不要说卵话,笤帚叫条条帚(周)到。另外再帮我打点金生利来。”

“底高金生利啊?”

“金生利是水。”

“水么就水,变你格鬼!”

肇一切准备工作做好了,王小宝开始剃头了。剃头么要先洗头,王小宝用两个手指对水里一霍,对宝宝头上一拍,宝宝头对下一宿:“宝宝,你不要怕啊。”

二龙戏水把头颠,官官长大做宰相。

又用两个手指对水里一霍,对宝宝头上一拍,宝宝头又对下一缩:“宝宝你不要怕啊。”

二龙戏水把头摇,官官长大做阁老。
紫金铜盆亮堂堂,高粱手巾内中藏。
一洗官官多像样,二洗宝宝面皮光。

王瘌子一想,大户头人家伽洗头分十把水够,我也来说点把员外听听。

一把水,洗官官,长命富贵。
二把水,洗少爷,金玉满堂。
三把水,洗官官,福如东海。
四把水,洗少爷,寿比南山。
五把水,洗官官,五星送福。
六把水,洗少爷,清净六根。
七把水,洗官官,玲珑七巧。
八把水,洗少爷,八难消除。
九把水,洗官官,头名高中。
十把水,洗完成,讨皇封赠。

头洗好了,开始剃头了,王瘌子拿到剃刀又开始说好话了:

剃刀生嘞亮堂堂,老君炉里炼成钢。
昨天龙宫剃太子,今朝又剃状元郎。
荡刀布么七寸长,横一翻来竖一翻。
一剃官官添延寿,二剃少爷寿延长。
员外闻听只一声,心辄落到足后跟。

头剃好了,员外准备把钱了。只听外面顿响三炮,说宝宝格公公家悠篮已到,员外就不曾把钱给王小宝,赶紧去接岳父家悠篮,大家手脚不慢,将悠篮拿到高厅之上。梅香就说够:“王师傅啊,走千家不如坐一家,挑野菜不如拾棉花,左右请你啊,把这个悠篮也敕封敕封。”

“梅香妹妹啊,你不要弄送我,这个悠篮是扳竹匠师傅说够,不是我代介师说够。”

“你果说?如果你说得好,我家员外一高兴赏你钱也不少。如果你不开口,连你才间剃头的钱都没有。”

“这关剃头底高事啊？”

“格你果说？”

王瘌子想啊：如果不说，连剃头格钱辄没得，望望悠篮是竹子穿够，竹子长嘞竹园里够，不如以竹子为题，说它几句。

竹子生嘞节节高，长在园中透九霄。
劈起篾来龙摆尾，穿格悠篮像元宝。
悠篮生嘞两头圆，好像东海划龙船。
安童梅香来摇橹，中间坐格小状元。

梅香来悠篮里翻啊翻，翻到两件洗澡探毛衫，也请王师傅敕封。王师傅将探毛衫对台上一压，用手一捺，三捺宽滴点，一捺当五寸，三捺当一尺五寸，边上多到点当一寸，总共一尺六寸，不如以尺寸为题说它几句。

探毛衫一尺六寸长，红带子注中间。
官官今朝来穿起，果像秀才穿蓝衫。
探毛衫一尺六寸高，
四转毛头不曾撤，红带子在两间飘。
官官今朝来穿起，脱掉蓝衫换紫袍。

梅香从悠篮里拿转角，张仙帽、荷宝锁都拿出来够，辄要请王师傅敕封。王瘌子没得办法，硬着头皮，只好一个一个说好话。

转角生嘞滴溜溜，红胡皱来绿胡皱。
四转注格是须头，官官今朝来戴起。
武官里面封诸侯，张仙帽多体面。
一朵鲜花注顶面，弥陀佛，坐上面。
明八仙，暗八仙，将牌注嘞在两边。
官官今朝来戴起，好像刘海戏金钱。
荷宝锁弯又弯，泛上五颜六色颜。

银索子，一尺三寸长（因为过去中原是十三个省，实际上不止一尺三寸长）。

官官今朝来戴起，
冲过百岁万重关。
员外闻听只一声，
称赞王师傅是有才人。

“王师傅，你竟不丑，色样也有。”

梅香说：“好底高，说到现在，不过是秀才、状元、阁老、诸侯，王师傅，我到问问你看，我家宝宝果能够做皇啊？”

“要做皇，只要大家帮忙。”

“格你说把我们听听看焉。”

悠篮生嘞两头敖，元腾夹口两边撴。
长生草，稳子包，当中抱被有两条，
独坐一个小宝宝。
人来人去咪咪笑，好像皇帝上早朝。

“王师傅啊，格我家宝宝果好封嘞比皇帝再大点啊？”

“比皇帝再大，去做皇帝家老子啊？”

“不是做皇帝家老子，我问问你，我家宝宝果能成仙，将来果得上天？”

“也可以够。”

“格你倒说说看。”

悠篮生嘞两头尖，四转都是紫檀香。
当中独坐小姣娘，
遇到母亲来喂乳，果像皇母捧八仙。
只因王瘌子说的这一声，
后来有城隍菩萨受香烟。

员外就说够：“侄儿啊，王师傅么是你请带来够，把嘎多少钱啊？”员外不晓得够，今朝侄儿不帮他，两个瘌子商议好嘞来够，弄到钱两人平均分够，他当来帮王小宝说话啊。“叔叔啊，赏嘞多，王师傅出门笑呵呵，把嘞少，王师傅出门说起钝话来不得了。如果把嘞不够，王师傅出门要咒。”

“格有十两银子果好啊？”

“好喽，差不多。”

员外将十两银子封成两封，一封六两，一封四两。“王师傅啊，这六两银子是你剃头的辛苦钱，这四两银子是你的欢喜钱，小意思，你不要嫌少，把你买饭吃不饱，买酒吃不醉，只好买杯青茶解解渴。”

“员外，留它去，我交你家侄儿不那旁人。”嘴说这话，钱到灌袋子里了。

“王师傅啊，晚茶马上好吃。”

"员外,中饭才吃得,肚子饱够,芝麻总塞不进,走了。"

挑起担子就动身,将身离开大前门。

土地菩萨掐指一算:王小宝和我一样够,肩兜塌够,不担柴(财),我来替他把银子忙啦得够。将身一抖,变作年老公公模样不丑,腰把子一攻,对前直冲,朝王小宝怀里一攻。土地菩萨说:"后生年少,发得点财呢,你来撞撞我老头子做底高?"

"啊呀,老爹,你怎晓得我发财够?我到问问你看,我才间来李员外家剃头赏到十两银子,还是开典当、办庄房,还是买钱庄?"

"年轻人,倒不是我说你,这几个钱能办这些事情来,你果会滚啊?"

"打滚哪不会啊?"嘴说这话,发狠,困下来就滚,连滚几滚,立起来摸摸身边一个钱也没得够。

"你格老棺材弄送我,滚啊滚,我身边钱总滚抛啦得够。"

"不是这样滚的,你果会赌钱掼宝?"

提到赌钱两个字,是我沿小旧营生。

"你到赌钱场上去赌钱,连中几宝,银子无了不了,肇家去开典当,办庄房,买钱庄,我老头子也好去帮你小忙忙。"

小宝听见这一声,挑起担子就动身。

别的事情不去做,单做赌钱旧营生。

急急忙忙对前奔,赌钱场到面前存。

来到赌钱场,对杠一站,直把嗓子就喊:"撞开撞开,让我王小宝进来。"其他赌钱的人就说够:"该几个臭钱来贴烂膏药。"

"放你的狗屁,银子没得八两半斤,不到赌钱场上来散心。"话言未了,将十两银子拿出来,对手掌心里一托,像水银来杠直渥。众位,清酒红人面,财帛动人心。赌钱老板说:"对不起啊,大家让让,让王师傅进来,他也是我这里的老顾客。"一边说,一边对大家渺眼睛做关目,一般赌钱鬼怎心上有数了,赶紧让条路。

等王小宝进去,一到赌钱台身边,老板就问:"王师傅啊,你压底高?"

"我不怕输嘞苦,还是压白虎。"

"格我摇宝了,你看好了,青龙、白虎、青龙、白虎,慢慢,压够。"

话言未了,手脚不慢,将十两银子全部对上一掼。老板说:"小宝,我们来嘞相相够，我赢得起，输不起啊。我将这地方全部卖把你，也不值十两银子啊。你果好拿啦点？”

小宝说：“老板，你果懂赌钱规矩啊？有福楼上楼，没福搬砖头，赢到拿双寸，输掉走空身。”

把大家横劝竖劝，小宝钱拿掉一半，实际上他们在说话的时候，其他人已经做嘞小动作了。“小宝，我开宝了，开。”

蛊盘一揭，小宝一吓，老板问：“小宝，这是底高？”

“青龙。”

“哪输的？”

“我输够。”

“钱哪个的？”

“你的。”

“肇果来略？”

“我怎不来？我身边还有五两银子哩，我要翻本。”

“你这次压底高？”

“不怕输嘞穷，我这次压青龙。”

小宝他不晓得，今朝老板和其他赌钱鬼就看中了他的银子。

随他小宝多翻腔，钻铅头子对下添。

只霍子拿蛊盘一揭，小宝更加一吓。“小宝，这是底高？”

“白虎。”

“哪输够？”

“我输的。”

“钱哪个的？”

“你的。”

“肇果赌略？”

“赌底高，赌咒啊！”

“我没得钱了，总输光了。”

大家说：“有钱呼大哥，无钱旁边坐，死开间点去，等我们来好不相相。”

“我那里钱输啦得，坐总不好坐了？”

“坐堂可以够，请出中证人来，将这块地方卖把你，不要说你坐堂，死堂、葬堂，都没得哪个问你账。”

王小宝闻听只一声，果要气死又还魂。

挑起担子就动身，还做剃头旧营生。

王小宝想想心上难过了。

“我来员外家剃头，赏到十两银子，如同落得一场暴头雨。才间赌钱场上一歇歇，输掉十两银子，如同起了一阵鬼头风。”

我王小宝生嘞命该穷，

住么住嘞蒋山东，拾到黄金也变成铜。

酒肉店，不可去，消金之地。

赌钱场，不好去，有输无赢。

我劝世人莫赌钱，赌起钱来心要偏。

随你四个人多翻腔，最后台前不上天。

不提王小宝多气闷，再说李痢子一个人。

李小宝来叔叔家吃得晚茶就问：“叔叔啊，王师傅呢？”

“早先就走了。”

“格我也走了。”跑出来多远，也看不见格王小宝啊。正好前间来嘞一个人，五十岁上下，小宝就问：“大哥哥，你果曾看见王师傅代介师啊？”

“他对赌钱场跑够。”

李小宝吃亏，就对赌钱场追，跑到赌钱场就问：“王小宝果曾来？”

“来嘞。”

“果曾赌啊？”

“死嘞不赌。”

“输格赢格？”

“输格赢格。”

“赢格输格？”

“赢格输格。”

“你这个人咁大年纪，像半吊子差不多，究竟输够，还是赢够？”

“你说他格烂色样，果赢到钱啊？十两银子输嘞光光。”

“格他人呢？”

“死走嘞够。”

“对哪里跑够？”

“对过头去了。”

李小宝吃亏，对过头就追。追到王瘌子就说：“王师兄，我们来拿钱分分。”

“没得够，输啦得够。”

“你格穷坯，等我来做做对手总来不期啊！我曾说，赌钱没得好处够，从今以后，不要赌了。”

春二三月蹲家摇摇棉，
五忙六时种种田，
寒冬腊月上床早点眠，
不要上街下乡赌铜钱，
养成一个败家子，沿街乞化站街沿。
不提瘌子多气闷，再说员外有钱人。

员外说：“年老伯伯，年轻叔叔，年轻妇女贤嫂，高楼上小姐千金，多瞒你们大家客气，来恭贺我家儿子满月。你们马上吃得晚茶就要打散了，请你们大家帮我家小儿取个名字，等我老身好唤叫唤叫。”

有人说：“员外，你家宝宝眉花眼笑够，不如就叫他眯眯笑。”

“格不好，格一歇哭起来，叫他哭伞宝，不好。”

格一个人说：“员外，叫他千金，千金难买。”

“好是好够，小姐家名字。”

“格叫八百。”

“堂不是买青菜萝卜，讨价还价，千金（斤）八百。”

南门有一个人姓黄，胡须花白黄，家里子孙满堂，取名字老在行：“员外，拿你家宝宝到抱来把我看看。”黄老爹将宝宝浑身上下一看，“员外，你家宝宝天庭饱满，地阁方圆，虎背熊腰，鼻直口方，不如帮他。”

取名叫作李逢春，
当作无价宝和珍。

亲戚要吃晚茶了，厨房里掌勺的厨师来了：“员外你不好了。”

员外一听，就不大高兴：“师傅啊，今朝我家儿子满月，怎么我就不好了？”

“员外，不是你人不好，而是菜不够了。我不晓得你家有咁多人来，人家说诸亲六眷，你家诸亲八眷辄来了。”

“怎多两眷的？”

“亲眷的亲眷，朋友的朋友，你说果是八眷啊？”

过去不抵现在，二十四小时都买到菜，过去只有一个早市。

员外说：“师傅啊，不怪你，巧媳妇做不出无面饼来，这个不中不晚，也买不到格菜，我只好做两样事了。四城乡董、千总、百总、七品知县，这些人不好得罪他，也得罪不起他，为他们办五葵八碟，十二回千，二十四盘子，等他们吃得打转。诸亲六眷，远道而来，送嘞也不少，弄格八大盆。邻舍隔壁，几天前间就来帮忙，挍台抹凳，拣菜够，办格六大碗。还有既不是亲眷，又不是朋友，送滴点来也不够他吃掉的，像这一种人。”

邻不邻来亲不亲，野菜上面盘面筋。

是从盘古直到今，酒席台上欺穷人。

晚茶吃过之后，诸亲六眷总走了。梅香就说了：“贺满月我们忙上几天，铜钱不曾弄到一个剪边，我们来敲点员外竹杠哩。”

“员外，宝宝今朝满月，要带他出去，跑跑桥，过过坝，长大了跑桥过坝才不怕。”

“好够。哪个抱？”

“员外，格要要钱够。”

员外顺手到袋子里一摸，铜钱摸到一百，四个梅香，看见有一百个钱，争嘞要抱宝宝。

员外说：“你们哪个会抱，这一百个钱就给她。”

一个梅香说：“我会抱够。”

“你怎么抱？”

“恐怕拿宝宝抱跌得，我抱紧点，紧点，紧点，顶顶紧点。”

“你格冤家，宝宝才今朝满月够，气魄又小，把你抱更紧格也得了，你不会抱，跑远点去。”

格一个梅香说：“员外，我会抱够。”

“你怎么抱？”

“宝宝才满月够，气魄小，我拿他抱松点，松点，松点，顶顶松点。”

“你格冤家，抱更松得了，宝宝朝下一忑，命就没得。不会抱，跑远点去。”

格一个梅香说：“员外，我会抱够。”

"你怎么抱?"

我拿宝宝抱嘞又不紧来又不松,
外面来下起暴头风。
恐怕吹坏官官嫩毛孔,衣服裹嘞紧同同。

"梅香啊,你会抱够,这一百个钱把你,你们三个梅香帮做对手。"

抱仆格梅香跑到桥头边,她当真舍得拿一百个钱辄撂掉来。她拿一个最小的钱,放嘴里一嚼,"噼啪"两半爿,桥这一头撂掉半个,桥那一头撂掉半个,到过坝的时候,又弄一个小钱放嘴里一咬"噼啪",坝这一头撂啦半个,坝那一头也撂掉半个,一百个钱还余九十八个。后面三个梅香眼睛像电筒一样,望好嘞够:"姐姐,分钱。"

"分底高钱?钱辄撂掉了。"

"我们望好嘞够,你还有九十八个钱呢!"

"格你们经常上街帮主母娘娘买东西,多到钱,我也不叫你们分哩。"

"往常没得更多,今朝我们就要分。"

肇抱仆格梅香又不肯分,抱起仆来就溜,哪晓脚笃不曾望得好。

眼睛望嘞天上老鸦飞,
脚笃踩嘞青苔皮,一个跟斗跌过去。
头朝东来脚朝西,仆么跌得脖里济。
邻舍隔壁家赶紧赶出来打,
只当是黄鼠狼来扛拖小鸡。

"不好了,不好了,宝宝把你吓坏了,我们回去告诉员外!"

抱仆格梅香一吓,命总没得:"你们三个姐妹回去千万不能作声,我拿铜钱和你们通分。"肇三个梅香每人分到二十四个,抱仆格梅香多分到两个。格宝宝跌得吓得怎么办呢?一个梅香说:"我小时候听见年纪大的说够,宝宝在哪里跌的,就到哪里弄点烂泥摆他怀里。"

格一个梅香对旁边一斜,搬一块大大方垈,就对官官心口头一压。

"啊依喂,快点搬啦得,宝宝气魄又短,把你一压,果得打转啊!"

肇弄手指拈点烂泥,对宝宝怀里一摆:"宝宝你不要怕啊,一跌一长,长到你家丈人八八更长了。"

日落西山暗昏昏,公子送上绣楼门。

宝宝白天一吓,夜里就不得落宿,随你多拍,他总是要哭。

母亲喂他乳,他就对外吐:"梅香啊,宝宝可保白天把你们吓得够,怎哭得不肯困够?"梅香做贼人心虚,宝宝白天跌得跟斗了。梅香赶紧起来,来到主母娘娘房间,将宝宝抱起来,对自己膝馒头上一搁,宝宝也就不哭:"主母娘娘,宝宝不要你,他要我。"

他可保要看火,格才满月格伢,看见格火来杠,一闪一闪,到当真不哭了。"主母娘娘,才间宝宝不是在哭,在哼文章呢!"

"胡说,满月格伢到会哼文章了?"

"你不信,我说把你听。"

旁人家伢哭起来叽里呱啦像鸟喊,
我家官官就像新科状元哼文章。

梅香拿宝宝对膝馒头上一搁,抓住他两个鬼鬼手指头直戳:"宝宝你不要哭,我来教你做角刀。"

天上金鸡叫,地上草鸡啼。
我来教你做角刀,点点罗罗虫虫飞。
也是当初传下来,骗伢鬼话到如今。

格天子梅香一夜辄不曾有好觉困,起早来找管账先生,请他帮写梅红纸笺条对外贴,上写:

天皇皇来地皇皇,我家有个夜啼郎。
来往君子念一遍,一觉睡到大天光。

只愁不养,不愁不长。三四个月眉花眼笑,五六个月杂杂响跳,七坐八爬,九月长牙。抚养公子过一个鸡,邻舍隔壁来望望总欢喜。

公子到了一岁春,高厅独自打登登。
父母看看眯眯笑,儿一跌来母一惊。
公子到了两岁零,抚墙摸壁自能行,
就怕跌坏头和面,牵肠挂肚不放心。

一周两岁娘怀睡,三周四岁离母身,五周六岁多聪明,顺顺当当长成人。

公子到了六岁春,员外帮他请先生。

大家就说了,才间才贺满月够,一歇歇到又请先生了,太快了。众位,经是经典,戏是戏演,做戏格人,戏台上换一件袍,算算皇帝隔几朝,如果我有一天讲一天,有一年讲一年,肇带嘞家去种种田,这部城隍宝卷要讲它几十年。

经典本是劝世文,一句话讲到几十春。

陈氏就说够:“员外,为这个儿子钱用掉太多了,还要去修观音寺,在家里读书和在人家读书不是一样的啊?如果请先生家来,要多花多少银子哩?”

“院君,此言差矣,正因为为这个儿子钱用掉多,就要拿这个儿子当宝贝。如果拿他送人家去读书,我怎能放心呢?”

东埭上,去上学,高桥难过。

西村上,去上学,汪坝难行。

南埭上,去上学,犬儿要咬。

要得好,李家村,独请先生。

“安童啊,赶紧带银子,替我出去访最好的先生,回来教少爷读书。”

“员外,怎样的先生才算得上是好先生啊?”

“我家有三种先生不请,年纪老的、年纪小的和白肚皮先生,除啦这三种先生,其余都好请的。”

“员外,格到难哩,年纪老的、年纪小的,一看就识得够,这个白肚皮先生不识得。总不见得在大街上看见一个先生,说,先生啊,你拿裤子脱啦得,等我们摸摸你格肚子皮有多厚,肇街上人又多,他哪肯拿裤子脱啦得把我们摸啊?”

“奴才,所谓白肚皮先生,不是说肚子皮厚薄,而是自己三年书不曾读得满,就捣鬼实腔出来坐大麦馆,斑鸠鸠教别鸪鸪,三年书一教,要荒失少爷青春。”

“格年纪老的,经验又丰富,为底高不好呀?”

“安童,你不晓得,年纪一大,牙齿抛掉好几个,牙齿不关风,说话不成隆啼咚。书上明明写的不,他肇牙齿不关风,教少爷读成勿,到京都皇城科考中状元推扳一个字辄中不得。”

“格年纪轻的又为底高不好呀?”

“年纪轻,脾气臭,性子躁,嘴又啰唆,手又毛草,三句话不好就打,两句话不好就骂,这种先生我家不要。”

我家老不请来少不请,

要请不老不少的好先生。

九月菊花黄,先生周馆忙,安童茶店吃茶,酒店吃酒,交接三朋四友。那一天在茶馆店喝茶,就听见一淘先生讲,南门水关桥脚下,金举士先生,年纪只有三十九，既不吸烟也不喝酒，色样而且不丑，色样委该好，学生也教过去不少，就是现在发得财，一般人请不动他出来。

安童听见这一声，茶钱一付转家门。

员外问："安童啊，果曾访到好先生啊？"

"员外，访到嘞。"

"哪里的？"

"南门水关桥脚下金举士老先生，年纪只有三十九，既不吸烟也不喝酒，色样而且不丑，色样委该好，学生也教过去不少，就是现在发得财，一般人请不动他出来。"

员外一听，哈哈大笑："安童，你们不晓得。"

说到金举士老先生，沿小和我世兄称。

我写请帖去请他，不做推三托四人。

员外拿纸折迹，磨墨掭笔，挨挨大角香，羊毫笔掭尖，上写：

拜上拜上三拜上，拜上金举士老先生。

久慕你格文章好，登门奉请老先生。

请你先生非为别，单叫我儿李逢春。

蓄修银子一百两，压关十两雪花银。

如果先生坐心好，来年再加雪花银。

请帖一道写完成，交把安童请先生。

在路行走来得快，到了先生家大前门。

安童穿街过巷，跑起来蛮丧，一歇歇辰光，来到先生家门口，对杠一撑，口中开声："同事哥哥，我们是李家村，李员外家安童，有请你家先生，上我家去开馆训学够，请你帮报，报于你家先生知道。"

看门安童一听，浑身总来大劲："同事哥哥。"

你们蹲门外等一等，等我告诉先生好知闻。

安童手脚不慢，来到楼上："先生，门外有李员外家安童，奉员外之命，请你上他家去开馆训学。"先生一听，对杠一定：我现在已经不坐馆了，但是李员外交我实在知己，不得不去。

吩咐安童忙不住，大开朝阳两扇门。

李家安童一步三拜，两步六拜，三步九叩首，慢慢拜到高厅上，拜见金举士老先生。

李家安童，手脚不慢，双手将员外的请帖呈上。先生说：“安童，你们一路辛苦，到厨房用点心去吧。”

安童到厨房用点心，先生将请帖看分明。

先生拿请帖头上看起，一目到底：啊呀，日子过得真快啊，光阴似箭，日月如梭，光阴似箭催人老，日月如梭追少年，清记得来李福家喝满月酒够，他家儿子到六岁了，请我去坐馆了。真是一熟黄豆一熟麦，胡子长嘞雪雪白，望望几时上他家去。先生将通书万年历一翻，一下子翻出去好几张，看到冬月底，腊月初才有好日子，先生就想：才教嘞几天，到要放寒假了，不如明年早点上他家去。看到来年正月廿一，入学大吉，就在员外的请帖反面，写了回帖：

拜上拜上三拜上，拜上员外有钱人。

你的请帖我看过，

只因今年日脚浅则，开馆训学已来不及。

等到来年正月廿一日，到你家开馆训门生。

先生回帖写好，李家安童点心也已吃饱。先生说：“李家安童，时间不早，你们肚里已经吃饱就早点回家去吧。”

李家安童站起身，哪肯耽搁转家门。

跑到半路上，一个安童说：“啊呀，我们怎不曾问问先生，几时上我家去够。”

另一个安童说：“不要紧够，他写嘞在这个帖子上面哩！”

安童到了家，员外就问：“安童，先生几时上我家来？”

“员外，我们拿点心一吃，先生弄这个东西对我们手里一塞，我们眼乌珠漆黑，一个字辄不识得。”

员外说：“倒把我望望看。”

员外将回帖看完成，心中欢乐八九分。

“先生真正知己了，拿明年的日子总看好了，但不过到明年还有好几个月哩！不要弄忘记了，不晓得去接先生，拿先生把别人家接得去。安童，我这样子，一年十二个月，有十二月花名够，你们天天替我放嘴里唱，唱到格辰光，就晓得去接先生够。”

正月里，是新春，人人游玩。

二月里，杏花开，闹过花灯。

三月里，是清明，家家祭祖。
四月里，二麦黄，提篮采桑。
五月里，是黄梅，黄秧插过。
六月里，荷花香，掸扇乘凉。

“安童，一年有十二个月，二十四个节气，春夏秋冬四季，上半年长，下半年短，下半年冷，上半年暖。”

热半年，冷半年，寒来暑往。
半年长，半年短，秋收冬藏。
七月里来七秋凉，八月里来桂花香。
九月初九是重阳，十月芙蓉花开印小春。
冬至不离十一月，蜡梅花开又逢春。
员外家到了廿四夜晚夜点。
刺楷棚搭得野场边，
盛碗小豆饭供嘞里灶边，
点点烛来烧烧香，合家大小拜龙天。
拿灶家菩萨送嘞上西天。
好话多说点，丑话瞒住点。
多求五谷多求粮，三十夜接你家来过新年。

到了腊月廿五廿六，员外家里买鱼买肉。到了廿七廿八，员外家里杀鸡宰鸭。到了廿九，员外吩咐安童用小车辄城里对家推酒。

员外家到了三十夜格晚夜点，囤子打到野场边。
扳点柏枝封封薹，合家大小拜龙天。
大家吃吃辞年酒，分分守岁钱，
一夜之中分二年。

到了大年初一，男女老少穿了新衣服，出去拜年，一叔伯、二娘舅、三姑父、四丈人，拜年拜到初七八，有酒辄是坛子脚。

正月元宵节，城中闹盈盈。
人人都游玩，个个荡新春。
十三红灯起，十八落红灯，
十九二十过，廿一接先生。

“安童，今朝几时？”

“员外，今朝是正月廿一。”

“啊，到正月廿一了。果曾准备去接先生啊？”

“准备了。”

“弄底高够，轿子呢，果曾弄车子啊？”

“员外，先生有几个屁股啊？弄了轿子，就不要弄车子，弄了车子就不要弄轿子。”

“哎，我晓得够。”

“员外，你可保算小，用车子拿先生家师娘接来帮我家薅草。”

“奴才，薅底高草？先生上我家来开馆，他有书童要带来，如果没得书童带来，他有书箱箧篮带来，总不见得叫先生捧怀里呢。赶紧再去弄部车子。”

安童一听，真正相信：

员外做事真到家，叫了轿子又带车。

安童赶忙动身，去接先生，穿街过巷，跑起来蛮丧，来到先生家门口。先生晓得员外家今朝来接他够，大前门开嘞杠等够。

安童来到高厅上，拜见先生识字人。

安童不必客气，一路辛苦，先到厨房用点心去吧。

安童到厨房用点心，先生走上师娘绣楼门。

一把背住师娘手，止不住腮边泪纷纷：

贤妻啊，

我到李家开馆并训学，你要做当家把做人。

安童梅香你要好好用，不要做呼来喝去人。

“先生，你不必叮咛嘱咐，你又不是第一回出去坐馆，我倒有言语要吩咐与你：员外家儿子聪明够，你就蹲杠多教啦几载，如果愚笨够，你就早点回转，不要拿自己名气辄教坏啦得。你要撂掉做先生的架子，丢掉来家的暴躁性子，你要如切、如磋、如琢、如磨，千万千万不能三句话不好就打，两句话不好就骂。”

假使拿他家儿子来吓坏，对不起员外有钱人。

“更不能像往常在人家坐馆，三天对家一跑，两天对家一跑，格你这个馆就坐不牢。”

先生一听，倒也相信：

贤妻啊，

你平常辰光不要盼望我，清明寒节转家门。

安童说：“先生，你的书箱箧篮，已经搬到车上，请先生动身。”

先生下楼，将要上轿，师娘一把背住得：“先生啊！”

我心中要想送你二三里，鞋尖足小步难行。

“贤妻，不必远送，送君千里，终有一别，尔为尔，我为我也。你送我，我对员外家越来越近，你离家中越来越远，速速留步。”

先生身坐轿子就动身，师娘回转绣楼门。

在路行走来得快，到了员外家大前门。

安童一报，员外知道，员外呵呵大笑，赶紧迎接到滴水檐前。

员外先生手搀手，并并行行上高厅。

手脚不慢，来到高厅之上，员外吩咐不要歇手，为先生热菜炖酒。一歇辰光，酒菜停当，员外对先生很客气，先送先生挡风盏，再送先生上马杯，杯杯盏盏不推回。酒过三巡，菜过五味，员外吩咐安童将先生送到小书房休息。先生来到小书房一看，三间房子亮堂堂，四转装有络纱窗，八仙台上放光彩，磨砖铺地一塌平，墙边上栽的花儿草，盆子里总是万年青，门口挂个画眉笼，香几台上自鸣钟。

画眉笼里莺哥叫，自鸣钟里定时辰。

先生来杠仔细看，单条字轴两边分。

挂一轴，盘古氏，初分天下。

有三皇，和五帝，治立乾坤。

挂一轴，仓颉氏，制下文字。

到周朝，孔圣人，修成五经。

挂一轴，轩辕王，衣冠治世。

到后来，男共女，才有衣襟。

挂一轴，老寿星，手执禅杖。

挂一轴，王母娘，骑鹤腾云。

挂一轴，秦始皇，吆山塞海。

挂一轴，吕孟正，破窑安身。

不提先生看字轴，再说员外有钱人。

员外叫安童拿逢春公子喊得来。逢春说：“爹爹，呼唤孩儿，有底高事情？”

“孩儿啊，你也已经七岁了，古人云，祖宗虽远，祭祀不可不成，子女虽愚，诗书不可不读。养儿要读书，种田要养猪；养儿不读书，等于圈里养格猪。读的书多胜大丘，不需耕种自有收，东家有酒东家醉，到处逢人到处留。白天不愁人来借，晚间不愁贼来偷，虫灾水旱无损伤，快活风流到白头。孩儿，今天你开蒙了，为父帮你请来了周围才学最高的金举士先生，来教你读书。你要用功苦读，将来龙门高跳，可以替祖争光，光耀门庭，又可以为国家出力。”

有了高官并禄位，祖先三代有名声。

安童，带块红毡毯，我们送少爷到小书房去拜见先生。来到书房，安童拿红毡毯对先生门口地上一铺，员外叫逢春公子跪嘞毡毯上拜见先生。李逢春抬头一望，墙上有孔夫子轴子挂嘞杠，他心上就想：我家先生怎得识字够，他家也有先生，先生家还有先生，最早的先生是孔夫子。

我先拜朝南孔夫子，再拜门前老先生。

先生一看，欢喜了，几十个门生教过去了，没得哪个比他再懂道理。员外就说了：“先生啊，你到我家来也不要客气，该要底高东西，你只要开口，我家辄有。从今朝开始，我拿我家儿子逢春就交把你了。”

他在书房你照应，到了家中我当心。

拜你门下为弟子，望你训诲早成名。

员外和安童走了，先生说：“门生，你在家叫什么名字？”

“先生，我叫李逢春。”

“好，这个名字取得真好，门生啊。”

你乳名叫做逢春号，学名还叫李逢春。

“门生，万事开头难，先生教你读书，你不能嫌烦。开蒙要读《神童诗》《百家姓》，提头抄写上大人。门生，跟我念，天。”

“天。”

“子。”

“子。”

“重。”

“重。”

“英。”

“英。”

“豪。”

“豪。”

“先生啊,像你这腔调教书到难教哩,一个字一顿,两个字一哼,我倒要吃糯米饭陪你蹲堂哼哩!”

“格怎样教?”

“你不好拿一句一下子教,连起来读。”

先生说好的。

先生说,天子重英豪。

逢春说,文章教尔曹。

先生说,万般皆下品。

逢春说,惟有读书高。

“门生是你教我,还是我教你啊?”

“先生,此话怎讲?”

“我说上句,你怎晓得说下句够?”

“先生,你说天子重英豪,我肯定说文章教尔曹,你说万般皆下品,我肯定说惟有读书高。”

“门生啊,这个神童诗,你什么时候读过够?”

“我前世里读过的。”

“不要说搞话,你当我不晓得,上年你家就请我来教书,肯定书上年就买回来了,肇书买嘞又多,你天天蹲家唱学舌歌。”

“先生,不是的。”

“格我说上句,你怎晓得说下句够?你果晓得这四句话格解说啊?”

“不晓得。”

“我晓得你只为唱唱学舌歌哎,我来告诉你。”

赵匡胤马上登基十八载,称为天子重英豪。

孔夫子山东鲁国中教学,留下文章教尔曹。

李老君留下三十六行生意做买做卖,称为万般皆下品。

甘罗十二岁拜相,惟有读书高。

“门生,我再来教你百家姓,你牢记在心。”

“先生啊,我晓得够。”

听皇宣，传圣旨，赵钱孙李。
边关上，来把手，周吴郑王。
教场上，兵马乱，冯陈褚卫。
须夫子，去和番，蒋沈韩杨。

因为李逢春是天上文曲星宿临凡，读书一点辄不为难。先生手指到哪里，他就望到哪里，望到哪里就读到哪里，读到哪里就熟到哪里，有过目不忘之才。先生说："门生，你肇读书了，要懂道理，要懂礼貌，在家里要叫父母大人。如果放学路上看见人也要叫。"

"先生，我又不认得他，晓得叫他底高？"

"我教你。"

叫人不蚀本，舌头打一个滚。
看见年纪老的叫伯伯，年纪轻的叫叔叔。
道士称先生，和尚叫僧人。
年轻妇女叫贤嫂，高楼上小姐称千金。
门生我再教你，
瓜田不纳履，李下不整冠。
叔嫂不亲授，长幼不比肩。

"你果懂这底高解说？"

"我不懂。"

"不懂我教你。瓜田就是种瓜的田，履是鞋子，你从瓜田经过，鞋子到把瓜藤绊忑得够，你千万不能弯下来拔鞋子。为底高，如果你弯下来拔鞋子，人家当你偷他家瓜哩，要等走过了瓜田，才好弯下来，将鞋子拔起来。李下不整冠，李指李树，冠是帽子，假使你从果木园经过，帽子到被树枝刮歪了，不好拿手伸上去戴帽子，如果你拿手伸到头顶上，人家就要说你手脚不老实，偷他家果木，你要走出果园，才好拿帽子戴好嘞。叔嫂不亲授，叔是叔叔，嫂是嫂嫂，也就是说，小叔子和嫂嫂，虽然辈分一样，平起平坐，但不能欺负嫂嫂，因为长兄如父，长嫂为母，如果父母亡故早，哥哥嫂嫂有义务负担兄弟小叔成家立业，这是不可推卸的责任。长幼不比肩，长是长辈，幼是小辈，不比肩，就是说，不能没大没小。"

如果欺公又别祖，算不到圣贤中念书人。

"门生，切记切记，不可忘记。"

“吾乃晓得。”

读书读得几天，先生又教他写字：“门生，字不但要识得，而且也要会写。我来把笔教你写，一竖，一横，一横念上字，一横一撇，一捺，念大字，一撇一捺，念人字，连起来就叫上大人。底高意思呢？”

为人在世莫忘恩，敬重父母上大人。

山东出到一个孔夫子，训诲门生化三千，七十二贤人，七十二仕，个个聪明佳作人，书房读书知礼仪，独占鳌头小书生。“我肇教你写。”

“先生啊，你抓住我格手，只是来堂抖，写格字弯弯扭扭，我自己望望总嫌丑。你身子更格重，伏得我身上我又驮不动。”

“门生少说点，聪明点格人，把笔也要个把礼拜，愚笨格人要把到几个月呢！”

“先生，你到拿手松啦得，等我一个人写写看。”

先生手一松，李逢春写字就有笔风，一点就像瓜子样，一横如同量天尺，一竖就像定海针，一撇像张刀，一捺赛把锹。

先生看看呵呵笑，称赞门生本领高。

光阴似箭，日月如梭，眼睛一眨，李逢春读书倒有一年，先生放寒假，回去了。到第二年，先生说：“门生，你读书，写字，总会了，我要教你吟诗作对。我说天，你要对地，我说文，你要说武，我说山，你要说水，我说手，你要说足。”

“先生啊，到来试试看。”

先生说：

门栏将军双足齐齐未曾踏地。

李逢春想：先生才间说够，他说手，我要说足，他说足，我要对手。

朝纲宰相两手弯弯不能擎天。

先生说，春风摆动春杨柳。

公子说，春鸟站在春树头。

先生闻听只一声，点滴不差半毫分。

到了春天，日天又长，人格外疲惫，觉得四肢无力，吃过午饭，就要休息。先生到他的卧室中睡觉，李逢春在小书房午睡，公子才有点困着得，就听见头顶上，一只蜜蜂嗡嗡直叫。逢春用书一打，到拿蜜蜂打忑下来了，他把蜜蜂对笔套里面一灌，用纸头一封，里面没气不通风，对先生的教科书里面一夹。先生午睡来了，对李逢春说："门生，你困到现在了，不要相，赶紧拿书翻开来念。"

书里面的蜜蜂"吖嗡"："门生，叫你念书你为底高学我嘴啊？"

"吖嗡。"

"还学我嘴啊。"

"先生，我没有学你嘴。"

先生将书一颤，书里面的笔套到抛出来够。先生拿笔套拿起来一望，两头封够，就把纸头拂掉，因为他年纪大，眼睛散光够，他把笔套放到眼睛身边，望肚里底高来里面，正好格蜜蜂在里面闷嘞不得过，透到空气，它对外要飞。哪晓格蜜蜂是只刺蜜蜂，它对外面一攻，正好对先生眼睛上一碰，到拿先生眼睛刺肿了，就像灯笼。先生大发雷霆："门生，你惹到这种死样，也是任责，还是认罚？"

"先生，任责怎说？认罚怎讲？"

"任责三十个手心，认罚，罚诗对一首。"

李逢春眼泪到抛下来够。

先生啊，
门生年轻责不起，愿罚诗对对分明。
好格，你会做对哩，就依你惹样为题，
三月天气暖轰轰，门生端坐学堂中。
捉蜜蜂，灌笔筒，用纸封，
叫喊吖嗡吖嗡又吖嗡。

"门生对啊。"

逢春来杠挠头摸耳朵，对不出来啊。先生坐杠等等，像照身上痒，背住衣裳只是来杠抖："门生啊，快点哎，我一歇就来够。"话言未了，拔脚就跑。

李逢春说："先生跑嘞更急促上哪去啊？跟他后间去望。"

单说先生来到他的卧室，将门一关，哪晓里面不曾闩，拿衣服解开来，蹲杠自言自语，你格冤家，才间咬我一痒，我来嚼你一响，手脚又慢，将半风对嘴里一摞，一嚼哑嘣，李逢春在门外，一个眼睛睁，一个眼睛闭，从门缝里间望好嘞够，他听见(冰)嘣一响，拿门一杠。"先生，对子成功。"

先生吓得赶紧拿衣服扭起来："门生啊，对把我听听看。"

"先生，你依我为题，我依你先生为题。"

"好够。"

三月天气暖轰轰，先生躲在房间中。

解衣服、捉半风、摺口中，

一嚼哑嘣哑嘣又哑嘣。

“先生，你说咛嗡，我对哑嘣，你说果对，我格果比你格脆啊？”

先生闻听这一声，果要气死又还魂。

门生啊，

你交我做对是假意，打窈我穷鬼是真情。

先生想想心上难过，眼泪珠抛，来到高厅，

员外呀，

你家馆么我不坐，另请高明老先生。

员外忙问：“先生，你眼泪珠抛，究竟为点底高？”

先生又不好意思说。

“安童啊，先生为底高哭？”

“我们不晓得。”

“果是怪少爷？”

“不是得。”

“果是怪先生自己啊？”

“不是得。”

“怪你们安童。”

“也不是得。”

“格究竟怪哪个？”

“可保是怪梅香妹妹？”

“怎怪到梅香嘎？”

“先生上我家来教书，洗换衣服不曾带几套，脏嘞脱下来叫梅香妹妹帮他洗够。梅香妹妹偷懒，水不曾烧得开，衣裳放水里做做乖，不曾洗得干净就晾起来。哪晓得天气不好，阴天，衣裳不曾晒得干，先生就对身上一穿。衣裳半干半湿，出上一身白虱，先生和少爷吟诗作对够，先生说少爷惹样，少爷说先生捉虱，就会这个事情，先生哭得要家去。”

员外一听，呵呵大笑：“先生，你何苦？又不会底高大事情，就会虱能大的事，也拗气要家去啊。”

先生听见这一声，脸辄红到耳后根。

员外就想：假使先生真的走了，又找不到比他好的，不如等先生有格台阶下。"安童啊，去拿少爷喊得来。"

李逢春来到员外身边："爹爹，唤孩儿有何吩咐？"

"你格冤家，胆到不小，竟敢钉耙锄天，打窃先生捉虱啊？快点端茶赔礼道歉。如果先生开恩接你格茶，我交你拉倒；如果先生不开恩，不接你格茶，四十皮鞭打死你这细冤家。"

李逢春又不晓得员外是作势的，他倒杯茶，顶到头顶上，双膝对先生面前一跪，未曾开口，到哭得死去活来。先生看看他又罪过，想想么这伢又聪明，就留他去吧，双手将茶接过来，一饮而尽。

师生来到书房，先生想想不服气。"门生，来做对。"

"先生，你先请。"

眼珠子，鼻孔子，珠子总在孔子上。

眼珠子是眼乌珠，鼻孔子是鼻头，眼珠子在鼻孔子上面，先生的意思是我眼乌珠随便多小，总永远在你鼻头上面，也就是说，随你门生多有用，我永远是你的先生，你是我的门生。李逢春眼珠一转，有了：

眉先生，胡后生，先生哪有后生长。

眉先生，人生下来就有眼眉毛的，胡后生，人要到发育才长胡子，先生哪有后生长，眼眉毛永远也长不过胡子啊！

先生闻听只一声，果要气死又还魂。

隔得好几天，先生说："门生，春二三月要发春气，坐嘞家中，头昏眼花，难过哩，我们不如出去散散心。"

"先生啊，好够。"

师生两个对前奔，遇到皇孙公子去游春。

前面来了一个人，身穿绫罗绸缎，胯下高头大马，从他们身边一晃而过。先生说："门生，作对。"

"先生，你请。"

风吹马尾千条线。

李逢春顺嘴一塌：日照铜铃万点珠。

"呸，你胡头乱说，格太阳光照嘞铃高头有一万点珠珠啦？"

“先生，你先错格呢，我只好陪你错。”

“我错底高，你说风吹马尾千条线，格格马尾子你数好嘞嘎，正好一千根毛，不多也不少，不相信喊格骑马的人来，如果数到一千零一，我不交你先生肯歇，如果只有九百九十九，先生你就现大丑。”

“门生，格你说怎弄？”

“先生，这对子很好，我们只要一个人改掉一个字就好够。”

“我不相信。”

“我来说把你听。”

风吹马尾条条线，日照铜铃点点珠。

“条条线，不受限制，三条五条也好，十条八条也好，千啊八百条也好，点点珠是随便多少点不关事。”

先生听嘞呵呵笑，称赞门生水平高。

跑出去不曾有多远，来到一条河边，有几只鸭子在河边上晾毛衣，人从那里一跑，鸭子“轰隆”对河里一跳。“门生，做对。”

七鸭下河，数数三双一只。

公子就想：七只也是三双一只，三双一只也是七只。逢春朝前一看，一个洞里，一条蛇到游出来够。“先生我也有。”

“对啊。”

尺蛇出洞，量量九寸十分。

先生说，船轻石重轻装重。

公子对，尺短布长短量长。

先生说，此木为柴山山出。

公子对，火因成烟夕夕多。

那一天，师生两个在小书房休息，先生就说了：“门生，我们每人说四句话，这四句话当中要带到，模模糊糊，清清楚楚，容容易易，难上加难。”

“先生，你先请。”

先生说：

墨汁生嘞模模糊糊，写起字来清清楚楚。

墨汁写字容容易易，字变墨汁难上加难。

先生我也有：

天上落雪模模糊糊，落到地上清清楚楚。

雪要变水容容易易，要水变雪难上加难。

转眼之间到了冬天，外面下起了鹅毛大雪，李逢春早上起来，用雪做一个观音菩萨在野场心里。先生说："门生，做对。"

雪塑观音，一片冰心，难救苦。

公子对：雨笃罗汉，两行珠泪，假慈悲。

那一天早上，李逢春在背书，他把书读得透透烂熟，书一熟，背起来就快，背嘞越快，身上越暖，身上一暖就发痒，痒么就挠。先生说："门生，不要背了，我晓得你熟够，来做对。"

"先生，你先请。"

痒痒挠挠，挠挠痒痒，不抓不痒，越挠越痒。

李逢春一听，浑身松劲："先生坏哩，打窃我挠痒，先生我也有。"

"对啊。"

"先生，我也以你为题。"

"好够，只要说得在理，我决不怪你。"

生生死死，死死生生，先生先死，先死先生。

先生闻听怒生嗔，骂声你李家小畜生，

交我吟诗作对没相馆，咒我先生要死是真情。

因为李逢春公子是天上文曲星下凡，读书一点辄不为难，一而十，十而百，百而千，千而万，公子读书容易上，第一年《大学》《中庸》《论语》《孟子》，第二年《离骚》《老子》和《诗经》，先生就说了："门生，你现在吟诗作对，样样都会，肇要教你打题头，做文章，要达到出口成章，落笔成篇。"

春眠不觉晓，处处闻啼鸟。夜来风雨声，花落知多少。

勤俭黄金本，诗书丹桂根。鸡鸣催晓读，鸟语唤春耕。

白日依山尽，黄河入海流。欲穷千里目，更上一层楼。

出晓天下事，入读古人书。少说几句话，多读数行书。

清明时节雨纷纷，路上行人欲断魂。

借问酒店何处有，牧童遥指杏花村。

"门生，我替你把一年四季春夏秋冬，并作一个题头。"

春游芳草地，夏赏绿荷池。

秋饮黄花酒，冬吟白雪诗。

“门生，你果晓得这四句话的解说？”

“先生，我不晓得。”

“我来教你。”

昔年唐伯虎出门游春，春游芳草地。

蔡伯楷别妻，夏赏绿荷池。

杨贵妃宫中醉酒，秋饮黄花酒。

孟姜女千里寻夫，冬吟白雪诗。

公子读书麻利很，先生做个领头人。

读得一年又一年，读得一春又一春。

一笔读到十二岁，满腹文章无比论。

那年中秋节，员外请先生到望月亭吃酒赏月。员外说，先生，你在我家倒也有几年了，多亏你精心教育，我儿方到如此地步，乡下人有句土话够：

师也好来徒也好，久炼成钢出快刀。

员外，你太客气了，这是你家祖上德气，夫妻福气，你家儿子才这么聪明伶俐，这就叫：

好田好地出好苗，好树好枝结好桃。

员外和先生两个人有讲有说，酒逢知己千杯少，话不投机半句多，带吃带讲带相，恨不得到东天发亮，方才下亭休息，员外来到卧室，好像身上发热，就拿窗子开开来吹吹风，透透气。哪晓一阵冷风对家里一攻，员外就觉得伤风，请医生来看，不上医生算，吃药如吃水，化纸骗骗鬼，肚肠一抖，吃下去格东西辄对外呕。

员外毛病沉重很，井底里淘沙渐渐深。

实际上地府阎君早已算到，山西省绛州府龙门县北门外李家村李福阳寿已经满足，鬼使不能耽搁，现在就要去捉。

鬼使奉了阎君令，要到阳间来捉人。

无常鬼做队长带队，肇后间鬼使多了，有高子鬼、矮子鬼、胖子鬼、瘦子鬼、鲜翻鬼、促卡鬼、阴促鬼，鬼使一大淘，总跟无常鬼跑。

阴风窜窜来得快，到了李家大前门。

首先请李家门栏门将军、檐头神菩萨、家堂菩萨签过字，画过押，这叫地头乌龟不生灾，家鬼牵出野鬼来。

一淘鬼使来到李福房间里，高子鬼用手到员外头上一掐，员外头上就冒煞，矮子鬼弄温良汤一洒，员外身子只是来杠发呆(抖)。

三洒四洒了不得，寒寒热热紧缠身。

员外喊声："院君啊，我现在浑身热起来如同炉中火。"

冷起来如同水生冰，我一歇寒来一歇热，

寒寒热热分不清。

"我格院君啊，我浑身疼痛四肢无力不得过。"

生死来堂欠时辰。

"员外，你不要难过，不要紧够，三十年不病灾在外，哪个吃得五谷不生灾？""徐先生来堂帮你看哩！对症下药，他的医术高明哩，死人能医嘞活手活脚，活人能医嘞直手直脚。瘤火结毒、烂膀胎毒、阳霉痰毒。"

人死嘞七天，他都会号脉。

他绰号就叫徐一贴，一帖药毛病就除根。

徐先生说，"员外，你哪里难过？""先生啊，我头又疼，肚子又痛，四肢无力少精神。""员外，你胆放宽心，我要么不来，我来了，我就要拿你病看好嘞才走，我来开点药你吃吃。"

川弓治头疼，肚痛用砂仁。

紫须能放汗，补药用人参。

鲜翻鬼用手一捏，员外牙齿对外一突："先生啊，我牙齿又痛起来了。"牙痛不是病，痛起来真要命。"你不要怕，我来开药你吃。"

端尖果子一点红，长在草上像灯笼。

人人说它没得用，冰片胡脑治牙虫。

促狭鬼用手到员外眼睛里头一掐，员外眼睛直眨。"先生啊，我眼睛又看不清了。""不要紧，我来弄到眼药膏，你拓拓就好够。"

你要眼药方，空清共牛王。

重用摧云散，一点千里光。

"先生啊，我格肚子怎又痛起来了，痛嘞我浑身辄冒汗，而且也要两头探。""不要紧够，我来帮你看。"

红糖用二两，生姜用三钱。

重用一枝葱，医好你肚里痛。

水泻千斤子，饱胀用山楂。

要得毛病好，仁由共麦芽。

“先生啊，我现在嘴里有点麻，好像要吃茶，嘴里干得要命，肚里饿哩，就是不想吃。”“不要紧，我有办法。”

嘴里作得干，饮食又不贪。

要得毛病好，吃点兑金丸。

“先生啊，我这身上浑身上下怎更痒够。”先生一看，吓得浑身放汗，员外身上一个个滴溜溜圆，总像铜角子咁大发红，来下贡脓，发肿，就怕要进桶。“员外，这是痒疮，我来帮你看。”

痒疮痒辣煞，

一用钻山夹，二用深药甲。

芝麻油调起来拓，好嘞一世辄不发。

“先生啊，我格脚膀不晓怎更痛够。”等我望望看。员外，你这是烂脚膀。”“果得好？”“得好够，我来帮你看哎。”

马脚鸽，瘪琳当，

长嘞河里又不圆来又不方。

人人说他没得用，手心里拍拍贴烂膀。

曾歇多时，员外放声就喊：“先生不得了，我的脚膀怎变粗了？”先生一看：“员外，这叫瘤火。”“果看得好？”“员外，我也不是说大话，山东过年子来了一个瘤火脚，请裁缝帮他做裤子，裤脚管又做八尺八，把我医成麻秆脚，一直到现在辄不曾发。”“格你帮我看焉。”

瘤火破了皮，天下郎中不会医。

我来帮你看，我来帮你医，

一点陈稻草，二点广木皮，

要得炭肿块，敷点井烂泥。

一般鬼使就说了，这个医生好无道理，专门和我们作对，弄员外蹲堂受罪。

阳间没有死来只有生，到哪里蹲对下许多人。

阴促鬼跑到前间一脚，到拿徐先生煨药的吊子踢爆掉了。先生晓得不妙，为底高？这药吊子，煨药煨勒几十年，不知有多少病人看好了，今朝来帮员外看病，腾腾空就爆掉了，此乃不祥之光，这叫：

虎追病马走竹桥，纸造舟船浪里漂。

沸水锅里煮冰片，员外有命都没毛。

院君，我也劝劝你：

你不要哭来不要啼，帮员外做夹几件送老衣。

院君啊，

你不要哭来莫要嗐，赶紧帮员外买棺材。

院君一想，真正看不好也没办法。“梅香，帮我称出十两银子来，送把先生，作为他的开包钱。”先生说：“院君啊，我和你家员外不是那别人，再好不过，留它去。”“先生啊，工夫钱不要，药钱还是要付的。”徐先生说：“都不要。”院君就想，徐先生又不肯收钱，他也忙到现在，总不见得等他空手回去呢。“梅香啊，既然先生客气，不肯收钱，我柜子里有段好蓝布去拿得来，送把先生，等他家去也好做件衣裳。”一会儿，梅香将布拿来了，格一个麻利梅香说：“先生，你拿布拿回去又要请裁缝，我倒会做格，不如我帮你做起来，做好后送到你府上，但不过我做衣裳是看人做格，做起来包你满意。”“梅香妹妹，你怎样帮我做啊？”

左手衣袖短，右手衣袖长。

前面着地扫，后面到腰眼。

如果人家来看见，果像穿格盗墓衫。

“说你格昏话，穿格种衣裳蹲外间跑，把人家看见，不比鬼多两个耳朵？”“先生，我替你把衣裳做成这个款式有用处的。”“有什么用处啊。”

长袖拢药包，短袖号脉不用撳。

假使医死人家惯宝宝，兜勒衣兜里就好跑。

人家告到公堂上，打起屁股来不用捞。

先生闻听只一声，怎就霉到能功程。

先生发火，布也不要，对杠一撩，跑起来不晓多馁。

不提先生动了身，再说员外有钱人。

员外晓得自己病不得好了，就拿院君喊到床前，背背院君格手，眼泪像断了线的珠珠，一个一个往下掉啊，员外喊声院君啊：

我们夫妻数年春，争论没得半毫分。

如今病重不得好，临终吩咐你当身。

院君啊，

我你多男多女未曾生，就生逢春一个人。

今朝拿他交把你，千斤担子你当身。

院君啊，

要让儿子读书文，慢慢领就长成人。

等到将来成立业，我在九泉感你恩。

院君啊，

你晚上出门莫单身，天寒不要坐深更。

朝夜门窗要关好，堂前火烛要小心。

院君啊，

你们母子两个就像没脚蟹，没得知心霍衣人。

院君闻听只一声，二目珠抛泪纷纷。

员外又叫安童到小书房去拿逢春少爷喊得来。公子双膝跪倒床前，父亲，唤我有何吩咐？员外背背他的手，摸摸他的头，哭得更加伤心：

心肝啊，

你是我的亲骨肉，李家唯一后代根。

只怪父子缘分浅，我半途中间丧残生。

心肝啊，

你家父亲虽然不在世，还有生身老母亲。

母亲说话你要听，奋发勤读取功名。

心肝啊，

你将来立业有功名，我在冥府也开心。

众位，一家三口哭得肝肠欲断，如同万箭穿心，心如刀绞。世上多少哀苦事，只有生离死别情，小学生才疏学浅，也难以用语言来表达。鬼使就说了，我家阎王要你三更死，哪肯容情到五更？鬼使不肯耽搁，就到员外头上一拍，员外喉咙口痰对下一忑，“霍落”，豆腐店关门，只好失作。

只见他两手来杠伸，两足来杠蹬。

喊喊作声，浑身汗毛根根竖。

喉咙口断了来往气，呜呼哀哉丧残生。

才上来，母子两个当他困着得够，歇上蛮多时，陈氏用手到他额头上一揿，冰冻烂瀴，头朝里床一执，一点气总没得，身子一翻，馋眯渧上一大摊。儿啊，不得了了，你家爹爹死了，身上都已经瀴了。

院君拿格员外来捧起，果要哭死又还魂。

院君喊声：

“员外啊，
往常我们夫妻两个讲讲说说，
你叽叽咕咕也像格话八哥。”
今朝你困堂怎不作声？
员外啊，我究竟前世里作得多少孽，
今世烧啦多少断头香，
你拿我丢嘞半路上。
下不得下，上不得上，夫妻两个不久长么，
你来黄泉路上慢慢走来慢慢行，
等等你家院君一同行。
员外啊，
你来黄泉路上慢慢走来慢慢跑，
我们夫妻同过奈何桥，
院君来杠放悲声，公子哭死又还魂。
公子哭声爹爹啊，
你丢下孩儿年纪轻，东西南北分不清。
爹爹啊，
你到别我归天去，哪做当家把做人。
爹爹啊，
你丢下老格老来小格小，
老老少少靠何人。

不提母子两个悲泪啼哭，再说家里傻里傻气的安童、呆里十欠格梅香也来解劝了，背住陈氏院君的衣裳角落，嘴么一奓，舌头一塌，主母娘娘，员外在堂人家着不得，死嘞欲不得，现在已经死啦得，早点买口棺材拿他置啦得，抬到头里窖啦得，省得你们蹲堂嗐煞得。

院君闻听只一声，骂声奴才嚼舌根。

公子就说了，母亲啊，人死不得复生，草枯了才得逢春，爹爹既然过了背，应该买棺木，拿他收尸入殓。陈氏一听，到也相信，肇叫安童带银子到棺材铺里，买大大棺木一口，将员外收尸入殓，请僧道两班，做斋设醮，超度员外的亡灵。

三尺麻布当门挂，公子做磕头礼拜人。

超度完毕，陈氏院君请大家帮忙，拿员外棺木送到田里，入土为安，栽松植柏，来到坟堂，交过灵牌。

抬起棺木往前行，和尚道士念起经。

母子哭到肝肠断，诸亲六眷泪淋淋。

不提员外已经亡故，再说陈氏院君："儿啊，阳间不少阴间债，只怪凡人出口快，十年之前，我和你父亲在观音寺求子，许观音菩萨够。她只要大显神通，大发慈悲，送我家一子香烟后代根，我前山门修到后山门。现在你都十几岁了，还不曾去了愿，许了愿就要去了愿，如果不了愿，菩萨就要把颜色给你看。""母亲，既然如此，打开库房，拿出金银，吩咐安童梅香南山拔木，北窑搬砖，兴工动土。"

兴工动土数日整，观音寺修嘞簇簇新。

陈氏拿逢春公子带到观音寺来，拜拜观音菩萨，回转家中，读书还要比往常用功。

有公子，在书房，勤心苦读。

看春秋，习礼记，昼夜操心。

哪一天，不读到，黄昏过后。

哪一夜，不读到，五更天明。

高读能像鹦哥叫，低读就像凤凰声。不提公子把书读，经中另表出场人，张家村有个张显员外，同缘宋氏，夫妻同庚半百，坐在家里纳福，所生一子，名叫少卿，是天上破败星临凡，员外家夫妻两个先后害了病，请医生来看，看到他们的病，看不到他们的命，夫妻两个先后去世。

夫妻两个丧残生，丢下少卿一个人。

那一天，少卿在书房读夜书，夜静夜静，听出去不近，读书声音又高，一下子透到九霄，惊动玉皇大帝知道。玉主说，山西省绛州府龙门县，张家村张显之子，乃上界破败星下凡。他家父母已经亡故，要派他天火三次，烧嘞寸草无根，坟堂安身，落难，沿街乞化要饭，受尽苦中之苦。难中之难。

玉皇大帝站起身，玉磬三响召真人。

召哪个？火德星君。火德星君听见一召，对御宰台前跑起来蛮恔，玉主，唤我有何事情？我桩样不会，放火老内。火德星君，召你来非为别事，只因山西省绛州府龙门县张家村有个张少卿，是我上界破败星下凡，他命中要犯霉，沿小父母双亡，天火三次，烧嘞寸草无根，坟堂安身，落难，沿街乞化要饭，受尽苦中之苦，难中之难，星君一听，浑身来劲。

星君奉了玉主令，腾云驾雾往前行。

仙家来时一阵风，去时影无踪，云头一滚，能走几省，芦花一颠，能走几千，仙风一散，对张少卿家大前门口一站，外面伸手不见五指，面东不见面西，黑漆抹塌，就像锅底菩萨，星君心上就想，我这天火，搭到凡火烧不起来啊，我来寻寻看，果有哪里有火种，火德星君，晃上几晃，转上几趟，少卿小书房里的灯上他大当，星君将身一抖，变作飞蛾模样不丑，一阵仙风，对少卿小书房里一攻，它再蹲杠戏火，少卿说："飞蛾，飞蛾，快点死走，不要蹲堂吵我，和我打绞，弄我书读不到多少。"眼睛色罗呵，瞌睡像照比往带多，手脚又恔，拿飞蛾对地落一搿，飞蛾又飞上来，少卿又拿它搿下去，它又飞上来，火德星君说："今朝放不成火，我就是不走。"少卿蹲杠惹暱，背住飞蛾一个翅膀。

放火上面烧，少卿说："飞蛾飞蛾，今朝你不走，你不能怪我，你自己投火。"哪晓得飞蛾翅膀不牢啊，翅膀一拍，腾腾空火星就上屋，才上来只有芝麻咁大，再到黄豆咁大，蚕豆大，团圆大，倒拳大，筛子大，大篮大，盘篮大，越来越大，越来越大。一阵鬼头风，满间三屋对里攻。"不好了，火烧了，救火啊……"

少卿高喊三声不非轻，安童梅香听分明。

一些安童梅香听见少卿叫喊，赶紧辄就起来了，大家就说了："三十年富贵轮流转，六十年河东转河西，员外在世的时候，家里发财像潽粯子粥，再员外家夫妻两个辄死掉了，堂半夜三更又火烧了，真是犯穷，我们还蹲他家做底高。他家东库房有金，西库房有银，珍珠八宝，而且不少，反正又没得人问账，我们不如趁火打劫，将金银分分，回转自己家门。"

东格东来西格西，改名换姓做生意。

不提安童梅香趁火打劫，金银分分辄跑啦得，再说火势腾腾真正凶，房子围嘞火当中，带烧带相，恨不得烧到东天发亮。

有星君，奉玉旨，前来放火。

东有邻，西有舍，哪个知闻？

青烟起，红烟落，火光灼灼。

前到后，所有屋，总化灰尘。

公子喊声可怜了："我家房子来火坑里间化灰尘，我到哪里去安身？"

公子哭嘎哭，哭得心上像突粥，转念一想："我比安童梅香好哇，安童梅香在火里挨烧煞得，总化成灰了，我也落到一条命哩，况且房子烧掉了，我家库房里还有金银。"他打开灰路，跑到库房里一看，命总吓断，库房里空空如也。

少卿喊声：不得了嘞呱，

人家总说真金不怕火来炼，

我家金银财宝来火坑里面化灰尘，

我就怕没有命残生。

人家总说黄连苦，我比黄连苦三分。

罢了罢了，父母在世的时候，河里有一批树，倒嘞来下哩，我不如请大家帮忙，拿树捞上来，请个木匠家来，刨削刨削，烧黑得格半断头砖头，请瓦匠来弄点烂泥抹抹，再就我一个人，起嘎一个小小四关厢也就够住了，哪晓得四关厢到起好了，格老木匠说白话："少爷啊，一两黄金四两福，你们父母在世的时候，这块地方太太平平，现在他们不在了，家里就犯火烧，可保这块地方你压不住它。""师傅啊，格我住哪里好？""少爷啊，你不要怕。我年纪虽老，见识不小，我来帮你做点小角刀，我只要在你家门上面钉夹两支太平钉，你家再一落里就太太平平。""好够，师傅啊，请你。"老木匠辄箱子里拿两支爬头钉拿出来了，这钉果是老木匠买带来的，不是的，个把月之前，王家庄王奶奶死嘞，他去抢忙材，做棺材，多到两支钉，今朝正好派上用场了，因为年纪上身，格人比较矮，所以老木匠在钉钉的时候，他把木花捋捋堆，垫在脚下，用大斧出劲对钉上面一敲，铁和铁一敲，火星对地上木花高头一抛，又犯火烧，火德星君说："我还曾走，正好挑我，又好放火。"

火光灼灼了不得，

二次房屋化灰尘，

好嘞两人手脚馋，

逃到残生命两条。

木匠一吓，命总没得，丑虎跳，溜起来不晓又多馋。

只是跑来只是溜，

腰把子弯嘞象秤钩,吓得夠总不敢夠。

总共曾溜出去二十步,到跌啦十来个大跟斗。

老木匠溜起来又悛,辄丑虎跳,看看不稀奇,爬爬烂跌,跌得浑身是烂泥。

老木匠来到家中,吓得肩膀一合,牙齿总不得交合,浑身抖,就像筛酒,牙子敲叮当,浑身像筛糠。他家儿子就说了:“老子啊,你这么大年纪了,叫你不要出去做了,你就是要去。再好了,他家儿子是个孝子,赶紧请来医生帮他看。”格老木匠究竟底高病,鬼毛病,俗话叫三牙子,格医生桩样病辄会看的,就是这个鬼毛病三牙子他不会看,但来都来了,又不好意思说不会看,再就打肿脸充胖子,瞎七瞎八地开了一个方子,叫他家儿子抓药给老木匠吃,实际上三牙子鬼毛病到不死人,哪晓得弄格药一吃,到吃反了,相反毛病吃严重了,三牙子严重了变六牙子,六牙子变十二牙子,十二牙子变二十四牙子,二十四牙子变四十八牙子。

老木匠成了抖簌病,呜呼哀哉命归阴。

所以说,人生在世,不好多事,像这个木匠师傅,多多事,就这样送了命。

不提木匠丧残生,再说少卿一个人。

少卿溜到外面,心如刀绞,哭到死去又还魂。东埭,西埭,南埭,北埭,邻舍隔壁,看看他又可怜,再你家搬两个芦头来,他家搬两个香科来,你家拿点米来,他家拿点油盐来,总来救济他。少卿一想:“再房子没有了,我总不见得住露天,这个香科芦头长拖拖,不能扳扳就烧啦得,不如我来起屋。”大家就说了:“香科芦头怎好起屋,他家不是起高楼大厦,他家这个房子,又不长,又不圆,也不方,就叫滚古楼。”哪晓正在动手搭滚鼓楼的时候,隔壁王奶奶到来了,对杠一撑,口中开声:“少爷,你来杠做底高?”“王奶奶,房子火烧掉了,我来堂搭滚古楼住嘞。”“少爷啊,滚鼓楼搭河边上来,离水近点,假使滚古楼再犯火烧,我们背水好出动对上浇。”

少卿闻听这一声,骂声你奶奶嚼舌根。

滚古楼搭好了,米也有,油盐也有,就是没有锅灶。怎么办?隔壁王奶奶说:“少爷,我家墙脚边头有一个外箩,你拿回家搭一个泥陀陀。”少卿一听,倒也相信,把箩拿回来,灶就垒起来,又到孙奶奶家借口锅,再就是没得草烧,少卿也肯吃苦,出去樵点柴,一担挑家来,哪晓格青柴烧不着,正好河边上有根粗竹子,他就拿回来,将节打打通,做一个吹火筒,他再眼睛一闭,馋沫直滴,出劲蹲杠吹,锅洞里等等险要着,他还出劲吹,哪晓一阵风,对锅洞里一攻,锅洞里柴火“轰”

一着，火朝外面一冲，对干燥的香科芦头里面一攻。

火光灼灼了不得，滚古楼火里化灰尘。
少卿喊声可怜了，
我家父母在世么，
堂块是金地，银地，福地，
现在是火烧绝地，扳卷头棚总来不期。
火烧绝地不好蹲，坟堂里面暂安身。
一头跑来一头哭，坟堂到嘞面前存。

来到坟堂，曾有几天，屋望里响，断梁（粮），屁股头响断凳（顿），乡下人有句土话的，叫救急不救穷，说人是铁，饭是钢，没有吃心上饿得慌，少卿没得办法，只好沿门乞讨要饭，他偷偷摸摸到人家鸡帐上拔根鸡帐棒，到药店门口，拾到一个冲药冲坏格瓷碗拿起来。

左手上，节节高，沿村打犬。
右手上，豁爿碗，讨饭营生。
可怜了，抬起头来又怕丑，
低下头来又怕羞。

格天子要饭，要到一个人家，他家一家几口正在吃中饭，少卿，拿格豁爿头坏碗，未曾顶到头上，眼泪就千双下："年老伯伯，年轻叔叔，你们做做好事，次粥次饭，分点我吃吃，救救我贫苦落难之人。"年纪大的看看他作孽，准备去盛饭他吃。年轻人眼睛一曝，胡子一翘，筷子对台上一掼："死远点去，年纪轻轻好吃懒做，出来要饭哩，要饭多适意啊，你家咸，他家淡，你家荤，他家素，吃得碗辄不要洗，三年饭一讨，你官也怕做哩，快点死走，没得把你食哧。"

少卿闻听只一声，果要哭死又还魂。
可怜了，
我今朝饭么又要不到，就怕没得命残生。
可怜了，
我来前世里究竟作得底高孽，今世里苦到能工程。

张少卿心上就想："也难怪人家要说，年纪轻轻，不干点正当事情，蹲外面要饭，但是人家不晓得我落难，才出来要饭，我不如拿我格苦处，编成七字莲花，唱点把人家听听，人家也好周全我一番。"

金花哪个起来银花落，莲花下面说根由。
要问我家家不远，不是无名少姓人。
高山上点灯名气大，井底里栽花根由深。
我家住在山西省，张家村上有家门。
父亲名叫张显号，同缘宋氏配成婚。
不曾生到多男女，所生苦命一个人。
只因父母丧残生，房子火里化灰尘。
走投无路没办法，打唱莲花度晨昏。
果有哪里哥与嫂，果有善良的奶奶们。
次粥次饭莫喂犬，救救贫苦落难人。
莲花唱到半中心，来了许许多多人。
来了多少风浪子，又来多少油头恶光棍。
浪生公子看热闹，二八佳人也来临。
东半间来了个大脚婆，三丈六尺格鞋面布。
做了三年零六个月，穿到脚上紧箍箍。
矮子婆娘矮婆梳，身上衣裳着地拖。
上床也要掺跳板，下床也要丈夫驮。
邋遢婆娘邋遢精，一双袜子称十斤。
爬到河里洗个澡，一股黑水到如皋。
农历到了三月三，大脚娘娘上孤山。
前脚踩在山顶上，后脚还在饿鬼滩。
莲花越唱越热闹，挤挤窜窜许多人。
高子轧得嫌头矮，矮子搬砖头垫脚跟。
胖子轧得浑身汗，瘦子只说骨头疼。
驼子轧得升不出气，瘫子轧得滚连心。
拐子轧得拐啊拐，一拐一拐他害路不平。
哑子轧得哑落落叫，哑落哑落要开声。
癞子轧得浑身痒，癞屑子抖抖有半升。
瞎子他说看不见，聋子只闹听不清。
瘌字轧得火直冒，冒老九只当扠高灯。

灯笼店里赶(栓)嘞打，吵嘞我家生意做不成。
莲花不是我来造，观音老母传下来。
今朝大家听莲花，一年四季收点好庄稼。
年纪大的听莲花，白头毛一脱后生家。
后生家今朝听莲花，养到男女上大学。
小姐今朝听莲花，嫁到做官的丈夫你当家。
驼子今朝听莲花，挺胸直肚就向家。
瘫子今朝听莲花，打起虎跳就向家。
拐子今朝听莲花，撂掉拐棒去踏二轮车。
哑子今朝听莲花，赶(栓)东向西搬白话。
癞子今朝听莲花，身上光滑滴滴显荣华。
瞎子今朝听莲花，站嘞孤山顶上望见家。
眼睛睁嘞像晓星，茅草窝里看见拾引芯。
聋子今朝听莲花，
听见隔壁人家公媳妇两个躲嘞床里家说鬼话。
瘌子今朝听莲花，瘌盖一脱像北瓜。
头毛出得黑盈盈，辫子拖到半背心。
如果走堂行一行。大家来看体体面面格瘌花斤。
莲花不必多端唱，唱它几句散散心。

张少卿拿莲花一唱，人家才晓得他不是好吃懒做，而是落难才出门要饭，再大家都周全他。

我们单说李逢春公子和母亲陈氏，那一天闲暇无事，出外散心，正好从那里经过，看见格人挤扎不开，逢春说："母亲啊，哪里怎咁许多人够，我们到去望望看。"跑到前面一望，在人群中间，站着一个年龄和自己差不多大的人，在哪里打唱莲花，逢春头上听起，一霍子听到底，觉得少卿实在可怜，就和母亲讲了："母亲啊，我上无兄长，下无弟弟，又没得姐姐妹子，孤身一人，不如问问这个人，果肯上我家去，和我弟兄相称，也好做做伴。"

陈氏闻听只一声，想想不惜半毫分。

陈氏一听，浑身来劲，来到少卿面前："请问这位公子，家住何方贵地，尊姓大名？"

父姓什来母姓什，你是排行第几人。

少卿听见有人问他，抬起头来对陈氏一看，面前站着一位中年妇女，看她的打扮是一个富豪人家的院君，是一个慈祥可爱的母亲。少卿打躬作揖，行礼不歇，喊一声："伯母啊——"

我真人面前不说假，假人面前不说真。

我拿上下跟由告诉你，铁石心肠也软三分。

他再拿家里父母亡故，天火三次，坟堂安身，衣不遮身，食不充口，出于无奈，才出来沿街乞讨，打唱莲花。

上上下下说完成，陈氏心中总知闻。

陈氏说："少卿，我未曾生到多男并多女，所生我儿逢春一个人。我心想，把你带回家中，和我儿子弟兄相称，你意下如何？"

少卿闻听只一声，

双膝跪倒地埃尘，母亲连连口内称。

亲娘啊，

在养老么死殡葬，

飘山化白我当身。

肇母子两个将少卿带回家中，首先等他饱餐一顿，然后——

香汤沐浴洗个澡，上上下下换衣襟。

陈氏又将三代祖宗牌位请出来，叫少卿拜拜，陈氏就说了："李家祖先三代，在堂为人，死了有灵，有灵有感，阴灵何在。我陈氏今日在外散心，带一子少卿回来，从今以后，她就是我李家香烟后代，绝无更改。"

我拿一根筷子一扳两，万贯家财平半分。

少卿今年十四岁，逢春今年十二岁，肇少卿是哥哥，逢春就是弟弟，两人在书房用工苦读，光阴似箭，日月如梭，光阴似箭催人老，日月如梭追少年，过了一年又一年，过了一春又一春，转眼之间，少卿长到十八岁，逢春到了十六岁，陈氏就想："少卿虽然不是我亲生，他和我儿子比嫡亲弟兄也胜三分。"俗话说，男大当婚，女大当嫁，应该请媒婆帮他说媒攀亲。肇东埭上请来王奶奶，西埭上请来陆奶奶，这两个奶奶是老做媒人格，她们为底高要做媒人，因为做媒人有吃，叫人馋做媒，狗馋舔膔。格天子陈氏吩咐梅香拿她们请家来，为她们不丑，办了羊羔美酒，好酒好菜，好好款待，吃吃酒，陈氏就开口，两位奶奶："我家长子少卿年方二九十八青春，果有哪里有体面小姐，说得来和他成婚。”

王陆两位奶奶说：“院君娘娘，体面小姐多哩。田家庄有田员外家小姐好哩，和你家少卿同庚，也是二九十八青春，两家人正是门当户对，才好成婚匹配。”

小姐名叫田素珍，是个贤德女千金，

陈氏听见只一声，心总落到足后跟。

请两个奶奶去和田员外一讲，田员外就想：“他家李员外在世和我最知己，这个人家而且通情达理，女儿嫁到他家去有日子过的。”随手写好小姐的庚帖，把两个奶奶带嘞打转，陈氏请古目先生合过婚，算过命，帖子好用的。

看到黄道并吉日，

拿田氏小姐娶过门。

过了两年，逢春也十八岁了，陈氏同样如此，叫梅香去拿王陆两位奶奶又请家来。陈氏院君说：“奶奶，又要麻烦你们了，我家次子逢春也已二九十八青春，果有哪里有体面小姐说得来，和他成婚。”

王奶奶说：“有啊，东埭上高家庄，高员外家小姐不丑。”陈氏说：“奶奶，不要哄我，格格小姐我看见过的，我家不要。”“为底高？”“格小姐姓就姓嘞高，人长嘞有一丈多高，就该升箩口咁粗格腰，脸上削骨瘦，头毛对下脱，眼睛落塘，脸上就像表青纸能黄，朝杠一戳，看看象朝根豆芽菜，不要说我家儿子，我老身看着辄不见爱。”陆奶奶说：“西埭上胡家庄，胡员外家小姐不丑。”“我家更加不要。”“又为底高？”“她家姓就姓嘞胡，小姐长嘞像灯子胡，人一跑一咕，人只好台子咁高，到有箩口咁粗格腰，头毛像把伞，脚像超灰板，看看辄不入眼，人长嘞又矮，肚子到长嘞蛮大，不要。”“啊耶喂，格到难拣哩，高不凑，低不就，实际上院君你不晓得，高有高的好处，矮有矮的好处。”“有底高好处啊？”

高子丈夫配矮妻，头就缩得被窝里。

恐怕丈夫身上冷，被窝当中做把戏。

矮子丈夫配高妻，就像孩童爬高梯。

鸳鸯枕上来睡下，管它两头齐不齐。

陈氏闻听只一声，果要笑嘞肚里疼。

陈氏院君说：“两位奶奶，时间不早，不要蹲堂上搞，究竟是哪里有体面小姐？”“院君娘娘啊，不瞒你说，沈家庄，沈员外家小姐确实不错。”

小姐名叫沈凤英，是个贤德女千金。

院君就问："小姐长嘞果体面啊？""怎不体面？说到沈凤英小姐，人么不高不矮，个子不细不大，瓜子长罗脸，越看越体面，不要说交她成亲，就捧嘞怀里看看总开心，哪怕霍霍她格衣裳边，回来也适意十几天哩。"

又不高，又不矮，真正好看。
又不胖，又不瘦，美貌千金。
笑一笑，不露齿，行装端正。
伸出那，描花手，嫩如葱根。
胜过那，三国里，貂蝉女子。
更比那，杨贵妃，胜过三分。
小姐两个眼睛角落角落像水晶，
小脚三寸长望望能像交水红菱。
如果走你们李家村埭上行一行，
有些年纪大的如果眼睛看不清，
只当是南海里来了活观音。

陈氏说："奶奶，格这小姐长嘞体面，果会做活计呀？""会够，她拿起格笔来会写写刮刮，打起算盘来是滴滴答答。"

如果将沈凤英小姐娶过门，你家省得清管账老先生。

"格她果会烧粥煮饭？""要说烧粥煮饭，比一般小姐家会办。"

她薊子饭能格烧做米饭香，
米饭烧做蒸饭香，摊格锅塌照见天。
苍蝇衔嘞头头转，蠓夹子搬嘞上西天。
小姐生嘞十指尖，擀起面来像丝线。
煮嘞锅里团团转，
吃到嘴里粉花香。

陈氏一听，喜之不尽。"奶奶，这个小姐，又体面又贤良，又会做活计，又会烧粥煮饭，就说得来把我逢春么。"两个奶奶说："好是好够，就是我们年纪咁大，对家里一坐，肚里要饿，张家长，李家短，旁人家闲事欢喜管，懒嘞怕种格田，就欢喜做媒人弄两个跑脚线，回去买点油和盐，聚聚多么好过年。""奶奶，也不曾帮我家说哩，怎到要钱了？""格哪个帮你家白跑来？"陈氏一想，是也是得，她们和我家既不专亲，又不搭故。"好够，奶奶，你们要几钱呀？""院君娘娘，我们也不吃你的黑,现在东西都涨价了,帮别人家做一个媒人,辄要十几两银子,和你不是哪旁人,因为你家大媳妇也是我们说够,所以不要你多少钱?”“格你们要多少呀?”王奶奶不依心上所发,就信嘴直塌:“我王奶奶二百五,陆奶奶也是二百五,我们两个人辄是二百五。”院君一想,总共只要五百个钱也不多,随手叫梅香拿出来,再两个奶奶看见格钱,比磨子也大点了。

一跑头一颠,望望过种化腔,花鞋子辄要踢破罗裙边。两手像牵钻,两只脚像来杠捣代蒜。

盘子里载花跟又浅,鹞子无威骨头轻。

穿街过巷,跑起来蛮丧,跑嘞又悛,就像跑报,来到沈员外家大前门口。看门安童一报,沈员外知道,就拿两个奶奶对高厅上一召。

两个奶奶来到高厅上,拜见员外有钱人。

“两位奶奶,不必客气,今朝到我府上,有何事情?”“员外,我们恭喜贺喜你了!”“奶奶,喜从何来?”

恭喜员外福气好,帮你家小姐做媒人。

“奶奶,拿我家小姐说得把哪家去啊?”“员外,不是八两半斤,我们也不来说亲,不是门当户对,也不好成婚匹配,你说对不对。”“对的,究竟把哪家?”“北门外李家村,李福员外家儿子,名叫李逢春。”

公子二九十八春,是个白面小书生。

“员外,你不晓得,他家这个李逢春长得真体面了,天庭饱满,地阁方圆,虎背熊腰,鼻直口方,两耳垂肩,眉清目秀,唇若涂朱,一表人才,小伙子一等不啦泡好盖我们中原十三个等。”员外一听,浑身来劲,心上就想:“李员外在世,我们倒也有来往,现在李员外不在了,他家儿子也长大成人了,真是,一熟黄豆一熟麦,胡子长嘞雪雪白。”“奶奶,你们说得有理,我就全部依你。”随手写好沈凤英小姐庚帖,等两个奶奶带嘞回转,陈氏院君请古目先生合过婚,算过命,帖子倒有缘够,好用够,又拿两个奶奶请家来办酒,款待不丑。做媒人吃得当真是好哩,七十二顿半,馊粥烂饭也不算。陈氏说:“奶奶,请你们去问问我家亲翁,你们去说亲,他家要多少礼金,我家几时行聘礼,几时拿小姐娶过门?”

两个奶奶忙动身,沈员外家到了面前存。

两个奶奶去和沈员外一讲,沈员外相当客气:“奶奶,你们对我家亲家母说,打得来淘,吃得来亏,做得来亲,同得来心,至于说多少礼金,你家拿得出,我家收得进,格几时来行聘礼?格倒要请个古目先生,顺顺日子哩。""员外,像你家这个腔调,我们一年做到几个媒人啊。""奶奶,格怎么办?""我们头毛雪白,花甲子透熟。我们来帮你家顺个好日子。"员外说:"奶奶,请你们。"两个老八十,眼睛闭呀闭,馋沫只是对下渧,眼睛直眨,手指头直掐。"员外,本月廿六,倒是黄道吉日,不如等他家来过过礼,下一个月初六是周堂日子,就等他家拿小姐娶家去。""奶奶,你们说得咁便当啊,我家就该这一个女儿,总要忙嘞花花堂堂,体体面面,等她出门格呢,时间太急促了,来不期忙嫁妆。""员外,你不要愁有钱用不掉,歇啦三头两年,等你家养了外甥,再送去他家也不嫌迟。"

歇格三年并两春,车推船装送上门。

员外说:"奶奶,时间太急促了,实在忙不期。""员外,你家这个还算慢格呢,我们帮薛家庄,薛员外家做一个媒人,格才快了。"

早上说话中午成,

黄昏戌时拿小姐就娶过门。

两个奶奶,嘴唇边薄嚣嚣,说起话来轻飘飘,一张快嘴赛镰刀,翻过来河罗吃过来瓢,恨不得死人也把她们说活得。沈员外没得办法,只好就依她们,两个奶奶回转和陈氏一讲,陈氏满心欢喜。到了廿六那一天李逢春要过礼了,院君是要面子够人,不肯弄坍台的事情,办了廿四担,廿四抬,提合、捧合、杠合,茶花对果无其数,又用四支万年青、百匹绫罗百匹缎、两千两礼金雪花银。

押礼人等动了身,到了员外家大前门。

沈员外就说了:"亲家母,你家办嘞咁客气,我家不是嫁女儿,是卖女儿了,你来嘞客气,我回嘞客气。"

茶花对果收一半,分你家两支万年青。

转眼之间,到了来月初六,李逢春要结婚了,家里真是热闹非凡。

诸亲六眷来恭贺,知心好友总登门。

家里安童梅香不够用,到东埭、西埭、南埭、北埭请人来帮忙,开发工资,又叫来大轿一顶,请来脚夫人等。

李家娶媳妇热闹很,男家排到女家门。

沈员外晓得够,今朝小姐要出嫁,大前门开嘞杠等够,脚夫人等对他家门口一站,口中就喊:"沈员外,时间不早,赶紧叫你家院君出来接宝。"

你家小姐十八春,镇轿米么斗七升。

双边子格还娘席，富贵猪头发两门。

掸草衣来掸草裙，绣服上面画麒麟。

轿子上下糊网金，富贵酒是竹叶青。

雍轿被来踏轿鞋，千年旺盆掇过来。

打发小姐早上轿，嫁到李家发大财。

脚夫人等："你们不说，吾也晓得，请到里边用喜酒去吧。"催亲的人说："员外，才间我们动身的时候，陈氏院君说够。"

你家小姐日落酉时要上轿，黄昏戌时要娶过门。

"你赶紧去知会你家小姐，上上下下换衣襟，好到李家去成亲。"随手员外来到院君马氏身边："贤妻，你去知会小姐，梳洗打扮，准备到李家去做新人。"马氏院君手脚不慢，来到小姐绣楼之上："恭喜小姐，贺喜小姐！"小姐赶忙迎上前来，面带笑容："母亲，喜从何来？""女儿啊，你家爹爹做主，将你的终身，许配给北门外李福员外的儿子，名叫李逢春。"

轿子就在外面等，你打扮打扮去做新人。

小姐听见只一声，如同天打一雷阵。

亲娘啊，

你果曾走走前来望望后。

你不曾生到多男并多女，就生苦命一个人。

你今朝将我嫁到李家去，等到你们年老靠何人。

母亲啊，

假使你和爹爹有个伤风并咳嗽，

女儿也做不到端汤奉茶人。

我的亲娘啊，

我心中准备罗裙打结来化纸，

做一个飘山化白人。

"小姐，你不要难过，古人说得不错，女儿随你长多大，总要嫁人的。"就在这个时候，梅香拿洗脸水端得来了。小姐就想：顺其父母乃为大孝。她再洗洗手脸，开箱倒笼，拿好衣裳裤子辄对外面直捧。

金钥匙拔开银钥匙锁，杭州锁开柳州箱。

青铜明镜掇过来，胭脂花粉拿过来，黄炎木梳取过来。

丝线压眉毛，鹦哥嵌绿桃。
头上一把青丝发，梳格皱来翘敖敖。
月斧当中俏，拿格镜子照一照，
看看就像一个大元宝。
一对面花当门俏，旁花俏到半中腰。
耳戴八宝金环子，九曲黄金垂耳梢。
杭州花粉搽白脸，镇江胭脂点嘴赛樱桃。
要得显，衣裳上面钉点贵子边。
要得俏，衣裳穿成套。
一衬加一罩，
珊蓝胡皱夹外套。上加天津好皮袄。
三寸袖口反过来撴，里面还有出风毛。
八幅头围裙齐腰束，裙风对对乘风飘。
上加八个大荷宝，荷宝高头加纱罩。
跑一跑来飘一飘，好似仙女下九霄。
小方鞋，没三寸，梅花盖底，
怀膀上，挂香袋，喷脑真香。

人是衣装，佛是金装，一打扮就格外光汤。小姐打扮好了，员外也来了，就对小姐说："女儿啊，我拿三代祖宗牌位都掇过来了，在前高厅之上，盛嘞饭，铲嘞菜，抓嘞筷。"

你赶紧到前高厅上去别别祖，李家才好退家亲。

小姐来到前高厅，烧烧香，点点烛，弯下腰来头直凿，想想如如突突就卵哭，沈家祖先三代宗亲啊：

你们在堂为人，死嘞为灵，有灵有感，阴灵何在，
要保佑我家母亲再生到一个小弟弟，
沈家才有传宗接代人。
可怜啊，我家母亲如果生不到弟弟人一个，
沈家是斩草又除根。
寿香寿烛上寿台，上头马纸供起来，
小姐低头拜三拜，嫁到李家发大财。

鼓打哔哔嘣，红烛映同同。

小姐低头拜，高厅上别祖宗。

小姐别过祖，就要下楼上轿了，马氏院君一把背住得："女儿，你再到李家去做媳妇，和在我们父母身边做女儿不同了，我有锦堂言语要吩咐与你。"

你到李家做媳妇，里里外外要照顾。

堂前孝顺你婆婆，香房敬重小丈夫。

未晚先点烛，五鼓听鸡啼。

闲话少要说，免得搬是非。

大人在说话，你不要把嘴插。

事事要忍耐，不同在娘家。

邻舍要和好，妯娌莫相争。

该应要淘气，忍耐二三分。

闲话处处有，是非皆不同。

人无千年好，花无百日红。

女儿养不得娘，爆灰泥不得墙。

雪花飘千里，难得见太阳。

你穿衣要齐整，坐凳要端正。

跑路要温存，吃饭要斯文。

说话要轻声，堂前来了客。

切莫放高声。

如果你穿衣不齐整，

坐凳不端正，跑路不温存。

吃饭不斯文，说话不轻声。

堂前来了客，你蹲杠放高声，

邻舍隔壁要齿论，说你是个下三等。

女儿啊，锦堂言语吩咐你，

劳劳切切记在心。

众位，这是过去人家嫁女儿，母亲叫小姐到人家去怎样孝顺公婆，敬重丈夫，那么现在人家嫁女儿，母亲是否叫女儿到人家去要这样贤良呢？

我们闲言少说，书归正卷。小姐别过祖后，梅香把她搀到楼下，就要上轿。众位，过去嫁女儿，女儿上轿，有人抱的。哪个抱？伯伯，叔叔或兄长，格小姐又没有伯伯叔叔和兄长，哪个来抱呢，只有员外自己。

员外当时心如刀绞，泪如雨下，跑到小姐身边，
一把将小姐来捧住，止不住腮边泪纷纷。
喊一声心肝女儿啊，
你也苦了，我也苦了，
你家爹爹苦嘞没有香烟后代根。
女儿苦嘞没有抱轿人。
心肝女儿啊，
你家爹爹今朝来抱轿，你要包涵我当身。
员外哭号啕，小姐珠泪抛。
顾不得心肠狠，痛处割一刀。
员外来到前间，狠狠心肠，将小姐拦腰一捧，
就拿沈凤英小姐抱上嘞花花轿，
雍轿被雍嘞紧腾腾。

小姐一上轿个个都着躁，抬轿的赶紧抽短杠换长杠，拿小姐抬嘞转啦几个喜圈郎。为底高要转几个喜圈郎？因为过去有个老封建思想，说拿小姐转嘞头昏眼花，回头才不赖娘家。肇抬轿拿杠子，放炮点忙纸，敲锣寻锤子，吹箫贴麻子，掮烂耙糊红纸，年纪大的搞辫子，小朋友赶紧拔鞋子，邻舍隔壁赶（栓）来看轿子，敲锣卖糖，各任一行。

抬嘞轿子就动身，哪肯耽搁赶路程。

员外见轿子动身，吩咐梅香拿小姐的洗脸水端出来，从轿子这边对那边一泼。

这叫嫁出女儿泼出水，非关娘家半毫分。

不提沈凤英小姐的轿子已经出门，单说陈氏院君在家等嘞心焦了，外间不早，为底高到现在轿子还不回来。她站在桥头，一眼不眨对外望好嘞，将到黄昏戌时，轿子来了，陈氏赶紧叫老安童，拿抽盒探出来，糕粽红绿米装起来，准备退家亲。轿子一到，陈氏呵呵大笑，老安童朝桥边一撑，退家亲口中开声：

今朝轿子到桥亭，我家主母喜欢心。
糕粽红绿米，七子团圆退家亲。

金花开来银花开，两朵鲜花一齐开。

女家家亲退回转，男家家亲接家来。

轿子到门庭，惊动搀亲人。

揭开红毡丹，搀出女千金。

院君家中，设供天地马纸，焚起广南真香，长起通宵蜡烛。

诸亲六眷来恭贺，知心好友总登门。

夫妻拜和合，五子便登科。

长命百岁寿，千载万年和。

夫妻两个拜拜堂，吃吃团圆就圆房。

拈起头来望一望，还有一张拔步床。

夫妻两个拜和合，兰桂香房去安身。

一夜夫妻如山重，两夜夫妻海能深，三朝分过大和小，君是君来臣是臣。小姐沿小在家读得女儿经，三从四德记在心，早上端水婆洗脸，晚上搀婆上楼门，婆奶奶拿媳妇当作亲生女，媳妇拿婆奶奶当作自己格老母亲。谁知好景不长，那一天陈氏院君斗得患难。毛病随身，请医生来帮她看，不上医生算，看到她的病，看不到她的命，吃药如吃水，化纸骗骗鬼，肚肠一抖，吃下去的药辄对外呕。

院君毛病沉重很，井底里淘沙渐渐深。

陈氏院君害啦一场重病，就不曾有个命，买棺木一口，将她收尸入殓。

三尺麻布当门挂，弟兄做磕头礼拜人。

又请僧道两班，做斋设醮，超度陈氏的亡灵。超度已毕，请大众帮忙，将陈氏棺木送到田里入土为安，栽松植柏，来到坟堂，交过灵牌。

不提陈氏丧残生，再说少卿黑心人。

少卿就想了：我作的不是陈氏亲生，她办事一点都不公平，她家儿子逢春娶亲多闹热啊，虽然我结婚也用了她家一点钱，但哪有逢春咁风光，我早已怀恨在心，只是有苦说不出，现在你陈氏已经死了，我只要如此如此，这般这般，打发冤家离眼前，推啦乌云让青天。

只要将李逢春丧残生，万贯家财我一人吞。

那一天，全家用过早膳点心，少卿眼珠一转，计上心来："贤弟，现在母亲已经去世了，她老人家临终之前，最放心不下的就是李家的香火是否能传得下去。我虽然不是母亲亲生，但我也懂得受人滴水之恩，应以涌泉之报，现在母亲去世了，我有责任照顾你，况且古话说得不错，长兄为父，长嫂为母。”“哥，你准备怎么办？”“弟弟啊，我耳闻镇江金山寺，山上有龙泉水，吃得可以长生不老，不老生长，返老还童，我准备带你去那里看个究竟，如真有此水，我们也弄点吃吃，吃得好长生不老，不老长生。”

逢春闻听只一声，心中思量八九分。

“哥哥，我认为此话不可信也，自古以来，人的命数有天而定，哪有什么水吃得可以长命百岁的？如果没有死只有生，阳间蹲不下许多人。你要去自己去，我不去。”少卿一听，心上就不大高兴，心上想：“这冤家不和我同去，我就弄不死他，他一天不死，家当就要两人平分。”他一计不成，又来一计。他晓得逢春是个大孝子，就说：“弟弟啊，母亲生病的时候，我在观音菩萨面前许了愿，她只要保佑母亲毛病来看好，我亲自到高山了愿心。虽然母亲病未好去世了，但愿心还是要去了的。如果你不去，我一个人去。”逢春一想，既然如此，为了母亲，我是母亲亲生的，应该和哥一起同去：“哥哥，你几时动身？”“兄弟，我准备明天动身。”“好，小弟和你同去。”

少卿听见这一声，正中机会八九分。

心上就想，你这狗贼，你不死要和我平分家当，我叫你——

去时到有千条路，回来闭掉万户门。

到第二天，逢春公子和妻子沈凤英一讲，整顿了路费银子和洗换衣服，弟兄两个一起动身，李逢春万万不晓得，张少卿丧尽天良，要置他于死地。

场面和他说好话，阴谋诡计丧良心。

少卿就说了：“弟弟啊，上镇江路程遥远，如果步行，不晓得到几时才能打转？”“哥哥，那你说怎么办？”“弟弟啊，我们不如叫一条小船，你看怎样？”逢春一听，倒也相信。

两人急急对前奔，塘河一条面前存。

两人来到塘河边，把船叫好，

水路登舟就动身，哪肯耽搁赶路程。

不提水路动了身，单讲少卿黑心人。

眼睛一瞏(边)，倒有两天，少卿把早已准备好的大黄和水银拿出来，倒在酒中，逢春又不晓得，到吃晚饭的时候，少卿说，弟弟啊，水路风大，预防伤寒，弄点酒吃吃，挡挡寒气。逢春一听，到也相信。哪晓得两杯酒一下肚，肚子痛嘞不得过。雍在船边要方便,刚好那天夜里是暗星,外面伸手不见五指,面东不见面西,少卿狗贼晓得时机成熟,拿起篙子,只听“叭”的一声,就将逢春打入水中。

逢春掉在塘河内,晓得果有命残生。

因为李逢春公子是上界文曲星宿下凡,后来要借尸还魂,保大唐万里江山,当他掉入水中的时候,东海龙王菩萨敖广在水府龙宫,心血来潮,坐卧不安,掐指一算,命总吓断,晓得文曲星宿遭难,如果我不救,哪个救,现在不救,等待何时。

如果等他丧残生,我龙王菩萨做不成。

龙王菩萨肇大显神通,吩咐虾兵蟹将,黑鱼臣相,蚢丝郎将军,大家做对手,将李逢春公子救到水府龙宫。可怜李逢春水银下肚,五肺六脏都已腐烂,人没有用了,没有真身,只有真魂。

龙王菩萨忙奏本,奏于玉主得知闻。

玉皇大帝将龙王菩萨本章一看,晓得张少卿是天上破败星下凡,和东斗文曲星是前世里冤家,七世里对头。玉主手脚又馊,出玉旨一道,将李逢春真魂对御宰台前一召,李逢春见了玉主号啕大哭。

玉王啊,

人家总说黄连苦,我比黄连苦三分。

玉皇大帝说:“文曲星你不要哭,你阳寿不曾满足,阴司地府不捉,但不过你要还阳,尸首已经腐烂,现在你只有借尸还魂,寻找替身。”

不讲逢春找替身,单说少卿黑心人。

张少卿将李逢春公子打入水中之后,第二天船就靠岸,找了一个招商客店就住下来。心上想:“我暂时不能回去,我要从长计议才行。”他肇在客店里花天酒地,用钱不期,眼睛一瞏(边),到有五六十天,靠两个月了,心想我也好回去了。

水路登舟数日整,到了龙门县一座城。

一到龙门县,心上就想:“我这样回去,老婆和弟媳问我弟弟怎么不一同回来,我怎么说,才能应付得过去?”

少卿来杠转嘞几个弯,横也难来竖也难。

“嗯,有了,我只要如此如此,设计设计,方可瞒天过海,包准没事。”

心上想来脚下撑,到了李家大前门。

对门前一撑,口中开声:“安童,速速开门,我是大少爷,从镇江金山寺还愿回来了。”安童听见说是大少爷回来了，不敢怠慢。

大开朝阳两扇门，迎接少爷大官人。

梅香赶紧丑虎跳，就对田素珍身边报，说大少爷已经回来了。

素珍闻听只一声，心总落到足后跟。

急急忙忙就动身，哪肯耽搁下楼门。

厨房不曾失手，赶紧为大少爷办酒。田素珍就说了：“丈夫，你怎么一个人回来的，你弟弟到哪里去了？”正在这时，沈凤英也来了，少卿眼珠一转：“啊，弟弟啊，这细冤家好无道理，他说母亲又不在世，我和他再好也不同胞，所以他不回来了。”妯娌不约而同地问：“格他到哪里去了？”“他到山东母舅家去了。他说表妹沿小和他两小无猜，情投意合，所以他去和表妹结婚去了，再也不回老家了。他叫我带个信给弟媳，叫你蹲这里慢慢过，如果日子好过够，你就蹲堂块，如果日子难过，你就早点回转娘家去。”

随你招来随你嫁，非关他事半毫分。

凤英闻听只一声，如同天打一雷阵。

哭声：丈夫啊！

我你结婚几年春，结下姻缘海能深。

争论没有半毫分，更比姐弟胜三分。

丈夫啊，

你和表妹去成婚，将我撂到足后跟。

丈夫啊，

你肇蹲山东招亲享洪福，我情愿不要命残生。

丈夫啊，

阳日三间我不愿过，阴司地府去见阎君。

沈凤英来杠这是抛来这是滚，滚成潭头啸成坑。

田素珍和梅香都来劝，连劝是劝，气消掉一半。凤英心上就想：“李逢春丈夫你怎好意思够，人家总说，一夜夫妻百夜恩，百夜夫妻海能深。你我夫妻一场，恩恩爱爱，白天同桌，夜里同宿，比同胞姊妹也胜过三分，却原来你是一个负情男子，狼心狗肺的东西。”

越思越想越难过，更加啼哭泪纷纷。

有凤英，在楼上，开言便骂，

骂一声:我丈夫,狗肺狼心,
不应该,和表妹,两人成亲,
丢下我,结发妻,苦痛伤心。
哪一天,不哭到,黄昏过去,
那一夜,不哭到,五鼓天明。
凤英哭得多伤心,素珍在隔壁听得清。

素珍就想:“叔叔不在家,不要拿弟媳躁坏了,哭伤了,弄出人性命来。”第二天一早起来,梳洗打扮已毕,手脚不慢,来到凤英楼上:“弟媳妹妹,你不要难过,身体要紧,你就蹲家哭煞得,又有何用?”

你眼睛哭得通通红,他在那里显威风。

赶紧下楼用膳,人是铁,饭是钢,如果不吃心上饿得慌,不歇几天就要见阎王。用过早膳,我陪你出去散散心。”“嫂嫂,我哪里都不去,你要真为我好够,把我送到我家娘家去,我虽然没有兄弟姐妹,但父母双亲都还健在。

旁的地方我不蹲,父母身边好安身。

田素珍一听,到也相信:“好够,妹妹,不如你就先到娘家去散散心。

歇啦三年并两春,冷淡冷淡转家门。

肇沈凤英带了洗换衣服,上娘家去了。田素珍就想:”我家叔叔,文章满腹,饱读诗书,通情达理,怎可能丢下房中妻室,到山东去和表妹成亲,是不是我家丈夫少卿半途之中,见财起意,谋财害命,将叔叔身丧其命,独自回转,我一定要弄一个究竟。”那天用过夜膳点心,夫妻闲暇无事,也无安童梅香来杠。素珍说:“丈夫啊,叔叔究竟上哪里去了?”“上山东格呢。”“当真啊?”“当真,就怕上阎王家去格么。”

少卿听见这一声,三魂吓得少二魂。

“妻子啊,少说点,人命关天,岂可胡说,假使被人家听见,这还了得。”“丈夫啊,为人不做亏心事,半夜敲门不吃惊,你又不曾做坏事,你怕底高。”“妻子啊,我也都是为了这个家,才这么做的。”素珍见他说话神色慌张,说话吞吞吐吐,晓得不好,就追问一句:“丈夫,你拿叔叔究竟怎么样了?他现在究竟在哪里?”少卿见妻子追问,没得办法,晓得妻子已知一二,只好拿他怎样想独得家当,骗逢春上镇江,酒里面放大黄和水银,把逢春吃,逢春吃得大黄水银酒以后,腹中疼痛,在船头大解,被他用篙子打入水中,自己住店两个月才回转。

上上下下说完成，气死素珍女贤人。

素珍一听，气得柳眉倒竖，杏眼圆睁，一把背住少卿，叭一个耳兴。

田素珍小姐一巴掌，少卿馋沫拖出来三尺长。
田素珍骂声：你格狗贼哎，
你果曾走走前来望望后，
你往常落难大街上打唱莲花要饭，
如果不是陈氏母亲搭救你，
你哪有性命到如今？
狗贼啊，你有恩不报非君子，
恩将仇报枉为人。
狗贼啊，人家总说烰炭黑，
你心比烰炭还黑三分。
有素珍，在绣楼，将言便骂，
骂一声：张少卿，狗肺狼心，
两弟兄，上镇江，前去了愿，
你应该，带贤弟，早转家门，
你怎好，就将他，水中丧命，
到将来，遭报应，没好收成。
张少卿见妻子骂到能功成，
双膝跪倒地埃尘，止不住腮边泪纷纷。
贤妻连喊好几声：
贤妻啊，
千怪我来万怪我，总怪我少卿一个人。
千赔理来万赔罪，
赔理赔罪我当声。”

田素珍见他有悔恨之意，就说：“丈夫啊，格你看这事情怎么办？”“妻子啊，我随你，你叫我向东，我决不向西，叫我打狗，决不吆鸡，你无论如何要帮我拿一个主意。”田素珍就想：无论怎样，我和少卿是夫妻，一夜夫妻百夜恩，百夜夫妻海能深，丈夫有个焦愁事，我要做消愁解闷人。我不能坐视不理，假使等沈凤英妹妹慢慢查访到我家丈夫谋财害命，要想独吞家当，将弟弟打入水中淹死，格也得了。

如果告到公堂上，千个残生活不成。

“丈夫啊，我看就这样，三十六计，走为上策，走得越远越好，等沈凤英永远辄寻不到。”

少卿闻听只一声，心总落到足后跟。

肇夫妻两个做对手，将金银财宝，珍珠玛瑙打进包袱。等到夜半更深的时候，夫妻两个犹如惊弓之鸟，好像漏网之鱼，打开前门。

急急忙忙就动身，哪问高低路不平。

李家村上不好蹲，海角苍天去逃生。

在路行走数日整，到了德州一座城。

夫妻两个一到山东德州，格闹热了。为底高更闹热？一是街上比乡下闹热，二是正好德州城里来下大兴花灯，所以特别闹热。街上格招牌如同雪片，不知有多少样，有金字招牌、银字招牌、如意招牌、白膳招牌、象牙招牌、红漆招牌、黑漆招牌、挂招牌、凳招牌、坐招牌、烧饼店里斜雀花招牌、油条店里搞正账招牌。

夫妻两个进城中，

看见饭店门口卖胡葱。

酒店门口盅碰盅，混堂门口挂灯笼。

来了一般小弟兄，你洗澡来我为东。

改改鸾带拍拍胸，今朝洗澡不伤风。

夫妻两个进城中，看见一个年老翁。

头么朝前冚，背么朝后弓。

前间好躲雨，后间好栽葱。

扁担挑嘞像弹弓，嘴里也打响号子走，

卖格韭菜共胡葱。

夫妻两个进城中，

看见银匠师傅口吹风，皮匠师傅口衔棕，

铁匠师傅叮叮咚，木匠店里轻轻空，

石灰店里雪雪白，乌煤店里暗通通。

看见，

一本万利是典当，二龙戏珠是钱庄，

三阳开泰南货店，四季时鲜水果行，
五颜六色绸缎庄，六谷囤积是粮仓，
七星宝剑军器店，八挂灯笼是混堂，
九江运来瓷器碗，十字街上卖茶坊。

街上格人，挤如也，撰如也，推背走，轧不开，

人不知多旺，就像东海里波浪。格德州为什么要兴花灯？众位，这个灯不是县里兴的，是王员外家自己兴的。他家为底高要私人兴灯呢？因为他家五代都没有生到男孩，都是生的女孩，老太太一辈生到九个女儿，到太太一辈生到十二个千金，到祖父一辈养到五个女儿，到父亲一辈又养到六个女儿，王员外自己生到四个女儿，最小的女儿招在家中，生到了双宝胎一对胖小子，王家后继有了男的当家，所以王员外拿出金银不计其数，大兴花灯，庆贺王家后继有人。格灯真好看哩，格灯不是用纸头糊够，是用绫罗绸缎糊格，绫罗绸缎用啦一千三百多匹，大大石槽头缸打面糊，面糊用啦三百四十多缸，看灯格人真是人山人海啊，我们再说少卿家两个人。

夫妻两个手搀手，东城门里看花灯。

东城门底高灯？胎生灯。何为胎生？驴、骡、马、猫、犬、兔、牛、羊等就叫胎生。

獐儿灯，豹儿灯，行如风送。
老虎灯，狮子灯，山洞安身。
黄牛灯，在田中，耕田耙地。
水牛灯，榨磨上，昼夜操心。
驴子灯，在人家，只会推磨。
骡子灯，白马灯，背上驮人。
老鼠灯，在前面，梳来梳去。
猫儿灯，后面跟，接耳听声。
看一碗，兔子灯，心惊胆颤。
猴猻灯，挑担水，眼泪纷纷。
犬儿灯，猫儿灯，看家治鼠。
猪子灯，羊子灯，活上刀砧。
白马去出征，犬儿来看更。
骆驼会相面，笑坏两个人。

老鼠一缕烟，猴狲走街前。

兔子着地溜，狮子滚绣球。

夫妻两个又动身，南城门里看花灯。

南城门底高灯？卵生灯。何为卵生灯？鸟类扎格灯，就叫卵生灯。

喜鹊灯，老鸦灯，知人祸福。

画眉灯，八果灯，笼里安身。

仙鹤灯，凤凰灯，无宝不站。

麻雀子，茄子郎，娘舅外甥。

金鸡灯，雄鸡灯，五更报晓。

白鹅灯，鸭子灯，水面安身。

青庄灯，搭鸟灯，白沙滩歇。

国公灯，连夜叫，三麦起身。

喜鹊来报喜，画眉叫旺旺。

仙鹤当门站，百鸟朝凤凰。

夫妻两个对前撑，西城门里看花灯。

西城门底高灯？湿生灯。何为湿生灯？鱼鳖虾蟹扎格灯，就叫湿生灯。

金鱼灯，银鱼灯，金盆戏水。

鲤鱼灯，鳌鱼灯，要跳龙门。

鲹鱼灯，在水面，摇头摆尾。

鲫鱼灯，黑鱼灯，水里安身。

刀鱼灯，河鱼灯，回鱼打火。

黄鳝灯，鳗鱼灯，洞里安身。

乌龟灯，甲鱼灯，梳来梳去。

蚌子灯，小气鬼，自己关门。

看一碗，花鱼灯，花花罗罗。

看一碗，螺丝灯，许多子孙。

鲹鱼前面走，鲫鱼后间跟。

回鱼半海深，鲤鱼跳龙门。

虾儿一烧满身红，鳜鱼先生做郎中。

白鳃灯儿嘴一翘死黄皮哭得眼睛红。

夫妻两个急急奔，北城门里看花灯。

北城门底高灯？化生灯。何为化生灯？蚊蠓蛆虫扎格灯，就叫化生灯。

看一碗，蝴蝶灯，飞来飞去。
看一碗，蜻蜓灯，空中飞腾。
看一碗，蠓子灯，个子又小。
看一碗，蚊子灯，为丢冷针。
织布娘，真好看，雪白粉嫩。
壁虎子，做媒人，螳螂招亲。
算命出，排八字，长生坐命。
算过命，合过婚，四肢收成。
刺毛虫，排銮驾，穿红着绿。
济借灯，后间跟，不得绝身。
借柳灯，做新娘，咽咽啼哭。
放屁虫，升三炮，轿子动身。
萤火虫，打灯笼，前间领路。
蚯蚓灯，做轿杠，软软绵绵。
梳衣虫，爬出来，帮搬台凳。
蟋蟀灯，跳出来，迎接新人。
灶蜥子，打碎碗，蟑螂恼怒。
蜈蜂灯，拖钢刀，暗里伤人。
蟑螂虫，办喜酒，忙忙碌碌。
蜒蚰虫，来上灶，慢丝囫吞。
苍蝇灯，飞出来，兴兵造反。
牛虻灯，后面跟，钢钻随身。
蠓夹子么喀苍蝇，我们两人是连襟。
它们今朝在结婚，我们果要送人情。
借柳虫来借柳虫，天天歇得树当中，
山歌点总不会唱，只会哼点大天东。
刺毛虫来刺毛虫，天天爬嘞树当中。
自己不开绸线店，浑身穿嘞红绿绒。

萤火虫来萤火虫，天天躲在草当中。
吹打唱念总不会，只会提碗大灯笼。
蠓子一缕烟，借柳闹喧天。
喜喜来报喜，蜘蛛倒挂帘。
夫妻两个又动身，学场到了面前存。

众位，学场上更加闹热。为什么？因为四城门格灯总要集中到这里来，另外呢，学场地方大，一些杂灯都在这里兴，所以学场特别闹热。

高子看灯长拖拖，矮子看灯矮婆梳。
瞎子看灯摸啊摸，聋子看灯笑呵呵。
瘌子看灯说大话，花头三就比旁人多。
冬瓜灯来长夭夭，西瓜灯来着地抛。
南瓜灯来多好看，北瓜切切下锅烧。
浑身长丁黄瓜灯，浑身长筋丝瓜灯。
浑身长毛瓠瓜灯，瓜茄瓠子扎成灯。
稻来田里飘啊飘，棉花身上白夭夭。
粟子身穿黄金色，芦粟身披大红袍。
稻来田里黄双双，珍珠米儿内中藏。
粮食之中它为首，五谷之中它为王。
棉花长嘞人把高，果子结得像葡萄。
弯下腰来篮篮满，拾得一朝又一朝。
芦粟生嘞柴悠悠，长在田里乱点头。
芦粟也好磨雪吃，苗子也好扎笤帚。
朝阳谷子没多高，盘盘结得像凉帽。
人人说它没得用，手里剥剥免心焦。
豇头生嘞黑登登，沟坎路边总好塍。
平常拿它烧粥吃，七月半洗沙裹馄饨。
芋头出世戴斗篷，五月蒔来六月壅。
黄荷子烧嘞软供供，香沙芋吃得噎喉咙。
油菜生嘞红梗帮，沟坎坟边总好栽。
菜籽饼垩田也蛮壮，菜油坍格锅塌黄双双。

粟子生嘞叶儿尖，成熟只有八十天。
粟来也好烧饭吃，熬起糖来蜜能甜。
荞麦生嘞三角仓，长嘞田里过霜降。
寒冬腊月没事做，咸菜熬油格叮汤。
莳菇出世像捆柴，许多嫩芽长上来。
人人说它没得用，莳菇烧肉哪里来。
小豆生嘞红荡荡，棉花田里嵌失塘。
人人说它没得用，廿四夜烧饭敬灶王。

田素珍看看灯，腾腾空放声就喊："丈夫你望啊，格些人发呆，总拿八仙台子搀嘞上街，格站嘞台子上面，登高望远，看嘞多清楚啊。这就叫高子看戏，矮子吃屁。""妻子啊，堂块人多哎，不要卵说哎，佘动冒失鬼手，不要开冒失鬼口，如果开了冒失鬼口，人家辄说你是个冒老九，格格不是八仙台，格叫平台灯。""丈夫啊，你望啊，格平台上，站着一个女子，长嘞花容月貌，身穿麻衣重孝，对格雪窝里一跳，来杠又哭又闹，究竟为点底高？""妻子啊，格女子作孽了，她就叫孟姜女，她家丈夫叫范喜良，被暴君秦始皇捉得去造万里长城，活不见人，死不见尸，音信不通，孟姜女看见外面下起了鹅毛大雪，晓得丈夫身上衣衫单薄，送衣服给范喜良丈夫穿。"

平台上，孟姜女，千里送衣，
又不来，又不往，怎上长城，
半空中，起狂风，风雪雨大，
雪窝里，遭磨难，苦痛伤心。
她手里拿把灰卅伞，沿路行走雪花飞。
秦始皇皇无道理，也想和她配夫妻，
她是三贞九烈女，佘死塘河定不依。
将身跳进塘河内，变只白鹤满天飞。
这张平台多稀奇，就叫孟姜女出门送寒衣。
前间平台走过去，又来平台戏名灯。

田素珍说："丈夫你望啊，才间格台子上一个人，格台子上两个人哩，够一个女子，长嘞人不高不矮，个子不细不大，瓜子长罗脸，越看越体面，旁边站着一位男够，一只手拿格拂帚，一个手拿着宝剑，果是要杀格体面小姐？""妻子啊，不是得，格绝色美女就叫白牡丹，格男的叫吕洞宾，他不是要杀她，他就欢喜她，说人有好色之徒，仙也有贪色之仙，张天师家妈妈多正经，床肚里也拖出吕洞宾。”

平台上，白牡丹，容颜美貌，
吕洞宾，起邪心，戏她成亲。
第一戏，用宝剑，剖开两路，
第二戏，用拂帚，拂开房门，
第三戏，开药店，入她凡窍，
戏着了，白牡丹，带她动身。
这张平台不非凡，就叫三戏白牡丹。
前间平台走过去，又来平台戏名灯。

“丈夫你望啊，格台子上有三个人哩，一个男的，两个女的，男的夹肘里夹把雨伞，两个女的，一个浑身穿嘞雪白，一个浑身穿嘞铁青，你对我相，我对你相，不晓准备怎样？”“妻子啊，格夹肘里夹雨伞的就叫许仙，浑身穿嘞雪白的女子就是白蛇白素贞，浑身穿嘞铁青的是小青蛇小青。”

白娘娘，与许仙，姻缘五百。
借雨伞，留情意，二人成亲。
有许仙，上仙山，前去了愿。
法海师，说明白，妖精缠身。
有许仙，问法师：依你怎样？
你依我，在山上，不要回程。
白娘子，忙不住，来到东海。
借虾兵，和蟹将，水漫金山。
夫妻两个对前撑，又到德州北城门。

田素珍说：“丈夫啊，杠块到哪里有许多人够，到去望望看。”夫妻两个跑到前面一看，原来是一家典当要出售，两人商议商议，就将典当买下来。再请匠工来典当重就装修，这就叫老店新开，重换招牌，取店名叫“隆兴典当”，门上写起几个大字：“不欺三尺子，义取四方财，财源滔滔长，元宝滚进来。”

不提夫妻有安身，再说逢春善心人。

李逢春被张少卿打入水中，因为阳寿不曾满足，阴司地府阎王不捉，玉皇叫他寻找替身，好借尸还魂。那一天，逢春真魂来到安徽芜湖寻找替身。有一人姓余名尚忠，年方二十五岁，是一个白面书生，出门到母舅家去做客，出门的时候，青天白日，谁知出门未多时，腾腾空狂风大作，满天乌云，只见东南上么乌云起，西南上面紫云生，乌云就在前面走，紫云就在后面跟。

三个雷阵四个闪，倾盆大雨下凡尘。

余尚忠赶紧到人家躲雨，谁知雨下嘞不停，看看时间不早，他非常着急。好心人家，见他坐卧不安，就借把新雨伞给他，余尚忠喜之不尽，赶紧动身，前往母舅家而去。

急急忙忙就动身，石板桥到面前存。

余尚忠走到桥上，一阵鬼头风，将雨伞吹到河当中。余公子一看，眼睛发暗，急得没办法，只是来杠蹬脚。心上就想："人家好好一把新伞借把我的，这怎么办?"找到一根竹子，就蹲杠捞。哪晓一阵风，把他也吹入河中，他又不会弄水，只好变作落水鬼，曾歇几分钟，余尚忠渐渐沉入水底。

年纪轻轻命归阴，不伤良来也伤心。

玉主说："李逢春，水中之人，阳寿未满，你赶紧借尸还魂去吧。""玉主啊，我不去。""为底高？"

一来人家要还伞，二来断掉他家父母后代根，

三来父母要盼望，香房妻子等夫君。

我情愿死尸沉水中，不愿还魂丧良心。

玉主说："你真心不肯借他的尸就拉倒，但是不该应余尚忠要死。"前面来了一个牵牛斫草的，看见一个人掉入水中，赶忙前来搭救，把余尚忠打捞上来，对牛背上一摆，打得牛乱蹦乱跳。

不该余尚忠丧残生，牛背上吐水又还魂。

尚忠公子眼睛睁，救命恩人叫几声。

恩人啊，

多谢你今朝搭救我，黄土盖面不忘恩。

再说济南漳州有一人姓王，名叫世冲，年方二十四岁，娶妻李氏，生一子王晓晨。这王世充，不务正业，天天蹲外面，飘风荡柳，赌钱吃酒，寻花问柳，蹲外面卯丑，日不归门，夜不归宿。一落里死嘞外面赌博，赌赌把钱到输光了，没得办法，把家中值钱的东西，偷出去变卖，再没得钱赌，把田也卖啦得，手气实在不好，再没得钱赌怎么办？借高利贷。到期他没得钱还，再利滚利，越滚越多，到还

不起了，心上就想，罢了罢了，一死拉倒。

阳日三间日子不愿过，

阴司地府见阎君。

那一天夜半更深，趁妻子李氏熟睡的时候，他轻手轻脚跑出来，弄根绳子对树上一系，弄张凳子对脚下一垫。众位，真是生怕生来死怕死啊，他把头攻到圈圈里，又(就)出来，想到床上有美貌妻子和两岁孩儿，王世充哭得死去活来。

喊一声：贤妻啊，

我马上就要丧残生，魂灵上格往死城。

贤妻啊，

只怪我平常不习上，今朝才到能功成。

贤妻啊，

你拿晓晨孩儿带好嘞么，

在阳日三间慢慢过，将我撂到足后跟。

王世充哭啊哭，哭得心上像突粥，狠狠心肠，将头对圈子里一攻，脚笃拿凳子一踢，“扑通”：

只看见他两手来杠伸，两足来杠蹬。

呜呼哀哉丧残生，魂灵上嘞枉死城。

玉主说：“李逢春，树上吊死之人，阳寿未曾满足，阎王家不捉，你赶快借他的尸首，还魂去吧。”“玉主啊，我不去。”“为底高？”

他家三岁孩童没父亲，不伤良来也伤心。

他家父母要防老，妻子在家等夫君。

玉主说：“逢春，你真正不肯借他的尸还魂，那就随你去了。”太白星君赶忙奏本：“玉主啊，东斗文曲星李逢春实在心肠太好了，阳日三间他找不到替身，不如等他真魂，前往阴司地府，到枉死城看看有没有哪个屈死鬼阳寿未满，李逢春好借尸还魂。”

玉主闻听只一声，想想不错半毫分。

玉主再就行文到阴司地府，森罗宝殿。阎军接到玉旨，不肯耽搁，打发鬼使带李逢春真魂到枉死城寻找替身。

不提逢春找替身，再说世充一个人。

一盏孤灯渐渐熄，来了添油送火人。

正好凑巧，一个人上街卖草，看到树上挂着一个人，恨不得命总吓啦得，奓开蒲包爿嘴，放喇叭喉咙就喊："快来人啊，有人寻短见了，快救命啊！"

高声一喊不非轻，惊动许许多多人。

肇一班人把王世充放下来，弄手到他心口头一摸，心口头鼻嘎鼻，阳气还不曾绝，大家捶捶拍拍嗐嗐，世充苏醒过来。

世充转还魂，嘴里只是哼。

行走两三步，枯木又逢春。

世充把眼睛睁，哭到死去又还魂。

只怪我自己不习上，今朝才到能工程，

从今往后要学好，绝不赌钱败家当。

不提世充转还魂，再说逢春寻替身。

阎君奉了玉主之令，打发鬼使，带逢春真魂，到阴司地府，寻找替身。

鬼使拿他对前搀，

前间到了鬼门关。

鬼使搀他对前行，

前面到了剥衣亭。

逢春就说了："鬼使哥哥啊，你们堂阎王家也卖衣裳裤子来，善心人啊。""格格衣裳裤子不是卖的，这个地方就叫鬼门关剥衣亭。就是有些人死嘞以后，要去投人，没得钱做路费，跑到曹官菩萨身边。'曹官菩萨，我要到阳日三间去投人哩，没得钱做盘缠路费，你曹官菩萨心肠最好，你做做好事，拿钱借把我，等我到阳日三间去投人，不论投男的还是女的，我都还喜曹官，拿钱还把你。'曹官菩萨心肠最软，把他(她)三句好话一说，到拿钱借把他(她)嘞够。这些人到阳日三间来，投一个男的，飘风荡柳，赌钱吃酒，随便做底高都有钱，就是还曹官舍不得。投格女的，买胭脂花粉，买新衣服都有钱，就是还喜曹官舍不得用钱。格你不蹲世上脱壳，到百老归天，来到阴曹地府，鬼门关经过，曹官菩萨就说了：'张三李四，你在投人的时候，问我借了曹官银子，做盘缠路费的，你说到阳日三间投了人就还把我的，为什么到现在都不还？'曹官菩萨，不要提这话了，我到阳间投了一个男人，长大成人，成家立业，生男育女，送他攻书上学，人情开支，酱醋油盐，都要我掏钱，我到哪里有许多钱，更没有钱还喜曹官。菩萨，你做做好事，行行方便，等我再到阳间去投人，我无论如何拿曹官银子还把你。'曹官菩萨一听，就不高兴,眼睛一瞪,胡子一翘:'你说得咁便当啊,你来阳日三间一世,地府里一世,再去投人就是三世,不要说本钱,就是利息委该重,你也还不动,今朝无论如何,要拿钱还把我。''菩萨啊,我实在没得钱。''没得钱我有办法—'"

阴司地府有座鬼门关,要过此关最艰难。

有钱算一个明白清楚账,无钱吊打剥衣裳。'

"善心人啊,你望望看,格些人都挨吊嘞杠哩。"李逢春一看格些人罪过了,也有颠倒吊嘞杠,也有斜七斜八吊嘞杠,都在那里号啕大哭,哭得是死去活来。

喊一声:亲男嫡女啊,

你们到来阳间享洪福,我们来地府做罪人。

亲男嫡女啊,

你们在阳日三间么,早点帮你家父母双亲,

拿格曹官还一还,我们好早点走出鬼门关。

鬼使搀他对前奔,孟婆庄到面前存。

孟婆庄来孟婆庄,孟婆女子卖茶汤。逢春说:"鬼使哥哥啊,我嘴里有点麻,好像要吃茶。""善心人啊,这个茶不好吃,这个茶叫迷魂汤。"

如果吃得迷魂汤,不知家乡在何方。

鬼使搀他又动身,前间到了恶犬村。

七条犬儿骡子大,赶东向西要咬人。

"鬼使哥哥啊,格犬儿要咬我哩。""善心人,它不咬你,这个地方就叫恶犬村,这些犬儿专门咬在阳日三间行凶作恶的坏人够。你行善之人,它不咬你,它们马上摇头摆尾来迎接你哩。你们阳日三间死了人,总要煎打狗饼,就是到这里来用的。人死了以后,就到死者的亲男嫡女的头上,剪点头发,再弄点面粉一拌,剪九个烧饼,一个搿嘞屋上把天狗吃,一个搿地落把地狗吃,还有七个用紫荆条子穿起来,抓在死人的手里,带到堂块恶犬村来。如果你来阳间做了坏事恶事,到堂恶犬村,恶犬要咬你,你就把七个烧饼搿下来,不分细啊大,七条犬儿每条吃一个,它们不晓得这些烧饼里面有头发来里面够,正吃得开心的时候,头发对牙缝里一卡,不上不下,再犬儿坐下来,慢慢拆牙缝里的头发,趁它不注意的时候,你就好溜走格呢。"语言未了:

七条犬儿站起身,摇头摆尾接善人。

鬼使搀他对前来,前面到了望乡台。

逢春说:“鬼使哥哥啊,你们堂阎王家也搭台做戏来。”“善心人,这不是戏台。”“这叫望乡台。”“做底高用的?”

人死嘞五七三十五天来到望乡台,
望望家中果来家做大斋,
亲男嫡女果来家哭哀哀。
诸亲六眷果有来家背纸来,
如果家中来家做大斋,亲男嫡女来家哭哀哀,
诸亲六眷背纸来,好好拿你搀下望乡台。
人死了五七三五天来到望乡台,
望不见家里做大斋,
亲男嫡女不来家哭哀哀。
诸亲六眷没得哪家背纸来,
一棍子打你栽下来。
鬼使拿他对前搀,前间到了破钱山。

逢春说:“鬼使哥哥,辄说阎君不爱财,一座钱山哪里来,情愿阳间把钱用,哪肯拿钱带到地府来。”鬼使说:“善心人,格格钱辄没得用,坏的。格格山,就叫破钱山。格钱怎得坏的,你们阳日三间,有许多穷苦人家,没得钱烧周年过节,丈夫起一个早,挑一大担草,上街去卖啦得,卖到钱,好买菜家来烧周年过节。哪晓遇到一大淘赌钱的朋友,台子一搀,摸百零八张,赌钱赌到小中,晓得不早了,赶紧买菜回来,等他回家把菜烧好请老,已经嫌晚了,肚子也饿了,他来杠化纸,伢蹲杠扶台子摸凳,老子眼睛一曝,胡子一翘,死远点去,不要蹲杠扶台子摸凳,老太太不敢家来吃格,妻子就说了:‘丈夫啊,不要说伢肚里饿嘞,连我们大人肚里都饿了,化纸骗骗鬼,化不着用棒掊。’丈夫一听,到蛮相信,对鸡帐边一斜,拿鸡帐棒一拔,再就蹲杠掊,寻丧吃亏,化不着用嘴吹,吹吹掊掊,掊掊吹吹,横一掊,竖一掊,拿纸钱到掊碎嘞够。”

横一翻来竖一翻,阎王家用不掉堆坐破钱山。
鬼使拿他对前搀,前面又到滑油山。

逢春说:“鬼使哥哥啊,你们堂阎王家也练武功来,格些人辄来杠,千跟斗,竖直心。”“善心人,格些人不是在练武功,格格叫滑油山。做底高用的?在你们阳日三间有一个仇氏女子,虽然家中不富裕,但是穷到穷嘞安逸够。格一

天，隔壁王奶奶来惹祸，对仇氏女子家门口一站，口中就喊：'仇氏啊，我们上街看戏去啊。''王奶奶，我不去，我这头发咁嘞像稻草，哪跑到出去啊。''仇氏啊，你不要丢掉鱼盘吃豆腐，街上格戏好看了。''王奶奶，我实在跑不出去。''你家丈夫呢？''上田里干活去了。''我来帮你想一个办法，包你能上街看戏。''有底高办法？''一歇等你家丈夫家来，你就脸一丧邦，对杠一撑就像阎王，拿根门杠，做势冲锅子掼盆。他问你为底高发咁大的火，你就说嫁给你这个没用的东西，一年忙到稍，两年忙到头，你果舍得一个钱，把我买点搨头油，好等我梳梳头，拓拓油。'"

我来冲啦锅子掼啦盆，弄你格牢饭吃不成。

"'你家丈夫一吓，命总没得，就赶紧去买油把你梳头拓头格呢。

仇氏闻听只一声，心中欢乐八九分。

"曾歇多时，她家丈夫家来了，站杠就说：'妻子啊，中饭果曾好吃略？'仇氏脸一丧邦，真就像阎王："'你做嘞一点点活计，到家来吃中饭了，我就专门服侍你这个老太太，我来拿倒头锅子冲啦得，盆掼啦得，看你果有食呀。'丈夫赶紧背住得："妻子啊，你不要发火，你究竟为底高？到这种腔调。"'我前世里瞎得眼睛，嫁给你这个现世宝，我头毛咁嘞像稻草，你果舍得夹一个钱，把我买点搨头油，等我梳梳头，也好拓拓油。""妻子啊，你何苦，何苦，就为点拓头油，发咁大的脾气，如果你拿锅子冲啦得，盆掼啦得，这些钱果止买一瓶拓头油啊？你等等，我马上就回来的。"丈夫赶紧寻扁担，担绳，挑上一担草，上街去卖啦得，拿拓头油买来家。肇仇氏女子忙了，又要烧火，还要上灶，又要梳头，又要拓油。她拿拓头油罐子对灶角落上一顿，一边烧火，一边梳头，因为高兴，到唱起昆腔来了。

我多时不曾梳格头呀，
梳梳头毛一大球呀，
对锅馁里一搿火一烧，
就像狮子滚绣球呀，
要得馁，我就拿油对头上倒。

"仇氏女子拿罐子盖头一拔，一罐头油，全部对头上一滑。

前间流到胸膛骨，
后面拖到足后跟。

"她再手上都是搨头油，上灶上去上灶够，手上格油到滴得锅里人吃格油肚里去够。哪晓这两种油不和，油一曝，溅嘞东厨老母身上，东厨老母说：‘仇氏女子，才间头毛来锅洞里面烧嘞臭死嘞。我把你焰嘞要死，现在又把油溅到我身上来了。’东厨老母大发雷霆，一阵仙风，就上天空。

仙风阵阵来得快，
御宰台到面前存。

“玉主说：‘东厨弟子，你不在凡间掌管厨房，到我天上有何贵干？’

东厨老母忙奏本，
奏于玉主得知闻。

“东厨老母说：‘玉主啊，东土里有个仇氏女子，锅洞里烧头发，乱搨油，侮辱神明，污糟菩萨，我不下凡了。’玉皇大帝说：‘东厨弟子，你胆放宽心，下凡去吧，我来行文到阴司地府阎王家去，叫阎王在阴司地府里没起一座滑油山来。’

一般男男女女来阳日三间好打扮，
死嘞罚他(她)上格滑油山，
哪个在阳日三间搨得许多搨头油，
死嘞到滑油山去千跟斗。
鬼使挽他又动身，
奈何桥到面前存。

奈何桥底高腔调？总共只有一寸三分宽，到有万丈高，两头铜钉钉，当中滑油浇，脚才对上跑，桥就来下摇，脚才对上跨，桥就对两间榨，如果不跑对后退，后间马车要倒你格背，如果对两间斜，蛇虫虎豹要啃你格脚，如果要想溜，四转是圆沟。“鬼使哥哥，这个桥来下摇，我实在不敢走上跑。”“善心人，这张桥叫奈何桥，是行凶作恶油头恶光棍跑的。阴司地府总共有两张桥，还有一张桥叫金桥，是行善积德做好事的人跑的，有金童玉女接引。善心人，你走金桥上过去吧。”逢春对桥下一看：“鬼使哥哥，你们阎王家也有澡堂啦。”“善心人，格不是澡堂，更不是你们阳日三间的浴室，格叫血湖池。”“做底高的？”“女子作得孽，犯嘞罪，就来血湖池里受苦受难。”“女子作底高孽？犯底高罪？“一个女子一生一世当中，孽作得最深，罪犯嘞最重的，就是生男育女，触犯三光日色，洗衣荡垢，秽污水府龙神”“格有过肚里怎满的？”“有格肚里就滴点啊，这血湖池里的血水多与少，不是一概而论，也分彼此的，哪个在阳日三间，仆养嘞越多，血湖池里血水就越深，仆养嘞越少，血湖池里血水秽污水就越浅。”“格怎么分的？”“生男育女，养到一胎两胎,血湖池里血水只淹到孤拐,养到三胎四胎,血湖池血水淹到胸口,养到五胎六胎七胎八胎,血水委该高,格些女子毛头梢子辄不来上面飘。"这就叫:

奈何桥上男子汉,血湖池里女罪人。

也有人说了,还是新社会计划生育好,少生优生,一对夫妇只能生一胎,将来百老归天,省得到阴司地府血湖池里受罪。格究竟血湖池里的女罪人有多罪过,我们不如去看一看。

鬼使搀他又动身,血湖池到面前存。

李逢春才站到格血湖池边,只看见一个女子,把头对上面一伸,嘴里血水对外直喷,浑身一根纱线总没得,烂嘞脓流血淌,骨头总看见清清爽爽,在那里自言自语:"哎,我来阳日三间和我的丈夫合得最好,结婚几年,生到几个男女香烟,可惜一个都未长得起来,我也不少得到阎王家来受到咁大格罪,我到来嗐嗐我家丈夫看,他果晓得我来堂块受苦受难。"

喊声:亲亲丈夫啊,
我来家长到二九十八春,诸亲六眷做媒人。
花花轿子拿我抬进你家门,夫妻两个配成婚。
亲亲丈夫啊,
你家三间草屋矮墩墩,里间烟焰眼睛不得睁。
草么没几根,粮么没半升,
有了朝顿无夜顿,果比黄连苦三分。
亲亲丈夫啊,
我们夫妻结婚几年整,结下姻缘海能深。
生男育女一个也不曾长得成,不晓得到阴司地府做罪人。
亲亲丈夫啊,
你天天出门去做营生,
起早更,坐黄昏,
苦命辄等你到半夜深,帮你把家并增产么,
你到来阳日三间享洪福,我来血湖池里做罪人。
亲亲丈夫啊,
你如果有夫妻结发之情么,就来阳日三间请和尚道士,

帮你家妻子拜啦几部血湖忏，

超度超度你家妻子女罪人。

格狱官跑到杠一狼牙棒，到拿格女子打跌下去了："覅蹲堂嗐丈夫，怪来怪去，怪你自己，生男育女，养伢格辰光不曾当心。你不曾满月到当中家撑一撑，触犯家堂共总圣；你不曾满月到河边上去背水，触犯桥栏将军共水部龙神。怪不到你家丈夫，怪你自己，快点死下去啊。"一狼牙棒把格女子打沉下去了。曾歇一歇，格一个池里的女子上来了，底高腔调？

可怜了，

格女子口口来杠吃血水，血冰血块口内吞。

浑身浸嘞皮肉破，不伤良来也伤心。

格女子就说了："我养了几个儿子，吃尽了千辛万苦，将他们抚养长大成人，盖了几次房子，帮他们成家立业，娶妻换席。我在阳日三间带带孙男孙女多适意啊，不晓得上阎王家来受到咁大格罪，我来嗐嗐些儿子看，果晓得妈妈来堂受罪？"

心肝孩儿啊，

你家妈妈过歇辰光病你么，

我伸腰仰觉也不得过，四肢无力少精神。

心肝孩儿啊，

你家妈妈过歇辰光病你么，

吃到甜格又牙消，吃到咸格又醋心，

多吃一口又撑心饱，少吃一口又曹咛。

心肝儿子啊，

你家妈妈十月怀孕带在身，伸伸缩缩怕营生，

一天三顿吃不进，我辄半饱半饿做营生。

心肝儿子啊，

寻丧姑娘小叔嘴又凶，

挤你家妈妈到田里去上工，

我伸腰仰觉爬起来么，

公婆大人还说我害嘞格懒王病，

我向里向外总不作声。

心肝儿子啊，
我怀孕到嘞九月零，掗娘肚皮掐娘心，
十月怀孕带完成，等于死里又逃生。
心肝儿子啊，
我十月怀孕多艰难，过重门槛赛盘山。
心肝啊，
你十月怀孕要分身，我跑起路来撑啊撑。
说起话来哼啊哼，脚脚如同踏得黄泉路，
生死来杠欠时辰。
心肝儿子啊，
你家妈妈过歇养你么，
我一阵痛来痛过死，两阵痛来痛格昏。
心肝啊，
你家妈妈过歇养你么，催生奶奶搀你家妈妈，
来香房里面转啦几个弯，我如同走到鬼门关。
心肝孩儿啊，
我养你，在香房，昏昏沉沉，
割脐带，拿母胞，死里逃生，
里床干，外床湿，我儿啼哭，
将我儿，睡干处，母睡尿塘，
困干处，一歇歇，又被拉湿，
我将儿，抱手中，坐到天明。
心肝儿子啊，
邻舍家，吃中饭，我儿不饱，
我要点饭，嚼嚼细，喂把我儿吞。
心肝孩儿啊，
春天头来忙春工，我到田里做田工。
外面起格大大风，就怕吹坏我家肝肝嫩毛孔，
你家妈妈又没得钱么，帮你们些乖乖请郎中，
我用夹抱被拿你们裹嘞紧同同。

心肝儿子啊，
夏天头来暖洋洋，我带心肝去乘凉。
倒头蚊子嘴又尖，就怕叮坏我家心肝肉，
我辄用扇子拿你们扇嘞瀴心凉。
心肝儿子啊，
六月里雷阵化闪轰啊轰，外面起格大大暴头风，
就怕你们些肝肝要吓坏，
我总拿你们些儿子护嘞紧同同。
心肝儿子啊，
五忙六时把秋载，你们来家哭得要吃奶，
邻舍隔壁撑嘞野场边头将我嚐，
我丢啦田里活计总不做，
赶紧家来拿你们儿子捧起来。
心肝孩儿啊，
秋天头来秋工动，你家妈妈到田里做秋工，
你们些儿子来悠篮里哭得凶么，
你家妈妈总一个趟子溜到家，
伏得悠篮上面喂啦你们几口伤心乳，
我又急急忙忙赶田中。
心肝啊，
冬天里来大雪呼，你家奶奶打开冰冻洗尿布，
十指冻嘞紫咕咕，你家妈妈急得没办法，
只好拿十个手指头放嘞嘴里呼。
心肝儿子啊，
我总以为么生到儿子有好处，
不晓得到阴间地府坐血湖。
心肝儿子啊，
只恨你家爹爹么又亡故嘞早，
丢下我们孤儿寡母苦伤心。
心肝儿子啊，

邻舍隔壁家来劝你家妈妈重婚改嫁，
我望望你们些儿子又舍不得，
我哪怕咬口生姜喝口醋，慢慢拿格日脚也混过来。
心肝儿子啊，
拿你们抚养到七八岁，送你们读书上学么，
纸砚笔墨有我买，四季衣服母操心。
心肝儿子啊，
等你长到二十岁，我要请张三托李四帮你做媒人。
心肝儿子啊，
你娶到人家贤良女，孝顺婆婆嫡嫡亲，
假使娶到人家不良女，
我就等于不曾养到你格儿子后代根。
心肝儿子啊，
我养到你儿子当块金，包包撮撮长成人，
不晓得拿媳妇一娶就两条心，
拿我母亲当做路边人。
心肝儿子啊，
娘要块包头你辄说没钱买，
妻子要绫罗绸缎赶紧剪来家，
你家妈妈偷嘞背后头问问你，
你寻丧哄我说是她家娘家贴得来。
心肝儿子啊，
你们如果有孝顺之心么，
就请个佛头家来帮你家妈妈做啦三次血湖会，
把你家妈妈从血湖池里赦出来。

狱官跑到杠一狼牙棒，倒拿你格女子打沉下去了。一歇歇辰光，又有一个女子上来了，她来杠自言自语："她家到福气好，养到几个儿子哩。我辄养格女儿，也拿她们忙嘞花花堂堂出门够，咁歇跟随丈夫在阳日三间享福，穿红着绿，朝鱼夜肉，我到来嗐嗐我家些女儿看，果晓得妈妈过歇抚养她们吃啦多少痛苦？"

心肝女儿啊，

我养到你女儿当块金，从来不曾有个两条心。
等我格女儿长到二十岁，诸亲六眷来做媒人。
心肝女儿啊，
你出家格辰光桩桩东西辄齐备，
就少三斤红头绳，来你家爹爹面前不敢说，
来你家妈妈面前叽三咕四只是哼么，
我总偷嘞背后头买嘞慢慢塞把你，
等我格女儿欢欢喜喜嫁出门。
心肝女儿啊，
桃花落地板板红，娘养女儿一场空。
花花轿子拿我格女儿抬嘞动身走，
将你家亲娘丢嘞冷房中。
心肝女儿啊，
你果晓得你家妈妈抚养你么，
跑啦多少慌忙路，吃啦多少冷点心。
起啦多少早五更，
坐啦多少深黄昏。
心肝女儿啊，
你现在来阳日三间跟随丈夫享洪福，
果晓得妈妈来血湖池里做罪人。
心肝女儿啊，
你如果有孝顺之心么，就来阳日三间帮你家妈妈，
吃啦一百二十天格报恩斋，
拿你家妈妈从血湖池里赦出来。

格狱官跑到扛一狼牙棒，倒拿格女子打沉下去了。李逢春抬头一望："鬼使哥哥啊，你们堂阎王家也养猫儿、犬儿来？""善心人啊，格猫儿、犬儿不是我们地府里养够。才间来杠哭格女子，就是猫儿、犬儿的主母娘娘。主母娘娘来阳日三间对些猫儿、犬儿好，哪怕自己吃不饱，拿粥和饭辄对它们盆里舀，主母娘娘过辈了，猫儿、犬儿寻到阴司地府里来，要报主母娘娘，在阳日三间格辰光养育之恩。你望啊，格些猫儿，犬儿，要么伏得血湖池边边上帮主母娘娘吃啦几口血湖

水，秽污水，要么跳到血湖池里去，把身上毛衣浸足得，上来抖啦得，下去浸足得，上来再抖啦得。”

沾啦一点少一点，
吃啦一分少一分。

“啊呀，鬼使哥哥，怪不到我们阳日三间人家要说哩，说底高？”

前辈古人说得清，奈度中牲莫度人。

想起来父母恩，杀身难报，劝大众莫忤逆，孝顺双亲。

忤逆还养忤逆子，孝顺还养孝顺儿。
不信单看檐头水，点滴不差半毫分。
自从盘古传下来，上梁不正下梁歪。
如果哪个在世上不把父母双亲敬，
向后你家儿孙照样行。
鬼使搀他又动身，前面到了枉死城。

所谓枉死城，就是不听公婆大人话的，一句话不好就寻死作活的，阳寿不曾满足的，倒寻短径死了，就在枉死城受罪。人不是一死就可以托生的，该应你活八十岁，你六十岁到寻短见死了，还有二十年怎么办，就来枉死城受二十年罪。

这枉死城底高腔调？
城头上，有鬼火，无数百碗。
城底落，有鬼哭，千万条声。
高子鬼，跑出来，长拖袜样。
矮子鬼，跑出来，矮里婆梳。
瘦子鬼，跑出来，伸头岳颈。
胖子鬼，跑出来，哼里哼墩。
毒药鬼，跑出来，七孔流血。
淹煞鬼，扒河岸，实在伤心。
逢春寻遍枉死城，不曾找到好替身。

“鬼使哥哥，我实在找不到合适的人选，好借尸还魂。”鬼使赶忙把这个事情告诉阎王，阎王又奏与玉皇大帝。玉主说：“既然地府没有替身，还到阳日三间再来慢慢找吧。如果他真正找不到合适的人选，我也没有办法。”

逢春真魂动了身，到了德州一座城。

不提李逢春到德州寻找替身，单说此地一人姓戴，名叫戴宗，七品知县之职，同缘张氏，做官清如水，明如镜，坏人说话他不听。戴知县就想："人生在世，要多做好事，身为一县之父母官，要多为百姓着想，保一方平安。"古人云，做官不为民做主，不如回家卖红薯。所以他做官特别清正，老百姓送他一个绰号叫戴青天。

老爷做官清正很，更比河水胜三分。

戴老爷那一天闲暇无事，外出散心，看见许多孩童在那里玩耍，有男的、有女的、有高的、有矮的、有胖的、有瘦的。他心上就想："这些小朋友是人家的香烟后代，长大成人，娶妻换席，生男育女，传宗接代。想我戴宗——"

夫妻同庚四十春，男花女花不曾生。

如有伤风并咳嗽，没得端汤送茶人。

等到年老丧残生，没得飘山花白人。

那一天，回到衙中，对杠一坐，想想不晓有多难过，忧心且且，眼泪珠抛，饭也不吃。夫人就说了："老爷，今朝出外散心，是哪一个得罪你了？还是衙门里衙役不听话？还是茶饭不对你胃口？""夫人，都不是的。""那你眼泪珠抛，为点底高？"

老爷听见这一声，更加啼哭泪纷纷。

喊声：夫人啊，

我们夫妻同庚四十春，没得传宗接代人。

等到将来年纪大，没得养老送终人。

夫人对杠一坐，仔细想想到也不错，夫妻二人晚上来到卧室，戴老爷虽然睡在床上。

翻来覆去睡不着，越思越想越伤心。

为人没得香烟后，活在世人枉为人。

第二天一早就起身，用过早膳点心，走出衙门。

哭哭啼啼朝前撑，一条大河面前存。

戴宗来到河边一看，河里波浪滔天，想想心上特别难过。

喊一声：苍天啊，

我戴宗做官数年春，两袖清风清正很。

夫妻同庚四十春，没得香烟后代根。

苍天啊，

阳日三间日子我也不愿过，

塘河里边丧残生。

可怜了，

我究竟在前世里作得底高孽，

今世里苦到能功成。

夫人啊，

我今朝来塘河里边丧残生，

你在衙门里面也不知闻。

夫人啊！

你再一个人在阳日三间慢慢过，

将我搿到足后跟。

戴宗哭啊哭，哭得心上像突粥，双眼一闭，狠狠心肠，手脚又悛，对河里一跳。

戴宗跳进塘河内，焉知死来未知生。

讲到此处，各位善人要问："格戴宗果曾淹煞得？"不要着急，待我慢慢讲来。"

戴宗老爷寻短径，天上玉主早知闻。

玉皇大帝龙颜大悦，李逢春，这次你可以借尸还魂了。逢春说："我不。""为底高？""玉主啊，一他家中有妻室，二戴家要他传接香烟后代。古人云，好人一定有好报，忠臣不绝后，绝后不忠臣。像他这样的清正官，将来一定生到男，育到女。"玉主说："李逢春，你实在心肠太好了，那就随你吧。"肇说前面来了一条船，看见浪头上有一个人，在飘来飘去，船夫不肯耽搁，就将戴老爷打捞上来，用手到他心口头一摸，心口头鼻夹鼻，阳气也不曾绝，赶忙用生姜红糖烧起茶来一灌，就上船夫打算。

灌到一口汤，眼睛有点光，

灌到两口汤，身子硬邦邦，

灌到三口四口汤，轻身说话响堂堂。

戴老爷把眼睛睁，救命恩人口内称。

恩人啊，

多谢你今朝将我救，我还是不要命残生。

"我倒不是说你哩，佘蹲世上呆，不要对地肚里埋，阎王家不寻你，你倒想发落水鬼财来。有哪三桩般不过山,要做这个事啊?”

戴宗喊声:恩人啊,

我真人面前不说假,假人面前不说真。

我将上下根由告诉你,铁石心肠也软三分。

他再把住哪里,叫底高,什么身份,为何要寻短径,从前到后一说。船夫如梦初醒,恍然大悟:“老爷,你做官清正,积德无人见,存心有神知,日后一定生到男女传宗接代的。”后来送子观音菩萨,大显神通,送戴家一子,乃上界武曲星宿临凡。

取名叫作戴福号,当作无价宝和珍。

众位,你们晓得这个船夫是谁?乃是李逢春变的。李逢春不但没有借戴老爷的尸首还魂,相反又救了他一条命。戴老爷为嘞不把这救命恩人忘记,就塑了李逢春的相貌供在后堂,天天烧香点烛,供奉于他。

此话丢开慢谈论,经中另表出场人。

再说崔家庄,有一大户人家,弟兄三人,老大崔发,老二崔旺,老三崔兴,老大老二家未有生育,唯有老三家生到一子,名叫崔文才。也就是说,三家就靠这一子继承,传宗接代。老弟兄三人将他当作掌上明珠,爱如珍宝。崔文才今年年方二八,十六青春,长得是一表人才。那一天,崔公子闲暇无事,到花园去荡秋千够,正当他荡嘞开心高兴的时候,不料绳子一断,一个倒栽葱,跌得鼻子管里没得风。

安童梅香来看见,三魂吓得少二魂。

赶紧丑虎跳,就对主人身边报,员外啊!不,不,不,不得了了!少爷花园荡秋千,绳子一断,跌死了。”

弟兄三人闻听只一声,如同天打一雷阵。

来到花园一看,命总吓断。崔文才底高腔调?眼睛一闭,馋沫直滴,望望点辄没气。

弟兄三个喊声:心肝啊,

你往常和我们讲讲说说嘛,

叽叽咕咕也像个话八哥,

你今朝困堂怎不作声?

心肝啊,

我家万贯家财有何用，
没得传宗接代人。
心肝啊，
我们养到你孩儿当块金，
包包搓搓长成人，
指望养到你可以防身老，
不晓得是竹篮子打水一场空。
心肝啊，
人家总说黄连苦，你比黄连苦三分。
苍天啊，
我崔家在前世里究竟作得底高孽，
今世里苦到能功成。

全家老少，号啕大哭，哭得是天昏地暗，日月不明。谁知哭声透到九霄，惊动玉主知道。玉皇大帝龙颜大悦："李逢春，这次你可以借尸还魂了，在山东德州城外有个崔家庄，庄上有一大户人家，三家合一子，名叫崔文才，年方十六，和你年纪相仿，赶紧下凡，借尸还魂，传接崔家香火去吧。"

逢春真魂动了身，哪肯耽搁下凡尘。

逢春来时一阵风，去时影无踪。云头一滚，能走几省；芦花一颠，能走几千。云里走来雾里奔，崔家花园面前存。一阵风，魂灵对崔文才身上一攻。

文才口中叹口气，苏苏醒醒转还魂。
文曲星君来，二世出凡胎。
将来修办道，端坐九莲台。

崔家全家老少，及诸亲六眷，看见文才醒来，真是喜从天降。

跑到前面来捧住，心肝孩儿喊几声。

李逢春在崔家借尸还魂，再就叫崔文才，日夜在小书房用功苦读。高声就像鹦鹉叫，低读能像凤凰声。

一笔读到十九岁，篇篇文章总知闻。

不提公子把书读，单说太宗皇帝坐龙庭，万岁皇开金口，帝露银牙："众位爱卿，自古以来，文能安邦，武能定国，文官执笔安社稷，武官拖刀治乾坤，多年不曾开文考，荒失多少念书人？"

皇榜高挂十三省，考尽天下念书人。

皇榜一张挂，惊动许许多多的书生公子。那一天，文才就说了："父母双亲啊，今年是皇上开考，我要进京赶考哩。"崔员外一听，浑身总来大劲："孩儿，家无读书子，官从何处来？""朝杠宰相也是从书中慢慢得来的。""既然如此，你要进京赴考，我叫顶轿子，挑选八个身强力壮的安童，拿你送上京都皇城。"

公子闻听只一声，心中欢乐八九分。
他准备好洗换衣服，带足了路费银子，
身坐轿帘就动身，赶往京都帝皇城。
有钱人，上皇城，坐马坐轿，
无钱人，背书包，也跳龙门。
干塘上，有多少，香车宝马，
塘河里，有多少，勇猛舟船。
公子在路行，昼夜不消停。
为了赴考事连夜赶进京。
一去二三里，烟村四五家。
亭台六七座，八九十枝花。
逢山不看山中景，遇水哪管浅和深。
在路行走数日整，到了京都外罗城。

外罗城景子好了，尤其是招牌，望望如同雪片，大概有几千样。

公子抬头看招牌，饭店堂馆走出来。

格堂馆底高腔调？佘裙一倒刹，筷子对腰眼里一插，挍台布对肩兜上一搭，灯笼火对夹肘里一夹，脚对门槛上一踏，说几句客套话："不欺三尺子，义取四方财，财源滔滔长，元宝滚进来。"

果有多少种田人，
辛辛苦苦上皇城。
到了今朝夜黄昏，
你只要歇宿我家店堂门，
我家老板如同活财神。
柜台就像紫禁城，钱筒如同聚宝盆，
算起账来不争论。

今朝到我家来下宿，一年四季好收成。
你家种田田出谷，养猪猪发落，
茴头青上面秀小麦，癞宝草底落长萝卜，
种格黄瓜不长钉，丝瓜不长筋，
茄子结得像油瓶，种夹一园扁白菜，
一棵称到十来斤。
果有多少考同生，辛辛苦苦上皇城。
到了今朝夜黄昏，你只要歇宿我家店堂门。
万岁望你是个白面小书生，读书聪明伶俐很。
天子爱你文章好，朱笔点中状元身。

这个小二说自己家一百二十个好，也说旁人家丑话，只要望自己生意好，旁人家一点生意辄没得，他说人家底高？

果有多少种田人，考同先生们，
投亲访友人，赌钱先生们，
辛辛苦苦上皇城。到了今朝夜黄昏，
务期不要宿我家斜对门。
他家三间房子矮墩墩，
里间烟焰眼睛总不得睁，
灶上堂灰到有半寸深，
碗么个个就像猪食盆，
筷子根根像圈成，床上垫被像硬衬，
扁郎虱子到有好几升。
如果到他家去下宿，咬嘞你一夜总困不成。

崔文才一听，喜之不尽："安童啊，三与三，七与七，来嘞早，不如来嘞巧，这个吉兆讨嘞倒是蛮好，这个人说得又好，不如生意挑他一挑，将铺盖行囊，搬进店堂。"

流水账簿上登个号，客房里面暂安身。

文才就说了："小二，我初来晚到，不晓得你家店里锅头碗灶，你家店里底高情况，到说把我听听看。""客官先生，也不是我小二说大话，我家这饭店，在京都皇城里，算不上第一么，最起码也好算第二。你住店总算住对人家了，我来说把你听，我家店里的情形。我家茶饭干净，床铺洁净，枕头上面绣花名，一垫两盖多称心。你要吃点荤点心，我家有鸡子心、鸭子心、龙肝心、凤凰心。如果考先生不对口，为你杀北海活麒麟。如果太贵够，也有便宜的。”

一个馒头四两重，两个馒头合半斤。
猪油茶酥好包心，考先生一吃中头名。
如果要吃素点心够，我家也有，
早起起来洗脸洋盆花手巾，
搭粥洋豆共瓜丁，
中饭搭饭蘑菇共香情，
山药拌面筋，粉皮绿豆饼，
晚上钢刀切面细悠悠，
干子百叶做浇头，代蒜叶子做香头。
恐怕考先生不对口，还有酸醋共麻油。
文才上下听完成，心中欢乐八九分。
不提公子来下宿，再说万岁坐龙庭。

太宗皇帝将主考官召上金殿，交过金字题目。

替孤家端坐南察院，考尽天下念书人。

又吩咐黄门官四城门催考，黄门官肩扛黄旗，手拿金锣，手里出劲敲，嘴里出劲嗽：

东城门敲到西城门，南城门敲到北城门。
堂块附近店堂门，果有多少赶考考先生。
今朝不把考场进，错过一时等三春。

为底高说错过一时要等三春呢？因为过去是三年开一次考，如果错过了这次机会，要再等三年，所以说错过一时等三春。文才公子听见皇上催考，叫安童帮他拿行李看好，来到考场一考。三场已毕，好的卷子对上搭，丑的卷子对下削，好中拣好，巧中拣巧，三千六百门弟子，哪个不想中头名，拣到最后，只有三张卷子，六篇文章，主考官分不出哪个最好，哪个其次，哪个第三，就将三张卷子奏于万岁。万岁龙目观看，龙珠乱转，也分不出好歹。万岁就吩咐在金殿上设起香案来，将三张卷子上的名字写下来，拈起周团来，放在金丝盘里，万岁亲自祷告一番：“上有玉皇，下有地府阎王，东海龙王，凡间有我孤家寡王，三皇五帝，治立乾坤。”

该应孤家江山稳，点到状元是忠臣。

该应江山要失败，来自谋皇篡位人。

然后用金筷抄三抄，拌三拌，第一个周团拈出来摆上首，是榜眼，第二个拈出来摆下首，是探花，第三个拈出来摆万岁对面是状元，因为只有状元才有资格和万岁面对面坐。

榜眼出在南昌府，探花出在贵州城。

状元不是张三其别个，崔文才公子中头名。

万岁手脚不慢，将三鼎甲召到金殿之上。天子亲自步下龙庭，御手相搀，御口相称：“三位新爱卿，你们有十年寒窗之苦，磨穿铁砚之功，听我孤家一个一个来封。”封过之后，万岁下达旨意到御膳房，不要歇手，赶紧为三鼎甲办酒。万岁身坐横头，手执壶头，亲自为三鼎甲酌酒。酒过三巡，菜过五味，万岁说：“从明日开始，孤家赐你们三匹白马。”

半副銮驾，三千官兵，

游看皇城三天散心。

三鼎甲听见只一声，谢主隆恩走出门。

第二天一早，三千官兵，半副銮驾，热热闹闹，就来午朝门外听召，格当真威武了。因为三年只有一次啊，所以热闹非凡。

状元游皇城，老少谈议论。

前呼并后拥，争看状元身。

白马紫金鞍，骑出众人观。

欲问谁家子，读书做高官。

自小多在学，平生志气高。

人家背宝剑，我有笔如刀。

年少初登第，皇都得意回。

禹门三激浪，平地一声雷。

状元三鼎甲来杠游皇城，白卷子才子泪纷纷。

格些不曾考得中的书生，看见三鼎甲游看皇城散心，真是心如刀绞，哭得死去活来。

喊一声：状元公啊，

这叫你也是人，我也是人，

人比人来气煞人。

你进京赴考到有高官并禄位，

我们行政司总没得半毫分。

状元公啊，

我们只有来的盘缠，没得回去的路费。

回不得家乡，见不到爹娘。

高厅上见不到双父母，学堂里见不到老先生。

状元公啊，

我们枉穿衣裳枉戴帽，枉到京都皇城走一遭。

我们情愿不要残生命，塘河里面丧残生。

崔文才状元公一看，啊呀，这些世兄世弟，作孽了，千里迢迢，来到京都皇城，芝麻绿豆大的官都不曾沾到边，在这里悲泪啼哭哩，我来安慰他们。

状元在马身上把手摇，世兄世弟莫号啕。

回去再把文章抄，不要怕龙门万丈高。

饭店银子我来算，赠你们盘缠转家门。

不提白卷子才子回转，单说崔状元他们三人，游看皇城三天，上殿交旨。万岁就问："三位新爱卿，皇城景致如何？"

三鼎甲赶忙启奏："万岁——"

皇城景致好得很，话不虚传果然真。

万岁拿榜眼和探花安排出去上任，就对崔文才说："崔爱卿，你十三省里文章最好，金榜题名，乃国家栋梁之材，你到午朝门东首选择一块好地方——"

孤家帮你起造状元府，好蹲皇城受皇恩。

文才赶忙启奏："万岁，我年纪咁轻，一点功劳都没得，我要行香拜客。"

万岁一听，龙心喜悦："崔爱卿，你年纪虽轻，对孤家倒是一片忠心，既然如此，朕来加封于你。"

崔文才状元加封赠，七省巡按你当身。

"赐你三千御林兵，私访七省耍客情，访到忠臣加官职，访到奸党丧残生。赐你一口尚方剑，先斩后奏见寡人。"

崔文才将三千御林兵带到午朝门外，心上就想："我封为七省巡按，先到哪里私访？噢，我不如先访龙门县，到自己家乡先去看看，望望我家妻子在家做底高，兄嫂现在怎么样？”

在路行走数日整，到了龙门县一座城。

不提崔文才到了龙门县，单说沈凤英小姐，格真作孽了。

人家总说黄连苦，她比黄连苦三分。
有凤英，在房中，苦苦等候，
等丈夫，回家转，同度光阴。
哪一天，不等到，黄昏过后，
哪一夜，不等到，五鼓三更。
朝也哭来夜也哭，哭到死去又还魂。

沈员外家夫妻两个就讲了："女儿年纪这么轻，日夜在家苦伤心，假使有个长和短，我们年老靠何人？她说小婿到山东母舅家去和他的表妹成亲了，不如我们打发安童梅香和女儿同到山东母舅家去看一看，望望小婿李逢春究竟是不是在山东成亲。如果去寻欢作乐，抛弃我家女儿够，我马上就写张状纸送到官府衙门。"

官府衙门告一状，决不饶赦他当身。

主意已定，和小姐一讲，小姐同意。那一天，两个安童，两个梅香，五人同行。动身的时候，沈员外就说了："安童梅香，你们和小姐难得出门，况且路途遥远，我有锦堂言语要吩咐与你们。"

多年饭店不要宿，荒山野地莫停留。
多年饭店出强盗，荒山野地有妖精。
画龙画虎难画骨，知心知面莫知心。
不怕老虎当面坐，君子旁边有小人。
对人宴说三分话，切莫真言告诉人。

沈员外吩咐已毕，安童梅香，不肯耽搁，挑起行李包裹，辞别员外院君，赶忙上路。

主仆五个对前奔，哪肯耽搁赶路程。
跑了一程又一程，柳暗花明又一村。

饥餐渴饮，不肯稍停，晓行夜宿，不肯耽搁。安童梅香手脚恔，就在小姐前面跳，跑得小姐两只脚上好几个大大泡。

在路行走数日整，到了山东一座城。

谁知来到母舅家一望，大失所望，丈夫没项。晓得张少卿说了大谎，赶忙回转，问个究竟。哪晓得跑到李家村一看，眼睛发暗。为底高？因为张少卿家夫妻两个，已经不知去向了。

门上上了双簧锁，只见房子不见人。

沈凤英就想，既然丈夫没有到山东母舅家去，现在张少卿又不知去向，肯定我家丈夫被他谋害了。

凤英越想越难过，腮边不住泪纷纷。

一夜哭到天明亮，金鸡三唱就起身。

那一天，来到沈家庄，和父母双亲一讲："我和李逢春，一夜夫妻百夜恩，百夜夫妻海能深。我要请僧道两班，来做斋设醮，超度逢春的亡灵。"员外家夫妇两个一听，而且相信，再就到——

三请寺里请道友，报恩寺里请僧人。

凤英家里做大斋，斋僧榜文贴出来。

我们不提沈凤英请僧道超度李逢春，单说李逢春（崔文才）七省巡按来到龙门县，心上就想："古人有云，斑鸠都是无情鸟，女子辄是黄狗心。我多时不在家，我家凤英来家究竟怎样，我不如乔装打扮，回家看看。"他头上探啦乌纱大帽，身上脱啦锦绣蟒袍，脚上脱掉粉底乌靴，他扮作底高腔调，头戴高筒帽子，身穿洋蓝布长廊子，肩扛测字摊子，手拿毛竹板子，扮作测字相面先生。

一边跑来一边撑，到了自家大前门。

来到门前一看，吓得浑身冒汗。啊呀，我家谁死了，家中在做斋设醮，超度亡灵，不如进去看看。来到高厅一看，更加眼睛发暗。为底高？牌位上写的是李逢春名字，心上就想："这怎么办？"正好他家做斋，有十几个叫花子，在那里等斋饭吃。李逢春手脚不慢，也就对西头头子上一站。斋饭每天有限制的，只有十五份，多一份都没得，哪晓发早饭，从东头发到西头，正好少一份，李逢春不曾有吃。到吃中饭，来发斋饭了，他赶紧站到东头头上去。发斋饭的说："早上西头头上一个人不曾有早饭吃，我们发中饭从西头对东头发。"哪晓发到东头头上，李逢春又不曾有吃。李逢春说："到吃夜饭我站中间，随便从哪一头发，我都有吃。"到夜里，开始发夜饭了，发斋饭的人就商议了："早上西头一个人不曾有吃，中饭东头一个人未曾有吃，我们发夜饭从两头对当中发。"谁知发到当中李逢春又不曾有吃。李逢春三顿不曾有吃，肚里鬼火都饿出来了。他急得没法，晃上几晃，转上几趟，牌位面前一碗饭上他大当，他看见牌位上写的是他的名字，就把牌位面前一碗饭，端起来就吃，梅香一看，眼睛发暗，大发雷霆：“你这位先生，好无道理，怎和死人争饭吃。”

是从盘古直到今，哪有活人欺死人。

梅香大叫大闹惊动大家知道，都来观看。就在这时，小姐沈凤英来了连忙就问：“梅香，你来堂嗷底高？”

“小姐，这个先生好无道理，他偷吃姑爷牌位前的饭菜。”

凤英听见只一声，果要气死又还魂。

杀野，背住李逢春就要打。李逢春忙叫：“贤妻，不必动手！”

我不是张三其别个，我是你家丈夫到来临。

凤英一听，气得柳眉倒竖，杏眼圆睁：“我把你这个油头光棍，竟敢冒充我家官人，我要你的狗命！”

“贤妻，你不要发火，气坏了身体不妥。”

你睁开眼睛看看真，我确实是丈夫李逢春。

“狗贼，我家丈夫李逢春，和我结婚几年春，白天和我同桌，夜间和我同宿，难道我连自家丈夫都不认识了？”

逢春闻听这一声，腮边不住泪纷纷。

贤妻啊，

我真人面前不说假，假人面前不说真。

上下根由告诉你，铁石心肠软三分。

沈凤英一听，心上就想了，世上同名同姓的人多哩。“先生你说你叫李逢春，是我的丈夫，你说你家父母叫底高？妻子叫底高？你几时生日？”

逢春一听笑盈盈，叫声贤妻你听分明。

父亲名叫李福号，同缘陈氏配成婚。

不曾生到多男女，只生苦命一个人。

我名叫作李逢春，五月十五子时生。

等我长到二九十八春，两个奶奶做媒人。

才将你凤英娶过门，恩爱夫妻海能深。

凤英闻听只一声，点滴不错半毫分。

“那你的相貌怎么和我的丈夫不一样？一点不像。”

“贤妻，我真是一言难尽，听我慢慢说来。”

那年我家父亲丧残生，清明母子去上坟。
遇到张少卿一个人，父母早已丧残生。
家中不幸遭回落，无处地方好安身。
腹中饥饿不得过，打唱莲花度晨昏。
母子见他真可怜，就将冤家带进门。
母亲名下为义子，是我兄长一个人。
等他长到十八春，取了嫂嫂田素珍。
过了两年我长大，将你凤英娶过门。
全家过嘞多欢乐。母亲得病丧残生。
谁知少卿起歹意，万贯家财想独吞。
骗我镇江了愿心，砒霜毒药带在身。
将船撑到荒野地，就想拿我丧残生。
一篙子打入江心内，呜呼哀哉丧残生。
只因阳寿未满足，阎王不收我逢春。
玉皇叫我找替身，可以借尸转还魂。
三番五次找不到，那日来到崔家村。
一人名叫崔文才，年纪正合我当身。
花园里边荡秋千，绳子一断命归阴。
我魂灵入了文才窍，才到如今能功成。
崔家待我真心好，请来高名老先生，
书房里面把书读，满腹文章无比伦，
正好今年开南选，得中头名状元身，
加封七省巡按职，今日才得转家门，
我你夫妻来相会，一世做了两世人。
李逢春上上下下说完成，真比黄连苦三分。
沈凤英喊声：丈夫啊，
我总以为我们夫妻道理么，
今生今世再也会不到，果晓枯木又逢春。

丈夫啊，

我来家想你想到肝肠断，

望你望到眼睛穿。

骂一声张少卿：狗贼啊，

我家在前世里又不曾盗你家格墓，

你今世里怎就狠到能功成。

狗贼啊，

你有恩不报非君子，恩将仇报枉为人。

狗贼啊，

行好得好终身好。作恶你没得好收成。

再赶紧拿和尚道士辛苦钱，算嘞冰清玉洁。等他们回转，李逢春就问了："贤妻，张少卿果曾回来？"

"丈夫啊，他骗你去了愿心，一笔歇两个多月才家来够。他说你上山东母舅家去招亲了。我不相信，又去山东找你。母舅说，你没有去。我就晓得不好了，回来想找他算账，问个究竟，谁知狗贼已经夫妻双双不知去向，至今杳无音信。"

"贤妻，你不要担心，法网恢恢，疏而不漏。我反正在外私访哩，等我访到他在哪里——"

将这狗贼来捉住，剥他皮来抽他筋。

李逢春在家休息数日，带三千御林兵又去私访。

在外私访数日整，到了德州一座城。

那一天来到山东德州，戴宗老爷亲自迎接，吩咐衙役不要歇手，赶紧为巡抚大人来办酒。酒过三巡，菜过五味，戴老爷送李逢春到后房休息。大人来到后方一看，大吃一惊，为底高？后房有一塑像，乃李逢春的相貌，巡按就问："戴老爷，你为何设供此人塑像？"老爷说："大人你有所不知，我四十岁无子，去投河死，就是被此人所救，而且劝说安慰我。我回衙后，大行方便，大作好事，济困扶危，生到了一子，名叫戴福，如今健健康康，茁茁壮壮，我为了不忘记这救命恩人，所以才塑起他的相貌，朝夜供奉。"

逢春闻听只一声，心中明白八九分。

逢春说："老爷，如今这个人已经没有了，为底高，因为他死后已经借尸还魂，变嘞样了。""噢，原来如此。""老爷，既然这个人对你有恩，你就要报答他的恩典。你知道他是怎么死的？”“不知道。”“他是被他的结义兄长害死的，所以你要帮他报仇，巡按大人。”

有恩不报非君子，有冤不伸枉为人。

“那好，你到你的府里查一查，有没有叫张少卿这个人？”老爷一听，浑身来劲，再就吩咐手下衙役，挨家挨户，按人口簿子上，对号入座。整个一查，果不其然，有张少卿这一户，一家两口，妻子名叫田素珍。衙役一报，戴老爷知道，告诉巡按大人。巡按大人吩咐，将张少卿带上公堂，因为人命关天，立即升堂。巡按大人端坐公堂之上，威风凛凛，拍动惊堂木，高喊一声："升——堂。"两边衙役呐喊助威："威——武。""衙役听令，替我拿张少卿带上。"

张少卿跪在公堂上，三魂吓得少二魂。

张少卿喊声：大人啊，

我又不曾犯皇法，带我公堂为何因？

我是清白良民人一个，不是违条犯法人。

“大胆张少卿，有人告你，你要想独得家当，竟谋财害命，将义弟李逢春打入江中淹死，你该当何罪？”

张少卿闻听这一声，魂灵冒到九霄云。

喊一声：冤枉冤枉啊，

人家辄说，

世上没得冤枉事，我这件冤枉海能深。

张少卿认为李逢春已经死了，现在是死无对证，所以他大喊冤枉。巡按大人大发雷霆："狗贼，我不把点颜色你看看，你不晓得本大人的厉害。来呀，老虎凳侍候。"格些衙役手脚不慢，拿老虎凳搬到公堂之上。老虎凳底高腔调？一头铁索扣，一头麻绳收。张少卿挨麻绳一收，齁总不得齁，痛嘞眼睛对上插，点辄没办法。大人催道："张少卿，我看你还是招了吧。"众位，这张少卿咬口紧了。

巡按大人啊，

我哪怕今朝死嘞公堂上，

要我招供万不能。

戴大人说："来呀，脑箍侍候。""是。"肇用脑箍箍他格头，血从四转嗒啦嗒啦对下流，脑箍一箍，脑油总对外潽。"张少卿，你究竟招与不招啊？"

张少卿喊声大人啊，

你哪怕今朝拿我丧残生，

要我招供万不能。

大人说："衙役，这个狗贼咬口到就紧哩。拿十支尖针拿得来，替我辄他十个手指上对下钉，十指连心痛，看他招还是不招？"大家要问，这个尖针底高腔调？共有三寸多长，绝细，刷溜溜尖。用十指尖针到张少卿手指上一钉，张少卿杀猪般的叫喊地方救命，痛到实在痛不起了，痛昏过去了。戴老爷就想，如果他不招，没有口供就不能定他的罪。随手吩咐："来呀，人不伤心心不死，冷水一急转还魂，取冷水来。""是。"衙役打趟子将冷水一盆取来，对张少卿脸上一喷，张少卿眼睛一睁，嘴里只是来杠哼。"张少卿，究竟你招与不招啊？"狗贼一想，如果今朝一招，人命关天，杀人要偿命够，反正李逢春死啦得够，我不如赖就赖到底。

大人啊，

你哪怕拿我肉肉酱，

要我招供万不能。

巡按大人高喊一声："来呀，铁凌角侍候。"众位，何为铁凌角？就是铁匠打铁打下来的铁屑和铁皮皮，共三斗三升，放炉子里烧红嘞，搀得来，对铁板上一倒，火星直冒，再拿狗贼张少卿衣服剥掉，空掉短裤遮羞，然后把他搀到铁板上火里面——"

抛三抛来滚三滚，

连皮带肉起三分。

"张少卿，你究竟招与不招啊？"张少卿一想：今朝招也是死，不招也是死。如果不招，只好死堂火坑里。如果一招，也好坐六十天监牢。我也吃不了这个苦，受不了这个罪，敖不起这个刑。君子不吃眼前亏，不如就招了吧。"大人啊——"

一切是我都是我，

谋财害命，

要想独得家当总是我，我是个违条犯法人。

大人啊，

你高抬贵手饶饶我，饶我一条命残生。

随手红笔师爷，黑笔师爷，拿他的口供录下来，把他签过字，画过押，肇他杀得人，也承认了，就好定他罪了。衙役将三大刑具搬得来，头号头木枷不轻，一百多斤，两半爿，锁他颈项里，搁他肩兜上，脚下用链子链起来，手上用铐子铐起来：

重枷重锁拿张少卿带到监牢里去遭磨难，

决不饶恕他当身。

衙役手脚不慢，拿张少卿拖到监牢里对狭床上一掼，人对狭床肚里一陷：

困总困嘞狭床上，忤嘴棒忤嘞紧腾腾。

张少卿想想心上难过了，想想现在，何必当初，只怪自己，丧尽天良，恩将仇报，才到如此地步。

喊声牢头伯伯啊，

你高抬贵手饶饶我，可怜我是个异乡人。

牢头伯伯啊，

我抬头望不见格家乡路，低头看不见骨肉亲。

牢头伯伯啊，

你做做好事，行行方便么饶饶我，

我黄土盖面不忘恩。

一更里来入牢门，越思越想越苦闷。

我要上天又无路，我要入地又无门。

二更里来入牢门，

死又不得死，生又不得生，

要吃毒药无钱买，要想上吊又无绳。

三更里来半夜心，

蚊子又要咬，虱子又要叮，扁郎也要啃背心，

屋望里格老鼠猫儿大，跳上跳下要掏眼睛。

四更里来睡蒙眬，辛辛苦苦打瞌冲。

祖宗亡灵来托梦，醒过来还在监牢中。

五更里来天已明，牢头伯伯容容情，

高抬贵手饶饶我，永远不忘你恩情。

五更里，东方晓，耳听鸡鸣鸟雀叫。

身在监牢受煎熬，不如一只天边鸟。

东天放白毫，城头上面开大炮。

我的爹来我的娘，就怕有命辄没毛。

张少卿喊声贤妻啊,
只怪我以前不学正,今朝才到能功成。
贤妻啊,
人来世上要做雪中送炭格真君子,
不要做锦上添花格烂梢人。
贤弟啊,
只怪我谋财害命丧良心,坐死监牢也该应。
少卿坐监牢,一步不得跑。
只因犯了罪,善恶终有报。

再说张少卿的口供已经录下来了,巡按大人有万岁赐给他的尚方宝剑一口,有先斩后奏之权。到了张少卿开刀问斩的一天:

少卿绑在法场上,斩条插在背中心。

三声追魂炮一响,人头就要落地,只听见法场上咚咚咚……,道道道……

杀人鼓敲嘞咚咚响,落魂炮放嘞不绝声。
监斩官、执文薄,威风凛凛,
刽子手、拖钢刀、晏等时辰。

时辰一到,杀人就馋,刽子手赤膊皮条,手拿鬼头刀,来到少卿面前。"张少卿,我和你前世无冤,今世无仇,今天钢刀和你做对头,只怪你犯法,头要挨杀。看刀!"嘴说看刀,刽子手"咔嚓"一刀,张少卿头对下一抛,鲜血直飙,嗷总不曾嗷。

尸首掼嘞东打边,魂灵上了枉死城。

因为张少卿罪大恶极,巡按大人吩咐将水银拿得来,从少卿颈项里对下一灌,背起来一娖,冤家脱壳,皮是皮来肉是肉,皮么拿去存稻草,肥肉熬油点天灯。

精肉摞嘞城头上,百鸟衔嘞去当点心。
行好得好终身好,作恶没得好收成。

我们再说李逢春,那一天将戴老爷喊到后衙,告诉他这个塑像,就是我李逢春。戴老爷说:"格这相貌和你怎不一样?"巡按大人拿自己怎样受张少卿坑害,怎样又借尸还魂,自己替了崔家庄崔文才公子,从前到后一五一十说,戴老爷都明白了。

一把背住公子手，恩人连连叫几声。

恩人啊，

如果不是你将我来搭救，我哪有性命到如今。

李逢春在德州歇了数日，把嫂嫂田素珍接回来，托付给戴老爷，权且在衙门居住，典当冲公，又到其他地方私访去了。私访七省结束，来到京殿，交过旨意，拿他家中的事情，全部奏于万岁。圣天子龙颜大悦："爱卿，古人常说，吃尽苦中之苦，方为人上之人。你十三省金榜题名，又私访七省，功劳浩大，前来听封。"

李逢春前来听封赠，文宰相之职你当身。

"另外赐你朝珠一串，每天五鼓三点，带在项中上朝见驾。"李逢春又启奏："万岁，微臣享受皇恩浩荡。我家还有妻子沈凤英，苦守家中，请你封她一封，还有岳父岳母，沈员外沈国清，张氏，养父养母，崔发，崔旺，崔兴，王氏、李氏、葛氏，也要请你封。"万岁一听，龙颜大悦："俗话说得好，一人得道，鸡犬都能升天。"

万岁吩咐传路官传封，

沈国清前来听封赠，自在丞相你当身。

张氏前来听封赠，丞相家一品正夫人。

崔家兄弟听封赠，也是自在丞相身。

妯娌三个听封赠，都是丞相家正夫人。

沈凤英前来听封赠，一品夫人受皇恩。

李逢春就想，我家哥哥虽然心黑，遭到了身丧其命的下场，不曾有好收成，我家嫂嫂田素珍，忠厚老实，谨记三从四德，不如也把点好处她，请万岁也封嘞。

田素珍前来听封赠，忠孝节义你当身。

封过以后，李逢春将夫人沈凤英接到京都皇城宰相朝房来纳福，家中一切事情交给总管料理，自己朝朝伴君，夜夜伴皇，赤胆忠心，真是大唐朝的擎天白玉柱，驾海紫金梁。为官几十春，清如水，明如镜，坏人说话他不听。

大人做官清正很，更比河水胜三分。

光阴似箭，如月如梭，光阴似箭催人老。日月如梭追少年，过了一年又一年，过了一春又一春。李逢春就想了，做官千年好，不如农夫半日也。

做官不能超九族，吃素才能度亡魂。

我要吃素修办道，修修来世好收成。

和夫人沈凤英一讲，夫人同意，连夜写起辞皇表章。

凤阁龙庭九重霄，太宗皇帝坐早朝。

万岁皇开金口，帝露银牙："众位爱卿，有本早奏，无本速速展帘退朝。"李逢春赶紧来到品阶台前："万岁，微臣有本奏来。"万岁睁龙目观看："李爱卿，有何本奏，速速奏上，孤家我洗耳恭听。""万岁，微臣要辞官回转，吃素修道，修修来世。""爱卿，既然你不愿享洪福，愿享清福，孤家一面准本，等你回转自己家门，赐你黄金千两，美酒百坛，绫罗绸缎百匹，带回家乡纳福去吧。"李逢春赶忙启奏："万岁，免费龙心。"

黄金千两卿家有，不必我主费龙心。

"只要赐我'回避肃静'四个字，等我早点回转自家门。"

万岁闻听只一声，爱卿连连口内称。

李逢春来到朝房，请来叙事官，交过印把子，带上夫人，来到塘河边，叫舟船一只，起锚拔跳，划船撑篙。

船头碰开江心浪，水路登舟往前行，
有风扠起篷来走，无风背纤赶路程。
大人回转运气通，天宫赐他好顺风。
顺风顺水来得快，到了龙门县天妃宫。

转过弯，前面到了西水关，掉过纤，前面到了朝阳殿，转弯抹角，老大人的船，来到自己家水码头上。

得力家将报一个信，安童梅香辄知闻。
个个跪在河边上，迎接主公、主母两个人。

老大人来到家中，眼睛一瞏(边)，到有几天，和沈氏夫人就讲了："夫人啊，俗话说，公修公得，婆修婆得，自己修自己才得。我们蹲家里修道，安童梅香来和我们打搞，一天三顿，吃得东西都有安童梅香来份，我们修到点功劳，也不给他们分啦得哩。""大人啊，那怎么办？""夫人，我们不如拿安童梅香全部释放啦得，就没得哪个分到我们功劳够。"

夫人听见这一声，
点滴不错半毫分。

那一天，大人拿安童统统喊得来，就说了："安童啊，我和你家主母要修道，你们不要蹲堂打搞，都回自家去吧。"安童一听，浑身松劲："大人啊，我们沿小家里穷，才卖到你家做安童，家里东壁打西浪，有竹架没得望，来你家堂，饭来张口，活来动手，格我们不家去。”大人说：“你们不必担心，你们回去，我不会亏待你们的。”

你们安童来我家数年春，
决不等你们走空身。
米麦每人三担三斗又三升，
银子每人三两三钱又三分，
铜钱每人三千三百三十文，
卖身契退嘞转家门，
还有许多牛和马，你们牵出去大家分。

安童大家一听，个个都来大劲。再秤称银子手数钱，黄豆小麦动斗量，牲畜牛马牵到野场上，听从李大人赏赐。一个安童想拈尖，总拣好格东西捡，嘴里不干不净，来杠唠唠叨叨：“再好了，不要看人家腔调了，再没得三代忑得人家手里了，开口安童，闭口奴才了。”李大人当时心上难过了，跑到这个安童身边。“安童啊，你来堂说底高？这好说我们要修道，你才得家去够。否则你死也死我家堂，葬也葬我家地方哩。安童，你们来我家几年，我们都有感情了。你们再要走了，我有锦堂言语要吩咐于你们，你们家去之后——”

春二三月摇摇棉，五忙六时种种田。
寒冬腊月早点眠，不要上街下乡赌铜钱，
养成一个败家子，沿街乞花站街沿。
种田要薅草，养鸡莫养鸟。
开店要起早，读书要赶考。
如果听嘞我的话，日脚自会步步高。

安童都走了，沈氏夫人拿梅香都唤到身边：“梅香，我和大人都要修道，你们不要蹲堂打搞，安童都已走了，你们也去吧。”

梅香闻听这一声。腮边不住泪纷纷。

“主母太太，我们不走，我们家里穷，又没得钱，才卖到你家做梅香。安童哥哥走，我们不走。安童哥哥上有肩兜，下有脚底，掮七个打八个。”

我们手不能提篮肩又不能挑，
只好拾拾烂棉条。

“梅香，你们不要难过，正因为你们是女流之辈，我也不为得亏待你们。你们梅香来我家数年春——”

决不等你们走空身。

因为你们是女流辈，要比安童拿双寸。

米麦每人六担六斗又六升，

银子每人六两六钱又六分，

铜钱每人六仟六佰六十文，

卖身契退嘞转家门，还有许多鸡和鸭，

梅香捉出去大家分。

梅香大家一听，浑身总来大劲。听见说要捉鸡，拿鸡子吆嘞蓬蓬飞。辄要想捉新母鸡，一个梅香跑嘞忙，捉到一只鸡子九斤黄；一个梅香手脚不慢，捉到一只鸡子正在窝里生蛋；一个梅香驼啊驼，捉到两支大大鹅；一个梅香达啊达，捉到四个大咔咔(鸭子)；一个拐子梅香跳啊跳，鸡子鸭子鹅儿一个辄不曾捉得到。对杠一撑，嘴一尖，只是做死腔，倒哭起来了：“主母太太，我不家去，我底高都不曾弄得到。我不走。”沈氏夫人就说了：“拐子梅香，你不要哭，说慢人有慢人福，烂泥菩萨住瓦屋。我晓得你拐手舞脚弄不过她们够，你格项当我空嘞来堂哩。”“主母太太，你有底高空把我嘎？”“两包板白花，你家去翻翻，翻到两个钱也好做件衣裳。”

拐梅香闻听只一声，心总乐到足后跟。

“主母太太，格我会的。板白花来你家是墩嘞地平板上够，吃不到潮气，不得霉烂。我如果拿家去墩嘞地落，潮气又重，几天不问它账板白花就要霉烂。我再天天蹲家翻，天天蹲家翻，手脚不慢，拿麻包底翻嘞朝上。”“你格垒堆鬼，你格垒堆鬼，像你这腔调翻，翻煞得也不得发财啊。”“主母太太，格怎样翻？”“梅香，你来我家看不见，到乡下就看见够。一部绞车四个脚，两个翅膀对上插，手一摇，脚一踏，搞格棉皮白刷刷，再用弹花弓，拿它弹弹松。弹花弓果曾看见格？”“不曾。”“我来告诉你，弹花弓底高腔调，覅弹花弓摆嘞你面前辄不识得。”

弹花弓么三尺高，腰里插根枯竹梢。

枣木榔头拿在手，敲一记来雪花飘。

“肇把棉皮搓起皮条来，用棉车摇起纱来，棉车果曾看见过，不曾，我告诉你

棉车生嘞十根棱，一根纱线穿中心。

摇两转来压一近，锭子头上出黄金。

拐子梅香听见这一声，心总乐到足后跟。

“主母娘娘，你把一个簸箕把我，再把一把薄刀把我，把一块砧板把我，做底高，你说格呢，锭子头上出黄金嘞呢，我弄砧板垫嘞锭子头底落，用薄刀出劲对下刮，出劲对下削，削下来格黄金，用簸箕对家奔呢！”

沈氏闻听这一声，果要气死又还魂。

“垒堆鬼，你格垒堆鬼，当真锭子头上有黄金刮够，你将棉花拿家去。

朝也翻来夜也翻，铜钱赚到三千三。

赶紧来到街坊上，买它一匹好宝蓝。

请裁缝，做衣裳，

上庙会，赶戏场，

省得赶(栓)东向西借衣裳。

“你也咁大了，又是一个女流之辈，自己要会切理自己，不要弄嘞邋遢腔，浑身上下要弄嘞整整洁洁，干干净净。”

衣裳上面盘底肩，四转注点贵子边。

人家做会你去烧烧香，

大家辄说你是个麻麻利利大姑娘。

安童梅香都走了，大人说：“夫人啊，我们作得孽了。”大人，我们作底高孽？”“夫人啊，安童梅香来我家总有个管束，再不来我家，就没有规矩了，年纪虽然不大，出门就要惹祸，人家总说来我家没有教育得好。”“大人啊，格怎么办？”“夫人，男大当婚，女大当嫁，不如把安童梅香成婚匹配，配成对，一对一对好同走，肇安童(丈夫)要做坏事，梅香(妻子)就好管束他。”

夫人一听笑盈盈，大人真是聪明人。

夫人一听，果然相信：“大人，他们不曾走多远，你赶紧喊他们打转。”大人对杠一站，口中就喊：“安童梅香，你们快点打转，我有话对你们说哩？”安童梅香一听，个个总来大劲，快点去啊，可宝大人忘记掉有底高东西不曾分把我们哩。”

安童梅香像阵风，一齐来到前门中。

“大人啊，你还有底高不曾分给我们啊？”安童梅香，我也算你们半个头大人哩，自古有言，男大当婚，女大当嫁，你们都这么大了，也应该成格家了，所以喊你们来，帮你们配成伙，一对一对夫妻好同走。”

安童梅香笑颜开，这等好事哪里来。

大人说："安童梅香统统排队，安童站上首，梅香站下首，我就吃点亏，一个一个来背，一个体面梅香和管账先生来杠打鬼杠子，格梅香底高腔调，一头青丝发，梳头不要用油来拓，体面嘞就像活菩萨。"她对管账先生说："先生啊，你排最后第二啊，我也排最后第二，大人一背，我们吃亏，肇两人就蹲总一堆，大人一听，格也得了来，有用头和有用头蹲总堆，发财像潽蓟子粥，垒堆鬼和没用头蹲总块，最后讨饭总寻不到路，我不如来牵搭牵搭。"这时，安童梅香队也排好了，就等李大人背，大人说："我把眼睛闭着得背，听天由命，背到哪个就哪个，没得更改，格大人果真拿眼睛闭着得背啊，不是得，他眼睛半睁半闭够，实际上看见够，怎么背格呢？"

背一个梅香体体面面像交活观音，

背一个安童驼里驼巴又是瘌花巾。

格梅香就像鬼跳："大人啊，我不跟他，为底高，他头上又没得缔都缔，你叫我跟他上哪里去？"大人说："何苦，何苦，安童啊，倒不是我说你哩，平常辰光，哪怕六月中心，你总拿个西瓜皮帽子戴嘞头上，今朝帮你寻老婆哇，你格帽子到又不戴嘞够，还不快点，弄点东西，拿格瘌里头遮起点来！"格格安童，问你借帽子也不借，问他借帽子也不借，安童急得没办法，就到脚上脱一只套袜，对头上一存，格头多大啊，袜筒又小，硬存上去了，哪晓又戴反嘞，他把袜筒脚后跟朝后，脚尖尖头朝前，来到格体面梅香面前："妻子啊，你再跟我啊，你再看不见我格瘌子头了——"

梅香闻听这一声，果要气死又还魂。

"大人啊，我更加不跟他，会底高，红头瘌子红似火，雪笃子瘌子白如银，他格头来杠凿夹凿，就像一个鸡谷谷——"

大人啊，

旁的瘌子我不怕，鸡谷谷瘌子要啄人。

"我才间就说过了，听天由命，背到哪个就哪个，没得更改，站旁半过去，等我再来背，这霍子怎样背格呢？"

背一个管账先生小当家，背一个梅香眼睛萝卜花。

先生一跳八丈高："气死我也，气死我也，大人，我不要她。""为底高，她眼睛萝卜化，到夜就摸不到家，到夜你亏于让她出去嘎，大人啊，你望望她底高腔调，跑起路来像船夫背纤，望起人来像木匠弹线，说起话来像演武场上射箭，我不要她就是不要她，先生啊，也亏你识两个大大够，古人常说——"

将高并就低，才好配夫妻。
高田是祖产，丑女是真妻。
当初张撇嫌妻丑，天空毁拆蟒袍衣。
也是大人当初把婚配，
如今高低好丑配不平。

大人把安童梅香配对后，心上就想："他们回家要过日子吃饭，不如拿东庄旱田一百五十亩，西庄水田，七十二亩，都分给大家。"

各砌烟通各开门，恩恩爱爱过光阴。
夫妻对对转家门，果要笑嘞肚里疼。

还有年老安童，年老梅香，头毛雪白，一跑拐棒一戳，西天格太阳等等险要落，生活不能自理，家去也是饿煞得。肇就留在李家帮管管香火，李大人拿六匠请家来，拿房子改修，菩萨塑起来。

前三代，后三代，重新改造，
棋盘板，隔子窗，为过来重装。
前三代，改造成，大佛宝殿，
后三代，改造成，九架头翻轩。
屋上面，盖的是，琉璃绿瓦，
步鸡头，伸铁爪，紫气腾腾，
塑释迦，和如来，殿前没供，
望东岳，和丰都，左右分陈。
前佛堂，塑一尊，观音圣像，
有善才，和龙女，朝拜观音。
后佛堂，塑一座，十王圣像，
有阎王，叫鬼使，出票勾人。
左面哼，右面哈，哼哈二将，
望书驮，朝北撑，带看山门。

李大人想：大前门，突然改作殿，好像不像样。又用姜黄漆来墙上写起字来："皇图攻固，帝道暇昌，佛日争晖，法轮常转。"

紧守清净界，不开酒和荤。
不贪珍鲜味，昼夜办修行。

李大人从殿子里抄来一部《华严经》，沈氏抄来一部《观音经》，夫妻两个吃素修道办修行，朝也修来夜也修。万般功劳自己收，光阴似箭，日月如梭。光阴似箭催人老，日月如梭追少年，不知不觉，夫妻两个修道三年整，功劳确有海能深，诵经响声又高，透到九霄，惊动玉皇大帝知道。

玉皇大帝说："李逢春乃上界东斗文曲星宿下凡，带妻子沈凤英吃素修道三年，功德无量，应该帮他们脱胎换骨，带到御宰台前来封他们神职。"然后打发火德星君下凡，放起三昧真火，烧嘞李逢春夫妻两个及老安童梅香没处躲，归出去归出来，火炕里面脱凡胎，脱掉凡胎换圣胎，带到天宫里坐莲台。玉皇大帝口称："善哉，善哉，大有功德。李逢春，你吃尽苦中之苦，受尽难中之难，吃素修道三年，功德圆满，我来封你神职，掇开封神榜一看，缺少灵应侯菩萨。"

李逢春前来听封赠，灵应侯菩萨你当身。
灵应侯菩萨加封赠，县主城隍你当身。
县主城隍再加封赠，天下都城隍受香烟。
沈凤英前来听封赠，城隍娘娘你当身。
管香火老安童听封赠，四大神将看山门。
管香火梅香听封赠，道魔仙姑下凡尘。

玉皇大帝说："城隍弟子，从今向后，你掌管阴司地府，一般罪人，善恶分明，不得有误。"

城隍爷，灵应侯，他为正主，
死后到，阴司狱，审判分明，
在阳间，行善人，逍遥快乐，
作恶人，行凶人，怎得超身，
是好人，不兴讼，城隍欢喜，
是歹人，起干戈，吊打真魂，
奸淫人，造罪人，难逃活命，
贪财人，瞒昧人，细审分明，
吃酒人，好赌人，家财倾尽，
卖男女，变田产，各自承当，

奸人妻，昧人妾，在世作恶，
骗人钱，恶光棍，怎得逃生，
每逢到，五月半，烧香念佛，
年限满，归地府，才得超身。
县主城隍灵应侯，项带朝珠劝人修。
手执生死簿两本，叫喊男女早回头。

五月十五日，城隍圣诞生。
称念灵应侯，方免地狱门。
城隍菩萨李逢春，五月十五圣诞生。
城隍娘娘沈凤英，八月十一降生辰。

后来戴宗也来修道，封为夜游神之职，田素珍也吃素修道封为贞积玉德，玉皇大帝将封格神职，绑在穿云箭上面射到凡间来。有大唐朝太宗皇帝，贞观天子，吩咐风流才子，自在臣相，编起《城隍忏》《城隍经》。

写起一部城隍卷，万古传流到如今。
全国各地又造起许多城隍庙，男男女女把香烧。

众位，城隍宝卷，写到此处，也算有头有尾，有始有终。由于小学生才疏学浅，有不到之处，敬请各位看众提出宝贵意见。

宝卷看完成，礼拜佛世尊。
佛前求忏悔，罪孽化灰尘。
宝卷圆满不可含藏，圣言圣语答谢三光，
香烛黄黄放大毫光，五百尊罗汉四大金刚。
看部城隍卷，灾难化天堂。
一二三四五，无影杳正宗。
功劳深似海，灵山伴如来。

圆满师菩萨摩诃萨，宝卷圆满注长生。天赐平安福，人同富贵春。看部《城隍卷》，老少注长生。

全卷终

草 卷

寿字帕

昼夜流，等春秋，生死路，早回头。——圣谕

海水滔滔昼夜流，树木园中等春秋，

百鸟愁到生死路，恶人何不早回头。

山在西来水在东，三山六水处处通。

长江滔滔归大海，人生何处不相逢。

今日不知明日事，人在世上枉着闲气一场空。

忠孝宝卷初展开，拜请文武落难星宿降临来。

宝卷初展开，礼拜佛如来。

树从根上长，花从叶里开。

寿香炉内烧，寿烛放光毫。

大众帮念佛，仙者下九霄。

长江滔滔奔东流，靖江孤山如困牛，

弟兄道理要和好，妯娌千万要结仇。

朝走东来暮走西，人生在世好孤栖。

日夜奔波有何用，一双空手伴土泥。

朝走西来暮走东，人生好似采花蜂。

采尽百花酿成蜜，辛苦到头一场空。

他骑白马我骑驴，低头沉思我不如。

抬头看见推车汉，比上不足比下余。

收留闲文归经典，开宣宝卷劝善人。

话说,忠孝节义《寿字帕》古书一部,小学生今日开读,应先还朝代帝主,后还贤人出世根由。

先还哪朝皇登位,哪省州府出贤人。

经典盖板之上注有“昔日”二字,“昔”者远也,“日”是今日,远年经典、今日所讲,远朝近还,要还朝代,确然不难。

明朝永乐皇登位,山河一统治乾坤。

大明朝永乐皇天子登殿,江山稳便,文有忠良,武有能将,安邦定国,治立乾坤。

文官执笔安社稷,武官拖刀治乾坤。

皇皇多有道,端坐九龙庭。

八方都清净,处处罢刀兵。

国正天心顺,官清民乐安。

妻贤夫祸少,子孝父心宽。

三阳初开泰,六合正同春。

风调并雨顺,五谷贺丰登。

永乐天子即位英明,五更鼓打端坐龙庭。

父慈子孝弟兄恭敬,家家福禄户户康宁。

万民齐喝彩,称颂有道君。

四面八方都太平,刀枪不动半毫分。

大家一听,不大相信,刀枪不动,要它何用,八大朝臣一看。

九卿四相一算,刀枪改掉一半。

刀枪改作农用物,兵书抄成劝世人。

老兵回家种田地,少兵抄写上大人。

马放南山吃百草,兵展帘子转家门。

皇皇有道讲不尽,山清水秀出贤人。

众位,我们听经皆多,闻经皆广,耳闻贤人出世,不知出在何方数块,这贤人,一不出在边旁外围,二不出在荒山野地,要说出得边邦外围,人生嘞三头六臂和我中原人做对,算不上贤人,要说出得荒山野地,独霸一方,自立为皇,拦挡断路,扰乱江山,称孤道寡,搽就更算不上贤人了。

该应我主江山稳,大邦中原出贤人。

贤人出得其则不远，就出在我们江苏省苏州狮子街翻粑巷，一人姓姜，名叫国翰，同缘田氏太太为婚。

提到姜国翰老大人，苏州盖顶有名声。

说到这姜国翰，家里万贯家财，东库房堆金不堆银、西库房堆银不堆金，秤称银子斗量金，安童成对，侍女成双，鸡鸭成群，骡马成行。

出入安童骑骡马，扫地梅香戴金花。

他家有前厅、后厅、左厅、右厅、折厅、倒厅、穿衣厅、脱衣厅、狮子玫瑰亭、凤穿牡丹亭。门口有张狮子竖头匾，根根旗杆杵青天。

金丝灯笼当门挂，十大功劳在午朝门。

各位善人就要问了，这姜国翰家咁好的摆设，果有多大的官职。

万贯家财摆设好，官职自然就不小。

大人朝纲把官做，吏部天官受皇恩。

田氏太太福气好，诰命夫人她当身。

格老大人在朝纲为官，究竟是清真官，还是糊涂官啊？老大人在朝纲为官清如水，明如镜，坏人说话他不听，在家中自父母，能竭其力，在朝纲自君，能致其身，与朋友交，言而有信，干事体，取直处汪能使汪皆直，如同为政己德，譬如北辰，居其所，而众星拱之。

大人做官清真很，更比河水清三分。

大家要问："老大人果有香烟后代？"古话说得不错，忠臣不绝后，绝后不忠臣。老大人同缘田氏，祖上德气，夫妻福气，中年积德，生到一子，名叫姜燕，来历不小，是上届文曲星宿临凡。

说到姜燕一个人，苏州盖顶有名声。

这个姜燕，年方一十六岁，长嘞天庭饱满，地阁方圆，虎背熊腰，鼻直口方，两耳垂肩，眉清目秀，唇若涂朱，一表人才，脸上如同白粉，小伙子一等，不拉泡好盖中原十三个省。他是无书不读、无诗不熟，文章贯穿直落，可称得上是才高八斗，学富五车。

等到皇上开南选，稳中头各状元身。

因为他经常做好事，济困扶危，大行方便，人家送他一个绰号叫赛孟尝小善人，格老大人在朝堂为官，果有多少知心好友啊？在朝纲之中，和老大人最要好、最知己的有两个人，一、当今万岁的嫡亲叔子皇叔朱世英，二、老大人的嫡亲内侄名叫田志。这个田志了当不得,年方一十八岁,文武双全。

说到文来文章好,讲到武来武艺高。

他已经中了文武状元,官封十三省代天子巡按,领了皇命圣旨,在外面微服私访一十三省,不在东都皇城。田志还有一个妹妹。

小姐名叫田红玉,黎山老母小门生。

大人在朝把官做,满朝忠臣总是亲。

大家要问,朝纲中有忠臣,果有奸臣啊?一朝天子一朝臣,朝朝都有贼奸臣。在大明朝永乐皇帝年间,出得两个大大的奸臣:第一,在苏州的南门,出到一人姓姚,单名叫姚洪。这个人有多大的官职?官封当朝一品宰相,而且又是御史先生。也就是说,万岁在他手里读书的。这姚洪可以说是一人之下,万人之上,他在朝纲之中是无恶不作、无所不为,上骗君皇、下欺良民百姓,真是头顶生疮、脚底流脓、坏到透顶。

三番五次定毒计,要想明朝锦乾坤。

老奸党姚洪养到一个儿子叫姚彬。这姚彬底高腔调?人家说这个人难看了,十样景。这个姚彬还要难看,是十二样景,头上是爆花瘌子,脸上是大斑麻子,眼睛是眊子,说话是嗡鼻子,嘴里是耙牙齿,满脸络腮胡子,手是脂子,脚是拐子,腰是罼腰驼子,浑身疯皮癞子,发狠、羊痫风一发,困下来就要打滚。

又要发个齁劳病,大家辄叫他十二样景。

这个姚彬虽然长嘞死腔,咁种难看,福气到好咧,可以说世上没得哪个有他咁好的福气。

年纪只有二十岁,娶嘞九房女千金。

大家就说了:“这个人咁种难看,有谁愿意嫁给他?”众位,他这九个老婆,都不是明媒正娶的,都是抢得来的。大家就说了:“这个姚彬跑路辄要跌,到哪里抢到人啊?”因为老奸党要谋皇篡位,家里请嘞三位教师:第一,从山东酸枣峻请来一个人,此人姓呼,名叫天豹,使用大刀一把。他的一把刀不轻,老秤高头称二百三十七斤,长嘞是身材魁梧、眉毛对上卷、眼睛像恶闪,人家送他一个绰号,就叫大刀手呼天豹。第二,从山西太原请得来一个人,这个人叫吴贞,使用点钢枪一把,绰号叫飞毛腿,他有一双好腿子,日行一千,有工夫吃烟,夜行八百,还有时间下宿,所以人家送他一个绰号,就叫飞毛腿吴贞。第三,从湖南长沙请来一个人,名叫康三吊,使用生铜棍一根,绰号短命鬼,这个康三吊,只有台子咁高,倒有箩口咁粗格腰，头毛像把伞，脚像超灰板，抬头有千种计，低头有万种谋，参百祸，惹是生非，说大头子谎，做短寿命事体，所以人家送他一个绰号，就叫短命鬼康三吊。再十二样景姚彬，晏看见体面小姐，就依仗这三位教师的势力。

看到美貌千金女，抢到家中配成婚。

第二个大奸臣出在我们扬州丁家庄，姓丁名叫卯广，官封到右殿丞相之职，他和姚洪合得顶好，两人是老表。丁卯广养到两个儿子，一个女儿，长子名叫丁贵，一心攻书上学，准备将来为国家出力，报效朝廷，全凭仁义礼智信处理事情，他和老贼丁卯广相反的，唯独只有次子丁其，受老贼吩咐，在丁家庄的四周，开了护庄河，家里造了白虎厅，招家兵现有十万，准备谋皇篡位。

两个奸党定毒计，要想大明锦乾坤。

丁卯广养到一个女儿，名叫丁素珍。她和丁贵一样，她的心和丁卯广也反的。

说到小姐丁素珍，观音圣母格小门生。

众位，这部书的忠奸两臣，小学生都已表白清楚。大家要问："你讲的书叫底高题目？"这部书有两个题目，上册叫《寿字帕》，下册叫《儒释争雄传》。"寿"是福禄寿的"寿"，"帕"是丝帕、手帕的"帕"。也就是说：用一百二十颗宝珠穿成一个"寿"字，盘在丝帕上面，就叫"寿字帕"。那为什么又叫《寿字帕》呢？儒，识字者、念书人称儒，释，指和尚，到最后为这一块寿字宝帕，有十三省代天子巡按文武状元田志，到扬州俞家庄三请俞纪堂老先生，飞毛腿吴贞到河南嵩山少林寺，请来他的师傅邱峦和尚到苏州来打冤仇擂台，争夺这一块寿字帕，打到最后，奸党家请的和尚吃了大败仗，没有办法，就拿宝贝寿字帕送到北番红毛国去。田志、姜燕又出征红毛国，红毛国红花公主将宝贝寿字帕悬在空中，准备把它炸啦得，正好被王母娘娘发现，王母娘娘打发孙悟空将宝贝收回天宫，收到兜牛宫，就算这部书的结束。

各位善人莫心焦，冷锅子煎茶慢慢烧。

大家要问了："这个寿字帕有底高用？你也要争，他也要争，寻丧外国人也要争，这东西从何而来？刘大师，你到详细说把我们大家听听看。"好的，待我慢慢讲来。吴承恩写的《西游记》我们大家都看过吧，《西游记》里面有个叫孙悟空的嘴最馋，每次天上开蟠桃盛会，他都去把蟠桃偷吃啦得，一般仙家是高兴而来，扫兴而归。王母娘娘就和九天仙女商议，用一百二十颗宝珠，其中有夜明珠、移墨珠、辟火珠、离水珠、定风珠、辟邪珠、劈妖珠等一百二十颗拿得来，问东海龙王敖广借龙须一根，把这一百二十颗宝珠穿成一个“寿”字，盘在用天丝结成的丝帕上，就叫寿字帕。这个寿字帕摆在哪里？挂在南天门，而且下面还注有说明书。这个寿字帕有多大的用处？如果一个人忑得汪洋大海之中，身边只要有寿字帕，人的三尺周围都没有水，你再在格水当中，吃不到水，一落里辄不得变落水鬼。如果一个人家犯火烧，你去救火，身边只要有寿字帕，随它火多烧，你头毛梢子辄烧不焦，随它火烧嘞多旺，你头毛梢子辄烧不黄。如果两个国家要争夺这个宝贝，其中只要有一个国家，将穿宝珠的龙须对外面一抽，宝珠和宝珠就要发生摩擦，一摩擦就要产生热量，一有热量宝珠就要爆炸，这宝贝如果爆炸，威力巨大，可以把我们整个世界化为灰烬、铲为平地，比现在新社会的科学武器要厉害到几百倍。

辄说科学武器好，寿字帕还要胜三分。

格天子天上开蟠桃盛会了，王母娘娘晓得孙悟空毛猴狲要来够，寿字帕和说明书挂在南天门，打发二郎神带哮天犬蹲杠看。那一天来参加蟠桃盛会格仙家多了，东方阿初古佛、南方宝生文佛、西方阿弥陀佛、北方成就古佛、中方毗卢古佛、上八仙、中八仙、下八仙、三八二十四仙、文殊普贤、观音圣母、时值功曹，大菩萨、小菩萨一大淘，大家辄对天上跑，佛祖登台说法。

不提佛祖来说法，再说天空二郎神。

二郎神带哮天犬受王母娘娘之命，在南天门看守寿字帕，二郎神就想往常开蟠桃盛会，蟠桃辄挨孙悟空偷吃啦得，今朝有寿字帕挂嘞堂块，孙悟空不敢进来，假使一歇王母娘娘分蟠桃，覅拿我弄忘记掉。他就对哮天犬说：“天犬啊，你蹲堂看宝贝，我去等分蟠桃，如果分到三个，你吃两个，我吃一个，如果分到两个，我们每人吃一个。”天犬说：“好格呢，你去，我蹲堂看宝贝。”二郎神随手走了。哪晓哮天犬蹲扛看看宝贝到打瞌睡了。孙悟空晓得天上开蟠桃盛会够，一个跟斗翻到离南天门二里之遥格地方，只见南天门霞光万道，夺目难睁，孙悟空就想：“格底高东西，怎咁格亮的？”他走到近前，睁开火眼金睛一看：“哈哈，原来是这个东西啊，我晓得够，只有王母娘娘想到这个办法。”孙悟空说：“王母娘娘，随你本事有多好，你防我孙悟空防不了。”话言未了，一阵风，对兜牛宫一攻，望望格蟠桃大了，一个个闪红。

越看越相嘴越馋，馋沫拖到脚背上。

他再不分细阿大，一口吃一个，不分细啊大，只顾对嘴里摆。正当孙悟空吃得高兴开心的时候，佛祖一册经也讲结束了，王母娘娘说："佛祖，你今天辛苦了，我去拿蟠桃来分给你们吃，往常蟠桃辄挨孙悟空偷吃啦得，今朝我有寿字帕挂嘞南天门，他不得进来，你今朝讲经吃苦够，你吃三个蟠桃，八仙帮贺佛够，每人吃两个蟠桃。小菩萨来堂听经够，每人吃一个蟠桃，你们大家蹲堂等，我现在就去拿得来分给你们吃。"

嘴说这话就动身，兜牛宫到面前存。

王母娘娘拿兜牛宫门一开，对里直栽。她不晓得孙悟空来里间偷蟠桃吃嘎，孙悟空听见门叽呱一响，睁开火眼金睛一看，命辄吓断，不得了，不得了，王母娘娘来了，如果把她一闹，今朝天上咁多菩萨来堂开会，个个来到，我就跑不掉，如果把大家一捉，我豆腐店关门——只好失作，不如我三十六计——走为上策。他立即动身，眼睛一眨，走王母身边一轧，王母娘娘一看，眼睛发暗，对杠一站，放声就喊："大家快点来啊，不好嘞呱，毛猴狲今朝又来偷蟠桃吃呱，大家快点来捉，当心他上屋，当心他上屋。"孙悟空一霍子溜到南天门，心上就想："往常我来拿蟠桃偷吃啦得，老君的仙丹都吃光嘞，辄没得哪晓得我来，今朝蟠桃还不曾吃得适宜，仙丹不曾吃一粒，王母娘娘到发觉我来了，肯定是这害人的东西，今朝坏了我的好事，我拿它带走哩。"嘴说这话，一个旋风"呼——"就拿寿字帕连同说明书拿下来。

对夹肘里一夹，赶紧拔脚，一个跟斗翻出去十万八千里。格你溜么把夹肘夹紧点焉，哪晓得只顾逃命，夹肘不曾夹得紧，到拿宝贝弄抛啦得够，抛嘞哪里，如果抛嘞一处地方，大家今朝就没得这个经听，抛嘞两处地方哩。

宝贝忑得红毛国，说明书忑得外罗城。

我先说宝贝忑在红毛国乡间农田里，一个农夫用牛来田里耕田够，弄犁尖头一撬，宝贝对上间一冒，他当是从烂泥肚里耕出来够哩。实际上他不晓得是从天上忑下来够，他赶紧将宝贝拿起来，望望又不识得，就赶紧将宝贝送到县里，县里无人识得，又送到府里，府里又送到狼主千岁银安殿上。狼主睁龙目观看，龙珠乱转，也不识得这是底高宝贝。狼主就想，我红毛国对大邦中原，年年进贡，岁岁来朝，一年不多，十年许多，我不如打发使臣，拿这宝贝送到大邦中原去，如若有人来识得，一笔勾销莫谈论，如若无人识得，马上兴兵，杀进南蛮，随手狼主写起战表一道。

拜上拜上三拜上，拜上天朝有道君。

两国合得晓多好，争吵没得半毫分。
年年我国来进贡，点滴不差半毫分。
宝贝送到中原去，送至皇皇紫金城。
如有能人来识得，年年进贡贺明君。
如若无人识宝贝，兵将反到午朝门。
等我杀到中原地，我为君来你为臣。
杀啦朝中文共武，再杀皇子与皇孙。
老的杀到八十岁，三岁孩童丧残生。
鸡犬不留半毫分，铁打龙庭坐不成。

狼主千岁拿战表写好，打发使臣王方，带了宝贝寿字帕直奔我大邦中原而来。

不提使臣路上走，再说皇城一段情。

再说寿字宝帕的说明书，忑在我大邦中原的外罗城，正好格天子吏部天官孤家老大人姜国翰在外罗城散步够，天上一个东西对下一忑，老大人一吓，赶紧把它拾起来，老大人仔细一看，有字刻在上面，"寿字帕说明书"。老大人从头至尾一看，晓得寿字帕是个无价之宝，心上就想："我只有说明书，要有这个宝贝，该有多好啊！"他把说明书看熟之后，就收嘞箱子里，保管好嘞。

不提老大人拾到说明书，再说使臣一个人。

在路行走数日整，到了中原午朝门。

黄门官一报，万岁永乐天子知道，就拿使臣王方对金殿上一召，万岁皇开金口，帝露银牙："使臣，你到我大邦中原，要面见孤家，有何事情？""万岁，我奉我国狼主千岁之命前来送宝够。""宝贝在哪里？拿给朕看。"随手王方将寿字帕拿出来，对龙书案桌上一摆。

万岁看看这个宝贝霞光万道，夺目难睁，瑞气千条，王方又将狼主千岁的战表拿出来，让万岁龙目观看。

万岁战表看完成，掇开龙心火一盆。

万岁龙势火帝，大发雷霆，拍动震三河："我把你大胆红毛国，你还了得，你们边邦小国，理应向我大邦中原年年进贡，岁岁来朝，怎好以小犯上？众位爱卿，你们哪一位识得这个宝贝？如果哪位卿家识得够，孤家重重加封与他，文到一品，武到将军。"

文武百官个个跪嘞金殿上，总像泥塑木雕人。

万岁一看，龙珠乱转，躁嘞龙眼驾泪，喊一声："不好了，你们这些臣子平常辰光，太平年岁。"

官上加职辄嫌小，出到事情不作声。

孤家江山如同风中烛，出不到扶皇保驾人。

老奸党姚洪渺渺眼睛问问丁卯广，丁卯广摇摇头也不识得，吏部天官孤家老大人见此情景，赶忙走到品级台前："启奏我主万岁，万岁，万万岁，你不必龙眼驾泪，这个宝贝微臣略知一二哩。"万岁睁开龙目一看，原来是姜爱卿啊："姜爱卿，你说识得这个宝贝，你倒说说看，这个宝贝叫底高？出在何方数块？有什么用处？请道其祥，孤家洗耳恭听"。

万岁又赐他锦凳宽坐，龙凤香茶解渴，老大人再就拿寿字帕是出自王母娘娘和九天仙女之手，用来防孙悟空的。我们讲经不能重复，一五一十，前前后后，全部告诉万岁。

万岁全部听完成，龙心喜悦八九分。

他就对使臣王方说了：小小红毛国竟敢藐视我大邦中原没有能人，如果不把点颜色你看看，你不晓得我大邦中原天朝上国的厉害。吩咐金爪玉斧手拿王方使臣的耳朵割啦得，鼻头削啦得。"人格脸上就该眼睛、耳朵、鼻子、一张嘴，肇割啦耳朵，削啦鼻子看看就像一个鬼。

割耳削鼻多难过，鲜血淋淋转回程。

不提使臣王方走了，我们再说万岁。永乐天子格天子龙颜大悦，就对姜国翰老大人说了："姜爱卿啊，该应孤家江山稳，出到你擎天柱一根，孤家马上打发穿宫太监把寿字帕送到国家的宝库房里去，作为我大明朝的镇国之宝。"

就从老大人过天子识得宝贝寿字帕之后，老奸党姚洪、丁卯广一落里和老人大做对，寻他格雀头，就起嘞妒忌之心。老大人能明察秋毫，他早已晓得奸贼不怀好意，心上就想："做官千年好，不如农夫半日也，我不如告老还乡，回转家中，全家团圆，乐于清净，胜如在皇城做官。"连夜写起辞皇表章来，第二天早朝，圣天子坐殿。

凤阁龙庭九重霄，永乐天子坐早朝。

文官爬上金銮殿，武官站到牡丹亭。

万岁皇开金口，帝露银牙："各位老贵公，各位老爱卿，有本早奏，无本速速展帘退朝。”吏部天官姜国翰老大人赶忙走前几步，执笏当胸：“启奏我主万岁、万岁、万万岁，微臣有本奏来。”“姜爱卿，有何本奏，速速奏上，孤家洗耳恭听。”“万岁，微臣年纪高大，耳聋听不见钟鼓响，眼瞎看不见拜明君。”

伏望我主来准奏，赦放微臣转家门。

万岁一听，龙心喜悦：“姜爱卿，你年纪过了半百，胡须都已花白，如不愿意再为孤家操心劳碌够，孤家一面准奏，等你回转自己家门，赐你养老黄金千两、美酒百坛，绫罗绸缎百匹，等你姜爱卿带回家中纳福去吧。”老大人赶忙启奏：“万岁，免费龙心。”

黄金千两卿家有，不必我主费龙心。

“只要你万岁赐我回避肃静四个字，等我早点回转自家门。”万岁说：“姜爱卿，你保我孤家江山数十余年，功劳浩大，如果等你空手家去，孤家也对不过你啊！来啊！有镇国之宝寿字帕，也是当年你老爱卿识得够，国家宝库房里宝贝也多，孤家不如就拿镇国之宝寿字帕把你老爱卿带回家中保管。国家如果要用，就打发人到你家里去拿；国家如果不用，就永远摆在你家中，就是你姜家的传家之宝。你万贯家财好遗失，千万不能失落宝和珍。”

嫑小看一块寿字帕，抵到你苏州一座城。

孤家赐你寿字帕，爱卿带嘞转家门。

随手穿宫太监从宝库房里把寿字帕拿出来了，交把老大人。老大人谢主隆恩，退后百步，来到朝房里，请来叙事官，交过印把子，到塘河边叫舟船一只，起锚拔跳，划船称篙。

开起船来就动身，回转苏州一座城。

大人回转运气通，天宫赐他好顺风。

顺风顺水来得快，到了苏州天妃宫。

转过弯，前间到了西水关，调过纤，望见岸上祠三殿，转弯抹角，老大人的船来到自己家水码头上。

得力家将报个信，母子两个总知闻。

听见一报，母子两个跑起来不晓得多快，太太迎接大人，公子迎接爹爹，接到滴水䨓前。

夫妻两个手搀手，并并行行上高厅。

厨房不曾歇手，赶紧为大人办酒，接风洗尘，吃吃酒，田氏太太就开口：“大人啊！你心也太黑了，你到皇城为官，一出去就是几年，你果晓得，我和儿子姜燕来家。”

想你想到肝肠断，望你望到眼睛穿。

“我们一日不见，如三月矣，一月不见，如三秋矣，我你相隔几年整，如同隔得几十春，大人啊！”

我你夫妻来相会，如同拾到宝和珍。

“夫人，不提宝和珍拉倒，提到宝和珍，我这次告老还乡家来，万岁赐我镇国之宝寿字帕，我拿把你们望望看。”嘴说这话，拿宝贝寿字帕拿出来了，对台上一摆，光彩夺目，瑞气千条，夫人说：“大人啊，看这东西真是一个宝贝啊。”“夫人啊！这个宝贝叫寿字帕，是北番红毛国进贡到我们中原来够，万岁赐把我保管。国家要用，到我家来拿；国家如果不用，永远摆在我家，就是我姜家的传家之宝。”

寿字帕一块代价大，抵到苏州一座城。

“夫人啊，我也咁大年纪了，记性又没得你好，从今以后，这宝贝就交把你保管，你万贯家财好遗失，千万不能失落宝和珍。”田氏太太就把宝贝收嘞箱子里。众位啊！不提一家三口，坐杠吃酒。

讲讲说说欢乐很，一场大祸多来临。

地府阎君掐指一算，晓得一半，苏州狮子街翻粑巷姜国翰，已经从京都皇城告老还乡回去了，他阳寿已经满足，鬼使不能耽搁，现在就要帮我去捉。一般鬼使一听，大家辄来大劲，桩柈不会，阳日三间捉人老内，再有无常鬼做队长带队，后间高子鬼、矮子鬼、胖子鬼、瘦子鬼、鲜翻鬼、促卡鬼、阴促鬼……鬼使一大淘，辄跟无常鬼跑。

阴风窜窜就动身，姜家府门面前存。

一阵阴风，一般鬼使对老大人家里一攻，鬼使到老大人头上一掐，腾腾空老大人头上就冒煞，鬼使拿温凉一洒，老大人身子这是来杠发呆：

三洒四洒了不得，寒寒热热紧缠身。

老大人尖呶呶，对杠一坐，眼泪珠抛，泥塑木雕腔调。

老大人眼泪珠抛喊一声：夫人啊！

我才间坐堂吃酒也好好嘞很，陡得毛病紧缠身。

夫人啊！

我咁咱浑身热起来如同炉中火，冷起来如同水生冰嘛。

我一歇寒来一歇热，寒寒热热分不清。

夫人啊！

我咁咱浑身疼痛不得过，生死来堂欠时辰。

夫人啊！

这个椅子凳上么咁咱我也坐不动，

你们赶紧扶我到床上去安身。

娘儿两个吃亏，就拿大人对床上一背，老大人一霍子阴沉过去大半天，一掺掺醒嘞，看见娘儿两个坐嘞床邦上陪他，老大人辄被肚里拿手伸出来，背背田氏太太格手，眼泪只是对下抖（掉）。

老大人眼泪珠抛喊一声：夫人啊！

我指望从京都皇城里告老还乡家来嘛，

我们夫妻两个同过一百岁。

地府里格阎君忑更无情。

夫人啊！我如果一命呜呼丧残生，你要做当家把作人。

夫人啊！你安童梅香要好好用，甭做呼来喝去人。

田氏太太就说够："大人啊！你不要难过，三十年不病灾在外，哪个吃得五谷不生灾，不要紧够，医生来堂帮你看哩！"老大人又背背姜燕公子格手，摸摸他格头，哭得更加伤心。

心肝儿子啊，

假使你家爹爹丧残生，你要孝顺你家母亲一个人。

心肝儿子啊，

如果你来阳日三间行孝道，我来阴司照应你当身。

一般鬼使就说了："我家阎君注你三更死，哪肯客情到五更。"鬼使不曾耽搁，到老大人头上一拍，老大人喉咙口痰对下一忑"霍落"，豆腐店关门——只好失作。

这看见老大人两手来杠伸，两足来杠蹬。

嗐嗐不作声，浑身汗毛根根竖。

喉咙口断嘞来往气，一命呜呼丧残生。

才上来，娘儿两个当他困着得格哩，歇上蛮多时，田氏太太去拿他身子一翻，望望里床馋沫滞上一大摊，眼睛一闭，馋沫直滞，望望一点辄没气，手到他额头上一揿，冰冻咁瀴。田氏太太说："儿啊！不得了嘞呱，你家爹爹早先就死嘞呱，这身上辄瀴嘞够。"

田氏太太拿老大人来捧住，果要哭死又还魂。
大人啊！
我究竟前世里作得多少孽，
今世烧啦多少断头香，
拿我丢嘞半路上。
下不得下，上不得上，夫妻两个不久长。
你来黄泉路上慢慢走来慢慢行，
等等你家夫人一同行。
大人啊！
你慢慢走来慢慢跑，
我们夫妻同过奈何桥。
公子姜燕喊一声：父亲啊！
你丢下我们老的老来小的小，
我们老老小小靠何人。
母子两个多悲泪，滚成潭头啸成坑。

娘儿两个哭得肝肠欲断，如同万箭穿心，心如刀绞，家里傻里傻气格安童，呆咕唠叨格梅香，也来解劝了，背住田氏太太格衣裳格落，嘴一爹，舌头一塌："主母太太，你交少爷覅蹲堂哭煞得，大人在堂世上，人家着不得，咁咱已经死啦得，早点买口棺材家来拿他置啦得，抬到田里窖啦得，省得你们娘儿两个蹲堂嗐煞得。"

太太闻听这一声，骂声你梅香嚼舌根。

少爷姜燕就说了："母亲啊！人死不得复生，草枯嘞才得逢春，爹爹既然死啦得，应该拿他收尸入殓。"田氏太太一听，到也相信，随手吩咐安童到棺材铺："买大大沙坊棺木一口回来，拿老大人收尸入殓。"

三尺麻布当门挂，公子做磕头礼拜人。

又请僧道两班回来做斋设醮，超度老大人的亡灵，超度完毕，请大家帮忙，将老大人棺木送到田里。

抬起棺木往前行，和尚道士念起经。

母子哭到肝肠断，诸亲六眷泪淋淋。

老大人棺木抬到田里入土为安，栽松植柏，来到坟堂，交过灵牌，姜燕就想了，我家父亲怎咁倒霉格，在皇城为官，伤风咳嗽辄没得，告老还乡家来，又不曾害底高病，就死啦得嘞。

人家辄说黄连苦，他比黄连苦三分。

我唯一的办法，只有用工苦读，将来好龙门高跳，替祖争光，光耀门庭。为国家出力，做一个有用之才。

有嘞高官并禄位，祖先三代有名声。

有公子，在书房，勤心苦读。

看春秋，开礼记，昼夜操心。

哪一天，不读到，黄昏过后。

哪一夜，不读到，五鼓三更。

高读能像鹦哥叫，低读犹如凤凰声。

不提公子把书读，经中另表出场人。

我们苏北李下河地区，连续发生三年水荒，老百姓颗粒无收。大家都知道，人是铁，饭是钢，没得吃，饿嘞就犯丧，心口头饿嘞嘈，小肚子饿嘞像茄瓢，老百姓实在没得办法，只好去找县官老爷。

老爷啊！

我们接连几天不曾有茶饭吃，肚里饿嘞好孤栖。

老爷啊！

望你今朝做好事，救救我们贫苦落难人。

老爷就说呱："难民啊！我也没得办法嘎，现在国库空空如也，叫我有底高办法。巧媳妇做不出无面饼来，不如就这样，难民啊——"

我拿逃荒荒单打把你，海角苍天去逃生。

大家要问："底高逃荒的荒单？"现在新社会叫证明，老百姓拿到荒单之后，大家就说了："苏北都是穷地方，要不到饭吃，我们只有跨过江，上苏南去要饭，苏南发财哩。"再个个肩挑箩担，出门要饭。

在路要饭数日整，到了苏州一座城。

难民到了苏州，苏州人说："江北人啊，你们不要瞎子看好眼，口口吃米饭，今年我们堂块五谷也歉收，稻来田里正要好收割，到把风吹啦得够，现在我们是烂泥菩萨过河——自身难保,哪里有粮救济你们呀。"一般难民就说够:"格我们咁远跑得来,辄不见得就拿我们饿煞得呢。"格苏州人看看江北人又罪过,就对他们说了:"江北人啊,你们真正要活命够,我来介绍一个人家,你们上他家去,他家会周全你们的。""请问你大哥哥,是哪家啊?""你们从堂向西跑到街的尽头、转弯向南第一家,他家有大大府门够,这个是天官府,天官大人已经去世了,天官的儿子叫姜燕,绰号叫小善人,他专门做好事行方便的。"

老百姓闻听这一声,心中欢乐八九分。

肇就推选两个人做代表,根据才间格人的指点,来到天官府门口,两个代表对府门口一撑,口中开声:"看门安童哥哥,我们是苏北李下河地区够,只因水荒三年,家里没粮,来和你家小善人商量,请他周全我们一番,请你赶紧报,报于你家少爷知道。"

安童拿头从气窗里伸出来一望,外面的人不知多旺,就像东海里波浪,他一个趟子来到公子的小书房:"少爷,外面人多了。""安童,外面到哪有许多人嘎?""江北人,来要饭够。"姜燕就想了:"一人发财千人怨啊,我家米麦成敖,他们才对我家跑。救人一命,胜造七级浮屠,我倒出去望望看。"

姜燕赶紧站起身,张看难民许多人。

姜燕才站到府门口,两个承头的代表看见嘞够:"请问,你果是小善人姜燕?""正是。"格两个承头的代表,扑通对下一跪。

双膝跪倒地埃尘,小善人连连叫几声。

小善人啊!

我们苏北李下河地区已经水荒嘞三年整,

颗粒无收半毫分。

少爷啊,

望你今朝做好事,救救我们贫苦落难人。

姜燕闻听这一声,心中同情十二分。

"难民啊!你们能够瞧得起我,到我府上来,我总归于不拿你们饿煞得。你们总共有多少人啊?""少爷,我们堂有三千个人,还有在路上跑,不曾到堂块哩。"

姜燕上下听完成,浑身吓得汗淋淋。

不得了,不得了,咁多人得了唻。"难民啊!你们要是几十个人到也好说,你们三千个人,我做不到咁大格主,我要回去和我家母亲商量商量哩。"

你们蹲堂等一等，我告诉母亲好知闻。

姜燕手脚不慢，来到万福高厅之上，深深一礼，一躬到底，过种客气。

“母亲，孩儿有礼了。”“孩儿，不在小书房用工苦读，到高厅有何事情？”“母亲啊，府门外有苏北李下河地区格难民，只因水荒三年，颗粒无收，要饭要到我家堂来嘞够。”“孩儿啊，积德无人见，存心有神知，赶紧嗐他们家来。”“母亲啊，人多了。”“有多少人啊，顶多几十个人么”。“不止，我家府门外面现在就有三千个人，还有在路上跑不曾到堂块哩。”

田氏闻听这一声，三魂吓得少二魂。

“儿啊，快点回他们走，咁多人也得了啦，人家也把他们吃穷啦得够。”“母亲，人家看中嘞我家有，才上我家来够，怎好意思回他们走啊！”“儿啊！不是母亲不救他们，而是我家没有这么多锅子烧把他们吃，另外，这三千个人要下宿，你叫他们住哪里？”“母亲啊，格你果答应救这些难民。”“儿啊，你也这么大了，从今朝开始，这个家你来当，我随你怎么办。”“母亲啊！只要你答应救他们，我就有办法。”“你有底高办法？”“我拿我们苏州所有的饭店统统全部包下来，覅说三千个人，六千个人也好住啊！”

太太听听多高兴，儿子真是善心人。

再就拿三千个难民全部救下来，这个饭店里住几十个，那个饭店里住几十个，把难民全部安排好了，这些难民肚子里又没得油，吃起来又丧，一顿辄吃几大碗饭，颈项绝细，只晓得食哜。这三千个人来小善人家究竟吃多少时？

也不过吃得六个月，粮食没有半毫分。

田氏太太就说了：“儿啊！再怎得了，粮食一粒也没有了，怎么办？”“母亲啊！他们家里水不曾退啦得，这半途中间怎好回他们走。就这样，我家没有粮，库房里还有钱，东库有金，西库房有银，珍珠八宝，还有不少，全部拿出来，再拿金银财宝拿出来买粮。”又供应这三千个人吃，这霍子吃多少时？

总共又吃三个月，金银财宝无分文。

“儿啊，再粮也没有了，钱也没有了，这个日子我也不会过。”“母亲啊！救人一定要救到底，真正他们不走，我还有办法，留住天官府的府门，留住我读书的小书房和母亲安身的地方，其余的房子统统拆得卖啦得，桁条椽子、瓦，都好拖出去卖钱格呢。”再拿三千个难民嗐得来拆房子，格些难民深受感动了：“少爷，你家万贯家财，就是把我们吃穷啦得够，我们家里水也退啦得够，我们再家去喽,你对我们咁好,我们铭心肺腑,终生难忘。”

如若向后没好处,一笔勾销莫谈论。

假使有嘞升腾日,一重恩报九重恩。

少爷看看这些难民,老到七十三,小到手里搀,路程咁远,他们怎跑得动打转,就和母亲商议:“母亲啊！格箱子里咁多衣服,我们又穿不掉,不如拿去卖啦得,弄到钱,把些年纪大的和年纪小的难民做盘缠路费家去。”

太太一听多气闷,默默无语不作声。

难民看看笑颜开,这等善人哪里来。

三千个难民都走了,再没粮没钱没房子,安童梅香也就释放回家去了,留一个安童叫姜兴服侍少爷读书,留一个梅香服侍田氏太太,其余全部解散。

不提姜燕做好事,再说奸党黑心人。

姚洪见万岁拿镇国之宝寿字帕把吏部天官老大人姜国翰带回家中保管,他就怀恨在心,心上就想:“宝贝要是在国家宝库房里,我倒可以慢慢想办法把它拿出来,再寿字帕把姜国翰要拿苏州去了,我再想要得到这个宝贝倒不容易哩。”他和丁卯广讲讲,准备在半途之中行刺。

拿这老贼丧残生,宝贝夺到手中心。

回过头来再一想:“不行,假使行刺不成,刺客挨姜国翰捉住得。

金殿上面去面圣,千个残生活不成。

丁卯广说,表兄,我倒有个好办法,可以得到宝贝,你有底高办法,表兄,这个寿字帕底高腔调,我们都看见过的,现在被姜国翰拿回去了,他姜国翰发财不发一世,等他将来穷了,没有钱了,肯定要拿宝贝到典当里去当钱,我们不如叫表侄姚彬在苏州的南门开夹一爿大大典当,伪造一个假的宝贝摆在典当里,姜国翰家没钱去典宝贝,有了钱他就要去赎宝贝,等他家去赎宝贝寿字帕的时候,拿假的把他赎走,真的谋占下来,这就叫抽龙换凤,移花接木,接李代桃。

姚洪闻听这一声,心中欢乐八九分。

再姚洪就打发汪广才汪朝奉到苏州来,和小奸党姚彬在苏州的南门,开嘞一爿大大隆兴典当,把假寿字帕伪造好嘞摆在典当里

只要等到机会到,就好谋占宝和珍。

我们不提奸党姚洪要想得到宝贝,单说小善人姜燕,格天子闲暇无事出去散心够,走到十字街坊,看见许多格人围嘞来杠。心上就想,杠块咁多格人来杠,

我到去望望看，杠块来下做底高，他挤开人群跑到里间一看，心上高兴了，为底高？因为皇上皇榜挂出来够，今年不比往年，乃皇上大比之年，皇上开考了。心上就想，现在家里穷到这个腔调，我唯一的办法只有进京赴考。

有嘞高官并禄为，祖先三代有名声。

他赶紧打转回去和母亲一讲，田氏太太就说够："儿啊，上京都皇城，路途遥远，你到哪里有盘缠路费去啊！家里万贯家财，把你忙嘞穷到这种腔调。""母亲啊！覅紧够，世上要饭不是哪一个人，我只要沿街乞化要饭，要到京都皇城，问我家爹爹的同朝好友，可以借到入场之费，等我状元考中了，回头把钱还他们就是得呢。"

田氏闻听这一声，果要气死又还魂。

儿啊，天官家儿子出门沿街乞化要饭，你肯坍这个台，我妈妈不肯蚀这个面子，格到哪里有钱哩？"来啊，儿啊，桩样东西辄把你败嘞得够。有一桩东西你不曾败得掉哩。""母亲你还有底高好东西园嘞来哪里来？""我园底高呀，你家父亲从京都皇城告老还乡家来，万岁赐他镇国之宝寿字帕，把他带家来保管够，我收嘞来堂箱子里累。你赶紧拿宝贝到南门新开的一爿隆兴典当里去当夹二百两银子，一百两银子把母亲蹲家买柴叠米，一百两银子把你作为进京赴考的盘缠。"

姜燕闻听笑颜开，赶紧将宝贝拿出来。

拿嘞宝贝就动身，典当到了面前存。

来到典当，他拿宝贝寿字帕拿出来，对柜台上一摆："先生，当当。"格先生有多大年纪？二十岁不足，十八九岁格腔调，他对姜燕望望："果就当这鬼鬼手帕啊？""正是。""你要当多少银子啊？""我不当多，轻当轻赎，当二百两银子就好了。"格小先生眼睛一曝，手指头直戳："死开点去，这鬼鬼大格手帕，寻丧要当二百两银子来，假使你回头不来赎，我不蚀老本，人也霉煞得。"

姜燕把他一说，不但不发火，相反倒笑起来够："小先生啊！你还蹲堂做底高生意累，你也不识货啊，要在二年之前，覅说我拿这东西二百两银子当把你，你就出五万两银子叫我把你看看我也舍不得哩。""你这是底高宝贝嘞呢，我不识货，我进去嗐我家老先生出来望望看。"

嘴里说话就动身，哪肯耽搁片时辰。

肇小先生进去嗐老先生，这老先生是哪个呢，就是老奸党姚洪叫他家来和小奸党姚彬开典当的汪广才汪朝奉先生。汪朝奉拿寿字宝贝拿起来一看：

看到无价宝和珍，心中欢乐十二分。

“你果就当这个东西啊？”“是得，老先生。”“你叫底高？”“我叫姜燕。”“姜燕啊，你要当几钱啊？”“先生，我嫑当二百两银子。”“卵说，我家小先生不识货，哪里我又不识货啊！你这个东西叫寿字帕，是我大邦中原的镇国之宝，因为你家父亲对万岁赤胆忠诚，所以万岁赐把他保管够。”

嫑小看一块寿字帕，抵到苏州一座城。

“姜燕，我当三万两银子把你。”“老先生，我不要咁多，我嫑二百两，当多嘞我回头赎不起够。”“格你嫑二百两啊！”“我嫑二百两。”：好够。“随手汪朝奉开嘞一张当票把姜燕，二百两银子也把他嘞够，姜燕不肯耽搁，赶紧动身。

不提姜燕动了身，再说朝奉黑心人。

汪朝奉将宝贝寿字帕拿到里间和小奸党姚彬讲讲：“少爷，你家父亲开典当就是为了这块寿字帕，他朝也想寿字帕，夜也想寿字帕，为这块寿字帕，他绞尽了脑汁，费啦三毛七孔之心，现在宝贝来嘞够，假的我也伪造好嘞够，再嫑等姜燕来赎，我们就拿假的把他赎走，真的可以谋占下来。”

奸党讲讲多开心，再说姜燕小善人。

拿嘞银子对前跑，前面到了梧桐桥。

姜燕从梧桐桥经过，从桥上对桥下一望，心就吓得直荡，看见桥下一个人，年纪只好四十岁左右，身子一跃，对河里要跳。姜燕晓得不好，一个趟子溜到桥下，从这个人的后面，一把就拿他捧住得：“你这个人何苦啊！奈蹲世上呆，嫑对泥肚里埋、阎王家不寻你，到想发落水鬼财唻。有哪三桩事情蹚不过山，要蹲堂投河死啊！”格人回过头来一看。

一把背住姜燕手，小善人连连口内称。

少爷儿啊！

我真人面前不说假，假人面前不说真。

上下根由告诉你，铁石心肠软三分。

少爷儿，我叫余成龙，就住堂前间余家庄，我今年四十三岁了，光棍一条，老婆都没有找到，家里东壁打西浪，有竹架没得望。如果到下雨天，外面落一滴，家里落两滴，没得办法，坐嘞台子辄好洗脚。穷到也无所谓，哪晓得我家父亲陡得患难毛病随身，害嘞一场病，就不曾有够命。我家母亲蹲家哭夹哭，哭得心上像突粥，哪晓一口气对喉咙口一嗗，到又哭煞得够。再两个人一死，要买两口棺材，你说,我到哪里有钱？所以我想想不如跳河里去淹煞得啦倒,再一家门死绝啦得,死灭啦得,就拉倒喽。”

余成龙越说越伤心,腮边不住泪淋淋。

姜燕就说呱:“余成龙,你到说跳河里去淹煞得拉倒,你果曾想想,你家父母,哪个拿他们收尸入殓,辄不见得等他们抛尸露骨呢？”“格我又没得钱,你叫我有底高办法？”“来啊,余成龙,你不要投河死,我堂块有二百两银子哩,送把你家去买棺材。”“我不要,你咁多钱,肯定有用场的,我如果拿嘞你的钱,你就没有了。”“拿去嘞喂,我天官府万贯家财,在乎这滴点银子啊。快点拿去,如果家去用嘞不够,再上我家去拿,我家银子人也多煞得够,尽你用。”

余成龙闻听这一声,救命恩人叫几声。

余成龙喊一声:恩人啊

你今朝救我一条残生命,永远不忘你恩情。

又拿二百两银子送把我,你是我天大一恩人。

如若向后没好处,一笔勾销莫谈论。

假使有嘞升腾日,一重恩报九重恩。

余成龙弄到二百两银子家去够,帮父母双亲买嘞两口棺材。又请嘞和尚道士,总共用啦二十两银子,还多一百八十两银子做底高,他又没得哪个管束他,肇就蹲外面飘风荡柳、赌钱吃酒、寻花问柳,日夜蹲外间卯丑,拿一百八十两银子倒全部花光了,他再没得钱,就拿三间烂房子也卖啦得,买一把鸟枪,弄一个坏包,对身上一扤,到四面八方扛枪打鸟。真是烂帐三度篾,烂汉只好失。

不提余成龙不习上,再说姜燕转家门。

姜燕身边再没有银子了,他一跑一钉,点辄不兴。来到家里,田氏太太说:“儿啊,穿不穷,吃不穷,算计不好一世穷,才间走街上,总不曾顺便买点米带家来。”“母亲,我银子没得够。”田氏一听,对杠一定:“儿啊,你钱呢？”“我看见余成龙没得钱买棺材安葬父母,来杠投河死,钱送把余成龙家去买棺材去够。”

上上下下说完成,躁死田氏老夫人。

“儿啊,你也太不像样了,家里万贯家财,把你忙嘞穷到这种腔调,拿镇国之宝去当啦得,你寻丧又拿钱送把人家买棺材。快点,去问余成龙要,要夹一百两银子家来,空夹一百两银子把他家办丧事。”“我不去。”“你为底高不去啊？”“我对他说够,叫他二百两银子用嘞不够还上我家来拿,我咁咱又去问他要银子,格不比鬼多两个耳朵啊？我不去，我就是不去。”

田氏闻听这一声，果要哭死又还魂。

苍天啊，

我究竟来前世里作的底高孽，

今世里苦到能功成。

人家辄说黄连苦，我比黄连苦三分。”

太太哭得多伤心，外面来了一个人。

来了哪个？姜燕的同窗世兄张永林。他对姜燕家门口一站，口中就喊：“姜世兄果来家啊？姜世兄果来家啊？”姜燕听见外面有人喊，就赶紧出来一看：“啊呀，原来是张世兄啊！你有底高事情啊？”“姜世兄，我来问你借桩东西够。”“张世兄，我穷到这个腔调还有底高东西借？但不过我只要有，辄借把你格？”“告诉你听椰，我家妹妹张凤霞挨精怪缠嘞，请嘞许多神通广大的法师都没有办法，我听见说伯父告老还乡格辰光，万岁赐他镇国之宝寿字帕能够辟邪劈妖够，你果可以看同窗世兄格面子，拿宝贝借把我，等我家去帮我家妹妹拿邪辟啦得，妖劈啦得。”“啊呀，张世兄，不瞒你说，寿字帕把我当嘞得够。”“什么时候当够。”早先。”“当多少银子够？”“二百两。”“覅紧，我咁咱就家去拿银子，拿夹五百两银子来，一百两把伯母蹲家买柴叠米，二百两把你作为进京赴考的盘费，还有二百两我们去赎宝贝。”再张永林赶紧家去拿银子拿得来，世兄两个不肯耽搁。

世兄两个齐动身，要去赎回宝和珍。

在路行走来得快，典当到了面前存。

来到典当，姜燕拿当票和二百两银子对柜台上一摆，正好老先生汪广才来杠。“老先生，赎当。”汪先生先拿当票和银子收啦得，然后从柜台里面，把假寿字帕拿出来，对柜台上一摆。姜燕一看：“老先生，你不要开玩笑，这个宝贝不是我的。”“姜少爷，这个宝贝就是你的，旁人家也不该这个宝贝。”“老先生，你不要骗我，我家宝贝我识得够，我家宝贝是一百二十颗宝珠穿够，放光的，你这个是普通珠珠穿的，没有光泽。我家的宝贝是用东海龙王敖广的胡须穿的，你这个是用杭州的特种丝线穿的。你当我不识得，快点拿我的宝贝拿来把我。”汪光才也做势发躁了：“少爷，舌头根子压煞人呀。谋占国宝犯法，头要挨杀，你早先就这个拿来的，有底高真啊假？我开不晓得，你要就要，不要就拉倒。”

姜燕闻听怒生嗔，掇开心上火一盆。

姜燕气嘞三孔生火，七窍冒烟，一把背住汪广才："老先生，你果拿我格宝贝把我。如果不拿宝贝把我，你不要怪我发火。"汪朝事看看识势不对，放声就嗷："快来人啊，快来人啊，地方救命啊，地方救命啊。"

老贼来杠喊救命，三位教师到来临。

大刀手呼天豹、飞毛腿吴贞、短命鬼康三吊听见典当里嗷地方救命。晓得不好，赶紧各人拿了各人的兵器。来到典当一看，原来是一位白面书生。大刀手呼天豹就说了："两位教师，杀鸡焉用宰牛刀，这细冤家，胎毛未退，乳臭未干。只要我一个人对付他就足够了。"张永林见此情景。吓得一个趟子，兔子赛孙子溜啦得够。呼天豹狗贼来到姜燕身边。一把拿他拖到典当外面，背住姜燕一只脚，用尽全身力气。拿姜燕一霍子擐上去三丈多高。如果姜燕忑下来，要掼成肉饼，眼睛一闭，只好上阎王家去。

姜燕擐到天空去，晓得果有命残生。

就在这千钧一发，万分危急的紧要关头。

不该公子丧残生，来嘞英雄救命人。

来嘞哪个？十三省代天子巡按。文武状元田志，他交姜燕顶好。两人是老表，他带了皇帝圣旨在外面微服私访十三省够，格天子就想："我不如到苏州去望望我的姑母和老表，看现在他们怎么样。"田大人正好从隆兴典当门口经过，离老远就看见半天空中有一个人。"啊呀，这个人的轻功这么好啊。"

辄说我的轻功好，他还比我胜三分。

再仔细一看，不对，这个人不像来杠练武，如果摔下来，肯定没得命。说时迟，那时快，田志不肯耽搁。

一个旋风蹦上去，姜燕接得手中心。

田志一望，啊呀，还是姜燕表弟啊："表弟啊，你怎到如此光景？"

姜燕把眼睛睁，表兄连连叫几声。

表兄啊！不是你今朝来嘞巧，表弟难有命一条。

"表弟，你为点底高，怎弄到这种腔调？"他再拿做好事，家里一贫如洗，要进京赴考，没得钱做盘缠路费，当宝贝寿字帕，来赎宝贝，哪晓是假的，一五一十告诉田志。

巡按大人听完成，果要气死又还魂。

田志一听，大发雷霆，这还了得，谋占国宝，犯法，头要挨杀。"表弟，你但放宽心,我就凭我这十三省代天子巡按、文武状元去问小奸党姚彬要宝贝,他也不敢不拿宝贝把我。”正在这时,三位教师来了,而且还带嘞一百二十个家兵,将田大人团团围住。

话不投机就动手,生死搏斗比输赢。

谁知,能狼不值众犬,好汉单怕人多,双手抵不到四拳,再加上巡按大人手里的兵器又短,打哇打,田大人只有招架之功,没有还手之力。心上就想:

“假使今朝吃败仗,名声坏到九霄云。

这怎么办,噢,这是在苏州,我的老家,不如叫我的妹妹田红玉来帮我一忙。”他再边打边喊。

要我巡按有条命,要我家妹妹到来临。

典当门口打架,看热闹格人多了,看识势巡按大人不是教师的对手,这怎么办?大家蹲旁半个干着急。听见巡按大人一喊,大家说:“对够,快点去嗐田红玉小姐。”

看热闹的就动身,做个通风报信人。

田红玉小姐在绣楼上,听见说哥哥在隆兴典当,被人家欺负,气嘞柳眉倒竖,杏眼圆睁,辄墙高头:“杀啦,拿九凤朝阳刀探下来!梅香,我家哥哥被人家欺负,我要去救他性命。”小姐身边有八个好梅香哩,一个叫肥肥胖,一个叫胖胖肥,一个叫肥得胖,一个叫胖得肥,一个叫尖尖上,一个叫上尖尖,一个叫尖得上,一个叫上得尖。这八个人不但服侍小姐,还跟小姐学武,听见小姐说要去救巡按大人,一个个摩拳擦掌。“小姐,我们也和你一起同去,巡按大人被小奸党欺负,我们不能坐视不理。”

主仆九个就动身,搭救巡按老大人。

九人行走像阵风,一齐来到典当中。

小姐大喊一声:“哥哥,不必担心害怕,小妹来也。”话言未了,九凤朝阳刀上下飞舞。哪晓得被小奸党姚彬知道了,姚彬拐手舞脚跑出来一看,小姐田红玉长嘞漂亮了,人不高不矮,个子不细不大,瓜子长罗脸,越看越体面,要说交她成亲,就拿她捧嘞怀里看看总开心。哪怕霍霍她格衣裳边,家去也适意好几天。

又不高,又不矮,真正好看。

又不胖,又不瘦,美貌千金。

胜过那,三国里,貂蝉女子。

更比那，杨贵妃，胜过三分。

我虽然有妻子九房正，值不到田红玉足后跟。

小奸党赶紧吩咐呼天豹带四十个人和田志交战、吴贞和康三吊带八十个人拿小姐田红玉生擒活捉，而且再三叮嘱："不能拿小姐打破嘞相，如果破嘞相，我再拿她捧嘞怀里看看辄不像样。"

拿田红玉小姐来捉住，我要和她配成婚。

花开两朵各表一枝，我们先说巡按大人田志和呼天豹四十多个人交战。翻腔，打了半天，两膀忑嘞千斤惾力，他只好边打边溜，呼天豹放死声嗷："快点追啊，田志打不过我们了，快点追啊！"田志溜到哪里？

边打边溜对前奔，塘河一条面前存。

一条大河，挡住了田志的退路，河面又宽，水流又急

如果田志被捉住，九死一生命难存。

正好来这辰光，在河的对面，有座关帝庙。关帝庙门口，有一个老朋友来扛打瞌睡。听见河这边杀声震天，倒拿他吵醒了。他站起身来，升腰仰觉，朝河这边一望，几十个人追一个人打，他就蹲杠自言自语："个顶个，打死不罪过。二人打一个人，是儿子打老子，三个人打一个人是孙子打祖宗，寻丧几十个人打一个人啊，我要去帮打，不然格一个人要吃亏。"哪晓他赤手空拳，没有兵器。正好关帝庙门口有一根旗杆。老钵头粗，一丈二三尺长，他弄夹肘对旗杆上一夹，用力一拔，就把这老钵头咁粗，一丈二三尺格旗杆拔上来了。

旗杆就当兵器用，决不容情半毫分。

跑到河边一看，眼睛发暗。为底高？没有桥，他不得对这边跑，也是叫急中生智。他把旗杆的一头插在河当中，两只手捧住旗杆的梢子。从河那边"呼"一声响，就到河这边来了，他再撒野，就弄这老钵头咁粗。一丈二三尺格旗杆卵搪卵打。把他搪到一几不轻，少说点五六百斤，格些奴才挨打嘞作孽了。有的打碎天灵盖。有的搪断脊连筋，也有门牙来打落。也有鼻根子打嘞血淋淋，也有发红。一打贡脓，瘤火破皮，只好下泥，冤家粗腿，一打变鬼，也有发紫，一打边边脚，等等险要死。

这是跑来只是溜，腰把子弯嘞像秤钩。

突估曾溜出去二十步，到跌啦十几个大跟斗。

回过头来望一望，打人格老子在后头。

格些家兵溜起来又馁，辄丑虎跳，就像跑报，看看不稀奇，爬爬烂跌，跌得浑身是烂泥。

好嘞自己溜嘞馁，逃到残生命一条。

不提家兵去逃生，再说巡按老大人。

一把背住英雄手，恩公连连口内称。

恩公啊！

多谢你今朝来搭救，我永远不忘你恩情。

“请问英雄，你家住何方贵地，尊姓大名?”“你果曾听见说一个人叫岳飞！”“听说过的，他是大宋朝有名的抗金英雄，受奸党秦桧坑害，被绞死在风波亭的。”“我就住在汤阴县，我乃岳飞的第二十四代孙子，我名叫岳超。”“噢，原来是岳恩公。恩公啊，你到堂苏州有何贵干？”“我听见说堂苏州出到了一位能人，名叫田志，十八岁中文武状元，官封十三省代天子巡按，我来访这个田志的。”“啊呀，岳恩公，我就是田志呢。”

岳超闻听这一声，赶紧跪倒地埃尘。

一把背住田志手，巡按大人叫几声。

“田大人啊，我小人有眼不识泰山，多有冒犯，请你海涵。”“恩公，不须客气。”“恩公啊，你辄有救人救到底，我家妹妹还来扛和格些狗贼交战哩。你快去助她一臂之力。”岳超一听，浑身来劲，往常我是英勇无用武之地。今朝来巡按大人面前，我也不大显身手唻，第二趟拿旗杆掮起来。

急急忙忙就动身，搭救小姐女千金。

才间挨打伤嘞格人，才溜到典当里。看见岳超掮格旗杆又来了，恨不得命辄吓啦得。放死声就喊：“快点溜啊，格打人格老子又来嘞呱。快点溜啊！”肇大家辄溜啦得够。小姐主仆九个也挨救下来了。巡按大人拿恩公岳超、表弟姜燕带到状元府中，为他们不丑，办嘞羊羔美酒，好酒好菜，好好款待，吃吃酒。田志就开口：“表弟，不要担心宝贝寿字帕，无论如何，我要帮你拿回来。”

在我在我都在我，在我表兄一个人。

不提他们在饮酒，来嘞英雄到来临。

府门口腾腾空来嘞一个人。对杠一站，直把嗓子就喊：“田志果来家啊，田志果来家啊，我特地来望你够。如果你不来家就拉倒，如果来家就早点出来。”看门安童头从气窗里伸出来一看，吓得放趟子就对里间报，报与巡按大人知道：“大人啊，府门外面来嘞一个人，他说来望你够。”“去喊他进来。”“大人啊，我实在不敢再去望他了。”“为底高？”“他长嘞和我们不同。”“有底高不同啊？”“我们格眼睛横过来长嘞脸上格。他格眼睛竖过来长嘞脸上够，鼻头上间长一个。额头上间长一个。”

田志闻听这一声，心中思量八九分。

田志一听：“这个人肯定是一个奇人，我到出去望望看。”大人来到府门外。

格人还来杠嗷，田志说：“你来堂嗷底高？”“我望田志够，关你底高事啊？”“本人正是田志，你找我有什么事情？”“啊呀，你就是田大人啊！我真是有眼不识泰山。我告诉你嗅，我住在湖南长沙，我叫卞喜，绰号海燕子。”你为底高叫海燕子啊？”“巡按大人，我不是来你面前说大话，我从长江这边水面上跑，跑到长江哪一边，鞋底上面半点水点子都没得。人家说我不是跑的，是从水上飞的。所以叫我海燕子。我这次来非为别事。耳闻你大人忠心保国，是大明朝的擎天白玉柱，架海紫金梁。我再就不走喽，永远蹲你身边保你。”田志就想，这个人的本事咁好，不如把他留下，我身边要早有这些英雄，在隆兴典当门口，也嫑吃得咁大格亏。“卞英雄，请到里边用酒去吧。”

里边英雄在用酒，又来英雄到来临。

外面又来了一个人，也放死声嗷：“要找田志。”看门安童一望，心就吓得直荡。不得了，不得了，今朝我家大人怎辄交些现世宝人打淘。赶紧一报，大人知道。大人说：“叫他进来。”安童说：“进来底高落。就怕府门嫌小，他轧不进来。”大人说：“等我出去望望看。”跑到府门口一望。格人还来杠嗷：“田志果来家啊？田志果来家啊？”田志说：“本人正是田志，你望我有何贵咁？”“啊呀，田大人，你不要计较，我这个人就这个贼脾气。我从山东酸枣峻而来。我叫刁其，绰号矮鬼，因为我家过咱老太太姓刁，我家老子姓刁。我只好陪他们姓刁。实际上我一点总不刁。巡按大人啊，我再来拿这个倒头刁改啦得够，我再姓直，就叫直其，我再不走喽，就蹲堂保你。”田志说：“刁英雄，你倒说蹲堂保我，你人长嘞又矮，肚子长嘞又大，你浑身该本事，就咁高格人。”“大人啊，你嫑看我人虽然矮，本事比旁人大。我身边宝贝多了，以后你就知道的。”“既然如此，刁英雄，请到里边用酒去吧！”

前面英雄走过去，又来英雄到来临。

山西太原朱家四勇，朱龙、朱虎、朱彪，朱豹，耳闻大人忠心保国，也前来保驾，田志也把他们请到里面喝酒。肇里边人多了，田志、姜燕、岳超、卞喜、刁其、朱龙、朱虎、朱彪、朱豹，总共九个人在开怀痛饮。

不提英雄在饮酒，再说姚彬丧良心。

姚彬的家兵被岳超打嘞死的死，伤的伤。到处哼声不绝，叫喊连天。

姚彬看看怒生嗔，要做申冤报仇人。

他拿三位教师嗐到身边："田志大闹我家隆兴典当。我和他有一天二地三江四海不共戴天之仇。你们哪一位教师替我去行刺，到状元府把他杀啦得？"

拿这狗贼丧残生，少啦冤家对头人。

短命鬼康三吊说："少爷，我桩样不会，行刺老内。你要杀田志，这桩事情包在我身上。"

在我在我都在我，在我三吊一个人。

格天子到了晚上，康三吊身穿夜行衣，带了爬墙索，来到状元府门口，一个眼睛睁，一个眼睛闭，就像小朋友看西洋景，辄门缝里对里间一望。"啊一喂，里间怎咁多人够？如果我现在进去杀田志，我一个人不是他们的对手，双手抵不到四拳，打不过他们，我不如蹲堂府门口等，等田志酒吃好嘞，望他到哪里去睡觉，等他睡下来睡着了，我再去一刀，不怕他头不抛。"

康三吊在门外等，里面有人早知闻。

哪个？海燕子卞喜。他怎么知道外面有人要来行刺的？旁人看不到，他的眼睛人也亮煞得够。因为他的眼睛是竖过来长嘞脸上的。比十吨头卡车上的灯都亮，他早已发现府门外有人鬼鬼祟祟，不怀好意。他就对大家说了："你们要当心，外面有刺客。"田志说："把他捉进来。"卞喜说："捉他做底高呀？这怪他无情，就不要怪我无意，等我来结果他性命。"卞喜随手从身边把铁弹子摸出来，一个铁弹子不轻，辄有二三十斤，卞喜隔一扇门，对准门外短命鬼康三吊一弹子。只听门外一声尖叫"啊"……

康三吊倒在地埃尘，魂灵上嘞枉死城。

田志等人出来一看，康三吊倒在血泊之中。他就吩咐手下之人，快点拿康三吊尸首拖走，矮子刁其说："你们力气真大哩，不要拖，等我来。"刁其从身边口袋里摸出一个鬼鬼罐子来。到肚里倒滴点药，对康三吊身上出血格荡子一倒，辄不曾歇三分钟，康三吊浑身上下皮肉骨头，顿时化作一摊脓血。大家一看，命辄吓断，目瞪口呆，一句话辄说不出来。岳超说："你格矮鬼啊，格我们也好交你打淘，下回我们身上假使哪里来下出血，你也弄点药对杠一倒，格不辄把你化啦得。你这药从哪里弄来的？”“我这药叫脓血化骨丹，是我在铁罗山学法。我家师傅铁林传授给我的。格我们再离你远点哩，覅把你化啦得。”随手大家用水，把地上的脓血冲洗干净。回到里面，田志就对姜燕说了：“表弟啊，看来苏州不好蹲了，现在皇上开考，你赶紧进京赴考。”

有嘞高官并禄位，也好夺回宝和珍。

“你不能走陆路，干脆叫一条小船，和姜兴两个人，走水路进京，小奸党姚彬挨不到你。”“表兄，你到哪里去？”“表弟，我出京的时候，万岁再三叮嘱我，杭州天竺山发现了强盗作吵，来下招兵买马，囤草积粮，情况是否属实，我要去查看清楚。其次，山西太原发生偷黄花女事情，连年纪大的老黄花女辄换偷啦得够。究竟哪个偷的？偷到哪里去的？偷嘞去做底高？万岁叫我一定要查个水落石出。”

两件大事办完成，前往京都帝皇城。

奏于万岁得知闻，帮你要回宝和珍。

肇姜燕听嘞田志格话，用条小船和姜兴两个人前往京都皇城赴考去了。田志带嘞恩公岳超、海燕子卞喜、矮子刁其，朱家四雄——朱龙、朱虎、朱彪、朱豹，他们出去私访了。

丢了忠臣慢谈论，再说奸党小畜生。

姚彬说：“康三吊狗贼，去行刺田志够，到现在辄不家来，不晓死哪去了。田志大闹隆兴典当，我和他有血海深仇，现在他出去私访，不在苏州了，我不晓到几时才报到这个仇？”

如果捞到我格手，叫他狗贼命难存。

不提奸党丧良心，单说小姐女千金。

格天子张氏太太就对女儿田红玉说了：“女儿啊，你上一次去救你家哥哥，在典当门口吓坏嘞。我许嘞天皇娘娘，你身体才得好够，阳间不少阴间债，只怪凡人出口快，既然许了愿，就要去了愿，堂块到天皇娘娘圣诞了，我们不如备点香烛纸马，到天皇庙去了了愿心。”

小姐闻听这一声，想想不错半毫分。

到天皇娘娘圣诞那一天，母女两个用过早膳点心，叫来两顶轿子。

身坐轿帘就动身，天皇庙里了愿心。

在路行走不耽搁，天皇庙到面前存。

轿帘落平，母女两个出来步行。小和尚赶紧报，报于当家师傅知道，说："今朝有十三省代天子巡按、文武状元田志家母亲和妹妹前来了愿。"当家师傅听见一报，心上着躁，赶紧出来迎接，将母女二人接到庙里，吩咐小和尚出去把山门关起来，不准任何人来打扰。

哪晓小姐了愿心，奸党姚彬得知闻。

因为小姐到天皇庙去了愿，必经之路。要从姚彬家门口经过，到把小奸党晓得嘞够。他心上就想："田红玉小姐长嘞实在太漂亮了，肇田志又不来苏州，我不如带夹几十个家兵，去拿小姐抢家来。"

主意拿定，就挑选嘞四十个精精壮壮、肥肥胖胖够家兵，直奔天皇庙而来，跑到庙门口一看，眼睛发暗，庙门紧闭，大家不得进去，大嗷大闹，惊动里面小和尚知道，小和尚晓得不好，赶紧丑虎跳，就对里间报，报与当家师傅知道。小和尚说："师傅啊，不好了，庙门外面有小奸党姚彬，带嘞三四十个人，来杠捶门，一定要进来，你看怎么办。"

当家师傅听完成，魂灵冒到九霄云。

当家师傅喊一声："不得了嘞呱！"

假使今朝母女两个有个长和短，

我千个残生活不成。

老和尚急得没办法。

只是来杠蹬脚，嘴么直咂，躁嘞眼泪巴塌。

正在这时，小和尚陡生一计，他跑到张氏太太身边。"太太，你们果要命啊？""小师傅啊，哪个不要命啊，要命够。""你们要依我。""依你怎弄？""小姐，你赶紧把身上衣裳脱下来，你们些师兄快点去拿天皇娘娘袍套改下来。小姐穿天皇娘娘袍套，你们从后山门溜走。拿小姐的衣裳穿她天皇娘娘身上去。"大家一听，到蛮相信，小姐穿了菩萨的袍套和母亲从后山门溜走了。小和尚说："抬轿的不能走，还要抬轿。先拿天皇娘娘抱到轿子里面去，然后抬菩萨。"大家说："这个青皮石头菩萨不轻，可保有一千多斤，干格重，我们就怕抬不动。"小和尚说："要你们抬多少时嗳，马上山门一开，小奸党对里直栽，你们拿轿杠一撩。就丑虎跳，赶紧溜啦得。"

轿夫闻听这一声，揉揉肚子不作声。

小和尚把山门一开，小奸党姚彬拐手舞脚对里直栽。看见抬轿的都吓溜啦得够,他跑到轿子身边,头一岳,眼睛一白,对轿子里面一望,放死声就嗷:“快点来啊,轿夫溜啦得,小姐不曾溜得掉啊,快点来帮抬轿子,拿小姐抬家去。开心和我成亲。”肇少爷开口,奴才动手,哪晓才上来,四个人去抬轿,不曾抬得动。四个家兵就想,田红玉小姐杨柳细腰哪有咁格重啊?再弄八个人抬轿。

抬嘞轿子就动身,宰相府门面前存。

姚彬吩咐:“轿子在门口不能停顿,要一霍子抬上高厅。”

轿子抬到高厅上,搀亲娘娘早知闻。

因为姚彬经常要抢亲,搀亲娘娘一落里养嘞家够。听见一召,两个搀亲娘娘跑嘞蛮悛,一个撑轿子这边,一个站轿子那边,这个搀亲娘娘说:“小姐,你福气好哩,再嫁到宰相府里来,住高堂瓦屋,享大洪大福,穿红着绿,朝鱼夜肉,马上开心,就和少爷成亲。”小姐不作声。那个搀亲娘娘说:“小姐,你再好了,嫁到宰相家来,他家家里黄的金子,白的银子,住的是奢乎房子,是欢喜你小姐美貌女子,一歇拜嘞堂,再就交少爷同床,肇两人困辄困一头,你身上不适意,辄是少爷帮你揉。”小姐不作声。她们哪里晓得,这轿子里不是田红玉小姐,而是天皇娘娘菩萨,两个搀亲娘娘说:“可保小姐怕难为情啊,我们来搀她出来拜堂。”两个人一背,背嘞格青皮石头手,冰冻干瀴,两个搀亲娘娘命辄吓啦得够,对杠一站,放死声就喊:“少爷喂,不好嘞够,小姐挨抬轿的属煞得够。”姚彬一听,大发雷霆:“你们些奴才,一路之上,要跑干快做底高?拿咁体面格小姐辄属煞得够。”抬轿格说:“我们跑嘞不快啊。”“到来望望看。”抬轿的跑到轿子里仔细一看,大吃一惊:“少爷,轿子里坐的不是小姐,而是天皇娘娘菩萨嘎。我们上了大当,抬轿抬嘞要死。”

“少爷嘎!”

你怎么就眼睛不曾看得清,相嘞格蠓夹子当苍蝇。

姚彬也到轿子里张看:“啊呀,她穿格花罗罗的衣裳,我当是小姐哩。”

他再发火,吩咐拿菩萨送走:“格你好好拿菩萨送到天皇庙去焉。”抬轿的人偷懒,拿菩萨抬到府门外面,对沟岸上一倒,人到都走了。天皇娘娘就说了:“小奸贼,你格小奸贼,我又不要上你家来,你拿我抢家来够。你好好送我上堂,我交你拉倒,你拿我对堂沟坎上一掼,我决不容情于你,不把点颜色你看看,你不晓得我菩萨的厉害。”

为神不把神通显,辄说我菩萨佛不灵。

天皇娘娘再就驸马，附嘞小奸党姚彬身上，姚彬再就傻里傻气了，神脉不知。他家母亲气断老命。对准细冤家，扚起来一个耳匡子，格一记一轻，有一百二十多斤，拿菩萨也打吓溜啦得够，姚彬也清醒了。

姚彬就想："要不是姜燕上我家典当来当寿字帕，我今朝也坍不到这种大台，也不做出这种全无人道的事情，怪来怪去。"

不怪张三其别个，都怪姜燕一个人。

他拿大刀手呼天豹和飞毛腿吴贞嗐得来："两位教师，前次叫短命鬼康三吊去行刺田志格，到今朝又不曾回来，现在田志出去私访十三省了，我们又杀不到他，姜燕进京赴考够，我已经写书信到皇城去了，家中的事情我还告诉了我的父亲。如果这次姜燕进京赴考，从我家爹爹手下经过，不但他不得头名高中，而且也性命难保。不过离皇上开考，还有一段时间，我要望这个狗贼，早点死嘞得才好哩。"

我点点烛来烧烧香，他早死一天好一天。

晏拿姜燕丧残生，少啦冤家对头人。

"今天嗐你们来非为别事，姜燕进京是坐船去的，你们哪一位教师替我去行刺，拿姜燕细冤家杀啦得。"

拿这狗贼身丧命，我赏他千两雪花银。

飞毛腿吴贞就说够："呼教师，不是我瞧不起你，姜燕走嘞几天了，按你的速度肯定追不到他，只有等我去。我的速度多快啊，日行一千，有功夫吃烟，夜行八百，还有时间下宿。"呼天豹说："好的，吴教师，你去就你去，我又不和你争。"肇吴贞带了雪亮的钢刀和一个石灰袋子。

迈开虎步就动身，追赶姜燕小善人。

我再说姜燕和安童姜兴两个人，用一条小船进京。晓行夜宿，不肯耽搁。水路登舟，非止一日。到了十里铺。姜兴说："少爷，时间不早，肚里不饱。我们赶紧拿船靠岸。早点弄点夜饭吃吃，早点休息，明朝早点动身。""安童，外面还早哩，我们到下一个店铺好靠岸休息吧。"

水路行走来得快，鸭嘴滩到面前存。

一到鸭嘴滩，姜兴就拿接脚扳打起来，主仆两人就上岸吃夜饭，走了。你们说飞毛腿吴贞果馁，姜燕才上岸，他倒也到堂喽。吴贞心上就想："狗贼，白天我不好杀你，我用石灰在你船头上做起记号来。到半夜以后来杀你，不怕你跑啦得。”他再拿石灰拿出来,在姜燕的船头上做起记号来,到半夜好来杀人。

不提吴贞做记号,再说主仆转回程。

姜燕和姜兴吃得夜饭,不曾耽搁就回转到船上。姜兴一看:“啊呀!少爷,我们早先走格辰光,这船头上干干净净的。腾腾空到哪有石灰来堂块够。不好,就怕有坏人来了,做格记号。少爷,是非之地,不可久留。我们赶紧把船移啦得。”

主仆开船就动身,白沙滩边去安身。

格姜燕的船移啦得,果有那旁人的船靠这里。无巧不成书,老奸党丁卯广家大儿子丁贵,接到老子的书信说:“这次皇上开考,你家表叔姚洪任主考官。我任副主考官,你赶紧进京来考试。状元非你莫属。”所以丁贵用一条大船,带了十几个水手进京赴考够。船到鸭嘴滩就拿船对姜燕船移啦得格荡子一歇。外面也夜了,大家就到岸上去吃夜饭,船上一个人也没得,正好在丁贵的大船旁边有一条小船。

这一条小船上,也是主仆两人进京赴考的,这个人家非常寒苦,一路之上,省吃俭用。格天子少爷就说了:“安童,天天吃饭吃饭,吃得头昏脑涨,今朝去买点面粉回来,我们擀点面条吃吃么。”安童说:“好格呢。”主仆两个去把面粉买来了,哪晓得他们的船小,陷嘞底落,从岸上不得到他们小船上去,如果跨不好,人要跌水里去,面粉要湿啦得一顿又吃不掉,要浪费啦得,这怎么办。

主仆两个转啦几个弯,横也难来竖也难。

安童一看大船:“少爷,我有办法。”“你有底高办法?”“少爷,我掮面粉袋子从这大船的接脚板上,上大船上去。正好这条大船的船头就靠我们小船的船尾,我到了大船上,对我们小船上一跨,不就好嘞吗?”

少爷闻听笑盈盈,我家安童真聪明。

肇安童掮格面粉袋子,从大船的接脚板上对大船上跑。我们大家都知道,板子越长,晃起来越丧。安童掮格面粉袋子,跑到接脚板当中,心又慌,胆又小,脚笃一绊,拿面粉袋子不偏不斜对丁贵船头上一掼,拿面粉袋子缝口到掼豁得够,面粉泼得一船头辄是得,主仆两个出劲擄,随你多擄,船上都是白雪雪的。入木三分,一点不假。主仆两人来到自己小船上,把面条擀好,吃嘞困嘞一宿,丁贵他们才回来的,一个个吃得酩酊大醉,跑到船上就睡,也不曾介意船头上是白的,一个安童醉嘞是不省人事,跑嘞去和丁贵同睡一头。

丁贵主仆来睡觉,吴贞杀人到来临。

因为夜里看不大清，吴贞用千里光(现在的手电筒)寻，寻到船头上白雪雪他做的记号就好杀人。他一霍子寻到丁贵船头上，那白雪雪的面粉当作是石灰，心上就想："这就是我做的记号，错不了。"当时丁贵船上打呼声如雷，他摸到丁贵困的船舱里，用手一摸，两个人睡在一头，心上欢喜了。

该应我吴贞发大财，主仆一齐杀得来。

说时迟，那时快。手起刀落，"咔嚓"一刀，两个人头同时对下一抛，鲜血直彪，嗷辄不曾嗷。

白刀进，红刀出，双龙摆尾。

咔嚓响，头落地，猛虎翻身。

吴贞不肯耽搁，拿两个人头特古对袋子里一灌，随手动身。

背嘞人头就动身，赶往苏州一座城。

一路行走，到了苏州姚彬家府门口："安童，快点帮我报，报与主少爷知道，就说我吴贞行刺姜燕家来够。"安童打趟子去告诉姚彬，姚彬手脚又馁，就拿吴贞对高厅一召："吴教师，果曾杀到姜燕？""少爷，不但姜燕把我杀啦得，连姜兴安童辄杀得来够，杀拉少爷一千两银子，杀拉奴才五百两银子，总共你要给我一千五百两银子。"姚彬说："你倒拿人头把我望望看。"吴贞拿袋子背起来一倒，两个人头对地落一抛。姚彬一看，命总吓断："吴贞，你这杀格哪个啊？""姜燕呢！""你格狗贼，你杀错嘞人了，我叫你去杀姜燕够，你拿扬州丁家庄我家大老表丁贵格头杀得来做底高呀？"吴贞说："不错啊，我杀之前来他船上做了记号，这就是姜燕格头。""你格狗贼，也不错啦，我家大老表报花瘌子头，堂十五根毫毛也来堂块哩。你当我不识得。赶紧再去帮我行刺，如果杀不到姜燕格头，你再就不要死家来。"

吴贞想想多气闷，就手包子辄吃不成。

不提吴贞第二次去行刺姜燕，再说丁贵船上，一般些水手，到大天亮都醒了，大家说："外面日高三丈，少爷为底高还不起来吃早饭？到船舱里望望看。"跑到船舱一看，少爷只有半段，头没有了，大家就商议："肇怎得了，如果开船家去，把主母太太晓得，她女流之辈，叫秀才遇到兵，有理说不清。我们只有上皇城去，把这个事情告诉大人晓得。"

开起船来就动身，赶往京都帝皇城。

丢下水手慢谈论，再讲姜燕小善人。

姜燕和姜兴把船从鸭嘴滩移到白沙滩下宿，格天子一夜辄不曾困得着，听见滩边上格芦头窝里书声琅琅，一夜总不曾绝声。东天才有点放毫，姜燕就对滩边上跑，跑到格格芦头窝当中一望，有三间房子来杠。他高一脚，低一脚，来到格房子前面看看，又不像平常有人来格腔调。他跑到房子里面一看，里面有一位老先生，面如古月，鹤发童颜，五缕长须飘洒到胸前，另外还有八个学生。姜燕深深一礼，一躬到底："拜见老先生在上，你家这些门生可保要进京赴考，来堂日夜用功苦读，不要把身体搞垮了？"老先生对姜燕一看："啊呀，你不是苏州小善人姜燕啊？"姜燕一听，对杠一定："老先生，你怎认得我够？""姜燕啊，不瞒你说，我家这些门生人也卵煞得够，昨天我出得三个对联，他们哼上一夜，都不曾对得出来哦，你说果卵啊！""老先生，你出的是底高对联，果可以告诉我听听？"

老先生闻听这一声，心中欢乐八九分。

"姜燕，你也是进京赴考够，我拿这三个对联说把你听听看椰，看你果能够对得出来。我第一个对子是：天地人，万象更新。第二个对子：艄公摇橹，打躬作揖，讨船钱。这两个对子比较容易对。第三个对子就复杂嘞呱，按一二三四五六七八九十所排。你听清嘞够：收二川，排八阵，六出七擒。五丈原中，点四十九盏明灯。一心只为求三顾。姜燕，这三个对子你能对吗？""老先生，头上两个对子我倒也记得够，这第三个，啰里啰唆，连咕拉腔说上许多，不容易记得。""姜燕，你这次进京赴考，千万千万要记好这三个对子。"

如将对子来记住，稳中头名状元身。
若将对子来忘记，法场过刀命难存。
姜燕闻听不作声，脸辄红到耳后根。

"姜燕，切记，切记，不可忘记，我们去也。"只听"呼"的一阵风响，老先生，学生，三间房子都已不见，就不知去向。姜燕一想，啊呀，才间格不是先生，而是真人，可保来点化我嘎，他肇赶紧——

双膝跪倒地埃尘，拜拜虚空过往神。
大家要问：才间格老先生究竟是哪个？
不是张三其别个，太白星君到来临。

太白星君掐指一算，晓得一半，文曲星宿这次进京赴考，能免杀身之祸。所以他带嘞八仙铁拐李、汉钟离、吕洞宾、张果老、曹国舅、韩湘子、何仙姑、蓝采和八个人，特地在白沙滩滩边上，歇起三间学堂来，前来指点姜燕，等他逢凶化吉，遇难成祥。姜燕来到船上，吩咐姜兴，立即开船动身。

水路登舟来得快，到了京都帝皇城。

来到皇城，主仆两个要寻找招商客店，正好饭店里堂倌来杠嗐生意。格堂倌底高腔调，余裙一倒刹，筷子对腰眼里一插，抆台布对肩兜上一搭，脚对户槛上一踏，灯笼火对夹肘里一夹。听听格堂倌来杠说底高："不欺三尺子，义取四方财，财源滔滔长，元宝滚进来。今年不比往年，乃皇上大比之年。死店活人开，棺材劈板卖，我来拿住店格对家嗐。"

果有多少考同先生人，辛辛苦苦上皇城。

到嘞今朝夜黄昏，你嫑歇宿我家店堂门。

我家柜台就像紫禁城，老板是个活财神。

钱桶如同聚宝盆，算起账来不争论。

如果到我家来下宿，稳中头名状元身。

万岁看你是个白面小书生，读书聪明伶俐很。

状元不是张三其别个，就是你客官一个人。

做生意格就这个调儿，王婆卖瓜，自卖自夸。说自己一百二十个好，说旁人家分文不值，嫑望自己生意人辄好煞得，旁人家一点生意辄没得。他说别人家底高腔调。

果有多少考同生，辛辛苦苦上皇城。

到了今朝夜黄昏，你负期嫑宿我家斜对门。

他家三间房子矮墩墩，里间烟焰嘞眼睛总不得睁。

灶上堂灰到有半寸深，碗么个个就像猪食盆。

筷子根根像圈成，床上垫被像硬衬。

扁郎虱子到有好几升，如果到他家去下宿。

咬嘞你一夜辄困不成。

姜燕一听，就说了："姜兴啊，你看这个堂倌，嘴唇边薄嚣嚣，说起话来轻飘飘，三与三，七与七。来嘞早，不如来嘞巧。这个吉兆讨嘞倒是蛮好。不如生意挑他一挑，铺盖行囊，搬进店堂。"

流水账簿上登过号，客房里边暂安身。

不提主仆来下宿，单讲店主一个人。

这个店里的店主，相当识人，他对姜燕一看，眉清目秀，一表人才。脸上如同白粉，小伙子一等。不啦泡好盖中原十三个省。

额前还有珍珠伞，定是扶皇保驾人。

店主就想，这个人稳中头名状元。我不如来办一桌酒他吃吃，等他高中状元之后，我这客店也沾到点光，生意还要比往常好。主意拿定，就办了一桌好酒，去请姜燕来吃。姜燕说："店主，我和你既不是亲戚，又不是朋友，你请我吃底高酒啊？""姜燕，烟酒不分家，这就叫我交你有缘分。不要客气。随我吃酒去吧。"姜燕见店主真心诚意请他，也就不推三托四，喊姜兴安童一起去了。这个店主客气了，为他们主仆两个，办了五葵八碟，十二回千，二十四盘子，真是美味佳肴。三个人开怀痛饮，吃得相当高兴。

三人吃酒欢乐很，一个小二到来临。

这个店小二跑到店主身边："店主啊，潭头挖好嘞够。""果有气咧。""还有一滴点气。""再等一歇，等到夜深人静，拿他拖出去窖啦得。"

姜燕闻听这一声，魂灵冒到九霄云。

姜燕说："店主啊，我说你嗐我来吃底高酒累，果是等我吃饱嘞，做一个饱鬼。一歇拿我拖出去窖啦得！""姜燕，我交你前世无怨，今世无仇。我拿你窖啦得做底高？""格你才间交格小二说过些话底高意思啊？""我告诉你椰，客官先生椰。三个多月前，店里来了一位客官，住嘞不曾有三天，就害重病，抬头不起。他身边所有的钱都看医生看光了，我又贴啦几两银子，看到今朝，仍然不见好转，现在奄奄一息，如果死嘞我堂店里，每天到夜有点吓怕，所以我叫小工挖一个潭头，到夜里趁他不曾断气，拿他拖出去窖啦得拉倒。"

善人上下听完成，果要气死又还魂。

"店主啊！你心也太黑嘞呱。古人有云，田无藏园，人无活葬。这个人也不曾断气，你怎好拿他活埋就窖啦得？""格我交他既不是亲戚，又不是朋友，到哪有许多钱贴把他看病啊！""走，同我去望望看，这个人在哪里？底高腔调？"

店主就在前面走，姜燕善人后面跟。

跑到格害病格人床间里一望，格人底高腔调。

脸上如同表黄纸，眼睛落塘二三分。

姜燕用手到他额头上一揿，滚烫，发热，来下发高烧。姜燕说："店主啊！这个人暂时不死啊，赶紧请医生帮他看。""我不再为他贴银子了。"

姜燕说："不要你拿钱，钱统统我来出，你只要帮我请你们堂块医术最高明的医生来帮他看。如果看得好，顶好；如果看不好，死啦得，不关你事。”

天忑下来有我顶，非关你事半毫分。

店主一听，覅他出钱，也就来了大劲，八方打听，请来了一个医术最高明的医生。

绰号就叫赵一帖，一帖药毛病就除根。

这个赵一帖本事有多好，瘤火结毒，烂膀胎毒，杨霉痰毒，人死嘞七天他都会号脉，活人可以医嘞直手直脚，死人可以医嘞活手活脚，不关底高疑难杂症，只要请到他都能看得好，可称得上是妙手回春。起死回生。赵先生来拿脉一搭。嘴就直哑："唉，这个人的病时间拖嘞太长了，我来开个药方你们赶紧抓药家来煎把他吃。"他再开好药方，姜兴到生药铺去把药抓家来，姜燕亲自煎药。药煎好后，用东西把这个病人的嘴撬开来，弄药慢慢对下灌，慢慢对下灌。这个医生本事真好哩。

灌到一口汤，眼睛有点光。

灌到两口汤，身子硬邦邦。

灌到三口四口汤，轻身说话响堂堂。

三贴药一吃，这个人的病全部好了，那一天，他来到店主面前

双膝跪倒地埃尘，救命恩人叫几声。

店主说："客官先生，你不要烧错嘞香，认错嘞菩萨够。不是我救嘞你，是苏州一个人叫姜燕，绰号小善人，是他救嘞你啊。"店主又拿他带到姜燕身边，这个人"扑通"对姜燕面前一跪，磕头就像鸡子拾米，个个头辄磕到底。

恩人啊，多谢你这次将我救，衔环结草报你恩。

"请问你家住何方贵地，尊姓大名？""恩人啊，我住山东省，历城县。我叫姚介。""你从哪里来，又到哪里去？""我从山东老家来，听见说皇城里有一个人名叫田志，十八岁就中了文武状元，我来访这个人够，哪晓他到领嘞皇帝圣旨出去私访了。我准备蹲客店休息几天，再去寻这个田志够，不晓得就害嘞这个瘟枉病，一脚就害到今朝。"

恩人啊！不是你今朝救嘞我，我哪里还有命残生。

"姚介，你但放宽心。要找田志很便当。我和田志是老表，我们合得顶好。"

姚介闻听这一声，心辄落到足后跟。

"恩公啊，既然如此，我再和你寸步不离，你进京赴考住嘞这个店里，我生病

也住嘞这个店里,这就是我们两人有缘。”

有缘千里来相会,无缘对面不相逢。

“我再不走,就和你们打成一伙。恩公啊,不瞒你说,我格本事好了,我的绰号就叫神弹子手。”姜燕说:“你为底高叫神弹子手啊?”“我也不是说大话。恩人啊,我有两个铁弹子,一个不轻,就有二十三斤,如果有一人站在离我二百米远的地方,我用铁弹子打,说打他的左眼,决不打他的右眼,有百发百中的本事。所以人家叫我神弹子手。恩人啊,我准备高攀,和你结拜为生死弟兄,再你有文,我有武,一落里覅吃人家苦,不知你意下如何?”“好的,姚英雄。你今年多大尊庚。”我二九十八青春。”“格我只有十六岁,你比我大两岁,你就是我的兄长,我就是你的小弟。”

结拜弟兄两个人,更改没得半毫分。

姜燕吩咐店主:“不要歇手,赶紧为我家干哥哥办一桌好酒。”一歇辰光,酒菜停当,干弟兄两个和店主开怀痛饮,一醉方休。

弟兄饮酒多欢乐,外面刺客到来临。

飞毛腿吴贞,二次行刺姜燕,来到京都皇城,寻到姜燕下宿的饭店里下宿。他准备坐夜来行刺,哪晓到被姚介发觉了。姚介说:“贤弟,外面有刺客。”“干哥哥啊,格怎么办?”“贤弟,你不要害怕,有我在这里,你怕底高?”

在我在我都在我,在我哥哥一个人。

姚介拿铁弹子拿出来,吴贞正在门外对门里望。姚介不肯耽搁,用铁弹子对准吴贞的左眼,搭起来一弹子。只听门外一声尖叫“啊——”再看这个吴贞底高腔调?眼睛里格血对外抖(掉),看看就像筛酒,拔脚就溜,如果不溜,过一只眼睛弄不好也要挨打瞎得。

捂住眼睛就动身,赶往苏州一座城。

一到苏州相府门口,安童一报,姚彬知道,说飞毛腿吴贞回来了。单说吴贞来到万福高厅拜见少爷。姚彬说:“吴教师,这一次果曾杀到姜燕啊?”“少爷,杀底高姜燕累。我眼睛辄瞎啦得够。”“你何苦啊,平常辰光说起来你格本事人辄大煞得,又叫飞毛腿吴贞,又叫点钢枪吴贞,你格本事咁好,为底高杀一个书生公子辄杀不到,你还有底高用啊!再覅现世叫底高飞毛腿吴贞,点钢枪吴贞,你再就该一只眼睛,不如就叫独眼龙吴贞,成眼虎吴贞,蚀瞎眼吴贞。”

吴贞听听多气闷,果要气死又还魂。

我们再说皇上开考，主考官是姚洪，副主考官是丁卯广，万岁拿他们召到金殿之上，交过金字题目。

替孤家端坐南察院，考尽天下念书人。

又吩咐皇门官，四城门催考，皇门官肩扛黄旗，手提金锣，手里出劲敲，嘴里出劲嗷。

东城门敲到西城门，南城门敲到北城门。

堂块附近店堂门，果有多少赶考老先生。

今朝不把考场进，错过一时等三春。

为底高说错过一时等三春，这句话是什么意思？也就是说，过去皇上开考，是三年考一次，如果今年错过了，还要歇到三年，才有这个机会哩。姜燕听见皇上催考，叫姜兴帮他弄行李看好，来到考场一考，三场已毕。

三千六百门弟子，哪个不想中头名。

主考官拿好格卷子对上搭，丑格卷子对下削，好中拣好，巧中拣巧，拣到最后，只有三张卷子六篇文章。老奸党姚洪说："表弟啊，来望望看，这三张卷子哪个文章最好？"丁卯广说："我不望，我家儿子丁贵，我写信家去叫他来考试够，这个冤家，到今朝辄不来，不晓死哪去够。"正在这时，安童报得来了："大人，大人啊，大少爷来了。"

丁卯广一听高兴很，如同拾到宝和珍。

"快点，叫大少爷进来见我。"安童说："大少爷不曾全部来，就半断来够。""奴才，你嫑卵说，人也好分两半段啦。"安童再就拿鸭嘴滩下宿吃夜饭，早上起来发现少爷头没有了，被人偷走了。我们讲经不必重复，一五一十告诉丁卯广。

丁卯广上下听完成，果要哭死又还魂。

心肝啊！

今朝你挨丧残生，为父帮你把冤申。

心肝啊！

如果哪个拿你丧残生，你半夜三更托个梦么。

把你家爹爹来晓得，我做申冤报仇人。

姚洪就说了："表弟啊，你哭有底高用啊？哪旁人有咁大的本事，拿表侄的头偷走唻？只有田志狗贼有这么大的能耐。我前天接到了家书一封，说田志大闹我家隆兴典当，现在这狗贼领了皇命圣旨来外面私访一十三省，我们又没得办法对他。家书中说，姜燕进京来赴考够，我们望望这三张卷子当中果有姜燕在里面，如果没得，只好拉倒，如果有够。”

拿这狗贼丧残生，好帮表侄把冤申。

肇表弟兄两个，拿第一张卷子一望，南昌府人士，第二章卷子贵州城人士，第三张卷子一看，上面写嘞清清楚楚，明明白白，苏州狮子街翻耙巷姜燕，姚洪一声狂笑："哈哈哈哈哈哈……姜燕你也有今日。"

今朝捞到我格手，叫你狗贼命难存。

肇姚洪就叫安童到各个客店里去寻："寻到姜燕，拿他带到我朝房里来。"

姜燕那一天被带到姚洪朝房，姚洪就说了："姜燕，姜燕，你还得了，这次你进京赴考，竟敢做反上文章。论寸我交你家爹爹是同朝好友，所以今朝嗐你到我朝房里来，将你的考卷烧毁，重打你四十大板作为教训。否则，我拿你的卷子奏于圣上。"

当今天子来晓得，满门抄斩不容情。

他不等姜燕辩解，就将卷子烧了，然后把姜燕拖到朝房外面，重打了四十大板。格一板子不轻，辄一百多斤。姜燕格细皮嫩肉背不起打哇。

四十板子打完成，皮开肉绽血淋淋。

姚洪就说了："这四十板子只是教训，从今以后，不准你再到皇城来赴考。如果你不听我良言相劝，老夫叫你性命难保。"

姜燕闻听这一声，果要气死又还魂。

他再一跑一钉，点总不兴；一跑一踮，就像拐子模样。来到招商客店，姚介一望："贤弟啊，你怎到这个腔调够？"姜燕眼泪珠抛，喊一声：

哥哥啊！

人家辄说世上没得冤枉事，我这件冤枉能海深。

干哥哥啊！

人家总说黄连苦，我比黄连苦三分。

他再拿姚洪害他做反动文章，卷子挨烧啦得，又打了他四十大板。

姚介上下听完成，掇开雄心火一盆。

"贤弟，你不必担心害怕，我耳闻这个老奸党姚洪，一落里妒贤绝能，埋没国家贤才，坑害忠臣。因为我只有武，没有文，你替我写起一张状纸来，我要到金殿上去告这个老奸贼。""哥哥，下官告上官也告不得哩。我们布衣草民去告当朝一品御史先生,告得上他啦。""贤弟,你不要害怕,有理走遍天下,无理寸步难行,这桩事情,包我干哥哥身上。"

在我在我都在我,在我哥哥一个人。

姜燕把姚介一劝,气消啦一半,就以姚介出名,写了一张状纸。第二天一早,姚介将姜燕驮嘞背上,状纸顶嘞头上,来到午朝门外,高喊三声:"冤枉冤枉冤枉啊!"

草民有嘞冤枉事,要望万岁把冤申。

值殿官听见午朝门外有人喊冤,随手对午朝们执指一指。"午朝门外,哪个喊冤,哪个理枉,有状纸速速呈上。"黄门官赶紧拿状纸拿进去,手脚不慢,拿到万岁龙书案桌之上,万岁睁开龙目观看,上写:具状人,山东西历城县人氏,姓姚名介,含冤负屈。控:当朝一品宰相御史先生姚洪、右殿丞相丁卯广,两人结党营私,妒贤绝能,埋没国家栋梁之材,将吏部天官姜国翰之子姜燕的考卷烧毁,又重打他四十大板,现在姜燕,寸骨寸伤,难以行走,伏望我主万岁龙笔超生。

万岁状纸看完成,掇开龙心火十盆。

"大胆姚洪、丁卯广,你们身为国家重臣,应该为孤家出力,孤家肩上担子千斤重,你们应当帮挑八百斤,你们都是朕的耳目大臣,左膀右臂,才叫你们去做主考官和副主考官,你们怎好妒贤绝能,将考生考卷烧毁?寻丧也打了人家四十大板。"

奸党闻听这一声,冤枉喊嘞不绝生。

"万岁啊,人家辄说世上没得冤枉事,我们格冤枉海能深。"

"万岁啊,下官告上官也告不得哩,他们布衣草民,竟敢告我当朝一品。这个姜燕根本没有来考试,如果他来考嘞,应该有考卷来堂,他说考卷被我们烧啦得够,纯属乌有。"

"万岁啊,我句句说的真实话,虚假没得半毫分。"

万岁在金殿上面转啦几个弯,横也难来竖也难。

皇叔朱四英和姜国翰老大人往常一落里合得蛮好够,可称得上情同管鲍、义如关张,有手足之情。现在姜国翰去世了,他家儿子姜燕受到这种冤屈,我要想办法来帮他说话:"万岁,你不必烦恼,现在一个说来考够,考卷烧啦得够,一个说不曾来考,他们都在明处,我们在暗处,如果万岁再出金字题目等姜燕考,要三三九天才有结局,万岁不如就这腔调,你在金殿之上,当文武百官的面,出夹三个对子把姜燕对,如果他对得出来,证明他是来考嘞,就不是诬告老太师,如果对不出来,请你万岁定夺。”

万岁闻听这一声,点滴不错半毫分。

因为朱四英是万岁的亲叔子,在朝纲之中,德高望重,他说话万岁也把面子他够:“皇叔,你说得很有道理,孤家一面依你,为了帮国家选拔栋梁之材,这个重任就由你来替朕代劳。”

万岁此话说完成,龙袖一拂就动身。

皇叔朱四英奉皇命把姜燕召到金殿之上,皇叔说:“姜燕,现在摆在你面前有两条路。一条是头名状元之职,有享不尽的荣华富贵;另一条是法场过刀,身丧其命。”“大人,此话怎讲?”“姜燕,我现在当文武百官面出三个对子把你对,如果你对得出来就有状元之职,如果对不出来——”

法场上面丧残身,决不饶赦你当身。

“大人,好够,请你出对。”“我第一个对子是:福禄寿三星齐照。”姜燕一听,啊呀,我船停在白沙滩下宿,来格芦头窝里的学堂里,格老先生出格对子,不就是这个对子的下联啊!“大人啊,我有。”“你对对看。”“天地人万象更新。”文武百官一听,都非常高兴。朱四英就想:我说福禄寿,他对天地人,我说三星齐照,他对万象更新,有气魄,有气魄。“姜燕,你再听第二个对子:醉汉骑驴,呆头踱脑,算酒账。”格酒醉汉酒吃醉嘞一边跑一边来杠算账,今朝酒吃啦几钱,菜吃啦几钱,呆头踱脑来杠算,今朝总共吃啦几钱。姜燕一想:“啊呀,格老先生出格对子,就是这个对子的下联啊。”他顺嘴一塌:“艄公摇橹,打躬作揖,讨船钱。”格船夫来下摇橹,这边磕到哪边,果就像问坐嘞船上格人来下要钱啊。

皇叔闻听这一声,称赞姜燕有才能。

“姜燕,这两个对子你已经对出来了,这第三个对子,你要动动脑子了,按一二三四五,六七八九十所排,你仔细听来。收二川,排八阵,六出七擒,五丈原中,点四十九盏明灯,一心只为求三顾。”这上联是底高意思?介绍三国时候诸葛亮的一生,当初三国鼎立,刘备、曹操、孙权各霸一方,刘备经人介绍三顾茅庐,叫一心求三顾,诸葛亮字孔明,号卧龙先生,帮刘备打天下。收过二川,排过八阵,六出祁山,七擒孟获。五丈原中,点四十九盏明灯,这底高意思?诸葛亮算到自己阳寿不长,一命归天,他在中军帐内点了四十九盏灯和一盏本命灯,如果能够点到七天,本命灯不熄,就能添寿一季,这段书叫诸葛亮借寿,谁知点到第六天,把魏延闯进中军帐内打熄本命灯，后来诸葛亮一命归西，是介绍三国孔明的一生。姜燕一想，在白沙滩上格老先生曾经出过这个对子哇，一路之上，下联我早已想好了。“大人，我对把你听听看：伏西蜀，平南蛮，东和北进，中军帐内，卜金木土行八卦，水里偏能用火攻。”这对子底高意思？也是介绍诸葛亮，伏过西蜀，平过南蛮，南蛮有孟获带领，捉他七次，放他七次，叫七擒七纵，东和北进，如果曹操与孙权联手，来打刘备怎么办，诸葛亮献计，东和孙权联手，共破曹兵，叫东和北进。中军帐内，卜金木土行八卦，诸葛亮神机妙算，他坐嘞中军帐内，能够料事如神，水里偏能用火攻，来水上面烧过曹操格粮船，火烧赤壁，他从东南西北中五方，金木水火土五行，对皇叔的一二三四五，六七八九十。

朱四英听嘞呵呵笑，晓得姜燕才学高。

皇叔把考姜燕的经过告诉万岁。圣天子龙颜大悦，只因姚洪、丁卯广埋没国家栋梁之材，每人罚俸禄三个月，十天不准上朝见驾

该应孤家江山稳，出到擎天柱一根。

姜燕前来听封赠，新科状元你当身。

榜眼出在南昌府，探花出得贵州城。

万岁赐他们三鼎甲三杯皇封御酒，好做扶皇保驾人，又赐他们三千兵马，三匹白马，半副鸾驾，游看皇城三天散心。游看已毕，万岁拿榜眼和探花安排出去上任，就对姜燕状元公说了：“姜爱卿，你才高八斗，学富五车，文章了当不得。孤家问你，同你来告御状的人，是你什么人？”“他是我的干哥哥，他叫姚介，绰号神弹子手，他的武艺高强，使用铁弹子两个，有百发百中的本领。”“既然如此，孤家把他传上金殿。”

姚介来到金殿上，三呼万岁口内称。

万岁对姚介一看，姚介身材魁梧，血气方刚，英雄气概。万岁就想了，我家妹妹青莲公主，年方二九十八青春，还不曾有驸马和她成婚，不如就拿姚介招为驸马：“姚介，你身为草民，胆量过人，京控御状，告当朝一品，你长得又好，武艺又高，孤家准备把你招为驸马和朕的妹妹青莲公主成婚匹配。”

姚介闻听笑颜开，这等好事哪里来。

看到黄道并吉日，就和公主配成婚。

这个姚介真是平步青云，一霍子就做了驸马老爷，万岁就对姜燕说了：“姜爱卿，你金榜题名，独占鳌头，到午朝门东首，选择一块好地方。”

孤家帮你起造状元府，好蹲皇城受皇恩。

姜燕赶忙启奏："万岁，微臣年纪还轻，功劳一点辄没得，我要出去行香拜客。""爱卿，看你年纪虽轻，对朕倒是一片忠心，既然如此，孤家来加封与你。"

姜燕新科状元加封赠，七省巡按你当身。

赐你三千御林兵，私房七省要容情。

访到忠臣加官职，访到奸党丧残生。

姜燕闻听这一声，谢主隆恩出朝门。

格天子姜燕要出去私访了，到把驸马老爷姚介晓得嘞够。他赶忙启奏万岁，"万岁，七省巡按出去私访，难免遇到对敌，他一介书生，手无抓鸡之力，我做干哥哥的在皇城很不放心，我要和他一起同出去私访。"

万岁一听笑颜开，这等忠臣哪里来。

"姚爱卿，你要和巡按同去私访，孤家准本就是了。"干弟兄两个带嘞三千御林兵来到午朝门外，姜燕说："哥哥，我耳闻老奸贼右殿丞相丁卯广在老家扬州招兵买马，囤积粮草，开嘞护庄河，造嘞白虎厅，招家兵现有十万，我们不如去望望看。"

别的地方暂不去，先访扬州一座城。

肇干弟兄两个带三千御林兵，直奔扬州而来，晓行夜宿，不肯耽搁，在路行走，非止一日。那一天来到扬州，姜燕一想，我就这样子去，访不到眉头眼目，我不如乔装打扮，他再头上探啦乌纱大帽，身上脱啦锦绣蟒袍，脚上脱啦粉底乌靴。扮作底高腔调？头戴高筒帽子，身穿洋蓝布长廓子，肩扛测字摊子，手拿毛竹板子，扮作测字相面先生。临走前就对姚介说了："驸马老爷，我要去私访丁家庄，如果我三天不回来，你就带兵攻打丁家庄。"他肇不肯耽搁。

大摇大摆就动身，丁家庄到面前存。

来到丁家庄一看，果不其然，四周有护庄河，吊桥吊在上面，不得进去，这怎么办。

姜燕来杠转啦几个弯，横也难来竖也难。

正在这时，前面来嘞一个人。哪个？老奸党丁卯广家总管。他叫底高？因为这个人平常辰光专做阴鸷事情，所以人家不叫他名字，送他一个绰号，就叫他阴司秀才。这个狗贼那天受小奸党丁其吩咐出门办事够，正好打转回来，离老远就听见姜燕来杠嗽："打卦相面，打卦相面，算嘞准，铜钱只要二十文，算嘞不准，分文不取,倒贴五十文。”

巡按大人说得清,阴司秀才听分明。

阴司秀才一想,世上也有咁好格事情来,算嘞准,只要二十文,算嘞不准,分文不收,还倒贴五十文,今朝我发财格好机会来嘞够。

辄说开嘞倒霉店,果晓生意送上门。

“先生慢走,帮我算啦几卦。”姜燕一想:“这个狗贼,打卦就打卦,也算啦几卦唻,也想来刮我格钱啊,我望望你也不是格好人。”

冬瓜颈项西瓜头,嘴丫里馋沫对下流。

秤砣鼻子孔朝天,鼻涕拖到嘴唇边。

他额头上面露青筋,耳朵上面露红筋,看看也是一个黑良心。

“朋友,你要算哪几卦?”“先生,我总共要算六卦,我不瞒你说,先生我见嘞不少,就是没得哪个能够算得出来。”“朋友,你把这六卦说把我听听看。”“好,第一卦,你算算我跑路先出哪条腿?第二卦,你算算我咁咱是向东还是向西?第三卦,我底高时候吃饭?第四卦,我底高时候睡觉?第五卦,我睡觉的时候也是点灯还是熄灯?第六卦,我什么时候到茅房出恭?”

如果六卦算得出,赏你二两雪花银。

姜燕一想:“怎这个狗贼嘎,这个卦叫我怎么算?他说跑路先出哪条腿,我说先出左腿,他伸右腿,我说先出右腿,他伸左腿,这个卦怎好算。要说算不出来,我堂堂七省巡按,把这个刁民难住得,成何体统?”“朋友,你这六卦我会算,我先帮你算第一卦,你跑路先出哪条腿,我算你跑路必定先出前面的那条腿。”“且慢,等我来试试看,左脚朝前间一跨,是来前面,右脚朝前一跨,也是来前面。”“对够,对够先生,跑路是先出前间个腿。”“我再帮你算第二卦,你问我咁咱是向东还是要向西,你想向东就不向西,想向西,就不向东,想上哪去,就上哪去,这叫东南西北任你行走。再算第三卦,你肚子一饿,饿嘞就像鬼喊,你就要吃饭。第四卦,你底高时候困觉,瞌睡到,你就要困觉。第五卦,你困觉是点灯还是熄灯,你怕鬼够,拿灯点杠,你不怕鬼够,拿灯熄啦得。最后一卦,你问我底高辰光出恭,你饭吃得委该多、熬不过去的辰光就要到茅房去出恭。”阴司秀才一听,佩服得五体投地:“先生啊,像你这个本事,普天下都找不到第二个。就这样,你帮平民百姓打卦相面,弄不到几个钱,上我家去,我家二少爷丁其,你只要说得好,赏你银子也不少,出手不轻,银子没得十两也有半斤。”

姜燕闻听这一声，正中机会八九分。

姜燕一想，吊桥吊够，我原不得进去累。“朋友，你既然带我进去发财，你算的六卦，二两银子我就不要了。”阴司秀才一听，浑身辄来大劲，嘴呲嘞像北瓜花。他对杠一站，口中就喊：“安童，把吊桥放下来，总管回来了。”话言未了，吊桥嚯落落放下来了。

阴司秀才前间走，姜燕巡按后面跟。

手脚不慢，阴司秀才拿姜燕带到白虎厅上：“少爷，我替你请来一个活神仙，你到叫他算算看，你几时能够做皇帝？”

丁其一听笑盈盈，家里来了算命人。

“先生你到帮我算算看，我还歇多少时，才能够面南背北，做一国之主，登九五之尊？”“少爷，你朝前跑三步，朝后退三步把我看看。”丁其朝前跑了三步，又朝后退了三步。“少爷，恭喜贺喜你了，你朝前跑三步龙摆尾，朝后退三步虎翻身。”

耍歇三年并两春，万岁轮到你当身。

巡按大人帮算命，惹下连天祸来临。

姜燕出京私访的时候，老奸贼丁卯广叫安童打听好嘞够，巡按先到哪里去私访。安童打听到姜燕的消息，赶紧告诉丁卯广，老贼一听，吓啦大半条命：“不得了，不得了，我家次子丁其来家招兵买马，囤草积粮。”

假使被巡按来访到，千个残生活不成。

连夜修书一封，打发得力安童送往家中，告诉二少爷丁其晓得，叫他做好准备和姜燕浴血奋战，分一个高低上下。

安童奉了主人令，日夜赶路往前行。

来到丁家庄，到了白虎厅，果不其然巡按大人扮作测字算命先生，在帮少爷算命。丁其说：“你格奴才，你来皇城里够，你家来做底高？”“少爷，我们来咬一个耳朵椰。”“你格狗奴才，人格脸上，就该眼睛、鼻子、耳朵和一张嘴，把你咬啦一个耳朵不像个鬼啊！”“少爷，不是当真咬你的耳朵，我们来说格节节话。”主仆两个来到里边，安童告诉他家来的原因：“这个帮你算命的不是别人，正是新科状元七省巡按姜燕。”又拿出奸贼丁卯广的亲笔书信。

丁其书信看完成，果要气死又还魂。

“大胆姜燕，你还了得，胆倒不小，竟敢私访我丁家庄，推扳滴点我把你骗过去。来啊，拿绳子拿得来，把这狗贼捆起来，替我拿这狗贼，掼他恶犬村去，活活把犬儿咬死，吃啦得拉倒。”

奸贼一喊不非轻，许多奴才到来临。

肇七手八脚，手脚又㑊，拿姜燕拖去对恶犬村一掼，恶犬村有五百多条狼犬，一条犬儿不轻，辄有一百三十多斤，看见人对下一掼，跑起来蛮㑊，嘴一奓，舌头一塌，要吃姜燕。

姜燕掼嘞恶犬村，晓得果有命残生。

我们单说养狗子看狗子的狗教师，来到些犬儿身边，双目流泪，就对这些犬儿说了：“犬儿啊，这个人你们不能咬他哇，更不能吃他的肉，他不是旁人，是我的大恩人。你们只能咬他身上的绳子，也不能咬他的衣裳裤子。”这些犬儿把狗教师训嘞听话了，当真把姜燕身上的绳子全部咬断啦得，看见姜燕身上嫌冷，大家用背上的毛，贴紧嘞姜燕身上，帮他护热气。众位，你们晓得这狗教师是哪个，为底高称姜燕是恩人？前面书上面已经讲过，姜燕小善人做好事家里一贫如洗，拿镇国之宝寿字帕到典当去当二百两银子，打转从梧桐桥经过，看见余成龙无钱安葬父母，姜燕拿二百两银子送把他家去买棺材够，这个余成龙，虽然不诚实，不习上，但是他驯狗子有一套，就被丁其家请得来了，所以说，这个狗教师。

不是张三其别个，就是余成龙一个人。

丁其说：“安童，去望望看，姜燕果曾挨狗子咬煞得，吃啦得？”

安童奉嘞丁其令，急急忙忙往前行。

安童跑到恶犬村一望，心就吓得直荡，看见姜燕身上的绳子，都被犬儿咬断了，而且还帮他护热气。安童赶紧报，报于丁其知道：“少爷啊，不得了嘞呱，犬儿不但不咬他，相反交他结狗朋友，合得人也好煞得够。”

丁其闻听怒生嗔，骂声姜燕小畜生。

恶犬村里不得死，毒蛇坑里丧残生。

丁其吩咐，安童啊：“狗子不咬他，交他结狗朋友，拿他掼到毒蛇坑里去，把毒蛇咬煞得，看蛇交他果结蛇朋友。”安童大家拿姜燕拖嘞去对毒蛇坑一掼，这里面有三千八百多条毒蛇，看见人对下一掼，蛇头一敖，蛇舔子伸出来蛮长，要咬姜燕。

姜燕掼嘞毒蛇坑，生死来杠欠时辰。

大家要问，姜燕掼嘞毒蛇坑，果曾死啊？听我慢慢讲来。所以说，人来世上，要多做好事,少做坏事,覅做恶事,受人滴水之恩,应以涌泉相报,这句话一点都不假。狗教师余成龙早已算到,来我堂恶犬村姜燕不死,小奸党一定不肯歇,要拿他摞毒蛇坑里去。余成龙偷偷弄两包蛇药,朝姜燕裤腰里一塞,哪晓这些毒蛇闻到这个毒药,到都被药煞得够。丁其说:"安童,去望望姜燕果曾挨毒蛇咬煞得?"安童跑到杠一看,恨不得命辄吓断,格些蛇肚爿朝上,困嘞杠一点总不颤,心上就想,这姜燕是底高人啊。恶犬不咬他,交他结狗朋友,蛇看见他辄把他吓死得够,这还得了啦。

三步并作两步奔,告诉丁其得知闻。

"少爷,不得了哇,这个姜燕足的是巡按大人,不该应死畜生嘴里,狗子和他结狗朋友,蛇看见他辄把他吓煞得够,你说怎么办?""安童,一不做,二不休,拿他摞冰水池里,这池里零下几十度,冻死这个狗贼。"主人开口,奴才动手,拿姜燕拖到冰水池"轰隆"对下一掼,这池里水又深又冷,真是寒气逼人。

姜燕摞嘞冰水池,晓得果有命残生。
姜燕喊一声:亲娘啊!
你不要当你家孩儿进京赴考有好处,
我来冰水池里要丧残生。
亲娘啊,
你过歇养到我儿子当块金,
包包搓搓长成人,
指望养儿防身老,竹篮打水一场空。
亲娘啊!
我们母子两个么,
来阳日三间再也会不到,
只好三更梦里会鬼魂。
我格亲娘啊,
你白白养我到嘞十六岁,
做不到养老送终人。
公子哭得多伤心,惊动小姐女千金。
一盏孤灯渐渐熄,来嘞添油送火人。

惊动哪个?老奸党丁卯广的女儿,小奸党丁其的妹妹。

小姐名叫丁素珍，观音圣母格小门生。

小姐经常在想，我家父亲，二哥哥一落里做坏事，寻丧交万岁做对，准备谋皇篡位。古人有云，善有善报，恶有恶报，像这腔调下去，我家父亲和二哥哥最后没得好处。

善恶到头终有报，只是来早与来迟。

所以丁素珍小姐和父亲、二哥哥相反够，她全凭仁义礼智信处理事情。格天子她端坐绣楼之上，听见外面有哭声，就赶紧打发梅香秋菊去望，秋菊一打听，赶紧家去告诉小姐："小姐，不得了嘞呱，巡按大人姜燕，来私访丁家庄够，把少爷掼嘞恶犬村，狗子不吃他，又掼毒蛇坑，蛇辄把他吓煞得够，少爷一不做，二不休，又拿他掼冰水池里去够。"

小姐闻听这一声，三魂吓得少二魂。

梅香啊，如果巡按大人丧残生，

我家满门抄斩命难存。

"秋菊，救人一命胜造七级浮塔之功，积德无人见，存心有神知，我们赶紧去搭救巡按大人性命。"

救到巡按命残生，修修来世好收成。

主仆两个就动身，搭救巡按老大人。

秋菊梅香前间走，小姐后面紧随跟。

来到冰水池，主仆两个做对手，拿姜燕救上来。当时姜燕已经冻昏过去了，又不能行走。小姐也不顾羞丑，救人性命要紧，就拿姜燕对背上一搭，赶紧动脚。

驮嘞姜燕就动身，绣楼到嘞面前存。

来到绣楼，主仆两个做对手，把姜燕身上的湿衣服全部脱啦得，再把他护在被窝里，弄几条被盖嘞他身上，叫秋菊去把湿衣服烘干，秋菊手到湿衣服袋子里一摸，七省巡按御印也摸出来了，小姐顺手对身边一摆。大概有一个多时辰光景，姜燕护在被窝里得到暖气，慢慢苏醒过来了，眼睛一睁，朝四周一望，好像是小姐家的卧室。正在这时，小姐丁素珍来了："巡按大人，你醒嘞嘎。"

姜燕眼睛看看清，原来是位女千金。

"小姐啊！多谢你今朝将我救，我永远不忘你恩情。"

"巡按大人，千不该，万不该，我家哥哥丁其要置你于死地，你不要害怕，我是丁其的妹妹，我叫丁素珍，这是我的绣楼，你在我楼上，保证你万无一失。"

天忑下来有我顶，非关你事半毫分。

姜燕喊一声："丁素珍小姐啊！"

如果不是你心良好，我哪里还有命残生。

"但不过小姐，男女授受不亲，你赶快把我的衣服把我，等我好早点走。""走啊，你上哪里去啊？你走焉，我又不留你。""小姐，我身上又没得衣服，你叫我怎得走？""我告诉你，你现在不但没有衣服，而且你巡按御印也在我身边。""小姐，我求求你，你快点拿我的东西把我。"

小姐一听，眉花眼笑："大人啊，要我东西交把你，依我一件小事情。"

"小姐，底高事情啊？""我问问你今年多大年纪？""我今年二八十六青春。""你果曾吃茶攀婚？""不曾哩。"小姐一听，心里就不晓有多高兴。

"大人啊，我的一桩小事情，你纸糊灯笼肚里明。"

不要嫌我容颜丑，愿做牵床掸席人。

姜燕闻听这一声，脸辄红到耳后根。

人家总说脸皮厚，你比老脸皮还要厚三分。

自从盘古直到今，哪有自己替自己做媒人。

姜燕一想："我是吏部天官之后，新科状元，七省巡按。她是奸党家女儿，人家说门当户对，这个门当一点也不对，怎好成婚匹配？"回过来再一想："丁其三番五次要我性命，小姐不顾羞丑，抛头露面救我残生，看来这小姐和哥哥是相反的，虽然她出生家庭不好，但她本人还是好的，大大方方，敢作敢当，我不如拿这桩婚姻大事答应下来。"

等到将来机会到，就好和她配成婚。

"小姐，你说的事情我答应你，但不过，你要等我私访七省结束，才能和你同床共枕，你说果好？"

小姐一听欢乐很，如同拾到宝和珍。

秋菊梅香再拿姜燕的衣服拿得来，小姐将七省巡按御印也交把他，正在这时，荷花梅香报得来了："小姐，快点出去，少爷和官兵打起来了。"

素珍闻听这一声，心中思量八九分。

"官人，你私访丁家庄果是一个人来嘎？""不是得，我还有三千御林兵和驸马公姚介，一起同来够。"，小姐一听，吓啦大半条命："官人啊，不得了，不得了，你三千个人屁用辄没得，我家二哥哥丁其本事人也好煞得够，官兵三千两千，背不起他翻腔，就是三万两万，背不起他手颤夹几颤，个个只好完蛋。”“小姐，格你无论如何要救他们性命。”丁素珍小姐为难了，一个是同胞兄妹，一父母所生，一个是未婚丈夫，帮哪个好。

小姐转啦几个弯，横也难来竖也难。

小姐左思右想：“罢了，罢了，古人说得不假，哥哥做官，与我无关，我只有帮我的官人，将来我要靠他过一辈子哩。”小姐“杀啦”从墙上拿梨花枪探下来，叫秋菊梅香到马房把胭脂桃花马牵出来。小姐背住姜燕赶紧来到楼下，小姐跨上战马，把姜燕也背到马上：“官人，你不要害怕，我要交我家哥哥打仗，你坐我马上不能卵颤，如果一颤，对下一掼，只好完蛋。”“小姐，我晓得够。”他再两个手捧住小姐格腰，吓得嗽总不敢嗽。

快马加鞭就动身，一马双驮两个人。

来到教场一看，人多了，三千个人围住丁其一个人，丁其脸上毫无惧色，十万家兵在旁半间看闹热。大家要问，这三千个人怎么到这里来了？前面书上已经讲过，姜燕乔装打扮动身的时候，对驸马姚介说过的，如果三天不出丁家庄，我就被丁其谋害了，你就带三千官兵，攻打丁家庄。因为姜燕三天没有出丁家庄，姚介以为姜燕死了，被丁其谋害了，所以就带兵打进来了。小姐看看咁多人，不得到哥哥丁其身边去啊，小姐陡生一计，大喊一声：“哥哥，不必担心害怕，小妹来也。”话言未了，一马彪到丁其前面。丁其说：“妹妹，你来做底高？”“哥哥，我来帮你杀人呢！”嘴说这话，从身上把梨花枪探下来。丁其只当妹妹当真帮杀人哩，不曾注意，小姐用梨花枪对准丁其的前心，用力一戳，丁其嘴说不对，梨花枪从他前心已经戳到后背。

马高头栽到地块尘，活跳鲜鱼丧残生。

大家一看，眼睛发暗，放声就嗷：“不好了，不好了，今朝小姐格枪不灵，自家人戳自家人。我们快点走啊，这个小姐狠了，连自己亲哥哥她都杀，我们蹲堂还有命来，快点走啊，三十六计，走为上策。”

铛铛明仗总不要，饶赦瞎子命一条。

十万家兵都动身，将身跳出是非门。

十万家兵一走，安童梅香想想不妥，也就散伙。连余成龙都走了，只有小姐身边一个贴身梅香秋菊忠心耿耿，小姐拿她当妹妹看待的，她不曾走，一心服侍小姐。我们再说丁素珍，一想，大家都散伙了，我去看看我的母亲哩。哪晓得跑到暖阁高楼一望，母亲吊嘞梁口里已经不荡，到吊煞得够。老太太为底高要寻短见？想想心上不好过啊，大儿子进京赴考，头挨人家偷啦得，堂小儿子到又挨他家妹妹杀啦得够。

老太太喊一声："苍天啊！

我家在前世里究竟作得底高孽，今世里弄到能功成。

阳日三间日子我也不愿过，悬梁高挂苦根绳。

丁素珍小姐看见母亲悬梁自尽，如同晴天一个霹雳，赶紧拿母亲放下来。

高喊三声母亲不答应，低喊三声亲娘不作声。

小姐眼泪珠抛，喊一声：苦命格亲娘啊！

千怪我来万怪我，都怪我女儿不孝人。

我格亲娘啊！

人家辄说黄连苦，你比黄连苦三分。

这是抛来这是滚，滚成潭头啸成坑。

姜燕和秋菊两人一劝，小姐气消啦一大半，再买大大棺木一口，拿老太太收拾入殓，送到田里，入土为安，栽松植柏。丁素珍就说了："官人啊，我家咁多房子，不是我家自己忙起来的，是我家父亲在皇城做官，剥削得下任官的银子家来盖的，如果放堂，他回头家来，还要招兵买马，囤草积粮够，不如咁咱趁他不来家，放火，烧啦得拉倒。"姜燕一听，到蛮相信，随手吩咐手下官兵。

点起南方丙丁火，所有房子化灰尘。

姜燕就说："小姐，你再母亲也没有了，房子也烧掉了，我要出去私访七省，你女流之辈，又不能陪我同行，我先把你送到苏州我的老家去，我家母亲来家哩，你去也好和她做做伴。"小姐说："好的。"姜燕再把丁素珍小姐送到苏州老家和田氏太太住在一起，自己又带兵出去私访其他地方了。

此话丢开慢谈论，再讲田志一个人。

我们讲到现在，辄讲的七省巡按姜燕，下面再来讲十三省代天子巡按田志。田志领了皇命圣旨要私访杭州天竺山，听说杠块有强盗作吵，打劫来往过路客商，而且还在招兵买马，囤草积粮，要去看个究竟。

在路行走数日整，天竺山到面前存。

来到天竺山脚下，惊动了山上喽兵，喽兵丑虎跳，赶紧就对山上报，报于大王知道，天竺山大王是哪个？我们看过三国的人就知道，三国上面有一个人叫司马懿，天竺山上的大王乃是司马懿的后代，叫司马茂，这司马茂有多好的本事？

常常会起金钱课，哪山哪水都知闻。

司马茂家还有一个妹子叫司马赛花，这小姐长嘞体面了，人不高不矮，个子不细又不大，瓜子长罗脸，越看越漂亮。

又不高，又不矮，真正好看。

又不胖，又不瘦，美貌千金。

胜过那，三国里，貂蝉女子。

更比那，杨贵妃，胜过三分。

司马赛花小姐，不但人长嘞漂亮，而且本领了当不得，厉害无比，十八般兵器件件精通，样样都能，真是女中豪杰。

说到赛花小姐一个人，黎山老母格小门生。

那一天，司马茂大王端坐聚义厅，喽兵急急忙忙跑来报："启禀大王，山下有十三省代天子巡按田志到了，请你定夺。""喽兵，他们有多少人马？""大王，他们只有几个人。"司马赛花说："哥哥，你会起课格呢，你到起起课看，巡按大人到我们山上来，是凶还是吉？是福还是祸？"

大王闻听这一声，想想不错半毫分。

他亲自焚香掌烛，口中祷告一番，然后一看，一跳八丈高，高兴了："妹妹，恭喜贺喜你了。""哥哥，喜从何来？""妹妹，哥哥才间起课，这课上面说够，你和文武状元，十三省代天子巡按田志。"

五百年之前伴吃仙桃子，结下姻缘海能深。

小姐一听欢乐很，脸辄红到耳后根。

随手司马茂大王亲自带领喽兵下山迎接，把田志和几位英雄接到山上。山上不曾歇手，赶紧为他们办酒，羊羔美酒，款待不丑，好酒好菜，好好款待，吃吃酒，巡按大人就开口："大王，本番这次奉皇命圣旨前来贵山寨，非为别事，耳闻你在此地，打劫来往过路客商，而且来堂招兵买马，囤草积粮，心怀不轨，今天我来看个究竟。"

司马大王闻听这一声，果要躁死又还魂。

司马茂一听，一跳多高："气死我也，气死我也！巡按大人，我在此地，虽然占山为王，落草为寇，我做的是公平大王，专门做打富济贫的事情，如果贫苦落难的人从山下经过，我都送他们盘缠路费或者生意本钱，外面的谣言纯属乌有。"

田志用过酒以后，又带几位英雄前山望到后山，左山望到右山。

司马茂句句说的真心话，虚假没得半毫分。

“司马大王，既然如此，打扰了，我们走了，我进京之后要把你的所作所为和山上的所有情况奏于万岁。”“慢，大人，我还有话说。”“大王，你还有什么事情。”“大人，不瞒你说，我会起金钱课的，我早先起了一课，课上面说，你和我家妹妹司马赛花有宿世姻缘，你再就覅走，蹲堂和我家妹妹配成一伙。拜拜堂，你们两人就同床；吃点亏，两人就困做一堆。”

我家样成帐子样成床，你做一个样成新姑郎。

随手大王拿妹子喊出来，田大人对小姐一看，小姐长嘞真的漂亮了。

一像嫦娥离月殿，二像西施缺珠帘。

三像孟姜女来转世，四像仙女下凡尘。

田大人说：“大王，只因我有皇命在身，不能在此成亲。既然如此，等我私访十三省结束，把这门亲事，奏于万岁得知，拿你家妹妹——”

看到黄道并吉日，花灯喜轿娶过门。

“妹夫，格你蹲堂山上多住几日。”“不行，我还要到山西太原去访偷黄花女事件，杠块不但年轻的小姐挨偷啦得，连老黄花女都被偷走了，究竟哪个偷的，偷哪里去的，偷去做底高，万岁叫我去要访个水落石出。”大王一听无所谓，小姐说：“哥哥，你到起起课看，巡按大人上山西太原去私访，是凶还是吉？是福还是祸？”

司马茂闻听这一声，点滴不错半毫分。

哪晓司马茂拿课一起，大声说道：“妹妹，巡按大人山西太原万万去不得，如果他真正要去够，是性命难保，万劫难逃。”

小姐一听吃一惊，躁嘞两眼泪淋淋。

“如果大人有个长和短，我的终身靠何人。”

小姐急得没法，只是蹬脚，眼泪巴塌。田志说：“大王，我皇命在身，怎好违背君命，山西太原我一定要去的。”司马茂说：“既然如此，妹妹，你辄你家师傅黎山老母身边家来格辰光，她不是有一支信香把你嘎，你赶紧拿出来，交把巡按大人，他到山西太原为难格辰光。”

只要把这个信香点起来，对准我天竺山方向。

高喊三声司马千金女，兄妹搭救他当身。

小姐闻听这一声，想想不错半毫分。

随手司马赛花小姐从箱子里把信香拿出来，交把田志。巡按大人不肯耽搁，辞别了司马茂兄妹两个，带了岳超、卞喜、刁其、朱龙、朱虎、朱彪、朱豹七个人直奔山西太原而去。

八位英雄齐动身，赶往太原一座城。

在路行走，非止一日。那一天来到了太原，因为这访偷黄花女格事情，是一个秘密事情，又不好蹲大街上卵嗷。田志说："众位英雄，这一间房子我已经租下来了，你们在此等候，我出去访偷黄花女事件。"才上来几天倒还可以，到一个礼拜过后，大家坐不住了。矮子刁其说："众位英雄，田大人天天出去散心，拿我们对堂一丢，我们一步总不跑，就像来堂坐牢，走，我们也出去相相。"旁人无所谓，海燕子卞喜一听，起老钵头咁大格劲："刁英雄，你说得有理，我一面依你，再这两个人硬拿过五个人嘈嘞同出去相。"

七位英雄往前行，太原府里散散心。

跑出去曾有多远，就看见路上格人，川流不息、络绎不绝。刁矮子有点好奇，这路上到哪有许多人来来往往够，我到来问问看。"请问你老兄，这里怎咁多人嘎？""啊呀，你不是我们当地人啊，你不晓得嘎，现在董家庄，董林家妹子董翠萍来下摆姻缘擂台，看热闹格人多了，辄去看打擂。"

刁其闻听这一声，心中思量八九分。

刁其矮子就想，我走南闯北见识得也不少，也不曾看见过擂台怎样打哩。"众位英雄，我们不如也去凑凑热闹，看看怎样打擂。"

一班英雄对前撑，擂台到了面前存。

来到擂台底落一看，格人真是挤如也，撰如也，推背走，轧不开，人不知多旺，就像东海里波浪，几位英雄硬轧也轧不进去啊。刁其说："你们赶紧让一条路，等我们进去，如果不让路，我们要走你们人头上跑够，覅拿格死尸颈项把我们踩断嘞。"大家一吓，直头了不得，赶紧让一条路等他们七个人进去了，他们抬头一看，擂台两边挂了一副对联，上联写：拳打南山猛虎。下联写：足踢北海蛟龙。当中横幅三个大字：姻缘擂。

擂台一摆不非轻，惊动四面八方人。

正在这时，董翠萍小姐从擂台里边出来了，她对擂台中间一站，抱拳当胸，口中叫喊："台下众位英雄，奴家董翠萍，今年二九十八青年。古话说得好，男大当婚，女大当嫁，我奉家兄董林之命，摆姻缘擂台，如果哪一位英雄到擂台上来，只要打到奴家一拳，赏他银子十两，踢到奴家一足，赏他银子五两，如果哪一位英雄，你只要有这个本事。”

拿我奴家来打败，终身许配他当身。

格擂台底落就议论纷纷了：“这小姐长嘞竟体面嘞。我就是沿小辰光学得文，不曾吃苦学武，这擂台咁高，我不得上去哎，如果得上去，把她捶啦几倒拳辄适宜够。”也有人说：“你们望啊，这小姐人不高不矮，个子不细不大。瓜子长罗脸，越看越体面，覅说交她成亲，就拿她捧嘞怀里看看辄开心，哪怕霍霍她格衣裳边，家去也适意好几天哩！”

如果交她说句话，不枉人间过一生。

能够交她来成亲，短寿五年总甘心。

正在这时，擂来台底落一个老和尚嗷起来了：“小姐，快点拿梯子放下来，我要上去打擂哩。”看热闹格就说了：“你格秃驴啊，头上又没得格毛，也对堂直跑，现世，擂台辄不得上去，也拿梯放下来等你上去啦。”“你们晓得底高，我格金刚癫团劲人也好煞得够。”小姐一想，不得了，我又不曾说到，五官不正，四肢不全，出家僧人不好上台打擂，覅问它，等这个秃驴上来，他癞宝也想吃天鹅肉哩。随手叫梅香把软梯子放下来，老和尚当真上去嘞够，他万万不晓得——

去时到有千条路，回来闭拉万户门。

秃驴来到擂台，小姐对他相当客气：“请问师傅，住在哪里宝山，哪里宝庙，你称底高宝号？”“小姐，我从常州天宁寺而来，我的法号叫静空。”“师傅，我们是文打还是武打？”“小姐，我们文打。假使武打，拿你打破嘞相，再捧嘞怀里看看辄不像样。”“好的，师傅，格我们文打怎样打相。”“每人打对方三拳，你看果好。”“好够，还是你先打我，还是我先打你？”“小姐，我来就是打擂够，当来是我先打你。”“好，师傅，请你出拳。”小姐两只脚对擂台上一撑，就像铁树生根，老和尚两脚一蹬，功夫运到全身，功夫到嘞右手，手膀子就像五升头斗，他对准小姐大喊一声：“小姐，当心，拳来了。”只听“叭”的一声响亮，这一拳不轻，少说点一千三百多斤，再看看小姐底高腔调。

小姐站在擂台上，稳稳不动半毫分。

董翠萍心中有数了，秃驴就该咁好的本事。秃驴要打第二拳了，小姐一只脚站在擂台上，一只脚腾空揪嘞杠，格架势就叫金鸡独立。老和尚这一拳只好八百斤，打到第三拳只好五百斤了。小姐说：“师傅，你已打了我三拳，你拿三拳还把我吧！等我再来打你三拳。”和尚听见还拳，心上胆寒，小姐本事咁好，把她一打，眼睛一闭，我只好断气，买棺材辄来不期，他趁小姐不注意格辰光，手脚又慢，对擂台底落一跳。

好嘞和尚溜嘞　，落到残生命一条。

大家看看欢乐很，果要笑嘞肚里疼。

大家就说了：“秃驴啊！你格金刚癞团劲好格呢，怎不癞嘞上，你溜下来做底高？”“你们有底高用啊，我也上擂台上去骗到三倒拳打打哩，你们怎不上去？”话音未了，只听“呼”一阵风响，一个人蹦上了擂台，大家一看，这个人底高腔调，人只好台子咁高，有箩口咁粗格腰，头毛像把伞，脚像超灰板，看看辄不入眼，人又矮，死尸肚子到长嘞蛮大，你们晓得这是哪个？

不是张三其别个，矮子刁其一个人。

刁其看看，噢，擂台就这个样子打的，等我上去，拿这黄毛丫头打败嘞，好带家去做老婆，所以他上了擂台。小姐说：“英雄，你文打还是武打？”“小姐，文打我不会，武打我老内。”“好，我家兵器架子上兵器多哩，请你挑选。”矮子桩样不拿，他拿一把大刀，有八尺多长，小姐心上暗喜，这个矮鬼人就咁高，刀到咁长，看他怎舞得起来。两人开始打了，小姐实在瞧不起他，不当交易做，像大人和小孩在玩耍一样，打了三个回合，六个照面，小姐一看，不对，这矮鬼人虽细，倒是桃木蒂，有真本事，如果我再不好好打，被这矮鬼打败嘞，再嫁把这矮子，格不人也霉煞得，小姐拿出真本事打，只打了两个回合，四个照面。

小姐越打越有劲，刁其打嘞欠精神。

刁矮子只有招架之功，没有还手之力。矮子就想，我人虽然长嘞不高，但也是一个男子汉大丈夫，如果来这千人百众面前，打不过这黄毛丫头，吃了败仗，格不比鬼也多两个耳朵，我来想办法够，硬打打不过她，我来智取。他望望小姐蛮高，自己只掸到她腰，我不如来一个黑狗钻裆，把头钻到小姐裆下，用劲对上一立，小姐就倒下来格呢。

他格丝瓜颈项来杠伸啊伸，绿豆眼睛睁啊睁。小姐晓得不好，这矮鬼要来钻我裤裆，心上一想，他这一招：“叫黑狗钻裆，我学法的时候，我家师傅黎山老母对我说够，黑狗钻裆用蚌子过坝可破。”她再弄两个脚膀涨好嘞劲蹲杠等，等矮子来钻。我们再说刁其把腰一弯，颈项伸出去蛮长，几个俏步来到小姐面前，狠狠心肠，拿头对小姐裆下一攻，小姐两个脚膀同时用功，用劲一夹，格一夹不轻，一千多斤，刁其放声就嗷："小姐喂，覅夹耶，如果你再夹，我颈项里皮就要塌。""你格矮鬼，打打擂要流氓手段，来钻我裤裆够。""小姐，我不是耍流氓手段，我这叫黑狗钻裆。""狗贼，你果晓得姑奶奶破你这黑狗钻裆的叫底高。""我不晓得，我要晓得倒不来钻喽。""不晓得，我告诉你，你格倒头颈项把我夹得裤裆里，我这一招就叫蚌子过坝。"小姐两个脚膀一松，矮子一个倒栽葱，头朝西，脚朝东，推扳滴点跌得鼻子管里没得风，小姐飞起右脚，一连环腿"叭"。

刁其摔到地挨尘，几乎没得命残生。

几位英雄赶紧拿刁其扶起来，卞喜说："刁其，你配够，打打擂台去钻人家裤裆够，挨打死辄不冤枉。""你有本事你上去耶。""我也不是说大好，我要么不上去，我要上去，小姐肯定把我做老婆。""你吹牛。"再看看这卞喜。

一个旋风蹦上去，将身站到擂台心。

小姐看见卞喜到，魂灵辄冒到九霄云。

董翠萍朝卞喜一看，命辄吓断，不得了，不得了，今朝怎咁倒霉够，才上来，来一个和尚，回头来一个矮子，只霍子又来一个眼睛竖过来长嘞脸上格朋友。"请问英雄尊姓大名？"卞喜不作声。"请问英雄是文打还是武打？"不作声、小姐就想，这个人可保是哑巴。说刁其阴促，去钻小姐裤裆，这卞喜还要恶促，他趁小姐来下问他的时候，他早已拿功夫运到两只手上，小姐又不曾注意，这个卞喜真坏了，他跑到小姐身边。

不着慌来不着忙，两只手托住小姐裤子裆。

卞喜两个手对小姐裤裆一抄，小姐挨托上来二三尺高。你们说，一个黄花大闺女，在千人百众面前，被一个男劳力弄手抄嘞裤裆里，托上来咁高，格多难为情啊！小姐顿时恼羞成怒，利用师傅黎山老母教她格一百零八套红拳，最后一招大劈华山，对准海燕子一掌，卞喜晓得不好，身子一跃脚一踮，一个旋风，呼——纵上去一丈多高，小姐的中指正好刮得他的孤拐眼，卞喜当时疼痛难忍，赶紧从擂台上下来了。卞喜说："刁其阿，不好了，我堂块发红，可保来下贡脓，上间发紫，晓得一歇果要死哩。""派够，你说我不好，去钻人家裤裆，你也不好，你去摸人家裤裆。"

旁人听嘞欢乐很，果要笑嘞肚里疼。

岳超说："覅作声，旁人来杠笑哩。""有底高笑，你交我们同来够，今朝我们坍嘞台，你也没面子，你不好帮我们去复一个脸面啊。"岳超一听，倒也相信，来到擂台上和小姐打擂，不是小姐对手。朱家四勇上去吃了大败仗，一班英雄气塌塌这好打转回来。

不提英雄转回程，再说田志老大人。

田志家来一望，几位英雄一个也没项，心上想，这些冤家上哪去够，我再三叮嘱，我不在家，不要出去乱跑，怎一个都不来家够。正在这时，岳超一淘家来够。田志问："你们上哪去够？"刁其说："大人啊，我颈项人辄痛煞得够。""你颈项怎得痛嘎?"刁其也不曾回答哩。卞喜抢先说："董家庄董林家妹妹董翠萍摆姻缘擂台，他去打擂够，打不过人家，就钻小姐裤裆，挨小姐夹够。""你也上去打嘞擂，你摸小姐裤裆够，脚辄挨小姐打坏嘞够。"

田志闻听这一声，果要气死又还魂。

田志一听，大发雷霆，"叫你们不要出去，就是怕你们惹祸，你们出去果派弄做这种腔调家来。"人家说，人细最刁，鸟细飞嘞最高，矮子刁其相翻了，他对田志说："大人啊，你不要怪我们，我们不都是为嘞你才到这种腔调嘎。我们去看打擂够，董翠萍小姐说，天下没得哪个是她的对手，就是文武状元，十三省代天子巡按田志来，也背不起她三拳两脚，只好灰溜溜滚蛋。我们听嘞心上不服气，才上去打擂台够，否则我们又不上去。"

田志上下听完成，腹中思量八九分。

田志心上就想，这个董翠萍小姐好无道理，我和她素不相识，她怎好当大家面说我的坏话："刁其，前面领路，我倒要去看看这董翠萍小姐究竟有多大的能耐。"

刁其矮子一听，浑身辄来大劲："田大人啊，小姐摆格是姻缘擂台，假使你去拿她打败嘞，她要嫁把你，你在天竺山已经有嘞司马赛花小姐了，你假使嫌老婆多，你就拿这个小姐丢把我。"

大人闻听怒生嗔，骂声矮子嚼舌根。

嘴里说话脚笃奔，擂台到嘞面前存。

田志不问三七二十一，一个旋风蹦上去够。董翠萍小姐一看，啊呀，这个人真漂亮啊！他才间上擂台过种腔调，我就晓得他轻功了当不得，肯定这个人并不是等闲之辈："请问英雄尊姓大名，家住何方贵地？"

父姓什来母姓什，你是排行第几人？

"小姐，我咁咱不告诉你，我们先打，我如果拿你打败嘞，我就告诉你名姓，假使我打不过你，我到拿名姓告诉你嘞够，你再到堂也说，到杠也说，我名气要把你坏啦得。”“格你是文打还是武打？”“我辄打够，我随你小姐，哪怕打打文、再打打武，我们来卵打打。”

小姐闻听笑颜开，这位英雄哪里来？

肇两人先文打，后武打，打嘞足有一个时辰光景，两人不分胜败。

巡按越打越有劲，小姐打嘞有精神。

小姐心上就想，我擂台摆嘞二十三天，不曾遇到他本事咁好格人，也不曾看见有他咁漂亮格人，这个小伙子又好，武艺又高，我不嫁把他嫁把哪个？主意打定，人向后一退，抱拳当胸：“英雄，奴家不是你的对手，请你手下留情？”话言未了，跑到擂台边上的姻缘圈身边，头朝底、脚朝上，倒挂在姻缘圈上，意思上我拿终身就许配把你。田志他来打擂是为些英雄复一个脸面的，再问问小姐为底高说他的坏话，他又不是来打擂娶老婆的。小姐虽然像蜘蛛倒挂帘挂在姻缘圈上，田志又不上她身边去，小姐当时心上来下发阴躁了，这个人可保呆够，人长嘞到体面够，本事也好够，就是不晓得要老婆，假使咁咱他一走，我回头到哪里去找到他？我黄花大闺女，又不好意思开口去和你说婚姻大事，我不如赶紧下擂台，去喏我家哥哥董林来，叫他帮我说这件婚姻大事。她再手脚又快，从擂台上对下就跳，跳么你望望擂台底落底高情况好跳焉，正好擂台底落有一个长脚和尚，他比一般格人要高大半个头，小姐从擂台上对下一跳，不偏不斜弄腚落对长脚和尚头上一罩，看热闹格人，人辄笑煞得：“大家快点望啊，快点望啊，小姐弄腚落，罩嘞长脚和尚头上嘞呱。”再看这个长脚和尚，从袋子里不晓得摸格底高药，对小姐鼻子里一塞，小姐顿时一点气辄没得。

捧嘞小姐就动身，哪肯耽搁片时辰。

田志一看，晓得不对，赶紧吩咐，众位英雄，赶紧帮追，这个长脚和尚不怀好意，我们一定要拿小姐追来打转。

救到小姐一个人，一笔勾销莫谈论。

救不到小姐千金女，对不起董林一个人。

肇一班英雄吃大亏，跟长脚和尚后间就追，真是人高脚长，长脚和尚跑起又快，就像跑报，一般英雄难追得到。

一般英雄对前奔，松林一片面前存。

眼睛一眨，老母鸡变鸭，看见长脚和尚对松林里一斜，外面已经日落西山，田志说："不得了，不得了，长脚和尚再对树林里一钻，外面又夜嘞，我们到哪里救到小姐。"卞喜说："覅紧，我轻功又好，眼睛又亮，我走树梢子上跑，肯定寻到小姐。"卞喜脚轻轻一踮，来到树梢上，大概有半个时辰光景，打转回来了，不曾看见长脚和尚踪影，田志急得没法，嘴么直咂，只是蹬脚。

找不到小姐女千金，田志躁嘞泪淋淋。

岳超说："大人，你现在就躁煞得也没用，外面已经夜了，时间不早，肚里不饱，我们不如找地方弄点夜饭吃吃，好好休息一夜，明天早上再寻小姐。"

田志闻听这一声，想想不错半毫分。

一般英雄对前撑，前面到了殷家村。

到了殷家村一个大户人家门口，岳超说："看门安童哥哥，我们今朝多有不便，准备到你贵府借宿一夜，请你速速报，报于你家主人知道。"安童问："你们做底高嘎？"田志抢先说："我们做珠宝生意够。"安童答道："好的。"

你们蹲堂等一等，我报与少爷好知闻。

安童来到里边："少爷，外面来了几个人，他们说是做珠宝生意够，要到我家下宿，我来报，报与你少爷知道。""安童，在家千年好，出门时时难，既然如此，嗜他们进来。"安童拿门一开，八位英雄对里直栽，安童朝他们一看，命总吓断，望望他们一个一个腰里辄挂嘞短刀，看他们格腔调不是等闲之辈，又打趟子去告诉少爷。少爷亲自过来一看，心中晓得一半："安童，堂块前面是一片大松树林，里面强盗成群，这些人今朝夜里肯定要偷我家库房，你不要惊动他们，去烧夹一锅饭，等他们吃饱嘞，然后如此如此，这般这般。""晓得够，少爷。"这些英雄今朝倒嘞大霉了。

叫两眼不知生死路，双脚走进是非门。

一歇辰光，夜饭烧好了，大家也吃饱了，安童说："各位客官，堂块前间是一片大松树林，里面强盗成群，天天夜里要出来抢东西，你们又是做珠宝生意够，身边宝贝又多，假使被强盗抢啦得，我家也赔不起，所以我家少爷安排你们大家一起住后面一间屋里去，格格地方，保证你们万无一失。"田志一听，到也好够，如果住堂前面，有些话不要把刁其夹些说漏嘞嘴。他万万没有想到，这个安童。

场面来杠说好话，阴谋诡计丧良心。

一班英雄跟随这个安童，来到后面一间屋，他们进去之后，安童拿门一关，外面用铁链子把门绞紧嘞。这间屋里有哪些东西？只有一张铁台子，一张铁凳子。田志和岳超坐嘞凳上，伏得台上休息，其余他们就戤嘞墙上，冲冲竖头瞌睡，到了半夜，几个安童和少爷用松枝桃柴架嘞这一间屋的四周。

点起南方丙丁火，决不容情半毫分。

有少爷，和安童，前来放火，

东有邻，西有舍，哪个知闻？

火势腾腾真正凶，房子围嘞火当中。

外面主仆在放火，里面不知半毫分。

外面火一烧，墙上就烫了，而且越来越烫，越来越烫。矮子刁其感觉背上蛮烫，回过背来用手到墙上一揿，手都烫坏了，他放声就嗷："不得了了，外面来下放火烧房子了，我手都烫坏嘞够。"田志说："你格矮鬼，半夜三更涨底高蛤蟆劲啊。""大人啊，不得了嘞呱，外面来下放火烧嘞哇。"，岳超一听，不大相信，也弄手到墙上一揿，晓得不好："大人，我们赶快出去，外面当真来下烧。"大家赶紧开门，门上用铁链子绞好嘞够，不得出来。大家说："快把墙扛倒嘞。"哪晓四周墙都是用铁板封够，一点都扛不动，用凳子摆到台子上去，人站在凳子上，准备拿屋面揭啦得，从房顶上溜出来。哪晓屋面也是用铁板封的，准备从墙脚边头挖一个洞，走洞里钻出去，谁知弯下来仔细一看，命总吓断，底落全部是麻石铺路，麻丝缝都没得滴点。

矮子说："再不得了嘞呱，上火葬场来嘞呱，带活煨嘞哇，肇没得命嘞呱。"岳超说："矮棺材，你个矮棺材，你死啦得拉倒，轻于鸿毛，巡按大人才重于泰山，赶紧来帮想办法，逃命要紧，蹲杠嗜底高丧啊。"大家就想，现在唯一的办法，只有把门打开，但不过这门是从外面用铁链子绞的，岳超一看："我有办法，大家来帮我做对手。"他把铁凳子端起来，用凳子冲铁链子，这个链子和船上的锚链一样够，一节一节够，大家用劲冲，把这链子圆的冲成扁的，厚的冲成薄的，冲到最后链子一断，"叭"铁链子断了，门被打开了。一班英雄赶紧冲出来，背住放火的人说："我们和你今世无冤，前世无仇，你为底高要拿我们烧煞得?""我当你们是强盗哩。""狗贼，睁开你的狗眼看看，这是文武状元十三省代天子巡按田志田大人。我是刁其，他是卞喜，他叫岳超，他们四个是朱家四勇，我们都是保田大人的，你寻丧要拿他烧煞得。"田志说："你叫底高？""堂块叫殷家庄，我家弟兄两个，我老大叫殷洁，我家弟弟叫殷巴。""狗贼，你这个名字就不好，叫殷洁够，你这个阴骘鬼东西啊。"殷洁说："大人啊，我有眼不识泰山，请你海涵。"

千赔理来万赔罪，赔理赔罪我当身。

田志说："殷洁，我来问你，你们堂果有一个长脚和尚？""有够。""他在哪里？""他在蜈蚣岭山上，他叫吴能，他家有个师弟叫吴贞，来宰相府做保镖，这个长脚和尚，专门偷人家黄花小姐。"

大人闻听这一声，心中欢乐八九分。

"殷洁，明天早上，你同我们到蜈蚣岭山上去。""我不去。""为底高？"

"蜈蚣岭山一般人不得上去，他半山上有机关够，去要送命够，如要上山，比登天还难。""覅紧够，你覅同到我们山脚下你就回来。"第二天一早，用过早膳点心，田志一般英雄在殷洁的带领下，直奔蜈蚣岭山而来。

急急忙忙对前奔，蜈蚣岭山面前存。

到了山脚下，殷洁走了。田志说："众位英雄，殷洁说这半山有机关，你们哪个从前面开道？"几位英雄，争先恐后，都要走前面开道。朱家四勇说："你们都不要争，我朱家弟兄四个哩，如果死啦一个，还有三个，死啦两个，还有一双传传代哩，等我们弟兄四个走前面开道。"

朱家弟兄前面走，后面英雄紧跟随。

去时倒有千条路，回来闭拉万户门。

哪晓得跑上去辄不曾有四十米，只听"轰隆"一响，朱家四勇弟兄四个全部对下一忑，这里面是底高？乱刀坑，刀尖头朝上，戳住弟兄四个，一个都不得颤，眼睛一闭，只好断气。

可怜了，弟兄四个丧残生，断啦他家父母后代根。

田志说："不得了，不得了，前面有机关，朱家四勇已经忑下去了。"大家一看，命辄吓断。田志说："像这样，我们怎么得上山，不得上山，就救不到小姐董翠萍。"

如果救不到董翠萍，对不起小姐女千金。

卞喜说："你们不要害怕，我轻功好，我不走地上跑，我走树梢上行走，他就挨不到我，等我一个人先到山顶去看看上面究竟底高情况。"话音未了，脚轻轻一踮，呼——上了树梢，一阵风，来到了蜈蚣岭的顶峰，仔细一看，山门口有一条大大蟒蛇。卞喜不肯耽搁，从身边拿五妆毒药钢镖拿出来，对准格蟒蛇嘴里一打，喊一声"中"，就在这时，格蟒蛇嘴里发出乱箭，如同雨点，只听，嚓嚓嚓嚓……卞喜身子一偏，推扳滴点，不曾挨射得到，赶紧回转，告诉田志。

田志上下听完成，果要躁死又还魂。

“不好了！今朝高山不得上，怎救到小姐一个人。”

卞喜说：“大人，你不要发躁，我们破不了蜈蚣岭，有人能破。”

“何人能破？”“你从天竺山下山格辰光，司马赛花小姐不是有一炷信香把你嘎，你赶紧拿出来点起来，拿司马赛花小姐家兄妹两个请得来，保证能破蜈蚣岭山。”田志一听，真正相信，赶紧将信香取出来，点起来，对天竺山方向拜了三拜。

高喊三声司马女千金，快来搭救我当身。

香云飘飘来得快，赛花小姐得知闻。

兄妹两个一讲，要赶紧下山救人，拿喽兵全部召到聚义厅。司马茂大王说：“山上众位喽兵，你们大家听清，本大王姊妹两个下山有重要事情，你们大家在山上，要安守本分，不准随便下山，更不能向西向东，到老百姓家里去卵攻，如果哪个违反山规。”

被我大王来晓得，决不饶赦他当身。

大王吩咐一番之后，兄妹两个带了随身兵器，不肯耽搁，晓行夜宿。

姊妹赶上阳关路，哪肯耽搁赶路程。

在路行走来得快，到了太原一座城。

司马茂拿课一起，就晓得田志他们在什么地方。

兄妹两个站起身，蜈蚣岭山面前存。

来到半山，兄妹两个见到了田志等人，卞喜说明山上底高情况，司马赛花说：“卞英雄，麻烦你领路，我们一起到山顶看个究竟。”肇卞喜和司马赛花利用轻功，来到了山顶，小姐仔细一看：“卞英雄，你看错了，这不是真正的蟒蛇，而是一层蟒蛇皮，里面搭的木头架子，你看这蛇的身段在庙外面，蛇尾子在庙里面，你要晓得，这蛇尾子就是整个山上机关的总弦，山上的一举一动，蛇尾子上都有反应，长脚和尚在庙里不出门就可以知道。”“小姐，那怎么办？”“我有办法。”小姐不肯耽搁，把绣鸾钢刀“杀啦”抽出来，对准这假蟒蛇“咔嚓”一刀，把这蛇就腰分两段，再蛇头蛇尾不连了，这个机关也就失灵了。为底高？因为这蛇尾子上没有反应了，长脚和尚就庙里就不知道外面到底底高情况。卞喜和司马赛花来到庙里一看，里面都是菩萨，一转也找不到长脚和尚。长脚和尚到哪里去了？秃驴发现有生人来了，晓得不好，山外有山，天外有天，有能人来破了他的机关，他赶紧穿了菩萨的袍套，躲在菩萨宽子里，头上汗哒哒对下淌，小姐晓得这就是长脚和尚:“秃驴,你扮做菩萨,姑奶奶就不认得你略,看刀。”小姐正要用刀砍秃驴,秃驴嘴一爹,只听“嚓嚓嚓嚓”,九口飞刀从秃驴嘴里飞出来了。卞喜和司马赛花身子朝旁边一偏,推扳滴点,小姐说:“秃驴,我晓得够,你半升细蓟辄倒出来了,还有什么暗器,你尽管使,姑奶奶不怕你。”

秃驴闻听这一声,三魂吓得少二魂。
美人啊!
你今朝饶我一条命残生,我黄土盖面不忘恩。
美人啊!
猎户不打笼中鸟,好汉不杀败阵兵。
你今朝饶我一条残生命,衔环结草报你恩。

“秃驴,你恶贯满盈,坏事做绝,今天你死期到了。看刀!”手起到落,“咔嚓”一刀,秃驴头对下一抛,鲜血直彪,嗷辄嫑嗷。

白刀进,红刀出,双龙摆尾。
咔嚓响,头落地,猛虎翻身。
尸首搿嘞东打边,魂灵上嘞枉死城。
行好得好终身好,作恶没得好收成。

卞喜说:“小姐,秃驴倒把你杀啦得够,董翠萍小姐呢?”“我们来寻。”

肇拿田志他们统统接到山上来,大家帮寻董翠萍小姐。翻腔,寻上小半天,也寻不到格人啊!寻到最后,就来才间长脚和尚坐的菩萨宽子底落,一般英雄见到了小姐。

小姐看见大人到,腮边不住泪纷纷。
英雄啊!
好嘞你今朝来嘞巧,否则我难有命残生。
恩人啊!
多谢今朝将我救,我永远不忘你恩情。

田志吩咐,将其他小姐释放回家,而且送他们盘缠路费,将小和尚一个个身丧共命。

一般小姐站起身,救命恩人口内称。

田大人说:“小姐,我们走啊,拿你交把你家哥哥董林。”“英雄啊,我腰落罩嘞长脚和尚头上够,人辄痛煞得够,不能跑,你要驮我。”田志想,我堂堂文武状元，十三省代天子巡按，驮一个小姐家来背上，成何体统。"刁其，你要老婆够，你驮小姐，你拿小姐驮家去，小姐就嫁给你。""我不，小姐咁高，我咁矮，没法驮。""卞喜，你驮小姐，小姐嫁给你。""我不，小姐覅说嫁把我，朝我一看也吓坏嘞够。""岳超，你驮。""田大人啊，倒不是我说你哩。擂台你打胜嘞够，小姐应该你驮，终身应该许配把你才对。"

田志闻听这一声，驮嘞小姐就动身。

在路行走来得快，董家庄到面前存。

一到董家庄，安童一报，董林知道，晓得妹妹回来了，他也早已知道擂台上打败他家妹妹够——

不是张三其别个，就是巡按老大人。

董林赶紧迎接，拿大家接到里面，厨房不曾歇手，赶紧为大家办酒，好酒好菜，好好款待。吃吃酒，董林就开口："田大人，我家妹妹摆的是姻缘擂台，既然你打败了我家妹妹，我家妹妹终身应该许配给你。"

你覅嫌她容颜丑，愿做牵床掸席人。

我来从中把媒做，你们两人配成婚。

"董英雄，你真有一番心意，要拿妹妹嫁把我够，只因我有皇命在身，不可违背君命，你等我私访十三省结束，奏与万岁晓得，逢皇圣旨。"

拿你家妹妹娶过门，好做天长地久人。

"格你蹲我家多住啦几天。""我没有时间，我要到苏州去，耳闻我的表弟姜燕，高中了新科状元，加封七省巡按，我要去找他，办一件重要事情。"肇司马茂家兄妹两个回转山寨。田志带嘞岳超、卞喜、刁其他们四个人直奔苏州而来。

四位英雄齐动身，哪肯耽搁赶路程。

在路行走数日整，到了苏州一座城。

四位英雄来到苏州，正好姜燕也在苏州私访，表弟兄两个会面，姜燕就说了："表兄，我家宝贝寿字帕还在小奸党姚彬家典当里，不如我们现在来写封书信，以我七省巡按和你十三省代天子巡按为名，送到他家去，叫小奸党姚彬亲自拿宝贝送得来。"

田志闻听这一声，想想不错半毫分。

随手修书一封，送到姚彬家中，姚彬一看，眼睛发暗："我把你大胆姜燕田志，口气倒不小，也叫我亲自拿宝贝送嘞去啦，你们要这个宝贝，势比登天还难。"

要我宝贝送把你，日出西天往东行。

你们要到宝和珍，东海干嘞起灰尘。

要我宝贝送把你，阴沟里蚯蚓作天阴。

你们要到宝和珍，晒干鲤鱼跳龙门。

树木园林颠倒长，人死五七转还魂。

独眼龙吴贞就说够："少爷，他们要寿字帕也可以的，我到河南嵩山少林寺去一趟，拿我家师傅邱峦请得来，他还有十八个好徒弟也带得来，在苏州摆起冤仇擂台来，如果哪个打擂取胜，寿字帕宝贝就归哪一个。你说，田志哪是我家师傅邱峦和尚和些徒弟们格对手啊？"

姚彬闻听笑颜开，就拿和尚请得来。

独眼龙吴贞来到少林寺和师傅邱峦一讲，说明来意，而且姚彬也准嘞他们盘子，只要擂台取胜，帮他们个个还族，成亲，再天天夜里和美女开心，白天和美女同桌，夜里和美女同宿，两人困辄困一头，身上不适宜辄是美女把他揉。

邱峦一听笑开怀，这等好事哪里来。

他们师徒十九个跟随吴贞，来到苏州。姚彬请来能工巧匠把冤仇擂台搭起来，上面挂起对联来。上联：威能南山除虎豹。下联：勇能北海捉狂蛟。中间横幅：三个大字冤仇擂。

打擂台来打擂台，真刀真枪两边排。

打死不偿命，怕死覅上来。

擂台搭好之后，姚彬打发安童通知姜燕和田志打冤仇擂台，而且双方都可以请人帮打，如果哪一方擂台取胜，宝贝寿字帕就归哪一方。田志一听，气嘞二孔生火，七窍冒烟，气死我也，气死我也。"姚彬，姚彬，你好无道理，癞人家宝贝，还打擂台啦。我乃文武状元，十三省内，哪个比我本事再好？看你请到哪一个无名鼠辈，来帮你打擂，我田志才不要请人哩。"

擂台一摆不非轻，惊动许许多多人。

格一天，约定打擂的时间到了，岳超第一个上台，一个旋风来到擂台之上朝对方一看，吓得浑身冒汗，原来是一个和尚。

人有一丈多高，箩口咁粗格腰。

眉毛对上展，眼睛像喔闪。

他是谁？邱峦的大徒弟，名叫永修，他的本事不比邱峦差多少，两人互相通过名姓。

话不投机就动手，生死搏斗比输赢。

两人打嘞四十回合，八十照面，岳超不是和尚对手，渐渐支架不住，晓得不好，赶紧跳下擂台。卞喜上去，吃了打败仗。刁其上台不曾有五个回合，败下来了。田志赶紧写书信，请司马茂家兄妹两个，董林家兄妹两个来帮打擂，同样不是和尚对手。

田志看看怒生嗔，骂声奸党不是人。

卞喜说："司马大王，你会起课格呢，你到帮起起课看，这个擂台我们果能取胜？"司马茂一听，倒也蛮信，赶紧拿课一起："田大人，说得你覅着气，凭我们这几个人擂台不得取胜，要去请能人。""请哪个？""我起的这一课，叫儒释争雄，释，就是邱峦和尚。儒，识字者，读书人，先生。也就是说，要请一个读书人来打擂，和邱峦和尚分个高低上下。"矮子刁其说："司马茂，你不是开玩笑吧？我们有本事格人也打不过和尚哩，读书格人，手无抓鸡之力，倒打得过啊？""刁英雄，我这课上面说的清清爽爽，叫儒释争雄，这不会错的，田大人，赶快请人吧！""这读书人在哪里，我又不知道。""我再来起一课。"

司马茂金钱课起完成，心中欢乐八九分。

"田大人，有了，有了。这个人在扬州俞家庄，他叫俞纪堂。说文，才高八斗，学富五车；论武，十八般兵器件件精通，有百般武艺随身，红砂掌、铁砂掌、童子功、气功、金钟罩、铁臂功，无一不精。"

要冤仇擂台来打胜，拿俞纪堂请到苏州城。

格叫哪去请累，海燕子卞喜自告奋勇要求去，他说："我轻功好，跑路如飞，可以逢山过山，遇水过水，还是我去请俞先生吧。"

嘴里说话就动身，哪肯耽搁赶路程。

在路行走来得快，到了扬州一座城。

卞喜一到扬州俞家庄，就打听俞纪堂老先生家住哪里。格天子他找到了俞府，不曾从正门进去，而是一个旋风，轻如狸猫，到了俞老先生的房顶上面，轻轻揭啦两片瓦，从屋顶上对下面一望，正好是俞老先生的书房。卞喜就想："辄说老先生本事好，我不大服帖，我今朝到要试试这老棺材究竟有多大的能耐。"当时俞老先生正好在书房看书，头上戴格帽子，卞喜拿弓箭拿出来，准备拿俞老先生头上格帽子射抛啦得，而且头皮不伤，头发都不掉一根，等俞纪堂好佩服他箭法好。哪晓卞喜正要开弓射箭，俞先生早已就知道了，他在三天之前就算到，在今天的某时某刻某分某秒，有人要来行刺他，老先生不慌不忙，手对房顶上一指，口中喊声“降”，只听房子上面嚯落嚯落……卞喜滚下来了。

卞喜滚到地埃尘，晓得果有命残生。

俞纪堂几个峭步，跑到外面用脚对卞喜身上一踏：“狗贼，你胆倒不小，老夫和你前世无冤，今世无仇，你为何要来行刺于我。”

“俞老先生啊！人家总说世上没得冤枉事，我这件冤枉海能深。”

“狗贼，今天被我逮格正着，我还冤枉你啦。”“老先生，我真的不是来行刺你的。”“格你为底高弄箭射我？”“人家辄说你本事好，我不服你，所以我用弓箭准备拿你的帽子射抛啦得，不伤你头皮半点，等你佩服我的箭法好。”“你来我这里做底高？”“老先生，现在小奸党姚彬在苏州摆了冤仇擂台，我奉七省巡按姜燕和十三省代天子巡按田志，来请你去帮打擂台够。”“我不去，哪有请人这样请法的，快给我滚。”“老先生，我浑身都直轴了，人也痛煞得够，走不了了。”原来俞老先生对手上一指，正好点中了卞喜的穴位，通则不痛，痛则不通，老先生用脚到他屁股上用力一踢，解开穴道，卞喜放趟子就溜。

海燕子赶紧就动身，回转苏州一座城。

到嘞苏州，田志就问他：“卞英雄，果曾请到俞老先生？”“不曾请到。”“为底高？”卞喜再就拿用箭射老先生的帽子，被老先生点中穴道，从前到后一说。

田志上下听完成，果要气死又还魂。

“你格狗贼，哪有请人这样请法的，难怪老先生不来哩。”姜燕说：“表兄，这是我家的事情，等我亲自去请俞纪堂老先生。”我们有说则长，无话则短，单说姜燕来到俞纪堂家，说明来意。人家说，话说啦七箩八笆斗，姜燕可保有十五箩，二十笆斗格好话说啦得，他就是不肯去帮打擂。格大家要问，俞先生咁好的本事，他为底高不肯去打擂啊？众位，各人有各人的难处啊，老先生也想，我要是去打擂，对方邱峦和尚是我的师弟，在学徒的时候，我桩样功夫都不弱似他，唯独只有电光功，我不值他，这电光功打到人的身上，比二千伏的高压电还要厉害，我去难以取胜，我今年也六十二岁了，何必拿这把老骨头还送到苏州去，所以他不肯去打这个擂台，就这个原因。格老先生真正不去，姜燕也没得办法：

只好气气闷闷转回程，告诉田志得知闻。

田志说：“表弟，你七省巡按请不动他，等我十三省巡按去请他，看他果敢不来。”他再带了几斤牛肉丸子，不肯耽搁，立即动身。

快马加鞭就动身，去请俞纪堂老先生。

俞老先生早已算到田志要来够，吩咐安童大门紧闭，不要放田志进去。田志到了俞老先生家门口，对杠一撑，口中开声：“看门安童，我乃十三省代天子巡按田志，特地登门，来请你家老先生去苏州打擂够，请你速速报，报与你家老先生知道。”安童说：“大人——”

你蹲门口等一等，我告诉先生好知闻。

看门安童来到里边：“老先生，巡按大人田志来了。”老先生说：“安童，你去对他说，就说我本来要亲自出去迎接他的，只因我陡得患难毛病随身，不能动弹，眼睛一闭，等等响就要断气了，他就走够。”安童跑到门口：“田大人，实在对不起，本来我家先生要亲自出来迎接你够，只因他陡得患难毛病，实在不能动弹，他现在眼睛一闭，弄不好一歇就要断气。”

田志闻听这一声，心中思量八九分。

田大人心上就想：“老先生，你好无道理，你不肯去打擂也就算了，你何必装病诈死啊，老先生，你有计策，我田志有对策，我早已准备好了。”他在白天睡觉，到夜弄点夜饭一吃，就到俞纪堂门口来够。来做底高？放声大哭。

俞老先生啊！

你如果不跟我到苏州去打擂，算不到英雄好汉一个人。

俞老先生啊！

你徒有虚名么，躲嘞家里有何用，值不到和尚足后跟。

俞老先生啊！

如果我田志来你家门口丧残生，万岁不饶赦你当身。

他再天天夜里蹲俞纪堂家门口哭，哭饿嘞，再弄点牛肉丸子吃吃。俞纪堂在家也困不着嘎，心上就想：“田志天天蹲堂哭，覅拿他哭煞得嘎，叫安童送点开水出去把他吃吃。”田志正好吃得牛肉丸子嘴里咁嘞要命，再弄点开水一吃，到肚子里一涨，牛肉丸子泡开了，肚子里人也饱煞得，肚子一饱，他的劲气就更加大了。

俞老先生啊！

你百般武艺有何用，枉来世上到如今。

俞老先生啊！

人到难中须搭救，不要推人下火坑。

俞老先生啊！

人来世上要做雪中送炭格真君子，

覅做锦上添花烂梢人。

田志在俞纪堂家门口哭了三夜，带吓、带骗、带哄、带激杠，俞纪堂也不出来啊，他也是左右为难，实在没办法。

俞纪堂来家转啦几个弯，横也难来竖也难。

格大家要问："田志果曾请到俞纪堂呀？"

田志哭得汗淋淋，惊动小姐女千金。

俞纪堂家有一个女儿，叫俞碧霞，今年二九十八青春，这个小姐好了，五岁就跟随父亲学艺，十二岁跟随俞纪堂浪迹江湖，三年之前到俞家庄落脚。

瓡说老先生本事好，小姐还要胜三分。

格天子小姐端坐绣楼，夜静夜静，听出去不近，一阵风，田志的哭声传到她的绣楼之中，她就问："梅香啊，外面哪个在哭？好像哭得两三夜了。""小姐，格格哭的人，是文武状元十三省代天子巡按田志，他来请老先生到苏州去和小奸党姚彬家打冤仇擂台够，老先生不肯去，蹲家装病诈死，不去见他。老先生还吩咐看门安童哥哥，不准放田大人进来看望他，所以田大人想想伤心，哭到今朝喽。"

小姐闻听这一声，心中思量八九分。

俞碧霞小姐心上就想："我家父亲好无道理，百般武艺随身，不帮忠臣出力，躲在家里，门都不敢出，十三省代天子巡按咁大格面子请不动你啊，况且他有尚方宝剑，有先斩后奏之权。

如果拿父亲丧残生，只好鬼门关去把冤申。"

小姐随身衣裳不打扮，绣带飘飘下楼门。

小姐来到老先生书房，深深一礼，一躬到底，过种客气："爹爹在上，女儿有礼了。""女儿，你不在绣楼，到我书房有何事情？""父亲，你有底高本事啊，往常吹牛说大话，又是哪里打擂你第一名，又是哪个本事没得你好，又是哪个不值你，你咁好的本事今天都到哪里去了？巡按大人来请你去打擂，吓得门都不敢出，你还有底高本事，你有屁格本事啊。"

先生上下听完成，果要气死又还魂。

"女儿，你晓得底高，你这知其一，不知其二。苏州擂台上的人，不是别人，乃是我的师弟邱峦和尚，他在少林寺天天练武，我在书房看书写字，早已功夫不值往年,如果去打擂,是九死一生,性命难存,我何必咁大年纪,去冒这个险,拿这把老骨头送上苏州去啊!"

小姐闻听怒生嗔,掇开心中火一盆。

"父亲,你果不晓得巡按大人有尚方宝剑,有先斩后奏之权,如果他拿你杀啦得,你到哪里都申不到冤,不如就帮他去打擂台,显显威风。如果擂台上胜利,你帮忠臣出力,也落到一个好名声;可以流芳百世,如果失败,你譬如把田大人杀啦得。反正说一千,道一万,你只要去打擂。"

不关胜败打完成,都有一个好名声。

俞纪堂转啦几个弯,横也难来竖也难。

"女儿啊,这个擂,我真不好去打。""你不去拉倒,我去。"俞纪堂一听,吓啦大半条命:"碧霞啊!你家母亲亡故早,丢下你这个惯宝宝,我们父女两个相依为命,你如果上苏州打擂,胜了倒好,如果败了性命难保。"

假使你有个长和短,我对不起你家母亲一个人。

"父亲,格你果去。""女儿啊,你真正要去,为父和你一起同去吧。"他再吩咐四个安童把他的兵器抬得来。大家要问:"老先生要的什么兵器,寻丧要四个人抬?"因为俞纪堂精通物理学,晓得邱峦的电光功厉害,铜是导电物体,他在打擂的时候,霎站在铜板上,如果邱峦用电光功伤我,电就从铜板上跑掉了,他就不关事,他就伤不到我,所以老先生打擂带了一块大铜沙板。

父女两个齐动身,赶往苏州一座城。

田志就来前面走,父女两个后面跟。

父女两个来到了苏州冤仇擂台脚笃。邱峦和尚的大徒弟永修,在擂台上指手画脚,摇头晃脑,胡言乱语:"台下有没有人敢来和我打擂,我晓得够,田志等人徒有虚名,就是到擂台上来,也不是我老子的对手,今朝他来一个,我打败他一个,来两个打败他一双,如果不识相,叫他吃辣呼酱。"

旁人听嘞不关事,小姐听嘞怒生嗔。

俞碧霞小姐把永修和尚一说,气嘞柳眉倒竖,杏眼圆睁:"秃驴,不要放肆,姑奶奶来也。"俞纪堂背都没有背得住她,小姐一个旋风蹦上去,将身站到擂台心。

永修和尚对小姐一看,欢喜了,小姐长嘞实在太标致了,心上就想:

我如果和这体面小姐来成亲,短寿十载也甘心。

“小姐，我是少林寺里的和尚，我叫永修。这次我们来打擂，小少爷姚彬承认我们够，帮我们个个都还俗，替我们找体面老婆哩。你小姐长嘞又漂亮，不如覅走，我们就配成一伙。拜拜堂，我们两人就同床；吃点亏，两人就困做一堆。两人困辄困一头，你再身上不适宜辄是我帮你出劲揉。”

小姐闻听怒声嗔，骂声你秃驴嚼舌根。

“秃驴，你格秃驴，你也好撒泡尿来地落照照，你底高腔调，再看看我姑奶奶底高模样，癞宝也想吃天鹅肉哩。”

要想交姑奶奶来成亲，日出西天往东行。

要想交姑奶奶来成婚，晒干鲤鱼跳龙门。

要想交姑奶奶来成亲，阴沟里蚯蚓作天阴。

要想交姑奶奶来成婚，东海里干嘞起灰尘。

要想交姑奶奶来成亲，人死五七转还魂。

要想交姑奶奶来成婚，你重投人身重做人。

要调嘞旁人，把小姐骂到这种腔调，想想只好气煞得，这永修秃驴脸皮厚了，把小姐一骂，他不但不生气，相反嬉皮笑脸，牙齿一呲：“小姐，你出劲骂耶，细声细气，骂起来就像唱戏，骂嘞竟好听嘞。”

秃驴将言说，小姐听原因。

你么越骂越起劲，我就越听越开心。

小姐说：“秃驴，看拳。”永修说：“慢，小姐，我不和你武斗，只交你文打，如果武斗，我拿你打破嘞相，再一歇捧嘞怀里看看辄不像样。”“秃驴，文打怎么打？”“小姐，我今朝用气功来取胜，但不过，我在运功的时候你不能打，等我功夫运好之后，对你招招手你才好打。”“好够，秃驴，我等你运功。”永修和尚，把身上衣服全部脱掉，只空一条短裤遮羞，手一舞，脚一蹬，气功运到全身，招招手，叫小姐去打。小姐一看，眼睛发暗，这个秃驴真是铜胸铁臂嘎。小姐一想：“硬打肯定不行。我只有智取，我要想办法把他气功放啦得才好呢。”小姐不用拳打，她用两只手轻轻地到和尚胸前摸，摸嘞和尚人辄痒煞得，只是咕咕咕来杠笑，但他就是不肯张开嘴笑，嘴如果不张开气就跑不掉。小姐说：“摸你胸你不笑唻。”从胸对底摸，一霍子摸到肚脐眼，和尚还只是抿住嘴咕咕咕咕笑。小姐说：“摸你肚脐眼你不笑唻，我走肚脐眼对下摸，看你果笑。”小姐手到永修和尚肚脐眼底落一摸，秃驴嘴一奓，“哈哈哈”大笑不止。正当和尚笑格辰光，小姐不肯耽搁。说时迟，那时快，右手捣拳涨涨劲，对准秃驴肚子高头一拳“叭”，哪晓得用力过猛，小姐捣拳到冲到秃驴肚子里面去了，秃驴肚子一痛，对下一陷，小姐拳头到拿不出来了嘞够，和尚如果一还手，小姐也就没得命了，她眼明手快，晓得不好，把拳头连同手臂来和尚肚子里连转几转，对外一扽，就把永修的五肺六脏都扽出来了。手脚又恔，就拿肚肠对擂台底落一撂，正好有一个人叫张老三，打擂台他去看，正好肚肠撂下来不偏不斜对他颈项里一缠，恨不得半条命辄吓啦得。

张老三得嘞抖擞病，呜呼哀哉丧残生。

永修困嘞擂台上，哭爹喊娘不绝声。

你们说，一个人肚子里五肺六脏都被扽出来，这个人还有底高用。永修和尚发狠，痛嘞来擂台上打滚，小姐飞起右脚，一连环腿“叭”。

和尚栽倒地埃尘，魂灵上嘞枉死城。

邱峦和尚的第二个徒弟叫静修，静修一看，命总吓断，我和永修师弟兄一场，他挨妖韶打煞得，我不能坐视不理。

师兄今朝丧残生，我要帮他把冤申。

静修和尚来到小姐面前：“你这个黄毛妖韶，打死了我的师兄，我来为他报仇，拿命来！”大家再看静修底高腔调？浑身长衣长裤，他不像永修赤膊皮条穿条短裤。格他为底高不穿短裤打擂？他怕小姐也走肚脐眼对底摸，上小姐当。

一男一女来动手，哪肯容情半毫分。

两人打嘞四十回合，八十照面，静修和尚确实本事了当不得，小姐不是他的对手，只有招架之功，没有还手之力。

静修越打越有劲，小姐打嘞欠精神。

小姐想：“这秃驴本事不简单，硬打不行，我还只有来智取。”她边打边退，退到擂台边上，做势脚笃一滑，对擂台上一掼，仰面朝上，困嘞擂台上不颤，她格假使就叫何仙姑懒卧牙床。静修和尚欢喜了，我家世兄他没得这个福气啊，这个体面小姐，她看中我嘞哇，困嘞擂台上等我哩，我不如来把她的裤子脱啦得，开心，凑堂擂台上交她成亲。

看看静修有多馋，馋沫拖出来三尺长。

小姐困嘞擂台上，两只脚都揪嘞来杠。和尚不晓得她是诱计，小姐鞋尖上有一朵绒球，这绒球里面有暗器倒齿钩在肚里，静修起大头子劲去背小姐裤脚管哩，正当他弯下来不注意的时候，小姐伸出左脚用力一踢，正好倒齿钩戳在秃驴的眼球上，小姐脚对身边一拖，把秃驴的眼珠子就挖出来了。说时迟，那时快，右脚一伸一拖，把右眼珠也扽出来了，小姐一个鲤鱼打挺，站起身来，对准静修天灵盖一掌，“叭”。

脑壳子扇嘞粉粉碎，活跳鲜鱼丧残生。

邱峦和尚一看，一跳八丈高：“气死我也，你这妖韶，这还了得。”

拿我家两个徒弟丧残生，冤仇结到海能深。

将你妖韶丧残生，好帮徒儿把冤申。

“妖韶，哪里走，拿命来！”俞纪堂来擂台底落望好嘞够，看见邱峦出来了，晓得女儿不是他的对手，随口大喊一声：“女儿，赶紧下来，等父亲来对付于他。”俞碧霞小姐趁此机会，跳下了擂台。俞纪堂把八百多斤重的铜沙板对夹肘里一夹，一个旋风，蹦上擂台，邱峦一看是俞纪堂来了：“师兄你来做底高？”“师弟，你好为奸党卖命，难道我就不能为忠臣出力啊？你身为出家之人，应以慈悲为怀，怎好大开杀戒，听我良言相劝，赶紧回少林寺修道去吧。”

吃吃素来修修道，修修来世好收成。

“俞纪堂，废话少说，看招。”嘴里说看招，两人就打起来了，先比童子功，两人不分胜负，再比气功、金钟罩、铁臂功、红砂掌、铁砂掌，两人不分输赢。真是棋逢对手，将遇良才，一个上秤称八两，一个上秤称半斤。

强中遇到强中手，作家人遇到作家人。

两人打嘞天昏地暗，日月不明，打嘞百鸟都停翅，鸟儿吓得不开声，大打三百回合，六百照面。

邱峦打嘞多有劲，先生打嘞有精神。

邱峦和尚说：“像这腔调打下去，我难以取胜。我记得够，在师傅身边学徒的时候，你电光功就不如我，我不如用电光功来取胜。”他再就改换招数，用电光功打俞纪堂。俞老先生一看，晓得一半，赶紧双脚踏在铜沙板上，邱峦和尚不晓得这铜沙板导电够，他的电光功再厉害也没得用，电都从铜板上跑掉了，俞先生完好无损。我们大家都知道，练功的人有功门。底高叫功门？打一个比方，就像自行车轮胎，整个轮胎里面的气都是从气门芯打进去的，也就是说，练功的人，整个身上的功夫，都是从一个地方运气运下去的，这个地方就叫功门。俞纪堂想，我只要破啦他的功门就能取胜，根据他仔细观察，邱峦和尚的练功门，在他的左脚脚底上，俞老先生跳下铜沙板，来一个黑狗钻裆，把头对邱峦和尚腚落里一攻，用力对上一立，和尚“叭塌”对擂台上一倒，先生背起邱峦的左脚，对准他的功门，用尽全身力气，到他脚底上三倒拳一打，格一倒拳不轻，辄有一千七八百斤，邱峦和尚顿时就见血封喉，俞老先生用脚，对和尚肚子上一踏：“师弟，只怪你无义，不要怪我无情。”

邱峦闻听泪纷纷，晓得没有命残生。

师兄啊，猎户不打笼中鸟，好汉不杀败阵兵。

你高抬贵手饶我一条残生命，我黄土盖面不忘恩。

师兄啊，不看金刚看佛面，不看鱼情看水情。

看看师傅面上情，饶我一条命残生。

“秃驴，你恶贯满盈，坏事做绝，上岸要财，落水要命，你的死期到了，明年的今日，就是你的周年。”俞老先生脚用力对下一踏，一踏不轻，一千五百多斤，踏得邱峦和尚两头探，眼睛一闭，只好断气。

只因平常不学正，今朝才到能功成。

还有十六个徒弟，看看师傅和两个大师兄咁好的本事都死了，我们还蹲堂做底高，快点走啊。

铛铛明仗总不要，饶赦瞎子命一条。

这次打冤仇擂台，田志一方取胜。姜燕一一谢过俞纪堂家父女两个，仍然回转扬州俞家庄。

司马茂家兄妹两个回转杭州天竺山，董林和妹妹回转山西太原。

此处丢开慢谈论，再说姚彬一个人。

小奸党姚彬看式势不对，擂台不能取胜，宝贝寿字帕保不住了，和大刀手呼天豹、飞毛腿吴贞商议，赶紧带上宝贝寿字帕、金银财宝、贵重首饰等，连夜逃走。

苏州地方不好蹲，京都皇城去安身。

来到皇城姚洪朝房，姚彬把苏州摆冤仇擂台这个事情前前后后告诉姚洪，姚洪一听，吓啦大半条命：“你格细冤家啊，你惹嘞大祸嘞哇。”

总说祸事天能大，只比天大小二分。

“这个宝贝寿字帕，本身就是姜燕家够，是万岁亲自赐把姜国翰保管够，父亲叫汪广才家去交你开典当，就是为了这一块寿字帕，你抽龙转凤，移花接木，接李代桃，田志又不晓得，你再一摆擂台，大家都知道了，寿字帕来我家。你果晓得，谋占国宝犯法，一家门都要挨杀。”

等到田志私访回打转，我家满门抄斩命难存。

老奸贼姚洪，赶紧打发安童，连夜去拿表弟右殿丞相丁卯广喏得来，把苏州打擂台的事情从头到尾一五一十讲把丁卯广一听。丁卯广吓得目瞪口呆，一句话辄说不出来，到最后商议决定，宝贝寿字帕当初是红毛国进贡到我中原来够，不如还把它送到红毛国去，也可以换个一官半职，就在红毛国安度晚年。再两个人家就拿值钱的东西整理整理，带上宝贝寿字帕，中原没有立足之地，就投奔红毛国去了。

中原地方不好蹲，边邦外国去安身。

两个大奸臣带嘞全家老少到了红毛国，来到红花王狼主银安殿上，献上宝贝寿字帕。狼主千岁龙心喜悦，吩咐穿宫太监收到国家的宝库房内，作为国家的镇国之宝。六部大臣就说了："千岁，中原的姚洪和丁卯广献来宝贝不是好事，肯定是两个奸细，他们献宝有功，你肯定要封他们官职，一有官职，他们在我们全国就好到处乱跑，歇啦几年，他们两人把我国的地理位置弄熟悉了，画起地图来，送到中原去，中原再发兵征剿我们红毛国，易如反掌，如同探囊取物。"

红花王千岁听完成，想想不错半毫分。

"众位爱卿，那你们说怎么办？""千岁，反正宝贝已经到了我国宝库房，这些中原人留堂块早晚是个祸患，不如拿他们杀啦得拉倒，要他们何用？"狼主千岁一听，到蛮相信。再就拿姚洪家，丁卯广两个人家大大小小，绑赴法场，不分细啊大，一刀砍一个，这就叫：

行好得好终身好，作恶没得好收成。

只因奸党做恶事，尸首不曾转家门。

我们不提奸党溜到外国又挨杀拉得，家乡份都没得，我们回个头来再讲田志等人。擂台打胜了，他们就赶紧到隆兴典当去问姚彬要宝贝，那晓跑到典当一望，姚彬没项，只有安童梅香来杠分金银首饰，问问他们姚彬到哪里去了，大家说姚彬上京都皇城去了。因为姜燕在私访七省，不能回京，田志私访十三省已经结束了，他连夜带嘞岳超、卞喜、刁其就动身。

快马加鞭就动身，赶往京都帝皇城。

有话则长，无话则短，一班英雄，来到京都皇城，黄门官对金殿上一报，奏于永乐天子知道："说十三省代天子巡按田志私访已经结束，前来金殿交旨。"万岁一听，龙颜大悦，手脚又馋，拿田志对金殿上一召，赐他锦凳宽坐，龙凤香茶解渴。田志拿私访的经过全部告诉万岁，又说姚洪的儿子姚彬在苏州开典当谋占镇国之宝寿字帕，而且他摆了冤仇擂台，最后擂台失败，他把宝贝拿皇城姚洪朝房里来了。

万岁闻听怒声嗔，掇开龙心火一盒。

“大胆姚洪，养儿不教父之过也，你纵子行凶、谋占国宝、私设擂台、身犯萧何法律，该当何罪？田爱卿，还是你辛苦一趟，孤家赐你三千官兵，火速前往姚洪朝房，拿他父子捉拿归案。”

田志奉了万岁命，带了官兵往前行。

来到姚洪朝房一望，大失所望，奸党没项，问问安童梅香，说：“姚洪一家和丁卯广一家带了寿字帕逃往红毛国去了。”田志一听，浑身松劲，赶紧拿这个事情奏于永乐天子。万岁一听，龙势火帝，大发雷霆，拍动震山河：“大胆逆贼，这还了得，竟拿宝贝送到边邦外国去了。哪位卿家，提兵调将，前往红毛国？

追勤宝贝回打转，官上加职重封赠。

田志赶忙启奏：“万岁，微臣愿往。”“田爱卿，你私访十三省才回朝够，理应回府休息，孤家怎好再麻烦你啊。”“万岁，食君之禄，担君之忧，微臣愿意替主担忧，为国家出力，提兵调将，前往红毛国，追回镇国之宝寿字帕。”

万岁闻听这一声，爱卿连连口内称。

该应孤家江山稳，出到擎天柱一根。

田志前来听封赠，扫北元帅你当身。

赐你十万兵和马，征剿红毛保太平。

点兵簿子交把你，黄道吉日动身行。

到了黄道吉日那一天，田元帅头戴战帽，身穿战袍，脚踏战靴，胯下乌云盖雪山战马，手拿青龙偃月刀，来到御教场，身坐中军帐，拍动惊虎胆，打起聚将鼓，放起调队炮，涨起齐队号：“大小三军，各个听令，本帅奉皇旨意，领兵征剿红毛国，要夺宝贝寿字帕，喊到哪个哪个去，点到哪个哪个行。”

如有三字两不肯，违反军纪罪不轻。

“本帅带兵，营房听清，马要山东龙驹马，兵要山西护阵兵，老者不过三十六，少者不过十八春。”

残兵败将总不要，都是拿龙捉虎人。

现在本帅将军纪军规公布如下：

点名不到，为慢军之罪者，斩。
行军不齐，为不收军规之罪者，斩。
升旗不到，为不听军令者，斩。
克扣军粮，为贪污之罪者，斩。
鸣鼓不进，为贪生怕死者，斩。
鸣金不退，违反军令者，斩。
泄露军情，为私通敌国者，斩。
挑了一家一棵菜，三十军棍不容情。
捉了人家鸡鹅鸭，除拉名字赶出门。
调戏人家良民女，人头挂出大营门。
军令状条条贴出来，神鬼害怕八九分。

马房赶紧发马：一点山东龙驹马、二点山西胭脂桃花马、枣红马、赤兔马、白龙马、四白蹄、雪盖蹄，真正稀奇。

刀房赶紧发刀：青龙偃月刀、金背大砍刀、九凤朝阳刀、板门刀、绣鸾刀、长刀手、短刀手、金爪月斧手、大刀配小刀，还有杀人钢刀。

枪房赶紧发枪：勾链枪、长矛枪、梨花枪、长枪对短枪、盾牌夹鸟枪、喝叫齐动身，刀对刀来枪对枪。

旗房赶紧发旗：一龙旗、二凤旗、三虎四豹旗、五星六角旗、七面威武旗、八卦阴阳旗、九面回合旗、十面埋伏旗、三十六面天罡旗、七十二面地煞旗、一百零八面引军旗……红旗红似火，黑旗乌似云，

黄旗高到九霄云，斗大帅字在中心。

盔房发出盔衣盔甲：金盔金甲、银盔银甲、铜盔铜甲、铁盔铁甲、锡盔锡甲……夹七夹八，夹得黑漆抹塌，前间护心镜，万炮辄轰不进。

只听一声炮响，兵房发兵，马房发马，刀房发刀，枪房发枪，旗房发旗，鼓房发鼓，盔房发出盔衣盔甲。会用枪，枪一支；会用刀，刀一把。

战鼓一敲不非轻，点起十万马和兵。
枪如南山初出笋，兵像北海浪千层。

“一点先锋官岳超听令，你带三千官兵，逢山开道，遇水造桥，为大兵铺好前进道路。”

“二点解粮官卞喜、刁其听令：本帅也派三千官兵给你们，解押粮草，兵马未

动，粮草先行，兵马赶上阳关路，粮草解嘞紧随声。”

再点，领兵官、督帅官、旗牌官、护阵官、压阵官、料阵官……官官相印，兵听号令，马听锣声。

十万大兵出皇城，号炮连天怕坏人。

永乐皇帝一想，文官好静，武官好武。他亲自步下龙庭，吩咐管鼓郎君，对天对地，只听“格楞、格楞、格楞”。

放起三个狼烟炮，送送提兵调将人。
有元帅，坐战马，威风凛凛。
红毛国，去出征，杀气腾腾。
马上兵，马下将，川流不息。
狼牙炮，一声响，地动人惊。
元帅去出征，小兵小将后间跟。
兵要听号令，马要听锣声。
元帅去挂帅，小兵小将后间带。
谨防放暗器，各带滚龙牌。
刀枪手，跨上马，信嘴把口夸。
番贼来见面，杀他人头滚西瓜。
马车手，跨上马，威武八面花。
见了番贼面，辣头辣面一马车。
黄旗高高扠到天，沙灰飘飘一溜烟。
十万大兵动身走，好像北海浪头子颠。

在路行走，非止一日，来到和红毛国交界处三里之遥安营扎寨，战书打到红毛国：“只要你国交出宝贝寿字帕，一笔勾销莫谈论。”

如有三字两不背，兵将杀进和平城。
个个没有命残生，鸡犬不留半毫分。

红花王千岁接到战书一看，眼乌珠乱转，召集群臣商议国家大事，文武大臣就说了：“千岁，自古以来，小国服从大国，理应年年进贡，岁岁来朝，宝贝寿字帕当初送到中原，中原有能人识得，宝贝就是中原的，不能出尔反尔。我们认为，不要大动干戈，损兵折将，破坏了两国和好，还是把宝贝寿字帕送出去拉倒。”正在这时，红花公主到了，上下一听，很不高兴：“众位大臣，不要长他人威风，灭自己志气。中原田志他也是人，不是三头六臂，只要大家齐心协力，一定能保住宝贝。”

文武百官听完成，总像泥塑木雕人。

红花王千岁说：“王女，你真正要打，你果有把握取胜？”“父王，我能够取胜顶好，如果不能取胜，我就拿宝贝毁啦得，大家都得不到，大家同归于尽。”

千岁一听笑盈盈，我家王女真聪明。

再就不和了，决定打。红毛国也有几位能人，乌里黑、黑里乌，乌里发黑、黑里发乌。双方约时交战，谁知红毛国的几位战将，在本国倒也可以，和中原人比起来就不行了。真是山外有山，天外有天，统统吃了大败仗，最后是闻风丧胆，溃不成军。

几位战将吃败仗，红花公主到来临。

公主浑身披挂，手拿绣鸾钢刀，胯下桃花马，一马彪到战场：“南蛮，你们哪个本事好，敢来和我大战几十回合吗？”话音刚落，岳超来到战场：“番女，不要猖狂，老子来也。”

一男一女来动手，生死搏斗比输赢。

两人大打一百回合，二百照面，红花公主确实有能耐，岳超只有招架之功，没有还手之力，只好败下阵来，连续十二员大将和红花公主交战都吃了败仗，田志说：“番婆娘，你有多大的能耐，等本帅来会你。”话音未了，来到战场，互相通过名姓，大战起来，这两个人真是棋逢对手，将遇良才，一个上秤称八两，一个上秤称半斤。

强中遇到强中手，作家人遇到作家人。
有田志，朝上杀，雪花盖顶。
有公主，朝下杀，枯树盘根。
有田志，朝前杀，怀中抱子。
有公主，朝后杀，背驮苏秦。
有田志，朝左杀，老鹰晾翅。
有公主，朝右杀，猛虎翻身。
有田志，朝山杀，山崩地裂。
有公主，朝海杀，海起灰尘。
一打秦王三跳锏，二杀鲤鱼跳龙门。
三打狮子朝天吼，四马投唐又上身。

五打乌龙归大海，六出祁山不容情。

七擒孟获朝前打，八仙过海又上身。

九打九龙摆八卦，十打猛虎大翻身。

两人大战二百回合，四百照面，杀得天昏地暗，杀得日月不明，杀得百鸟都停翅，杀得鸟儿吓得辄不敢开声。大概打嘞两个多时辰，四个多钟头腔调，因为红花公主前有十几位战将打了咁多时，再加上田志来势凶猛，一不留心，就要刀下送命，所以力不从心，渐渐招架不住了，她一边打一边对后退。她为底高要对后退？果是逃命？不是的，她来打仗之前，就已经将宝贝寿字帕悬在空中，做好了一颗红心，两种准备，如果战场取胜，阿弥陀佛，顶好。如果不能取胜，她就把寿字帕中间穿宝珠的龙须对外一扽，龙须扽出来以后，宝珠和宝珠就会发生摩擦，一摩擦就有热量，一有热量就要爆炸。这寿字帕爆炸起来有多大的能耐，有多大的威力？可以把整个的世界化为灰烬，铲为平地，比现在新社会的原子弹氢弹要厉害几十倍。

凡间宝贝要爆炸，王母娘娘早知闻。

王母娘娘站在南天门一看，晓得不好，凡间要天地混沌。

王母娘娘站起身，玉磬三响召真人。

召哪个？毛猴狲孙悟空。孙悟空听见一召，来嘞蛮快："王母，召我有何吩咐？""毛猴，当初你偷我的蟠桃，我和九天仙女商议，制造了寿字帕来防你，你把它带到了凡间，现在中原和红毛国来下争夺这个宝贝，红毛公主要将宝贝爆炸，把整个世界化为灰烬，铲为平地，那还了得。毛猴，你惹的祸，还是你去把宝贝收得来，不要让它在凡间作吵。"

悟空奉了王母令，一个筋斗往前行。

悟空来到了红毛国，红花公主伸手正要扽龙须，就在这千钧一发，万分危急的紧要关头，孙悟空说时迟、那时块，伸出右手，五指一把一抓，口中叫喊一声："我老孙去也。"

翻起筋斗就动身，南天门到面前存。

孙悟空将宝贝交把王母娘娘，王母娘娘把寿字帕收在天上兜牛宫，收藏起来。不谈天上，再说凡间，红毛国没有宝贝了，晓得被仙家收走，只好认输，写出降书顺表，年年进贡，岁岁来朝。田元帅说："我国还有两个大奸贼在贵国，我要把他们带回中原。"狼主千岁说："姚洪、丁卯广两家在我红毛国，早已做了刀下之鬼了。”

田志闻听这一声，阿弥陀佛念几声。

两个奸贼不行好，最后甭有好收成。

田元帅将兵马整顿起来，在红毛国歇息数日，带了红毛国的降书顺表，打起逍遥鼓，唱起得胜歌，回归大邦中原。

在路行走数日整，到了皇皇午朝门。

田志将兵马到演武厅歇宿，自己来到金殿，交过旨意，告诉万岁，宝贝寿字帕被天上的仙家收走了，姚洪和丁卯广两家都被红毛国杀掉了。圣天子一听，龙颜大悦。

该应孤家江山稳，出到擎天柱一根。

“田爱卿，你年纪咁轻，文武双全，乃我大邦中原栋梁之材，前来听封。”

田志前来听封赠，定国王之职你当身。

田志赶忙启奏：“万岁，在征剿红毛国的时候，岳超、卞喜、刁其他们三个出了很大的力，在我私访十三省的时候又保护我，吃尽了千辛万苦，可称得上是患难之交，也请你万岁封他们官职。”万岁一听，龙心喜悦，随口就封。

岳超前来听封赠，御教总兵受皇恩。

哪晓万岁对卞喜一看，眼睛竖过来长嘞脸上，如果封他内京官，天天上朝见驾，人也把他吓坏嘞够，不如封他外京官。再望望刁其，人么滴点高，倒有箩口咁粗格腰，头毛像把伞，脚像超灰板，实在不入眼，也就封他一个外京官。

卞喜刁其听封赠，都是总兵受皇恩。

田志又启奏：“万岁，你封了我官职，我家还有两位夫人，两位舅兄，还有母亲，也要请你封。另外，请你万岁为媒，将我妹妹田红玉的终身许配给御教总兵岳超。苏州打冤仇擂台，扬州俞家庄俞纪堂老先生家父女两个，也出得很大的力，擂台才得取胜够，都要请你万岁封。”万岁一想：孤家做皇，全靠大家帮忙，一人得道，鸡犬都能升天矣。随手把张氏、司马茂、司马赛花、董林、董翠萍、田红玉、俞纪堂、俞碧霞全部召到金殿，一个个听封。

张氏太太听封赠，太君娘娘受皇恩。

司马赛花听封赠，定国夫人你当身。

董翠萍前来听封赠，安国夫人你当身。

司马茂、董林听封赠，都是总兵两个人。

田红玉前来听封赠，御教总兵家正夫人。

俞纪堂前来听封赠，自在丞相你当身。

俞纪堂启奏："万岁，你再封我自在丞相，微臣我谢主隆恩，但不过我家女儿俞碧霞一路之上她和我说够，她一定要拿终身许配给定国王田志。"万岁一听，就不晓有多高兴，随口就封。

俞碧霞前来听封赠，饶头夫人你当身。

封过以后，七省巡按私访结束，也来金殿交旨，万岁也封嘞他官职。

姜燕前来听封赠，子顶父职你当身。

他家父亲姜国翰是吏部天官之职，再姜燕就是吏部天官。他赶忙启奏："万岁，你封了我官职，我家母亲也来请你封，我家夫人丁素珍也请你封，我的安童姜兴也要封。我做好事，救济灾民，家里一贫如洗，请你万岁拨银子，帮我微臣起造天官府。"万岁一听，满口答应。

田氏太太听封赠，太君娘娘你当身。

丁素珍前来听封赠，诰命夫人受皇恩。

姜兴前来听封赠，带刀指挥坐衙门。

驸马公姚介，保护姜燕私访，功劳浩大，万岁封他为镇京总兵之职。姜燕一想："受人滴水之恩，应以涌泉之报，我私访扬州丁家庄的时候，如果不是狗教师余成龙暗中保护，我也没有性命到如今。"他把这个事情告诉万岁，万岁说："姜爱卿，你的救命恩人余成龙他是学文的，还是习武的？""万岁，他既不学文，也不习武，他是扛枪打鸟驯狗子的。"万岁一想，这个官职怎么封，万岁顺嘴一塌，传路官传封。

余成龙前来听封赠，闲事委员你当身。

万岁吩咐，打开国库，拨出银子，到苏州狮子街翻耙巷，帮姜燕家——

重新起造天官府，流芳百世有名声。

田志定国王和吏部天官姜燕朝朝伴君，夜夜伴皇，表弟兄两个赤胆忠臣，忠心保国，是大明朝的擎天白玉柱，驾海紫金梁，永乐皇帝对他们也特别宠爱。格天子表弟兄两个在一起饮酒，田大人就说了："表弟，为你家一块寿字帕，在苏州和小奸党打了冤仇擂台，我们如果不下扬州三请俞纪堂老先生来帮打，这个擂台也难以取胜，这格事情，使我铭心肺腑，终生难忘，我们不如请示万岁，吩咐风流才子，自在丞相，以苏州打冤仇擂台，读书先生俞纪堂和河南嵩山少林寺邱峦和尚，寿字帕为书名。”

写夹一部忠孝卷，传流东土劝善人。

姜燕一听，倒蛮高兴，表弟兄两个就把这个想法，告诉万岁，得到圣天子恩准，再就叫风流才子，自在丞相，写起了这部忠孝宝卷，题目就叫：

寿字帕，万古传流到如今。

经到头来卷到梢，拜送落难星宿上九霄。

天赐平安福，人同富贵春。

看部忠孝卷，老少注长生。

腊月初八吃咸粥

遇荒年，粮向前，甜似蜜，苦黄连。——圣谕

天时不济遇荒年，为人饮食粮向前。
豪富生活甜似蜜，贫穷日子苦黄连。
山对青山楼外楼，多少欢乐多少愁。
多少高楼饮美酒，多少流落在外头。
今日不知明日事，枉着闲气一场空。
忠孝宝卷初展开，拜请落难里宿降临来。
宝卷初展开，礼拜佛如来。
树从根上长，花到叶里开。
宝卷初开黄，香云透佛堂。
老少同念佛，修行往西方。
劝善终有福，挑祸两无功。
人无千年好，花无百日红。
山上青松山下花，花笑青松不如它。
有朝一日寒霜降，只见青松不见花。
善比田来恶比犁，善人常被恶人欺。
犁头换掉千千万，果曾见田中换烂泥。
长江滔滔往东流，靖江孤山象困牛。
弟兄道理要和好，妯娌千万莫结仇。
朝走东来暮走西，人生在世好孤栖。

日夜奔波有何用，一双空手伴土泥。
朝起西来暮走东，人生好似采花蜂。
采尽百花酿成蜜，辛苦到头一场空。
邻舍隔壁起高房，让他几尺有何妨。
千年计划没得用，果记得当年秦始皇。
日落西山又转东，劝人行善莫行凶。
霸王江山今何在，韩信功劳一场空。
他骑白马我骑驴，低头沉思我不如。
抬头看见推车汉，比上不足比下余。
酒字三点水，色字刀在头。
丢掉酒共色，省的结冤仇。
氧气羊打底，财字贝字旁。
丢掉财共气，何等不风光。
富字田作底，累字田在头。
等到田地归共有，省得争田夺地结恩仇。
牢字牛作底，狱字反犬旁。
丢掉牢狱两个字，世上何等不风光。
酒在船头色在梢，财气二字把橹摇。
劝君莫把中舱坐，四面都是杀人刀。
吃酒不醉量为高，见色不贪是英豪。
非理之财不可取，忍气吞声祸可消。
叹世人，不理论，铜钱银子惹祸根。
亲眷家为它恼，邻舍家为它争。
弟兄道理为钱财，骨肉亲当作路边人。
人生在世力不齐，家中缺少美貌妻。
有了美女来伴枕，心中要想买落地。
买了良田千万亩，恨无出门没马骑。
骑了白马要坐轿，又想无官被人欺。
做了七品知县府，心中要想做皇帝。
做了皇帝还嫌小，缺少仙家伴仙棋。

人心不足四个字,爬嘞高就跌得低。

一寸光阴一寸金,寸金难买寸光阴。

失落黄金有取处,失落光阴哪里寻。

光阴似箭日月如梭,人生百岁能有几个。

良田万顷种不了许多,金银满库难买地府阎罗。

空手来么空手走,何不趁早念弥陀。

收留闲文归经典,开宣宝卷劝善人。

忠孝宝卷出展开,拜请金童玉女降临来。

两旁善人帮念佛,能消八难免三灾。

话说,忠孝节义,落难古书一部,小弟子今日开讲,总要讲到有文有武,有甜有苦,苦中之苦,难中之难,悲欢离合。物有本末,事有终始,有始有终,方成宝卷,才算是一部完整的功善宝卷。是话有音,是鸟有林,是饭充饥,是茶解渴,是忏消灾,是经灭罪,是经典就有皇帝登位,经典盖板之上,注有"昔日"二字,昔者远也,日是今日,远年经典,今日所讲,远朝近还,要还朝代,确然不难。昔年昔月宋朝。

仁宗皇帝登龙位,一统山河治乾坤。

大宋朝仁宗皇帝登殿,真正像样,文有忠良,武有能将,安邦定国,治立乾坤,真是叫山呼海啸,龙腾虎跃,路不拾遗,海不生波。

四海鱼翁献活宝,高山猎户献麒麟。

四面八方都太平,刀枪不动半毫分。

万岁就想,刀枪不动,要它何用,不如把它改啦一半,改做底高?

刀枪改作农用物,兵书改作劝世文。

肇刀枪变少了,兵将多了怎么办?

老兵回家种田地,少兵抄写上大人。

马放高山吃百草,兵卷帘子转家门。

皇皇多有道,端坐在龙庭。

八方多清净,处处罢刀兵。

国正天心顺,官清民乐安。

妻贤夫祸少,子孝父心宽。

三阳初开泰,六合正同春。

风调并雨顺，五谷贺丰登。

仁宗天子列位英明，五更鼓打端坐龙庭。

父慈子孝弟兄恭敬，家家福禄户户康宁。

万民齐喝彩，称颂有道君。

众位啊！皇皇有道讲不尽，山清水秀出贤人。

大众耳闻贤人出世，不知出在何方数块。这贤人一不出在边邦外国，二不出在荒山野地。要说出在边邦外国，人长嘞三头六臂，兴兵造反和我中原人做对，算不上贤人。要说出在荒山野地，独霸一方，自立为皇，拦挡短路，搞乱江山，称孤道寡，就更算不上贤人了。

该应我主江山稳，大邦中原出贤人。

贤人出得其则不远，出在陕西省，华阴县，北门外三里陈家庄，一人姓陈，名叫高贤，同里张氏为婚。

说到陈家豪富很，万贯家财有名声，

说到这个陈高贤家，真是豪富了，有前厅、后厅、左厅、右厅、折厅、倒厅、穿衣厅、脱衣厅、狮子玫瑰亭、凤穿牡丹亭。

前后房子廿四进，当中夹座万福厅。

东库房堆金不堆银，西库房堆银不堆金，秤称银子斗量金。安童成对，侍女成双，鸡鸭成群，骡马成行，夫妻双双，端坐高堂，生活要做，一世风光，乃积乃仓，赛过天堂，数亩之宅，树枝已桑，真是周见于二代，郁郁于文哉。

出入安童骑骡马，扫地梅香戴金花。

门口有张口狮子竖头匾，根根旗杆杵青天。

金丝灯笼当门挂，十大功劳在午朝门。

大家要问，这陈家咁好的摆设，果有多大的官职？众位，陈家万贯家财摆设好，官职自然就不小。

大人朝纲把官做，吏部天官受皇恩。

张氏太太福气好，皇封诰命正夫人。

老大人在朝纲为官，究竟是清真官，还是糊涂官，老大人在朝为官，清如水、明如镜，坏人说话他不听。在家中，是父母能竭其力，在朝纲，事君能致其身，与朋友交，言而有信，干事体取直取去汪，（低）能使汪皆直，如同“为政以德，譬如北辰，居其所，而众星拱之”。

大人做官清正很，更比河水胜三分。

当今天子多见爱，当作擎天柱一根。

老大人果有香烟后代，忠臣不绝后，绝后不忠臣。夫妻两个中年积德，大做好事，广行方便，济困扶危，生到一男一女香烟后代，儿子名叫陈忠，女儿名叫陈良。少爷陈忠年方一十二岁，小姐陈良才只九岁。

说到兄妹两个人，金童玉女下凡尘。

小兄妹两个，都在小书房用功苦读，将来好龙门高跳，为国家出力，报效朝廷，替祖争光，光耀门庭。

不提兄妹把书读，再说朝纲出奸臣。

在大宋仁宗年间，出到一个最大的恶奸臣，姓庞，名叫庞洪。他有多大的官职？官封到当朝一品宰相，又是西宫国丈。老贼有三个漂亮女儿，一个嫁给了当今万岁仁宗天子，一个嫁给了兵部尚书孙秀，一个嫁给了九门提督王天化。老奸党在朝纲之中，靠女儿庞赛花的姿色，换来了西宫国丈，他就想：

我是国丈女是妃，满朝文武哪敢欺。

所以他在朝纲之中，无恶不作，无所不为，上骗君皇，下欺良民百姓，真是头顶生疮，脚底流脓，坏到透顶。

三番五次定毒计，要想宋朝锦乾坤。

格他来朝纲之中果怕哪个？他旁人都不怕，就怕陈高贤老大人一个人。为底高？因为陈高贤老大人，忠心保国，替主担忧，敢说敢当，为国家出力，食君之禄，要担君之忧。

万岁肩上担子千斤重，他要帮担啦八百斤。

所以老奸党庞洪的一举一动，老大人都看嘞清清楚楚，明明白白。就这样，老大人陈高贤就成了庞洪的肉中钉，眼中刺，成了老奸党谋皇篡位的绊脚石。庞洪一心要想拿这块绊脚石搬啦得。庞洪就想："我要谋皇篡位，你狗贼交我做对，你做官一世清真，我交你拉倒。

如果捞到我格手，叫你老贼命难存。

常在河边走，难免不湿鞋，要吃无钱酒，只要把功夫守，撞到八九龤，就好交你丑。

拿你狗贼丧残生，万岁轮到我当身。

庞洪要谋皇篡位，手中要有很大一笔资金，这钱从何而来？他每年要蹲家贺生日,心上就想:“我一个人贺生日,弄不到多少钱,今年不但我自己贺生日,替十二房夫人每人也贺一次,还有一个儿子,九个儿媳,每人也贺一次,今年我家一家要贺二十三次生日。”

这笔交易做到家,银子拖到几板车。

庞洪主意打定,亲自写好请帖,吩咐安童送到各州各府各县下任官手里,老奸党把请帖又送到三百文官,二百武官,九卿四相,八大朝臣,六部官员,穿宫太监大家手中。不谈旁人,我单说吏部天官陈高贤老大人,格天子接到请帖,心上就想,庞洪狗贼,你好无道理,你往年把贺生日,我看万岁面子,弄点东西去装一个场面,你越弄越不成腔,你今年一家要贺二十三趟生日,我们一年忙到头,弄到多少薪水,也不够把你剥削去哩,我今年不如来如此如此,这般这般,你明年贺生日就不来烦我够。立即吩咐安童高能:“高能,老太师马上要贺生日了,你替我上街,买夹一对整斤头白蜡烛和一张大白纸家来。”

安童奉了大人令,急急忙忙往前行。

一歇辰光,东西备办停当。老大人不肯耽搁,把白纸一裁两半,提笔就写。上联:庞洪老贼早点死。下联:剥削没得好收成。

然后,用这副祭联,把白蜡烛包好,用一个袋子把它灌好。到庞洪贺生日格天子,热闹了,东天才有点放毫,贺生日格就对庞洪朝房门口跑,东天才有点天亮,路上贺生日格跑嘞就像牵线,前间一百二,后间哩咕啦腔就不得脱连。

一般官员齐动身,都帮奸党贺生辰。

单说陈高贤老大人那天子一大早就说了:“高能,今天老太师来家贺生日,你帮我拿这个袋子送嘞去。”高能安童一听,吓啦大半条命:“大人啊,老太师贺生日是喜事,你弄这祭联和白蜡烛去,不是邓葬他,我不去,去了也没得命家来。”老大人就说:“高能,你胆放宽心。”

天塌下来有我顶,非关你事半毫分。

高能没得办法,肇背嘞袋子,一跑一钉,点总不兴。

一头跑来一头撑,太师朝房面前存。

来到庞洪家朝房门口一望,人不晓多旺,就像东海里波浪,挤如也,撰如也,推背走,轧不开。高能虽然起了一个大早,去还是落马马零了。心上就想,像这样子,这么多人,要收到我格礼物,起码要等到晚。眼珠一转,陡生一计,他到旁边搬几块大大砖头,对脚下一垫,把袋子顶嘞头顶上间。到了午饭过后,收礼的人也辛苦了，心上就想，我这样子老太师贺生日延寿，我们要短寿，大家商议，不如把大礼先收，小礼叫他们明天再来，大家一致同意。格一个收礼的人抬头对开间一望，望见高能头上顶一个大大包袱，只当里间有大大着落，撑杠就喊："喂，你头上咁重，你果顶得动，快点到前面来。"

高能闻听这一声，抖抖擢擢就动身。

来到前间，收礼的人就问了："你家大人是谁？""吏部天官陈高贤。"收礼的人弄手到袋子上捺捺，里间两根长拖拖，重震震格东西，心上就想："往年老太师贺生日，陈高贤弄滴点东西来，煞煞水气，今年真舍得，弄两根大金条来了。"再说安童高能，拿袋子对杠一撂，放趟子就溜。

三步并作两步走，哪肯耽搁转回程。

到了晚夜，庞洪就问收礼的人了："今天收到多少银子、礼物？一一禀报上来。"收礼的人拿陈高贤送的袋子背出来了，说："启禀老太师，恭喜贺喜你了，今年的收入太大了。""怎么讲？""往年贺生日弄滴点东西来煞煞水气格人，今年都有重礼来了，像吏部天官陈高贤也有重礼相送了，请老太师观看。"老贼庞洪弄手拎拎，里面重震震。打开一看，眼睛发暗，原来是一张白纸，里面包的白蜡烛，白纸上写一副祭联：

庞洪老贼早点死，剥削没得好收成。
奸贼上下看完成，果要气死又还魂。
骂一声：你陈高贤狗贼啊！
你来贺我生日是假意，邓葬我老夫是真情。
如果捞到我格手，碎尸万段不容情。

就这样一来，庞洪老贼更加对陈高贤恨之入骨，想方设法要除掉他，把他置于死地。

我点点烛来烧烧香，他早死一天好一天。

老奸党庞洪想底高办法，才能拿吏部天官陈高贤置于死地。庞洪一想，盗窃国宝犯法，头要挨杀。他买通小太监王方，从国家的宝库房内，将镇国之宝九龙杯盗出，又偷偷地放到陈高贤家中的柜子里。

宝贝放嘞柜子里，大人不知半毫分。

那一天早朝，五鼓三点，仁宗天子坐殿，文武百官都来朝驾。

凤阁龙庭九重霄，仁宗天子上早朝。

文官爬上金銮殿，武官站到牡丹亭。

万岁皇开金口，帝露银牙：“各位老贵公、各位老爱卿，有本早奏，无本速速转帘退朝。”正在这时，小太监王方，匆匆忙忙来到金殿之上，口称：“万岁，大事不好，国家宝库房里少了国宝，镇国之宝九龙杯不见了。”

万岁闻听这一声，目瞪口呆不作声。

众位，这九龙杯乃是稀世之宝，是西夏国进贡到中原来的。所谓九龙杯，就是说，一个杯子上盘有九条龙。龙尾在下。龙头朝上，每一条龙的嘴里都能倒出酒来，同一种酒倒在杯里，九条龙嘴里倒出来的酒是九种味道，各味不同，就是再差的酒，只要倒到这九龙杯内，都会变成好酒。另外，这九龙杯，能解毒，如果哪个要谋害谁，把毒药倒在这杯内酒中，杯能将毒药化为乌有，吃的人可以安然无恙，所以说这杯乃稀世之物，无价之宝。万岁听见说九龙杯被盗，吓得目瞪口呆，一句话都说不出来，六部大臣说，万岁，很可能有江洋大盗进了皇城，盗走了宝贝九龙杯。也有人说，宝库房戒备森严，何人得进，除非有内鬼。这就叫：

地头乌龟不生灾，家鬼牵出野鬼来。

老贼庞洪执笏当胸，走前几步：“启奏我主万岁，万岁，万万岁，你不必担心，微臣愿担此重任，追回镇国之宝九龙杯。”

万安闻听这一声，爱卿连连口内称。

仁宗天子一听，龙颜大悦：“爱卿，既然如此，孤家赐你一月时间，追回镇国之宝九龙杯，爱卿啊！”

你将宝贝追回转，就是国家大忠臣。

老奸贼庞洪来到品级台前：“万岁，食君之禄，担君之忧，微臣不要一月时间，只需三天工夫就好了。”

万岁闻听这一声，心中欢乐八九分。

散朝之后，老奸贼胸有成竹，因为小太监王方早已将九龙杯放在陈高贤大人家中的柜子里了。庞洪真是老奸巨猾，那一天，他吩咐手下之人，到各个官员的朝房搜查，因为他和陈高贤吏部天官，面和心不和，所以他不先搜陈高贤家，以免露出破绽，等大家把三百文官，二百武官，九卿四相，八大朝臣，穿官太监，六部官员都搜完嘞之后，庞洪说：“陈大人，只因本官皇命在身，不好意思了。”陈大人说了声：“请。”老贼带人进府了，他为了遮人耳目，左张张右望望，正在这时，各个官员来报：“启禀大人，陈府现在已经搜遍，没有发现宝贝。”老贼眼睛一曝,胡子一翘:“狗才,现在整个皇城各个官员的朝房都已搜过,陈家是最后一家,如果再找不到宝贝,宝贝上哪去了,难道被鬼吸得去了?替我仔细搜。”手下之人齐声答应:“是。”

老贼庞洪对前撑,厢房到了面前存。

来到厢房,老贼吩咐手下之人,把箱子一个一个,全部打开。等他来到厢房,实际上小太监王方早已告诉他了,宝贝在第一排,第几个箱子里,他这样做,是遮人耳目。老贼来到放宝贝的箱子身边,把手伸到箱子里,做势横一翻,竖一翻,再看老贼底高腔调。

庞洪脸上笑盈盈,宝贝拿在手中心

哈哈哈哈……老贼一阵狂笑,来到陈大人身边,把宝贝拿在手中,陈大人,你看看清爽,这是什么,陈大人一看,命总吓断,目瞪口呆,一句话都说不出来,庞洪一声令下,带走。

背了大人就动身,哪肯耽搁片时辰。

背格背来推格推,就像玉兔遇黄鹰。

穿街过巷来得快,午朝门到面前存。

庞洪手脚不慢,来到金殿之上,撞钟击鼓。为什么要撞钟击鼓?因为不是万岁坐朝的时候,文武百官听见钟鼓齐鸣,赶紧来到金殿之上。仁宗天子端坐八宝金殿:“众位爱卿,是哪一位卿家撞钟击鼓,有何重要紧急事情?”庞洪赶紧来到前面:“万岁,是我微臣撞钟击鼓。”万岁睁开龙目,对下面一望:“哎呀,庞爱卿,原来是你啊,你有何事?”“万岁,镇国之宝九龙杯,微臣已经找到了。”

万岁闻听这一声,心中欢乐八九分。

“庞爱卿,宝贝在哪里找到的?”庞洪再就拿搜寻宝贝的一五一十情况,统统全部告诉了万岁,而且说明,宝贝在陈高贤家的柜子里找到的,现在陈高贤在午朝门外,听候发落。

万岁听见这一声,掇开龙心火一盆。

万岁手脚不慢,就拿陈高贤召到金殿之上,圣天子龙势火帝,大发雷霆,执指一指:“大胆陈高贤,你还了得!身为吏部天官之职,应该为我孤家出力,报效朝廷,你果派盗窃国宝,这还了得。左右殿官听令,不要耽搁,拿吏部天官陈高贤。”

拖到午朝门外丧残生,决不饶恕他当身。

庞洪闻听这一声,果要笑嘞肚里疼。

吏部天官老大人陈高贤喊一声:"万岁啊!"

人家总说世上没得冤枉事,我这件冤枉海能深。

"万岁啊,你哪怕明理调查、暗里察访,如果访到我陈高贤真的盗窃了镇国之宝九龙杯,拿我零碎剐也甘心。"

"大胆陈高贤,证据确实,还敢狡赖?"文武百官就说了:"万岁,暂息雷霆之怒,陈大人也可能一时糊涂,做出了这种事情,请万岁看我们大家薄面,等他留一个整尸首。另外,一人做事一人当,将陈高贤身丧其命,就饶了他全家吧。"万岁一想,孤家做皇,全靠大家帮忙,这陈高贤,往常辰光,忠心耿耿,一心为我孤家出力,一心为我大宋社稷着想,怎就脑子发热,犯下了滔天大罪,既然文武百官大家保本,不如孤家就做个顺水人情吧。随后吩咐穿宫太监,拿来砒霜毒药酒一壶。万岁说:"陈高贤,这里有药酒一壶,你立即服毒自尽,留个整尸首,也好等你到家乡落葬,等你有个家乡份吧。"

大人闻听这一声,腮边不住泪纷纷。

大人喊一声:"可怜了,我陈高贤朝也伴君夜也伴皇,总已为有好处,不晓到了能功成。人家总说,伴君如伴虎,一点不假,臣子伴君皇,如同羊子伴虎狼,老虎一饱,交羊子合的蛮好,调调兴兴,如果老虎一饿,拿羊子不分细啊大,一口吃一个。臣子伴君皇也是这样,如果四海升平,八方太平,君臣合得很好,大家有讲有说,如果万岁遇到不称心的事情,肇就拿臣子出气。"

万岁眉头皱一皱,御笔拿起来勾一勾。

轻的监牢里面收,重的就将性命丢。

想我陈高贤,忠心报国,竟到如此地步。将药酒壶拿在手里正要吃,突然想到了夫人和一双儿女,老大人泪如雨下,用手对陕西省华阴县,执指一指!喊一声:"夫人啊!"

你不要当我来皇城里做官有好处,马上就要丧残生。

夫人啊,

我千指望,万指望我们夫妻两个同过一百岁,

不晓中途丧残生。

夫人啊,

你在家中拿一双男女带好慢慢过,

拿我撂到足后跟。

夫人啊，

我们在阳日三间今生今世么再也会不到，

只好三更梦里会鬼魂。

老大人哭得肝肠断，文武百官也伤心。

老大人哭嘎哭，哭得心上就像突粥，狠狠心肠，咕咚咕咚就把一壶砒霜毒药酒喝下去了。一歇歇辰光，再看看老大人底高腔调。

药性发作了不得，七孔流血丧残生。

文武百官是敢怒不敢言，大家都知道是奸贼庞洪坑害了老大人。

只因为他官高爵显，没办法对他。我们再说陈家安童高能，买了大大沙方棺木一口，请大众帮忙。将老大人收尸入殓，又叫了一条船，拿棺木抬到船上，要拿老大人的棺木送回陕西省华阴县老家落葬。

开起船来就动身，赶往华阴一座城。

高能坐在船头，看看老大人的棺木，心如刀绞，号啕大哭。

大人啊，

你在朝纲为官么清真很，怎就到了能功成。

大人啊，

只怪昏君忠奸不分，拿你丧残生，果比黄连苦三分。

大人啊，我逢桥过缺喊你三声老大人，阴魂跟我转家门。

不提棺木水路走，再表家中一段情。

那一天张氏太太在家中睡到半夜，陡得一梦。做底高梦呢？那一天闲暇无事出去相够，跑到邻舍家门口，腾腾空一只焦黄犬赶出来，嘴一爹，舌头一塌，到她心口头“哇”咬掉一大块肉，太太一吓，从梦中惊醒，摸摸心口头完好无损，一点辄不坏，又困，困嘞一歇歇，又做梦。这霍子做底高梦？梦见一座高山，山上一个猎户，正追一只老虎。

老虎就在前面走，猎户后面紧随跟。

老虎溜到哪里？溜到了山的尽头，无路可走的地方，面前是悬崖峭壁，老虎不肯把猎户捉得去，它速度很快，对山下一跳，情愿跳崖自尽，也不肯被生擒活捉，一梦惊醒，一身香汗湿衣襟。

早上一起来，梳洗已毕，来到万福高厅，陈忠陈良兄妹两个前来请安，张氏老太太就拿夜里做格梦告诉他们。小姐一听，倒也无所谓，公子陈忠一听，吓啦大半条命。为底高？他一想，父亲今年正是属虎的，可能父亲在皇城里出嘞大事了，心上这么想，嘴上不曾敢说。他安慰母亲说：“母亲，梦中之言，惚中之语都是假的，不必担心。你如果再不放心，打发安童拿南门祥梦的王师傅请家来，一问便知凶吉。”

太太闻听这一声，想想不错半毫分。

随手打发安童就到南门拿祥梦的王师傅请回来了。张氏太太就拿两个梦告诉了王师傅，王师傅眼睛闭呀闭，馋沫只是对下滳，眼睛直眨，手指头直掐，说：“夫人，我也是根据梦中的情由实事求是说，还是说点奉承话？”太太说：“师傅啊，应当实事求是啊，该好说好，该丑说丑，有话请讲。”“太太，格我就照直说了，根据你这两个梦祥下来，你家在三天之内，绝对有棺木要进门。”

母子三个闻听这一声，三魂吓得少二魂。

陈忠公子一想，我家只有父亲在京城为官，难道我家父亲出事了？心上想，嘴上不曾敢说，拿出银子，打发祥梦师傅。王师傅走了，大家要问，这个王师傅，祥梦果灵？相当灵，还不曾到第三天，就在第二天将近晚夜的时候，高能安童，把老大人的棺木从京都皇城装回来了。

船一靠岸，拿接脚板打起来，高能安童不肯耽搁。

三步并做两步行，做个通风报信人。

手脚不慢，来到万福高厅之上，对张氏太太面前，双膝扑通对下一跪，喊一声：“主母太太啊！”

人家总说祸事有天能大，只比天大小二分。

张氏太太对他一看：“高能，你在朝纲之中，侍候我家大人够，你怎家来够？”

高能三把眼泪，四把鼻涕，一边哭一边说：

主母太太啊，

老大人在京都皇城做官清真很，不犯皇法半毫分，

主母太太啊，

老奸党庞洪害他偷了镇国之宝九龙杯，

万岁赐他药酒一壶在金殿上面丧残生，

我拿大人棺木送嘞转家门。

张氏太太一听，犹如万丈高楼失足，好像大海崩舟，啊呀。

一头栽倒地埃尘，神目不知半毫分。

大家捶捶拍拍嗐嗐，太太拿眼睛睁开来了，号啕大哭，

这是哭来这是滚，滚成潭头嘯成坑。

大人啊，你来皇城里面丧残生，我们在家中不知半毫分。

人家总说黄连苦，你比黄连苦三分。

“大人啊，我究竟全世里作得底高孽，今世里烧啦多少断头香，拿我丢嘞半路上，下不得下，上不得上，夫妻两个不久长么，你再黄泉路上，慢慢走来慢慢行，等等你家夫人一同行。”

大人啊，你慢慢走来慢慢跑，我们夫妻同过奈何桥。

骂一声：庞洪老贼啊，

陈家在前世里又不曾盗你家墓，今世狠到能功成。

兄妹两个喊声：父亲啊，

你在皇城丧残生，丢下我们靠何人。

我们兄妹两个年纪轻，东南西北也分不清。

全家老少，哭得肝肠欲断，如同万箭穿心，心如刀绞，家里傻里傻气格安童，呆咕唠叨格梅香，也来解劝了。背住少爷格衣裳角落，嘴一奓，舌头一塌：“少爷，你不要哭了，老大人在堂，万贯家财人家着不得，死了欲不得，咁咱已经死啦得，早点抬到田里去埋啦得，省得你们蹲堂嗐煞得。”

随手安童梅香大家帮忙，拿老大人棺木抬到万福高厅之上。

三尺麻布当门挂，兄妹做磕头礼拜人。

诸亲六眷来吊孝，不伤良来也伤心。

又请僧道两班，做斋设醮，超度老大人的亡灵，超度完毕，请大家帮忙，拿老大人的棺木送到坟园落葬。

抬起棺材往前行，如尚道士念起经。

自己哭到肝肠断，诸亲六眷苦伤心。

将老大人入土为安，栽松植柏，来到坟堂，交过灵牌，公子陈忠就想：“老奸党庞洪坑害我家父亲，使我家父亲送啦一条命，依我心上，现在赶上皇城去，帮我家爹爹把冤申。

将庞洪奸贼来捉住，剥他皮来抽他筋。

恨只恨我年纪轻，心有余，而力不足，但是，古人有言，君子报仇，十年不晚，我现在唯一的办法，只有用功苦读，将来龙门高跳。

有了高官并禄位，好做申冤理枉人。

将奸党庞洪丧残生，血海冤仇我来申。”

公子陈忠，天天在小书房读书用功，一滴点辄不肯放松。

有公子，在书房，勤心苦读，看春秋，习礼纪，昼夜操心。

哪一天，不读到，黄昏过后。

哪一夜，不读到，五鼓天明。

不提公子把书读。

经中另表一段情。

单说玉皇大帝，格天子端坐凌霄宝殿，心血来潮，坐卧不安，掐指一算，晓得一半，陕西省华阴县北门陈家庄，陈高贤之后陈忠、陈良，乃我上界金童玉女下凡投胎转世托生，要派他们眼下吃尽苦中之苦，受尽难中之难，将来才为人上之人。

玉皇大帝站起身，玉磬三响召真人。

召哪个？不召旁人，单召火德星君，火德星君听见玉主一召，对御宰台前跑起来蛮悛，三呼已毕：“玉主，召我有何吩咐？”“星君，召你非为别事，有陕西省华阴县北门外陈家庄，吏部天官陈高贤之后，陈忠、陈良乃我上界金童玉女下凡投胎转世托生，他们兄妹二人目前要吃尽苦中之苦，受尽难中之难，沿街乞讨要饭，将来方为人上之人。所以今天召你来，赶紧下凡到陈家去放火。”星君说：“玉主，我桩样不会，放火老内，叫我下凡去放火，这桩活计包把我，火烧他家几次？”“三次。要烧嘞他家，寸草无存，坟堂安身，落难，沿街乞讨要饭，受尽苦中之苦，难中之难。”火德星君随手不敢耽搁，带了火弓、火箭、火尺、火旗、火印。火弓火箭引火；火尺量到哪里，只能烧到那里，不能烧过了，烧到人家地方去；火旗舞到哪里，火就烧到哪里；火印盖到哪里，就烧到哪里。

带了宝贝下凡尘，哪肯耽搁片时辰。

玉主传下来，星君下凡尘。

欲问星君何方去，凡间放火做营生。

星君下虚空，随身带了风。

不是为了放火事，无事怎肯下虚空。

星君来时一阵风，去时影无踪，云头一滚，能走几省，芦花一颠，能走几千，

云里走来雾里奔，陈家庄到面前存。

仙风一散，对陈忠家落地上一站，四周一看，外面是漆黑一团。

伸手不见五指，面东不见面西人。

火德星君就想："我这天火搭不到凡火烧不起来啊，我来寻寻看，果有哪里有火种。"火德星君连转几转，陈忠小书房读书格笔笔灯上他大算，火德星君将身一抖，变作一只飞蛾，模样不丑，眼睛一蒙，一阵仙风，对陈忠小书房一攻。只听"啪啪"，飞蛾对陈忠少爷书高头一伏。少爷就说了："飞蛾、飞蛾，你快点死走，你不要来吵我，我眼睛塞啰呵，相较瞌睡比往常多，书不曾读到多少，你不要来打搞。"他手脚不慢，就拿飞蛾背起来对地落一掼。火德星君就说了："今朝我放不成火，蹲你家堂我就不走。"他又飞上来，"啪啪"，对少爷书高头一伏，少爷又拿它撂地落去。飞蛾第三次又飞上来了，又对书高头一伏。少爷就说了："飞蛾、飞蛾，你今朝不走，自己投火，你不能怪我。"他再登杠惹瞘，背住飞蛾一个翅膀，弄过一个翅膀放火高头烧，飞蛾一痛，翅膀一扑，腾腾空火星就上屋，才上来格火星，只有芝麻大，再到黄豆大，再到团圆大，再到倒拳大，再到碗口大，再到盆口大，再到箩筛筐子大，再到筛子大，再到大篮大，再到盘篮大，越来越大，越来越大，一阵鬼头风，满间三屋登家攻。"不不不，不好了，火烧了，快点来救火啊。"

火光灼灼了不得，吓坏许许多多人。

有星君，奉玉旨，前来放火。

东有邻，西有舍，哪个知闻。

青烟起，红烟落，火光灼灼。

前到后，所有屋，总化灰尘。

火势腾腾真正凶，房屋围嘞火当中。

带烧带相，恨不得烧到东天放亮，天辄要烧红了，公子叫救火，太太在床上听见了，拿衣脱子对身上一擐，鞋子一拖，拔脚就跑。

好嘞太太溜嘞快，落到残生命一条。

小姐听见嗷火烧也溜出来了。再说安童梅香，听见嗷火烧，也都知道了，大家就议论纷纷。也有人说："三十年富贵轮流转，六十年河西转河东。老大人在世，家里万贯家财，发财像潽粯子粥；堂块老大人一死，半夜三更家里就火烧，可保再要犯穷了。我们不如现在就走，省得蹲堂受罪。"也有人说："走啊，上哪里去啊？我们来他家几十年，开口安童，闭口安童，现在火烧，无人问账，我们不如来趁火打劫。他家东库房有金，西库房有银，珍珠八宝，还有不少，全部统统抢走。"

也有人说："格不好啊，主母太太一脚对我们不薄，格怎好意思啊，人头对熟面，回头看见就不像样，我们快于把他家晓得嘎，我们抢嘞金银之后，不蹲近荡子，到远荡子去。"

东格东来西格西，改名换姓做生意。

一般安童梅香一听，都来了大劲，再将金银财宝、珍珠玛瑙，抢劫一空。等火烧熄了，张氏太太看看一双儿女，心如刀绞，喊一声可怜了。

我家大人丧残生，房屋全部化灰尘。

喊一声：苍天啊。

我陈家在前世里究竟作得底高孽，今世苦到能功成。

人家总说黄连苦，果比黄连苦三分。

张氏太太哭嘎哭，哭得心上就像突粥，一口气对喉咙口一啨，豆腐店关门，只好歇作。

一头栽倒地挨尘，神目不知半毫分。

兄妹两个锤锤拍拍嗐嗐，太太总算把眼睛睁开来了。

张氏太太双目流泪，喊一声：心肝儿女啊。

这个日子我也不会过，情愿火坑里丧残生。

陈忠说："母亲，你不要难过，我们比安童梅香好哇，我们也落到一条命哩。安童梅香在火里烧煞得，都已化为灰烬，尸首都没有了。况且，火烧啦我家房子，我家库房里还有金子银子。珍珠八宝，还有不少。你稍等片刻，等我打开灰路，把金银拿出来，拿房子再造起来。只要有我孩儿在，我决不等你母亲受半点委屈。留得青山在，何愁没柴烧，天无绝人之路啊。"

太太闻听这一声，想想不错半毫分。

谁知少爷陈忠打开灰路到库房一看，眼睛发暗，恨不得命总吓断，不得了了，看看库房里空空如也，人家总说真金不怕火来烧。

我家金银在火里化灰尘，我们就怕没得命残生。

他再一跑一钉，点辄不兴，来到母亲身边。

未曾开口先流泪，腮边不住泪纷纷。

喊一声：亲娘啊。古人有云，

行乎患难，坐乎患难，霜来总打浮萍草，祸来总奔失时人。

我格亲娘啊，

我家金银财宝已经全部在火里化灰尘，我们怎得再生存，

亲娘啊，

我家究竟在前世里作得底高孽，今世里苦到能功成。

人家总说黄连苦，我家比黄连苦三分。

张氏太太说："儿啊，哭也没得用，不如就这样，你家爹爹在世的时候，河里有一批活树倒在里面哩，赶紧请邻居隔壁大家来帮忙，把树捞上来，请木匠来刨削刨削，烧黑得的砖头请瓦匠回来，用点烂泥抹抹，哪怕起嘎一个小小四关厢，我们母子三个先安下身来再说。"

公子闻听这一声，想想不错半毫分。

肇拿树捞上来，木瓦匠请得来，拿四关厢也就盖起来了。公子说："母亲，往常不曾火烧格辰光，房子多，家里住的人也多，现在我们就三个人了，我看看这小小四关厢虽然小，我们三个人住在里面倒也是蛮好。""儿啊，有底高好，我把这四关厢好有一比。""母亲啊，你把四关厢比作底高。"

心肝啊。

我家这四关厢好有一比么，

就像描金箱子白铜锁，外间好看里面空。

哪晓房子有了，没有门，公子夜里要读夜书读不成。为底高？因为外面要起风，家里火点不住。太太就说了："儿啊，盖四关厢格辰光，在墙脚边头多到两棵干树来杠哩，你明天上东埭去，拿王木匠请家来，拿格树锯锯，把门装起来。"公子一听，倒也相信，第二天一大早。

公子赶忙对前撑，要请王木匠泼大门。

在路行走来得快，王家到了面前存。

来到王木匠家门口，他对杠一站，口中就喊："王木匠果来家啊，王木匠果来家啊？"王木匠听见一喊，就出来一看："啊呀，原来是陈少爷啊，少爷，您怎咁格早嘎？""王师傅啊，我来请你上我家去泼大门够。""少爷，几时去？""王师傅啊，最好今朝你就上我家去。""少爷，实在不好意思，今朝没得功夫去，真心你要我去够，等我今朝到那个人家做到夜，和他家商议，我明天一定上你家去。"

公子闻听这一声，只好回转自家门。

这个王木匠真好哩，第二天一早，就到陈忠家来了。他心上就想，老大人在世的时候，对我们近堂子人不错，照顾得好好的，现在老大人不在了，家中又遭

了回落，反正在他家做生活，我又不要他家工钱，不如赶紧帮他家做起来吧。王师傅很出劲，眼睛一瞏，只用了三天时间，大门就泼好了，他刨刨，就拿大门装上去了。”“门装上去么，你早点回去焉。”他坐杠说白话，“少爷，不是我王木匠说老茄子话，一两黄金四两福，老大人在世，这块地方是金地、银地、福地，现在老大人不在世了，堂块就怕成了火烧绝地。少爷，看来这块地方，你们不好蹲了。”“王师傅啊，我家几代人祖祖辈辈都住在这里，我们不住这里住哪里去啊？”“少爷，如果你们要住这里够，我来帮你家做一点角刀。”“王师傅，你帮我家做底高角刀？”“我来替你家到门上间，钉夹两支太平钉，再你家一年四季就太太平平。”

少爷闻听这一声，心中欢乐八九分。

王木匠随手从木匠箱子里拿出两支钉来。上年纪的人都知道，过去用的钉子和现在不同，现在用的钉，俗话叫洋钉，过去用的钉叫爬头钉和枣活钉两样，王师傅拿出两支底高钉，爬头钉，果是他从店里买来的？不是得，一个月之前，张家埭张奶奶死嘞，请他去抢忙材，做棺材多到的，省下来的，他顺手对木箱里一摺，今朝起嘞用场了。过去乡下人有句土话，叫木匠不捞钉，一天二三斤，这王木匠个子不高，要到门上间钉钉钉不到，他就把脚下刨的木花捋捋堆，站在木花上面，左手抓住爬头钉，右手抓住大斧柄，用尽全身力气，狠狠心肠用大斧脑头对爬头钉屁股上一敲，铁对铁一敲，火星对底落风干格木花上头一抛，就犯火烧，王木匠起大劲在钉，还不晓得底落着起来了。火德星君就说了：“我还没走，正好放火。”少爷一看，命总吓断，就放声嗷：“王师傅啊，不要钉了，不要钉了，又火烧了。”王木匠晓得不得了，放趟子就溜。

只是跑来只是溜，腰把子弯嘞像秤钩，吓得夠辄不敢夠。

特古曾溜出去二十步，到跌啦十几个大跟斗。

溜起来又愯，总丑虎跳，看看不稀奇，跌得浑身是烂泥。

好嘞今朝溜嘞快，落到残生命一条。

王木匠来到家中，吓做底高腔调？肩膀一合，牙齿总不得搞合，浑身来杠抖，看着像筛洒，牙齿敲叮当，浑身像筛糠。他家儿子很孝顺，就说了：“爹爹啊，你咁大年纪，叫你不要出去做手艺了，你偏不听，再好了，做做手艺吓坏了。我去请医生帮你看哎。”他们附近有个赵家庄，赵家庄上有一个很出名的医生叫赵不凡。

这赵不凡医生，医术相当高明，随便多重的病，一帖药病就除根。

绰号就叫赵一帖，一帖药毛病就除根。

赵不凡听见王木匠家儿子来请,不曾耽搁,也就去了,来到王家,他把脉一搭,嘴就直咂。王木匠家儿子就问他:“赵先生,我家爹爹的病果关事啊?”赵先生就想,我几十年的病看过来了,随它底高异难古怪病我都能看好,唯独今朝识不出王木匠是什么病。实际上他不晓得,今朝王木匠吓得,这个病就叫鬼毛病,俗话说就是三牙子。赵先生来到来了,又不好意思说滩台格话,说自己不会看,他就说:“不碍事,我开一个方子,去抓几帖药,一吃就好的。”

小王听见这一声,心总乐到足后跟。

赵先生胡乱开了一个方子,把药抓回来,煎好了,端把王木匠一吃。哪晓这个药和三牙子不对症,倒吃反了,三牙子不但没有吃得好,相反变严重了。严重到底高程度?三牙子变六牙子,六牙子变十二牙子,到廿四牙子,四十八牙子,到最后:

王木匠成了抖擞病,格勒格嘞丧残生。

所以说,人生在世,果好多手乱脚,又没有哪请他钉底高太平钉,钉呀钉,自己还送啦一条命,把人家房子也烧掉了。

我回来头来再说,陈忠、陈良、张氏太太看见火烧了,对外面就溜,谁知兄妹两个走在前面,太太走在后面,四关厢上面的桁条对下一忑,正好打在张氏太太的头上,可怜了。

张氏太太呜呼哀哉丧残生,果比黄连苦三分。

姊妹两个晓得不好,把母亲尸首从火中抢了出来,兄妹两个不约而同高声呼唤:“母亲,你醒醒啊,母亲,你醒醒啊。”

高喊三声母亲不答应,低喊三声亲娘不作声。

姊妹两个喊声“亲娘啊!”

“往常我们娘儿三个,讲讲说说你叽叽咕咕还像话八哥,今朝困堂怎不作声,我格亲娘啊。”

我陈家究竟在世里作得底高孽,今世里苦到能功成。

这是哭来这是滚,滚成潭头啸成坑。

邻居隔壁大家帮忙,拿几张芦席来,把张氏太太包包送到田里安葬了。兄妹两个作孽了,朝也哭,夜也哭,眼睛哭得红笃笃,喊一声父母双亲啊。

我家两次房屋化成灰,我们到哪里去安身。

父母双亲啊,我们情愿不要残生命,地府里面陪双亲。

同一个村庄上的人看看兄妹两个罪过，就来周全了，也有人家拿点米麦来，也有人家到点油盐来，也有人家捧两个香科芦头来。陈忠就说了："妹妹，父母双亲都不在世了，长兄为抚，长嫂为母，我咁咱有义务要照应你妹子，要等你妹妹吃饱了，穿暖了，现在我们吃的东西有了，就是房子没得。妹妹，这个香科芦头我们不能把它当烧火草，我们来起楼房住。""哥哥，不要说笑话，香科芦头只能烧火，怎好起楼房？""妹妹，这你就不懂了，我家这个楼房和人家的楼房不同，我家这个楼房又不高，又不长，也不圆，我家这个楼房叫滚古楼呢。"

陈良闻听这一声，哭笑不得不作声。

兄妹两个拿香科芦头搬搬堆，正要准备动手搭滚古楼，隔壁孙奶奶来了，她对杠一站，口中就喊："少爷，你们来杠做底高啊？""孙奶奶，堂块辄是邻舍隔壁，你也是不晓得，我家遭了回落，没地方住，准备来搭夹三间滚古楼住。""少爷，滚古楼不要搭杠块，搭河边上点来，假使滚鼓楼再犯火烧，我们来救火，也好从河里背水帮你家出劲浇。""孙奶奶，我们也才动手哩，你就来说开口话啊。"实际上孙奶奶是一个好人，她就这个奓哇嘴，她说的倒是实事求是格话。再说滚古楼搭好了，没有灶怎么办？少爷就来找孙奶奶："孙奶奶，我家依你够，滚古楼搭得河边上够，现在没得灶，你果有底高办法？""少爷，没得灶，不要紧，我家堂灶边头有一个坏箩，你拿家去泥一个泥垛垛，就好烧够。"格底高灶，在旧社会就叫缸锅，哪晓曾歇几天，烧草没有了，陈忠就用绳索扁担出去樵柴，樵的都是青柴，又烧不着，一烧水渧渧，锅洞里济啊济，就像来下唱洋戏，翻腔，焰嘞家里烟高绷天，兄妹两个眼睛辄不得瞡，少爷又来找孙奶奶："孙奶奶，我家格柴火烧不着，果有办法？""少爷，你搭滚古楼，不是多到一根粗竹子啊，撂嘞来杠河边上，你快点去拿家来，拿节巴打打通，做一个吹火筒。"

少爷闻听这一声，想想不错半毫分。

陈忠高高兴兴来到河边上，把粗竹子拿回来，把节把都打通嘞，他肇把吹火筒对锅洞边一搁，嘴对吹火筒高头一伏，眼睛一闭，馋沫直滴，涨蛤蟆劲，出劲蹲杠吹，噗——噗——哪晓一阵风，对锅洞里一攻，锅洞里柴火一着，轰——火对外面一冲，就对风干的香料芦头里一攻，不得了嘞呱。

火光灼灼了不得，滚古楼火里又化灰尘。

好嘞姊妹溜嘞惾，落到残生命两条。

兄妹两个喊一声苍天啊！

“我家爹爹在堂么,堂块是金地、银地、福地,现在是火烧绝地。扳卷头棚辄来不期嘞呱,火烧绝地不好蹲,只好三间坟堂去安身。”

可怜啊!

我陈家究竟在前世里作得底高孽,今世苦到能功成。

人家总说黄连苦,我家比黄连苦三分。

一边跑来一边哭,坟堂到了面前存。

兄妹两个来到坟堂,才上来人家还救济他家够。时间一长,人家就想了,救急不救穷,这个人家是无底洞啊,我们也救济不起啊。所以埭上人,邻舍隔壁慢慢对他们兄妹俩也就冷淡了。那天陈良说:“哥哥,屋望里响了。”陈忠说:“妹妹,屋望里响底高一回事?”“断梁(粮),没吃了。”陈忠说:“不要紧,我去问奶奶再借点。”又歇几天,妹妹说:“哥哥,不得了,屁股头又响了。”陈忠说:“妹妹,屁股头响吊花头?”“断凳(顿)又没粮了。”

陈忠听见这一声,妹妹连连喊几声。

陈忠喊一声:妹妹啊!

我堂接连几天么,也不曾有个饱肚子,腹中饿嘞好孤栖。

喊一声:好妹妹啊!

哥哥昨天晚上也不曾有个夜饭吃,今朝早上不曾用点心。

妹妹啊!

我们兄妹两个么,苦瓜结得苦藤上,一条苦路往前行。

“妹妹,古话说得不错,叫人到矮荸下,不得不低头。我家到这种地步,也不指望人家再救济我家了,我们也不要怕羞丑,世上要饭不是哪一个人,我们现在落难,只好出去要饭。”

小姐闻听泪纷纷,点点头就不作声。

肇兄妹两个作孽了,就沿街乞讨要饭,吃尽了苦中之苦,受尽了难中之难。

左手上,节节高,沿村打犬;右手上,䶩爿碗,讨饭营生。

可怜了,抬起头来又怕丑,低下头来又怕羞。

格天子要饭,要到一个人家,格人家正一家门坐嘞家吃中饭,兄妹两个拿格䶩爿碗顶嘞头上,未曾开口,眼泪就千双下:“年老伯伯、年轻叔叔,你们做做好事,次粥次饭,譬如把猫儿狗儿吃啦得,救救我们贫苦落难人。”

爷爷奶奶啊。

你们多多少少把点我，救救我们贫苦落难人。

年纪大够，看看这两个人作孽了，准备去盛点饭给他们吃吃。格后生家，眼睛一曝，胡子一翘，筷子对台上一掼："死开间点去，没得把你们食呀。年纪轻轻，好吃懒做，要饭多适意啊？你家荤，他家素，你家咸，他家淡，吃得碗辄不要洗，三年饭一讨，官也怕做哩，快点死走，没得把你们食呀。"

兄妹闻听这一声，果要哭死又还魂。

可怜了，我们今明饭又要不到，晓得果有命残生。

苍天啊，我们究竟在前世里作的底高孽？

今世里苦到能功成。

小姐就说了："哥哥啊，也不怪人家要说我们，他们不晓得我们命苦，如同盐卤，落难，才来外面要饭，我们不如把我家的苦处，编成七字莲花，唱点人家听听，作兴人家可怜我们，就周全我们一番的。"

公子闻听笑盈盈："我家妹妹真聪明。"

因为陈忠陈良是上界金童玉女临凡，出口就成章，再就把家中的一切情况，编成七字莲花唱给人家听。

金花起来银花落，莲花下面说根由。

要问我家家不远，不是无名少姓人。

高山上点灯名气大，井底里栽花根由深。

我家住在华阴县，陈家庄上有家门。

父亲名叫陈高贤，同缘张氏配成婚。

不曾生到多男女，所生我们兄妹两个人。

我名叫做陈忠号，妹妹陈良她当身。

父亲朝纲把官做，吏部天官受皇恩。

张氏母亲福气好，皇封诰命正夫人。

只因父亲遭冤枉，金殿服毒丧残生。

一般忠臣来保本，留到母子三个人。

家中不幸遭回落，房子三次化灰尘。

母亲火中身丧命，落到兄妹两个人。

走投无路没办法，打唱莲花度光阴。

我们不是老讨饭，只因落难到如今。

果有哪里格哥与嫂，果有善良格奶奶们。
次粥次饭莫喂犬，救救我们落难人。
莲花唱到半中心，来了许许多多人。
浪生公子看热闹，二八佳人也来临。
来了多少风浪子，又来多少油头恶光棍。
东半间来了个大脚婆，三丈六尽格鞋面布。
做了三年零六个月，穿到脚上紧箍箍。
农历到了三月三，大脚奶奶上孤山。
前脚趸嘞山顶上，后脚还在饿鬼滩。
矮子婆娘矮婆梳，身上衣裳着地拖。
上床也要掺跳板，下床也要丈夫驮。
邋遢婆娘邋遢精，一双袜子称八斤。
爬到河里洗个澡，一股黑水到如皋。
莲花越唱越热闹，挤挤窜窜许多人。
高子轧得嫌头矮，矮子搬砖头垫脚跟。
胖子轧得浑身汗，瘦子只嗷骨头疼。
驼子轧得升不出气，瘫子轧得滚连心
癞子轧得浑身痒，癞屑子抖抖有半升。
哑子轧得哑噜噜叫，哑噜哑噜要开声。
聋子他说听不见，瞎子只闹看不清。
痫子轧得火直冒，冒老九只当扠高灯。
灯笼店里栓嘞打，吵嘞我家生意做不成。
莲花不是我来造，观音老母传下来。
今朝弟子把莲花唱，残疾的同志要多心。
今朝大家来听莲花，一年四季收点好庄稼。
年纪大的来听莲花，白头毛一脱后生家。
后生家今朝听莲花，养到男女上大学。
小姐今朝听莲花，麻麻利利会绣花。
将来嫁到个好人家，嫁到做官的丈夫享荣华。
今朝拐子听莲花，撂啦拐棒去踏二轮车。

今朝驼子听莲花，挺胸直肚就向家。

瘫子今朝听莲花，打起虎跳就向家。

癞子今朝听莲花，浑身滴滑没得疤。

哑子今朝听莲花，向东向西搬白话。

聋子今朝听莲花，听见人家说鬼话。

瞎子今朝听莲花，撑嘞山顶上望见家。

眼睛睁嘞像晓星，草窝里看见拾引芯。

莲花不必多端唱，唱夹几句散散心。

兄妹两个不唱莲花拉倒，拿莲花一唱，人家就说了，他们不是好吃懒做，而是落难，才在外面要饭，再也有人家嗜他们家去为他们烧点粥，也有人家嗜他们家去为他们烧点饭。

也有些奶奶们特别良心好，特地为他们恰菜裹馄饨。

就这样，再天天打唱莲花要饭，兄妹两个相依为命。

不提兄妹遭磨难，经中另表一段情。

话说在华阴县南门有个钱家村，钱家村上有一户大户人家姓钱，名叫贯成，同缘张氏、李氏、王氏，成婚匹配，因为他万贯家财，过去皇帝敕封过的。

有钱男子称员外，有钱女子号院君。

这个钱贯成，因为万贯家财，称为员外，张氏、李氏、王氏称为院君，人家送钱员外一个绰号，叫他钱半城。

说到钱员外一个人，华阴县盖顶有名声。

众位，虽然钱员外咁种发财，果有不称心格事情啊。

夫妻完婚数年春，没得男女后代根。

果是他家天生就没得男女啊，不是得，原来钱员外名下有五个儿子，两个女儿哩，把他自己作掉了。

说到钱员外是个黑心肠，银子里间要钻铅。

大钱又用小钱掺，米麦也要挑长涨。

棉花辄搀出去晒夜场。

玉皇大帝就说了，这个人家心肠咁坏，良心咁黑，也配生到男女来？玉皇大帝大发雷霆，手拿龙毫御笔。

将钱员外名下五男二女勾嘞咁干净，命中一子欠三分。

玉主来杠勾子孙，员外不知半毫分。

那一天，钱员外闲暇无事，端坐高厅，对楼下一望，外面的人成淘打浪，就问了："安童，今天哪里格菩萨生日圣诞，人家辄去烧香上会，人来人去，就像看戏。"安童就说了："员外，格些人也不是烧香上会，也不是去看戏。""格他们咁多人上哪去啊？""员外，清明寒节到了，他们都去上坟。"

员外闻听这一声，腹中思量八九分。

"安童，往年清明脚督，我都在外面收租要账，又不在家。我到好几年不曾去上坟了，今年凑巧，我正好在家，人家有祖先三代，我家也有三代宗亲，你赶紧带银子上街，买点供品回来，等我也好去上上坟。"

安童做事麻利很，供品买嘞转家门。

格天子天气很好，上坟格人家真是不少，员外几年不曾去上坟了，过天子高兴了，身骑银宗白马，带了安童四个。

急急忙忙就动身，哪肯耽搁上祖坟。

在路行走来得快，钱家祖坟面前存。

员外跨马离鞍，把马对树上一系。安童摆好供品，员外亲自烧香点烛，弯下腰来头就直凿，员外拜啊拜，抬起头来对东南上一望，心就吓得直荡。员外说："安童，才间走杠快跑，怎不曾介意够。""员外，介意底高？""安童你们望啊，格一个坟咁高，格老奶奶白发在背上飘，她格咁大年纪，还来杠上哪个坟啊？""员外，师傅巧，徒弟诀，你不问我们，我们也不说，过个奶奶作孽了，我们认得她够，命苦，如同盐卤，报由细底，格哪比得上你啊。"

格个老奶奶住嘞堂块前间凤凰村。
年纪到有八十六岁春，男花女花不曾生。
员外啊，
如果等到这个奶奶将来一命呜呼丧残生，
终究结果是孤坟。
钱员外闻听这一声，不觉联想到自身。
员外喊声："可怜了。
我家夫妻四个朝也忙，夜也忙，虽然万贯家财有何用？
没得男女后代跟。
如果我们年纪老嘞丧残生，万贯家财交何人。

三代宗亲啊！

你们在则为人，死则为灵，有灵有感，阴灵何在么。

你们格坟今朝到有我来上，将来哪个来上我坟？”

“安童啊，这个银宗白马咁咱我也坐不动，你们赶紧扶我转家门。”员外来到家中，想想心上难过，就对高厅上一坐，忧心且且，眼泪珠抛，到把快嘴梅香看见嘞够，梅香赶紧丑虎跳，就对主母娘娘身边报，报于主母娘娘知道：“主母娘娘啊，才间员外上坟家来，好像不大欢喜，对高厅上一坐，相较不大好过，忧心且且，眼泪珠抛，不晓得为点底高。”三位院君就说了：“家有勤妻，夫不吃淡饭，家有贤妻，夫不遭祸事。”

员外有个焦愁事，我们做消愁解闷人。

三位院君像阵风，一起来到高厅中。

手脚不慢，来到高厅之上，三位院君不约而同就问：“员外，你为点底高？哭到这种腔调。”

有事和我们来相商，我们做消愁解闷人。

员外看见院君到，更加啼哭泪纷纷。

员外喊一声院君啊，我：

十来岁，在场上，跳绳踢毽；二十岁，爱人家，美貌千金；

三十岁，爱人家，娇妻美妾；四十岁，爱人家，孝子贤孙；

五十岁，没男女，枉苦一世；六十岁，没男女，大树无根。

院君啊！

人到七十古来稀，没得男女被人欺。

院君啊，

我们年老归地府，没得飘山化白人。

三位院君就说了：“员外，你何苦啊，古人有言，男是冤家女是害，三世修不到绝下代，无男无女多自在，光枕滑席哪里来？你就好像吕洞宾，我们就像何仙姑，清清爽爽也不晓得多适意了，要底高男女呀？怎蹲家闲思量惹角落，吃得五谷敖六谷。”

员外听嘞这一声，更加啼哭泪纷纷。

院君啊，

你们年纪轻轻比神仙，老来无子苦黄连。

“员外,你不要难过,你真心要男女也便当格。我家咁种发财,又一个都养不到,过种东壁打西浪,有竹架没得望格人家,不分细啊大,男女生上好几个,又没得本事把这些伙养活得,我们不如趁这些伙滴点大不懂事,去抱夹一个回来,把他抚养长大成人,帮他娶妻换席,生男育女传宗接代。”

只有假儿没假孙,传接我家后代根。

员外就说了:“院君啊,别人家格伙不好带来家养。为底高?格些伙滴点大,尺把长,底高都不懂,你拿他抱家来,起早更,坐黄昏,把他抚养到七八岁,送他攻书上学。如果他不听说,我们再就要骂,喉咙如果大点,邻舍隔壁家就要齿论:‘这个人家派没得儿子格,派绝下代格,带到个儿子,一天到晚,喉气巴调。’如果气相大点格伙,一说他,他到溜家去够。他再说谎,该应我们说得他,他告诉他家大人说我们骂嘞他,该应骂嘞他他说打嘞他。该应打嘞他,他说谎我们杀得他。讲情说理格人家大人就说了:‘儿啊,快点上他家去,沿小没得规矩,大了就不成方圆,桑树条子派沿小越够,快点上他家去。’也有不讲情说理格人家大人就说了:‘儿啊,我过咱原舍不得拿你送把他家呢,辄是你家妈妈呢,想发绝下代人家财呢,想得绝下代人家家当呢。上人家去果有好事啊,古话说煞得够,金格落,银格落,不如嫡亲娘啊老子身边穷格落,西北风最冷,绝下代人家心最狠呢。’”

绝人代人家有绝下代心,拿旁人家男女不当人。

儿啊,再不要上他家去,不要去得绝下代人家家当,不要去发绝下代人家财。’院君啊,再这个伙倒不上我家来嘞够,我们忙上好几年,起啦多少早五更,坐啦多少深黄昏,跑啦多少慌忙路,吃啦多少冷点心,一片心血,只好撂嘞东洋大海。

院君啊!
古人有云:
田要深耕,儿要亲生,
深耕田地出五谷,亲生男女才孝双亲。
院君闻听这一声,想想不错半毫分。

三位院君就说了:“员外,既然旁人家伙不好带,自己格侄男侄女好带格呢,辄是自己嫡嫡亲亲格呢。”员外说:“也不好带。如果你们不信,我来打个比方你们听。我家种一块田花,隔壁人家种一块田瓜,格瓜藤游啊游,到游到我家花田里来嘞够,开了花,结上几个大大瓜。我家安童就说了:‘我家今年不曾种瓜,花田里到长上好几个大瓜,我们去扯家来。'正好隔壁头人家安童也去扯瓜,隔壁人家安童就说了:'你家不曾种瓜,你家种格是花,这个瓜是我家藤游你家田里去长格瓜,这个瓜应该我家扯。'我家安童就说了:'哪请你家瓜藤游我家田里来嘎,这个瓜我们今朝就要扯。'再两个人家安童蹲杠争嘞扯瓜,争啊争,就打架,打嘞头破血流,就像血猴。遇到年老公公,胡须拖胸,撑嘞大路当中:'小朋友,扯瓜不要争,只要理瓜根。'拿瓜藤一背,果吃人家大亏。"

院君啊!

侄男侄女就好比一夹瓜,理理根基也是别人家。

三位院君说:"员外,侄男侄女不好带,我家家里体面安童、体面梅香多哩,都是我家沿小买家来够,不如拿体面安童和体面梅香,吃点亏,等他们夜里宿做一堆,歇啦三年并两载。"

生到男来育到女,也好传接我钱家后代根。

员外说:"院君啊,亏你们说得出来够,我家这种大户头人家,如果拿安童梅香放嘞家成婚匹配——"

三三两两传出去,坏啦我家好名声。

我再来打一个比方把你们听听。

安童梅香好比一笼鸡,早起开窝蓬蓬飞。

家鸡吆嘞头头转,野鸡打嘞恰天飞。

三位院君说:"那怎么办?员外啊,你果是见我们三个人,嫁给你几年,不曾生到男女香烟,就这样,你写夹三封休书,拿我们三人都休拉得。"

再娶美貌千金女,帮你传接后代根。

员外闻听这一声,果要哭死又还魂。

喊一声:"院君啊!我如果这样做么,一来对不起你们家高厅上双父母,二来掼啦夫妻结发情,院君啊,绝下代留我绝下代,我决不拿偏房娶家来。"

三位院君闻听这一声,腮边不住泪纷纷。

"可怜了,只怪我们嫁到钱家数年春,破血不曾生,绝得钱家后代根。"

"我们或男或女哪怕黄胖和尚养一个,员外没得咁伤心。"

妻劝夫,在高厅,悲泪啼哭,夫劝妻,在高厅,哭得伤心。

夫妻四个啼哭声,惊动安童得知闻。

一阵风,哭声传到老安童房中。安童就说了:"员外万贯家财,穿么穿嘞绸,吃么吃的油，为底高哭得咁种伤心，我倒去望望看。”

安童赶紧站起身，张看员外有钱人。

安童来到高厅一看，恨不得命辄吓断。看见员外家四个人泪流满面，哭得像个泪人。安童说：“员外，你交主母娘娘为点底高，怎哭到这种腔调？”员外捋捋眼泪，抬头一望，是家里多年的老安童。员外一把背住安童格手，眼泪只是对下抖（抛），看看就像筛酒。

员外喊声：“安童啊，你到我家数年春，我家家里事情你知闻。

我们夫妻结婚数年春，果有男女后代根。

等我年老归地府，万贯家财交何人。

如果将来丧残生，没得飘山化白人。

安童一听，说：“何苦啊，员外，就为男女事情，你交主母娘娘哭到这种腔调，你果曾听见人家说嘎——”

欲享儿孙福，顺舍世间财，人要做好事，子孙天送来。

前世修来福，今生享荣华，今世做好事，锦上又添花。

人生在世多积德，就生到男女后代根。

“安童啊，我年纪说大又不大，说小也不小，你叫我好事做点底高？”“员外，不要你动手，只要你开口。我家库房里金子银子都有，拿出来，我们安童梅香大家帮你拿好事做起来。”员外要养儿子传宗接代，好事做嘞大了，钱用啦多了，大家要问，钱贯成员外究竟做哪些好事够？

路上不平挑土修，桥坏丑板换木头。

天阴落雨送人家钉鞋伞，黑夜暗星点路灯。

遇到二三十岁格小光棍，赠他铜钱做营生。

三岁孩童亡父母，带到家中长成人。

农民家里过春天，长天大日天，没草又没粮，

男女饿嘞哭连连。

员外做好事，挨家挨户送米粮。

春天过嘞夏天到，农民田里把草薅。

六月里格太阳像火烧，个个晒嘞背皮焦。

员外做好事，送他一个好凉帽。

农民家里过夏天，床上帐子不连腔。

倒头蚊子嘴又尖,咬嘞个个浑身痒。
端张板凳困嘞场心上,斫点青草做做烟。
员外做好事,送他蒲扇共门烟。
夏天过了秋季里,农民田里做活计。
女个没斗篷,男格没蓑衣。
天阴落雨湿济济,暴头雨落得来溜瓶溜不期。
员外做好事,送他斗篷共蓑衣。
秋天过了冬天到,西北风一起冷济遭。
外面大雪对家飘,女个没棉裤。
男格没棉袄,个个冻嘞懒伸腰。
大人冻嘞杂杂跳,小朋友冻嘞叽里呱啦嗷。
员外做好事,送他棉裤共棉袄。
农民家里要过年,买东买西少铜钱。
大的又要补,小格又要连。
个个瓶要添新鲜,男女蹲家哭连连。
争嘞要要守岁钱。
员外做好事,挨家打听送铜钱。

大家要问了,员外做咁大格好事,果曾养到儿子传宗接代啊?

好事做嘞有天大,还是没得后代根。

员外说:"安童啊,我家做了咁多的好事,用啦这么多的钱,为底高还生不到男女香烟?"安童说:"员外,你家虽然做咁大格好事,只有凡间人晓得,天上玉皇家不晓得,连你家祖宗在坟里面瓶不晓得。""安童,格你说怎弄?""员外,最好请僧道两班,家来吹吹唱唱,拜夹四十九天求子大忏,表章升天,御宰台前,玉皇面前,作兴就求到儿子够。"员外一想:"我现在又没得下代,这个银子放堂反正没得用,不如请和尚道士家来敲嘞得拉倒。"肇吩咐安童。

三清寺里请道友,报恩寺里请僧人。
哪晓求子大忏拜完成,男花女花未曾生。
员外喊声可怜了。
我钱家究竟在前世里作得底高孽,今世苦到能功成。
没得男女后代根,笑坏许许多多人。

哪一天，不哭到，黄昏过后，哪一夜，不哭到，五鼓天明。

员外日夜悲泪啼哭，两个眼睛哭得红笃笃，茶不思饭不想。安童就说了："员外，像你这样子不行啊。一、你不能伤心过度，二、人是铁、饭是钢，要吃茶饭，三、你整天闷在家中不好，要闷出病来的。明朝吃过早饭，我带你出去散散心。"

员外闻听这一声，想想不错半毫分。

第二天，主仆两个用过早膳点心，出去散心。

主仆两个对前行，街坊上面散散心。

员外来到街坊，看到三十六行生意做买做卖，小贩们忙嘞不亦乐乎。

一本万利是典当，二龙戏珠是钱庄。
三阳开泰南货店，四季时鲜水果行。
五颜六色绸线店，六谷囤积是粮仓。
七星宝剑军器店，八卦灯笼是混堂。
九江运来瓷器碗，十字街上卖茶坊。
主仆两个进城中，看见一个老年翁。
头么朝前冚，背么朝后弓。
前间好躲雨，背上好栽葱。
嘴里也打响号子走，卖格韭菜共葫葱。
主仆两个进程中，看见饭店门口卖葫葱。
酒店门口盅碰盅，混堂门口挂灯笼。
来了一般小弟兄，你洗澡来我会东。
改改窎带拍拍胸，今朝洗澡不伤风。
主仆两个进城中。
听见木匠店里轻轻空，铁匠店里叮叮咚。
看见皮匠师傅口衔棕，银匠师傅口吹风。
石灰店里雪雪白，乌煤店里暗通通。
主仆两个朝前撑，学场到了面前存。

到了学场，员外就问了："安童，杠块怎咁多人够？我们倒去望望看。"来到前间一看，看见一男一女在打唱莲花，年纪只好十多岁格样子，员外就撑杠听听，员外不听拉倒，员外一听，嘴么直咂，只是眼泪巴塌。

自古好人多磨难，今朝怎到能功成。

心上就想了:“这一双男女是忠臣后代,家中受奸党坑害,又遭了回落,真是雪上加霜,我不如做做好事,积积德,把男孩儿带回家,把他抚养长大,帮他娶妻换席,一来保住了忠良之后,二来帮我老身传宗接代。”主意拿定,员外来到陈忠面前:“小朋友,你叫底高?”“叔叔,我叫陈忠。”“你果肯上我家去啊?”“叔叔,我不认得你家住哪里?”“我就住堂南门钱家村,我叫钱贯成,因为我发财,大家都喊我一声员外,又送我一个绰号,叫钱半城,如果你肯上我家去格——”

万贯家财交给你,传接我家后代根。

“员外,好是好格,但是我要拿妹妹一起带嘞同去。”员外说:“我只要你一个人,不要你妹妹。”“员外,格我不去。”陈良就说了:“哥哥,既然员外好意,只要你一个人去,那你就去吧,我一个人卖唱,能填饱肚子。”

陈忠听见这一声,果要哭死又还魂。

“妹妹,我们兄妹两个相依为命,我决不丢下你一个人不管。”“哥哥,此言错了。妹妹是一个女的,将来早晚要嫁人的,还是要分开的。你先跟钱员外回去,我会经常去看你的,你是陈家唯一的后代,一定要好好活下去。”

如果向后没好处,一笔勾销莫谈论。

假使有了升腾日,要帮父亲把冤申。

小姐说到伤心处,腮边不住泪纷纷。

哥哥啊,只怪我家来前世里作得孽,今世苦到能功成。

陈忠喊声:妹妹啊,

我们今朝兄妹两个么来分别,何年何月再相逢。

妹妹啊,

你要多吃茶饭少思量,不要拿哥哥挂心上。

如果你拿身体来想坏,哪个服侍你当身。

公子哭号啕,小姐珠泪抛,顾不得心肠恨,痛处割一刀。

公子来到员外面前,

双膝跪倒地埃尘,父亲叫啦好几声。

父亲啊,生养老么死殡葬,飘山化白我当身。

公子要跟员外走喽,妹妹一把背住得,真是依依不舍,两人抱头大哭。

员外看看也难过,腮边不住泪纷纷。

拖嘞公子就动身,哪肯耽搁片时辰。

在路行走来得快，到了自家大前门。

来到家中，员外拿公子的遭遇和三位院君一说，院君们都很同情，也很高兴。张氏说："员外，叫他跟我过，就算是我格儿子。"李氏院君说："跟我过，他是我格儿子。"王氏说："员外，我来抚养他，他从今向后，就是我格儿子。"

员外来杠转啦几个弯，横也难来竖也难。

员外说："就这样，你们每一个人帮他做一套衣服摆嘞杠，如果他欢喜哪做的衣服，她就是他的母亲，从此以后儿子就跟她过，就算她养够。"

三位院君闻听这一声，心中欢乐八九分。

平常这三位院君都不出门，需要底高东西，都是安童梅香上街去买。过天子三位院君亲自上街，买了最好的绸缎，请了最好的裁缝，做了三套衣服，摆了杠够。员外说："儿啊，她们三个辄要养你，我想到了这个办法，现在有三套衣服来堂，你欢喜哪一套衣服，就捧那一套，你再就跟她过，叫她母亲。"公子就想了，我又不是他家亲生够，是他家带家来够，如果今朝捧嘞大娘娘的衣服，二娘娘、三娘娘肯定不高兴，如果捧了二娘娘的衣服，大娘娘、三娘娘肯定不欢喜，如果捧了三娘娘的衣服，大娘娘、二娘娘肯定嘴尖鼻子翘，一天到夜覅看我。乡下人有句古话够，叫人不蚀本，舌头打一个滚，管它叫哪个亲娘耶，他跑到前间。

拿三套衣服全部来捧起，你们都是我格老母亲。

员外一看，哈哈大笑，一把背住陈忠："孩儿，有志不在年高，无志空长百岁。想不到你小小年纪，咁格聪明伶俐懂道理。就这样，你们三位院君听好，每月当三十天，你们每人带十天。"王氏院君就说了："员外，不好，也有月小，只有二十九天，格我不少带一天啊。"员外说："不要烦，你们每人带九天，无论月大月小，老身也带我儿两三天。"

院君闻听这一声，心中欢乐八九分。

那一天，员外就对陈忠说了："儿啊，你是我带家来够，再就是我家儿子，我要帮你改名换姓。"再就替陈忠香汤沐浴，更换衣襟，来到祠堂，拿三代祖宗牌位掇开来，员外亲自烧香点烛，弯下腰来头就直凿。

祈祷一番："钱家祖先三代，在堂为人，死则为灵，有灵有感，阴灵何在，不该应我钱家绝啦下代，在街坊带到一子，原名叫陈忠，现在当祖宗面，帮他改名换姓，从今以后——"

他就叫作钱万里，传接钱家后代根。

钱员外请了最好的先生，教钱万里用功苦读，将来好龙门高跳，替祖争光，光耀门庭。

有公子，在书房，勤心苦读，
看春秋，习礼记，昼夜操心。
哪一天，不读到，黄昏过后，
哪一夜，不读到，鸡叫天明。
高读如同莺歌叫，低读就像凤凰声。
不提公子在钱员外家有了安身处，再提小姐女千金。
可怜了，说到小姐一个人，果比黄连苦三分。

往常倒有哥哥做做伴哩，再就她孤单一个人，白天在外唱莲花倒还好，到了晚上，一个人想想倒有点难过。

喊一声：父母双亲啊！
女儿在阳日三间造磨难，你们在阴司地府果知闻。
父母双亲啊，
我究竟在前世里作得底高孽，今世里苦到能功成。

那一天早上起来，仍然到街上卖唱。正在唱的时候，只听有马蹄声音，由远而近，只听，嘀嗒、嘀嗒……小姐抬头一看，那马上坐一个人，四十岁上下，身穿绫罗绸缎，胯下高头大马，来到小姐面前，高喊一声："吁。"马停下来了，那个人从马上跳下，对小姐横看竖看。众位，你们晓得这个人是从哪里来的？他从山西太原而来，到这里来访友的，这个人姓王，单名一个显字。

此人叫作王显号，万贯家财有名声。

说到这个王显，同缘宋氏，结婚几年，没得男女香烟。格天子看见小姐陈良，人长嘞倒是不丑，就问："小姐，你在此卖唱，女流之辈，抛头露面，实在不像样，你为何到如此光景？"

小姐闻听这一声，腮边不住泪纷纷。

叫一声："叔叔啊，我真人面前不说假，假人面前不说真，我如果拿上下根由告诉你，铁石心肠也软三分。"

叔叔啊，我家是屋漏又逢连夜雨，破船遇到顶头风。
叔叔啊，人家总说黄连苦，我家比黄连苦三分。

她再就拿父亲受奸党坑害，家中回落三次，坟堂安身，哥哥被钱员外带家去做儿子,一五一十告诉王显。

王显听嘞泪淋淋,不伤良来也伤心。

“小姐,你叫底高?”“我叫陈良。”“陈良啊,我不瞒你说,我从山西太原北门王家庄而来,到此访友够,不晓得朋友搬家了,现在不知去向,家中还有院君宋氏,我家未曾生到男女,你不如就跟我回去,做一个压头女儿吧。”

小姐闻听这一声,恩父叫啦两三声。

恩父啊,多谢你今朝收留我,我黄土盖面不忘恩。

王显说:“女儿,哪我们就早点回家吧。”小姐说:“慢,恩父啊,我跟你回去,不晓到几时才见到我家哥哥,你不如陪我去南门钱家庄钱员外家去,我要和我家哥哥告一个别。”王显一听,倒也相信。

父女两个就动身,到了员外家大前门。

安童一报,钱员外知道,将王显和小姐接到高厅。王显说明来意,钱员外吩咐安童:“到小书房拿公子钱万里嗐得来。”

兄妹两个来见面,如同拾到宝和珍。

钱万里说:“妹妹,你今朝怎到这里来够?”王员外抢先说:“少爷,我准备拿你家妹妹带家去做压头女儿,她来和你告个别。”钱万里想:“好倒是好的,上他家去做压头女儿,格比来街上卖唱好。”就问:“叔叔,你带我家妹妹走,我不知你家住何方贵地,尊姓大名,你告诉我,我以后也好去找我家妹妹。”王显员外就拿住哪里,叫底高,家里底高情况——

一五一十说一遍,少爷心中总知闻。
陈忠背住陈良手,果要哭死又还魂。
妹妹啊,
你要多吃茶饭少思量,不要拿哥哥挂在心。
妹妹啊,
假使你拿身体来想坏,哥哥也不知半毫分。
妹妹啊,
等你将来长成人,好报养父养母恩。
小姐喊一声:哥哥啊!
你要好好把书读,血海冤仇靠你申。
哥哥啊,

你如果不能把冤申，枉为陈家后代根。

哥哥啊，

我们今朝来分别，何年何月再相逢。

公子哭号啕，小姐珠泪抛，

顾不得心肠狠，痛处割一刀。

两位员外看看多伤心，止不住来杠放悲声。

众位，世上多少哀苦事，只有生离死别情，由于小学生才疏学浅，也难以用语言来表达小兄妹当时离别之情。

天上掉下无情剑，斩断兄妹两个人。

再陈良小姐就跟王员外到山西省太原府北门王家庄去了。

打马加鞭就动身，一马双驼两个人。

在路行走数日整，到了王家大前门。

"员外吩咐看门安童赶紧报："报与院君知道，就说我员外回来了。"

安童赶紧就动身，报于院君得知闻。

宋氏院君听见员外回来了，心中非常高兴，赶忙叫梅香搀她下楼。

主仆两个把楼下，迎接员外有钱人。

夫妻两个来见面，喜在眉头笑在心。

员外来到高厅，就拿陕西省华阴县访友不曾访到，带到一个压头女儿这件事情一说。

院君上下听完成，如同拾到宝如珍。

将小姐一把来捧住，亲闺女连连口内称。

"女儿啊，你从今往后，就是员外的亲生女儿，上我家来住高堂瓦屋，享大洪大福，穿红着绿。"

三茶四顿有你吃，四季衣服我操心。

小姐闻听这一样，心中欢乐八九分。

跑到前间双膝跪，亲娘连叫好几声。

亲娘啊，

在养老么死殡葬，飘山化白我当身。

从此以后，小姐就在山西省太原府北门王家庄王显员外家安下身来了。

改姓叫作王良女，员外家中暂安身。

陈良小姐到了王家第二年，宋氏院君就有怀孕了，员外家夫妻两个格真高兴了，逢人必告。十月怀孕满足，瓜熟就要蒂落，那一天夜里，宋氏院君在香房之中——

连痛几个紧痛阵，腹中生下小官人。
仆对下一抛，叽里呱啦就嗷，
稳婆大嫂用手一抄，一望一个大老小。
三朝烧过改污纸，满月堂前取乳名。
到了满月格天子，员外家里闹热了，
都来恭贺员外家有了后代。
前高厅，坐老者，八九十岁，
后高厅，坐小姐，美貌千金。
晒场上，歇轿帘，不计其数，
后花园，系骡马，密拥层层。
有钱骑嘞高头马，不是亲来也是亲。
穷落街坊无人问，富落深山有远亲。

吃了中饭，诸亲六眷要打散了。员外对大家相当客气，说："老者伯伯，少者叔叔，年轻妇女贤嫂，高楼上小姐千金，今朝我家儿子满月，请大家帮小儿子取个名字，待老身好唤叫唤叫。"有人就说了："员外，你家宝宝长嘞又体面，眉花眼笑，不如就叫他眉眉笑么。"员外说："格不好过，假使一歇哭起来，叫他哭癞宝。"也有人说："员外，你家为这个宝宝花啦咁么多钱，不如就叫他千金，千金难买。"员外说："好到好够，千金是小姐家名字，男人取女名，长大了没有气魄，格叫八百，啊呀，堂块不是买青菜萝卜，千斤八百，讨价还价。"南门有一个人姓王，胡须花白黄，家中子孙满堂，取名是老在行。"员外，倒拿你家宝宝抱来把我望望看，员外吩咐安童把小少爷抱来了。王老爷把宝宝接到手一看，天庭饱满，地阁方圆，虎背熊腰，鼻直口方，唇若涂朱，眉清目秀，一表人才。

额前也有珍珠伞，定是扶皇保驾人。
取名就叫王科举，王家有了后代根。
说到王科举一个人，文曲星宿下凡尘。

因为王科举是文曲星宿下凡，长起来一滴点辄不为难，三四个月眉花眼笑，五六个月杂杂响跳，七坐八爬，九月长牙。

抚养科举过一个基，邻舍隔壁来望望辄欢喜。
公子到了一岁春，高厅上独自打登登，
父母看嘞眉眉笑，儿一跌来母一惊。
公子到了两岁零，扶墙摸壁自能行，
就怕跌坏头和面，牵肠挂肚不放心。
不提公子两岁春，经中另表一段情。

才上来，王显员外家没得生育，带嘞陈良以后，再生到一子王科举了。员外倒也无所谓，宋氏院君对小姐的看法就两样了，她心上就想："儿子王科举是我格亲骨肉，何必对小姐要咁好，她毕竟是我家带家来的，又没得血缘关系。"

我对她再好也是撂嘞东洋海，何年何月余家来。
拿儿子抚养来长大，倒是真正的后代根。

那一天员外出去收租要账，临走时，小姐就说了："父亲，你几时回来？"员外拉住小姐的手说："女儿，爹爹要到远地方去收租要账，少则半个月，多则二十天也就能回来了，你在家要听母亲话，她是不会亏待你的。"

小姐闻听这一声，腮边不住泪纷纷。
父亲啊！
女儿在家盼望你，你要早点回转自家门。
女儿啊，你不要难过，吾乃晓得。
嘴说这话，带了安童四个，
跨上白马就动身，收租要账做营生。

员外在家的时候，院君对小姐不敢慢怠，员外一走，宋氏院君就说了："王良阿，现在你家爹爹不在家，你要帮做啦点营生了"。"母亲，你叫我做底高？""这地上咁脏，先把地刷刷干净。"地刷好后，宋氏说："王良阿，从明天开始，一天三顿饭，都有你来做。"王良说："母亲啊，饭不是有梅香在做吗？""王良啊，你是一个女流之辈，长大总是要嫁人的，你不要将来嫁到人家去，连烧粥煮饭总不会，更不要说挽花捺朵，描龙绣凤女工生活了。从明天开始我来教你。"

心中闻听这一声，心中欢乐八九分。
她哪里知道，这个妇人，心比焐炭还要黑三分。
场面来杠说好话，阴谋诡计丧良心。

第二天，王良一早就起床梳洗已毕，把家里打扫得干干净净，宋氏教她做早饭,做了早饭,做午饭,做了午饭做晚饭。十二岁的小女孩,一天忙到夜,真是不亦乐乎。

浑身疼痛不得过,四肢无力少精神。

小姐为了学会做饭,再苦再累,她毫无怨言,格宋氏院君对她好了,好到什么程度?

一句话,不尴尬,噼噼啪啪,
二句话,不尴尬,棒棍上身,
哪怕一件小事做不好,浑身打嘞碧波清。

小姐不但一天要做全家人吃的饭,还要扫地,挑水。你们说,十二岁的小姑娘,怎么挑动两水桶水?那一天,一不小心,一个大跟斗,把水桶摔坏了,宋氏撒野,背住小姐就打:"你这八败命东西,像你这样,家当也把你忙穷啦得哩。"背住她格青丝细发,拎住她格缔都缔,把小姐一下子掀倒地。

打一记来骂一声,头上敲到足后跟。
可怜了,
小姐挨打嘞浑身上下血淋淋,不伤良来也伤心。
小姐忍痛喊一声:母亲啊!
你不要这样对待我,我是你女儿一个人。

宋氏对杠一撑,脸一丧帮,就像五殿阎王:"女儿啊,我家有儿子,哪有你这个现世宝女儿,你又不是我亲生的,是我家员外看你可怜,拿你带家来够。你说好就蹲堂;如果说不好,你就早点死走,不要蹲堂触我眼睛。"

小姐闻听这一声,果要哭死又还魂。

"母亲啊!你在家中这样对待我,父亲在外不知闻,如果等爹爹收租要账回打转,我要告诉他当身。母亲啊!如果等我家爹爹来晓得,他好帮我把冤申。"

宋氏闻听这一声,心中思量八九分。

宋氏心上就想了,倒也是得,我家员外带到这个女儿,当作珍宝,视为掌上明珠,如果等他家来,这个死丫头再告诉他,我来家怎么叫她做营生,叫她挑水,刷地,做饭,格员外不肉麻煞得,我也得过身啦,我不如如此如此,这般这般:

就像哑巴吃黄连,叫她有嘴不能言。

宋氏陡生一计,倒一碗糖茶,里面放有哑药,端到小姐楼上:"女儿啊,开门,我是母亲。"小姐不敢怠慢,赶紧开门。宋氏来到里面就说了:"女儿啊,都是母亲一时糊涂，才让你受到这个罪，母亲知道错了，特地来向你赔礼道歉，这里有一碗糖茶，你赶快吃下去吧！”

干赔礼来万赔罪，赔礼赔罪我当身。

小姐心上就想：“人生在世孰能无过，母亲知道错了，倒过来向我小辈陪理道歉，也就算了。”她万万不晓得这宋氏丧尽天良，这糖茶里有哑药，她也不想许多，就从宋氏手里把茶接过来一饮而尽。

宋氏看了呵呵笑，心总乐到足后跟。

不到五分钟辰光，小姐嘴只是来杠颤，就是没有声音，晓得不好了，上嘞宋氏当了，急得没办法，只是来杠蹬脚。心上就想：“宋氏啊，我在前世里又不曾盗你家墓，你为何对我狠到能功成，等到爹爹回家转，要请父亲把冤申。”

大概歇得半个月光景，员外出去收租要账回来了，真是归心似箭。

收到多少雪花银，喜在眉头笑在心。

在路行走来得快，到了自家大前门。

看门安童赶紧报，报与宋氏院君知道。

院君听见员外转回程，急急忙忙下楼门，

跑到前间来背住，员外连连口内称。

员外啊，

我来家想你想到肝肠断，望你望到眼睛穿，

今朝夫妻来相会，如同拾到宝和珍。

“院君，为何今天只有你一个人来见我，女儿呢？”话言未了，小姐王良已经到他面前，双膝跪倒地埃尘，表示拜见老父亲。

员外赶紧拿小姐扶起来，朝她一望，心吓得直荡。小姐底高腔调？脸上如同表黄纸，眼睛落塘二三分。

看看小姐女千金，骨瘦如柴不像人。

员外就问了：“女儿啊，你为何到如此光景，也是母亲待你不好，还是安童梅香不服用，还是身体不舒服，告诉我父亲听来。

如果哪个欺负你，为父帮你把冤申。

小姐闻听这一声，腮边不住泪纷纷。

小姐就想了：“父亲对我咁好，我如果拿宋氏在家怎样对待我告诉他，他肯定要和宋氏争吵，如果父亲天天在家还好，假使再出去收租要账，弄不好我性命难保，罢了罢了，只怪我命该如此。”

揉揉肚子不作声，果比黄连苦三分。

员外朝小姐望望，像识势不对：“女儿怎这个样子的，往常看见我收租要账回来，和我有讲有说，今朝怎么一言不发，是不是得了什么怪病？”午饭一吃，员外就问院君：“女儿究竟怎么了？”宋氏说：“我哪晓得？她一天三顿，吃得底高事情总不问，你看她格腔调，果像交来我家有多大的委屈似的。”员外又问问安童梅香，安童梅香也不敢说院君在家对小姐百般刁难和侮辱。员外一想：“可保小姐中嘞邪了，赶紧请医生看。”

员外亲自站起身，要到东村请医生。

东村上有个老医生名叫李逢春，行医几十年了，各种疑难杂症他都能看，听见邻村王员外亲自来请，不曾耽搁。

背了药箱就动身，哪肯耽搁片时辰。

在路行走来得快，到了员外家大前门。

手脚不慢，员外同他来到小姐楼上，说：“女儿啊，这是东村李老先生，为父特地请他来帮你看病够。”小姐点点头，一言不发。李先生将小姐脉一搭，嘴就直哑：“员外，令爱可能误吃了什么东西，现在不能说话了。”

员外闻听这一声，如同天打一雷阵。

“先生，按理是不可能的，小姐虽然不是我家亲生，我们待她比亲生的还好三分，她一天三顿都是和我家院君同吃，怎么会成哑巴呢？先生，你无论如何要救救我家小女，千万拜托，千万拜托。”

先生啊，如果你拿小女来治好，一重恩报九重恩。

请你先生多费心，重重赏你雪花银。

李先生见王员外这么诚恳，就说了：“员外，我开个药方，你按我的药方抓药，如果三帖药吃下去得好就好，如果不好我也无法。”员外送走先生，亲自到药店去抓药，亲自拿药煎起来，端到小姐绣楼，看着小姐把药喝完，才放心下楼。这个李先生真有能耐，三帖药吃完后，小姐真的能够说话了。

小姐看见员外到，父亲叫啦两三声。

员外就问了：女儿啊，

你究竟吃了什么怪东西，把你都吃哑了？

小姐听见父亲问，腮边不住泪纷纷。

父亲啊，

只怪女儿福气丑，今明才到能功成，

只怪我女儿在前世里作得孽，今世才到能功成。

女儿你不要难过，

这就是你的家，我们就是你的生身父母。

天塌下来有我顶，非关女儿半毫分。

小姐在员外面前没有说半点宋氏对她不好，过了两个多月，员外又出去收租要账了。宋氏一想，我家再有儿子，何必养这闲人，一不做二不休，那一天到了半夜，把王良喊起来："女儿啊，快点起来，母亲望你有要紧事情哩。"小姐不敢耽搁，随手起来："母亲有底高事情？""跟我走。"

宋氏就在前间走，王良小姐后面跟。

母女两个来得快，厨房到了面前存。

来到厨房，宋氏叫王良把衣服脱掉，然后把小姐绑在条凳上。实际上宋氏早已准备好了。准备底高？她在锅里倒了好几斤油，然后把六十个铜角子放在油锅里烧，烧烫之后，用筷子一个一个捞上来摆在小姐身上。你们说，这个铜角子有多烫？小姐身上都挨烫坏了，小姐痛嘞没得办法，放声就嗷。

小姐喊声：亲娘啊，

你高抬贵手饶饶我，饶赦我一条命残生。

母亲啊，

如果你今朝饶了我，我一重恩报九重恩。

"饶你啊，没得咁容易。你早点死啦得才好哩，省得蹲堂触眼睛，穿我家衣服，吃我家粮，用我家钱，我点点烛来烧烧香，你早死一天好一天。"

可怜了，

小姐浑身上下烫嘞皮肉破，不伤良来也伤心。

小姐高喊三声：地方救命救命救命啊，

如果哪个今朝救到我一条残生命，黄土盖面不忘恩。

小姐来杠喊救命，惊动一个救命人。

惊动哪个？王显员外家里的总管，名叫王能。夜静夜静，听出去不近，王能从梦中惊醒，听见小姐喊救命，赶紧拿衣脱子对身上一摆，脚对踏板上一站，拿荧灯火一上。

急急忙忙就动身，搭救小姐命残生。

三步并作两步奔，厨房到了面前存。

来到厨房一看，命总吓断，看见小姐被绑在长凳上，赤身露体，身上辄摆格铜角子，铜角子四转在吱哩吱哩泛泡，小姐浑身都挨烫坏了。王能说："主母，你何必这个腔调，你也有少爷养嘞来杠，将人心比自己，如果拿你家儿子烫作这个样子，你心上如何？"

你家也有亲生子，何必这样丧良心？

如果员外在家中，你果敢这样乱胡行？

等到员外回家转，告诉员外得知闻。

宋氏闻听这一声，三魂吓得少二魂。

宋氏赶紧拍拍王能的肩兜，背背王能的衣袖："王能啊，这不怪我，只怪这死丫头不听话，我才对她这个样子的。来，我对你有话说。"

宋氏院君前间走，王能总管后面跟。

手脚不慢，来到宋氏搂上，宋氏吃亏，就拿王能对床上一背，一个是丈夫不在家，一个是光棍没老婆，干柴烈火，一点就着。

自从盘古传下来，上梁不正下梁歪，

做了一场欢乐事，王能再就不作声。

王能就说了："主母阿，小姐这件事情我不说，等员外家来，小姐肯定要说，怎么办？"宋氏说："不如把她弄煞得拉倒，再就叫典当门口卖当票，一了百清。"

王能听见这一声，三魂吓得少二魂。

"主母啊，这样肯定不好。""有底高不好，你如果不帮我做对手，等员外收租要账回来，我就告诉他，说你强奸我。"

公堂上面告一状，拿你关进监牢做罪人。

王能再没得办法，只好和宋氏联手，又拿来九枝老板针引芯，钉在小姐的心门口，然后将哑药灌进小姐嘴里，小姐再又不能说话了。

小姐这次遭磨难，九死一生命难存。

众位啊，自古盘古直到今，最毒就是妇人心。

大家要问，小姐果曾死啊？古人有言，好人多磨难，一点不假。

不该应小姐丧残生，员外收租转家门。

员外来到家中，不见小姐踪影，心上有数够，女儿在家肯定又受嘞委屈了。

员外赶紧站起身，直奔小姐绣楼门。

来到小姐绣楼一看，员外命辄吓断，看见小姐浑身上下脓流血淌。嗜她也不作声。“女儿啊！你为何到如此光景，是不是为父不在家，你母亲欺负你？”

告诉父亲来晓得，我来帮你把冤申。

高问三声不答应，低问三声不作声。

员外急得没办法，嘴么直咂，只是蹬脚，两手只是摇，就对宋氏院君身边跑。问问院君，院君赖嘞一抹光，她说小姐到这个腔调，她一点辄不晓得。员外赶紧吩咐安童到东村上去请李逢春医生。医生来一看，大吃一惊，说：“员外，小姐这次实在病情严重，我学术不精，另请高明吧。”嘴说这话——

背了药箱就动身，将身走出绣楼门。

医生一走，员外想想不妥：这怎得了？

假使小姐有个长和短，果比黄连苦三分。

为了帮小姐治病，员外不辞劳苦，日夜在外打听，哪里有医术高明的医生，来看小姐的病。

如果拿小姐毛病来看好，我重重赏他雪花银。

也有交员外要好的人就说了：“王员外，我们耳闻在堂南门外三十里之遥，有个赵家庄，庄上有一位好医生，名叫赵德胜，他的医术相当高明，听人家说，他格本事人也好煞得够，瘤火结毒，烂膀胎毒，杨梅瘀毒，人死了七天，他都能号脉，活人可以医嘞直手直脚，死人可以医嘞活手活脚。

绰号就叫赵一帖，一帖药毛病就除根。

员外听见这一声，要请赵家好医生。

也有人就说了：“赵先生本事是好的，就是一般人请不动他，要请他来看病，要依到他的条件，一要大大面子，二要千两银子，三要大大帖子，四要八人抬的大轿子，如果少一样他都不肯来。”

员外赶忙转家中，想方设法请郎中。

员外心中就想，大大面子，我万贯家财，称为员外，也算得上是个大大面子，千两银子我也有，大大帖子我要来想办法。他用两张大大红纸拼起来，当中用面糊背起来，上面写起请帖来，就算大大帖子，八人抬的大轿子，只好出钱租了。员外一切准备完毕，那一天去请赵家好医生。

在路行走来得快，到了赵家大前门。

吩咐看门安童对里通报，报与赵先生知道。看门安童就说了："你果有大大面子？"员外说："我是北门王家庄上万贯家财称为员外的王显。""你果有千两银子。""我有。""果有大大帖子？""有。""果有八人抬的大轿子？""也有。"看门安童站起身，报与先生得知闻。哪晓员外格天子去嘞不巧，赵老先生不在家，昨晚就被人家接走了，一夜都没有回来。

员外闻听这一声，果要躁死又还魂。
王员外抬头对天长叹一声：唉，女儿啊，你的命真苦啊，
如果请不到赵先生，你九死一生命难存。
员外来杠转啦几个弯，横也难来竖也难，
员外高喊一声：苍天啊！
我究竟前世里作得底高孽，今世里弄到能功成？
今朝如果请不到赵先生，我也不要命残生。
不提员外放悲声，来了赵家小先生。

赵德胜先生家儿子名叫赵义，今年有多大？六岁半，为底高说六岁半呢？因为他六岁多点，七岁少点，所以说他是六岁半。过天子在外面和一淘小朋友玩耍，兴嘞满头大汗，刚好从外面回来，看见王员外悲泪啼哭，就问其原因。

员外一五一十说完成，更加啼哭泪纷纷。

赵义小先生就说了："王员外，你不要难过，我家父亲不在家不要紧，我来家嘞呢，我去帮你家小姐看病。但不过你要依到我条件，我分文不取，只要拿我搀角袋里果子灌满就好了。"随手小先生跟员外就动身，一边跑，员外一边就想："这鬼鬼大格伱，晓得果能帮小女看病，救到小女性命，不要管他，死马当作活马医。"

老先生不曾请得到，请来赵家小先生。
在路行走来得快，到了王家大前门。

员外手脚不慢，拿小先生请到小姐楼上。首先，帮小姐号脉，脉一搭，小先生嘴就直哑："员外，你家小姐毛病相当沉重，不但有外伤，而且还有内伤。"

员外闻听这一声，如同天打一雷阵。

"先生，不管怎样，你无论如何要救小女性命。""员外，你不必担心，我也不是说夸口大话，我要么不来，我既然来了，我就一定要把小姐的病治好。"赵义随手开了药方，员外亲自到生药铺把药抓回来，小先生把药捶细嘞调成敷药，把小

姐身上坏的地方全部敷过来。曾歇三天,小姐身上的外伤,渐渐就好了。员外问:“女儿啊,你还有哪里不舒服?”小姐用手摸摸心口。员外看看,心口头又没有什么东西。因为宋氏和王能把老板针引芯都钉里面去了,外表根本看不出。小先生感到很奇怪,表面的伤已经结盖脱疤,究竟还有什么内伤。小先生用手到小姐心口头一揿,小姐眉头一皱,好像很痛的样子。小先生说:“员外,你帮我拿药箱拿来。”小先生从药箱中取出吸铁石,对小姐心口头一摆,对下揿揿,然后用力对上一提,九支引芯来上荡叮当,小先生又用手到小姐心门口揿揿,问她果痛,小姐摇摇头,意思是说不痛了。员外说:“小先生,我女儿为何不说话?”赵义心上有数:“小姐吃得哑药了。”小先生又开方子把药抓回来煎起来,把小姐一吃,小姐就能开口说话了。

员外看看呵呵笑,称赞小先生医术高,
辄说老先生本事好,小先生还要胜三分。
小姐把眼睛睁,父亲叫啦两三声,
小姐又喊一声:父亲啊,人家辄说黄连苦,我比黄连苦三分。

“父亲啊,我真人面前不说假,假人面前不说真,我拿家里上下根由告诉你,你要帮我把冤申。”

小姐再不瞒不园,拿宋氏在家的所作所为,全部告诉员外。

员外一听怒生嗔,掇开心头火一盆。

先把小先生打发走了,然后来到宋氏身边,撒野,背住宋氏就打。

打一记来骂一声,头上敲到足后跟。

“你这贱货,你还了得,我不在家,你就这样对待女儿,好嘞我家来及时,不然女儿命也没得哩。好嘞自己也有儿子养嘞来杠,如果旁人拿你家儿子弄做这个腔调,你心上如何?”

宋氏闻听这一声,默默无语不作声。

宋氏心上就想:“今朝我挨员外一顿毒打,都是害嘞王良这死丫头,员外如果天天在家,我没得办法对你——”

等到员外出门去收租,叫你千个残生活不成。

员外心上也想:“我又不天天蹲家,如果再这样下去,女儿性命难保。”

横也难来竖也难,一人做个两难人。

“罢了罢了,长痛不如短痛,把她卖掉算了,等她也好到人家去超超身。”事

有凑巧,正好贾家村贾员外家要买丫环,员外忍痛割爱就把小姐卖给了贾员外。父女两个依依不舍。小姐陈良:

王员外家不好蹲,贾员外家暂安身。

是从小姐卖掉之后,王员外家就不太平了,有日游神和夜游神将宋氏的所作所为,奏与玉皇大帝。玉皇大帝大发雷霆,陈良乃我上界玉女星下凡,你对她如此狠毒,这还了得?

宋氏民间做坏事,因果报应你当身。

那一天夜半更深,王显员外家儿子王科举,斗得患难毛病随身。

求医服药没得用,生死来杠欠时辰。

请这个医生来看,医生摇摇头走了,请那个医生来看,医生咂咂嘴去了。员外急得没法,只是蹬脚,眼泪巴塌。

喊一声:可怜啊!

我家究竟作得底高孽,怎就弄到能功成,

如果儿子有个长和短,断啦我王家后代根。

过天子王科举倒在床上,两脚来杠蹬,嘴里只是哼,

手一舞来脚一蹬,呜呼哀哉丧残生。

才上来,员外当他困着得够,歇上蛮多时,把他身子一翻,望望馋沫渧上一大摊,眼睛一闭,一点辄没得气。员外一看,命总吓断,大声叫喊:“孩儿啊,你醒醒啊,孩儿啊,你醒醒啊。”

高喊三声不答应,低喊三声不作声。

员外眼泪珠抛喊一声:心肝孩儿啊,

往常喊你声声应,今朝喊你不作声。

心肝啊,

我朝也忙夜也忙么,万贯家财有何用,

将来交给谁当身?

心肝啊,

假使我有个伤风并咳嗽,没得端茶奉汤人,

将来年老归地府,没得飘山化白人。

这就叫:

颠颠倒来倒倒颠,颠三倒四诵真言。

黄叶不落落青叶，颠倒过来哭少年。

父养儿子苦难当，谁知雪上又加霜。

总说养儿防身老，颠倒过来送儿亡。

桃子夭夭花正开，其叶蓁藤长上来。

之子于归当堂座，宜其家人哭哀哀。

员外来杠放悲声，白发人送黑发人。

不提员外多伤心，再说安童梅香许多人。

安童梅香就说了："员外，小少爷已经去了，你就蹲堂哭煞得也没得用，死了死了，一死拉倒，赶快让他入土为安吧。"

员外闻听这一声，想想不错半毫分。

小少爷安葬后，说人霉不一桩，酒酸不一缸，说也奇怪，那一天半夜三更，腾腾空家里起火。

火势腾腾真正凶，房子围嘞火当中。

青烟起，红烟落，火光灼灼，前到后，所有屋，总化灰尘。

带烧带相，一霍子烧到东天放亮，恨不得把天辄烧红了，一般安童梅香就说了：

三十年富贵轮流转，六十年河东转河西。

"员外家遭报应了，少爷才死啦得，家里又犯火烧了，趁咁咱无人问账，他家东库房有金，西库房有银，珍珠八宝，也有不少，我们不如全部拿走。"

东格东来西格西，改名换姓做生意。

再大家趁火打劫，将王显家金银财宝，珍珠玛瑙抢劫一空。

安童梅香慢谈论，再说员外有钱人。

王员外丧子伤心，悲痛欲绝，那一天凑巧，到哭睡着了。

可怜了，员外不曾逃得出，宋氏火里丧残生。

这就叫：

行好得好终身好，作恶没得好收成。

只因宋氏做坏事，今朝才到能功成。

劝人走正道，千万要记清，如果做坏事，必定遭报应。

善恶到头终有报，只是来早与来迟。

不提宋氏做坏事，连累员外在火坑里面身丧其命，遭了报应，一家再死绝啦得。我们再说陈良，在贾员外家做丫环。

可怜了，

朝四两来夜半斤，不伤良来也伤心。

一句话，不尴尬，噼噼啪啪；

两句话，二尴尬，棒棍上身，

哪怕一件小事做不好，浑身打嘞碧波清。

贾员外说了："我花钱拿你买家来够，叫你向东你不能向西，叫你打狗你不能吆鸡，端了我家碗，就要受我家管，抓了我家筷，就要受我喊。"

如果不听我格话，要你贱货命残生。

"作孽了，小姐在贾员外家，吃的是剩粥剩饭，如果没有剩粥剩饭，就在做饭烧粥的锅里舀点水铲铲，乡下人叫锅啃，权且混一顿。"

自古好人多磨难，不伤良来也伤心。

那一天，员外家吃的毛芋头，吃到最后，锅里到没有了，陈良一个都没吃到。早上又不曾有早饭吃，肚子饿嘞叽里呱啦乱叫，小姐饿嘞实在没有办法，趁员外不在厨房里，把芋头皮拿起来就吃，这就叫饥不择食。哪晓正在吃的时候，员外来了，员外一看，大叫一声："贱婢，胆倒不小，竟敢和我家犬儿争嘞吃，你还得了。"随手背住小姐青丝细发，拎住她格缔都缔，拿她一下子掀倒地，倒拳不长柄，到她头上就卵钉，打嘞小姐喊地方救命。

打一记来骂一声，头上敲到足后跟。

浑身打嘞皮肉破，不伤良来也伤心。

小姐喊一声：

员外啊，

你高抬贵手饶饶我，饶赦我一条命残生。

员外啊，

你如果今朝饶了我，我黄土盖面不忘恩。

今朝和你拉倒，下一次再和我家狗子争嘞吃，

我要你的小命。

嘴里说话脚下撑，怒气冲冲就动身，

小姐喊一声："我格父母双亲啊，

女儿来阳日三间遭磨难，你们在阴司地府果知闻？

我情愿不要残生命，阴司地府见双亲。

小姐泪淋淋，啼哭喊双亲。

作得底高孽，受苦到如今。

不提小姐多伤心，再说员外黑心人。

那一天，贾员外就对陈良说了，陈良啊，从明天开始，一家人吃的饭都有你一个人来做，如有半点不好，小心你的狗命。

嘴里说话脚笃奔，将身走出厨房门。

大家都知道，做饭这个行当很难做，有人欢喜甜点，有人欢喜淡点，有人欢喜咸点，这叫百人百口味，烧多了又要挨骂，如果烧少了，不但自己没得吃，还要挨骂，所以这个饭很难烧，这个陈良苦了。

一早就起身，做到深黄昏，肚子吃不饱，还要做营生。

小姐是天官家女儿，竟受到如此折磨，受到这种苦难，真是太可怜了。

人家辄说黄连苦，她比黄连苦三分。

邻舍隔壁是看在眼里，恨在心里，也有和贾员外要好的朋友就来劝贾员外，员外，你家格梅香，虽然你是花钱买得来够，但是，她小小年纪，你叫她一个人做全家人吃的饭，实在太难为她了，你也生男育女够，假使你的亲生男女到人家去受到这种苦，遭到这种罪，你心上如何？你就高抬贵手做做好事，积积阴德，饶她一饶吧。

贾员外一听，大发雷霆：“她就这个命，不能怪我，你说也无用。”朋友一听，很不高兴，站起身来：“员外，只怪我瞎了眼睛，交上了你这个朋友，从此以后，我们恩断义绝。”

你走你的阳关道，我走我的独木桥，

嘴里说话脚笃奔，将身离开大前门。

贾员外见朋友一走，就对陈良发火，杀野，背住陈良就打：

打一记来骂一声，头上敲到足后跟，

浑身打嘞血淋淋，不伤良来也伤心。

邻居家实在看不过去，大家都来打抱不平，指责员外，说得员外哑口无言，无话可说。邻居们都走了，小姐的日子就更加难过了。贾员外恶狠狠地对陈良说：“从明天开始，除了一天做三顿饭以外，剩余时间替我舂粟米。”乡下人都知道，要得死，冲粟子，正如《不忘阶级苦》里边唱的——记得那一年，苦难没有头，走投无路没办法，地主家做丫头，半夜就起来，做到落日头，地主鞭子，抽打我的身，可怜我这放牛娃对谁诉申。

人家总说烰炭黑，贾员外心比烰炭黑三分。

小姐虽然遭磨难，但是她很爱惜五谷，在做饭的时候，看到草上面有一粒稻也摘下来，有一粒麦也扽下来，有一粒豆也扯下来，时间一长，聚聚倒有不少了。小姐看看这些杂粮，也有塌角的，也有长的，也有圆的，也有扁的。她就想了："社会上人与人之间，正如这些杂粮一样，等等不同，有些人天生就派他享福，有些人命中注定就要受罪。"

杂粮也有多种样，何况世间人不同。

大家要问：什么粮是塌角的，米是塌角的；什么粮是圆的，黄豆、绿豆等都是圆的；什么豆是扁的，只有蚕豆、元麦。小麦肚子上有槽的。你们知道为什么吗？待我来说给你们听。那一天，五谷杂粮集中开会，都要想做粮中之王，大米说："我应该做王，我的用处可大哩，我既能烧粥也能煮饭，还能磨雪蒸糕，还能包粽子等等。"蚕豆一听，大发雷霆，它块头又大，力气又大，跑到米身边说："你小小个子，怎能称王？"到大米的肩上用力一记，就把米的肩打塌了。

因为蚕豆要拈尖，把大米打嘞是塌肩。

元麦、小麦争着说："我们能做王。"两人互不相让，元麦到小麦肚子上一脚，就把小麦肚子踢陷下去了，小麦忍痛，狠狠到元麦肚子上一脚，把元麦肚子也踢陷下去了。

只因两人要争高，肚子上面都留槽。

黄豆、绿豆说："我们都能称王。"大家很不服气都来踢，也有从前间的踢，也有从后间踢，也有从上面踢，也有从下面踢，四面八方踢。

黄豆绿豆想争权，所以两人圆又圆。

蚕豆说："你们都不要争，只有我块头大，对杜一座，文质彬彬，还是我来做王吧。"大米和小麦很不开心，都很生气，一个从前间踢，一个从后间踢。

你一脚来我一脚，所以蚕豆扁刮刮。

五谷杂粮都是宝，度人性命到今朝。

五谷杂粮最为亲，颗颗粒粒养你身，

一年四季少不了，吃粮不忘种田人。

闲言少叙，单说陈良小姐，在烧火做饭时把在楷子上的粮食都弄下来。那一天，实在肚里饿嘞没办法，正好贾员外又不在家，陈良想，我不如把这些粮放锅里烧烧，权且充饥，就员外看见也不关事，我不把这些粮食弄下来也是摆火里烧啦得。主意拿定，就把这些粮食烧熟了，哪晓正好吃得开心格时候，贾员外回来了。贾员外说："这还了得，趁我不在家，你就偷嘞烧吃，往常我不在家的时候，你可保是经常偷嘞烧吃够。"

小姐闻听这一声，冤枉喊嘞不绝声。

"员外啊，总说世上没得冤枉事，我这件冤枉海能深。"

"贱婢，我也冤枉你来，今天我亲眼看见，冤从何来？"撒野，背住小姐就打，一记不轻，都是一百多斤，打人不在行，一记打嘞枣木梛，再看小姐底高腔调？

手一舞来脚一蹬，活跳鲜鱼丧残生。

可怜了，

小小年纪丧残生，果比黄连苦三分。

小姐真可怜，年轻归了天。贾家作得孽，报应接连连。

贾员外将陈良打死后，晓得不好，人命关天，他用十根金条，买通县官李不清。李不清得到了金条，糊涂断案，就此了结。邻居隔壁头大家就说了："这个小丫头真作孽，虽然在贾家受折磨，但对我们大家都很好，我们不能把她忘记掉。"小姐被打死的那一天正好是腊月初八，老百姓为了纪念这位小姑娘，每年到腊月初八都要用五谷杂粮烧点咸粥来祭奠小姐的亡灵，也是当初传下来，腊月八咸粥到如今。

不提陈良丧残生，再说陈忠大官人。

前面已经讲到陈忠被钱家庄钱员外买家去做儿子，改名换姓叫钱万里，钱员外请了最好的先生教他读书。

一笔读到十八岁，篇篇文章总知闻。

刚好凑巧，那一年皇上开考，钱员外就说了："儿啊，家无读书子，官从何处来。朝纲宰相，也是从书中慢慢得来的。今年不比往年，乃皇上大比之年，你不如进京赴考，替祖争光，光耀门庭。"

如有高官并禄位，祖先三代有名声。

公子闻听这一声，想想不错半毫分。

员外帮钱万里整顿了路费银子，三位母亲帮他准备了洗换衣服，又租来大轿一顶。

公子身坐一顶轿，安童扛抬上皇城。

公子在路行，昼夜不稍停，为了赴考事，连夜赶进京。

一去二三里，烟村四五家。

亭台六七坐，八九十枝花。

干塘上，有多少，香车宝马。

塘河里，有多少，勇猛舟船。

逢山不看山中景，遇水哪管浅和深，

在路行走数日整，到了京都帝皇城。

来到皇城，钱万里欢喜了，皇城景色真是好看，招牌对招牌，挂嘞就像雪片，不晓多像样。

一本万利是典当，二龙戏珠是钱庄，

三阳开泰南货店，四季时鲜水果行，

五颜六色绸缎庄，六谷囤积是粮仓，

七星宝剑军器店，八挂灯笼是混堂，

九江运来瓷器碗，十字街上卖茶坊，

公子抬头看招牌，饭店堂馆走出来。

饭店堂馆底高腔调？余裙一倒剎，挍台布对肩兜上一搭，筷子对腰眼里一插，脚对户槛上一踏，灯笼火时夹肘里一夹，嘴里来下喊起来了："今年不比往年，乃皇上大比之年，死店活人开，棺材劈板卖，拿住店格对家嗐，不欺三尺子，义取四方财，财源滔滔长，元宝滚进来。"

果有多少考先生，辛辛苦苦上皇城，

到了今朝夜黄昏，你只要歇宿我家店堂门。

万岁爱你文章好，珠笔点中状元身。

钱万里一听，喜之不尽，就对安童说了："安童，这个人嘴唇边薄晓晓，说起话来轻飘飘，一张快嘴赛镰刀，三与三，七与七，来得早不如来嘞巧，这个吉兆讨嘞到蛮好，不如生意挑他一挑，将铺盖行囊，搬进店堂。"

流水账簿上登过号，客房里边暂安身。

不提公子来下宿，单说万岁坐龙庭。

仁宗皇帝驾坐八宝金殿，将主考官召来，交过金字题目。

替我端坐南察院，考尽天下念书人。

然后，又吩咐皇门官催考，皇门官肩扛皇旗，手拿金锣，手里出劝敲，嘴里出劝嗷。

东城门敲到西城门，南城门喊到北城门，

堂块附近店堂门，果有赶考老先生，

今朝不把考场进，错过一时等三春。

公子听见皇上催考，吩咐安童将行李看好，来到考场一考，文章最好，独占鳌头。

榜眼出在南昌府，探花出在贵州城，

状元不是张三其别个，钱万里公子中头名。

万岁将三鼎甲召到金殿，赐他们三杯皇封御酒。

饮了三杯皇封酒，好做扶皇保驾人。

然后又赐他们三千兵马，半副銮驾，

三匹白马，游看皇城散心。

白马紫金鞍，骑出众人观，

欲问谁家子，读书做高官，

状元游皇城，老少谈议论，

前呼并后拥，争看状元身。

沿小多在学，平生志气高，

人家怀宝剑，我有笔如刀，

年少初登第，皇都得意回，

禹门三激浪，平地一声雷。

状元三鼎甲游皇城，白卷子才子泪纷纷，

喊一声状元公啊，

你也是人，我们也是人，人比人来气煞人，

你进京赴考到有高官并禄位，我们行政司没得半毫分。

“状元公啊，我们只有来格盘缠，没得回去的路费，回不得家乡，见不到爹娘，高厅上见不到双父母，学堂里见不到老先生。状元公啊，我们枉穿衣裳枉戴帽，枉到皇城走一遭。”

情愿不要残生命，塘河里面丧残生。

钱万里一看，这些不曾考得中的世兄世弟在悲泪啼哭，我不如来安慰他们一番。

状元在马身上把手摇：世兄世弟莫号啕，
回去再把文章抄，覅怕龙门万丈高，
饭店银子我来算，赠你们盘费转家门。

三鼎甲游看皇城三天已毕，来到金殿交过旨意，万岁就问："三位新爱卿，皇城景致如何？"

三鼎甲赶忙起奏："万岁啊，皇城景致好得很，活不虚传果然真。"

万岁拿榜眼探花安排出去上任，就对钱万里说了："钱爱卿，你到午朝门东首选择一块好地方——"

孤家帮你起造状元府，好蹲皇城受皇恩。

钱万里赶忙启奏万岁："微臣年纪还轻，一点功劳都没得，我要出去行香拜客。"万岁一听，龙颜大悦："爱卿，你年纪虽轻，对孤家倒是一片忠心，既然如此，孤家赐你三千御林兵，尚方宝剑一口，替我孤家私访七省去吧。"

钱万里前来听封赠，七省巡按你当身。
访到忠臣加官职，访到奸党丧残生。
赐你一口尚方剑，先斩后奏见寡人。
钱万里听见这一声，谢主隆恩出朝门。

钱万里带了三千御林兵来到午朝门外，心上就想，我家妹妹陈良被山西省太原府王显员外带家去做压头女儿够，不知道她现在过得怎么样，我到去望望看。"

旁的地方暂不去，先访太原一座城。

在路行走，非止一日。那一天，来到山西省太原府北门王家庄一打听，说王员外家一家门都死光啦得够，死绝啦得够。钱万里一听，吓啦大半条命，就问："他家带家来做压头女儿格小姐呢？"有人就说了："小姐没有死，已经卖到贾家庄贾员外家做梅香去了。"

状元闻听这一声，如同天打一雷阵。
急急忙忙就动身，贾家到了面前存。

来到贾员外家，状元公开门见山，说："员外，我家妹子陈良在你家做梅香，我来看看我家妹子够。"

贾员外闻听这一声，三魂吓得少二魂，
喊一声：状元公啊，

千怪我来万怪我，都怪我小人一个人，

状元公啊，

千赔礼来万赔罪，赔理赔罪我当身。

钱状元弄嘞莫名其妙："贾员外，你这是为何？我要见我家妹妹。"贾员外没得办法，也不敢藏园，将小姐买进门，一直说到失手打死小姐。

状元公上下听完成，果要气死又还魂。

又喊左邻右舍来询问，大家就说了："状元公啊，你家妹子确实是一个好人，只因为贾员外丧尽天良，磨罚小姐做营生，诬害小姐偷嘴，打死了小姐。""人命关天，你们有没有报官？""报了，瘟官李不清受了贾员外的金条，就糊里糊涂结了案。""小姐几时被打死的？""腊月初八，我们大家为了不忘记这个好人，每年到腊月初八都用五谷杂粮烧成粥祭奠她。"

状元闻听泪淋淋，不伤良来也伤心。

状元眼泪珠抛喊一声：妹妹啊！

"哥哥总以为有了功名成就么，接你妹妹到皇城享洪福，不晓你呜呼哀哉丧残生。我格好妹妹啊！"

只怪哥哥没得用么，

没有本事拿你妹妹照顾好，你今朝才到能功成，

我格好妹妹啊！

你死嘞么委该苦，哥哥要帮你把冤申。

因为钱状元有尚方宝剑，有先斩后奏之权。他来到衙门，将瘟官李不清削职为民，赶出衙门，永不受用，将贾员外关进监牢，问成死罪。

巡按大人开口，衙役动手。吃亏，拿贾员外对监牢里一背；手脚不慢，拿贾员外对狭床上一掼，贾员外对狭床肚里一陷。

贾员外困嘞狭床上，果要哭死又还魂。

贾员外喊一声：牢头伯伯啊！

你高抬贵手饶饶我，我衔环结草报你恩。

牢头伯伯啊！

只怪我平常辰光丧了德，今朝才监牢里做罪人。

一更里来入牢门，越想越思越苦闷，

上天又无路，入地又无门。

二更里来入牢门，死又不得死，生又不得生。
要吃毒药无处买，要想上吊又无绳。
三更里来半夜心，蚊子又要咬，虱子又要叮。
扁郎还要啃背心。
屋望里格老鼠猫儿大，跳上跳下要掏眼睛。
四更里，睡朦胧，辛辛苦苦打瞌冲，
祖宗亡灵来托梦，醒过来还在监牢中。
五更里，东方晓，耳听鸡鸣鸟雀叫，
身坐监牢受煎熬，不如一只天边鸟。
贾员外来枉叹五更，更更啼哭泪纷纷。
等到六十天一满足，法场上过刀丧残生。
这就叫，行好得好终身好，作恶没得好收成。
善恶到头终有报，只是来早与来迟。

钱状元私访七省结束，来到金殿之上，拿私访情况一五一十告诉万岁，又拿自己的身世也告诉万岁。万岁一听，触目惊心，就对钱万里说："钱爱卿，孤家一时糊涂，铸成大错，听信了庞洪之言，使你家家破人亡，到如此地步，孤家帮你的父亲平反昭雪，我来封你官职。"

陈忠前来听封赠，子顶父职你当身，
帮你起造天官府，一年四季受皇恩。

因为庞洪是西宫国丈，万岁肯定包庇于他，不曾要他偿命，罚他俸禄三年。"爱卿啊，你还有什么要求？""万岁，我家还有养父母请你帮封。"万岁吩咐传路官传封到陕西省华阴县。

钱贯成前来听封赠，自在丞相你当身。
张氏李氏王氏前来听封赠，都是一品正夫人。

"万岁，我家妹妹陈良死得好苦，请你追封。"万岁随口就封：

陈良阴灵听封赠，贞节烈女你当身。

"爱卿，既然她的左邻右舍都敬重她，纪念她，孤家不如颁发圣旨到全国各地，每年到腊月初八这一天，家家户户都用五谷杂粮烧点咸粥，来祭奠你妹妹的在天之灵。"

一个雷阵天下响，全国各地总知闻。

再从宋朝的时候，就有了腊月初八吃咸粥这个习俗。

也是当初传下来，万古流传到如今。

宝卷写完成，礼拜佛世尊，佛前求忏悔，罪孽化灰尘。

圆满师菩萨摩诃萨，宝卷圆满注长生。

二 进 宫

黄昏头，渐渐收，多等候，旧根由。——圣谕

日落西山黄昏头，门外霞光渐渐收。
各位听众多等候，提起昔年旧根由。

山在西来水在东，三山六水处处通。
长江滔滔归大海，人生何处不相逢。

忠孝宝卷初卷开，拜请黑虎星君降临来。
宝卷初卷开，礼拜佛如来。
树从根上长，花从叶里开。

光阴似箭日月如梭，人生百岁能有几何？
良田万顷种不了许多，金银满库买不到地府里阎罗。
空身来么空身走，不如趁早念弥陀。

阿弥陀佛天天念，只要功夫不要你格钱。
常面看看没好处，地府里罪孽要少点。

有钱三十为老者，无钱八十也推车。
他骑马来我骑驴，他的福气我不如。

抬头看见推车汉，比上不足比下余。

邻舍隔壁起高房，让他几尺又何妨。

千年计划没得用，可记得当年秦始皇？

长江滔滔奔东流，靖江孤山如困牛。

弟兄道理为家产，妯娌嬷嬷做对头。

收留闲文归经典，开宣宝卷劝善人。

话说忠孝节义落难经书一部，小学生今日开读，应先还朝代帝王，后还贤人出世根由。

大明万历皇登位，山河一统治乾坤。

大明朝万历皇帝登殿，江山稳便，文有忠良，武有能将。这皇帝有多大年纪？只有十三岁就登基。格说十三岁，他也会料理全国大事？只因为母后娘娘垂帘听政，所以才四海升平，八方太平。

皇皇有道讲不尽，国内该当出贤人。

贤人出得其则不远，出在山西省王州府王培县北门外太平村。一人姓李名叫李太，同缘田氏夫人为婚。

提到李太老大人，王培县盖顶有名声。

提到这个李太家里万贯家财，东库房堆金不堆银，西库房堆银不堆金，秤称银子斗量金。安童成对，侍女成双，鸡鸭成群，骡马成行。前后园林碧波清，草积堆到九霄云。屋上瓦片赛乌云，走出犬儿总像麒麟。大家要问，这个李太家咁豪富，可有多大的官职？

李太朝纲把官做，吏部天官受皇恩。

田氏太太福气好，皇封诰命正夫人。

夫妻福气，祖上德气，生到一子，来历不小，上界文曲星宿临凡，年方一十六岁，来小书房用功苦读。他乳名和学名总共两个，乳名叫李保佑，学名叫李尧生。现在满腹文章，无书不读，无诗不熟，是贯穿直落。

只要等到京都皇城开南选，稳中头名状元身。

李尧生家父亲身为吏部天官，来朝纲做官，是清如水，明如镜，坏人说话他不听。

当今天子多见爱，当作擎天柱一根。

可有多少同朝好友?和他最知己有三个人,第一有九千岁徐年剑,第二刑部大堂邹江,第三都察院杨波。这三个人和老大人,情同管鲍,义如关张,有手足之情,刎颈之交。老大人在朝纲把官做,满朝忠臣总是亲。朝纲有忠臣,可有奸臣?无巧不成书,无奸也不成朝。

一朝天子一朝臣,朝朝总有贼奸臣。

在大明万历年间,出到一个最大的奸臣。此人姓李,名叫李连。这人有多大官职?官封到当朝一品。首先又是先皇的西宫国丈,也就是说现在的万岁就是李连的嫡亲外孙,现在的母后娘娘是李连的嫡亲女儿。李连养到两个儿子、两个女儿。长子李山,次子李海总成了家。大女儿终身许配把御前总兵苏太,小女儿叫李凤娇,就许配把先皇隆庆皇帝。隆庆皇帝崩驾之后,万历皇帝登基,有母后娘娘帮垂帘听政。照理外孙做皇帝,公公应该帮外孙大忙。李连不是这个想法,心上就想:“他才十三岁,我六十来岁喽。我哪三桩不值他,他好做皇帝,我就不好做万岁?我只要想一个办法——”

拿这个现世宝外孙丧残生,万岁轮到我当身。

众位啊,公公要夺外孙位,孽障作到海能深。

他肇来朝纲之中专门坑害忠良,害杀忠良不计其数。这部书高头主要就写一个人。哪个?明朝一个开国公,名叫常遇春,有常遇春家第七代孙子名叫常德,来三关做总兵,执掌雄兵六十五万,可以说是喝水断流,一呼百应。老奸党李连就想:“我要想做当今万岁,凭我个人实力是不可能的,我要私通外国。如果私通外国就要从三关经过,三关乃必经之路,我要先拿这一块绊脚石搬啦得,拿肉中钉、眼中刺先拔啦得,要拿这常德先谋算啦得。我只要能够和外国连在一起,我就可以拿刀枪杀上金殿,里应外合,只要能够把中原江山来拿下,就好和外国平半分。另外呢,我要得到九头狮子黄金印玉玺,如果我做了万岁,手里没得印,说话还是没得哪个听。”这印来哪里?印来母后娘娘李凤娇手里,是母后娘娘掌握够。格天子刚好凑巧,母后娘娘身体不好,不曾去垂帘听政,老奸党李连有机可乘。十三岁的皇帝就皇开金口,帝露银牙:“各位老贵公,各位老爱卿,有本早奏,无本速速卷帘退朝。”老奸党李连赶忙走前几步,执笏当胸:“启奏我主万岁,万万岁!微臣有本奏来。”“啊呀,外公啊!有何本章?速速奏上,孤家我洗耳恭听。”老奸党李连三把眼泪,四把鼻涕:“万岁啊——”

你铁打龙庭马上就要坐不成,国内出得大奸臣。

“外公啊，我孤家年纪咁轻，做皇帝一点总不精。究竟哪个是忠哪个是奸？你倒说把我孤家听听看。”“万岁啊——”

要说奸党不是张三非别个，三关总兵常德他当身。

“万岁，常德人来杠做总兵，心不来杠，他暗里下背啦你格眼睛，来家招兵买马，囤草积粮，等到兵马粮草齐足——”

要反进京都帝皇城，你铁打龙庭总坐不成。

这十三岁格皇帝把公公一说，信以为真，龙师火帝，大发雷霆，拍动震山河：“吓！大胆常德。常德，我孤家一向对他不薄，他竟敢私通外国，招兵买马，囤草积粮，和我孤家做对，要想谋皇篡位。外公，孤家赐你圣旨一道，官兵三千，封你为抄家元帅，你火速火速，不能耽搁，前往三关。”

拿常家满门抄斩丧残生，鸡犬不留半毫分。

文武百官闻听这一声，三魂吓得少二魂。

说不得了嘞够，常家世代忠良，忠心报国，怎说到格常家来下兴兵造反，招兵买马，要想谋皇篡位？九千岁徐年剑赶紧来到朝房修书一封，打发得力家将徐能：“徐能啊，常总兵家遭了灭门之祸了，三千官兵由李连奸贼带上三关，要血洗常家。我有书信一封，你赶紧抄小路而行。”

前往三关做个传书送信人，等他家海角苍天去逃生。

“千岁，你胆放宽心。三千官兵走大路上够，这路程相当于一张弓摆了堂。他们人多，只好走大路，走弓背高头，我走弓弦高头。弓弦弓背，算算路程推扳几倍了。你拿书信交把我，我就做传书送信人。”他带了弓箭随身，抄小路而行。赶到三关正是夜半更深辰光。徐能一想，夜静夜静，听出去不近。要说喊他家开门，要把人家听见，急得没得办法，只好跳上围墙，刚好有更夫提个灯笼，走里间摇呀摇，倒朝门口来了够。徐能急中生智，随手把弓箭拿出来，拿箭头掰啦得，拿书信夹得箭高头，对准更夫前间，拈功搭箭喊声“来”。“啪秃”，书信对更夫面前一落，更夫倒一吓。底高东西抛下来了嘎？拈起来一看，眼乌珠漆黑，个字总不识得，这高头写了底高？夜半更深，这个书信进门，可保有重要事情，赶紧报，报与总兵老大人知道。总兵听见一报，心上发躁，衣脱一甩，脚对踏板上一撑，拿荧灯火一上：

拿书信上上下下看完成，果要躁死又还魂。

“夫人啊，我家遭了灭门之祸了哇。”

总说世上没得冤枉事，这件冤枉海能深。

“圣天子年幼，听信奸党之言。李连带三千官兵，马上拿我家满门抄斩。”

赵氏太太闻听这一声，止不住腮边泪纷纷。

赶紧打发安童，去拿少爷常政喊得来，拿媳妇王秀珍也喊得来。常政说：“父亲，半夜三更，我们正困了惬意，你拿我们总喊起来做底高呀？”“儿啊，不得了了哇，闭门家中坐，祸从天上来。圣天子年轻，听信奸党之言。李连带三千官兵，马上拿我家满门抄斩。心肝啊——”

三关上间你们小夫妻两个不好蹲，做个逃灾躲难人。

“父亲，我们生要生在一块，死也死做一堆。要同甘苦共患难，我们哪里总不去。”“儿啊，常家就你单丁子。”

如果等你丧残生，要断啦父母后代根，没得申冤报仇人。

你们小夫妻出去逃灾躲难，将来有了升腾日，

好帮你家父母把冤申。

常政没得办法，眼泪“叭塌”，拿银子整顿足得，带了洗换衣服，和王秀珍两个人来到万福高厅，双膝下跪，双目流泪：“父母双亲啊，我们肇小夫妻两个——”

今朝和你们父母双亲，来万福高厅上面两离分，

果比黄连苦三分。

双亲啊，究竟常家来前世里做得底高孽？

今世里苦到能功成。

总兵大人闻听这一声，果要哭死又还魂。

喊声：“心肝啊，你们小夫妻两个出去逃灾躲难。”

假使向后没好处，一笔勾销莫谈论。

假使将来有了升腾日，要做个申冤理枉人。

众位，世上多少哀苦事，只有生死离别情。由于小学生才疏学浅，也难以用语言来表达他家当时的心情。夫妻两个拿后花园门开开来，犹如惊弓之鸟，黑夜暗星就动身，哪问高低路不平。

不提夫妻两个溜出去，我们单讲到常政格天子和王秀珍溜走了之后，总兵大人到兵器房，把老祖宗常遇春过去传留下来格镇国枪交定国鞭拿出来，狠狠心肠，扔了后花园井里，就撂啦得，也不要喽。赵氏太太拿安童梅香统统集中，喊到万福高厅：“安童梅香，我家遭了灭门之祸，趁奸党李连官兵不曾到堂，你

们统统总家去啊，省得身首异处。”安童梅香忠心耿耿：“主母太太，我们沿小把你家来够，在堂你家人，死了你家鬼，我们要死也死做一堆，我们哪里总不去喽。”“安童梅香，多谢你们一片忠心啊！真正你们不肯走，我也等你们落下一个整尸首啊！”吩咐大个子安童，拿大大十槽头缸抬到万福高厅，拿砒霜毒药酒兑起来。“安童梅香啊，真正你们不肯走够，这砒霜毒药兑好了够，你们大家来吃嘎。”人家说生怕生，死怕死。这安童梅香个总不怕死，争了伏到药酒缸高头吃砒霜毒药酒，不曾到一歇歇辰光，再望望安童梅香底高腔调？

药性发作了不得，七孔流血丧残生。

总兵大人家夫妻两个，看见安童梅香总死堂块了够，拿出金子来放手里捺捺，夫妻两个对喉咙口一塞，夫妻两个吞金而死，也就吃杀得够。等到大天白亮，李连奸党带三千官兵也到堂了，喉咙总喊哑了也没得人开门。为底高没得人开门啊？里间人总死啦得够，肇没得哪来开门。没得哪开门，他就吩咐手下官兵打开府门，跑到万福高厅上一看，眼睛总发暗，啊呀，常家畏罪自杀，总死了堂。李连又下令：“因为常家罪大恶极，死了还要替他过刀，拿这些死人头统统割下来。”随手把头摆在一处，身段搬搬堆，也摆在一处。

拿万福高厅改作肉丘坟，果比黄连苦三分？

又取块石头来，然后凿起字来，凿起底高字来？

常家一满门，罪过累其身。

千载万古后，永远不翻身。

然后李连就拿常总兵家夫妻两个首级，带到京都皇城去面圣。他就不曾查查人丁簿子，果曾有咁多死人尸首来堂块，所以常家后代小夫妻两个逃出去，不曾有哪去捉他们。

我们单讲到这常政和王秀珍夫妻两个，带了路费银子连夜逃出，出门逃灾躲难，眼睛一鞭，逃出去倒有好几天。王秀珍毕竟女流之辈，又是大户人家媳妇，不曾出过远门，跑了脚也疼。“丈夫啊，跳啊跳，一双鬼鬼脚上四五个大泡，官人啊——”

我现在两腿倒有千斤重，四肢无力少精神。

官人，如果我再跟你跑啦三天整，千个残生也活不成。

“夫人，你不要难过，不要说你跑不动，我也跑不动了够。我倒来打听打听问问看，这块到了哪里喽。”跑到前间一打听，说这块是洛阳。“夫人，奸党不会得追到洛阳来杀我们够,包袱里银子多了,不好蹲堂买块地方,我们先安身落下脚来再说。"来洛阳县安身落脚,眼睛一鞭,有八九十天,两三个月够。王秀珍就说:"官人啊,喉咙三分宽,能通万丈深,家无营生做,要吃断斗量金,我们对家一坐,肚里要饿,假使拿多钱吃啦得,人疏地不熟,我们肇怎得了?""夫人,格你说怎弄?""官人啊,我们来做生意嘛。""夫人,倒不是我说你哩,我们大户头人家格人,会做底高生意啊?""官人,大生意我们做不来,也不该多本钱,我们做做小生意。我望望团近没得哪家来家磨豆腐,这里缺少一个豆腐店,不如我们买副磨子,买点黄豆,家来磨磨豆腐啊。"

常政闻听这一声,想想不错半毫分。

拿黄豆和磨子买家来,夫妻两个勤辛苦力,起早坐夜,眼睛一鞭,豆腐磨了二年,赚到多少格钱! 王秀珍就说:"丈夫,八败命也怕死做,我们磨豆腐挣咁多钱,再磨三年,我们手里钱还要多了。"常老板一听,不但不高兴,相反眼泪珠抛:"夫人啊,我们夫妻两个朝也忙夜也忙,挣到铜钱银子有何用啊?哪个帮我家父母双亲把冤申?夫人啊,想想我家父母双亲死了委该苦啊,没得个申冤报仇人?""官人啊,你只能磨磨豆腐,我手无缚鸡之力,你叫我有底高办法?""夫人,我们同床共枕数年,也不曾生到格男女香烟。说君子报仇,十年不晚,我们没得办法申冤报仇嘛,只要养到格儿子,将来也能申到冤报到仇,我死了也瞑目够。"

王秀珍闻听这一声,心中思量八九分。

"格你就是怪我啊,跟你同床共枕几年,不曾生到男女香烟,我也听见人家年纪大的说够,要享儿孙福,须舍世间财,人来世上做好事,子孙天送来。前世修来福,今世享荣华,今世做好事,锦上又添花。""夫人,我们咁大年纪了,你说还去做底高好事啊?""官人啊,譬如把这个磨豆腐挣到格钱统统拿出来,只有拿好事做起来,只要感动上帝,作兴我家就生到男女香烟后代。"

做做好事积积德,好养儿子传下代。

常老板要养儿子,好事做了大了,钱用啦多了。究竟做哪些好事够?

路上不平挑土修,桥坏抽板换木头。

天阴落雨送人家钉鞋伞,黑夜暗星点路灯。

遇到十七八岁小光棍,赠他铜钱做营生。

三岁孩童亡父母,带到家中长成人。

农民家里过春天，长天大日头。
没草又没粮，男女饿了蹲家哭涟涟。
常老板做好事，挨家挨户送米粮。

农民家里过夏天，床上帐子不连腔。
蚊子嘴又尖，咬了浑身痒。
端张板凳困在场心里，斫点青草做做烟。
常老板做好事，送他格蒲扇共蚊香。

夏天过了秋季里，农民田里做活计。
女格没斗篷，男格没蓑衣。
天阴落雨湿叽叽，暴头雨落得来溜总溜不及。
常老板做好事，送他格斗篷共蓑衣。

秋季过了冬季到，外间大雪对家飘。
女格没棉裤，男格没棉袄，个个冻了懒伸腰。
大人冻了咂咂跳，小朋友冻了叽里呱啦叫。
常老板做好事，送他格棉裤共棉袄。

农民家里要过年，买东买西少铜钱。
大格又要补，小格又要连，个个总要添新鲜。
男女蹲家哭涟涟，争了要要守岁钱。
常老板做好事，挨家打听送铜钱。

大家要问，常老板家做咁大个好事，可曾养到儿子？乡下人有句土话，叫一钱不落虚空地。

常老板来家做好事，玉皇大帝早知闻。

玉皇大帝来灵霄宝殿，心血来潮，坐卧不安，掐指一算，晓得一半。啊呀！常家受奸党坑害，满门抄斩，好了忠臣打发安童传书送信，才逃到小夫妻两个人，在洛阳县安身落脚，现在要求男女传宗接代。忠臣不绝后，绝后就不忠臣，我要送他一子。拿星宿簿子掇开来一望：文武星宿、红鸾星宿，各位星宿总来凡间保驾；王母宫、福禄宫、斗牛宫、八敬宫，宫宫皆空，没得星宿下凡。再拿星宿簿子一翻，哎，只有玄坛菩萨格坐骑黑虎星宿，不如为难，贬它下凡。

玉皇大帝站起身，玉磬三声召真人。

召哪个？拿玄坛菩萨召到御宰台前，和玄坛菩萨一讲，拿黑虎星宿召到变法台上变，一变二变，金光模样，二变三变，变作仙桃、牡丹花模样。打弹张仙、送子娘娘用六角金丝盘，拿两样天宝装起来就送了下凡。

王秀珍梦中吃得仙桃子，六甲怀孕紧随身。

十月怀孕满足，瓜熟就要蒂落。常老板请来稳婆大嫂。格天子夜半三更，王秀珍就来豆腐店里：

连痛了几个紧痛阵，腹中生下小官人。

小孩对下一抛，叽里呱啦瞎叫，催生奶奶用手一揉，一望一个大大老小，“喔哎喔哎”，不是蟛蜞就是骚蟹，赶紧帮忙，就拿王秀珍扶了上床。常老板果曾望见这个儿子底高腔调？一直总不曾望见，等到满月天子，拿小孩抱出来够，常老板不望小孩拉倒，一望恨不得鼻子总气歪了够。这个小孩底高腔调？脸上黑漆抹塌，就像锅底菩萨，脸上就像黑漆，望望如同锅铁，就两个眼乌珠来杠直识。打个比方，这个小孩黑到底高腔调，黑到底高程度？假使哪家来家上煤炭，拿这小孩抱了去，如果摆了煤炭堆子上，分不出哪是煤炭哪是人。这个小孩就如煤炭一样格腔调，一样格颜色。王秀珍就说：“官人啊，我家肇有了儿子喽！你帮他取个名字。”“夫人啊！你怎敢拿这黑炭捧了怀里够？情丧带到今朝，倒有个把月了，你望望底高腔调，人也把他吓杀得了。”“官人啊，随便多不好，是我和你养够，白是看，黑是汉，弄不好我们将来享他大福哩。你就叫猫猫狗狗么帮他取个名字，将来好唤叫唤叫。”常老板把自己女格说得没办法，就帮这个小孩取了名字。

就帮黑炭取名叫作常士勇，常家有了后代根。

这个黑炭你不要看他长了黑，肯长了，三四个月就眉花眼笑，五六个月就咂咂鲜跳，七坐八爬，九月长牙，抚养黑炭过一个期，邻舍隔壁就来望望总欢喜。

一周二岁娘怀睡，三周四岁离母身。

五周六岁多聪明，顺顺当当长成人。

到了六岁，看看就像十六岁格腔调。这个六岁格黑炭不轻，秤底落一称，一百二十四斤，常老板欢喜了，小孩虽然黑，怎干肯长够，请先生回来教他读书。

家无读书子，官从何处来？

八方打听到南门水关桥脚下一个姓王格先生叫王举士，这个先生年纪只有四十九，既不吃烟也不喝酒，拿他请家来够。教书一下子教了二十三天，常老板果要问咯："先生，我家士勇读书可有点聪明啊？""常老板，师傅巧，徒弟绝，你不问，我也不敢说，你家格小孩读书不怎么玲珑，我叫他拿书翻过来读，他两个手蹲书高头瞎摸；叫他拿书翻过来念，他两个手蹲书高头瞎惹厌。我就说了，'门生啊，你家父母磨豆腐弄两个钱不容易，你要用心读书了'。他不但不听我话，相反弄手指头触到我鼻子上，'老棺材！我家请你来教书格呢，我读嘎不读，关你屁事啊，你不教我拉倒，你哪怕现在就死走'。挨他一骂，我想想霉上几夏了。寻丧撒野，格天子不读，背住我格头毛，到我头上瞎打，我吓得不曾敢告诉你啊！常老板，我挨他打了伤心，他拿我帽子撕拉一只角，衣裳裤子撕了碎纷纷，拿我格络腮胡子揪了剩几根。"常老板一听就不高兴："嗨，家门不幸！养到你这个黑鬼么读书麻利点也就罢了，书又读不进，相反也打先生。"躁了没得办法，常老板眼泪"叭塌"。先生就说："常老板你不要难过，你家这个小孩虽然读书读不进，只要避啦我格眼睛，他就飞蹦纵跳，蹦纵如飞，摩拳擦掌，血气方刚，是英雄气概，如果拿我留家教书，你家钱撂水里总不响，你家要请武功老师家来，教他骑马射箭，舞刀使枪，跑步拉弓，等到百般武艺随身格辰光，皇城里也要开武考呢！"

文官里边没他份，武官里面中头名。

随手拿先生账目算了冰清玉洁，等先生家去够。"夫人啊，要请武功教师，不是个钱汤水啊，我们从今向后要勤辛苦力赚钱。""官人，格我晓得够。"肇夫妻两个天天蹲家起早坐夜磨豆腐，格这六岁个小孩肇蹲家做底高？虽然六岁就像冲天棍差不多，就帮娘啊老子蹲家磨豆腐。磨磨豆腐，他对牵杠高头一项，常老板看看这个黑炭又好气么又好笑。常老板有个脾气啊，他天天要吃酒够，要吃多少酒？一天要吃两顿，什么辰光吃？上茶辰光吃一顿，吃得磨拉一落豆腐好吃中饭；晚茶辰光吃一顿，磨拉一落豆腐好吃夜饭。这黑炭经常看见他家父亲对床里家跑，总归不是来上茶辰光，就是来晚茶辰光。格天子倒又看见他家老子上床里家去了够，心上就想："我家老子天天上茶辰光去做底高？我倒跟进去躲了杠望望看。"就躲了格堂子来杠看，常老板从抽台脚下，拿一个酒壶倒背出来够,尖呶呶,对床帮上一坐,"呼啦呼啦"吃上几口。黑炭心上就想,格水可保甜够?我家老子吃上咁多够,躲了杠也不作声。常老板拿酒一吃,壶盖头一塞,对抽台脚下一顿,他倒磨豆腐去够,不晓得黑炭躲了杠块。黑炭也来到格抽台身边,拿酒壶背出来,也对床帮上一坐,拿壶盖头一拔,弄鼻子哄哄,香了,弄手指头蘸点点放嘴里咂咂,甜够,甜够,甜够,又香又甜。格壶里还有多少酒啊?一壶酒不轻,老秤正好称二斤。常老板才间只好头二两吃啦得,就是说这壶里还有一斤七八两酒,这六岁格小孩就像穷吼,一斤七八两酒就做四口,倒吃下去够。拿格酒壶还对格抽台脚下一顿,中饭照吃。晚茶辰光常老板又来吃酒喽,拿壶一拎,好像蛮轻,拿起来一望,酒壶里酒点点没项。"夫人啊,我打点酒家来解解疲乏,人家说世上只有三桩苦,撑船打铁磨豆腐,我一天磨豆腐磨到夜,咁吃力,打点酒家来吃吃,你拿我酒总倒啦得做底高?""啊呀!官人,我不曾倒你格酒啊。""格这肚里酒呢,才昨天买家来够,早上就吃啦点点。""格我哪晓得,酒壶可漏啊?""漏底高?沙眼总没得。""格酒上哪去够?""我原问你呢?"儿问:"爹爹做底高了?""我酒壶里酒呢?""酒啊?酒把我吃啦得够。""胡说!你六岁格小孩吃咁多酒?喊哪个来吃嘎?""父亲啊,我不曾喊哪来吃,我个人吃够。我上茶辰光就吃得够,中午和你坐做堆中饭照吃。你可还有酒来哪里?格点点酒我也不曾吃得惬意。""你格冤家,六岁个人吃一斤七八两酒,还不曾吃得惬意啊?你要吃嘎多少酒?""父亲,让我吃饱了,可保好吃嘎头二十斤酒。""你胡头乱说,你六岁格小孩吃头二十斤酒?你肚子有多大啊?格酒到底喊哪来吃够?你不肯说嘎,我今朝去买嘎一坛子酒家来,明朝尽你吃,看你吃到多少?"

常老板实际上有点好奇,说这六岁格小孩能吃十来斤酒,头二十斤酒,就不大相信。格天子坐夜,去买一坛子酒家来,不曾开过坛,三十五斤一坛子。个个酒顿了抽台脚下格踏板上够,黑炭一夜总不曾困得着够,到早起么,常老板说:"儿啊,我去磨豆腐了,不到格辰光我酒吃不下去啊,我就到上茶辰光来吃酒。格么,你蹲堂等等,我磨拉一落豆腐,我就来够。""父亲啊,你去磨豆腐啊,我来帮你看酒啊。""儿啊!这个酒放了床里家踏板上,有哪来偷了?""对堂一放,上贼伯伯大当,偷啦得我和你就没得项。""好格好格,你蹲堂看啊!"黑炭对踏板上一坐,拿背对酒坛子高头一戤,来杠一动一动。格坛子里格酒来下嚯落嚯落,他倒坐不住,熬不住了够,拿坛子盖头封口撬开来,弄鼻子闻闻,作底这个原坛子酒不曾开过坛,比昨天格散酒香啊!用手指头蘸点点放嘴里咂咂,竟甜哩！比昨天格好吃。越看越想嘴越馋，馋沫拖到脚背上。总来不及去拿碗啊，磨豆腐格人家作勺多了，一作勺酒不轻，正好称二斤。你们总不晓得这六岁格小孩吃啦多少？这二斤头作勺不曾算，一下子吃啦十二作勺半，吃啦二十五斤酒，拿坛子还盖了好好。到上茶辰光常老板来吃酒喽。"儿啊，我吃力，你去拿格碗来！我们来吃酒。""父亲，拿碗做底高，老海碗总嫌小，弄这个作勺正好，弄作勺舀舀就拉倒了喂。""好格，爷儿父子也不关事，就弄作勺舀了喝喝嘛。"常老板弄盖头揭开来一看，命总吓断："儿啊，你还蹲堂看酒了？我这一坛子酒三十五斤了，怎就这点点来堂块了？""父亲，格你大惊小怪底高咯，你不曾来，我倒先吃得够。""你个人吃啦咁多了？""父亲，你可吃？你不吃拿坛子里酒把我个人吃啦得拉倒。""你格老子啊！这一坛子咁多，你一顿就总吃啦得，我和你家妈妈磨豆腐一天挣多几个钱，也不够你吃啦得，就这样山也把你吃倒啦得，今朝尽你吃一顿，从明朝开始老子不拿酒对家买喽。我肇戒酒，你肇也就没得吃。"黑炭就吃到格一顿惬意酒，肇一直就没得酒吃得够。没得酒吃也微小可，拿他关在家养够，不拿他放出去。为底高呢？长了象冲天棍，脸上又黑，跑出去人家总要笑他，说："死腔，竟难看喽！"他肇捣拳不长柄，总到人家头上钉。打了人家叫地方救命。大人出去陪他打招呼总来不及，所以呢，就拿他关了家养。格天子黑炭就说："父母双亲，我十六岁，一落里拿我关了家，我要出去散散心，相相哩！""儿啊！你年纪虽然咁大，你出门就要惹祸。""父亲，我肇不惹祸喽！我今朝就出去相相。""好格，格你要早点家来。""晓得。"

黑虎星宿站起身，哪肯耽搁出家门？

格天子跑到酒店门口，看见酒店里间来下划拳行令，来下碰杯。黑炭看见格酒，馋沫只是对下直流，越看越想嘴越馋，馋沫拖出来三尺长。手到袋子高头一拍，袋子里点总没得着落。这个酒竟好吃了，我身边个钱总没得，我家去寻。我家父母拿钱亚哪里够？家去角壁角落总翻转过来，也翻不到格钱啊！寻到他家母亲王秀珍格枕头底落，枕头一翻，里间银子一大摊。"就亚堂块够。""咕啦"一把，银子对袋子里一摆，走了够。跑到酒店："小二，我要来吃酒！""豆腐店里黑少爷来了够，少爷，你要吃底高酒？""酒不在乎好，你要尽我吃一饱。""格你要吃多少？""你家可有大大旋子啊？""有啊，五斤头和尚头旋子，一旋子五斤。""我十载不曾吃酒了，不要一下子吃胖了够，替我先少打点来，五斤头格和尚头旋子，先替我打四旋子来，吃得不够，好再慢慢添够，拿二十斤酒打得来。"黑炭多年不曾吃酒，今朝看见格酒，就像穷吼，一旋子五斤就做五六口，拿二十斤酒倒吃下去了够。舌头打绞，就不协调。"小二，可还有酒？我还要吃。"格个小二说："不要把他吃了，舌头根子总发硬了，不要醉杀得我家堂啊。"还有格小二就说喽："关底高事？你倒愁他不把钱了？他不把钱去找他家老子，他家老子开豆腐店，讲情说理够，倒怕他少我们一个钱了呢？"又打一旋子来了够，吃啦二十五斤酒。他虽然酒醉，心里明白够，到袋子里拿钱摸出来，拿账算啦得，结啦得，晓得家去，外间不早喽，哪晓得脚下不听话啊，明当明两脚要对东，眼睛一蒙只是对前直攻。看看不稀奇，爬爬烂跌，跌得浑身总是烂泥。

酒势糊涂就动身，玄坛庙到面前呈。

脚下搞啊搞，格天子跑到玄坛庙，哪晓倒站不动了够，就对玄坛菩萨门口拜头高头一困，酩酊大醉，呼呼大睡。玄坛菩萨一看："啊呀！这不是我格坐骑黑虎啊？光阴似箭，日月如梭，黑虎星宿下凡投胎托生倒十六岁了，将来他要封到安国王之职，就是保大明万里江山够。既是我格坐骑，我和他有师徒之分，不如趁他困着得，好来教他习武啊。"另外到三关井里，拿他家老祖宗常遇春传留下来格——镇国枪和定国鞭去拾得来。玄坛菩萨在梦中就传授了常士勇的武艺，等常士勇一觉困醒过来，感觉到浑身骨头来下"哔哩啪啦"响，一望，旁半间还有一支枪、一根鞭来杠块，高头总刻过字够，他又不识得。拿枪和鞭对身上一背，准备家去，只感觉到脚下竟轻省。"啊呀！哪里我困一忽中觉，力气变大了够？我倒来搬搬看，这个菩萨我可搬得动？"格菩萨腰眼里凿过洞洞过，他拿格手对菩萨腰眼里格洞洞里一伸，手脚不慢，拿这个菩萨举到头顶向上，来玄坛庙四周连转三转，面不改色心不跳。

这菩萨有多重？青皮石头凿够，总有一个男劳力咁高，箩口咁粗格腰。实心菩萨不轻，有一千三百多斤。拿菩萨对杠一摆，气总不喘一点点。

常士勇心中想："我今朝困了一忽中觉，我这个力气多大啊！"

背了兵器就动身，哪肯耽搁转家门？

父母来家恨不得眼睛总望穿了。常老板看见黑炭家来格："儿啊！你上哪去够？你怎相到咁歇啊？""爹爹，我去吃酒够。""你到哪里有钱够？""我来妈妈枕头底落寻到够。""你格冤家，格个钱放杠，帮你请武功教师买兵刃马匹够，你就偷去买酒吃，你格身上背格底高枪交鞭？把我望望看。"常老板把枪和鞭拿到手一看，高头有字刻得上：大明开国公常遇春镇国枪、定国鞭。"儿啊，你这东西从哪里弄得来够?”“我酒吃醉了,困了玄坛庙,格一忽醒来,这个枪和鞭就摆了我身边。”“儿啊! 你不识字啊,这高头刻格常遇春,就是你格老祖宗,你是他格第九代孙子了。我们原不是住这洛阳,你家祖父原来来三关做总兵,执掌雄兵六十五万,可以说是喝水断流,一呼百应。受奸党李连坑害,九千岁打发安童传书送信,才逃到我和你母亲两个人,大做好事行方便,才养到你格啊! ”“父亲啊,原来我家祖父祖母就死了李连奸贼手里,我马上上京都皇城去报仇,杀这狗贼骷髅头。”“儿啊! 你有多好格本事啊,能去报仇杀奸党格头啊? ”“父亲啊! 本事我是没得,我格力气大了,我家这两扇磨子有多重,可保千把斤有了,我可保也拿动哩。”“你死说野毛头话,一千多斤重,你十六岁拿得动啊?”“我来试试看啊。”黑炭跑到前间弄手对磨子底落一抄,一只手对磨子上面一拍,轻轻拿起来一搡,拿两扇磨子都举到头顶向上。举上去也微小可,蹲杠摞。

左手摞到右手来,就像加官出戏台。

右手摞了左手去,就像狮子衔花滚绣球。

越摞越高,恨不得攛上九霄。常老板舌头总吓塌出来够:“儿啊! 你憁点拿磨子放下来,压杀得不得了够。”常士勇拿磨子放到原来的位置上。“儿啊! 你肇咁大个力气了,就请得来格武功教师也不值你哩! 肇不要请武功教师喽,这个钱放堂也没得用了够,不如我们就来买酒吃啦得嘛。”

常士勇闻听这一声,心中欢乐八九分。

肇天天蹲家吃酒,拿王秀珍也喊了坐身边吃。众位啊,我们不提他家一家三口天天吃酒。

讲讲说说欢乐很,一场大祸到来临。

地府里格阎君在森罗宝殿,掐指一算,就晓得一半。“鬼使,常士勇是上界黑虎星宿临凡,将来要保大明万里江山,要封到定国王之职,有享不尽的荣华,有受不尽的富贵。只因为他命委该不好,和他家父母双亲犯绞,配他家大人总死光啦得,好让他个人,现在不能耽搁,赶紧帮我到阳日三间,去捉拿常政、王秀珍魂归地府。”

鬼使一听,就来大劲,桩样不会,阳日三间捉人老内。无常鬼做队长带队,他是捉人格头子,后间肇哩古拉纤一淘,鬼使总来帮做对手了。有高子鬼、矮子鬼、胖子鬼、瘦子鬼、鲜翻鬼、促狭鬼、尖刁鬼、阴促鬼、淹死鬼、吊杀鬼……鬼使一大淘,总跟无常鬼跑。一阵阴风,就对他家家里一攻,鬼使不肯耽搁,就先到常老板头上一掐。常老板腾腾空头上冒煞，鬼使拿温凉汤连洒是洒，常老板身子只是来杠发歹。

三洒四洒了不得，寒寒热热紧缠身。

常老板尖啾啾，吃吃酒，泥塑木雕就对杠一坐。王秀珍就说："官人啊!儿子力气咁大，肇又不要请武功教师，也省到不少格钱，你应该高兴，你怎眼皮一笃，坐堂好像要哭。"常老板把王秀珍一问，眼泪就抛下来够，常老板喊声："夫人啊，说天有不测风云，人有旦夕祸福，我才间坐堂吃酒也好好了很，我陡得毛病紧缠身。夫人啊！"

我现在浑身热起来如同炉中火，冷起来如同水生冰。

格我一时寒来一时热，我寒寒热热分不清。

夫人啊! 这个椅子么我也坐不动，赶紧扶我床上去安身。

娘儿两个吃亏，就拿常老板对床上一背。鬼使就说格："我家阎王注你三更死，哪肯容情到天明？"不肯耽搁，鬼使就到常老板头上一拍，常老板喉咙口痰对下一郁，"嚯落"，豆腐店关门，只好歇作。只看见他两手来杠伸，两足来杠蹬，喊喊又不作声，浑身汗毛根根竖。

喉咙口断了来往气，牙关骨咬了紧腾腾。

才上来当他困着得够，歇上蛮多时拿他身子一翻，望见里床馋沫滴上一大摊。头朝杠一折，望望一点气总没得。手到他额头高头一揿，冰冻三阴。"儿啊!不得了了够，你家爹爹早已死了够，这身上总阴了够。"王秀珍跑到前间，一把来捧住啊，喊声："官人啊！"

你早先交我讲讲说说也像个话八哥，你现在困堂怎不作声？

我究竟前世里作得多少孽，今世里烧啦多少断头香，

拿我丢了半路上。

下不下，上不上，夫妻不久长么。

你来黄泉路上慢慢走来要慢慢行啊，你等等你家夫人一同行。

官人啊!

你来黄泉路上慢慢走来慢慢跑，我们夫妻也同过奈何桥。

鬼使就说："王秀珍，王秀珍，你不要蹲堂哭，马上连你一起捉。你不要蹲堂号，等你家两口棺材一起对外抬。"哪晓得王秀珍哭嘎哭，一口气对喉咙口一抈，豆腐店关门，只好歇作。

一头栽倒地埃尘，神木不知半毫分。

常士勇看见妈妈对下一倒，晓得不好，赶紧拿她捧起来："母亲啊！你才间来堂蛮好，怎就对下一倒？"捶捶拍拍喊喊，王秀珍微微拿眼睛也睁开来格："儿啊！母亲不好了够，要跟你家爹爹一起同走，我们死啦得之后，家里这豆腐店开得下去顶好，如果开不下去够，你上广西柳州去投靠你家姨母，她家万贯家财，来家开木行，你去投靠你家姨娘啊！"王秀珍一头说话一头断气，也死啦得够。

夫妻两个丧残生，丢下士勇一个人。

说邻舍好赛金宝，大家肇做对手，帮买两口棺木，请僧道做个追荐，拿常政和王秀珍安葬啦得。常士勇家里果有钱？承办啦父母双亲后事，钱也没得够。说人是铁，饭是钢，没得吃饿了就心慌。这常士勇一顿要吃多少？一顿要吃一斗米饭，要吃到三十斤酒，要吃到十二斤肉，咁多东西只够他当一顿。所以千把斤重格东西来他手里，就像拿格木头榔头咁轻。说人是铁，饭是钢，能吃也能夯。他吃不到咁多，他力气也没得咁大。

格天子好像肚里竟饿杀得，拿门一带，出去散步够，刚好前间来了一位老者，年纪总有七十开外。这人哪里来个呢？陈家庄够，姓陈名叫三庆，是个员外，家里万贯家财。离老远么陈员外就看见他了："少爷，你上哪去？""员外，我出来散散心。""啊呀！你好像不大欢喜嘛。""我欢喜底高哩，我家父母双亲总死啦得够。""啊呀！几咱死够？""死啦好几天喽。""少爷，我堂上女儿家去又不来家，不晓得你家父母倒总死啦得够。格你可有哪里亲戚好去投靠啊？""有够，我家妈妈临终辰光说，我家有个姨娘家来广西柳州开木行，叫我去投靠她够。""格你怎不去够？""去底高？我又没得盘缠路费。""啊！没得钱啊，上我家去，我送嘎二十两银子把你。"

士勇闻听这一声，跟随员外就动身。

跑到员外家，将近吃饭辰光。员外就说："少爷，我家家里人多，不在乎你多吃啦三头两碗饭，你拿肚子吃饱了，我拿钱送把你，等你好早点回去。"哪晓得釜冠一揭，一十张头锅子饭，他格肚子大了，不是吃三碗两碗啊。人家弄铲刀对碗里盛够，他不是的，他弄碗磕得锅里用铲刀对碗里揿够，不曾算，一下子吃啦二十六大碗半。拿锅子一盖，员外就说："少爷，你拿肚子要吃饱了？""员外，吃底高了？锅里没得饭了够。"员外说："十张头锅子饭怎得倒没得了够？""格原没得格呢。"员外拿锅子一掀，锅底朝天，饭没得点点。"少爷，你个人吃啦咁多饭？”“员外，我也不曾算大饱哩！”“少爷！就能呢没得哪家养得起你啊，来把这二十两银子拿去啊，作为盘缠，你上你家姨娘家去啊。你拿门锁锁好，房子千万不要卖，你如果拿房子一卖，上姨娘家去，姨娘对你不好，再渺眼闭眼，瞧不起你，你肇家来没堂子住。假使说姨娘对你好够，你蹲杠多过啦两天也无所谓。你家来么，肇有房子现成格来堂。”肇黑炭常士勇就弄二十两银子，作为盘缠路费。

急急忙忙就动身，赶往柳州一座城。

常士勇肇上广西柳州姨娘家去投亲，正来路上跑。我们拿他丢下来，这讲经就像说书一样够，层次要清楚，人家才听得懂。等他到了姨娘家，我们再来讲他。我们再来讲哪个？京都皇城里间吏部天官李太老大人，这个人忠心报国，是赤胆忠臣。

格天李大人就想：“李连，李连，你这狗贼，惨无人道，人面兽心，外孙做皇帝，你要想夺外孙格位置，你没得人皮来身上啊！很可惜，圣天子年幼，又不晓得你这公公要夺他格位置，明朝早朝我要当文武百官格面，拿老贼格坏心告诉大家，当文武百官的面，拿老奸贼脸上刮啦一层。”

回过来一想：“他家一个是公公，一个是外孙，我倒一片好心，假使万岁说他家公公好够，我不好，亲帮亲，邻帮邻，犬儿也帮自家人，我反而落不到好处，男子汉大丈夫，做事要三思而后行。”格天来床上困不着，再一想：“罢了罢了，食君之禄，担君之忧，国家兴亡，匹夫有责，我就为国家死，我死也死得瞑目，但不过我家儿子、夫人来家，不晓得我怎得死够，我不如连夜写起一封书信来，打发安童送到我老家去，告诉我家夫人和儿子，他们才晓得我怎样才死够，是为国家大事而亡够。”肇写一封书信，就打发安童送家去了够。田氏太太拿书信一看，吓得浑身总冒汗：“儿啊！你馁点来啊，不好了够。”“母亲，做底高不好？”“你家爹爹一封书信打发安童送家来够，你来望望看。”李尧生公子拿书信从头上看起，一目到底。

上上下下看完成，心中思量八九分。

“母亲，爹爹饭吃到哪去了？公公做皇帝，外孙做皇帝，关他底高事？何必去多管闲事。如果得罪了李连，触怒了万岁，爹爹命也保不住了。”“儿啊！你说怎弄？”“母亲，唯一格办法，我现在只有赶上京都皇城，劝爹爹辞官不要做，馁点家来，不要和奸党作对，方可保到一条性命。”“儿啊！你几咱上京都皇城去啊？”

"救人如救火，母亲，我吃得中饭就好走。"李尧生公子吃饭，田氏太太帮他拿路费银子整顿好了。"儿啊，母亲就该你一个惯宝宝儿子，虽然十六岁，也未曾出过远门，如果到前不巴村，后不着店格堂子，说话格人总没得，我不如拿个东西把你防防身。""母亲啊！你有底高东西把我防身？""儿啊！我家有传家之宝香莲帕，已经四代人手里传得来够，价值连城，这个东西能够辟邪，能够辟妖，你如果摆在身边，随便到底高荒野地方，随便底高邪魔鬼怪就不敢到你身上去，你拿这个东西打进银子包袱，摆在银子当中。"

你万贯家财好遗失，千万不能失落宝和珍。

不要小看一块香莲帕，抵到王培县一座城。

随手从宝库房把香莲帕拿出来够，有多大？手巴掌咁大，是霞光万道，夺目难睁，发光刷亮。李尧生公子拿它摆了银子包袱当中："母亲，我赶紧走了哇！""儿啊！你赶紧进京啊。"

李尧生文曲星宿急急忙忙就动身，白颈项乌鸦哇三声。

李尧生公子才跑到桥坝头，头顶上白颈项老鸦来下喊起来够。只听见头顶上间"哇、哇、哇"，李尧生读书之人，老鸦当头叫，他晓得不大妙，赶紧打转，回转到家中："母亲啊！我不上皇城去喽，乌鸦来我头上叫，就怕上皇城不大妙。""儿啊！吉人自有天相，你家爹爹到这种腔调，你不上皇城家来做底高啊？"李尧生没得办法，硬着头皮背起包袱动身，跑到才间格桥坝头，格乌鸦还来杠喊。李尧生没得办法，拿头一颚，眼睛一白："乌鸦你不要喊啊，我晓得够，我上皇城有祸了。"

背了包袱就动身，到了淮安一座城。

一到到了淮安，因为他是读书公子不曾出过远门，跑了脚么也疼，跳啊跳，一双脚高头好几个大大泡。一想："罢了罢了，不如我今朝就到这饭店下宿，明朝我早点起身，反正一样够。"就来淮安格客店里住下来够。格客店大，人不曾得满，小二来杠喊生意。小二底高腔调？围裙一倒刹，筷子对腰眼里一插，绞台布对肩兜上一搭，脚对户槛上一踏，灯笼火对夹肘里一夹，嘴里来杠说——

不欺三尺子，义取四方财。

财源滔滔涨，元宝滚滚来。

可有多少农村种田投亲访友人，辛辛苦苦到了淮安一座城。

你只要歇宿我家店堂门，我家老板能像活财神。

柜台就像紫禁城，钱桶就像聚宝盆。

今朝到我家来下宿，一本万利转家门。

说自己家里好，拿旁人家说得分文总不及，说——

可有多少农村种田投亲访友人，到了今朝深黄昏。

务忌不要到我家格斜对门，他家三间草屋矮墩墩。

里间烟熏了眼睛总不得睁，灶上堂灰倒有半寸深。

碗么个个就像猪食盆，筷子根根像圈砧。

床上垫被像硬衬，扁螂虱子倒有好几升。

如果你们到他家去下宿，咬了你们一夜总困不成。

来往行人，过路君子，你们到我家招商客店下宿，我家店主很大量，算账大钱夹小钱，从来不较量。“不较量，不较量……”来杠喊。可有哪上他家来住啊？有够，前间来一个老朋友，一跑一颠，点总不兴。哪个？黑炭常士勇上姨娘家去投亲够，二十两银子倒个钱总没得够。上哪去够？吃酒吃啦得哇。杠说得又快，像爆芝麻样够，不较量，不较量，不较量啊，他东西耳朵南北听，不曾听得大清啊。杠说“不较量，不较量”，他绞了当不要钱，不要钱，不要钱啊。拿起来一绞，心上就想，这个开饭店人家也不晓得没儿子没孙子，来下行善积德，开饭店不要钱啊，肇上他家去吃够。一跑一歪，架子蛮大，跑到饭店里对格凳高头一戳，就像老八太，凳来下叽里呱啦响，为底高响？格老朋友有三百多斤重，凳吃不大消。开店格小二对他一看，他身材魁梧，只好说脸上黑嘎点。“客官先生，你也是要饮酒？也是要用饭啊？”常士勇一想，又不要钱，今朝我来出劲吃下子了，“小二啊，我既要饮酒，还要用饭。”“好格，客官先生，你要饮底高酒？”“我啊酒么？当来拣好格吃，拿你家最好格酒替我打二十斤来。”“哦，我家有十年陈沱酒最好。”“好格，先打嘎二十斤啊。”小二拿二十斤陈沱酒打得来格，说：“先生，你可弄点菜够？”黑炭一想，怎得不吃菜？又不要钱，而且要拣好菜吃：“小二，拿家里上等个好菜，统统端来把我搭酒。”“客官先生，我家家里好菜多了，这个台上摆不下啊。”“你家有哪些好菜？”“格多了，先生，天上飞够，山上走够，地落跑够，水里游够，长格短够，硬够软够，我家家里总有。”黑炭说：“跑跑堂格小二倒会说大话来，小二啊，我能吃二十斤酒，我这个肚子果大啊？”“大够，大够。”“这店里人多了，不能服侍我个人啊，你帮我弄两个大菜来，我一吃也就饱了够。”“好够，客官先生，你要哪两个大菜？”“我要吃泰山咁大一块肉，黄河咁长一条鱼，端来把我搭酒。""啊呀!客官先生,你总说格野毛头话,几万个猪子垛起来也没得泰山咁大,黄河长几千里了,哪家有几千里长格一条鱼啊?""格没得咁大个菜,稍微小点个果有啊?""你要吃底高?""杀嘎一个几百斤重格骆驼把我吃下子。""啊呀,客官先生,一个骆驼咁大,一杀我家十张头锅子总不好摆,到哪有咁大个骆驼?""没得,格小菜果有啊?""先生,小菜再没得,我家这个饭店不倒啦得?小菜很多,十张头锅子煨到二三十锅,尽你吃。""我不要吃咁多,我有三样小菜也就好喽!""哪三样?""四两苍蝇蚊子胆,再加半斤跳虱肝,端来把我搭酒。""客官先生,你来堂胡头乱说?你啊!大格人总大煞得,小格小了肉眼总看不见。哪里有咁小啊?""没得嘎。""没得。""大格小格总没得?""总没得。""总没得,不要说大话了,你家成点腔格菜统统端出来,把我搭酒啊。"肇不晓当这个老子身边有多少钱了,为他个人办五葵八碟,十二回千,二十四盘子,把他吃嘎。黑炭吃多少?拿二十斤陈沱酒吃啦得,拿菜也吃啦得,拿菜汤总喝啦得。"先生,你果弄点饭打打茬咯?""吃得酒,我要弄点饭够,才间我吃得咁多菜喽,吃上许多饭要伤饱够,烧嘎一斗米饭也就好喽!""啊?"小二想,不得了了够,这个人可保呆够,脑子不正常,还说吃得咁多酒啊菜喽,吃许多饭要伤饱够,有一斗米饭就好喽。一斗米二十斤喽,就把他吃下去,肚肠撑断了,死了我家堂店里,酒钱饭钱菜钱弄不到他够,倒过来再赔了他一口老本登棺材,格不人也霉杀得。少烧点,卡啦二升,烧八升米,十六斤米饭。尖尖挂挂一撑襻淘箩背得来够。"先生你吃嘎。这是一斗米饭啊!"实际上只有八升。人家弄铲刀对碗里盛,他不是的,他拿碗磕得淘箩里,弄铲刀对碗里揿够,拿淘箩里饭统统又吃光了。果曾饱了?推扳二升米饭,还稍微推扳点,肚子里不曾得饱。格个老先生弄算盘对夹肘里一夹,对他身边直斜:"先生你吃好了格呢?""吃好了够!吃好了够!""来,我们拿账算算。"一上一,二上二,一下五去四,二下五去三。算盘一敲嘀嗒响:"你酒菜饭总共吃啦六两银子。"

六两银子多少?大概相当于现在六百块。"先生,你拿这个饭钱、菜钱、酒钱把啦得嘎。假使你要下宿么,我安排你房间。""先生,你家这底高饭店?""啊呀?我家这底高饭店?我家吃饭格饭店。""骗子饭店嘛!""客官先生,这底高话?怎得骗子饭店?""我有钱也喜欢上你家饭店里来吃?你家小二说格'不要钱,不要钱,不要钱'我才来够。我有钱也上堂来,我有钱哪里不好吃饭?""客官先生,人无好处,哪肯早起,开饭店不要钱开底高饭店?哪个说不要钱?"刚好喊生意格小二倒进来够,常士勇指着他说:“就他说不要钱够。”格个小二打他招呼喽:“客官先生,我不是说不要钱啊! 我说我家店主很大量,算账大钱夹小钱,从来是不较量,不较量,我不曾说不要钱!”黑炭一听:“啊呀! 我拿话听错了哇,老先生,我打你招呼,我上广西柳州姨娘家去投亲够,路过贵店,倒拿话听错了够,我打你招呼,你替我挂个账来堂欠下子。六两银子正项,等我从姨娘家打转来,我把你十两银子。你说可好呀?”“客官先生,好是好够,我不认得你啊! 你假使不来,这账不算挂了我头上?店主吩咐过的,本店店小利微,欠账一概不提。”堂倌小二就说格:“老先生,不要和格黑狗贼烦神,早先吃格辰光,怎不摸摸身边可有钱够? 没得钱一吃,胡子一抹,倒想拉倒哩,来旁人家吃白食,吃得不关我家事。蹲我家店里吃白食,谈也不要谈哩,今朝有钱把钱,没得钱啊脱他的衣裳,剥他的鞋子也要把钱,他对哪里跑得掉啊?”嘴说这话,就来拖他,问他要钱哩! 黑炭心上就想,好了才间吃饭不曾吃饱了,涨不起饿劲来啊。黑炭把脚拿起来轻轻一跺,双脚陷烂泥肚里去三尺。

杠块拖他问他要钱,哪拖得动他够? 个个挣了脸上冒汗。“啊呀! 这老子力气大了,诈,诈,诈奸了,背不动他。”格个小二促狭咧,跑到天井里拿根绳子来。格绳子足足有四五十庹长,来当中做一个相思扣,牛结箍,活络结:“来呀! 弄这绳子收他腰巴子里去,拿他眼睛收了白其侉,要死他就把钱够。”当真拿绳子对他腰巴子里一箍,堂倌小二不分细啊大,一头头二十个,就像小朋友拔河没得二样,个个拿头揿到地,屁股抬到天,来杠涨蛤蟆劲,出劲收。黑炭果在乎他们收啊? 不在乎。为底高? 他吃饭了够。正当堂倌用力格辰光,黑炭不慌不忙伸出左右两手,把绳子拿起来轻轻一挤,“叭塌”绳子犳起一断,堂倌小二一个个倒栽葱,头总对台子底落一攻,一个跟斗不轻,总有一百三四十斤。

格些堂倌跌得伤心了,有格跌碎天灵盖,有格跌断鼻梁筋,也有门牙来跌落,也有鼻根子跌得血淋淋。有格发红,如果不医就贡脓。流火破皮,如果不医就下泥;冤家断腿,如果不医变鬼;也有发紫,如果不医鞭鞭脚就死。常士勇就说了:“小二啊! 才间准备拿我收杀得格呢,总躲台肚里去做底高啊? 可是来杠做操? 讲卧倒,伏得杠蛮好。”“你格狗贼! 你说阴促鬼话了,我堂头总跌坏了哇。”格个小二脚跌断了够,不好跑了够,躲了台子肚里就乱叫:“店主啊! 快点来啊! 有人抢我家饭店了! 快来捉强盗捉贼够!”把格小二一叫,店里所有格人总来了够。有李尧生公子,因为脚上有几个泡,跑了吃力倒上了床喽,听见叫捉强盗捉贼么,他也赶紧起来。等他跑到杠格辰光,已经有好几十个人围了杠够。黑炭来下说格:“总来杠望底高，哪个是强盗？我说把你们听听看啊！可是强盗？”他肇从拿话听错了开始,讲到才间这个绳掐断了为止。

我们讲经不必重复。常士勇讲把大家一听,李尧生就想:在家千年好,出门时时难,赶紧跑到他身边:“常士勇,我和你素不相识,才间你一说,我才晓得你叫常士勇够,你出门么怎不多带点钱啊？啊！你究竟欠他家多少钱啊？”“六两银子哩!”“我帮你把啦得,咁多人来堂望,你说可难为情啊!”肇帮他去拿六两银子算啦得够。“你夜里可有地方休息啊？”“我没得地方困。”“格一间屋我包够,你困我杠去。”拿黑炭又喊到他一间屋里去,讲讲说说,倒蛮投机。黑炭就说:“恩人！你送我六两银子,我和你又不认得,你从哪里来？到哪里去？”肇就告诉他住哪里,叫底高,上哪去。“啊呀！你是官家后代,李尧生,你光有文没得武,将来要吃人家苦了。我心中想高攀,我常士勇无父无母,就我个人,可以说,我是一个孤儿,你家父亲是吏部天官,我准备和你结拜一个生死弟兄,就同甘苦,共患难。”李尧生一想:“我原没得哥哥兄弟哩,就和他结拜一个弟兄嘛。”叙过年庚,李尧生大,常士勇黑炭小,肇李尧生是哥哥,常士勇是弟弟。

结拜生死弟兄两个人,更改没得半毫分。

“弟弟啊！我和你是生死弟兄,有福同享,有祸同当,你上姨娘家去,你家姨娘就是我家姨娘,我拿这钱和你二一添作五——平分,你肇上姨娘家去啊,姨娘对你好,你蹲杠多过啦两天,姨娘对你不好,你就家来。来两个月当中,你到皇城吏部天官我家爹爹李太朝房,你找我。如果过了两个月,你不要上皇城,到山西省王州府王培县北门太平村去找我,我乳名叫李保佑,学名叫李尧生。”肇黑炭带了路费银子,上广西柳州走了够。我们单讲李尧生公子,一心要赶上京都皇城,喊他家老子辞官不要做,家去。

急急忙忙就动身,太行山到面前呈。

才到太行山脚下,一棒锣响,跳出数十喽兵:“此山是我该,此路是我开,此树是我栽,你要从此过,丢下买路钱财。”李尧生一看,命总吓断。格些人总有丈把高,箩口咁粗格腰,眉毛对上卷,眼睛来杠象喔闪。“英雄啊！

你高抬贵手饶饶我,饶赦我一条命残生。

手脚不慢,喽兵拿他拖到聚义厅对杠一掼。太行山果有大王啊？有够。姓戈,单名叫戈其。这个戈其来历大了,是京都皇城里间老奸党李连格干儿子,受李连指使来太行山，帮招兵买马囤草积粮，将来李连谋皇篡位，好帮做对手够。“过山之人，你家住哪里？姓甚名谁？从实讲来。”李尧生是个忠厚老成头子啊，肇把住哪里叫底高，拿起来一说。戈其一听：“嘿！李尧生，李尧生，你家老子李太，一落里和我家干父李连做对，叫面和心不和，今朝你自动自脚跑到我山上来了够，我老实告诉你啊，我就是李连的干儿子，我就叫戈其。”

我不寻你你寻我，飞蛾投火自烧身。

“喽兵，本大王有好几天不曾有活人的心肝下酒了，李尧生精精壮壮，肥肥胖胖，拿他拖往后山，取他的心肝给我本王下酒啊！”两个喽兵拿他拖到后山，把绳子拿得来，横一绕竖一绕，拿他对树高头一捆，就像捆个稻种包，衣裳全部剥光，弄水对心口头一喷。有个喽兵说：“心来这肚里点啊，就从堂动刀啊！”旁边个喽兵说：“偏这肚里点啊，来堂块点啊。”

李尧生闻听这一声，魂灵总冒到九霄云。

李尧生喊声：“亲娘啊——”

你不要当你家儿子上京都皇城有好处，
我现在来高山上面要丧残生。
人说，养儿防老积谷防饥，
你是麻雀子跳到空稻囤，竹篮担水一场空。
亲娘啊，
你白白险养我到十六岁，我也做不到养老送终人。
李尧生哭得多伤心，惊动一位女千金。

哪个呢？戈其家嫡亲妹子叫戈凤霞，因为她沿小父母就亡故啦得够，没得哪个拿凤霞带大了嘎，戈其就想办法，请了一个乳母顾氏顾妈妈，就服侍小姐够。小姐六岁就开始跟哥哥习武喽，夜里困下来呢，有骊山老母梦中传授她武艺。

总说戈其本事好，小姐还要胜三分。

格天小姐来绣楼上听见有人哭，就问啊：“乳母啊！哪个来下哭嘎？”“小姐，你家哥哥拿一个白面书生，打发两个喽兵绑了树高头啊，要取他格心肝下酒喽。”“乳母啊，哥哥怎一落里做伤天害理格事情？快点，我们去拿格人救得来，救人一命，胜造七级浮屠。”“小姐，你万万不能去！大王要杀人啊，你去救人，不是兄妹道理做对啊！千万不要去。”“乳母啊！格个人杀啦得就拉倒，不如就这腔调，山上有特殊规定够，只要说山下有皇纲皇银从堂经过，哪怕天塌下来的事情总要丢啦得，服从劫皇纲，去抢皇银。你上后山上去叫去喊，就说山下有皇银了，刚好他们两个喽兵也去抢皇银，我们好去拿格个人救得来。”

乳母顾妈妈闻听这一声，想想不错半毫分。

顾妈妈手脚不慢，一个趟子跑到后山之上，对杠一站，直巴嗓子就喊：“大王啊！山下有山西制台解皇银十万两，从山下经过，赶紧啊！我们快点劫皇纲抢皇银去。”山上确实有这个规定够，只要说有皇银皇纲经过，随便底高事情总要丢下来。我们单讲扒李尧生心格喽兵，听见一喊，拿刀一摆，豁虎跳跑，跑起来比旁的喽兵也馋，走了够，小姐和乳母顾妈妈去救李尧生够。格么你弄刀拿绳子割断啦得么，好拿李尧生带走呢。不是得，她拿这捆格绳子结郎头，一个一个一个一个总解开来：“你这位公子啊！你不要害怕，我来救你够。”绳子总解啦得么，李尧生不走啊，为底高不走啊？吓坏够。脚膀发软跑不起来啊。小姐就想，等哥哥来，他还是没得命啊。小姐没得办法，躁了只是来杠顿脚：“罢了罢了，你这位公子，你不要害怕，你扒紧了我个肩兜，我背紧了你格衣袖，我来驮你走。”小姐也顾不得丢丑，就拿李尧生对背上一搭，赶紧动脚。

急急忙忙就动身，绣楼到了面前呈。

拿李尧生驮到绣楼：“你这位公子，家住何方贵地？你尊姓大名？从哪里来？到哪里去？父姓甚来母姓甚？你是排行第几人？”李尧生肇拿根由细底从头上说起，我们讲经不必重复，肇就告诉了小姐。小姐一听，就来大劲：“李尧生，原来你也是官家后代，天官之后啊！”“小姐，多谢你救了我性命。”“李公子，你读书之人，你应该懂得，受人滴水之恩，应以涌泉之报。”“小姐——”

我如若向后没好处，一笔勾销莫谈论。

如果有了升腾日，一重恩报你九重恩。

“李公子啊！不瞒你说，我家没得父母，只有我家哥哥来堂山上做大王，我就叫戈凤霞，我家哥哥是奸党李连格干儿子，等他来，你没得命，现在要我放你走，只要依到我一桩小事情，我倒问问你看，你今年多大年纪？”“我今年二八十六青春。”“可曾吃茶攀过婚啊？”“我不曾。”“李公子，我和你同庚，也是二八十六青春。我家哥哥是个粗人，他不晓得我也咁大喽，好出嫁喽，只思量到招兵买马，囤草积粮，公子啊！”

你如若不嫌我格容颜丑，我愿做牵床掸席人。

李尧生闻听这一声，心中思量八九分。

我家父亲吏部天官，她家哥哥是奸党格干儿子，她是奸党的干女儿，人家说门当户对，这个门不当户不对。小姐晓得李尧生来下想底高：“李公子，我如果像哥哥咁坏，我可去救你啊？正因为我和我家哥哥相反，才救你性命够。”

李尧生闻听这一声，想想不错半毫分。

“小姐，你真拿终身许配把我够，我呢？上皇城去劝我家父亲回去之后，再来和你结为夫妻。”“李公子啊！今朝放你走了，你下回还来了？啊！要走也可以够，你丢一个标记把我。”“格我有底高标记丢把你啊？”“你空身出来嘎？”“我有一个包袱，把你家哥哥抢了去够。”“来哪里？”“来聚义厅高头。”“格不要紧，我去帮你拿得来就是的。”把包袱拿得来，拿包袱一解，来银子当中一个手巴掌咁大格东西，霞光万道，夺目难睁，戈凤霞拿了手里横望竖望。李尧生一把就夺过来：“小姐，这个东西不好把你。”“这底高东西啊？”“我家四代人手里传得来够，是我家传家之宝，叫香莲帕。”“把我，我替你弄啦得格呢？正因为这个东西是个宝贝，你丢我身边，你下回才上我堂来了。如果没用头东西摆堂，你下回可来？”嘴说这话，拿宝贝倒夺过去了够。“啊呀小姐！你千万不能帮我弄啦得，我出门格辰光，我家妈妈说够，万贯家财好遗失，千万不好失落这个宝和珍。如果拿这个宝贝弄丢啦得，我家去对我家母亲没法交代。”“不弄啦得够，你胆大点。”“格你几时送我下山？”“我家哥哥可保一歇就要上山够，我现在就送你走啊。”肇拿李尧生送了从后山下来够，李尧生一个趟子溜出去五里多路，一下子溜到桃花镇。才间来山上要杀他，又吓得要死，一个趟子又溜了嫌快，哪晓倒害了病了，好了身边钱多，店主帮他请医生，肇来桃花镇上看病。

我们单讲到戈其扑一个空，不曾劫到皇纲上山，拿喽兵集中：“哪个才间叫格山下有皇纲了？我们一点点不曾弄到，哪个说够？”一个也没哪承认。“喽兵啊！既然不承认拉倒，上后山去拿李尧生格心扒得来把我搭酒啊！”格两个喽兵跑到杠一望，人就没项：“大王！啊咿喂，不好了哇！啊咿喂，李尧生不来堂了哇！”“山上又没得人来上，这个人上哪去？飞啦得嘎？人总下山劫皇纲够，这人腾腾空上哪去啊？”“你去望啊，当真不来杠了够？”戈其发躁，拖把刀对杠跑起来蛮馋，一望，确实人不来杠。这绳结郎头是手解够，不是弄刀割够，喔，如果是哪个来救李尧生，应该很快的速度拿人救走，拿绳割断啦得，这捆格绳结总是慢慢解够，这个人胆也不小啊，哪个有咁大格胆，喽兵又不来山上，哦，乳母顾妈妈和我家妹子凤霞来山上,乳母她也没得咁大个胆量,她咁大年纪喽,可保我家妹妹拿她救走了够。

我家妹妹年纪轻,三月里芥菜起邪心。

戈其拖把钢刀,心上发躁,来到妹妹楼上。“妹妹,你拿李尧生救了亚哪去够?”“哥哥,我和你是同胞兄妹啊,我也十六岁了哇,你不要坏我名声啊,底高拿李尧生救了亚哪去了?我不认得这个人,也不晓得这个人底高腔调。”“你不要装聋作哑,你当我不晓得,山上就你一个人来上,你不救还有哪个救?”“哥哥啊!确实不曾救底高李尧生。”“等我进去寻,肯定来你楼上。”“慢!哥哥,虽然我和你是嫡亲兄妹道理,你今朝进去寻可以够,寻到、寻不到怎弄?”“寻到哇,父母亡故早,我请乳母拿你带到咁大,你败坏门风,拿男格救家来亚了自己楼上,我要拿你腰分两段。”“格你寻不到吗?”“寻不到哇?”“寻不到怎弄?”“寻不到拉倒。”“哥哥,没得咁便当么,你寻到格句话,我把你腰分两段,应该格,我蹲家败坏了门风;寻不到你坏啦我妹子名声,我拿你骷髅头要磨啦得,拿你枣木榔头要挤下来。你进去寻啊。”戈其么认为呢,人肯定来堂块绣楼上,肇进去寻够。角壁角落、门缝缝里,连床底落也寻了,也寻不到格人啊,实际上人走后山老早走了够。跑到绣楼门口,“妹妹,我走喽。”“哥哥,可曾寻到李尧生?”“不曾寻到。”小姐“唰啦”从墙上拿绣鸾钢刀探下来。“哥哥,寻到李尧生你把我杀啦得,寻不到李尧生,我拿你枣木榔头挤下来。看刀!”嘴说这话,一刀扑得来够,戈其身子一偏,推扳点点。

兄妹两个来动手,哪肯容情半毫分。

小姐撒野,弄刀就杀。戈其也不忍心和妹子打啊,本事也没得她好,再让点她,就更加弄不过她了够。嘴里只是求饶:“妹妹啊!”

你今朝高抬贵手饶饶我哇,饶赦哥哥命残生。

“饶你啊!名声把你坏到九霄云喽!我还饶你啊!吃我一刀。”嘴说这话,一刀又扑过来够。戈其晓得妹妹认真喽,自己眼泪也抛下来格:“妹妹啊!

你不看金刚看佛面,不看鱼情看水情。

看看父母双亲面上情啊,饶赦我一条命残生。

小姐闻听这一声,手就软了好几分。

同胞姐妹要看娘面,千朵桃花一树生。

我拿哥哥杀啦得就怎说嘎?小姐狠狠心肠,拿刀对地落一撂:“哥哥,今朝我交你拉倒，下回再坏我妹子名声，我不对你客气，死走！”戈其比鬼多两个耳朵，难为情了，走了。戈凤霞就想了，哥哥今朝把我弄做这个腔调，坍到这咁大个台，蹲这个山上难做大王了，人家要扮他鬼脸了。“乳母，我不准备蹲堂山上了，我蹲堂山上一天，哥哥一天头抬不起来啊！”“小姐，你上哪去啊？”“我上京都皇城，上我家公公吏部天官李太朝房，我去找我家未婚丈夫李尧生。”“小姐，格我么？”“你胆大点，乳母，我有落脚格堂子，就打发人家来拿你也接得去够。但不过我一走啊，你就要放火，拿绣楼烧啦得。等我家哥哥来么，就说我来绣楼火坑里间烧杀得够。”“小姐，格也好格。”格天子戈凤霞要动身喽，拿李尧生格定亲之物香莲宝帕，随身带在身边。一想，我是个女格，路上行走多有不便，不如我来犯点丧，女扮男装。脸上赶紧洗啦胭脂花粉，耳朵上探啦两耳八宝，身上换了男式衣服，一双鬼鬼足，哪晓不得蹼，脚对靴子里一伸，拿起来一晃，脚尖尖头朝前，鞋后跟也朝前：“啊呀!这靴子咁大，我这鬼鬼脚不好穿啊!”赶紧用丝棉纸出劲对脚上绑，就像人家缠烂脚膀。对靴子肚里一伸，只听见叽里嘎啦，把短刀对靴筒里一插，作为防身兵器。“乳母，趁现在夜深人静，我走了哇。我走之后，你要放火了。”“小姐，好格。”肇小姐就坐夜走太行山上溜下来，乳母估计她到了山下喽，随手拿绣楼放起火来，“大王啊！不得了了哇！小姐绣楼火烧了喂！快点来救火啊！”

戈其闻听这一声，急急忙忙就动身。

跑到杠一看，命总吓断。

火势腾腾真正凶，绣楼围了火当中。

“乳母你倒出来，我家妹妹可曾出来啊？”“大王啊！你家妹妹咁大了哇，你白天坏了她格名声，她想想心上不得过哇，这个火她自己着够，我看见着火，我背她又背不动，你家妹妹来火坑里烧杀得哇！”

戈其闻听这一声，可要哭死又还魂。

戈其哭声——

妹妹啊！

你今朝来火坑里面丧残生，果比黄连苦三分。

不提戈其多难过，单讲小姐女千金。戈凤霞扮个男格，一路之上就报了李尧生格名字。你不要看她女流之辈，倒也把她摸到李太朝房去了嘎，对李太朝房门口一撑，口中就开声：“此地开门，门上有人。”看门安童就问：“子为谁？何人也？”“吾乃非别，我乃少爷李尧生来了够。”安童拿头从气窗里伸出来一望：“啊！少爷嘎——”

你蹲堂块门口等一等，我告诉大人好知闻。

众位，讲到此处，小学生要交代明白，这个堂子可是她家公伯伯格朝房啊？实际上往常是得，现在不是得喽够。为底高说往常是，现在不是？她家公伯伯李太不有一封书信，打发安童送家去嘎？竟被这李太猜中了，万岁年纪轻，不听李太格话，说他家公公好。说他李太呢，专门交他家公公做对，所以拿这个李太官职，已经全部削净，关入了刑部天牢，而且不准任何人去探监。格这朝房空了杠，肇怎弄呢？就把奸党李连，也就算万岁家公公霸占来堂块啊！格个看门安童他哪认得底高少爷不少爷，赶紧跑到里间：“大人啊！妥了哇！门外间有一个人，他说是少爷李尧生，我说你蹲堂等一等，我告诉大人好知闻。大人啊！格李太交你做对，关进刑部天牢受罪，今朝这细冤家又来了够，打蛇打七寸，斩草要除根，如果不除根，来年要逢春格呢。”“嘿！细冤家！细冤家！自己送上门来了够。”

我不寻他他寻我，飞蛾投火自烧身。

“安童啊！如此如此，这般这般，果会？”“大人啊！会够。”格安童跑到门口，“少爷，时间不早，肚里不饱，你进来吃饭。”拿她喊到里间吃饭喽，这个假李尧生对四周望望：“安童啊！我家爹爹怎不来家够？”“哦，老大人啊，老大人么不曾散朝哩！可保国家有重要大事，六部大臣做不下决定来，可保来下议事咧！不曾散朝咧。”到吃夜饭辰光，这个假李尧生戈凤霞又问安童：“我家爹爹怎还不曾家来够？”“老大人忙哩！可保坐夜来下议事哩！”“少爷，你吃得夜饭喽，我们送你去困嘛！”“好格呢！”拿她送到一间屋，假李尧生进去拿门“叭杀”一闩，对床帮上一坐，拿靴子一脱。短刀对枕头底落一压，来床上翻来覆去困不着嘎：“我家未婚丈夫李尧生比我先跑，为底高不曾到堂块？我家公公咁忙啊？日夜来下议事啊？国家有底高重要大事？怎商议不下来，做不下决定来？”

我们不提小姐困不着，再提奸党丧良心。

老奸党李连拿总管花志喊得来：“花志啊！你可要发财啊？”“大人啊！哪不要发财？要发财够。”“今朝李尧生来某某某房间下宿，你家去拿你家儿子喊得来，今朝帮我坐夜去行刺。只要拿李尧生首级拎得来，骷髅头背得来，我赏你家千两雪花银子。”

“大人啊！格倒好了。”花志家去喊他家儿子花彪。花彪多大？十九岁，专门行刺杀人够,他就吃这高头饭,就寻这高头钱,杀啦多少人?不要看他十九岁哇,杀啦一千八百九十多个人,就是上两千个人,他就是这个行当,就这个职业。拿他喊得来,刀磨了锋快,老子走前间,儿子走后间,跑到假李尧生困格房间身边,弄腿馒头拱拱,弄手扛扛,门闩够。这个花彪杀人杀惯了够,他格办法大,用刀尖尖头从门缝缝里伸进去,来杠掭这个门闩。小姐来床上不曾困着得嘎,戈凤霞从床上一个鲤鱼打挺,轻如狸猫就坐了床上:"啊呀! 如果是好好人,有事情,他要喊我开门够,就怕不是好人,又不作声? 害人之心不可有,防人之心不可无。"她轻手轻脚起来,拿枕头摆了床当中,拿被盖了枕头高头,拿短刀抓了手里,人就隐到床枕头边去躲了杠望。她望见这个门挨弄开来够,一个人手拿雪亮钢刀,高抬腿,轻落步,跑到踏板上,拿帐门一捞,对准床上当中拱了杠格东西,只当是人了,"咔嚓"一刀。花彪杀人杀惯了够,剁了软熟熟高头,他晓得不是人啊,上了当了,拔脚就想溜,小姐戈凤霞不肯耽搁,两个抄步跑到他身边,手起刀落,"咔嚓",花彪格头倒抛啦得够。啊呀! 才间怎不问问是哪个叫他来杀我够,这人倒叫我杀啦得够。

单讲到外间格花志啊听见"咔嚓"一响,他当自己儿子花彪拿李尧生格头杀啦得格:"儿哎! 我才间听见响哇,肇李尧生挨杀啦得哇,我家弄到一千两银子了。"嘴说这话,弯腰驼背从外间进来了够。戈凤霞弄刀抓在左手,右手涨好了劲,运好了功夫蹲杠等,望见这个老棺材要到她身边了,她两个㚄步冲到他面前,用捣拳到他肚子高头扚起一记,拿这老头子打了底高腔调?

头一磕来背一弓,肚子冲了直笼通。

拿花志倒也打杀得够,戈凤霞就想:"我又冒充少爷来够,这个家里为底高要杀我啊,我倒出去望望看。"跑到后间一望,格天子是几时? 十六日。人家说月半十六两头红,外间是皓月当空,如同白昼,望见围墙脚下有一棵大树,老钵头咁粗,没得正头,长两个叉枝。戈凤霞小姐不肯耽搁,一个旋风,"噗",纵到树丫巴里对杠一坐,登高望远啊! 望见他家上首格花园竟大了,里间呢有一个人,五十岁上下,坐了杠吃酒,也有几个人来下帮他斟酒,还有七八个梅香围住一位小姐,格小姐来杠舞刀啊。这花园哪家够?开卷辰光就讲到过,有个九千岁叫徐年剑,这是九千岁徐年剑格家,吃酒格就是九千岁徐年剑老大人啊。七八个梅香围住格小姐,小姐是哪个? 九千岁同缘赵氏没得儿子,就养到这惯宝宝女儿叫金定。人家总说她刀法好啊,九千岁不大相信。格天子就说:"女儿啊! 今朝十六日子通夜亮月，我一边吃酒一边看看你格本事究竟可曾达到炉火纯青地步。”所以来杠吃酒看她练刀够。这戈凤霞小姐懂得武艺够，坐了树丫巴里，眼睛一眨不眨对过间望好了。望望望望啊，拿颈项伸出来蛮长够了望，倒控制不住了够。“好喽！本事好喽！”戈凤霞一叫，小姐倒吓溜走了够，梅香也吓溜啦得够。

单讲九千岁，头一颚，眼睛一白，对围墙过间一望：“什么人？夜半更深竟敢偷看我家女儿习武啊？替我下来！”戈凤霞果怕他？戈凤霞艺高人胆大，她有多好格本事？从树高头窜过围墙，不偏不斜就站到九千岁面前。“你为底高偷看我家女儿习武啊？”“我家花园哪里不好蹲啊？我蹲堂关你底高事啊？”“你哪个？”“我家爹爹叫李太，我叫李尧生。”“啊呀！贤侄，也是你啊！来来来！请坐，请坐，来吃酒。”等到这个假李尧生坐下来格。“伯父，我家家里为底高有人要杀我啊？”“贤侄，格个朝房不是你家老子格朝房了哇，你家爹爹和李连做了对，已经关进刑部天牢受罪了，而且任何人也不准去探监，你家朝房已经被李连奸贼霸占啦得哇！”

戈凤霞小姐闻听这一声，心中思量八九分。

我反正冒充少爷来够，不如冒充到底：“伯父啊！你这腔调说起来，我咁远路程赶到皇城来，也望不见我格父亲？”“贤侄，你胆大点啊，万岁虽然发下圣旨，不准任何人探监，我和旁人不同呢！我是九千岁，一人之下，万人之上，你真正要去望你家老子，可以格，今朝来不及了哇，明朝吃得夜饭，我叫我家安童带我九千岁格灯笼，带你到刑部天牢去探监，望望你家父亲去。”到格天子晚夜辰光，吃得夜饭，九千岁打发家里安童王忠，带了九千岁格灯笼火啊，来到刑部天牢，铺过监。九千岁也铺监，要买嘱这牢头禁子，叫他不要作声。牢头禁子拿他们同到里间：“呶，狭床上格就是李太啊，有话你们早点说。”小姐不肯耽搁，来到狭床面前：

双膝跪倒地埃尘，父亲连连叫几声。

李太又不曾回过来望望，可是自己格儿子啊：“唉！儿啊！你不来家用功苦读，你到皇城来做底高啊？”“爹爹啊！我接到你格书信就来了够，不晓得你关进刑部天牢一步总不得跑。牢头伯伯你出去啊，我和我家爹爹有话说了。”牢头禁子得到钱够，他倒出去了够。小姐又同王忠说够，就是同他来格安童啊：“王忠啊，你也出去，我和我家爹爹有话说咧。”“少爷，我咁大年纪喽，我也盘你们白话了呢，有话尽管说，我不管你们格闲事格啊！”“你出去，你不出去我不说。”“啊呀！你说不要紧，我不告诉旁人。”“你可走？”“我不走，我一句话总不说够，我死气总不叹喽。”王忠把他一说，倒来起脾气来格：“我也死走啊！看你家爷儿两个有底高鬼话说？”他肇发火出来够，戈凤霞肇拿门关好了，里间闩紧了，第二趟来到狭床身边：

双膝跪到地埃尘，公公连连叫几声。

李太一听，就对杠一凝：“你究竟是哪个啊？早先叫我父亲，现在又叫我公公，你究竟是底高人啊？”“公公啊！你家儿子李尧生就许配把我够，我们来太行山上认得够，你家有传家之宝香莲帕，现在来我身边作为定亲之物够。”“啊呀，媳妇啊！你馋点走啊，你来探监就犯了罪喽，又颠倒阴阳女扮男装，你馋点走啊！”“公公啊！我既来之则安之，我一天救不到你，我一天不走，我几时救到你，几时我们公媳妇两个同走。”外面牢头就说喽：“出来，出来，出来！尽顾有底高话说啊，时间不早喽，出来！”“公公，我走了哇，我总归救到你，我家去哩。”跑到外间，王忠弄格灯笼火，气塌塌还要拿他带家去喽。带到九千岁家，九千岁就说：“侄儿啊！去可曾望见你家父亲啊？”“伯父！我望见了。”“嗨！怎前世里作得孽够，好好个天官不做去管闲事哩，关进刑部天牢，肇来杠一步总不得跑。”“伯父，我家爹爹可有救啊？”“倒哪有救啊？万岁亲自判够，任何人不准去探监，配他终身死了天牢之内。”“伯父，格我家爹爹死了天牢里格就拉倒了？”“贤侄，要救你家父亲，我也有一个办法，你家父亲说你是满腹文章，皇上要开考够，你去龙门高跳，只要能头名高中——”

新科状元到万岁面前说情分，赦放你家爹爹出牢门。

“我家堂小书房现成够，你蹲堂用功苦读，将来一样好龙门高跳。”戈凤霞一想：我原没堂子去哩，就蹲他家小书房里先住下来。

单讲这个徐金定小姐，和海棠梅香来花园里散心够，刚好呢，戈凤霞格天子来小书房里没得事啊，也出来散步。离老远呢，倒看见了够，徐金定就说哇：“梅香啊！不曾有哪里个亲眷上我家来读书？倒哪有个体面公子来杠块够？”“小姐，你晓得格哪个啊？就是格天子逋了树高头，说你本事好格人啊，他是隔壁李太李大人家儿子，叫李尧生。九千岁留他蹲堂读书了，就来小书房里啊，今朝出来散心够。”小姐一听，就拿脚踮起来，眼睛一眨不眨，就对这个假李尧生望好了。哪晓得望望这个李尧生啊，家去一直拿这个李尧生就摆了心上。心中就想啊：

能够交李尧生成婚并匹配，少活几年总甘心。

肇朝思暮想，哪晓有毛病随身，茶饭也不吃，一天到夜伸腰仰觉，倒害了病喽。害底高病啊？害相思病，男女病。格九千岁家女儿害了这个病啊，又不晓得她究竟来下想底高？为底高事情？梅香一报，赵氏太太跑了蛮馁："女儿啊！你究竟为点底高啊？作到这个腔调，你究竟哪里难过吗？我去叫御医来帮你看。"小姐不作声。"女儿！我交你家爹爹就该你个人啊，你是我们格命根子啊！女儿啊！"

如果你有个三长并两短，你家父母将来靠何人？

"小姐，你究竟哪里不舒服呀？"肇真正问了不得过了够，她就说哇："亲娘！你家女儿我么害了古怪瘟黄病，千个残生活不成。"

赵氏太太一听说："哦！我咁大年纪喽，不曾听说过底高叫古怪瘟黄病。梅香，你可曾听见说过？""主母太太，我也不曾听见说过。""梅香，你交小姐寸步不离，究竟小姐底高辰光得病够？怎得到这个病够，说把我听听看。""主母太太，等我说起来啊，这个病不害了小姐身上，害了九千岁老大人身上。""胡说！怎害到我家老大人身上嘎？""我格天子和小姐散心，刚好李尧生公子也来花园散心，小姐一碰到他哇，就害了病。如果九千岁不拿李尧生留了小书房读书么，倒哪里有这个祸啊？小姐一看见李尧生公子就害病，你说害底高病？""啊呀，女儿啊！你何苦啊！李尧生来我家住高堂瓦屋，享大洪大福，朝鱼夜肉。你家父亲能够去开口么，不会得等他献丑？你好好休息啊！我上去叫你家父亲帮你做媒，叫李尧生不要走，蹲堂和你配成一伙，我家现成帐子现成床，叫他做一个新姑郎。"

小姐闻听这一声，毛病好了三四分。

九千岁和李尧生一讲啊，格假李尧生一想："害人了，我又不是个男格，两个女格怎好成婚匹配啊？"

自从盘古直到今，没得两个女子好成亲。

九千岁眼睛不曾看得清，相来格蠓蛱子当苍蝇。

戈凤霞花头经大了："伯父，我虽然说过，来你家堂块有吃有穿有住有用，我家父亲来刑部天牢受罪，我这做儿子格蹲你家堂块，如果说招女婿么，把跑路格人也要骂啊，众人也要骂啊，老子来杠坐牢，你蹲堂焐心了，开心成亲啊。伯父，您只要能够想一个办法，拿我家父亲从天牢里救出来，我就和你家小姐成婚匹配，蹲你家堂招女婿。”九千岁一想，这害人了，万岁亲口判够，可以说这个事情没得更改啊!不要问他哇，去找刑部大堂邹江、都察院杨波，总是李太要好的朋友啊。三个人联名保本：“万岁啊，我们可以为李太担保，把他放出刑部天牢。”“三位爱卿，孤家一国之主，乃有道明君，亲口判够，怎好拿他再放出来啊？孤家不准你们的本。”老奸党李连就想，李太来天牢里，我弄不到他，杀不死他，如果我来帮说几句好话，拿李太放出来，死罪赦过，活罪难逃，弄他去充军，等解差到我家么，叫解差差官来半路之上，

拿李太狗贼丧残生，少啦冤家对头人。

“万岁，九千岁乃一人之下，万人之上，这刑部大堂邹江邹年兄、都察院杨波杨年兄，都是品第之职，你做皇，全靠大家帮忙，不如就准他们格本么？”“外公，孤家一言吐出，驷马难追，怎好收回成命？”“万岁，应该以国家大事为重啊，不如就拿他放出来？”“格放出来拉倒了？犯了罪就算啊？”“万岁，拿他从刑部天牢赦出么，死罪赦过，活罪难逃，不如拿他打发到广西柳州边关最远最远格堂子去充军，发配到格个堂子去。”“外公啊，上杠去千里迢迢，哪个认解差？假使路上挨劫走，怎得弄相哩？”“万岁，格你胆放宽心啊，我家朝房里间啊有刁文、刁虎，他们有万夫不当之勇，只要叫这两个人去解差，可以说是万无一失。”万岁最听格就是公公格话，所以就准了本。肇刑部大堂邹江、都察院杨波、九千岁徐年剑当这李连是好人了，不晓这个狗贼嘎——

常面来杠说好话啊，骨子里要拿李太丧残生。

格九千岁欢喜了，跑到朝房，交李尧生一讲啊：“贤侄，肇妥了够，肇好蹲堂招女婿喽！你家爹爹明朝就从刑部天牢出来喽。”“格倒好咧！我肇好和我家爹爹同家去喽！”“格也不嘎，贤侄，你家爹爹死罪赦过，活罪难逃，要到广西柳州去充军了。”“伯父，要多少时间啊？”“跑了慢，一来一回要三年时间；跑了快，一来一回也要两年工夫。”“啊呀，伯父啊！我家爹爹来杠充军，披星戴月，吃尽风霜之苦，你说我蹲你家堂块怎高兴得起来啊？你等我家爹爹充军家来，我再和你家小姐成婚匹配。”“贤侄，我家女儿害相思病等不到三年，不问怎样，你不要走，就和我家女儿配成一伙。”戈凤霞小姐心上就想了，他是九千岁呀！他不晓得我是女格：“伯父啊！因为婚姻是父母双亲做主够，母亲不来皇城，父亲来皇城里，你去问问我家父亲看，他如果肯拿我摆你家招女婿，我就蹲你家，他如果不肯，格只好拉倒。”小姐拿这个推到李太身上去够，因为她去探监，李太晓得

这是他家媳妇,不是他家儿子,李太绝对不答应这婚姻大事够。格九千岁以为么,这女婿招稳了够,我拿他从刑部天牢里保出来,明朝到十里长亭,我为他送行,交他谈儿女婚姻大事,他不好意思撇我交,不拿儿子摆我家招女婿。

第二天早起,九千岁身骑银鬃白马,安童梅香挑了酒菜,来到十里长亭。刁文、刁虎拿李太解出来,九千岁手来杠招,嘴来杠叫:“李年兄,李年兄,我来为你送行够,局气不丑,为你办了羊羔美酒,快点来吃。”刁文、刁虎眼睛一暴,胡子一翘:“走,不准停下来,快点走。”格李太也就不敢停下来,为底高?因为他们是解差,要听解差格话。九千岁又喊:“李太,李太,快点打转来啊。”刁文、刁虎说:“走!不准停下来!就是不准停下来。”格李太不停下来么,九千岁心上就想,当真有多少酒交菜馊啦得?主要我和你谈儿女婚姻大事哇!九千岁不肯耽搁,快马加一鞭,四蹄跑起来一溜烟,一下子就骑到李太面前,拿马缰绳一带,高喊一声“吁”,只听:“得,李太,我身为九千岁,可喊得动你这个罪犯?”“九千岁,你喊得动够。”“喊得动够,你为底高不停下来?”“刁文、刁虎不准我停下来。”“可是的?安童,把绳子拿得来,拿刁文、刁虎捆起来。”九千岁开口,肇安童动手,拿刁文、刁虎捆起来够。九千岁亲自拿李太搀上十里长亭,帮他斟酒,帮他夹菜,交他讲哇:“李年兄,我们同殿为臣咁多年代,你这次受了冤枉么,出去充军啊,我确实心上不好过啊,只好说我保不下来啊,没得办法。你家儿子李尧生来我家杠,我家女儿金定看见他一回,倒害了相思病了,就要叫拿李尧生摆我家招女婿,你家格孝子么他又不肯啊,他说你来下坐牢啊他结婚把人家要骂够。说你只要从天牢里出来,他就和小姐成婚匹配。我恨不得拿头皮总钻破了,和刑部大堂邹江、都察院杨波,我们联名保本,拿你保出来够。他说底高?你来下充军受风霜之苦,披星戴月,他蹲杠高兴不起来,要等你充军家来,才交我家小姐成婚匹配。我就说够,我家女儿害相思病害不到几年,他说婚姻是你父母双亲做主够,他叫我问你,你只要肯拿他摆我家招女婿,他就蹲堂。不肯够,只好拉倒哇。李年兄,你究竟可肯拿儿子摆我家招女婿啊?”李太一想,这个话难说了,要说好,格不是我家儿子,是我家媳妇啊;要说不好,他对我咁客气,拿我从天牢保出来,又为我送行,办了好酒好菜。

李太来十里长亭转了几个弯,横也难来竖也难。

“九千岁,把女儿么应该要高攀够,虽说儿子招你家,但不过啊,你家小姐天上灵芝草,我家儿子是河边臭柳根。我家儿子高攀不上,你是九千岁,我是个罪犯啊！”“李年兄，你也谈到这个话？谈到这个话，我也交你讲这个事情啊？你说究竟果肯拿儿子摆我家招女婿？”“啊呀嘎，摆你家招女婿么，你回头要恨够。”“我不恨，我恨底高咯？”“不嘎，你咁咱不恨，你回头要恨哇。”“我回头也不恨，我永远也不恨，一落里也不恨。”“啊呀嘎，你将来要恨够。”“我恨，恨不到你啊，你只要说，你可肯拿儿子摆我家招女婿啊？”“好哇，我肯格，格你回头恨不到我哇！”“我决不恨你，但不过有一个哩，你家这个儿子是孝顺之子，我家去说你答应够，他不一定相信，你拿你格衣裳脱下来，割嘎一只衣袖下来，他去探监，看见你穿过底高衣裳够，我拿衣袖把他一望，就作为你允亲格凭证，让他们两人去配成婚。”

随手吩咐安童，拿刁文、刁虎叫过来，九千岁拿出二百两银子来：“刁文、刁虎啊，拿这个钱去买点老酒喝喝。”“九千岁，你要咁客气做底高？“我这个钱不是咁好拿够，现在格李太和早先不同了够，现在格李太是我九千岁格亲家，是我格亲家公，早先他是个罪犯，这一次上广西柳州去充军，一路之上如果跑不动，要弄轿子替我抬他，用啦多少钱有我九千岁来交你们算账。我家亲翁多重，我总称过够，他这下子充军家来，只准他长壮了，不准他变瘦了。如果我家亲家公身上瘦啦一两肉，到你们弟兄两个身上割半斤。”刁文、刁虎一想，这底高罪犯，要拿他当老子了，跑出去几年了，怎得不瘦哇？他二百两银子来杀杀水气啊也不够，我家大人送我们一千两银子一个人咧，只要来半路之上拿他弄死了，就说他害急病死啦得够。刁文、刁虎肇拿李太解走了够。

九千岁弄到一只衣袖家去起大劲了：“贤侄，望哦，我这底高哇？”“伯父啊，这底高东西啊？”“你去探监不曾看见？你家老子同意拿你摆我家招女婿呢。”这假李尧生戈凤霞一听，不得了了哇！公公啊！你害人不浅啊！我是个女格，不是个男格，怎好蹲他家招女婿咧？我又没得格桩东西啊！嗨，躁了没办法，只是来杠顿脚。九千岁说：“贤侄，等我来望望通书万年历看，几时日子好么，你们几时就好拜拜堂，几时就好同床。”通书万年历一翻，翻出去几张，望到三天过后是周堂日脚，梅香赶紧去报与小姐知道。三天过后，周堂日脚，就交李公子成婚匹配。格个梅香一报，小姐就不晓多高兴。

小姐听见要结婚，毛病好啦八九分。

转眼到了结婚格天子，诸亲六眷总来恭贺。九千岁家要招女婿了哇，三百文官、二百武官、九卿四相、八大朝臣、穿宫太监、六部官员总来恭贺，就连当今万岁也打发穿宫太监，送来宝贝，送来贺礼。两人一拜堂，夜里要同床喽。假李尧生戈凤霞一想："害人了，我也是女格，她也是女格，我结婚不结婚倒也不关事，拿裤子一脱要现原身。"望见徐金定小姐坐了床帮上，她也上她身边去。去做底高咧？不宽衣解带困啊，第一夜交她讲家长里短，讲到大天八亮不曾困；第二夜交她讲吟诗作对；第三夜讲渔樵耕读；第四夜讲士农工商；第五夜讲琴棋诗画；第六夜蹲杠东说扬州西说海，胡头乱说，说上一通夜。

徐金定小姐发阴躁了，这个人长了倒体面够，可保懵过，不晓得要马马啊？交我坐床帮上说上六夜格昏话，总不交我困做堆？

他六夜不曾交我来同床，明朝第七夜肯定要交我配成双。

假使还坐床帮上交我谈古话，他对格桩事情不在行。

大家要问喽，明朝过来，她们可曾困做堆啊？中饭碗一丢，徐金定小姐心上难过了："我哪三桩配不上他？坐床帮上坐六夜，总不交我做格个事情。"想想难过，出去散步，到花园里去了够。

单讲到小姐戈凤霞心上就想，我六夜不曾鞭眼睛，不曾困，我如果今朝夜里一充瞌睡，把她拿裤子一脱，格得了嘎？她反正出去散步够，歇到蛮多时才家来哩。不如呢，我就先困啦一歇歇。哪晓一夜不困觉，十夜总补不到，一困倒困着得够。徐金定小姐散步倒家来够，一望，望见他困着得格："冤家啊！好好新被新床你不困，坐床帮上交我说昏话，到蹲堂充起瞌睡来嘎。反正夫妻没得底高稀奇，背他到床上去困够。"对床上一放，对他脸上一望："啊咿喂！我家丈夫竟体面了。望望他耳朵上有两个耳环眼来杠，我家丈夫可保沿小有将军将嘎，也穿过耳朵格哩，也有耳环眼来堂块哩。"脚上脱啦一双靴，三寸金莲露出来："啊呀！丈夫啊，男子汉大丈夫，一双巴巴头大大脚，跑起路来劈嘎啪，你也弄了像照我们小姐家，弄起三寸鬼鬼金莲来，跑点远路要踏嘎几年，脚不得大了。"脱衣裳够，过去是大幅头衣裳，不是咁咱对面襟衣裳，拿衣裳一解，心口头两个东西拱了杠蛮大蛮大。"啊呀！你原来是个西贝货，怎好交我来成亲？"小姐柳眉倒竖，杏眼圆睁，跑到前间"呼啦"，拿她九凤朝阳刀拖得来："什么人？竟敢犯丧，女扮男装来骗我？"把她一吓，戈凤霞醒了够。望见小姐怒容满面——

双膝跪倒地埃尘，妹妹饶赦我当身。

"说嘎，你究竟底高人？为底高冒充男格来交我成婚匹配？"

戈凤霞小姐双膝对下一跪："妹妹啊！"

你高抬贵手饶饶我，饶饶我一条命残生。

“说嘎，你究竟底高人，犯丧女扮男装来骗我？”“妹妹啊！实际上我不叫李尧生，我叫戈凤霞。”肇拿为底高要扮做男格一五一十，我们讲经不必重复，她就告诉小姐徐金定。“姐姐，你害人不浅，我是九千岁家女儿啊！哪个不晓得我肇招了丈夫啊，九千岁家招了女婿啊？如果把人家晓得，九千岁家前百世里不曾招到个女婿，拿黄花女招了家把自己女儿当女婿——”

三三两两传出去，要坏啦我家啊好名声。

“妹妹啊！你也不要怕啊——”

提到我家公子李尧生，他是白面小书生。

寻到丈夫李尧生，我们夫妻三个配成婚。

“要得好，我哪怕就做一个小，我天天早起拿洗脸水端到你格床帮呢；你格床铺么，我就帮你牵；你要吃饭，我就帮你添；你要吃菜，我就帮你搛；我划火么你吃烟；我跑路跑你后间点；嘴再学得乖巧点；我天天叫你是大娘娘。妹妹啊！你不要不相信我说格话啊，我交李尧生定亲，不是嘴说够，我们有定亲之物，他家传家之宝香莲帕来我身边。不相信，我哪怕把你。”肇拿香莲帕就把了小姐徐金定。肇这戈凤霞来九千岁朝房里间，日里仍然是男格，到了夜里就是女格。就交这个小姐徐金定，将来都拿终身许配把李尧生。戈凤霞来九千岁家朝房里间，也算暂且有了个安身处，我们经中另表一段情。

我们调个头来再讲这黑炭常士勇，应该说跑到现在已经跑到姨娘家去了够。这个黑炭霉了，跑到广西柳州，千里迢迢寻到姨娘家，姨娘家底高腔调？姨娘、姨父总死光啦得，木行倒啦得，老表死绝啦得，这人家祖须毛毛总没得。去倒去了够，没得家来格盘费哇。发狠，团地落就滚。人家果要问啊：“不嘎，你这咁高咁大个人，蹲地落滚底高、哭底高？”他就告诉他们了：“我上姨娘家来够。”“你家姨娘哪家啊？”“开木行格。”“你是她家嫡亲姨侄嘎？”“是的。”“罢了罢了，你家姨娘、姨父在堂是个好人，对团近人也不推扳，既然你没得盘缠钱家去，我们送两个钱把你做路费好打转。”

有个老头子啊一落里蹲家带带孙男孙女格，跑到黑炭身边：“少爷，我没得钱送把你啊，你家姨娘、姨父在世格辰光，我蹲家带些孙男孙女，总上他家来相。有些辰光总留我们吃中饭，我又没得钱把你啊，我才间拿中饭烧好了出来够，烧了一锅咸粥来杠，我就把点中饭你吃吃嘛，等你吃饱了就走啊。”跑到他家一望，一锅咸粥，他不弄碗舀，碗总嫌小，二号钵头正好，拿起来一看，锅里吃啦两钵头半，还去舀吃。格老头子一把揿紧了他个铜勺柄："啊咿喂！你格冤家不能再吃呱，我家一家门十来个人吃格中饭，总把你一个人吃啦得呱。你格死尸肚子又大，吃起来就像车海了，本来我留你再过啦天把够，就能呢哪养得起你啊？你㑚点走嘛！"黑炭一想："我上哪去咧？要说家去，盘缠用到家就没得够；要说蹲堂块，姨娘家又没得人手，又总死啦得够。我家干哥哥李尧生说过，两个月当中上京都皇城吏部天官他家老子朝房去找他，过了两个月到王培县北门太平村去找他。一四七，二五八，三六九，不曾有两个月。格么，还是上皇城，去找我格干哥哥李尧生去啊。

黑虎星宿站起身，赶往京都帝皇城。

路上行走数月整，中条山到面前呈。

一到到了中条山，跑了像照有点吃力，看到一块长条石，他对上一躺困中觉够。才困下来不曾有多少时，来他上风间，一个小姑娘十七八岁，挑两桶酒对杠一歇，弄铜勺拿个酒舀上来恨不得半人咁高，"嚯落"对下一倒，咁顺风拿格酒味道，倒吹到黑炭鼻子口头来了够。"哪里有酒？"一个鲤鱼打挺，跳起来一望，望见杠来杠舀酒。他赶紧跑到格小姑娘身边："小姑娘，你拿这酒卖把我？""你要买多少？""我买嘎一桶。"随手他拿一桶酒背到旁边来，人家用铜勺弄碗舀够，他不是的，他端住桶底对嘴里灌够，"呼噜——呼噜——"出劲吃。格一桶酒多少？三十斤，他格天子吃啦多少？十斤总不足，拿桶"哐桑"对杠一扔，人"轰隆"对前一倒。

一头栽到地埃尘，神木就不知半毫分。

果是酒吃醉了嘎？不是的。你们晓得这卖酒格是哪个？中条山上格大王身边格梅香，中条山上格大王是女格，叫吴小香，明朝开国公吴大海家格第九代孙女儿。这个卖酒格梅香叫心灵。这个吴小香大王是个公平大王，遇到格些做生意买卖够，总拿酒肚里放蒙汗药把他吃昏过去，把他身边钱拿啦一半，空一半把他做生意。一半钱拿得来做底高？山上开支零用，还多到钱怎弄？

遇到贫苦落难人，送他盘缠转家门。

格天子心灵梅香，看见一个块头咁大格老朋友。当他身边钱多咧，拿蒙汗药酒倒把他吃晕过去了够。"大王，快点弄东西来抬哇！这个黑炭块头咁大啊，身边钱肯定多了。"随手拿黑炭抬到山上，吴小香一望，身边有两桩东西。一支枪还有一根鞭，枪交鞭拿起来一望，大明开国公常遇春镇国枪、定国鞭。"梅香，这个枪交鞭可是他嘎？”“是的。”“快弄醒酒汤拿他灌醒过来。”弄醒酒汤拿起来一灌么，常士勇苏醒过来够。“你这位英雄，不知你尊姓大名啊？家住何方贵地？”“你问我了呢？我住洛阳，我叫常士勇。”“这个枪交鞭是你嘎？”“我家老祖宗够。”“啊咿呀！弟弟啊，我是你格姐姐哇。”“呸！我就弟兄一个，还是我家父母做好事养到格咧，我倒哪里有姐姐？”“弟弟啊，我家老祖宗叫吴大海，过咱交你家老祖宗常遇春，是磕头格把兄弟。我是他第九代孙女儿，我们年纪差仿不多大啊，看上去我要比你大嘎点，你说你可好做我格弟弟，我可是你格姐姐？”“弟弟姐姐怎说相啊？”“弟弟啊！你有这两桩兵器啊，你本事肯定蛮好够，不如你不要走，就蹲堂和我配成一伙，蹲堂呢做大王。”

我拿山上大王位置让把你，压寨夫人我当身。

他一想，我这个死腔，脸上咁黑，长大了么只好做一个光棍，也有哪个肯跟我这个黑鬼？今朝倒寻事我，我不如就不走，交她配成一伙。“姐姐，你瞧得起我，我就不走了哇。”说丁对丁，卯对卯，格天子拜堂就是好。一拜堂，夜里当真就同床。眼睛一鞭，歇了三天，吴小香就说格：“大王，这个山上你是一山之主了哇，大王有大王绰号了。”“夫人，底高绰号？”“我往常脸上黑，我格绰号就叫乌眉大王，乌么就是黑格意思，眉么就是眉毛格眉。”“格我叫底高大王咧？”“你脸上比我还要黑，黑到黄豆咁大一块白格总没得，你不如直接就叫黑脸大王，我就是乌眉大王。”肇夫也黑，妻也黑，男也黑，女也黑，你也黑，我也黑，两人黑对黑，下回人也把他们黑杀得。

花配花来柳配柳，坏尺箕还是配格烂笤帚。

肇黑炭就来中条山上，交吴小香结为夫妻。来杠招兵买马，囤草积粮，准备将来哇好为祖父祖母申冤报仇，也算有了安身处。

我们此处丢开慢谈论，我们再讲李太上广西柳州去充军。这个刁文、刁虎格天子到铁佛寺门口，就想算计他了哇。刁虎说：“哥哥，跟他跑报，跑上咁哨，跑了人总吃力杀得，叫他坐这个砖头堆高头等等，我们弄点砒霜毒药酒么，拿他吃死了拉倒。”“对格对格。李太，坐堂砖头堆上等等啊！时间不早，肚里不饱，我们去吃中饭了，吃得中饭带点老酒你喝喝啊。”李太么坐砖头堆上等，刁文、刁虎去吃中饭够。李太坐杠坐坐哇，把太阳一晒，像照昏脑涨，心上说：“格我坐太阳口头做底高？我不好坐寺院里间去啊，也阴凉点啊。”跑到寺院里间，对拜头高头一坐，倒充瞌睡了。对拜头高头一困，倒困着得够。这砖头堆上果就没得人了够，就空了够，有个替死鬼来了够，哪个啊？黑炭常士勇。他出来买马够，不曾买到好马，想想心上有点难过，就朝格砖头堆上一坐，坐杠坐坐，把太阳一晒啊，也像照眼皮蔫蔫要困觉，直手拉脚对砖头堆上一躺，才困下来，杠块“呼呼”格一阵风哇，越起越大，越起越大，沙灰绞到九霄。黑炭说：“你格瘟风！你格瘟风！起大风，我就不要困咧。你起咁大风，拿沙子总打了我脸上。人总痛杀得，我反过来困背朝上，你果吹到我格脸上？”肇伏得砖头堆高头困够，他一困困下来打呼如同响雷。刁文、刁虎拿中饭吃饱了，拿酒肚里下了砒霜毒药端来得够。刁文说：“弟弟，格冤家挺了杠困着得格么？你果听见他喉呼啊？去望望看，如果困着得来杠喉呼么，我们不要喊他，弄腰带解下来接起来，拿他收杀得就是的。”跑到杠喊喊他：“李太，李太，李太。”不作声，只听见来杠喉呼。两个人渺渺眼睛，拿腰带解下来打起结来，接起来。伏得困嘛，颈项底落空够，从他颈项底落轻手轻脚，拿腰带背过来打起结来。刁文、刁虎弟兄两个用尽全身力气，出劲拿起来一收。弟兄两个力气也不小哇，拿这黑炭格头就背傲起来。“啊呀！你背我做底高？狗贼！”刁文、刁虎一看，命总吓断，“不得了了够，怎遇到这个黑鬼呱？”“果丢？你们果丢？”弟兄两个不敢丢，黑炭没得办法得够，伸出左右两只手，拿格腰带一掐，“唏哗”，倒掐断啦得够，刁文、刁虎放趟子就溜。黑炭说：“溜啊，老子交你前世无冤，今世又无仇，为底高要拿我收杀得？今朝你溜到阎王家，我追到森罗殿；溜到东洋海，追到你水晶宫。你们对哪里逃哇？”

说人高脚长，弟兄两个哪跑到黑炭咁快呀。黑炭身高一丈，小步七尺，大步九尺总有余，顶大步子一丈二，能像北风送乌云。

威风凛凛赛吕布，杀气腾腾像赵云。

追到刁文、刁虎，背住两个人后间衣裳领宗：“狗贼！就溜到堂块啊。”“英雄啊！千万不能拿我们弄杀得。”“哪拿你们弄杀得？你们为底高拿我收杀得嘎？”“我们不是收你够，我们是收李太够。”“哪里的李太？”“吏部天官李太。”“你们为底高拿他收杀得？”“我家老大人李连送我们千两银子一个人，叫我们来半路上拿他弄杀得，就说害急病死啦得够。”“狗贼！一落里为奸党出力，坑害忠良，你得了哇，你们肇不解他去充军了？”“我们肇不解他去充军了。”“格你们不解他去充军，你们上哪去了？”“我们家去了。”“啊！你们要家去呢！要家去我送你们啊。”“不要你送，我们认得够。”“不送你们多远，送到你家婆婆家就好了。”“英雄啊！千万不能拿我们弄杀得嘎。”黑炭常士勇背住两个人后间够衣裳领宗，拿他们头对头，后得脑一碰，“叭”，一敲不轻，八九百斤，蛋壳子头一敲，脑浆和血就对外直流。

弟兄两个栽倒地埃尘，魂灵上了枉死城。

黑炭就想了，解差死啦得够，提到李太是我家干父，李尧生家老子，究竟来哪堂子？肯定来堂不远。寻到铁佛寺里间，一个人来拜头高去困着得够，拿他拱醒了，问问他。他说：“我就叫李太。”“啊呀！干父，你家李尧生交我结拜生死弟兄够，他是干哥哥，我是弟弟呢。”赶紧跑到前间，弯腰作揖行个礼，干父连连叫几声：“干父啊！你肇不要充军了，才间我替了你啊，不呢你就挨收杀得呱，两个解差已经给我弄杀得格呢，你肇不要去充军喽。你不要上哪旁的地方去啊，你家干媳妇吴小香，就来中条山招兵买马，囤草积粮。”

干父啊，

你旁的地方不要蹲，中条山上好安身。

肇拿他带到中条山，办好酒好菜好好款待。“干父啊！蹲堂吃酒吃得不惬意，这里风景又不好，空气又不新鲜，我们拿酒挑到五松林去吃。”底高五松林？就是五棵松树，有盘篮口咁粗。格天挑到杠去吃，正吃得开心格辰光，东南上一块乌云，足足有三间七家头屋咁大，把狂风一吹，格块乌云就对下一忒，顿时就变做一个怪物。格怪物有多大？一间七家头屋咁大。

牙齿一敲叮当响，吼喊如同响雷阵。

“干儿子喂，快点溜哇！不好了，格动物嘴一张，舌头一塌，要吃人咧！”“干父啊！不是鱼死，就是网破，溜也溜不掉了够，真正你怕够，你躲我后间。”肇李太躲了黑炭后间，黑炭就弄镇国枪和定国鞭和这动物打。打了足足有一个钟头，又打不死这个动物嘎，好了这个黑炭吃得酒，他枪中藏鞭，左手执枪，右手抽鞭，就拿这个定国鞭对准格动物，操起一鞭，“叭”！格一鞭不轻，少说点一千七八百斤。拿这个动物打了来地落打滚喽，越打滚越小，越打滚越小，越打滚越小，现了原身，对杠一撑，这个动物底高腔调？头上长两个角，身上毛乌油漆黑，黑得一根杂毛总没得。“干父，才间可好溜啊？如果溜格句话，倒把这个动物吃啦得够。把我一打，撑堂倒不动了够，可保是我格坐骑啊？麟兽，你可是我格坐骑？你是我格坐骑够，来这五棵松树四转转上三转就停下来。”他对它身上一跳，尖啜啜，对它背上一坐，格一个东西，托托托，当真跑三转倒停下来够。“啊呀！干父，这东西当真听我格话够，是我格坐骑，这头上有两个角格么，一间长一个么。干父，你离我远点，等我来掰掰看，这两个角可有用？”“好格好格，干儿子啊！”随手拿左面角对身边一掰，动物嘴里一口气，“呼”，格一口气有多大的力道？离他们前间两车桁远格堂子，一棵树有箩口咁粗，把格动物哈一口气，就“叭”一断两半段。“干父啊！动物嘴里哈口气力道大了，我再掰掰右面格角看啊！”拿右面角也对身边一掰，格动物肛门里间，“噗噗”来下放屁，格屁放出来多大格力道？离他们一车桁远格堂子，一棵树，盆口咁粗，把格屁一弹，“叭”，弹断啦得够，格一个屁放出来瘟死烂臭。格一个东西像底高？像《隋唐演义》高头格呼雷豹尚师徒格一样够。格个东西嘴里能够吹气，这动物肛门里能够放屁。

“干父，我这坐骑好了。格你帮它取个名字呢。”“好够，头上长两个角，就叫双角，身上毛乌油漆黑，一根杂毛总没得，不如就叫它乌龙珠。”肇常士勇的坐骑就叫双角乌龙珠，他的兵器就是镇国枪交定国鞭。肇得到这个坐骑，来到聚义厅告诉夫人吴小香。

夫妻两个讲讲说说多欢乐，如同捡到了宝和珍。

肇李太被黑炭救了去够，也就来中条山上落下脚来够。众位，我们讲到现在为止，总是讲格忠臣，讲个好人，我们再调过头来开始讲这坏人奸臣。

格开卷辰光就讲到，这个李连要谋皇篡位，夺外孙格位置。可曾夺得到？三关总兵把他谋算啦得够，反正常德也死啦得够，三关总兵调了哪一个？李连的得意门生，名叫张恒，来杠执掌雄兵六十五万。他心上就想，我要得到玉玺九头狮子黄金印，这印来哪里？母后娘娘李凤娇身边。格天子办好酒菜，去拿李凤娇母后娘娘请得来：“女儿啊！来金殿之上，你是君，我是臣，到这家里，我是父亲，你是女儿啊。外孙十三岁做皇帝怎得定心够？怎得咁太平够？总是我公公暗中来帮调停，所以他才稳稳当当端坐龙庭啊！外孙小喽，我咁大年纪了哇！你不如呢就拿印把我嘛，让我做啦嘎几年皇帝，我一驾崩死啦得么，拿皇帝位置还好还把外孙够。”李凤娇母后娘娘一听，吓啦大半条命：“父亲啊！你是他格公公啊，是母后娘娘格老子啊，你开口说这话，我就晓得你底高意思呱。”

父亲啊，

你公公要夺外孙位，孽障要作到海能深。

“父亲啊，要命我倒有一条，印我是没得把你够。”

“妖韶！你个妖韶！好好喊你来交你讲讲，你不拿印把我，你不要想得走。”

我家堂户槛三尺三，你进门容易出门难。

“父亲，你身为当今万岁格公公，母后娘娘格老子，你要想夺外孙位置，你惨无人道，你人面兽心，你没有人皮来身上啊？”老贼把她一骂，就像鬼跳：“好格好格，妖韶妖韶，你不拿印把我啊，只怪你无义，不要怪我老子无情。梅香，不能耽搁，替我拿这个李凤娇——”

关进冷宫里去遭磨难，决不要饶赦她当身。

随手吃亏，就拿这母后娘娘对冷宫里一背。冷宫里底高腔调哇？漆黑抹塌，就像锅底菩萨，伸手不见五指，面东不见面西。

冷宫里，又没得，天光日色。

头顶冰，脚踏雪，冷水浇身。

李连拿母后娘娘，亲生女儿，打入冷宫受难。格万岁可晓得？万岁一点点总不晓得，只当公公拿母后接家去多过啦两天，不晓得母后来冷宫受罪。老贼心上就想：“李凤娇是我亲生女儿，她又不肯拿印把我，如果我做皇帝没得印，说话就没得哪听，不如呢？我来私通北番玻璃国。玻璃国一直交我有来往够，我写书信到玻璃国去，叫玻璃国出面写战书到我中原来，我们中原没得哪个能提兵调将打仗，就叫我家够现世宝外孙开考，只要考到一个武状元，我就买嘱武状元，叫他带兵和三关上门生张恒，兵合一处，将打一家——”

反进京都帝皇城，他铁打龙庭坐不成。

主意拿定，修书一封，打发安童，连夜起程，送到北番玻璃国。玻璃国刚好出到了能人，有智真千岁家四位太子，大青、二青、三青、四青，有公主娘娘绰号叫三尺王，是龟令圣母门生，龟令圣母是乌龟精。拿战书打到中原来，圣天子一看，龙目乱转，拿文武百官召上金殿，没得哪肯去提兵调将。圣天子躁了是龙眼驾泪：“不好了哇，你们些臣子来平常辰光，太平年岁——”

官上加级总嫌小哇，燎乱年岁怕出征。

孤家江山现在就如同风中烛，出不到扶皇保驾人。

李连奸党赶忙跑前几步：“启奏我主万岁！万岁！万万岁！你不必龙眼驾泪，皇城里没有能人，应该拿皇榜高挂，到十三省招贤纳士，只要考到一个武状元，就好叫他去领兵。”万历皇帝一想，文能安邦，武能定国，反正一下头颁布圣旨，不如开文武考，因为急等要去打仗，我就先开武考，后开文考。

皇榜高挂十三省，十三省里总知闻。

哪些人去考试？因为他先开武考，有黑炭常士勇肯定要去够，还有九千岁朝房里间，女扮男装格戈凤霞也去了。戈凤霞就说了："我是个女格，到考场上去不方便，我改姓为薛，改名为冤，我要帮公公平反昭雪，申冤理枉，我就叫薛冤。"

这遭到考场考试，只有黑炭交她两人本事最好。格不可能两人总做武状元哇。二人比赛夺魁，薛冤坐骑没得黑炭格好，黑炭本事没得薛冤好，打到最后，黑炭不是薛冤对手，黑炭用坐骑取胜，望见薛冤从前面来，他拿左面角拿起来扳，嘴里一吹气；望见从后间来，他拿右面角拿起来一扳，肛门里能放屁，所以薛冤格坐骑不得近他格身，靠不近他。武艺大总戎也就是现在新社会叫裁判的就说了："二位英雄校场比赛夺魁，只能凭真钢实货本领，不能用坐骑取胜，双方撤去坐骑，都来步战。"格步战么，黑炭弄不过薛冤了够，薛冤做了武状元。万岁啊就说呱："薛爱卿，孤家开考，主要就为了玻璃国强盗作吵。我封你为扫北元帅，赐你大兵十万，看到黄道吉日，上北番打仗。""万岁啊！格先锋要我来点。""你点哪个？""我点黑炭常士勇，他格坐骑又好，本事又好，他格坐骑嘴里能够吹气，肛门里能够放屁。"肇就点黑炭常士勇为先锋官。

不曾到黄道吉日，格一天不发兵啊，状元游看皇城散心够，老奸党拿她喊家去："状元公啊，你是薛元帅啊！上北番能够打仗家来啊，肯定官职封了比我也大点了。""格原呢？老太师，玻璃国是个小小国家，为底高和我中原打仗，以小犯上，晓得可是有人私通了玻璃国咧，等我征剿玻璃国，班师回朝家来，得到真凭实据，我拿这老狗头老奸党要身丧其命。"

老奸党闻听这一声，心中思量八九分。

李连一想："不好哇！这个老子不好惹哇！不如等皇上开文考哩，买嘱文状元。文状元是个书呆子，又不懂底高，叫他帮我做对手，把印拿出来，我就好做皇帝，做万岁。"

不提李连来下要想做皇帝，单讲薛元帅上玻璃国出征打仗。官兵在路行走，晓行夜宿，不肯耽搁。赶到了和玻璃国毗连夹界，扎下营盘，战书打上玻璃国，约时交战。哪打头一仗？黑炭常士勇打头一仗。玻璃国大太子大青，先来交这个黑炭打。常士勇就说格："你格番乌龟，你格番乌龟啊！你也交我中原人打仗了？你这冤家脸上黑漆黑——"

胡子就像乱柴窠，看看年纪倒有六十多。

如若和我来交战，活格少来死格多。

大太子大青一听，气了："啊呀！中原蛮子拿命来！"

话不投机就动手，生死搏斗比输赢。

大战十个回合二十照面，大太子不是对手，吃下败仗，二太子上来，更不是常士勇的对手，三太子、四太子一起上，也打不过常士勇。弟兄四个一起上，有走前间，有走后间，有走左面，有走右面，黑炭常士勇，顾到前顾不到后，顾到左顾不到右，他没得办法，拿坐骑两个角出劲掰。他格坐骑前间吹气后间放屁，弟兄四个挨吹了爬爬烂跌。

弟兄四个吃败仗，公主娘娘早知闻。

公主娘娘来到战场，和黑炭互相通过名姓。她绰号叫三尺王，就是说只有三尺高，黑炭有点瞧不起她，他一丈高了，哪晓两个人大战三天，总分不出胜败，叫棋逢对手，将遇良才。

一个上秤称八两，一个上秤称半斤。

强中遇到强中手，出家人遇到出家人。

杀得天昏地暗，杀得日月不明。

杀得百鸟都停翅，杀得鸟儿吓得总不敢开声。

一笔杀得三天三夜整，两人胜败总不分。

黑炭就想："我是前部先锋，总打不过三尺王鬼鬼女子啊，名气不坏到九霄云啊！"用过战饭，格天子仍然打仗。他鞭中藏枪，枪中藏鞭，趁坐骑错蹬之际，常士勇不肯耽搁，抽出定国鞭对准三尺王一鞭子，"叭"，三尺王有多厉害？格一鞭子不轻，少说点有一千二百多斤。三尺王格头上不要说打坏了，痕迹总没得点点。可她格坐骑背不起一鞭子，马失前蹄，三尺王从马高头倒跌下来够。说时迟，那时快啊，常士勇又扚起来一鞭子，"叭"，格一鞭子着实够，一鞭子不轻，少说点一千五六百斤。

拿这三尺王打做底高腔调？来地落打滚，打打滚就现了原身，斗篷咁大一个小乌龟。师傅是老乌龟，她是小乌龟。啊哟，格乌龟拼命蹲地落翻身打滚，格乌龟越打滚越大，越打滚越大，越打滚越大，到最后有多大？半间七架梁屋咁大。"元帅，馋点来，这乌龟大了，大家来捉，吃乌龟肉。"拿乌龟捉到营盘，拿肉吃啦得，说这乌龟壳子有底高用哩？掼啦得。也有人说不要掼啦得嘎，这一个乌龟壳子不小，够二三十个人坐下洗澡。

格一个玻璃国太子吃了败仗，公主娘娘现了原身，还有底高话说了？智真千岁随手就拿薛元帅、常先锋请到玻璃国，写出降书顺表，告诉他们："是你们中原一个叫李连格，私通我们玻璃国格，经常交我来往够，他写了堂格书信多了，他说够，只要里应外合，我们拿官兵发到三关，就可以把中原江山来拿下，和你玻璃国平半分。”薛冤说：“千岁啊，你拿这个书信把我，这就是老奸党私通外国的证据。”大概来杠有二十多天，薛元帅和常先锋讲讲，随手拿官兵集中起来，打起逍遥鼓，唱起得胜歌，要回转京都皇城。来到半路之上啊，薛冤就想，我家哥哥是李连格干儿子，树倒猢狲散，捉得李连，哥哥要受到连累。“常先锋啊！我们反正打了胜仗了，不如绕道而行，从太行山经过。”

常士勇带了官兵前间走，许多官兵后面跟。

来到太行山，戈其远远迎接元帅先锋。因为这个薛冤，她是戈凤霞扮格男格，戈其也不曾看出破绽来，为她办了好酒，款待不丑。一个说：“大王，你做格公平大王？还是做格山贼草寇？”另一个说：“元帅，我做格是公平大王。”“本帅要查看你的山寨，你带我看一看。”“好格。”到后山偏僻地方：“大王，你果认得我哇？”“元帅，我不认得你。”戈凤霞从头上探啦战帽，身上解开战袍：“你望望，肇果认得我？”戈其仔细对她一望：“啊呀！”

你不是张三其别个，也是我格妹妹到来临。

“妹妹啊！我当你来火坑里烧杀得够。”“哥哥，我不曾来火坑里烧杀得，这个呢来杠吃酒够，叫常士勇，他也是要报仇啊！杀奸党李连骷髅头，你是他格干儿子，我们来救你性命够。你赶紧拿山上值钱格东西，灌进袋子，装上车子，拿喽兵改做官兵，速速跟我们进京。”

我们帮你到万岁面前说情分，饶赦你哥哥命残生。

戈其肇跟随戈凤霞和常士勇他们进京。

格大家要问，早先说挂榜开文武考够，文考可曾考？皇上颁发圣旨，不好不守信用，格肯定是要考。格开文考哪些人去考嘎？不谈旁人，我们单讲桃花镇上李尧生来杠害病，格病也好了格，上京都皇城去考试。因为他是文曲星临凡，文章最好。圣天子龙颜大悦，封他文状元。格天子老奸党李连，拿文状元李尧生请到他家里，认为他书生好打发，说：“状元公啊！实事求是说，我家外孙做万岁我不满意，现在我就缺少九头狮子黄金印，印来冷宫里间我家女儿身边，她不肯拿印把我，我拿她打入冷宫去了够，你只要帮我拿这个印骗出来，等我做了万岁，你就是开国元勋。”李尧生一听，啊呀，母后来冷宫受罪咧。“老太师，格我不敢保证你，等我去望望看。”他肇就跑到冷宫交母后娘娘一讲，母后娘娘就说了：“状元公啊!爱卿啊!不晓得我家父亲心肠咁黑嘎,我拿这个印把你,等于拿万里江山就交把你了够。""母后娘娘,你胆放宽心,我有第一次到冷宫里来问你拿印,帮你保管好了,自然有第二次进宫,拿印交把你,还把你。我到底高辰光来,等薛元帅、常先锋打了胜仗,班师回朝家来,我拿印还把你,到格辰光拿你接到金殿,对你家这个要谋皇篡位格老子——"

随你杀来随你剐,非关我们半毫分。

母后娘娘千叮咛万嘱咐,肇拿印就交把了状元公李尧生。

单讲到薛元帅、常先锋进京,格天子来到金殿,交过旨意,圣天子龙颜大悦:

该应孤家江山稳,出到擎天柱两根。

"二位爱卿,你们征剿玻璃国,功劳浩大,有功,今朝金殿上来封。"薛元帅、常先锋总说:"万岁,我们不要做官,提到做官,我们不贪。""你们要发财,赐你们黄金万两。""要发财,也不到你皇城里来。""格你们果有底高要求啊?""万岁,我们要申冤报仇。""薛爱卿,你先说,你要申底高冤?报底高仇?""万岁,我要为我家公公李太,申冤理枉报仇。""常爱卿,你呢?""我也不为旁的事情,我要为我家祖父祖母申冤理枉报仇,我要捉拿奸党李连。"有李尧生赶忙来到冷宫,拿印交把母后娘娘,拿母后娘娘接到金殿:"万岁!母后娘娘今朝也要来垂帘听政。"万岁亲自迎接,望见母后娘娘底高腔调?是怒容满面,等她坐下来格:"皇儿啊!薛爱卿要捉拿奸党李连,常爱卿也要捉拿奸党李连,母后也要捉这个老贼老奸党。""母后,他是我格外公,你格父亲,你为底高要捉他?""皇儿,你晓得我来哪里呱?他要问我要印,要想谋皇篡位,交你做对,拿我关进冷宫受罪。"

万岁闻听这一声,掇开龙心火一盆。

李连狗贼嘎,你公公要夺外孙位,孽障也作到海能深。

薛冤赶紧拿出李连私通玻璃国的书信:"万岁,这铁证如山,有他写把玻璃国格书信,他私通玻璃国,准备里应外合,和玻璃国平分中原万里江山。现在呢?有证据来堂块,这是他格亲笔书信,请你龙目观看。"万岁更火上加油,吩咐值殿官,不能耽搁,赶紧拿李连狗贼拖到午朝门外,顿响三炮,脱下蟒袍,探下他的官帽。

拿李连名下官职削得咁干净,腰分两段丧残生。

肇拿李连杀啦得够,李连作恶不曾有好收成。万岁说:"爱卿,肇好封你们官职格呢!"薛元帅说:"万岁!我有欺君之罪了。""你有底高欺君之罪啊?"

"我不叫薛冤,我叫戈凤霞。"肇拿为底高要女扮男装,为底高要改名换姓,统统告诉万岁。

万岁闻听到这一声,心中欢乐八九分。

"薛爱卿,你现在是戈爱卿了,孤家封你为巾帼英雄。"旁半间李尧生一望:"啊呀,她是我格未婚夫人啊!"蹲了旁半个心中就不晓多高兴。万岁呢,随手把功劳簿子拿起来一看:"常爱卿,孤家看了功劳簿子,你征剿玻璃国功劳浩大,我来封你。"

常士勇前来听封赠,定国王之职你当身。

"万岁,我也有一个宝贝送把你哩!""底高宝贝啊?"吩咐几十个人,拿一个大大乌龟壳子抬到金殿。万岁就说了:"这个乌龟壳子怎咁大够?""万岁啊!这是玻璃国的三尺王公主现格原身,是个乌龟精啊!是个小乌龟,肉把我们吃啦得够,这乌龟壳子不小,送把你万岁洗澡。""常爱卿,干大个乌龟壳子洗澡,作惜啦得够,收到宝库房,作为我大明的镇国之宝哇。"肇又封李尧生了,万岁怎么封他嘎?母后娘娘一句话:"皇儿,要讲李爱卿功劳最大,他到冷宫里把印拿出来,保住了大明万里江山。第二趟到冷宫里拿印把我,把我接到金殿上来,按道理他功劳最大,要封他大大的官职。"圣天子龙颜大悦。

李尧生前来听封赠,文宰相之职你当身。

文宰相有多大官职?拿他家母亲田氏加封为太君娘娘。常士勇赶忙启奏:"万岁,你封了我喽,我家还有夫人,来中条山招兵买马,囤草积粮,她叫吴小香,奸党铲除啦得么,这个喽兵也不要喽。还有李太干父,刁文、刁虎准备拿他弄杀得够,现在把我救了也来山上,也请你封。"万岁吩咐传路官传封,传封到中条山上,拿李太官封原职。

吴小香前来听封赠,定国夫人你当身。

拿山上喽兵全部改作官兵,一年四季对山上送钱送粮,数九寒天发棉衣裤防寒,遇到外国人来造反,也好抵挡八九分。封过他们以后,李尧生就说了:"万岁!我交戈凤霞有定亲之物——香莲帕够,也请你帮封。"戈凤霞说:"启奏万岁,我算不到正夫人,有九千岁家小姐徐金定才算正夫人。""为底高?"肇拿招假女婿这个事情也告诉万岁。万岁说:"一个是九千岁家女儿,一个是有定亲之物够,拿徐金定也召到金殿上来。"

戈凤霞巾帼英雄加封赠,一品夫人你当身。

徐金定前来听封赠，饶头夫人你当身。

夫妻三个讲讲，拿父母双亲接到京都皇城。徐金定把香莲帕拿出来交把李尧生。李尧生就说格："没得这香莲宝帕防身，太行山不拿这宝贝丢把戈凤霞，戈凤霞也没得这个宝贝把徐金定，有这个东西我得到了两位夫人，使我铭心肺腑，终生难忘。要奏于万岁，请万岁吩咐风流才子、自在臣相写忠孝宝卷好蹲东土劝善。"戈凤霞就说格："官人啊，旁人总有好处，我家哥哥虽然他要扒你格心够，你大人不计小人过，你把点好处他，不要计较于他。"肇来到金殿，启奏与万岁。万岁就拿这个戈其封做总兵之职。

有朝臣启奏万岁，要写忠孝宝卷。母后娘娘就说格："皇儿啊！忠孝宝卷一定要写。自古以来没有哪家公公，要夺外孙格位置；没有哪个嫡亲父亲，拿亲生女儿打入冷宫受罪。"

万岁说："应该写忠孝宝卷，就从李爱卿香莲宝帕作为定亲之物，得到二位夫人开始，到李爱卿两次进了冷宫，保住了万里江山为止。"

从前到后写起一部忠孝卷，就叫《二进宫香莲帕》，

万古传流到如今。

众位，这部忠孝宝卷，我们从前天开始到现在为止，也算粗枝大叶，有头有尾，有始有终。诗三百，一言以蔽之。

经到头来卷到梢，拜送落难星宿上九霄。

圆满师菩萨摩诃萨，宝卷圆满注长生。

香球记

传下来，坐经台，忠孝卷，口难开。——圣谕

上有法令传下来，弟子遵命坐经台。
提起昔年一部忠孝卷，犹如雪天里梅花口难开。

山在西来水在东，三山六水处处通。
长江滔滔归大海，人生何处不相逢。
今日不知明日事，人生在世枉着闲气一场空。
忠孝宝卷初卷开，拜请文武落难星君降临来。

宝卷初卷开，礼拜佛如来。
树从根上长，花从叶里开。
寿香炉内烧，寿烛头上放光毫。
大众帮念佛，仙者下九霄。

邻舍隔壁家起高房，让他几尺又何妨？
千年计划没得用，可记得当年秦始皇。
长江滔滔奔东流，靖江孤山如困牛。
弟兄道理要和好，妯娌不要结冤仇。

耐字没得忍字高，忍字头上有张刀。

为人要有几个忍，不碰法律祸自消。

他骑白马我骑驴，他的福气我不如。

抬头看看推车汉，比上不足比下余。

收留闲文归经典，开宣宝卷劝善人。

话说忠孝节义《文武香球》古书一部。小学生今日开读，应先还朝代帝主，后还贤人出世根由。

先还哪朝皇登位，哪省格州府出贤人？

经典盖板之上注有“昔日”二字。昔者远也，日是今日。远年经典，今日所讲，远朝近还，要还朝代就确然不难。

昔年唐朝宣贤皇帝登龙位，山河一统治乾坤。

大唐朝宣贤皇帝登殿，江山稳便，文有忠良，武有能将，安邦定国，治理乾坤，如同尧天舜日，乃有道明君，大邦年年进贡，小国岁岁来朝。众位啊。

皇皇有道讲不尽，山清水秀出贤人。

大众耳闻贤人出世，不知出在何方？这贤人一不出在边邦外国，二不出在荒山野地。要说出得边邦外国，人生了三头六臂，兴兵造反，和我中原人做对，算不上贤人。要说出得荒山野地够，独霸一方，自立为王，拦挡短路，扰乱江山，称孤道寡，就更算不上贤人了够。

该应我主江山稳，大邦中原出贤人。

贤人出得其则不远，出得哪里？出得山东省历城县北门外南极巷。一人姓龙，名叫山卫，同缘陈氏太太为婚。

提到龙山卫大人，历城县盖顶有名声。

提到这个龙山卫，家里万贯家财。可有多大官职？说万贯家财摆设好，龙山卫官职就不小。

大人在朝把官做，带刀指挥受皇恩。

陈氏太太福气好，皇封带刀指挥正夫人。

老大人来朝纲做官，是清如水，明如镜，坏人说话他不听，上事君皇，下爱良民百姓。

当今天子多见爱，当作擎天柱一根。

老大人可曾生到下代？说忠臣不绝后，绝后不忠臣。也是他们夫妻福气，祖上德气，生到一子，来历不小，是上界文曲星宿临凡，帮他取名，就叫龙官宝。读书上学够，取学名，就叫龙孟金。

提到龙官宝，是文曲星宿下凡尘。

格一年子，山东地方发生强盗作吵，拦挡断路，扰乱江山，有历城县格知县何顶忠，写起告急文书，送到京都皇城圣天子龙书案桌。万岁一看，龙珠乱转："山东强盗成群，打劫来往客商，这还得了！现在有七品知县何顶忠本章进京，要我孤家派能人到山东镇守，我派哪个去咧？"万岁左思右想，有带刀指挥龙山卫是山东人，他到杠地形也熟悉，不如派龙山卫带刀指挥去，另外再派两个人，助他一臂之力。派哪个？九门提督朱炼祖和丁宣木耳大将军，叫这两个人去。这遭龙山卫三个人，就上山东来坐镇，来捉拿强盗归案。

我们不谈旁人，单讲这个龙山卫。他来自己县里，交这个何顶忠合得也知己也要好。格天子来到家中，交儿子讲讲："儿啊，家无读书子，官从何处来？你也咁大了哇，今年正好我们山东开小考，你可准备去考？""父亲，我怎不去考，我能够考到个秀才，将来才能够上京都皇城去科考。父亲——"

我有了高官并禄位，祖先三代也有名声。

哪晓公子天上文曲星宿临凡，文章满腹，是无书不读，无诗不熟。到省里一考，文章蛮好，入得黉门秀士，做了秀才喽。龙山卫欢喜了："儿啊，老子是个武官，出得你儿子是个文人，肇我家有文有武，就不要吃人家苦了。儿啊，我堂块呢，有一颗香球，乃是东辽黑水国进贡到我们中原来够，本来有一个文香球，一个武香球，是一对，万岁就拿武香球把我保管，我不如就拿这个武香球把你儿子保管。我为底高要把你保管？就是做清正官大有好处，正是我来皇城为官清正，万岁才拿这个镇国之宝，外国进贡得来的东西，赐把我保管。心肝啊——"

我今朝拿香球交把你，望你读书更用心。

这龙官宝龙孟金读书，可是来自己家里小书房里读？不是的。来哪里？来龙王庙。龙王庙里间有个月正宫，格里间读书格小孩多，他就来杠读书。这个香球他摆哪里够？一落里摆了怀府里间，挂了颈项里。他得到这个香球，仍然去用功苦读。

单讲到他家北埭上，北极巷有一个参将，姓侯，名叫公达，同缘吴氏为婚。这人家没得儿子，养到一个小姐，小姐名叫侯月英，是个贤德女千金。这个小姐沿小吃苦，就跟她家父亲习武，夜里困下来，有骊山老母梦中传授她格武艺，所以小姐武艺了当不得。掺花纳朵、描龙绣凤，桩桩总会，而且桩桩总内，来历城县里只要提到这个小姐，可以说要文有文，要武有武，要小伙子有小伙子。

提到小姐侯月英，来历城县里出得名。

格天子侯公达就说："女儿啊，我虽然不曾养到个儿子，养到你这一个女儿，比人家儿子也好到几分了。人家登杠大起劲，养到一个儿子，呆头傻脑，我看也不要看，哪值到我家女儿你啊。女儿啊，我也没得底高东西把你，我身为参将之职，来皇城为官，万岁有香球一颗赐把我保管够，乃是东辽黑水国进贡到我大邦中原来够。这一颗球呢，是一颗文香球，我拿这个球肇就把你，由你女儿肇就保管，要望你拼得吃苦，要继续习武，将来好荣宗耀祖，光耀门庭。"

小姐闻听这一声，想想不错半毫分。

不提这个文香球交武香球总出来了够，单讲龙王庙这个龙王菩萨。格天子掐指一算，晓得一半。"啊呀，龙官宝是天上文曲星宿临凡，侯月英是天上红鸾星宿下界。文曲星下凡格辰光，红鸾星宿失笑，所以也拿她贬到凡间来脱生够。这两个人天生一对，地成一双，都已年方十六青春，也不晓得好成婚匹配。"

我不如从中把媒做，等他们两人配成婚。

格天子龙王菩萨将身一抖，就变作一只黄鹰模样。一阵仙风，就对侯月英家后花园里一攻。仙风一散，对她家树高头一站，口中叫喊："侯月英，侯月英，我今朝来帮你做媒人。"侯月英身边格梅香叫吉祥。吉祥蹲杠听听，听到帮小姐做媒人，赶紧就报，报与小姐知道："小姐，上后花园去听，那个鸟，不晓来下叫你做底高？"

小姐闻听这一声，绣带飘飘下楼门。

才撑到树脚底落，鸟又来下喊："侯月英，侯月英，我今朝来帮你做媒人。"

侯月英小姐闻听这一声，可要气死又还魂。

小姐柳眉倒竖，杏眼圆睁："瘟鸟瘟鸟，你还得了，叫我名字微小，还帮我做媒人了。梅香上楼，拿我的箭来，等我射死这个冤家瘟鸟。"梅香手脚慢，就对绣楼上跳，拿小姐格箭拿得来。小姐格箭法，可以说是百发百中，有百步穿杨之功夫。小姐弓上弦，箭照照准，弓拉拉满，对准格只黄鹰，拈弓搭箭，"嗖——"，按道理，小姐箭法咁准捉，应该这个鸟射下来够。啊呀，格天子霉了，不但这个鸟不曾射抛下来，相反这个鸟嘴一张，拿箭对嘴里一衔。

仙风阵阵就动身，哭坏小姐一个人。

小姐发狠，困下来就滚，骂声："你格瘟鸟喂，你今朝拿我格箭衔了去么，扔到荒山野地被油头光棍拾得去——"

唱我身来坏我名，说我小姐不正经。

如果把我家父母来晓得，我是违犯家规一罪人。

为底高小姐要咁格哭法子？因为格箭高头有小姐格名字刻得上间，假使把哪个拈到这一支箭，他就好胡头乱说，他说小姐送把我够，她格终身总许配把我够，这个是我们格定亲之物，所以小姐就躁到这个腔调，哭到这个地步。龙王菩萨可就拿箭衔走呀，看见她来杠哭，它就停了格半空中蹲杠望。梅香吉祥就说："小姐，不要哭够，这个瘟鸟，它又不曾飞走，可保来杠等我们追到它哩。我们拿起来一吆，'轰'，它嘴一张，箭对下一抛，就好拈家来格呢。"这遭两个人就追这个鸟。这个鸟么就溜，两人追了饺，鸟就飞了饺，两人追了慢，鸟就飞了慢。究竟龙王菩萨变格鸟，要拿箭衔到哪里？

仙风阵阵就动身，龙王庙到面前呈。

眼睛一眨，老母鸡变鸭，一个眼眨花，倒看不见这个鸟上哪去够。"梅香，今朝信了格鬼，要跑蚀腿了，这个瘟鸟不晓上哪里去了够？"究竟龙王菩萨拿箭衔到哪里？龙王菩萨拿箭就衔到月正宫书房门口一棵松树高头，对杠一站，直把嗓子就喊："龙官宝龙孟金，我今朝来帮你做媒人。"龙官宝身边格安童叫龙文："少爷够，那个鸟，不晓来下叫你作底高？"龙官宝拿书一盖，跑出来望，才撑到格树脚底落，鸟嘴一张，"扑秃"，一支箭对下一抛。"安童，底高东西抛下来？"赶紧拈起一望，是一支箭，公子龙官宝是秀才，一望高头有三个字"侯月英"。"龙文，我们这历城县虽大，提到这个侯月英，没得哪个不知，没得哪个不晓，她是文武双全，而且小伙子长了体面。今朝这个鸟，腾腾空拿这个箭，衔到我书房门口来做底高？妥了呱，安童，可保这只鸟——"

今朝来帮我把媒做，帮我配个好夫人。

随手就拿这个箭拿到书房里间，对笔筒筒里一竖。格侯月英就说呱："吉祥，肇怎弄，这个鸟不晓死哪去够？""啊呀，小姐，龙王庙里间树又高又多，高头有个大鸟窠，才间可保这个瘟鸟，做鸟窠推扳点草，拿你箭衔去正好，我们上龙王庙里间去寻。"

小姐闻听这一声，想想不错半毫分。

梅香手脚饺，就来前间跳，小姐三寸鬼鬼金莲么，她跑在后间，跑了也慢。单讲到梅香寻啊寻，寻啊寻，寻到书房门口，头对里间够了一望，这读书格人，笔筒筒里倒哪有一支箭竖了来下够，赶紧拿门扛开，人对里间直栽，弯腰作揖行个礼，尊称公子念书人。龙官宝对她一望："你这个女子走哪里来嘎？""书生公子，我家住了北极巷，我是小姐侯月英身边格梅香。""啊呀，梅香妹妹，你上堂来做底高？""公子啊，我家小姐射箭不当心，箭把格鸟衔了不晓飞到堂块哪堂子来了够，我来帮小姐寻箭够，不晓你这笔筒筒里一支箭，可是我家小姐够？""你家小姐箭高头果有底高记号？""有格，有她格名字侯月英来上够。""梅香，不瞒你说，这箭是你家小姐侯月英够？""是的，你要把我。""没得咁便当，你家小姐呢？""来堂块后间咧。""要她亲自来问我拿，我才拿这箭把她了，不呢，我不把她。"

吉祥梅香闻听到这一声，急急忙忙就动身。

"小姐，箭寻到了呱，跟我去拿。"手脚又快，对前直跳，报于小姐侯月英知道，"小姐，我把箭寻到了够。""梅香，箭来哪里？""来格书房里间格读书公子身边。""格你怎不曾拿得来够？""拿底高了？他要叫你自己去咧，他要亲手拿箭交到你手里了。"

侯月英小姐闻听这一声，脸总红到耳后根。

众位，因为旧社会交新社会不同，男子要闯，女子要亚，要是干咱新社会，哪里格小姐抛啦格东西，把格老小家拾到，去问他拿得来，要得来就是的，旧社会不同，小姐不好意思去拿这个箭，脸么红到哪里。"梅香，我确实不好意思去。""小姐，格不去怎弄，不去，他一歇一放学家去，你只好拉倒。""梅香，我当真不好意思去。""不要不好意思，我交你同去总好格呢。"

梅香就来前边走，月英小姐后边跟。

梅香走到书房里间："读书公子，我家小姐来了呱，这就是我家小姐侯月英呢。"龙官宝心上就想："侯月英来我们历城县里文武双全，长了又体面，有名气够，今朝我要仔细望望，究竟这个小姐有多体面法子，有咁大格名声来外间。"说百闻不如一见，确实不假，小姐长了确实体面了。

面如荷花初开放，八字眉毛在两旁。
一双水晶凤凰眼，满口银牙白如霜。
十指尖尖如春笋，小足金莲三寸长。
又不高，又不矮，真正好看。
又不胖，又不瘦，美貌千金。
真像那三国里格貂蝉女，更比那杨贵妃胜三分。

侯月英可望龙官宝，也望够，但不过她不晓得他叫龙官宝。望望这个龙官宝呀，天庭饱满，地阁方圆，虎背熊腰，鼻直口方，一表人才。格你望我来我望你，有了偷香窃玉心。小姐确实不好意思，一个手捂住脸，跑到龙官宝面前弯腰作揖行个礼，尊称公子读书人："请问，你这位读书公子，家住何方贵地？尊姓大名，在这里勤奋苦读。""小姐，我家就住南极巷，我家爹爹叫龙山卫，我家母亲陈氏，我就叫龙官宝，学名叫龙孟金，我今年十六岁，入得黉门秀才。"

小姐上上下下听完成，心中欢乐八九分。

"看你是个官家后，点滴不差半毫分。龙公子，既然你是官家后代，应该拾金不昧，拾到我格箭，你赶紧就把我么。""啊呀小姐，格不是咁便当，人家总说，只有担金入庙，哪有寸土还乡，这个箭么是我拾到格呢，又不是偷够，也不是抢你够，咁容易就把你来，小姐——"

你今朝要我拿箭交把你，要依到我一桩小事情。

吉祥梅香就说："小姐，时间不早，肚里不饱，他今朝要你底高，你把他呗，我们好愘点家去。小姐又不好意思说，龙公子，你究竟要我家小姐底高，我叫她把你，你可保要钱，就怕来堂读书读嘎读，没得钱买纸砚笔墨，要我家小姐弄钱来赎格呢。""不嘎，哪要你钱。""格你究竟要底高？""你不好问你家小姐，这桩事情不要问我，你家小姐纸糊灯笼肚里明。""小姐，我真格饿杀得够，心口头饿了发慌，小肚子饿了像茄瓤，你拿东西把他，我们早点家去，究竟他要你底高呀？"小姐把她问啊问，倒问急起来格："要底高，要底高，你到咁咱也不晓得，他要我格人。""啊呀嘎小姐，好格，你家老子做官，他家父亲也做官，你长了咁美貌，他长了咁体面，是天生一对，地成一双。"

你们两人把婚配，郎才女貌世无双。"

"梅香，婚姻不是自己定，一定要通过父母亲。我家父母又不来堂，他家父母也不来堂，我交他俩对俩，好谈情说爱来。"这个吉祥梅香一想，倒也是得嘎，两家父母又不在这怎办？朝小姐颈项里一望，又朝龙官宝颈项里一望："小姐，就能呢，龙官宝是个文人，我看他挂格球交你格球差不多，他格好像是武球，你格是文球，不如你们拿这个球调正过来，你习武格就挂他格武香球，他学文的就挂你格文香球，你交他两个人就算，拾箭换球私订终身。"

回家告诉你们双父母，等你们两人好配成婚。

吉祥梅香叫龙官宝家去对他家大人说："请三媒六证，上我家去行茶说合，你看可好？”“吉祥，不晓他可肯要我了？”“我去问问看。”跑到龙官宝面前，“龙公子，我家小姐长了可体面啊？”“体面够，体面够。”“你可欢喜她哇？”“我怎不欢喜她，欢喜她够。”“就能呢，你拿球探下来把我，等我交把我家小姐，我家小姐颈项里也有一颗香球来杠，我叫她探下来把你。”龙官宝赶紧拿颈项里香球探下来，就朝梅香吉祥手里一塞，梅香去把了小姐侯月英，侯月英也拿球拿下来，由梅香交把龙官宝。

就算两人拾箭换球为媒证，更改没得半毫分。

梅香知趣了，她也不饿了格："小姐，你交姑爷有底高话说，你们尽讲，我去有点事情，我一歇再来。”吉祥走了够，肇龙官宝交这侯月英两个人，一讲头一揿，不晓多起劲，头对头，嘴对嘴，两人不晓来杠说底高鬼。

越讲越说越欢乐，如同拾到宝和珍。

到底高辰光？将要到晚夜喽。梅香吉祥来了够："小姐，太阳要落山喽，外间不早了，今朝我们出来，老大人交主母太太不晓得够，如果再不家去，到夜看不见我们在家的话，老大人一发火，你就不搂妥。小姐——”

如果把大人来晓得，你违反了家规罪不轻。

“龙公子，时间不早，我们也家去喽，你家去务期要请媒人上我家去了，我们肇蹲家等你格回头，听你格答复。”这时啊真是：

天上掉下无情剑，斩断他二人相爱情。

两个人依依不舍而别。龙官宝来书堂里间，侯月英也回家去够。哪晓这个龙官宝日夜读书用功，一点总不肯放松，读书读嘎读，倒拿这个事情忘记啦得够，又不曾家去请媒人上她家去说。眼睛一鞭，倒有七八天，侯月英打发吉祥梅香天天来门口望，龙官宝家可有哪个来做媒人，哪晓又没得哪个去。格天蹲家想想倒哭起来格："龙官宝龙孟金啊，你有口无心，我们私订终身到如今，你家怎没得格媒人啊来做媒人。”梅香吉祥就说格："小姐，蹲堂哭有底高用，你果要看龙官宝。”“我怎不要看他呢。”“要看他我们再去。”“你说得便当，无事端端好出门来？”“我来帮你想办法。”格梅香花头三大了，她跑到主母太太吴氏身边："太太，小姐格天子害一场重病，我不曾告诉你，恐怕你要担心。”“啊呀，病可曾好啦？”“好了够。”“好起来怎咁快够？”“啊呀，我许菩萨格呢，现在龙王庙有龙王菩萨来下显圣，拿起一许，小姐就不吃苦，小姐顿时就好了够。小姐就说，要去了愿，不晓你可肯交她同去做做伴？”吴氏太太一想，大了格男女出门我不大放心："梅香,我们就同去。”

格梅香闻听到这一声,心中欢乐八九分。

格天子身坐轿梁,来到龙王庙,拜了龙王菩萨之后,吉祥就说呱:“主母太太,你有多少年代不曾上这个龙王庙来了?”“梅香,我十几年不曾上堂来喽。”“主母太太,龙王庙里间变化大了,格些山区人家不得生活,总拿格猴狲牵到龙王庙后间场上去,来杠做猴狲把戏,人也闹热煞得够。”“梅香,我也咁大年纪喽,也不曾看见够猴狲做把戏哩。既然今朝来了么,你就带我去望望看,猴狲把戏有多好看,有多闹热。”

梅香闻听这一声,正中机会八九分。

梅香想:“我场面带她去看把戏,骨地里带到看女婿。”呰遭梅香吉祥走在最当中,吴氏太太走了最后,小姐么走前间。为底高等小姐走前间?因为小姐交龙官宝早认得够,小姐也晓得是梅香用格计策。小姐跑哇跑,倒不好意思跑了够。吉祥说:“小姐,跑焉,跑悛点焉。”“吉祥,还是你走前间吗?”吉祥肇走前间,吉祥一想,不得了了呱,龙官宝不晓得今朝他家丈母要来啊,假使我们三个突然对杠一撑,他肇吓得一句话总不开声,他有点怕难为情呱,于是对小姐轻声说:“小姐,你交主母太太慢慢跑,我去知会龙官宝知道。”

梅香赶紧就动身,做个通风报信人。

跑到月正宫书房门口一看,吉祥梅香命总吓断。为底高?龙官宝是天上文曲星宿下凡,读读书读辛苦起来,伏得台上倒困着得够,哪晓他星宿出现,一条筷子咁长格金丝蛇走他嘴里游进去,走他耳朵肚里钻出来,就来杠游了不歇够,金丝蛇来下钻五孔,所以他将来有高官禄位,要是金丝蛇钻七孔,将来他就有帝皇之位了。格梅香不晓得够,她当龙官宝死了杠块格喽,对杠一站,直把嗓子就喊:“主母太太,你们不要来,堂块有人死了堂块够,死了几天了,蛇总来他身上游了。”把她死声哇气一喊,龙官宝倒吓醒了够,望见这是梅香吉祥,杠块也有一位老娘,看看也有小姐侯月英,龙官宝一看就喜欢心,赶紧来到吴氏太太身边,弯腰作揖行个礼,伯母连连叫几声。吴氏太太一听,就不高兴:“你这人倒发笑够,我又不认得你,你又不认得我,你怎得团推估估就叫我伯母。”“伯母,啊咿够,我来堂读书么,我家先生教我够,读书要知礼仪,看见人要叫人,年纪老格叫伯伯,年纪轻格叫叔叔,和尚叫僧人,道士叫先生,年轻妇女称贤嫂,高楼上小姐叫千金,你年纪咁老,我叫你伯母,你说这个事情可能怪我。”吴氏太太朝他面孔上一看，啊呀，这个少爷不晓哪家够，怎咁体面法子够。“你这位读书公子，家住何方贵地？你尊姓大名？”“伯母，我就住南极巷。”我们讲经不必重复，他这遭就拿住哪里，叫底高告诉吴氏。吴氏太太一想，他是黉门秀才，我家女儿长了又体面，南埭北埭离了又咁近。“龙公子，这是我家小姐侯月英，今朝我来开口，你千万不要等我现丑，我老身今朝亲口允亲。就拿我家女儿终身，许配把你龙公子。

你不要嫌我家小姐容颜丑，为母的亲自做媒人。

龙官宝也做势假客气，恨不得手总摇抛啦得：“伯母，万万不能，万万不能啊，你家老大人官职么又比我家大，小姐又长了咁体面，她是天上灵芝草，我是河边杨柳根，门不当户不对呀。”“龙公子，我开口，你竟好意思等我现丑啊？”“伯母，格你真正瞧得起我么，我就不推三托四了。”嘴上说这话，心上欢喜了，你格老八十，也要你今朝来做媒咧，也要你允亲，几天之前，你家女儿就交我谈好了够，我们球总换过来够。“月英，你望望这位相公，你可欢喜？”

侯月英闻听这一声，脸总红到耳后根。

“母亲，婚姻是你父母做主够，你说好么，当然就好够。”“龙官宝，我家小姐也欢喜你够，你家去要请媒人上我家去说够。”“伯母，我晓得够。”“我拿女儿把你，你不能再叫我伯母。”龙官宝赶紧改口，跑到吴氏太太身边行个礼，岳母连连叫几声。侯月英交母亲吴氏走了够，吉祥梅香又跑到龙官宝身边，“姑爷，你家为底高不弄人去做媒人啊？弄怂我今朝拿小姐又同得来，这下子要家去请媒人了。”“晓得晓得够。”这遭她们走了够，龙官宝一想，我倒忘记啦这个事情了，我咁咱要说家去么，我家老子家规又重，脾气又丑，我家去好说这话嘎，要叫我家妈妈去说这个话，而我家妈妈又怕我家父亲够。有个人好去说够，哪个呢？我格乳母周陆氏，我沿小缺乳，就是她拿我带大了够，她交我最知己最要好，虽然不是她亲生，比亲生格也要好到几分。拿书包一收：“龙文，你蹲堂块，我跑到家咧。”

龙官宝站起身，哪肯耽搁转家门。

格天子跑到他家天井里，正好周陆氏来天井里晒衣裳。“乳母。”“少爷，你不来书房读书，你家来做底高够？”“啊咿嘎，乳母，我告诉你听听看。”这遭拿拾箭换球这个事情一说，要请媒人。“啊呀，少爷啊，不是我不去帮你说，你家老子脾气又犟，我一落里不敢上他身边去，他又狠，我不敢去帮你说这个情分。”龙官宝一想，不得了了够，乳母不去说么，也有哪敢说这个话来。他这遭发狠，困下来就滚。龙官宝喊声:“乳母啊——”

你今朝如果不帮我到我家父亲身边去说情分,
我情愿不要命残生。
乳母啊,
我月正宫书房里格书么我也不去读,我只愿死来不愿生。
乳母啊,
我咁咱投河也不少淹胸水,我来悬梁高挂苦根绳。

格虽然不是她亲生,吃她格乳长成人,把他一哭,心上就像突粥:“少爷啊,你不要哭嘎,我咁咱就去帮你说,总好格呢,㑚点爬起来。”龙官宝赶紧站起身来,拿眼泪揩揩,身上沙灰扑扑:“乳母,格我蹲堂等,听你格回头了。”“好格,我马㑚就来够。”周陆氏一想:“我好去说这个话来,我不如找个人,她应该肯交我同去够。”哪个?龙官宝家妈妈陈氏。乳母赶紧站起身,报于陈氏太太好知闻。手脚不慢,来到主母陈氏太太楼上,就交陈氏讲这个龙官宝的婚姻大事。“主母太太。”“陆氏,你来有底高事情?”这遭就拿这个拾箭换球,要请人去做媒人格事情,交陈氏太太一讲。格么儿子定人,哪家大人不欢喜。“好格,乳母,我交你同去。”两个人不肯耽搁,来到龙山卫身边,弯腰作揖,行礼不歇,一个拜见大人,杠块拜见主公。龙山卫朝她们一望:“今朝两人怎咁齐集够,总来做底高呀?”陈氏就说:“大人,早养儿子早得力,早种豇豆好当米吃,养儿子么就要望寻媳妇,好养孙子传宗接代。”陆氏说:“对格,对格,主母说得蛮有道理够。”“不嘎,今朝你们来说底高?”“啊咿嘎,帮我家少爷,要请媒人去说媒话。”龙山卫一听,就不高兴,眼睛一暴,胡子一翘:“晓得你们两个人,蹲家闲思量,惹角落,吃得五谷熬六谷,年纪咁轻,如果帮他攀了亲,要散乱他格读书心,蹲家没得事做了格,滴点大的人就帮他成亲。”陈氏挨一吼,吓得不敢开口,乳母么她足抵是乳母,交陈氏太太不同,她更加不好多话,但不过,乳母就对陈氏做关目,意思道:“你家夫妻道理,你交他板凳桌子样能高,你好说格。”这个陈氏也狠哩,站起身,手对腰里一撑:“大人,儿子你养呱,也是我养嘎?”“夫人么,当来我们俩人养格呢。”“格我可做到主?”“格我们两人养格儿子当然我们两人做主。”“格我做到多少主咯?”“格你做一半呢,我也做一半主呢。”“格我也做到点主嘎,我当点总做不到主咧,我做到主,我要寻媳妇,你为底高不肯啊?”乳母周陆氏说:“对够,对够,主母太太也做到主够。”“我倒问问你们看,你们两人蹲堂一唱一和,究竟说哪家小姐来把我家?"肇也就拿这个拾箭换球,吴氏亲口允亲,拿这一情节告诉了龙山卫。龙山卫一听,就不晓多高兴:"这个侯月英小姐,来我们堂名气大了。夫人,既然如此,赶紧打发梅香,去帮请媒婆。""大人,你看请哪里媒婆好呀?""东埭上陈奶奶、西埭上薛奶奶,这两个奶奶,桩样不会,做媒人老内,就是嘴有点馋够,说嘎,做媒人要吃七十二顿半,馊粥烂饭也不算。""大人,就该这个惯宝宝儿子,就在乎人家吃啦点?""好格,就请这两个媒婆。"

梅香做事麻利很,拿个媒婆请进门。

来到了高厅之上,家里为她们两个媒婆款待不丑,办了羊羔美酒,好酒好菜,好好款待。吃吃酒,两个人就开口:"龙大人,请我们家来做媒,拿哪家小姐说得把你家公子?""奶奶,我家请你们做个现成媒人。""好了。"这遭也就拿这个侯月英交龙官宝换了香球,这个事情拿起一说。"啊咿嘎,龙大人,这门亲事,打灯笼火总难寻到哇。""格原呢,奶奶,不晓她家可肯把我家了。""格你胆大点,我们十来岁就帮人家做媒人了,我们也不是摆架子说大话,我们今朝两人去帮说亲,小姐稳把你家儿子龙孟金。""好格,奶奶,格今朝就请你们去帮我家说。""大人,你晓得格呢,我们年纪咁大,对家一坐,肚里要饿,张家长,李家短,旁人闲事欢喜管,就怕种格倒头田,就靠蹲外间做媒人弄两个跑脚钱,家去买点油和盐,聚聚多么好过年。""奶奶,听你们这口音,就是问我要两个钱啊。""啊咿嘎,大人,你不要说得咁难听,格我们怎肯帮你白跑,而且要现掼,不交你欠账。""要多少?""大人,堂总是东埭西埭。""那你要多少钱?""我陈奶奶二百五,薛奶奶也二百五,我们两人各二百五,可多呀?"龙山卫一想,只要五百个钱,这也不算底高事。拿出来了够,两个老八十拿钱一分,看见格钱比磨子也大点了,一跑头一颠,望望格种化腔,花鞋子踢破罗裙边,两手像牵钻,两脚就像捣蒜,真是盘子里栽花根底浅,鹞子无尾骨头轻。

穿街过巷,跑起来蛮馁,来到北极巷参将侯公达家。安童一报,参将大人知道。就拿两个奶奶对万福厅一召。"奶奶,帮我家小姐做媒,说得把哪家儿子?""啊咿嘎,不是八两对半斤,我们今朝不来说亲;不是门当户对,也不好成婚匹配,你说可对呀?""啊咿嘎,啰里啰唆,说上许多,究竟把哪家?""大人啊,你年纪大了么,上女儿家去又跑不动,坐轿子么作兴又要晕轿,所以呢,小姐把了不远,就堂南埭上南极巷带刀指挥龙山卫家儿子,黉门秀才龙官宝龙孟金公子。""奶奶,亏你们咁大年纪,也做媒人咧。底高叫门当户对,龙山卫官职又没得我大,家里没得我发财，把女儿么，要高攀够，不瞒你们说，奶奶，我家小姐侯月英，不把这个穷鬼龙孟金。”“大人啊，格你家要把到底高人家？”“格当然呀，官要比我大，家里也要比我发财呀，这个人家才把了，推扳点格人家，我家总不把。”两个老八十气塌塌，对外直斜，一想，这个媒人不曾做得成，家去，回头再说够。哪晓得跑到家里，家里坐了杠等格人多了，可是请她做媒人，不是的。这两个老八十总是骗子媒人，哪怕人家三四十岁光棍，不曾讨到老婆，她们总满拍朝胸说，找到格找到格，人家总要把点钱她，请她帮忙，哪晓得媒人不曾做得成，钱倒总用啦得够。格人家不要问她要钱？所以人家坐杠等，等了要钱，二百五十个钱，还亏空倒还啦得够。歇了几天，两个老八十商议商议，说：“走哇，去对龙山卫说声，他家不肯把哇。”

两个奶奶就动身，哪肯耽搁赶路程。

格天子来到龙山卫家。“大人啊，对不起，我们格天子倒说得夸口大话喽，他家不肯把你家。”“奶奶，格也无所谓，我家儿子不愁打光棍，但不过媒人不曾做得成，你拿钱把我。为底高呢？不是我小气哇，因为我到山东来，就是镇守山东，管这些不好格人够，强盗成群，打劫来往客商，有些不务正业够，总是我管够。像照你们这个媒人不曾做得成么，钱，礼归礼，法归法，要把我够，不呢传出去不好听，拿钱把我。”“大人，钱倒没得够。”“钱呢？”“钱还亏空还啦得够。”“不嘎，你们咁大年纪有底高亏空还？”肇就拿媒人做不成，要了人家格钱，就告诉龙山卫。龙山卫一听，浑身松劲，“啊咿嘎，咁大年纪格老八十，也晓得蹲外间骗钱用啊。安童，替我拿这两个骗子媒婆吊起来。”拿三股头麻绳、七股头担绳拿得来够。安童又丧，拿两个媒婆老八十对梁口里一吊，一打一荡。

打一记来骂一声，哪肯容情半毫分。

两个老八十，总是上年纪格人，哪背得起这些安童打，一记打上去不轻，少说点总有七八十斤了。两个老八十来杠哭够：“大人啊——”

你高抬贵手饶饶我，饶赦我们媒婆两个人。

大人啊，

你饶赦我们两个命残生，我们从今向后再不做媒人。

周陆氏乳母跪到前间：“大人，她们总咁大年纪喽，就饶恕她们一次么。看我面子，不能再打了，不要拿她们打杀得嘎，人命关天，反而倒不好。”

龙山卫闻听这一声，想想不错半毫分。

吩咐安童，拿绳一松。两个老八十，一个倒栽葱，头朝西，脚朝东，推扳滴点跌得鼻子管里没得风。“陈媒婆、薛媒婆，你们听好了，听清了，媒人不曾做得成，拉倒喽，但不过少我格钱，要还把我够。如果不还，回头一发火，我看你们两人命总不妥，拘签堂票，捉你们蛮馁，对监牢里一押，你们不要想得回家。”

两个奶奶闻听这一声，三魂吓得少二魂。

两个老八十出来够，陈奶奶说：“薛奶奶，做倒头媒人，今朝恨不得半条命挨打啦得够，肇总不做这个倒头媒人喽。”薛奶奶就说：“陈奶奶，不做媒人怎弄咧，这个二百五十个钱要还把龙山卫了。”“格你说到哪去弄到钱咯？”“参将侯公达不是说嘎，他家要拿女儿把发财格人家，官职大格人家去。”“你可有这条路啊？”“有啊，堂西门二品官员，兵部尚书冷祝华家有个儿子叫冷必成，今年三十七岁，不曾讨到老婆，上他家去做媒人，不讲几百个钱，总讲银子多少两数呱，我们两人不如现在上他家做媒去。”“你不要害人，这个话说得要作孽够，他家小姐才十六岁，兵部尚书家儿子三十七岁了，年纪比她大廿一岁了，况且年纪大倒也不大关事，冷必成长了那种化腔，人也难看煞得够，不一朵鲜花插得牛粪上，我看还是不去说为妙。”“你可要钱啊，你不要钱么你就不要去。”“不嘎，哪不要钱啊，我堂亏空来身上哪脱得掉咯。”“格跟我同走啊。”两个奶奶就动身，又去做媒人。手脚不慢，格天子安童一报，两个奶奶来到兵部尚书冷祝华家高厅之上，就去交冷祝华一讲，冷祝华欢喜了，我家三十七岁格儿子，不曾有哪个来提过这个媒话。“好格奶奶，你们去帮问问看，她家可肯把我家了，我家必成这个腔调来堂块，你们也晓得格，按道理，我家这人寻不到媳妇啊。”“好格，我们去帮问问看，首先捞到一顿酒吃吃。”跑到侯公达家交侯公达一讲，侯公达说：“个好够，把到兵部尚书家，我家亲家翁官职咁大，将来我就好靠他。”“不嘎大人，我们有言在先，交你说清了嘎，他家儿子三十七岁了，比你家大廿一岁。”“年纪大关底高事，老汉会养妻。”“格他家少爷五官不大齐整。”“体面又不好捧起来当饭吃，要体面做底高啊？”“好格。”就拿小姐庚帖写好了，交把两个奶奶，两个奶奶来到兵部尚书家，兵部尚书拿这个庚帖。

上上下下看完成，如同拾到宝和珍。

“奶奶，可去问问我家亲家要多少礼金，几时我家去行聘礼，几时好拿小姐娶过门？”“啊呀嘎，去问他作底高，你官职比他大，你顺个日子么去知会他就是的。”

格兵部尚书闻听这一声，想想不错半毫分。

但讲到格天子拿日子一顺，去知会参将侯公达。侯公达心上就想，这下子女儿把到一个好人家去了够，到堂廿六就来行聘礼喽。格兵部尚书弄多少去嘎，因为就该这个儿子，也不弄坍台格事情，办了廿四担，廿四抬，提盒、捧盒、杠盒，茶花对果无其数，又用四枝万年青，一千两礼金雪花银，也有千匹绫罗百匹缎。格天子媒人就不跑了，总是坐轿子够。陈奶奶交薛奶奶两个人尖嗷嗷，对轿子肚里一坐。

抬了轿子就动身，哪肯耽搁赶路程。

来到参将家门口，杠块就说呱："大人啊，赶紧赶紧，来拿礼物统统接家去。"也有梅香报，报于吴氏太太知道。吴氏太太也不晓得女儿把了冷必成，心上就想，我亲口允亲把黉门秀才龙官宝够，赶紧来到侯公达身边："大人啊，一家女儿不好吃两家茶，我亲口允亲，拿我家女儿侯月英，许配把龙官宝了呱，你怎好又许配把兵部尚书家去啊？""你格老东西，你格老东西！龙官宝家咁穷，交我比比天上到地落，龙山卫官职又不比我大，弄女儿上他家去做底高，把女儿要高攀，就把他家好够。""大人啊，我看不大妥当。""不嘎，你做主我做主啊？"旧社会总男格当家，男格说得算，吴氏没得办法。侯公达望望咁多东西，心上就想，亲家翁，我不是嫁女儿，你拿我当卖女儿哩，来了客气，去了客气，我不如呢，茶花对果收一半，拿你家两枝万年青，千两礼金我不要，算是陪你千两雪花银。不提这个参将侯公达咁客气，我们单讲梅香吉祥。

她来门口望望今朝怎咁闹热够，一打听到，说老大人做主，拿小姐把兵部尚书家去了够，丑虎跳，赶紧就对小姐绣楼上报："小姐喂，你你你不好了够。""梅香，怪声怪气，我有底高不好呀？""啊呀，老大人做主，拿你把兵部尚书冷祝华家儿子冷必成了够，今朝来下过礼了。"

小姐闻听这一声，可要哭死又还魂。

小姐喊声："父亲啊，我今生今世也不进冷家门，我要交龙官宝公子去配成婚。父亲啊——"

天下诸子我总不爱，要嫁黉门龙秀才。

"小姐你不要哭嘎，我告诉你听听，你也要哭杀得够。这个冷必成，你可曾看见过？""梅香，我怎得看见这个人？""我看见过呱，我往常上街去帮你买丝线家来绣花，看见这个冷必成，拄个拐杖来屋前面晒太阳够。""梅香你瞎说，他多大年纪倒拄个拐杖晒太阳。""年纪不算大,只好三四十岁格腔调。你不晓得他长了底高式样,你想想看,咁大年纪,为底高讨不到老婆,就是长了难看。头上是爆花瘌子,脸上是大斑麻子,眼睛似猫子,嘴里缺牙子,满脸是络腮胡子,手是瘸子,脚是拐子,又是犟腰驼子,浑身疯皮瘌子。小姐,照理这个人家咁发财,官职咁大,定不到老婆啊? 就是这种死腔难看,人家不愿嫁给他呢。"

小姐闻听这一声,滚成潭头啸成坑。

小姐喊声:"爹爹喂——"

你全手全脚格黉门秀才你不把,偏偏拿我嫁个十样景。

我也不要残生命,情愿梁上用根绳。

不提小姐悲泪啼哭,再讲媒婆薛奶奶。格天子一望,参将侯公达咁大量,一千两礼金不曾要,又陪他家千两银子,这人家手脚大方了,我上小姐身边去道喜,说嘎几声好,肯定小姐赏我钱也不少。一跑一犟,像下河人背纤,上小姐绣楼上来了呱。小姐正来火性头上,梅香望见她上来格:"小姐,你不要哭嘎,就这个老东西帮你做媒人,拿你把十样景格呢。"小姐站起身来,看见格薛奶奶到,分外眼红,来不及去拿刀杀这个老东西,咁咁一个砚台来这个梳妆台高头,小姐把砚台拿起来,气了柳眉倒竖,杏眼圆睁,照准薛奶奶格脑壳子,扚起一记,"叭",巧了,砸她哪里?

正巧打了天灵盖,活跳鲜鱼丧残生。

格薛奶奶走踏步高头,"呼噜"一下子滚下去够。"小姐,媒婆怎跌下去够? 我去望望看。"哪晓她跑到踏步底落一看,命总吓断,薛老八十对个楼梯底落一困,眼睛一闭,点总没气。"小姐,不得了了够,人把你掼杀得够。""梅香,不要作声,拖锹,上后花园去拿她窖啦得拉倒。"肇梅香就拿这个薛老八十拖到后花园,挖一个大潭头,对下窖够。哪晓挖嘎挖,挖嘎挖,只听见锹底落"咔煞""咔煞"两声响,四转掏掏空,撬到底落一望,一个大铁匣子,梅香想,这老八十福气倒好咧,倒有口现成棺材摆了堂嘎。随你多撬,随你多敲,这匣子弄不开来,拿盖头高头烂泥撸干净,盖头高头有字来上:"要得此匣开,待等月英来。"梅香打趟子来到绣楼:"小姐,才间去挖坑够,挖到一个大大铁匣子,又弄不开来,高头有字来上,你恔点去。"奇怪,侯月英撑到个铁匣子身边,格铁匣子自动自觉,"嘭"就一崩两半个。肚里格有底高来下?肚里有明盔亮甲一套、无字天书一本、绣鸾钢刀两把,小姐拿这个东西拿起来,心上就想:"倒哪有这些东西来我家花园里够? 肇拿薛奶奶窖啦得够，格这东西果是哪事先摆堂块嘎？”确然不假，因为她是骊山老母格徒弟，不是仙山学法，是梦中传授武艺够，晓得侯月英小姐，将来要大闹阳关镇，配她高山上做强人，我送她无字天书，可以指点迷津，明盔亮甲、绣鸾钢刀可以防身，趁她家窖死人格辰光，骊山老母拿东西就摆堂够。

肇小姐上了绣楼，格陈奶奶陈媒婆来杠等了。“薛奶奶上哪去够，上小姐身边去道喜么，应该也来了够，可保小姐把两个钱她，就愁我要交她分，就做一个溜先生，可保溜啦得嘎，不来拉倒，做独脚媒人，家去喽。”这遭拿陪嫁格一千两银子，吩咐大家帮忙。

急急忙忙就动身，回转兵部尚书冷家门。

来到兵部尚书家，兵部尚书欢喜了：“亲家，亲家，一个钱总不曾要我够，又陪我一千两银子，安童快点替我拿这个银子放到库房里间去。”陈奶奶一听，嘴一尖，只是来杠做死腔。“奶奶，今朝我家儿子行聘礼么，你做腔做调做底高呀？”“大人啊，你家儿子三十七岁喽，有几个媒人帮你家说成够？”“格不曾有哪个来说过。”“不曾有哪说过，我一说这个事情就成功了，这千两银子，是我三寸不烂之舌说得来呱，我不帮你家做媒人，你家也没得媳妇，也弄不到这千两银子，你要咁小气做底高，你不好就拿这千两银子把我。”兵部尚书一想，我家这个儿子咁丑态，定到一个咁体面格马马么，也不在乎千两银子：“陈奶奶，说得有理，我就依你。”肇拿千两银子把了这老八十陈奶奶。陈奶奶家去，一笔几天，总不敢上薛奶奶家去相。为底高？她独得一千两银子心虚够。大概歇了十来天格腔调：“去望望看，薛奶奶今朝可来家。”跑到她家里问问，薛奶奶家儿媳妇说：“亲娘啊，我家婆奶奶格天子交你去做媒人，一着总不曾家来，也当宿得你家咧。”“啊呀，格不好了呱，你家婆奶奶不晓上哪去了呱？”

陈奶奶嘴说这句话，心在跳了不得停。

同去做媒人够，不晓她死哪去了够，她说上小姐楼上去道喜够，又不好去问小姐，也没处去问人家。陈奶奶就想，原来这个侯月英是说得把龙山卫家够，他家儿子是秀才，侯公达家不肯把，现在搭过来拿小姐把了十样景。俗话说县官不如现管，假使龙山卫说我不帮他家说，拿她说得把了十样景，我回头不得过身。兵部尚书官职虽大么，他不管我当地，我不如来如此如此，设计设计。咁咱过礼，他不晓得，等到寻人吹吹打打闹热，龙山卫他要晓得够，就要在这个兵部尚书家寻媳妇之前，我拿这个龙山卫狗贼，害进监牢里间去。当真把他打一顿，我就交他拉倒了嘎。想底高办法够？他是朝廷命官，不容易弄得他进牢，他又不曾犯法嘎。这个陈媒婆左思右想，我有办法够，他家里有个乳母奶妈，不如来她身上想点办法，就好拿龙山卫弄他监牢里去够。

只要拿这个狗贼关进监牢内，就少了个冤家对头人。

这个乳母周陆氏，他家丈夫叫周文。这个周文来哪里？原来他家住山西，因为遭灾荒，遇荒年，不得生活，夫妻两个带个小孩出来要饭够，格小孩在途中倒死啦得够，肇夫妻两个就来街上卖唱，女的被龙山卫家请家去为龙官宝喂乳，拿周文弄到衙门里间去当差。这个陈老八十心黑了，格天子东天才有点放毫，就对官府衙门跑，遇到周文到衙门去上班，她直把嗓子就叫："周老爷格，周老爷。"周文一望："陈奶奶，你怎咁早够，走啊，这是官府衙门，我们不如到茶馆里去坐坐啊。"拿她带到茶馆里："陈奶奶，你可是来打官司告状，请我帮忙。""周老爷，我也请你打底高官司咧？我有句话要想交你讲讲，几回跑到半路上想想不该来说闲话，打转家去。""说为底高？底高话啊？""旁人不敢说，我反正就个人，想想我交你咁好么，我不告诉你，也不算事情。""说底高话啊？你说焉。""我问问你看，你家女格可是叫周陆氏。""对格。""她来哪里？""来带刀指挥龙山卫家做奶妈。""这个龙官宝多大年纪？""十六岁呢。""她可经常家去？""经常家去够，堂块几个月只家去一趟。""周老爷，你不要做梦，果有哪家十六岁个人也吃奶奶，你们小来夫妻老来伴，不讲天天家去，十天、八天家去一趟也应该的。你可晓得她为底高不家去？人家不敢蹲你面前说为底高，你鸡子头上格肉，大小是个冠，人家不敢告诉你，你不晓得你家老婆为底高不家去，现在龙山卫家爷儿两个翻腔，交你家老婆通奸，老格拖拖，小格摸摸，肚子咕咕响，弄不好也要养，我对你说够，你干咱绿帽子不是戴了头上，已经捂到腰眼了哇。"周文一听，心上发阴躁了。"周老爷，我交你要好，才告诉你呱，你家去千万不要发火，拿老婆背家去，不准她上他家去也就好了。"这个陈媒婆场面来下说好话，骨地里来下害他。"陈奶奶，对不起你，谢谢你今朝来告诉我了嘎。""不嘎，千万不要打架，去拿老婆背家去就算够。"陈奶奶一走，周文心上就发火。

急急忙忙就动身，张看妻子一个人。

跑到龙山卫家门口："安童，叫我家妻子陆氏出来下子。"安童头一够，朝外间一望："啊呀，是周老爷够。老爷，你蹲堂块府门口头等一等，报与我家大人好知闻。"安童一报，龙山卫知道，龙山卫就说呱："格么，陆氏多时不曾家去喽，她家丈夫来叫她么家去相相，也难得，好够，等陆氏跟她家去。”肇随手去叫陆氏，陆氏跑到门口一望，是自己丈夫：“丈夫，你来做底高？”“妻子，我望你家去有点事情。”“格我要去对龙老爷说声。”周文心上难过了：“陈奶奶说格话不错，我家老婆我要叫她家去，也要对龙山卫狗贼说声。”心上想，场面上相当好：“妻子啊，不要说才间安童已经对龙老爷说得够，你跟我家去。”

妻子就来前边走，周文就来后边跟。

来到自己家门口么，拿门一开，对里直栽。陆氏来前间，周文来后间，周文心黑了，趁老婆不注意、不当心格辰光，他到门崩里拖根门杠，对准陆氏格肩膀扚起一记，“叭”，格一记不轻，少说点，一百四五十斤，拿格陆氏倒打栽了格地落够。“丈夫，你今朝叫我家来么，可是为了打我一顿？”“你格贱货，你格贱货，你晓我叫你家来做底高哇？你咁大年纪也不要格面孔，弄我来外间头总抬不起来，话总说不响，你可配翻腔，交龙山卫家爷儿两个通奸。”

陆氏闻听这一声，冤枉喊了不绝声。

“丈夫，格我来龙山卫家雇奶前到后总共倒有十六春，山清水秀到如今。

人家总说世上没得冤枉事，我这件冤枉海能深。

“我晓得够，不把点颜色你看看，不晓我丈夫厉害，你下回上他家去还要不胎孩咧。”周文狗贼又丧，拿根绳子来，拿陆氏对梁口里一吊，来杠一打一荡，打哇打，像照么手也软了够，毕竟自己老婆啊，如果留她蹲堂世上，我头就抬不起来，人家总说我戴绿帽子够，老婆来外间怎呢怎呢，拿刀磨磨快，拿这个妖韶杀了拉倒。他一落里不蹲家，薄刀高头锈刮刮，凑糙石高头一磨嚓哗，一磨嚓哗。来杠磨刀够，格天他不来衙门里间么，有几个要好格说：“张三某人怎不曾来够，可保家去够。”也有人说：“我们倒去望望看。”哪晓跑到他家门口一望，望见他来杠磨刀：“周老兄，不嘎，今朝磨刀做底高呀？”他又不好说磨刀杀老婆。“啊哟，堂隔壁王奶奶家，有个老母猪不胎孩，要豁圈板，叫我帮杀下子，所以今朝我家来够。”“啊呀，老母猪几时不好杀，就揆于今朝杀嘎。走走走，我们吃酒去。”他拿薄刀对家一掼，门一带，跑起来蛮快，走了够，倒出去吃酒去够。堂块也吊了屋望里咧，那个周陆氏来屋望梁口里叫了，高喊三声：“地方救命救命救命——”

我家丈夫拿我吊了格梁口里，哪个来搭救我当身。

“哪一位过路君子吗？”

只要救得我一条残生命，我到黄土盖面也不忘恩。

哪晓跑路格不曾听见,隔壁人家听见了够。隔壁头格许老太太,吃素修道来家诵经,听见这间人家有声音,他家一落里不来家,一个来下当差,一个来人家雇奶,家里倒哪有人来下叫够,倒去望望看。哪晓拿门一开,人对里间一栽,咁咁许老太太,就拿头对周陆氏肚子高头一撞,人撞了来杠一荡一荡。"小姐,你来人家雇奶够,你难得家来,你怎做这个卵事呀?"周陆氏闻听这一声,太太连连叫几声:"太太——"

我家杀头格丈夫他冤枉我,我今朝才到能功程。

太太,他拿我上下打了块块青,我不伤身来也伤心。

许老太太撑到台子高头,拿周陆氏放下来:"不嘎,他冤枉你底高呀?"我们讲经不必重复,她就告诉许老太太。"小姐,你家丈夫上哪去够?""才间他拖够刀出去磨够,一歇么拿刀又搿家来了,我好像听见有人叫他吃酒去够。""啊呀,不得了了呱,小姐哇,这个酒一吃,他再家来更加神之糊之,你命也保不住了。小姐哇!"

你堂家里不好蹲,赶紧到外面去逃生。

"太太,你叫我上哪里去咧?""我哪晓得你咯,小姐,总而言之,我们这县里,你不好蹲了呱,你随便到哪里亲眷或者朋友家去。

歇了三年并两春,冷淡冷淡转家门。

"太太,我没得旁的堂子去,我家有个叔子来常州做马快,我准备上常州去,拿我家这叔子请得来,拿这桩冤枉事情弄清爽了。""好格,小姐,总而言之,你本县不好蹲,随便到哪去安身,赶紧走哇。""太太,龙山卫家对我咁好,我不能不辞而别,我要去对他家说声。""啊呀,也有咁远,你去做底高呀?逃命要紧。你赶紧就走。""我不,我不上他家去,我要跑到龙王庙月正官,对我家乳儿说声我才走咧。""好格好格,快点对龙官宝说声你就走。"

周陆氏赶紧就动身,龙王庙到面前呈。

来到书房门口对杠一撑,有气无声:"乳儿哎,乳儿哎。""啊呀乳母,你怎像照无精打采格腔调,夜里不曾困觉?""乳儿,不得了了够,乳儿——"

人家总说祸事有天能大,只比天大小二分。

我家格周文冤枉我,冤枉你家乳母一个人。

"乳儿啊,我对你说声,我肇上常州我家叔子杠去咧,拿我家叔子请得来,拿这件冤枉事情好澄清了够。""啊咿嘎,乳母,虽然我不是你生,吃你格乳长成人,你像我家嫡亲母亲没得二样。乳母,你上常州去么路程远,叫我乳儿怎放心。乳母,我交你同去。”“乳儿——”你不要去,你蹲家用功苦读,将来好龙门高跳。乳儿哇,

你将来有了高官并禄位,好帮你家乳母把冤申。

“乳母,我就要高你同去。”他就要高她同跑,没得办法啊。“好格,你交我同去,我也有个伴。”龙官宝拿钱拿出来,对龙文安童就说:“安童,你肇不要上我家去了,我也不蹲堂读书喽,假使我家父母双亲问到你我上哪去够,你就说不晓得,你千万不要说我们上常州够。”又拿出钱把龙王庙里香火人:“香火人啊,哪个问到你,说我上哪里去够,你就说不晓得。”“好格。”肇龙官宝高这个周陆氏乳母两个人。

两个人就动身,赶往常州一座城。

不提这两个人走了够,我们单讲周文。去吃吃酒么,酒吃好了,也家来了够。格天子拿门一开,望不见妻子来屋望里够。“这妖韶,可保又死了上龙山卫家去了够。”手里拖把钢刀,心上发躁,对龙山卫家门口跑了蛮馁,跑到他家门口:“看门安童,我家周陆氏可曾来?”“周老爷,不曾来。”“不曾来等我进去望。”看门安童望见他手里拿格刀,哪肯等他进去:“这不好够。”他肇蛮七蛮八要进去么,杠块看门的安童和护家的家丁也不准他进去,他肇急得没得办法,只是蹲杠顿脚,咬牙切齿,恨之入骨:“龙山卫,龙山卫,你交我家老婆通奸,我交你有一天二地三江四海不共戴天之仇。”

如果等有机会到,我拿你格狗贼丧残生。

“要吃无钱酒,只要把工夫守,撞到我的手,就好高你狗贼揪。”他呰遭火气勃勃走了够,此话不表。

再说到这个媒婆陈奶奶,歇了几天,她倒又来了呱。为底高要咁急促?因为兵部尚书家要结婚,要寻媳妇喽。她心上就想,他家过礼格辰光,弄不好龙山卫也不晓得,如果到结婚闹热煞得格时候,把龙山卫晓得我不得过身。第一,我欠他格钱不曾把他;第二,他家儿子咁体面,现在小姐把格人是十样景,他总说我不帮他家好好说,怪下罪我不得过身,趁他家结婚之前,我拿龙山卫弄他监牢里间去。她去找周文,跑到周文身边:“周老爷,可曾拿老婆叫家去啊?”“陈奶奶,你来了够,我原要找你咧,上你大当。”“不嘎,你上我底高当?”“我拿我家老婆叫家去么,她蹲外间偷汉,你说我心上得过咧,拿她吊了杠打打哇,我出去吃酒够,家

来人倒没得够,你晓得够,我咁大年纪,肇没得格老婆怎弄呀,你说我这遭怎弄?你不来说这个倒头昏话么,我好丑也有个老婆咧。""啊咿嘎,周老爷,这遭不得了了够,你个人格日子难过了,像照我咁咱一样,一吃锅碗么要自己洗,哪怕洗件衣裳,总要亲自动手。""格原呢,就好了你呢。""啊呀你不要发愁呀,周老爷够,不嘎,你肇就一个人,我也就一个人,你如果不嫌我年纪大么,我就不走,哪怕交你配成一伙,可好呀?"周文一想,老婆又不晓上哪去了够,肇就独身人,这个老八十她也是一个人,不如我就交她蹲作堆嘛。

两不推托拼了伙,就结为夫妻两个人。

做了夫妻就没得底高稀奇,她底高话就总说呱。夜里困了床上,陈媒婆就说格:"丈夫啊,你可要发财?""啊呀,哪不要发财?""我告诉你桩事情,兵部尚书家儿子,冷必成几时要结婚喽,是我交薛奶奶做格媒人,薛奶奶又不晓死哪去了,一落里又不来家,堂块不歇多少时要结婚喽,没得哪家一个人好做媒的,格我们夫妻两个去领轿么,钱不就总是我家嘎。我告诉你,上回子过一个礼,我弄千两银子了,这回子结一个婚,弄好了弄到两千两银子了。""妻子,格倒好咧。""好哇,就是有块绊脚石,要搬啦得,这个人是格祸害。""哪个?""实事求是告诉你说,丈夫,这个侯公达家女儿侯月英,原来不是把兵部尚书家够。""格把哪家格咯?""把了龙山卫家儿子龙官宝,因为他家不肯把,龙山卫问我们要钱又没得,他弄我们吊起来打一顿,恨不得尿总把他打出来,所以说你可有办法,拿这个龙山卫弄他监牢里间去,我们就好拿现成银子发太平财。""底高?提到龙山卫这个狗贼,他交我家老婆通奸够,我交他冤仇结到海能深。坐监牢哇,我要拿他骷髅头杀啦得才解我心头之恨。""格你准备怎弄?""我有办法够,堂块监牢里抓到十三个强盗,以杨虎交毛七为头子,我只要买嘱这些强盗,就说龙山卫家鬼牵野鬼,坐地分赃,身为朝廷命官,结拜江洋大盗,就拿他关进监牢,等得到他的口供,回头送到上司衙门,回文打转,就好拿这狗贼丧残生。就是呢,我咁咱没得格钱。""丈夫,我堂有千两银子,我把五百两你。"那天子来到监牢门口铺过监,送点钱把牢头禁子,随手拿监牢门一开,十三个强盗对外直栽。周文手里来杠招,嘴里来杠叫:"各位兄弟,各位兄弟,你们好,你们好。"强盗头子杨虎交毛七就说格:"周老爷,你今朝为底高如此称呼?""各位兄弟,我也叫没得办法,你们不晓得,我叫些衙役打你们,是掮了高打了低,我要救你们么,手长衣袖短,要救你们又不大敢。今朝我豁出一条命来,要救你们十三个人残生性命。我堂有四百两银子,就送把你们家去作为路费。""周老爷,你对我们咁好做底高咯?啊,你救我们性命么,我们已经铭心肺腑,情丧又送我们咁多路费银子。""对你们说,你们难得走了,但不过你们要害人,只要拿你们这个罪推到一个人身上去,你们就可以当堂具结,释放家去够。""格推哪个身上去?害哪个咧?""害种田格人没得用,要害做官够。""你叫我们害哪个?""害带刀指挥龙山卫,你们害这个人。""格我们不认得他。""不认得我告诉你们,龙山卫今年五十六岁,高个子,四方脸,来鼻子底落嘴唇边上间有个黑痣够,痣高头有三根黑毛够,这个人就是龙山卫。你们因为总是死到临头格人,七天要圆一下子供。到时候你们就说,龙山卫坐地分赃。你们住山西,怎得上山东来抢够?就说他叫你们来够。""怎晓得哪家有够?""就说他说够。拿全部事情总推他头上去么,你们就没得罪,他是主谋,肇你们就好家去够。"

强盗闻听这一声,想想不错半毫分。

"周老爷——"

你今朝救了我们大家命残生,我们永远不忘你恩情。

"啊呀,且到出去再说。"格天子何顶忠七品知县坐堂,拿十三个强盗带到公堂。何顶忠就问:"杨虎、毛七,你们死到临头,这一次圆供,你们究竟可有底高话要说嘎?"杨虎、毛七两个强盗头子跪了公堂上,就像泥塑木雕人。"大胆强徒,你们罪犯萧何法律,应该拿你们以前口供再说一遍,为底高不作声?从实讲来。"杨虎交毛七,你望我,我望你。"老爷,我们不说。""为何不说?""说得也没得用。""为底高没得用?""老爷,地头无鬼不生灾,土地带鬼进门来,说起来我们这里间,有人交你们连档够。""哪是地头鬼?说。""哪个是地头鬼?老爷——"

地头鬼也不是其别个,就是龙山卫一个人。

老爷说:"地头无鬼不生灾,家鬼牵出野鬼来,你越说我本县越糊涂,龙山卫他是朝廷命官,他本身到堂块来,是镇守山东捉拿强盗够,你们为底高说他?""啊呷嘎,怎说到他,他交我们是弟兄相称,结拜干弟兄够,磕头把兄弟。我们走山西哪认得上山东来抢咧,总是他叫我们来够。哪家有,哪家没得,总他指点够。上哪家去抢,总是他叫够,他是我们大哥,我们总喊他龙大哥。""胡说,你们不要血口喷人,龙山卫底高腔调,你们说把我听听看。""老爷,格我们哪里不晓得,龙山卫今年五十六岁喽,高个子,四方脸,来鼻子底落嘴唇边上半间有个黑痣够,痣高头有三根黑毛够,我们怎得不认得他?我们哪天不要蹲作堆,弄点老酒吃吃嘎。”

何顶忠闻听这一声，心中思量八九分。

“啊呀，要叫我来审这个龙山卫，我只是个七品知县，我没得这个资格审他哇。强盗翻了供，如果说回头杀他们，他临死之前要叫冤枉，不如如此如此这般这般。”格天子随手吩咐拿强盗收监，他写起三封请帖来。请哪个？当初三个人到山东来镇守够，拿九门提督朱炼祖、丁宣木耳大将军、带刀指挥龙山卫总请得来。衙门不丑，为他们办酒，吃吃酒，何顶忠就开口：“三位大人，强盗翻了供了，现在不肯招了呱。”龙山卫心上不欢喜，来我本县里，出到这个强盗翻供？“何年兄，你胆放宽心，今天我要亲自来审问十三个强盗。”何顶忠心上就想，他们拿你总咬出来够，等你去审。拿牢门一开，十三个强盗对外直栽，看见一个人，高个子，四方脸，鼻子底落嘴唇边上半间有痣够，痣高头有毛够，说：“望啊，格不就是龙山卫？”十三个人放齐声号子蹲杠叫，手就来杠招：“龙大哥，我们来堂块啊。龙大哥，我们来堂啊。”

龙山卫闻听这一声，可要躁死又还魂。

“狗强盗，你狗强盗，哪交你弟兄相称？”“龙大哥，啊咿嘎，我们本身就结拜弟兄够，我们看见你不叫你么，等到你回头又要说够。”“狗贼，你狗贼，你们不要血口喷人，诬害我好人。”随手先拿十三个强盗的头子，带到公堂上间。“犯人，你家住哪里？姓甚名谁？从实招来。”“大人，往常我们说得够，住哪里，叫底高。我就叫杨虎，他就叫毛七，我们是十三个人格头子。”“你们为什么从山西到山东来抢劫？”“啊咿嘎，不是我们要来喂，人家叫我们来够。”“哪叫你们来嘎？”“龙山卫龙大哥叫我们来够，交我们结拜生死弟兄够。”“一派胡言，龙山卫身为朝廷命官，你们不要诬害好人。”“大人，我原说说得没得用，你们官官相护，我们实际上点罪总没得够，这个罪总是龙山卫龙大哥够。”“为底高说罪总是他嘎？”“大人，他坐地分赃，指点我们到哪家去抢。”“格既然这腔调，为底高你们才上来怎不说他嘎？”“大人，你又不晓得，我们以为他来堂做官么，我们关了监牢里间么，他好常来望望我们够，哪晓这个狗贼嘎，他头总不伸，尽性不问，自己不来么，也好叫家里安童梅香来望望我们，他到今朝一回总不来张看我们。我们大家想想么不大好过，就拿他咬出来，往常我们抢到格东西，他个人得一半，我们十三个人只得一半，落雨天不好出去抢，他也问我们算倒钱，实际上他个人得一大半，我们十三个人只得一小半。大人啊——”

带刀指挥龙山卫，坐地分赃他一人。

九门提督朱炼祖、丁宣木耳大将军心上就想："王子犯法也与庶民同罪，既然这腔调，我们不能坐视不理，如果坐视不理，强盗要说我们官官相护。"肇九门提督朱炼祖亲自审问龙山卫。龙山卫格他哪肯招，他确实不曾犯罪，不曾交这些人结拜弟兄。拿十三个强盗统统隔离审问，十三个人招的口供都是一样够。九门提督朱炼祖就说格："龙山卫，龙山卫，你身为朝廷命官，你是带刀指挥之职，本身到山东来镇守山东，你结拜江洋大盗，身犯萧何法律，该当何罪？衙役听令，不能耽搁，拿龙山卫拖到衙门之外，顿响三炮，脱下蟒袍，探啦他格官帽。"

拿龙山卫官职削得咁干净，关进监牢不容情。

不提他挨关监牢里间去了够，拿十三个强盗当堂具结，释放回转，肇总走了呱。十三个强盗走出衙，阿弥陀佛念几声。

不提强盗也走了够，我们单讲龙山卫。肇关进了监牢，有九门提督朱炼祖，拿他格罪状统统写起来，要送到京都皇城去面圣。

这个龙山卫被害关了监牢里间去了够。再讲陈媒婆交周文欢喜了。只要等到机会一到，兵部尚书家儿子结婚，我们就发到一笔横财。这且不表，再讲到龙官宝和乳母两个人。这两个人上常州够，格天子跑到哪里？桃花山脚底落，有一座土地庙来杠，格周陆氏跑了又馁，脚上好几个大泡。"乳儿，我跑不动了够。乳儿哇！"

我咁咱浑身疼痛也不得过，我四肢无力少精神。

乳儿，你家乳母如能跑到常州去，九死一生命难存。

"乳母，格跑不动就歇歇，总归要去够。"肇两人尖呶呶，就对土地庙门口一坐。格这土地庙开间格一座桃花山上可有人来上？有三千多喽兵，山上有三个大王。老大名叫郑飞、老二马保、老三江正，有大王郑飞执掌山寨，二大王马保、三大王江正来桃花山东面阳关镇高头开了一爿黑心饭店，有马保专门认看饭店。三大王江正，扮作樵柴汉子，骗来往过路之人，到他饭店下宿吃饭，到夜半更深拿人家格银子。格天子龙官宝和乳母两人，对土地庙门口一坐，江正挑担柴禾倒来了够，离老远就看见，这个女格长了多体面，就一眼不眨望好了。

我只要能够交她来成亲，少活几年总甘心。

赶紧拿柴禾挑到他们面前，对杠一顿，平平正正："你们这两个人坐了堂做底高哇？"龙官宝说："叔叔，这我家乳母，我们去投亲够，跑不动了够，准备遁堂块土地庙逋逋，夜里准备就宿这里间。”“啊咿嘎，过路嘎，你们人生地不熟，不晓得我们堂当地格情况，这个土地庙是好够，到夜半更深，有精怪出来作吵作怪，你们如果宿得这里间，有命总没毛，两人总不要想得跑。”格么一个女流之辈，一个读书之人，不曾见过世面，把这江正一说，吓得死去活来呀：“叔叔，格怎弄？堂块前不巴村，后不着店，我们上哪去咧？”“我对你说，你也不要怕，我家来堂块山东面阳关镇高头，开了一爿大饭店，你上我家去宿。”

娘儿两个闻听这一声，想想也不错半毫分。

哪晓跟这江正家去够，用过夜饭，拿他们送到楼上。江正就说：“马保二哥哥，今朝好了，那个女格，才间来流水账簿高头登记，就叫周陆氏，格个男格就叫龙官宝。这个周陆氏长了体面了，我今朝宿楼上去了。”“三弟，你老几？”“哥哥，格我老三呢。”“我么？”“你老二。”“你老三，我老二，你说得便当。虽然这个人是你骗得来够，今朝要等我先上楼上去。”“二哥哥，格我么，我们同上去，弄点酒啊菜带上去好交周陆氏开怀痛饮。”拿酒菜弄好了，端到楼上，拿门一开，对里直栽，马保二大王就说格：“周陆氏，你难得上我阳关镇上来，今朝我们来吃一个交杯酒。”龙官宝也十六岁喽，读书之人他懂够，底高交杯酒啊，人家结婚才吃交杯酒。龙官宝听听，他就站起身，手对腰里一撑：“店主，你才间说底高话？”马保看见他像照气势汹汹格腔调，随手马保也站起身来，捣拳抓抓紧，涨好了劲：“细奴才，你格细奴才，你问我说底高，我也轮到你来管我？我今朝就要和周陆氏吃交杯酒，你有底高办法对我？吃我一拳。”嘴说这话，一捣拳打过来够，如果把他打到这一记，一记不轻，少说点七八百斤。格龙官宝也有命哩？就来这种生死危急，千钧一发的紧要关头——

文曲星宿要遭磨难，玄坛菩萨早知闻。

玄坛菩萨掐指一算，晓得一半，啊呀，有文曲星宿下凡，龙官宝龙孟金，将来封到绿袍亚相，有阳关镇上强盗，要拿他置于死地，我不救，哪个去救？正当玄坛菩萨到楼上格辰光，望见这个马保捣拳正要霍到龙官宝心口头喽，玄坛菩萨大显神通，随手用拨金光一道。

就拿龙官宝拨到荒山地，神木不知半毫分。

人拨走了够，马保一捣拳冲上去，不曾冲到格人，冲了床帮高头，恨不得脉脐总冲断了。“细冤家躲哪去够？”寻呀寻，哪晓家里总寻转过来，床底落、门崩里总转过来，也寻不到格人啊。江正说：“二哥哥，细冤家他哪怕死啦得，关我们屁事，我们主要是为这个周陆氏呢。”

马保闻听这一声，想想不错半毫分。

马保这遭交江正来到周陆氏面前：“周陆氏，你家格乳儿不晓上哪去够，今朝你不要走，不如蹲堂块陪陪我家兄弟交我，现成帐子现成床，我们两人就做一个现成新姑郎，开心，我们今朝就来成亲。”格个陆氏哪肯，撒野，到两个人身上瞎捶瞎打：“强盗哇！”

你们要想交我姑奶奶来成婚，晒干格鲤鱼跳龙门。

你们要想交我姑奶奶来成亲，阴沟里格蚯蚓作天阴。

强盗哇，你们要想交我来成婚，重投人身再做人。

江正就说格：“哥哥，这个周陆氏，骂起来多好听，细声细气，就像照来堂唱戏。陆氏，陆氏，你骂了竟好听咧，竟好听咧。”陆氏撒野，到两个人身上瞎打。马保说：“弟弟，千万不能回手，如果一回手，我们一搗拳不轻，总有几百斤了，拿她打破了相，一歇捧了怀里看看总不像样。”这遭两人不回手，就尽这个陆氏打。陆氏拿这两个强盗打做底高腔调？帽子撕拉一只角，衣裳裤子撕了碎纷纷，拿他格络腮胡子揪了剩几根。两个人挨打了不成腔调了够，江正说：“二哥哥，这个死腔，身上打做这个腔调，脸上总挨她打坏了够，也蹲堂成底高亲，开底高心。走，下楼，拿衣裳裤子换换再来。”

不提山贼把楼下，玄坛菩萨显神灵。玄坛菩萨就说够：“你们这两个狗贼，癞宝也想吃天鹅肉够，周陆氏将来封到忠孝节义正夫人。”玄坛菩萨大显神通，画一道符咒，就摆了周陆氏袋子里。这个符咒有底高用处呢？来一个月三十天之内，旁人看不见周陆氏，周陆氏可以看见旁人，来这一个月当中，马保、江正也不得上这个楼上去。只要到锅里饭啊粥烧了好吃，她就下来够，这遭看不见她格人，只看见锅里饭交粥对下少，又看不见哪个来杠舀。每天这个马保、江正总要想上楼上去，倒也是稀奇，脚才对上跑，感觉到头就疼痨痨，脚底落没力，像照一跑就要跌。肇这个周陆氏，就把玄坛菩萨画格符咒，摆了袋子里保护好了，也算暂且有了格安身处。再提公子小官人。格龙官宝挨玄坛菩萨用拨金光拨到格荒山地里，年纪虽然十六，醒过来嚅嚅突突就哭：“乳母啊！”

我们两个人来阳关镇上遇强人，不知你死来还是生？

我抬起头来么望不见格家乡路，低下头来又看不见骨肉亲。

乳母，我要寻到常州去，拿你家叔子叫得来。

龙官宝公子一头跑来一头哭,哭哭啼啼往前行。

在路行走数日整,四平山到面前呈。

格天子跑到四平山脚底落,只听见山上一棒锣响,跳出数十喽兵:"肥羊,此山是我该,此路是我开,你要从此过,丢下买路财。"龙官宝朝格些人看看底高腔调?格些人总有一丈多高,箩口咁粗格腰,眉毛对上卷,眼睛像喔闪。文曲星宿跪倒地埃尘:"英雄,英雄要饶赦我当身。英雄啊!"

我也不是生意买卖客,我是格离乡落难人。

你今朝高抬贵手饶赦我哇,我就到黄土盖面总不忘恩。

"不要哭丧,身上穿了好,没得钱就拉倒,跟我们见我家大王去。"手脚不慢,拿他拖到聚义厅,对聚义厅上一掼。四平山可有大王,有喽兵肯定就有头目。这大王姓张,名叫张洪,养到两个儿子,养到一个女儿,长子名叫张平龙,次子名叫张平虎,小姐名叫张桂英,是个贤德女千金。有张洪端坐聚义厅:"过山之人,你家住哪里?姓甚名谁?从实讲来。"龙官宝是个老诚头子,他这遭拿住哪里,叫底高,一五一十,从哪里来到哪里去,就全部告诉张洪。

张洪上上下下听完成,三魂吓得少二魂。

"不得了了呱,提到这个龙官宝,他家老子叫龙山卫,做官清如水、明如镜,官封到带刀指挥,如果放这细冤家下山,等他回转家中,告诉他家老子龙山卫。"

发兵剿灭我山寨,个个没有命残生。

实际上他不晓得,龙山卫已经进了监牢里去够。"长子、次子,平龙、平虎,不能耽搁,拿龙官宝拖到后山。"

拿他冤家分两段,决不容情半毫分。

随手拿他拖到后山,三股头麻绳,七股头担绳,横一绕,竖一绕,就像乡下人捆格稻种包,拿他对树高头一捆。张平龙、张平虎拿雪亮钢刀撑到龙官宝面前:"龙官宝,龙官宝,因为你家老子做官清正,今朝你就得到这个好收成,看刀!"

龙官宝闻听这一声,魂灵总冒到九霄云。

"两位英雄——"

我龙官宝交你们今世里无冤前世里又无仇,

今朝怎来交我做对头?

英雄,你们要高抬贵手饶我一条残生命,衔环结草也报你恩。

喊声:"侯月英小姐哇!"

我们拾箭换球私订终身么，总以为夫妻两个把婚配，
不晓我来高山上面要丧残生。
我们今生今世么再也会不到面，到来世里也要配成婚。
可怜啊，
我究竟来前世里作了底高孽，今世里年纪轻轻
就丧残生。

“龙官宝，你号丧果曾号好了嘎，反正早死晚死，只有个死，没得加起来死，果曾好杀嘎？”“英雄，我也没得话说得够，你们就动手么，叫你们饶我么又不肯。”“不是我们不饶你，是我家父王，我家老子大王要杀你，只好请你看刀。”如果一刀，龙官宝头就要抛。就来这万分危急的紧要关头，只听后山之上一声高喊：“刀下留人。”弟兄两个一吓，刀咣啷对下一抛，回过来一望：“啊呀，妹妹，原来是你啊。”哪个？张桂英小姐来了够。提到小姐张桂英，她正在山下操兵，听见山上有人来下喊侯月英，张桂英心上就想：“侯月英高我是师姊妹道理，她是来家里，骊山老母梦中传授她武艺够，我是来仙山学法呱。提到这个侯月英，可保这个人高侯月英不是亲眷也是朋友，我倒去望望看。”正好到杠不远格堂子，两个哥哥用刀要对下杀够，所以叫刀下留人。“妹妹，把你一吓，我们命总没得，我们刀总吓抛了得够。不嘎，你叫刀下留人做底高？”“我问你，这个人叫底高？”“妹妹，他叫龙官宝。”“哥哥，我看这个龙官宝，忠忠厚厚也蛮好，又不犯底高法，你们杀他做底高？”“父亲叫杀够。”“我对你们说，这个人交把我，不要你们问账。”“格爹爹叫我们拿他杀啦得够。”“不要紧够，哥哥，你们胆放宽心——”

天塌下来有我妹子顶，非关你们半毫分。

肇两个哥哥本事又没得妹子好，不依妹子么这个事情就不得了，肇就丢把张桂英够。张桂英跑到张洪身边：“父亲，我看这龙官宝，忠忠厚厚也蛮好，拿他杀啦得只嫌作孽点，我山上的花草栽了杠块，梅香又不及时帮我浇水，总咁煞得够，我看就拿龙官宝把我去浇浇花水倒也是蛮好。”这遭老子本事也没得女儿好，就该这个女儿，不依她又不好：“好格好格，你拿他带走么。”这遭张桂英就拿龙官宝这个老诚头子，弄他去做底高呢？帮她浇花水。龙官宝就来这四平山上也算有了安身处，再提历城县一段情。

光阴似箭，日月如梭，转眼之间，到了兵部尚书寻媳妇格天子。格天子陈媒婆交周文欢喜了，夫妻两个去领轿，来到参将侯公达家门口，轿夫人等就说呱：

“大人,时间不早,叫你家吴氏太太出来接宝。”赶紧打发梅香报,报于吴氏太太知道。吴氏太太拗气不问,梅香个个挨骂。侯公达说:“好格,不来接宝拉倒,赶紧,脚夫人等,你们请到里边用酒去罢。”“大人,才间来格辰光,我家兵部尚书吩咐过呱。”“说底高够?”“你家小姐日落酉时要上轿,黄昏戌时要娶过门。”“催亲嘎,你也到里边去吃酒。我去通知我家小姐,上上下下换衣襟,好到兵部尚书家里去成亲。”哪晓得他自己不曾去知会小姐,叫梅香去知会小姐打扮打扮够。梅香吉祥倒晓得这个事情了够,跑到小姐绣楼上:“小姐喂,不不不不好了够,今朝十样景家来寻人了喂。小姐哇,轿子就在我家天井里等,马上你就好去做新人。”

小姐闻听这一声,拿绷子掼出绣楼门。

喊声:“爹爹啊!”

我哪怕今朝一命呜呼丧残生,我也不去和冷必成配为婚。

爹爹,我情愿不要残生命,到阴司地府见阎君。

小姐来杠绣花够,拿个剪刀就对颈项里要戳。吉祥梅香一把抓住得:“小姐,宁蹲世上捱,不要对泥肚里埋。你急煞得又怎说够,不如就能呢,你也不要寻短径。我来教你一个办法,我们三十六计,走为上策。格堂家里也不好蹲,也不去交冷公子配成婚。”

叫他冷家空轿子来还是空轿子走,娶不到你小姐女千金。

“吉祥,我们对哪里去?”“小姐,就能呢不得走呱,我们只有来女扮男装,扮做男够,你出去不要叫侯月英,因为姑爷叫龙官宝,你不如拿名字改啦得,就叫侯官宝,我也不叫吉祥,我就叫侯兴,我帮你挑挑担子,就算你格书童,这样一改装,就好溜出去够。”

侯月英闻听这一声,想想不错半毫分。

小姐脸上洗啦胭脂花粉,耳朵上探啦两耳八宝,穿了男式衣服,一双鬼鬼足,哪晓不得蹼,用丝绵纸出劲对上绑,就像人家缠烂脚膀,随手拿绣鸾钢刀对靴筒里一插,作为防身兵器,拿明盔亮甲也打进包袱之内。才打扮起来要走,她家老子倒来了格:“女儿啊,你弄做格种腔调上哪去?”“父亲,你有嫌贫爱富心,拿我把这个十样景,格我只好少陪你,我走喽。”嘴说走,不肯耽搁。

小姐急急忙忙就动身,躁坏参将一个人。

“女儿,你慢慢走,你等等我。”跑到前间一把拖住侯月英,侯月英拿身子扚起来一转,侯公达不曾背得住她,“哐桑”一个老跟头,连三等他爬起来,已经望不见小姐了够，小姐交梅香吉祥总溜啦得格。侯公达一想："不得了了呱，肇没得女儿把他家，我家怎得过身咧。"来到万福高厅，对杠一壅，鼻子管里吱通吱通。"夫人啊，你也好帮想想办法，女儿溜啦得够，轿子来我家天井里等，肇怎弄？""大人，我原说小姐不肯把格个现世宝十样景够，你么要拣发财格人家官职大格人家把咧。""我原叫你帮我想办法。""我有底高办法？总不见得叫我去跟他家呢。""啊呀，不是叫你去跟他家，你说肇没得小姐去怎弄？"格么，毕竟夫妻道理，看看他么又可怜，也晓得他对上司官员没法交卸了够，不要把他一顶乌纱帽弄抛啦得。"大人啊，我高你夫妻一场，夫妻双方，同甘苦，共患难，有福同享，有祸同当，我今朝只帮你这一回忙，只怪你不听我格话。""夫人啊，你有底高高见？有底高妙法？""小姐溜啦得，小姐杠块还有三个梅香了呢，如意梅香长了顶体面顶漂亮，就是头上瘌够，脸盘子好看了，不亚于我家女儿月英，你设点办法去买一个假发，家来对她头上一套，保证她哈哈大笑，开心，就肯上兵部尚书家去成亲，我们来以假充真，只当我家女儿侯月英交他家儿子结得婚，这个办法不蛮好嘎。"

参将侯公达闻听这一声，想想不错半毫分。

他肇赶紧亲自上街，去买一个假发，手脚不慢，来到小姐楼上。梅香："大人，叫我们有底高事情？""如意，我对你说嘎，自从我拿你买家来，我就爱者你，就看上了你，要准备拿你作为自己女儿，只是我家有女儿侯月英，就怕这冤家要多心，所以我这个念头一脚摆了心上，不曾告诉你。今朝这个冤家，为了滴点嫁妆不称心，溜啦得不肯去成亲，轿子来天井里等，所以她肇不来家了够，我就认你是女儿，你今朝就去开心，就上兵部府里去成亲。"格这个如意梅香是底高人？三百十二个半，打八折算，数总不要数，这冤家是二百五，卵够，长了倒体面够。"大人，好够，我今朝代替小姐开心，就上兵部尚书家去成亲。""如意，我对你说，假使你上他家去，他家肯定要问你够，问你多大年纪，你可晓得？""个我哪晓得？""你就说今年十六岁。""好够，我晓得十六岁。""问你家父亲叫底高，你格晓得？""我不晓得。""你就说叫侯公达。问你家母亲叫底高，你就说叫吴氏。""无氏，无氏。""不是无氏，吴氏。""晓得够。""梅香，你们两个人要服侍如意，走现在开始，她就是姑娘，她就是小姐，你们听说听道够。今朝有钱赏，而且今朝到夜有猪头吃，如果不听说，不听说听调够，三十皮鞭，决不容情。"老大人拿假发对杠一摆："女儿，我走了哇。""好够，爹爹。"瘌子如意起大劲："梅香，帮我打点洗脸水来。"

格两个梅香就说格:“起底高大劲,板凳桌子样能高,自己又卵够,又癞够,起大劲咧。”没得哪帮她打洗脸水,她肇跑到侯公达身边,三把眼泪,四把鼻涕:“爹爹啊,她们不听我格话,洗脸水总不肯帮我打。”侯公达一想,害人了,阎王面前好过,小鬼面前难逃,我不如带两个钱去。随手来到小姐楼上:“两个梅香,你们不要争,我堂块有十五两银子把你们分,你们要服侍如意,她肇就是小姐了呢。如果不听话,不要怪我发火。”“大人,我们听你格话,有钱把我们分,我们总归于拿小姐服侍了上轿。”她肇拿脸一洗,赶紧洗头,手到头上一搔,癞屑粒对铜盆里一抛,铜盆里格水腻浊浊,就像烧格粯子粥,洗上几遭,拿头洗好了够,拿个假发对头上一套,不大不小,咁咁正好。肇打扮好了,走喽,梅香拿她搀到轿子身边,她肇对轿子里间一坐。杠块赶紧,抬轿格拿杠子,抽短杠换长杠,拿她抬了天井里转啦几个喜圈郎。为底高要转几个喜圈郎?旧社会有这个风俗习惯够,说拿小姐转了头昏眼花,将来才不赖娘家。肇放炮点芒纸,敲锣寻锤子,吹箫贴膜子,掮烂把的糊红纸。年纪大格绕辫子,小朋友赶紧拔鞋子,走了后面送轿子。

抬了癞子就动身,哪肯耽搁赶路程。

穿街过巷,来到兵部尚书家,两人一拜堂,随手送进洞房。如意梅香欢喜了,我这个瘌子又卵生也把到格兵部尚书家来。格十样景也欢喜了,我这个化蜡烛腔,倒寻到个体面小姐,历城县有名气格才女。实际上这两个人配了倒是成对够,花配花来柳配柳,破簸箕还是配格烂笤帚。

结婚几天,这个梅香服侍人服侍惯了够,格你蹲自己房间里相相也无所谓,上婆奶奶李氏床里家去相,手到她抽台上卵惹厌,帮婆奶奶倒水刷地,一天到夜忙了不及。李氏太太就想:如果我家这媳妇是侯月英,她格骨头没得咁格轻,怎像梅香样够,一落里来堂帮我忙了不歇。“梅香,去拿我家老爷叫得来。”冷祝华来到房间:“夫人,你望我有底高事情?”“大人,我有句话要交你讲讲,我家寻格媳妇是哪个咯?”“参将侯公达家女儿侯月英呢。”“大人你望,我这抽台上把她搬了一塌糊涂来堂块咧,如果是小姐侯月英,她骨头没得咁格轻,就怕不是侯月英,晓得侯公达可曾弄怂你了,可是旁人来做代签够了?”“格不会得够。他以下欺上,也不敢。”“不相信,我拿媳妇叫来问问看。”随手拿如意叫得来:“媳妇啊。”“公公婆婆在上,媳妇我有礼了。”“媳妇,我问问你看,你家父亲叫底高咯?”“他叫侯公达。”“你家母亲么?”“吴氏。”“格你叫底高?”“我叫侯月英。”“你今年多大年纪?”“我今年十六岁。”“格你明年多大?”她又不晓得,不识数,她也不懂,说你上年多大,今年倒十六岁,上年又不晓得。为底高?她卵够。侯公达这个是假女儿,不是自己真正格侯月英。兵部大人眼睛一暴,胡子一翘:“你究竟是底高人?你可是小姐侯月英?你如果不说清爽,我到官府衙门去告你一状,你冒名顶替罪不轻。”癞子一吓,命总没得:“公公,你千万不能去告我。”“格你是哪个?”“我不是小姐侯月英,我是如意梅香癞花经。”“啊,你是梅香,我家娶媳妇娶侯月英,不是娶你,替我死走,不要蹲堂害我。”说她卵哇,她点也不卵:“公公,我来你家堂咁多天数喽,日里高你家儿子同桌,夜里高你家儿子同宿,我肇哪里也不去喽,我在堂你家人,死了是你家鬼,我死也死你家堂块。”

兵部尚书闻听这一声,可要躁死又还魂。

“你果死走?再不死走,不能怪我。”呰遭一个不肯走,一个拿她对外拖,拖么,你背住她格衣裳裤子拖焉,他背她格头毛对外间拖够,哪晓一背,吃她大亏,她格假发戴了头上够,拿个假头发一背背啦得够,像格瓠子戴了头上没得两样。兵部尚书看看真恼恨,当真是梅香侍女人。兵部尚书格天子一夜不曾困,连夜写起状子来。第二天早起,用过早膳点心,牵出快马一匹,快马加一鞭,四蹄跑起来一缕烟,只听的笃的笃。

快马加鞭就动身,赶往京都帝皇城。

凤阁龙庭九重霄,当今万岁上早朝。冷祝华手脚不慢,来到金殿之上,山呼已毕。万岁皇开金口,帝露银牙:“各位老贵公,各位老爱卿,有本早奏,无本速速卷帘退朝。”冷祝华手脚不慢,就拿状子呈上:“万岁,微臣有状纸一张,请你龙目观看。”“爱卿,你来家里寻媳妇够,你怎又上皇城来了嘎?”“万岁,你一看状子便知。”万岁从头到尾:

拿状纸上上下下看完成,心中思量八九分。

“冷爱卿,我不是帮侯爱卿说话啊,他家格女儿是个才女,历城县有名呱,你家的令郎,确实长了难看了,他家女儿怎肯把你家去?”“万岁,侯公达他说过够,他说体面不好当饭吃,我说年纪大了够,他家说老汉才会养妻,我有言在先总说过够,他可配到结婚格天子,女儿不嫁,叫梅香代嫁,分明欺骗我们上司官员,藐无皇法。万岁,你要为微臣做主了。”“你既然交代清楚,他为底高要欺骗于你?待孤家拿他召上金殿,一问便知。”立召,立召,三立召,拿侯公达召了入朝门。拿侯公达召到金殿:“侯爱卿,你家女儿侯月英,是不是终身许配把冷爱卿之子冷必成?”“万岁,有这事情够。”“格为底高完婚格一天,你家小姐不去,用癞子梅香代嫁，是何道理？从实讲来。”

侯公达闻听到这一声，三魂吓得少二魂。

“万岁，不是微臣说赖话，我家女儿不肯，逃走了。”“一派胡言，婚姻乃父母做主，你家女儿不肯，逃啦得，关冷爱卿底高事？孤家对你说，你几时还到你家侯月英，几时放你转家门。如果还不到侯月英，拿你打入刑部天牢。”肇随手就拿侯公达打进了刑部天牢，侯公达为了女儿婚姻大事，现在来京都皇城坐牢。上趟讲到龙山卫为了儿子婚姻大事在历城县坐牢，这两个人，都是为了儿女婚姻大事，现在被关进了监牢，究竟到几时出来，我们以后也会讲到。

我们单讲到侯月英交梅香吉祥，究竟溜到哪里？

主仆两个对前奔，桃花山到面前呈。

跑到桃花山脚底落，也就是龙官宝交乳母陆氏坐格土地庙门口，坐了杠够。刚好三大王江正挑一担柴禾，走前间来了够，看见两个人，身边两个大大包袱，可保有大着落，发到一大笔财了哇。跑到她们身边：“两位小兄弟，你们坐堂做底高？外间夜了呱。”“我们跑不动了够，我们坐堂歇歇。”“不好坐堂块，这个庙里有精怪要作吵，有命总没毛，你们回头不要想得跑。”两个人实际上总是女够，扮格男格。

两个女儿闻听这一声，三魂吓得少二魂。

“大哥哥，我们不坐堂么，依你说上哪去？”“上哪去啊，我家来堂山东面阳关镇上开了大饭店，不如你们宿我家去。”“格我们身边没得多少钱。”“没得钱关底高事，下回走堂带把我就是的，如果不走堂也就算拉倒。”两个人一听，这个人家咁大量，好够，就上他家去下宿。哪晓跑到这个黑心饭店，夜饭一吃，来到楼上，这两个人小脚装大脚，脚来靴子肚里打滑塌，糙哇糙，鬼鬼脚高头磨起了三四个大水泡，上楼么拿门叭塌一关，拿脚上缠格丝绵纸裹脚布总散啦得，来杠望脚底上泡。咁咁三大王江正，送茶水上去：“侯官宝、侯兴开门，我送茶水来了够。”不作声。叫上几趟总不作声，江正说：“才上来总不见得就困着得嘎。”弄手指头放嘴里湿湿馋唾，对窗户纸纸头高头一豁，涨啦一歇歇么，手对下一戳，戳一个神仙进洞洞，他一个眼睛睁，一个眼睛闭，对里间一望：“啊咿嘎，这个侯兴侯官宝，不是男格，是女格，是小姐哇。”

急急忙忙把楼下，报于二大王好知闻。

“二哥，妥了呱，我才间上楼上去送茶水，那个侯兴、侯官宝不是男格是女格，来杠望脚够，就滴点大格脚。”“好了，今朝不分细啊大，我们两个人一个人弄一个。”马保闻听这一声，赶紧跑上绣楼门，跑到楼上夫人身边：“夫人，今朝来了两个女格，往常你总要下去望望我，今朝你不要去望我，我堂一千两银子把你，我交三弟弟上个两个女子身边去开心，今朝去成亲，事情办成了，明朝到天亮，我再把一千两银子把你。”女奶奶只要望发财：“好格，你去，今朝只有一夜，不问你账。”啊呀格马保人总欢喜煞得，背背三大王江正，两人同来到楼上。马保就说格：“侯兴、侯官宝，你们究竟是男格，还是女格？如果女扮男装，要把原因来说清爽。”侯月英凶哩：“店主，你问问怎说？可是女格住店要少把点钱？”“不是少把钱，你们为底高要扮做男格，告诉我听，如果不说真话，我到官府衙门告一状，女扮男装罪不轻啊。”“你去告焉，我又不背你，你不好干咱就去。”“啊咿嘎，我当真去告你们了，你们两人总不要走，就交我们弟兄两个配成一伙。”小姐侯月英把他一说，柳眉倒竖，杏眼圆睁，走靴筒里拿出绣鸾钢刀，随手拖出来对台上一拍，“吧哒”。“狗贼狗贼，原来你家开格是黑心店，你拿眼睛睁开来望望清爽，我姑奶奶来堂块，要想交我来成亲，日出西天往东行，狗贼，吃我姑奶奶一刀。”“呼”一刀扚过来够，马保、江正身子一偏，推扳滴点：“女强盗，身边也有刀咧。”

随手走楼上跳到地埃尘，哪肯容情半毫分。

来到马房，赶紧牵出两匹战马，拿了自己的兵器。侯月英说：“吉祥，今朝要帮杀人了。”“啊呀，小姐，我往常来你身边，你又不曾教我杀过人，我不敢杀。”“不要紧够，我走楼上跳下去杀，你走堂踏步上跑下去杀。”“好够，我又没得兵器。”“我这有一把刀把你，你走踏步高头下去，现在就走。”肇小姐侯月英走楼上跳下来与两个狗贼来交战，他们哪是小姐对手？因为侯月英沿小就跟她家老子习武，夜里困下来，骊山老母又教她武艺，所以小姐格本事了当不得。

小姐越打越有劲，山贼打了欠精神。

再加上这个堂子屈死鬼多了，有些做生意买卖够，身边钱多够，这两个山贼弄酒拿这些人灌醉了，到夜半更深杀啦得，钱就总捞了身边。这些屈死鬼看见有人来堂大闹阳关镇，不肯耽搁，就来帮忙。背住江正格马前脚，拿起来一背，叫马失前蹄。格江正底高腔调？

马高头栽到地埃尘，晓得可有命残生。

吉祥梅香躲了踏步身边，望见江正走马高头跌下来够，她走踏步上赶紧出来了：“狗贼，你来马高头我杀不到你，你肇倒下来够，我杀到你够。”几个箭步，跑到前间,手起刀落“咔嚓”。

手一伸来脚一蹬,魂灵上了枉死城。

山贼本来打不过她,肇死啦一个了,还有一个马保更加不是小姐对手。一想:“我赶紧走哇,只有上桃花山去报,报与我家大王大哥哥郑飞知道。”

急急忙忙就动身,做一个通风报信人。

来到桃花山,就拿这阳关镇发生格事情告诉郑飞。郑飞说:“女强盗咁狠?”随手挑选二百啰兵把山下,要帮江正把冤申。

不提桃花山二百啰兵下山,单讲到这店里也有许多喽兵,看见一个大王死啦得,一个大王溜啦得,有点惊慌失措。侯月英说:“喽兵,你们也不要怕,我也不杀你们,我倒问问你们看,这两个人可是这店里店主?”“我告诉你,我家还有一个大大王叫郑飞,来桃花山上,才间二大王晓得可是去叫他来格咧?”侯月英赶紧走怀府里,拿无字天书拿出来一看,高头写了清清爽爽,明明朗朗。高头写底高?大闹阳关镇,高山做强人,配我来做强盗。“吉祥,既然如此,烧点饭,拿肚子吃吃饱好打仗。”哪晓才拿饭烧好了好吃嘎,周陆氏倒走楼上下来了够,她身边袋子里格符咒也没得用了够,玄坛菩萨画格符咒摆她袋子里,也只保到咁长时间,就算到侯月英要到这堂子来够,她老老诚诚就到锅里盛饭吃。吉祥就说:“你这个人倒发笑够,我们杀人杀到咁咱,人总饿煞得够,你来吃底高现成食?”“你这位小姐,我也不是好吃懒做之人,我也是挨这山贼强盗骗得来够。”侯月英赶紧就问:“不嘎,你住哪里?”她肇告诉她住哪里:“我来哪里做底高够,怎得到这堂子来够。”

上上下下说一遍,主仆两个总知闻。

侯月英赶紧来到周陆氏面前,弯腰作揖,行礼不歇,弯腰作揖行个礼,乳婆婆连连口内称。“乳婆,你不认得我,我就叫侯月英呢,你家乳儿龙官宝龙孟金,就是我格未婚丈夫,我交他拾箭换球订了终身。”“啊呀,是媳妇!你们不晓得,就怕大大王来要打复仗。”“婆婆,我晓得呱,我才间望了无字天书高头说够,要大闹阳关镇,高山上做强人,还有个大王,作兴马上就要来了。”才说丢嘴,郑飞、马保带二百喽兵来了。马保走了最前间,对郑飞说:“哥哥,就格个女强盗,她身边有钢刀了。”郑飞不肯耽搁,手拿丈八蛇矛枪,对准侯月英扚起一枪,“叭”,侯月英身子一偏,推扳滴点。“女强盗,女强盗,你杀死了我家三弟弟,我今天哪肯容情于你,拿命来。”

嘴里说话就动手，哪肯容情半毫分。

这四个人打多少时，足足有一个时辰格腔调，小姐毕竟是骊山老母的门生。

小姐越打越有劲，山贼打了欠三分。

郑飞说：“弟弟，山外有山，天外有天。这个女强盗本事怎咁好够，我们吃生米够，今朝遇到这吃生稻格来了够。”“哥哥，格你说怎弄？”“怎弄，赶紧下马投降，叫她饶我们性命，拜她为师父。”“哥哥，格你说怎呢就怎呢。”肇两个人赶紧走马高头坍下来，就朝侯月英小姐门口一跪：“师父！”

你高抬贵手饶饶我，饶赦我们弟兄两个人。

你只要饶赦我们两个残生命，我们永远不忘你恩情。

侯月英一听，打不过我，认我师父了，不晓可是做势假服输哩，害人之心不可有，防人之心不可无。“你叫底高？”“我叫郑飞。”“你呢？”“我叫马保。”“师傅打仗打到咁咱饿了够，早先正准备吃饭，你们倒来了够，赶紧去帮我拿锅里饭热热烫，炒点菜，等师父好吃饭。”肇一个烧火，一个上灶，两人忙了不晓多馁。侯月英一望，真心投降够，认我师父够。“师父，肇走今朝开始，你就不要走，蹲堂山上高我们打成一伙，你做大王，我们大家就总帮你格忙。”侯月英一想，我原没得堂子去了，不如就蹲堂块也蛮好格：“我做大王，肇大家总帮我忙了。”

这遭主仆两个交周陆氏就来这桃花山上，也算有了个安身处，我们再提官宝小官人。龙官宝不是来四平山帮张桂英小姐浇花水嘎，时间一长，他倒不像模像样弄了。格天子张桂英去操兵，他偷懒困中觉，困了山上格石头高头，困啊困，来杠颤啊颤，哪晓得侯月英交他换格香球，挂了怀府里间够，个球走颈项里间慢慢倒露出来够。张桂英操兵打转，望见龙官宝困了条石高头，也不曾惊动他，望见他颈项里格球：“啊呀，我家师父说呱，我家师姐侯月英有一颗球，她说我交师姐两人要两女合嫁一夫，这个球怎来龙官宝身上够，总不见得龙官宝就是我格丈夫呢。”拿起来一咳，龙官宝一吓：“小姐，我才间倒困着得够。”“龙官宝，你倒胆不小，我问问你颈项里格球走哪里来够？”“我家未婚妻子侯月英把我够。”“啊咿嘎，当真我家师姐拿球把他来够。龙官宝，侯月英交我是师姊妹道理，师父骊山老母说够，我们要合嫁一夫，你是侯月英的丈夫，也就是我的丈夫，不如你不要走，今朝夜里就交我配成一伙。”

瞒啦我家父亲和兄长，今朝夜里配成婚。

“我家现成帐子现成床，你做一个现成新姑郎。”龙官宝一听，就喜之不尽，我虽然干咱落难,可保交桃花运了,这个小姐叫我不要走,我就交她配成一伙。吃亏,当真夜里就困作一堆,困总困一头,龙官宝身上不适意总是她帮出劲揉。说小夫小妻,一步不离,说上床是夫妻,下床是君子。张桂英去操兵,就马驮龙官宝同去。说小夫小妻,一步不离,确实不假,你不拿他驮了马高头么,人家不议论,不说底高。天天早起,坐了马高头去陪她操兵。人家可要说,就告诉张平龙、张平虎。张平龙、张平虎去望够,果不其然,张桂英马后间驮格龙官宝,赶紧就报,报与父亲张洪大王知道:"父亲啊,不得了了呱,我家祖宗八代世总现绝啦得够。""儿啊,怎得我家祖宗八代世总现绝啦得?""妹妹张桂英天天马驮龙官宝去操兵,可保两个人有了鬼五鬼六格事情啊。我原说这个冤家怎不准杀龙官宝格咧,就怕天天夜里蹲作堆呱。""儿啊,我好丑也是一山之主——"

三三两两传出去,要坏啦我家好名声。

"父亲,格怎弄?""替我杀嘎。""杀哪个咯?""不论你家妹妹张桂英也好,不论龙官宝也好,杀啦一个就太平够。""几咱去杀?""现在就去。"弟兄两个,掭了雪亮钢刀到练兵场上。"妹妹,你马后间驮格哪个?""关你底高事,哥哥。""不关我事,父亲叫我们来杀够。""你们要杀哪个?""爹爹说够,不问杀啦哪一个就好够,就太平够。""你们要杀杀我,千万不能杀龙官宝。""妹妹,格爹爹叫杀,我们也没办法,我们杀你么就杀你。"嘴说这话,就交张桂英要打。张桂英说:"丈夫啊,我马上交我家两个哥哥要打仗,你捧住我格腰,你千万不能颤,如果一颤,对下一掼,格你只好完蛋。""我不颤,我不颤。"张桂英交两个哥哥蹲杠打了,打了足足有十五回合、三十照面格腔调。张桂英一想,假使我家老子一来,我得过身咧,我就跑不掉了呱,罢了罢了,我终身是依靠丈夫,靠不上哥哥,就哥哥做官,也与我无关。随手不肯耽搁,手脚又馊,拿两口飞刀对外间一摞,张平龙、张平虎只听到头顶上,吭唧唧唧哈啦一声响亮,不分细啊大,拿弟兄两个一劈四半个。可怜:

弟兄两个丧残生,没得地方有冤申。

格些喽兵赶紧来到聚义厅:"大王,不不不好了够,小姐拿两个少爷总杀啦得够。"

张洪大王闻听到这一声,哪肯耽搁片时辰。

心上发躁,掭把板门大刀跑起来不晓多馊。个一口板门大刀不轻,老秤高头称二百九十四斤,来到张桂英身边:"妖韶妖韶——"

同胞姊妹看娘面，千朵桃花一树生。

“你竟拿你家两个哥哥身丧其命，今天我哪肯容情于你，速速拿命来。”小姐一想：“不得了了呱，他是老子我是女儿，他是六点，我是五点，我比他少一点，我是他养的——”

如果今朝打了生身父，我是忤逆不孝人。

格张洪要高她打，要高她杀够，小姐没得办法，拼得吃苦，弄手里钢刀上下飞舞。说一人发泼，万夫难当，小姐被他逼得没得办法，弄秀鸾钢刀对准他格板门大刀高头一碰，“叭”，张洪是震了虎口出血，眼冒金星。刀可来手里？张洪格刀一下子飞到天空去，三天才掉落地埃尘。大家一听，就不大相信，这个刀究竟飞上去多高，一家伙等三天才落下来够。因为他是在山上打仗，不抵到来这个平地，实际上刀当时就落下来够，落得格树丫巴里，又不曾抛得下来，歇了三天，张洪来杠散步，一阵狂风一吹，刀来格树丫巴里忒下来够。

我们单讲到张桂英看见老子眼冒金星，虎口震了出血，定了杠够。她肇随手快马加鞭把山下，一马双驮两个人。来到山下，手到袋子高头一扑，袋子里瘪落笃，袋子口朝天，摸摸没得一个剪边。“啊呀，丈夫，有钱天下去得，无钱寸步难行，身无分文，我们上哪里去？”“妻子，这怎弄？”“你蹲这棵梧桐树脚底落等，我上山上去拿钱，我马上就来够。”张桂英上山拿钱够，龙官宝心上就想：“这个杀人格太太，我也好交你蹲作堆做夫妻来？你家老子你也敢交他打，你家哥哥你也敢拿他们杀啦得，牙齿高舌头咁好，也有嚼坏了辰光，我交你虽然夫妻，落么么不把你弄杀得，我也不等你了，趁你干咱不来堂块。

当当明杖我不要，饶赦我瞎子命一条。

作孽，身边又没得个钱。皆遭一路就乞化要饭，赶往常州。

不提公子遭磨难，再提小姐一个人。张桂英走山上拿了钱下来呱，跑到杠一望，龙官宝没项。“丈夫，丈夫，官宝，龙官宝。”

高喊丈夫不答应，低喊官宝不作声。

张桂英喊声：“丈夫啊！”

我杀啦我家兄长人两个，也是为了你丈夫一个人。

丈夫啊，

今朝我拿我家父亲来打败，也是为了你丈夫小官人。

丈夫啊，

天下地方广宽很，哪里寻到我家夫君一个人。

张桂英就想："我家丈夫文章满腹，肯定他要到京都皇城去赴考够，我耳闻到皇上要开考喽，我不如犯点丧，女扮男装，要京都皇城去等考，等我家丈夫龙官宝。她肇也扮作男腔，穿了男式衣服，一想，我叫底高咧？我叫张桂英，人家一听就是女名，不如我，姓不改，拿名字改啦得，叫我家丈夫格名字，我就叫张官宝，上京都皇城去等考。

女扮男装就动身，到了京都外罗城。

到了京都外罗城，歇宿一个叫王伯华饭店。王伯华同缘葛氏太太为婚，不曾养到儿子，养到一个小姐叫王运莲。

小姐今年十八岁，不曾有门当户对人。

张桂英张官宝就到这人家来下宿够，拿银子三百两对柜台高头一押。"客官，你咁多钱押堂做底高咯？你到皇城来可有底高事情？""我来等考够，考期不晓是几时？我这钱如果不够，回头再加，好算账够。如果多到，我不要了，就送把你。"她实际上住了杠是等龙官宝。王伯华家格惯宝宝王运莲，天天要拿这流水账簿看看够，看见有客官叫张官宝，三百两银子押在柜台，就问："父亲，这个张官宝住店格为点底高？""他来等考够，他家伙押三百两银子来堂来，他家家里可保财帛如山，不在乎这几个钱。"小姐就说："爹爹，我家又没得哥哥兄弟，不如你叫他不要走，蹲我家招女婿就招把我。"

我们两人把婚配，传接你父母后代根。

王伯华一想，这个话不错，我王伯华就该这个惯宝宝女儿，又没得儿子。交张官宝一讲，张官宝实际上不是男格，是个女格，心上一想，倒也好格，我不如帮我家丈夫多找嘎一个，我拿这人承认下来，我肇高她拜堂，送进洞房，我肇说明真相。

等到寻到我家丈夫龙官宝，就好交我家丈夫配为婚。

主意拿定。格天子就与王伯华讲："店主，你真正瞧得起我，我就不走，男大当婚，女大当嫁，不瞒你说，我家家里东壁打西浪，有竹架没得望，你不要看我咁多钱押得堂，总是我家母舅借把我够，只要望我么有个功名成就，将来好耀祖荣宗。既然招我为女婿么，格再好没得，我就不走，就蹲堂交你家小姐配成一伙。"店主王伯华闻听到这一声，小婿连连口内称。店主王伯华翻开通书万年历，看到黄道吉日。

两个女子拜过堂，到兰桂香房去安身。

二人来到洞房之中，假张官宝眼皮一奄，伏得台上就哭。王运莲就说："丈夫，你可是嫌我容颜丑陋，也是嫌我家家当微小，你想想心上不开心，所以要哭到如此地步。""啊呀嘎，这倒不是的，我家家里虽然穷，但不过我家父母会看竹叶课够，也会帮人家顺顺日子够，我也稍微懂一滴点够，你家不晓请到哪里格霉先生，看到这个日子，这个日子不好，今朝底高日子，今朝是甲子日子。""不嘎，甲子有底高不好？""你可曾听见人家说够，妻子啊——"

如果我们今朝甲子日子结得婚，不死男人也死女人。

"啊呀丈夫，格不好，死啦你，我就是寡妇，死啦我，你就独身一人，格就好嘎。今朝不谈，明朝我们困作堆总好格呢？""明朝更加不好。""明朝底高日子？""明朝乙丑日子，还不如今朝了。""寻丧了够？""我说把你听——"

妻子哇，

如果明朝乙丑日子结得婚，要死啦我们夫妻两个人。

"丈夫，这个日子倒是不好用，后朝总好格呢。""后朝，丙寅日子有忌讳够。""忌底高格呀？"

如果我们后朝丙寅日子结得婚，要绝啦香烟后代根。

"丈夫，招你蹲家么，就是传宗接代够，不生后代么，我招你做底高咧？后朝也不来事么。大后朝，大后朝丁卯日子总好格呢。""也有忌讳。""忌底高？""忌火格，没得火不要紧好来事够。"这个假张官宝心上就想："忌火，不点灯，我暗漆墨塌就好溜走。"到第四天，她家安童梅香看好了够，她倒哪里溜得掉。张官宝没得办法，心上就想，罢了罢了，不如我就说出真情么，不要等她朝也思量，夜也望我交她成其美事。假张官宝格天子"扑通"就朝王运莲门口一跪："妹妹啊！"

千怪我来万怪我，都怪我姐姐一个人。

王运莲弄了莫名其妙："不嘎，你是我格丈夫，怎得又怪你底高姐姐？""我确实不是一个男格，我是一个女格，我家男格叫龙官宝，我叫张桂英张官宝，我冒充丈夫格名字，我到皇城是等我家丈夫来考够。"

王运莲小姐闻听到这一声，可要气死又还魂。

"啊呀嘎姐姐，格你害人不浅，我家来堂外罗城开这个饭店，可以说是数一数二格，哪个不认得我家父亲？假使三三两两谣谣言言传言出去，说我家几百世里不曾招到格人，拿旁人家闺女招家里当女婿。

三三两两传出去，要坏了我家好名声。

姐姐，你肇又不是个男格，人家又晓得我家招了女婿，招了人。你说，我肇怎弄？”“你不要愁，妹妹，我来从中为媒，拿你终身也许配把我家丈夫龙官宝，俗话说：要得好，哪怕你做大我做小，等你们成婚之后，我天天早起拿洗脸水端到你格床榭边，你格床铺我帮你牵，你吃饭我帮你添，你要吃菜我就帮你搛，我刮火么你吃烟，跑路跑你后间点，嘴再学得乖巧点，开口就叫你大娘娘。但不过呢，这个事情只有我高你两人晓得，明朝早起，我们要去叫你家父母双亲，就说我们夜里蹲作堆了够。”王运莲也没得办法，明朝一早两个人高高兴兴去叫父母双亲。葛氏果要问咯：“女儿，这几天了，昨日夜里才好成婚匹配，我家女婿可好哇？”“还好哇好咧，是个女人好底高啊？”“啊，举人啊，中了举，格倒好咧。”“不是举人啊，母亲，她是一个女人，高我一样够。”葛氏太太一听，吓啦大半条命：“啊咿嘎，他明明男格，怎变作女够。”这遭王运莲就告诉自己母亲，对她说：“不要作声，家丑不可外扬，人家要笑呱。”肇这个假张官宝，就是张桂英，来王伯华家饭店里，日里仍然做男格，夜里就做一个女够，将来就交王运莲终身都许配把龙官宝。她来这饭店里间，也算得到安身处，再提官宝小官人。

龙官宝身无分文来外间，就沿街乞化要饭。格天子脚底落搞啊搞，跑到城隍庙，倒跑不动了够，对城隍庙里一坐。香火人大做好事，就弄点茶饭他吃吃，吃吃么，你早点走焉。他就问他：“你这位伯伯，你格人来这里间倒蛮好够，我请问你尊姓？”“我姓陈。”龙官宝赶紧来到前间格香火人身边，“扑通”一跪，双膝跪倒地埃尘，舅舅连连叫几声。香火人手总摇抛啦得：“啊呀，你不要烧错了香，认错了菩萨，我不是你格母舅。”“舅舅，我家妈妈姓陈，你也是姓陈，五百年之前是一家，我应该要叫你一声舅舅。”“我晓得够，你这花子，见我是个老诚头子，就想依靠我。我对你说，你认我娘舅，你就是我格外甥，这遭我也要糊你一张嘴，我堂是烂泥菩萨过海，自身也难保咧，所以你不要想叫我舅舅，我也不是你格舅舅悛点，你替我死走。”“舅舅，我蹲堂不要你负担，只要夜里困堂困一夜，我天天出去要饭。舅舅哇——”

我要到好格带家来把你舅舅吃，馊粥烂饭我自己吞。

这陈香火么就算了格小：“好格。”有人要饭我吃，再好没得，肇拿他留了杠块。龙官宝心肠好了，当真要到好格总带家来把这香火人吃，自己吃丑够，要不到好格，就拿丑格把舅舅吃，自己就饿饿肚子。格天出去要饭，倒跑不动了够，一跑一钉，点总不兴，跑到一个人家廊屋底落，跑不动了够，就对格廊屋底落一坐。这人家是哪家？一人姓蒋，名叫仁杰，知府大人，夫人已经亡故啦得够，没得儿子，一个小姐叫彩鸾。

提到蒋彩鸾小姐年纪轻，是个贤德女千金。

身边有个梅香叫如翠，格天子小姐洗了脸，如翠梅香偷懒，倒洗脸水够，走格楼上窗子里对外一倒，“嚯落”，不晓得有人坐了来格窗子底落，滑他一身总是水。龙官宝就像来杠洗头样格：“啊咿喂，倒哪有许多水倒下来够？”如翠来窗子口头望好了呱：“啊呀，不得了了够，我把水怎倒了一个人头上去了够？”赶紧走楼上下来打招呼：“花子，对不起你，不晓得你坐了堂底落，你赶紧拿这衣服脱下来，我帮你洗洗晒晒干么。”“我不，我就该这一件衣裳。”“花子，你虽然衣衫褴褛，你小伙子长了倒是不丑，凭你这个小伙子蹲外间要饭，难看了，我家后花园里有张石凳，我对你说，你一天三顿，不要出去长街要饭，你坐石凳高头等，我天天拿饭送到堂来，倒了你碗里么，好等你吃饱了家去。”这遭天天总送把这龙官宝吃。格天子端饭把小姐吃，倒晚了够，小姐嘴一尖，只是做死腔：“梅香，你越弄越不成腔了够，天天吃饭，总弄到咁歇来把我吃，你上哪去够？”“小姐，你不要发火。格天子早起，我帮你倒洗脸水够，一个花子坐了窗子底落廊屋身边，我水倒啦他身上，这花子脾气好了，态度好了，长了体面了，我叫他坐花园里石凳高头等，一天三顿总有我端把他吃，可以说天下难寻到咁体面格男格。”“妖韶，你格妖韶，我倒不相信有多体面格叫花子，他到几咱来？”“他天天来够。”“等他来，你叫我去望，究竟有多体面？”到格天子，龙官宝又去了够，梅香如翠一报，小姐蒋彩鸾知道。

随身衣裳不打扮，绣带飘飘就下楼门。

跑到龙官宝身边一看，龙官宝当真长了体面了：“请问你这位公子，家住何方贵地，尊姓大名？为底高要沿街乞化要饭？”

龙官宝闻听这一声，止不住腮边泪纷纷。

龙官宝喊声：“小姐！”

我真人面前不说假，假人面前不说真。

我拿根由细底告诉你，铁石心肠也软三分。

小姐哇，你家次粥次饭莫喂犬，救救我贫苦落难人。

这遭龙官宝拿住哪里，叫底高，全部告诉蒋彩鸾小姐。蒋彩鸾看看他长了咁体面,就有爱慕之心:“龙官宝,你不要难过。梅香,替我上楼上去,拿嘎八百个钱送把他。”梅香如翠到小姐绣楼把钱拿得来够,小姐交到龙官宝手里:“龙官宝,你肇不要沿街乞化要饭,难看了,你说你来陈香火城隍庙里落脚,你弄我这个钱,天天去做做生意,多寡赚到两个钱么好糊糊口。”龙官宝望望小姐。

双膝跪倒地埃尘,谢谢小姐救命人。

“小姐哇,你今朝拿八百个铜钱送把我哇!”

我假使向后有好处,我一重恩报九重恩。

“如翠,送龙公子从后花园出去。”如翠晓得够,小姐可保看上了他了,要不怎会凭空就送他八百个铜钱。梅香拿龙官宝送到花园外说:“你不要忘记我啊,龙官宝,我家小姐送你八百个钱,我凑成一千,这二百个钱也送把你,你只要不拿我忘记啦得。”龙官宝弄到一千个钱,来到城隍庙:“舅舅啊,我今朝又吃又兜,既有饭吃,又弄到一千个钱咧。”“外甥,你这一千个钱走哪里来够?”“来那个,蒋仁杰蒋知府家够,他家小姐送我八百个钱,梅香也送我二百个钱。”“啊咿嘎,外甥,舅舅咁大年纪喽,一落里不欢喜交官府衙门搭绞环,回头官司不离身,看你肇怎得了?”“舅舅,我肇又不去了呢,我弄这千个钱来做生意。”“你做底高生意?外甥。”“我来写对联卖,总好格呢。”肇天天写对联卖,又没得哪家买,又卖不掉,肇写上许多,弄担子对街上挑。格天来一位老者,年纪总有八十开外,鹤发童颜,五绺长须飘洒到胸前,拿起对联,横一望竖一望,横一看竖一看:“老身今年八十开外,不曾看见哪个写到咁好格字,你们不要有眼不识泰山,过了这个村,就没这个店,赶紧买嘎几张对联家去传传代。”啊呀,这老头子一买,大家就总跟上去买。大家总买么,一担倒卖啦得够。但还有人问:“可有啦,可有啦?”龙官宝说:“不要忙,我文房四宝带好了来堂块,真正要买对,走前间对后间排队,我来现写现卖。”哪晓这个事情倒传到蒋仁杰耳朵口头去了够,说:“我来堂团近写格字不丑,人家总称赞我够,竟有比我好格人哩。衙役,这人住哪堂子?“住城隍庙。”“现在可来杠卖对联?”“不来杠,家去够。”“赶紧带我知府大人的灯笼,带我的请帖,要拿他请到我家来,写它半个月。”肇衙役不肯耽搁,就带了灯笼带了请帖,跑到城隍庙外间:“龙官宝可来堂里间,龙官宝可来堂城隍庙里啊?”陈香火说:“外甥,外面哪个来下叫?”“我不晓得,我不晓得。”“我们是蒋知府蒋大人家衙役,来望龙官宝够。”龙官宝来里间就赶紧出来,龙官宝也无所谓。

陈香火闻听到这一声,魂灵总冒到九霄云。

“外甥，我曾说拿他家钱不得过身，你看这遭怎得了？”外间说：“不要怕，我家大人叫请你呱，请你去帮写对联了。”龙官宝说：“舅舅，怎呢，不是捉我上杠去坐牢，请我去写对联呢，你可交我同去？”“我不交你同去，你要去么你一个人去。”肇跟随衙役来到蒋知府家，买上多少格纸头请他写啊！龙官宝就说：“衙役哥哥，我带来格砚台磨墨嫌小，他家这洗脸格面盆正好。”衙役肇帮磨墨，他蹲下写，眼睛一鞭，写了十几天，蒋仁杰跑到杠一看，龙官宝写格字：

一横如同量天尺，一竖就像定海针。

一撇就像把刀，一捺就赛一把锹。

蒋仁杰看看哈哈笑，称赞官宝书艺高超：“龙官宝，你家住何方贵地？究竟你是排行第几？可有多余哥哥兄弟，或者呢姐姐妹子？”“大人，我不瞒你说，我住在山东历城县南极巷。”“你家父亲叫底高？”“叫龙山卫。”“啊，你家父亲叫龙山卫啊，龙山卫乃带刀指挥，我乃知府大人。啊呀，你也是我的贤侄咧。”

龙官宝闻听到这一声，伯父连连叫几声。

“贤侄，你从哪里来？你到哪里去？”肇拿周陆氏这个冤枉事情，他要上常州，告诉这个蒋仁杰。蒋仁杰就想，龙山卫家倒该这咁好格儿子，我家就该个女儿，不曾养到儿子：“龙官宝，你不要走，就蹲我家吧。”“我不，伯父，我要上常州咧。”“格你没得盘缠路费上常州怎去得了？”“伯父，既然你交我家爹爹最知己最要好，我问你借点盘费。”“我哪有钱借把你了？”“格最好你拿我送了去。”蒋仁杰一想，我不如来骗他下子：“贤侄，你说我怎能够送你去咯？你晓到常州还有多远？一万三千多里路了。我年纪咁大，如果拿你送到杠，路程咁远，我也没得寿命打转，你说我可拿你送去。”

龙官宝闻听这一声，止不住腮边泪纷纷。

“伯父，格我这遭怎弄？”“贤侄，你蹲我家堂，我家就该个女儿，叫彩鸾，你蹲我家堂，我家小书房现成够，你蹲堂用功苦读，你就算我格儿子，等到将来有高官禄位，你家乳母还愁伸不到冤，理不到枉，报不到仇？”龙官宝一想：“是也是的，咁咱我要走么，身无分文，有钱天下去得，无钱寸步难行，罢了罢了，不如我就蹲他家堂块。”赶紧跑到前间来行礼，干父连连口内称：“干父啊——”

在养老来死殡葬，飘山化白我承当。

蒋仁杰一听，就浑身总来大劲：“梅香，去拿小姐叫得来。”随手拿蒋彩鸾叫来格：“女儿，这就你格哥哥哇，你么就是他格妹子，你们肇两人要合合好了。”

小姐赶紧跑到龙官宝身边，弯腰作揖行个礼，哥哥连连叫几声，嘴里来杠叫他哥哥，实际上来杠做关目，老早就认得了够。龙官宝来这个人家不叫龙官宝了呱，拿姓就改啦得呱，肇就叫蒋官宝。肇这部书高头真龙官宝就改姓叫蒋官宝，有侯月英就叫侯官宝，张桂英就叫张官宝，肇一淘格活宝，已经总有安身落脚格堂子了。

我此处丢开慢谈论，再提高山上一段情。

有桃花山格探子，天天来外间八方探听，探到了龙山卫关进了监牢，他的罪状传到圣天子龙书案高头。万岁龙颜大怒，“身为朝廷命官，带刀指挥之职，不为国家出力，相反结拜江洋大盗，打劫库房，坐地分赃，身犯萧何法律，判他六十天杀罪。”现在斩期已到，探子一报，报于小姐侯月英知道。

侯月英听见公公要挨斩，可要躁死又还魂。

就和乳婆婆周陆氏讲讲：“乳婆，公公要挨杀头了哇，我不能见死不救。”“媳妇，格你说怎弄？”“我要挑选精兵，前往历城县去打劫法场，救出公公龙山卫，可以全家团圆。”

周陆氏闻听这一声，陡长精神八九分。

山上喽兵听说要去劫法场，个个摩拳擦掌：“大王，我跟你同去。”“我也去。”“我也去。”“我也要去。”“众位英雄，你们的心意，本王心领了，但不过不能总去，总去声势浩大也不好。另外，山上不可没有人守山，我只挑选二百精兵也就足够了，山上由张一千、李八百蹲家守山。”肇挑选二百精兵。有会轻功够，有会硬功够，有飞檐走脊够、翻江倒海够。还有那些搬动山、抬动城、风里来、雨里去、墙上走、壁上飞、翻江龙、混江鼠、打不死、骂不怕、烧不熟、煨不烂、人见怕、鬼见愁等等，大家一大淘，就跟侯月英小姐跑。

急急忙忙把山下，赶往历城县一座城。

在路行走，非止一日，来到历城县。赶了馊，那天正好是龙山卫挨杀头格一天。搬动山就说格：“大王，我们来劫法场，你家公公家里，可也有哪旁人来家？”“有我家婆婆陈氏来家。”“你晓得呱，如果一劫法场，官兵要打复仗，如果打了复仗，你家婆婆只好完蛋，不如咁咱趁早，我去拿你家婆婆救到我们营盘里来，你看可好？”

侯月英闻听这一声，想想不错半毫分。

随手搬动山三步并作两步行，来到龙山卫家府门口一望，真是阴冰火落。为底高？老大人关了监牢里，陈氏太太躁起一场病来，有些安童梅香总走了够，不高兴蹲他家了够。搬动山就说："请问你这位小弟弟，这果是龙山卫家？""正是，正是。""你家主母太太可来家？""来楼上咧，害病来杠咧。""走，同我去。"拿他同到陈氏卧室："你可是陈氏太太哇？"陈氏来病中，说话像蚊子来杠嗡啊嗡："是得够。你是哪一个？""我是你家媳妇侯月英。山上格英雄，今朝来救你性命，我们要打劫法场，救出龙大人，现在你要跟我走。"也不由她分说，搬动山不肯耽搁，用被单走她身这间对过间一抄，就将陈氏拿起来一包，对夹肘里一夹，赶紧跨脚，小步七尺，大步九尺总有余。

顶大步子一丈二，能像北风送乌云。

夹得陈氏就动身，营盘到了面前呈。

拿陈氏交把侯月英，侯月英一看伤心了，眼泪珠抛："婆婆，你现在怎到如此地步，瘦到这种功程？可是见公公坐牢，你愁到这个腔调。你也不要担心，我们今朝来救公公够，能够救到公公，等你们二老团圆。""媳妇，才间格一位英雄，不晓力气怎咁大够，我把他一夹，心脏病总要发。""婆婆，他是去救你性命呱，你们肇蹲堂营盘里，我马上带人，带一百个人，到城门里间去救人，还有一百个人蹲东城门外接应。"

嘴里说话脚底落奔，哪肯耽搁赶路程？

到城门口一看，眼睛发暗，城门紧闭，一个人总不得进去。搬动山就说："那个堂子城墙不高，我们走杠爬过去，翻围墙过去。"风里来就说："不好不好，格堂子千万不能跑，你不要看它城墙不高，杠伏有官兵，手里抓有钢刀，如果你走杠一跑，把他一刀，骷髅头要抛。"格说："走杠进去，杠虽然高点，我们搭人梯过去，作兴杠块守城格人不多。"大家说："你不要想空头心事，杠有挠钩，把他们一钩对下一掼，拿起来一刀，你头就没得。""啊呀，这也不好，那也不好，蹲堂等底高，等一歇龙山卫挨杀啦得，弄个死人家去？"有打不死、骂不怕就说格："蹲堂，也不是格了事，我们只有来想办法，我们来乔装打扮。"

扮作三十六行生意买卖客，混进历城县一座城。

一班英雄就说格："你倒会打扮了，打扮底高，格要会现世了。""哪个最会现世，就哪个最先进去。哪个不会现世，就不要想得过去。""啊呀，你倒会现世了，我们不会现世。""好格呢，你不会现世么，你就不要进去。"有小姐侯月英就说呱："各位英雄，都不要争吵了，我们赶紧想办法进去。来，打不死，骂不怕，你们有底高办法？”“大王，我们有办法够，我们就扮作说鼓儿书够，唱快板够，可以混进历城县县城。”“你们可就两人进去？”“可不，我们负责带二十个人进去。”侯月英一想：“格倒也不丑，带到二十个人进去咧，他们自先拿准备工作总准备好了。”唱快板弄底高？毛竹板子对城门口一站，直把嗓子就喊：“守城官，开城开城，我们要进城门。”“不要叫不要闹，你们有没有看见招告，今天城里杀人，不准闲人进城，跑远点去。”“你杀你的人，我进我的城。”“你们做底高嘎？”“我们说鼓儿书，唱快板够。”一个守城官说：“说底高鼓儿书？唱底高快板？我们蹲堂看格死尸城门，跑总不得跑，就像坐牢。来呀，唱点把我们听听看呢。”打不死、骂不怕说：“可是得，曾说要现世，不现世不得进去够。肇两个人，手里竹板来杠直敲，牙子叮当叮当直敲，嘴里直巴嗓子就叫。

说竹板一敲两边排，左边唱到右边来。
左边老爷添阳寿，右边老爷大发财。
走向前，调过面，前面到了烧饼店。
烧饼生了两边黄，外边芝麻里边糖。
走向前，调过面，前面到了豆腐店。
惹鬼惹鬼真惹鬼，好好的黄豆磨成水。
豆腐生了四角方，哪天不卖几十箱。
走向前，调过面，前面到了棺材店。
棺材店老板真正好，买一个大来饶一个小。

守城官说：“上你当。还有哪家死了大人去买棺材，再饶一个小格把他，他家又不曾死小孩，把你带家来，你说你可要？”“啊，你要听好够，等我们进去看杀得人，来唱好格把你听可好呀？”随手拿格守城官对旁半间一推，头二十个人对里直栽。

前间英雄走过去，又来英雄许多人。

烧不熟高煨不烂就说格：“就能呢现世，我们不晓当怎呢现世了。空身两捣拳进去，也算底高本事咧？我们拿家伙也要带进去，长家伙我们没得办法，短家伙我们有办法够。”“有底高办法？”“我们扮作做生意够，就说卖黄泥罐卖耍货够。”底高耍货？胭脂花粉、花露水，这些东西就叫耍货。黄泥罐儿是底高呢？小孩相格东西，像照我们孤山上卖格叫鸡、烂泥狗子差不多，就叫黄泥罐儿。跑到城门口叫起来格：“守城官，守城官，开城门，开城门。”“不要叫不要闹，你们可曾看见招告，今天城里要杀人，不准闲人进城。”“你杀你的人，我进我的城。”“你们做底高够？”“我们卖黄泥罐儿的，卖耍货的。”这黄泥罐耍货弄篮子背够，也有弄篮子挑够，他格短刀匕首总就放了来这个底落。“来呀，你们说卖黄泥罐，底高黄泥罐？我们长了四五十岁喽，也不曾看见黄泥罐底高腔调咧，把我们看看看。”“不好看，把你一看要坏够。”“一看要坏么，哪个问你买了。”“我告诉你听，守城官老爷，嘻呵呵，笑呵呵，来到无锡城中过。买了一担黄泥罐，来到乡下卖卖看。一个小姑娘要问我买黄泥罐，问我几个钱买一个，我说十个钱买一个，她拼得八个钱买一个，我不卖，她要买，拉拉扯扯打起来。打碎一个黄泥罐，拿起算盘算一算，铜钱蚀啦一元一角一分一丝一毫一忽半，怪来怪去就怪格细讨汉。”嘴里设儿搭儿一头骂人，一头对里间直攻，拿守城官一轧，头二十个人对里直栽。

急急忙忙就动身，混进历城县一座城。

搬动山高抬动城就说：“我们也会现世够，短家伙拿进去也算本事咧，我们拿大刀可以拿得进去。”侯月英说：“大刀看上去也是惹祸格东西哇，怎得进去咧？”“有办法，打捆掮肩兜上，就说走江湖卖艺够，跑到城门口头，纨绔调，倒愁他不放我们进去咧。”格当真胆大了，刀总打捆掮了肩兜上，来到城门口，纨绔调喽：“守城官，开城开城门，我们要进城。”“你们可曾看见招告，今天城里杀人，不准闲人进城，跑远点去。”“我们是卖艺的，卖狗皮膏药的。”守城官头够了一望，是卖狗皮膏药格来了呱：“来啊，你们跑江湖么，总会卖艺够，你倒舞一套把戏我们看看看，究竟舞做底高腔调，究竟有多好看？”搬动山、抬动城心上就想，肇轮到我们来现世了哇。拿事先准备好了够，用火星走四转一掼，看热闹格对四转一站，一班英雄对圈圈当中一站，口中就喊：“光棍光棍，众人帮衬，在家靠父母，出外靠朋友，我们从山西赶到山东，今朝来做外科郎中，先卖一点狗皮膏药给你们。”拿事先准备好了格膏药，拼得吃苦，拿起来出劲对外间一摢。格些看闹热够，看见膏药对外间一抛，赶紧弯腰，最多格人膏药捡到两麻包。“你们大家听清，我这膏药和人家格不同，人家卖格是黄布膏药、蓝布膏药、青布膏药、白布膏药、黑布膏药，我们卖的是呱呱叫的好膏药。春季采来山茶芍药，夏季采来池中荷花，秋季采来黄金美菊，冬季采来雪中蜡梅。从南京五台山、北京八宝山，有花采花，无花采果，采来九百九十三样药草，熬成一千零八十二样药膏。我这膏药很好，你们大家都来买，多买一点，孝顺的儿女买几个，家去带给你父母，和睦的买几个带给乡邻，恩爱的买几个带给妻子。我这膏药是个宝，坏处贴好了，好处贴坏了，三天不离膏，烂了像酒糟，三天不洗可以烂到你骨头底。”

浑身贴嘎十来张，寒天头省得穿衣裳。

浑身上下都贴到，九天心里省得穿棉袄。

有个守城官对另一个守城官说：“买哇，好了，家去拿身上贴来了。”“你不好买。”“我叫你买呢。”“我买了做底高？”“你家妈妈有个肚子痛毛病，痛了来床上打滚，总拿你叫家去服侍她，你不好买嘎个膏药，家去把你家妈妈贴贴肚子痛。”“你不要害人，你哪里烂耳朵嘎，你不曾听见他说，他格膏药是个宝，坏处贴好了，好处贴坏了。”“不嘎，你这个身上好好的，买家去拿身上贴坏了做底高？发呆啊，三天不离膏，烂了像酒糟。”“我家妈妈么七八十岁，虽然魔气冲天，她倒不死了，肚子痛关底高事，你拿这个膏药对她肚子高头一贴，如果忘记掉不挮，格不拿肚子烂通了，早点等她见阎王，还是不买好。”“你请他们进去帮贴，也请他们帮挮啦得就是的。”“这倒是好办法。”跑到前间：“卖艺嘎，我妈有格肚子痛，请你们弄个膏药帮我家妈妈贴贴肚子痛，你们哪个进去？”搬动山、抬动城说：“要进去我们大家总进去，要不进去总不进去。”守城官为难了，肩兜上又掮格刀雪亮，又不敢等他们进去。另一个守城官说：“不要紧够，敲叮他们不要惹祸就是的。”“不嘎，进去不要惹祸，今朝来下杀人，本来不准进去。”“晓得晓得晓得。”

守城官就来前间走，英雄好汉后间跟。

跑到他家门口，说：“你们等等，我来开门。”回过来一望，后间一个人也没得。上哪里去够？进了城门，也有哪跟他跑了，东一个西一个，倒总溜啦得够，连三去寻，一个也寻不到。

我们再讲外间侯月英就说：“众位英雄时间不早，我们赶紧进去才好。”“大王，我们又不会现世，怎得进去咧？”“就能呢，我们身边总带了银子，去买副担子，买两个糖匾，扮作卖梨膏糖够，可以进去。”格个又不要去现世够，只要用一只小镗锣敲起就行了。拿准备工作总做好了，大家就蹲杠“啮啮啮”的敲小镗锣，拿守城官引了买梨膏糖。

小锣一打响啮啮，我们卖的是梨膏糖。

不圆不长叫冰糖，圆圆扁扁叫薄荷糖。

生姜糖、薄荷糖，送把诸位来尝一尝。

张飞吃得我的梨膏糖，百灵桥上气昂昂。

关公吃得我的梨膏糖，擂鼓三声斩蔡阳。

刘备吃得我的梨膏糖，养到格阿斗做君皇。

郎格哩格啷，我格哩格啷。

肇大家就总去买糖。一个盖屋匠师傅，拿拍草板，竹扦扦，对肩兜上一掮，“走哇，不要信走江湖格说昏话，这个不是梨膏糖，这个叫老虎糖，肚里有地壁子，一吃人就要死。”一班英雄说：“倒霉倒霉倒霉，不说我们好话，不说来买糖，你一买起头人家就总买够，你说有地壁子，一吃人就要死，格哪个来买？”翻江龙、混江鼠说：“有办法够，我们来打趣这个盖屋匠。”

盖屋匠今朝不吃我格梨膏糖，帮人家盖屋不顺当。

东家请你去盖屋面，一张梯子陀上去，

哪晓梯子断啦得，你一个跟斗栽到地。

头么攻了格粪桶里，鼻子管里钻上两条蛆。

只说主家为你好哇，为你盖屋匠泡炒米。

“死开点，我上人家去做生活，你就说我霉话，梯作兴多时不用，断啦得，人跌下来倒也无所谓，情丧说我头攻了粪桶里，鼻子管里钻两条蛆，咁巧啊？”木匠说：“亏你长咁大年纪够，你蹲堂交这走江湖格说到底高眉头眼目，走走，上人家做生活去。”一班英雄说：“木匠，你叫他走咧，我来说你木匠格霉话。

木匠师傅不吃我格梨膏糖，做起生活不顺当，

一大斧砍了格大脚膀，立时三刻就泪汪汪。

木匠说：“我倒不是说你这走江湖格了，不嘎，我才间又伤到你底高嘎？人家说自肉割不深么，木匠进门，大凳头疼，我不好弄大斧剁它大凳高头，我自己砍自己大脚膀高头做底高？”瓦匠就说：“走，交这些人说不到头三脑四。”瓦匠叫他走，说你瓦匠钝话。

瓦匠师傅今朝不吃我格梨膏糖，一年四季不顺当。

东家请你去修茅缸，西家请你去造鞋坑，

石灰泥了一颈项，就像小鬼调灶王。

“你倒望望看，是我身上干净，还是你身上干净？”有个榨磨里格老板，拿孙女儿带去看杀人够，就要吃格梨膏糖。榨磨老板说：“孙女儿不要吃，肚里有地壁子，一吃要死呱。”也有些小姐家，看看糖又好吃，听说有地壁子，一吃要死，钱摸出来又挎袋子里去，挎袋子里又摸出来。一班英雄说：“时间不早，没得哪来买我们这个糖么，我们不得进去。小姐家脸皮最薄，打趣小姐家，小姐家一买起头，人

家就来买够。

小姐家不吃我格梨膏糖，嫁格丈夫癞里光。

小姐家一想："人也霉杀得够，跟格癞子男客够，多难看，如果上娘家，两人同跑够，不把人家笑，买。"她们小姐家肇开始买糖，放嘴里咂咂，甜咪咪，软笃笃，倒蛮好够。榨磨里格老板他家孙女儿就说："佬佬，肚里没得地壁子么，格些姐姐一吃怎不死够，我也要吃够。"肇榨磨里老板也去买糖，肇大家总买糖，格些人总来杠抢糖。为底高抢？望望不多了够。格守城官脚踮起来蛮高，头伸出来蛮长来杠望，就愁没得，越看越相嘴越馋，馋沫总拖到了脚背上。就不知不觉离开了城门。一班英雄呢好了够，手脚又恔，拿个些梨膏糖担子统统撂掉。

急急忙忙就动身，混进历城县一座城。

来到城里，望见龙山卫挨绑了法场上，斩条插在背中心，只听见法场上"咚咚咚"。

杀人鼓敲了咚咚响，落魂炮放了不绝声。

监斩官，执文簿，威风凛凛，

刽子手，拖钢刀，只等时辰。

放到第一声炮，一班英雄晓得，有祭奠格人要来祭奠，其他的人统统马上退出去。为底高？要清理法场。底高祭奠？生前好友、诸亲六眷、家属这些人要来祭奠。放到第二声炮，一班英雄拿打扮格东西统统撂掉。放到第三声炮，人头就要落地。有打不死交骂不怕，早已撑到刽子手旁半间去够。放到第三声追魂炮，刽子手赤膊皮条，手拿雪亮钢刀，来到龙山卫身边："龙山卫，龙山卫，我刽子手交你今世无冤，前世无仇，只怪你犯法，我来执法，你头要挨杀，你到阎王家，千万不能怪我，看刀！"看热闹格人，总望龙山卫格头可对下抛。嘴说看刀，打不死交骂不怕，衣袖管里"刷啦"一声，拿短刀拖出来，对刽子手肩兜上一搁，拿起来一拖，"噗"，刽子手格头滚出去一丈多远。看热闹格人也不曾回悟得过来，不曾看见龙山卫格头抛，刽子手格头倒抛啦得格。对杠一站，个个吓得直把嗓子就喊："不不不，不好了够，今朝刽子手杀人不在行，怎自己砍自己格枣木榔。"打不死、骂不怕不肯耽搁，来到前间，拿龙山卫身上绳子割断啦得。有侯月英走前间开道，有翻江龙、混江鼠后间断后。

驮了龙山卫就动身，哪肯耽搁赶路程。

上哪里去？因为营盘来东门外接应，当然是对东门来。随手官兵就报，报于何顶忠七品知县知道，说："有人大劫法场，劫走了龙山卫。"

何顶忠闻听到这一声，三魂吓得也少二魂。

"官兵听令，赶紧拿四城门，八水关统统紧闭，不准一个闲人出去。"官兵吃亏，跟这些英雄后间就追。一班英雄手里刀又快，杀人如切菜，看见一个杀一个，来两个杀一双，来三个杀他精打一抹光。成一堆，就像河北人上靖江来绞面条葳。

杀得人头如瓜滚，血水成河怕坏人。

来到东城门，侯月英就说："守城官，你赶紧打开城门，如果不开城门，我今天要你的残生。"嘴说这话，刀舞到他面前喽，看城门格没得办法，拿城门赶紧开开来。

一班英雄就动身，哪肯耽搁片时辰。

肇溜到东城门外间，龙山卫家夫妻两个也会面了够，夫妻两个是抱头大哭嘎。陈氏太太喊声："大人啊——"

我总以为我们夫妻今生今世再也会不到，哪晓今朝又相逢。

大人啊，

我们今朝夫妻两个来见面，如同枯木又逢春。

侯月英说："公公婆婆，堂块不是讲话之处，恐怕官兵追得来，赶紧，我们现在就奔桃花山而去。"肇大家走了够。有何顶忠一想："不得了了呱，龙山卫挨人家劫走了够，究竟哪个来劫够？龙山卫身为带刀指挥，这个人犯了罪，关了我堂监牢里，来我堂行刑挨劫啦得，我怎得过身？"赶紧打发官兵四面八方蹲下探听，一探倒探到了够，桃花山强盗劫走了龙山卫。何顶忠写起本章来，随手亲自送到京都皇城，皇门官拿他带到金殿之上。万岁拿本章一看，龙珠乱转："桃花山强盗胆子不小，竟敢劫走龙山卫。我孤家派九门提督朱炼祖、丁宣木耳大将军，还有带刀指挥龙山卫去镇守山东够，山东也有强盗成群，占山为王，落草为寇，现在龙山卫犯了罪，应该说朱炼祖交丁宣木耳晓得够。"就圣旨一道，拿朱炼祖对京都皇城一召："朱爱卿，山东强盗成群，占山为王，打劫来往客商，又大劫法场，劫走了龙山卫，你可晓得嘎？""万岁，早先我不晓得，你一说，我晓得了够，可是说桃花山上格强盗拿龙山卫劫走嘎。""爱卿，你晓得呗，我孤家封你为灭寇元帅，赐你三千官兵，不能耽搁，赶紧前往桃花山去，拿它高山要踏为平地，拿龙山卫带到我京都皇城里来。"朱炼祖随手点起三千官兵，带了帅印。

日夜行走赶动身，哪肯耽搁赶路程。

来到桃花山脚底落，安营扎寨，战书打到山上，约时交战。桃花山探子一报，报于山上大王侯月英知道。侯月英交公公龙山卫一讲，龙山卫就说呱："媳妇，本来也说我结拜江洋大盗格了，你不能交他们打哇，只能好好高他们说，要你跟他们进京也可以够，只要寻到我家儿子，还到你家未婚丈夫，我们就跟他进京。

我们就此送了命，死到黄泉也甘心。

"公公，可就是说，只要寻到我家丈夫，他们拿我家丈夫交出来，我们就跟他进京。""媳妇啊，不错，人家说养儿防老，积谷防饥，我交你家婆婆总咁大年纪了，现在儿子也不晓来哪堂子。"小姐听了公公格话，浑身披挂，身穿明盔亮甲，拿了绣鸾钢刀。

快马加鞭把山下，会会提督老大人。

小姐来马高头行个礼，提督大人叫几声。九门提督朱炼祖一看，啊呀嘎，原来是个女强盗："女强盗，你年纪轻轻，不蹲家里怀中抱子，足头蹬夫，你高山上落草，究竟为点底高？""大人，你不晓得我是哪个哇？我说到我家父亲你认得够，我就住了历城县北极巷，我家父亲就叫侯公达，参将之职。""啊呀嘎，你是侯月英，你家老子为了你，关了刑部天牢受罪，你乃忤逆之女，你乃不孝之女，也赶紧下马受绑，我可以饶你性命，到金殿上保本，万岁可以从轻发落于你。

如有三字两不肯，鬼门关就在你面前呈。

"大人，我下马受绑可以够，你只要拿我家丈夫龙官宝龙孟金寻得来。交出我家丈夫龙官宝，我就投降跟你上皇城。"

朱炼祖一听，气了三孔生火，七窍冒烟："侯月英、侯月英，口口声声叫我交出你家丈夫龙官宝，我是帮你看丈夫的啊！吃我一刀。"嘴说这话，拿刀砍得来够。小姐拼得吃苦，弄刀上下飞舞。

单刀舞起来像喔闪，双刀舞起来不见人。

朱炼祖不是她格对手，趁两马错蹬之际，侯月英不肯耽搁，拿刀扚起来一梗，朱炼祖走马高头对下一滚，侯月英不挨他，如果要杀他格句话，拿起来一刀，头也就要抛，公伯伯说够，不能杀他们，只能劝他们交出龙官宝。

侯月英随手快马加鞭把山上，哪肯耽搁上山林。

朱炼祖由掠阵官扶起来，扶到营盘，交官兵商议商议，人老足抵不中用了够，写起告急文书来，送上京都皇城。高头写底高？拜上拜上三拜上，拜上万岁有道君，微臣领兵三千整，桃花山上捉强人，桃花山上山贼年纪轻，乃是侯公达家女儿侯月英，我老臣不是她对手，伏望万岁派少将来领兵。

告急文书写完成，官兵送了上皇城。

官兵晓行夜宿，不肯耽搁。格天子赶到京都皇城，万岁拿这个告急文书一看，躁了龙珠乱转，手脚不慢，拿丁宣木耳召到金殿之上："丁爱卿，现在侯月英来桃花山落草，孤家派九门提督朱炼祖，带三千官兵捉拿山贼草寇，不曾捉得到，年纪老，本事虽好，但不过两膀已失啦千斤哨力。孤家封你为二路灭寇元帅，也赐你官兵三千，速速前往桃花山寨，捉拿侯月英归案，不得有误。""是。"

带了三千官兵就动身，哪肯耽搁赶路程。

我们有话则长，无话则短。单讲到丁宣木耳大将军，拿三千官兵去交朱炼祖格营盘靠作堆，有六千个人。丁宣木耳就说呱："年兄，究竟侯月英本事有多好？""啊呀，丁年兄，百闻不如一见，你交她一打，就晓她有多好格本事呱。""啊呀，你年纪老，本事当然没得我好哇，我年纪轻，本事比你精，我也不是说大话。"

等我今朝来动手，她千个残生就活不成。

战书打到高山，约时交战。探子一报，侯月英知道，交公公又商议。龙山卫说："媳妇，总归皇上派来格官兵，你千万不能交他打，也只有一个要求，只要交出我儿龙官宝，一定跟他们上皇城。"浑身披挂，侯月英来到山下，马高头行个礼，将军连连口内称。"侯月英，侯月英，你武艺虽精，你是忤逆之女，你家父亲也来天牢，你来高山呢作吵，你还得了，下马受绑，饶尔性命。"

如有三字两不肯，拿你妖韶丧残生。

"大将军，要我下马受绑可以，还到我家丈夫龙官宝，一定跟你进京。""你格妖韶，你格妖韶，我奉皇旨意，征剿山寨，也交你谈条件来？吃刀。"嘴说这话，一刀砍过来够，侯月英身子一偏，推扳滴点。两人大战了五十回合、一百照面，侯月英到马屁股高头一扑，格马四蹄跑起来一溜烟。丁宣木耳当她打不过，对后退咧，要想溜了。"侯月英，侯月英，山外有山，天外有天，就该咁好格本事，我老子本事比你好，你对哪里逃得掉，拿命来。"吃亏，跟后间就追够，侯月英用格诱计，因为不好尽顾交他再打了够，趁他追格辰光，她拿弓箭拿出来，瞄准了他将军帽子高头够一朵红缨，拈弓搭箭，"嗖"，帽子也不曾抛，就拿个一朵红缨射抛了地落。够一撮红缨对下一抛，"嚯落"！大将军一看，眼睛就一白。"如果再矮一点嘛，我骷髅头不把她钉通了，我还有命哩？总说侯月英够本事好，话不虚传果然真。”来到营盘交朱炼祖讲讲。朱炼祖就说:“年兄,看来我们打不过她,没得哪个弄得过她了呱。还是写告急文书进京,叫万岁拿她家老子侯公达走天牢里放出来。”“年兄,拿他放出来做底高咧?”“做底高哇?我告诉你,侯月英是他亲生女儿,她家老子来,总不见得也交他家老子打呢,女儿见了父亲要投降,就好跟我们上皇城。”

丁宣木耳闻听这一声,想想不错半毫分。

两人又写起本章一道,送到京都皇城。万岁一看:“啊呀,孤家亲口判格,怎好团推估估就拿他放出来。”六部大臣都来启奏:“万岁,应该以国家大事为重,如果捉不到山贼侯月英,我们大邦中原就不太平。”

万岁听到这一声,心中思量八九分。

“众位爱卿,孤家做皇,全靠你们大家帮忙。既然如此,就依卿所奏,拿侯公达走天牢里赦出来带到金殿之上。”万岁龙师火帝,大发雷霆,拍动震山河:“大胆侯公达,侯公达,你教女不严,高山上落草,两次打桃花山寨都不曾打得到,都不曾捉到你家女儿侯月英,弄到至今山东地方也不太平。今朝拿你从天牢赦出,既不封你官职,我也不追究前罪,只要你能够带官兵一千前往桃花山寨,捉住你家女儿侯月英,官封原职受皇恩。”

如果捉不到你家女儿侯月英,拿你午朝门外丧残生。

又不封官,又不加职,带了一千官兵去了够。肇六千对一千,倒有七千个人会合在一起了够。朱炼祖交丁宣木耳就说呱:“侯年兄,你家这女儿本事怎咁好够,我们确实没得办法,才到万岁面前保本,拿你赦放出来够。”“二位大人,你们不必担心害怕,女儿是我养够,我来,她也不好意思不跟我上皇城去。我先交她说,如果她不听,我就交她拼老命。”“好格,侯大人,这就看你够了。”格天拿战书打到高山,探子一报,侯月英知道,侯月英交公伯伯讲讲。龙山卫说:“媳妇,你家父亲来,你更加不好打他哇。媳妇——”

你打了你家生身父,忤逆之罪罪不轻。”

“公公,格怎弄?”“不要紧够,你对他说,反正也是这一个条件,只要拿我家儿子寻得来,总归于投降跟他们上皇城。”小姐听了公公格话,来到山下,小姐马高头行个礼,父亲连连叫几声:“父亲,今朝惊动你到堂块来,不是怪我,怪你自己。你有嫌贫爱富心,要拿我把十样景,你说我可肯去?”“妖韶,今朝来不为旁的事情,你赶紧跟我进京。”“父亲,进京可以够,现在我家丈夫龙官宝不晓上哪去够？”

还到我家丈夫人一个，我就跟你上皇城。

“妖韶，你格妖韶，赶紧速速下马受绑。”嘴说这话，弄刀对小姐身边杀得来够。小姐一想：“他是六点，我是五点，我比他少一点，我是他养够，怎好高他打。”格侯公达要高她打了，小姐没得办法，拼得吃苦，两把绣鸾钢刀上下飞舞。这个侯公达不得近女儿格身，只是对后退，只是对后退。只是对后退。小姐哪敢望咯，眼睛闭着得够。侯公达退到哪里？退到营盘。掠阵官就说：“山贼，人总到营门，你也准备杀人？”侯月英拿眼睛睁开来一望。“啊呀，我也追杀底高哦，他已经到了营门。”

快马加鞭就动身，聚义厅上去安身。

九门提督朱炼祖、丁宣木耳大将军和侯公达三人讲讲，确实不能取胜，肇怎弄？写起本章进京，请万岁开考，拿全国各地武童生纷纷召了进皇城。皇上开考，只要考到一个武状元，就好叫他来领兵。写好本章，够天子送到京都皇城。万岁一想：“开考倒也是好够，如果光有武没得文，底高事情总难办得成，多年不曾开文考，也荒失多少念书人。我要开考，不如来开文武考，反正一下子来高挂皇榜。”

皇榜高挂午朝门，考尽天下武共文。

皇榜挂到十三省。有外罗城张官宝也晓得够，皇上开考喽，又是先文后武，我家丈夫不晓可去考？就对王运莲说：“妹妹，我们要接耳听声，看文状元考出来究竟是哪个。”我们这部书高头，不讲哪旁人去考，只讲蒋仁杰家儿子蒋官宝——就是真龙官宝。因为他是天上文曲星下凡，文章了当不得，来到京都皇城考试，头名高中，考中了新科状元。

榜眼出得南昌府，探花出在贵州城。

皇榜高挂了午朝门，天下考童生总知闻。

大家总去望榜，单讲到张官宝交王运莲去望榜，跑到杠一看，跺脚就恨，就推扳个字哇，新科状元叫蒋官宝，不是叫龙官宝，要是龙官宝多好呀，急得没办法，只是顿脚。曾歇几天，皇上开武考喽，张桂英说：“妹妹，我们仍然女扮男装，我到武考场去考试，我只要能够头名高中——”

考到一个武状元，就寻到丈夫小官人。

当真就到武考场考试，因为她是骊山老母门生，本事了当不得，考中了武状元，游看皇城三天散心。万岁够天子拿文武状元都召到金殿，就对蒋官宝说："新爱卿，榜眼探花总出去上任去够，你赶紧来皇城里间，选一块吉地，孤家帮你起造状元府，好登皇城里受皇恩。"蒋官宝赶忙启奏："万岁，我一点功劳总没得，我要先立功再造宅。""年纪虽轻，倒一片忠心。既然如此，我来加封与你。"

蒋官宝新科状元加封赠，七省巡按你当身。

赐你三千御林兵，私访七省察民情。

访到忠臣加官职，访到奸党惩奸佞。

赐你一口尚方剑，先斩后奏见当今。

蒋官宝一想："我先上哪去私访，听见说桃花山上强盗作吵，是侯月英在杠做大王。侯月英是我格未婚妻子。"

我旁的地方总不去，单访山东一座城。

不提蒋官宝奔桃花山而去，再讲到万岁对张桂英，也就是女扮男装的张官宝说："张爱卿，这次孤家开考，主要是困为桃花山强盗侯月英作吵，孤家赐你官兵三千，不能耽搁，前往桃花山寨，去拿侯月英生擒活捉，赐你帅印一颗，明日速速动身，待你班师回朝转，金殿上面来加封赠。"

有话则长，无话则短。单讲到张桂英扮格张官宝，来到桃花山寨脚底落，心上就想："侯月英是我的师姐，她不晓得交我是师姐妹道理，只有我晓得交她是师姐妹道理。"于是先用战书打到高山，约时交战，侯月英交龙山卫一讲，来到山下，在马高头行个礼，状元么连连口内称。张桂英张官宝就说格："侯月英你这个女强盗，你不怀中抱子，足头蹬夫，造成你家父亲关进刑部天牢，他到战场上来，你也不赶紧跟他上皇城，你乃忤逆之女，不孝之女也，吃我一刀。"

话不投机就动手，哪肯容情半毫分。

格侯月英又不交她打，口中只是叫："状元饶命，状元饶命。状元公——"

你今朝饶我一条命残生，我永远不忘你的恩。

"状元公，你不晓得，我为底高到这个腔调？"肇拿她家里，老父怎呢嫌贫爱富，自己怎呢拾箭换球私订终身，许配把龙官宝等事情一五一十说把张桂英一听。张桂英心上就想："你不认得我，师傅说呱，我有一个师姐叫侯月英，我倒晓得你呱，我就要试试她有多好格本事。""侯月英，侯月英，婚姻乃父母做主，你不遵父亲之命，我今天哪肯容情于你。"翻腔，两人杀了大半天，不分胜败。这两个人总是骊山老母门生，本事了当不得，杀得天昏地暗，杀得日月不明，杀得百鸟总停翅，杀得鸟儿吓得不敢开声，一个上秤称八两，一个上秤称半斤，强中遇到强中手，自家人遇到自家人。究竟杀了多少时？杀得三天三夜胜败总不分，来了巡按老大人。巡按大人一到，杠块赶紧就报，报于张桂英知道，张桂英走阵上下来，迎接巡按大人："张年兄，你金榜题名，本事最好，为底高捉不住这个凶贼？""啊呀，状元公，她说格，只要还到她家龙官宝，她就跟我们进京。你状元公加封巡按大人，你说我们到哪里寻到她家丈夫龙官宝？""你去说，就说我来了够。""啊咿嘎，你又不是龙官宝，底高你来了嘎？"随手龙官宝头上探啦乌纱大帽，身上解开锦绣蟒袍，张官宝张桂英对他一望："啊咿嘎！"

你不是张三其别个，当真是我格丈夫官宝一个人。

手脚又慌，她肇对山脚底落直跳，"师姐，不要打了哇，丈夫龙官宝来了够。"侯月英赶紧鸣金收兵，催动坐骑，来到山下，拿起一看，当真不错，是龙官宝来了够。

一把背住官宝手，止不住腮边泪纷纷。

侯月英喊声："丈夫啊，

我想你总想到肝肠断，望你总望到眼睛穿。

官人啊，我们今朝来相会，如同枯木又逢春。

张桂英说："师姐，既然丈夫来了么，还打底高？拿山上喽兵统统改做官兵，拿值钱格东西，灌进袋子，装上车子，我们不如放火烧山，山上竖起太平牌，向后不准躲强人。"肇四路官兵并起来，三千，三千，三千，一千，就一万个人，来到京都皇城。有张桂英张官宝到金殿交旨。圣天子龙颜大悦。

该应孤家江山稳，出到你擎天柱一根。

"我要封你官职。""万岁慢，我有欺君之罪。""不嘎，你有底高欺君之罪？""我原来不是个男格，我是个女呱，我扮个男格来格。"随手拿身上战袍解啦得，战帽探啦得。万岁龙颜大悦。

该应我孤家江山稳，女子也能治乾坤。

圣天子龙颜大悦："格你叫底高呀？""我不叫张官宝，我叫张桂英。"肇封她为巾帼英雄。万岁说："爱卿，好了你，侯月英挨捉住得够。"龙官宝也来到金殿交旨："万岁，我私访七省也家来了够，我不叫蒋官宝，实际上我叫龙官宝。"万岁也允许，他既可姓龙，也可姓蒋。"龙爱卿，你年纪虽轻，文章满腹，我也来封你官职。你金榜题名，新科文状元你是第一名。

龙官宝前来听封赠，禄袍亚相你当身。

“万岁，格你封了我，我家堂父亲是受冤枉够，现在已经真相大白够，你也封他官职。”肇拿龙山卫官封原职。“格我也有几位夫人也请你帮封。”“那些人？“有张桂英、侯月英，虽然侯月英有罪，是她家父亲嫌贫爱富，造成了高山上落草，不能怪她，请你万岁也把点好处把她。也有我家干妹妹蒋彩鸾，也要请你万岁帮封。”肇拿她们统统召到金殿上来。圣天子龙颜大悦，拿张官宝张桂英封作安国夫人，侯月英封作定国夫人，拿蒋彩鸾封作保国夫人。

张桂英就说：“大人，我来外罗城等考，有王运莲交我招女婿够，我承认她，寻到丈夫龙官宝，也就交你配成婚，赶紧奏于万岁，也要传封王运莲。”随手拿这事情奏与万岁。圣天子龙颜大悦：“才间总封了够，怎她也不曾封？”于是传旨到外罗城王伯华家招商客店里去。

王运莲前来听封赠，饶头夫人你当身。

侯月英就说：“我家也有梅香吉祥，跟我苦了几年，也要把点好处她咧。”蒋彩鸾就说格：“我家有如翠梅香，她告诉我，也送你二百个钱够，她也要求拿终身许配把你。”肇由龙官宝统一奏与万岁。万岁说：“啊呀，年纪轻轻，老婆倒多了么，已有四个，堂还有两个。

吉祥和如翠两人都来听封赠，都是亚相家庶夫人。

万岁望望这个侯公达：“侯公达，侯公达，身为参将之职，你嫌贫爱富，弄你家女儿高山上落草，三打桃花山，损兵折将，用啦银子不少，你该当何罪？”龙官宝帮保本说好话了：“万岁，不看金刚看佛面。

看看我们微臣面上情，就饶恕我家岳父一个人。

万岁可当真要杀他，不是的，也是做做势够。“好哇，既然众卿帮保本，也就不责不罚，官封原职。

侯公达前来听封赠，参将之职你当身。

蒋仁杰、陈香火，还有王伯华总得封受禄。大家就说：“我们要家去荣宗祭祖。”得到万岁恩准，来到历城县，历城知县何顶忠亲自迎接，再三向龙山卫打招呼：“大人，千怪我来万怪我，赔礼赔罪我当身。”“何年兄，你不必如此，我也既往不咎，以往事情一概不再谈了。只有陈媒婆，用三寸不烂之舌，弄了我家妻离子散，家破人亡，我铭心肺腑，是终生难忘。替我拿这个泼妇带堂公堂上来，我要见见他哩。”肇去拿陈媒婆弄得来了够，拿周文也带了够。为底高周文也带得来？夫妻两个来杠挤癞子。一个说:“你不去说这个话么,我也不拿我家妻子叫家去。”一个说:“只怪你听了我格话,才到这个腔调够。”衙役说:“统统跟我们走,去见我家大人。”

夫妻两个跪嘞公堂上,魂灵总冒到九霄云。

龙山卫就说格:“陈媒婆,陈媒婆,你帮我家做媒人,你好事不做,说谎掺祸,只图好吃要钱,弄我坐牢坐上几年。依我格性子——”

要剥你皮来挖你格心,搨把犬儿当点心。

历城知县何顶忠说:“龙大人,看在下官的面上,说谎媒人实在可恶,骗钱骗吃,挑拨是非,两头搬弄,应受惩罚。这事由下官做主。”

说谎媒人罪不轻,五十大板不容情。

众位,这叫说善恶到头终有报,只是来早与来迟。像陈媒婆翻跟调舌,谋财骗吃,最终落五十大板滚回去了。

这一天,龙官宝父子二人和他的六位夫人,由皇城带来的全副仪仗,离开历城县衙来到北门南极巷本宅,由张桂英拿出一颗文香球,侯月英拿出一颗武香球,交于龙宝官供设在龙家祖先牌位前,焚起三炷真香,点起一对红烛,叩首三拜,祷告上苍,诉说这文武香球的苦中之苦,难中之难,悲欢离合的惊人情节,谢上苍之灵,皇上隆恩,以慰龙家先远三代超升。

有风流才子,自才丞相,写起一部忠孝宝卷就叫《香球记》,万古流传到如今。

经到头来卷到梢,拜送落难星宿上九霄。

圆满使菩萨摩诃萨,宝卷圆满注长生。

破窑认母

笑呵呵，问弥陀，因何笑，恶人多。——圣谕

佛在西天笑呵呵，五百尊罗汉问弥陀。
问你弥陀因何笑，笑则笑东土里善人少来恶人多。

天也愁来地也愁，君也愁来臣也愁。
天愁天干不下雨，地愁五谷少收成。
君愁江山不得稳，臣子愁了怕出征。

小也愁来老也愁，贫也愁来富也愁。
小么愁了长不大，老么又愁鬼来拖。
贫穷又愁没饭吃，发财又愁贼来偷。
鸡子愁过端午节，鸭子又愁赏中秋。
人来世上吃得愁格饭，伍子胥过关一夜愁白头。

忠孝宝卷初卷开，拜请落难星宿降临来。
宝卷初卷开，礼拜佛如来。
树从根上长，花从叶里开。

山上青松山下花，花笑青松不如它。
有朝一日寒霜降，只见青松不见花。

善比田来恶比犁，善人常被恶人欺。
犁头换拉千千万，可见田中换烂泥？
酒色财气四重墙，迷失众生在中间。
若能跳出墙头外，不成佛来也成仙。
耐字没得忍字高，忍字头上有张刀。
为人要有几个忍，不犯法律哪一条。
收留闲文归经典，开宣宝卷劝善人。

话说忠孝节义落难古书一部。小学生今日开读，应先还朝代帝主，后还贤人出世根由。

先讲哪朝皇登位，哪省州府出贤人。

众位，闻经者多，听经者广。这部忠孝宝卷《破窑认母》，究竟讲格底高朝代的事情，当今万岁究竟是哪一个？

昔年昔月宋朝真宗皇帝登龙位，山河一统治乾坤。

宋朝真宗皇帝登殿，可以说是真正像样，文有忠良，武有能将。

四海渔翁献活宝，高山猎户献麒麟。
众位啊，
皇皇有道讲不尽，山清水秀出贤人。

众位，这贤人既不出在边邦外国，而且也不出在荒山野地。要说出得边邦外国，人生了三头六臂，兴兵造反，和我中原人做对，就算不上贤人。要说出得荒山野地啊，独霸一方，自立为王，拦挡短路，扰乱江山，称孤道寡，就更算不上贤人。

该应我主江山稳，大邦中原出贤人。

众位，要讲贤人出世，出得其则不远，就出在京都皇城南清宫，有八贤王千岁，乃是这部忠孝宝卷的贤人。这个人虽然不曾做到万岁，来皇城里间，来我们中原，就是外国对他评价都好，可以说是德高望重。只要提到这八贤王千岁，没得哪个不敬重他，很可惜夫人已经亡故，千岁娘娘已经不在。那一天真宗皇帝端坐八宝金殿，内务总管老太监陈琳，来到万岁面前启奏："万岁，只因为去年你大行方便，有慈悲之心，释放啦宫女一千五百名，现在宫中宫女不够使唤。""陈爱卿，格依你怎呢？""万岁，要赶紧颁下圣旨，到全国各地再挑选美女起码一千名左右，宫中才够使唤。"

万岁闻听这一声，想想不错半毫分。

这遭圣旨下到各州各府县。单讲到山西太原狄家有一位小姐，姓狄名叫千金。这个狄千金底高腔调？有闭月羞花之貌，沉鱼落雁之容，美貌无比，是盖世无双。琴棋诗画、描龙绣凤、掺花纳朵桩桩总会，而且桩桩总内，被选到皇宫，列为第一名。第二名是哪个？第二名寇承御。万岁拿到花名册一看，这个狄千金究竟底高腔调？拿她召到金殿，万岁对她一看，是龙颜大悦嘎。

面如荷花初开放，八字眉毛在两旁。
一双水晶凤凰眼，满口银牙白如霜。
十指尖尖如春笋，小足金莲三寸长。
又不高，又不矮，真正好看，
又不胖，又不瘦，美貌千金。
胜过那，三国里，貂蝉女子，
更比那，杨贵妃，胜过三分。

狄千金小姐两个眼睛骨碌骨碌像水晶，小脚三寸长能像照水红菱。如果走堂行一行，有些萝卜花眼睛看不清，只当南海里来了活观音。摇手摇脚，当真像照观音菩萨。真宗皇帝就想，皇嫂已经归天，既然这个狄千金咁格美貌，不如就许配把我的皇兄。再就拿第二名寇承御，改成第一名，在宫中服侍哪个？就服侍刘皇后。真宗皇帝格宫妃多了，正宫李氏、西宫刘氏。李氏是忠忠厚厚，老老诚诚够，该一是一，该二是二，全凭仁义礼智信处理事情。西宫刘氏，长了比李氏体面，万岁对她也宠爱。所以有些辰光，乡下人格土话叫不识惯，就乱了朝纲的规矩，万岁也不曾怪她，因为她长了体面。万岁格天端坐八宝金殿，龙颜大悦，因为现在皇嫂也有了够，宫中宫女也齐集得够。正在高兴格辰光，有皇门官赶紧报，报与万岁知道："北番鞑靼国二十万大兵，侵犯我大邦中原，已经到了保定府。保定府过来就到大名府，大名府离我汴梁城就不远了够，一旦城头打破，是玉石俱焚，就个个难有残生性命。"

万岁拿告急文书上上下下看完成，龙须躁了乱纷纷。

"众位爱卿，鞑靼乃小小国家，竟敢兴兵二十万，侵犯我大邦中原。现在保定府有王超王爱卿镇守，有火烧眉毛之急，保定府处于水深火热之中，哪一位爱卿替我孤家担忧，速速提兵调将，前往保定？"

只要拿番贼来退掉，官上加职重封赠。

朝纲当中有多少忠臣心上就想："假使打到大名府，我汴梁城怎得过身？"个个想不出底高好办法，急得没法，嘴就直咂。

文武百官个个跪了金殿上，就像个泥塑木雕人。

文武百官默默无言，有双天官寇准，还有包公包文正，过咱不是龙图阁大学士，是大理寺正卿，一齐启奏："万岁啊，现在辰光兵临城下，文武百官没有一个能够退敌，你只有御驾亲征，才能保住我大邦中原万里江山。"

万岁闻听这一声，心中思量八九分。

"罢了，罢了哇，既然文武百官没得哪提兵调将，我不如御驾亲征，兵将士气才能旺盛。寇爱卿、包爱卿，你们说得有理，孤家就依你们，看到黄道吉日，孤家亲带大兵二十万，前往保定府去。"正当黄道吉日要动身，太监来报，报与万岁知道："启禀万岁，有正宫千岁娘娘李氏，生到一位皇子，我们来报，报与你万岁知道。"万岁一听，就不晓多高兴："我堂要去打仗，我家养了皇太子喽。"总曾歇五分钟，西宫刘氏身边彩女也来报："启禀万岁，才间西宫娘娘刘氏也生到一位皇子，我们来报，报与你万岁知道。"

万岁听到这一声，心总乐到足后跟。

心中要想进宫去望望两位皇子。寇准、包公就说："万岁，你如望见两位小皇子，你就不肯去打仗呱，要心挂两头，不如一心一意去打仗，等待班师回朝打转，再看两位皇子也不嫌晚。"

万岁闻听这一声，想想不错半毫分。

格究竟这两个人生够，可总是皇子啊，总是男嘎？不是得够，其中一人是谎报够。哪个？万岁最宠爱格西宫娘娘刘氏，实际上她养格是公主，她谎报是皇子。格咁咁也巧，万岁要出去打仗。如果不出去打仗，万岁一望，格就不得了了够，这个书么也就讲不下去。正因为万岁等了要出征，经一班忠臣劝说，所以就不曾进宫。格天子一冲之心要拿鞑靼国番贼退走，随手把点兵簿子拿出来，挑选了精兵二十万，万岁御驾亲征。

战鼓敲了咚咚咚，点起了二十万马和兵。

万岁出去打仗，这遭不来家了够。刘氏格天子就想：我谎报格皇子，假使等到万岁打仗家来，跑到我堂一望，我生格是公主，格我不得过身，我有哄皇之罪，欺君之罪，不如我来想一个办法。

只要拿皇子丧残生，就少啦冤家对头人。

随手就拿总管郭槐叫得来。郭槐就管后宫宫娥彩女够。这个太监郭槐底高腔调？尖嘴猴腮，眼睛是三角眼。人家说一转一个花头，他一转有三个花头，抬头有千种计，低头有万种谋。掺百祸惹是生非，说大头子谎，做短寿命事情，总是他个人。他来宫中说一是一，说二是二哇，哪个不听他格话，是拳打脚踢。如果打杀个把宫娥彩女，像照脚底落踩死一只蚂蚁一样够，可以说没得事。刘氏西宫娘娘拿郭槐叫到内宫："郭槐，不瞒你说，我生格是公主，不是皇子，恰巧万岁出去打仗，又不来家了够，正宫李氏生格倒是皇子，你可有底高办法，帮我去拿皇子如此如此这般这般啊。"郭槐狗贼一听，就来老钵头能大格劲："千岁娘娘，这个么不是小事一桩啊？桩样不会，办这些事情我是老内，而且我办了干净利索嘎。"

在我在我都在我，在我郭槐一个人。

格天子中饭过后，西宫刘氏娘娘和郭槐还有四位彩女，就拿公主抱到昭阳宫，来到正宫李娘娘身边。李娘娘赶紧迎接："啊呀，妹妹啊，今朝你怎到我宫中来够？""姐姐，不瞒你说，万岁来外间打仗，我蹲家心焦杀得够，再加上我乳水不大足，我望望你可有乳多，分点乳把公主吃吃够。"正宫娘娘李氏好了，心上一想，总是万岁格骨肉，推扳点奶奶么，我堂有多，就拿公主接过来。格太子怎弄？太子就把郭槐抱住得嘎，自己就抱格公主。拿乳把公主一吃么，刘氏娘娘花头三来了格："姐姐，我蹲宫中心焦了，碧云宫虽有宫娥彩女使唤，像照相当闷郁，我不如拿你姐姐请到我宫中去，我们开怀痛饮，好有讲有说。"李娘娘一想，格倒也是的，我堂多时不曾到她宫中去游玩了："妹妹，好倒好格，格我这小太子怎弄咧？""啊呀，不要紧呱，堂有内监郭槐，办事情最细毛，又最周到，不如叫郭槐帮抱住得。"

李娘娘闻听这一声，急急忙忙就动身。

格天子去倒去了够，不晓得这个狗贼郭槐，丧尽了天良，吩咐宫娥彩女，拿酒菜备办停当。正宫李娘娘和西宫刘娘娘，对坐来杠饮酒，开怀痛饮。吃到底高辰光？将要日落西山的时候，李娘娘要回宫了。"啊呀，妹妹，我只晓得贪杯，到咁咱总不曾问到太子。""太子不要紧够，才间我们吃酒开心，不曾打扰你啊，太子熟睡困着得够，才间郭槐送家去够，我们定心吃酒。""妹妹，外间时间不早，我酒也已经吃好，既然太子已被送到宫中，我还不大放心，我回宫了。""姐姐，下回来相，万岁不来家，你时常到我堂走走，我到你杠去跑跑。"

李娘娘赶紧就动身，哪肯耽搁转宫门。

李娘娘一走，刘娘娘就说："郭槐，事情办了怎呢够？""啊呀，保证天衣无缝，神不知鬼不觉。”

不提两人欢喜，单讲李娘娘打转。来到宫门口就问：“宫娥彩女啊，太子果曾家来哇？”“才间郭槐送得来够，他叫我们不要去望太子，他说太子已经熟睡困着得够，千万不要去惊动他，所以我们到现在不曾去望。”“好够，今朝我酒多吃得够，你们也赶紧去休息。”宫娥彩女总走了够，因为小半天不曾望到太子，李娘娘也不大放心，跑到踏板上，拿帐子掀开来一望，绫罗绸缎盖了太子身上，拿绫罗绸缎掀过来一看，命总吓断，倒吸一口凉气：“啊呀！”

众位，这绫罗绸缎里间盖格究竟可是太子？

一个血骷郎情格死猫咪摆了床上，绫罗绸缎盖了上间，正宫娘娘拿起来一惊，对后间一倒。望望李娘娘是底高腔调？

一头栽倒地埃尘，神木不知半毫分。

因为宫娥彩女总去休息够，没得哪来杠，李娘娘吓死过去恨不得半个多钟头，人才慢慢清醒过来，心上一想：“肇怎得了？报与万岁说我生了太子，假使万岁打仗家来，看不见太子，我怎得过身啊？”

浑身长嘴也难辩驳，跳了黄河洗不清。

太子哇，

我早起抱到你也好好很，现在不知你死和生。

心肝啊，

假使你被刘氏来陷害哇，要绝啦大宋继承人。

李娘娘又想：“干咱要说拿这个事情告诉大家，刘氏是万岁最宠爱的美人，我没得好处，相反有坏处，她势力咁大，我千万千万不能伸张。”

等到万岁回朝转，奏于万岁得知闻。

不提这个忠厚老诚正宫娘娘不敢作声，因为怕西宫娘娘够。单讲西宫娘娘刘氏，拿这个小孩要弄到哪里去？她说呱：“宫女，不能耽搁，趁干咱外面不曾大天亮，你拿小太子赶紧替我抱到御花园里去，扔到金水池里，拿他淹杀得拉倒。但是，你不能走漏半点风声，假使走漏了风声，我拿你碎尸万段。”

寇承御闻听这一声，魂灵总冒到九霄云。

因为她是来皇宫内院，就是来农村，来人家做安童梅香，也不敢不听主人格话啊。端她碗，就要受她管；抓她筷，就要受她喊。没得办法，就拿小太子抱出来了够，抱到御花园金水池，眼皮一奃，撑了杠就哭，不忍心拿这小小太子撂下去淹杀得嘎。宫女喊声:"可怜啊!"

如果等小小太子丧残生,我也对不起万岁有道君。

太子哇,

你究竟来前世里作得底高孽,小小年纪要丧残生。

可怜啊,

人家总说黄连苦,你比黄连苦三分。

哭嘎哭,哭得心上就像突粥。要说拿这小孩搿下去么又舍不得,要说不搿下去,家去对刘氏没处交差。横也难来竖也难,一人做个两难人。因为这小小太子,是天上真龙天子下凡,将来要传接大宋万里江山。

哪晓不该应太子丧残生,前间来了个善心人。

来了哪个?总管陈琳。他清清早起到堂块来做底高格呢?格天子八贤王生日,他到御花园来呢,剪点好看格花家去庆贺八贤王千岁生日够,起早来够,咁咁手里背格篮子,肚里摆格花匣子来下,走金水池身边经过,看见寇宫女哭得死去活来。跑到前间就问:"啊呀,寇宫女,你手里格是底高东西啊?"寇承御不曾开口,眼泪先千双下。

上上下下说一遍,陈琳心中总知闻。

陈琳一听,如同万丈高楼失足,犹如大海崩舟:"啊呀,刘氏胆也太大了呱,谋害幼主,要家灭九族,化骨扬灰。寇宫女啊,万岁又不来家,现在李娘娘是有冤无处伸,我们保住太子要紧,等到万岁家来了,拿这个事情好奏于万岁得知。""公公啊,格这太子怎得走咧,来堂宫中不得出去哇?""不要紧啊,有办法格,我咁咁有个花匣子来堂,不如拿太子摆了花匣子里间,我好拿他带出去。"陈琳拿太子接过来,摆了花匣子里。格匣子底高腔调?像照干咱辰光用格首饰匣子,有盖头好抽格,拿个小孩对下一摆么,陈琳就说呱:"太子千岁啊,你如果要命够,你千万不能哭嘎,你假使一哭,有了声音出来嘛——"

如果把旁人来听见,千个残生活不成。

众位,也不该应大宋要绝后啊。这个小孩摆了这个花匣子里啊,不但不哭,相反熟睡,困着得够,所以一下子就拿他带到宫外。陈琳不肯耽搁,赶紧赶上阳关路,南清宫到面前呈,赶紧就报,报与八贤王千岁和狄娘娘知道。夫妻两个一听,吓啦大半条命,狄娘娘就说呱:"王爷,现在刘氏目中无人,眼空四海,谋害幼主,格也得了了。""你叫我也没得办法够,虽然说万岁出去打仗,拿国家大事交把我来处理，我也不能做咁大个主，拿刘氏有个怎呢。现在唯一的办法，我交你至今不曾有生育，反正我家事情，旁人又不晓得，不如就拿这太子千岁，作为我交你的亲生，传扬出去，他就是我交你的亲生骨肉，外间是神不知鬼不觉，又没得哪旁人晓得。”

狄娘娘闻听这一声，想想不错半毫分。

格太子肇挨救走了够，被陈琳带到八贤王千岁家去够，作为自己儿子来杠抚养。格刘氏可就肯拉倒哇？刘氏西宫娘娘一想：“太子现在没得够，万岁家来，李氏难免要拿这个事情告诉万岁，我们不如来杀人灭口，等到夜里夜半更深，我们火烧朝阳宫。”

拿朝阳宫来化灰尘，正宫李氏好丧残生。

她们夜里要去烧朝阳宫。旁人可有哪晓得嘎?寇承御是她贴身之人，实际上她老早来杠听壁脚听好了呱：“不得了了呱，啊呀嘎，娘娘啊，你格心要咁黑做底高哇，好丑她是万岁格正宫娘娘啊！”

人家总说焦炭黑哇，你心比焦炭黑三分。

这个寇宫女心肠好了，心上一想：“太子已被陈琳救走了够，今朝她们要火烧朝阳宫，我只有赶紧去盗取金牌一面，拿正宫千岁娘娘也要救走。”但是日里跑不走，只有到夜里煞得暗光才能逃走。因为她是服侍刘娘娘够，要盗金牌也相当容易，只要有这个东西来手里，没得哪敢哼嚯她、问她。寇承御盗了金牌一面，格天子煞得暗光，赶紧来到李娘娘身边，拿宫门紧闭起来，双膝朝李娘娘面前一跪：“千岁娘娘啊——”

人家总说祸事有天能大，这件事只比天大小二分。

“寇宫女，不嘎，你不蹲刘氏身边，你到我堂有底高事情啊?”“娘娘啊，我真人面前不说假，假人面前不说真。”

我咁咱拿上下根由来告诉你啊，铁石心肠也软三分。

寇宫女肇拿刘氏交郭槐设计，叫她拿太子撂了金水池里，咁咁有八贤王千岁家陈琳，剪花家去庆贺八贤王生日，太子千岁已经被陈琳救走，带到南清宫去了格一情二节告诉正宫李氏。又告诉她，她们夜里要来火烧朝阳宫。“娘娘哇——”

宫中咁咱你不好蹲，赶紧到外面去逃生。

李氏娘娘闻听这一声，可要哭死又还魂。

“刘氏刘氏啊，究竟我哪三桩推扳了你，亏待了你，你拿我家太子置于死地，还火烧朝阳宫啊。”随手赶紧拿寇承御宫女扶起来：“宫女啊，我久居深宫，外间漆黑抹塌，就像锅底菩萨，我咁咱走，你叫我上哪里去啊?我面东背西，也不晓得哪里对格哪里哇?”“千岁娘娘，你不要担心，我今朝日里已盗了金牌一面，你拿这个金牌带在身边，穿起宫中太监的衣服，旁的地方你不能去哇，你只有一个地方好去，十拿九稳保得住你性命够。”“我到哪里去最保险？”“娘娘啊——”

你旁的地方不好蹲，南清宫里好安身。

随手帮她做对手，拿太监衣裳裤子换了身上，拿太监帽子戴了头上，拿金牌摆在腰间带在身边。千岁娘娘跑出去几步又回过头来，倒过来双膝对寇宫女面前一跪。

双膝跪倒地埃尘，恩人连连口内称。

“寇承御，你救了太子千岁，又救了我的性命，从今向后，我们就不是主仆相称，受我一拜，你肇就是我的妹妹，我就是你的姐姐哇。”

寇承御闻听这一声，三魂吓得少二魂。

“千岁娘娘哇，你不要蠓蛛子攻了盐蒲包里哇，腌不死，渍就渍杀我了呱。娘娘哇，千岁奴来一岁主，奴仆不敢欺主人。”千岁娘娘喊声：“妹妹啊——”

你今朝救了太子残生命哇，又救我一条命残生啊。

“我肇逃出去嘛——”

假使向后没好处，一笔勾销莫谈论。

假使我向后有了升腾日，我一重恩报你九重恩。

“千岁娘娘，逃命要紧，你赶紧走哇。娘娘啊——”

假使干咱被刘氏来晓得，你要去逃生是万不能。

李娘娘眼泪叭塌，又对寇承御磕了三个响头，肇走了够。她又不大出去跑路，也摸不到格南清宫来哪堂子，黑夜暗星就动身，哪问高低路不平，格作孽了，溜虎跳，爬爬烂跌，看看不稀奇，滚了浑身总是烂泥哇，不曾摸到南清宫，还算好逃到了宫外。

急急忙忙就动身，逃到了一条命残生。

格李娘娘溜出来够，溜到哪里，一歇自然就有交代。我们单讲到格天子夜里，郭槐狗贼亲自前往朝阳宫，趁夜半深更无人知晓的辰光——

点起南方丙丁火，宫娥彩女丧残生。

宫娥彩女瞌睡蒙松，总对亮堂子冲，哪晓对火坑里一攻，只好送终。

宫娥彩女丧残生，魂灵上了枉死城。

到第二天大天巴亮嘛，大家就说起来，叫起来够，说：“不得了了够，半夜三更，朝阳宫不晓怎得失火够？啊呀嘎，正宫千岁娘娘李氏总烧杀得够。”实际上刘氏交郭槐心上欢喜了，肇李娘娘挨烧杀得了，太子也淹杀得了。哪晓正来高兴格辰光，宫娥彩女赶紧报，报与刘氏知道：“启禀千岁娘娘，我们从金水池经过，发现寇承御宫女死在金水池内，看来是投水自尽了。”

刘氏交郭槐闻听这一声，心中思量八九分。

刘氏说：“郭槐，寇宫女自己淹杀得，肯定太子不曾死哇。如果她拿太子撂了金水池里淹杀得格句话，她应该到我堂来报，报于我知道。现在她自己淹杀得够，证明太子肯定不曾死，应该说把旁人救走了够。”“娘娘啊，格不留下一个大祸患？”“格原呢。”“这遭怎得了咧。”“郭槐，反正李氏来火坑里烧杀得够，太子就当不曾淹杀得么，现在也不晓得上哪去了够，不如我们就能呢。我这个公主，养堂也没得用，等到万岁班师回朝家来，听见说李氏烧杀得，太子不知去向，肇望望我，说还有一个皇子了，一望是公主，他更加光火，不如咁咱趁早，拿我养的公主也弄杀得拉倒。肇太子没得，公主也没得。”这个刘氏心黑够，自己养格女儿哇，狠狠心肠，就拿绫罗绸缎对她脸上一捂，双手到她颈项里一卡，一歇歇晨光这个公主——

手一舞来脚一蹬，小小年纪丧残生。

这个事情可有哪旁人晓得？也没有哪旁人晓得，只有郭槐高她两人晓得，肇拿小公主弄啦得够。格这李娘娘溜出来，究竟溜到哪堂子哇？李娘娘格天子夜里溜出来，一下子溜到陈桥镇，离京都皇城不远，几十里格地方。格么李娘娘底高腔调？一出宫之后，拿打扮格太监格衣服也总脱啦得够，心中想，我好好一个正宫娘娘，弄到如此地步。

究竟我来前世里作得底高孽，今世里苦到能功成。

心上又想：“我是个女格，我上哪里去咧？”一跑一钉，点总不兴，夜里住哪堂子，虽然身边有两个钱，不敢去住饭店。为底高不敢住饭店？恐怕刘氏要打发人出来寻，就逋人家檐头底落，或者在人家草头边逋到天亮，反正肚子混得饱够，因为她身边有两个钱。不曾歇多少时，钱倒用光啦得够，又是个女格，又不好意思出去沿街乞讨要饭，腹中饥饿，可以说是饥寒交迫。格天子跑到一个人家门口，格个人家底高腔调？东壁打西浪，有竹架总没得望。看看格人家蛮穷格，心中就想："好人家我不好意思去开口，到这穷人家来，穷人最讲义气，交他家商议商议，格弄碗汤粥把我垫垫饥度度命。"来杠门口晃上几晃，转上几趟，又不好意思开口，哪晓曾歇一歇辰光——

眼目昏花了不得，神木不知半毫分。

说句土话，就是不晓得天东地西，人"哐桑"就对格人家门口一倒，倒饿昏过去了够。这个人家是底高人家？这个人家就该一个中年妇女，丈夫已经亡故啦得够，就她个人来家，听见门外间一响，赶紧出来望够。

这中年妇女拿门开开来一看，命总吓断，一个女格倒了她家门口，赶紧捶捶拍拍，李娘娘拿眼睛才睁开来了："姐姐哇——"

我多谢你今朝将我救，我黄土盖面不忘恩。

随手拿她救到家里："啊呀，你这位姐姐哇，你家住何方贵地？你尊姓大名？"

你家父姓什来母姓什？你是排行第几人？

李娘娘不曾开口，眼泪就千双下："姐姐哇——"

我也不是张三其别个，我是离乡落难人。

"你这位姐姐，我家父母亡故，哥哥嫂嫂心黑，我过不到他们格日子，我这遭坐夜溜出来够。"大家就说够，她不好就说是某某人家老婆，是皇帝家正宫娘娘啊。这个话她万万也不好走漏半点风声，如果一说，命也保不住啊。她就能呢一说谎啊，这个中年妇女倒同情她格："啊呀，你这位妹妹，我对你说，我家丈夫已经亡故啦得格，我家姓郭，我就个人来家，我腹中么又有怀孕，假使生产么也没得哪照应我，你就蹲堂块，我们做做伴，你就算我格妹妹，我就算你格姐姐。"

李娘娘闻听这一声，心中欢乐八九分。

赶紧来到前间行个礼，姐姐连连叫几声。

眼睛一鞭，大概来她家四五十天，格天子郭氏妇女中年生子，就来破草棚棚里。

连痛了几个紧痛阵，腹中生下小官人。

小孩对下一抛，叽里呱啦叫。李娘娘用手一抄，一望一个大大老小，"喔哎喔哎"呀，不是团脐也是骚蟹，赶紧就拿郭氏女子扶了上床。哪晓得只一歇辰光，这个郭氏中年妇女底高腔调？浑身来杠抖，就像筛酒，望望脸上白消，不成个腔调。不曾到半个钟头——

喉咙口腾腾空断了来往气，呜呼哀哉丧残生。

李娘娘一看，命总吓断，赶紧捶啊拍，只是叫。哪晓得她眼睛一闭，望望一点点总没得气。

这个李娘娘只是抛来只是滚，哭到死处又还魂。

跑到前间一把来捧住，喊声："姐姐啊——"

我多蒙你收留了我哇，不晓得你今朝就丧残生。

姐姐，只怪你家这个儿子命委该狠，他是一个杀母生。

肇又没得底高钱，总算邻舍隔壁也算好，肉麻她家了，大家投两个钱来，买一口薄皮子棺材，拿这郭氏妇女安葬啦得。肇这个小孩怎弄咧？就靠李氏慢慢服侍，慢慢拿他抚养长大成人。帮他取底高名字咧？到了满月过后，她晓得够，这个人家姓郭，他家老子么早已死啦得够，她家妈妈也死啦个把月够，不要弄这个小孩再做个讨债鬼，滴点大再死啦得，格这个人家要绝啦下代，帮他取一个好点格名字，叫他海寿。为底高叫海寿？海水不干人不老，除啦今朝有明朝，就是说有海咁长格寿阳，就叫郭海寿。来老书高头，这个人不叫郭海寿，而且姓都不同，他叫万大红，现在格书高头就叫郭海寿。格郭海寿虽然说是个杀母生，肯长了，三个月就眉花眼笑，五六个月舞手舞脚，七坐八爬，九月长牙。抚养郭海寿过一个期，李娘娘望望就不晓多欢喜，心上就想，要是你家妈妈在世，看见你这胖墩墩格小孩么，格多欢喜啊。

李娘娘越思越想越难过，止不住腮边泪纷纷。

长到五六岁格腔调，因为陈州这个地方发生严重灾荒，老百姓五谷歉收。格果有哪个来救灾发赈坐镇这个地方啊？只有包拯来这地方救灾，坐镇来这个地方啊，所以老百姓叫饱不死、饿不杀。像照这个穷人家，本身她不是当地人，她带这一个小孩又不得生活，一个女流之辈又不能做底高生意嘎些，又不能抛头露面，只好蹲家坐吃山空。说人霉不一桩，酒酸不一缸，腾腾空格天子夜半更深，东面邻舍家火烧，人家来救火救晏了，慢慢慢慢烧哇烧，倒烧到她家破草棚高头去够。

哪晓东面格人家连害了她，草棚来火坑里间化灰尘。

肇苦了母子两个人。格郭海寿可晓得这不是他家妈妈哇？他一滴点总不晓得，沿小滴点大就开始叫李娘娘妈妈喽，他当自己是李娘娘亲生呱。格天子就说："母亲啊，他家火烧拿我家烧啦得够，我们没堂子住了够。亲娘啊——"

我们究竟来前世里作得底高孽,今世里苦到能功成?

亲娘啊,

我家房子半夜三更来火坑里间化灰尘,

我们到哪里去安身?

李娘娘当真怕难为情了,肇怎弄?寻到一个河边上,咁咁寒天头冷辰光,人家拿格蒲啊芦棵哇,斫得就对沟坎上一陪,肚里么果是空嘎。肇娘儿两个就对格个肚里一通。他们没得吃,身上又没得底高暖气,两个人对蒲肚里一攻,冻了浑身抖,像筛酒,牙齿敲叮当,浑身就像筛糠。可怜啊!

蒲当帐子岸当床,母子冻了像筛糠。

郭海寿来里间人总冷杀得够。"亲娘啊——"

如果我们在这肚里蹲了三天整,千个残生活不成。

李娘娘一想:"住这肚里确实不是个了事哇,堂块一间是岸,高头盖格蒲,假使到阴雨落雪怎弄咧,不要拿这小孩冻坏了嘎?再说又没得吃,不要拿这小孩饿杀得够?他家妈妈临死之前,拿他托付把我够,我要来想办法够。"到格个辰光,确实也顾不得羞丑了呱,就拿这个五六岁格郭海寿搀了手里,到人家鸡障高头拔一根鸡障棒,拾到一个豁爿头坏碗。

娘儿两个去讨饭,果比黄连苦三分。

可怜啊,要说抬起头来又怕丑,低下头来又怕羞。格也有人家把他们吃够,也有人家不把他们吃。有人家看看这两个人作孽,盛点饭他们吃吃,也有人家舀点粥把他们吃吃。也有人家就说:"死开点,出来要饭咧,要饭多惬意啊。你家荤他家素,你家咸他家淡,要吃只要满埭乱喊,吃得碗总不要洗,三年饭一讨,你官也怕做咧,恔点死开点,没得把你们食祭。"

娘儿两个闻听这一声,可要哭死又还魂。

郭海寿喊声:"亲娘啊——"

我们今朝格饭么又要不到哇,晓得可有命残生。

娘儿两个一头跑来一头哭,破窑一座面前呈:"儿啊,这个地方比沟岸上蒲肚里好哇,不如就住这个破窑里,先安下身来落下脚来,回头我们再作打算。""母亲啊,格不住堂住哪里去咧,我们就住堂好够。"

娘儿两个破窑里间来安身,此处丢开慢谈论。

我们不提这李娘娘溜出来已五六年喽,格皇城里底高腔调?

我们单讲南清宫狄娘娘，人家说行善积德只有好处，没得坏处，她救了太子千岁性命，当作自己亲生儿子，开过年来，狄娘娘就有六甲怀孕随身，下半年也就养到一子。真宗皇帝亲生格来八贤王家，应该说比自己家儿子要大到一岁。真宗皇帝亲生格太子叫底高，叫赵祯，八贤王养到格儿叫赵璧。人家总晓得八贤王家有两个儿子，实际上只有老二赵璧是他亲生。八贤王一想："我家皇弟对我不薄啊，挑选美女拿最体面格绝色美女许配把我，现在我有了儿子传宗接代，虽然他来外间打仗，我帮他拿国务定要料理好了。"

越想越思越欢乐，如同拾到宝和珍。

哪晓得曾歇到半年啊，八贤王倒有患难毛病随身，召太医官来帮他对症下药。哪晓得看到他格病，看不到他格命，吃药如吃水，化纸骗骗鬼。

王爷千岁毛病沉重很，井底里淘沙渐渐深。

害啦一场重病，哪晓就不曾有格命，肇八贤王千岁倒死啦得够。因为德高望重，格说为底高这个人德高望重？他来历大了，是赵匡胤格儿子，赵匡义格侄儿，是真宗皇帝格皇兄。格真宗皇帝是哪个？赵匡义家儿子，就是赵匡胤格嫡亲侄儿。格天子八贤王一死么，万岁又不来家，全国举哀，为他吊孝。按道理他要传接赵匡胤格皇位够，因为他格来历交旁人不同，所以赵匡胤出于无奈，才拿皇位传把了兄弟赵匡义。因为八贤王千岁不是赵匡胤家老婆养够。赵匡胤家老婆叫韩素梅，是一个妓女出身，这个小孩是韩素梅带得来够，是韩素梅家嫡亲内侄，哥哥嫂嫂死啦得，这个小孩无人照料，肇拿他带了身边够。人家传扬出去说，这个八贤王千岁是赵匡胤家假儿子，是妓女养够，所以他不能登基做皇帝。所以他做个八王千岁，在历史上也有记载够。来皇城里间或者是国外，只要提到这个八贤王，是人人敬重他几分。格李娘娘来外间可晓得八贤王死啦得？她一滴点总不晓得。格李娘娘来外间受罪，作孽了，可以说是衣不遮身，食不充口，她要等到底高辰光才得出头？她心上就想：

只要等到万岁班师回朝转，我到京都皇城把冤申。

"拿狗贼郭槐来捉住，剥他皮来抽他筋。"格究竟真宗皇帝来外间打仗多少时？一笔九年真宗才家来够，也就是说太子千岁赵祯已经九岁，八贤王家儿子已经八岁，推扳一岁来去。真宗一家来，首先听见说八贤王已经死啦得够，真宗皇帝是龙眼流泪。心中想："我也咁大年纪了哇，朝阳宫么夜半深更失火，李娘娘我的梓童已经身丧其命，连太子也烧杀得，西宫刘氏生到一位皇子，她说已害病死啦得,该应我大宋要绝啦下代。罢了罢了哇,我如再娶一位美人,看来我咁大年纪也没有生育能力,不如我拿我皇兄的长子册立为太子,等他将来好传接我孤家的皇位。”实际上他不晓得,八贤王家长子就是他家儿子。格天子拿文武百官召到金殿之上:“众位爱卿,孤家已经年老力衰,没有太子传接我孤家万里江山,孤家准备拿八贤王皇兄的长子,就册立为太子,我将来驾崩之后,万里江山就传给他。”

文武百官闻听这一声,万岁喊了不绝声。

不出万岁所料,到了赵祯十二岁,赵璧十一岁,真宗皇帝陡得患难毛病随身。过咱多大?五十五岁,在位二十五载。

一命呜呼丧残生,果比黄连苦三分。

格他一驾崩,肇冠冕堂皇就太子登基。也就是说,这十二岁格赵祯做了皇帝,做了一国之主。他一直是狄娘娘养够,拿狄娘娘封为母后,拿刘氏封作嫡母后。格李娘娘来外间也晓得够,心中也想,万岁班师回朝家来够,我照理要上京都皇城去申冤理枉报仇,可惜我现在不能去了呱。为底高不能去?来格破窑里间,我朝也想,夜也思,朝也哭,夜也哭,现在是双目失明,不知天东地西南北。我这个腔调,衣衫褴褛,讨饭婆子,又看不见。上皇城里去,哪个理我?哪个帮我说话啊?还是不去算了,我是三合头升箩七合头命,就配我要受罪够。回头听见说万岁驾崩死啦得够,听见说八贤王千岁家长子做了皇帝,心上一想,我更加不好去,他是我亲生骨肉,做了当今万岁,我即使申不到冤,死了也瞑目够。所以李娘娘一着是含冤在身,不曾到京都皇城去申冤理枉,这个事情一着有多长时间?一笔到十八年满了,也就是说,皇帝已经到了十八岁了。格原来是真宗皇帝,回头十二岁格太子做了万岁,果也叫真宗?不是的,就叫仁宗。这个仁宗皇帝年纪虽轻,他会处理国家大事。为底高?有狄太后娘娘帮他做后台,帮他处理国家大事,再加上潞花王千岁,就算他家皇弟,年纪虽轻,脑子特别玲珑,特别活络,也帮他出谋献策,所以四海升平,八方太平。不讲仁宗来杠做皇帝倒好够,他哪晓得还有个妈妈,有个母后来外间受罪了。

格个陈桥地方,连年发生灾荒,不是风荒就是水荒,不是水荒就是旱荒,不是旱荒就是虫荒,就穷了抬不起头来。老百姓没得办法,个个是怨声载道,拍手顿脚,急得蹲杠骂菩萨:“你格瘟菩萨,你格瘟菩萨,你弄我们堂一落里是荒年啊,到何时能够直头哇?”格杠块有包公来杠救灾发赈,大家要问,究竟这个堂子的人可有肚子吃饱了格辰光？李娘娘到几时能回转京都皇城？

格天子包大人身坐大轿，出去体察民情。出去格辰光是青天白日，可以说是万里无云，大概跑出去只好四五里路格腔调，腾腾空一阵狂风，“呼”，一阵狂风吹了张龙、赵虎几个人眼睛总不得睁。包大人来轿子里就说：“什么风？”张龙、赵虎顺嘴一塌：“落帽风，落帽风。”“张龙、赵虎，为底高叫落帽风？”“大人啊，你官帽总吹抛啦得够，不叫落帽风啊？”“对格，我乃皇上命官，有先皇和现在当今万岁，出了皇命圣旨，叫我坐镇陈州救灾够，这个落帽风胆倒不小，拿我的官帽总吹啦得。张龙、赵虎，不能耽搁，赶紧拿落帽风捉拿归案。”张龙、赵虎心上一想，害人了，害人害人害人，怎思量到说是落帽风嘎。“大人啊，这个捕风捉影格东西到哪里捉到呀？”“狗才，没得这个人，就没得这个风，就吹不掉我格帽子。限你们一个时辰拿落帽风捉拿归案。”

张龙、赵虎闻听这一声，哪敢耽搁片时辰？

肇两个人出去打听：“可有哪叫落帽风？”当地老百姓说：“没得，没得格个人，我们不曾听说过。”跑哇跑，问啊问，张龙就对赵虎说：“我们只要去找地保就是的，问问地保，哪个叫落帽风，就好带他去见包大人，格不便当煞得。”

赵虎闻听这一声，想想不错半毫分。

找到地保，地保就说格：“你们是包大人派得来够？”“是的。”“是的可有牌票？”“格倒哪里有啊？”“没得你们就是冒充够，我晓得你们可是张龙、赵虎啊？有了牌票，我同你们去寻落帽风。”两人气塌塌，回到陈桥镇包大人身边，包大人格要问了：“张龙、赵虎啊，可曾捉到落帽风啊？”“啊呀嘎，我们去找了地保，地保说我们是冒充够，我们没得牌票。”“狗才，你们狗才，滴点大、虱能大格事情，也去惊动地保，你们得了，打你们二十棍子个人。”“包大人，你不要打哇，如果打了我们皮开肉绽，我们没处去捉落帽风。”“狗才，我就把张牌票把你们，这下子一定要替我把落帽风捉得来。”两人带了牌票又去捉落帽风，问问这个地保。地保说：“有牌票，我相信你们是包大人身边得力之人，既然你们是张龙、赵虎，我带你们去啊。”地保带他们出去寻落帽风。到哪里寻到？有个老朋友欢喜说老飘格：“啊，落帽风啊，有啊。就来堂陈桥西南上，大概三四里路格腔调，有个落帽风，开药店够，可保就格个老朋友。”

三个人闻听这一声，急急忙忙就动身。

跑到格个药店里一问：“你叫底高？”“我叫骆茂丰。”“底高啊？你叫落帽风啊？”“我是叫骆茂丰。骆驼格骆，茂盛格茂，丰收格丰。”“格不对啊，我们是要捉落帽风，吹落格落，帽子格帽，起风格风。”三个人气塌塌，就对外间跑。包大人坐了轿子肚里等了，一等也不来，二等也不来，横等也不来，竖等也不来啊。大概等了两个多时辰，也等不到哇。正在这时，张龙、赵虎回来了。“包大人啊，我们确实捉不到落帽风。”“捉不到哇，今朝捉不到，明朝也要捉，一定要拿这落帽风捉得来。”格天子包大人回转，夜里宿哪里？心上就想，出来体察民情，不是三里五里，十头八里，整个陈桥我都要转它一转，夜里不如就下宿东岳庙内。肇就宿得东岳庙里够，明朝一早么，他还要出去体察民情。打发张龙、赵虎：“继续带牌票，去捉落帽风，我还来陈桥高头等你们。”哪晓早起轿子出门，总不曾到二里路，又一阵狂风，“呼”，吹了包大人他们眼睛不得睁。包大人拿眼睛睁开来一望，像照是遮天蔽日，阴气沉沉。“这底高风？总不见得又是底高怪风呢？说今朝这个是落帽风嘛，我帽子不曾抛，晓得我包拯日断阳，夜断阴，可保这堂子有冤魂不散。”赶紧吩咐拿轿梁落平，包大人出来步行，说：“什么冤魂，什么鬼魂，有底高冤？现在白天，我不能帮你申冤，到了晚上，我到北荒野地方，到荒草地里，搭一座亭台，你到杠有冤喊冤，我帮你申冤。”格一阵乌风黑风，“呼”，走了够。

单讲到张龙、赵虎来外间跳一天，不曾寻到落帽风，不曾捉到落帽风。你说这个风，到哪里寻到？到哪里捉到？这个没得根襻格东西，可以说是无影又无踪，跑了又悛。他们身上跑了汗冒冒，是遍体生津，到了夜里，家来告诉包大人，确实寻不到这个人。包大人心上也想：“罢了罢了，既然寻不到么就算了，肯定没得这个人，我这个帽子么实际上是风吹啦得够，总不见得就是早起格一阵乌风？我对它说格，夜里来北草野地搭高台一座，等他来有冤喊冤，我帮他申冤，总不见得是个怪东西？”到格天子夜里，当真叫大家帮忙，到北荒草野地里，格个堂子是底高堂子？实际上是乱坟场，弄弄干净，搭起一座高台来。只有张龙、赵虎、王朝、马汉四个人陪包大人。包大人坐了格台子上间，黄昏头辰光又没得底高。到了半夜过后，心血来潮将要困格辰光。包大人伏得台上有点困着得，再加上四个人，提四碗灯笼，三碗熄啦得，只有一碗灯笼隐隐约约有点亮光。奇怪了，正来心血来潮格辰光，“呼”，一阵黑风，就对杠一攻，黑风一散，一个女格披头散发嘎，就对包大人搭格台子前间一站。包大人过咱有点困着得够，一阵风一吹，拿他倒吹醒了够，一望，一个女子撑了他面前，披头散发，不成腔调。“啊呀，真有冤魂冤鬼，你这鬼魂，早上就惊动了我，现在你有底高冤，你从实讲来，待我包拯帮你申冤理枉。”

格个女子双膝跪倒地埃尘，包大人叫啦好几声。

“包大人啊，我不瞒你说，我是一位诰命夫人，我姓尹名贞娘。我家丈夫姓沈，名叫国清，来京都皇城为官，他是尚书之职，他交朝纲当中奸党许多格人串成一气。”“尹贞娘，该应哪个不好，就是哪个不好，你家丈夫究竟交哪个串成一气？”“啊呀嘎，现在仁宗皇帝已经有了西宫，就叫庞赛花，她家老子叫庞洪。这个人来朝纲之中，是无恶不作，无所不为，要想坑害国家忠良，要想坑害狄青和杨宗保二人，害他们两人克扣了军粮和官兵防寒的棉衣棉裤。现在万岁打发朝中大臣孙武，上三关捉拿杨宗保和狄青归案去够，我家丈夫听信了庞洪格话，和他串成一气。我叫他改邪归正，要为国家出力，他不但不听我格话，而且辱打于我，我没得办法，一气之下，自寻短见死啦得够，悬梁高吊而亡够，我明明一位诰命夫人，他不拿我收尸入殓安葬，就拿我窖了我家府里东南上一棵桂花树脚底落。我不晓得到了阎王家来，阳寿不曾满足，阎王家又不要我。阎王说够，陈州地方有个包大人，他来杠块救灾发赈，只要能够到他乌台告状，总归能够拿我起死回生够。所以我没得办法，才出此下策。大人啊——”

我确实有了冤枉事，要望你大人拿我救了转还魂。

“啊呀，尹贞娘，你确实是一位诰命夫人，应该棺木停放家中，开吊几天，你家丈夫高奸党是一丘之貉，拿你也不曾开吊就窖啦得，寻丧也坑害国家忠良。尹贞娘，我包拯是个男子汉大丈夫，食君之禄，应该担君之忧，总值不到你哇。你胆放宽心，我一定能够拿你度了还阳打转。但是阎王可曾说多长时间？”“阎王说过够，四天之内我可以还阳打转，过了四天，我就不能还魂。”“格上三关去捉拿狄青和杨宗保格人去了多少时了？”“孙武才昨天动身够，如果等他们带了皇帝圣旨来到三关格句话，这两个人挨带上京都皇城，就难有残生性命。”

包公不肯耽搁，赶紧拿出御金牌一面。格东西有底高用？就相当于万岁亲临到杠一样够，见了这个御金牌，就像见了当今万岁。包公拿御金牌交给得力之人去止断孙武，现在狄青、杨宗保不能带了上京都皇城。“尹贞娘，你的冤枉大事，我包拯肇也晓得够。既然奸党要坑害忠良，我怎好坐视不理啊，按道理我来陈州救灾发粮，不能私自离开这个堂子，因为堂公事将要结束，我打发当地官员代理。

我明朝早起赶了上皇城，搭救忠臣两个人。

说也奇怪，一阵鬼头风，就不曾看见这个女子向西向东走了够。包公就说呱："张龙、赵虎啊，这个不晓可就是落帽风？""大人啊，格肯定是得够，肯定是落帽风。""我对你们说，救国家忠臣要紧，为国家铲除奸党要紧，救尹贞娘一条残生性命更是要紧，因为时间有限，明朝我们一早就要动身。"

来东岳庙里住宿一夜哇，明朝一早就动身。

有张龙、赵虎开道，包大人坐了轿子肚里够。张龙、赵虎心上就想："肇不要捉落帽风，可保就格个瘟风鬼头风。"他们拿牌票抓了手里走了前间，这个牌票已经没得用了够，要赶紧上皇城去度尹贞娘还魂打转。不晓得多奇怪了，来到陈桥镇格桥高头桥当中，"呼"，又一阵大大风，就拿张龙手里格牌票吹了腾空。"包大人，格倒也稀奇，我这个纸头票票儿抓了手里蛮紧够，怎一阵风吹到天空去嘎？"包大人说："望望这个牌票究竟吹到哪里？"望见格个纸头飘哇飘，飘哇飘，飘落下来够，落得一个卖菜格老朋友篮子里。张龙、赵虎跑到杠，一把拖住这个老朋友，抓住他格领宗："哈哈，你就叫落帽风，拿我家包大人帽子总吹抛啦得，眼睛一鞭，我们寻了几天总不曾捉到你，不曾弄到你，今朝你对哪里跑，还不跟我们去见包大人啊？"

这个老朋友闻听到这一声，三魂吓得少二魂。

这人是哪个哇？郭海寿，忠厚老诚头子，因为妈妈瞎够，家里不得生活，挑个担子，小本钱交易，弄点菜卖卖。格天子包大人急等要赶路，不晓得张龙、赵虎拿这个郭海寿倒拖得来够。"包大人啊，牌票忒得他格菜篮子里够，他肯定就是落帽风。"包大人赶紧走出轿梁，执指一指："你落帽风落帽风，胆倒不小哇，拿我包大人的官帽竟敢吹抛啦得嘎。"

郭海寿跪倒地埃尘，冤枉喊了不绝声。

郭海寿喊声："大人啊——"

我是清白良民人一个，不是违条犯法人。

"格你不叫落帽风啊？""我不叫落帽风。""你叫底高？""我叫郭海寿。""郭海寿，我这个牌票旁人篮子里不吹，怎干干吹到你格篮子里去够？""我当真不是叫落帽风。"肇也有做生意买卖够，大家合得要好够，总来帮说好话："包大人啊，千万不能捉他哇，这个人是个大孝子，他家妈妈双目失明，住了破窑里间，就靠他做点小本钱生意，好拿他家妈妈养活得，你捉他是冤枉够，确实大大冤枉。""郭海寿，听他们咁多人说起来，你是大孝子，既然你家咁个穷困，你又不是叫落帽风，我家张龙、赵虎捉错了够，我堂有十两银子，就送把你家去养活你家母亲，也好做做生意本钱。”

郭海寿闻听这一声，谢谢包拯老大人。

大人啊，

今朝拿十两银子送把我，我永远不忘你恩人。

弄到十两银子，他格天不做生意了。为底高？十两银子不少了，卖菜格句话，你有得卖了，恨不得卖嘎几个月也弄不到十两银子啊。来到破窑里间：“母亲啊，肇妥了呱，我发得财了哇。”“儿啊，不嘎，卖卖菜也发得起底高大财来了。”“母亲啊，你不晓得嘎，我今朝遇到包大人够，他们捉落帽风，牌票掉了我篮子里，我说我不是叫落帽风，肇他就要说我是落帽风，做生意格人大家去帮我做证，说我来家孝母，就靠做生意拿你养活得。包大人见我是孝子，送我十两银子了，我肇发得大财了哇。”

李娘娘闻听这一声，心肝喊了不绝声。

“儿啊，现在包大人来哪里？”“他来陈桥桥高头咧。”“赶紧啊，你去喊包大人来啊，母亲有冤枉大事，要请他帮我申冤理枉。”“母亲，我们住了破窑里间，你要申冤理枉不好上他身边去。”“儿啊，母亲双目失明去不得，你去叫他上我破窑里来。”“母亲啊，可晓得他果肯来咧？”“你就说我母亲有十八年冤案，这个人他总归要来够。”“格我只好去试试，不一定他肯上这堂子来，堂污糟煞得。”“你去望，无论如何要请他上我破窑里来一趟。”

郭海寿急急忙忙就动身，要请包拯一个人。

溜虎跳，跑起来不晓多快，来到陈桥桥高头，包大人轿子正起身要走。上哪去？赶往京都皇城。“包大人哎，你慢慢走，你等等我，你等等我。”张龙、赵虎就说：“郭海寿，才间有十两银子把你够，你还准备来要银子了呢？”“啊呀，我不是要银子。”“格你来做底高？”“我家妈妈有十八年格冤案在身，她一定要请包大人上我家去一趟。”“你家住哪里了？”“我家就住了堂块西面，大概里把路格腔调，一座破窑里间。”“呸，包大人底高人，你家母亲是何等人也，包大人还到你家家里去咧，就即使有冤枉，也应该到我家包大人面前来告状，也不该叫包大人上你家去啊。”“我家妈妈说格，有十八年格冤案咧，总归于只要提到这话，包大人肯定要去够。”包大人来轿子里就想：“可保这人来头大了，有十八年格冤案，提到有十八年格冤案，说我肯定要去够，这个人究竟底高人啊？”张龙、赵虎说：“大人啊，可保这个女子是疯婆子，也有哪家有冤枉也到她家门上去咧，她自己不好来啊。”“张龙、赵虎，既然人家有十八年格冤案，我包拯遇事能明察秋毫，秉公而断，我怎好坐视不理啊。既然如此，郭海寿，你前面带路，我一定要去看看，你家母亲有多大的冤枉？”

郭海寿就来前间走，包大人轿子后边跟。

郭海寿打趟子溜虎跳，跑了不晓多忺。做生意格就说格：“海寿啊，不嘎，你来堂向里向外向东向西像穿梭，做底高呀？”“我家妈妈有冤枉大事，请包大人上我家去了。”“你家妈妈双目失明是个瞎子，面子倒大了么，寻丧包大人上你家家里去哩。”“格原呢，轿子不来杠啊。”做生意格人不大相信：“走啊，看闹热去啊，包大人上郭海寿家去了。”格个人是挤如也，抑如也，推不走，轧不开，就总来破窑杠看闹热。

单讲到郭海寿跑到自己家里：“母亲啊，包大人来了够。”“儿啊，包大人来哪里？”“他来外间咧。”“叫他进来。”张龙、赵虎就说格：“疯婆子，你底高人，你这家里咁脏，也叫我家包大人上你家家里去来。”“啊呀，究竟他可肯进来，我对你们说，我来堂住十八年，难道他包拯不好住啊，赶紧进来。”张龙、赵虎气死了：“口口声声叫我家包大人名讳。”赶紧跑到外间：“大人啊，她叫你进去咧，我们说里间脏咧，她说她十八年住得来够，她能住得，你就不能进去一趟啊？”包公想起来倒也发笑咧，这究竟底高人，咁大格来头啊：“进去，望望看，究竟底高人？”跑到破窑里间，李娘娘就说：“包拯来哪里？包拯来哪里？”包大人不着气，也不发火：“你这位女子，我包拯就站在你的面前，你究竟有底高冤枉，从实讲来。”“儿啊，你端张凳，摆了破窑门当中，等我坐下来再说。”瞎头闭眼摸到格凳，对格门当中一坐：“包拯，你见了哀家为底高不下跪啊？”包大人说：“你这个人不晓是呆呱也是疯子啊，你自称哀家，你底高人啊？”“你究竟可是包拯？”“当来我是包拯啊。”“你上我身边来点。”包公就撑到她身边去，李娘娘弄手来杠摸哇摸，摸哇摸，倒发起火来了格：“包拯，你究竟来哪里？我哀家怎摸不到你够？”“我就撑你堂面前，自己眼睛瞎格看不见。”李娘娘再摸，横摸竖摸摸到了格，背他格衣裳，揿住他格肩兜，拿他揿下来。包大人么认为她是瞎够，不晓她究竟有底高冤枉，把她一背，人就壅下来了够，她到他后得脑高头来杠摸，横摸竖摸，横捏竖捏。包公想想倒也发笑咧，这个老八十，来我后得脑高头摸底高啊？哪晓得连摸几摸，连捏几捏，李娘娘格眼泪，就像断了线格珠珠抛下来，一把背住包拯手，连连口内称："包大人，我一着晓得够，你后得脑交别的人不同，有三把偃月骨够，因为我有十八年的冤枉，一般格人我不好对他说，如果一说没有好处，也要引来杀身之祸，所以我一定要等你包大人来，才好诉说把你包大人听。实际上我也不晓得你包大人到此，夜里有东岳菩萨托梦把我，说我十八年灾星已满，灾晦满了够，配我有出头之日，只有到你包大人面前才能申诉冤枉啊，所以我才叫我家儿子海寿，拿你请到我堂块破窑里来。"

包大人闻听这一声，心中思量二三分。

"包拯，你见了哀家应该下跪啊？""不嘎，你究竟底高人啊？你自称是哀家，你究竟是哪个？""你跪下来我才告诉你听。"包公看看这个人来头像照大了，望望她格腔调么，只好五十岁上下，只好说脸上不大干净污糟点，身上穿了么丑点，推扳点，如果一打扮起来，也只好四十岁上下格腔调，包公就跪了她面前。李娘娘就说呱："包拯包拯啊，我不是旁人啊，我乃先王真宗皇帝的正宫李氏啊。"

包大人闻听到这一声，三魂吓得少二魂。

"你这位女子，你信口雌黄，你胡言乱语，真宗皇帝的正宫，已经在朝阳宫内，夜半更深被火烧死啦得够，哪里还有你这正宫娘娘李氏啊？""包大人啊，我说把你听啊：我真是正宫李氏，万岁出征打仗上鞑靼国，我生下太子，有刘氏也报生了皇子。因为我蹲家闲暇无事，刘氏交郭槐到我朝阳宫，拿公主抱了去，哪晓她不是生格皇子，她说公主缺乳，要叫我喂乳她吃，又拿我骗进了碧云宫，为我办酒，款待不丑，太子就交把郭槐抱。到要夜格辰光，我问到太子之事。刘氏她说，由郭槐送家去够。我跑到家一看，命总吓断，床上一只死狸猫来高头，不是我家皇儿。寻丧刘氏、郭槐设计，夜烧朝阳宫，拿我要置于死地，又叫寇承御拿小太子投进金水池好身丧其命。"

好了寇宫女心肠好，才落到我们母子命两条。

包大人一听，心想不得了了呱，这可保当真是正宫娘娘啊："娘娘，格你说寇宫女救了你们母子性命，究竟现在太子来哪堂子？""太子现在是当今万岁，也就是我的皇儿。""被何人所救？寇承御是宫女，她怎救到太子够？""格天子恰巧是八千岁生日，陈琳一早到御花园剪花家去庆贺生日够，遇到寇宫女来金水池哭，肇就拿小太子把他带家去够，我耳闻到八贤王千岁拿他当儿子看待，作为长子。""格你怎得出来够？""我是寇宫女盗到金牌一面，叫我投往南清宫，去母子相会。我久居深宫，不知天东地西，外间黑夜暗星又看不见，哪晓倒溜到皇城外间来够。有郭氏妇女,她家丈夫亡故,留下遗腹子,哪晓得又是个杀母生,我高他相依为命,才到了今朝。”

包公闻听这一声,默默无语不作声。

心上就想,旁的好相信,她说万岁是她家儿子,这个不是好瞎说呱。“娘娘,格你说万岁是你的皇儿,你有底高证据咯?”“格我怎没证据,我养格儿子我怎得不晓得咯,他手上隐隐有山河二字,脚上有社稷二字。”“格我家去只要问万岁,他手上果有山河、脚上果有社稷这四个字?如果有,就真是你的皇儿,你乃是当今太后。啊呀,娘娘,不晓得刘氏丧尽天良,要灭大宋后代,要灭大宋的子孙,弄大宋好后继无人,这个人也得了哩,连累娘娘遭受一十八载苦难。娘娘啊,因为我有重要大事在身,我不能久留此处,等我回转到京都皇城去奏与万岁,他肯定要赶紧拿你接到京都皇城去够。”“包大人啊,哀家能不能申冤,也就全靠你了哇。”

李娘娘说到这一声,止不住腮边泪纷纷。

包公赶紧吩咐当地官员,拿出银子来帮她要起造房屋。李娘娘死也不肯,她说:“我住破窑住惯了够。”说就来破窑后间起嘎三间好房子,她也拒绝不要;杠块赶紧吩咐替她做新衣裳裤子来,她也不穿;又挑选美女二十四个服侍她,她也不要。她为底高不要?心上就想,我要等当今万岁我家皇儿来看看,究竟我母后来堂过格是底高日子?一班老百姓就说:“啊咿嘎,不晓得讨饭婆子也是太后啊,当今万岁家妈妈母后啊,早晓得么过咱来我家门口要饭么,我多把点她吃吃么,她肇回转京都皇城,就不拿我忘着得,弄不好我家也享她大福够,情丧过咱来我家门口要饭,还把我骂了要死,假使她计较了我,我就不要想活命。”格些老百姓七嘴八舌议论纷纷。

单讲到包大人就对李娘娘磕啦几个响头,有张龙、赵虎一般随从来到前间:“千岁娘娘,我们言语多有冒犯,请你多多包涵。”“卿家,不知者不怪也。”包大人又吩咐当地官员,天天早起要来拜见千岁娘娘,夜里也要来见千岁娘娘。千岁娘娘说:“统一免啦得,不要来烦神,我住堂倒蛮太平够,早起来请安,夜里再来,人总烦煞得够。”郭海寿来旁半间一听:“啊呀,不晓得我家这瞎子妈妈,我不是她养呱,她家儿子是当今万岁哇,想也好笑,不晓得她这个穷婆子,我家这个妈妈,也是万岁家母后。”

越思越想越欢乐,如同拾到宝和珍。

单讲到格天子包大人，拿一班事情安排已毕，乘了大轿，有八个随从跟随。急急忙忙就动身，哪肯耽搁上皇城。

在路行走来得快，赶到了京都帝皇城。城门官一报，万岁知道，就拿包大人对金殿上一召："包爱卿，你来陈州救灾发赈，你公务不曾完毕，你到金殿有何事情？""万岁，陈州救灾基本上结束够，我打发当地官员料理，绝对不会出底高差错。因为我有重要大事，所以我才私自离开陈州，前往金殿见驾。""爱卿，你有底高重要大事啊？"包公双膝朝龙书案桌面前一跪："万岁啊，你铁打龙庭马上就坐不成，国内出得大奸臣。""爱卿，你来陈州救灾，几年总不曾上皇城来，朝纲之中究竟哪个是忠，哪个是奸，孤家天天来金殿高头也不晓得够，你怎晓得朝纲出得奸臣嘎，你说奸臣究竟是哪个呀？"包大人对文武百官一个一个一望，庞洪心上就想："这黑炭啊，不要说到我是奸臣呱。"心上来下荡了。包公晓得庞洪靠梆大，是西宫国丈，弄手指头戳到沈国清额头高头："万岁，要讲奸党——"

不是张三其别个，就是沈国清狗贼一个人。

"爱卿啊，你腾腾空怎说到沈爱卿是奸臣格呀？""万岁啊，他来皇城里间，与一班奸党狼狈为奸，这个沈国清，藐无国法，要坑害忠良。有三关总兵杨宗保，这个赤胆忠臣，忠心为国，连外国总说只要有杨家一根枪，就永远不交我中原打仗。现在有奸党要坑害杨宗保和狄青，你有圣旨去召他们两个进京嘎？"万岁说："有格。""我微臣斗胆，已经拿御金牌，打发得力之人到三关去了够，阻止孙武召二位忠臣进京。""不嘎，你怎晓得这两个人要犯法嘎？""我怎不晓得。万岁，我格天子来民间体察民情，有沈国清家女格尹贞娘鬼魂告状，说沈国清和奸党合成一气，不听夫人劝告，反而辱打夫人，致夫人悬梁高吊而亡，而且不曾开吊，不曾买棺木，就拿她窖入泥中。阎王家不曾收她哇，说她阳寿不曾满足，阎王家不要她，她到我身边告状，要叫我度她还魂打转。你说，沈国清是不是一个大大的奸臣？"万岁说："包爱卿，你说这个沈国清是大奸臣，他家老婆，他家夫人应该是诰命夫人，如果死啦得，应该要买棺木，要开吊几天，怎得好就能呢窖啦得？""万岁，阎王家不收，现在要度她还魂打转，你不如拿宝贝三桩借给我，我去度她还魂打转，全部事情就可以真相大白。""爱卿，既然世上有咁好的贞节女子，咁好的贤惠夫人，我拿三生法宝就借把你。"肇走宝库房里，拿还魂袍取出来，拿温凉帽取出来，拿碧玉带取出来，借把包公。包公就问："沈国清，你家夫人究竟窖了哪里？""包大人啊——"

总说世上没得冤枉事，我这件冤枉海能深。

“我家夫人的确是死啦得够，她是害急病死够，你怎说她是吊杀得嘎？情丧说我也不曾弄棺材窖，我好好收尸入殓窖啦得够，她是鬼魂告状，纯属乌有。”“沈国清，沈国清，你是不见棺材不掉泪啊。万岁，我上沈国清家去度尹贞娘还阳打转，一定要沈国清亲自陪我同家去。”“爱卿啊，要他同家去做底高咯？”“尹贞娘说够，她格尸首就来她家府中东南角落上桂花树底落，如果他不到场，总当我们坑害他够。”

万岁听见这一声，打发奸臣转家门。

哪晓得沈国清拿包公同到他家家里，拿格桂花树四转一望。包大人晓得够，这棵桂花树像照才栽够，也不是活棵格腔调，叶子有点瘪够。吩咐张龙、赵虎、王朝、马汉拿格桂花树一背。树倒背上来够，动手轻轻拿烂泥扒开来滴点深，一个死人露出来够。格些梅香高安童心上就想：“主母太太来堂世上对我们不推扳啊，把我们当自家子女看待够，我家大人心也太黑得够，死了棺木总不曾弄一口，就窖啦得。”哪晓窖了不深，又弄东西铺了尹贞娘尹氏身上，铺了一薄薄格烂泥来上，拿格桂花树再栽了上够。桂花树一背么，所以尸首也露出来够。“沈国清，你望望清爽，这个果是你家夫人尹氏啊？”

问到沈国清这一声，他默默无语不作声。

随手拿尸首慢慢起上来，拿门板搬得来，拿尹贞娘尸首肇搁起来，拿温凉帽带了她头上，拿还魂袍穿她身上，碧玉带系她腰里。包大人亲自祷告一番：“上有神明，下有神明，虚空过往神明，还有地府阎君，夜间有尹贞娘女子，阴魂不散，到我包拯包文正乌台告状。她是贞节女子，劝丈夫行善积德，不要交奸臣为伍。丈夫不听夫人劝说嘎，相反辱打夫人，致使夫人悬梁高吊而亡。现在我包拯要度她还阳打转，请虚空过往神明，各位菩萨来大显神通，救她残生一命，使她还阳打转。”包大人又吩咐：“弄还魂香再烧，烧她头边。”四转用钢炭火设起来烘，多少时？大概五个时辰之后，奇怪，当真个人手倒慢慢来下颤咧。梅香就说：“包大人，我家主母太太活得够，手也来下颤咧。”包公亲自坐了旁半间看了，看啊看，望啊望。果不其然，尹贞娘长叹一声，拿眼睛就一睁，看见包大人对她面前一撑，尹贞娘有气无力，随手开声：“大人啊——”

我多谢你今朝将我救，我黄土盖面不忘恩。

“尹氏啊，你才还阳够，你元气不足，你少说话为好。等你休息一夜，明朝跟我上殿见驾，拿狗贼沈国清，法场过刀丧命，解我心头之恨。”到第二天早起五鼓三点，文武百官总来朝驾。万岁坐殿，文官爬上金銮殿，武官站到牡丹亭。包大人赶紧来到龙书案桌之前，执笏当胸，启奏：“我主万岁万岁万万岁，微臣借你三件法宝，已经拿尹氏度了还魂打转，你要为尹氏贞娘做主。”

万岁闻听这一声，掇开龙心火一盆。

“沈国清，沈国清，你得了哇！身为国家命官，竟敢坑害国家忠良，不听夫人劝说，你还了得。殿官听令，现在拿沈国清奸贼，拖到午朝门外，顿响三炮，脱啦他蟒袍，探啦他官帽。”

拿这狗贼丧残生，决不要容情半毫分。

格沈国清奸党挨铲除啦得够，庞洪就想：“包黑炭家来，朝纲里就不得太平，今朝参你一本，明朝奏他一本，弄不好歇嘎年啊半载哇，个个总死他手里，等他早点死走好，不要等他蹲皇城里作吵。”赶忙启奏：“万岁啊，沈国清现在挨杀头死啦得够，陈州地方灾民急等要包大人去救灾，只有叫包年兄赶紧前往陈州赈灾去吧。”万岁也说这话：“包爱卿啊，事情有了了结，现在忠臣不曾被坑害，沈国清已经法场过刀，你回转陈州救灾去吧。”“万岁，我还有一件最重要的事情不曾高你说够。”“爱卿，你有底高重大事情啊？”“万岁，你不是真正的真命天子。”“胡说！孤家已经登基咁多年代了，你怎无中生有，说我孤家不是真命天子啊。”“万岁，你说你是真命天子，你有底高证据？”“我有玉玺九头狮子黄金印作为证据。”“万岁，印可以伪造够，哪个都可以造得起来，哪个总可以做万岁。”

万岁闻听这一声，果要气死又还魂。

万岁龙师火帝，大发雷霆，拍动震山河：“大胆包拯。包拯，你不要认为你忠心报国，孤家对你宠爱，孤家就不敢治你格罪啊！你当文武百官的面，说孤家不是真命天子，而且说我孤家的御印玉玺是假的，你该当何罪？”“万岁，印么是可以伪造够，你暂息雷霆之怒，你说你是真命天子够，除了印以外，旁的可还有底高作为证据？”“格我有底高证据咯？”“你龙体上格有底高证据？”万岁横想竖想：“包爱卿啊，你要说我龙体上有证据，我手高头隐隐有‘山河’二字，足上有‘社稷’二字，我手掌山河，足踹社稷，我身上是有四个字。”包公心上一想，李娘娘说得不错哇，确实万岁是她亲生，李娘娘也说够，自己养格小孩自己晓得够，手上有“山河”，脚上有“社稷”。“万岁，真的假不了，假的真不了，你确实是当今万岁，真命天子是也。”万岁弄了莫名其妙，究竟是为底高事情，他怎晓得我身上有底高记号格："包爱卿，你问问孤家龙体上有底高记号，究竟底高意思啊？""万岁，你贵为一国之主，九五之尊，你格晓得你生身母后是哪一个哇？""格我怎不晓得？包爱卿，我生身母后南清宫狄太后，八贤王是我的父王，刘氏乃是我的嫡母后，这两个人对我总相当好，我怎不晓得我生身母后是哪个啊？""万岁，我告诉你听，狄太后也不是你的生身母后，你更不是她的亲生，西宫刘太后更不是你的嫡母后。你要晓得你家母后哇，现在流落破窑受罪，已双目失明。你贵为一国之主，蹲堂享受荣华富贵，不晓得你的母后已成了乞婆子了。"

万岁闻听这一声，心中思量八九分。

"包爱卿，你越说越糊涂了呱。孤家格母后明当明是狄太后，刘氏是嫡母后，你怎说我家母后来哪里破窑哇？""啊，万岁，你有所不知，你真正要晓得详情，只有内廷总管郭槐才晓得够。你究竟哪个生格？你家母后叫底高？只有郭槐才晓得清清楚楚。"格哪个不要晓得自己格身世咯，万岁听到这话，随手出圣旨一道，召郭槐上殿。郭槐来下做底高？多大年纪？郭槐已经八十四岁喽，来安乐宫和刘后下棋，吃酒开心。这个人现在已经不问宫内事情了够，就来下安享晚年。小太监跑到前间："老千岁，现在皇上召你上殿咧。""跑开点，真烦咧，我哪有工夫啊？"只因为这个人平常对旁人不好，目中无人，眼空四海，所以金殿上发生格事情，没得哪个通知他。如果早知会他么，他心上也有个准备，有个打算。正因为他平常不拿旁人放在心上，所以人家要出他格洋相，看他格闹热。格小太监只有上金殿去啊："万岁啊，郭槐他说烦咧，他今朝不来，改日再到金殿上来。""连孤家总召不动他了格，得了哇。"又赶紧出圣旨一道。心上就想："他也咁大年纪了哇，只有他晓得我格身世，怎弄？骗他来。""你就说国家有重要大事，孤家难以做下定夺来，请他来帮做个定夺，他年纪老，经验足。"肇跑到安乐宫："老千岁，万岁请你去咧，说国家有重要大事，他做不下定夺来，文武百官没得哪能做下决定来，请你到金殿走一趟。""阿咿嘎，我咁大年纪也要我去做底高呀？我今朝没得工夫去。"刘后就说呱："郭槐郭槐呀，你服侍我咁多年代了哇，你格脾气我也晓得够，旁人叫你十趟八趟不去总不要紧，万岁两趟召你上金殿，你总不去，等文武百官议论起来不好听啊，总说你藐无君王，就担当不起，既然把面子把你，说大家难做得下定夺来，你就跑一趟。"

郭槐闻听到这一声，想想不错半毫分。

不曾耽搁，来到金殿，山呼已毕。万岁就说格："郭槐郭槐啊，包爱卿所说，他在陈桥赈饥，有一婆子告状，她口称是孤的母后，究竟我的生身母后是哪个？她叫底高？才间包爱卿说够，只有你晓得，你倒说把孤家听听看，我究竟是哪个生够？我家母后究竟是哪一个？你从实讲与我孤家听来。”这个事情过去多少时？十八年之前格事情喽，突然提起，郭槐是如同万丈高楼失足，又犹如大海崩舟，啊呀，这黑贼怎腾腾空提到这个事情格啊。郭槐跪了金殿上，万岁连连口内称：“万岁啊，我咁咱年纪咁大，往常格事情我全然不知，也忘记啦得格，至于哪个是你生身母后么，当来南清宫狄太后娘娘呢，刘氏么你格嫡母后呢，这一点总不错哇。孩儿们，速速扶我下殿。”包公是三孔生火，七窍冒烟，一把背住郭槐格领宗：“狗贼，你对哪里跑哇？十八年前，你狸猫换去幼主，你是主谋，你还不知罪啊！”

郭槐闻听这一声，魂灵总冒到九霄云。

这个人是老奸巨猾，心上吓怕，常面上相当镇静：“你是哪里的小官，竟敢如此交我讲话。”“郭槐，你睁开狗眼看看看，我乃包拯，我就叫包文正包黑炭。”“孩儿们，不要理他，赶紧扶我下殿去吧。”“郭槐，郭槐，今朝你来倒来得，去是去不得了，你拿十八年之前狸猫换幼主事情从实交来，我交万岁可以看你在宫中多年的情分，饶你一条老命。如果执迷不悟，前后隐瞒不说清爽够，万岁一发火，你性命也不要想得妥。”“黑贼，你不要血口喷人，狸猫换主，我全然不知，至于李氏娘娘怎得死够，夜半更深朝阳宫失火，我更不清爽，我咁大年纪，我底高事情总不记得了够。”嘴说这话，走金殿上就对下跑。万岁一想：“叫郭槐来，说晓得我格身世够，不曾说到眉头眼目，他倒走喽。”万岁哪肯歇格，随手一声令下：“给我拿下。”就这一声，殿官从四面八方，一拥而上就拿郭槐来拿下，哪肯饶赦他当身。“郭槐，孤家是拿面子把你呱，头一次召你召不动，第二次又去召你，我如果说是为狸猫换主格事情，你肯定不来，孤家拿你诓上金殿，你竟拿十八年前格事情赖了干干净净，孤家果就高你拉倒哇。殿官，不能耽搁——”

赶紧拿他带到刑部天牢里去遭磨难，决不要容情他当身。

万岁开口，殿官动手。随手吃亏，就拿他对刑部天牢一背。手脚不慢，就拿他对天牢里狭床高头一掼，人就对狭床肚里一陷。

郭槐狗贼困了狭床上，杵嘴棒杵了紧腾腾。

不提郭槐关进刑部天牢，打入天牢受罪去够。单讲万岁，万岁说：“包爱卿，看来这桩事情只有你亲自审问，只有你来审理这个案子，才能审得清楚。”也不曾等包公开口咧，老奸党庞洪西宫国丈说格：“万岁，因为是包拯来陈桥发现这个事情够，破窑里间格疯婆子乞丐作兴是假格冒充够，她呆格也不晓得，看来这个事情不能等包拯审。”“格哪个来审来？庞爱卿你审啊？”“我更加不能担此重任。”“格你说叫哪个审最好呀？”又没得哪个作声。万岁就说格：“包爱卿，孤家肩兜上担子千斤重，你总帮我挑啦八百斤，孤家万岁只要挑二百斤，孤家长到咁大，总不晓得生身母后是哪个，你总不能坐视不理不问孤家呢。我看这桩案子，庞爱卿说你不能亲自审理，你要帮我到文武百官当中挑选一个人，来代理你审理狸猫换去幼主之事。”三百文官、二百武官听见说这话，拿头总低下来够，不敢抬起来哇，哪个总不愿意去审这桩案子。为底高？审理狸猫换太子这桩事情，又牵及南清宫狄太后。大家总晓得，现在即使仁宗皇帝不是狄太后养够，也是吃她奶长大了够，假使冒充了万岁的母后，也要犯法够，说严重点头也要挨杀。再加上刘氏来后宫，她一班要好格人也多，再高她狼狈为奸，耕耕不到，耙也耙到我，格我回头官也做不成，所以没得哪肯去审这个案子。一班忠臣心上就想，也是吃点太平饭，不要去烦这个神。包公心上发躁了，个个拿头对杠一低，没得哪肯去审啊，横望竖望，横望竖望，望到刑部大堂王炳。刑部大堂王炳这个人高包公相当要好够，两人可以说是情同管鲍，义如关张，有手足之情，有刎颈之交，两人也讲得来。包公望到他格辰光，正好王炳朝包公一望，包公对他瞄瞄眼睛，王炳也凿凿头。包公赶忙启奏：“万岁，有刑部大堂王炳，可以担此重任，审理换主之事。”“王爱卿，孤家为了见到自己生身母后，你不能有半点作弊，没得半点隐瞒，要帮我拿这桩事情，审得清清楚楚，明明白白。等到我孤家见到生身母后之日，拿你官上加职，重重封赠与你。”

王炳闻听这一声，谢主隆恩站起身。

万岁赐他多长时间？三天，必须把狸猫换太子这个事情审理清楚。王炳格天子散朝回家去够，就拿这个事情告诉了夫人，说：“我要升大官发大财了哇。”他家女格、夫人是哪个呢？马氏，这个马氏丧了、狠了，说：“升底高官？怎发到大财格呀？”“告诉你夫人啊，我马上要平步青云。有包大人来陈州救灾，破窑里一个疯婆子自称是先王的正宫李氏，而且她说当今万岁身上有底高记号，说得总对头够。现在万岁叫我审理这桩事情，说过咱是刘氏交郭槐定计，要害幼主，就是当今万岁。万岁说够，只要我审理清爽，他见到了生身母后之日，就拿我官上加职。”

马氏夫人听见这一声，狗贼骂了不绝声。

“狗贼，你饭倒哜到饱处了哇，我晓得呱，旁人总不肯审问，就你肯审理这个案子啊。”“夫人啊，食君之禄，担君之忧，国家兴亡，我也有责。万岁认不到生身母后么，你说他夜里果困得着，怎得好料理全国大事，所以我要帮审理清楚。”“狗贼，你只知其一，不知其二哇。你拿这狸猫换主格事情审清爽了，要得罪多少格人啊？你不要说官连升几级，就升上去你总做不到几天。”“夫人啊，为底高？”“哪个不晓得万岁格母后是狄太后娘娘，嫡母后是刘妃刘氏。你一审审出来如果破窑里格女格真是李氏娘娘，那狄太后娘娘冒充了万岁的母后，她要挨杀头。她如果挨杀啦得，潞花王千岁要找你报仇。还得罪了刘氏，刘氏害啦幼主，更加不得过身，她家要家灭九族，要化骨扬灰，她家总杀尽，你也不想想，你就官职升上去几级，你这个官就做得稳了够？”“夫人，你晓得何来，等你就能呢说起来，也没得哪个秉公执法啊！无论如何，我要审理清楚狸猫换太子之事。”

马氏夫人听到这一声，果要躁死又还魂。

“狗贼狗贼嘎，我过咱怎瞎得眼睛，跟你这个现世宝。人家总说烂帐好扶，烂汉难帮。你做做刑部大堂好了够，要想去做底高大官，就能呢家里倒太平够，你拿这个案子一审，家里就不得太平了呱，狗贼啊——”

我情愿不要残生命，死到黄泉才太平。

嘴说这话，两人来杠吃酒够，她拿酒杯哐桑对地落一摔，衣裳捞起来对头上一顶，拿头就对墙高头冲，准备撞头自尽。王炳赶紧拖住得，背住得：“夫人啊，你不必如此啊，等我再来想想，再来考虑考虑看。”

不提这个王炳刑部大堂，是一个赤胆忠臣，马上就要受夫人的陷害，要身丧其命。再讲到刘氏太后身边格彩女，格些宫女啊，听说郭槐已经挨打进了刑部天牢，就是为了十八年之前狸猫换太子这个事情。

刘氏闻听这一声，晓得没有命残生。

赶紧打发宫女打听，这个事情叫哪个审理够。一打听，说是刑部大堂王炳审理够。刘氏格天子坐夜写起一封密书来，打发小太监王恩带了一百根金条、一千两马蹄金，坐夜送到王炳家去。密书上叫王炳饶恕郭槐，做势审审拉倒，瞒啦万岁。“只要不拿这个事情审出来，等到郭槐走刑部天牢放出来，到那个辰光，我自然不会亏待你，堂有一百根金条、一千两马蹄金，你暂且收下来。”肇这太后娘娘对刑部大堂来下行贿了哇。

我们单讲包大人，这个人相当细毛，他也晓得王炳做官清正，是个老诚头子,就交张龙、赵虎换起便衣来,夜里出去查访查访。咁咁跑到刑部大堂王炳家门口不远格地方,看见一个小太监,走王炳家出来够,小太监名叫王恩。王恩也看见包大人三个人,晓得不对,打趟子就溜。包公说:“什么人,夜半更深你对哪里跑哇?”吩咐张龙赵虎去赶紧拿他抓得来,问他是底高人。“我是太监。”“你来哪里够?”他也不说谎。“我来王炳王大人家够。”“你去做底高够?”“万岁叫我来知会他,拿狸猫换太子这桩事情,要审得清清楚楚,明明白白。”“小小太监,也会撒谎,今朝来金殿之上,万岁就说得好好了够,也会得叫你坐夜来知会他哩?说,究竟你来做底高够?”王恩不起包公吓嘎,晓得包公也不是好惹。

格双膝跪倒地埃尘,我情愿拿事情说分明。

众位,我们讲经不必重复。他就说刘太后娘娘叫他来下书信和送宝贝把王炳。“你个人来嘎?”“还有两人,他们先家去了够,我来杠拿书信把王炳看够。”“小太监,你叫底高?”“我叫王恩。”“今朝你就不要家去,先到我朝房去下宿一夜。”随手不肯耽搁——

带了王恩就动身,哪肯耽搁赶路程。

包大人吩咐王朝、马汉,就拿王恩小太监关押在府内,不准他回宫。单讲第二天早朝,到了金殿之上,万岁就要问了:“王爱卿,审理狸猫换主格事情怎呢?”“万岁,微臣我不曾审咧。”“你要赶紧审理,拿事情弄个水落石出。”“晓得晓得,总归审清爽了。”散了朝,包公心上也想了,作兴东西送把他,他暂时先收下来,等事情审清爽了之后哇,他回头还退出来呱,我咁咱不能就下结论,说他怎呢怎呢。总归我心上有了数喽,狸猫换主高刘氏确实是有很大的牵连,不呢,她也不会去行贿于王炳,买嘱王炳。王恩送礼,就是一个铁证,所以我先拿他关了我堂,到必要格辰光我才把他拿出来咧。

单讲到格天子刑部大堂来到家中,高夫人一讲:“夫人啊,我家财么是发得够,你说再怎弄咧?这个案子怎呢审相咧?”“果曾说几时审咯?”“不谈这话,一散朝包拯就问我几时审,我说明朝才审。”“大人啊,不要明朝审,明朝,格黑贼要来呱,要来旁听呱,不如撮起来今朝夜里就审。”“夫人啊,格就审郭槐大人啊?”“你怎咁卵格啊,世上人像人格人多了,这个郭槐是刘娘娘身边格得力之人啊,来安乐宫里纳福,连万岁也敬重他三分,你审他不得嘎,赶紧准备,今朝半夜过后升堂,上半夜去拿郭槐请到府中来,为他办羊羔美酒,款待不丑。另外呢,到牢狱中寻一个高他面貌相似,声音差仿不多格人来代替郭槐被审。”“夫人啊,提到郭槐，人家总认得够，这怎弄相咧？”“大人啊，我有办法够，你这公案底落，四转弄起桌围来，打发老千岁郭槐，躲了这个公案案桌肚里，弄格交郭槐相似格人来杠被打，或者上夹棍，实际上叫格声音，喊格声音，哭格声音，总是公案台子底落传出来够，旁人又不晓得果是这个人来下哭，来下叫痛。”“夫人啊，格干咱到哪里寻到干相似格人？另外再说够，我承认包公明朝才审够。”“大人啊，你依我不错够，你依我将来发到一大笔财了，而且官连升上五级六级也带咧。”格王炳不得不依自己老婆，不依她，她要寻死作活够。当真到太阳落山过后，买嘱牢头，就去拿郭槐请得来，而且坐在正席，办好酒好菜好好款待。“王大人啊，你望我来有底高事情啊？”“阿咿嘎，老千岁，你来天牢里间，我要救你是手长衣袖短，要救又不敢，干干万岁叫我来审理此案。你说说看，你咁大年纪，身为千岁，是刘太后身边得力之人，我果审你啊，我做势审审么也就拉倒够，你吃饱了之后，就躲了我这公案底落桌围肚里，我要找一个高你相似格人，来被打，上夹棍，你蹲公案底下也叫，旁人又不晓得。”

郭槐闻听这一声，心中思量八九分。

心上一想：“我早已算到，我坐天牢，当真刘后娘娘就不问我格账，早晚我还是要出去的。”“好，王大人，我能够回转到安乐宫，面奏与刘后娘娘，总归不会亏待你。”王炳一听，哈哈大笑：“多谢老千岁，多谢老千岁，就是一个人干咱怎弄到，交你差不多壮，交你差不多腔调格人？”“有啊，我进天牢就看见一个人，交我差不多腔调，一个人姓蓝，他家弟兄七个，他最小，排行老七，人家总叫他蓝七，犯了做贼打劫罪，问成死罪够，大概不歇几个月也要挨杀头。我交他也蛮讲得来够，不如拿他弄得来，就说你死啦得之后，你家家里从前到后，大大小小一切费用开支，包括小孩子读书上学，大人养老送终银子，统统有我一个人包下来，叫他来替我挨这一顿打，来替我这一趟审问。”王炳找到蓝七，说明来意。蓝七一想：“我家就该一个老婆，该一个小孩，也有娘啊老子，我家也有六个哥哥，家里么又穷，反正早晚就一死，格弄到一笔银子死么，我也对得起我家老婆，也对得起我家儿子。”肇满口就答应了这桩事情。格天子审呢，是半夜过后才审，而且王炳吩咐，两班衙役撑了离假郭槐远点。本来公堂灯光通明，灯火辉煌够，他换了几盏暗灯笼，看不大清爽。但不过他家府门口，灯光照耀，如同白昼。包大人心上也想，我打发王炳，叫他审理此事，我担保他够，假使出得差错，我怎得过身？况且昨日夜里，我又看见小太监到他家去行贿。他就换起青衣小帽和王朝、马汉、张龙、赵虎四个人，就蹲王炳家四转看好了，望好了。格天子转到半夜过后，望见杠灯光通明，跑到门口："门官啊。""包大人，你怎干夜够？""今朝你家这灯干亮，你家来下做底高呢？""我家老大人来下夜审郭槐狸猫换太子格事情。"包大人一听，心上就打绞哇："他说明朝日里才审，怎腾腾空今朝夜里就审够，我也进去看看么。""慢，包大人，你不是等闲之辈——"

你蹲我家堂府门口头等一等，我告诉我家大人好知闻。

"门官，不必通报，我交你家大人年兄相称，合得再知己没得，不要打扰他审理狸猫换太子之事，我进去就是了。"门官就不曾对里间报，他们五个人倒进去了够。才间就说够，公堂灯光暗暗够，看不大清爽，他们五个人进去么。不是撑在一处够，分两处堂子撑够，也有撑左面，也有撑公堂右面。张龙、赵虎么就靠近包公，撑到离公案不远格堂子，就来杠听。看见王炳端坐公堂，拍动惊堂木，高喊一声："升堂。"两边衙役呐喊助威："威武。""在下跪的是不是郭槐狗贼嘎？"格个人实际上不作声。蓝七不作声啊，总是台子底落，桌围肚里格郭槐来下说："王炳王炳，我正是郭槐。""大胆郭槐，你十八年之前，用狸猫换去幼主，你想谋害幼主太子，你该当何罪？"格郭槐来台肚里就叫起来格："大人啊——"

总说世上没得冤枉事，我这件格冤枉海能深。

"大胆郭槐，此乃刑部大堂，没有哪一个犯人到我公堂上不招的。你要晓得，王子犯法也与庶民同罪，虽然刘后娘娘帮你做后台靠梆，难道我就不敢审理于你啊？今朝不招，夹棍侍候。""是。""弄夹棍去夹。"实际上夹的是蓝七，冒牌货哇，一夹么，人吃不消。这个蓝七，熬劲头子也是丧呱，哪怕痛了死去活来，他总不作声，但不过台子底落来下叫了："阿咿喂，人总痛杀得够。""痛，你招哇。""阿咿嘎，我冤枉够，我没得底高招。"包大人高张龙、赵虎来这间，王朝、马汉来过间，听了清清爽爽够，这个声音怎干近够？歇了蛮多时，包公察觉到不对劲啊，这个叫痛格人、叫冤枉格人好像就来堂眼下嘛。

王炳又问："郭槐，究竟你招与不招哇？"郭槐骂声："王炳狗贼——"

今朝你就弄夹棍拿我夹死来公堂上，要我招供万不能。

包公越听越清楚了够，真正控制不住了够，跑到王炳身边，一把背住王炳格领宗，扚起一个耳光子。格一个耳光子少说点不轻，一百三四十斤，拿王炳嘴总打歪了够。王炳一望是包大人："包大人，你打我做底高？""你格狗贼够，你高我合得干知己，也做出这种事情来啊？""包大人啊，我做底高事情不好？""做底高事情不好,你不晓得?”桌围对上间一掀,就拿郭槐走台底落拖出来够。“王炳,你望啊,你就做这个事情啊。”

王炳听到这一声,三魂吓得少二魂。

“王炳王炳啊,我看中了你是一个大忠臣,所以才保举推荐你来审理这桩重大案件,你果配做出这种事情来啊?这桩事情不要你审了,我拿这个狗贼郭槐明朝带上金殿,今夜暂且带上我的朝房,关押起来。”包公又拿这个蓝七背起来:“你叫底高?”“我叫蓝七。”“你为底高来堂块够?”“他们买我来够,说我家家里全部事情总是他们承担包下来够。”“你犯了底高罪呢?”“我犯抢劫罪,判个杀头之罪。”“蓝七蓝七,你冒名顶替,罪加一等。”随手拿他仍然打进刑部天牢,关押起来。格王炳怎弄?包公也不高他肯歇,也拿他带到自己的朝房。郭槐关一处,王炳关一处,小太监王恩关一处。

明朝过来早起五鼓三点,仁宗皇帝坐殿,钟鼓齐鸣,文武百官都来朝驾。包大人来到午朝门里间,庞洪也到了够,总去见驾够。庞洪就问:“包大人,你今朝怎干早够?”“庞大人,你望望看,这两个人你果认得嘎?”一望:“王年兄王炳,格我怎不认得?”“这个呢?”庞洪尿总吓得窜裤裆里,朝郭槐一看:“阿咿嘎,是老千岁啊!”包公眼睛一暴,胡子一翘:“庞洪庞洪,这狗贼做出这种伤天害理格事情来,你也阿谀奉承,说出拍马屁格话来。千岁,他底高千岁啊?”庞洪挨他一骂,想想霉上几夏,不作声了够。

包大人来到金殿上,奏与万岁得知闻:“万岁,微臣前来请罪。”“包爱卿啊,你有底高罪?”“阿咿嘎,我担保王炳审狸猫换太子之事够。”“审了怎呢够?”“万岁,我说把你听听看,这个王炳承认今朝日里才审够,昨日坐夜就审,我来外间查夜够,听见说他家来下审这个事情,我交张龙、赵虎、王朝、马汉进去听够,哪晓他偷龙换凤、移花接木、接李代桃,到天牢买嘱蓝七代替,弄蓝七受刑,郭槐躲了公案底落。”万岁一听,龙颜大怒:“王炳王炳你得了,你来金殿上孤家怎呢对你说够,审清狸猫换去幼主之事,孤家拿你官上加职。如有半点讹误,拿你满门抄斩,决不容情。孤家不是不曾说清爽了嘎,你既然听了清清楚楚明明白白,知法犯法,孤家哪肯容情于你。殿官听令,不能耽搁,拿王炳拖到午朝门外,顿响三炮,脱啦他蟒袍,探下他官帽——”

拿王炳名下官职削得干干净,腰分两段不要容情。

万岁开口,殿官动手,拿王炳对午朝门外曹市口就推。王炳心上一想:“我做官一落里清如水，明如镜，不是我家夫人马氏，我怎得到曹市口过刀问斩啊，罢了罢了，不如我带她一同而走啊。”“万岁啊——”

你高抬贵手饶饶我，饶恕我一条命残生。

“饶你狗贼嘎，你身为刑部大堂，你可配做出如此事情来啊？”“万岁，不能怪我。”“不怪你怪哪个？”“我家夫人马氏，听见说我审这个事情，她极为反对，如果我不依她，她要寻死作活。”万岁随手吩咐殿官，就拿马氏带到金殿上来。万岁就说：“马氏马氏啊，有沈国清要坑害国家忠良，尹氏贞娘干格为国家出力，要叫丈夫改邪归正，为国家出力，你不但不帮助丈夫，相反劝他走上邪路，置他于死地。你高贞娘尹氏比起来，乃天涯之差。”“万岁啊，你不要信我家这狗头胡头乱说嘎，我一个女流之辈，他是一家之主，当来他说得算啊，他肇要死了哇，就拿事情推我身上来够。万岁啊，这个不关我格事，总怪我家丈夫一个人。”肇夫妻两个蹲杠你说我，我说你。万岁龙师火帝，吩咐殿官，拿马氏也拖到午朝门外曹市口去，不分细啊大，一刀砍一个。

夫妻两个丧残生，魂灵上了枉死城。

肇这两个人死啦得够。万岁就问：“众位爱卿，现在哪一位卿家，替我孤家担忧，审理狸猫换主之事啊？”问到文官不答应，问到武官不作声。“包爱卿，你做官清正，现在你看，哪个审理狸猫换太子这个事情比较妥当？”包公横想竖想，知己格人嘛，没得这个能力，杠块么听老婆格话，造成这个后果，现在也挨杀头。肇担保哪个去，假使再审不清爽，我包公也不得过身。包公正想之时，万岁就说格：“包爱卿包爱卿，这个事情虽然是你来陈桥晓得够，又没得哪旁人再审此案，孤家赐你圣旨一道，不能耽搁，还是由你亲自来审理此案。”“万岁，微臣不能担当此重任。”“为底高？”“牵涉到很多很多格人，我得罪不起啊。”“爱卿，孤家也晓得你遇事能明察秋毫，秉公而断，从今日开始，为了审理狸猫换太子之事，只要来我大邦中原之内，不问你调到哪一个，随调随到。你就是要召孤家，我也随时到达。”万岁说得这话么，包公心上欢喜格：“原要召到刘太后，要召到狄太后，你拿主把我做么，我就来帮你审理。”格天子万岁发下旨意，肇就拿这个郭槐把包公审理。包公就说格：“郭槐郭槐，我堂审案不像刑部大堂，你只要拿十八年之前这桩事情说得清清楚楚，我可以从轻发落，如有半点含糊，我不肯容情于你。”郭槐狗贼咬口紧了，上来拼命叫冤枉。包公用夹棍侍候，他仍然不招。包公就告诉他真心话：“郭槐郭槐，我可以告诉你，你招也是死，不招也是死，现在这桩事情可以说已是真相大白得够。两天之前，我来外间夜巡，有刘太后打发小太监王恩，到王炳家去行贿，你说果有哪一个太后到刑部大堂家去行贿，分明狸猫换主这桩事情，确确实实是有够。所以你从实招来么，可以对你从轻发落。”“包拯包拯，我做总管格辰光，你还不曾做官，你有底高资格有底高能力来审我哇？虽然领了皇命圣旨，我来宫内执掌后宫格辰光，万岁也是小小胎儿咧，你说我狸猫换主，帮刘后做主够，帮她出谋献策够，你有底高证据？”“没有证据啊。你今朝不招，看我包拯今朝可有办法对你？”格狗贼咬口也就紧咧，他就是不招。上来上老虎凳，一头铁索扣，一头麻绳收，他还是不招。然后上脑箍，脑油对外冒，脑箍箍他格骷髅头，血走四转哒啦哒啦对下流。就包公自己看看总心软，为底高？郭槐八十四岁了哇。“郭槐，你究竟招与不招哇？”“包拯啊，你要我招是比登天还难，除拉我上阎王家去死啦得，到森罗殿上阎王门口看我可招，作兴我到格个辰光才招，来阳日三间你不要想我招够。”

包公闻听这一声，果要气死又还魂。

包公心上就想，我断过千多冤案、难案、奇案，不曾像照今朝干辣手够。这狗贼咬口干紧不肯招哇，还说到阎王门口到森罗殿才招，我不如如此如此设计设计。拿郭槐暂且收监，然后来到金殿，撞钟击鼓启奏圣上，拿审郭槐格事情，告诉了万岁。“要得拿这桩事情审理清楚，现在只有一个办法，不能把后宫刘氏晓得，不能走漏半点风声。你扮做阎罗王，扮做阎君，我打发排军扮作夜叉小鬼，拿御花园打扮得就像森罗殿阎王殿没得二样。我要阴审郭槐，这个事情可以审得出来。”万岁一冲之心，要见到生身母后，就听了包大人格话。格天子外间是皓月当空，如同白昼，又是亮星。包公没得办法，焚香掌烛，祷告苍天：“苍天在上，玉帝有灵，有真命天子要认到生身母后，只因为郭槐狗贼抵死不招，他要到阴曹地府森罗宝殿，才肯承认狸猫换太子之事，所以今天要请上苍庇佑，赶紧要月色朦胧，要狂风大作，蒙骗郭槐，招出十八年之前狸猫换太子之事。”说人只要有诚心，佛就有感应，确实不假。才间明星亮月，腾腾空就狂风大作，“呼”，月色朦胧，就没得早先干亮，拿御花园里格竹子、树、花啊吹了咭咧嘎啦响。肇杠块扮作无常鬼，有白无常鬼，有黑无常鬼，舌头总伸到腰眼间。拿郭槐拖得来了够，后间无常鬼就说：“走哇，郭槐郭槐啊，你来阳日三间做了许多恶事，今朝到我阴曹地府从实招来，可以饶你刑罚。”

郭槐闻听这一声，三魂吓得少二魂。

肇望望前间阴气腾腾,啊呀,看看竟吓怕了。

城头上,有鬼火,忽明忽暗,
城底落,有鬼哭,千万条声。
高子鬼,跑出来,长拖抹样,
矮子鬼,跑出来,矮里婆娑。
瘦子鬼,跑出来,伸头颚颈,
胖子鬼,跑出来,哼里哼墩。
毒药鬼,跑出来,七孔流血,
淹死鬼,爬河坎,寻找替身。

看见阴气森森、阴气腾腾。郭槐也怕呱,将身跪了森罗殿。阎罗天子口内称:"郭槐郭槐,你来阳日三间谋害幼主,狸猫换去太子,你从实招来,免你刑罚。"格些鬼使扮成青面獠牙,个个杀气腾腾,拿他对阎罗天子门口一揿,说格:"你招哇。"郭槐一想,不好了呱,我人来刑部天牢,现在真魂到了阴司地府来了够,罢了罢了,不如我就招么。他肇拿十八年之前,李氏正宫生格太子,刘氏生格公主,万岁出去打仗不来家,刘氏起了妒忌之心,刘氏高他设计,坑害李氏正宫,夜烧朝阳宫,又叫寇宫女拿小太子投入金水池好淹煞得,一情二节,从前到后,从实招出来了够。

万岁上上下下听完成,龙目流泪苦伤心。

包公吩咐,扮格鬼使格太监,赶紧现出原来的面目,拿脸上总洗啦得,拿无常鬼格舌头去啦得,格含了嘴里拖到腰眼里的东西,当真是舌头?不是得够。假够,是吓郭槐够。干干回到本来的腔调,格么郭槐格口供挨录下来够。郭槐万万不晓得这包黑炭有干鲜翻法子,假设格阴曹地府。随手事情一完毕,格也奇怪,腾腾空格亮月就像日里格太阳干亮,可以说是如同白昼。"郭槐,你肇有底高话好说嘎?"郭槐晓得上了他格当了,肇望望前间,坐了格高头够——"

不是张三其别个,还是万岁有道君。

"万岁啊,千怪我来万怪我,都怪我郭槐一个人。万岁啊——"

你今朝高抬贵手饶恕我,黄土盖面不忘恩。

"郭槐郭槐啊,你原来是抵死不招,到阴曹地府你才肯招,今朝包爱卿假设阴曹地府,你说出了十八年之前,狸猫换太子之事,你要谋害幼主,灭大宋后代,你罪大恶极。""万岁啊,总怪我不是。""怪你不是就拉倒了够,不是八贤王千岁贺生日，陈琳去剪花，倒哪里救到我性命？只有寇宫女忠心耿耿，自己投金水池而死，才保到我一条性命。郭槐郭槐，我看你安乐宫福也享够了够。”不能耽搁，仍然拿他关押起来，肇又拿他打入刑部天牢。到了第二天早朝，包公来到金殿：“万岁啊，这个案子也不必再审了够。一、郭槐已经承认；二、刘太后行贿于王炳，肯定狸猫换主是真实够。”庞洪奸党就说格：“万岁啊，包大人拌命说刘太后行贿于王炳，有底高证据来哪里？”包公倒来起火来够：“庞洪庞洪，你为底高帮奸贼说话？没有证据，老夫也不敢说她行贿于下臣官。”肇走自己家里，拿小太监王恩提出来，拿他带上金殿。肇证据确实，庞洪也没得话说。万岁也晓得确实，刘后交郭槐是设计够，两人是一丘之貉。圣天子一想：“这个狗贼，坏事做绝，等我前往陈桥，拿母后接得打转，到格个辰光——”

拿你狗贼丧残生，好帮我家母后把冤申。

格天子万岁不肯耽搁，带领包大人，带了庞洪，带了一百文官、一百武官，全副銮驾出京。

急急忙忙就动身，陈桥镇到面前呈。

万岁发下旨意，不准惊动地方上官员和良民百姓。等万岁到了陈桥，包大人才通知当地官员。肇一班人家总张灯结彩，泼水净街，烧香磕头，恭候万岁。不曾歇，来到破窑之前，包大人赶紧先来到破窑，跑到杠四转察看，当地官员不敢怠慢，为了保住这破窑原来的腔调，来四转起了很多很多的房子，装饰得已经蛮好看。包大人赶紧捧出朝服、官帽、凤冠霞帔要把太后穿戴起来，并说万岁马上就到堂块。太后她死也不肯。她为底高不肯？李娘娘心上想，我来堂受罪受到今朝，我家皇儿作为一国之主，贵为九五之尊，我要等他来望望，我母后来堂过格底高日子，穿格是底高衣服？所以她不肯换起来。包公急得没得办法：“太后啊，你这个腔调衣衫褴褛，没处见万岁，你还是换起来为好。”“包爱卿啊，我一定要见到我格皇儿才能换上这个衣服。”她就是不肯换。正在此时，外面热热闹闹，鸣锣开道，说万岁已到。包大人也赶紧出来，拿万岁接到破窑，拿红毡毯铺起来，像照于咱叫红地毯。万岁跑到前间一望，这个乞婆子，讨饭子模样没得二样，衣衫褴褛，双目失明，又看不见。万岁亲自跪在她面前，包大人也跪下来够，随从的官员统统都下跪。包大人说：“太后，现在万岁已到，就来你的面前。”李娘娘双目流泪，两个手只是来杠摸：“皇儿在哪里？皇儿你在哪里啊？”

万岁闻听到这一声，止不住腮边泪纷纷。

“母后啊,我来堂块啊。母后啊——”

我也不是张三与别个,我是你皇儿到来临。

“母后在上,受皇儿一拜。”格瞎子拼命用手蹲杠摸,又看不见。包大人就说:“太后,万岁就来你面前,你赶紧拿衣服换起来。”“不着躁,包爱卿,不要着躁哇。皇儿啊,你来京都皇城享福,不晓得母后来破窑受罪,是衣不遮身,食不充口啊。”万岁心如刀绞:“母后,我有天大的罪过,贵为一国之主,母后流落破窑,我居然不知,我还有什么脸面活在人世哇,不如我撞头自尽算了。”嘴说这话,腰巴子一躬,头对墙高头直冲,包大人高文武百官赶紧背住得。“皇儿,你过咱在乳哺之年,你也不晓得母后到这种地步,真正说来母后也不怪你。”“母后啊,你受了十八年罪,走今朝开始,你跟我进京去安享晚年。”“皇儿啊,我只要能够拿冤枉事情澄清,我也不宰据去享福,我蹲堂受罪也受惯了够。再说我这眼睛又看不见,双眸不通,上皇城反而人家要嗤笑,现在刘氏是你格嫡母后,如果我瞎头闭眼上皇城去,等她更加要笑我,所以我还是不去为好哇。”

万岁闻听这一声,更加啼哭泪纷纷。

万岁双膝俱跪,双目流泪,祷告苍天:“苍天在上,玉帝有灵,孤皇来乳哺之年,母后就逃到皇城之外陈桥镇破窑安身,因为朝夜思念,现在双目失明,十八年灾星已满,接她皇城纳福,她说双目失明,上皇城人家要嗤笑于她,如果上界有慈悲之心,等我家母后能够双目复明,陈州这块地方钱粮国课,免去十载不收,而且我大赦天下——”

监牢罪犯赦三等,钱粮国课减三分。

然后万岁跪到李娘娘面前,双手拿母后捧住得,帮她舔眼睛,弄舌头舔呱。因为他是上界真命天子下凡,一祷告,又亲自帮她舔眼睛:

连舔是舔不非轻,拿眼睛舔了碧波清。

眼睛舔了清又清,茅草窠里看见拾引芯。

李娘娘看见自己皇儿和文武百官都在破窑里间高外间,心上欢喜了。“母后啊,你现在已经双目复明,肇好跟我进京咧。”包大人也说:“太后,你赶紧拿衣服换好,凤冠霞帔戴好,跟我们上京都皇城纳福去。”李娘娘背背郭海寿:“儿啊,这个就是当今万岁,他是我亲生够,你是我带大了够,你高他不是旁的关系,你高他是弟兄相称,皇兄御弟称呼。皇儿,母后没有这个郭海寿孝子,也没有性命到今朝,也要带他上皇城享福。”仁宗皇帝来过咱辰光,可以说是情不自禁,跑到前间对郭海寿面前一跪，赶紧就要磕头。包大人等人赶紧背住得："万岁啊，他是个布衣草民，怎背得起你拜。""御弟在上，应该受我一拜。"郭海寿这个种田郎他又不懂底高，吓得对后退。李太后说："儿啊，你不必害怕，你肇跟我上京都皇城享福去。""母亲啊，我不去，我住这个破窑里倒蛮静办够，倒蛮好够，我不上皇城去。"万岁也说："御弟，你与我母后一十八载，相依为命，你现在也要跟我进京。"他不肯去嘛，李太后就说够："万岁开口，你不能等他现丑，如果逆旨，就犯了杀头之罪。"

郭海寿听到这一声，只好跟随上皇城。

我们不提大家路上走，再提刘氏黑心人。

格天子西宫刘氏一想："如果等到李太后一还朝，我有底高脸面见她。"肇趁他们不曾家来之前，就拿宫门紧闭，撑到台子上间去，高头再摆起凳来，弄七尺白绫系在高头桁条上间，做起相思扣、牛吃箍活络结来，狠狠心肠，头朝圈子里一攻，脚底落拿凳子一踢，"碰嗵"。

一命呜呼丧残生，魂灵上了枉死城。

刘太后吊死宫门里，最后不曾有好收成。

刘氏吊杀得够，格一班宫娥彩女可要报咯，就赶紧报于庞赛花西宫娘娘晓得，说："不得了了够，现在有刘太后悬梁高吊吊杀得够。"庞赛花是仁宗皇帝最要好格妃子美人。庞赛花就说格："她是我的长辈，可以是我的婆婆，这个事情我做不到干大格主啊，只有等万岁回朝转，等万岁再做定夺，因为她罪孽深重。"

单讲到万岁回到京都皇城，拿三百文官、二百武官、九卿四相、八大朝臣、穿宫太监、六部官员、宫娥彩女、值殿将军统统召到金殿之上："众位爱卿，孤家有天大的罪过，身为九五之尊，母亲流落破窑受罪，今日已经拿她接回朝中享福，从今向后，孤家要时时刻刻照应母后，要孝养我的母后晚年。"

文武百官一个一个跪了金殿上，万岁喊了不绝声。

有南清宫狄太后，听见说李太后已经家来够，赶紧乘了凤辇，也来到金殿，仁宗皇帝亲自步下龙庭，御手相搀，御口相称："母后在上，受我皇儿一拜。""阿呷嘎，万岁啊，我是来请罪呱。""母后啊，你有底高罪？"随手又见过李后娘娘，老姊妹两个讲讲，是老泪纵横。狄太后说："万岁，当年我拿你太子千岁当作自己儿子，你说我果有天大的罪过。"

万岁闻听这一声，止不住腮边泪纷纷。

“母后啊，十八年之前——”

不是你母后收留了我，我哪有性命到如今。

“万岁，就我不收留你，也作兴吉人自有天相，有旁人收留你，反正我现在是来请罪够。”“母后，皇儿统统赦你无罪。”才来杠说这话，庞赛花来到金殿：“万岁，臣妾有本奏来。”“美人，你不在西宫，你到金殿有何事情？”“万岁，刘太后已经悬梁高吊而亡。”“啊，为底高早不奏于孤家？”“因为李太后婆婆才到京都皇城来，恐怕扫了万岁的兴，所以不曾告诉你。”李太后心上也想：“刘氏刘氏啊，你作恶多端，无脸见我，你就悬梁高吊而亡，实际上你不吊死了，我也不计较你，我们总咁大年纪喽。”可以说李后娘娘是心襟宽阔，不计较刘氏往常对她怎呢怎呢，哪晓她自己不好意思啊，倒吊死得够。李太后就说呱：“皇儿，她乃先皇的西宫，最宠爱的美人，应该买上等大大沙枋棺木一口，拿她收尸入殓，拿她葬于王陵之内。”“母后啊，像照这种人也配有好好棺木，也拿她葬于王陵之内？这人心狠手辣，要灭自己子孙，要断大宋万里江山，这人没得棺木把她收尸入殓，最好拿她抛尸露骨，方解我心头之恨。”肇有李太后和狄太后总帮说好话了，肇就弄一口薄皮子材。作孽够，不曾葬王陵之内。这个刘后不曾有资格葬到格堂子，葬了旁半间够。书高头介绍说，像照平常死了一个老百姓一样够，交没得官职格人一样够，虽然是先皇的西宫，也不曾开吊，就能呢，一收尸入殓，弄口薄皮子材，就去窖啦得了。万岁就想：“狄太后虽有罪，我是她抚养长大了够，也有三年乳哺之恩，我也吃她格乳，回头才长大成人。”“母后啊，我一定赦你无罪，和我的母后一齐安享晚年。”李太后娘娘就说：“皇儿啊——”

你我没有宫女寇承御，也没有我们母子大团圆。

“如果当时寇承御拿你抱去就撂了金水池里，你也淹杀得够，也不能传接大宋万里江山。我没得她通知，没得她盗了金牌把我，我也溜不出来，也只好来朝阳宫火坑里面身丧其命，赶紧要追封于她。”圣天子龙颜大悦，追封寇宫女为天妃淑德元母娘娘。也有文武百官就说：“万岁，现在狸猫换太子真相大白，刘氏畏罪自杀，也死啦得够，只有郭槐狗贼帮出谋献策，现在关了刑部天牢，也应该拿他身丧其命。”万岁怎呢判他够？判他犯凌迟碎剐之罪。包大人就说格：“万岁万岁啊，要杀这个郭槐狗贼，叫哪个去监斩最适合？只有老千岁陈琳。他保护幼主，能够让你今朝登九五之尊，而郭槐要谋害幼主，一正一反，忠奸两臣。现在陈琳已九十开外，可以说童颜鹤发，面如古月，五绺长须，飘洒胸前，现在来南清宫纳福，不如拿他召得来，亲自监斩郭槐。”

万岁闻听这一声，想想不错半毫分。

陈琳听见一召，格天子对法场上跑起来蛮快，领了圣旨么，来杠监斩。肇拿郭槐走刑部天牢也提出来够。这个人凌迟碎剐怎呢割相够？先拿他两只手做两趟割啦得，然后拿他两只脚做两趟割啦得。再怎弄？一个木桶像照干咱叫水桶、提桶摆了杠够，肚里有水来下够，拿他格头再割下来，再拿刀走前心戳到后背，就慢慢割，慢慢一块一块割，慢慢一块一块割啦得够，叫凌迟碎剐之罪。格陈琳就坐了他面前，心上就想：“今朝万岁为底高叫我来监斩，我就因为保护了幼主太子，你郭槐要谋害幼主太子，我们是忠奸对立。现在我们面对面，你郭槐丧尽天良，今朝得到报应。我陈琳保护了幼主，现在是身体健康，不讲说长命百岁么，我也已九十开外，可以安度晚年。”“哈哈哈哈”。他就大笑一声，到底是上了年纪格人啊，上气接不到下气，拿起来一笑哇，头朝杠一折，腾腾空就点气总没得。赶紧就报，报与包大人知道：“包大人啊，不，不好了够，才间老千岁陈琳一笑，眼睛一闭，像照没得气了够。”包大人赶紧几个快步跑到前间：“老千岁，老千岁啊，老千岁。”

高喊三声千岁不答应，低喊三声千岁不作声。

包大人赶紧楸虎跳，对金殿上报，奏于万岁知道。万岁就说呱：“包爱卿啊，孤家赶紧打发穿宫太监，拿三生法宝拿出来，拿陈琳好救了还阳打转。”哪晓得年纪已经到了够，阳寿满足，阎王家应该要捉，应派等他魂归地府，三生法宝没得用，不曾救得活陈琳。万岁就想：“没得陈琳，到哪里有我赵祯，到哪里有我仁宗皇帝啊，这个人救了我的性命，我做到九五之尊，使我铭心肺腑，终生难忘，我要追封他为国公之职咧。”圣天子看看他作孽够，随手追封陈琳为忠孝公之职够，而且和寇宫女一样够，帮他起庙宇，初一月半文武百官要去供奉，每年享受两季香火，要敬重于他。两个人救了幼主，都有好处。一个封了天妃淑德元母娘娘，一个封为忠孝公，很可惜这两个人总是追封够，不曾享受到万岁底高好处，因为不曾有寿命。

我们单讲到这个郭海寿，格天子看见郭槐凌迟碎剐，看见陈琳一笑而死，心上就想，这个皇城不是我蹲格堂子，我还是住我格破窑，倒是好够。格天子交李娘娘一讲，得到李娘娘的同意，得到万岁恩准。万岁就说：“御弟，你孝养了我母后一十八载，我也不亏待于你。”

御弟前来听封赠，安乐王之职你当身。

“从今向后，你就蹲陈桥纳福，孤家马上发饷银帮你上陈桥镇起造安乐王王府来。”有文官料理，武官督工，安乐王府起好之后，有李后娘娘、狄太后娘娘和当今万岁都亲自到杠去恭贺了。

陈桥有个老宰相名叫王增，他家有个孙女儿叫王美珠。老太师一想：“我家孙女儿倒也有十九岁，不曾有门当户对，不如拿她终身就许配把安乐王倒也是好够，他靠梆干大，万岁交他皇兄御弟相称，有李太后交他母子称呼。”格请哪个出来为媒咧？请旁人没得用，只有上京都皇城，去请包大人从中做媒，等他们好成婚匹配。包大人奏于万岁，万岁龙颜大悦，交两位母后娘娘一讲，看了黄道并吉日，等他们两人配为婚。到结婚格天子，当今万岁、狄太后、李太后，天波杨府佘太君都去恭贺。家里焚起广南真香，掌起通宵蜡烛，设供了天地纸马。

夫妻拜和合，五子便登科。

长命百岁寿，千载万年和。

夫妻两个拜过堂，兰闺香房去安身。

小姐沿小来家读得女儿经，三从四德记在心。

一夜夫妻如山重，两夜夫妻海能深。

三朝分格大和小，君是君来臣是臣。

众位，郭海寿沿小就行孝，孝顺李太后，当做生身母亲。虽然他不晓得不是生身母亲，但是他对这个母亲相当孝顺，等到母亲双目失明格辰光，自己出去沿街要饭。要到好格家来把李太后吃，要到丑格自己吃。要不到好够，只要到丑格把母亲吃，自己就不吃。要到两个钱开始做生意卖菜，也要拿母亲养活得有条性命。就是说两个人相依为命，做了天大的好事，落么么做到一个安乐王，而且宰相家孙女儿，终身许配了把他，有一个好报应。郭槐交刘后刘氏，两个人设计要害啦幼主，拿自己格公主情丧总掐杀得，落么么事情真相大白，不曾有好处，刘氏自己吊杀得，郭槐犯凌迟碎剐之罪。陈琳保护了幼主，去监斩，落么么一笑而终。这部忠孝宝卷，就叫善有善报，恶有恶报，如果不报，证明时间不曾到哇。

善恶到头终有报，只是来早与来迟。

众位，这部忠孝宝卷《破窑认母》。我们讲到现在，只好说有个粗枝大略，也算有头有尾，有始有终。诗三百，一言以蔽之。

经到头来卷到梢，拜送落难星宿上九霄。

后 记

中国靖江宝卷,乃是国家级非物质文化遗产保护项目。随着形势的发展,靖江的经济社会形态发生了深刻变化,讲经做会的人家是越来越少了,像这样下去,不歇几年,靖江宝卷慢慢就失传了。我作为新一代的宝卷讲唱艺人、省级非物质文化遗产代表性传承人,有义务为抢救靖江宝卷尽绵薄之力。2014 年,我已出版了《玉蝉女十二美》,全书约 75 万字。为了更好地把靖江宝卷传承下去,我又花了两年多时间,起早带晚,整理了这部《香球记》。

在本书的编辑出版过程中,靖江市文体广电和旅游局领导多次给予热情鼓励。靖江市文化馆和非物质文化遗产保护中心的领导倾注了大量心血,并在资金上予以扶持。可以说,没有他们的重视和支持,本书的出版是不可想象的。此外,靖江市委宣传部原副部长、靖江宝卷研究专家黄靖先生,一直从事靖江宝卷搜集整理的民间文学工作者姚富培先生对本书的出版给予了精心指导;靖江市非遗保护中心主任王金甫先生对本书的作序、整理、校对付出了辛勤劳动;江苏光明印刷有限公司提供全方位服务;在此一并表示最诚挚的感谢!

由于本人才疏学浅,书中难免存有不足之处,敬请方家指正。

刘正坤

2022.7

靖江活宝卷文库

杨门忠烈

陶林生◇编著

苏州新闻出版集团
古吴轩出版社

图书在版编目（CIP）数据

杨门忠烈 / 陶林生编著. -- 苏州 : 古吴轩出版社, 2023.10
（靖江活宝卷文库）
ISBN 978-7-5546-2219-3

Ⅰ. ①杨… Ⅱ. ①陶… Ⅲ. ①宝卷(文学)－作品集－靖江 Ⅳ. ①I276.6

中国国家版本馆CIP数据核字(2023)第199998号

责任编辑：李 倩
封面设计：吴 静
责任校对：黄菲菲
责任照排：江苏光明印刷有限公司

书 名：靖江活宝卷文库·杨门忠烈
编 著：陶林生
出版发行：苏州新闻出版集团
古吴轩出版社
地址：苏州市八达街 118 号苏州新闻大厦 30F
电话：0512-65233679 邮编：215123
出 版 人：王乐飞
印 刷：江苏光明印刷有限公司
开 本：787mm×1092mm 1/16
印 张：65.75
字 数：1211 千字
版 次：2023 年 10 月第 1 版
印 次：2023 年 10 月第 1 次印刷
书 号：ISBN 978-7-5546-2219-3
定 价：168.00 元(全二册)

序

黄　靖

十几年来,抢救挖掘《杨家将》宝卷几乎成为我的执念。

《杨家将》宝卷风行于靖江老岸地区中东片的马桥、孤山、季市、斜桥、西来五镇,妇孺老幼皆喜欢。可连续宣演 7—8 个黄昏,总时长达 40 小时左右。可能由于规模宏大、人物众多、情节繁复,一般佛头难以驾驭,只有陆爱华能讲全本。陆先生乃一代草卷大师,享誉邑内,得到中国宝卷研究权威车锡伦的赏识。“东沙佛头陆爱华先生以唱小卷闻名,他的名片背后宣示的‘服务总旨’中说:‘歌颂民族英雄,去恶扬善……主讲古典小说 50 余本,形象生动,引人入胜,任君挑选。’”车先生在论著中如是说。

2005 年 7 月,靖江广播电视局开启靖江讲经影音录制工程,《杨家将》名列榜首,陆爱华摩拳擦掌、跃跃欲试。怎耐其刚经历胃癌手术不久,身体正在恢复之中。讲经劳心费神,录制方思虑再三,不忍让一个带病之躯连日辛劳。谁料不久,陆先生驾鹤西去。

虽然“人亡艺绝”乃民间口头文学的一般规律,但我坚信一般之中有特殊,在有着深厚的讲经文化传统的马洲大地上,《杨家将》宝卷必定有种子深藏于民间。时隔 10 年,惊喜不期而遇。

2016 年 9 月,靖江电视台启动新一轮影像录制。青年佛头马国林,自告奋勇讲唱《杨家将》,每集 20 分钟,连讲 98 集,共 30 多小时。于 2017 年在靖江电视台《靖江宝卷》专栏播出。后起之秀马国林,勤奋刻苦,博采众长。他曾用录音机全场录下名师名卷,《杨家将》便是其中之一。可惜,至今未整理成文本。于是,《杨家将》宝卷文本便成为我新的殷殷期望。

正当渴念之情如潮澎湃，市非遗办送来了《杨门忠烈》校样，嘱我作序。因为是盼望已久的活态传承文本，激动之情难于言表。随即请非遗办安排专题采访整理者陶林生。

陶林生（1946.1.21—　），家住靖江市季市镇石榴村，初中文化。父亲陶友章热爱讲经，每年春秋牵头做公会，经堂设在自家堂屋。自小学三年级起，陶林生便迷上讲经，尤爱听陆爱华讲《杨家将》。当年有个不成文的规矩：每年《杨家将》一旦在某处开讲，便在此处的东、南、西、北埭，一册接一册地有序讲唱。年复一年耳濡目染，陶林生不但记住了一些圣卷、草卷，而且会像模像样地讲唱。在他20多岁时，冬季“上河港”（在本地或去外地兴修水利），10多人打地铺住在一起，晚上无事，听他讲经，每晚1小时。

1978年，陶林生在季市镇街上设摊卖肉，如逢做会，便早点收摊。

有一年他去姨娘家做客，看到书橱里有一本1988年印行的《三茅宝卷》，两眼放光，不肯丢手。姨娘见他如痴如醉的样儿，玩笑地说：“喜欢就拿家去，读读熟，做佛头。”回家后，陶林生手不释卷，将书的内容烂熟于心。

《三茅宝卷》犹如一把钥匙，为他打开了佛头这一行的大门。

那一年，埭上做“三茅会”。陶林生早早歇市。到家一看，早上九点多了，经堂还没布置。一问，醮首会多，点个卯走了，留下的佛头范浩泉等两人都不会讲《三茅宝卷》。陶林生说：“不要紧，我来讲。”

在自家埭上，胆大。坐上讲经台，打开卷本就开讲。讲到吃饭的点儿，个个叫好。下午想休息都不行，一直讲到夜晚。翌日清晨送佛后，范浩泉建议陶林生入行。陶林生说：“等我学会摇铃、敲木鱼再说。”于是，他用自行车铃改制成铃具，用一块木头雕成木鱼，白天请一位叔伯哥教他，晚上由他老婆陪练摇铃、敲木鱼、发和声。苦练半年，他收肉摊，做佛头。与范浩泉搭档三年。觉得自学成才没名气，于是投身一代宗师袁戈生门下。

提起《杨家将》，陶林生认为这是一种缘分，一种情感。他常常听陆爱华讲《杨家将》，仰慕之余，还积淀了一种英雄主义的情愫。正是在这种情愫的激励下，陶林生四处寻觅与《杨家将》有关的文本，觅得《杨家将全传》。

从品相、纸张及印刷质量看，这是一本20世纪八九十年代出版的通俗读物。封面、封底及卷首、卷尾残缺，作者及版权页缺失，卷首残存数幅人物肖像，目录及正文完整可读。经与网购的《杨家将》（青海人民出版社，2000年1月）比对，此书为北方流传的评书。用讲经的话说，陶林生“如同拾到宝和珍”，吃饭看、走路看、睡前看，愈看愈入迷，并下定决心将其改编成宝卷。起早更、坐黄昏，历时10多年，三易其稿，大功告成。

当得知校阅的书稿是改编本，而非活态传承的文本，我内心不免有点失望。两种文本虽同出一源，但前者的人文价值远远低于后者，改编本既未经宣演实践的检验，也未得到广大听众的认同，当然也就寂寂无名。然而，毕竟也是一种《杨家将》卷本，理应珍视。再说，陆爱华宣演的脚本，虽无法考证其源流，可以肯定的是，其蓝本也是杨家将小说或评书、弹词。至于是传承于前人，还是出自陆爱华之手，则不得而知。单就改编而言，陶林生先生确也下了一番功夫，不乏可圈可点之处。

改编是文学艺术中一种常见的艺术手段，看似简单，其实是颇费心思的事儿，它既要忠实于原著，又要遵循新的艺术样式的规律，还要有所创新，亦即二度创作。据车锡伦先生考证，“从收入《中国靖江宝卷》中的18部小卷考察”，“《十把穿金扇》《独角麒麟豹》《彩云球》《白鹤图》《回龙传》《八美图》《九美图》《香莲帕》《文武香球》等9部小卷改编自弹词”，“其他几部小卷，如《五女兴唐》《罗通扫北》《薛刚反唐》《五虎平西》《刘公案》《狸猫换太子》等则改编自通俗小说”。谁是改编者，车先生没有考证。而笔者猜测，其主体可能是靖江的佛头。陶林生说：“陆爱华聪明，能立地编书。下午看一本小人书，晚上就能讲一册经。”佛头刘正坤告诉我：“从前有的老先生厉害哩，听识字的念一本书，就能编出一部宝卷来。”可见，靖江佛头有改编的传统，陶林生所为，是对这一传统的继承和发扬。

通观《杨门忠烈》，陶林生先生的改编是成功的，既承袭保留了原作的主题、人物、情节及框架结构，又按照宝卷的艺术特征、人文精神进行创新改造，令一部普遍流行的评书彻底“靖江化”“宝卷化”，主要表现如下：

（一）转换文体

将章回体评书改编为宝卷，首要的是用“韵散相间，讲唱结合”的叙事体制替代娓娓道来的叙述方式。且看“十里长亭接灵车”：

评书：

到十里长亭一看，云南的军卒拥着灵车，车上面搭着布篷子，后边还有好多车辆。柴郡主早已从轿车下来了，她见亲人来接，泣不成声。杨排风怕她摔倒，急忙跑来搀扶。老太君看着儿子的灵车，站立不稳，八姐、九妹左右相搀。柴郡主扑到太君怀里，哭得死去活来。

宝卷：

大家接到灵车，柴郡主从车上下来，见到亲人，哭得特别伤心。

平：众姊妹呀！我总以为到云南几载整，顺顺趟趟转府门。

平：姐妹哎！哪里个奸贼谎奏一本，将我亲夫送残生。

平：柴郡主哭得总站不稳，几几呼跌到地埃尘。

杨排风连三去扶住得。太君看到六郎的灵车，更加哭得伤心。

平：可怜哦，我杨家前世作得多少孽，今世怎到能功成。

滚：伤心哦！我杨家八虎闯幽州啊，就剩六郎一个人。

哪晓得又送残生。

平：众位哎。我白发人来送黑发人，叫我想想也伤心。

八姐、九妹扶住太君。一面哭，一面劝母亲。

同样的情节，因文体差异，二者叙事风格相去甚远。

为突出宝卷的本体特征，改编本每集都有开卷、收卷。以第八集为例。

开卷：

问萧何，大如何，黄金贵，值钱多。——圣谕

单：昔年韩信问萧何，问问楚汉大如何。

单：人人总说黄金贵，哪有安乐值钱多。

挂：善比青松恶比花，看看青松不如花。

有朝一日寒霜降，只见青松不见花。

挂：饮酒不醉量为高，见色不贪是英豪。

非义之财不可取，忍气吞声祸可消。

平：杨家将宝卷未圆满，今朝提起再团圆。

此为靖江宝卷常见的开卷模式，先来几段，有时多达十几段道德说教，而后进入正文。

收卷：

众位，六郎和孟良到底果救到八王、寇准和呼王？

忠孝宝卷打个等，下册之中再谈论。

挂：宝卷未完成，大家有精神。

工作要努力，人人梦成真。

平：大家时也来运也通，和佛总是好喉咙。

因是长篇宝卷，收卷得承上启下，留有悬念，故不同于通常的收卷。比如《八美图》收卷：

众位，忠孝宝卷《八美图》讲到此，也算有头有尾、有始有终。

经到头来卷到稍，拜送落难星宿上九宵。

佛头当中坐，善人两边排。大众帮和佛，一齐免三灾。对不起你们。

(二)调整建构

为适应宝卷叙事体例，全书建构必然调整，由100回演变为上下两本21集。这种调整以宝卷讲唱时长的基本单位“册”为参照，整合相关情节单元“回”为“集”，比如，第一集便由原著的1—4回整编而成。两者的标题大异其趣。评书标题十分规整：

第一回　金銮殿王苞动本

第二回　立擂台潘豹逞凶

第三回　杨七郎力劈潘豹

第四回　天波府令公训子

按说，宝卷的标题亦应如此，只因陶先生的初衷是自产自销，自己明白就行，故而率性、本色：

七郎打擂　潘贼金殿告状

(三)语言转化

宝卷是方言艺术，语言地方化是改编的题中应有之义。

生活中用方言交流张口就来，一点也不费事。而用纯正的靖江老岸话确切表达评书的精彩描述，其难度恰似将英文小说译成汉语文学作品。最头疼的是，一些方言熟语，尤其是冷僻的词语，会说不会写。陶先生说，日有所思，夜有所梦，时常在睡梦中想起某个方言字，生怕忘掉，随即开灯下床，记在纸上。

检阅校样，笔者深切地体会到，语言转化确也费神。大量运用老岸话的口语、熟语、歇后语以及“宁(人)”之类的方言同音通假字，恰到好处地引入一系列讲经套语：

逢山哪看山中景，遇水不看取鱼人。

——赶路

生得来，又不高，又不矮，真正好看，

又不胖，又不瘦，美貌千金。

——美女

穆桂英，朝上杀，雪花盖顶。

白天龙，朝下打，枯树盘根。

穆桂英，朝山杀，山崩地裂。

白天龙，朝海打，海起灰尘。

穆桂英，朝前杀，怀中抱子。

白天龙，朝后杀，背驮苏秦。

穆桂英，朝左杀，黄鹰掠翅。

白天龙，朝右打，猛虎翻身。

——厮杀

诸如此类的套化叙述，比比皆是，让我这个“讲经迷”倍感亲切、愉悦。

（四）选配曲调

靖江讲经讲唱结合、唱和一体，讲、唱、和三大艺术元素浑然天成。唱、和常用的曲调有【单调】【平调】【摇铃腔（又名挂金锁）】【十字调】【滚龙调】【莲花落】等数种。

何处用何种曲调，固然取决于文本的内容、节奏、情绪，而根本在于佛头的艺术素养。同一卷本配曲，十个佛头九不同。因而，一般的卷本只有唱词，不标注曲调，给佛头留下自由发挥的空间。具有丰富艺术实践经验的陶林生先生，当他全身心地沉浸于杨家将的故事之中，自然而然地手里写着，嘴里哼着，情不自禁地给每个唱段标明“平”“单”“挂”“十”“滚”，等等。这可不是简简单单的曲调选配、音乐设计，而是一种精神的寄托、情怀的抒发。

值此《杨门忠烈》出版之际，我由衷地为陶林生先生庆幸！为靖江宝卷庆幸！欣然命笔，写下这些文字。是为序。

2022年9月4日

（作者系宝卷研究专家、靖江市民间文艺家协会主席）

目　录

一、七郎打擂　潘贼金殿告状

一朝臣，贼奸臣，潘仁美，害忠臣。——圣谕

单：一朝天子，一朝臣，朝朝总有贼奸臣。

宋朝奸臣潘仁美，朝思夜想害忠臣。

挂：宝卷初卷开，星君降临来，讲它一部杨家将。

大众记在怀。

挂：劝人终有益，挑祸两无功，人无千年好，花无百日红。

挂：人生百岁能有几个，良田万顷种不到许多。

空：空身来嘞空身走，不如及早念弥陀。

单：开开经来阵阵香，老少福寿广无边。

平：讲它一部杨家将，将今比古劝善人。

说者，杨家将宝卷，一部劝善，学生开读，讲到朝代帝主，贤人出世。总要讲到，有苦，有甜，有始，有终，有文，有武，苦中之苦。高官禄位。方成宝卷一部。宝卷写明“昔日”二字。“昔”是过去，“日”是今日，远年经典学生今日所讲。

昔年宋朝太宗登皇位，一统山河总太平。太宗登殿文有忠良，武有能将。文官有王苞——王延龄。武有哪些人？有老令公杨继业、铁鞭王呼延赞、开国王曹彬、汝南王郑印，还有东平王高怀亮、驸马高怀德。还有国丈老太师潘仁美。南有小梁王柴勋；北有天庆梁王复姓耶律，名尚。耶律尚年年进贡，岁岁来朝，宋朝天子赵匡义，驾坐东京汴梁，号称太平兴国。一日早朝，万岁登殿，文武朝见。王苞、王延龄奏本：“万岁，现有北国大辽，天庆梁王耶律尚打来战表，要和我大邦中原开兵打仗。”又递上边关急报：“辽国元帅韩昌，韩延寿，带大兵压境，请万岁火速

发兵遣将,到前敌抗辽。”万岁赵匡义一听,吓啦大半条命。本来你年年进贡,岁岁来朝。大辽去年就没有进贡,今年又打来战表,你现有精兵,粮足,起嘞反叛之心,要侵我大邦中原。

平:如果不派良将去往征剿,我个江山不太平。

“众位爱卿,哪位领兵挂帅征剿北国?”连问几声,无人答应,殿上几员大将,总是赫赫有名的武将,包括八王千岁赵德芳也不作声。万岁心上不好过啊。

平:不好嘞够,太平年岁封你们官上加职还嫌小,戮乱时候怕出征。

平:可怜哦,万里江山好比风中烛,没得扶皇保驾人。

为什么这么多大将都无人挂帅?并不是怕出征,因为他们都互相谦让。正在这时,一人有言:“万岁,老臣愿意领兵挂帅。”大众一看,这人五十多岁,面似敷粉,两道八字眉,一对三角眼,白眼乌珠大,黑眼乌珠小,秤砣鼻子,蛤蟆嘴,花白胡须,面带奸诈。

平:对他看看清,必定不是好良心。

那么,这个人是哪个呀? 此人是西宫国丈,也就是西宫娘娘潘素蓉的父亲,皇上的老丈人潘仁美——潘洪。万岁一看欢乐一半。

平:我的江山担子千斤重,老丈担当啦几百斤。

其实潘仁美没安好心,老贼仗女儿潘素蓉的势,自己的姑爷是一国之主,他在朝廷,上欺天子,下压群臣。

平:三番五次想毒计,起嘞谋王篡位心。

今朝他说去挂帅,目的是想兵权弄到手,和北国联合起来反进皇城。

平:我将天子来杀死,也好坐坐九龙庭。

其实万岁也不晓得他起坏心。众文武想,你潘仁美,文不能安邦,武不能定国,如果打了败仗,损兵折将,岂不误了国家大事。大家总是这么想,但是没说出来,八王就说:“老太师,这次征北,你挂帅,这么大年纪,你能战场杀敌吗?”太师说:“皇家千岁,我虽年大,还有三个子,潘龙、潘虎、潘豹。特别三儿潘豹经过高人传授。”

平:如果等他上战场,稳打胜仗转朝门。

八王本来还想说他不能挂帅,赵匡义有心护自己的老丈人,连忙将话接过来。万岁说:“既然你乐意挂帅,朕准本。”老贼一听,真是喜之不尽,特别开心,洋洋得意。万岁问:“老太师,既然你挂帅,你看哪位能当先锋官呢?”潘仁美:“启奏万岁,微臣第三子潘豹,自幼上山学艺,可叫他挂先锋。可以说旗开得胜,马到成功。”万岁说:“老爱卿,不知他的武艺怎样?说空话无用,谁都不信。”

潘仁美说:“万岁,我叫我三儿到金殿来御考,不知龙意如何?”万岁说:“好,传朕的口谕,叫三国舅上金殿,我要御考。”文武大臣想,老贼平时总是见好事就钻,鉙苦差就躲,今天他是老虎戴素珠,假充善心人。这时潘豹来到八宝金殿,老令公对潘豹一看,潘豹是个铁青脸,斗鸡眉,母狗眼儿,大蒜鼻头,红鼻尖子,耳朵没多大点,连毛胡子,压根儿毛像抓笔,走起来,一步三摇:“拜见吾皇万岁,万万岁。”万岁说:“朕听说你自幼上山学艺。刚回来,你乐意出征退辽兵,孤家有意加封于你,但不知你的武艺如何,孤家要亲眼看看你的能耐。”潘豹明白万岁要御考,就说:“万岁既然如此,臣子献丑了。”

平:潘豹站起身,金殿上面显威能。

立好门户,打嘞一趟拳舞嘞一套剑。众位,万岁赵匡义是马上皇帝,懂得武艺的,看潘豹就这点名堂,也只一般。不过是我的小舅子,也要护卫点,所以嘴里说:“这两下还可以,一点不含糊,越看越高兴。”令公和铁鞭王呼延赞,看嘞假意点点头,嘴里说:“还可以。”肚里想,毛还嫩得很。

平:和韩昌交战打不过,也是一个送死货。

文武看在眼里,想在心里,而万岁说:“难得的奇才,孤封你为扫北前部正印先锋官。”

平:如若得胜后,孤皇重封尊。

潘豹刚要谢恩,突然有人高呼:“万岁且慢,臣有本奏。”万岁一看是八王赵德芳。那么,赵德芳怎么说且慢的?他看见,老令公和呼延赞脸都气青嘞,意思是,不可当先锋。所以八王奏本:“万岁,三国舅凭在金殿上的三招两式当先锋,如到疆场真刀真枪,三国舅不是韩昌的对手。”

平:个人名利是小事,败于北国果伤心。

万岁说:“皇侄,你有何主见啊?”八王说:“万岁,依我之见可以叫三国舅在东门天齐庙设起擂台,只需一个月,如无人将三国舅打败,就三国舅挂先锋印;如有人胜过三国舅,那就打胜的人挂先锋印。”皇上一听心中不高兴,可嘴上又不敢说。

为底高?因为他怕八王赵德芳。本来这个皇位是太祖赵匡胤的。赵德芳是太祖的太子,按道理传给太子,也就是说,应该赵德芳做皇帝。结果赵匡义夺了赵德芳的皇位,自己做皇帝。虽则做嘞皇帝,也觉得对不起皇侄赵德芳,所以就封他为八贤王,又赐他王命金锏。这个金锏上管君王不正,下管乱臣贼子,代管三宫六院。

平:如果犯了法,金锏将他送残生。

又封他上殿不参君,下殿不辞皇,见了皇上不需磕头。只要用金锏冲皇上点三点,就算三呼万岁,行嘞礼。

所以八王说到天齐设擂台,万岁也只好点头同意。八王又说:"三国舅,如果能打尽天下无敌,方可挂先锋印。"老贼潘仁美一听,一点不兴。他想,京城里官家之后都是好本事。

平:如果等他们来动手,三儿难有命残生。

眉头一皱,计上心头。老贼奏本:"万岁,我们老一辈,称年兄。小一辈,大家也是称兄道弟。如果官家之后总上擂台,有时将那个碰坏嘞,多不好看哪。"

平:如果小弟兄擂台来比武,果要笑坏天下许多人。

有些冒老九,他不说打擂台比武,总说兄弟不和,来杠打架。那么他为什么只怕官家后去打擂台呢?老贼暗中想,先锋印被官家之后夺去,在我营盘等于安嘞根钉子,我要和北国联系就不便当。老贼三角眼一眨,倒又翻腔:"万岁,臣有一事,请万岁做主。城里的百姓可以上台打擂,各位大人家公子不准上台打擂。"万岁护好嘞三国舅的:"好,朕准本。宣朕的旨意,不准官家后代上台打擂。"

平:如有人抗旨去打擂,杀啦他家一满门。

平:潘仁美闻听这一声,心中欢喜八九分。

眼睛笑眯眯,嘴都笑欠嘞,身子笑摆嘞。可是文武官员心里不服,就你的儿子好显威风,我们家的孩子就不要出风头。大家退嘞朝,气气闷闷转家门。

第三天,万岁出圣旨,贴出皇榜,州城府县,水路码头。

平:处处都贴到,比尽天下练武人。

第一天开擂台,东京酸枣门非常热闹。

平:酸枣门闹热很,挤挤参松许多人。

有做买做卖的,有说书唱戏的,有耍猴的,有做把戏的,也有卖大力丸的,也有卖花的,也有卖针线的,真是人来人往。

滚:来了多少年老的,来了多少年轻的。

来了多少千金女，也有油头恶光棍。

平：过嘞酸枣门对东来，天齐庙那里有擂台。

擂台设在天齐庙，潘仁美亲自掌握擂台。又派九城兵马司黄龙，带五百兵丁保护擂台。擂台高搭三丈六，上面悬挂火红缎子，用金丝刺绣的台帘儿。左边绣的是龙争，右边绣的是虎斗，中间绣的是狮子滚绣球。

平：擂台两边摆兵器，柱子上面贴对联。

台两边摆有十八般兵器，柱子上有两副对联，是怎么写的？上联写“拳打江南与塞北闻其名人人丧胆”，下联写“脚踢山东与淮西见其面个个心寒”。还有横批，横批是怎么写的？“我是英雄”，南北英雄，东西好汉。

众位，如果有骨气的人看到这个横批、对联，哪个不生气呀？潘仁美安排，每天辰时开擂，申时收擂。

平：今朝申时收嘞擂，明朝辰时再开台。

这些来打擂台的还真不少。为底高？因为是争夺先锋印，征剿北国。古人常说的，练就文武艺，货卖帝王家。有点本领的总赶得来。

平：有钱的骑宝马赶上皇城，无钱的带兵器走进皇城。

平：如果夺到先锋印，带兵好出征。

所以，来打擂台的人很多。那么，这个潘豹果有真本领呀，毕竟学艺多年，差不多的人是打不过他。已经打嘞二十九天。

平：已经打死人四个，被他打伤许多人。

潘豹在台上，一跑一摆，架子不晓多大，晃头晃脑，大声嚅：“京城这么大，人这么多，看来没人敢上台和我比试啦？你们都待在台下做什么？快上来呀，再不上来，明天我就做先锋了。”

平：今朝不上擂台来送死，错过一时等三春。

话言未了，台下一位英雄大喝一声：“休得夸口，某家来了！”

平：他大吼一声，好像响雷阵，吓得趴下好多人。

胆子大的一看，是个黑汉，年龄二十多岁，面似锅底黑中透亮。

平：如果放在煤堆上，分不出哪是煤来哪是人。

两手过膝，狮子鼻，三角口。对杠一站，百步威风，好比敬德转世，犹如张飞再生。

平：这人不是张三其别个，他是杨七郎一个人。

众位，七郎怎么来打擂的？听学生慢慢讲来。自从令公从金殿回来，就和佘太君讲："将金殿北国挑起战争，潘仁美挂帅，要选先锋官。潘豹在东门天齐庙设擂台，万岁下旨不准官家之后上台打擂。"佘太君说："令公哎，万岁的意思是，我们家子女也不准去打擂呀？"令公说："对呀。"太君说："上擂台打擂，就不管平民百姓，官家不是官家，更不管穷和富，只要有本领都好上台打擂。"令公说："你懂底高，潘豹是皇上的舅大爷。"人家常说，打手对里弯。我们要说令公和太君的夫妻怎样，真是男唱女随和。

平：夫妻到有几十春，争论没有半毫分。

平：夫妻两个恩爱很，生到七子后代根。

生到七个儿子，两位千金，又带嘞一个义子，所以称杨家八虎。长子延平，次子延定，三子延光，四子延辉，五子延德，六子延昭，七子延嗣，第八子杨延顺，还有八姐杨延琪，还有九妹杨延英。

平：提到杨家人，个个英雄有名声。

令公说："万岁的圣旨，非同小可。"

平：如果官家后代去打擂，就要抄斩一满门。

太君说："那看好我们家子女，不让他们去擂台。"令公说："夫人，最近朝纲事情多端，我们天天要上朝，不能在家。"

平：我将孩儿交给你，不准他们出府门。

佘太君说："大人，你吩咐我的事，一定办好。无论如何，总不准他们出门。"大人说："那就放心了。"大人上朝，太君想，几个儿子本领都不错。如果听见说有擂台，都想要去的。我个人看一个只一个。太君想，弟兄几个，算大郎延平最老实，就吩咐老家佣杨洪："你去将大郎喊来。"杨洪去不多时，大郎来嘞够。

平：大郎跪到地，母亲连叫两三声。

"母亲，你呼唤孩儿何事？"太君说："唤你非为别事，只因三国舅潘豹，设擂台在天齐庙，要夺先锋印，万岁出圣旨，不准我们官家后代去打擂。"

平：如果去打擂，违抗圣旨罪不轻。

"你是长子，人家常说，长哥为父，长嫂为母。麻烦你在这个把月里，要把几个弟兄带好，不能让一个人出门。"

平：如果出门惹嘞祸，连累全家不太平。

大郎说："母亲你放心，我想办法，一定带好七个弟弟。"太君也就放心。大郎想,我们兄弟几个算六弟延绍最有韬略,我不如去找六郎商议。

平:一面跑来一面撑,到嘞六郎面前呈。

六郎一望,是大郎,就说:“大哥,你上哪去呀?”大郎说:“六弟,我来找你有事商议。”就将母亲对他说的话和六郎一讲。六郎说:“首先,天齐庙打擂台的事,千万不能说。特别是七弟和五哥,他们两个人,性情急躁。两个当中,又称七弟,遇事不加考虑,容易出事。要得不让他们出府门。第二,拿他们带到后花园。兄弟们吃吃酒,讲讲故事,再练练武艺,不就三十天。”

平:大郎听完成,确实是个好章程。

大郎和六郎商议好,就上南清宫看八王。大郎就和几个兄弟,天天吃酒,玩耍。真是光阴似箭,日月如梭,不觉已有二十九天。兄弟几个,一个都没出府门。单单就这天子,有人听说天齐庙打擂闹热,包括大郎也想去看。

平:天齐庙打擂闹热很,总想出去散散心。

大郎想,其他几个弟弟,也比较听话,就怕七郎杨延嗣要惹祸。兄弟几个想只有将七郎用酒灌醉嘞,我们好溜出去。等到七郎酒醒嘞,我们已经回来了,他也没办法,只好蹲脚。再你也劝他酒,他也劝他酒,不用算,七郎吃啦十八碗半。

平:七郎酒吃得酩酊醉,神目不知半毫分。

将七郎搬到床上,吩咐老家佣杨洪看好他,我们一歇就回来。再兄弟六个,从后门就走。

平:兄弟几个动嘞身,要到街上散散心。

平:不提兄弟去散心,再说七郎酒醉人。

老家佣杨洪晓得七郎是躁脾气,如果醒嘞看不见弟兄们,他要发火的。这个杨洪也蛮聪明,他用被子拿窗子糊好嘞,把门关好嘞,搭扣搭好嘞,自己对门上一揩。

不提杨洪,再说七郎酒吃多嘞,嘴里作干,伸手摸到茶杯,还好里面还有点茶水,一口吃下去,口里太干。哪晓睁眼一看房内太暗。

平:伸手不见五个指,面东不见面西人。

七郎想,今朝的夜天气怎么这么长啊。到现在还没天亮。他就喊:“来人哦,我要吃茶啰。”这么嗝,无人答应。因为杨洪揩嘞门上,也睏着得,所以没有听见。七郎就下床,用手一摸,摸到窗子上的被子,将被一拉,看到外面太阳旺旺。他再发火了,哪个用这种计骗我?用脚挪门一踢,门挨他踢倒嘞,正好倒在杨洪身上。

平:一把背住老杨洪,哪肯饶恕他当身。

"你说,我几个哥弟,他们都上哪里去了?"老杨洪看他发火的样子,只好说实话:"七少爷,七将军,你松手,我告诉你,他们都出去散心去了。"七郎说:"好呱,你们去,我也去。"又一想,我一跑,就怕杨洪要嗃,要去向母亲汇报,我不如拿绳子拿杨洪捆起来,放到床上,用布拿他嘴塞紧嘞。自己来到马棚牵嘞宝马,带好丈八蛇矛枪,也从后门出去。

平:七郎随时动嘞身,登瀛楼到面前呈。

刚好,堂馆张三站在门口。

平:一把将七郎来背住,将军连叫好几声。

平:七将军哎,我家表兄死嘞实在苦。要请将军把冤申。

平:我家表哥,结婚才三天整,丢下我表嫂果伤心。

七郎问:"你啰里啰嗦说上许多,你家表兄是怎么死的呀?"张三说:"我家表哥上天齐庙打擂,被潘豹狗贼打死的。你说伤心不伤心?七将军,我只佩服你杨家将,本领又好,又讲义气。"张三一吹啊,七郎的拳头捏得格格响:"张三,我对你说——"

平:我不帮你家表兄把冤申,算不到杨家将的人。

张三说:"七将军,上楼,我敬你一杯。今天的酒算我请客。"因为杨家人到登瀛楼吃酒,只要记个账,一年算一次,所以今朝张三请他吃酒就不记账。七郎本来酒未醒,张三又请他吃上三碗酒,吃得酩酊大醉,跑路脚画符。张三扶他下楼上马,张三说:"七将军,你去打擂,不要报名啊。"

平:七郎酒醉上马动嘞身,天齐庙到面前呈。

正在这时,潘豹在播台上,耀武扬威:"台下人听着,看来没人敢上台比武了,先锋就是我的了!"老贼潘仁美高兴得笑嘞两眼咪嘞成条缝。就在这时,台下有人大吼一声:"吾来了。"声到人到,看打擂的人吓跌下好几个。潘豹看一个人,一个潜风三丈六,跳到播台,对自己门前一站,像座黑铁塔。

平:仔细看看清,好像奎星下凡尘。

潘豹说:"打擂人,报过名方可动手。"七郎说:"你这狗贼,将你打死,好报名。"

平:你打死打伤许多人,要帮他们把冤申。

七郎虽则这样说,其实脚都站不稳,这个擂还怎么打呀。

潘豹一看,是个酒醉汉。我不买你个账,两人动起手,七郎到底酒醉呱。被潘豹看好门路。

平:一脚跌去两三丈,跌下来晓得果有命残生。

众位,擂台本来就三丈六,再加上对上两三丈。你们说七郎从上面跌下来也有命啊?该应七郎不死,正好压在看打擂的头上。

平:对下一压不费轻,腰颈缩下去好几分。

这个宁嗬,不好嘞够,我的头缩到肩斗里去了,快帮我对上背呀,多数人都为七郎捏把汗。有一个老头子,对武术也比较懂的。离七郎不远,就对七郎说:"这位将军,我看你的本领在潘豹之上,你可能酒喝多了,快点拿酒还啦得。"七郎说:"那我去买酒还给人家,再来打擂。"老头子说:"不要去买,你只要拿酒倒啦得。"七郎问:"怎么倒啊?"老者说:"你拿自己的手指头,伸到喉咙里一卡就是得。"七郎一听,果然相信,用手对喉咙一卡,喔,喔,吐啦很多酒,心里舒适多了,抖长精神。二次蹦到擂台,手对潘豹一指,我又打擂来了。这次和你打,哪肯饶恕你当身。

潘豹说:"小子,刚才你没有跌死,算你命大,等你再活一时。"两人说话藏藏响,脸嘴一变比输赢。

十:有七郎,打一套,金鸡独立,

有潘豹,打一套,丹凤朝阳。

七郎想,我何必和他论套路打,何不早点取胜。一只手打他太阳穴。潘豹以为七郎真打他太阳穴,因为太阳穴是致命的部位,他就顾嘞七郎的上拳,其实七郎上拳是虚拳,力气全部用在下拳上,下拳是实,照他的腹部一记,这一记不轻,老秤,称称足有八百斤。

平:潘豹睏嘞杠只是哼,肋骨断啦好几根。

七郎一脚,对他肚子上一踏:"你这狗贼,果再仗势欺人啊?"你潘豹到这时候,嘴不要凶呀!他还狠杀得:"哪里来的狗贼,你竟敢打三国舅。"

平:你等我爬起来,决不饶你半毫分。

七将军一听更火了。他想,我左右一不做,二不休。

平:将潘豹身丧命,省得以后再害人。

一只手背住潘豹一只脚,用脚踏住他另一只脚,正要撕。潘豹用内功,七郎没有撕开。这时看打擂的,一个杀牛的老头子,到嗬来够:"将军哎,照他丫叉骨用劲劈,一劈就开的。"七郎果然照他丫叉骨用劲劈,拿潘豹劈成两半个。

平:我不是你家娘舅并老表,今朝帮你把家分。

挂:七郎英雄很,擂台显威能,

将潘豹两半分,惹嘞大祸根。

台下人只是嗬好哦,也有胆小的,吓得抖抖合合转家门。再说台上老贼潘仁美和潘龙、潘虎。

平:看见潘豹被劈死,我们要做报仇人。

台上人都围住七郎,老贼又吩咐九成乒马司黄龙,带五百兵丁捉拿打擂之人。七郎只顾打,想不出逃离的主意。也是叫他拿酒倒啦得的老头子,在台下嗬:"这位将军还打什么呀,快用脱身计,快逃啊,有没有马啊?"七郎一听,对呀,我只一个人,他们几百人,寡不敌众,三十六计,走为上计。虚晃一招,跳下擂台。潘仁美吩咐用乱箭射,七郎一手拿枪,一手拖了潘豹的半片尸,挡箭。

平:潘豹作孽很,死后中箭许多根。

带打,带跑,带逃,来马棚。

平:打马加鞭动嘞身,登瀛楼到面前呈。

潘家兵和黄龙带的兵将登瀛楼。

平:里三层来外三层,前后围困紧腾腾。

平:七郎被围困,就怕难有命残生。

那么七郎在这登瀛楼,到底果有救星。

平:好比一盏枯灯渐渐息,来了添油点火人。

就在这个时候,一人手拿青锋剑,从楼上冲出来:"兄弟,不要怕,为兄来了。"老贼一看,这个人鼻直口方,两耳垂肩,一脸正气,通红嘴唇,微微黑胡须,这不是郡马——杨景——杨延昭——杨六郎嘛,他是八王的亲妹夫。

平:如果有个三长并两短,八王哪肯饶恕我当身。

老贼吩咐,不准放箭。我们先回去,上金殿请万岁做主。再说:楼上的人,叫七郎,快跟我跑。七郎说:"六哥上哪去啊?"那个人说:"七弟快回家哇!"那人前头走,七郎就在后头跟。但说:潘仁美虽则吩咐兵将走嘞,他躲在暗处,单看楼上下来的人到底是不是六郎。"如果确实是六郎打擂的,打死我儿的必定是七郎。万岁是我的姑爷。"

平:我到金殿告御状,杀啦杨家一满门。

不提老贼要告御状,再说七郎两个人。两人合坐一匹马。

平：一马当先来得快，杨家后花园门到面前呈。

两人下马，那人说："七弟快进去，我还有东西在店里，我去拿来，哦呀。"七郎说："你不是我六哥吗？"那人说："我是任炳——任堂惠，我和你六哥结拜了生死弟兄，我走了，哦呀。"不提任炳走嘞。再说，七郎进了花园，将马系好，来到房里，杨洪也捆在铺上，帮他拿绳子解啦得，嘴里的棉团拿啦得。对床上一睏，假装睏着得。杨洪仍背在门口坐好嘞。

平：不提七郎当无事，再提老贼一个人。

潘仁美吩咐黄龙，将兵带走，自己来到午朝门。

平：老贼来到金殿上，连叫万岁好几声。

平：万岁哎，三国舅被杨七郎来劈死，要望万岁把冤申。

万岁一听，龙心大怒："那还得了呱，本皇有旨，不准官家后代上台打擂，你杨继业居然胆大包天，叫你七郎上台打擂，快，传我圣旨，传杨继业上殿。"老令公接到圣旨，立即来到金殿，拜过万岁。皇上问："杨继业，你为何让七郎上天齐庙打擂，劈死潘豹，又让六郎在登瀛楼救走七郎？你果知罪？"杨令公被万岁问嘞真是丈二和尚摸不到头脑，他说："微臣天天在外巡城，我儿是不是上天齐庙，有没有打擂，确实不晓得。"

平：等我回家转，问到太君就知闻。

万岁说："好，你回去问清就来。""谢万岁。"老令公从金殿回转。再说，当时，潘仁美追杀七郎的时候，天齐庙大乱的时候，他们兄弟为什么没有去救呢？因为本来他们去天齐庙的，刚好遇到父亲巡城，兄弟几个，就溜家来嘞。所以七郎这些事，兄弟几个总不晓得。不多时六郎也从南清宫回来了。老令公到家，来到银安殿问太君："我问你，我儿有没有去打擂呀？"太君说："我儿都在家，不信，叫杨洪去都叫来。"不多时杨洪将除啦七郎，都叫来嘞够。

平：兄弟几个到来临，少啦七郎一个宁。

那么七郎为什么没来？因为杨洪心疼孩子，怕大人要打，所以没有喊七郎。令公吩咐六郎去叫七郎，六郎来到七郎房内喊："七弟哎。"七郎说："我睡得正香，你嗃吊嗓啊。"六郎说："你嘴里还在说谎话，你骗我说睏着得，快点起来哦，你惹嘞大祸喽。父亲要你现在就去。"

平：七郎跟嘞六郎走，银安殿到面前呈。

一看见弟兄们总来杠，七郎对父母行过礼。令公问："七郎，你去天齐庙啦？

你去打擂啦？你将潘豹打死啦？”七郎想赖：“双亲，没有这回事。”令公说：“你还想赖？潘仁美已经将我们老杨家告上了。现在要将你绑上金殿由万岁发落。”

平：七郎听完，默默无语不作声。

令公说：“六儿，你在登瀛楼救嘞七郎，也将你绑上，一同面君。”六郎说：“双亲冤枉我的。”

平：双亲哎，总说没有冤枉事，我这件冤枉海能深。

我没有上登瀛楼，也没有看见七弟，更没有救他。

令公说：“难道潘仁美不认识你杨六郎？他在金殿也将你告上了。”六郎说：“双亲，我真正没有去。”正在这时，一人来到银安殿。

平：跟手跪到地，伯父，伯母叫几声。

“你们说的话，我都听见了，哦呀。你们不要绑六哥，将我捆上，救七弟是我，我冒充六哥，我报了六哥的名字，所以老贼以假当真，才告我六哥的。哦呀。”众位，这个任炳——任堂惠，是云南昭通府，昭通县，任家庄人，

平：三岁父亲就亡故，从小没有老父亲。

就和母亲和妻子白氏，生到一子，取名叫任金童，本来任金童好传任家后代，哪晓金童三岁失踪。

平：金童失踪去，哭坏一家三个人。

时间一长也就不想这个小孩。但说一天任堂惠就和妻子讲：“受人滴水之恩，当涌泉相报，我在几年前，做买马生意，在京都皇城，正在大街走，一个人牵嘞一匹马，我一看，是匹宝马，可以说价值连城，我就问这马需要卖多少银。”

平：我少也不肯卖，要卖二百万雪花银。

我没有还他价，付过银子买好马。

平：不买这马不关事，买嘞马惹嘞大祸根。

我牵嘞马在街上走，没走几步，几个家丁一把将我抓住，说我是偷马贼。

平：偷嘞王爷家马，你是违条犯法人。

平：推推扭扭来得快，铁鞭王府面前呈。

将我带到银安殿，铁鞭王呼延赞身坐银安殿，就审我，大胆偷马贼，竟敢偷我王爷的宝马，吩咐家将，

平：拿他拖出去，腰斩两段不要容情。

白氏听嘞，命总吓啦得：“丈夫，那你怎得有命的？”“贤妻你听我说呀。就在

这时，管门家将报，郡马杨六郎求见，话到人到。”

平：六郎来到银安殿，伯父连叫好几声。

六郎对任炳任堂惠一看，像要挨杀的样子，就问伯父：“此人不知身犯何罪，你要杀他？”铁鞭王也没来得及答复，我就嗬：

平：英雄哎，总说没得冤枉事，这件冤枉海能深。

平：英雄哎，如果救到我一条命，一重恩报九重恩。

我就将大街上买宝马的事，说给他听。我哪晓是贼偷货呀？

平：六郎听完成，心中明白八九分。

就对呼延赞说：“伯父，在侄儿看来，这个人不像做贼的。人家常说：做官的官相，做贼的贼腔。看来他是冤枉的。看你侄儿面上放啦他嘛？”呼延赞说：“好。”一面放人。当时任炳任堂惠，挨绑嘞跪嘞杠，也看不到他的相貌。所以六郎只看他的身材，和听他说话的音。现在听说放人，我就立起来，哪晓六郎对我一看，一吓一跳。白氏说：“为底高？”他说：“我和他长嘞太像啦。”铁鞭王说：

平：你们两人在一起，赛于同胞一母生。

铁鞭王没有细心，当时也没问我住哪里，姓什么，叫底高，现在六郎问我：“你家住何方，姓什名谁？”我将我家住云南，家里情况，上上下下，左右都告诉他，我叫任炳——任堂惠，六郎说：“任炳，我们不如来结拜嘛。”

平：我们两人来结拜，结拜兄弟两个人。

我说：“我是草民，你是官家，高攀不上。”呼王说：“像做媒一样，我亲自做主。”

平：我来当中把主做，结拜弟兄两个人。

呼王说：“你们将年庚报出来，哪个大为哥，哪个小为弟。”年庚一报，同年，同月，同天。呼王就说：“这两人的兄弟怎么分啊，你再将时辰报出来。”六郎是子时，任炳是辰时，呼王一听，哈哈大笑：“这就好了，六郎为哥哥，任炳为弟弟。”

平：跟手再拜见，哥哥连连口内称。

众位，他们今朝结拜兄弟，不像社会上有些人结弟兄，嘴上叫哥哥，身边摸家伙。他们真是情同管鲍，义如关张。到后来，六郎被奸党害嘞充军到云南，判斩，任炳任堂惠代替六郎法场过刀。这是后话，不必前讲，大约要讲到两天，才讲到这段情节。

但说：任堂惠拜过兄弟，辞别铁鞭王和六郎要回到云南。临走前就对六郎说：

平：哥哥哎，如有用我处，舍死忘生报你恩。

所以和妻子白氏讲，我一面要上皇城天波府看望伯父，伯母和哥哥。白氏说："理所当然，你就去罢。"

平：辞别妻子就动身，登瀛楼到面前呈。

刚住进去，只听外面嚎："不要放七郎跑。"任炳一听，七郎是六郎的弟弟。也算我的弟弟，我不救，哪个救。所以登瀛楼救嘞七郎，老贼潘仁美当六郎延昭。也难怪老贼分不请。

平：如果两个撑一起，父母也难以分得清。

任炳——任堂惠，送走七郎，到店里拿嘞东西，上天波府。正好要绑六郎，仁炳说："不要绑六哥，登瀛楼救七郎的是我，不是六哥，哦呀。"因为云南宁说话，总是带个"哦呀"二字。令公和太君，对任炳一望，心直荡。以前来没注意，今朝一望太像六郎，难怪老贼说六郎救七郎，就对任炳说："贤侄，我只是自家的事情，不要牵累你，老贼既然认错人，不要将你扯出去，我们就以假为真。"

平：我将六儿带到金殿上，老贼屁话没得半毫分。

太君说："贤侄，你速速回转云南，我再对你说，我对你和我儿没有两样心。"

平：我对你和弟兄人八个，绝对不分两样心。

众位，以后任炳——任堂惠代六郎死，六郎回到天波府，看看像任炳，想想像六郎。后来梳头，六郎脑后三根红发，太君才认出，确是六儿，这是后话。但说，太君吩咐杨洪称一百两银子，赶快回转。

平：这个地方暂不要蹲，回转云南一座城。

任炳对伯父、伯母再次行礼，和兄弟几个一一告别。

平：带嘞银子就动身，再提令公老大人。

再说令公捆好七郎和六郎同上金殿，太君不放心，就吩咐杨洪："你也和大人同去，如果有事，速速回来汇报于我。"再说五郎来到七郎身边，说鬼话(悄悄话)几声。

平：七郎听完成，心中明白好几分。

平：令公带他们动嘞身，前面到了午朝门。

令公几人来到金殿，拜过万岁："微臣，犬子杨延嗣，确实上台打了擂，劈死三国舅，现已被我绑上，请万岁发落。"万岁想，按理，你违抗圣旨，要抄斩满门。看在爱卿面上，只杀七郎杨延嗣，令公也无话可说。就在这时，老贼潘仁美大哭：

平：三儿哎，你被七郎劈死，真正苦，我难以帮你把冤申。

他的意思是光杀七郎一个人，太便宜杨家了。所以大哭，正在这时候西宫娘娘潘素蓉，有宫娥搀住得。

平：哭哭啼啼来到金殿上，叫啦万岁好几声。

平：万岁呀，你家三国舅死嘞苦，你要帮他把冤申。

平：万岁哎，你如果不帮他把冤申，我也情愿不要命残生。

潘仁美又说："万岁，当时我本来将抓到凶手七郎，就被六郎延昭救走嘞。"万岁一听，果然相信，那还了得，这样六郎等于违抗圣旨，也拖到法场过刀。老令公想：

平：两子身丧命，我也不要命残生。

"请万岁赐我忠孝带一根，陪我两子一同动身。"众位，要问哦，朝中这么多的忠臣，都和杨家要好，怎么无人保本呀？因为已经退嘞朝，也有的大臣今朝有事没上朝，就当朝宰相王苞——王延龄，执笏当胸："万岁，微臣有本上奏。杨家将，七郎打死潘豹，只应该一人抵命，六郎和令公不应受刑。"

平：老宰相奏完成，七郎又开声。

七郎说："万岁，我瓜五哥说的，潘豹打伤多人不算，还打死四个人，他瓜用几个人抵命啊？"万岁说："他是奉旨打擂的。"七郎说："潘豹果是官家后，好打擂，难道就不准我们打擂？"万岁说："你们是少令公。""万岁，你每月给我们多少俸禄，给我们的官衣、官靴在哪里呀？"

平：万岁听听真火冒三丈八九分。

杀杀杀，统统拖出去杀。

平：老宰相听万岁说杀他们，要想主意救杨家人。

王延龄说："万岁，我讲一个故事你听。"万岁说："只要与杨家将无关的事，你就说。""好，非关杨家事，离此地不远。安徽有坐山，叫嵩山，村里住嘞李进忠。父亲亡故早，家中也不好，就一个老母亲，李进忠无营业，以打柴为生。"

平：天天上山去打柴，母子两个苦渡光阴。

那天子，上山打柴，突然一声吼叫，来了一只大老虎，老虎嘴奢嘞老大，对好李进忠，李进忠想：

平：恐怕前世命注定，猛虎衔去当点心。

李进忠眼睛一闭，馋沫一涕，不敢伸气，等嘞上阎王家去，就等死。万岁问：“老虎果曾吃啦他呱？”

王延龄说：“万岁，你听我慢慢说来。李进忠等嘞多时，眼睛睁开一看，老虎坐嘞杠，嘴加嘞杠，就坐嘞李进忠身边，好像要求他。这时，李进忠胆子大了。譬如刚才被他吃啦得，对老虎嘴里一看：一个女人头，头上的金钗戳在它的嘴唇。进忠就问：“虎大哥，你果是有事要求我啊？”老虎点点头，进忠想：“大概是叫我去把人头抠出来。”

平：进忠真发呆，把那人头抠出来。

又拿金钗拿啦得，可是老虎对杠一坐，还是不走。进忠问：“你果是要和我交朋友呀？”老虎点点头。进忠说：“虎大哥，你再好走了。”老虎走嘞，进忠将金钗带瓜来。到第二天，才四更天，老虎叼一只鹿对门口一丢，就溜，老虎走嘞够，经常有老虎送来山羊啊，野猪啊，野兔啊。

平：母子两个有美味吃，心中欢喜八九分。

哪晓那天，刚夜，老虎又来敲门，进忠以为老虎又送底高野味来，连忙开门。众位，今朝来敲门，不是送野中牲，而是老虎已饿嘞三天，肚子实在太饿了，看见进忠家母亲睏嘞床上，不分细啊大，一口一个。

平：将母亲吃啦得还不饱，要吃进忠一个人。

它来到李进忠身边点点头，进忠以为它吃啦母亲点点头是谢他，哪晓也拿进忠吃啦得。

平：万岁哎，臣伴君皇如伴虎，最后没有好收成。

平：杨家将为大宋出啦多少力，今朝法场送残生。

万岁听嘞龙颜大怒：“大胆王苞——王延龄！校尉官，摘掉他的乌纱帽。”

平：官职削得干干净净，法场过刀不容情。

将王苞捆绑，也拖上法场。杨家父子总拖上法场。

平：如果有人再帮杨家来求情，也和王苞一样行。

万岁问金殿的文武大臣：“哪位爱卿做监斩官？”话音未了，走出老贼潘仁美，他开心了，我亲自、亲眼看到杨家人头落地，微臣愿去监斩。

平：杀嘞杨家三个人，也算帮我三儿把冤申。

万岁一看是国丈：“你现在就去，立刻将他们开刀。”老贼来到监斩棚，四人都被绑在将军柱上。刽子手问：“你们果有人祭饭？”令公说：“我们都要的。”就对杨洪说:“你赶快回去对太君说,到法场来祭饭。”哪晓,老杨洪听错嘞,话就传错嘞。

平:只因听错话,惹嘞杨家不太平。

老杨洪来到天波府,撞钟。众位,天波府的钟,平时不好碰,要有急事才好敲。今朝杨洪一敲钟,全府上下,男女老少,个个披挂来到银安殿,太君也全副武装,问杨洪:“令公对你吩咐什么了?”杨洪说:“老大人父子三人都被绑在法场要过刀,叫你们去急反,急反。”本来令公叫祭饭,哪晓老杨洪听错嘞,当作急反。

平:太君闻听只一声,带嘞儿女就动身。

来到离法场不远,吩咐将刀枪马匹都放在一起:“杨洪给我看好嘞。我们到法场看看就来。”到法场一看,父子三人还有王苞总绑嘞杠,要开刀,太君心上不好过啊!

平:令公啊,你们身犯什么罪,法场上面送残生。

令公抬头一看,眼睛发暗:“你们怎么全身武装,想做什么,难道想谋反吗?”太君说:“你对杨洪说,叫我们来急反的吗?我将孩子们都带来了,我来给你们松绑。”七郎说:“对呀,五哥快来哦,给我松绑哦。”太君说:

平:我们反出帝皇城,火塘寨内好安身。

令公说:“太君,此言错了,君要臣死,臣不得不死。父要子亡,子不得不亡。古人常说:

平:忠臣不怕死,怕死不忠臣。

忠臣要保国,不要做谋王篡位人。

平:我杨家世代忠良将,决不做叛乱反国人。

“想当初老皇赵匡胤打河东,我父是河东主将,保的是河东汉王刘贵。老王和我父战在一起,打得难分难解,我父亲用走线铜锤打老王,如果打下来,赵匡胤就没命。”

平:我父留嘞情,留到万岁命残生。

后来追了一阵,追到无人处,老皇问:“杨将军,刚才你为何不将我打死?”我父说:“你还年轻,大有作为,大宋不可没有你皇帝。”

平:老皇随时就磕头,谢谢将军饶命恩。

平:将军哎,跟我回朝去,高官受职你当身。

我父说:“我杨家是忠臣,忠臣不保二主。我劝你,两国和好,如需要,到我儿子手上再说。”老皇说:“那依你什么为凭?”我父将走线铜锤交于老皇,皇上将玉带赠于家父。后来老皇,造起天波府。

平:老皇三次下河东,将我杨家接到帝皇城。

封你为佘太君无佞侯,封我为火山王杨令公并封世代袭爵。

平:夫人哎。如若我们造嘞反,对不起老皇有道君。

太君说:“令公我依你,就买棺材,在这里等嘞收尸吧。”五郎说:“难道我杨家就没有救了吗?”这时老贼潘仁美,吩咐放炮。

平:如果三声炮放完成,四人就要送残生。

才放嘞二声,要放第三声,刽子手,拿鬼头刀,刚要动手,只听见一声吼:“刀下留人!”那么,到底谁来了呢?

平:不是张三其别个,八王千岁到来临。

众位要问哦,八王怎么现在来的呢?因为八王最近身体不好,今天也没有上朝。响第一声炮,在家就听见嘞,吩咐太监陈琳:“你到法场去看看,又要杀哪位大臣?”陈琳到法场看见令公四个人,等嘞要开刀,陈琳着躁,溜虎跳,对八王汇报。

平:八王听完成,火冒三丈八九分。

随时骑逍遥马,赶上法场,离老远就嗃刀下留人,真是声到人到。到嘞法场,对刽子手下令,不准杀人。

平:哪个动嘞手,抄斩他瓜一满门。

八王下的令,刽子手只好听,不敢动手。八王来到令公身边,问令公:“你们身犯何罪,要被法场过刀?”令公还没有说话嘞,七郎倒说起了:“千岁,皇上用得上的时候,卖命的时候,用我们老杨家,用不上的时候就要杀我们杨家人。”令公眼睛对七郎一瞪:“不许你作声。”令公就讲七郎打擂,劈死潘豹,罪该犯死。老宰相王苞说:“杨七郎说得对的,皇上只向着他的丈人。”令公说:“总当我杨家违旨犯法,要杀,老宰相又为什么?”

平:王大人冤枉很,要望八王把冤申。

八王对陈琳说:“你看好法场,我现在就上金殿,和万岁理论。”陈琳说:“千岁,我可看不住啊,你一走,监斩官又要下令杀宁。”八王问:“哪个是监斩官呀?”

平:不是张三其别个,国丈老贼一个人。

八王一听更加火,手拿金锏,来到监斩棚:“我问你潘太师,你敢杀令公和我妹夫啊?”潘仁美说:“王子犯法和庶民同罪。”八王问:“令公犯的什么罪?”“他的儿子行凶杀人,叫教子不严,父之过,做父的理应受罪。”八王就说:“你儿在擂台打死四个人,你怎么了,你怎样抵罪?"老贼说:"我儿已经死了。一死就拉倒。"八王说:"你的嘴竟是两瓣皮,说话有改意。杨家打死一个,要杀人,你儿打死四个,就拉倒,我问你放不放杨家父子?""啊呀,这是万岁的圣旨,老臣不敢。"八王说:

平:你将圣旨顶头上,陷害杨家是真情。

平:八王将圣旨扯嘞碎纷纷,打你个潘洪惹祸根。

众位,因为潘仁美,又叫潘洪。潘贼一看吓得浑身放汗,就溜。

平:老贼溜到金殿上,跌啦许多大跟斗。

八王提金锏追,老贼直把嗓嚅:"万岁哎,救命哦。"老贼抖抖合合奏于万岁:"老臣正在监斩杨继业,哪晓八王拿金锏要打我,硬说我陷害忠良。"

平:不是我跑得快,几几乎没有命残生。

平:八王打我也微小可,扯碎圣旨果该应。

万岁一听火冒三丈:"赵德芳,赵德芳,你也太过分了,你敢打我国丈,还扯碎圣旨,那还了得。国丈,你且先闪到一旁,朕帮你做主。"这时,八王也气呼呼来到金殿,对太师一看,潘贼倒退几步。万岁问:"皇侄,你气呼呼上殿,有事吗?"八王说:"万岁,我来是替杨家求情的,你是赦,还是不赦杨家?"

众位,杨家将宝卷,讲到八王上金殿,求万岁赦杨家,最后有没有救到杨家将和老宰相王延龄。

单:忠孝宝卷路程远,一时难以满团圆。

单:收起经书打个等,下册之中再谈论。

天赐平安福,人同富贵春,和佛保延生。

二、太君大闹法场　八虎闯幽州

笑呵呵，问弥陀，因何笑，恶人多。——圣谕

单：佛祖在八宝莲台笑呵呵，

五百尊罗汉问弥陀。

单：问你弥陀因何笑？

笑只笑东土里善人少来恶人多。

挂：山在西来水在东，三山六水处处通。

长江里水归大海，人到何处不相逢。

挂：人生在世心不齐，有嘞高楼房还要美貌妻。

有了美貌妻子心不宽，心中要想做大官。

有嘞大官还嫌小，心中要想做国老。

做嘞国老还嫌低，心中要想做皇帝。

做嘞皇帝不稀奇，心中要想做玉帝。

人心不足四个字，爬嘞高来跌得低。

平：节节连来节节连，杨家将宝卷再向前。

上册之中讲到八王上金殿替杨家求情。

平：到底救到救不到，听学生慢慢讲分明。

“皇侄，七郎打擂，劈死潘豹，理应该杀。”“万岁，那我的妹夫和令公呢？又为何事，也要被杀呀？”万岁说：“令公是他自己愿意的，至于你的妹夫，可以赦，你问问令公同意不同意。”八王来到法场，到令公面前。八王问令公：“万岁答应赦你儿六郎，你果同意？”令公说：“要放都放。”

平：如果只放六郎儿一个，情愿一起送残生。

令公又对八王说："七郎打死潘豹，要犯死罪。潘豹打伤多人，打死四人，该如何处置？"

平：八王听听清，点点不错半毫分。

就对令公说："我现在就上金殿，去找万岁。"手拿金锏，一面跑一面想，如何救到杨家父子。来到金殿，这时潘素蓉还来杠哭，她是对万岁火上加油。八王用金锏一指："娘娘千岁，如果没有杨家将东征西杀，南征北战，你们哪有这样福享啊？"八王说："万岁，你到底赦不赦杨家将啊？"万岁想，你拿金锏吓我爱妃，还想要打我，这样下去，我这个皇帝还怎么做啊。有心说不赦，正要说，就在这时：

平：殿头官对皇上报，几个王爷到来临。

来嘞哪些王爷？铁鞭王呼延赞，东平王高怀德、高怀亮，汝南王郑印，开国王曹彬。汝南王而且带嘞打皇鞭来到金殿。众位，要说汝南王郑印，他到哪有打皇鞭的，还要从老皇说起。老皇赵匡胤和郑印的父亲郑子明，结拜过兄弟，郑子明为三弟。

平：和万岁来结拜，更改没有半毫分。

后来，老皇在桃花宫，万岁假意醉酒，误杀郑子明，妻子陶三春骂上金殿："你这昏君。"

平：不是你的御弟帮出劲，你怎能坐龙庭。

万岁想想，我确实对不起郑家，所以就封陶三春为太君。

平：陶三春听封尊，太君之职受皇恩。

陶三春还不肯歇，抱嘞几岁的郑印，跪倒万岁面前："万岁，你看，你的侄儿才几岁，就失去父亲，你实在对不起御弟。"所以又封。

平：郑印听封尊，汝南王之职你当身。

并且赐他打皇鞭。这个郑印权力大了，上打君皇不正，中打不正之官，下打不良百姓，今朝听说杨家在法场要过刀。

平：郑印火冒三丈八九分，拿了打皇鞭就动身。

他来到金殿，万岁看几家王爷总到金殿，万岁说："众位王爷，孤家没召你们，你们几位，为何今天都到啊？"大家说："我们是来保杨家人的。"郑印说："万岁，你是放还是不放？"万岁想，要是放，爱妃和国丈可能不肯；如果不放，几位王爷又不肯歇。

平:万岁转不过弯,横也难来竖也难。

万岁正为难,老贼潘仁美,三角眼一翻,想,那么多王爷来求情,万岁确实为难,也难以下台,我不如顺水推舟,做个人情。

平:跟手跪到地,万岁连叫好几声。

潘仁美说:“我来帮杨家求情。”可是西宫娘娘潘素蓉放死声哭。

平:兄弟呀,你死得苦,我也不能帮你把冤申。

老贼对潘素蓉眼睛一闭:“你不要着气,君子报仇,十载不晚。”再说万岁听国丈也帮求情,也就同意嘞:“众位爱卿,我看国丈与王爷的面子将杨家人、王延龄,赦到金殿。”

平:王延龄听封尊,官封原职受皇恩。

老令公谢万岁不斩之恩,万岁说:“不是我不斩你们,是潘太师和众王爷保的本,你要谢他们。”潘仁美奏本:“万岁,虽则死罪赦过,活罪难逃。”万岁想,太师说得有理,一定要罚他,杀杀杨家威风。先免去他令公之职,带七郎八虎去雄州当知州。三国舅也不能白白死去。

平:要没有旨意,不可进皇城。

老令公说:“万岁,我七儿和六郎有罪,为何我那些儿女也要受罚?”万岁说:“杨继业,佘太君带领儿女劫法场,你知罪不知罪啊?”令公说:“他们是来祭奠的。”潘仁美说:“祭奠还顶盔挂甲,还带兵器,这是祭奠吗?”

平:祭奠是假意,要劫法场是真情。

老令公想,只能怪杨洪,拿话传错嘞,也只好无言可说,只好认罪。令公和七郎他们谢过万岁和众文武大臣。

平:辞别他们就动身,气气闷闷转府门。

八王赵德芳也想,不管官大官小,只要保到命就好。再说,万岁问:“太师,现在三国舅已死,你看这次出征哪位能当先锋啊?”

正在这时,边关二十四道奏折,殿头官送到金殿,万岁着急,而老贼还想夺兵权。他想,我将这些老将、王爷都带嘞去,到战场如果将敌打败,是我的功劳,如果战死沙场:

平:死啦一个少一个,也算拔掉眼中钉。

老贼就说:“万岁,依微臣之见,这些老王爷都好当先锋,都能打胜仗。”万岁想,只要能打仗,就好当先锋,他就没有想,这些王爷要说年轻时,确实能打胜仗。

平：一人能抵千员将，单刀能杀八百兵。

而现在都老了，怎能与少时相比呀。众王爷暗骂老贼潘洪，你自己没本领，临死还抓我们去垫背。不过这时，万岁已经准本。

平：万岁已准本，揉揉肚子不作声。

可是八王奏本：皇叔，你是马上皇帝，要得仗打稳，万岁要亲出征。

万岁赵匡义想，你拿我诓出去，我也不等你蹲瓜享福："好呱，皇侄。"

平：我一面亲出征，你也陪我一同行。

八王也不推辞，潘洪到校军场点兵，按道理要点：

平：马是山东龙驹马，兵是山西大力兵。

可是潘洪这次他不是得，他并不是要打胜仗，而是想和北国串通，好谋王篡位。所以他点的兵和别的元帅点的兵不同。

平：不问马的脚力好不好，老弱残兵总同行。

万岁看过黄道吉日。兵马来到校军场。

单：只听格轮一声狼烟炮！兵马队队出皇城。

挂：兵马动嘞身，放炮响雷阵，

只为平北国，事急赶路程。

平：路上行走数日整，卢沟桥到面前呈。

过嘞卢沟桥就是幽州，幽州是北国的重要城市。天庆梁王有心要在幽州建立都城，我们中原兵马离幽州城不远，扎下营盘。元帅点高怀德、高怀亮带五千兵马攻打幽州。又点开国王曹彬带兵五千随后接应。单说高怀德和高怀亮来到城外遇到一员番将，带兵几千，和两位王爷没战几合败进城，曹彬随时攻城。

平：未用吹灰力，攻下幽州城。

万岁和众将商议："北国挑起战争，又有韩昌领兵三十万。为何幽州一战就弃城而逃？"众王爷说："万岁，北国可能有诈，我们不能擅自进城。"潘洪老贼说："此言错了，这次有这么多王爷，又有万岁亲自出征，北国真是闻风丧胆。"

平：北国兵将溜嘞走，我们胆胆大大就进城。

万岁一听果然相信，随时进城，出榜安民。正好天庆梁王有个铁瓦银安殿，万岁就做嘞行官，吩咐查点食仓，哪晓一查，粮食没项，万岁说："潘洪啊——"

平：我们就怕中嘞空城计，赶快设法想章程。"

老贼潘洪说:“万岁且休息,明天再说。”哪晓睏到半夜,只听格愣格愣炮响,四城门到处是兵。

平:里三层来外三层,围困幽州紧腾腾。

元帅吩咐探信官,明探,暗探,再探,随时报:“元帅,现在,城门都有番将叫阵,请元帅定夺。”万岁说:“爱卿,现在兵临城下,快想良策。”潘洪说:“万岁胆放宽心,古人常说:水来土屯,兵来将挡。我略施小计,定能退兵。”其实他一点主意都没有,这时炮声更加响,万岁说:“爱卿——”

平:如果粮草断,君臣哪有命残生。

老贼说:“万岁,我现在就点将发兵。”老贼随时聚将点兵,抽一支令箭:“开国王曹彬。”“末将在。”“现在命你带兵五千攻打北门,这次出仗,只准胜,不准败。”曹彬说:“得令。”众位,打仗胜败乃军家常事,怎么好只准胜,不准败呢?可想而知,老贼的心,要害众家王爷。

平:曹王爷就带兵,攻打北城门。

老贼又点东平王高怀德,带兵打东门;高怀亮打西门;长胜王,带兵攻打南门。老贼这样点兵有目的,如果打胜,算他会用兵;如果战死沙场,说他们老了,不中用。

平:死啦一个少一个,少啦一个对头人。

我好和北国韩延寿相商。

平:将皇上来杀死,我好坐坐九龙庭。

再说,四位王爷,到四城门交战。我是一口难说两句话,巧女难拿两支针,只好一一讲清。说曹王爷带兵五千攻打北门,敌住北国后军元帅苏天龙。苏天龙用的巨齿镰刀,曹王爷用的是三亭刀。要论,年轻的时候,他使的三亭刀可以说是百战百胜,可现在不行了,真是心有余,而力不足。曹王爷对苏天龙一望,吓得心真荡,此人身高过丈,面似瓜皮,两眼凶煞光。老王爷大叫:“番贼,你叫什么名字,想侵犯我大邦中原,我刀下不死无名之人。”苏天龙哈哈大笑:“老南蛮,我告诉你,我是北国后军大元帅苏天龙,南蛮,你也报过来。”曹彬说:“番贼,你马上听好嘞,我名字一报,你就吓倒嘞。”

平:我不是张三其别个,开国王曹彬我当身。

苏天龙说:“你中原,也没有能人了,连要进棺材的人,也上战场。”曹彬怒气冲天,大吼一声:“大胆苏天龙,你小看我大邦中原,拿命来!”

平：两人说话藏藏响，脸嘴一变动刀枪。

曹王爷用三亭刀对下一剁，苏天龙用巨齿镰刀对上一磕，老王爷的刀差点被磕飞，正要抽刀，苏天龙用刀对前一推，只叫顺水推舟，这咔嚓一声。

平：一刀推嘞曹王爷，尸分两段送残生。

副将和小兵奋力厮杀，加上城上两千弓箭手放箭，总算将尸首拉回。

报事官对里报，报于元帅和万岁知道，曹王爷已战死沙场。

平：万岁闻听这一声，吓得人脉不知半毫分。

正在这时，东门报事官报，老驸马高怀德被左军元帅肖天佐杀死，尸首找回，万岁才有点苏醒。

平：又听驸马已阵亡，吓得好似泥塑木雕人。

众朝臣推的推，背的背，叫的叫，喊的喊，万岁才醒过来，万岁放声悲泪。

平：驸马哎，你南征北战几十春，今朝就活活送残生。

平：高君宝哭得更伤心，个个也都泪纷纷。

哪晓西门来报，高怀亮，被右军元帅肖天佑刺死。南门长胜王石延超负伤败下阵，万岁说：老爱卿，快到养息堂养伤。石延超谢过万岁。万岁想，这个仗还怎么打呀，今朝一出仗，就伤我三员大将，石王爷算命大，浑身是伤没有死，就问元帅你看这仗还怎打啊，老贼潘洪也没有办法。八王说："依我之见，只有高挂免战牌。"

平：免战牌挂到城门外，按兵不动想章程。

万岁一听果然相信，随时挂出免战牌。北国也按兵不动，已经一个多月双方未出仗，城里粮草断绝，万岁说："皇侄，你果晓得我心中闷啊。"八王说："我心上也不好过。"万岁说："你也好陪我下棋，散心。"八王说："皇叔，这个时候，你也有心娱乐？"

平：如果再过几天整，个个哪有命残生。

万岁说："现在有什么办法，里无粮草，外无救兵。"八王说："我倒有个主意。"万岁问："你有什么主意快说来我听。"八王说：

平：要得能解危，杨家将请进幽州城。

万岁一听，想朝中所有大将都随军来到北国，只有杨家将在雄州，对呀，唯一的办法，只有将杨家将召来。八王说："要请杨家将，必须要和杨家相好的，本事要好的，能够闯营的，能说会道的人，才能请杨家将。"万岁说："皇侄，就怕没

有这样的人。”就在这危难之时,一人说:“我愿意去。”两人抬头一看:

平:不是张三其别个,呼延赞王爷一个人。

为什么呼王正好来,因为呼王爷住嘞和万岁的行宫最近,所以他说“我去”。要上哪去,做底高,其实他不晓得,只听到万岁说,就怕没这样的人去,呼王信嘴说我去。万岁问:“爱卿,你果晓上哪里去呀?”呼王说:“我不晓得。”万岁说:“现在里无粮草,外无救兵,我写道旨意给你,你赶上雄州去。”

平:带旨上雄州去,拿杨家将召到幽州城。

八王说:“万岁,呼王这样去召不来。”万岁问:“为底高?”八王说:“要卖命的时候召人家,有福享的时候罚人家,就是你我也不肯来呀。”万岁问:“皇侄依你怎么请得来?”八王说:“万岁,除非写血诏。”

平:如果不将血诏写,怎能请动杨家人。

八王说:“你要将手指咬破写血诏。”皇上说:“咬破手指,不痛煞得。”“万岁,将人家以大罚小,不也心疼吗?”万岁没法,只好咬破手指写血诏。写好交于呼延赞。呼王说:“十八道番营,我怎么能过呀?”八王说:“呼王,论你的本领,可以说——”

平:一人能抵千员将,单刀能杀百万兵。

“我再派几员上将打掩护,如果杀不出去,我城门准备好,随到随开,你就好退回来,另想章程。”

平:呼王听完成,心中安稳二三分。

呼王用过夜膳,带好血诏,拿好大刀,辞别万岁。八王亲到南门口,因为南门是三川、六国、九沟、十八寨的兵马元帅韩昌把守,人家常说:“越是危险的地方,越安全。”所以呼延赞选择从南门闯营,哪晓,呼王一出城,八王吩咐将城门关好,呼王对后一望,上嘞八王大当。

滚:不好嘞够,我冲营盘也是死啊,要想回转万不能,

只有苦条老命对前冲,可能留到命残生。

番兵问:“什么人?”呼王说:“自己人。”番兵信以为真。

平:嘴里说话脚下走,到嘞番兵面前呈。

呼王刀一舞,番兵吃大苦,挨到的死,碰到的亡。也有番兵到中军帐去对韩昌汇报。这个时候,韩昌正和肖天佐吃庆功酒,不在营盘。小兵连三去找,一歇找到元帅,就报元帅:“中原蛮子,独骑闯营。”韩昌随时手拿托天叉。

平:带嘞兵将对外追,人影没有半毫分。

又追一阵,没有追到,也就回转营盘,我不提。再说呼王爷,溜出来三四十里,看后面没有追兵,歇下来喝点水。自己想,我刚才不知是怎么冲出来的,救兵如救火,不肯耽搁,随时上马。

平:打马加鞭来得快,雄州到嘞面前呈。

找到知州大门下马,刚要打听,里面走出一个人,身高九尺,黑漆抹塌,像个锅底菩萨,这个人是哪一个?

平:呼王看看清,七郎延嗣一个人。

呼王问:"贤侄,你家父亲现在在哪里呀?"七郎朝呼王一望,见他浑身是血,脸上也是血中透黑,就两眼乌珠直识,七郎都不认得。

平:仔细望望清,也是呼伯父老大人。

平:伯父哎,你为的什么事,浑身是血怕坏人。

呼王说:"贤侄,快带我去见你的父亲。"

这时,令公正在书房,看兵书战策,呼王见到令公。

平:两人来相见,好似枯木又逢春。

"老年兄,我已是两世的人。"

平:我独闯敌营十三道,几几乎没有命残生。

令公说:"呼王,我听说,万岁亲征处处打胜仗,不知年兄为何独闯敌营,到我雄州,又为何事来找我?"呼延赞说:"年兄啊,哪里打胜仗啊?只一仗,就伤我三位年兄,石延超年兄身负重伤,万岁被困幽州城。望年兄去救出众臣,现在万岁有旨意,血诏在此。"令公跟手摆好香案。

平:大人将圣旨看完成,心中忧愁八九分。

令公说:"老年兄,我陪你去用膳点吧。"不提他们去用膳。再说七郎他听说万岁被困幽州。他想,我打死潘豹有罪,我去闯敌营,救出万岁,是大功一件,也好将功抵过。主意一定,随时带嘞丈二矛枪,身骑宝马,没有跟任何人说就走。

平:打马加鞭来得快,卢沟桥到面前呈。

一员番将,带兵拦住去路:"什么人,单身独骑上哪去?"七郎说:"番将,我是上幽州解围的。"番将说:"要从此桥过,你要问问我的兄弟肯不肯。"七郎说:"好哇!你想撒野,要同我打?"

平:如若你不放我走,鬼门关到面前呈。

番将说："你不要大话连天，你叫什么名字？"七郎说："你听好嘞——"

滚：父亲原是杨令公，佘太君母亲老安人，

我兄弟姊妹八九个，我排行是老七，七郎就是我当身。

"番贼你姓甚名谁？"番将说："我叫梁兴洲。"

平：提到梁兴洲一个人，卢沟桥总兵他当身。

众位，梁兴洲是用的大棍，在北国很有名声。他和北国右军元帅苏天龙差不多。一般的人，他只须二三个回合就可得胜。如遇别人还行，遇到七将军不灵。

平：三个回合未曾有，枪挑马下送残生。

滚：小兵逃的逃，溜的溜，跌啦许多大跟斗。转过来望一望，杀宁的祖宗在后头。

番兵败回幽州，七将军的马跑嘞赛飞，直奔幽州。

平：飞马来得快，幽州到嘞面前呈。

七郎不抵六郎有计，他浑冲，浑战，从西门而入。西门是肖天佑霸守，突然一员南蛮小将冲进来，随时手提古月象鼻子刀，来到沙场："南蛮你胆子不小哇，单人独骑闯我西门，速速通过名来刀下受死。"七郎说：

平：我不是张三其别个，杨家将七郎到来临。

肖天佑说："七郎，我听说你打死潘豹，万岁将你杨家将，罚到雄州，以大罚小，你来做底高？再说，你们的万岁已死在幽州，你不如投我北国。"

平：我对梁王说一声，封你高官受王恩。

七郎说："呸，你这番贼，拿命来。你说得不对，我要救万岁。"

平：两人说话藏藏响，脸嘴一变动刀枪。

战啊战，肖天佑浑身放汗。挨七郎一枪戳过去，肖天佑一滑，戳得他的脚，带兵败走。七郎来到城脚，叫城上兵将："我杨七郎来救人，快快开门。"七郎倒霉了，今朝刚好是潘龙、潘虎守城，听见七郎嚆，去对老贼汇报："父亲，现在杨七郎在西门，打败肖天佑，在城脚叫开城门，请父亲定夺，是开，还是不开。"潘仁美老贼，眼睛一眨，顶顶翻腔："儿啊，你们果记得，你的三弟，是被七郎劈死的，至今这个仇没有报哇，你们不能开门。"

平：等他被番将来杀死，也算帮我三儿把冤申。

"儿啊，你们要如此这般，才上我算。"两个小贼说："我们遵令。"潘龙、潘虎亲到城头上，对七郎说："将军，我父亲说，今天日子不好，西门不能开，请你走北门。”七郎想，既然叫我走北门，可能他们在北门等我，我就杀上北门。北门守军元帅苏天龙，手拿齿锯金镰刀，嘴里嚅：“大胆南蛮，敢闯我北营，就开国曹彬，也在我刀下做鬼。”

平：七郎闻听这一声，火冒三丈八九分。

平：曹伯父哎，你听听真，侄儿做个报仇人。

七郎用丈二蛇矛枪，大战苏天龙。苏天龙眼睛一眨，就差点点，戳在他的右肩，败下阵去。七郎来到城门，叫开门。潘龙说：“北门番兵旺，一开要上当，七将军，请你走东门，家父在东门等你。”这时七郎肚子太饿，在雄州又没吃。

在卢沟桥大战梁兴州，到幽州，已经杀得两门，要用多少的力气，古人常说，宁是铁，饭是钢，没有吃，要犯丧。喊开城门，潘家又不开，只好紧紧裤带，没法，只好对东门杀。众位，东门是哪个把守呀？肖天佐，而今朝，肖天佐不在营盘，上韩昌身边去的，就交把两名副将把守。

平：副将不是张三其别个，沙里海、沙里红弟兄两个人。

要说沙里海、沙里红哪是七郎的对手哪？就后军元帅苏天龙这么好的本领，也被七郎扎伤右肩，败下阵，逃走，只能说，七郎太饿，否则，一枪好戳他三四个，沙里海、沙里红，对地下一掼。

平：花红脑子流满地，活跳鲜鱼送残生。

小兵总溜走，七郎叫城上开门，潘仁美老贼，在城头上问：“七将军，你瓜父来身体果好哇？太君身体如何啊？你们兄弟果曾总来呀？”老贼问这，问那，就是不开城门，他有目的，拖拉时间，等韩昌亮队，借韩昌之手杀死七郎。

十：有老贼，在城头，问这问那，

害七郎，身丧命，丧尽良心。

潘仁美说：“七将军，不是我不开城门，你已杀三门，何不再杀南门，像唐朝秦怀玉，力杀四门，万古流名，你如果也力杀四门，将来名扬四海。”七郎说：“元帅，我再杀南门无所为，请给我吃的。”老贼说：“七将军，我们已经几天都没有吃，现在哪有给你吃的。”众位，潘仁美果是几天没吃呀？他克扣军饷，自己在营盘吃得比万岁都好，他诚心害七郎，城头上还有几名士兵，郎千、郎万、岑林、柴平、张盖、苗江、石青，还有吴凯、刘奇、马巨、姜礼，因为有元帅在，真是敢怒而不敢言，只好半个上骂。

平：他们几个都在骂，骂你老贼不是人。

七郎无法，只好对南门杀。这时，三川、六国、九州、十八寨兵马大元帅韩昌已经亮队，带嘞所有大将，金头王、银头王、铜头王、铁头王、耶律托、耶律沙、耶律休、耶律青，韩昌手拿钢叉，大战七郎。韩昌使一个泰山压顶，七郎来一个举火烧天。哪晓七郎的丈二蛇矛枪被打抛，身子在马上直摇，头发昏对马下一滚，韩昌用钢叉对下戳。

平：韩昌钢叉戳下去，七郎哪有命残生。

要说韩昌的本事，他只把钢叉戳下去，不要说一个七郎，就是十个七郎也被他戳煞得，那么七郎到底果曾死？

平：好比一盏枯灯渐渐熄，来嘞添油点火人。

就在这时，像闪电这么快，一个人，音到人到枪到："大胆番将不得无理！"枪已抵住韩昌。番兵营盘大乱，那么是哪一个？

平：仔细望望清，就是六郎一个人。

六郎怎么这样巧，就在这时来的。正因呼延赞搬兵，老令公陪他吃酒，其他兄弟几个都在家，寻不到七弟延嗣，就问小兵："你们有没有看见我七弟啊？"小兵说："看见七将军带枪骑马走了多时。"

六郎报于父亲，七郎可能一个人上幽州去了，我们赶快动身。所以令公随时带病动身。

平：六郎前头走，大队兵将后头行。

六郎的马走起来快如飞，像闪电，这马总从番兵头上跑，也有压断颈，也有压断腰，也有压得直把嗓子嚅，刚好韩昌要戳七郎，六郎到嘞够。

平：如果不是六郎到，七郎哪有命残生。

六郎手提盘龙金枪，大战韩昌，六郎的盘龙金枪杀起来了不得。加上大郎也上了马，韩昌本事更好累，战嘞浑身放汗，六郎的盘龙金枪照准韩昌咽喉戳，韩昌头一偏，差点点左金环挨六郎挑啦得，韩昌命总吓啦得，打马就溜。

平：好嘞溜得快，逃到一条命残生。

这时令公兵将也到嘞，八杆枪一把刀，直杀得番兵嚅。人仰马翻，死的死，逃的逃。

平：杀死番兵许许多，血水流成河，果要怕坏人。

番兵番将只是溜，个个溜嘞气吼吼，跌啦多少大跟斗。一下溜出去三四十里，望望没有追兵，才敢将马停下，扎下营盘。

再说令公他们没有追番兵，来到城下。这时只听城里敲锣打鼓，一位将官，一马当先，过了吊桥，后面还带了许多兵将。这是哪一个？就是潘仁美老贼，出来迎接，老贼说："老令公，多亏你杨家将，个个是英雄。"

平：七郎对潘仁美看得清，冤家遇到对头人。

"你这狗贼！"

平：你逼我力杀四门，几几乎没有命残生。

七郎顺手将潘贼对身边一带，就要对地下摔，老贼说："侄儿哎，我是为你好。"令公怕惹祸，连三喝住得，七郎才松手，放啦潘贼，这时八王也来嘞。将令公他们带进行宫，众将三呼万岁毕，七郎鸣冤枉。

平：万岁哎，潘仁美不肯开城门哦，要我单独杀四门。

万岁问："元帅，有没有此事啊？"潘仁美说："我是为杨家好——"

平：叫他力杀四城门，名扬四海万年春。"

万岁大怒：

平：你名头说好话，骨里起嘞不良心。

潘仁美说："万岁，你果记得，当初杨家绑在法场要过刀。"

平：不是我来保一本，杨家哪有性命到如今。

万岁还是不听，要拿潘仁美法场过刀。

令公连三保本，元帅确实是为我杨家好。潘仁美说："对呀，六郎杀败韩昌，名扬北国。"那么万岁果肯杀国丈？是在杨家面前过过场。听令公一保本，立时就准本："好，看令公面子，不杀你，不过我要削去你元帅职，由令公来执掌。"令公说："万岁不可能，潘元帅用兵如神，还是他当元帅，我们随军听令。"

平：万岁听了多欢喜，称赞杨家大量人。

再说北国兵马大元帅韩昌，自从被杨六郎枪挑左金环，吓得不敢出战，就和天庆梁王相商，设计，请万岁来赴双龙会，吩咐来使到幽州送信。

平：番使动嘞身，幽州到嘞面前呈。

管门将军将信送给万岁。

平：万岁看完成，心中忧愁八九分。

随时召集文武，和大家相商："北国请我们去赴双龙会，你们看，是去，还是不去？"令公说："北国酒无好酒，菜无好菜。"潘仁美说："令公此言差了，因为幽州一战，七郎力杀四门，六郎枪挑韩昌左金环，他现服输。"

平:他所设的双龙会,赔礼赔罪他当身。

其实老贼嘴上说一套,心里想一套,他只要望万岁死于双龙会。

平:如果万岁双龙会上身丧命,我好坐坐九龙庭。

所以他专门说:“好去的。再一个,有杨家父子保驾,万岁胆胆大大去赴会。”万岁一听,倒也相信,随时备好龙车,八王坐逍遥马。是几时日子呀?八月十五,今朝天气,时阴时暗,万岁坐龙车,杨家将,八杆枪一把刀,带嘞随身,去赴双龙会。

平:这次赴双龙会,是福是祸哪知闻。

众位,要说双龙会设在哪里呀,就设在金沙滩。在金沙滩造嘞土城,有两道城门。虽说是土城,其实很牢固,并且造嘞银安殿,这是天庆梁王办事的地方。但说中原君臣——

平:君臣动嘞身,三叉路到面前呈。

两名番将带嘞兵马,敲锣打鼓迎接万岁。两个番将,一个叫兀环奴,一个叫胡达,手擦鱼踏尾,分战裙跪在大路上对万岁磕头。

平:万岁哎,罪臣来接驾晚,要望万岁包涵二三分。

万岁说:快起来,前头带路。

平:带嘞万岁往前走,金沙滩到面前呈。

天庆梁王和韩昌随时迎接万岁:“万岁,我无故侵犯,我赔礼赔罪,情愿和好,年年进贡,岁岁来朝。”万岁说:“人难免不犯错误,知错,改就好。”天庆梁王带万岁进土城。万岁一看,虽则叫土城,造得相当坚固,有两道城门。城墙是一丈多高,会盟台设在东南空地。

十:会盟台,高丈二,非常雄伟,
站台上,可看到,整个城池。

平:边看边行来得快,行宫到嘞面前呈。

天庆梁王说:“万岁,今日你们君臣就住这西面行官,明日到会盟台订盟约。马上就有酒菜来的,我们现在先走,明天会盟台见。”天庆梁王走不多时,果然有人送来酒菜,万岁开心了,他不晓得:

平:今朝住在行宫里,塌天大祸到来临。

万岁下令,五百御林军守在行宫外面,门里三百御林军。老令公和大郎延平相商,我看上半夜,你看后半夜。

平:到嘞三更天,炮声连天怕坏人。

大郎说:“父亲,可能有变,到外面去看看。”这时小兵对里报:“令公,北国有变。”

平:里三层来外三层,行宫被围困紧腾腾。

御林军已和番兵打起来了,万岁也被炮声惊醒,拿出件龙袍对脚上套,也喊八王:“贤侄,我这裤子啦,穿不上。”八王说:“万岁,你穿错了,这是龙袍。”令公说:“我现在出仗,潘仁美带潘龙、潘虎,还有侄儿潘绍、潘祥,也来嘞够。”潘仁美说:“令公等我出仗,这次出征以来,功劳总是你杨家的,我也卖点力。”

平:他场面这样说好话,骨里起嘞坏良心。

他听见炮响,晓得这次又是一场大打杀。他和儿子、侄儿相商,早点去投韩昌。

平:如若跑得晚,就怕难有命残生。

所以潘仁美说要出仗,看机会好脱身和韩昌联系。潘仁美走嘞够,这时,小兵报值殿将军阵亡。万岁这时心上难过。

平:众爱卿哎,当初不曾听你们言,今朝才到更工程。

平:要望爱卿想良策,救到孤家命残生。

平:只要微臣在,保住万岁得太平。

老令公虽则这么说,怎么能救出万岁和八王呢?

平:老令公转啦几个弯,横也难竖也难。

就和八个儿子,也就是称八虎,后人称八虎闯幽州,父子相商议。

平:你相我来,我相你,相不出一个好章程。

这时已将宫门墙堵死,辽兵对里冲,狼牙箭对里攻,番箭直射。令公吩咐六郎将兄弟们都叫来,准备迎战,看来金沙滩免不了一场血战。这时御林军冲上一队,倒下一队。北国兵马真是一层层,一排排对里冲。令公吩咐封好宫门,自己来到万岁面前:“万岁,我们君臣共想良策,如何能逃出金沙滩。”万岁说:“爱卿——”

平:爱卿哎,如果所有朝臣金沙滩丧命,家中老小靠何人?

令公说:“万岁,只怪我没有保护好。”万岁说:“唯一的办法,我出去写降书。”

平:我拿降书交出去,我救到大众命残生。

令公是个老实人,他想,如果等万岁低头写降书,我大邦中原投降小邦,要笑煞外国宁。万岁，你放心，我要舍命救天子。令公和几个儿子商意，古人常言说：三个臭皮匠，抵个诸葛亮。就在这时，轰隆一声巨响，行宫房子都来扛摇。就像地震差不多。大郎延平说："父亲，我倒想到一个良策，可救万岁。""儿呀，快快说来我听。"大郎说："父亲，最好想一个和万岁差不多的人，扮作假皇上，去写降书，其余兵将就好保万岁逃走。"令公说："儿呀，这个我懂，是三十六计中，偷梁换柱之计，不过——"

平：如果哪个替万岁，他自瓜哪有命残生。

大郎说："父亲，我可以替万岁写降书。"二郎杨延定说："父亲，我可以扮八王赵德芳。"

平：老令公对两个孩子望望清，悲喜交集泪纷纷。

喜的是什么，因为平时不注意，哪晓今朝对大郎一看，竟和万岁差不多，看他的身材也好，说话的喉咙也好，真像万岁。

十：看身材，和万岁，不差多少，
看高矮，和万岁，不差分毫。

再对二郎延定一看，也和八王差不多。悲的是底高，大郎、二郎，代万岁和八王，到会盟台写降书，可以说是雾天放鸽子，有去无回。

平：孩儿哎，代替他们到会盟台，就怕难有命残生。

平：心肝呀，当初你家母亲将四双孩儿交给我，
叫我将八个孩儿带嘞转家门。

大郎、二郎说："父亲，古人常说：

平：酱罐不离井口破，将军难免阵上亡。

父亲，我们为了全国百姓能过上安稳日子，为嘞保护万岁和八王。"

平：为嘞家国得太平，粉身碎骨也甘心。

平：老令公闻听这一声，老眼纵横泪纷纷。

现在情况紧迫，令公想，也没有其他办法，要救万岁、八王，只得如此。随时和万岁、八王说："为嘞保众君臣，众兵将，我大郎情愿代万岁，二郎代八王，上会盟台写降书，好救到你们命残生。"

平：万岁闻听这一声，爱卿叫啦好几声。

平：爱卿哎，朝中良将多得很，那个值到你们足后根。

平：等到一日回朝转，金殿上面重封尊。

令公说:“万岁、八王,事不宜迟,快点拿龙袍脱下来,让大郎穿好,八王也将朝服脱下来,给二郎。”再大郎、二郎总穿好。

平:两人跪到地,我们欺君之罪,罪不轻。

万岁、八王说:“快快起来,你们功高在于救驾。”

平:爱卿哎,今朝救嘞我的命,孤家永生不忘恩。

随时,大郎是假皇帝坐车辇,二郎假八王,骑逍遥马,前面鸣锣,开路,在他们两边也要有人保护,左边有三郎、四郎、五郎,右边是七郎、六郎还有八郎。一面跑,一面嚆:“我们投降了。”番将看见中原皇帝出来投降,就不顾行宫,上会盟台,看皇帝写降书。此时,老令公带万岁和八王,骑嘞大郎和二郎的马,从缺口冲出去,来到幽州城。铁鞭王呼延赞出来迎接,铁鞭王问:“会盟如何了?”万岁说:

平:爱卿哎,不是杨家将出忠心,孤家哪有命残生。

平:好嘞杨家用了偷梁换柱计,才能逃到命残生。

就将大郎替我皇上,二郎代替我皇侄,上下根由说一遍。

铁鞭王问:“他们现在怎样?”万岁说:“我们从行宫出来,未知他们现在如何。”

众位,杨家将已讲到,大郎、二郎代万岁和八王去会盟台,以后到底能不能回转幽州城。

单:忠孝宝卷路程远,一时难以满团圆。

单:经在文中打个等,下册之中讲分明。

天赐平安福,人同富贵春,和佛保延生。

三、潘仁美害令公　兵困两郎山

暗难留，渐渐收，多等候，旧根由。——圣谕

单：日落西山暗难留，门外霞光渐渐收。

单：各位善人多等候，提起忠孝宝卷旧根由。

挂：三阳从头起，五福是天来。

讲部杨家将，大家发大财。

平：开开经来阵阵香，老少福寿广无边。

说者，杨家将上册之中所讲到大郎扮赵匡义，二郎扮赵德芳，还有哥弟跟随。令公保万岁和八王冲出去，回转幽州，我不提。但说大郎、二郎。

平：他们要上会盟台，晓得果有命残生。

先吩咐小兵送信给天庆梁王，情愿投降，万岁马上到会盟台写降书。

平：梁王听见这一声，心中欢喜八九分。

他和韩昌讲，我们要中原皇帝到受降台，跪下来写降书，两人越讲，越起劲。再说杨家八将，兄弟几个讲，擒贼先擒王，将车辇的帘子挑开一看，欢乐一半，天庆梁王正在受降台，你们将画眉弓给我，要说，大郎延平的箭法多好？

平：如果等他去射雁，一箭射入口中心。

一面讲一面拿箭，要到受降台面前，大约百步，大郎一箭射过去，正中天庆梁王的咽喉，只听天庆梁王“啊呀”。

平：啊呀一声就断气，一命呜呼送残生。

韩昌捧住天庆梁王，哭煞得：

平：王爷哎，你被宋皇射死实在苦，我要做报仇人。

哭泪一番，吩咐小兵将王爷抬走，自己下令所有将领士兵，一定要奋勇杀敌，杀死宋皇。大郎哈哈大笑："韩昌，人生在世，只有千年计，没有千年寿，天庆梁王和你设的鸿门宴，想害死皇上，夺取大宋江山，没有好下场。宋皇早已到幽州城。"韩昌问："你不是宋皇，那你是谁呀？"大郎说："你听好嘞——"

滚：原居山西火塘寨，现居京都帝皇城，天波府是家门。

老父皇封老令公，母亲太君之职老安人。

我们兄弟八个职不轻，少令公之职受皇恩。

平：我排行是老大，延平就是我当身。

韩昌躁得哇呀呀："先杀假皇杨大郎。"再六郎吩咐七弟、八弟："你们护好大哥。"这时辽国兵如潮水涌向车辇，七郎牵马给大哥，就在这时，大郎正要下车辇。耶律托、耶律休，已围住车辇，辽兵上万人各样兵器齐上，有哪些兵器？

十：鸡嘴枪，鸭嘴枪，杀气腾腾，

金杆枪，银杆枪，威风凛凛。

十：梅花枪，梨花枪，可真厉害，

有长枪，和短枪，戳到身亡。

也有用刀的。

十：大砍刀，砍到人，两半分身，

月牙刀，砍下来，人送残生。

十：鬼头刀，砍得来，人鬼皆怕，

七星刀，砍下来，哪有残生？

还有水砍刀，牛儿刀，尖角刀，象鼻刀，还有用方天画戟的。

十：方天戟，描金幡，如龙摆尾，开山斧，月牙斧，大似水盘。

耶律托、耶律休，两名大将既围住车辇。大郎在车辇，就一张弓，与两番将交战。哪晓又来一名番将，大郎一看就是在大道迎接的兀环奴，大郎用弓当刀，哪晓对前一磕，多用嘞力。

平：人从车辇出来栽到地，晓得果有命残生。

兀环奴刀对下砍，刚好七郎到，一枪戳在兀环奴的后背心，七郎又将耶律托、耶律休杀死。"大哥快快来上马。"正上马之时，番将胡达从后面窜得来一枪，戳得大郎后背。

平：大郎倒到地，一命呜呼送残生。

七郎哭煞得：

平：大哥啊，你为嘞替皇上，自己送啦命残生。

平：哥哥哎，你为嘞救国救人民，万古千秋也留名。

番兵又围上来嘞够，七郎将大郎穿的皇袍，撕一块，盖他脸上。二郎延定说："弟弟们，我们不能蛮战，赶快逃出土城。"众位，这座城名上叫土城，实际上非常牢固，有两道城门。城里面的第一道门有千斤闸，如果闸对下放——

平：千军万马关城内，要想出城万不能。

韩昌下令："快放千斤闸。"弟兄七人对外冲，前有阻兵，后有追兵。兄弟们一看，不好，闸已对下放。二郎急中生智，马加一鞭，这时闸离地只有三四尺。二郎用枪对上一撬，用两肩对上一托："弟弟们快过去。"六郎说："二哥，我来换你。""六弟，不需要，快走。"众位，名叫千斤闸，其实重几千斤。几个弟弟总算过了闸，就剩八郎，延定想，我一定要等八郎过去，因为八郎不是我们的亲弟弟，父母对他比对我都好，他个人最小。哪晓一来闸太重，二来时间太长，二郎手发抖，哪晓马也吃不消。再说，韩昌下令，用乱箭射。二郎身一中箭，手一滑，闸板对下压。

平：延定死在金沙滩，千斤闸下送残生。

平：八郎看见二哥死，越想越伤心。

平：二哥哎，你为嘞我八郎一个人，所以死到能功成。

兵将围住八郎，八郎只有和敌战，上嘞番将大算。一名番兵用挠钩，钩住八郎的马脚，真是马翻宁跌，番将要砍八郎。

平：如果一刀砍下来，八郎哪有命残生。

就在这时，一杆枪戳番将。

平：番将花红脑子流到地，一命呜呼送残生。

这名英雄连杀数名番将，八郎抬头一看。

平：不是张三其别个，就是三哥一个人。

八郎说："三哥，二哥他？"三郎说："他死嘞，我晓得现在光顾活的，不管死的，快来坐我的马，你的马受了伤，你赶快追上哥哥们。"八郎想，我要听哥哥话，就骑嘞三郎的马。

平：两人要动身，兵将来嘞许多人。

平：里三层来外三层，围嘞水泄不透半毫分。

三郎说："兄弟你快走啊，这匹马是宝马。"从番兵头上飞过去，三郎被围在中间,东挡、西杀、南挑、北战。

平:一人能抵千员将,单枪能杀敌百兵。

连杀七员番将,哪晓番兵射箭,三郎身中十一支箭,七处刀伤。三郎浑身疼痛,四肢无力,真是血染征袍。长叹一声:“亲娘,儿不能回转皇城,不能奉侍老娘。”又想到贤妻。

平:我们不能白头同到老,今朝就要两离分。

不过,人长百岁终要死,留取丹心照汗青。三郎抓把沙土,用我的身体肥了这片沙土,长些大树,覆盖大宋国土啊。

平:三郎说完成,又来番将许多人。

当时三郎倒在地下了,番兵番将的马都从三郎身上踏。

平:三郎延光被踏成肉酱,也比黄莲苦三分。

再说,八郎对前进,六郎他到二道门,看不见三哥和八弟,回过来找他们,正遇到八郎。八郎就将三哥的事告诉六哥。

平:六郎听完成,止不住虎目泪纷纷。

平:三哥啊,你死嘞实在苦,兄弟要做报仇人。

六郎杀出重围,找到三郎死的地方,真是肉泥分不清,用枪掘点沙土,将尸体覆盖。六郎这个时候像疯子差不多,他的蟠龙金枪,舞起来,真是碰到的死,挨到的亡。冲到土城最后一道门,哪晓挂嘞一把罗筛这么大的铜锁。这时五郎哇哇直叫。众位,五郎的脾气和七郎差不多,又犟又倔,力气又大,他和弟兄都不同,他不但使枪,随身还带大斧。五郎用大斧使劲一劈。锁被劈啦得。城门开嘞。

平:弟兄几个对前冲,哪问西来还是东。

平:不提弟兄冲嘞走,再说韩昌一个人。

韩昌看见城门被劈开,把所有的兵将统统集中到金沙滩,截住去幽州的去路,六郎他们又是一场大战。只杀得天昏地暗,日月无光。六郎杀出重围,他回头来望,弟兄几个没项,啊呀,那边还有杀声,六郎又杀过去,一看是七郎。你想,七郎的丈八蛇矛枪,尖头都没有了,还在拼命杀。六郎叫:“七弟,快跟我来。”七郎带马来到六郎身边,六郎问:“四哥、五哥、八弟呢?”七郎说:“大概还困在里面。”六郎和七郎又冲进重围,没有找到弟兄,可是两人都受嘞伤。六郎被扎一枪,七郎被砍二刀,两人都没力再战啊。

平:想杀进去又无力,不杀进去又找不到弟兄几个人。

平：两人转不过弯，横也难来竖也难。

平：弟兄到嘞为难处，一支部队到来临。

六郎和七郎正到进退两难时候，一支部队来嘞够。尘土飞扬，老将在前，弟兄一看欢乐一半，大宋旗号。

平：带兵不是张三其别个，老令公带兵到来临。

番兵番将看见宋朝救兵到，溜嘞嗐虎跳。对前攻，就怕要送终。溜嘞慢，就怕芥菜头（指人头）要被掼，溜溜 可能命保到。韩昌晓得不好，下令停战休兵。令公看到六郎和七郎，就问，儿啊：侬有哥弟几个人呢？

平：六郎叫爹爹哎，一声还不曾叫得出口，只是啼哭泪纷纷。

平：爹爹啊，大哥代万岁丧命，二哥替八王送残生。

平：爹爹啊，二哥千金闸下身丧命，也比黄莲苦三分。

平：爹爹哎，三哥死嘞更加苦，踏成肉泥顶伤心。

平：爹爹哎，我们身负重伤无力气，寻不到兄弟三个。

平：老令公听完成，止不住虎目泪纷纷。

令公想，要再进土城去寻人，万岁和八王在幽州城，如果韩昌用调虎离山计，就保不到万岁和八王，就要丢掉宋室江山。

平：我宁可放弃儿子不去寻，保住万岁得太平。

随即带领六郎和七郎回转幽州城。哪晓，虽说回转，走到半途七郎一来受伤重，二来想到三个哥哥死嘞太惨——

平：七郎背过气，从马上滚到地埃尘。

平：人不伤心心不死，捶捶拍拍转还魂。

令公吩咐小兵抬七郎回转幽州，铁鞭王开城门迎接。这时，八王和石延超、郑印，还有高君宝都来看望杨家将。不多时，潘仁美领他的两个儿子还有两个侄儿也回到幽州。大众要问了，在土城金沙滩，这样的大战，杨家几个死嘞这么苦，他们上哪里去的？

平：要问潘贼哪里去，听学生慢慢说分明。

老贼自从从行宫带儿子和侄儿出来，刚好番兵放箭，老贼也中嘞一箭，不过不是太重。老贼想，投北国的机会来了。就对着番将说："我有事要找你们元帅。"小兵说："既然要见元帅，你跟我来。"

平：番兵前头走，老贼他们后头跟。

滚：潘仁美见到韩昌身，一恭到底磕响头，元帅大人叫几声。

韩昌问：“你是什么人，对我行此大礼？”潘仁美说：“我虽则是中原元帅，不过，身在曹营心在汉啊。我最恨老杨家，杨七郎在擂台将我三儿潘豹劈死，此仇未报心里着躁。”

平：元帅如果帮我报到这个仇，我一重恩报九重恩。

韩昌这个人，最喜欢忠良将。不赞成像潘仁美贪生怕死、畏刀避剑之人。回过来一想，两国相争，最要奸臣。

平：如果助我宋氏江山夺过来，也是一个有功人。

韩昌吩咐，将潘仁美和二子、两个侄儿都送进帐篷软禁起来。杨家将拼杀的时侯，老贼坐在帐篷喝茶啰。

天庆梁王被大郎射杀后，韩昌晓得杨继业的偷梁换柱之计，想想伤心。一面要忙梁王葬事，一面调兵遣将。小兵报：大郎已死。又一小兵报：二郎托个千斤闸丧身，三郎被踏为肉酱。韩昌就来到营帐，潘仁美正在心急，韩昌说：“潘仁美，金沙滩一战，杨家要绝了。”

平：杨家死了许多人，也算帮你做嘞报仇人。

韩昌说：“你这个人，也算是可靠的。你回去，帮我杀啦皇上，夺下赵家江山，自然有你的好处。”

平：潘仁美听完成，正中计谋八九分。

平：要杀皇上不废事，在我潘家一满门。

老贼说：“韩元帅，你就听我的喜信吧。”老贼特地做打仗受伤，像仗打嘞多辛苦的样子，来到幽州。

平：来到幽州城，众位年兄叫几声。

八王问：“在土城，金沙滩大战的时候你上哪去了？”

老贼说：“八王，我自从行宫出来，为臣与敌交战，十几个番将围住为臣，我身负重伤。”

平：不是为臣有本领，哪里还有命残生。

八王也晓得，这个人好揽功推过。不过他是皇上的老丈人，比自己大两辈，也不好过分查他，也就拉倒。

再说，万岁听说杨家几个人死得太惨，六郎、七郎又身负重伤，就配御医官给六郎、七郎治伤。

大若半个多月，六郎、七郎伤已治好，身体复原。但说万岁赵匡义，自从行宫一吓——

平：行宫一吓了不得，寒寒热热紧缠身。

现在身体将好，听说杨家将就剩老令公和六郎、七郎，旧病复发。八王说："皇叔，我看你还是回朝养病吧。"

平：万岁闻听这一声，正中机谋八九分。

再说老令公自从金沙滩一战，带来八虎，现在就二虎，心上想嘞不得过。再加万岁要回朝。八王对万岁说："我们回朝。不过，潘、杨两家，面和心不合，以我之见，派一个监军，这个监军，要一不向潘，二不护杨。"

平：如此一碗水要端平，不好偏向哪个宁。

万岁随时就封：

平：呼延赞听封尊，监军之职你当身。

"另外，赏给你尚方天子剑一口，监督潘杨两家，如果哪个犯了法，先斩后奏。"呼王高兴，他想杨家这次金沙滩死啦这么多人，你潘家毛不少一根，既然我是监军，我当点心。

平：如果你潘家有点错，决不容情他当身。

再说万岁要回皇城，杨令公和六郎、七郎，还有呼、潘，送万岁动身，八王又对令公说："有事多和呼王商议。"

平：不提万岁回朝去，再说幽州一段情。

潘仁美如有事也和呼、杨商议，看来还好，其实潘仁美心事重重。

再说这次功劳全是老杨家的。潘仁美心想："我如何向韩昌交待呀？"

平：老贼正在无主意，来嘞黄龙一个人。

老贼和黄龙商议："我到如今，杀子之仇至今未报，我也枉为人啊。"黄龙说："老太师——元帅——要报杀子之仇，小事一桩。要杀七郎，易如反掌，因为七郎这个人有勇无智。不过杨家三人在一起就不好办，另外呼王也是大草包，先把呼王支走。"潘仁美问："怎么能支他走啊？""元帅，就说军中无粮草，叫呼王去催粮草。"

平：潘仁美听完成，心中明白八九分。

黄龙又说："呼王一走，事情就妥。杨家三人，赶走小杨，留下老杨。"潘仁美就和呼王商议："现在军中缺粮草，人家常说，军中有粮心不慌，个个兵将喜洋洋。”呼王说:“元帅,应派哪位大将去催粮草?”潘元帅说:“别人去我不放心,只有你呼王去是最可靠。”呼王说:“潘元帅信得过,那我一面就去。”杨令公着躁,“呼王,你是监军,你一走,如果潘、杨两家吵起来,连个公证人都没有。”呼王说:“你早说我就不去,军中无戏言,只怪我已经答应嘞,不可悔改,那你也不要怕。我早去速回。”第二天呼王动身。

平:呼王动嘞身,催粮催草做荣生。

呼延赞是监军,在军营,潘仁美没法对杨家,现在呼王走嘞,就对杨家下毒手。第二天升帐,抽出大令:“杨延昭、杨延嗣,命你二人镇守卢沟桥,即日起程,没有将令,不可回转幽州城。”

平:六郎闻听这一声,心中忧愁八九分。

六郎对令公说:“父亲,我们一走,就怕潘贼要对你下毒手。”令公说:“儿哎,不要想得太多,他是太师,又是元帅,不会鼠肚鸡肠,我犯法的事不做,犯毒的东西不吃,他也不敢对我怎么样,儿啊,你们就放心去吧。你们无事也不可回来。”

平:父子三个分嘞手,多少苦难在后头。

再说韩昌讨战,潘贼将黄龙喊来:“你去通知各营帐,明天早上要点卯,不可给令公知道。”第二天一大早,潘贼要点卯发兵。

平:不提老贼起坏心,再说令公老大人。

令公最近精神恍惚:“金沙滩一战,不曾上算,八个儿子,就剩下两个,又被派去镇守卢沟桥,如果有个闪失,怎么对夫人交待呢?”再说万岁,回转午朝,监军官呼王兄又去催粮草,潘仁美对我杨家一直怀恨。”

平:万一对我下毒手,没得申冤理枉人。

这一天,一直想到后半夜,才迷糊睏着得,突然鼓声像雷响。令公被惊醒嘞,这不是打仗的鼓声,这是升帐的鼓声,令公想不好,今朝恐怕要误卯。众位,过去的规矩重了,如果误嘞卯,要犯杀头的。令公急忙顶盔挂甲,罩袍束带,系甲搅裙,浑身收拾利落,抓缰上马。

平:打马来得快,帅帐到了面前呈。

抬头一看,吓得浑身放汗,误卯牌挂出来了。

平:不好嘞够,今朝误嘞卯,我是违条犯法人。

那么,误卯也有规矩,挂嘞第一道牌,重打四十军棍。二卯不到,重打八十。

平:如果第三卯人未到,法场过刀不容情。

老贼刚点第三卯:“杨继业?”令公回:“末将在。”

老贼和黄龙商议的时候,就算令公三卯没有到,就好杀他。哪晓点到第三卯,令公又到嘞,既然到嘞,就不好杀他。

老贼传令,叫杨继业报门而入。令公想,我还处处当心。

“今天怎就误卯呀?”“我也不知为底高,今朝点卯提嘞能(这么)早,只好对里报。”末将杨继业到,连撂战裙,分甲叶,一提鱼踏尾,来到帐篷里,忙跪倒磕头。

平:元帅哎,末将已来晚,要望原谅二三分。

潘仁美眼睛一暴,胡子一翘:“身为大将,难道你不懂军规吗?你杨继业,明明小瞧我本帅,故意来晚。”令公说:“我哪晓得你今朝提前点卯。”老贼说:“你还和本帅狡辩,你违犯军令十七禁律,五十四斩,来呀,给我将他拖下去,重责八十军棍。”小兵将令公拖嘞走。

平:拖嘞令公走,冤枉喊嘞不绝声。

“我确实不晓得今朝提前升帐。”老贼说:“你胡说,拖下去,打。”拿令公拖下去,两人将他的中衣一解,对地下一按,就打。

众位,老令公在军营对小兵都很好,守(有)人缘,嘴说打,打人也几种打法。你不要看棍子举嘞高,嘴里死声嗃,如果是同情的就打嘞轻,如果真打的,你不要看棍子举嘞底,打下去一机,就是一机,一机打下去,就一条扛小兵打令公。总同情令公,打嘞很轻。

平:看看打嘞狠,骨里轻轻打大人。

老贼潘仁美眼睛没沙子,他眼睛不瞎,他是个内行。看得出,小兵同情的,随时又下令,棍棍要见血。

平:如果哪个再作弊,也和继业一样行。

打的人再不敢同情。

十:哪一机,不都是,棍上带血。

老令公,咬紧牙,也不哼声。

十:士兵们,看令公,个个心寒。

暗中骂,潘仁美,要害忠臣。

打嘞三十六机,令公满头大汗,士兵们也有暗中骂的,也有流泪的,也有恨嘞咬牙切齿的。士兵敢怒不敢言,潘仁美是元帅呀,兵权在他手里,大家想法救令公。

平:一个个跪到地,叫啦元帅数十声。

平:我们大家来求情,饶赦令公一个人。

老贼想:除啦我的心腹人,其余的士兵都跪嘞杠求情,人家常说,要做皇,文武帮忙。遇事就怕动众,我不如做个场面给众士兵:“好,看在你们大家的面上。还有那几十机暂时就免了吧。”背他起来,这时候,令公站不住。

平:令公浑身疼,血总流到足后跟。

小兵扶住他站嘞杠,老贼向:“杨继业,今天打你屈不屈咖?”令公嘴上不说,心里说,我现说屈也没用,君子斗智不斗口,干脆说不屈。老贼问:“该不该打哇?”令公说:“该打。”“你说,我为什么打你呀?”令公说:“我起来不早,连误两卯。”“好,知错要改就好。”

平:你违反军纪该有罪,戴罪立功你当身。

“本帅命你带五百士兵上战场,去战韩昌。”

滚:捉到韩昌回营盘,一笔勾销莫谈论。

“捉不到韩昌回营盘,二罪归一不容情。”

潘仁美抽一支令箭扔到令公面前,老令公一听,噗通跪到地。

“元帅,你说什么?”老贼说:“我叫你现在出征。”令公心想,论理不管哪个被打了,总要休养几日等伤养好,好上战场。我刚被打嘞身有伤,就要令我上战场,这不是明明要我的命吗?又一想,大将宁可死在阵前,也不死阵后,死番兵手,也比死在潘仁美的手强。大丈夫,生而何欢,死而何惧?“好哇,哈哈,末将遵令。”

平:现在带兵去出征 要杀番将许多人。

老令公爬起来,把令箭拿起来,脚步踉跄,来到军政司。这时黄龙早已点齐了军兵,有人给他备马抬刀。令公手抓缰绳,正要上马,哪晓上不了马,为什么?因为屁股上的皮,被打嘞开花,钻心疼痛啊。令公擦擦额头上汗,士兵扶他,总算上嘞马。

士兵看嘞总流泪,杨家将,为国家出啦多少力,多大的功劳,挂爵的将军,世代忠良,今天受到这种罪,潘仁美你的心太黑。

平:总说煤炭黑,还比煤炭黑几分。

再说,外面响了三声炮,令公出城门,过吊桥,带缰绳去出征。

平:令公带兵动嘞身,后面士兵总议论。

令公在马上,听见后面一个士兵说:“老赵,我在军中待了二十多年,从未打过仗。如今我白胡子好多根,非要罚我去出征。”又一个说:

平:我在军中十八年没有打过仗,专门烧饭做营生。

又一个,是小朋友,说:“叔叔大爷,你们去还马马虎虎。我才十四岁,只因家里穷,读书读不起,送来当兵,好在军营学文化,哪晓也罚我出征。”

平:我连个刀总拿不动,也要我去杀敌人。

令公转过来一望,吓得心里直荡,总是老少残兵。要说武器,刀锈的,枪破的,棍断的,矛秃的。令公想:

平:老贼假意叫我去出征,骨里要我命残生。

平:呼王兄啊,如果不是你去催粮草,惹不到这个祸场根。

令公说:“你们怎么也去打仗啊?”士兵说:“不知为什么,今朝点卯特别早。其实黄龙,昨日就通知的,再就,黄龙点兵,专门点的老弱残兵。硬叫我跟你令公去出征。我们也想,跟杨家将出征死而无恨。你老大人,被打嘞这么伤,再说,这么大年纪还出征,我们和老杨家死一块,也高兴。”

平:令公听见他们在议论这些,止不住老眼泪纷纷。

士兵说:“令公大人,不要难过。我们和你同去同归,以死一拼,你不要伤心。”

平:讲讲说说来得快,沙场要到面前呈。

令公吩咐军兵去叫阵。时辰不大,番营里咚咚三声炮响。

真是人欢马跃,三千人马,燕翅排开,压住阵脚,正中一面大旗,旗角下有字。扫南灭宋大元帅韩昌,韩延寿。提到韩昌,这些日子也不好过,为底高?自从金沙滩,大郎扮假皇上,用箭射死天庆梁王。国母萧太后,哭到死去活来。

平:叫声梁王哎,总想会盟台得降书,哪晓会盟台上送残生。

平:千岁哎,你到归地府,辽国江山我当身。

平:小婿韩昌哎,你将杨家全杀尽,杀到他京都帝皇城。

平:杀啦昏君赵匡义,宋室江山我当身。

萧太后对韩昌下到这些令。他来到幽州叫阵,潘仁美一直按兵不动。韩昌想,潘仁美是在想恶主意。杀啦皇上,和我里应外合,夺下宋室江山。所以按兵不动。今天突然有兵叫阵,所以亲自出马来到沙场。令公说:“韩昌,你为何几次进兵我大邦中原,侵疆犯境,惊我百姓?”韩昌说:“令公千岁,你杨家本来保河东王，为何保大宋昏君？就金沙滩一战，你几个儿子搭去啦，以我之见，令公，你对前一步，海阔天空，上我北国——”

平：如果到我北国来，高官禄位你当身。

令公说：“大胆韩昌，我杨家将宁可站着死，决不跪着生。”

平：两人说话藏藏响，脸嘴一变动刀枪。

令公来一个刀劈华山，照准韩昌就劈。韩昌一看，哎哟喂，令公虽然就上了年纪，真像盘角的苍龙、没牙的猛虎。年虽老，钢货还好。韩昌用托天钢叉，用力对上一碰，只听咣当一声巨响，震得耳朵要聋。

老令公的战马倒退几步，突然伤口又痛起来。他心里想，知己知彼，百战百胜。他这一下子，我已领教了，我身上有伤，怎能胜韩昌。如果败回城，潘仁美要二罪归一杀我，看来凶多吉少。我只有以死奋战。抖长精神，刀砍韩昌，只听唰唰，韩昌的叉顶过来，当当。

平：有令公，朝上打，雪花盖顶。

有韩昌，朝下打，枯树盘根。

平：北国战鼓咚咚响，令公军兵没响声。

平：韩昌越打越有劲，令公打嘞欠三分。

令公只有招架之力，没有还刀之能。到嘞生死关头，未有救呀。

平：一盏枯灯渐渐熄，来了添油点火人。

眼看令公性命难保，两匹战马，飞奔而来，马铃声叮铃铃，音到人到。奔到战场，军兵一看：是哪两个人呀？

平：不是张三其别个，六郎、七郎到来临。

众位，当时潘仁美和黄龙设的毒计害杨家，将六郎、七郎配去镇守卢沟桥，想害死令公，以后再想法害死六郎、七郎。所以今天点卯，就是暗中提早，让令公误卯被打伤，再令他上战场。潘仁美想：

平：今朝令公被韩昌来杀死，也算帮我把冤申。

六郎、七郎人在卢沟桥，心在幽州城。六郎是个帅材，就和七郎讲：“七弟，我想上幽州，看看老父。”“六哥，我早就想离去了。”

六郎又一想，七弟，元帅有令，私离驻地要问斩的。七郎说：“不要问斩不斩，先顾现眼。”六郎说：“这样，我们不对任何人说，偷嘞走。”

所以两人立时就动身，离远听见有战鼓声，所以飞奔而来。一看是父亲，两人就嚆:“孩儿来了。”令公虚晃一刀,跃出圈外。

令公说:“儿呀,你们私离驻地,要犯杀头之罪呀。”七郎说:“有什么罪呀?我杀啦韩昌,将功赎罪,不就完了吗?”

平:令公听完成,一点不错半毫分。

令公又将潘仁美提前点卯,我误卯,被打几十棍,他公报私仇。七郎说:“我回去找潘仁美。”

平:我回去捉住潘仁美,杀啦老贼不容情。

六郎说:“七弟,金沙滩一战,大哥、二哥、三哥身丧命,四哥、五哥还有八弟下落下明。”

平:千不怪来万不怪,只怪韩昌一个人。

平:只有把韩昌来捉住,好帮哥哥把冤申。

六郎、七郎两支枪,大战韩昌。只杀得,天昏地昏百鸟停翅,韩昌上封下迎,左挡右杀,眼看敌不过。众位,韩昌是九沟十寨的兵马元帅,智勇双全,他想,还是我昨天的计划,将杨家将从虎咬牙引进两狼山陈家谷,如果到陈家谷:

平:随他杨家将多厉害,要想逃命万不能。

韩昌主意一定,带打带逃。六郎想,韩昌的招数没有乱,韩昌为何败阵,莫非有诈,有心不追。又一想,我抓住韩昌替父立功。七郎说:“韩昌,你哪跑,哪逃?”紧追不放。

令公想:韩昌其中必有诡计,就喊:“延昭、延嗣,快回来。”随你喊多凶,他们当耳边风,令公想如果要有好歹:

平:如果这两个孩子有闪失,断啦我杨家后代根。

令公把大刀一举:“传我的将令,五百老少残兵给我追。”

而辽兵也不打,四处逃奔。

平:韩昌前头逃,杨家将就在后头追。

众位,要说这虎咬牙,到两狼山,陈家谷。这是最险峻的地方,两面是山,只有中间一条路:

平:两面山上设埋伏,千军万马也难逃生。

哪晓,韩昌到陈家谷拐两个弯,宁倒没得够。六郎、七郎寻韩昌,令公带兵也到嘞。令公说:“儿啊,此地必有埋伏,我们快撤退。”就在这时,山谷里咚咚号炮连天响,人欢马多,伏兵四起,杀声震耳。有的兵从后边窜上来,宋兵边打边退,退到陈家谷内。哪晓，陈家谷，刀如麦穗，剑戟似柴棚，番将举刀，嘴里在嚆：“杀呀，快呀！”

平：砍下杨继业的头，算替梁王报了仇。

再说，令公想，所有人难有命。心里一急，眼前一黑，一口鲜血吐出来。人从马上对下一栽，小兵吓得发呆。

平：兄弟连忙来扶起，扶起父亲老大人。

六郎说：“爹，打仗，胜败乃军家常事，到底高山，樵底高柴。留住青山在，何愁没柴烧。我前头开路，七弟断后，你和军兵在中间——”

平：大家齐出力，果能逃到命残生。

这时候令公浑身没劲，心跳眼花，勉强与敌交战。军兵们奋勇杀敌，总算冲出陈家谷，到两狼山。也算好，找块地方暂时歇下来。众位，韩昌多坏呀，从两狼山到幽州，设了五道埋伏，都是大将霸守。

平：五道埋伏多厉害，要想冲出万不能。

再说两狼山，站满辽兵。

十：一行行，一队队，全副武装。

弓箭手，大刀手，准备定当。

十：准备了，有火药，还有火箭。

有火铳，拿在手，准备烧山。

再说败兵一数，不足二百五，自己受了两箭伤，从早上打到现在从未停过。再加没有半点汤水下肚，要想冲，又冲不出去。现在已是月上初更，个个肚子饿得疼。哪晓山上有叫声，有人高喊：“杨继业，我们元帅请你答话。”令公顺声音的方向一看，一面大纛旗，旗下一员大将，头戴八宝圈金天王盔，身挂五龙天王甲，王花蓝靛脸，朱砂眉，豹头环眼，连鬓络腮胡子，肋下佩腰刀。

平：此人不是张三其别个，就是韩昌一个人。

韩昌对令公一抱拳：“杨继业，你受惊了。”令公用手一指：“韩昌——韩延寿，你这匹夫，你用诡计将我爷三困住，算什么英雄好汉。”韩昌说：“自古兵不厌诈，是你们有勇无谋。中了我锦囊妙计，被困两狼山。

平：我将谷口来封住，你插翅也难飞。

“以我之见，不如归顺我北国，虽说你的长子将梁王射死，我也不怪，我如奏于太后，不计前仇。”

平:我对太后说一声,高官禄位受王恩。

令公说:“呸。我杨家活是宋朝人,死是宋朝鬼。”

至死忠心不变。

韩昌一冷笑:“杨继业,此言差矣。常言说,良禽择木而栖,良臣择主而待。何必保宋朝昏君,你杨家卖命,潘家坐享其成,忠奸不分。何不向前走一步,海阔天空,如退一步,万丈深渊呢。”

平:我是爱你忠良将,所以劝你归降北国门。

平:令公听完成,心中思想八九分。

想起金沙滩一战,八子剩两子,他潘家根毛未动,又一想他是国丈啊,我不和他比,令公说:“韩昌,大丈夫生而何欢,死而何惧。”

平:宁可血染辽国土,要我归降万不能。

韩昌说:“杨继业,我做到仁至义尽,你真正不听,莫怪我对你不尊敬,我放嘞火,看你对哪里躲。”正准备吩咐小兵放火,有小兵报,传旨官到。萧太后有令,要活捉杨继业,祭奠梁王亡灵。

平:好嘞萧太后一道旨,落到杨家命残生。

天庆梁王耶律尚死后,萧太后执政。下令要韩昌,活捉杨家人,韩昌不可违旨。他想,要死的,我只要放把火。

平:将高山放嘞火,杨家火坑送残生。

现在要活的,不好放火,拔脚就走。再说,令公他们,饿肚子,还要打仗。令公一数就剩八十五,夜上一个小兵寻到一座寨子,名叫狼牙寨,令公看这寨子——

滚:东山对下倒,西山对下塌。

根根柱棵出蛀虫,前后房子直隆通。

一想总比住在露天好很多,军兵来到里面,东倒西歪,睏嘞杠。令公心中难过。

平:众军兵啊,我们总想立功有好处,哪晓吃得败仗落到能功成。

平:可怜哦,我死总微小可,你们的父母老少靠何人。

令公老泪纵横,对军兵说:“你们各自逃走,如果我得回朝,当皇保本你们不算临阵脱逃。”军兵说:“令公千岁,我们生在一起,死也一起死,跟你们不吃亏,哪怕死总堆。”

平:我们宁可死一起,不做逃兵躲难人。

从现在起，我们借你的名，就叫杨家兵，你们杨家能保国尽忠，我们也能做到。再说，当时是冬天，人无粮，马无草。幸好，原来带的干粮，还有一点，今朝已经被困狼牙山第三天。

十：到夜间，西北风，嗖嗖地吹，
　吹得那，杨家兵，无处躲身。
十：你靠我，我挨你，互相取暖。
　肚子饿，身上冷，总不哼声。

令公对远处看有火，莫非是鬼火，再看这火，越来越近。

再听有马蹄声。一员将官问："你们是杨家兵吗？"大兵说："是的。"那时这个人已来到令公面前。令公看这人头戴简叶形圈金毡帽，身穿黄马褂，胸前狐狸尾，脑后雉鸡翎，腰围玉带。足蹬薄底牛皮官靴。左手提个金漆食盒，右手拿盏红灯，令公左看右看像他，哪晓得——

平：这人跪到地，父亲连叫好几声。

又去叫过六哥、七哥。大家要问，这是哪一个？

平：他是杨家将的人，杨八郎到来临。

提到杨八郎延顺，在出城的时侯，三哥杨延光和八郎换嘞马，最后延光被踏为肉酱。八郎跌下马，番将从马上对下一落，拿八郎一捉，去对韩昌报功。刚遇到三公主玉镜，对八郎一看，欢乐一半，看八郎生作底高腔调。

面如白玉，眉分八字，目如朗星，四字海口，唇红齿白，两耳垂肩。

平：额角上有颗印，定是扶皇保驾人。

平：三公主看看清，千称意来万称心。

玉镜公主想，这中原男子太美了。

平：我如果和他成婚配，少活几年也宽心。

想到这里，就对那番将说："把你捉到的宋将交于我，我带他去见母后。"这名番将，对公主一相，犟总不敢犟。玉镜将八郎带到自己帐篷，将小兵打发走嘞，帐篷里就玉镜和八郎两个人，玉镜就问："中原蛮子，你在中原，住什么地方，叫什么名字啊？"八郎想，我是天波府，杨家的人。

平：今朝被擒报了名，名气坏到九霄云。

八郎不但不报名，反而破口大骂："你这番邦丫头！"

平：番邦丫头脸皮老得很，硬拿男子拖进门。

平：我到外面言一言，你这丫头真下贱。

如果是我们被他这样骂，宁也难为情煞得，玉镜不是得。

平：你越骂越起劲，我也越听越开心。

玉镜想这位南蛮，不光小伙子好，并且很有骨气。

平：无论如何，我要想办法，要和这位公子配为婚。

再说，金沙滩一战过后，总要报功，大将报于韩昌，我捉到一名中原小将，本来交于你元帅的，在途中被三公主带走嘞。

韩昌一听，对杠一盯，如果是别人带走，我好去问他要人。现在三公主带走，我也不好问她要。

平：提到三公主一个人，我也惧她二三分。

因为萧太后生到两个公主，又带嘞一位女儿。带的女儿最大，嫁给韩昌，太后对这三公主，好似掌上明珠。所以韩昌也不敢到她帐篷里要人。

韩昌问太后："我身边的都督，捉到一名宋将，不知怎么处置的？"

太后听嘞，真是丈二和尚，摸不到头脑，她说："我没看见什么小将。"

韩昌说："他们交给三公主的，既然如此，去给我将玉镜叫来。"

时间不长，三公主来嘞够。

平：跟手跪到地，母后连叫好几声。

太后说："王女你起来，我问你，有人捉到中原小将交给你，可有此事啊？"公主说："是有这事，现在，在我帐篷里。""你将他留在你那里干什么？""我……我要审问他呗。""把他给我押来，不得有误。"

平：押得八郎来得快，到嘞太后面前呈。

八郎被押到太后面前，立而不跪。太后对八郎一看，小伙子一等，要盖几个省。鼻直耳宽，将来定做大官。怪不得我女儿要将他留在帐篷里。

滚：就怕女儿这个人，看见这位宋将美貌很，

心中打主意，爱上他八九分。

太后一想，看看他有没能耐。太后问："你这位宋将为何立而不跪？"八郎虎目圆睁："呸。我堂堂中原名将，上跪天，下跪地，中跪父母，岂能跪你这番老婆子啊？"太后说："你敢骂我？来人——"

平：将他拖到法场上，腰斩两段要容情。

三公主看见将八郎拖走，立时发火："母亲，我今年多大啦？"

太后说:“别人的岁数我不记,你岁数,我记得好好的,今年十八岁。”

平:母亲哎,我今年十八春,未曾有个中意人。

太后一想从盘古到如今,男大当婚,女大当嫁。女子无男乱如麻,男子无女不成瓜,听女儿口音,爱上这位宋将。又一想,我要兵进中原。女儿配于宋将,将来到皇宫里——

平:杀啦昏君赵匡义,我太后好坐九龙庭。

你不要看萧太后,年纪虽老,色现很好。听嘞女儿话音,她也有心,下令将宋将押回来。八郎头一犟,太后看嘞特别现样:“我看你仪表不俗,胆量过人。我不但不杀,而且保你荣华富贵,一世都不用受罪,我不说慌,现在就松绑,你岁数也不小,你看可好?”

平:八郎听完成,心中思想二三分。

他想老杨家宁可立着死,也不跪着生,要我投降万不能。

干脆,也不说好,也不说不好,对杠一撑,哼都不哼。萧太后:

平:听他不作声,心中欢喜八九分。

她想宋将年纪轻,不好意思说,就对肖天佑说:“你去对他说,三公主许配于他”。

平:如果说得成,重重偿你雪花银。

肖天佑,受嘞太后令,去对八郎提亲。玉镜公主躲嘞屏风后面用心,躲杠听。哪晓八郎听肖天佑叫他蹲北国招亲,火冒三丈:“我三个哥哥,都死在北国人手里,我怎好背叛杨家在北国招亲?肖天佑,肖天佑——”

平:你把我斩斩剁剁,总无所谓,要我招亲万不能。

肖天佑汇报太后:“娘娘,宋将实在不肯。”太后听嘞火冒三丈。

平:真正他不肯,杀啦冤瓜命残生。

平:这一下令了不得,吓坏公主女千金。

公主觉躁,对外一跳,连三求饶:“母后,等我亲自去劝,可能上算。”“好,再赦他一次。”公主来到八郎面前,这时八郎对玉镜公主看看,虽则是外国女子,你晓生作底高腔调。

十:生得来,又不矮,真正好看,

又不胖,又不瘦,美貌千金,

十:胜过那,三国里,貂蝉女子,

更比那，杨贵妃，还胜三分。

平：玉镜生嘞美貌很，能像九天仙女下凡尘。

不提八郎对玉镜看，但提玉镜对八郎说：“将军——”

平：我们俩人成嘞婚，以后回转中原看亲人。

平：将军哎，如果你有消愁事，我做消愁解闷人。

再说，八郎想：“我如果招嘞亲，我也好做内应。”

八郎想好嘞，对公主说：

平：公主哎，你不要嫌我中原人，情愿与你配为婚。

公主去告诉母后，中原小将同意嘞够。

平：太后听完成，果要高兴八九分。

“小将军，你叫什么名字啊？”八郎说：“太后，我叫王顺。”他不说杨延顺，因为，是杨延平射死天庆梁王的。

平：如果报嘞姓杨人，就怕难有命残生。

所以，他就报个王顺，太后说：“王顺啊，拣日，不如当日。”

平：香汤沐浴洗个澡，好与公主配为婚。

太后又吩咐，小兵小将你们不要玩，帮帮忙，等一歇分喜糖，八仙桌子抬过来，和合二仙马纸供起来。夫妻拜过和合印，兰桂香房配为婚。

挂：洞房花烛夜，五子便登科，

夫妻拜个和合印，千年万载和。

挂：夫妻进洞房，新房亮堂堂，

花枕头来红绸被，还有一张踏步床。

萧太后想，现在战事紧迫，你们小夫妻带一支人马，镇守两狼山的第三道关口。令公他们被困两狼山，八郎也听到消息，本想要去探望，不过不好望，一望要上当。刚投北国，如果私离驻地——

平：私离驻地罪不轻，法场过刀不容情。

不但见不到他们，反而自己送啦条命。所以，急在心里。正在这时，韩昌来嘞够：“三妹夫，请你吃点苦，我爱杨家将是忠良，武艺高强，现在断草断粮。”

平：再饿他几天整，哪里还有命残生。

“你去劝劝他们，叫他投我北国。我们也不记前仇，封他们高官受职。”

平：妹夫哎，如果劝嘞他们投北国，功劳第一你当身。

平：八郎听完成，心中思想八九分。

他想，有这机会看父亲和两个哥是好事。又一想，我刚投北国，韩昌可能试探我的，我不能答应他。八郎说："韩元帅，我现在是北国人，不去和中原人烦神。"韩昌说："妹夫，正因你是中原人，我才请你去的。能劝他投我北国顶好，如劝不投降，就拉啦倒。"

平：八郎听完成，正中机谋就动身。

刚要动身，三公主背住得："官人你要上哪里呀？"八郎说："公主哎，韩元帅叫我去劝杨家将投降。"公主对八郎一相："你不能去啊。杨家将本事好，你去劝不了。等他发得火，拿你头一剁，

平：如果有嘞长和短，叫我公主靠何人。"

回过来一想，顺从丈夫为大贤，新婚夫妻，我不得不依。

也就让八郎去："官人，你速去快回呀。"八郎准备嘞饭盒，提嘞盏灯笼，随时动身。来到两狼山，寻到父亲和两个哥哥。

平：八郎和他们来见面，悲喜交集泪纷纷。

就将怎样被北国捉住，玉镜怎么劝他招驸马上下一说。

平：令公听完成，火冒三丈八九分。

令公照八郎脸上（拍）一记耳光，这一记不轻，老秤，称称头二百斤，打嘞实在狠，八郎对别处乱滚。令公太火："八郎，你这奴才不要走，用宝剑杀啦你才妥。"

平：今朝杀啦你一个人，省得坏啦杨家好名声。

八郎跪爬几步，捧住令公："爹爹，你等儿把话说完，好杀我。当时我杨家在金沙滩拼杀，潘仁美这老贼，带领儿侄，在韩昌帐篷里喝茶。你们现在在两狼山，至今救兵不发，就是害我杨家，我投北国也是为嘞大家，为了我家，好做内应。"

平：你如今将我来杀死，少啦一个报仇人。

"爹爹，我说到这里，你就动手杀我吧。"八郎头一低，眼睛一闭就等死，刀一剁，就好断气。这时六郎、七郎也跪下来求饶：

平：爹爹哎，看看我们面上情，饶啦兄弟一个人。

这时，令公老泪纵横，泪水汪汪的："我怎么也没想到，出这样的逆子，不忠、不孝、不仁、不义。论理，我要杀啦你。不过，你不是我的亲生子，我现在饶你。"八郎一听，说：

平：爹爹呀，你恐怕气发得昏，把亲生儿子，说作是别瓜人。

令公说:“王顺,你确实不是我亲生——”

平:提到你王家苦哦,也比黄连苦三分。

“当初我和你的父亲王令公,在河东,同殿,称年兄,只因奸党当道,哪晓过天子,奸党上殿——”

平:奸臣当皇奏一本,抄斩你王家一满门。

滚:我听见这一声啊,吓得三魂剩二魂啊,

随时想主意,要救王家后代根。

“当时,提前退朝,来到你家。那时,你生下来二十天,用一个提盒,将你放到里面,背家来。七郎只比你大二个月,你们俩吃一母奶。

因为你是王家根,吃奶,总是你吃大份,七郎吃小份。所以分东西,总不许哥几个同你争。”

平:八郎听完成,哭到死处又还魂。

平:爹爹哎,你今朝告诉我,我王家冤仇海能深。

平:爹爹哎,你对我真正好,也比亲生胜三分。

平:哥哥呀,我们和爹爹杀出两狼山,回到中原把冤申。

“爹爹,不如投北国,和韩昌合兵。”

平:捉住老贼潘仁美,剥他皮来抽他筋。

令公说:“不许你胡说,忠臣不投二主。”八郎说:“我带了饭,你吃吃饱,好冲出去。”拿个饭盒放到令公面前,哪晓令公一脚,踢得蛮稳,饭盒咕噜对沟里卵滚。令公说:

平:我饿死,不吃北国饭,冻死不穿北国衣。

“八郎,你果走,再不走,杀啦你,不要怪我。”“爹爹我走,二位哥哥,你们如果要冲关,我在第三关——”

平:如果你们要冲关,我好帮助二三分。

六郎说:“好兄弟,看来我们难以冲出去,你要想办法,把潘仁美老贼害杨家的事,告诉老母亲。”

平:等老母亲金殿奏一本,好替杨家把冤申。

“另外,以后你要想机会,收复失地,算为老杨家尽忠。”八郎又跪到令公面前,磕啦三个响头:“爹爹、哥哥,我记好你们的话。”

平:你们对我说的话,我牢牢一一记在心。

平：八郎甩上马，眼泪把蹋转回程。

八郎回到营盘，公主定心。韩昌就问王顺："劝嘞如何？"八郎说：

平：元帅哎，总说生铁硬，杨家将比生铁硬几分。

韩昌眼睛一翻："通知五关，当心杨家将冲关。"

不提韩昌，再说：老令公和两个儿子商议，最好一个人冲出五关上幽州，叫潘仁美发救兵运粮草，铁鞭王催的粮草应该也到。

众位讲杨家将，讲到哪个去讨救兵，果曾救到令公。

单：杨家将宝卷路程远，下册之中再团圆。

挂：一二三四五，人功妙真宗，讲嘞杨家将，罪孽影无踪。

宝卷未完，和佛的嘴又疼，功劳海能深。

四、七郎被害　六郎进京告状

又转东，莫行凶，今何在，一场空。——圣谕

单：日落西山又转东，劝人行善莫行凶。

单：霸王江山今何在，韩信功劳一场空。

挂：朝转西来暮转东，人生好比采花蜂。

采尽百花成了蜜，辛苦到头一场空。

挂：光阴似箭，日月如梭，人生百岁能有几个。

良田万顷种不到许多，金银满库难买阎罗。

空身来嘞空身走，不如趁早念弥陀。

平：开开经来阵阵香，杨家将宝卷再接连。

平：合堂大众同和佛，能消八难免三灾。

说者杨家将，上册讲到，令公和六郎、七郎商议，哪个冲出五关到幽州讨救兵和粮草。

平：如果讨得救兵到，我们才有命残生。

六郎延昭说："父亲，我去最合适，我本身是当今郡马。"七郎说："六哥，还是我去。"

平：我去幽州讨救兵，你要照顾老父亲。

令公说："七儿，你去是合适，你要记住两件事。第一，见到潘仁美，要说好话。""父亲，我晓得，因为我求他发兵。"令公说："第二，你千万不能喝酒。酒醉要误事。"七郎说："孩儿记住了。"随时牵好青鬃马，拍拍马的肚带，跑起来特别快。

平:拿嘞丈八蛇矛枪就动身,幽州城里讨救兵。

六郎说:“弟弟呀,你个人势单,难以闯关,不要烦神,我送你一程。”两位英雄像饿虎扑食,番兵番将被碰到的命总没得。

滚:个个只是逃来,只是溜,不曾溜啦多少步,跌啦多少大跟斗。

转过来望一望,杀宁的祖宗在后头。

冲到大辽营中,前有阻兵,后有追兵,可是总不动手。大家要问为什么兵将不动手。因为八郎是驸马,为他们吃得酒。所以,总不动手。弟兄两个闯出五关,六郎杀回狼牙寨。

告诉父亲,七弟已经冲过去了,再过两天救兵就到,令公说:“山上树光秃秃,天下霜,雪白白,肚子饿嘞像突粥。”

平:等到救兵到,就怕没得命残生。

其他人的马都杀掉了,就剩令公和六郎两个人的马没有杀,现在大家饿嘞前胸贴后背,受到那种罪。

平:一个个,只饿得,头昏眼花,

肚子里,咕咕叫,饿得伤心。

老令公站不稳,要对底滚,本来饿,对石头上一坐:“大家不要着躁,七郎救兵,天把就要到。”令公身上箭伤痛,被潘贼打的棍伤流脓。六郎到里面找来一张破桌,大人对上一伏。不多时,倒也睏着得够。六郎坐在他身边,也朦里朦松(迷迷糊糊)听见父亲说:“哪天来,七儿哎,七儿哎。”

平:高喊七郎不答应,低喊七儿不作声。

六郎喊父亲:“你怎么喊七弟的呀?”令公说:“儿啊,我刚才梦中看见你七弟,满身是血。喊他不作声。前天,不应该派他去讨救兵,潘仁美记他劈死潘豹之仇,就怕杀啦你七弟的头。”

六郎说:“梦中之言不可信,你不要想得太多。现在,我叫军士们到地下挖的草根和树皮烧的汤,我端给你吃。”幸好,令公碗里还有十几粒米,是烧饭的伙夫,自己平时省下来的,留给令公吃。你们说:“草根和树皮汤果好吃?宁也苦煞得。”

平:人人总说黄连苦,果比黄连苦三分。

令公说:“儿啊,我有几件事放心不下。第一,大辽还占着我国疆土;第二,七郎下落不明;第三,潘贼心怀叵测,要陷害我杨家。你如果有命回朝,写好御状告潘贼。

平:将御状呈到万岁手,好为杨家把冤申。

“第四,你娘桑榆晚年,又老来丧子,你要膝前多多孝敬,你的寡妇嫂子和弟妹你要照顾好。另外我这口宝剑,也是你祖父,火山王传给我的。凭这口剑,杀过许多敌将,立过大功小功不计其数的功劳。”

平:这是杨家的传家宝,今朝传给你当身。

六郎说:“父亲,汤都快冷了,你吃下去。”令公喝啦半碗:“儿呀,还有半碗你替父喝了。”就在这时,战鼓咚咚,令公对士兵看看,眼泪千双下:“你们找出路,逃回家吧。”士兵说:

平:我们跟你杨家将,死到黄泉也宽心。

既然如此,拿箭来射。哪晓不多时,箭都射啦得够。六郎吩咐:“赶快,番兵要对上,我们就用石头对下掼。”突然,一个黑落托的东西,轱辘、轱辘,对番兵队里滚,原来是伙头军烧饭的锅子。

平:石头锅子掼死番兵许许多,杨家兵看嘞笑呵呵。

现在能掼的石头也没有了,番兵冲上来。杨家兵虽则肚子饿,一个顶番兵好几个。令公想,擒贼先擒王,拈弓搭箭,哪晓拉嘞一半,弓一断,令公想,弓断人亡。这时六郎一看晓得不好,杨家兵就剩几个。对父亲说:“狼牙寨,守不住,我们赶快撤退。”

平:杨家兵逃嘞走,深山坳地面前呈。

六郎一看,离番兵很远。突然噗通一声,转过来一望,父亲的马摔倒了,令公的脚被马压在身下。六郎连三下马,去将父亲扶起来,看看战马奄奄一息,令公说:“宝马呀——”

滚:你跟我数十春,立下功劳海能深。

今朝离我去,叫我想想也伤心。

六郎说:“父亲,你骑我的马。”令公说:“儿啊,你去守住要道口,我到里面找找看,果有哪里好暂时安身。”六郎说:“父亲,你说得有理,我就依你。”

平:哪晓今朝和父亲来分别,再要相逢到来生。

但说,令公对前跑,到嘞一座庙。一看是苏武庙,令公想:

平:苏武杀啦番奴许多宁,万古千载传美名。

从庙里出来对外一看,眼睛发暗,不知是谁,树立的李陵碑,令公想李陵是

底高人:

平:李陵投降外国他有罪,为何还立一个碑。

正在想,又听番兵叫起来,抓住杨继业。令公对苏武庙望望,又对李陵碑看看,宁可玉碎,不为瓦全。

平:宁可身丧异乡地,要我投降万不能。

令公撂征袍,蒙住虎面,眼睛一蒙,对碑上一冲。

滚:这一冲了不得,花红脑子流到地,一命呜呼送残生。

平:可怜哦,令公今日死在异乡地,尸骨何年何月归故里。

再就:六郎听番兵战鼓响嘞紧,要寻老父亲。寻到苏武庙,一望心直荡,父亲已撞死李陵碑,血流一地,眼睛不闭。

平:六郎吓倒地,神目不知半毫分。

还是宝马嘴拱,一边拱一边啸,意思是主人快起来呀。六郎被马拱醒嘞,只是泪不成声。

平:爹爹呀,你南征北战几十春,怎就没有好收成。

滚:爹爹哎,千不怪来万不怪呀,只怪潘贼一个人,
你身上棍伤这么重,还要逼你去出征。

平:父亲哎,七郎讨救兵音信又不通,不知死来未知生。

滚:爹爹哎,我总想,将辽国打平定,对皇上奏一本,
好帮杨家把冤申。

滚:父亲哎,我们八虎闯幽州,伤嘞兄弟几个人,
叫家中寡妇靠何人。

平:爹爹哎,如果母亲晓得你身丧异乡地,果要哭坏我的老母亲。

"父亲哎,孩儿有心陪归地府,杨家的血海深仇哪个申。"

平:六郎哭到伤心处,铁石心也软三分。

六郎本想自尽,想到国仇家恨,摸到龙泉剑,自杀不现样。

平:杀出重围上皇城,我要把冤申。

千仇万恨,凝结在枪尖上,一人拼命数人难挡。一员番将生嘞黑漆抹榻,像个锅底菩萨,手拿生铁棍,未有三个回合,被六郎对他心口一戳。

平:番将倒死地,一命呜呼送残生。

六郎用宝剑对前推,就像太兴宁,一死一大堆。

平:六郎闯过一关对前奔,第二道山口遇敌人。

辽将手使开山斧:“杨六郎,哪里跑,哪里逃,请你吃斧,一斧头砍来。”六郎蟠龙枪对上一顶,斧子撂到屋顶,番将想溜,六郎从他背后一枪。

平:一枪戳得他背心,活跳鲜鱼送残生。

六郎冲出第二道,到嘞第三道山口。一位女将,头戴凤翅金盔,身挂鱼鳞铠,外罩红斗篷,胯下枣红马,手中一口金刀,带领二百多女兵,高喊:“什么人胆大包天,敢闯我的山口?”六郎报名:

平:我是宋朝杨家将,杨六郎杨景到来临。

那么,这位女将是谁呀?就是八郎之妻,三公主玉镜。

八郎和玉镜夫妻恩爱。平时就对玉镜说:“我王顺在杨家听令,杨家对我很好,万一杨家人要从此关过——”

平:贤妻呀,看看夫妻面上情,千万放过杨家人。

所以玉镜一挥金刀,六郎枪一押刀,公主故意“哎呀”一声,好厉害。

平:让出一条路,放嘞六郎往前奔。

众位,六郎过嘞三关。还有两关,事有凑巧,第一八郎暗中保护,第二韩昌——韩延寿上萧太后身边去。所以六郎很顺当闯出五关。

平:闯过五关动嘞身,荒野地方面前呈。

这时六郎想:

平:我闯出五关几乎没得命,一世活得两世人。

下马,等马啃点草,自己捧点泉水潮潮口。

继续上马走到上幽州的大路。哪晓从树林里蹿出两个人。一个叫岑林,一个叫柴干。一人帮六郎牵马,一人搀住他的手。

平:我们奉潘帅令等嘞三天整,郡马今朝到来临。

六郎看这两个人,又惊又喜:“二位将军,你们怎知道我要从这里经过的?”岑林说:“你摸摸你的脑袋还有吗?”

六郎听嘞真是丈二和尚,摸不着头脑,两人说:“快跟我到树林里面去。”

平:三人对里行,树林里面说真情。

两人问:“郡马,你是从哪里来,要到哪里去呀?”六郎就将兵困狼牙寨,老父撞死李陵碑,他杀出五道关口,七弟搬兵至今未回一一说来。

平:两人听完成,止不住虎目泪纷纷。

平：六将军哎，我们将事情告诉你，你要忍耐八九分。

这时候，两个宁已经哭得说不出话。六郎问："我七弟到底怎么啦？"两人说："七将军他……他……"

平：提到七郎事，学生慢慢说分明。

七郎奉父之令，到幽州搬兵，虽则六郎送嘞他两关，可是到嘞第五关，把关是韩昌。最近，韩昌被萧太后骂嘞狗屎喷天："你真无能之辈，几十万兵，擒拿不住杨家将。"

平：再拿不住杨家将，要你韩昌命残生。

刚好七郎闯关和韩昌一个碰面，果真是仇人见面，分外眼红。

韩昌手拿托天钢叉："大胆七郎杨延嗣，我正要捉你杨家将，你是飞蛾投火自烧身。我不寻你，你倒来送给我，速速下马受绑。"七郎说："大胆韩昌，你用阴谋诡计，将我杨家将困在狼牙寨，算什么本领啊？"

平：等我搬兵来，杀啦你韩昌不容情。

平：两人说话藏藏响，脸嘴一变动刀枪。

十：有七郎，朝上杀，雪花盖顶，

有韩昌，朝下杀，枯树盘根。

十：有七郎，朝前杀，怀中抱子，

有韩昌，朝后杀，背驮苏秦。

平：七郎杀得多有劲，韩昌杀得有精神。

七郎一想，我是回去搬兵的，救父亲。不和你蛮杀，赶路要紧，虚晃一枪："韩昌，我走了。"冲出军营，韩昌在后面嗬："你哪里走？哪里逃？"

平：七郎前头溜，韩昌就在后头追。

一前一后，在山里跑嘞三十多里，七郎被韩昌追到嘞够。众位，七郎在狼牙寨几天未有粮下肚。虽说杀点马，都是大家平分的。再说，七郎的马也多少天没有草料吃，再加今天杀出五关，精力全部用尽。韩昌追到七郎。韩昌嗬："七郎哪里逃，速拿命来。"恶狠狠对准七郎一叉扎过来，七郎一偏，就差点点。本想回枪，哪晓头轻脚重，枪总拿不动，眼睛发花，天旋地转。

平：从马上栽到地，神目不知半毫分。

韩昌呵呵大笑："杨七郎，我再好送你上老瓜。"

平：七郎等等险没命，来嘞一个救命人。

韩昌用叉就对七郎身上戳，哪晓半山飞来一支雕翎箭，这箭射得多准，多稳，正好钉嘞韩昌手背上。韩昌正想，这箭是什么人射的，又听，嗖嗖嗖，又是三支箭射得来。

平：好嘞躲得快，落到一条命残生。

就在这时，从山沟里冲出一淘女兵，个个青色绢帕罩头短衣襟，小打扮，手用双刀，大家嗬："杀呀，不要让番将跑掉，要他的狗命。"韩昌想，曾道女子出战，必有特殊本领，莫非杨家女将来了。杨门女将太厉害了。

平：我如果被杨门女将来杀死，名气坏到九霄云。

我不如先逃回再说。韩昌逃，女兵追。突然，一人嗬："不要追，都给我站住。"女兵只好不追。那么这是谁呀，女兵只好一说一听，两说两信呢？听学生讲来，这位小姐叫杜金娥，要说：小姐生得真有羞花闭月之貌，沉鱼落雁之容。

平：总说西施美貌很，还比西施胜三分。

杜金娥来到七郎身边，看他神目不知，就吩咐女兵，给我将这位将军，弄上山上去。十几个女兵拿七郎弄到马上。两边用几个宁扶住得，有人将马牵住得。

平：转弯摸角来得快，山寨到嘞面前呈。

小姐吩咐将这位将军送后面去，好好照顾。要说这山寨，有一面大旗，上写八个大字：替天行道，除暴安良。小姐来到聚义厅。

平：小姐来拜见，拜见母亲老大人。

老太太说："女儿，你走嘞这么大半天，你去干些什么啦？"杜金娥说："母亲，我刚下山，看见一员番将，追杀我宋朝将军。"老太太说："闺女，你回来就好，我对你说，我这对锤不轻，也有八百斤。"

平：等我下山去，打死番将不容情。

"母亲哎，杀鸡可须宰牛刀。我用箭把番将射走了，将我宋将救回来了。""这位宋将叫什么名啊？"金娥说："母亲哎，他已昏过去了，神目不清。"正在这时，女兵报："老太太，宋将已苏醒了，他现在就要走。"老太太吩咐："叫他来见我。"随时将七郎带来，不多时七郎来到聚义厅。

平：七郎跪在聚义厅，老太太连叫好几声。

老太太问："这位将军，家住何方，父是谁，母是谁，排行第几？"

七郎说："我真人面前不说假，假人面前莫说真。"

滚:家住这京都皇城天波府,父亲叫杨继业,母亲就是佘赛花,

两个妹妹还不算,我们弟兄八个人,

我排行是老七,七郎延嗣我当身。

平:老太太听完,七儿连叫好几声。

平:一把将七郎来捧住,赛于拾到宝和珍。

平:七儿哎,我想你相到肝肠断,望也望到眼睛穿。

平:七儿哎,我找你好比乱草里面寻绣花针,今朝你也到我门。

七郎被老太太喊嘞丈二和尚摸不到头脑,你横一喊我儿,竖一喊我子,请你拿根由从头说起。老太太说:"儿呀,我说给你听。当初,你瓜和我瓜都住在山西,你的父亲杨继业,我的丈夫杜国显,总是河东名将,他们两人合得好,结为弟兄。"

平:他们结拜弟兄两个,赛于同胞一母生。

后来我们两家同归大宋。你父被封为令公,你的伯父杜国显也被封令公,宋朝开国令公十二个,他们两人也在其中。你母亲封佘太君,我姓刘,万岁也封我。

平:刘氏前来听封尊,一品诰命正夫人。

我们两家常来往,遇事总讲,那年,你的母亲贺寿,刚养嘞你。

我也去贺寿的,到晚你的母亲说:"老妹妹啊,今朝不要走。"

平:今朝宿一宿,明朝送你转家门。

我宿得你瓜,夜上你母亲,看我六甲怀孕,就对我说:"我们杜、杨两家要亲上加亲,友上加友,经常来吃酒,如生到男的,和七郎结为弟兄,如果生到女的,许配于七郎。

"结果我生的女儿,你父亲来吃喜酒,给我女儿取的名字。"

平:取名叫做杜金娥,到老终身不改名。

"儿啊,一言既出,驷马难追,当初你母亲指腹说过,所以你是我的女婿呀。"

平:心肝女婿哎,我想你想到肝肠断,望也望到眼睛穿。

平:七郎听完成,心里明白八九分。

老夫人又说:"儿呀,金娥三岁的时候,他父亲官就丢了。正是陈桥兵变,赵匡胤当了皇帝,他怕拜把兄弟们要篡他的权,最担心的就是郑子明,他就在桃花宫,请郑子明吃酒,借酒兴,杀啦郑子明。文武眼睛一白,个个不服。他反过来怪军师苗广义。

平:将军师官职削得干干净净,永不听用转家门。

杜国显不服:“万岁,你自己杀宁,还怪别宁,不该免他的职。”万岁龙心大怒:“大胆杜国显,居然敢说寡人。”

平:拿你官职也削掉,永世不要你进皇城。

我们来到老家丹凤阁。再说:令公当时送杜国显的时候,就说:“等孩儿长到十六岁。”

平:等他们长成人,花花堂堂好结婚。

后来老杨家写几封信到杜家,哪晓杜家回信没一封。

七郎已长大成人,佘太君本想找到夫人谈儿女事,选吉日好结婚。哪晓正遇七郎打擂,劈死潘豹,被罚雄州,后来又出兵幽州。所以就将七郎婚事撂下来。再说:杜家为何没回信?

正因那年正月十五看花灯,杜金娥才四岁:

平:一瓜们看看灯,失落小姐一个人。

杜令公配人四面八方去寻,寻嘞凶,不中用,八处找,不曾找得到。所以,杨家送信来,没得宁,怎么回信。就一直没回信给杨家。

一晃,十二载,小姐倒又回来,长嘞一表人才。

平:老夫妻来看见,果要欢喜八九分。

平:刘夫人一把将小姐来捧住,心肝喊嘞不绝声。

女儿呀,你这十二载上哪去的呀?双亲,你们听我说:

滚:那年去看灯,遇到一个道姑人,

把我带嘞走,仙山学法做荣生。

刘夫人问:“哪个道姑?”“双亲,军师苗广义被削职,他有个姐姐,叫圣手道姑。”苗广义来到姐姐身边,就将朝中之事告诉姐姐。

“不但我被贬回家,就连杜令公杜国显也削职为民。”圣姑问:“杜国显家果有儿女啊?”“有一个女儿杜金娥,今年四岁,从小许给杨七郎。”真是说者无心,听者有意,圣手道姑想,我无男无女,连个徒弟都没有,就在杜家转嘞几天。

平:正月十五看花灯,带嘞金娥转山门。

就教她,舞刀练枪,骑马射箭。

平:舞起刀来像喔闪,泼水不进半毫分。

平:十八盘兵器样样会,女中豪杰有名声。

师傅叫她回转。回来一年不到,杜令公抖得毛病。

平:抖得毛病了不得。一命呜呼送残生。

刘夫人和女儿讲,我们不如上老杨家去。所有家产变卖,带嘞十几个家人,上皇城天波府。

平:杜家人动嘞身,赶上帝皇城。

哪晓到半路一打听,北国天庆梁王造反,杨家出征去了。

杜金娥说:“母亲,不要吃苦,不上天波府,你不要眉头愁,上幽州——”

平:如果杨家去出阵,我好助他二三分。

平:等到得胜转朝门,我和七郎好结婚。

母女想好嘞,改道上幽州。

平:路上行走来得快,金鸡岭到面前呈。

一棒锣声,窜出来上百名罗兵:“呔,老婆子、小娘子,要从此山过,丢下买路钱。”刘夫人将一双锤一举:“我给钱,倒无所谓。我这两个兄弟不肯。”罗兵说:“你这宁老,火势不小,杀野,要和我们打。”上百兵丁上哦。你们说,他们这些罗兵哪是刘夫人、杜金娥的对手,打得他们王八吃西瓜,滚的滚,爬的爬。

平:好嘞溜嘞馊,落到命残生。

着躁对大王汇报,大王叫杜顺,听小兵一报,对山下一跳。哪晓。对老夫人一望,心直荡,为底高?

平:仔细望望清,也是伯母老大人。

提到杜顺,练有一身武艺,几次进京比武未曾得中。就到这金鸡岭,招兵买马,等到机遇到,好立功,讨皇封。杜顺的父亲和杜令公是远房堂兄,所以叫刘夫人伯母。

杜顺说:“伯母,你的本领我晓得。就你这对金锤,我也拿不动,听说妹妹金娥武艺超人。”

平:伯母哎,我拿山寨交给你们母女人两个,
你们做提兵调将人。

刘夫人说:“贤侄,既然我执掌,大旗上给写起——替天行道,除暴安良。”

平:八个大字写嘞碧波清,黄旗飘到九霄云。

杜金娥天天配女兵下山,打听南朝北国的战况,刚好今朝韩昌追七郎,七郎昏倒地,韩昌用钢叉戳。

平：好嘞杜金娥本事好，救到七郎命残生。

刘夫人对两个孩子一看欢乐一半，真是天生一对，地长一双。杜顺哈哈笑，你们大家帮帮忙，等歇分喜糖，金娥、七郎好圆房。七郎说：“伯母，婚姻大事，不好儿戏，要有父母做主。”刘夫人说：“贤婿，好嘞，当初你的父母写了手帖，你拿去看。”

平：七郎看完成，讹错没有半毫分。

平：七郎行大礼，岳母连叫好几声。

再山寨，杀猪杀羊，就像乡下宁家过年。

高山没有香烛纸马，老夫人吩咐小夫妻拜过天和地，又拜母亲老大人，夫妻对拜过，香房里面去安身。第二天一早七郎起来要动身。金娥说：“官人，在高山多住几天。”七郎说：“娘子，我的父亲和六哥，还有杨家兵都在狼牙寨，我要赶快讨救兵，救兵如救火。”

平：等到救兵到狼牙寨，救到他们命残生。

杜金娥一听，完全相信。救公公、伯伯要紧。官人，我送送你。七郎拜过岳母，辞别众兵将，骑马动身。

平：小夫妻动嘞身，桃柳林到面前呈。

双双下马，杜金娥说：“官人，今日分手，不知何日相见。将来我去找婆婆，没有凭证，她就不认。”七郎说：“我将头上的金簪交给你，上面有我的名字。

平：到时候，如果我瓜母亲不相信，金簪给她看分明。

金娥又说：“官人，我你虽则一夜夫妻，如果有嘞后代，也是杨家福气，我你的局气，你帮取个名字。”七郎对杜金娥的马脖下挂的威武铃一看有红缨，就对金娥说：“贤妻，生到丫头任你取，生到男孩，就叫宗英。”

平：取名叫作杨宗英，也是杨家后代根。

小夫妻洒泪而别。

平：金娥回转山寨去，七郎赶奔幽州城。

七郎赶到幽州，对城上士兵说：“请你对元帅报一声，好开城门。我七郎回来。”巡逻兵说：“好咧，七将军。”

平：你在城外等一等，我报元帅好知闻。

巡兵报于潘仁美：“现在七郎将军回来了。”这时潘仁美，正坐在暖炉旁喝酒，还有舞女们，吹拉弹唱笙箫细乐真是天庭之乐。潘仁美开心，杨继业被打三十军棍，罚他去出征。两狼山被围困，只要杨家将早死一天好一天，留他潘家活千年。哪晓就在这时，七郎回来，大将黄龙说："待我去宰了他。"潘仁美说："你不懂，七郎有万夫不挡之勇，如何能解我心头之恨，要报仇，要杀他的头，你们要如此这般，才得上算。"

吩咐大开城门，潘仁美亲自带兵迎接七郎。

滚：七郎跪到地叫啦元帅好几声，

请你赶快发救兵，救到宋兵命残生。

潘贼说："我曾发几次兵去救助，都没有冲得进去。来来来，七将军。辛苦了，本帅为你办酒，菜也不丑。"七郎说："元帅，救兵如救火，请你快发兵。""七将军，你吃酒，我派人去点兵。"潘贼事先将黄龙、潘龙、潘虎、潘绍、潘祥，都围在桌前，又叫舞女，吹呀，唱呀。而七郎听不惯，他说："我天天听炮声、号角声。""既然不听，叫他们现在就走，快坐下来，我们这么多人陪你喝酒。"老贼吃亏，拿七郎对酒席上背，七郎只好坐上去。

平：不好嘞够，七郎不知生死路，脚脚踏进地狱门。

端到酒杯一想，临走时，父亲对我说：不要吃酒。七郎说："我不喝酒。"潘贼说："你喝这杯酒，我就发兵。"七郎没法，喝下一杯。潘仁美又倒一杯："七将军，这一杯。你喝下去，祝我们潘、杨两家，永远和好。"七郎说："好，我喝下。"黄龙又来一杯："七将军，这杯酒，你喝下，壮壮英雄胆。祝你到两狼山，旗开得胜，马到成功。"七郎一饮而尽。潘龙又斟一杯："七将军，你力杀四门，名立青史。"喝下去了，潘虎又来一杯："七将军。你总不能，看不起我。"潘绍、潘祥，都来斟酒。

平：七郎横一杯来竖一杯，杯杯盏盏不推诿。

平：不好嘞够，吃得酩酊醉，神目不知半毫分。

潘贼见七郎伏在台上，动总不动，和死宁差不多，执手三指："七郎，七郎——"

平：你是阳日三间路不走，阴曹地府闯进来。

"黄龙，你们还不动手，等待何时？再用绳，拿个七郎。"

平：横一捆来竖一腰，拿他捆作稻种包。

潘贼随时升帐。拿七郎对堂上一掼。七郎酒醒啦一半，拿起来一看。上嘞潘贼大算。七郎毛孔对外冒汗。我怎么把爹爹的话忘记了？潘贼定是要报我劈潘豹之仇，要杀我的头。

平：不好嘞够，我死总微小可，救不到两狼山许多人。

潘贼问："七郎，你果知犯的什么罪？"七郎说："宋军被困两狼山，我杀出五道关回来讨救兵，何罪之有啊？"

潘贼说："杨七郎，我命你镇守卢沟桥，你为何拔脚就跑，你串通北国。"

平：你来讨救兵是假意，诓我宋军是真情。

众位，潘仁美自己和韩昌私通，本来他从金沙滩回来要杀万岁赵匡义的，哪晓万岁心情不好，提早回转午朝。

平：好嘞万岁回转皇城早，不曾被狗贼害到命残生。

他现在反过来说七郎串通北国。除啦潘贼一班人，其他众兵将总晓得七郎是冤枉的。你将老令公打嘞皮开肉绽，还要去打仗，他们被困两狼山，七郎回讨救兵，你说是诓兵，你这潘贼太缺德。不过，没有一人敢保本。真是敢怒不敢言，铁鞭王又去催草粮。多多言，就怕头向前。

老贼吩咐黄龙一班狗贼，将七郎用绳绑好叉到百丈旗杆上。

用箭对他身上射。七郎在旗杆上骂不绝声。

平：潘贼哎，你今朝将我来射死，地府里也要把冤申。

潘贼说："你还敢骂本帅，给我用乱箭将他射死。"

射半天，箭射啦上千，七郎没有死，七郎身上痛到心。

大家要问，这么多箭射，为何七郎没死。果是没射到身上啊？可是每一箭总射在他身上。那么为什么不死呢？因为七郎是天上秤砣星下凡，他整身上硬如铁，只有喉咙口，就像秤砣穿绳的地方，是肉的，如果射到喉嗓口，他才得死。潘贼和黄龙商议："射不死七郎，怎么办？"

黄龙说："元帅，我自有办法。"

平：我来用一计，保证七郎送残生。

我有个堂弟王崔，他受过高人传授，他能飞的，让他穿上道袍。飞到上空，就说我是太白星君。七郎，你配上天空来归位。

平：早来一刻天空有你蹲，晚了只好上地狱门。

王崔来到上空喊："七郎，七郎，配你归位，此时不来，等待何时。"七郎一听，哎呀，喊的人好像是天上的太白星君。既然仙家指点，我只好上天。

头一岳(抬)，一支箭对喉嗓口一戳。

平：一箭戳得对穿过，活跳鲜鱼送残生。

潘仁美额角汗直流，总算帮三儿报嘞仇，又一想，没有不透风的墙，他是用乱箭射死七郎的。

平：如果令公六郎回幽州，同我潘家做对头。

我只有将天罗地网布好，他们一个都逃不了。随时来到大帐，抽一支令箭："岑林、柴干，本帅命你二人带五百兵马，埋伏在两狼山上幽州途中的松林里，如果杨继业、杨六郎冲出山口，将他们置于死地。""末将遵令。"又抽令箭一支："郎千、郎万，命你二人将七郎尸体捆上巨石，沉入黑水河。"抽第三支令箭："命黄龙、黄雀，守在黑水河对岸。郎千、郎万守东岸，你们守西岸，如发现杨家父子，给我抓住，杀死。"抽第四支令箭："潘龙、潘虎，在通往京城的路上沿路严加盘查。"

平：各处计划安排好，专门要害杨家人。

岑林、柴干来到松林里，你对他相相，他对你相相，岑林说："兄弟呀，我们是磕头的把兄弟，我比你大，我话在肚子里，不说，不好过啊。"

柴干说："哥，我早就要开口，又怕丢丑。潘仁美太坏啦。"

十：潘仁美，使毒计，良心太坏，
　　害杨家，身丧命，丧尽良心。
十：杨家将，为大宋，吃尽辛苦，
　　谁知道，被奸贼，害得伤心。
十：我两人，如若遇，杨家之人，
　　送盘费，放他走，别处逃生。

两人讲，一讲头一凿，骨里总来杠哭。等六郎到别处去逃生。

再说杨六郎闯出五关，来到松林边。岑林、柴干看见，将他背到树林里，告诉他，七郎被老贼潘仁美捆在百丈旗杆上，用乱箭射死，尸体有郎千、郎万用石头捆好，沉到黑水河，六郎一听："啊呀——"

平：一个呀字不曾说得出，平空跌倒地埃尘。

平：六郎跌倒地，嘴边发紫怕坏人。

岑林、柴干揉前脑，捶后背。还带嘞拍，两人也哭。

平：人不伤心心不死，捶捶拍拍转还魂。

六郎哭煞得呱。

平：七弟呀，以为你搬兵有好处，哪晓死到能伤心。

平：七弟哎，爹爹撞死李陵碑，你又被乱箭送残生。

平：兄弟呀，我们上幽州兄弟人八个，现在还剩几个人。

岑林、柴干连三解劝："杨郡马，不是哭的了事，赶快上皇城。你不能走直南，沿路有老贼的人查问。""谢谢两个将军关照。"他们又说："郡马，我们这里有五两银子，送给你作路费。你的兵刃不能随身，我们给你保管。"六郎说："你们对我杨六郎这么关心，我想和你结拜兄弟，你们如何？"岑林、柴干说："你是郡马，我们是无名之辈，怎好结拜呀。"六郎说：

平：皇帝也有草鞋亲，何况我你三个人。

三人搂土为炉，插草为香，一报年庚六郎大，岑林老二、柴干老三。

滚：三人跪下来拜三拜，结为兄弟三个人，

就从今朝起，更改没有半毫分。

岑林、柴干说："大哥，此地不是留人处，赶快赶上帝皇城。"

平：六郎大路不敢走，专拣小路往前行。

平：转弯摸角来得快，黑水河到面前呈。

一条河，不得过，外面蛮亮，就是河这间看不到河过间。六郎等了不多时，看见一个渔翁行嘞一只小船。六郎喊渔翁长兄，行个方便，渡我过去。渔翁也就拿船撑过来嘞。六郎牵马要上船，渔翁说："客人，我这船小，装嘞人，不装马。"六郎说："我有急事，请你帮帮忙，连人连马总要装。牵马上船轻加点，我个宁挤加点，你船开嘞稳加点。过河费，我给你多咁点。"渔翁答应人马齐装。

平：撑起船来就动身，已经到嘞江中心。

渔翁船一停，后面跳出一个宁，手里拿张刀，嘴里嚅："名字报嘞好，同你拉倒，报嘞不好，请你吃刀。"六郎说："我叫木易。"拿刀的说："你还报假名。你叫木易，我问你，你是不是姓杨啊？"六郎为底高不敢报真姓真名呢？岑林、柴干告诉他黑水两岸潘贼配黄龙带兵霸守的，他怕是黄龙的人。仔细对这两个人一看："哦，我想起来了。一个是郎千，一个叫郎万，两人是亲弟兄。"又一想，听岑林、柴干说，郎千、郎万，受老贼之令，将七弟尸首，沉入黑水河的，可能也是老贼的人。

平：不好嘞够，刚离龙潭，又入虎穴，遇到这两个人，

晓得果有命残生。

六郎说："两位将军，请问你们，我是姓杨，排行第六。和你果是冤家对头？"

平：如果同你们作过对，让你们将我送残生。

六郎说："两位将军，你们将我杀死总不恨。"

平：不恨你来不恨他，只恨潘仁美一个人。

平：可惜，你们今朝将我来杀死，杨家的血海冤仇哪个伸。

郎千、郎万说："杨郡马，为你杨家，我们两夜都没有睡。想天法，弄来只渔船，我们骗黄龙他们去吃酒的。所以，现在他们不来这里，我们特地等你来，为救你的。"

平：六郎跪到舱板上，谢谢将军救命恩。

两人连三拿六郎背起来："郡马，这船上不可久留，到对岸树林再说。"船靠岸，郎千帮牵马，来到树林里，对六郎说："郡马，七郎死得太惨，射嘞半天箭。我们只拾来一百零八支箭头，本来老贼要我们将七将军尸首沉入黑水河，我们将他埋在这大柳树下，将来好来取回。

平：六郎听完成，谢谢将军好心人。

滚：两位将军哎，我六郎久后没好处，一笔勾销莫谈论。如果有嘞升腾日，我一重恩报九重恩。

郎千、郎万说："我们情愿和你结拜弟兄。"六郎也不推诿。

树林里三个拜过弟兄："六郎为哥哥。"郎千、郎万说："六哥——"

平：哥哥哎，赶快上皇城，做个申冤理枉人。

六郎来到七郎坟边，眼泪不得干啊。

滚：七弟呀，当初狼牙寨一别，总当你搬兵有好处。哪晓你死嘞更伤心。

平：等我御状告得准，将你尸骨转家门。

郎千、郎万说："六哥，宁死不得复生。不要哭得发火，你赶快走。"弟兄三个洒泪而别。

平：六郎路上行，又遇一个出家人。

出家人嘴里哼哼唱唱："闷来听鸟喧，闲来听虎啸。"

看这僧人肩宽背厚，肚大腰圆，狮子鼻子，手拿大斧子。

平：能像降龙罗汉下了界，又像伏虎尊者降临来。

六郎想大概又是潘仁美配来的人，就对大树后面一躲。其实那个僧人，早就看见六郎了，这人斧子一横："树后的人，你不要躲，你不要想走。"六郎想，我肯定溜不走，干脆出来："这位师傅，我是误入宝山，请你包涵。"僧人问："过路之人，叫什么名字？"六郎说："无名之辈。"僧人说："我看你好像杨家人——"

平:如果我没说错,杨六郎就是你当身。

六郎仔细一看:“这位师傅,你倒像我五哥,差不多。”僧人说:

平:六弟呀,五郎延德就是我,我们是亲兄弟两个人。

平:两人抱头就痛哭,哭到死去又还魂。

滚:弟弟呀,金沙滩一战,我杀得一层又一层,

几几乎乎没有命,僧人救我命残生。

“所以我在这五台山带发出家,师父叫了空,我叫法慧。弟弟,这么多天,你们在哪里的?”六郎被他一问更加伤心。

滚:哥哥呀,金沙滩一战,大哥、二哥、三哥身丧命,留到我和父亲三个人。

滚:五哥呀,潘仁美狗贼坏良心,令我和七弟镇守卢沟桥。

责打父亲不应该,带伤还要去出征,狼牙寨上被围困。

滚:五哥哎,父亲撞死李陵碑。

想他伤心,七郎回来讨救兵,奸贼潘仁美,救兵不发微小可,乱箭射死苦伤心。”

平:五郎听完成,抱头痛哭泪纷纷。

两宁痛哭一番,六郎说:“五哥哥,你陪我一同进京告御状吗?”

五郎说:“六弟,我暂不下山,我现在是——”

挂:跳出三界处,不在五行中,

闷来坐山观虎斗,闲时站桥望水流。

“弟弟呀,君子报仇十载也不晚。如果用我时,随时到来临。六弟你赶快进京,路上小心,愿你御状告准。”六郎离嘞五台山,只奔东京汴梁城。

平:六郎来得快,繁华镇到面前呈。

你要看,镇子不大,抵不上汴梁城,倒也蛮热闹,做买做卖的,卖青菜萝卜的,卖大蒜胡葱的,卖豆腐百叶的,卖鱼卖肉的,应有尽有。还有打卦算命的。六郎对打卦的一看,这算命先生三十多岁,青衣青帽。脸上有点奸微笑。众位,就是说:笑也有几种笑。有真笑,也有假笑,有喜笑,也有悲笑,有怒笑,也有阿笑,有甜笑,也有苦笑,更有一种奸笑。哪晓六郎对他一望,他刚抬头对六郎一望,六郎想,可能也是潘贼的耳目,不敢耽搁,就走,才卵妥。

再说,打卦的见六郎走,他也收收摊子:“对不起你们,我现在有事,你们要

打卦算命的明天再来。”

平:嘴里对人家说一声,收收摊子就动身。

六郎想外面也不早,肚子也不饱,不如找饭店先用饭,好住下来,明天再赶路。

平:大店里面不敢蹲,小店里面暂安身。

找到一个小店,对老板说:“我要住店。”老板说:“你是单人房间,还是双人房间?”六郎说:“我住单房间。”六郎刚住进单房间,对门一响,六郎一看,打卦先生,就住在对门。六郎想,莫非是盯我的,不要再出事。

平:事非地方不好蹲,明朝一早就动身。

众位,这个算卦的,果是好宁呀,他是奉萧太后之命,到我大邦中原来卧底的,正无处栖身落脚,正巧,在街上遇到六郎,所以,他盯好嘞。现在六郎住店,他就住在对门。六郎呢,太辛苦,灯总没熄,就睏着得。打卦的,半夜,捅破六郎的窗户纸,对里偷看,欢乐一半,是他,不错,就是他。

平:我没看错半毫分,确是六郎一个人。

再说,杨六郎告状心急早就起来,和伙计结账。伙计说:“不要给钱喽,你的好朋友,已经帮你算啦得够。”

六郎一怔,心中自问,我哪有什么朋友住店啊,还给我算钱。伙计说:“就你对门的打卦先生。”六郎想:

平:如果下次再遇到,我要将钱算还清。

六郎出得店门,奔京都皇城。走不多远一片树林,因为从这条小路走是必经之路,要穿过树林。

平:六郎从树林走,又遇一个人。

树林的人说:“兄弟哎,慢慢走,等等我。”六郎一看,好像有点认识,又弄不清,六郎说:“你是,你是哪个呀?”来人说:“你真是贵人多忘事,我就是打卦的。”六郎说:“啊呀,我真昏啊,昨天看见的,怎么今天倒想不起来了。”因为六郎一脑子的事情,一心要告御状,所以一时想不出昨天的事。再说这个打卦的也只在大街上看嘞一眼,虽则住嘞对门,六郎无心,打卦的有意。

平:六郎看看清,确是打卦老先生。

六郎说:“饭店的钱伙计说你替我给的,我现在还给你。”打卦先生说:“小事一桩,何必挂齿。”再三不要。六郎说:“那我就谢谢你,我有急事,我走了。”打卦说:“慢！我看你印堂发暗,必然有难。”

平:你现在走的“背”字来,必定有百日之灾。

六郎,想走江湖的,用这种方法骗钱,我才不相信。

六郎要走,这宁拦住得:“这位兄弟,你不要当我要骗你的钱。我奉送一只卦,不要你钱。”六郎说:“哪信这一套鬼话。”打卦的说:“你不算卦,坐一歇,我帮你算命如何？如果算得对,算得好,随你钱给多给少。如果算嘞不准,不稳,你打我两个耳光,决不记恨。”六郎想,世上哪有这种贱骨的。给缠嘞没法,就对树林里抓点树叶,对杠一坐。打卦的说:“不要看你生嘞不丑,骨子也有,人家常说伞破骨子在,你相貌出奇,兄弟呀,相面,主要看五官,何为五官,我说你听,就是眼、眉、耳、口、鼻,眼为监察官,眉为保寿官,耳为采听官,口为出纳官,鼻为申辨官。如若每个宁只要有一官好,就有十载福禄,有一官不好,就有十载破败。你的五官,倒有两官好的。第一,你的眉好,你的眉喜长,又喜弯。二眉锦绣富可攀,双眉交加忧愁苦,压眼受贫寒。昔日关公卧蚕眉,荆州掌兵权。老弟的眉毛长又弯,真是眉清目秀,必有大富大贵。第二,你的口好,口喜大来又喜方,一定是栋梁,昔年黄忠四方口,八十三岁美名扬。”

平:我说你不着慌不着忙,定是郡马杨六郎。

六郎一听,大吃一惊:“啊,你这人说话我听不懂。什么郡马、六郎啊。”打卦的跪下来要对六郎磕头。六郎仔细一看,这人生嘞五官端正,三十六七岁,白净面皮,文质彬彬。六郎想,嫑是潘仁美的暗探啊,六郎说:“你这个人,我们萍水相逢,我不认识你。”打卦的说:

平:我是庶民者百姓,不像你郡马有名人。

我家住山西大同,我姓王,单字名强,那年我进京的时候看见你的。

十:想当初,郡马爷,高头大马,
到如今,怎落得,如此光景。

十:我听说,杨家将,征剿北国,
你个宁,为何事,独自进京。

平:六郎提到杨家征北国,止不住虎泪纷纷。

王强说:“杨郡马,男子眼泪赛于金,不要悲泪流。”

平:你将事情告诉我,我做消愁解闷人。

六郎见他说话,不像坏宁,就将真话告诉他。

“王先生，我父亲被潘仁美害嘞撞死李陵碑，七弟被吊百丈旗杆，乱箭射死。”王强说:“潘仁美的老贼,心太黑。他这老贼,既吃俸禄,当报君恩,反害忠良。郡马爷呈御状,告这老贼。”

平:抓住老贼潘仁美,剥他皮来抽他筋。

六郎一听喜之不尽,王强说到他心里话。我就是进京告御状的。王强问:“郡马爷,你果有状纸啊?”六郎说:“还没请人写嘞。”王强说:“我来帮你写,好用你就用,不好,作为废纸,撕啦得。”王强拿出文房四宝,六郎就将一怎么受冤枉,二怎么被追杀统统总说给王强听。这个王强啊,唰唰唰,一刻工夫就将状纸写好嘞,交于六郎郡马:“你看果好用啊?”

平:六郎看完成,心中吃惊二三分。

不但言辞绝伦,而且字体端正,撇如刀,点如桃,横平竖直,清秀无比,可以说千里挑一。“王先生,你是我杨家的大恩人。”王强说:“我能够帮老杨家写状纸,真是三生有幸啊,我想和郡马结拜异姓弟兄。”六郎一听,非常高兴,就撮土为炉,插草为香,王强大为哥哥,六郎为弟,结为金兰。

平:两人跪下来拜三拜,结为弟兄两个人。

平:不好啊,不结弟兄不关事,结得弟兄惹嘞大祸根。

你们要晓得,王强是萧太后派来卧底我大邦中原,要做里应外合的,最后惹到比盘篮也大的祸。

平:要问有多大祸,究竟有多大,只比天大小几分。

众位,王强到底是底高宁,六郎告状准与不准?

平:杨家将宝卷路程远,还有许多未圆满。

和佛保延生,寿也添来福也臻。

五、太君告状　双王智捉潘仁美

渐渐休，多等候，忠孝卷，旧根由。——圣谕

单：门外霞光渐渐收，听经众位多等候。

平：提起一部忠孝卷，杨家将宝卷旧根由。

挂：要看朋友心，只看朋友对别宁，场面同你说好话，骨里烂良心。

挂：人生在世多少春，多做好事莫欺人，一时看看欺人好，最后还是害自身。

平：接接连来接接连，杨家将宝卷再向前。

平：两旁善人帮和佛，加添延寿注长生。

话说：杨家将宝卷，一部未满，上册理文，所讲到，杨六郎在镇子上，遇到王强结拜嘞弟兄。替他写嘞状纸，要告御状。他就不晓得王强究竟是底高宁。这个王强是北国的龙虎双科状元。怎样叫文武双状元呀？也就是，文状元是他，武状元也是他。真名叫贺黑律，外名叫贺黑驴，这个宁才学很高，首屈一指——

平：提到贺黑律，辽国里面有名声。

他对我们中原的风俗、习惯、民情、地理、天文，无一不通，并且对我们中原的摆兵布阵、斗隐埋伏、攻杀战守、孙子兵法，了如指掌。萧太后和他商议，你果能帮我夺到宋朝纲山。

平：如果宋朝能得稳，护国军师你当身。

贺黑律说："太后，你放宽心，要得大宋江山，光凭打杀没有用。中原多少宁啊，一天杀几十个也杀不光，一定要智取，配一人到皇宫卧底，将来打来——"

滚：外面对里打，里面对外冲。

随他皇帝有多凶，拿他金殿撬嘞总腾空。

太后问："你看，哪个能担这重任？"贺黑律说："如果信得过我，我可以乔装改扮，潜入中原，杀啦昏君的头，帮梁王报仇。"

平：太后听完成，称赞黑律有胆有智有才能。

平：贺黑律哎，你到中原要谨慎，免得哀家挂在心。

"太后，你放一百二十个心，我不是摆架子，说大话，定能旗开得胜。"贺黑律改装，乔扮我中原文人，打卦先生，巧遇六郎，帮他写状纸。

大家要问了，他怎认得六郎的？也就是打金沙滩的时候，七郎喊六哥，贺黑律听见嘞，也就看清嘞，所以摆摊算命的时候，六郎一到杠，就被他认出来的。他到我们中原，改名叫王强。再说，六郎离嘞王强上皇城，白天不敢进城，要等到夜上，为底高？

滚：潘贼暗探多，被他看见不卯妥，西宫娘娘是潘家人，等她来晓得，就怕难有命残生。

他想："我如果夜上进天波府，老娘年过花甲，当初父子九个出门，现在死的死，跑的跑，也有的下落不明，就我一个宁。"

平：如果等她来晓得，果要躁死老母亲。

滚：可惜哦，我现有国难投啊，有家难回呀，
好比浮萍草，飘到哪里把冤申。

六郎一想，他只有上南清宫。主意一定，一跑一盯，来到南清宫，提衣襟对里跑，皇门官挡住得。"你这花子，干什么的？"六郎说："我要见八王。"皇门官说："要饭花子还想见千岁，馋点死远去，快走，如果不走，就按刺王杀驾之罪办你。"

平：刺王杀驾罪不轻，立时将你送残生。

六郎想，竟是古人常说的：

平：龙卧沙滩遭虾戏，虎落平阳被犬欺。

平：往常我上南清宫个个亲热得很，现在拿我当坏人。

罢了，他再想章程。一头跑，一头想，哪晓听见马铃响。有人喊，让开快让开，六郎一看，上他大算，一人骑坐逍遥马，头戴珍珠闹龙冠，身穿赭黄袍，腰系玉带，厚底官靴，面白如玉，重眉朗目，额下黑须，飘洒胸前，怀抱皇命金锏，这正是八王赵德芳。六郎连三推开人群，来到马前，噗通跪下："冤枉！"

平：一声枉字不曾喊得出，立时昏倒地埃尘。

卫士连走路的都吓得要死，有人说："要饭花子，你不要吓千岁老子，来呀，拿这死尸拽走。"八王说："慢，这是什么人拦孤的去路。"卫士说："是个要饭花子。"这时，六郎也醒过来，盯紧对八王望，八王对这人看，太眼熟了。就问："你是六郎杨景吗？"六郎摆摆手，八王心中有数，八王吩咐："将这花子带进宫中，让我审问。"

平：带嘞六郎走，南清宫到面前呈。

士兵总撤走，八王就问花子："你叫什么名字啊？"六郎跪到地，膝盖当路走，对前爬几步，眼泪像泉水对上涌："千岁——"

平：八王千岁哎，我是杨六郎，你瓜妹夫我当身。

平：千岁哎，我的事情冤枉很，冤枉好比海能深。

八王连三将六郎背起来："妹夫到底出什么事啦？"

平：你慢慢告诉我，我好帮你把冤申。

六郎说："八王哎，前敌的事，你难道一点不知道吗？"八王说："潘仁美将你们父子告上了，告你们，私通北国，倒卖幽州。万岁还没有查你们啰。"

平：不好嘞够，潘仁美恶人先告状，要害我杨家一满门。

八王问："你有没有状纸啊？""我有。"随时交给八王，八王将状纸看完成，心中思量："御妹夫，胆放宽心。"

平：等我想章程，我好帮你把冤申。

八王说："御妹夫，现在我就陪你进宫见万岁。"六郎说："八王，万不可能现在去告国丈，西宫娘娘潘妃晓得，给老贼送封信，老贼定会带兵投北国，倒卖边关，而且连边关大将也带走，这不是画虎不成反类犬，害国忧民。"

平：如果逃走潘仁美，血海冤仇哪里申。

八王说："御妹夫，你怎么能抓住潘仁美？""八王，以我之见，现在不要打草惊蛇，先不要走漏风声，等待机会，神不知鬼不觉地奏于皇上，叫万岁传密旨，偷偷出京，用迅雷不及掩耳的办法，把老贼抓住。我们见皇上，不可上金殿，要想一个好地方。如果上金殿，老贼的耳目众多，多有不便。"八王想嘞半天，也是杨家吃苦，就到天波府。

两人就到半夜，八王不敢放六郎走，怕潘仁美的暗探。就将陈琳叫来，你到天波府，给我将我御妹叫来。

平：陈琳动嘞身，天波府到面前呈。

杨洪一看，问陈琳："陈公，深更半夜，何事上天波府？"陈琳说："我来请柴郡主上南清宫。"杨洪连三报于郡主，随时，随陈琳上南清宫。要说，柴郡主，叫柴郡平，父亲是柴王，和赵德芳的父亲赵匡胤是磕头盟兄弟，本来柴家做皇，后来赵匡胤做嘞皇，封柴家云南王，当时柴郡平才几岁，太小，就没有带云南去。留在南清宫，和赵德芳一起长大，也算万岁的义女，后来嫁给杨六郎。要说杨家七房媳妇当中她是最美。

平：提到柴郡平不但美貌很，也是贤惠女千金。

郡主到嘞南清宫，与八王相见，八王说："御妹，告诉你一件喜事。"

柴郡主问："王兄，喜从何来？"八王说："我的妹夫，你的丈夫郡马杨六郎回来嘞够。"郡主一听，又喜又惊。就问王兄，他在外面吃大苦，为何回来不进天波府。八王说："他怕老母看出要伤心，所以，没有先见母亲，叫你来接他回府。"

平：郡主听完成，果要欢喜八九分。

八王又说："你看见妹夫，不要害怕，不要难过，有话回府再说。"

"王兄，你放心。哪家看到丈夫不高兴，还怕什么呀。"八王手一摆，门一开，六郎走进来，柴郡主一望，吓得心直荡。

十：看身上穿得丑，衣衫褴褛，

胡须长，头发蓬，不成笼统。

郡主不敢认，八王就将六郎如何从两狼山杀出来，潘贼一路追杀一说。

平：郡主将六郎来捧住，亲亲丈夫叫几声。

平：贤妻呀，我们今朝来见面，好比一世活得两世人。

八王说："有事回府细谈，回去和你婆婆佘太君讲，万岁明天要上天波府，有些事我和妹夫商议好了，叫你婆婆准备准备，外面夜静深更，我也不留你们，早点回府吧。"

平：不提夫妻回府门，再说八王一个人。

八王想，潘仁美毕竟是万岁的丈宁，西宫的父亲。随他眼睛多翻，手总是对里弯。不过，随便多苦，我总要拿万岁说上天波府。

平：凤阁龙庭九重霄，当今天子上早朝。

万岁登殿，文武朝见。八王奏本："万岁，你贵人多忘事，果记得佘太君今朝生日吗？"众位，其实，两个月前太君就过嘞生日，往年万岁总去祝贺的，今年正因令公儿子总不来瓜，所以没有给万岁晓得。现在说生日，是八王想的计，要万岁上天波府。万岁说:"既然太君生日,你们到御果园采点寿桃鲜果,再办点礼物去天波府祝贺,祝贺。"八王说:"往年送点东西去可以,可今年不行,你果记得,金沙滩的事。"

平:不是杨家人替嘞你和我,我你哪有命残生。

"金沙滩一战,兄弟人八个,死的死,还有死活不见,就剩两人。家中只剩些女人,门庭冷落,你应该亲自去祝贺。"赵匡义听嘞不高兴:"皇侄,杨家是有功。常言说,功高莫于救驾。不过,古往今来君不入臣府,君入臣府不吉利,是亡国之兆,常言说得好——"

挂:龙不可离水滩,虎不能离高山。

凤不可离桐阁,帅不能离帅位。

八王说:"万岁言之有理,不过,有恩不报非君子,恩将仇报丧良心。你忘记啦,在金沙滩行宫里,你穿都穿不上,你我怎能逃出来的。大郎怎得死的,二郎是为我而死的。太君寿诞,哪怕天大事,我也不管,我一定要去。你万岁去不去无所谓,就算大郎也是替我八王的。"

平:万岁听嘞清,八王句句戳他心。

万岁说:"皇侄,你说得有理,我就依你,明朝你我两个同去祝贺。"

太君贺寿,万岁都去,文武大臣更加要去。八王说:"上午只有我们两人,文武要去到下午。"第二天万岁上天波府,万岁出行和一般不同。

十:前锣统,后鼓手,喇叭涨号,

有笙箫,和细乐,不得绝声。

十:青道旗,黄道旗,遮天蔽日,

掩云伞,百脚旗,八面威风。

挂:万岁八王动嘞身,鸡犬不准放出门,净水去泼街,个个要让开。

平:执事官开道来得快,天波府到面前呈。

万岁走出车辇一看,眼睛发暗,为底高?也说贺生日,大门关嘞好好,灯笼没挂,寿字未贴,也没哪个出来接。我来祝寿出得朝,你太君也应该热闹热闹。杨洪对里报。万岁想,太君也可能因为死啦儿子,不大热闹,我既来之,则安之,等进嘞门和太君说啦两句就回宫,和潘美人下棋取乐。他就不想到,从幽州回朝,送信到天波府,这一家人有多难过。

平:昏君只晓吃喝取娱乐,不晓杨家苦伤心。

十:想当初,从雄州,九人动身,

到如今,只落到,六郎个人。

十:金沙滩,只一战,三人送命,

老太君,她情愿,不要残生。

挂:大、二、三房媳妇,哭得很,情愿不要命残生,

跟我丈夫命归阴,府中孩儿靠何宁。

挂:四五媳妇哭得很,弟兄两个果知闻,

死又不见尸,活又不见人。

平:文武百官来吊唁,个个止不住泪纷纷。

从那时,太君朝也盼令公,夜也想六郎七郎,哪晓,昨夜六郎一人回来,也弄作要饭的花子,你们说哪个心上得过。今朝说万岁来祝寿,是八王设的计,让万岁好帮杨家申冤的。杨洪对里一报,太君门一开。脸一丧帮,像个青桩,脏衣,旧鞋,像照发呆。

平:万岁哎,微臣来接晚,要望原谅八九分。

万岁说:“老爱卿今日寿诞,孤家本应来祝贺,祝你福如东海水长清,寿比南山不老松。”

平:太君闻听这一声,老泪纵横泪纷纷。

太君说:“老杨家,福从何来,无福有祸哇。今微臣,敢劳万岁大驾临门。”万岁说:“佘爱卿,有功之臣,本应临门。”八王说:“君臣之间,不需客气,先到银安殿坐下再说。”万岁到银安殿一看,里面很暗,灯不亮,一点不现样,寿轴没挂,寿星马子没得,也不晓果有底高好吃。八王说:“太君哎,万岁亲自来祝寿,你拿好吃的快点摆上来。”太君吩咐,拿寿桃摆上来。两盘寿桃端上来够,她这寿桃,不是树上结的,是用干面做的。

平:有红有绿多像样,和真桃不差半毫分。

万岁说,这个厨子手段高啰。

滚:这个厨子手段高,杆起面来硬超超,哪晓也会做寿桃。

这个寿桃有多大呀?

平:这个寿桃实在大,和老大碗差不多。

万岁两只手捧住寿桃,无法吃,只好掰开。

平:寿桃一掰了不得,一颗箭头抛出来。

万岁吓得龙颜变色,差点命总没得,执手三指:“佘赛花,佘赛花,你还了得啊。”

平:叫我吃寿桃是假意,谋皇杀架是真情。

八王也说:“佘太君,万岁好意登门来庆寿,你为何寿桃里藏利刃啊?”皇上见八王一说,也就胆大嘞够:“我孤家,对你杨家不薄,你居然用利刃恐吓寡人,你果知罪呀?”佘太君说:“你见一支箭头吓成这样子,我七儿身中一百零八支箭又如何?”万岁问:“什么你七儿,又怎么一百零八支箭啊?”

平:万岁哎,我七儿身中许多箭,含冤而死去,叫我想想也伤心。

万岁说:“佘爱卿,哪个将七郎射死的?”太君说:“我不说,就是说出来也没用。”万岁问:“为什么?”太君说:“因为他的权势太大。无人敢给我做主。”万岁说:“孤家一定给你做主,如若不相信,我皇侄作证。”

平:万岁哎,我状告不是张三其别个,当今国丈一个人。

万岁问:“潘仁美,他怎么啦?”佘太君说:

平:他害嘞令公撞死李陵碑,乱箭射死七郎顶伤心。

滚:我六儿杀出五关,进皇城,潘仁美派兵一路追杀他当身。

害得他有国难投,有家难归啊,险些身丧命。

万岁你想想果伤心。

“我六儿好嘞边关众将帮忙,绕道赶到皇城,不敢上殿告御状,先到南清宫,请出八王,才说是我寿诞之日,请你万岁进天波府。”

平:今朝贺寿没相管,要告御状是真情。

平:万岁听完成,惊嘞能像泥塑木雕人。

万岁突然想起一事:“国丈潘仁美也有折本入朝,说你家六郎、七郎私离驻地,令公私通北国,倒卖幽州,你杨家父子三人已遁逃北国,潘仁美才退守边关。”太君听嘞咯噔一愣:“啊呀,万岁,你想,我杨家满门具在京都。”

平:如果他们父子三个投北国,你定要我全家命残生。

万岁说:“我也想的,国丈告你们杨家,我也没找国丈对质。”八王火了:“皇叔,你横也国丈,竖也国丈,你心中只有国丈,真是兼听则明,偏听则暗,耳听是虚,眼见是实。”

平:别的暂不说,金沙滩一战你看分明。

“明知有生命危险,大郎替你死,二郎替我,三郎被踏成肉泥。杨家将对我大宋确是忠心耿耿,扶保社稷。怎能私通北国?”

万岁说:“至于私通不私通,你我说的不中用,只要问到监军铁鞭王。”

平:等到问到铁鞭王,真假才能说得请。

八王问:“太君,呼王有没有来过啊?”太君说:“没有来过。”万岁问:“呼王没来过,你怎知令公撞死李陵碑,七郎身丧命的?”太君说:“我六儿说的。”

万岁问:“杨景六郎在哪里?”“现在,在门外。”万岁叫:“快进来。”六郎进到银安殿,噗通一跪:

滚:拿膝盖当脚走,向前爬几步,

状纸顶头上,冤枉喊嘞不绝声。

平:万岁看得忙,哪来的花子喊冤枉。

万岁问:“你这要饭花子叫什么名啊?”六郎磕一个响头:“我是杨景杨六郎,状告潘仁美。以大压小,官报私仇,陷害忠良,按兵不动,耗费粮饷,私通北国。”

平:老贼不为国,起嘞谋皇篡位心。

六郎将状子呈上,太宗接到,他并没有过目,盯紧嘞这花子,横看竖望,确实是杨六郎,心倒也软嘞够。

平:鼻子一酸了不得,止不住龙眼泪汪汪。

平:爱卿啊,当初在幽州威武很,如今怎到能功成。

随时打开状纸看看,不但字体好,而状词千钧。万岁想,国丈啊,如果真是这样,我怎能救到你呀?又一想就问杨景:“当初我怕潘、杨不和,所以我封铁鞭王为监军。这些事,铁鞭王果晓得?”六郎说:“不晓得。”“那他上哪去的?”“被潘仁美支去催押粮草的。”万岁说:“哎呀太君啊,这事叫我就难办了。潘家告杨家,杨家告潘家,你叫我寡人如何是好?”众位,其实他还是护他的老丈宁。

八王一听,看来状纸告不准,没有证明人。

平:八王太君到难处,外面来了一个人。

杨洪对里报:“太君,呼王到,他说要见万岁。”

平:八王听到呼王到,心中欢喜八九分。

万岁下旨速传铁鞭王呼延赞来见。有人对里嚆:“冤枉啊!冤枉哦!”万岁一听,今天怎么专喊冤枉啊?铁鞭王真是音到,人到。

平:跪到尘埃地,我的冤枉海能深。

八王太君对呼王一相,真不现样,帽子没得顶,衣服坏嘞没有领,裤子括得没裆,胡子卷嘞杠,再一相,脸上是个三花脸。万岁大怒:“呼延赞,你果知罪?”

平：你做监军不负责任，你是违条犯法人。

平：万岁呀，总说没有冤枉事，我这冤枉海能深。

八王说："万岁，既然呼王喊冤枉，等他说说看，何处冤枉。"

万岁说："皇侄言之有理，呼延赞，何处冤枉，从实讲来。"呼王说："当初我是监军，监督潘、杨两家，我也不偏向潘，更不偏向杨。一碗水端平嘞，哪晓害得老杨家令公死了，七郎亡了，六郎没了。"

平：万岁呀！千不怪来万不怪，总怪我监军一个人。

万岁龙心大怒："杨家将死到这么惨，不怪你，总不能怪我喏。"

铁鞭王呼延赞说："万岁——"

平：不怪你来不怪我，只怪一个黑心人。

万岁想哪个黑心人啊。

平：你要问是哪一个，就是潘仁美一个人。

我本在军营大家都蛮好，一点总不吵，潘仁美叫我去押粮运草。

回来时已到半路，遇到一个伙强盗，锅锈涂面，青纱罩脸，看见粮草车就抢。我手下是些推车的，做活的，没得一个会打仗的。

平：我丢啦粮草罪不轻，不敢回转幽州城。

平：我一个宁对前行，金鸡岭到面前呈。

到嘞金鸡岭，我想，到幽州一死，无所为，不过对子孙留下臭名，我看一棵弯郎头树，将腰带解下上吊。

平：哪晓我正要上鬼门关，一位小姐把手挽。

拿我救到高山：

滚：我将事情告诉她，她倒容情好几分，她将事情告诉我，我倒欢喜八九分。

你们晓她是哪个，原来是七郎妻子杜金娥。我想请她帮我拿粮草夺回来：

平：我和金娥带兵对前行，前面遇到两个宁。

郎千、郎万说："呼王爷你上哪去呀？"我说去追粮草回幽州。郎千、郎万听见这一声，三魂吓得剩二魂："王爷你不要去幽州，潘仁美已派人到处追杀你，你果晓得你的粮草是谁劫的吗？"铁鞭王说："我不晓得。""我告诉你——"

平：抢你粮草不是张三其别个，是潘贼派的一班人。

"是潘绍、潘祥劫的粮草。潘仁美还说，你一直向着老杨家，现在令公撞死李陵碑，七郎已乱箭射死，六郎活不见人，死不见尸，以我们所见——”

平：赶快回京把御状告，好帮杨家把冤申。

平：万岁呀，如果不帮杨家把冤申，老臣情愿不要命残生。

“我拼老命赶到皇城，先到天波府送信的，刚好你和八王都在这里。”万岁说：“那，你看看那个人认得吗？”呼王一相，花子现样，再望是六郎。

平：一把将六郎来捧住，贤侄心肝口内称。

平：贤侄哎，我们叔侄总是一世活得两世人，几几乎没得命残生。

万岁听嘞呼延赞说的和六郎说的一样，再看状子词也相同：“爱卿，我一定帮你们理清。”八王将太君他们先支走，就和万岁说：“潘仁美用的调虎离山计，害死杨家，依我之见，你要依我三件事。第一，你到西宫，边关事情不能提。第二，朝廷，潘杨两家事不要议。第三，马上派人下边关，神不知，鬼不觉。”

平：捉住潘仁美，好将事情审理清。

万岁说：“皇侄，潘仁美害死杨家我相信，就他背叛朝廷，我覅听。”

众位：到现在，他还护他的老丈宁。这个昏君，他不晓得，如果在幽州，他的头只好对杠一丢，好嘞回京早，否则龙头只好对杠一撂。为底高，因为在金沙滩，潘仁美答应韩昌，回到幽州谋皇杀驾的，哪晓万岁要回皇城，所以没有杀成。

八王说：“现在以江山社稷为重——”

平：赶快抓住潘仁美，保住社稷得太平。

万岁想：“我要说不去抓潘仁美，你要说我护着老丈宁。如果抓错嘞，我要拿你赵德芳问罪，如果抓对嘞，也替我除啦祸害，何乐而不为呢？”

万岁问：“皇侄，抓人是对的，如果错抓好人，你怎么说？”八王说：“如果抓错好人，我愿拿人头担保。”万岁说：“好，一言为定，绝无悔改。”

铁鞭王在一旁：“我也帮忙，抓错嘞，不但八王脑袋不要，我的头也不要。”

平：皇上心里恨，只恨你呼延赞一个人。

你早不回来，晚不回来，刚刚这个时候死嘞回来，看来不去捉老丈人不行。对呼王一看，万岁上嘞算，呼延赞，你本当监军，失职误事。现出旨要你三天后，下边关，捉拿潘仁美。

平：如果抓不住潘仁美，杀你二罪归一不容情。

万岁随手下达圣旨，交于呼延赞，就起驾回宫。八王回南清宫。呼王手捧圣旨想：“本来潘贼派潘绍、潘祥追杀我的，我再下边关。”

平：我是飞蛾投火自烧身，我去白白送啦命残生。

我总不能违抗圣旨，只有回去和妻子、儿子商议商议。

平：辞别杨府回家转，心事重重转家门。

要说呼延赞的夫人马玉良一头黄发，叫她金头马氏，论武艺和佘太君相仿。朝纲里，三位太君：第一，佘太君；第二，郑子明的夫人陶三春；第三，就是马玉良。

平：提到马玉良，封为太君受皇恩。

再说铁鞭王到府门，家将报于太君知道：

平：马太君连忙来迎接，迎接王爷转家门。

夫妻来到客厅，太君说："王爷，总算把你盼回来了。""哎，我回来看你，我还得走哇。""你又要上哪里去啊？""回边关呀。""怎么刚回来，又要去呀？""哎，别问了，快去准备点吃的来。"

平：今朝吃顿断头饭，我们来世再相逢。

太君说："你老糊涂啦。你发神经啦，我们好好的，说什么断头饭啊？"

平：夫妻两人来杠讲嘞很，外面进来一个人。

进来一个孩子，就是呼延丕显，是呼王的儿子。

平：丕显跪到地，爹爹连叫好几声。

呼王说："我回来看你娘两人，三天就要动身。可能我们今生只能聚这一回了。"马太君问："你怎么专门说呆话，那不好选点好话说说呀。"呼王就将在幽州一段事，到潘绍、潘祥追杀的事从头至尾说一遍。马太君一听："你又要下边庭，性命难保，这如何是好？"丕显说："二双亲，要说捉潘仁美——"

平：爹爹放宽心，只要孩儿一个人。

平：明朝我要讨旨下边关，捉拿老贼不容情。

马太君说："你小小年纪下边庭，不是飞蛾投火，找死吗？""正因为我小才能捉得了，爹爹你老人家，还真难捉得住。母亲，你难道眼看爹爹去送死吗？"

平：你们不准我上殿讨旨捉老贼，我也情愿不要命残生。

呼王想："我先骗骗他，就答应他，到动身的天子，不让他晓得。"儿哎，父亲现在答应你，总好嘞吧。"马太君说："呼王啊，圣旨上面是你的名字，再说孩儿，没有官，又无职，怎能捉老贼呀？"丕显想："对呀，老父亲在糊弄我。你骗我，骗不了！""父亲，今天我一定要和你睏在一起。"本来今天老夫妻俩这么长时间不在一起，今朝在一起，娱乐娱乐，哪晓被孩儿一臛，只好，马太君另外一张床。呼王对太君说："其实杨家遭遇我有责任，本来我监潘、杨两家的，结果我去押运粮草，害得我的杨老兄，撞死李陵碑，潘贼用乱箭射死七郎。"

平：为嘞帮杨家把冤申，非捉老贼不容情。

马太君说："王爷，你言之有理，我不怪你。一定要下边关，捉拿老贼。"讲讲说说到五更，呼王要上殿，哪晓丕显背住他衣服："爹爹，你要上哪去啊？"呼王说："我要上金殿。"丕显说："我也去。"呼王说："你不能去。""我非要去，你昨天答应的。"呼王说："昨天我糊弄你的。"丕显说："你糊弄我，我就当真，君子一言，驷马难追。"马太君来到王爷身边，说鬼话（悄悄话）："你带他去，到金殿，被万岁一吓，他就溜瓜来的，他就没有下边关的念头。"呼王一听，倒也相信。"儿哎，父亲说话算数，我带你同上金殿。"再丕显坐马前身，王爷坐后身。父子两个骑一匹马。

平：两人骑马来到快，午朝门到面前呈。

呼王，抱丕显下马，带到自己朝房，他想等散嘞朝找八王谈谈。八王又将万岁请到贤士阁，呼王拜过："我主万岁，万万岁。""爱卿，你准备什么时候去捉拿潘仁美啊？""万岁呀，此事事关重大，弄不好，宁捉不到，反而打草惊蛇，大宋的江山社稷就完了。我可不称其职啊！"万岁一听，内心高兴，不去捉老丈宁才好累，嘴上说硬话："呼王，你想打退堂鼓啊？你果记得，咱君臣在天波府打的赌？"王爷为难。怎么回答万岁呢？

平：王爷到嘞为难处，外面一个小孩到来临。

一个孩子进门，行嘞个前七、后九、中八礼："臣子呼延丕显参见吾皇万岁，万万岁。"万岁对孩子一相，老能现样，十二三岁，个头不高，生得又白，又胖，弯眉大眼，鼻直口方，唇红齿白，前发齐眉，后发遮肩，身穿蓝袍，腰系丝条。万岁问："你是何人，谁家的孩子？""万岁，微臣父亲呼延赞，母亲马太君，我复姓呼延，名丕显。"万岁说："你抬起头来。"万岁仔细一看。这孩子，生得天庭饱满，地阁方圆，两耳垂肩。

平：五官清秀很，是个扶皇保驾人。

万岁问："你今年多大啦？"丕显说："我十二岁。""你有没有读过书啊？""我读过的。""是哪个教你的？""老丞相王延龄教的。""你有没有练过武啊？""我练过。""是谁教你的？""杨景，六郎哥哥教我的枪法。"万岁听嘞高兴。哎呀，年纪虽小底子倒好，文武双全。八王说："娃娃，跟你父亲到贤士阁来有什事啊？""万岁，八王。听我父说，万岁降下旨意，命我老父下边关捉拿潘仁美。"

平：千不能来万不行，不能等我老父下边庭。

万岁问为什么。丕显说："万岁你想，当初在边关，潘仁美就对我父亲恨之入骨，借押粮草，派潘绍、潘祥带兵半道劫杀。

平：不是郎千、郎万英雄来搭救，老父哪有性命到如今。

滚：如果等我父亲下边庭，飞蛾投火自烧身，哪有性命转家门。

平：万岁哎，下道旨意等我下边庭，替我的亲生老父亲。

万岁听嘞又要气又好笑，他笑底高，更多话，就是教也要教半天。

真是人常说，教起来锈的，想起来亮的。他刚才说得如流泻水，头头是道。万岁气的是底高，你才十二岁的娃娃，要去捉兵马元帅，那不是天大的笑话吗？真是开玩笑。对八王一看，意思是你看着办，我如果不答应这娃娃去，你又要说我护老丈宁。八王问："娃娃，你能行吗？"丕显说："万岁、八王，我怎么不行啊，常言说得好哇——"

平：强中自有强中手，能人背后有能人。

八王说："丕显啊，话是不错，可是你也太小了，才十二岁呀。"又叫万岁封他官职。

平：呼延丕显听封尊，靠山王之职你当身。

丕显还不谢恩，八王说："丕显，万岁已封你靠山王。你不谢恩，你还想封两个王位吗？"你们说，丕显听八王说要封两个王，连三谢主隆恩。八王对万岁看看："爱卿，我刚才说的不算。"丕显说："你在一人之下，万人之上，你说的，就等于万岁封的，我现两个王位。"众位要说封王的事，不是随便好封的呀，都是和万岁出生入死，帮夺取江山的呀。就郑印父亲郑子明，和万岁拜把弟兄的，才能封王，就杨继业都是汗马功劳。呼延赞，拿杆枪，带根鞭，多次救驾，功高莫于救驾，被封为铁鞭王。丕显才十二岁，已封一个王不算，还要封两个王。八王说："只怪我已经说得，万岁就看皇侄面上，就封他两个王。"万岁说："爱卿，我封归封，等你边庭回转，才算。再封你一个敬山王。"

平：呼延丕显听封尊，双王之职你当身。

丕显随时谢主隆恩。

平：呼延赞听完成，恨不得笑嘞肚里疼。

嘴支嘞像北瓜花，总不得笼，竟是一代胜是一代啊。我这么厮杀，就封一个王，我儿十二岁倒封到两个王。

万岁说："小爱卿，此去边庭，犒赏三军，处处要当心。"

"遵旨。万岁，丕显此去边庭，你对西宫娘娘要守口如瓶。"

平：万岁听他说这一声，脸总红到耳后跟。

万岁说："小爱卿，只管放心。"丕显说："就请万岁上金殿。"学着满朝文武传宣旨意，到嘞金殿，文武朝见。万岁皇开金口，帝露银牙："众位爱卿，潘元帅镇守边关，劳苦功高，特派钦差呼延丕显去犒赏三军。"文武一听，对杠一盯。朝中更多文武，总肯吃苦。你不派我们去，反而让一个娃娃去犒赏三军。也有知内情的说："派小孩去好。"暗暗祷告，祝愿他能凯旋。

平：丕显领旨回家转，自己府门面前呈。

呼延赞到门口对里嘀："好事啰！"马太君连三出来，就问："王爷，什么好事，好事的？"呼王就拿万岁怎样封丕显两个王位，下旨意怎样边庭捉潘仁美说了一遍。

平：马太君听完成，暴跳如雷泪纷纷。

平：你个老不死呀，你往常聪明很，今朝糊涂到能功成。

滚：王爷哎，潘仁美老贼心狠手辣，你等孩儿去，就怕难有命残生。

平：王爷呀，我们多男多女不曾生啊，就生丕显一个人，

平：如若有嘞长和短，绝啦呼家后代根。

丕显一把拉住母亲："你不必难过，人们常说：'没有打虎艺岂敢上山岗。'"

平：母亲哎，孩儿施计用点心，定捉老贼不容情。

其实呼延丕显，早就动嘞脑筋。那天，他上天波府，见到六哥，讲到金沙滩，大、二、三哥身丧命，四、五、八哥下落不明，无法去寻。

令公伯父撞死李陵碑，就是吃得潘仁美的套，我七哥死得更伤心。

平：提到七哥死嘞苦，乱箭将他送残生。

丕显听嘞，咬牙切齿："六哥，不将此仇报，誓不为人。"

平：我要捉住潘贼一班人，也算做个报仇人。

六郎说："你如果能到边关，我有几个朋友，特别岑林、柴干，有事可以和他们商议，也可以帮你的大忙。""六哥你放心，我会见机行事的。"刚从天波府回来，正好，父亲和母亲讲到生死的事。所以他说我要找万岁，要旨意去边关。真是，心随人愿，封为双王。呼延丕显对父母说："明天，我奉圣旨，到教军场点兵。"第二天点黄大头，黄大头叫："到。"双王一看，个子像板门，两脚像六轴，力大无穷，双王说："退下。"

平:黄大头听完成,果要气死又还魂。

他想,每次出征,或是打仗,都少不掉我,偏偏这次不用我。第二个,阮大有,报:“到——”双王看他嘞头爆眼,退下去,不用。点到一个刚来当兵的才十六岁,人只有三尺多高,双王说好。又点到一个胡子花白,年过半百,双王说:“好。”

平:强壮军兵总不要,专点老幼残弱兵。

佘太君、马太君还有许多大臣送双王下边庭,检点了所有犒赏礼物。铁鞭王没有来送,怕消息泄露出去。双王辞别送行的动身。

平:带嘞兵将礼物就动身,只奔边关赶路程。

到嘞州城府县的官员,总想他弄口酒,可是双王不干,一直赶路。呼延丕显带领人马,离边关十里,吩咐送信官,给潘仁美送信。送信官:

平:打马加鞭来得快,边关到嘞面前呈。

送信官对里叫:“你们听好,奉旨钦差到,叫你们潘元帅出城迎接。”看城士兵,对潘仁美报:“现奉旨钦差到,请元帅出城迎接啊!”

平:潘仁美闻听钦差到,心中忧愁八九分。

他想,我自从害死杨继业父子,杀子之仇总算报了,不过总觉得天地不容。

平:如果皇上来晓得,肯定要我命残生。

老贼想,我不如先下手为强,写信给韩昌,要享福,我不如投北国,不要烦神,先倒卖幽州城。韩昌回信,暂时先收幽州,你明在宋朝,暗保我大辽。

平:等我大辽兵马进中原,你要帮助八九分。

平:我将大宋江山夺到手,江山同你对半分。

所以韩昌率将直捣幽州,潘仁美假败就溜。逃到边关,他用恶人先告状的办法,写状子,反告杨家将。现在士兵报,圣旨到,吓得心惊肉跳,因为,六郎和铁鞭王活不见宁,死不见尸。

平:可能他们将御状告,发兵拿捉我当身。

再一想,如果皇上发兵捉我,为何我女儿潘素容,怎么给我们的信中没有吩咐我?远探、近探、留心探、细心探,打探钦差是哪个大臣。如果哪个大臣当钦差,我不如杀了大臣,韩昌帮忙,反进皇城。

平:杀啦昏君赵匡义,我好坐坐九龙庭。

随时召潘龙、潘虎、潘祥、潘绍、黄龙、黄雀。看见钦差我眼睛一眨,你们就动手杀。如果我到台上拍,你们就用刀戳。要看我脸色手势行事。点一千兵将,顶盔挂甲，敲锣打鼓迎接钦差。一千宁接到十里长亭。

平：老贼对前望，御林军到面前呈。

老贼对御林军一相，号衣整齐蛮现样，但是没高的，总矮的，没壮的，总瘦的，有老的，有少的。老贼一想，不像来抓我的。

平：老弱残兵到来临，我胆胆大大接差宁。

来到钦差车前，门帘开看是个小朋友。看他头戴风帽，身披斗篷，上绣团花，大红中衣，薄底官靴，生得来又白又嫩，如同吕布再生，鼻直口方，唇红齿白，两耳垂肩，好似金童再世，又如哪吒临凡。

平：老贼看完成，心中思想好几分。

平：不知谁家子，当上了钦差老大人。

众位，过去要看这个人官大官小，不要问的，文官看纱帽，武官看头盔。而丕显戴的帽子，看不出，是底高官。潘贼想不管怎样，他是钦差，我只好行礼。

平：老贼来行礼，钦差大人叫几声。

呼延丕显对潘仁美一看，头带紫金盔，身披锁子甲，外罩红罗袍，肋下佩剑，大红中衣，虎头战靴。脸似油粉，八字眉，三角眼，塌鼻子，大嘴岔，花白胡须，一脸奸相。

平：丕显看看清，就你这老贼丧良心。

潘仁美想，先领他进城，看圣旨是底高事情，如对我有利，就随他(气)去，如果不如意，一刀，小娃娃，嗬总不嗬。

平：将钦差身丧命，揉揉肚子覅作声。

随时接钦差，进嘞城，进了白虎堂，摆设香案，请钦差大人上座。丕显也不客气，对虎皮金交椅上一坐，潘仁美只好站在旁边。黄龙、潘龙、潘虎、潘绍、潘祥，嘴都气歪嘞。哪来的小兔崽子，吃饭不晓饥饱，睏觉不晓盯倒，倒坐元帅的座位，再说郎千、郎万、岑林、柴干，还有一班英雄一见奉旨钦差到，心里高兴。

他们想，肯定杨六郎哥哥到嘞皇城，告御状，才派钦差来的。

平：钦差来大概没有别的事，捉拿老贼一个人。

但听圣旨如何。呼延丕显，将圣旨供起，潘仁美连三跪下来磕头。

“臣接旨，参见吾皇万岁，万万岁。”丕显放开喉咙，宣读：“三关大帅镇守边庭餐风宿露，劳苦功高，本应召进京城，金殿加封，怎奈边关不可一日无帅，特派钦差呼延丕显，犒赏三军，带去粮食两千石，牛五百头，肥猪八百口，酒两千坛，绸缎五百匹。还有白银,黄金,玉器,望旨谢恩。"

平:潘仁美听完成,果要笑嘞肚里疼。

我倒卖幽州,也弄个劳苦功高,上金殿加封。不提老贼高兴,再说丕显随时来到潘仁美面前。

平:跟手来行礼,连叫潘伯父好几声。

"快请上坐,刚才圣旨在身。我也无法,让潘伯父委屈一时。"潘仁美说:"想不到钦差大人,对我这么尊敬啊,请问,钦差大人是谁家之后啊?"

丕显说:"潘伯父,我告诉你,我父和你是同殿年兄年弟。"

滚:父亲名叫呼延赞,铁鞭王之职他当身,

母亲名叫马玉良,皇封太君受皇恩,

我是他们不孝之子,呼延丕显我当身。

平:老贼听完成,心中忧愁八九分。

为底高,老贼想,我曾派人追杀呼延赞。皇上也无道理,明知呼杨合得最好,你别人不派做钦差,偏偏派呼家之子来呢。等我好好盘查。

平:如果查出漏洞来,一刀将他送残生。

老贼说:"算来,我叫你贤侄了。你今年几岁啦?"丕显说:"今年十二岁。"潘仁美说:

平:你十二岁就出京,你的母亲放心不放心。

丕显说:"我母亲说,我胎毛未退,乳臭未干。当钦差上边关,谁服你?我说,我很想潘伯父,听说你领兵有方,我想下边关,可是没有机会。后来听说要犒赏三军,我想去京殿请旨,刚到街上,看见八王千岁说我要下边庭,八王不答应。我就发狠,晒嘞大街上打滚,他再才领我上金殿,万岁又不肯。我说:钦差是临时的,犒赏三军过后,我回到皇城什么也不是了。我主要两件事,第一看看潘伯父,治军有法,带兵有方。"

平:北国见到伯父带的兵,个个害怕二三分。

"第二我要来看老父亲。"

平:我朝思夜想,想父亲要见老父一个人。

丕显问老贼:"潘伯父,我怎没见到我的父亲在这里的?"老贼听嘞心里高兴。呼延赞肯定死啦得够,眼睛一眨腾空翻腔:"哦,你家老父,去催押粮草的,不几天就回来的。"丕显说:"伯父,那我不是白来吗?""那不要紧,我好调他提前回来的,等你们父子相见。”

平:人家总说亲伯父好,潘伯父还比亲伯父好三分。

丕显又问:“潘伯父,我怎么没见到老杨家的人?”潘贼说:

平:老杨家不是人,投奔辽国去安身。

丕显假装一吓:“啊,早就晓得,杨家不是个东西。”潘仁美说:“你们和老杨家顶好,赛于老表。”丕显说:“伯父,你只知其一,不知其二。”

平:提到杨家人,我恨不得杀啦他家一满门。

“伯父,你如不信,我说你听。首先,皇上偏杨不问呼。杨家进皇城,万岁先造天波府,后修无佞楼。我呼家什么楼都没有。再说,佘太君贺生日,我瓜办几担几车礼,全家总去嘞。不多时,我瓜母亲也贺生日,他杨家怎么啦?”

平:一点礼物没有办,未曾一个人上我家。

平:伯父哎,就这些事只告诉你,叫我想想恨煞人。

潘仁美一想,看来呼杨是面和人心不和,当初不该派人杀呼延赞。老贼想:这个小娃娃,如果在我身边,我得好好待他,可算我的左膀右臂。一来等他回朝,在万岁面前多说几句好话,二来也算在朝纲安根钉子。

十:有丕显,在朝纲,安根钉子,

我做皇,有丕显,也好帮忙。

老贼反过来劝丕显:“贤侄,大人不要记小人事,何必同杨家计较呢?贤侄,老夫特地为你办嘞美酒,一来为你侄儿到来,二来犒赏三军,共饮美酒。一歇辰光,酒菜(定当)已好。”

平:酒是陈酿(年)酒,菜是山珍海味猪子心。

单说黄龙想,丕显宁虽细,倒是个桃木蒂,他是元帅的仇人之子。

平:我场面和他说好话,暗中也防他八九分。

再说,丕显拿起酒壶来到潘仁美身边:“伯父,我敬你一杯。”潘仁美说:“贤侄,你是钦差大人,我怎受得落你敬我的酒啊?应该我敬你才对。”丕显说:“我这钦差是临时的,你毕竟是我的伯父,是长辈,晚辈孝敬长辈,是应该的。”老贼眼睛笑嘞眯成条缝:“贤侄咖,我回皇城,天子面前保本。”

平:万岁面前保一本,保你高官受皇恩。

“多谢伯父。”又到潘龙、潘虎、潘绍、潘祥身边:“我敬四位哥哥的酒,你们都比我大,以后还靠哥哥多多关照。”又到黄龙身边:“黄将军,我家伯父,多夸你帮他出主意,所以才能打胜仗。我敬你一杯。”黄龙也不推回。丕显想,我非得先除啦你这个恶贼!再说,边关众将,看见钦差对他们这些狗贼敬酒,嘴总气歪嘞:“我们朝也盼,晚也盼——”

平:盼钦差到边庭,捉拿潘贼不容情。

平:哪晓,不但不捉贼,反而特别亲。

再说吃酒,吃到掌灯时候,老贼酒吃多嘞够:“贤侄倒哇,遇到你这孩子,也是轴气,也是福气啊。我真的太喜欢你了。”

平:我儿女几个人,值不到你的足后跟。

你们说呼延丕显多聪明。

平:跟手跪到地,干父连叫好几声。

平:老贼将丕显来抱起,心肝连叫好几声。

平:众兵将来看见,果要气死又还魂。

潘仁美叫各位兵将来见少帅,众兵将,不但不叫,面对营房里跳。再说酒席已散,老贼说:“儿啊,为你特地收拾的房间。”丕显说:“干父哎,我今朝哪里都不去,我要和你睡一起,我好给你倒茶,倒水,捶腰捶腿。”“哎呀,儿啊,你真孝顺。”

平:老贼听嘞多开心,心总落到足后跟。

丕显搀老贼去睡,帮他摘帽子,脱衣服,裤子,又打盆水,帮他洗脚,又拿把扇子帮他扇。老贼他也喝多嘞。

平:老贼呼噜打得响,喉呼能像响雷阵。

丕显想,老贼睏着够,现在不动手,等待何时?扇子一停,老贼一醒:“儿啊!你要做什么?”丕显说:“爹啊,我刚才看见一个小虫,从你的鼻孔里钻来钻去。”潘仁美说:“儿呀,我说你听啊——”

平:蛇钻七孔有皇位,必定是个好兆头。

平:孩儿啊,我如果做嘞皇,皇太子就是你当身。

丕显说:“爹呀,在我看,你一定能当上皇帝。好事就是我父子两人的了。”潘贼定心睏,可丕显睏不着,他想,我来之前,我六郎对我说边关他有好几个朋友,不如去会他们。轻手轻脚出来够,再说岑林、柴干、郎千、郎万,还有一班英雄在房间说。

平:不好够,钦差拿老贼认干父哦,杨家的冤仇哪里申。

如果遇到钦差,我先杀钦差,再杀老贼。

平:将他来杀掉,也算做嘞报仇人。

平:一班英雄在房内讲得轻,丕显在门外听得清。

丕显敲敲门,士兵门一开,吓得发呆,嘴说曹操,曹操就到。进门看清了,有高的有矮的,有壮的,有瘦的,也有叫钦差大人的,也有拿刀准备也杀丕显的,也有说:"办事不要激动,看看钦差来做什么的。"也有的假装睏着的。丕显说:"你们所说的话,我都听清了。就问,哪个叫岑林、柴干、郎千、郎万?他们想:"能把我们怎么样,我们才不怕嘞。"大个说:"我叫岑林。"小个子说:"我叫柴干。"壮汉说:"我叫郎千。"瘦子说:"我叫郎万。""你们几个人侠肝义胆,我替老杨家谢谢你们。"

平:英雄哎,不是你来搭救,六哥哪有命残生。

"六哥告诉我,你们几位和六哥结拜嘞弟兄。我是真人面前不说假,假人面前莫说真。"

平:我来犒赏三军是假意,要捉潘仁美是真情。

从身边拿第二道圣旨摸出给大家看:

平:大家看完成,个个高兴八九分。

岑林的朋友郑七、张盖说:"要捉老贼,先除掉黄龙。"大家又商议一番,明天以计而行。第二天,天刚亮,潘仁美收拾利索正要动身,丕显问:"爹呀,这么早你上哪去呀?""儿啊,我上校场点兵。""我也要去,一来看看干爹怎么点兵,第二将皇上犒赏的东西分给他们。"老贼为嘞讨好钦差:"好,你和我同去。"

再说黄龙先骑马上校军场,哪晓这马立不起来,为底高,马脚跌断嘞,连三会过去骑那匹马到小校场,已经过了三卯,犯了杀头之罪。大家要问,腾腾空到哪有绳子?绊马的?夜上丕显到营房和几位英雄设的计,今天,郎千、郎万,提前就在半途放好这条绊马索,又叫两个小兵,等黄龙跌下来就溜,所以黄龙看到两个黑影,又没追到。现在看到误卯牌,是连误三卯,他想,我是元帅的门生,不为得杀我,再说,陷害杨家将,倒卖幽州,是我出的主意,我对元帅有功,他不为得杀我。黄龙一提鱼踏尾,撂战裙,来到帅台,参见元帅。潘仁美问:"你果知本帅卯点啊?"黄龙说:"我知道。""你连误三卯,目无军规,瞧不起本帅,来人将他推出斩了。"

平:捆绑手闻听这一声,个个杀气腾腾。

打掉他的头盔,抹肩头,拢二臂,用铁索将他捆起。

平:横一捆来竖一腰,拿他捆作稻种包。

黄龙想,潘仁美肯定不杀我,他是故意做点格式,给饮差看的,说明他的军规森严。只要有一人救下子,就将我放了。所以头不犟,就被拖走嘞,丕显说:“爹呀,你说话真算数,真是铁面无私,军规森严,嗯,杀得好哇,爹,你看黄龙这个人——”

平:这小子鬼头鬼脑,蛤蟆眼,必定不是好东西。

这时黄雀跪下来帮黄龙求情。

平:跟手跪到地,连叫元帅好几声。

滚:元帅哎,黄龙违法该处罚,看他来你身边几年整,许多功劳在其身。

平:元帅哎,今朝你饶他命,以后他要报你恩。

丕显问:“他是何人?”老贼说:“他和黄龙算是叔伯弟兄。”丕显想怪倒累:“真是打架要望亲兄弟,上阵还是父子兵,毕竟是弟兄,元帅,你答应他放黄龙,还是不放啊?”老贼眉头一皱,我只有杀人灭口,除去后患。省得日后找麻烦,杀!不能留。“黄雀,快退下。”外面催魂炮已响,潘龙、潘虎、潘绍、潘祥,也跪下来帮求,丕显说:“爹呀。哥哥们也帮求,看他帮你出主意的份上,就饶啦他吧。”老贼想:“丕显是话中有话。非杀不可,统统退下,一律不准。”

外面鼓响三通,刽子手拖把血淋的钢刀交令。

平:丕显看完成,心中欢喜八九分。

老贼说:“儿啊,我将兵将操练,布点阵给你看看。”丕显说:“爹,你真正教我?”“好,儿啊,你看场面上的五色旗,有青色旗、红色旗、白色旗、黑色旗、黄色旗,我手中有令旗。”“爹爹,这些旗果是像我们小朋友做游戏用的呀?”“儿啊,等刻为父使给你看看。”元帅在点将台说:“三军儿郎听真,万岁皇恩,大家守关有功,特派钦差大臣,送来金、银、粮食、布匹、酒肉之类,练完兵就分。”大家听有东西分,我们也不争,个个精神饱满,挺胸站立,听元帅演练。潘仁美拿红旗一摆,兵将对南方跑。又拿白旗一举,军兵哗啦一声对西跑。又拿黄一摇,四面兵将,都聚到中央。

平:丕显看完成,心中就在想章程。

就问父帅:“你拿旗摆呀摆,架子倒蛮大,这是什么阵呀?”“儿啊,是四门阵,是按东南西北方向摆的,东方甲乙木,是青旗,南方丙丁火,是红旗,西方庚辛金是白旗，北方壬癸水是黑旗，中央戊己土是黄旗。”丕显说：“父帅，这也是你带兵有方，真是名不虚传。”潘贼说：“儿啊，兵将再多，再勇，再猛，也得听帅旗指挥，旗倒兵散，旗举兵聚。兵听号令，马听锣声。”丕显说：“你不要骗我，明明是德高望重才中用。再说，你年老功高，兵将才受编受调。如果是我，哪怕拿旗摇碎嘞，顶屁个用啊？个个站杠不动。”潘仁美说：“儿啊，不要说你十二岁，就是三岁小孩，拿到这面令旗都有用，兵将认旗，不认宁。”丕显说：“爹呀，你倒给孩儿我试试看，顶用不顶用。”潘仁美想，反正他两三天就要回转皇城，我何必不惹他欢喜欢喜呀。

平：等他到万岁面前好话奏一本，保我官职对上升。

“儿哎，我将令旗令箭给你玩一刻，玩完了再将令旗令箭交予我。”丕显说：“父帅真好，我只玩一刻，就给你。”令旗令箭到手，对虎皮金交椅上一坐。潘仁美搭个偏坐，丕显说：“众三军儿郎，听好了，我跟我母亲学的四门，四门，嗯，爹叫四门什么阵，我倒有点忘记了。”潘仁美说：“有四门迷魂阵，还有四门兜底阵。”丕显说：“还是父帅博古精通。”丕显想，我先给你定心丸，一刻就要捉你这老贼！现在我临时点兵调将，如果哪个犟，就和黄龙一现，格杀勿论。

真是古人常说：

平：一日权在手，谁敢不低头。

丕显操起头支金批令箭：“岑林、柴干，听令，命你二人带五百士兵和我大哥潘龙、二哥潘虎上东方，不得有误。”二人答应：“末将遵令。”岑林，柴干心中有数，先将潘家人分开，也就是各个击破。我们先抓了潘龙、潘虎。又抽第二支令箭：“郎千、郎万，命你二人，带领五百士兵上西方，和我的哥哥潘绍、潘祥同去。”二人答应：“听令。”

平：两人听完成，心中明白八九分。

抽出第三支令箭：“郑七、张盖，带网，领五百士兵和黄雀上正北方。”其他人要问，他们和黄雀上北方，为何要带网呢，因为黄雀受过高人传授，他能上去的。当初本来七郎不得死，就是黄雀，假扮太白星君说，七郎，你来天空有作为。因为七郎是秤砣心，颈脖中才射得死他。现在要捉黄雀，怕他要飞，所以提前准备好网。郑七、张盖带黄雀到嘞北方，又点一支兵到南方，还有石青、吴凯，带五百士兵中方听令。还有一支金钻令箭在手：“潘仁美何在？”潘仁美想，你这小畜生，不知天有多高，地有多厚，喊我的名字，没有答应。丕显说：“潘仁美误头卯重打四十。”又喊:“潘仁美何在?”潘仁美想这个小畜生,怎么专门喊我的名字啊,又没有答应。丕显说:“潘仁美连误两卯——”

平:潘仁美误嘞两卯罪不轻,重打八十军棍不容情。

钦差叫来人呐,将老贼给我绑上。石青、吴凯早就做好准备,听见呼延丕显一声令下,窜上来,拿他帽子摘啦得,两手抓住得头发,揪住得。潘仁美说:“儿啊,你玩得太过分了。”这时丕显,脸一桑邦,像个青桩:“哪是你的儿子啊,我是奉旨钦差,特到边庭——”

平:我奉命到边庭,捉拿你老贼不容情。

弄得些士兵,真是丈二金刚,摸不到头脑,刚才还叫爹,又叫父帅,叫嘞亲热很,现要捉他人。老贼说:“你凭什么抓我?”丕显说:“到时候,自有凭证。”只听岑林、柴干报潘龙、潘虎已捉住,西路郎千、郎万报潘绍、潘祥已绑来了。北路郑七、张盖拿黄雀,连宁带网,捆在一起也来交令。“众兵将,你们辛苦了。”

平:等我小王回朝门,安职论赏重封尊。

丕显对潘仁美说:“老贼,你私通北国,倒卖幽州,陷害忠良。郡马杨六郎,呈御状,将你告下了,我替父下边庭,特来抓你进京,好归案。”老贼听完成,有如高楼失足,又如大海蹦舟,只觉天旋地转,强作精神,就说:“娃娃,你胎毛未退,黄口乳齿,你敢抓我,有何凭证?”丕显说:“我有皇命圣旨——”

平:将圣旨摸出来,读给老贼听分明。

“众将跪下接旨,奉天承运皇帝诏曰:今有郡马杨六郎状告太师潘仁美,陷害杨家将,特命呼延丕显到边关捉拿潘洪——潘仁美,望见诏归案,不得有误,望旨谢恩。”

平:兵将听完成,除啦冤瓜惹祸根。

丕显说:“此案与大家无关,望你们为国尽忠,坚守边关。”大家谢钦差。这时潘仁美悔恨前天,不应轻听娃娃言语。

年:我当初应该依黄龙,否则不到恁功成。

因为黄龙的鬼花头多,如果不杀黄龙,就难捉老贼。

众位捉住潘仁美,丕显怎么押进京,边关怎么安排。

潘贼进京,潘杨一案怎么审理处置,只因时间关系。

杨家将宝卷路程远,下次再来向前赶。

宝卷未满答谢三光,谢天谢地要谢四大金刚。讲部杨家将,罪业化天堂。

六、审潘杨案　刘天祥送命
寇准审案　皇妃闹公堂

昼夜流，等春秋，生死路，早回头。——圣谕

单：海水滔滔昼夜流，草木总要等春秋。

单：百鸟愁到生死路，奉劝作恶早回头。

挂：酒是三点水，色是刀在头，

只为酒共色，惹出许多祸临头。

挂：牢是牛坐中，狱是反犬旁，

除啦牢狱苦，何愁不风光。

平：接接连来接接连，杨家将宝卷又向前。

话说：杨家将宝卷，上册已经讲到老贼潘仁美在小校场，将令旗给呼延丕显玩玩，哪晓以假当嘞真，就将潘龙、潘虎、潘绍、潘祥，还有黄雀捉住，最后捉住老贼潘仁美。丕显当场犒赏三军。

平：士兵个个总称赞，称赞钦差老大人。

潘龙、潘虎就怪父亲：

平：你当初拿小兔崽子当作宝和珍，他现在捉你老头子做罪人。

潘仁美说："儿啊——"

平：我误杀黄龙一个人，惹到这个祸场根。

丕显想，我要赶快将他们押进京，就到本县，通知县府钱忠，送来六部囚车，将六个人关入囚车。丕显命令，岑林、柴干为边关大帅。他想，夜长梦多，赶快将囚车押走，令郎千、郎万，带五百兵丁押送犯人。防止老贼有余党，准备好干粮，一路不可留，马不停蹄。

平：口干捧点水喝喝，饿嘞干粮当点心。

平：押送犯人不耽搁，赶到京都帝皇城。

丕显吩咐呼延忠对城里送信，八王听嘞心中高兴。

率领文武大臣奔十里长亭相迎。京中百姓，总来看热闹。

十：有的想，看丕显，十二岁整，

　　下边庭，有本领，捉住奸臣。

十：也有的，看囚车，关押六人，

　　哪一个，是潘洪，害死忠臣。

十：一个个，对潘洪，指手画脚。

　　杨家将，死得苦，要把冤申。

八王对丕显一望，心直荡，在家的时候多胖，现在眼睛落堂，骨瘦如柴，白眼珠布了血丝，小嘴干巴巴。丕显拜过八王，见过文武大臣，再才见父母。

平：丕显来行礼，父母连叫好几声。

平：马氏太君一把来抱住，心肝喊嘞不绝声。

滚：心肝哎，我以为你十二岁下边庭，难以转家门啊，

　　哪晓你捉住贼奸臣、贼人。

太君见丕显押解潘洪回来就说："今朝得胜转皇城。"

平：孩儿哎，总说你父铁鞭王本事好，我儿还要胜三分。

平：老夫妻看看丕显人，悲喜交集泪纷纷。

丕显说："双亲不必难过，我马上交过圣旨，就回府。"再说今天潘洪——潘仁美，不像当初耀武扬威。今朝是底高腔调。

挂：脸上不洗，像黑炭，头发长嘞像罪犯，

　　手被捆嘞不得伸，哼总不敢哼。

十：潘仁美，在朝纲，太师之职，

　　到如今，囚车里，罪犯之称。

平：百姓看嘞呵呵笑，老贼暗中哭号啕。

八王下令："郎千、郎万，将囚车押送到大理寺，你们带兵到接官亭休息，用点心。"八王带丕显上金殿。

单：丕显一步二拜，二步三拜，慢慢拜到金殿上！叫啦万岁好几声。

"启奏万岁，微臣领万岁旨意下边庭，捉拿元帅潘仁美。现已捉拿归案，请万

岁定夺。”万岁一听：

平：我总以这个小孩下边庭也无用，哪晓真个被捉得到皇城。

不过万岁当面也不好说，就对丕显说：“你真是宁虽细，倒是个桃木蒂，小爱卿，你胆量过人，智勇双全，一路辛苦，你回府歇息吧。”“谢万岁。”丕显正要下殿，八王拦住得：“万岁，你当初答应他下边庭，如捉住潘仁美，你封他双王。现在已押回六个人，你应该话复前言。”万岁想，我总不好说话不算数。随时就封靠山王、敬山王，两个王之职。

平：丕显前来听封尊，双王之职你当身。

挂：双王小爱卿，辛苦下边庭，

赏你绸缎金共银，休假一月上朝廷。

平：御酒一桌赏于你，养养身体压压惊。

丕显谢过万岁，又谢八王，下朝回府，我不提。

再说，次日早朝，万岁登殿，文武朝见，万岁要御审潘杨一案。下旨，将潘仁美带上金殿。潘仁美一面上殿，心里想：“女儿是西宫，万岁是姑爷，昨晚女儿带信给我，叫我如此这般。我怕你杨景六郎吗？”

单：眼泪巴塌来到金殿上，冤枉喊啦好几声。

平：万岁哎，我有嘞冤枉事，要望万岁帮我把冤申。

老贼扑通一声，跪上金殿。万岁看看自己的老丈宁，那样的狼狈相，心里也不好过啊。万岁说：“潘仁美，杨延昭告你私通北国，陷害忠良，按兵不动，逼死令公，官报私仇，射死延嗣，你还不从实招来？”

老贼想，我当初用宁不准，做事不稳，派嘞岑林、柴干，追杀六郎。

滚：当初我不曾想得清，配嘞岑林、柴干两个宁，

不曾将六郎来杀死，反而放他转家门。

平：如果当初拿六郎来杀死，哪有现在的祸场根。

老贼想要得官司赢，来给个心不平：“万岁，别人告我，有情可原。唯有杨景六郎他告我何来？他父子三人投降北国，倒卖幽州。”

平：不是他们投北国，我们为何退到边关来安身。

平：万岁哎，杨六郎陷害我，要望我主断分明。

万岁问：“你果敢和杨景六郎当面对质吗？”潘仁美说：“哪怎不敢啊？人不做亏心事，半夜敲门不惊心。”“好，好，宣杨景六郎上殿。”杨六郎来到金殿，拜过我

主万岁，万万岁。抬头一看，看见潘仁美，那真是仇人见面分外眼红，暗中想：“你这种老贼。”

平：我喝你老儿血不嫌腥，吃你老儿肉也好当点心。

六郎一着躁，底高话总想不到。万岁说：“杨景啊，你告潘仁美，他告你。现在你说告潘仁美何来？”

平：六郎听万岁问完成，默默无语不作声。

潘仁美见六郎不作声，起嘞大头劲，万岁我说：“他杨家父子三人，千不该，万不该，不该贪生怕死，临阵逃脱，投降韩昌，倒卖幽州。弄得老夫折将损兵，几几乎送命。六郎啊，听说你在北国混得不错哇，萧太后收你为御儿干殿下，还封兵马都督，蹲北国享福。”

平：你蹲北国日子多好过，今朝为何上皇城。

老贼又说：“你见我老夫，镇守边关，坚如磐石，辽国强攻不成，配你做奸细上皇城，你想借万岁的刀，除掉我，你好勾引辽兵直驱汴梁。”

平：你将皇城来夺下，好和北辽平半分。

老贼又说：“万岁呀，你想，我是掌朝太师，又是国丈——”

平：你我君臣一条心，怎做卖国反叛人。

万岁一听，老能相信，而杨景六郎听嘞，急得脸像黄表纸，嘴唇如靛叶青：“你潘仁美是恶人先告状，倒打一耙。万岁你想，我七弟为了幽州解围，潘仁美逼他力杀四门，金沙滩一战，我杨家为保圣上，死啦弟兄仨，当时潘仁美上哪去的？潘仁美军营点卯，为何不通知我父？棍打四十，带伤出兵。”

平：强壮军兵总不发，专发病残老少兵。

“我父子被困两狼山，你为何按兵不动，我七弟找你搬兵。”

平：你一兵一卒总不发，反而乱箭将他送残生。

平：万岁哎，人家总说蛇蝎毒，他的心，比蛇蝎毒几分。

“真是吃宁不吐骨头的豺狼，累累罪状，罄竹难书啊！你当万岁面有何可说？”老贼说：

平：万岁呀，冤枉冤枉很，冤枉我老夫一个人。

“不信，我说你听，我叫七郎力杀四门，是老夫成全他名垂千古啊。要说，金沙滩一战我奋勇杀敌。要说，你父误卯，在军营，印象不好。难道不应该打吗？就我的门生，黄龙误三卯，立刻过刀，你父误三卯，免去死刑，只打四十，还说我不好。

再说，你父子被困两狼山有哪看见，有哪晓得。至于七郎被乱箭射死，有谁作证？”

平：六郎有心说岑林、柴干可作证，又怕连累别个人。

六郎又一想，说：“潘仁美，有铁鞭王可以作证。”潘仁美想，我已派人去杀铁鞭王的，难道，派去人撒谎，明杀暗放，这个老贼花头大了。就说：“万岁，呼延赞中途丢掉粮草，畏罪潜逃。没有杀他，算他命大，他能作什么证呀？”六郎说：“万岁，他说得不对，他命军兵扮作山大王，抢走粮草，想杀人灭口，追杀呼王。”

平：不是有人来搭救，呼王哪有命残生。

老贼呵呵大笑：“万岁哎，满朝官员，哪个不晓得呼、杨这两家，父一辈，子一辈交情最好，赛于老表。”

平：呼杨两家合计谋，害我老夫一个人。

平：不好嘞够，潘仁美反而做原告，六郎做个被告人。

万岁听嘞潘仁美说的真有理，六郎说的，也不是无理，怎么结案呢？

平：万岁转不过弯，横也难来竖也难。

事关重大，不能敷衍行事，不如交三法司审案吧！想到这里，皇开金口，帝露银牙，哪位爱卿将潘杨案子审清？文武大臣想，一个是万岁的老丈宁，一个是八王的御妹夫。两方都不好办啊！

平：如果弄不好，丢掉乌纱帽是小事，搭进全家命残生。

平：问到文官不答应，问到武官不作声。

万岁又问：

平：哪个将潘杨案子审理清，官上加职重封尊。

这时，有人答应：“臣愿领旨。”万岁一看，欢乐一半，原来是吏部天官刘天祥。因为刘天祥和潘仁美是同乡，他的吏部天官的官职也是潘仁美保举的，总归手是对里弯，不可能对外拐。

平：刘天祥去审案，我也定心好几分。

昏君嘴上说得好：“刘爱卿，你审这案子，望你一碗水端平嘞。一不向杨，二不向潘，秉公而断。”“微臣遵旨。”

单说刘天祥，回到府门想，老太师对我的恩似海深，我至今未报。

平：我借这次审案事，报报太师一重恩。

想到深黄昏，有人敲门。家将拿门一开，一人对里一栽，原来是西宫娘娘身边的总管，大太监刘霸。刘天祥连三起身，快快有请。刘天祥想无事不到三宝地。

平：刘公公到我府来，必定有事情。

众位，太监刘霸，怎么今天来，到底有何事，听学生慢慢讲来。

散朝过后，皇上本来是上正宫娘娘身边的，哪晓西宫娘娘——潘素蓉带领宫娥彩女迎接万岁，飘飘下拜，轻启朱唇，慢吐莺声："万岁皇爷，哀家迎接来迟，望恕罪，宫中酒宴备齐，请万岁赴宴。""梓潼免礼，平身，朕今日不爽，就不去了。"

平：万岁哎，我哪三方面你不满意，为何不上哀家门？

潘素蓉一面说一面哭。万岁说："好，今天就到你身边。"啊呀，再到笑起来够，到嘞宫里用御膳，酒菜素点，潘素蓉吃得又哭。万岁说："美人啊，又为什么呀？"

平：万岁哎，我们家爹爹被人诬告成反叛，女儿做不到申冤人。

万岁说："爱妃，不必担忧，我已派吏部天官刘天祥审理此案。刘天祥是你的同乡，等于邻舍，人家常说：邻舍好赛金宝。"西宫想那我有办法。

平：听说，刘天祥审此案，潘素蓉欢喜八九分。

西宫吩咐宫娥彩女，歌舞给万岁取乐，自己来到内房将总管刘霸叫来附耳几句，仍陪万岁饮酒取乐。所以，总管太监刘霸，受娘娘之令派两名小太监抬嘞东西，到刘天祥瓜来。

平：路上不耽搁，刘天祥瓜到嘞面前呈。

所以刘天祥回府不曾有多少时，刘霸就来嘞。开嘞门，刘霸说："西宫娘娘见你为官清廉，叫我带点东西给你，请天官过目。刘天祥打开礼单一看，恨不得灵魂吓断，我活几十岁，还没见过这样的宝贝。到底有哪些宝贝呀？

十：猫儿眼，珊瑚树，金刚钻儿，
有珍珠，和玉石，翡翠玛瑙。

平：金银首饰十多样，刘天祥越看越开心。

刘天祥想，西宫娘娘送宝的目的，我心中有数。刘霸说："娘娘说的，以后还有礼。"刘天祥想："拿点俸禄有多美啊？"

平：这个案子审到瓜，银子推到几板车。

合家大小对瓜一坐，底高活计总不要做，一现吃好货。就对太监刘霸说："刘公公，对西宫娘娘说，叫她老人家放心。"送走刘霸。

第二天一早叫差人击鼓升堂，他头戴方翅乌纱帽，身穿蓝色官袍，腰系玉带，足踏朝鞋。对公案后正中一坐。这时，听审堂的已来不少人，刘天祥抽出飞签，叫差人去提潘仁美，又叫人给杨景六郎送信。

平：差人去不多少时，两人统统都到堂。

刘天祥传堂喻，去掉潘仁美的刑具，给老太师看座。

平：潘仁美来行礼，大人连叫好几声。

刘天祥说免礼平身。潘仁美想：刘天祥是我的同乡，他的官是我保举的。也就胆大，四平八稳对杠一坐。杨景六郎反而站嘞杠，我是原告，好像变作被告。只听刘天祥喊：“堂威！升堂！”两边差人叫威武，刘天祥惊堂木一拍：“杨景——延昭——杨六郎，你果知罪？”

平：人心似铁非是铁，官法如炉真似炉。

平：你私通北国该有罪，陷害太师罪不轻。

“你又到京城来，给大辽当内应，你罪恶滔天，要如实招来。”六郎不慌不忙，就问：“大人，我杨景六郎本是原告，潘仁美是被告，为何，不问他反来先问我？”刘天祥，眼睛一瞪：“官断十条路，你管下官怎么问。”

六郎说：“虽说官断十条路，不错，你总不能把原告和被告弄混嘞。”

刘天祥一听，火冒三丈，做起假腔：“大胆六郎，你狗胆包天，敢顶撞本官，来人呐，将六郎给我拖下去重打五十大板。”

平：六郎拖去要挨打，来嘞一个救命人。

堂下有叫：“狗赃官，胆子不小哇，敢伤杨景，给我住手。”刘天祥一看此人，四十多岁，头戴素蓝方巾，身穿素蓝缎长衫，脚踏厚底皂靴。龙眉凤目，禹背汤腰，手拿王命金锏。

平：此人不是其别个，八王千岁到来临。

那么八王怎来的呀？今朝刘天祥要审潘杨一案，他不放心，就来到衙门。正好升堂，他在人群里，看潘仁美坐嘞杠，六郎站嘞杠，已经就生气。又说要对六郎动刑。

平：气不打一处，怒火心中发出来。

八王带锏冲到公堂，刘天祥一看，吓得真要冒汗，好似猴子吃辣椒——辣(瓜)，他衣袖管里的礼单，也来藏在里头。吓得宁发抖，舌头发[illegible]“八……八王——”有人说：“你不要八王几王呀，快点跑哇。”腿发软，跑不 。

平：八王一锏打上去，脑浆迸流送残生。

刘天祥对下一倒，礼单对外抛。八王拾起来一瞧，那还得了，西宫送这么多的礼,怪不得刘天祥这个贪官,颠倒是非。我今朝打死你,你是白死哈?吩咐将刘天祥尸首,用芦菲卷嘞拖走。

平:只因贪礼审理不公证,白白送啦命残生。

再说:潘仁美,吓得从椅上对下一跌,行礼不歇。

平:千岁哎,要望饶饶我,饶我潘洪命残生。

八王举锏要打老贼,六郎连三背住:"贤王,现在潘杨案子不清。"

平:如果将他来打死,无口相对理不清。"

八王说:"好,你说得有理,我就依你,等他再活几天。潘仁美,眼睛不要对我翻,重枷,重锁,将你押入监。"八王将杨六郎放回天波府,候信受审。八王来到南清宫,换好朝服,来到天子午朝。

平:撞钟击鼓不非轻,要请天子坐龙庭。

万岁急忙戴上冲天冠,身穿赭黄袍,腰系蓝玉带,足踏明靴。

坐车辇直奔金殿,龙椅上坐定,就问:"什么人击鼓撞钟?"八王怒气冲冲:"万岁,是我请你的。"万岁问:"皇侄有事吗?"八王说:"臣请罪来了。""你何罪之有哇?"八王说:"我没有你的圣命,已打死朝廷命官吏部天官刘天祥。"万岁听了一惊,刘天祥昨天才领旨,审潘杨一案,今天才审案,怎么今天就被揍死。有心发火,又一想封他有先斩后奏之权,如果无故杀人就有罪的,有理杀人无罪。

平:你为何将刘天祥来打死,你要当我说分明。

八王说:"刘天祥,贪赃卖法。"万岁问:"他怎么贪赃卖法呢?""他贪了潘家的赃,卖了大宋的法。他身为国家的命官,本应执法如山,秉公而断。谁料他坐得公堂,一不审,二不问,请潘仁美入上座,要将杨景,屈打逼供。做事不公,我用金锏将他送终。"

平:我一锏将他送残生,教育朝中许多人。

万岁说:"赵德芳啊,你不就是因为他要打你妹夫吗?你就将刘天祥打死的吗?"八王说:"不是的,我有证据。"

平:现有礼单一张在我手,请你万岁看分明。

将礼单递上龙书案上。

平:万岁看完成,拔开龙心火一盒。

万岁暗中埋怨潘素蓉:你怎么这个时候送礼呀,又偏偏礼单落在赵德芳手里,这不是堵我的嘴?皇侄还算好,不曾声张出去。

平:如果等文武百官来听见,坏啦我孤家好名声。

万岁说:“听皇侄这样说,刘天祥被打死,我不怪你。”

平:刘天祥贪赃卖法不是人,应该将他送残生。

八王问:“万岁,潘杨案,再派哪位大臣审理?”文武官员想,这案子没法审,杨家打输了,八王不饶,如果潘家打输了,西宫娘娘要拼命。

平:万岁听嘞西官娘娘奏一本,要将我们送残生。

十:有文官,看武官,总不作声,

万岁看,这案子,无人担承。

平:潘杨案子无人审,躁坏嘞八王一个人。

可能是八王打死审案官刘天祥,所以没有人敢讨旨审案。万岁高兴只要无人审案,糊里糊涂,不多时,就好将国丈放出来。大家说:“这个皇帝昏到底高功成。老贼想谋皇篡位,他还不追他的罪。”

但说,就在这时,丞相王苞——王延龄说:“微臣有本要奏。”万岁说:“爱卿,愿审潘杨一案吗?”丞相说:“我无这本领,以微臣之见——”

平:要得潘杨案子审得清,要传寇准早进京。

因为朝中官员,在皇城居住,都和潘杨关系很好,朝不见晚见。

抬头不见,低头见,今朝不见,明朝见,得罪哪个都不现样。

而寇准住在下邦县,朝中官员一个都不认识,他当然秉公而判。再说寇准为官清如水,明如镜。万岁说:

平:寇准官职小,他怎可能上午朝。

王苞说:“万岁,你果记得,下邦县,本是盗寇四起的地方,连年灾荒。”

平:好嘞寇准去治理,百姓才能得安宁。

他为官清廉,把下邦县治理得路不拾遗,五谷丰登。几次调他到别处去上任,百姓跪路挽留,结果,当嘞九年下邦县令,断过很多奇疑案。

平:个个都称赞,称赞老爷寇青天。

平:八王听他说完成,倒也高兴八九分。

万岁说:“不可以,寇准只是个芝麻官,怎可上金殿啊?”八王说:“官职大小,都是你封的,你封他个大点儿的官,不就好嘞吗?”“皇侄——”

平:他功劳未曾有,您怎好封他大官入朝门。

八王说:“万岁,你可以用金牌,把他召进京,先审案子,审清了再加封官职。

万岁,他官小,从来没见过金牌。要急事才用金牌。金牌到,等于万岁亲自到。”

平:如果等寇准看见金牌到,果要吓死又还魂。

昏君说:“皇侄,你叫我用金牌召,我就依你,不过寇准吓煞得,案子就拉倒。”八王:“说好!”万岁问:“何人去招寇准?”宫中太监李成答应:“微臣愿往。”八王想这人忠诚老实:“你就吃点苦,你办事很稳,去召寇准。”

平:有你李成去,事情肯定办完成。

李成带嘞两徒弟,带好金牌,立刻动身。

平:打马加鞭就动身,哪肯耽搁赶路程。

平:逢山哪看山中景,遇水不看取鱼人。

平:路上行走来得快,下邦县城面前呈。

三人一到县城,下马离鞍,带跑带相,倒蛮现样。

挂:街道多清爽,两边是瓦房。
买卖多公平,个个喜洋洋。

挂:一本万利是钱庄,二龙戏珠是典当,
三阳开泰南货店,四季新鲜水果行。

挂:五颜六色绸线店,六角仓仓粮食行,
七星斗是古董店,八角灯笼是混堂。

挂:九江装来瓷器碗,十字街上是茶坊,
鬼门弄里赌钱场,烟花巷里姑娘行。

十:杂货铺,油盐店,真正现样,
有酒店,和饭馆,好用点心。

十:有青菜,和杂菜,摆得整齐,
多少人,拣好菜,买转家门。

十:卖烟的,和火柴,你去他来,
也有的,买包烟,还要火柴。

平:李成看嘞心里欢,称赞寇准是清官。

李成对小太监说:“老宰相王延龄说寇准是清官,看来真是名不虚传啊。”

小太监说:“光看表面也不至于真清,人家常说千里做官,总为财。”

寇准三期连任,共计就是九年,大概,总有银子万啊八千。

平:要问寇准有多少银,进嘞衙门看分明。

三个人第一次到下邦县来,不晓得衙门在哪里,看到一个卖香烟的,请问:“小伙子,你们县的衙门在哪里?”卖香烟的说:“哦,从这里拐弯,再对前跑,就到。”

平:三人对前撑,衙门到嘞面前呈。

三人对衙门望望。

平:好比多年古庙无人修,无人烧香无人来。

滚:大门开嘞直陇通,东面锣已被敲坏,鸣冤鼓被敲通。

惊堂木已黑沉沉,案桌上灰尘寸把深。

李成说:“这个大概是老的衙门,可搬到别地方去了,造嘞新的衙门。不妨我们再问宁看。”

正在这时,那个卖香烟、火柴,还有卖瓜子的老朋友来嘞够。当时,问路没对他细看,现在一看,这人肩宽背厚,紫红面皮:“你们刚才向我问路。我再问你们,果买包烟,再买点花生,瓜子啊?”李成说:“我们暂时不买。我问你,这是旧衙门,果晓新衙门在何处啊?你果晓得,寇准果在衙门里了?”大个子听嘞不高兴。

平:你们三人没礼貌,叫我们老爷的官讳不该应。

回过来一想,名字为大,对这三个说:“我们没有什么新的旧的衙门,下邦县就这一个衙门。”“呐,你们老爷在不在里面呢?”“啊呀,好长时无人来衙门告状。我们老爷去监工造桥的。我就是里面的带班的都头。我叫刘超。”李成问:“你既是都头,为什么卖烟、花生、瓜子啊?”

平:我做小生意赚几个钱,养活我们和老爷一班人。

李成想,在本县,县老爷和衙役,都是土皇上,也做小生意,可能寇准花头多,故意用这花头的。事有凑巧,就在这时,一淘人涌得来,也有看的,也有叫冤的。李成想,但看是什么事,寇准怎么审理。就看一个大个子拿鼓锤子,咚咚咚敲几下子。做小生意的好几个,随时站堂,一歇工夫。

县老爷寇准升堂,衙役帮忙。李成看他四十多岁,中等身材。

面白如玉,两道细眉,一对朗目,鼻直口方,齿白唇红,两耳垂肩,颌下三缕黑须,飘洒胸前。

平:看他五官多端正,定是扶皇保驾人。

看他乌纱帽没顶,两边翅儿不整齐,一边高来,一边低,身上官服洞儿实在多,靴子没底脚上拖。

平:总说县老爷生活富裕很,值不到百姓半毫分。

看他穿嘞虽丑，色样倒有，老爷审堂，将喊冤之人带上公堂。李成，噗嗤一笑，大瓜家审堂，总是说的官话，他说的当地方言。看他怎么审，一会儿一前一后两人到堂。

平：两人跪到公堂上，冤枉喊嘞不绝声。

寇老爷一看两个人，一个二十多岁的，一个五十多岁的。二十多岁的是壮的，五十多岁的是瘦的。年轻的高的，个头大的，年大的个头小的。老爷问："你们都来告状，状告何人，为的何事？本老爷帮你做主。"年轻的说："老爷，我先说，我是卖羊肉的。"

平：只因家里穷得很，不曾有媳妇娶进门。

"昨天我这个老表，就这年纪大的——"用手一指，就是他相面的，"到我家，我也为他不丑，打嘞酒。他问我生意如何，我说：'还好啰，攒到二百个钱。'我也给他看嘞，我说到娶媳妇的那天，再请你来喝两盅，当时他也帮我高兴。到睏的时候，我把钱放枕头下面的。"

"天还没亮，我这老表他就起来走了。哪晓天亮，我起床一望，二百个钱没杠。老爷哎，人家常说失物是算来人。我家里没有别人来过，我追到老表家，我问老表：'你有没有拿我的钱啊？'老表说：'没有拿。'我当时发火就去搜，在他的床上找到钱，哪晓一数，是一百五。我看看钱倒像我的，可是串钱的绳子不对。"

平：老爷哎，我全部说分明。要望老爷帮我审判清。

老爷就问下跪的相面人："叫什么名字啊？"下跪人说："我姓梁，单名叫想。""你卖羊肉的老表叫什么？""他叫黄建心。""我问你，从实讲来，你有没有拿黄建心的钱啊？"

平：老爷哎，我没有拿他的钱，我这冤枉海能深。

老爷吩咐衙役："给我生起炭火来，烧起半锅烫水来。梁想，把一百五十钱交给我。"李成包括听审的人看嘞好笑，莫名其妙。

平：老爷审案烧开水，果要笑嘞肚里疼。

老爷把钱对锅里一撂，烧起来蛮悛。众位，黄建心是卖羊肉的，用手接人家钱，难免钱上沾点羊肉油。锅里有油花，再就闻到羊腥味。寇大老爷，眼睛一眨，胡子一翘："大胆刁民梁想，你偷人家钱，还敢抵赖吗？给我拖去重打二十大板。"

平：老爷哎，请你饶我命，情愿当你认分明。

平：我本想发大财，才拿老表钱偷瓜来。

寇老爷问:“这里只有一百五十钱,还有五十哪里去了?”

“还有五十个,我藏在柜子里。”再说,表弟黄建心说:“老爷,他认嘞错,钱还给我,你饶他一次吧。”寇老爷说:

平:我有心关你三头二十天,没有粮食养犯宁)。

平:李成看完成,称赞寇准有才能。

审清完嘞,宁总散啦得。李成对差人说:“我是奉了万岁旨意来的,要见你家县老爷。”差人说:“你是老公公?”李成答应:“我是的,快领我去呀。”“我们老爷在二堂。”有人送信给寇准:“现在有京城差人奉圣旨到!”

平:寇准闻听这一声,心中忧愁好几分。

现在我开水都烧不出来,不要说办酒。

平:如果得罪钦差老大人,就怕难有命残生。

寇准说:“钦差大人,你是来找我的吗?”“嗯,我说,寇准啊,我奉万岁的旨意,带了金牌,调你进京的。”寇准想:

平:我没有得罪哪位老大人,为何调我进京城。

寇准问:“调我进京为何事啊?”李成说:“调你去,你就去,不要啰唆。”

平:没做亏心事,半夜敲门不惊心。

“钦差大人,我不可违圣命,我走就走,可是我走不了啦。”李成问:“为什么?

小书童寇安说:“我家老爷,做嘞九年的穷官,欠嘞人家十两银子,钱没还,怎么好走呢。老爷现在分文拿不出。”

平:今世欠钱如不还,到过世里也要还给人。

李成说:“这是小事,我给五十两银子,一来还债,二来作盘缠。”

平:寇安跪到地,谢谢老大人。

老爷吩咐寇安赶快,将银子还啦得,我们好动身。一歇工夫,寇安回来够,已经将破衣、坏帽整理好,寇安一到,就好动身。哪晓“哗”的一声大乱,来嘞许许多多的老百姓。

平:里三层来外三层,衙门围困嘞紧腾腾。

真是风雨不透,水泄不通,喊声如响雷:“寇老爷,你不能走哇!寇大人,你不能进京啊!”李成想,本来蛮好,为底高大闹,真是莫名其妙。

平:大人哎,我们离不开你,你也不要丢开我们上皇城。

只听见闹,真是乱七八糟。寇准说:“钦差大人,你都听见百姓的呼声了。我不去和群众打声招呼，不辞而别，太不像话。”李成说：“也是得。”这时，李成有点渴，他叫书童打水给他喝。寇安横寻，竖找，寻到一个茶壶也不好，茶壶嘴坏果。寇安想，钦差大人在京城喝茶，总是好茶叶，现在又没有茶叶，如果光白水端出去，太不像话。他到后面看看看，抬头一看，上嘞他的大算。也是老爷戴嘞四年的草帽。有人问：他是个老爷，坐衙门的，为什么戴草帽呢？离本城不远，有一个叫梅老王，实在苦。

平：他们夫妻人两个，生到男女七个人。

生到四男三女，老大脚拐的，老二手瘸的，老三眼瞎的，老四耳聋的。三个丫头，还有一个是疯子。每到收割季节，老爷去帮他瓜忙嘞，不得歇，所以特地买个草帽，天好落雨总戴的。草帽顶没得就剩边，还有两三圈，过天被风吹嘞挂在树枝上。寇安爬上去，拿坏草帽拿下来，撕嘞半圈，对壶一放，泡一刻，一望，红堂堂，端来够。李成一望红堂堂，就问寇安：“这叫什么茶？”寇安说：“叫圈茶，你们皇城没有的。”“那我品尝品尝。”哪晓喝一口，霉气味。就问到底是什么泡的，寇安只好直说。李成想：

平：寇准做个县老爷，怎就穷到恁功成。

再说百姓：

挂：有的顶香盘，有的背鸡蛋，有的送鞋子，也有送衣被。

挂：百姓跪在街门口，青天老爷口内称，你在下邦县九载整，百姓多太平。

平：李成看嘞眼泪流，难得一位好清官。

平：大宋如果总像寇准能清正，保证国家得太平。

再说，寇老爷对乡亲说：“我也舍不得你们，舍不得离开下邦县，怎奈万岁有金牌调我，不能抗旨不遵啊。”一位老者说：“寇老爷，你身为父母官，连双好靴子总没有，你的靴子有帮无底啊，换上我这一双，把那破的挂城墙上，让以后的县官看看，叫他像你一样，廉洁奉公，爱民如子。”又有人将寇准用过的斗，也挂在城头上，这个斗，非常公平。寇准又对百姓说：“皇上如果没有重大事情，我还回来，谢谢老乡亲。”

平：今朝下邦县的事，李成总看得碧波清。

平：我到京都帝皇城，保举他高官受皇恩。

但说，下邦县留嘞公平斗，挂嘞无底靴，寇老爷，带嘞书童寇安、都头刘超、马玉，就和李成他们一起动身。

平：一班人马动嘞身，要奔京都帝皇城。

将到皇城，李成说："寇准啊，你将他们几个人安排到客店，你陪我上金殿。"寇老爷问："万岁调来到底何事啊？"李成说："我不晓得，见嘞万岁，就晓得的。"寇准将他们安排在胡家老店，就问寇安："你身边果有钱啊？"寇安说："也有点。"寇准说："我上金殿不知是福是祸。如果到晌午，我不回店，你买口薄皮材，对午朝门一抬，帮我收尸。"

平：将尸首收完成，送到老瓜去葬身。

寇安说："老爷，不要说不吉利的话，也作兴有福，我们陪你吃鱼吃肉，如果像你说的——"

平：如果真的死在金殿上，披麻戴孝我当身。

李成带寇准，上八宝金殿，叫他先在朝房等等。那些武士呀，太监啊，还有些大臣，一看寇准这个人，乌纱帽的翅一低一高，帽子没顶，有的官员就说：

平：哪里来的芝麻官，怎好进皇城？

再说李成来到金殿，奏于我主万岁，寇准已到午朝。万岁想，他是知县不能上朝，如何是好哇。王苞奏本："万岁，寇准虽是知县，和其他官员不同，寇准两袖清风，爱民如子。早就该提升。"再说：

平：只为潘杨一案事，才去召他上皇城。

万岁说："王爱卿呀，七品官上殿，对哪里站呀？"王苞言说："吏部天官刘天祥，不是死了吗？先让他补缺，以天官之职审案。"

平：如果审不清来问不明，削职为民转家门。

万岁一听，倒也相信，当殿就封。

平：寇准前来听封尊，吏部天官你当身。

"传孤的旨意，寇准沐浴更衣，上朝见驾。"寇准想，人们常说：

挂：人生在世心不齐，有嘞高房还要美貌妻。
有嘞美貌妻心不宽，心中要想做大官，
做嘞大官还嫌小，心中要想做国老，
做嘞国老还嫌低，心中要想做皇帝。
做嘞皇帝不稀奇，心中要想做玉帝。
人心不足四个字，爬嘞高来跌得低。

寇准想我一下子爬几职，弄不好，就怕要跌死嘞。看来这官，不好当啊。不管怎样，既来之，则安之。换过朝服，来到金殿，老能现样。头戴方翅乌纱帽，身穿蟒袍，来到品级台前："臣参见吾王万岁，万万岁。"万岁问："下跪者何人啊？"

平：我不是张三其别个，下邦县寇准知县到来临。

万岁说："抬起头来。""我怕冒犯，不敢抬头。""赦你无罪。""谢万岁。"再寇准才拿头抬起来，万岁看寇准，面如白玉，两道细眉，一对大眼，鼻直口方，齿白唇红。面带忠厚，五官清秀。

平：万岁对寇准看看真，倒像个扶皇保驾人。

万岁问："寇准，你果知道，调你进京为的何事吗？""臣不知。""朝中有一案子，无人审理，调你进京审理此案。"寇准想，要是打仗，我一个不会，要是审案子，在下邦县时几百件案子都能审理清，我不相信有多难。

平：随他案子有多难，在我寇准一个人。

万岁想，我本来吓他的，如果只要说，不敢审理，潘杨一案就拉倒，我要看他怎么能审此案。今朝散朝晚嘞够，来到西宫，潘素蓉迎接万岁，就问："万岁，今朝有何事，怎么散朝这么晚啊？""爱妃呀——"

十：为只为，潘杨案，难以审理，

召寇准，封天官，要审理清。

平：万岁说得无心话，潘素蓉听嘞想章程。

再说，寇准散嘞朝，来到吴家老店。寇安、刘超，还有马玉，连三迎接。寇安说："老爷，你回来哇，你要是再不来，棺材店定嘞一口薄皮材。"寇准说："我死不掉，而且封我天官之职，真是青云直上。"刘超问："老爷，究竟为的何事召你进京、升官啊？""就是皇上有一案子无人审理，所以召我进京。"

平：他们几个听完成，果要欢喜八九分。

寇安说："我们从现在起要改口，叫你天官大人。"寇准说："那也无所谓。"寇安又说："大人我到再不来棺材店，拿棺材退啦得，拿钱要瓜来。"

平：不提天官事，再说李成一个人。

最近八王身体不佳，几天没有上朝，李成来到南清宫。

平：跟手来行礼，八王千岁叫几声。

八王说："免礼平身，李成啊，用金牌去召寇准怎样的？""千岁，寇准这个人真是，天上少，世上无。"就将下邦县的审案、寇准的衙门、百姓的尊重、城墙挂靴、城头挂公平斗，统统说于八王听。

平：八王听完成，心中欢喜好几分。

王苞推荐的人，竟是名不虚传。不提八王高兴。潘杨一案，有人审理。

再说潘素蓉，仍然吩咐太监总管，开好礼单，带嘞礼物上天官府。总管刘霸来到府门，寇安迎接，对寇大人报，现有总管大人到。

寇大人接见，分宾主坐下。刘霸说：“寇大人，你果晓封你天官是为底高？”“我为审案之事。”“你果晓底高案呀？”“那我不晓得。”“我告诉你，就是潘杨一案。潘仁美，是皇上的老丈宁，西宫娘娘潘素蓉的老父亲。杨景——杨六郎，是天波府的，也是八王的御妹夫，你一碗水要端平嘞。这里有西宫娘娘，潘素蓉送给你的东西，请点清笑纳，到审案时，你就看着办吧，我不能在此久留。”

平：寇准将礼单看完成，火冒三丈八九分。

怪不到这件案子难审清。西宫娘娘居然配人送礼来，我也不会听他的话，叫我水端平嘞，到时看着办，意思是，向潘，不向杨。那还了得，这么多礼我如果收下来，八辈子都用不完，不过人生在世要以公而判，不可行私。

平：如果潘杨案子不判正，名气坏到几年春。

寇大人想，要将礼物退给西宫娘娘，那不是得罪她嘛，如果得罪西宫：

平：如果西宫娘娘当皇奏一本，就怕难有命残生。

听说八王赵德芳，是个贤王，不如将这些礼送给八王，随他怎么处置。

平：带嘞礼单礼物就动身，南清宫到面前呈。

寇大人一看，两个门官，一个叫赵大，一个叫李二。寇大人说：“门官，请你帮我报，报于八王知道。”这两个人一听，特别高兴，这个人南腔北调，我们今朝和他嬲一嬲。两个人手一伸。寇大人就说：“你们这是什么意思？”“红包子。”赵大、李二说：

平：不把红包子交给我，要进宫门万不能。

寇准说：“门官大人，我是才调进京的天官寇准，今晚有急事，要见八王。”

赵大说：“你掏个门包，买双鞋子的钱。”寇大人想进南清宫也要给门包，不给就不得进宫，就说：“二位门官大人，你们每人五十两银子，明天派人送来。你们记住，我叫寇准，要我钱顶稳。”两人听嘞呵呵笑，对里就报，报于八王知道。

再说八王为潘杨的案子，怎么能依公而断，杨六郎怎样才能申冤，为杨家将申冤，这件事，精神不好，现在花园散心。门官报：“八王，寇准到。”八王说：“叫他进来。”寇准来到八王面前。

平：跟首跪到地，王家千岁叫几声。

八王说：“你就叫寇准？”“微臣正是。”“寇爱卿啊，不需客套，免礼平身。你刚到京城，皇封吏部天官，今天上我南清宫，为的何事啊？”寇准说：“千岁，我从一个七品官，平步青云，升到天官，感谢皇恩，微臣初到，要望千岁关照。”八王想，李成说寇准在下邦县怎么的清廉秉公执法。我倒试探试探他对潘杨一案，怎么秉公办案，如何凭公而断。“寇爱卿啊，你有什么打算呀？”寇准说：“千岁，我就为这事来的。潘仁美是当今国丈，杨六郎是你的御妹夫，我两头都惹不得。”

平：我是开蒙学生写十字，横也难来竖也难。

“我初来乍到，没有底高，这有点礼送给你，你是八王，到时多多帮忙。我这点小礼，略表心意。”随时拿礼单交给八王。

平：八王看完成，怒发冲冠骂几声。

“西宫小贱人，你又送礼了，还有潘仁美的老贱货也送东西。”八王想寇准不敢要，可能是上次刘天祥收礼被我打死，所以他来送给我。

八王说：“寇爱卿，这么多的珍珠八宝，金银玛瑙，你几辈子都用不完。你为何不收，还送给我？”寇大人说：“我在下邦县为官——”

平：我在下邦县做官时，一个钱都不收，倒贴俸禄坐衙门。

八王就说：“寇爱卿，既然你不贪财，审案时候，你要记好，杨景六郎是我的御妹夫啊。”寇准说：

平：我宁可甩掉乌纱帽，不蹲皇城做天官。

“西宫叫我关照他父，你要护你妹夫。叫我这案子，怎么断。我这能心放中间断案，一不向潘，二不偏杨，一碗水端平。”八王说：“难得这样的好人才。不要说当一个天官，够当两个天官。”寇准说：“谢王家千岁。”八王说：“寇爱卿，你谢我何来？”“你刚才封我两个天官。”

平：谢谢千岁封官职，双天官之职我当身。

八王说：“我是随便说的。”寇准说：“王家千岁，你出口就是旨，也不是我赖你呀。”八王说：“好！你能把潘杨案子审理清，我当皇保本，再加封你。寇爱卿礼单交给我保管，财宝先放你那里，在审时——”

平：如遇到为难事，我能帮助你好几分。

寇大人说：“谢王家千岁。我现在回府，我从现在起，永不进南清宫。”八王问:“为什么?”“我门包花不起。”八王一听,火冒三丈。我南清宫哪个还敢要门包。寇大人说:“我今天花了五十两银子,才得进门的。”八王吩咐将赵大、李二喊得来。寇大人又说:“就这两个人。”八王说:“你们得了哇,竟敢要门包。你们今天收到多少的,赶快拿来还给寇天官。”这两个宁也霉煞得,其实一两银子都没得到,现在要还实在难,只好向朋友借。寇大人说:“我的银子有记号的。”一歇工夫,银子借来够,寇大人说:“就这些银子是我的。”两个人将银子还给寇准。八王吩咐将他们两人——

平:拖到外面去,腰斩两段不容情。

寇大人连忙帮求饶。八王说:“看嘞寇天官面上,今朝且饶你们。”“谢王家千岁。”寇大人说:“我这银子也不要,算我送给你买双靴子穿穿。”

平:两人跪到地,谢谢天官老大人。

门官走嘞,寇天官说:“我也该回府了。”八王说:“寇爱卿,望你审好潘杨一案,莫负皇恩。你是走来的,还是坐轿的,还是骑马来的?”寇准说:“我是骑马来的。”八王吩咐将马牵到御花园,八王给寇准牵马坠镫,寇准说:“你折煞微臣。”八王说:“我是为国求贤。”寇准无法,对马镫一踏:“谢过八王,我明天就审案。”随时回府。第二天寇天官审堂,三班衙役帮忙,人如海潮,来听审堂。寇天官抽一支飞签火票,将郡马带上公堂。时间不长,六郎戴孝来到大堂。

平:六郎跪到公堂上,清官大人叫几声。

寇大人说:“杨景六郎,快起来,那旁坐下。”又抽一支飞签票,将监牢里的潘仁美带上堂来。不多时,就听锁链声响,潘贼被带到公堂。抬头一望,六郎坐嘞杠。心想,我不愁官司打不赢,昨天我女儿已经打点好审官,到时肯定要帮我说话。

平:只要审官帮嘞我,六郎你有口无凭做罪人。

寇大人吩咐,给他去掉刑具。潘仁美连三抱拳当胸:“老夫参见大人。”那旁坐下。寇准问杨六郎:“你状告潘仁美,哪几条罪?”六郎说:“大人,潘仁美勾串北国,陷害忠良,把我七弟乱箭射死,不发救兵,将我父逼得撞死李陵碑。派将追杀我六郎。”

平:寇大人上下听完成,心中有数好几分。

潘仁美说:“哎呀,大人,他说我害死七郎,尸体现在何处,有何为凭?他说我串通北国又有何人为证?”当时六郎想,要是拿边关众将的名字说出来,又怕连累人家,要是不说,又无证人。

平:六郎正到为难时,突然来嘞两个人。

突然来嘞两个人,一个高的,一个矮的,一白,一黑,一壮,一瘦。

平:来的两人不是张三其别个,郎千、郎万两个人。

挂:潘仁美看见两个人,心中恼怒八九分。

六郎来看见,心总落到足后根。

他们来不为别的事,要替六郎做证人。

那么,他怎么这样巧来的呢?因为双王丕显捉住潘仁美,就派他们兄弟押解囚车进京,到皇城任务完成,住在驿馆里。本来明天回边关,今朝听说新来的天官,要审潘杨案,他们想,潘贼仗势刁滑,要耍赖皮,说不定,要反咬一口,六郎老实,办任何事,不肯牵累别人。

平:为嘞要除奸,我们当堂做证人。

所以两人一面跑一面嚆:"我们做证明人。"潘仁美一看,是郎千、郎万两个人,咬牙切齿:"你们要出卖我,等着瞧——"

平:只要老夫我不死,要你们狗贼命残生。

平:六郎看见这两人,止不住虎目泪纷纷。

六郎想,这两位英雄真讲义气,为我的事,敢于担风险。

再说,寇大人叫当差的将两人带上公堂。

平:两人来到公堂上,大人连叫好几声。

寇大人问:"你们是什么人,到公堂来作证?"郎千说:"我们是亲兄弟两人,都在潘仁美帐前听令。"寇大人问:"既是边关大将,为何进京作证?""禀大人,我们是跟钦差押解犯人进京的。幽州的潘杨之事,我们是亲目所见,杨家太冤了。天齐庙打擂,七郎劈死潘豹,潘仁美怀恨在心,领兵到前敌就想谋害老杨家。金沙滩一战,老杨家为救万岁,死啦三人,三人活不见人,死不见尸,就落到父子三人。你潘仁美,两个儿子,两个侄儿,根毛不少,点皮不破,而后万岁身体不佳。"

平:万岁幽州不敢蹲,回转京都帝皇城。

"万岁一走,谋害杨家顶妥。将六郎、七郎派到卢沟桥,就令公在幽州,你叫黄龙通知我们,今天提前点卯,没有通知令公,结果令公误嘞卯。"

平:重打四十大棍还不算,罚他带伤去出征。

平:英雄少将都不派,专派老弱病残兵。

"七郎回来讨救兵,好言说尽,你不发兵,不发救兵还微小可——"

平：将他绑到百丈旗杆上，乱箭将他送残生。

平：这些事情我们来作证，讹错没有半毫分。

“另外派我兄弟两人，将七将军的尸首，用石头捆好，沉入黑水河，要我们沿路追杀杨六郎。”

平：潘仁美丧良心，将好人送残生。

寇大人问：“潘仁美，他们说的，你有何说？”潘仁美想，七郎尸首反正沉没河底，想到这里，对寇大人磕头：“哎呀，大人啊，他俩血口喷人，七郎明明投降北国，反说被我乱箭射死。他们本来是要反的，是我收留他们在府内，教他俩武艺，随我上幽州。谁知他恩将仇报，和杨家串通一气，陷害老夫。请大人明镜高悬，为我申冤。”

平：郎千、郎万听完成，老贼连叫好几声。

“你这老贼，铁鞭王押运粮草，你派潘绍、潘祥劫粮草，追杀呼王。”寇大人说：“众位，呼王的事以后再说。今天只理潘杨一案。潘仁美我问你，你说七郎投北国，郎千、郎万说被你用乱箭射死。那尸体在何处啊？”郎千、郎万说：“尸首我们没有撂河里，埋在河神庙大柳树底下。”“此事当真？”郎千、郎万说：

平：大人哎，我们做老实事，决不做说谎人。

就在这时候，有人嚆：“潘仁美，不要装聋作哑了，七郎尸首已经运回来了。天波府已在吊孝了。”所以六郎上公堂也是戴的七郎的孝。

寇天官顺音一看，是位老将军，寇准不认识，就问老将军大号，来人说：

平：我是呼延赞，铁鞭王之职我当身。

平：寇天官站起身，王爷连叫好几声。

铁鞭王说：“七郎尸体运在天波府吊孝，请审案大人验尸。”寇准一听，非常高兴。老贼胆颤心惊。众位，铁鞭王是怎么拿尸首弄回来的呀？听我慢慢讲来，自从丕显下边庭捉潘仁美宁，呼延赞和太君、六郎商议，如果捉住老贼，他肯定要赖，只有将七郎尸首运回，到时候：

平：人证尸证都俱在，要想抵赖万不能。

所以铁鞭王带嘞几名贴心家将去黑水河。当时又怕走漏风声，怕潘仁美的人要抢尸，所以没有动手，等到丕显捉了潘仁美才敢动手，运回尸首。现在寇大人吩咐刘超、马玉将尸首运到大堂验尸。

平：仵作验完成，乱箭射死不差半毫分。

但是容貌看不清，老贼听仵作说相貌看不清，他来大头子劲："啊呀，这个人是我捉到的北国奸细。正因奸细咬口紧，才叫郎千、郎万，将他乱箭射死，埋到黑水河岸。他二人和六郎，狼狈为奸，陷害老夫。如果是七郎，你对尸首叫三声七郎，果能答应。如果能答应，老夫认罪，如果不能答应，说明是假的，那我就无罪。你们说对不对。"

平：寇大人听完成，火冒三丈八九分。

"潘仁美，人证尸证俱在，还要抵赖，死宁能说话吗？来人，看来不用刑不行，重打四十大板。"差人将潘仁美往堂下拽，拿出半卷绸子对他头上一缠。大家要问，打人为什么要用这个？怕有的人，趁用刑的时候寻短见，如果宁一死，就没有口供，审案的就要丢官，所以事先将头缠好。差人举起板子，啪啪啪地打呀，因为总恨这老贼，今朝正好出气，打嘞特别重，对死里打。

平：即使打死，不关我们事，天官大人一人当。

平：四十板子打完成，皮开肉绽血淋淋。

老贼倒昏过去了，寇大人用冷水泼醒

平：(宁)人不伤心心不死，冷水泼面又还魂。

寇大人吩咐将潘仁美架上来："我问你潘仁美，你是招还是不招哇？"老贼说："姓寇的，你向杨家，陷害老夫，有朝一日——"

平：我到金殿奏一本，要你寇准命残生。

寇大人说："你还不招供，来人，给他上夹棍。"差人将夹棍抬上来，寇大人说："你招了供，免受皮肉之苦。"潘仁美一想，我如果招了供，我女儿潘素蓉怎么能救我呀？想到女儿，总归要来救我的，对寇准说：

平：你哪怕将我来打死，要我招供万不能。

寇大人大怒："将他夹起来！"

平：夹得老贼痛又疼，夹得他死里难逃生。

倒又昏过去嘞够，大人又将他泼活。有人说，真是寇青天，审得清问得明，赃证俱在才用刑。也有的说："寇大人胆不小哇，敢打皇上的老丈宁。"

平：就怕弄不好，丢啦乌纱帽，削职为民转家门。

就在这时候，一阵大乱。有人说："娘娘千岁到，大家让出一条路，等娘娘好跑。"寇准听说娘娘到，不用说肯定是老贼的女儿潘素蓉。

随时叫六郎、郎千、郎万、呼延赞："你们先退下去，听候传唤。"叫差人将潘仁美,拖到旮旯处,用芦苇盖好。差人吓得脸都白消。西宫娘娘看见自己父亲被打作这样,你寇准怎得了。

平:不提大家都担心,再说娘娘到来临。

寇准想:你来有言,我去有语,看皇上面子,我应当好好迎接。抬头一看,虽则三十多岁的人,能像二十岁的人,可以说,有沉鱼落雁之容,羞花闭月之貌,头戴凤冠,满头珠翠,身穿霞披,宫娥挽她下凤辇,来到大堂,轻动金莲,能像蝴蝶采花,蜻蜓戏水。

平:身上挂香袋,喷脑真香。

平:寇天官忙行礼,娘娘千岁叫几声。

平:微臣迎接晚,要望娘娘原谅二三分。

潘素蓉说:"寇爱卿免礼,平身。"大家要问,潘素蓉怎来更巧的呀?晓得今朝要审潘杨一案,就打发太监来听审堂。开头听寇准叫潘仁美坐下来,太监回去报于娘娘,她想昨天送的礼有用的。哪晓到后来,抬来七郎尸首,潘仁美被打四十板子。

太监又去对娘娘汇报。潘素蓉听见说寇准对她父亲用刑,我要去救他宁。随时吩咐,摆銮驾,直奔天官府大堂。她对寇准相相,暗中说:"我昨天派人送来这么多礼,是给我办事的,反而对我老爹用刑?"而寇准对潘素蓉说:"你不在宫中,养你的金身玉体,跑到我大堂来,有什么事情吗?"潘素蓉打声唤声:"寇爱卿啊——"

平:我不为别的事,只为我的老父亲。

"我特来看看你潘杨一案是怎么审理的,如何公断的。"寇准说:"娘娘光临大堂,审案更加便当,请娘娘落座。"太监刘霸拿上方天子剑站在身后,两旁宫娥彩女,潘素蓉对大堂一看,没有看见潘仁美,就问:"寇爱卿啊,我怎么看不见我的父亲老太师的?"寇准还没来得及回话,老贼从芦苇里爬出来,潘素蓉一看眼泪含酸。

十:潘仁美,脸上血,糊里糊涂,

爬得来,浑身伤,站不起身。

平:潘素蓉看见老父像个死景现,止不住凤眼泪纷纷。

"我问你姓寇的,为什么你给我老父用刑啊?难道你不知道他是我的父亲,皇帝的丈宁,当朝老太师吗?"寇大人说:"娘娘,家有家规,国有国法,王子犯法,与庶民同罪。""好哇!好一个王子犯法与庶民同罪,不信你姓寇的,吃了熊心豹子胆,来人啊,给我把姓寇的捆起来。"娘娘开口,太监动手。寇大人想,你在我的大堂,你要耍无赖,你有太监,我有差人。你们给挡住点。哪晓太监、宫娥伸手就打,衙役不敢还手。“如果将人来打死,娘娘我一人来承担。”寇准倒火起来够,你是娘娘胡干,我才不买账,寇准对差人说:“你们给我打。”

平:如果打起乱子来,有我寇准一个人当。

原来刘天祥的一班衙役,吓怕嘞够,不敢动手,而寇准带来的,寇安、刘超、马玉,他们不管什么娘娘,是哪一个,杀野,出劲就打。

滚:打嘞太监宫娥,爬的爬来滚的滚。

如果不溜得馊,就怕难有命残生。

潘素蓉下令:“刘霸,给我将姓寇的脑袋扒下来。”寇准想,你对我无情,莫怪我对你无义,随时拿起象牙笏板。本来是见皇上用的,今朝,他拿起来和刘霸打起来。他想,我匡得,还回下邦县。刘霸对寇准一剑,寇准一让,就差点点,寇大人一笏板,刚打在刘霸的脸上。刘霸对娘娘哭诉:“姓寇的打我。”潘素蓉说:“姓寇的,打狗也看主面,你敢打哀家的总管,我和你拼了。”一步三扭,朝寇准身边走来。这时,寇大人也怕起哇,为底高,如果被他抓住得,这叫臣戏君妻。

平:臣戏君妻失国体,欺君之罪罪不轻。

平:如果犯嘞欺君罪,法场过刀不容情。

十:有寇准,在公堂,躲来躲去,

潘素蓉,不自尊,要想害人。

潘素蓉拿起砚台扔寇准。如果被扔到头脑开花。寇准想,我惹不起你,躲啦得总好了。哪晓,潘素蓉背住寇准衣裳。寇准一搪,潘素蓉哐当,噗通对地下一坐,凤冠摔得粉碎,青丝抓乱嘞,凤衣撕坏嘞。脸上抓破嘞三道血印,一头跑一头哭。

平:我上金殿告御状,状告寇准一个人。

潘素蓉吩咐:“刘霸快送我上车辇,我要上金殿去告状。”寇准一看不曾上算:“我又没碰她,还害我打她。我左右一不做,二不休。闹个痛快,去砸她的车辇,砸她的銮驾。”肇遭寇安、刘超他们动手,就连原来刘天祥的差宁,胆子也大起够,大家动手撒野,就打,噼里啪啦。潘素蓉见銮驾也被砸坏嘞,更加哭起来。

平:叫声太监哎,车辇銮驾都砸坏,叫我怎得上殿把冤申。

刘霸说:“娘娘我来搀你。”娘娘说:“我的凤鞋都掉了。”宫娥连三脱双绣花鞋给娘娘穿起来,来到金殿。再说:今朝看审堂的特别多,啕啕罗罗,有的说:“这个清官真是天不怕,地不怕,皇亲都不怕。”

再说寇大人下令将潘仁美押起来:“我要去金殿请罪。”有的说:“大人哎——"

平:你今朝上金殿,就怕难有命残生。

潘素蓉先到朝门,刘霸打鼓撞钟。万岁听见钟鼓齐响,随时上殿刚坐稳,听见有哭声。

单:只见女子哭哭啼啼来到金殿上!万岁叫啦好几声。

平:万岁哎,小妃被人来欺负,要望万岁帮我把冤申。

万岁一望,龙心直荡,看头上披头散发,脸上皮破血流,凤衣也撕破好几块。"哎呀,爱妃,是谁欺负你?"

平:万岁哎,奴家只想今朝和你见一面,再也不能伴君皇。

平:万岁哎,我被人家欺负嘞不愿等世上过,只愿死来不愿生。

平:梓潼哎,哪个胆有天大欺负你,孤家帮你把冤申。

"万岁哎,小妃今朝闲暇无事,听说寇准今朝审案,我就带宫娥彩女,还有太监到公堂,我是想开眼界。那寇准这个贼,看见我就眯花眼笑。哪晓他道貌岸然,衣冠禽兽,堂也不升,嬉皮笑脸,贼里贼腔。"

平:他要想调戏我,臣调君妻罪不轻。

"我当堂和他讲理,他说:'我非要调戏你。'打掉我的凤冠,抓乱青丝发,打破车辇,砸坏銮驾,凤衣撕破,还伸到我那个地方……"

平:我这句就说不出口,你纸糊灯笼肚里明。

平:万岁听完成,龙须躁嘞乱纷纷。

正在这时,寇准也到嘞金殿,万岁吩咐:"武士,给我将寇准绑起来。"

"好一个寇准,你七品官,青云直上升为天官之职,不思报皇恩,目无国法王章,竟敢调戏君妻,真是伤风败俗,乱我朝纲,给我拖出去杀、杀、杀。"

寇大人根本没有说话的余地,就怕只好上阎王瓜去。

众位,讲杨家将讲到寇天官审潘杨一案,西宫潘素蓉大闹公堂。

告寇大人调戏君妻,万岁要将寇准法场过刀。

忠孝宝卷未完成,下册之中再谈论。

挂:宝卷未完成,个个有精神,
大众帮和佛,腰不酸来腿不疼。

挂:三阳从头起,五福是天来,
下次再做会,也是请我来。

七、寇天官设地狱　老贼偷梁换柱　排风捉奸细

水东流，结冤仇，得太平，热血流。——圣谕

单：江水滔滔水东流，多少奸臣结冤仇。

单：为了江山得太平，许多忠臣热血流。

挂：三山六水一份田，人人总要顾爹娘，

为人要公道，省得受牵连。

挂：人家骑马我骑驴，比比人家我不如，

回过来望望推车汉，比上不足下有余。

平：开开经来阵阵香，老少福寿广无边。

话说：杨家将宝卷，上册理文，已经讲到寇天官审潘杨一案，潘仁美被用刑，死总不交认，为底高，他有女儿潘素蓉西宫娘娘。

平：等西宫当皇保一本，就好赦我转家门。

再说，潘素蓉派刘霸和太监到公堂打听消息，听见要给老贼用刑，通知西宫娘娘，娘娘摆好銮驾，身坐车辇，来到公堂。自己拿冠撂啦得，青丝抓蓬嘞，脸上抓坏嘞，凤衣撕破嘞。

平：哭到金殿奏一本，帮我小妃把冤申。

赵匡义昏君，只听一面之言，寇大人到金殿，本来说点给万岁听听，哪晓万岁没有给寇准说的余地，龙心大怒。

平：拿寇准拖到法场上，腰斩两段要容情。

寇准才调为天官，朝纲文武大臣都不熟悉，就老宰相王苞跪到金銮殿，万岁，万岁，连叫好几声。

平：万岁哎，寇准调戏真和假，要等寇准说分明。

万岁正在火头上，王苞你再给寇准保本，我对你说：

平：如果哪个再替寇准来保本，也和寇准一现行。

这时寇准被绑到法场，作孽了，连个祭奠的都没得，寇准想想伤心。

平：可怜哦，我在下邦县九载整，何必传我上皇城。

滚：我死都微小可，潘杨案子不曾审理清，
就是我死了，总不闭眼睛。

这时第二声追魂炮已响嘞够，寇准越想越伤心。

平：万岁哎，你不分忠来不辨奸，糊里糊涂坐龙庭。

平：可怜哦，多少忠良将，死得冤屈无处申。

昏君，任人唯亲，闭贤路，保他何用，不如死了倒好，省得挨搞。不晓寇安哪里去的，替我对下邦县父老乡亲问好，再对他们说一声。

平：西宫娘娘害嘞我，皇城里面送残生。

平：等到第三声炮一响，寇准就要送残生。

平：寇准等等险没得命，突然来嘞三个宁。

就听有人高喊："御林军，快闪开，八王驾到。"寇准一看欢喜一半，看来死不了啦。

那么八王怎在这时来的？是郑王和双王报信的。汝南王郑印，双王呼延丕显，听说寇天官审案，他们也来看，听他怎么审的。后来潘素蓉大闹公堂，公差打坏车辇，砸坏銮驾，两宁看得高兴。

平：两人都称赞，称赞寇准有胆人。

见潘素蓉哭得去告状，两人着躁，对南清宫一跳，将公堂事情，告诉八王。

平：八王听完成，三人立时就动身。

平：我们赶快上法场，要救寇准命残生。

三人来到法场对寇准一看，绑嘞将军柱上，背后插面亡命旗，名字用红笔画了圈。八王说："寇爱卿，你委屈了。"寇准说："千岁，生而何欢，死而何惧啊？"

平：花开数日总要谢，人生百岁死一回。

"不过，我从下邦县做知县，升到天官，多亏你提拔。至今我是没报答。你封我的双天官，也没有领俸银，我倒要归阴，这回我省到好些雪花银。"

平：三人听完成，果要笑嘞肚里疼。

丕显说:“我们不来,他倒死掉了,现在还开玩笑。”八王说:“寇爱卿,有我们到,你死不了。丕显啊,你看住点。”

平:如果哪个动嘞寇准一根毛,抄斩他瓜一满门。

说完就和郑王,手拿王命金锏来到金殿。万岁一看眼睛发暗。潘素蓉加倍哭,万岁哎。

平:你要给我拿主意,要帮小妃把冤申。

八王用金锏点三点:“皇侄见驾。”万岁问:“皇侄,你不在南清宫养体,上我金殿,为的何事啊?”“请问万岁,为何要杀寇天官?”万岁说:“皇侄啊,这事叫朕难以启唇,寇准是臣,居然臣戏君妻,又将娘娘脸上抓坏,打凤辇,砸銮驾,罪不容赦。”八王说:“皇叔,请你想,寇准七品芝麻官,刚调过来,蒙你封他天官之职,借个胆给他,也不敢无理呀?”潘素蓉说:“你不要忘记,往往魍徒,色胆包天。”八王问:“娘娘,我请问你,是寇准到你内宫去的呢,还是你到天官府的?”潘素蓉说:“啊呀,我是去听审堂的呀。”八王说:“民女,也不抛头露面,你是贵人,私离深宫,成何体统。叫人评头品足,不怕人耻笑。”

平:八王几句话说完成,潘妃脸红耳赤想章程。

“啊呀,皇侄,我不是不懂三纲五常,我是对潘太师放心不下。”八王说:“对呀,你是见行贿不成,看住寇准一个人——”

平:帮嘞你瓜父亲就拉倒,因为没有帮,你就害他命残生。

平:潘素蓉听到行贿这一声,心中思想八九分。

我叫刘霸送去礼,寇准已收嘞,总不可能又落到赵德芳手。也可能杨家送的礼比我多,所以让杨景打我老父亲。“嗯,你赵德芳,专帮杨家忙,上次刘天祥要打杨景,被你打煞得。这次打我父亲,你装聋作哑,你是明一套,暗一套,杨景是你的御妹夫,我说你不要觉气,必有自弊。”

平:八王听完成,火冒三丈八九分。

“你这奸妃,血口喷人。你大闹公堂,有双王、郑王作证。”郑王说:“我正在公堂,看得清爽。”八王又说:

平:你盗取皇宫宝和珍,行贿寇准不该应。

潘素蓉说:“你自己行贿于寇准,反而呆子扒草,倒打一耙,你说我行贿证据何在?”八王说:“你派太监送礼给寇准,他清如水,明如镜,秉公执法,不收赃物,又怕你不饶他,所以他把礼物保存好,礼单送到我南清宫。”

平：如若不相信，礼单拿去看分明。

平：潘素蓉听完成，能像哑巴不作声。

万岁将礼单一看，眼睛发暗："爱妃呀，你胆子也太大了，两次为太师行贿，你果知罪，又大闹公堂。回宫定要重责。"随时一抖袍袖："还不死走，等皇侄发得火，你对哪里走。"

平：如果被金锏来打到，你到哪有命残生。

潘素蓉趁八王不注意，溜走嘞够。

爱妃一走，万岁也不发火："皇侄好男不和女斗，你不要和你王婶一般见识。快把寇爱卿赦到金殿。"八王想："我也不可能将王婶打死。"再说，寇准来到金殿。

平：跪到金殿上，谢万岁不斩之恩。

万岁说："潘杨一案，还是你去审理，不过以后审，和以前不同。"

平：不准打来不准骂，要将案子审理清。

八王说："潘仁美，舌箭唇枪，万岁不准用刑，这案怎么审啊？"

寇准说："王家千岁，不要担心，我略施小计。"

滚：不打一机，不骂他一声，撬开他狗牙门，他自己定然要开声。

寇天官将计策和八王一说，八王拍手叫好，依计而行。

再说潘仁美，被打嘞皮开肉绽，天天睏在牢内爬不起来。狱官李老好，天天帮他换药，送饭。最近总算好点了，有点精神，已经有半个多月，没有审堂，就问李老好："这么多天怎么不过堂啊？"李老好说："老太师，还审什么堂呀，寇天官连官都丢了，你这案子，算要完了。"太师问："你说什么？"李老好说："你不知道哇？上次就是你在公堂的时候，寇准打嘞娘娘，砸坏銮驾。娘娘哭到金殿。"

平：金殿上面奏一本，要帮潘家把冤申。

"万岁龙心大怒，将寇准拖到法场，八贤王向着寇准。"

平：八王保一本，饶啦寇准命残生。

"寇准死罪饶了，活罪难免，削职为民。"

平：卷卷铺盖就动身，回到家乡去安身。

潘仁美听嘞，又惊又喜，又信又疑。问李老好："这些事，是真的吗？"李老好说："老太师，我从来不说假话。""我又要问你，是不是又派别的官员亲审此案？"老好说："派是派了。你想，寇准打嘞你老太师，没有得过身，还有哪个敢审此案，你是皇上的老丈宁，在我看，不过几天——"

平:娘娘到万岁面前奏一本,就放太师转府门。

潘仁美想,李老好说的应该是真的,自从那天寇准审堂,我女儿大闹公堂,至今也有半个多月,从未审问过。"李老好,我对你说——"

平:等我出得狱,我要报你老好一重恩。

李老好说:"你回府,我也不要别的谢我,我只想还蹲你身边,服侍你,帮端茶倒水,捶腰捶腿。我也就满足了。"潘仁美一听,喜致不尽。第二天将夜,李老好,买嘞好酒好菜,对狱中一带。老好说:"太师哎,来呀,菜不管好哇丑,我来陪你喝两盅酒。"潘仁美说:"狱中不准吃酒。"老好说:"不准别人吃酒,法制是对别人的,你是皇上的丈宁。还有哪个敢对你呀?再说,你的案子确实是被屈含冤的,你偌大岁数,吃这样苦,你马上要出去了,以后我巴结不上呢。"一面说已经拿蜡烛点着,食盒已打开。有鱼,有虾还有山珍海味,喷脑真香。这时潘仁美倒也馋起来够,老好倒一杯给潘仁美,一饮而尽。老好又倒一杯:"愿祝老太师,逢凶化吉,遇难呈祥。"

平:老贼横一杯来竖一杯,杯杯盏盏不推诿。

老贼吃得,脸上通红,扶泥不上壁,站嘞杠总要跌,还要吃。拿起酒杯对嘴里,朝鼻子里灌。老好一看,老能上算,连忙搀他到床上。未曾睏多少时,嘴里干,喉嗓里冒烟,想喝水。李老好又不在身边,喊别的狱卒,也不方便。蜡烛花多嘞也无人剔。

平:好容易熬到鼓已打三更,一阵狂风怕坏人。

十:这阵风,吹进门,阴气沉沉,

神也惊,宁也怕,皆怕三分。

风将蜡烛火吹到屋望上,而且是蓝火,也就是鬼火。潘仁美说:"我从来不怕鬼,你不要做鬼,背不起我一腿。"就在这时,牢狱铁门大开,一个鬼使进来,灯火又暗,也无法看清。

十:只看见,这个鬼,披头散发,

一面跑,一面哭,还我命来。

平:潘仁美看看准,确实是真鬼要捉我人。

就在这时,进来两个鬼,一个大鬼,手拿勾魂牌:

十:有大鬼,手拿着,勾魂牌子,

上写着,捉仁美,哪里逃生。

十：有小鬼，狼牙棒，带嘞随身。

招到你，不听话，棒棍上身。

大鬼来到潘洪、潘仁美身边。

平：你在阳日三间害就多少人，阴曹地府不容情。

抓住他的衣领对开一掼，掼出去几丈。潘仁美想，我听说死宁只有魂灵不在身上，我倒望望看，尸首果来床上。对床上一望，吓得心直荡，床上有肉体睏嘞杠。

平：不好嘞够，我真的到地府里，只好地府里来安身。

平：如果在阳日之间审潘杨案，女儿要帮助我八九分。

平：不好嘞够，阴曹地府，一个鬼我总不认识，哪个帮助我当身。

不提潘仁美想，再说：鬼使，拖他就走。

平：拖嘞潘仁美动嘞身，前面到了酆都城。

出来一个焦面鬼："你们到酆都城有何事？""我们奉阎君之令捉拿潘仁美归案。"潘仁美想：

平：如果押到酆都城，永世覅想上皇城。

潘仁美想，我已到嘞酆都城，想还生的念头丢了，鬼使拖他对前来，也有一条街。有买有卖，倒也热闹，后面来嘞几个鬼，不得了。

十：吊煞鬼，扛木梢，一路啼哭，

服毒鬼，走出来，毒气难闻。

十：刷颈鬼，跳出来，鲜血淋淋，

落水鬼，爬沟岸，要找替身。

平：一面跑来看宁，一顶轿子到来临。

对轿子里一望，吓得直荡。头戴软巾，面似古月，一嘴银须。潘仁美看看清，冤瓜遇到对头人。潘仁美问："鬼使，杨继业怎么坐轿的？"鬼使说："令公在阳日三间，专做好事，阎君判他早升天界。你潘仁美只要拿杨家事情说出来，阎君也判你早升天。"

又到嘞高大房屋，有一副对联，上联是"天知，地知，你知我知"，下联是"早报，晚报，早晚要报"。横批写的"正来抓你"。潘仁美一看浑身放汗。

十：在阳间，杀生灵，打上力山，

煮螃蟹，烫鳝鱼，难免油锅。

十：在阳间，害人家，寒水受苦，

说是非，挑嘞祸，拔舌抽筋。

潘仁美看完成，殿殿总是恶罪人。

正在这时，鸣锣开道，一顶大轿，从轿里出来。看这人，头戴皇冠，身穿五龙皇罗袍，暴长钢鬓，身后坐着酆都大帝，怀抱玉圭，阎罗身边也有判官，头戴桃翅乌纱，面似赤火，身穿红袍，拿着生死簿：

十：有牛头，和马面，两边站立，

手拿着，水火棍，要打罪人。

殿前一个油锅，小鬼正在添柴。旁边还有小鬼，正在推磨。阎罗正在问一人在阳间当官的，阎罗高喊："展为己，你大胆的赃官，你在阳间好话说尽，坏事做绝，贪赃枉法，欺男霸女，鱼肉乡里，老百姓恨不能吃你的肉、剥你的皮、抽你的筋——"

平：你作恶实在多，现在罚你下油锅。

平：掼进油锅两个滚，只见泡泡不见人。

后面又拖一个，是个女子，阎罗问："李刘氏，你和姘夫，如何合谋定计毒死你丈夫的呀？"李刘氏说：

平：我没有毒死我丈夫，我这冤枉海能深。

阎君说："李刘氏，阴间事，阳日三间不知。而阳间事，阴曹晓得分明。带她到业镜台去照。"哪晓一照，吓得直跳。业镜台照到她和奸夫如何毒死丈夫的。阎君下令，将她用锯子锯。

平：潘仁美来看见，魂灵吓到九霄云。

就在这时，阎君下令："将潘仁美带上。"大二小鬼将潘仁美架到阎君面前对下掼，阎君问："潘仁美，你身为国丈，掌朝太师，又是一国元帅，不思报国，反而上欺君王，下压文武，谋害忠良，勾串辽国，杨继业和七郎已在我阴曹，将你告下了，还不从实招来呀？"

平：如果招得全，可以放你转还阳。

老贼想，我在任何地方都不能将做的事招出来。

平：我如果如实交嘞供，千个残生活不成。

老贼说："阎君，我知书明理，哪敢违法，他杨家父子，有意造反，私通辽国，确为真情。他倒打一耙，妄告不实，冤枉老夫，请阎君明断。"阎君说："潘仁美呀，阳间容你抵赖，阴间焉容你狡辩，你看，那是谁？"

平:老贼看来人,正是七郎一个人。

七郎照老贼就要打,阎君止住得,才没动手。又将七郎带走。阎君说:“潘仁美,你看柱子上写的什么?”老贼来读:“阳日三间,为非作歹皆由你;阴曹地府,古往今来饶过谁。”

老贼想,我不招,就是不招:“阎君,我无供可招。”阎君大怒:“将潘仁美下油锅。”鬼使着躁,要拿他对油锅里撂。判官说:“慢。让我查查看,他的寿延怎样,命运如何。”判官奏到阎君耳边说,这个声音很低,但是潘仁美可以听见,判官说:“潘仁美还有二十年的洪福,可以做二十年的帝皇,如果真的下油锅死了,太可惜了。”

阎君说:“这不能怪我。”“阎君,因为他不招供,如果他招嘞供,我倒好原谅,放他还阳。”再说潘仁美:

平:阎君判官说得轻,老贼骨里听分明。

老贼想我今年六十三岁,再活二十年,八十三岁,并且有二十年皇位。

平:如果今朝地府送残生,二十年的帝皇做不成。

就问:“阎君哎,阳日三间做的事,地府晓得,如果我阴间说的,阳间果晓得咖?”阎君说:“潘仁美——”

平:你在阴间说分明,阳间不知半毫分。

潘仁美说:“既阳间不晓得,那我说。”就拿怎样害死杨家父子,追杀六郎延昭——

平:上下恶事说完成,供词录得紧腾腾。

判官说:“你来签字画押。”潘仁美想:“我还是签字不签字呢?如果是寇准用的花头,我刚才招的口供,我如果不画押,也不过是口说无凭。如果,现在确实是阎王,我画押,也无所为。是真是假难以辨证,我听说阎王家用的铜笔铁砚,哪晓拿起笔,一看,真是铜笔铁砚,真是阎君,那我只好画押,他不晓得。”

平:签过字来画过押,要想抵赖万不能。

阎王见他签过字画过押,吩咐掌灯,立时明亮,和白天一现,阎王、判官、牛头、马面,所有人拿帽子衣服脱啦得。

平:潘仁美对大家看完成,魂灵冒到九霄云。

原来阎王是铁鞭王扮的,寇准扮的判官。那为底高要这么弄呢,因为万岁有旨,不许打,不准骂,要寇准将潘杨一案审清。所以,寇准和八王相商,只有假设地狱，事先叫李老好，带酒菜，到牢狱将老贼灌醉嘞，派狱卒躲在潘仁美的床底下，等到潘仁美被拖走，这人就爬到床上。所以潘仁美回过头望，床上宁有灵。另外，从东门到天齐庙，这一段的城墙都用黑布遮好嘞，点上绿灯所以阴森森，八王扮的酆都大帝，下油锅是个假宁，被锯的女子，是请来一个唱戏的女子，为这事演习过多次。

现在已经成嘞功。

平：潘仁美入了圈套，招嘞供，老贼想想恨煞人。

仍然将老贼押入牢内。

平：五鼓三点龙登殿，文武百官入朝门。

寇准上殿见驾："万岁，潘杨一案，微臣已经审清。潘仁美陷害杨家是实。这里有供词，请万岁龙目观看。"

平：万岁将供词看完成，暗骂国丈好几声。

平：你如果不招供，我好想法救到你，你招嘞供，我怎能救到你当身。

"寇爱卿，你这口供是从何而来的呀？"寇准说："我一没打，二没有骂，三没有动刑，四没逼供，是他自己招的供。"万岁想，我这老丈宁哪里是呆子啊，既没打，什么刑都没有用，他就自己招嘞供，实在不相信："给我将潘仁美带上金殿，我也问他怎么招的供。"一刻辰光，来到金殿。

平：老贼跪到品级台阶下，冤枉喊嘞不绝声。

平：万岁哎，老夫这件冤枉事，要望万岁帮我把冤申。

万岁说："国丈，寇爱卿说你已经将陷害杨家的事招嘞供，你还有什么可说的？"潘仁美说："万岁，是寇准和杨家将，串通一气，陷害为臣的。"其实万岁要望老贼翻案，现在听潘仁美说陷害微臣，故意拿供词对地下扔。

平：潘仁美来看见，果要欢喜八九分。

平：老贼对前爬几步，供词抢到手中心。

老贼拿到供词揉成纸团对嘴里一摺，倒吃下去够。

平：八王来看见，果要躁死又还魂。

现在供词给老贼吃啦得够，空说无凭。

平：白白忙嘞半个月整，功劳没得半毫分。

平：举起金锏就要打，打死老贼不容情。

寇准说："千岁，不要着急，他吃下去的，是假的，我就算到他会来这一手。假的上面只有供词,没有手印,真的在这里。”随时从袖管里拿出来。

平:八王看完成,称赞寇准有才能。

潘仁美说:“寇大人,你倒拿供词给我望望看。”寇准说:“那不可能,你又要对肚里吞。”寇大人将供词送到龙书案桌,万岁想,寇准足智多谋,案子审清。

平:金殿未平静,又来两个人。

佘太君和六郎来到金殿:

平:跪到金殿上,万岁连叫好几声。

平:万岁哎,令公和七郎死得实在惨,要请万岁把冤申。

万岁想:“向情向不了理,人证、物证俱在,再对哪里赖,口供也是他本人招供的。我也无法保,如果再偏向潘家,文武不服。”

平:如果等文武翻嘞脸,我铁打龙庭坐不成。

假惺惺一拍龙书案:“胆大潘洪——潘仁美,你欺君罔上,勾串辽国,陷害忠良,犯了十恶不赦之罪——”

平:拿他拖到法场上,腰斩两段要容情。

将潘仁美拖到法场。

平:刚放嘞追魂炮,西宫娘娘到来临。

有宁到后宫送信给潘素蓉:“你父亲绑赴法场要过刀问斩。”

平:娘娘闻听这一声,她要舍命救父亲。

随时坐车辇,直奔金殿,跪到万岁面前。

平:娘娘哭腔乌啦求万岁,饶恕我瓜老父亲。

“我父是办了错事,不过人非圣贤,谁能无过。有错必改,看他伴君多年,忠心耿耿,万岁——”

平:再看小妃面上情,饶许他的命残生。

万岁故意一哼:“他滥用兵权,害死杨家将多人,本应千刀万剐,只是法场丧生,孤家已是大开宏恩,不须你再开声。”潘素蓉说:“他也偌大年纪,能在世上活几年,他是国丈啊。”万岁说:“不分大啊小,王子犯法,与民同罪。”

平:潘素蓉听见这一声,更加啼哭泪纷纷。

平:万岁哎,你将我父送嘞命,我也不要命残生。

万岁对潘素蓉做关目,意思是:你光对我说没用,你要去对八王求情,只要八王同意,我就好救国丈。你们说,潘素蓉多聪明,看出万岁的意思,连三跪到八王面前。

平:八王哎,要望你施点恩,饶恕我父命残生。

说归说,把一双描花手对他腿馍头(膝盖)一搭,眼泪巴塌。八王肚里不道:“你要干什么?”头对下一点。潘素蓉说:“万岁哎,八王同意赦我父亲,他已经点嘞头了。”万岁心上说,现在赦他,是你答应的,不能怪我。

平:一个赦字不非轻,老贼留到命残生。

潘仁美被赦到金殿,谢万岁不斩之恩。万岁怕众朝臣不服,就说死罪赦过,活罪不饶。将潘仁美、潘龙、潘虎、潘祥、潘绍,发配到温州充军。还有黄雀,他会飞的,一直用钢网,网好嘞,用这法子对他,怕他要飞走,法场过刀。

平:锢嘞网肚里,拖到法场上,腰斩两段送残生。

万岁对佘太君和六郎一看,哭得心酸:“就封太君为无佞侯长寿星,没有砍你的刀,斩你的剑。再赐你龙头拐杖,上殿不参君,下殿不辞王,三六九日,大朝见驾,如不乐意蹲家纳福,另外你家里的寡妇我也加封。”

平:所有儿媳听封尊,都是一品诰命正夫人。

七郎、八虎之后代出生就吃三品俸禄,三岁就穿蟒袍,戴乌纱帽,另外拨银两,在天波府造起上马牌坊,下马碑。

滚:文官下轿行,武官也要下马跑,

滚:如果哪个做不到,腰斩两段不容情。

太君气嘞浑身发抖,上去一几,打嘞六郎的头,太君一急:

平:太君一急背过气,人脉不知半毫分。

平:万岁见机就退朝,退到后宫去安身。

太君打六郎,意思是你的御状告嘞还是无用。太君已经昏过去。就拍拍喊喊。

平:宁不伤心心不死,喊喊拍拍转还魂。

六郎将老母搀扶到府。再说寇大人来到南清宫,拿官帽一探,对台上一放:“八王——”

平:我不愿皇城把官做,回转乡间百姓当。

八王问:“寇爱卿为的何事?”“八王,我夜审潘仁美,出这么个劲,潘杨一案审清,结果在金殿上,西宫娘娘手放到你的腿馍头,身子一抖,就点头,本来老贼死罪,现在赦作活罪,你倒无所谓。”

平：我如果蹲皇城里，千个残生活不成。

平：两人正在讲，又来两个人。

又来哪个呀？双王呼延丕显和六郎杨景。双王说："八王，我这双王也不要了。"八王问："为什么？"双王说："我上边庭，拿潘仁美捉瓜来。你头一点，就将他死罪赦了，他是国丈，我才十二岁，他绝对要报仇。"

平：如果被他来杀死，往往投生十二春。

再说六郎，眼睛都哭红嘞。来到八王面前。剑拿在手里："王家千岁，当时告御状也是你帮出的主意，现在救潘仁美也是你做的好宁。坏宁，好宁都是你个人做的，我六郎，堂堂男子汉，不能报杀父杀兄之仇，我也往往活在世上，我情愿自刎。"

平：阳日三间没脸蹲，情愿自刎送残生。

八王说："你们都不要冤枉我，我不是成心赦他的，是被潘素蓉赖去的。我点头，不是同意赦，是看她的手的。"寇准说："你看见她的手，你的浑身要发抖。"八王说："爱卿，什么时候你还说笑话。你足智多谋，现在果能想到办法，除啦老贼。"寇准说："办法是有，不过惹下祸来，哪个担当？"八王说：

平：哪怕惹下天大祸，有我赵德芳一人当。

寇准说："那好，杨郡马，报仇机会来了。现在老贼到温州去充军，黑松林是必经之路。"

平：你埋伏到黑松林，好将老贼送残生。

六郎一听，果然相信。回到天波府，就带嘞八姐延琪，九妹延英。带好兵器。

平：三人动嘞身，黑松林到面前呈。

等嘞不多时，只听哈嘎，哈嘎，车辆声。六郎一看，欢乐一半，正是囚车。三人对路中间一站，直把嗓子喊："你们是干什么的？"

差宁说："我们押解囚犯的。""你们押的是谁呀？"差人说：

平：我们押的不是张三其别个，潘仁美父子几个人。

六郎说："我是来杀潘仁美的。"六郎拿枪来到第一辆车。囚犯头发一蓬松，不成龙盯咚，正要用枪戳，这人出劲哭："六将军哎——"

平：你高抬贵手饶恕我，不是仁美贼奸臣。

六郎问："你是谁人？""我是被骗来顶替潘仁美的。"

六郎看清确实不是潘仁美，也就没有动手，再说差人，想囚车被六郎劫去，我无法交差。

平：我们不敢回转门，海角苍天去逃生。

原来顶替潘仁美的叫于标，是潘素蓉和太监总管刘霸相商用的顶包计，潘龙、潘虎、潘绍、潘祥，也是假的，都是在牢里找来了顶替的。

八姐问："六郎，囚车的人怎么办？"六郎说："给他们开枷落锁，让他们走。"

平：他们也是被逼来顶替，放啦他们命残生。

平：三人不曾杀到潘仁美，气气闷闷转府门。

来到无佞楼见太君，这时太君病倒在床上，三人来到床前：

平：三人来拜见，拜见母亲老大人。

六郎就将寇准出主意，黑松林劫杀潘贼的事说一遍："现在老贼用的调包计，自己还在潘府。"

平：母亲哎，我要去潘府，捉拿老贼不容情。

太君说："儿啊，潘府兵多将勇，你去捉老贼，不要打狗未打到，反被狗咬。他是皇上老丈人。是人，手总是对里弯的，你私闯太师府——"

平：如果被万岁来晓得，千个残生活不成。

"儿啊，要上潘府捉老贼，你要去和八王，还有寇天官商议，请他们帮出主意。"六郎一听，果然相信。白天不能去，到嘞晚上。太君说："你去我不放心，还是我亲自去。"八姐、九妹，还有烧火丫头杨排风也要同去。太君说："我只带排风一个宁去，我们先上天官府。"

平：主仆两人就动嘞身，天官府到面前呈。

哪晓天官府张灯结彩，好像有贺喜之事。天官府为何张灯结彩，听学生慢慢讲来。今天上朝，万岁想老丈宁的命算保住得够，西宫对他也满意，所以特别高兴，其他事已处理完嘞。八王想："寇准本叫寇平仲，在下邦县为官，调到皇城，我曾许他封为双天官。我不如奏本于万岁：'万岁，我当初答应寇准的，如潘杨一案审清，封他双天官之职。现在已经审清，请万岁加封。'"万岁一听，倒也相信，随时就封。"

平：寇准平仲听封尊，双天官之职你当身。

其实寇准不是心事："现在六郎追杀潘仁美，几天音信不通，不知成功不成功。再说，我这天官，弄不好，性命难保，再一想，我当一天算一天。"不提寇准在想，再说八王奏本，当初杨景六郎的御状是王强帮写的，此人学富五车、才高八斗，知识渊博，是位大才人，应当重用，一力举荐王强。皇上问王丞相："现在果有缺任的？"丞相奏本："万岁，现在没有缺任的，可以叫他到翰林院教太子念书，以后如有缺的，可以叫他走马上任。"

平：万岁听完成，一点不错半毫分。

众位，哪个都不晓得，这个王强是辽国的龙虎双状元，真名叫贺黑律，萧太后派他到中原来卧底，无处落脚。刚好遇到六郎，帮写御状，和六郎在树林里磕过头，结拜过弟兄。现在已打入朝中，又当三帝真宗的老师。

平：正因王强进嘞京，以后惹嘞大祸根。

这些都是后话，不必前讲。但说寇准封嘞双天官，所以张灯结彩。太君到府门，不随便进去，叫家人对里报，报于天官知道。她怕为审潘杨一案，等别人看见，以为太君是送礼来的，最后落个无私也有弊的名声。杨排风她不管这一套，对里直跳。天官府的人，都不认识杨排风，一个家人问："黄毛丫头，你来天宫府干什么的，轿里是什么人？"杨排风一听，对杠一盯。拿烧火棍对地下一墩："嘿，你还骂我，我的祖奶奶佘太君找你们的大人寇准来了。"家人问："那你是谁呀？"排风说："你站好嘞，不要我名字一报，你就吓到嘞。我是天波府上上下下，里里外外，前前后后，左左右右的烧火丫环杨排风。"家人听完成，舌头伸出来好几寸。

家人说："我给你禀报。"排风说："死远点去，我到哪家都不用报，我上南清宫也是直穿直过。"差人也晓得，天波府的人都有官职，就是看门的也有七品官之职。三岁男孩，就是三品官，特别女将相当厉害。

平：如果惹她发得火，定要惩罚不容情。

特别杨排风，从小失去父母，流浪街头。

平：太君将她带到瓜，慢慢扶养长成人。

还有老管家杨洪，太君将他们当掌上明珠。要说杨排风生得底高腔调：

十：杨排风，生得来，大手大脚，

烟火棍，拿手中，八面威风。

平：杨家将虽说男子本事好，排风还要胜几分。

要说杨排风，自己练成三十六路烧火棍。这棍是六郎帮她请人制造的，有茶杯口这么粗，是根铁棍，里面是空的，有头有箍。里面装上硫磺焰硝球，可以打火。要烧火，只要将铁插销一关，如果要打仗，铁插销一拔，就好打仗，烧火棍里对外喷火。

平:如果等她棍里火对外喷,千个残生活不成。

但说天官的家人,不敢怠慢,只好带她去见寇天官。

平:带她对前撑,到嘞天官面前呈。

大人一相,这女子不大现样,丫环(现)模样。杨排风自己报名:"我是天波府的丫环杨排风,和老太君同来的。见你门口张灯结彩,她没进来。大人你今朝果是娶老婆的喜事啊?"寇大人说:"我到三四十春还结什么婚呀,你也和我开玩笑。"随时吩咐寇安,去请老太君来到里面,分宾主坐下。太君就将六郎在黑松林杀老贼,结果没有一个是潘家人,都是牢里罪犯顶替的一说。寇大人说:"这老贼,老奸巨猾,我自有办法。"

平:他哪怕钻进耗子洞里面,也要抓住不容情。

已经讲到二更过后。排风说:"你果曾听见屋上响啊?"太君说:"我上了年纪,耳朵背了。"太君说:"外面将三更,我们回转府门。"寇大人送太君出得府门,回到书房,拿起书来看。哪晓得看啊看到睏着得够,书对地下一抛。有宁要请他吃刀。到底寇大人果有命。

平:一盏枯灯渐渐息,来嘞添油点火人。

屋上的人下来,手举铜刀现(一)亮,就要替寇大人开片。台底下钻出一个女将,木棍一挡,叮当,刺客的刀被打飞啦得,又反手一棍,刺客头一偏,就差点点,头皮刮破嘞。刺客晓得不好,就逃。这女将的手脚实在偻,一棍扫过来。打嘞刺客的脚膀。

平:脚骨被打断,寸步不能行。

这个女的到底是哪个呀?她怎在寇准的台底下的,听我讲来。

平:这女的不是张三其别个,排风丫环一个人。

当时,排风就说屋上有人,太君说:"我没听见有声音。"其实太君虽则六十多的人,耳不聋,眼不花,眼睛碧波清,毛草窝里拾引星(针)。她晓得有刺客,所以要回转,寇大人送到门口。太君就安排叫杨排风,回到寇大人书房,躲到台子底下。寇大人打瞌睡,将书抛在地上,也是故意的。现在刺客被捉住得,大人吩咐,先给他吃,又给他包扎伤口,又给他看脚。寇大人审问他,哪晓一言不发。

平:火刀撬嘴不作声,大人另外想章程。

寇准想,今朝好嘞杨家,不然的话,我的脑袋就要搬家。杨家的恩一定要报,现在潘贼没有去充军,到底在何处,刺客又不招供。我不如化装出门私访。

平：有官扮作无官现，扮作算命的老先生。

身穿蓝衫，头戴蓝色方巾，迎门安块白骨，肩上搭个马搭子，穿双旧靴子。手里拿块云片子(就是瞎子用的当当)一敲当当。

平：一面跑来，一面撑，测字算命做荣生。

平：别的地方总不去，要访潘贼一瓜人。

串街过巷，一面跑敲当当。排八字，算流年，算得不对，不要钱。

平：算命先生运气通，有人请他到家中。

一位五十多岁的奶奶，请他到(瓜)家。先生问："你是算流年，还是算财运啊？"

这位老奶奶说："我其他底高总不算，请你帮我算，我家儿子什么时候能回来？"

寇准一听，对杠一盯。心里想，我要算到你瓜儿子几时能回来，那潘仁美在哪里，我也能算到，何必出门私访呢？不过，只怪吃得只行饭，只好听她喊。"我问你的儿是怎么回事，什么时候出行的，是做什么的？你说给我听，我就能算到你儿几时能回来。"这位奶奶说："先生——"

平：你不要慌来也不要忙，等我事情说清爽。

"我的儿子，叫韩永平，在潘仁美瓜好几年，昨天被潘府叫去一夜都没有回来，潘贼心狠手辣——"

平：如果有嘞长和短，绝啦韩家后代根。

寇准说："你报时辰。"奶奶说："子时。"寇准做鬼，手指掐啊掐，嘴一撅："你的儿子，是犯了小人，可能是凶多吉少。"奶奶说："对呀，我儿昨天回来说潘杨一案，老贼打输啦得，发配到温州去充军。不晓为底高，囚车走嘞，老贼和潘龙、潘虎、潘绍、潘祥，一个都没走，还在府里。到晚上，府里人不断进出，我儿哪晓肚子痛要出恭，只看见老贼，接见两个辽国宁：一个胖的，一个瘦的；一个高的，一个矮的。胖子说："萧太后派我们向你问好。萧太后马上要反进皇城，你要做内应，来个里应外合。"

平：将大宋江山来推倒，江山同你对份分。

潘仁美说："我就怕等不到那时。"胖子问："为底高？"老贼说："寇准和八王算计我，就这次，本来法场过刀。"

平：好嘞我女儿金殿上哭得求万岁，才能落到命残生。

胖子说："老太师，你胆放宽心。要说寇准，你不要怕，有我。"

平：杀啦寇准一个人，你胆胆大大反皇城。

并且萧太后送来两匹宝马，作为见面礼。

平：真是路上说话草中蛇，背里有人听分明。

"韩永平吓得躲嘞花园桂花树身边。哪晓身不由己，身子像喝酒，连桂花树也抖。老贼开口：'什么人？'我儿说：'我韩永平，刚才上茅房的，怕对老太师有冲撞，我站嘞这里。'因为老贼晓得我儿是个老实人，也没有追究。我儿到家，本来休息，哪晓一歇工夫，潘府有人来叫他进潘府。"

平：进潘府倒有一夜整，音信不通半毫分。

寇大人说："奶奶，你放心，你儿有贵人相助，不出三四天，你儿就回来的。"奶奶要给钱，寇准不要，随时回转。

平：离嘞韩家就动身，回转自己一府门。

回到府门，吩咐差人，将夜上捉的刺客带来审问。死尸脚断的只好抬到公堂。寇大人说："你这贼人，和你同来的人已经招了，潘仁美也供认了。我对你说，识时务者为俊杰，你是招，还是不招？如若不招，用大刑伺候。"刺客想，一来寇大人对我这么好，给我好的吃，又给我治伤。二来潘仁美都招出来够，如若不招，反而受皮肉之苦，何必受罪，招认才对。"大人，我愿意招。"

平：大人哎，你公堂上面容容情，情愿当你认分明。

"我不是中原人。我叫耶律文，在萧太后身边称臣。我和同来的敏希木两人奉萧太后之令，带嘞两匹宝马进京，找潘仁美合谋，要里应外合攻打汴梁城，潘仁美说，最恨你大人，所以我一时糊涂。"

平：要将大人来杀死，好帮仁美把冤申。

平：哪晓大人讲仁义不杀我，我要报你一重恩。

寇大人说："两国交兵，各为其主，我不怪你，你所说的供，我已写好。来画个押啊。"耶律文随时画押。

平：供词上面画过押，花押刻得紧腾腾。

大人吩咐将耶律文继续收监，好酒，好菜，好好款待。

寇大人带嘞口供，来到南清宫。双王呼延丕显也在这里，又去将杨景六郎叫来。寇准说："现有北国奸细的口供，证实老贼串通北国，起嘞谋皇篡位之心。"

平：到皇上告一状，捉拿老贼不容情。

寇大人说："我们不能打草惊蛇。"八王说："先奏明圣上。"寇准说："万万不能，因为万岁护着他的老丈宁，如果奏于万岁，西宫娘娘必然听到消息——"

平：如果再用偷梁换柱计，逃到北国去安身。

八王一听倒也相信。随时刷道旨意，叫陈琳调五百镇京御林兵捉拿潘仁美，双王丕显说："我带兵去——"

平：如果有人来反抗，立刻将他送残生。

寇准说："我要回府，如果抓到人，我立即就审问。"六郎也要回转，寇准对他描描眼睛。出得南清官，六郎问寇大人："你对我使眼色，果有什么事吩咐啊？"寇大人说："杨郡马，报仇的机会来了。双王带兵围困潘府，他守前门，老贼肯定要从后门逃走，你就等他，将他捉往得。这次你不要交给皇上，你就看着办吧。"六郎一听，心中有数。

再说陈琳和双王带的御林军：

平：里三层，外三层，前门围困紧腾腾。

军兵喊开门，到嘞将近，门一开，六个彪形大汉对外一栽。有拿叉子的，也有拿锹子的，拿棍子的，一个个歪戴帽子，敞胸露肚子，斜瞪眼乌珠子。"你们是干什么的？""我们是奉旨捉拿潘仁美和辽国奸细的。"六个人说："我们老太师发配到温州去了，男人都走了，内室都是女眷。你们不能搜府。"兵卒说："有人看见潘仁美的，我们非搜不可。"六个狗贼说：

平：你们到皇亲家来搜人，你们是违条犯法人。

门外在躁，有人对里报，报于老贼知道，外面御林军围困府门。

平：老贼听见报完成，三魂吓得剩二魂。

老贼想，我躲在府里，只有马夫韩永平晓得，和辽将讲话，也只有他听见，现在关在牢里。我用偷梁换柱，除非辽将耶律文招嘞口供，所以皇上发兵，要捉我。

平：不好嘞够，中原我无处蹲，逃上辽国去安身。

带领潘龙、潘虎、潘绍、潘祥，后花园门开开一看，老能上算，一兵一卒总没得。老贼又拿辽将敏希木，也带嘞随身。

平：六个宁骑上马，从后花园门去逃生。

平：哪晓刚到弄子口，冤瓜又遇到对头人。

到底遇到哪个？杨景——杨六郎。这时六郎真是仇人见面，分外眼红，血贯瞳仁，拼命厮杀。潘龙、潘虎双战六郎，晃刀砍来，枪一挡，潘虎以为要戳他，哪晓这一枪是吓他的，反手一枪，正戳在潘龙胸前。

平：潘龙栽到地，一命呜呼送残生。

潘虎见哥哥死嘞，手中刀发乱，上嘞六郎大算，一枪戳在他太阳堂，只好见阎王。哪晓一望，老贼没项，打马就追。

平：老贼溜嘞走，黑松林到面前呈。

这时老贼高兴了，他还想做美梦："我只要穿过黑松林，逃到辽国，将来辽国发兵反进中原——"

平：将你杨家来抓住，杀啦你杨家一满门。

就在这时，树林里冲出一位大姑娘，手拿烧火棍，拦住去路："潘仁美，哪里跑，哪里逃？姑奶奶在此等候多时。快拿命来。"

平：潘仁美看完成，浑身吓得汗淋淋。

那么杨排风怎在这里等的呀？也是寇准叫杨家将在城外东西南北所有要道口都要有人霸守。刚好杨排风守住黑松林，老贼逃出皇城，还在做美梦。现在前有排风，后有六郎，看来不拼不行。敏希木刚要动手，被排风一烧火棍结果性命。老贼想逃，六郎追到："你这老贼，逼死我爹，害死我弟，我要替亲人报仇。"潘仁美说："刚才你杀死我两个儿子，又来赶尽杀绝，看刀！"你潘仁美虽则有点能耐，会两下子，不过，你和六郎比，欠缺得多嘞。六郎使了个海底捞月，蟠龙金枪一崩，刀被打飞啦得。老贼还想逃，六郎一抖手腕子，枪一戳，噗，戳得老贼心护堂。老贼倒到地，活跳鲜鱼送残生。潘绍、潘祥也被杨排风打死。

平：今日将些奸贼来打死，也算帮杨家把冤申。

六郎对排风说："你带家将回府对我母亲说，大仇已经报了。"排风问："那你上哪去呀？""我上金殿，请罪。"再说：天已大亮，双王搜府，没有搜到老贼，就将牢里关的韩永平放回家，随时撤兵。再说万岁登殿，六郎朝见："万岁，微臣请罪来了。"万岁问："爱卿，你何罪之有哇？""微臣替父和七弟延嗣报仇，已经杀死潘仁美、潘虎、潘龙、潘绍、潘祥。"

平：杀啦这几个还不算，还杀啦辽国一个人。

万岁一听，龙心大怒："老太师去温州充军，已有三天，你在何处将他杀死的？""万岁，我在黑松林杀的。"万岁想，不对呀，一天就过黑松林，怎么三天到黑松林呢？六郎说："潘仁美今天从府门逃出来的，被我追到黑松林杀死的。"万岁想:“我为嘞老丈宁,不知费啦多少心才救到他的命的。去充军,过啦三二年,好等他上皇城纳福,哪晓被你六郎杀死,哪还了得——”

平:拿六郎拖到午朝门,立时开刀不容情。

平时杀宁都要到午时三刻,今朝杀六郎,万岁在火头上,不要等时辰,立即开刀。这时文武大臣,真是大眼相小眼,伙计相老板。寇准对八王望望,八王又不开声。寇准想:

平:如果我再不保本,六郎没得命残生。

寇准说:“万岁,刀下留人。”万岁正刷旨意,寇准奏本。万岁想:“寇准,寇准,你说得好,就拉倒,说得不好,你的性命也不保。”

平:如果说的是错话,也和六郎一样行。

万岁说:“寇准你讲啊,果是替六郎求情啊?”“万岁,你判六郎一刀之罪太便宜他,像这样的人,应当千刀万剐。”万岁一听,也蛮起劲。寇准虽则油嘴滑舌,也顺我说话:“寇爱卿,以你怎样?”“万岁,要是以我之见——”

平:剥他皮来抽他筋,肉好斩斩剁剁当点心。

万岁说:“哪有更重的罪呀?”寇准说:“万岁,人家常说,碰嘞太师一根毛要装金,他六郎胆子也太大了,居然敢杀死国丈、国舅,那还得了哇。”

八王听嘞心里着躁。万岁在火头上,你还加油。他不晓得寇准葫芦里卖的什么药。万岁听嘞,好像话中有话:“寇准,你的意思是,他杀死皇亲才处斩的?”寇准说:“咋不是,六郎目无国法王章,随便杀人,他要是杀得老百姓就无罪。”万岁说:“你的意思是朕不公平,向着国丈、国舅。”“万岁,满朝文武都晓得杨家将忠心保国,一心为民,六郎就要为令公、七郎报仇。”万岁说:“已经将国丈他们发配到温州充军。”寇准说:“已经三天,潘仁美为何在潘府呢,果算抗旨不遵?并且在牢里,买来五名囚犯顶替,这是为何?他又勾通北国策划兵取边关,进攻汴梁。”万岁说:“寇准,你啰里啰唆,说上许多,你说他勾通北国,兵取边关,进攻汴梁,有何证据?”

万岁不相信,北国奸细口供看分明。寇准拿耶律文的口供交于万岁。万岁还不相信,又去将耶律文带上金殿。耶律文说的,就和供词一点不差,并且送来的两匹宝马在潘府。

万岁看完成,默默无语不作声。

寇准说:“万岁,六郎不但无过,而且有功。”文武,八王,就连万岁听嘞,要心服口服。寇准真是舌剑唇枪。万岁说:“杨景六郎,按理,你斩杀潘太师,可以将功抵过,你杀潘龙、潘虎等四个人,罪在不赦,看在令公面上——”

平:发配温州去充军,十载苦役转家门。

这时,太君也来到金殿,一想六儿去充军,不用抵命,也就算了。对押的差人说:“请从天波府拐个弯。”差人答应。

平:押得六郎就动身,天波府到面前呈。

平:柴郡主来背住,官人喊嘞不绝声。

平:官人哎,你到温州充军十载正,我和孩儿靠何人。

滚:官人哎,千不怪来万不怪,只怪潘贼一个人,

害得我杨家死的死来,散的散,叫我想想也伤心。

滚:官人哎,老母年纪大,如果有个伤病落痛在府门。

你也做不到端汤奉茶人。

六郎对八姐、九妹说:“妹妹,母亲来瓜全靠你们。”

平:你们代替哥哥行孝道,孝敬我们的老母亲。

十:有六郎,和郡主,依依不舍,

为只为,充军事,只好离分。

十:有宗保,和宗勉,前来拜父,

望父亲,去充军,早回家门。

六郎和大家洒泪而别。

平:不提六郎去充军,再说万岁坐龙庭。

岑林、柴干爬上金殿禀报万岁,现在北国发兵进犯中原,请万岁火速发兵。

平:如果援兵不得到,边关失守怪何人。

万岁在金殿听嘞正发愁,老太君来到金殿奏本:“万岁,我儿六郎去充军,路途有人送信回来,一路水土不服,身上生嘞长疮,请万岁开恩。果可以让六儿回来看病,病好再去服役。”万岁想,才出去不多几天又要回转,就这样,西宫天天哭,哭得我心上像突粥。“那万不可能,太君,让他就地看病,不可进京。”太君气塌塌,只好对殿下学?一班文武议论,如果有六郎来挂帅,北国哪敢进中原。

太君当未曾听见,回转府门。再说又过半个多月,太君哭上金殿。

平:万岁哎,六儿已死在异乡地,灵棺果好运转门。

平:万岁呀,等六儿灵棺运回天波府,我一重恩报九重恩。

万岁想，看在杨家将的功劳份上，当初等他回来看病，可能不死，现在人已死，也不追究他的罪过，同意将灵柩运回天波府。太君谢过龙恩，派人去运灵柩不提。再说，北国三川、六国、九沟、十八寨、兵马大元帅，派副将马涂温进攻中原，正因边关没有援兵，已经失守，马涂温没有等韩昌大队到就杀进中原，偷袭进嘞中原。百姓遭殃。

十：辽国兵，进中原，无恶不作，

又杀宁，又放火，丧尽良心。

十：有多少，良妇女，被他糟蹋，

也有的，强奸后，还送残生。

现在辽兵离汴梁城十多里扎下营盘，镇京兵，被打败。铁鞭王呼延赞，被打得口吐鲜血，石延超去交战，未有几合，刀被磕飞啦得，败回皇城。双王才十二岁，不可出战，高君宝万岁不让出战。

平：宋兵无人战，免战牌高挂午朝门。

万岁三天三夜未曾睏，和众朝臣相商，如何退敌。万岁对寇准看看："审我国丈，你浑身的主意，现在退敌，你也帮想对策呀？"

寇准说："人们都说，要退辽兵只有杨六郎。"万岁说："寇爱卿，杨六郎已经死啦得，你活宁，也说死宁话。""万岁，虽则六郎不在，你果知道，杨门女将，不弱于男的。"

平：如果佘太君肯挂帅，退啦辽兵保太平。

万岁说："六郎刚死不久，就怕女将不肯出征。"寇大人说："万岁，你可以礼贤下士，亲自上天波府，请求太君，因为杨家是保国忠臣。"

平：万岁听完成，立刻就动身。

寇准和万岁来到天波府，杨府张灯结彩，净水泼街。

平：八姐、九妹搀太君，迎接万岁到来临。

将万岁迎到铁瓦银安殿，参拜后，献上香茶。太宗说："朕来看望你老爱卿，怕你思儿过度，有伤贵体。"太君说：

平：我七个儿子归地府，我六儿也入地府门。

平：万岁哎，我老身情愿寻短见，丢下孤儿寡母靠何人。

万岁埋怨寇准，人家这么惨，这么伤心，怎么说得出口叫人家出征。万岁对寇准望好嘞。寇准心中有数："太君啊，你果听见城外炮响啊？"太君说："我耳朵聋了，听不见。”寇准说：“辽兵专门骂你杨家，说杨郡马怎不敢来交战啊？杨家一口刀，八杆枪，还有杨门女将，怎么无人出来呀？”

平：如果杨家有人来交战，叫他立刻送残生。

平：太君听完成，火冒三丈八九分。

太君说：“要是我六儿在，定能退敌。我天波府都是寡妇，怎能退敌？”寇准说：“万岁，看来中原无能人，干脆，写降书顺表，就拉倒。”就在这时有人嚯：“饭桶年年有，哪有今年多。”万岁一看，是个丫环，手拿烧火棍，大个子。一双鳊鱼脚，跑起来撇咖叭。万岁问太君：“她是谁呀？”太君说：“她是个疯子，烧火丫头，杨排风。”

平：寇准看见杨排风，心中欢喜八九分。

上次捉耶律文，好嘞她。

平：不是排风本事好，我寇准哪有命残生。

寇准说：“我是饭桶，排风你能行吗？”排风说：“我准行。”

平：我排风去交战，定要马涂温的命残生。

太君当面不好说，暗中怪排风多嘴。万岁说：“排风你如能出城退兵——”

平：你将辽兵打平定，金殿上面重封尊。”

杨排风说：“提到做官，我一点不贪，我只欢喜烧火，服侍祖奶奶。”

寇准对排风做关目，意思是，要请太君挂帅。排风说：“我个宁不去，要祖奶奶去，我才去累。”万岁说：“老爱卿，排风说了，你挂帅，她去退敌，你去帮她助助威也行。”寇准又添油加醋：“太君，你杨家忠心耿耿。太君你深明大义，看在国家危机之时，你就挂帅吧。”太君想：

十：为国家，为百姓，前去挂帅，
　　将番奴，来打败，才得太平。

平：老太君亲挂帅，先锋官到底是何人。

众位，万岁亲自来请太君挂帅，杨家将是忠臣，为嘞国家为嘞百姓安宁，太君答应挂帅。要出征必然要先锋官，到底哪位是先锋官，有没有打胜。

平：忠孝宝卷路程远，今朝难以满团圆。

挂：宝卷未完成，礼拜佛世尊，
　　佛前求忏悔，罪业化灰尘。

平：今朝打个等，明朝再谈论。

八、佘太君挂帅　杜金娥产子
八王挂二路元帅　六郎会战孟良

问萧何,大如何,黄金贵,值钱多。——圣谕

单:昔年韩信问萧何,问问楚汉大如何。

单:人人总说黄金贵,哪有安乐值钱多。

挂:善比青松恶比花,看看青松不如花,
有朝一日寒霜降,只见青松不见花。

挂:饮酒不醉量为高,见色不贪是英豪,
非义之财不可取,忍气吞声祸可消。

平:杨家将宝卷未圆满,今朝提起再团圆。

话说,杨家将宝卷,劝善未满,上册理文,已经讲到辽国大将马涂温已经打到皇城。朝中无人出征,寇准奏本:"万岁,只有礼贤下士,亲到天波府,请出杨门女将。"万岁一听果然相信,和寇准来到天波府。杨排风多嘴,朝中总是些饭桶,何在乎辽将马涂温。

平:随他马涂温多厉害,我定要将他送残生。

太君想:"国家有难,我杨家将有责,虽则六郎不在,我要挂帅。"

平:万岁听嘞多高兴,老爱卿叫啦好几声。

万岁问:"老爱卿,你看哪个能挂先锋?"也没等太君说话累,杨排风说:"我能当,杀他辽兵一抹光。"

平:寇准来听见,果要欢喜八九分。

万岁说:"老爱卿,我赐你五万精兵,你到校军场去点兵。"太君送走万岁和寇准。随时吩咐,杨洪敲鼓聚将。

平:聚将鼓咚咚响,所有女将总知闻。

头声鼓,脱去女儿装,穿上征裙。二声鼓,备好马匹兵刃。三声鼓,总到银安殿。佘太君一看,欢乐一半,这些女将非常现样。

十:大朗妻,张金定,威风凛凛。
二郎妻,李翠平,杀气腾腾。
十:三郎妻,花谢玉,八面威风。
四郎妻,云翠英,也很英雄。
十:五郎妻,罗氏女,也不示弱。
六郎妻,柴郡主,还能出征。
十:有八姐,和九妹,本领非凡。
杨排风,烧火棍,妙法无穷。

一个个真是百步威风,千丈杀气,真乃巾帼英雄,女中豪杰。

太君说:"我杨家将,金沙滩一战,男儿阵亡沙场。只要有我杨家在,决不容许辽贼牧马我大邦中原。今日我老身挂帅,媳妇,女儿们,人人要英勇杀敌,如犯军规,按十七禁律,五十四斩办事。"

平:个个听完成,佩服太君老大人。

太君来到校军场,点好五万兵将,亲点杨排风为先锋官。先锋官,逢山开道,遇水搭桥。又点解粮官,兵马未动粮草先行。又点叫阵官、骂阵官、掠阵官。又点锣鼓手,兵听号令,马听锣声,闻鼓则进,鸣锣则退。

平:兵马队队动嘞身,北城门到面前呈。

叫阵官到,两军阵前,大叫:"番奴,你无故侵犯我大邦中原,还不快来受死!"马涂温亲到阵前。杨排风说:"太君,我是先锋官,先行,我去结果番奴性命。"太君和其他夫人又不晓得排风到底有多大能力。也没等到太君下令,排风拍马来到两军阵前,问马涂温:"你这小子,叫什么玩意儿?你瓜几位父亲啊?"马涂温一看是一位女将,生得大头,大脑,小伙子也好,大个子,大手,大脚。双眼皮,一口白牙,手拿茶杯口粗的大棍:"我说,你这位丫头,问话都不会,应当问我叫什么名字,怎么问叫什么玩意儿?"排风说:"我喜欢这样问,怎么样?你说:叫什么玩意儿?"马涂温说:"我是兵马大元帅韩昌帐下的先锋官马涂温。"排风说:"我问你,你瓜几个老子啊?"马涂温说:"你这丫头,一点不懂事。人都是一父一母所生,你怎么问我几个老子的?"排风说:"人家是一父一母,你是一母多父。"马涂温说:“你怎么知道的?”排风说:“我怎不知道哇,你北国有一位父亲,中原有好几个父亲,你是来寻父亲的,你说对不对呀。否则你不会上我大邦中原来。”马涂温听嘞冒火:“你这丫头是什么人?出口不逊,通过名来方可受死。”排风说:“马涂温,你听好嘞,要名字一报,你就吓倒嘞。我是天波府里,上上下下,前前后后,左左右右,里里外外的烧火丫环杨排风。”

平:马涂温听完成,恨不得笑嘞肚里疼。

“看来中原没能人,弄个烧火丫环上战场。”杨排风还来杠说:“马涂温,你小子,胆大包天,你敢跑到你姑奶奶的眼皮底下闹事。你老子多,头只一个,识相下马受绑。

平:对你瓜姑奶奶磕啦三个头,方可饶你命残生。

“要不然,等我发得火,走总覅想走。”

滚:一棍子将你来打死,姥姥家里去安身,

拿你烧成灰来磨成粉,叫你永世不超身。

马涂温听嘞火上加油,随时动手。

“我怎肯饶你这丫头,三钱买把壶,就张嘴,拿命来!”一枣阳槊打过来,杨排风烧火棍一挡,哐当,马涂温的枣阳槊差点脱手。不过马涂温到底是北国先锋官,力大无穷。晓得杨排风力气也不小,开始看不起她,现在放心上和她交战。

十:马涂温,朝上打,雪花盖顶,

杨排风,朝下打,枯树盘根。

十:杨排风,朝山打,山崩地裂,

马涂温,朝海打,海起灰尘。

老太君观敌掠阵,替她担心,因为排风第一次上战场。八姐、九妹也替她捏把汗。再说,杨排风只有三十六路棍,你不要走,我来放火,烧火棍端起来对准马涂温,一动弹簧,打出五粒硫磺焰硝球,正打在马涂温脸上,胡子、眉毛总烧光,马涂温不懂,身上着火,你只要发狠,睏下来打滚,火就熄啦得的。他反而骑马溜,风助火,火势越来越猛。

平:马涂温浑身是火,猛火将他送残生。

十:北国兵见主将身丧其命,一个个自顾自总想逃生。

十:佘太君,带兵将,五六万人,

对北国,追番兵,哪肯容情。

平:番兵逃的逃来溜的溜,跌啦许多大跟斗。

平:只怪爹娘少生两只脚,晓得果能逃到命残生。

太君他们人不离鞍,马不停蹄,直捣幽州,继续向前进攻。

探信官报太君,前面有韩昌的大营,不能前进。

太君吩咐,停止前进。太君对前一看,辽国营挨营,帐挨帐,帐篷实在多,和坟墩差不多。太君问探信官:“我们现在,在北国的什么地方?”探官报:“元帅从这里向东,二十里是黄土坡。”太君吩咐士兵安营扎寨,埋锅造饭,挖战壕,修好土城,派兵站岗巡逻。

平:也算暂时有嘞安身处,再提北国不太平。

到第四天,北国大将韩虎,讨战叫阵,元帅点大媳张金定,带领二媳李翠平、三郎妻花谢玉、四郎之妻云翠英、五郎之妻罗氏女。

平:几个女将就出战,要和韩虎比输赢。

哪晓总不是韩虎的对手,太君又吩咐八姐延琪、九妹延英去战韩虎,哪晓也败回营盘。

平:太君见他们都打败,心中忧愁八九分。

太君想,要战胜韩虎,只指望杨排风,她的烧火棍厉害。

哪晓去叫杨排风,生嘞重病:

平:一降寒来,一阵热,寒寒热热不离身。

平:一阵热来好似钢炭火,一阵冷来犹如水生冰。

太君看杨排风病得很,无法出战,她想亲自上战场与韩虎决一死战。大媳张金定说:“婆母,你是大帅。如果打败有嘞长和短,六万兵将靠何人。”

平:以我们之见,等排风身体好嘞再开战。

现在将免战牌挂嘞到营门。

土城上多准备灰瓶、炮子、滚木、雷石,防备韩昌偷营劫寨。

再说,韩虎吩咐叫阵官叫阵,叫阵官天天骂。太君随你骂阵官多骂,总是不派将出阵。一连挂嘞七道免战牌,这一天排风病基本好,正商议出战的事情。

平:哪晓战士上一阵乱,来嘞一位女千金。

冲过敌营,来到营外,大叫宋军:“请报于老太君,我要见她人家。”

小兵随时报于太君:“营门外,一位女将要见你。”老太君开头以为是救兵,五房媳妇还有八姐、九妹,到城头一看,欢乐一半,这位小姐,生得来:

十：又不高，又不矮，真正好看，

又不胖，又不瘦，美貌千金。

十：戴一顶，金凤冠，金光耀眼，

雉子毛，插两根，杀气腾腾。

十：穿一身，红战袍，亮中透红，

穿一双，凤头鞋，八面威风。

平：身骑桃红胭脂马，绣弯铜刀紧随身。

肋下佩宝剑，真正现样，要论小伙子：

平：总说我六媳美貌很，还比六媳胜三分。

太君问："这位姑娘，你是从哪里来，到前敌有何事啊？"杜金娥对城头一望，男的没见，都是女将。面带含春，随时开声："这位老太太是何人？我如何称呼？"太君说："要问我，我告诉你——"

平：我不是张三并李四，佘赛花就是我当身。

滚：杜金娥听完成，跪到地埃尘，

老老脸皮就开声，婆母连叫好几声。

太君听嘞脑昏头疼："你闺门千金女，为何对我婆母称？"

平：婆母哎，我不是张三其别个，我是你瓜七媳一个人。

太君说："这个小姐，你怎么口口声声称我婆母。你说是我儿媳？为点何来？"

杜金娥说："婆母，你贵人多忘事，你果记得，当初在河东，我父亲杜国显和我公爹杨令公同朝称臣。"

平：我们两家合得晓多好哇，赛于亲弟兄两个人。

"我听我母亲说什么指腹为婚，我是杜令公之女杜金娥。"

平：太君听完成，想到往事一段情。

对呀，当初是有这回事的呀。后来奸臣当道，杜国显被贬，是指腹给七郎的。后来事情多端，再说杜家去向不明，也就没有去寻，所以没有为七郎他们办这件婚事。现在杜金娥找上门来，我倒要问她有没有见过七郎："喂，你这个小姐，要说，杜杨两家是有这回事的。不过，我问你，有没有见过我儿七郎啊？"杜金娥说："婆母——"

平：我不但见到七将军，我还救过他的命残生。

"当初他从两狼山回来到幽州讨救兵，被辽将韩昌追杀到我金鸡岭。眼看七将军不行,如果韩昌托天叉对下一戳,七将军就没命。”

平:我一箭射嘞韩昌手,救到七郎一个人。

“将七郎救到山上,住嘞一夜,就曾好意思说。结婚一夜。他说讨救兵,不超过三天,就来接我的。”

平:我左等右等,等嘞好多天,不见七郎到来临。

“所以我就来找他的。”太君问:“口说无凭,两国开仗,我不能信你嘴喊。”

平:婆母哎,你如若不相信,金簪拿去看分明。

其实杜金娥虽则结婚一夜,已经六甲怀孕随身。太君叫她拿凭证。金娥拿金簪,拿出来甩到城头。

平:老太君看完成,一点不错半毫分。

确实是七郎的。金娥说:“婆母,你快开城门啊,等我好进城啊。”这时的老太君,真是见物思情。我七儿已不在,金娥一个黄花闺女,本来我杨府已有五房寡妇,不能再添一个。众位,讲到这里,我岔一句,因着过去结婚有凭据的。大瓜说,结婚,办桌酒,两人不吃亏,夜上宿作堆。还有什么凭据呀?我说给你们听,过去结婚的第三天,要有一位老妇人,而且是内行,帮新娘绞脸,也就是将新娘脸上汗毛绞掉。凡是结过婚的,都绞过脸,所以杜金娥虽则六甲怀孕,因为没有绞过脸,所以老太君还将她当黄花闺女。心中意思是七郎不在,你好重新找婆家。现在实在为难太君,若开城,七郎不在;不开,人家是七郎的救命恩人。

平:太君在城头上转不过弯,横也难来竖也难。

太君心一狠,不开城门。杜金娥心上不得过,我千里寻夫,你们不开城门。

平:我哪怕撞死城门外,情愿不要命残生。

正要想撞,哪晓腹中有点疼,她一想,可能孩子要见生,我不如忍气吞声,保住七郎后代根。就在这时,辽国大将韩虎,已经亮队来到城前:“大胆丫头,敢闯我营盘,拿命来。”这时太君更加不敢开门,吩咐城上兵准备弓箭,保护金娥,杨排风说:“七奶奶,你奋勇杀敌。”

平:如果将敌来杀败,我来帮你开城门。

杜金娥想,要是平时打个三阵五阵,无所谓,可是现在身子不爽。不过,我为嘞给杨家争光,非打不可。对辽将一看,眼睛发暗,看韩虎。

十:生得来,个子大,八尺多高,
穿金盔,并金甲,淡黄征袍。

十：满脸上，生疙瘩，实在难看，

手拿着，狼牙棒，叫人寒心。

杜金娥说："番将，通过名来方可受死。"韩虎说："我是辽国大元帅的亲兄弟，韩虎是也，你是何人？"杜金娥说："我是杨家将的七郎之妻杜金娥。"韩虎一看欢乐一半。这个七郎之妻太美貌了。不要说与她成亲，碰到她的衣服，好适意几天。韩虎说："七郎之妻杜金娥，你果知道，你的丈夫杨七郎已被潘仁美绑到百丈旗杆，乱箭射死。我今年二十六岁，不如称心，我们成亲。"

平：做我的二夫人，荣华富贵过光阴。

杜金娥气嘞浑身发料，随时动手，举刀就砍。韩虎用大刀一挡，哐当，震得杜金娥在马上晃了几晃。

平：这一震了不得，腹内疼嘞痛煞人。

平：小冤家呀，你早不生来晚不生，但在这时要降生。

韩虎嬉皮笑脸说："姑娘，识时务者为俊杰。对前一步海阔天空，退后一步万丈深潭。"杜金娥这时不但腹中疼痛，心上难过，听番将说七郎已死，怪不倒太君不肯开城门。我现在是农民挑粪，前也是屎（死），后也是屎（死）。要论平时，打韩虎不费吹灰之力。不过现在，实在难以取胜。我不如智取韩虎。就对韩虎说："我丈夫七郎已死，佘元帅硬逼我出战。你如果看上奴家——"

平：如果不嫌我容貌丑，情愿陪伴你当身。

平：韩虎听完成，心中欢喜八九分。

杜金娥说："韩将军，我们要假打几招，你先让我假打你，你要佯装败，你在前头逃，我在后头追——"

平：追到你营盘门，我们就好配为婚。

平：韩虎听了，这妙计好得很，恨不得笑嘞肚里疼。

"小姐，随你骂我，我不开口，打我不还手，你就动手吧。"杜金娥趁韩虎高兴之时，不曾防备，催马抱刀，耍啦一刀。韩虎晓得不好，啊呀！你真砍啊！要想躲已经来不及了。

平：脑袋抛到地，活跳鲜鱼送残生。

平：战马拖着尸体走，小兵败嘞去逃生。

杜金娥这时，腹内疼痛难忍，孩子要分身（降生）。

平：冤瓜呀，如果阵前降嘞生，果要笑坏许多人。

这时打马加鞭，跑出去十几里，到嘞树林里，下了战马，将战袍脱下来，铺在地上，生下一个男孩，连三用嘴咬断脐带。这个小孩相当瘦，杜金娥看小孩，心中难过。

平：娇儿呀，你早不生来晚不生，偏在这个时候降了生。

平：心肝哎，听说你父亲身丧命，祖母不认你的老母亲。

平：孩儿哎，世上总说黄连苦，我们比黄连还要苦几分。

杜金娥哭泪一番。她想，你虽是将门之后，你有母无父，成了孤儿。如果将你抱进营盘，一来太君不收留我，二来众嫂子姑娘，人多嘴杂，七郎不在，这孩子从何而来。说起来难听。

单：我千张嘴难辩驳，跳进黄河洗不清。

如果抱上山寨，多没面子，不如放在这里，如果遇到好心人：

平：将孩儿抱回去，慢慢扶养长成人。

将内衣撕下一块，咬破食指用鲜血写上来踪去脉。

十：上写着，家住在，京都皇城，
顺龙街，天波府，是你家门。

十：你父亲，杨七郎，杨家将人，
你母亲，杜金娥，生你之身。

十：只因为，宋和辽，两国交战，
两狼山，闯敌营，幽州搬兵。

十：有韩昌，追七郎，金鸡岭到，
我一箭，射韩昌，救你父亲。

十：救七郎，到高山，拜堂成亲，
你父亲，被潘洪，乱箭丧身。

十：我如今，到营盘，太君不认，
战韩虎，送他命，孩儿见生。

十：不能怪，你母亲，心肠太狠，
实在是，无办法，丢下儿身。

十：好心人，抱回去，抚养成人，
到久后，得相逢，决不忘恩。

平：取名叫作杨宗英，也是七郎的后代根。

平：上面写好年月日，内衣布包嘞紧腾腾。

儿啊，你蹲这里，母亲要走了，哪晓个囝又哭哇，呜哇，呜哇。

平：一声呜哇多惨心，好似尖刀戳母心。

儿啊，你不要哭，遇到富家一现享福。杜金娥虽则这念说，心上不得过。

平：小姐哭得肝肠断，不伤脸来也伤心。

就在这时，远处有人喊："七奶七奶哎！你在哪里哦？"杜金娥想：

平：如果让人看见血娃娃，果要笑死许多人。

随时上马就走，走嘞大约半里多路，遇到三个宋兵："七太太，元帅叫我们找你来，快和我们回转营盘。"杜金娥想孩子都给我丢了，七郎又不在，我活在世上也没有意思："请你们转告太君——"

平：我要追随七将军，地府里陪伴他当身。

扭头正要走，一人背住缰绳："七太太，快回营盘。"杜金娥问："你是谁啊？"

平：我不是张三其别个，杨排风就是我当身。

杜金娥说："排风啊，他杨家不收我，不要我，我怎好死脸烂皮，像烂膏药硬贴人家哇。"排风说："不是不收，因为七郎不在，怕你受罪。"

平：你找个好人结个婚，荣华富贵万年春。

"排风啊，我杜金娥，活是杨家人，死是杨家鬼。"排风说："太君逼我们大家都出营找你，太君心疼你，快和我们回营盘。"金娥想："去就去，我再去看看孩儿。"哪晓到杠一望，孩儿没项，心里一急：

平：杜金娥躁嘞跌倒地，神目不知半毫分。

排风喊人来帮拿七太太扶到马上，牵马回到营盘。排风给她喝点水，渐渐明白，搀她来见太君。

平：太君一把将金娥来捧住，心肝喊嘞不绝声。

平：心肝哎，只怪我委屈你，你是贤良女千金。

对金娥一看，脸色苍白，金娥只是哭，生孩子的事，怕丢丑，说不出口。

众位要说，这小孩，杨宗英，果曾被猛虎吃啦得，果曾有人救走，怎样？要到以后，穆桂英，大破天门阵，才有交待。母子相逢，只是后话，不必前讲。但说，太君吩咐，为杜金娥另外安排一个帐篷，排风要去服侍，为她，熬来粥，煮鸡蛋。

平：不提金娥养身体，再说韩昌一个人。

自从金娥杀死兄弟韩虎，火冒三丈，随时调来大批兵将，天还没亮——

平：里三层来外三层，土城围困嘞紧腾腾。

叫阵官叫，骂阵官骂，口口声声，要杜金娥出营交战。

滚：抓住杜金娥，哪肯容情她当身。

将她送残生，为兄弟做个报仇人。

太君派几位少夫人出战，虽则有本事，哪是韩昌的对手。杨排风身体未健康，杜金娥脸无血色更不能出战。

平：老太君无办法，免战牌高挂营盘门。

就和杨排风相商："你看这仗怎打？"排风说："只有回朝讨救兵。"太君说："我们乃是不谋而合，我也是这个意思。排风，你现在身体如何？"排风就说："自从七太太来嘞，我身体就好嘞，要说回朝搬兵——"

平：在我在我总在我，在我排风一个人。

太君一听，相当高兴，随时写好两封信，一封交给万岁，一封给六太太——柴郡主。太君对她说："要加倍小心，闯过敌营。"杨排风带好两封信，身骑胭脂马，手拿烧火棍，太君开嘞土城门。辽兵看见城门一开，有人出来，大家围上来，与排风交战。今朝幸好韩昌不在营盘，排风战嘞浑身放汗，随时拿烧火棍弹簧一拉，火球打出来着火。

平：兵将看见火势滔滔了不得，就怕火烧送残生。

看见火，都对别处躲，杨排风趁机就走。

平：逢山哪看山中景，遇水不看取鱼人。

平：打马加鞭动嘞身，赶上京都帝皇城。

非止一日，到嘞皇城正到大街。排风街上行，遇到许多宁，而且鸣锣开道，还有一顶轿。排风拦住去向，不准向前。差宁问："你是什么人，敢拦大人的去路？"排风说："我问你轿里坐的谁呀？"差人说："是双天官寇大人。""哦，原来是寇准哦。"差人说："大胆丫头，敢叫我们的大人名字，你究竟是什么人？""我是天波府的杨排风。"

平：差人听完成，排风女将叫几声。

因为当初辽国马涂温，围困京城，杨排风用烧火棍，烧死敌将，辽兵才退走的，所以个个敬重她。就说我去对寇大人汇报。

平：寇准听见排风到，心中欢喜八九分。

排风来到轿前，寇准走出轿帘。排风说："寇大人你可好哇？"寇大人说："我很好。”排风说:“我们快要死了,辽兵围困土城。”

平:要望万岁发救兵,救到大家命残生。

“现在有太君来求救表章,请你交于万岁。”寇准说:“应该你上金殿,送信给万岁。”排风说:“我是个丫环,上殿不现样,你不要跑,替我上殿。”

平:排风随他寇准肯不肯,信交到他手就转府门。

不提杨排风回天波府,再说寇准想,救兵如救火,现在上殿才妥。

来到午朝,敲响景阳钟。最近万岁赵匡义精神不好,几天没有上殿,都是八王处理朝政。赵匡义听见景阳钟响,也上金殿。寇准拜过我主万岁:“现在有佘太君元帅,兵被围困土城,写来求救表章,请万岁派二路元帅,解土城之围,救出宋兵。现有表章一封,请万岁龙目观看。”

平:万岁看完成,龙心忧愁八九分。

为底高,因为二路元帅的本领要超过头路元帅,现在朝中,老的老,小的小,没有一位能将超过杨门女将的,就当初,马涂温兵进皇城。

平:不是杨排风本事好,大瓜哪有命残生。

“众位爱卿,今朝孤家无法,明日上朝见驾,再想办法。”退朝过后,八王说:“寇爱卿你上我南清宫,我们再想办法。救兵如救火,无论如何,早发救兵,不能耽搁,如果耽搁,只好失足。”

平:早去救到他们宁,晚去只好遇鬼魂。

寇准一听完全相信,来到南清宫,外面已中午,两人用过午饭。八王说:“万岁龙体欠安,暂时不能理朝政。”

平:要发救兵事,我们担当啦八九分。

寇准说:“皇家千岁,朝中有能人,此人三略六韬,了如指掌。”八王问:“我怎想不出,是谁呀?”“千岁,人,远在天边,近在眼前。并且是个贤臣。”

平:提到这个人,要比太君胜三分。

八王急起来够:“天官,你啰里啰唆,说上许多,到底是哪一个?”

平:不是张三其别个,杨景六郎一个人。

八王说:“寇天官啊,你真是活宁说死宁话,你大概活见鬼,我妹夫已死啦得,几天前棺椁才运回来,超度事才做完嘞,你怎么说他能挂二路元帅?”寇准一本正经说:“千岁,我是活宁说活宁话,六郎没有死,活得好好的,养嘞胖胖的。”八王急了:“寇爱卿,你我之间不分表里,我不怪你,你信口开河,如若当皇上说六郎没死——"

平：等皇上来怪罪，杨家诈死埋名罪不轻。

"假如六郎真死嘞，你说他没有死——"

平：皇上要罚你，谎告之罪不容情。

寇准说："皇家千岁，就是六郎死嘞，我能叫嘞他复活。如若不信，走方郎中医卵子，当面见效。"八王说："你不要胡说八道。"寇准说："我包能叫六郎复活。"八王说："我们打个赌，如果六郎能活的，我一年俸银归你。如果不活，那我不客气，请你吃刀，你也不要嗬。"寇准也同意。

平：两人三击掌，更改没有半毫分。

就在这时，双王丕显来嘞够，寇准说："我们两人，赌的东道，你帮做个证。"现在有双王做证，以后哪输、哪赢总不要恨。寇准说："我有一个要求，千岁，要六郎活，到时侯，你要听我的，叫你立就立，叫你坐，你就坐，叫你走，你就走……"

平：如果依不到，六郎复活不可能。

八王想："只要我妹婿能活，随便叫我怎样，我总依你。"再和丕显：

平：三人动嘞身，天波府到面前呈。

三人一相，天波府白渐渐，门角上白角花，门前白沙灯，上面写的"孝"字。

家人要对里报，寇准说："死丧事情多，不须对里报，我们自己进去就是的。"嘴里说，脚下像加个油的，一直对里，刚好遇到杨排风。杨排风说："八王千岁，双王，寇大人，你们都来了，我快点去。"

平：我对郡主报一声，接待你们三位老大人。

寇准说："不用报，我们自己去就行。我问你杨排风，带回来家信你交给何人的？""我交给郡主了。""信里有没有问六郎身体果好？"排风说："我不识字，郡主也没有说。"其实寇准是用话套杨排风，想六郎果在府里。哪晓杨排风说在灵棚里的棺材里，八王一听，背住寇准盯，你肯定输了，排风对里嗬："六夫人哎，八王，寇大人，双王都来了。"

平：柴郡主听见这一声，带领两子接大人。

寇准一相，个个披麻戴孝，腰系麻绳，脚穿白靴。就像开丧的一现。八王想，我妹夫要是没有死，哪个肯穿白戴孝哇？"寇准哇，你看这孤儿寡母的，多罪过啊。御妹，妹夫的灵柩运回来，我本意要来吊祭，只因朝中事情太多，所以没有来。今天我们来给我妹夫来吊祭的。"其实柴郡主心里想，怎么这三个人同来呀，莫非其中有什么缘故。

平：特别寇准来，我要特别小心二三分。

寇准说："郡主，你们恐有事忙不过来，我们好帮忙。你先带我们去看，郡马现在在何处？"郡主想寇准说话，怎么话中有话。

平：我不如想主意，打发他们早点离府门。

郡主说："王兄，还有两位大人，你们不必费神，现在有杨洪，里里外外都办好了。你们在府门，也无男人陪你们。"寇准说："既来之，焉有不看之理，我们一定要到灵棚去吊祭。如果再不肯我们去，便说明六郎没死。"八王抱嘞宗勉，八王眼泪不得干。

平：一面跑来一面哭，灵棚到嘞面前呈。

灵棚在二道院，芦席蒙顶，上面罩青布，有副对联。

十：青是山，绿是水，无人照看，

落泪花，落泪柳，落泪伤情。

横批是：呜呼哀哉。地上都是银锭纸锞，柏木棺材，棺前有牌位，写着先考杨景杨六郎的名字，还有去世年月日，棺前有供桌。

平：前头点嘞火，后头点嘞灯，等他亮星堂堂好动身。

供桌上还有供品：

平：八王看嘞多难过，止不住龙眼泪纷纷。

滚：妹夫呀，天有不测风云，人有旦夕祸福，

你年纪轻轻归地府，丢下妻儿靠何人。

平：妹夫哎，你家老母年纪大，你也做不到养老送终人。

滚：好妹夫哎，往常我们同桌共饮，议论国情，

有讲也有说总有情，今朝怎就不作声。

"好妹夫哎——"

十：想当初，金沙滩，立下战功，

两狼山，你血战，万古留名。

十：呈御状，告潘洪，为国除奸，

恨万岁，不明理，不辨忠奸。

十：有万岁，将妹夫，发配充军，

半途中，生重病，一命归阴。

平：八王哭到伤心处，铁石心也软三分。

双王丕显也哭：

平：六哥哎，你拿枪法教会我，教我三韬六略你当身。

平：六哥啊，我为嘞你十二岁下边关，捉拿潘洪不容情。

平：六哥哎，我总以为捉到潘贼，你好把冤申，

哪晓还要去冲军做罪人。

再说，柴郡主用手巾揩眼泪，宗保、宗勉也跪嘞杠哭。寇准一点不哭，两眼来杠白。双王怕八王哭坏身体，连三来劝。寇准一摆手，意思是，只要哭得很，六郎就还魂，寇准和八王未来之前就有话的。我们是寒腌菜烧豆腐有盐（言）在前，我叫你哭就得哭，叫你笑就得笑，叫你坐，就要坐，我说肚饿，你也得肚饿，所以寇准说哭得狠才得还魂，八王只好又哭。

平：妹夫哎，往常我来，你茶是茶来酒是酒菜是菜，

今朝你也不招待我当身。

柴郡主，反而来劝八王："王兄哎，宁死不得复生，哭也无用，你还是回南清宫休息吧。"八王对寇准望望，意思是："我走还是不走？"寇准摇摇头，八王一看不让走，只好说客气话："御妹呀，我实在舍不得离开我的好妹夫。"双王暗中想："寇准，寇准，今朝如果哭不活六郎，回到南清宫，叫八王用金锏拿你锤扁嘞再说。"寇难烧杜香，对棺材作个揖："杨郡马，我给你吊孝来了。我这双天官之职也是好嘞你！"

平：我总以为我们共事共到老，哪晓阴阳两地分。

平：太君在土城里面被围困，你躲在哪里果知闻。

挂：你的老娘被围困，国家将灭亡，家贫无孝子，国难显忠臣。

平：你睏（躺）在棺材里面多憋屈，快出来说分明。

寇准嘴说，手就拍打棺材，还要去揭棺盖。郡主说："寇大人，你想做什么？""我想把六郎劝活。"郡主说："我家遭此横祸，你还开什么玩笑，人死哪有复活之理。"

平：如果死尸再还魂，世上蹲不下许多人。

寇准说："别人死嘞，不得活，六郎死了定能活。"

平：假如不相信，三天之内看分明。

哭哭讲讲不早，大家肚子也不饱，八王和双王想走，寇准偏不走。郡主说：

"王兄,我叫人给你们准备素菜来。"八王说:"御妹,不需要,我不饿。"寇准哭到现在:"你不饿,我肚子不饱,素酒素菜最好。"八王对寇准望望,因为今朝我只好听他的,他叫吃,我也只好蹲这里。郡主说:"那就请你们大厅中用饭吧!"寇准说:"我们要守灵三天,就在灵棚用夜膳吧。"郡主无法,只好叫家人在灵棚摆上酒菜。

平:酒是多年陈大酒,菜是牛肉猪子心。

三宁正要吃,寇准说:"哎呀,六郎啊,你死得太早哇。为何不陪我们吃酒哇?"被他这样一说,八王和双王吃不下去,而寇准大口大口地吃。双王是个孩子,看寇准吃,他也吃。八王吃不下去啊:"人家常说,近步,亲步,毕竟是自己的妹夫呀,自己的妹子以后怎么过呀?"

平:想到亲人许多事,酒菜未吃半毫分。

寇准带吃带讲,外面已到黄昏。八王说:"寇准啊,我今天都是听你的,我打的赌,算数不算啊,我的御妹夫,到底是死是活咖?"寇准说:"这个很便当,我只要来向棺材用手拍棺材板。"双王说:"拍棺材,怎晓六郎死活?"寇准说:"你岁数小,不懂底高,这叫拍棺问木。拍来听声音,如果'啪啪''托托',说明里面有人;如果拍上去的声音,'咚咚''嗵嗵',说明里面没有人。你们听听。"

平:发的声音是空声,肯定里面没有人。

八王发火:"寇准啊,你说,里面没人,那我妹夫现在哪里呀?"

滚:你找到我妹夫一个人,一笔勾销莫谈论。

交不出六郎人,我这金锏不留情。

寇准说:"八王,你辛苦嘞就睏。"双王更加要睏。两人总睏着得够。寇准伏得台子上,也假意睏着得,眼睛眯嘞留条缝,看他杨府今朝怎么弄。一歇工夫,看到一个人影。对寇准三人望望,总睏着得。

平:三人多好睏,打呼能像响雷阵。

稀稀步子就走嘞。其实寇准看嘞碧清,浑身穿白,还有一个饭篦(盒),这人不是张三其别个,就是郡主一个人。

寇准悄悄离开灵棚,就追郡主,看她上后宅,就跟在后头。郡主跑跑对后望,寇准吓得心直荡,就对墙脚一蹲,也不哼声。她跑,寇准也跑,啦晓靴子拍托一响,寇准干脆拿靴子脱下来,两只靴子的带子打个结,对肩上一搭,前面一只,背后一只。郡主时常对后望,寇准有时就躲到旮旯里。

十:高一脚,轻落步,蹑足潜踪,

累得他,浑身汗,满脸通红。

脚上没靴子,袜子跑通嘞,脚上皮总跑破嘞。

平:跟随动嘞身,葡萄架到面前呈。

旁边一座花房,郡主站门口,对四处望望,没有人,就拿钥匙打开头道门,来到二道门,就听郡主喊:“郡马,你开门哦。”郡马将门一开,郡主进来。郡马说:“你怎么到现在才来呀?外面马上半夜啰,你不把我饿坏嘞。”

平:两人说得轻,寇准骨里听分明。

平:听见六郎在讲话,心总落到足后跟。

郡主说:“寇准和八王还有双王总到灵棚来了。”“他们做什么的?”“他们说是来吊孝的,还说要吊孝三天呢。”“哎呀,郡主呀,寇准心眼多。”

平:随他寇准多主意,我时时刻刻总当心。

六郎问:“最近老娘出征,果有消息到瓜哇?”郡主说:“对了,婆母有信叫排风带回来了。我真是,人忙无智,忘记带来,我去将信拿来给你看。”

平:寇准听见郡主要出来,吓得连忙躲起来。

柴郡主出来头道门没锁,上自己住宅。寇准也拔脚就走,上灵棚,到灵棚,朝八王一捅:“快起来,六郎活得够。”八王问:“在哪里呀?”“哎呀,你快跟我走哇。”没有叫丕显,他瞌睡多。寇准对八王说:“你也要像我,拿靴子脱下来,背嘞背上。”

平:一前一后来得快,二道门到面前呈。

寇准轻轻敲门,六郎问:“哪个哇?”寇准用手捏住鼻子,学女人的声音:“是我。”“你是哪个哇?”“我是郡主,拿信给你呀。”六郎信以为真,当是郡主拿信来的。

平:随时将门开,寇准闯进来。

八王蹲门口,寇准捧住六郎嗬:“杨景,杨六郎活得够。”

平:八王见到六郎一个人,佩服寇准有才能。

众位,杨六郎,为何诈死埋名呢?前文已讲过,金沙滩一战,杨家八虎死的死,出家的出家,现在就剩六郎一个人,真是千顷良田,独苗一根。

六郎到温州冲军,中途生病,总指望回京。哪晓万岁心狠,不曾准本,太君想:

平:如果六儿有个三长并两短,断啦杨家后代根。

就和大媳妇张金定相商，用这诈死埋名的妙计。八姐，九妹，带嘞银子追到差宁，差宁也晓得杨家将是个忠臣。八姐一说来意，差宁也很同情。再又得到点银子，所以差宁回来，交差，说六郎已死啦得。所以——

平：朝纲官员都相信，疑虑没有半毫分。

六郎到天黑乔装成商人，回转府门。太君有心叫六郎永不出世。

这次，太君挂帅，被围土城，称讨救兵。所以写信叫杨排风送给郡主，好交于六郎，大致是："你不要管我老身死和生，决不准你露面去出征。"

所以柴郡主，置孝服，假丧真出，以为万事大吉。哪晓，强中还有强中手，能人背后有能人。

平：别人瞒得过，瞒不过寇准一个人。

那么，寇准怎晓得六郎没有死，敢与八王打赌？听说者，慢慢讲来。

因为寇准和杨家交情过厚，太君上金殿报丧，他也以为六哥真死嘞，也含悲忍泪，也上天波府去探望。一来，劝太君和郡主，二来，也好帮忙的。到杨府，看太君、郡主，虽则在哭，眼泪不多，不像真死儿子丈夫，哭得那哪么伤心。所以寇准，到棺材运回来的时候，他也来嘞。刚好看见宗勉，就喊他到别处，问他："你的父亲好不好哇？"宗勉说："我父很好。"寇准又问："那你父亲现在在哪里呀？"宗勉说："我不知道，我母亲不许说。"真是人家常说，孩子嘴里吐真言啊。

平：寇准听完成，心中明白八九分。

六郎为什么要诈死埋名？寇准一想，你仁宗皇帝，忠奸不辨，你的国丈害嘞杨家将，为嘞西宫娘娘称心，还要六郎充军，所以六郎不愿为朝廷卖命，诈死埋名。寇准又想，你的母亲土城被困，你总不能不救，还有你的嫂夫人。现在家庭有难，国家有危，你总不能推诿。百姓面临刀兵之苦。

平：你去挂帅，将辽国来打败，将功折罪你当身。

再说，你总不可隐瞒一世啊，早晚总要出头的呀。

所以寇准，胆胆大大，和八王打赌，到底六郎躲在哪里他不晓得。所以和八王到灵棚吊祭，刚好柴郡主送夜饭，被他跟踪到最后二道门。第二次去住处拿太君的家信，被寇准，用假音，骗嘞六郎开门。

平：寇准将六郎来抱住，年兄叫啦好几声。

八王正堵在门口，就说：

平：妹夫哎，你如果有疑难事，我好帮助你八九分。

六郎跪到八王面前：

平：微臣有欺君罪，要望原谅我当身。

八王说："妹夫，快起来。"寇准说："我们都到前边去，有话说话。"

平：三人对前撑，对面遇到一个人。

刚好遇到柴郡主拿信来嘞，郡主一看，吓得放汗，躲嘞靠半年，今朝见嘞天。一来只怪寇准花头大，二来怪我不当心，这样事情等婆母来晓得，果要躁死老娘。六郎说："贤夫人，木已成舟，我也不对别处溜，同上高厅。"寇准又到灵棚叫醒双王呼延丕显。

到高厅，分宾主坐下。八王说："现在前敌告急，妹夫你挂二路元帅，将来将功折罪，你看果对。"寇准说："不对，皇上正因六郎杀啦国舅、国丈，西宫娘娘哭得他几天都没吃饭，正在气头上。如果再说六郎私自进京，诈死埋名，等皇上来晓得，两罪归一定斩不饶。"

平：皇上一怒出圣旨，定斩六郎不容情。

十：到时候，我和你，无话可说，

白白地，将郡马，命送残生。

八王说："寇爱卿，依你怎样？"寇准说："我先问你，我们打的赌果算数？"

八王说："一年的俸银，我照给你。""千岁，口说无凭。随时写好字据，双王做证。"八王想，往常说，寇准不为财，为何要我一年的俸银啊？寇准说："我这银子一分一文都不用，下邦县的百姓太苦——"

平：我将银子送到下邦县，救济贫苦落难人。

平：八王听完成，称赞寇准清官人。

"至于杨郡马的事，在京都皇城，不能露面，等派嘞别人挂帅，你蹲嘞半路上随军到辽国，等退嘞辽兵，救了太君，再奏明圣上，好将功折罪，你们看果对？"

平：八王听完成，一点不错半毫分。

八王问："寇天官，你看朝中谁能领兵挂帅呀？"寇准说："我自有安排，打赌的时候，你不说听我的吗？"八王说："对，决无悔改。"

平：讲讲说说不在意，东方发白天又明。

万岁登殿，文武朝见。皇开金口，帝露银牙，"哪位爱卿替孤家担忧，领兵挂二路元帅？"寇准奏本："我保举一人可挂帅。"万岁问："哪位可挂帅呀？""万岁——"

平:我保举八王挂二路帅,定能得胜转朝门。

八王一听,对杠一盯。意思是,你说我去挂帅,不是叫我去送死吗?

万岁说:“寇爱卿,君无戏言,不可开玩笑。”寇准说:“八王千岁,是文武双全,真人不露面,露面不真人。我亲眼看他在花园里练剑。”

平:舞起剑来像喔闪,滑水不进半毫分。

这句话把皇上唬住了:“皇侄,你有两下子,怪孤家不知,你自己看,挂帅行不行?”八王想我什么都不会,怎么能行啊。再看寇准,对他点头,就是叫八王答应行。八王只好说:“行,我本来要讨旨的。”万岁问:“先锋官,选谁呢?”八王想,我来个有一理,还一理,你寇准也不要想蹲登皇城闲着:“万岁,我看双天官寇准最合适。他一人能抵千员将,单刀能杀许多兵。”万岁问:“双天官,你果乐意挂先锋啊?”寇准说:“万岁,微臣乐意,我正要讨旨呢。”万岁又问:“众位,押粮派谁合适呢?”寇准奏本:“铁鞭王呼延赞最合适。”万岁说:“好,铁鞭王,你就辛苦一次吧,给押运粮草。”铁鞭王暗中想,跟两个饭桶去,他们哪会带兵呀!圣旨难违,只好点头答应。众群臣想:寇准葫芦里卖的什么药?万岁说:“这次出征就这么定,给二路元帅十万精兵,次日起兵。”

到第二天,到校军场,点兵,八王一点不会,不内,一想,我不叫先锋点。“先锋官,你点兵。”寇准想我哪会点什么兵啊,我何不叫押粮官点呢?“铁鞭王,你点兵。”铁鞭王说,你们不点,怎么叫我点呀?寇准说:“你敢违抗元帅的令吗?”

平:呼延赞没办法,只好校军场上点精兵。

押粮官,点好十万精兵,文武百官送出午朝门。

单:只听放起三声狼烟炮,兵马队队就动身。

行军约二十多里,东看西望找杨六郎,没找到,八王问:“我妹夫怎么没来呢?”寇准说:“就在京城眼前,不愿露面。”又走嘞五十里,还是不见六郎。八王着慌,寇准说:“今朝已夜了,安营扎寨,明天六郎一定要到。”第二天拔寨行军。

平:兵马队队往前行,一座高山面前呈。

探信官报,报于元帅知道:前面有座山,挡住去路,怎么办?八王说:“你们去问先锋官寇准。”问到寇准,他说:“你们去问押粮官铁鞭王。”铁鞭王想,我们十万大兵,借你胆也不敢动,对前进。哪晓一阵锣声,冲下几百罗兵。

十:看年龄,总是在,二三十岁,

一个个,拿兵刀,杀气腾腾。

当中两名寨主，这两个寨主，个头、高矮、壮瘦差不多。左边的头戴火红缎子扎巾，身穿火红缎子箭袖袍，腰系四指宽的丝鸾大带，胸勒十字袢，双打蝴蝶扣，足蹬牛皮战靴，肋下配一口腰刀，胯下骑一匹玉顶火焰驹，手中擎一柄车轮板斧，大脸盘，红花脸，大眼睛，脸上一块白，一块黑。

平：黑的如黑炭，白的白如霜。

压耳根毛如同抓笔，连鬓红胡须像刷子，腆着大肚子，真是威风。右边寨主，头戴青色扎巾，身穿豆青色箭袖，青中衣，足蹬乌油靴。胯下艾叶青鬃马，手拿镔铁皂缨枪，黑花脸，二人能像哼哈二将，又如金刚再现。红花脸的说："我们在高山——"

挂：我在高山好多年，不怕王法不怕天，

如果要从此山过，必须留下买路钱。

平：兵将听他这一言，哪个还敢再向前。

探信官报："元帅，有山贼劫道，请元帅定夺。"八王听嘞浑身发抖，我怎能动手，就对先锋官说："你去捉拿山贼。"寇准想，你对我下令，我去对押粮官下令："铁鞭王，铁鞭王，你去打退山贼。"铁鞭王说："你是先锋官，应当逢山开道遇水搭桥，应该你去捉贼。"寇准说："我是有身份的人，我是你的上级，我命令你去。"

平：如果你不去，违抗军令罪不轻。

呼延赞想这两人确实没用，只好我去。来到山下："胆大山贼，光天化日，乾坤朗朗，敢劫官兵，你们长几个脑袋？""哎，我们劫的就是官兵，老百姓我们还不劫呢。识点相，东西留下，饶你命。"

平：如果不将东西留给我，要想过山万不能。

铁鞭王火了："你们果知道是谁带的队啊？""我们不晓得。""不晓得，我告诉你，八王千岁，赵德芳领兵，你们也敢劫咖？"两贼一听，呵呵大笑，这真是啊，人走好运，马走膘，骆驼单走罗锅桥，兔子走好运，箭都射不到。我们发财自然到瓜，所有财物留给我，交出八王赵德芳，如果说声你不肯，鬼门关到面前呈。"我们找的就是赵德芳，要报仇，杀他的头，挖他的心，下酒。"

平：铁鞭王听完成，火冒三丈八九分。

"大胆山贼，你们两个混蛋，捣乱江山。哪还得了咖，我宰了你们。"手拿镔铁皂缨枪，抖枪就刺。使斧子的寨主，故意把肚子一腆："小子往这儿扎，太爷要躲，就是你儿子。"呼王觉得奇怪，他的肚子不怕扎，是怎么回事啊？又一想，不要被他唬住得，你叫扎，我就扎。呼王正对前扎。这寨主见没唬住他，抡起大斧，这斧像小车轱辘这么大,奔呼王砍来,嘴里还嚎:“劈脑门儿。”招数特别快,呼王抽枪磕斧子“当”一声,山大王搬斧头,现斧篡,奔呼王面门,扎眼仁儿。呼王往上一压,斧子抽出来,剔排骨,拦腰斩来。呼王手忙脚乱把枪举起来,一磕斧子,哪晓斧招又变了,砍肉锤儿,反背一斧子奔呼王脑袋,再躲来不及了,斧招太快呀。呼王晓得不好,枪一撂,一个虎抱头,滚鞍落马。

平:呼王滚到地,晓得果有命残生。

官兵要去救,黑脸寨主冲上去,喽罗兵将呼王用绳子:

平:横一捆来竖一腰,拿他捆作稻种包。

官兵着躁,去对元帅汇报,押粮官被擒。

平:两人听报完成,三魂吓得剩二魂。

两人想,六郎未来。本想这仗,全靠呼王战胜,哪晓呼王被擒,没有人能超过呼王的,现在怎么办?八王说:“寇准啊,你是先锋官,我现在命你出战。”寇准想,我去也是送死,如果不去,违抗军令,也得死,真是,人家常说,种田宁挑粪,前也屎(死),后也屎(死):“元帅,我去打一阵,你给我观敌掠阵。”八王答应,寇准手拿一口刀,来到前面。也没动手,看见山王,吓得浑身发抖,头发根发嗲,寇准想:

平:如果和他来动手,哪里还有命残生。

寇准想:“我不如用善劝,果能上算。”就对山王说:“占山的好汉,你知道我是谁吗?”山王说:“我不晓你叫什么东西。”寇准说:“我告诉你,我是双天官寇准。”山王说:“我不管你准不准,我们做大王顶顶稳。”寇准说:“你们何必占山呢?应当为民做善事,为国保太平,反倒占山做贼,捣乱江山,何不回头是岸。我们这次是退辽兵路过的,又不是抄山灭寨的。咱们井水不犯河水,何必劫我们呢,你放我过去,打败辽国,得胜回朝。”

平:当皇天子保奏一本,保你们官职受皇恩。

山王说:“提到做官,我们不贪。哪个稀罕当你们的臭官,识相,不给你开片,下马受绑,饶你不死。”寇准说:

平:我好说歹说你不听,非要做拦路抢劫人。

山王说:“大胆寇准。”抖枪就扎,寇准晓得不好,拔马就跑。另一个寨主,拦住去路,寇准急用刀一砍,寨主用枪一挡,“哐当”刀飞啦得够。寨主用枪一扫,寇准从马上对下一倒。罗兵手脚恔:

平:将寇准来捉住,绳子捆嘞紧腾腾。

八王见寇准被捉，只好领兵对下败。十万大军，退起来也不快，互相撞击人踩马压，这样不得了，真是兵败如山倒。八王正跑，拿斧子的山王追到，抓住八王的领子，轻轻对怀里一带，把八王走马活捉。宋将军卒想救他们，罗兵杀过来，二个寨主就拿八王、呼王、寇准，押上山寨。

平：不提三人上山寨，再提宋兵许多人。

人家常说，龙无头不走，鸟无翅不飞。元帅、先锋官、押粮官都没有了。兵将就像没头的苍蝇，只好乱撞，两寨主押好三人，又下山，大喊：众罗兵，齐心协力，劫下粮草，回山重赏你们。罗兵听见有赏，个个拼命。

平：粮草劫到许许多，寨主罗兵笑呵呵。

再说宋兵将，你对我看，我对你相，真是大眼相小眼，伙计看老板。怎么办？如果攻山，怕山王一怒将他们三个人杀掉，再说："我们也不是山王的对手。如果不攻山，救不到八王他们，我们怎么对皇上交待？"

平：兵将正在危难时，来了英雄一个人。

远处奔来一匹战马，马上将官，急得浑身放汗，有一将官一看，吓得放汗。这不是杨六郎吗？吓得大嚆：

平：不好嘞够，我白日晴天看见鬼，怎就霉到更功成。

六郎说："你们都不要怕，我杨六郎没死。也和你们出征，杀辽兵保太平。"

平：兵将听完跪到地，连叫杨郡马好几声。

平：杨郡马哎，八王、天官、呼王，三人被捉到高山上，快救三人命残生。

杨六郎一听，吓得放汗，魂灵吓断。

十：悔只恨，我自己，迟来一步，
害得他，三个人，受苦伤心。

十：众兵将，我们来，安营扎寨，
我要去，战山王，救出三人。

我们再说，六郎为何到现在才来的？自从寇准背靴访出六郎，和八王商议好嘞，京城不能露面。等皇上发兵，蹲半路上等，好随军出征。六郎，救母心急，就提早出得城，刚出城不远，看见一个宁家失火。

平：大火烧起了不得，火势灼灼怕坏人。

六郎就没有走，下马救火。屋里还有一个老人，六郎不顾浓焰烈火：

平:攻进火内将老人来救出,救到老人命残生。

等火扑灭,耽误嘞半天,随时就追。再说,从京城奔前敌有两条路,本来向北是走东路,哪晓,八王他们一嬲,走嘞西道,六郎是走东道,哪晓追嘞半天,没看见一个兵卒在路边。一打听,才晓得,八王带兵走的西道,调转马头,吃亏,又对西追。

平:只因六郎来得晚,三人被捉上高山。

现在六郎到,兵将总欢笑,六郎吩咐:“所有兵将,扎好营盘,我要去救人。”随时点五百精兵,就问:“向道官,劫八王的是叫什么山寨?”向道官说:“叫八角寨,山上有两位寨主,他们专劫贪官污吏,不劫老百姓,如果有人无钱——”

平:送他银子好动身,回到家乡做荣生。

平:六郎听完成,心中明白八九分。

带兵来到八角寨,吩咐叫阵官,对山寨叫:“罗兵快报,报于你的大王知道。”罗兵直跳,报于大王知道,山下有人,要人来了。拿斧的骑一匹玉顶火焰驹,来到队前,带有二百多罗兵,官兵吓得朝后退。“郡马哎,捉呼王的就是他。”

六郎一看,拿斧的腆着大肚子,仪表不俗,六郎问:“这位朋友,请问你贵姓大名呀?”山王看了看六郎说:“我是山上的寨主,排行老二,孟二大爷。”六郎说:“你怎不报真名啊?”“杀人没有报真名的。”六郎眉头一皱:“我看你倒也英雄气概,为何出言不逊呢?”山王说:“小白脸,我就这个人,说不定我还要骂宁。”六郎想,这是个混人,我再改口问问看:“八王他们是你捉的吧?”山王说:“是的,明人不做暗事,好汉做事好汉当。是我抓的,你能怎么样?”六郎说:“你犯了灭门之罪呀。”

平:如果发兵来抄山,你们哪有命残生。

山王说:“我们斗的就是当官的,大宋当官的,哪有好东西,我碰到一个拿一个!我问你,你来干什么的?”“我来救八王的。”“小白脸,你有什么能耐敢说救人啊?”六郎说:“我如果没有能耐,还来劝你弃恶从善?”山王说:“小白脸,你如赢了爷的斧子,我不但放人,而且领罪,如果赢不了,将你捉住。”

平:将八王他们都杀死,连你一起送残生。

六郎问:“你说话果算数?”“哎,大丈夫,一言既出,驷马难追。”抡斧就劈六郎,劈脑门儿,六郎躲过,斧纂奔六郎面门,扎眼仁儿,又来第三招,剔排骨,一回手奔脑袋,砍肉锤儿,这一招,来得太快,六郎忙嘞眼花缭乱。吓得宿头,幸亏手

脚 ，能够躲掉。六郎想，你这人，怎么将脑袋当肉锤砍呀了？占山的也有这么大的本领，如果能归朝廷：

平：多到一员虎将保朝廷，可保国家得太平。

寨主说："小白脸，你真行，能躲开我的三斧子。"嘴里说，手里动，又来三斧子。哪晓这一次，又多加一斧子，剁马脚，六郎吓得一提战马蹿出好远。六郎想：怪不到呼王被捉，这山贼果然本领非凡。

山王使出第五招，六郎来一个，怪蟒出洞，奔寨主胸前扎，寨主用斧子一磕，六郎把枪撤回，叭，又一枪，寨主手忙脚乱，大叫好厉害呀！又一枪，其实六郎都是假扎他，枪杆往下一拥："给我下去。"这时，这位寨主真听话，下去就下去，只听，"咣"：

平：从马上翻个身，地下跌个坑。

六郎用枪顶住得："朋友，你输了，放人吧。"这寨主，眼睛一闭，就等于断气。啦晓一望，没有扎他，倒又来劲："你叫我放人，凭什么叫我放人啊？"

六郎说："你输了，就应该放人。""谁说我输的？""你从马上跌下，不是输吗？"山王说："刚才我没有注意，我还没有进招呢。"六郎说："你上马。"山王又上马，两人再来比输赢。"现在你有本事都拿出来，我要打你个心服口服，你就进招吧。"山王说："我砍你，劈脑门儿，扎眼仁儿，剔排骨，砍肉锤儿。"其实六郎早有防备，不费吹灰之力，就躲过这几招。六郎说："你哪不好，换换招式。"山王说："其他的我还没有学会呢。"

平：六郎听见这一声，果要笑嘞肚里疼。

这位厚脸皮二寨主，猛拨回马，斧子往下一剁，六郎头一歪就躲开，山王刚想撤斧子，六郎拨马蹿到前头，一伸手，抓住山王的斧柄，往怀里一带，右手就对他手腕一戳，这叫顺水推舟。

山王还想逃，六郎抓住他的腰带，往怀里一带，走马活擒。六郎问："朋友，这回算不算输啊？"

平：山王听完成，脸总红到耳后根。

山王说："我服输，服输。"六郎说："既然服输，你放不放八王？"山王问："你怎么不杀我呢？"六郎说："我爱惜你是英雄，我劝你，有这么好的本领，何必占山为王呢？占山叫贼，叫你父母贼父、贼母，叫你妻儿贼妻、贼子，不是终身之事。你能把三人放还给我，我可以保你出头，受个官职，替祖增光。"

平:山王听完成,道理倒有八九分。

“英雄,我高山还有三弟,你先回营盘,一歇我将三人送给你。”

六郎说:“好,我在营盘等你。”六郎将他轻轻对下一放。

平:山王回高山,六郎转军营。

但说二大王到高山问:“我三弟呢?”罗兵说:“在大厅问案呢。”随时来到分赃聚义厅,抬头一看,眼睛发暗,三寨主对虎皮交椅上一坐,正在拍桌子,吓耗子,吹胡子,瞪眼子。柱子上绑着三个人:八王、呼王,还有寇准。二寨主一进来就嚆:“你这是干什么呀?”“我正准备给三人开膛,破肚,摘心,煨鲜的人心汤给你喝。”二寨主说:

平:三弟呀,我下山被人抓住了,几乎没有命残生。

“宋将,来嘞一个小白脸,这人太厉害了。”

平:就是我们兄弟两个人,也不是他的对手人。

“我被他抓住得,我答应他放这三个人,所以他没有杀我,放我回山放人的。”三寨主说:“不可放人。”二寨主说:“我不会当真放人的,我是用的稳军之计。”三寨主说:“不放人,是不守信用。”“老弟呀,信用值多少钱呀?今夜我们偷营劫寨,将小白脸一杀,将这三个人,和粮草、帐蓬对大哥那里一送,这么多东西还有三个大官。”

平:等大哥来看见,要称赞我们两个人。

仍然把三人押起来。再说二个寨主讲的话,八王他们也都听见嘞,八王说:“寇准啊,你寇准做事不稳,是你保举我挂帅出征,马上要动身。”

平:好好京都皇城我不蹲,到高山上面来送残生。

寇准说:“八王你放心,车到山前必有路。你果曾听山王说小白脸厉害——”

平:小白脸不是别一个,就是六郎到来临。

不提三人被押,在议论。再提寨主他们,二更过后,酒足,饭饱,头上扎黑布,穿黑衣,黑靴子,背插单刀。三寨主,将二寨主送出寨门:“二哥你要小心啊。”二寨主对兄弟说:“先把三人捆到车上,等杀完小白脸,咱们放火烧山,到大哥那里去。如果我死了,回不来,你把这三人宰了,你再快走。”

平:二寨主吩咐完,带嘞罗兵就下山。

走出几里,到一片乱坟场,二寨主留嘞二百罗兵,好打接应。带一百名灵敏的罗兵,直奔宋营。宋营是扎在树林里,今朝是初七日子,月亮明朗。二寨主带罗兵伏在地下一看，欢乐一半，宋营有几个帐篷有火。

他就弯下腰寻小白脸的帐篷。看到站岗的也睏嘞杠，一寻到一个帐灯亮着，因为天热，门半开着，有一人坐在灯前，没戴帽子。穿银灰色衣服，面如白玉，剑眉阔目，正在看书。二寨主想："真巧哇他就是抓住我的小白脸。我明打，打不过你，我来暗下毒手。"这真是：

平：金风未动蝉先觉，暗算无常死不知。

他高抬脚，轻落步，蹑足潜踪，纵身窜进大帐，亮出兵刃，奔六郎"唰"就是一刀，

平：如果被他来砍到，六郎哪有命残生。

哪晓就在他劈来的时候，六郎用脚一踏桌子，自己身子退出去好几步。只听二寨主"轰隆"：

平：轰隆响一声，寨主掉进陷马坑。

坑里面有石灰，宁掉进去，石灰蒙他的双眼，官兵用挠钩，搭上来。

平：二寨主被捉住，到底果有命残生。

六郎吩咐："将翻板盖好，将山贼带上来。"六郎这回火了："我问你山贼，你为何出尔反尔？"二寨主眼睛一闭，等于断气。这时六郎，又火，又气，又乐，要说杀他嘛，又怕八王他们有闪失，硬是压压火气："朋友，这回，你想活，还是想死？"寨主说："想活怎么讲，想死如何说？"六郎就说："想死，我现在就杀死你。如果想活，你放回八王他们。"寨主说："你还放我？""你只要能回心转意，答应放八王他们，我就放你回去。"

平：二寨主听完成，朋友连叫好几声。

"你真够朋友，你把我三擒三放，我还未问你，贵姓大名。"六郎说：

平：我是杨六郎，郡马杨景我当身。

平：二寨主听完成，叫啦六哥好几声。

平：六哥哎，早将名字告诉我，你我何必动干戈。

平：跟手跪到地，六哥原谅我当身。

六郎连忙将他扶起来，就问："你叫什么各字？""六哥，我姓孟，名良，字从善。山寨还有我三弟，姓焦名赞，字克明。

平：提到我们两人苦，也比黄连莲苦三分。

"我两从小父母就亡故，我八岁，他六岁，我们受苦落难。

平：左手里鸡帐棒沿门防犬，右手豁爿碗讨饭荣生。

“后来遇到一个打把式，卖艺的，跟他走江湖，吃人家饭，不容易啊。”

平：重苦事情我们做哇，时常饿着肚子过光阴。

“我们偷嘞溜出来，反正我们无家可归，跟随占山的，我们就去劫道哇，打闷棍啊，套白狼呀。我们良心挺正，不劫穷人，专劫有钱的，当官的。后来遇到我大哥，帮嘞我们大忙，就占据这座八角寨为王。今天遇上六哥，我长这么大，没有碰见过像你这样的好人。”

平：总说亲人好，你还比亲人胜几分。

孟良说：“六哥，从今以后，你就是我亲哥。哎，我问你，你怎么晓得我要劫寨的呢？”“哎呀，兄弟呀，白天我打败你两次，你心上不服气，算你肯定夜上要来劫寨。”孟良说：“我佩服哥哥足智多谋，大仁大义。”“兄弟呀，你快回去放八王他们吧。”“哥哥，我现在就回山放他们。”再说六郎又吩咐将捉来的罗兵放啦得，还为他们办嘞酒。孟良离嘞六郎，到坟地去带还二百个罗兵。哪晓到杠一望，宁就没项，随时赶到高山，哪晓焦赞已将八王他们带走嘞，就几个罗兵在高山。孟良问：“三大王上哪去啦？”罗兵说：“自从你被捉住，坟地的兵回来报于三大王，所以三大王以为你这次非死不可，所以连八王他都带走嘞。”

平：别的地方都不去，八乍山上去安身。

平：孟良不曾救到八王几个人，自己啼哭泪纷纷。

众位，孟良这个人，为人忠心耿耿。六郎和他结拜嘞弟兄，后来孟良、焦赞成了六郎的左膀右臂，为六郎舍生忘死，这是后话。现在孟良想，我第一次替大哥办事，就没有办好，就失去信用，急得叫罗兵：“把我绑上，见我六哥，咱来个负荆请罪。任我六哥杀也好，剐也好，任他处置。”

平：孟良五花大绑下了山，来见六郎一个人。

六郎一看，孟良五花大绑：“贤弟，这是为何？”孟良一面哭一面说：“六哥啊，你留我吃酒，我迟回一步，八王他们三人被我三弟焦赞已押走了。六哥，你就杀啦我吧。”六郎一看，孟良哭得像泪人似的，亲自替他解绑绳：“兄弟，我相信你说的是真话。不过，你果晓押到哪里去的？”“押上八乍山。”六郎问：“能不能找回来呀？”孟良说：“找不回了，因为我来刺杀你，未来时就对焦赞说，如果我死了，回不来，你将八王他们三人杀死，也算替我报仇。就是在八角寨没杀，到八乍山也是死。离这里三十里，有两个大王，特别我大哥岳胜，和皇上有仇，就怕要杀他的头。”六郎问:“你大哥岳胜的人格如何?”“他替天行道,是一个好人。”“贤弟,不管八王他们是死,是活,我们同上八乍山。”

众位,六郎和孟良到底果救到八王、寇准和呼王?

忠孝宝卷打个等,下册之中再谈论。

挂:宝卷未完成,大家有精神。

工作要努力,人人梦成真。

平:大家时也来运也通,和佛总是好喉咙。

九、杨六郎救八王得四将 黄土坡战韩 孟、焦闯祸

讲义气，称自己，让三分，万年春。——圣谕

单：为人在世讲义气，英雄不要称自己。

单：遇事宁可让三分，留下美名万年春。

平：强中自有强中手，能人背后有能人。

挂：三阳从头起，五福自天来，
听听杨家将，久后要发大财。

挂：忠臣不怕死，怕死不忠臣，
忠臣一时苦，到底留名声。

平：接接连来接接连，杨家将宝卷再向前。

话说，杨家将一部未满，上册之中，已经讲到，孟良夜劫宋营，要想暗杀杨六郎。哪晓被六郎用计捉住得，不但不杀他，放啦他，还为他办酒，孟良和六郎结为生死弟兄。孟良回八角寨放八王、寇准还有呼延赞，哪晓到山寨望望，宁总不项，被焦赞带上八乍山。孟良这个人，心肠热，胆量大，为朋友可以两肋插刀，舍生忘死。现在不见八王，急得没法，叫喽兵将他五花大绑，去见六郎，我来负荆请罪。喽兵说："六郎如果杀你怎么办？"孟良说：

平：只怪我说话不算数，斩斩剁剁随他行。

孟良五花大绑见到六郎。六郎问："贤弟，你怎么啦？"孟良跪嘞杠一面哭一面说："六哥啊，只怪我迟回一步，八王他们被我三弟焦赞押走了，你就杀了我吧。"六郎看他的腔调像真的："贤弟快起来，我来给你解绳子，你果知道你三弟将八王他们押到哪里去的。""这我晓得——"

平:别的地方他不去,肯定押上八乍山。

六郎问:"上八乍山,能不能将八王他们要回来呀?""哎呀,六哥哎,他们肯定被杀。不信,我说你听。当时,我来劫寨前,就对我三弟说过,我回不来,说明我被你六哥杀了。我叫他杀死八王他们,也算帮我报嘞仇。当时,我被捉住,喽兵就溜到山上报嘞信。再说,八乍山,我大哥岳胜岳景龙,他和朝纲有仇,就怕要杀八王他们的头。还有我的四弟杨兴,号称打虎太岁。"六郎听嘞急得浑身放汗,又问岳胜为人怎样,孟良说:"要说我大哥的为人——"

平:总说你杨六哥为人好,比你还要胜三分。

"他虽则占山为王,他是替天行道,除暴安民,救济贫人,从不骚扰百姓。如果有难,没钱、没粮、没吃、没穿的人。"

平:找到我大哥一个人,他能帮助八九分。

"给落难人好吃好穿,还给路费钱。他为人忠诚老实,很讲义气,文能安邦,武能定国,是栋梁之才。不过他最恨宋朝官员,只要碰上,非杀不可。四弟杨兴,心狠手辣。"

平:如果八王到嘞他们手,就怕难有命残生。

孟良说:"如果八王死嘞,你拿我的头,上皇上去请罪。"六郎说:"贤弟呀,我们总不要哭,不能耽搁。快带我上八乍山去看个明白。"孟良说:"六哥,不行啊。岳胜称花刀太岁,他手中刀钢火好、招数妙,像我这样的本领,他可以打七八个。"六郎听了冒火:"贤弟,他就是长三头,肩生六臂,我也要去会他一会。你看可对?"孟良说:"我们说走就走,随时拔寨动身。"

平:兵马队队来得快,八乍山到面前呈。

先安营扎寨。六郎一看,好一座山,直冲霄汉,抱月双环,崎涎蜿蜒,真是:

十:山连山,山套山,青松翠柏,
　　一排排,一行行,榆柳桑槐。

十:有杉松,和果松,绣球青松,
　　有青槐,翠柳绿,大叶杨青。

平:远看青山青又青,近看山泉碧波清。

真是怪石堆垒,壁插云霄,立石如刀。

挂:山不高而秀雅,水不深而澄清,
　　地不广而平坦,林不大而茂盛。

平：山清水秀真正好，两杆大旗到九霄。

旗帜上面写的“替天行道，除霸安民”。孟良说：“六哥，你等等，我先上山。问他们看我的面子可能把人要回来。”六郎说：“贤弟，你上去和他们要多说好话。”“六哥，我晓得。”孟良打马上山，喽兵说：“二爷你来啦。”“我大哥呢？”“在大厅里。”孟良来到大厅，有人来杠哭。

平：孟良哥哥哎，你死得苦哦，我要做个报仇人。

孟良说：“你这是怎么啦？我还没死，你们就吊祭。你们说可丧气？”孟良一说，哭的人一抬头，看见孟良：“哎呀，二哥，你没有死啊？”孟良说：“我不是活得好好的吗？你为何，我还活着，你就哭咖？”“二哥哎，昨夜你去偷营劫寨，你掉进陷坑，喽兵对我报，我以为你非死不可。所以我就带喽兵，押赵德芳他们上这里来了。我们弟兄这么好，我怎不哭呀？”“那八王他们现在在哪里，有没杀咖？”“大哥岳胜说的，派人去打听，你如果没死，我们就来个走马换将。现在八王他们还押在后寨。”孟良说：“老焦哇！我死不了，咱俩不是说过吗？孟不离焦，焦不离孟。”

平：假使我要死，拿你背嘞一同行。

这时，岳胜也来嘞够。就问：“孟良兄弟，你怎么脱险的？”孟良说：“我福大命大造化大，逢凶化吉，遇难呈祥。大哥，八王没杀吧？”“没有。”“那太好，你快把他放了。”“为什么？”这个孟良，喜欢开玩笑。他想，岳大哥和六哥，都很厉害，我如何不用激将法，等他俩打一阵，看到哪个胜，哪个败。眼睛一眨，就翻腔：“大哥，杨六郎救八王。他来抄山，捣狗窝，他说，你和他相比，活的少，死的多。我从中解劝，才没上山，如果等他上嘞山，他杀得鸡犬不留。”

平：他要杀得尸骨堆成山，血水流成河。

孟良又加把火：“大哥，我们兄弟们怕你，人家杨六郎可不怕你，你如果下山接杨六郎，见到他要礼貌点，嘴要客气点，话要说好听点。”

平：岳胜听完成，火冒三丈八九分。

岳胜随时整顿队伍，放炮三响，战鼓三通，亮队出兵。孟良说：“大哥，你去给我狠狠地和他斗，正好帮我出出气。我下山给六郎送个信。”孟良来到山下，六郎心急如火焚。孟良说：“六哥，完了，完了。”“啊，八王他们死了？”“没有死。”“那你怎么就完了呢？”“六哥哎，我说事情办完了。”“贤弟快说，怎么回事？”孟良说：“六哥你不要着气。岳胜说我孟良如果敢放八王他们，大哥不放人，你杨六郎要人，就要烦大神。他说，你杨六郎有何本事，叫放人。不瞒你六哥，岳胜说得非常难听，他说是——”

滚：捉到六郎一个人，剥他皮来抽他筋，还要破肚挖眼睛。

六郎听嘞想：岳胜啊——

平：我和你前无冤来后无仇，何必同我做对头。

六郎问：“孟良啊，岳胜为什么对我这样恨？”“他说，你是宋朝的官，他要杀赃官，斩污吏，为民除害。六哥，你还是快跑吧，这里有我顶住。岳胜心狠手辣，气死独头蒜，不让小辣椒。他说：抓住你，将你撕碎十八块。”六郎听他说了，气得哇哇大叫，非斗他不可。孟良说：“你真敢和他斗，我帮你揍他。”你们说这个孟良多坏。

平：两头挑祸不非轻，挑嘞两位英雄比输赢。

六郎看见山上兵将下来，若有六百多人，把战马退到平川地带。看到，喽兵队伍，左边一面紫色大旗，斗大的“岳”字，右边是淡黄色旗，绣着个“杨”字。再看旗角下的大将，左边的身高九尺，细腰夸背，鹦哥绿征袍，大红中衣，往脸上看，面如重枣，两道重眉，五官端正，胯下赤兔胭脂马，手擎青龙偃月刀。

滚：对他看看真，正如关公转了世，又如赵公明转还魂。

再看右边的大将，胯下乌骓马，得胜钩上挂着一条镔铁齐眉棍，身上背着弓，走兽壶里插着雕翎箭。孟良说：“六哥，你果曾看见啊，左边红脸，就是岳胜岳景龙。右边的黑脸就是杨兴。”六郎点头，两脚踹镫，一提战马到了近前，双手抱拳：“二位寨主辛苦了。”花刀太岁，一拍战马，对六郎一看，头戴银灰色风帽，外披银灰色斗篷，红中衣，足蹬薄地皂靴，肋下佩剑，跨下追风赶月白龙驹，五官端正。二目有神，举止落落大方。岳胜想，这人够称大将，有百步威风，难怪孟良称赞他。看他外表确实不错：

平：恐怕是紫铜箱子白铜锁，外面好看里面空。

你眼空四海，目中无人，看不起我山寨，岂能容他。想到这里，开口问：“对面可(果)是郡马杨六郎啊？”“正是。你就是岳寨主吗？”“嗯，不错，你是来抄山灭寨的吗？”“不敢，我到这儿来要八王他们的，岳寨主呀，八王挂帅，到前敌救太君，不想被你们抓去了，看在我杨景份上，你就将他们放了吧。”

平：如果有哪里得罪嘞你，赔理赔罪我当身。

岳胜说：“叫我放八王，可以的，不过呢，没有这么随便就放。听说杨家将的枪法好，我要领教领教。你们的枪法招数精奇，所向无敌，你如果将我打败，我就放。”

平：我将你打败了，要想放人不可能。

六郎说：“我怎敢和你大王比试，看在杨门女将被困前敌，辽军侵犯，国家危在旦夕，百姓遭涂炭，以国事为重，你就放了八王吧。”岳胜说：“这些我不管，我只晓占山为王，至于放人嘛——不行。”孟良说：“对呀，不要给八乍山丢脸呀。”孟良又说：“六哥哪，说好的不行，就和他比比看。”两人总不晓得，就是孟良两头拱火。六郎火都起来够，我本是登山拜访。我好语好言，你非得较量，如果我不奉陪，要笑我无能。六郎想到这里，正是：

平：气从心头起，怒由胆边生。

摘下大枪，催马上前，就问：“岳寨主，我们还是群斗，还是单打独斗？”岳胜想：要群斗，你们十万大军，我们只有五六百人。你们这一堆那一堆，可我们要吃亏。干脆，我们来个单打独斗。六郎说：“你对你手下说不可来帮，我也对我的兵将说不要帮忙，如果帮一帮，就要死成双。”岳胜一听，倒也相信，就对焦赞说：“三弟，不管我胜败，不要帮。”又对杨兴看看。六郎也对孟良说：“你们是磕头的兄弟，不能因为我闹翻脸，我打不过，也不许你上前。”两方都吩咐好嘞，六郎双手抱拳：“岳寨主，请吧。”岳胜也不客气，举起青龙偃月刀，一个大鹏展翅，奔六郎斜肩砍来。六郎不敢大意，枪尖一拨大刀，顺劲往里进招，岳胜接架相迎，二马错镫，跑出好远转回来再战。六郎枪疾马快，干净利索。岳胜马往前冲，手举大刀，奔六郎拦腰一刀，六郎摆枪相迎。

平：两人打嘞三十合，胜败没有半毫分。

真是上山虎遇下山虎，云中龙遇雾中龙。铜锅遇到铁刷子，岳胜暗中佩服六郎，杨家将真是名不虚传啊。原以为我是天下第一，今天遇到名人，自愧不如。以前是赖宝跳秤盘，自称自大。再说六郎爱惜岳胜本事更好，占山做底高，现在征辽，正缺良将。他如果肯受降，我多到一名良将，好助我一膀之力。这时两马一来一往。

平：战嘞七十合，还是未分输和赢。

要说，杨家的枪法，老令公开始也是用枪，后来才用刀的。他把各人使的枪法，取人家长处，补自己短处，可以说博采众长。再说岳胜虽则刀法好，时间一长吃不消，杨兴看他手脚有点乱。焦赞想帮，一想，大哥说，不要我狗儿捉老鼠，多管闲事，就对杨兴说："大哥对我说，不准帮。就对你看看，又没对你说。你好帮大哥。射六郎一箭，看他对哪里犟。"杨兴一听，倒蛮相信。这时，岳胜大刀力劈华山。六郎一个二郎提山，磕开大刀，顺手一个怪蟒出洞，岳胜来个乌龙捣海。这时，六郎一招紧似一招，一招快似一招，虚一招，实一招，招招不离岳胜。六郎一枪，要戳岳胜的腹部，随时用刀去磕枪，哪晓，六郎枪招变啦得，这招太快，戳他的肩部，岳胜如果被戳到就难有命。就在这时杨兴一箭射过来，因为六郎没有防备呀，六郎来个铁板桥，底高叫铁板桥，宁对马身上一睏，箭从他的背上只离一寸，没有射到六郎。

平：不是六郎本事好，哪里还有命残生。

六郎说："岳寨主，你败了。"岳胜脸躁嘞通红，拔马回到本部，就问杨兴："这箭是你射的？"这时，杨兴高兴啰，觉得自己本事大。岳胜说："我们讲好个顶个，你以为你本事大，哪个叫你放箭的，我打不过，只怪自己学艺不精。人不好起坏心，明人不做暗事，你为何暗箭伤人？你坏我军规，叫六郎耻笑。"岳胜越说越火："来人哪，给我将杨兴绑起来，交给六郎，任他杀也好，剐也好。"杨兴想宁也霉煞得，我倒是救他，反而要绑我交给人家，真是出得好心，没有好报。

喽兵来将杨兴绑好，岳胜带杨兴来见六郎。这时孟良骂岳胜，大哥是小人，正骂，岳胜带杨兴来嘞够："杨郡马，怪我对下属管教不严，有犯军规，射箭的是我二弟杨兴。现在人已绑来，随你发落。"六郎说：

平：杨兴良心好哇，他不是个坏心人。

"你们都是异姓结的弟兄，就如当初桃园三结义，他是为救你才射我的，我不怪你，我来给你松绑。"六郎下马，给杨兴松了绑绳。

平：岳胜看六郎放杨兴，暗称六郎是帅材人。

岳胜、杨兴回上山寨。再说六郎放杨兴的目的是让他们放八王，哪晓这两个也不提放人事，也不谢就上嘞山。孟良说："六哥哥，这两个人，没意思，放嘞杨兴，也不提放八王，连个客气话都没说，倒溜山上去了。哥啊，依我，我们来平山灭寨，你看怎样？"六郎想，你到底算哪头人呀？一歇帮他，一歇帮我。官兵也想攻山，六郎不准。这时，山上有喽兵来到郡马身边，对郡马说："大寨主有话，叫您单人上山。""好，我随后就到。"孟良说："六哥，你不能去，他们将你扣在山上，怎么办？"六郎说："我一定要去，总不能让人笑话我，说我畏刀避剑，贪生怕死。再说，我不去见他，怎么救八王他们呀？"孟良说："我也去。"六郎说："你不能去，众官兵，我如去了，回不来，你们给皇上送信。”

平：皇上来发兵，围剿他高山不容情。

六郎牵马，刚到山门，有小头目迎接：“郡马你跟我们来，寨主在聚义厅恭候。”刚走几步，有通往大厅的通道，两边站几十个喽兵，手举枪，刀刃冲下，都是雪亮，枪尖对枪尖，刀尖对刀尖，看嘞寒心。大寨主说：“杨郡马请吧。”六郎想，这不是叫我钻刀枪林吗？六郎想，我千军万马都不怕，难道我是怕这点吗？大步流星住里走，钻刀，须得底头，而六郎挺胸抬头往前走。军兵连忙把刀枪撤回。

挂：六郎对前走，前面是油锅。

锅里的油，千滚万宊，底下有柴火。

如果跳不过，对油锅里一落，只好煨肉。六郎想，为救八王他们，真是舍命救君子啊。退后两步，一提丹田气，用一个蜻蜓点水，又使一个小燕钻天，往前一蹿，脚站到锅边，一大步，跳到地下，真是快似猿猴，轻似狸猫。

平：岳胜他们看得真，六郎确实有胆人。

岳胜说：“杨郡马，你真是胆量过人，武艺超群，真乃英雄也。快请坐。”岳胜说：“郡马，久闻大名，如雷贯耳，今日一见真是三生有幸。”六郎说：“岳寨主，刚才一战，你的刀法绝伦，真乃盖世英雄。占山为寇，犹如明珠埋土，何不弃暗投明，扶保宋主。”

平：岳胜提到扶宋主，又伤心来气煞人。

原来，岳胜家住河南南阳，父亲经商，万贯家财，老父弟兄三个，就生到这个岳胜，也就是三房合一个。请嘞老师教书，又请教师，教他练武。

平：总想求到一官并半职，岳家才有好名声。

后来又到四处拜名师，交高友，人称花刀太岁。那年皇城开武考，父老乡亲都来相送，望你考到状元。岳胜想，不讲状元，哪怕榜眼，探花也行。爷爷奶奶，伯伯叔叔，兄弟，姊妹们，我决不辜负你们的期望。如果得中时，早就送信进家门，告诉你们好知闻。

平：岳胜辞别众人就动身，赶上京都帝皇城。

那年主考官是潘仁美。本来岳胜力战八杰，应点状元。潘仁美眼睛一翻百般刁难，说还要考文。岳胜作了一篇《刀论》写得很好。哪晓，潘仁美有一个门生叫刘文龙。这个刘文龙，文武都不及岳胜，潘仁美反而点刘文龙为状元。岳胜不服，找播仁美。为何不点我，反点刘文龙，岳胜说：“刘文龙，哪点超过我？他是被我打败的。”潘仁美说:“他文章比你好。”“这次是比的武,考武状元。”潘仁美说:“文章也要好。”岳胜说:“你说刘文龙的文章比我好,你拿他的文章给我看看。”潘仁美明知刘文龙的文章不如岳胜,立时大怒:“大胆岳胜,你敢搅闹武科场。”

平:将他撵出帝皇城,永不起用他当身。

岳胜住到招商店,一气成疾。后来病好,他想:我无脸回家,朝中奸臣当道,闭塞贤路,有本事无用,凭面子当官,终究,也是鱼肉乡里的贪官。他想——

平:有朝一日能得势,专杀宋朝官员不容情。

他信马由疆,云游四海,刚好经过八乍山,山上大伙劫道,岳胜杀啦头子,要放火烧山,大家求饶。

年:大家跪倒地,英雄连叫好几声。

平:英雄哎,我们地租杂税交不起,才到山上来安身。

平:我们都是当地老百姓,饶恕我当身。

平:英雄哎,我们推选你做寨主,我们自种自吃过光阴。

岳胜本来就不愿回家,他无安身之处,听他们一说,正中计谋。所以岳胜在八乍山当寨主,他带头治理山寨,开荒种地,植树造林。多余时间叫他们学文练武。没有钱就去抢官府砸衙门,不但不劫百姓:

平:如果百姓有困难,钱粮送上他的门。

岳胜周边很远总敬佩他,后来又收了孟良,焦赞,投奔他的人越来越多,有一千三百多人。后来又占领了八角寨,就将孟良、焦赞派去镇守八角寨。

平:六郎听岳胜说完成,倒也同情他当身。

六郎说:“岳将军,潘仁美这老贼害人太多,不只你一个。我已帮你我报嘞仇,我已杀啦他的头。做官的不都像潘仁美,不能一概而论。就把双天官寇准来说,清如水,明如镜,爱民如子,两袖清风的清官。八贤王赵德芳,礼贤下士,为国呕心沥血。还有呼王、郑王都是国家的栋梁。岳将军,你就是不上朝廷,也得为百姓,现在辽国侵犯中原,你怎能坐视不管。”

平:岳胜听嘞有道理,心中思想八九分。

正在这时,山下大乱,喊杀连天,喽兵报:“大事不好,官兵冲上山来,请大王定夺。”六郎一听,对杠一盯,岳胜脸一沉:“你真同我烦神,你明一套,暗一套,当面一套,背后一套,你成心同我闹。我说叫你一人上山,为何叫官兵来冲杀上山。要灭我山寨。”六郎说:

平：岳将军哎，总说没得冤枉事，这件事情冤枉海能深。

岳胜拔剑要杀六郎。六郎说："慢，等我去看看，谁叫官兵冲上山的。"来到外面，官兵和喽兵正打嘞起劲。六郎大吼一声："官兵住手！"官兵总停下。众位，六郎临上山，也没有叫官兵冲上山，那么，现在怎就冲上来的？孟良见六郎哥上山多时，没有出来，以为被岳胜杀啦得。所以带官兵冲上来，看守山的见八角寨的寨主来，所以拿山门开开来，官兵直冲上山。孟良看见六郎，多高兴呀："六哥，你没有死啊？"

平：我以为被我大哥来杀死，我要做个报仇人。

六郎说："孟良啊，你坏了我的大事啦。岳胜说是我叫官兵冲上山的。"孟良说："六哥，你不要怕，我去给你作证。"来到岳胜身边："大哥，我以为你杀了六郎，是我带官兵冲上山的，这事与六郎无关。"岳胜和杨兴听嘞火冒三丈，拔剑要杀孟良，焦赞说："你们这是干什么，我们是八拜之交，金兰之好呀。"孟良说："是我错了，算了吧。"

岳胜气呀："你孟、焦二人，一个红脸，一个白脸。其实在算计我。你当我是呆子。"六郎说："孟良与我六郎，只不过一面之交。你不原谅他，我现将他绑起来，交给你任你处置。"跟手绑好孟良，交给岳胜。孟良说："大哥，你消消气。这事确实与六郎无关。正因在八角寨，我被他连抓三次，都没杀我，我晓他是好人。刚才他上山多时没回来，我以为你大哥把他杀了，所以我带兵上山的。人常说有恩不报非君子，恩将仇报枉为人。"岳胜一听完全相信。跟手替孟良解绑绳，又对六郎说："郡马，是我鼠肚鸡肠，你大人不要计小人过。"

平：是我得罪你，要请原谅我当身。

孟良说："大哥哇，你的罪大啰，犯抄斩满门之罪，你不应该将八王押牢入狱，弄不好要灭九族，有惊驾之罪。"

平：惊驾之罪罪不轻，看你果有命残生。

六郎说："不要紧，我见了王爷，当面求情，就可饶你宁。"岳胜他们就和六郎，来到后寨石洞。大家在外面等，六郎个宁先进去，只听八王怪寇准，总是你出的霉主意，这时六郎到嘞身边。

平：跟手跪到地，千岁连叫好几声。

平：千岁哎，微臣来救晚，要请原谅我当身。

平：寇准看见六郎到，果要欢喜八九分。

八王说:"妹夫快起来。你怎晓得我们被押在这里的?"六郎就拿从府门出来,在皇城要走,见到人家着火,救嘞火,又走岔道说了一遍。后来晓得你们被困八角寨,我和寨主大战,又到八乍山比武,现在寨主答应放你们,可是他们抓你有罪。"

平:果好看我面上情,饶赦山主几个宁。

八王说:"八角寨的红脸,叫什么孟的不能饶。"孟良在外面听好的。意思就是不饶我,拿起大斧,你不饶我,就宰了你。问八王:"你饶不饶我啊?"八王听得想别处躲,寇准说:"看在六郎分上,饶了你。"

平:孟良听说也饶他,心中欢喜八九分。

孟良给他一个个绳子解啦得,叫八王他们沐浴更衣。步入大厅,请八王上座。

平:岳胜带一班英雄跪到地,八王千岁叫几声。

六郎又将岳胜进京,潘仁美起坏心,驱走岳胜,状元给刘文龙,上下一说。八王说潘仁美害嘞多少人哦。六郎说:"现在八王对以前的事,一概不怪。我们当王今朝来结拜。"

平:结拜弟兄人五个,更改没有半毫分。

本来六郎最大是大哥,岳胜第二、孟良第三、焦赞第四、杨兴第五。只因叫惯嘞,叫六郎叫六哥,叫岳胜大哥,孟良二哥。岳胜想我是两山之主,今朝双喜临门,第一喜,八王赦我们无罪。第二喜,我们和杨郡马结拜兄弟,真是三生有幸。大家动手,高山办酒,杀猪宰羊,就像大户人家过年。一面吃酒,六郎开口:"众位盟兄弟,现在辽兵压境,老太君被困,你们果愿意随八王出征?"只有岳胜有点不愿,孟良问:"大哥,我们和六哥在一起,多开心啊。"岳胜说:"外寇入侵,百姓受苦,我堂堂七尺男子汉,怎能坐视不管。八王在这里,我咸腌菜烧豆腐,有言(盐)在前,等得胜后——"

平:底高高官都不做,还到八乍山上来安身。

八王和六郎说:"兄弟,同意你的意见。现在喽兵,愿意当兵的,编为官兵部队。不愿意当兵的,高山粮草,金银财宝,分给你们。有家的归家,没家的——"

平:东个东来西的西,改名换姓做生意。

岳胜整好部队几百号人,编入官兵队伍,八王高兴了。多几员猛将,又多几百兵,实在开心。对六郎说:"妹夫啊,我这个元帅就当到这里,我交给你当。"

平:我将帅印交给你,元帅之职你当身。

六郎也不客气,接过帅印。寇准说:“我这先锋也不当了,交给岳胜。”铁鞭王说:“我也不押粮草,就交给孟良。”六郎想,既然你们都不干,那也不客气,我和盟兄弟接下,杨兴保护八王和天官寇准,用过饱饭,兵马动身。

孟良说:“六哥、大哥,你们先走,我在后头有点事。”行军十几里,转过一望,八乍山火着得不晓多旺,岳胜要回转八乍山救火。孟良说:“不用去了,火拍熄,全烧光了。”岳胜说:“这火也是你放的吧?”六郎说:“孟良做事真妙,真绝。”孟良说:“大哥,你从此就丢啦八乍山的念头,我们和六哥在一起多开心啊。”岳胜问:“还有看山的喽兵和值钱的东西,怎么弄的?”“我叫他们带上八角寨的。”岳胜着躁,孟良暗笑,六郎解劝,岳胜无法,只好随军动脚。

平:兵将队队动了身,直奔北国赶路程。

非止一日,探路官报,离此二十里,就是韩昌的营盘。六郎和岳胜看过地形,选好地方,按三才五行、八卦九宫扎下营盘。六郎身在帅帐,八王、寇准、呼王按次坐定。元帅说:“我们前面是韩昌的营盘,里面是太君的营盘。太君被困重围,不知情况如何,必须要有人送信给太君,到时好里应外合,一举取胜。不过,要闯营送信,很不容易。韩昌扎营二十多里,要胆大、心细、随机应变方可担此重任。”元帅本想派先锋官岳胜去。哪晓孟良着躁:“报告,末将愿往。”他想立个大功。再说,好见见盟娘。六郎晓得,三钱买个李子,晓他底子,他就会几斧子。对孟良说:“贤弟,你要晓得,闯敌营,送信,关系到多少人的性命,事关重大,非同儿戏。”孟良说:“你的意思是不放心我去?我非要去。元帅——”

平:我如果不将盟娘的信拿回来,你就责罚我当身。

六郎被他缠上半天,只好让他去呀。六郎写好信交于孟良,大致是:禀母亲,儿诈死埋名之事,被八王和寇准访到我人。儿如今,二路帅,带兵十万,八乍山,收盟弟,英雄四人。到明夜,三更天,火光为号,你在里,我在外,合破辽兵。

平:交给孟良去送信,看他闯营可能行。

孟良接过信,带过玉顶火焰驹,辞别众人。焦赞追得来:“哥,你要小心啊。”“嗯,我晓得。”孟良手拿斧子,飞身上马,直奔敌营。

平:一二十里来得快,敌营到嘞面前呈。

辽兵问:“什么人,给我站住。再对前,我就放箭。”孟良哪管那一套,只顾向前,箭射得来,用斧子拨开雕羽。

平:带打带冲来得快,敌营战壕面前呈。

刚到战壕,有人嚆:“哪里跑!”来嘞一队辽兵。为首的身穿铁盔铁甲,黑漆抹塌,像个锅底菩萨。皂罗袍,手拿五股托天叉:“大胆宋将,你敢闯我营盘。”嘴里说,手里动,一叉戳过来。孟良一挡:“喂!番将,我问你,你果是韩昌韩延寿?”番将说:“我不是得,我是韩昌的堂弟韩豹。”韩豹也问:“中原蛮子,你是谁呀?”孟良说:“我是你瓜爷爷,杨元帅的押粮官,大将孟良就是我。孙子哎,快让条路,你不吃苦。”

平:你要是不让路等我对前撑,你鬼门关到面前呈。

韩豹说:“嘴说没用,吃我一叉。”一叉戳过来,孟良右脚点镫,偏过叉头,斧子砍下,劈脑门儿,扎眼仁儿,剔排骨,跟上去砍肉锤儿,最后一斧来到太快,韩豹一偏,就差点点,头盔挨砍飞啦得。韩豹想,好了有头盔,几几乎送啦命残生。韩豹头盗被飞啦得,按理不敢再战,因为土城四门都有兵将霸守,哪个不守,就要杀头,所以韩豹没有头盔,硬着头皮,又来战孟良。这韩豹是韩昌的堂弟,武艺,也是韩昌教他的,很有两下子。现在又来战,孟良还是原来几下,韩豹心想,你的招就这么多,叫你活的少来死的多。先防他这几招,等孟良招数用完嘞够,他再才使出叉招战,孟良浑身放汗。孟良抵挡不住。

平:眼看没得命,来了一个救命人。

由远而近,来了一员大将。金盔金甲,胯下赤兔胭脂马,手拿青龙偃月刀,一面跑嘴里嚆:“孟良兄弟不必担心,愚兄来了。”孟良一看,是岳胜。孟良说:“还是大哥疼我,哎,你怎么知道我遇难的?”“是六哥不放心你,叫我来保护你的。”岳胜问:“你能闯过去吗?若不行,拿信交给我。”孟良想,刚才几乎没命,我不如说点客气话:“大哥,你是先锋官,我怎好和你争功啊!我拿信交给你。”岳胜接过信:“兄弟你就回去吧。”孟良说:“我给你观敌掠阵。”再说,岳胜和韩豹通过名姓。

平:两人说过话,脸嘴一变动刀叉。

十:有岳胜,朝上打,雪花盖顶,
有韩豹,朝下打,枯树盘根。

岳胜反手一刀,韩豹未曾嚆,头对下一抛,真是:

十:白刀进,红刀出,双龙摆尾,
咔嚓响,头落地,猛虎翻身。

平:热血对外喷,马拖尸体溜动身。

孟良说:“大哥你真行啊,还跟我学了个砍肉锤儿。”岳胜说:“我怎和你学砍肉锤儿。我这一招,是顺藤摸瓜。”韩豹一死,敌兵乱了。岳胜对孟良说:“你快回营,免得六哥挂念。”孟良一走,岳胜发火,刀横过对前推,就像泰兴宁蹚面条薇(河草)。

岳胜杀啦韩豹,对前杀小兵,真是挨到死,碰到亡。趁兵乱之时,冲过四道营帐,来到土城,城头上有马灯,城上人问:“什么人?”岳胜说:“你们果是佘太君的兵啊?”上面人答应,岳胜说:“我是二路元帅派来下书的,现在救兵到了,你们叫太君答话。”太君带八姐、九妹和几个媳妇来到城头,对城下一看,不认得。太君说:“我是本帅佘赛花,请问将军,你是谁呀?”岳胜对上一看,鬓发花白,可精神还好,岳胜说:“我和六哥是磕头兄弟。我叫岳胜,字景龙,我奉二路元帅之命,闯营报号,现有书信一封,请盟娘过目。”随时用无头箭,将书信送到城头。太君打开信一看,六儿诈死埋名,被八王、寇准已访出。既然木已成舟,我就一切听二路元帅的,写过回信交于岳胜。太君说:“岳将军,你也饿了。”忙吩咐小兵拿快熟马肉,用筐送下去,岳胜真饿了,拿起来就吃,虽则饿也吃不下去,一点不咸,又不烂。大家要问:为什么不咸,不烂呢?韩昌用的软招。他想,我不打,宋军自灭,断他粮草。

平:我围困他几月整,宋军哪有命残生。

现在太君在土城,无粮无油,无盐,无草,马肉煨熟就算好。所以又无盐又不烂,所有马杀得差不多,就剩太君和几名大将的。岳胜心里难过:“盟娘,你这大年纪挨饿受苦,我回去送信,等六哥带大兵来杀退辽寇,再向盟娘问好。”“将军多保重啊。”“谢盟娘。”

平:岳胜正对外冲,又来辽将拦阻人。

突然鼓声连天,韩昌亮队。岳胜闪目一看,刀枪林立,旗幡招展。战马:有乌骓马、胭脂马、艾叶青、干草黄、火焰驹、雪里站,一匹匹来往冲撞。使枪的有:鸡嘴枪、鸭嘴枪、金杆枪、银杆枪、梅花枪、梨花枪、八宝驮龙枪、丈八蛇矛枪,一杆杆厉害得很。使刀的有:大砍刀、小砍刀、鬼头刀、牛儿刀、七星鼓月刀、九耳八环刀,一口口刀雪亮锃锃。使剑的有:太和剑、大阿剑、昆吾剑、青铜剑、斩龙剑、斩虎剑、分天剑、划地剑,一口口明光耀眼。还有描金戟、方天戟、开山斧、月牙斧、瓮金锤、压油锤、独龙锤、鎏金棒,令人胆寒,有两杆旗分左右,上联是:大英雄,三股叉开拓疆土;下联是:勇豪杰,跨战马大展宏图。中间旗上是:扫南灭宋大元帅。还写有斗大的“韩”字。

平:岳胜看完成,心中胆寒好几分。

再看韩昌,五花蓝靛脸,身穿天王盔、天王甲、牛皮战靴,带有二十四名大将,这些将官,有高的、矮的、胖的、瘦的、白的、黑的、丑的、俊的。

平:胖的魁梧很,瘦的有精神。

岳胜想,怪不得太君败在他手。一看亮兵,此人非草莽之辈。真是治军有法,布阵有方。我已战了一夜,再说我这一个人,寡不敌众啊。又一想,大英雄,生而何欢,死而何惧?我非碰他不可。再说韩昌,文武全才,是三川六国,九沟十八寨的兵马大元帅。

平:提到韩昌一个人,辽国驸马他当身。

文镜公主许配于他,所以忠心耿耿,为萧太后卖命。就金沙滩一战,大郎射死天庆梁王,萧太后借口要报仇,实际要夺大宋江山。本想困住佘太君大功告成,哪晓,有人闯营,杀啦堂弟韩豹。说二路元帅已到,他怕里应外合。他想闯营的进得来,出不走。所以亲领大队兵将拦住去路。韩昌催动胯下鳌头狮子雪,来到岳胜面前:“宋将,你胆大包天,敢闯我的大营。本帅韩昌在此,还不快快下马伏绑啊?”岳胜说:“你就是韩昌?”“对呀,你是何人?”岳胜说:“我是二路元帅的磕头兄弟。身为正印先锋官,花刀太岁岳胜。”韩昌说:“看你倒像个英雄,也有点本事,能闯我的连营。本帅一向爱将,你何不下马受降?”

平:我到太后面前奏一本,高官受职你当身。

岳胜听嘞火冒三丈:“大胆番贼,看刀。”一刀劈过去,韩昌大笑:“你找死哇。”铜叉一崩,“当”!叉头奔岳胜扎来。辽将摇旗呐喊,擂鼓助威。岳胜单人独骑,冷冷清清。毕竟岳胜确是英雄,并无惧色。六十四路花刀法,一招挨一招,一招紧一招,唰唰唰,封住门户。

平:虽则韩昌本事大,要胜岳胜费精神。

外面已天亮,岳胜打嘞一夜,也没吃东西,太君给他的马肉,不好吃就掼啦得,肚子太饿。人家常说,宁是铁,饭是钢,没得吃肚子要犯丧。

平:岳胜战嘞一夜整,一点没精神。

这时马也跑不动,自己也打不动,只觉得胳膊发软,眼冒金花,晓得果要上老瓜。韩昌也厉害,杀得岳胜,盔歪甲斜,带浪抱松。

平:岳胜到危险时,到底果有救命人。

正在这时，炮声惊天动地，杀声震耳："杀呀，抓住韩昌，为国立功。救出太君，赶出辽兵哦。"吓得辽兵慌了手脚，岳胜听了抖擞精神："准是我六哥来了。"再说韩昌，停住招数，问军卒怎么回事。兵卒报元帅，大宋二路元帅领兵马到，浩浩荡荡，遮天盖日杀奔我营。韩昌想，不知二路元帅是谁，我去会他一会。吩咐弓箭手，防止佘赛花里应外合，加强防守。岳胜觉得奇怪："我临出营，定的是今夜三更天，好和太君里应外合出兵，怎么现在就来啦？"

当时六郎算到孟良闯不过营，就叫岳胜去接应。岳胜杀了韩豹过后就叫孟良回去，孟良到嘞营盘。六郎说："孟贤弟，你这么快就闯营回来啦？""啊呀，六哥哎，辽将太厉害了，我没有过去。"六郎说："未动身之前，你说过，闯不过回来领罪。"孟良眼睛一暴，说起来蛮悛："本来我闯得过去的，怪我大哥岳胜，他贪功心切，好面子，和我争功。他说，他是兄，我是弟，长哥为父，我得听他的，让他闯营。我一想，不要让他气跑了，本来当初，他就不愿保国，所以这头功我就让给他。"

平：等闯营送个信，功劳簿上记他名。

六郎晓得孟良的为人，而且说得头头是道："等到岳胜回来再和你对证，我罚你一夜不要眠，在敌营外巡逻。如果有杀声，说明岳胜杀回营，你要去接应。

平：岳胜有嘞长和短，要你孟良命残生。

孟良嘴一翘，去寻老焦，寻到焦赞说："老弟呀，六哥疼大哥不疼我，要巡逻一夜，你和我做伴。"再说，八王他们总去休息。孟良、焦赞一个守上半夜，一个守下半夜。将天亮，听见里面喊杀，连忙去对元帅送信，赶快接应。六郎又听敌营炮响，晓得岳胜要出危险，本来约太君今夜三更，里应外合，现在为救岳胜，等不及，提前出兵。左有孟良，右有焦赞，后有杨兴，带兵五万，留五万兵将由铁鞭王呼延赞保护八王和寇天官。

平：兵马队队动嘞身，威风凛凛杀敌人。

军卒个个奋勇争先，杀得敌人仰面朝天，叫爹喊娘。辽箭手放箭，六郎用蟠龙金枪，拨开箭头，到嘞近前，无法射箭。

平：丢啦弓箭溜嘞走，只想逃到命残生。

对前跑，到嘞战壕，眼见是鹿角丫叉。金枪一抖，"啪啪"挑开鹿角丫叉，一提战马，用膝盖一夹马肚子，"呼"地一声蹿过去了。过了战壕，挂上枪，拔出宝剑，砍断桥上的缆绳，"啪"，吊桥一落，后边兵将都过嘞吊桥。

六郎来到营门，金枪掉过头，用枪纂"啪啪""轰隆"，辽营大门砸开了。敌兵涌上来。六郎说:“北国当兵的,你们听好,我们是捉韩昌的,与你们无关,你们家中有老有少,还有家业,你抛家舍业来替韩昌卖命——”

平:如果送啦命,家中老少妻儿靠何人。

有的人一听,完全相信,我们本来就不愿意当兵,要是挡,也挡不住。白白送啦命。

平:我们快点败嘞走,才能落到命残生。

所以六郎他们不曾费吹灰之力,长驱直入,到嘞韩昌队前,正是岳胜难以招架之时。岳胜上前:“元帅,末将交令,这里有太君的书信。”

平:六郎看到信,恨不得立时见到老母亲。

六郎叫岳胜先休息,又叫孟良、焦赞对自己营盘看住点,恐怕韩昌用调虎离山计,对大众说:“今天我要一鼓足气,战败韩昌,救出被困兵将,本帅会战韩昌。”催马来到疆场。这时韩昌已等多时。众位,其实大辽国最怕的就是杨家将,七郎力杀四门,杨六郎枪挑韩昌左耳环。七郎被潘仁美害死。听说六郎也死啦得,所以才敢兴兵作乱。没上到他的算,韩昌访名师习武艺,重整旗鼓,统领三川六国兵马,他是胸有成竹的。现在,一看六郎亮队,看到宋军,盔甲鲜明,军装齐整,人分五色,盔分五色,甲分五色,高挑大旗、飞龙旗、飞凤旗、飞虎旗、飞豹旗、三十六天罡旗、七十二地煞旗、一百零五压阵旗,旗挨旗,旗挤旗,刀枪如麦穗,剑戟似柴棚,有四杆认标旗,列立两厢,白缎上写黑字:一杆枪,枪镇天下惊敌胆;胯下马,马驰疆场灭群顽。抗辽兵,兵精将勇奇功建;保大宋,宋朝纲山万万年。当中一杆旗,斗大的“杨”字。

平:韩昌看看真,心中胆寒二三分。

再说六郎,头戴亮银盔,身披龟背龙鳞甲,望后看,八杆护背旗。前后护心镜,大炮轰不进,肋下佩一口杀人宝剑。胯下一匹追风赶月白龙驹。这匹马身长高大,四蹄蹬开,如同闪电,鸟翅环得胜钩上挂一杆蟠龙金枪。

平:近看是杨六郎,远看和吕布不差分。

韩昌对六郎一抱拳:“杨郡马好哇!”六郎说:“韩元帅一向可好?”“杨郡马,自从两狼山你我分手,传你不在了,不想今日重逢。”六郎说:“是宁常相会嘛,你我既为邻邦,就应该兄弟相处。真不该三番五次犯我中原,惊我百姓,占我城池。围住我杨门女将,每次交锋你们损兵折将,这回还能占便宜吗?以我良言相劝——”

平:我们两国要和好,保住百姓得安宁。

韩昌说："人生在世，哪个不想哇？你们中原，景物宜人，地大物博，土地肥沃。真是人美景秀，风气好，就像唐僧肉，哪个不想吃呀？再说你们的仁宗皇帝，无能之辈，忠奸不辨，保他何用？你听我良言相劝，保我们萧太后，我们可以帮助治理朝政。"

平：六郎听完成，火冒三丈八九分。

"胆大韩昌，我们的国土，岂容你们侵占。"韩昌说："杨郡马，既然如此，我这倒要会会你的金枪。"六郎说："我正要领教你大帅的武艺。"韩昌说："杨郡马，这块地方太小，我们到黄土坡去。"六郎说："一面奉陪到底。"两方面整顿队伍上黄土坡。

平：双方各带兵将就动身，黄土坡到面前呈。

杨元帅一望，上嘞大当。辽将有：金头王、银头王、铜头王、铁头王、土金牛、土金秀、哈耳多金、哈耳多银、乌里得青、乌里得安、完颜拉强、安颜拉满、耶律休、耶律托、耶力沙、耶力青，白鸡可嘎、奴拉紧迟、都鲁多可汉、仇郎、仇杰，共五十多员大将。一个个眼睛瞪着腮帮子鼓着，胸脯腆着，都憋足劲，就等元帅下令。

平：元帅下一令，就好比输赢。

再说六郎将五万人马，分为两半，一半接应太君，一半在战场准备迎战。可是战将太少了，只有岳胜、孟良、焦赞、杨兴，还有京都带来的赵亮、孙言、武明、李贺、周石山等人。正在这时，敌营一阵大乱，冲出十几匹战马，鬃毛乱奔，蹄跳咆嚎，奔六郎阵脚而来。前头马上的人问了："这里是杨元帅的兵马吗？""是啊，你们是哪儿来的呀？""我是镇守边关的将官，杨元帅的盟弟，来投元帅随营出征的。""你叫什么名字呀？我去禀报元帅。""你对元帅说，岑林、柴干来喽。"随时对元帅报告岑林、柴干来了。

平：六郎听见他们到，心中欢喜八九分。

平：该应我得胜，神兵天将到来临。

"正是老天助我一臂之力，快请过来。"有嘞很多大将，岑林、柴干、郎千、郎万、郑七、张盖、苗刚、石青、吴凯、刘奇、马巨、姜礼，共十几员大将，下马参见元帅。"各位将军免礼。请问，你们怎么来的？"岑林说："边关失守，各关口的将官和军兵被打散，我和柴干回京送信。皇上要我们把打散的人找回来。我们找嘞差不多了。听说，老太君被困土城，我们想救太君，将功抵过。哪晓，到大营，看见八王，说大哥你在这里，我们就来了。""众位贤弟来嘞正是时候，我要和韩昌决一胜败，来，我给介绍这里几位兄弟。”对岳胜一指，这是岳胜，那是孟良、焦赞、杨兴。大家一相见，共二十四员大将，六郎又派几员大将，准备接应老太君。

十：众军兵，一个个，气势正旺，

甲层层，刀闪闪，令人胆寒。

平：两边许多将和兵，战场上面比输赢。

韩昌来到队前要和六郎比手，孟良说：”六哥，你是一军之帅，不可轻易出击。我是新来乍到，寸功未有，这阵等我打。“六郎说：”孟贤弟呀，这头阵，和平常不同。许胜，不许败，头阵一败，士气低落，人心惶惶，再就难打。”“六哥，我们哪时打过败的呀？”六郎也没说同意，也没说不同意让他上战场。

平：孟良随你六哥言不言，骑马带斧到队前。

孟良说：“韩昌，你瓜大爷来了。”韩昌一看，不认识：“你是谁呀？”“韩昌，你给我坐稳嘞。”韩昌说：“干嘛要坐稳嘞？”“省得我名字一报，就吓倒嘞。我实话告诉你，我是杨元帅驾下的押粮官。”韩昌说：“无名小辈，快下去，叫六郎来。”孟良说：“叫他来干嘛，他的枪法，也是跟我学的。”韩昌正要动手，二都督土金秀走上来：“元帅，杀鸡何须宰牛刀，等我去会这小子。”土金秀拖刀，来到孟良面前，两人通过姓名，孟良说：“土金秀啊，你的坟有没做好哇？”土金秀说：“你说的什么？说什么坟果曾做好？”孟良说：“叫你对你瓜里望望，叫他们准备给你做坟。”

平：土金秀听完成，火冒三丈八九分。

“大胆孟良，出口不逊，要你的狗命。”一刀砍来，孟良用斧子一挡，再用斧子，一马四招，劈脑门儿，扎眼仁儿，剔排骨，砍肉锤儿，喀嚓。

平：土金秀头被砍落地，一命呜呼送残生。

土金秀被砍死，个个辽将吓得怕。就连韩昌也想，这个红脸太厉害呀，这一个回合，就将都督砍于马下，可想而知，中原有能人啊！正在这时，有人从后面哭得来。

平：兄弟呀，你死得实在惨，等你哥哥一同行。

本来是说，哥哥做个报仇人。哪晓他喊错嘞，喊作等他一同行。

众位，宁到任何时候，总要多说吉利话，不好说丧气话。再说宋军看到孟良得胜，个个高兴，焦赞更加起劲：“我二哥真有两下子！”

平：不提宋将多高兴，再说辽将哭来临。

土金秀瓜哥哥土金牛，哭得来到孟良面前：“中原蛮子，我弟和你无冤无仇，为何砍他的头?”孟良说:“要算这笔账,只有找韩昌。我劝你快回去,不要替韩昌卖命。说不说随我,听不听由你,我斧子有柄,你如不走,背住你就盯。”孟良又来四斧招,其实土金牛,看见兄弟是怎被孟良用斧子砍死的。现在孟良这四招,早有防备,躲开四招,孟良又增加一招,剥马蹄儿。土金牛,气坏了,到天亮就这几招,人常说:不怕千招会,就怕一招熟。孟良天天练,不要看这几招,经常打胜仗。再说土金牛,时刻防备他这几招,要说土金牛的本领比兄弟大多了。孟良不是他的对手,晓得不好,拔马就跑,土金牛说:“哪里逃,哪里跑?”

平:随你喊多凶,孟良只耳边风。

土金牛追来嘞够。焦赞想:“二哥露嘞脸,我也要立个功。”一摆金镔铁儿缨枪,就对里冲:“番奴不要追,看枪。”土金牛问:“来者何人?”“你叫我三爷焦赞。”土金牛说:“你不要赞啊赞,背起你来对地下掼。”

平:嘴里说话手里动,大锤已经到来临。

焦赞晓得不好,用枪去一拨,“模棱”一下子,白蛇吐芯奔门面。土金牛左手一磕,右手锤来个单风贯耳,奔焦赞太阳穴。焦赞头一宿,闪过大锤,土金牛反手一锤,奔焦赞后背。焦赞大枪对后,来个苏秦背剑,两脚点镫,战马往前一蹿,大锤又到了,用枪一挡,“哐桑”:

平:焦赞护心镜被打嘞纷纷碎,口吐鲜血去逃生。

土金牛打败焦赞,总算出得一口气:“你们哪个不怕死的过来。”话音未落,一匹青鬃马到他身边,看来的宋将,乌油盔,乌油甲,手拿镔铁齐眉棍,二十多岁,生得豹头环眼,虎头燕额,英雄气概,就说:“土金牛,你敢伤我三哥?”“小伙子,你是谁呀?”“我是杨元帅帐前的打虎太保杨兴。”因为杨兴看见焦赞被打败,心上不得过,边关众将都在这里。

平:我们兄弟几个打不胜,叫他们笑嘞肚里疼。

所以没等元帅通口,就上来战土金牛。要说杨兴的本领比孟、焦都强,平时话不多,可有内秀。从小跟师父学艺,力气大。认识岳胜过后,不但练武,还研究如何能打赢别人。功夫不亏人,今朝用上了。和土金牛交战,土金牛来个泰山压顶,杨兴一个倒打太行山,将土金牛打落地。

平:死尸被拖走,陪他瓜兄弟一同行。

韩昌见伤两员大将,正要亲自出马,仇朗说:“元帅,末将愿往。”来到沙场,手拿一条画杆戟,奔杨兴前心来扎。杨兴来个怀中抱月,啪,一磕大戟,往里进招，杨兴棍疾马快，一个秋风扫落叶，正打在仇朗的太阳穴。

平：仇朗倒到地，一命呜呼送残生。

六郎见杨兴连胜两阵，不晓多高兴。不愧叫打虎太保，果然本事非凡。

再说韩昌火啦，连伤三员大将。再等哪个去战，要上当，大将要死光，你们都覅出阵，待本帅亲自出战。打马来到阵前，要战杨兴。六郎想杨兴兄弟连杀几员番将，不可再和韩昌交战，不能等兄弟吃亏，见好收，就收吧。随时鸣金收兵，杨兴说："韩元帅，我家元帅叫我回去，失陪了。"

平：打马回营盘，气死韩昌一个宁。

六郎说："贤弟你先歇息，等我去会会韩昌。"六郎摘下蟠龙枪，来到队前，韩昌说："杨郡马，你手下有能人，连赢数阵，可见你治军有方。不过，宋皇昏庸无道偏信谗言，不纳忠良。我晓得你杨家将世代忠良，男将为国捐身，就剩下寡妇女将。皇上还叫你出征，难道你不寒心吗？"六郎说："韩元帅，忠臣不怕死，怕死不忠臣。我杨家世受皇恩，是挂爵的将军，哪能畏刀避剑，也不现样。今日你我交锋，话复前言，你败了，交降书顺表，我若败了，跪你马前。"

平：任你宰来任你剐，怨恨不得半毫分。

两人三击掌，"啪啪啪"！韩昌说："杨元帅，我们这次交战，不许任何人上来帮。"六郎说："好！"两人各回营盘。对手下说明，今朝，不管输，或是赢，不准上去帮宁。哪个上去，按军法处置。孟良贤弟，就是我输，你都不可上去，孟良说"我记住了"。

平：两人都吩咐过，战场上面比输赢。

六郎拨马到战场，韩昌大叉一举奔六郎劈来。六郎想试他到底有多大力气，把枪一横，往上一崩，"当"，崩开韩昌铜叉。

平：这一"当"响嘞不非轻，能像天空响雷阵。

震嘞韩昌手膀发酥，战马倒退五六步。六郎的战马"希溜溜"，意思是我受不了啦。六郎虎口发热，手丫有血迹。心想，韩昌好大力气。催马向前。一磕飞虎詹，奔韩昌，"啪啪啪"锁喉三枪，扎颈嗓，戳两肋。韩昌叉一磕枪，然后用顺水推舟，奔六郎腰间扎来，六郎斜身用枪一搪，战马冲过去了，二人回马再战，真是：

平：两个人四条臂膀空中舞，八个马蹄蹬嘞起灰尘。

平：只杀得天昏并地暗，红日也无光。

六郎和韩昌战，外面倒要暗，打到红日西坠，玉兔东升，军兵饿嘞肚子疼。开始擂鼓助威，呐喊，现在个总不涨，为底高？肚子太饿，嚎不动。只听两个元帅，你一打“叮当”，他一杀“叮当”。

平：两人杀得狠，外面已经深黄昏。

韩昌说：“杨元帅，我们已打嘞整整一天，外面看不见亮，你看还是明日再打，还是挑灯夜战？”六郎说：“我们吃饱饭再打。”又对韩昌说：“你们要让一条路，让我们的火头军送饭来。”韩昌说：“好，我们是打君子仗，决不做小人事。”让过路，双方用过战饭，又上战场，挑灯夜战。再说太君，晓得六郎夜战。本想带兵冲出土城，一来没和六郎接头，二来军兵几天没吃，真是前心贴后背了。拿枪总拿不动，还打什么仗啊，干脆按兵不动。

再说六郎和韩昌，打一夜到天亮。用过战饭，又打。中午不吃，到夜，用过战饭又打。就只念（这样），打多少时呀？打嘞三天三夜，六郎的杨家枪，是祖传的枪法，了当不得，如枪山相仿，闪电一般，横风扫月，双手托天，怀中抱月，二郎担山。有诗为证：

挂：怪蟒出洞吐寒光，敌人阵前必带伤，
　　按头推纂斜身刺，毒蛟戏水最难防。
挂：乌龙搅尾横枪扫，反手摔杆砸顶梁，
　　转尾摇头挥血挡，蜻蜓点水鬼神亡。
平：霸王甩枪回身打，胸前挂印美名扬。

六郎今朝拿出平生学的本领战韩昌，众兵将，越看越起高兴。岳胜杨兴说：“怪不得我六哥威震天下，名扬四海，我们再学十载，也赶不上他哇。”

再说韩昌，也是名人指点，高人传艺，这杆铜叉练得炉火纯青，登峰造级，有诗为证：

挂：铜叉一抖阴阳收，举火烧天托双肘。
　　八宝转环风雷响，狮子摇头大张口
摇：白蛇吐芯奔门面，黄龙摆尾两肋走。
　　夜叉探海招数妙，偷天换日移星斗。
平：大鹏展翅劈头落，敌将相逢难逃生。
平：一枪一叉打嘞三天三夜整，胜败没有半毫分。

边关将官，已请出老太君，老太君观敌掠阵。

两人打嘞难解难分，两方的兵将着急，又不好上去帮。就在这时黄土坡顶上下来一员大将一面冲，一面喊："韩昌，你还我命来，我杨七郎来了。"大辽最怕杨七郎，今朝七郎的鬼魂来了，真是活见鬼。只听声音，看不出这个宁的脸相。以为真是七郎的鬼魂来嘞。

平：胆小的吓成抖擞病，抖抖合合溜动身。

有人要问了，七郎不是死嘞吗？今天喊的人，说是杨七郎，到底七郎是活了呢，还是真的鬼魂来了呢？众位，从坡上对下喊的是焦赞。焦赞被土金牛打败，落荒而逃，来到一山环之处，有一座庙，马就不跑。焦赞受伤不轻，身子不灵，从马上对下一跌。

平：焦赞跌到庙前门，到底果有命残生。

刚好被看山的小和尚看见，汇报当家师。老和尚说："救人一命，胜造七级浮屠。"老和尚到门前一看，是个宋将，更加要救。几个和尚，就拿他抬里面，为他治疗，休息到两天多。他想到六哥在战场，不知胜败如何。老和尚问他："将军，你为何跌到我的庙前？"就把和北国交战说一遍。老和尚说："将军，本应你还要休息几天方可下山，不过为了打辽国早日取胜，我不留你。你到黄土坡，从上对下嚆。只要嚆，杨七郎到，自然有用。"韩昌和六郎正战，哪晓坡上有人嚆七郎到。

平：韩昌听见七郎到，魂灵吓到九霄云。

六郎听见七郎到，心中笑。韩昌一分心，六郎大枪到。韩昌一闪身，头发昏。

平：韩昌从马上栽到地，六郎果要他的命残生？

韩昌跌到地，眼睛一闭。准备一刻就没气。心中想，这次，我肯定没命。六郎用蟠龙枪一指："你起来。"韩昌睁眼一看："啊，你不杀我啊？六郎，我既跌下马，速求一死。"六郎说："韩昌——韩延寿，我爱惜你能力非凡，佩服你确是英雄。你睁眼看看，自己数数算算，多少军兵死于刀枪之下，生灵涂炭，你杀我，我杀你，何日罢休，为何不能两国歇兵，化干戈为玉帛呢？"

平：两国来和好，邻邦两国弟兄称。

"今天你输了，动手之前有言在先，我们要话复前言。"

平：韩昌听完成，一点不错半毫分。

平：杨郡马哎，宁不知好丑白白过，不知进退枉为人。

平：郡马啊，你大仁大义饶嘞我的命，我也敬重你十二分。

"杨元帅，我确实错了。本来大宋和辽是一家，当初，老皇赵匡胤封我家狼主耶律尚为天庆梁王，因为他爱中原地广物博，贪心不足，想当中原皇上，才造反的，杀出边关，侵犯你大邦中原。”

平：以前怪嘞我王上，赔理赔罪我当身。

“你所讲的话，真叫我顿开茅塞，追悔莫及，从今以后——

平：只要元帅一杆枪镇边关，我韩昌决不动半毫分。

“我去说服萧太后，叫她立即交降书顺表，你看果好？不过，我和你商议幽州不能丢，我们以三关为界。”

六郎说：“韩元帅说到这里，我就依你。”“杨元帅，我们一言为定，后会有期。”

平：韩昌对六郎大礼行完成，传令撤兵转营门。

人家常说兵败如山倒，辽兵对下撤，哪晓撤不得，宋兵要杀。

平：你们杀啦我们父老乡亲许多人，我们要做报仇人。

杨元帅说：“他们已经受降，不可追杀败兵。”古人常说：

平：猎户不打笼中鸟，将军不杀败阵兵。

元帅下令，军兵总听，放辽军回营。这时焦赞也回归本队，六郎见了太君，又见了八王、寇准、呼延赞，说明取胜之事。

平：八王将六郎来捧住，十大功劳你当身。

元帅传令，埋锅造饭，歇兵三天。再说韩昌没有失言，送来降书顺表两国和好。永不造反，不冲三关。老百姓晓得个个高兴。

平：你祝我来我贺你，太太平平过光阴。

再说八王和寇准商议，三关要派人镇守。八王随时就封。

平：杨景前来听封尊，三关大帅你当身。

平：岳胜听封尊，副帅之职受皇恩。

还有孟良、焦赞、杨兴、岑林、柴干、郎千、郎万。共二十四名大将皆为总兵，现在就走马上任。八王又吩咐，将开国王曹彬、东平王高怀德、平东王高怀亮的灵柩，也帮带回皇城，八王、寇准、佘太君，除留边关军兵，将其余几万带嘞回转皇城。

平：不提边关许多人，再说八王他们到皇城。

送信官，报于万岁。八王挂帅，已得胜回朝。万岁带领文武百官，迎接到午朝门外。哪晓，八王一望，不是皇叔万岁，是赵恒皇上，因为赵匡义驾崩，太子赵恒接位，称真宗。八王吩咐军兵，军兵回队，马上马房，刀枪入库，不得有误。八王、寇准、佘太君，随万岁来到金殿，奏本于万岁。打败辽国全仗杨六郎，收回几个大将,还有边关的几位,才能得胜。这次六郎可以说功绩卓著,六郎诈死埋名,可以去罪加封。

平:不是杨景将韩昌来打败,哪有降书顺表到皇城。

万岁一听,果然相信:“八王,你在边关所封的帅将孤家也照封,我出旨意下边关,并写明翰林院大学士王强已升为兵部司马。”吩咐钦差官,将旨意给大帅杨六郎。不几日,旨意到边关,六郎接过旨意,看到王强已升为兵部司马。

平:看到王强恩人得高升,心中欢喜八九分。

十:想当初,写状纸,好嘞王强,

告仁美,赢官司,他是恩人。

平:如今高官升,也算我报了他的恩。

再说:光阴似箭日月如梭,六郎镇守边关,一晃,已有七八年没有回过家。一来,怕辽国进兵;二来,没有皇上旨意,不好私离守地。如果私离守地,犯了法,一样要犯杀。

平:朝想夜思想亲人,就是不得转府门。

一天,杨大帅正在与众将料理公事。军兵来报,天波府太君,派人送书到!

平:来的不是其别个,杨光家人到来临。

六郎拜过母亲书信,看过书信,吃了一惊。怕众将要问,又假装无事,退走众将,留住岳胜。“岳贤弟,我们到书房一叙。”

两人来到书房,六郎着忙,拿书信给岳胜望。岳胜拜拜盟娘。

平:将书信拜几拜,拜拜盟娘老大人。

拿到手一相,默默就念:“吾儿延昭,母有八载,未见儿面。如今母患重病,卧床不起,已有数日,现已病入膏肓,望儿见信,速回家乡。倘若迟回,恐难见面。”

岳胜看完,大惊失色,六哥哥:

平:盟娘有重病,速速回府看母亲。

六郎说:“岳贤弟呀,我现在进退两难,不回去见老母,我是不孝。我私离驻地不守边关,对国家不负责,是不忠。”

平:贤弟哎,我私离驻地,被朝廷来晓得,法场过刀罪不轻。

岳胜说:“六哥哥,盟娘是古稀之人,风前烛,瓦上霜。如果有长短你是忤逆不孝。”

平:等万岁何年出旨意,你几时才能转府门。

“六哥，依我之见，你可以偷嘞回去，看嘞老娘，再不声不响回来。”

“贤弟，如果我走，这边关怎么办？”

平：边关事情交于我，你胆胆大大转府门。

“如果有人要问你，要见你，我就说大帅有病，一概不见，你来回不过几天。”

“贤弟，边关一切事情，我就拜托你了。还有一事，我对你说，我回京之事，你千万不能让孟良、焦赞知道。”岳胜说：“这个我晓得，无论如何，总不让孟、焦两人晓得。”

平：他们两个说得轻，骨里有人听分明。

是哪个听见啊？以后交待。但说六郎，准备好东西，带上便帽，穿上便衣，打了个小包裹，带嘞路费银子，从后营出来。

平：打马如飞起灰尘，赶上京都帝皇城。

走嘞二十多路程，遇到有缘人。

突然有人高喊“呔！从我此路过，丢下买路钱。”六郎一听，对杠一盯，带住战马，就想，在我管辖的地方，可以说路不拾遗，怎么还有宁要想劫道。这时，从树林里钻出两个人。

平：六郎看看清，也是孟良、焦赞两个人。

“你们两个，干什么去啊？”孟良说：“六哥，你上哪里去呀？”“我上京都办件事。”孟良说：“我们也去京都有点事。”六郎说：“你们是边关大将，怎好随便离关进京。”孟良说：“啊呀呀，真是，只许州官放火，不准百姓点灯。你身为大帅，就好自离驻地进京玩得开心，就不准我们进京。六哥哎，不要拿我们当十二、十三、二百五。我们和岳胜，是一头磕到地。”

平：你有事和他来商议，瞒啦我们两个人。

平：盟娘有病，你们两个讲得轻，我们在窗外听分明。

“你回家探母，我们去看盟娘。”六郎说：“你们回去协助岳胜镇守三关，我不带你进京。”孟良说：“哪要带呀，我们不要你驮，不要你抱。脚长在我身上，跑起来打虎跳。”六郎说：“二位贤弟，你俩躁暴性子。遇事没有忍耐，容易惹祸。”两人说：“六哥哎，我们陪你进城，哪怕做死宁不作声，人家骂我不还口，打我不还手。”

六郎被他们缠嘞没法，只好蹬脚：“两位贤弟，你们真是蒸不熟，煮不烂的滚刀肉咖？你们真正要去，依我三个条件。”孟说：“六哥哎，不要说三个条件，就是十个八个条件，我们总依到，哪三个？”

“第一,不能喝酒;第二,不准乱走;第三,不准惹事,我说什么,你们要听。”两人说:“大哥,三桩事我们都照依,服从六哥你当身。”

十:有三人,说好了,一同进京,

谁知道,进嘞京,不得太平。

平:三人动嘞身,到嘞帝皇城。

白天没敢进城,到夜嘞,才进城。孟、焦两人,从来没上过城,城里夜景实在好看。

滚:皇城夜景好得很,灯笼火照嘞亮澄澄,

有地方做夜戏,茶馆店里说新闻。

平:城里来往许多人,也有人家挂彩灯。

天波府在顺龙街,六郎只顾对前来,回过头一望,孟、焦两弟没项。回过来找,哪晓两人撑嘞望,这个宁瓜(人家)怎更好的。

滚:照墙高有一丈二,磨砖铺地实在平。

红漆大门铣金边,门上还有响铜铃。

房子实在大,前出廊来后放厦,

前后房子几十进,当中一座大高厅。

十:下马石,栓马桩,威武大方。

门两边,石狮子,镇住门厅。

十:大灯笼,有斗大,高高挂起,

写喜字,在中间,为的何事。

真是雕梁画栋,金碧辉煌。门前有副对联:

平:书香门第春常在,积善人家庆有余。

横批:“状元门第”。正在这时,六郎来嘞够:“兄弟,你们在这看什么呀?”孟良说:“六哥哎,这个人家太好了。”六郎哄他们:

平:你们说他瓜好,我瓜还要胜三分。

我瓜有上马牌坊,下马牌坊,闹龙匾,特别现样。

三人到顺龙街,没几步,前面就到天波府。六郎一看眼发暗。大门关着,砖瓦碎啦得,上马牌坊、下马牌坊弄倒啦得,闹龙匾挨掼碎啦得。孟良说:“六哥啊,你说好看好看,一点不上算,怎么总坏啦得了?”六郎会说话:“两位贤弟,这些东西多年了,旧嘞够。可能万岁要派人来重建新的。”孟良说:“六哥啊,你杀退韩昌,得到降书顺表,功劳浩大,镇守边关,万岁做这事,也是应该的。”

平:孟良说得顺,六郎骨里气嘞心里疼。

三人从后门进去,家人杨明迎接,吩咐对里报。这时八姐、九妹看见哥哥回来特别高兴。六郎想孟、焦二人脾气不好,有事不让他知晓,吩咐安排另外房间,让他们休息。将他们安排小客厅,为他们不丑,随时办酒。哪晓两人多时没吃酒,一碗就作两三口。六郎想,已经到瓜,多吃少吃无所谓,妹妹陪我去见母亲。

平:转弯抹角来得快,无佞楼到面前呈。

进房里一看,母亲面朝里睏嘞杠,眼睛闲嘞杠,馋沫流嘞杠。

平:六郎跪床前,喊啦亲娘好几声。

平:高喊亲娘不答应,低喊母亲不作声。

这时,孟良、焦赞,听见唤声,就寻到无佞楼,用手湿点馋沫,拿纸弄通嘞。看见六哥跪嘞杠哭,还有八姐、九妹、柴郡主。六郎问:“母亲得的什么病呀?”“是夹气伤寒病。”“怎么得到这样的病呀?”郡主说,被人家气的。

这时太君眼睛微微睁开。六郎扑到床前,亲娘喊啦好几声:“亲娘哎,孩儿从边关转家门,看望生身老母亲。”

太君说话总说不动。说得很轻,不当心,就听不清:“儿啊,你我果是梦里相见?”“母亲,不是做梦。孩儿确实在你床前。”“哎啊儿呀!你怎知道我有病的呀?”“母亲,你不是写书信给我的吗?我接到信,立即就回来了。”太君一惊:“什么,什么书信呀?”一急倒又昏过去了。

八姐、九妹喊:“娘呀,你醒醒呀。”六郎问:“这书信,是哪个写的?”郡主说:“是我写的。”六郎一听,心中冒火。但一想,一来母亲重病,二来夫妻七八年不曾见。八姐说:“不怪嫂子,主意是我们出的。因为老娘想你,时常睏嘞就背住我们喊六哥你的名字。我们怕母亲有个长短,你要怪我们,其实母亲又想你,又怕边关责任重大,所以我们叫嫂子模仿老娘笔迹写的。”

六郎想郡主也是一片好心:“不过妹妹,母亲这病是怎么得的呀?”九妹倒哭起来够:“我们老杨家,被人欺负嘞太苦啦。牌坊叫人扒了,闹龙匾被人打碎了。哥哥哇——”

平:不是张三其别个,新科状元谢金吾一个人。

谢金吾是兵部司马王强的女婿,万岁叫他十字披红,夸官一个月。仗老丈人的势,趁夸官的机会,飞扬跋扈,巧取豪夺。走到我府,不但不下马,反而打鼓三通,鞭炮放嘞直响,恶打杨洪。更说牌坊挡道,被他推倒,砸碎闹龙匾。母亲和他理论,马头冲跌老母。母亲上殿,奏于万岁,因为王强是万岁的先生,护好谢家,要他赔礼道歉,至今没来。母亲是心病,哪有药能治心病呀?”

平:孟、焦听到,推开房门进来跪倒尘埃地,盟娘叫啦好几声。

“盟娘这病,我包好,我有灵丹妙药,马上取来。”

众位,孟、焦两人是取谢金吾的心,惹嘞连天大祸,害嘞六郎法场上要过刀。

单:杨家将宝卷路程远,下册之中讲分明。

宝卷未完,只怪天荒日短。路程太远,大家早点回转。

十、六郎受冤绑法场　岳胜带兵闹皇城

在山中，莫行凶，带不走，一场空。——圣谕

单：观音菩萨在山中，劝人行善莫行凶。

单：万贯家财带不走，人到最后一场空。

挂：靖江孤山似困牛，弟兄道理做对头，

为嘞分家产，打嘞头破共血流。

挂：妯娌要和好，弟兄莫相争，

应当要淘气，忍耐两三分。

平：杨家将宝卷未圆满，学生将言再向前。

话说杨家将宝卷一部劝善未满，上册之中，才方不过讲到佘太君生病，柴郡主仿太君笔迹写信到边关，杨六郎偷回转，孟良、焦赞，在半路等六郎，要同进京，六郎对他们提三个条件：不准吃酒，不准乱走，不准惹事。两人答应，带嘞一同进嘞天波府，安排在小客厅。

哪晓两人吃得酩酊大醉。再说六郎见母亲病重，九妹说，是心病。其实孟、焦两人在窗外听到嘞。九妹说："兵部司马王强的女婿谢金吾仗势欺人，游看皇城，走到我天波府，踢倒上下马牌坊，打碎闹龙匾，打伤杨洪，马撞老母，到金殿告状万岁帮狗忙。"

平：老母急成病，就是心病紧缠身。

孟、焦两个听嘞，推开房门，拜过盟娘，对六哥说："母亲这病，我有妙药，可治心病，可以说，药到病除。我现在就去取来。"众位，孟、焦说的妙药是底高，就是谢金吾的心。

平:两人动嘞身,要寻谢府一重门。

第一次上皇城,半夜三更,上哪里去问人。看到一个大户人家,灯火蛮亮。孟良、焦赞一看,就是我进城看到的最好的家园,现在还张灯结彩,这家是不是谢金吾家呢,我们现在摸不准。就在这时,里面有人骂:“谢金吾,你这狗贼,以官仗势,欺压良民,强逼民女,我今朝和你拼命。”

平:我今年五十整,和你拼条命残生。

孟良、焦赞一听,起大劲,真是来嘞早,不如遇嘞巧,这就是谢金吾瓜。两人躲在暗处看、听,一歇工夫,有四个恶奴,背一个老人,对门外一摞。咣当,大门一关,老人满脸是血,爬不起来。焦赞要闯进去,孟良说:“且慢,先顾这位老人。”两人拿他背到暗处,就问:“这位老者,为的何事,被打成这样?”老人对孟、焦看看,不像坏人。

平:英雄哎,我拿事情告诉你,也比黄连苦三分。

孟良说:“你不要哭,也不要难过。事情告诉我,你家住哪里,姓什名谁?”

平:你将事情告诉我,我们帮助你八九分。

老者说:“我瓜就住在本城,田家弄。我姓田,叫田盛,中年妻子亡故,生到一个女儿,叫秀姐,今年十九岁,不曾有门当户对。因为家里穷,没有行当,我的女儿跟隔壁王奶奶学唱曲,我会拉胡琴,她学到几段曲子。”

平:父女两个唱曲卖到钱,我们卖唱过光阴。

“今天从这府门经过,把我们父女叫进去,给状元唱曲。唱嘞一个晚上,恶奴也不给钱,更不让走。家人对我说,要留我的秀姐陪谢大人过啦数天。我就问,为什么呀?”

平:秀姐生嘞美貌很,大人与她配为婚。

“恶奴说,我要识相,给我五十个钱,如果不识相,要给我开片。我说,我们卖艺不卖身呀。”

平:我说我不肯,拳打脚踢上我身。

平:女儿被他来抢走,不知是死来还是生。

平:孟、焦听完成,拳头捏得紧腾腾。

田盛总挨打瘫嘞,焦赞说:“二哥,你驮田大伯,送他家中去,我去取谢金吾的心。”不提孟良送田盛。再说焦赞,转到后墙,围墙一丈多高,一个旋风跳到上面,用一个猫儿落地法,到嘞里面。跑不多远,一只大狗,直向焦赞扑来。随时拿出腰刀,砍大狗,咔杀,将大狗砍为两段。他蹲下身,看动静,就听有皮鞭打的声音,又听见有女人叫骂。

平:你哪怕将我杀死,要我服从不可能。

有人说:"她嘴硬咧,给我狠狠地打。"焦赞轻手轻脚,捅开窗纸对里看,台上摆满酒菜,台子旁边有两把檀木椅子,左边一个男子二十八九岁,头戴乌纱,身穿大红缎子蟒袍,腰束玉带,脚穿粉底乌靴。姜黄脸,老鼠眼睛,手拿撒金小扇。地上倒着个姑娘,头发披散,衣服被撕破,前胸也露个明。周围四个彪形大汉,手拿皮鞭,狐假虎威,就说:"你还嘴硬,看是你嘴硬,还是我的鞭子硬。"

平:打一记来骂一声,鞭子不离小姐身。

椅子上人说:"树的皮,人的脸,我就爱看她的脸,我越看越体面。"

平:如果将她的脸打坏,我要责罚你们四个人。

姑娘一听,灵机一动,忙伸手拿自己脸抓破嘞,血直流,

平:鲜血流到地,怕坏屋内几个人。

再说这个穿官服的狗贼,就是新科状元谢金吾。这狗贼,本来就是花花公子,家里有钱,东京城他就十爿大店,这个王强怎么认识他的呢?

我们前文已经讲过,王强在北国叫贺黑律,萧太后派他到中原来卧底。正遇六郎,从幽州回京。王强帮写嘞御状,结拜嘞弟兄。八王保本,保举他,当上翰林院大学士,教太子赵恒念书。几年来,真是卧薪尝胆啊。根也扎稳了。赵匡义死后,赵恒登基,封他为兵部司马。就凭师生关系,可以说王强在万岁面前,说一不二,成了朝中的红人,大家问,他家果有后代呀?

平:王强狗贼福气好,生到两子一女后代根。

女儿叫王月荣,在北国的时候,已经许给绸缎店老板耶律平,后来全家搬到东京,看到大邦中原的锦绣山河,赛于仙境,就和女婿耶律平退婚。刚好一天遇到谢金吾,看他身材也可以,特别有钱,就亲自将小女王月荣许给谢金吾。不几天,就匆匆完了婚。因为过去称高楼小姐,一般见不到的,就到洞房之时才见到,哪晓进洞房,谢金吾对王月荣一看,眼睛发暗,宁没三尺高,倒有罗口粗的腰,头发赛黄金,眼睛似铜铃:

平:谢金吾看看清,不爱这个小妖精。

所以今朝看见唱曲的田秀姐,要比月荣胜到十二分。当初的状元,也是在岳父王强手里中的,要说,文不能提笔,武不能拖刀。那么,怎中到状元的?

人们常说:朝中无人莫做官。王强这狗贼因为权大呀,他是主考的,就用了移花接木的手段,拿别人的文章,改成谢金吾作的,所以中了新科状元。老贼对他说:“宋朝皇上,是个昏君,以后我们一跑,就靠大辽,先要想法,将几名大将借皇上之手,置他于死地,特别是杨家将。你杨六郎,当初我帮你写御状,打赢嘞官司,门口还竖嘞什么上马牌下马碑,还有闹龙匾,倒把我忘了。”

平:如果遇事我有心,非要砸烂不容情。

平:其实王强说得轻,谢金吾时刻记在心。

就借游皇城之时,到杨府故意找茬枝,将牌坊推倒,砸碎闹龙匾。王强的恩,对谢金吾,可以说重如泰山,虽则王月荣再丑,不好丢手。今朝看见田秀姐这么漂亮。他想:

平:暗中瞒啦月荣一个人,好与秀姐配为婚。

哪晓,现在秀姐脸抓坏嘞,谢金吾一看,眼睛发暗,不曾上算,将来她的脸,比鬼总难看。这时狗贼,怒气冲天,将鞭子对地下一蹲,像恶狗嚎叫之声:“给我打死她。”恶奴听见大人开口,立即动手。

十:有恶奴,对秀姐,狠下毒手,

有打头,有打身,活送残生。

平:秀姐活活被恶奴来打死,也比黄连苦三分。

焦赞在外面,听好嘞,看好嘞。刀就拿好嘞,从窗子蹿进去。“唰唰”两刀砍死两个。还有两个想逃,你对哪里跑?又是“唰唰”两刀,又将两个恶奴杀死。再寻谢金吾,看见台上碗响,焦赞想,无故这碗怎得响。因为他这台子四周有围子,焦赞想,莫非有人躲在里面,否则台子不摇,碗也不会响。将围子掀起一看,上大算,一个宁躲在里边,背他两只脚,对外拖。拖到外面,就问你是谁?

平:要问我是哪一个,新科状元谢金吾我当身。

平:英雄哎,望你饶我残生命,我重重送你宝和珍。

“好汉爷,你要什么只要开口,我都有。”焦赞说:

平:我其他都不要,专要你的命残生。

咔嚓一刀,狗贼,嚆总没嚆,头对下一抛。哪晓,就在这时,王月荣,也来嘞够。她怎来的呀?王月荣先睡的,按理,半夜三更,丈夫好上身,她想做欢事。哪晓到现在都没有人上床,她来望,一看几个宁倒嘞地下。

平:满地血淋淋,果要怕坏宁。

焦赞看她，穿红着绿，满脸雪白，擦粉抹胭脂，画眉毛，晓她不协调，就问你是哪一个。

平：我是兵部司马王强之女王月荣，

新科状元谢金吾的夫人我当身。

焦赞一听，你也不是个好东西。一刀，怪妇的头对下抛。再拿谢金吾的心取出来，一望，台上菜还热堂堂。左右大吃一场，吃好要走了。一想，我杀啦几个宁，不是给周围老百姓惹祸嘛，说不定要连累多少人啊？好汉做事好汉当。随时留诗一首，蘸点血，写嘞墙上。

平：不写诗不关事，写嘞诗惹嘞连天大祸根。

众位，焦赞到底怎么写的，惹多大的锅，听学生慢慢讲来。

挂：大阳出来一片火，杀人是我，就是我，

如抓凶手去办案，你到边关去找我。

他写完嘞，越看越高兴，我不如再写一首。

挂：怒气冲冲贯斗牛，我与状元结冤仇。

摘心配药去治病，孝敬老娘无佞侯。

写好嘞，灯火熄啦得，还从后围墙蹦出来。刚到门口，遇到孟良，孟良就问："三弟，事情怎么样啊？"焦赞说："办妥了，田家小姐呢？""被恶奴打死了。我已帮他们报了仇，杀了五六个人的头。"他和孟良也没有说写诗的事。孟良说："我们快走哇，不要让盟娘等嘞心急。"

平：弟兄两个对前奔，天波府到面前呈。

仍然走后门。进去，直奔无佞楼。再说六郎守在太君身边，这时太君精神好点喽，就问："儿啊，你怎么回来的？"六郎说："我进京办点事，顺便到家看看你老人家。"太君又问："回来几个人啊？""就我一个宁。"不曾敢说孟良、焦赞两个人。哪晓就在这时，孟良、焦赞进来嘞够："娘呀，我们也回来了，给你磕头。"

平：两人跪倒地，盟娘大人叫几声。

大家对焦赞一望，心吓得直荡，焦赞浑身有血。孟良说："盟娘的病马上就好。"六郎问："怎么能好哇？""六哥哎，三弟已经把谢金吾宰了，心也摘来，还多杀了五六个，给盟娘出了气。盟娘病痛肯定得好。"

平：太君听他说完成，急出一身冷汗汗淋淋。

因为她的毛病，是被谢金吾气起来的，再加受嘞点凉。

平：太君不是其他病，夹气伤寒病缠身。

刚才被孟良说焦赞杀啦谢金吾和五六个宁，一身冷汗湿衣襟，以前就是有汗出不出来，现在一出汗，病随时好转。“八姐、九妹，快扶我坐起来。我现在头也不疼，蛮有精神。”

平：孟良听完成，果要欢喜八九分。

平：总说灵丹妙药好，宁心比灵丹好几分。

“六儿啊，娘现在病好了。你说实话，怎么回来的？”六郎不敢说慌，上下说完。又问焦赞：“贤侄，你拿杀人的事告诉我。”焦赞说：“反正都被我杀了，有什么了不起呀。”就将怎样进后门，杀死狗子，恶奴杀死田秀姐，自己又将四个恶奴杀死，再从台底下抓住谢金吾，将他杀死，又杀了王月荣，说了一遍。

平：太君听嘞心里多着躁，闯下大祸到来临。

“你们要晓得，首先私离驻地有罪，第二杀啦新科状元谢金吾，他是兵部司马王强的姑爷呀，皇上对他也高一眼，杀啦他的女婿、女儿，他肯拉倒吗？儿啊，这祸，要说多大就多大。”

平：总说祸事有天大，这祸只比天小二三分。

平：你们赶快上边关去，省得飞蛾投火自烧身。

柴郡主想想真恨：“当初不应该写信给郡马，我总以为六郎回来——”

平：帮老母看毛病，夜上我好伴郎君。

随便哪瓜夫妻都有爱呱。你们说，六郎在边关八年，郡主怎得不想呀，写嘞信，总算回来嘞。哪晓焦赞杀得宁，闯嘞祸，六郎不走也得走。焦赞说：“娘呀，哪个再敢动你。我到京城来，翻江倒海。”

太君说：“你们现在都走，京城的事情有我，你们将边关守好。”六郎没法，恨不得要蹲脚，只好带两人随时动脚。出得城，对东天一相，天刚蒙蒙亮。

单：打马加鞭动身走，赶上边关去安身。

离城五十里，马肚不饱，等它吃点草，三宁对杠一坐。焦赞说：“六哥哥，我们这趟算没有白来呀，给娘出了一口气。”六郎说：“气倒是算出得，不过又闯了大祸，杀了新科状元，皇上非查不可。”孟良说：“只要你不说，我不说，哪个晓得是焦赞杀的呀？”六郎说：“鸟飞还有个影呢，纸包不住火哇。雪里埋不住宁啊，何况杀了几个宁呀。”焦赞听嘞也怕起来够，也没敢说杀人题诗的事，六郎吩咐：“你们到边关，任何人身边都不能说杀人的事。就是岳胜面前也不要说。”两人答应。

六郎说:“我先进营盘,你们晚一点。”两人答应:“晓得,谨遵兄命。”

平:三人一先二后动嘞身,边关到嘞面前呈。

晌午时候六郎先到,小兵报岳副元帅知道,岳胜迎接六哥。六郎问岳胜:“我走之后边关果曾冒出什么事啊?”岳胜说:“没有出事。就是孟、焦二弟不见了。”六郎说:“他们也随我进京了。”岳胜说:“那就好。”岳胜为六哥不丑,为他办酒,六郎刚端到碗,营门官对里报,朝纲有钦差到,要杨元帅接旨。六郎丢下碗,岳胜问:“六哥哥,出什么事了?”“没有啊。”其实六郎脸色不好,岳胜说:“六哥哥——”

平:如果出了事,我好帮你担当二三分。

六郎说:“一路辛苦,没有什么事。”随时带边关二十四将,出营迎接圣旨。出营门一看,有三十多兵,一员大将,三十多岁,长嘞很不现样。个子蛮高,塌肩头,尖头河蚌脸,焦胡子,满脸还有几粒麻子,公鸡叫的嗓子。穿得很好,头戴绿缎子方叶巾,身穿绿叶子开氅,腰扎宽皮带,青中衣,抓地虎快靴。肋下佩剑,得胜钩上挂三亭刀。怀抱圣旨,坐在马上,头一犟,嘴一欠,七个不服,八个不买账,一百二十个不含糊。六郎装不曾看见他那样死腔,可二十四将看见:这是什么人,你当个钦差,有什么了不起呀?你仗着万岁的圣旨,吓人啊?我们镇守边关,披星戴月,爬冰卧雪,你在京都,吃喝玩乐全家享福。众将真想把他拉下马,问他:“你们的福从何而来?”哪晓对六郎一看,正对钦差,恭恭敬敬行礼,一恭到底。

平:钦差大人哎,杨景来接晚哦,要望原谅二三分。

按道理,人家对你行礼,是尊重你,应当有一礼还一礼。可他没有,欲说不说罢了。六郎也一肚子火气,他想宰相肚子好撑船,便压住火:“大人我跟你到帅帐去,请到帅帐一叙。”大众也只好跟着行礼。在后面的兵将说:“这个人,你果识得呀?”总兵说:“不认得。”再说钦差到嘞帅帐,高喊:“杨六郎接旨。”六郎心里忐忑不安。随时摆好香案,领众将跪接圣旨。钦差官读圣旨:“奉天承运皇帝诏曰,宣边关大帅杨景回朝,见诏即日动身。特命钦差狄玉陶临时代理三关大帅,望旨谢恩。”

平:众将听嘞不服气,拳头捏得紧腾腾。

六郎的大帅,为什么被撤,换这个狄玉陶,宁长嘞像个豆芽菜,根本不配三关大帅,如果和韩昌交锋:

平:一叉将他来戳死,鬼门关上去安身。

孟良想莫非为谢金吾死的事，把六哥骗进京。岳胜他们，也想不通，六哥在这里，我们将三关守得稳如泰山，保住国家太平，百姓安宁，为何将六哥召进京？六郎想，肯定为谢金吾被杀的事。

平：这次进嘞京，凶多吉少命难存。

不过，无论如何，我不能将孟、焦两人扯进去，我得快点动身，省得他们缠神。想到这里，随时交出帅印，和大家告别动身。看看二十四将，想到很多事。

十：想当初，战韩昌，英雄可称，

众兵将，战辽寇，死里逃生。

十：到如今，众兵将，边关共存，

谁知道，太平了，南北两分。

平：六郎看看兄弟们，止不住虎目泪纷纷。

又对岳胜说："贤弟啊，你和新元帅共守边关，要齐心协力，处处当心。"

狄玉陶拜过帅印，对中间一坐，众将再才来拜新元帅。其实大家心不在帅帐，都想六郎。狄玉陶也看得他们的心事："怪不到，老恩师对我说，边关二十四将都是六郎的心腹，真是耳听为虚，眼见是实，一点不假。我非得治服他们，如果他们有点错——"

平：捞到我的手，将他们一个一个送残生。

岳胜和很多大将只要望新元帅早点退帐，好送送六哥。而狄玉陶看出他们心事，硬是无话找话说，拖拉时间。再说六郎，到自己住房，带好衣物和物资，就要动身，小兵说："元帅呀，你等一歇呀。等众将来送送你。"六郎不等，就动嘞身。小兵倒哭煞得。

平：作为大帅要动身，没有一个送行人。

六郎对小兵摆摆手，上马动身，打马如飞。

平：虽则对前奔，想到边关兄弟们。

他又怕众将来送，替他们添麻烦。更怕孟良、焦赞要跟嘞进京，我就这样走，倒也自在。一直跑出去二十多里。听后面喊声如雷："六哥哥哎！你慢走哦！等等我哇！"六郎回过头一望，尘土飞扬，最前面一个是岳胜，后面是杨兴、岑林、柴干、郎千、郎万，二十几位大将都来了，就少孟良、焦赞。六郎只好下马，岳胜背住哥的马绳，一手握住六郎的手："六哥呀，你怎不等等我们，就走哇！我们追得好苦，总算追上了。"六郎说："众位英雄，各位兄弟，你们要协助新元帅共守边关，你们有公务在身,就不必送我了。"

岳胜说:"我和新元帅请过假的,他答应我半个时辰,我们要送送你,哪晓你不辞而别。哥哥,这次进京,你果知道。有什么事吗?""不知道。""你进京,不管有事无事,都给愚弟来信啊,千万不要忘记。"六郎说:"好喽,岳贤弟啊,你要多顾众兄弟和边关兵将,特别是孟良、焦赞。"

平:两人粗鲁莽撞得很,你要多照顾他们两个人。

"我已记住,六哥,你还回边关吗?""我很想回来,和大家在一起,身不由己。"众将说:"我再送送你。"六郎说:"你们快回去,误嘞时间,新来的元帅,要怪罪的。"

平:如果以军法来处置,定要你们命残生。

大家说:"我们都在这里,法不责众。"大家都舍不得六郎走哇,又送出五六里。六郎说:"众兄弟,众大将,送君千里总一别,你们速回去吧。后会有期。"大家没法,恨不得要蹬脚。

平:六郎赶上阳关道,他们回转营盘门。

六郎正往前走,孟良、焦赞从树林里蹿出来,"六哥哎,你定心,我们一直送到你进京。"

平:六郎闻听这一声,心中忧愁八九分。

"两位兄弟,你们不要进京,在边关定心。"孟良问:"六哥哥你果知道召你进京为的何事啊?多数是杀谢金吾的事,被人发觉,所以找你。六哥,你放心,主意是我出的,人是你三弟老焦杀的。你不能回京,就怕皇上要你的命,以我之见,回边关杀啦新元帅狄玉陶,你干脆做皇,我们帮忙,你做皇帝,我们做臣子。"

平:你做皇帝龙庭坐,我们臣子两边分。

六郎说:"二位贤弟,我家世代忠良。"

平:宁可法场死,决不做谋王篡位人。

孟良说:"六哥,谢金吾是王强的女婿,已经被杀。皇上不敢对我们,拿你出气。我们主意已定,和你进京。"

平:六郎闻听这一声,立时想章程。

上次和我同进京,杀啦几个宁,这次千万不能答应他们进京,好好对他们说肯定不妥,只有用激将法拿他赶走。六郎对焦孟两兄弟说:"上趟上皇城惹上这么大的祸,我没有说你们,是看在兄弟面。如果再不听说——"

平:我和你们划地来绝交,绝断弟兄三个人。

孟良说:“六哥,我们是为你好哇。” “你们害嘞我,只怪我当初——”

平:有眼无珠不识人,结识你们两个强贼人!

“你们到今朝,野性未改,贼皮难蜕,我和你们,从今以后。”

平:你走你的阳关道,我走我的独木桥。

十:有六郎,抽宝剑,捞袍衣襟,

一用宝剑,割袂袍,断绝交情。

滚:不许和我同进京,如果再跟我,拿你们当坏宁。

六郎说完动身,孟良、焦赞被六郎骂嘞气死嘞:“你有什么了不起,你的高楼大厦有什么稀奇,我们住进去,要害病的,头要疼的。我们这样奉承你,总巴结不上,没得你姓杨的,我们照样活得好好的。走!”往回走,哪晓跑嘞十几步,回过头来看六哥,只是对前。焦赞说:“六哥真的和我割袍断义啦?”孟良说:“三弟呀,我们快回边关,和岳大哥相商。”

平:边关也不蹲,八角寨上去安身。

孟良回过来一想,六哥对人一贯宽宏大量,克己待人。

平:他用的割袍断义计,不许我们进皇城。

“我们先回边关,问问新来的元帅,为什么事,将我六哥调进京。如果升官,顶好,就拉倒,他要是有事,我们再作道理。”

平:两人打马往前奔,营门到嘞面前呈。

就听响嘞一声炮,焦赞说:“今天怎么发兵了?”孟良说:“三弟呀,要发兵,应该是在城外放炮,莫非是杀人,快跑哇。”已响第二声炮。两人已到里面,只看大场中间,埋嘞桩橛,绑嘞一个人,周围总是兵将,杀宁场,蛮像,这是临时法场。被绑的人,发髻挡面,只看见背面。

两人就问:“当兵的,要杀的是谁呀?”当兵的一看:“孟二爷、焦三爷,你们快去呀,杀的岳将军。”两人着躁对里一跳:“大哥,你身犯何法要挨杀呀?”岳胜打个“哎”声,这怪自己。

平:我送六哥误时辰,新元帅要杀我当身。

“他怎么不杀别人呀?”“他说我是副元帅,杀一儆百,饶了其他将,不饶我。”孟、焦两人说:“去他妈的,狄玉陶算老几呀?当初老子在黄土坡,大战韩昌——”

平:不是我将辽将身丧命,哪有如今能太平。

“当初我们舍死忘生,他的尿,都尿在一身。乳毛未干,想做大官,哪听他的。大哥哎,我来给你松绑。”岳胜说:“贤弟呀,没有元帅的令不可无故松绑。你快去求元帅。”

平:如果他能答应,放啦愚兄一个宁。

孟、焦一听,倒也相信,来到帅帐,对狄玉陶也不行礼。“我问你,为何杀岳胜啊?”狄玉陶说:“孟二爷、焦三爷你们可回来了。事情是这么样的,岳胜连误三卯。”

平:他违反军规罪不轻,法场上面送残生。

孟良想:“我岳大哥,太软,我要算起来几十卯都有。我狠,他不敢碰我,也怕硬的。”这时岑林,一班大将总在左右,一个个拳头捏得紧紧的敢怒不敢言。还是焦赞、孟良,问狄玉陶:“你到底放不放岳胜?”“不放。”“你果真不放?”孟良一把抓住狄玉陶的衣领。众位,为什么孟良、焦赞这么横,而狄玉陶也不处罚他们呢?因为未下边关之前。王强就对狄玉陶说:“门生啊,你到边关,第一要想法除掉岳胜,这个岳胜,可以说,文韬武略。”

平:如果不将他来除掉,你做大帅不太平。

“还有孟良、焦赞这两个人,是个大草包,如果拉到你身边,将来是你的心腹。”所以他听嘞恩师王强的话,对孟、焦特别宽恕。现在,哪晓孟、焦来真的,抓住他的衣领:“你放不放人?”

狄玉陶想:

平:我如果放人不答应,他们要我命残生。

这时孟良已经斧子一扬,在他头上敲嘞两下。焦赞也亮出宝剑:“我六哥,进京什么事,给我说清。”狄玉陶说:“我说,新科状元谢金吾被杀,我恩师王强说是六郎杨景杀的。皇上传旨意调杨郡马,怕边关众将要反,才叫我来,先将六郎诓进京,然后好杀。”孟良听嘞火了:“我问你,怎晓是我六哥杀的谢金吾?”“被杀的当天夜里,家人就连夜给兵部司马王强送了信。”老贼一听,真是没命,心上难过。

平:女儿女婿哎,你们无故身丧命,我要帮你们把冤申。

平:抓到凶手一个人,我要他的命残生。

所以不天亮,就上殿,刚好万岁登殿,文武朝见,王强眼泪像牵线。

平:万岁哎,我瓜婿女有嘞冤枉事,要望万岁把冤申。

王强将杀啦婿女事情一报，万岁也吓一跳，那还得了哇，哪个胆子这么大，居然敢杀新科状元，随即下旨："寇爱卿，王司马，你们两人带嘞男女仵作，同到状元府查看，是何人，怎么杀死状元的。查清来汇报。"

两人来到状元府，就问到一个有头脑的家人。家人说，凶手是从后围墙蹦进来的。在院子里，杀死一条狗，在大厅里杀死状元夫妻，又杀死四个家人，又杀死一个唱曲的姑娘。

平：我说的事事真，讹错没有半毫分。

寇大人吩咐，仵作验尸，那么对墙上一看，眼睛发暗，墙上有两首诗。寇大人看了，对杠一盯，眼睛发定，按诗句上看是杨府人杀的。

这时王强也看见嘞，老贼嘴总气歪嘞，这明明是杨景杀的，跟手拿诗抄下来直奔金殿，状告杨六郎。

平：杀人不是张三并李四，是杨六郎一个人。

寇大人说："慢，万岁，人命关天，不可草率行事。抓贼要有赃，抓奸要成双。王大人，你怎么断定杀人凶手是杨六郎呀？""他写诗句，你看——"

平：要问杀人凶手哪一个，你到边关去找我一个人。

万岁说："对呀，六郎在边关，只有他杀的。"寇大人说："万岁，此话不对，要说边关——"

平：众将多得很，不是六郎一个人。

王强说："寇准，你断事不稳，不信我说你听。正因为上次谢金吾，闹他杨府，两家结仇，来杀我的姑娘、姑爷的头。"寇大人说："他在边关，怎杀到你的姑娘、姑爷咖？"王强说："他不会偷嘞回来呀，宁一杀妥，就好走。下面还有一句，孝敬老娘无佞侯。你们大瓜想，太君只剩六郎一个儿子。不是他，还有哪个人，叫太君老娘啊？"寇大人说："王司马，我问你，你如果杀得人，你果可能写上自己的名字？在我想来，可能有人和状元不好，杀了状元栽赃别人，自己就拉倒。"万岁听嘞，两宁都有理。

平：万岁听嘞无主意，杀人凶手究竟是何人。

王强说："杀人凶手是不是六郎杨景，就按墙上的诗句，牵连到杨景，就应该将他调入进京，三审六问。"寇准心上着躁，硬找出理由："万岁，如果把六郎调进京，三关哪个把守？还有雁门关、瓦桥关，都是咽喉要地。"

平：如果北国兵马进边庭，吵嘞国家不太平。

其实王强就要害死六郎，北国兵马好进中原。万岁又不晓得，以为他真心保国。王强说："六郎进京，你们放心，有我的学生狄玉陶，文能安邦，武能定国，是个帅材。可以叫玉陶到边关当元帅。"

平：六郎调嘞到京城 玉陶元帅之职受皇恩。

狄玉陶先到杨府，没有抓到六郎，问到太君，六郎有没进门。太君一口否认。只好上边关，王强反复对他说："花刀太岁岳胜和杨六郎情同管鲍，义如关张。"

平：不将岳胜来除掉，你这大帅就做不成。

所以今天，岳胜他们送六郎，狗贼借口，说误三卯，要杀岳胜。孟良、焦赞听嘞，牙齿咬嘞咯咯响："怪不到我的六哥和我们割袍断义。"

平：六哥这次进嘞京城，凶多吉少命难存。

手拿斧子对狄玉陶，咔嚓一斧，将玉陶头砍抛。

平：我不是娘舅并老表，帮你头尸两处分。

焦赞已经将岳胜的绑绳解啦得，来到帅帐，孟良说：

平：赶快带兵马进皇城，救救六哥命残生。

岳胜说："你杀啦元帅，又惹嘞祸，我们一定要救六哥，现木已成舟，我将兵马分两半，岑林、柴干、郎千、郎万等将守边关。我和孟良、焦赞、杨兴，我们进京。"

平：将帅印带到皇城去，交给六哥他当身。

也不打旗号，直奔皇城，离城二十里扎下营盘，派孟良、焦赞进城探听消息。哪晓，三个一淘，四个一言，只听好多人，说今天皇上要杀人。焦赞问一个百姓："哎，大伯，今天要杀什么人啊？"这位大伯说："将军哎，午朝门外法场要杀杨景杨六郎。"焦赞问："为什么要杀他呀？""听说不晓哪个杀了新科状元谢金吾，还留下诗。这个人又不出来认账，硬往六郎身上推。这个人有什么意思啊，敢做不敢当，反而害好人。"

平：焦赞听完成，脸总红到耳后跟。

焦赞听说要杀六哥，心急如焚，拔脚就走，赶快叫大哥带兵救六哥。

再说六郎离嘞边关，在途中遇到孟良、焦赞，割袍划地断义，直奔皇城。没有回府看太君，直上京殿面君，万岁问："谢金吾是不是你杀的呀？"六郎说："不是我杀的。"王强说："墙上有诗为证，你还嘴硬。你写的诗我已经抄下来了，拿去看，是不是这样写的。你的胆子也太大了，杀人留诗。"

平：六郎将诗看完成，心中思想八九分。

暗中想，焦贤弟呀，你杀人就杀人，你留下诗，要烦大神。当然你杀谢金吾，是帮我杨家出气。如果我不认账，把你卖出去，就叫忘恩负义。

平：你为我杨家事，哪肯招出你当身。

十：有六郎，在京殿，如数说清，

谢金吾，吵我家，不得太平，

十：上马牌，下马碑，被他拱倒，

砸龙匾，打杨洪，撞我母亲。

平：为只为嘞报仇事，所以才杀他个宁。

万岁听嘞一拍龙书案桌：“好一个杨景杨六郎啊，你杀啦谢金吾五六口，本应全家抄斩，看你功劳份上，对你家属保留，概不追究。”

平：拿你绑到法场上，一刀两段不容情。

平：六郎说完成，急煞寇准一个人。

寇准想，这个诗，本来就不是你杨六郎写的，你的笔迹我识得的，不过你自己不肯说别人，是你写的，叫我怎么救你呀？

平：如果我不想主意，六郎哪有命残生。

寇准说：“万岁，人命关天，不可儿戏，应当将六郎，交大理寺三审六问，查清事实。如果确实是六郎杀的，再到法场过刀不迟。”万岁说：“他自己已经供认不讳，何必多此一举呢？”这时已经有人给六郎搭上忠孝带，推到午朝门。寇准急得没法，只好蹬脚，找八王和王延龄，偏偏今天都没上朝，除啦和王强好的，其余官员总急得搓手。寇准开口：“万岁，看在我们同殿称臣，年兄相称，祭奠祭奠可以吗？”万岁准本，随时下旨，兵部司马王强做监斩官。再说六郎想，孟、焦两人为嘞我杨家出气惹的祸，我现在能替兄弟法场过刀，感到自豪，抬头一看。

十：有王强，举黄旗，威风凛凛，

刽子手，拖钢刀，杀气腾腾。

再说寇准来到法场六郎身边：“我问你，你从内心说，这件事，冤不冤屈不屈啊？”六郎想，我如喊冤叫屈，要连累到兄弟，我干脆说不冤不屈。和杨家要好的都来祭奠：“杨郡马，你这杯酒喝下去啊。”六郎吃不下去啊！就在这时，有人大嚆：“我们祭奠法场来了。”寇准一看欢乐一半。

平：看焦、孟两人到，心中欢喜八九分。

要说孟良、焦赞，怎么更这么快，随时就到，因为他们问到一位大伯，说要杀杨六郎，先去通知岳大哥带大批兵将赶上午朝，他们两人先上法场，所以来嘞更这么快。挤开众人来到法场。

平：两人跪到法场上哭，哥哥喊嘞不绝声。

平：哥哥哎，你对我们实在好，比亲亲兄弟还要胜几分。

平：哥哥哎，总说没有冤枉事，你的冤枉海能深。

六郎故意不理他们，当未看见、没听见。焦赞一拍胸脯："杀谢金吾是我，不是杨郡马，你们为什么抓人啊？"六郎睁眼一看："焦赞呀，难道你疯啦？还不给我快走。"焦赞说："怪不到不许我们进京，只准你大仁，不许我大义，我替你来了。"六郎急得虎目泪出，真是卖出一个，又搭上一个。

平：你今朝自己报嘞名，我你总要送残生。

再说寇准听焦赞一说，心里明白，就拉孟良到身边。问清焦赞怎么去杀谢金吾的，杀啦几个的，问嘞一清两楚。着躁，对金殿直跳。一想，我一走就怕事情不妥，王强要偷杀六郎，就对孟良说："你要这么办，到监斩棚吓走王强老贼。这老贼太坏，头上生疮，脚底流脓。"孟良点头答应。自己带焦赞来到午朝门外："你先在这里等我，我上金殿，奏于万岁。""万岁，现在杀人凶手，已自己投案自首来了。"万岁说："怎么又来一个凶手呀？"寇准说："这是真的，六郎是假的。"正在这时，王强哭上金殿。

平：万岁哎，孟良大闹监斩棚，差点将我送残生。

平：他的斧子太厉害，他要一斧子将我两分身。

寇准说："六郎冤枉的，孟良才来大闹监斩棚，真正凶手，是焦赞。"王强一心要借刀杀杨景。那么他为什么要这样做呢，因为韩昌说，只要有杨六郎一杆枪，北国就不侵犯中原，所以王强的最大任务，就是想法除掉杨六郎。

平：只要将杨家将来杀尽，夺取中原锦乾坤。

哪晓现在又来一个杀人凶手焦赞，狗贼王强奏本："万岁，焦赞和六郎合得很好，赛于老表，交情过命，要替六郎死。"万岁说："对呀，一个称弟，一个称哥，道理差不多。"寇准说："万岁，人命大案不能含糊，不可估算，只要将六郎和焦赞到金殿，万岁御驾亲审，一问便知。"万岁点头，出旨，将二人立即带上金殿。两人拜过万岁，皇上问："你们是哪一个杀死谢金吾的？"两人同时答应："是我杀的。"万岁觉得奇怪，这两个人都对自己身上背罪，认可抵命。

平:万岁也到为难处,到底凶手是哪个人。

寇准说:“万岁,你可以将他们一个一个问。什么时间,怎么杀的,如果有一个说不清,就说明不是凶手。”万岁一听,完全相信,就问:“杨景,你是什么时候进的状元府,从哪里进去的,后来从哪里出来的,状元被杀在什么地方的,还杀了谁呀?”

平:六郎听万岁说完成,只好立时想章程。

他没有做这件事哦,只好立时编起个谎言,方才说:“万岁,我是三更天入府,从后墙过去的,杀死更夫,到状元的房,看见状元夫妻正睡觉在床上,我就将他们杀死,我还杀了两名更夫。”还没有等万岁问,焦赞开声:

平:万岁哎,六郎说的真不对,说错倒有十几分。

平:如若你们不相信,我将杀人事情说分明。

十:三更天,从后墙,进嘞府门,
有黄狗,它狂叫,送它残生。

十:到高厅,我看见,恶奴四人,
谢金吾,逼唱女,要想成婚。

平:谢金吾身为大臣乱朝纲,我才将他送残生。

“我杀死四个恶奴、状元夫妻,唱曲女子是被恶奴打死的。我怕连累周围百姓,我才题诗两首,请万岁明察。”

万岁下旨:“寇准、王强,你们带男女仵作到谢府去查看验尸。”不多时,来报于万岁,焦赞招的一点不错,是有唱曲女子,是被打死的。寇准又派人叫来田老汉,状告谢金吾欺男霸女。万岁下旨:“将焦赞绑起来。”焦赞为了要救六哥就伏绑。本来要放六郎,哪晓王强狗贼问焦赞:“你们这次,是怎么进京的呀?”焦赞傻呼呼就直说嘞。王强一听,心里高兴,又生毒计:“万岁,虽则焦赞杀人,祸在六郎,不是他私自进京,焦、孟能来吗?能杀状元和家人吗?这叫倒树理根。六郎私离驻地,单凭这一条,就应将六郎斩首。”万岁点头,随时下旨,将六郎、焦赞两人押入法场。

平:违反国法罪不轻,要斩他们两个人。

随时将两人捆在桩橛之上。正在这时,皇门官奏本:“万岁,现在有三关副帅岳胜带领人马进城要劫法场,请万岁定夺。”

平:万岁听完成,龙心吓得乱纷纷。

“众位爱卿，边关岳胜带人马要劫法场，你们有何良策？”寇准说：“万岁，先别杀六郎、焦赞，先平了叛乱，再做处理。”万岁问：“哪位爱卿代孤家担忧，去平乱呀？”众臣奏本说：“万岁，可叫兵部司马王强去平乱。”王强想，花刀太岁岳胜，本领非凡。

平：我去难以平，弄不好送啦命残生。

王强说：“万岁，我婿女刚去世，老夫心神不平，难以去平定。”寇准说：“微臣愿去平乱。”

平：万岁听完成，心中高兴八九分。

寇准催马擎刀出了城，会见岳胜。就对岳胜说：“六郎和焦赞都被绑在法场，先进城救人。”岳胜说：“我们怎得进城啊？”“咱俩动手，我一败，我在前头溜，你等后头追嘞很，可能就得追进城。”两人商量好嘞。岳胜说：“看刀。”假意一刀，寇准，用刀一挡，“当啷”，寇准嗃：“啊呀呀，太厉害了。”拨马就溜，岳胜在后面喊：“拿命来。”

平：寇准前头溜嘞走，岳胜后头追嘞紧随身。

寇准溜过嘞护城河，军兵背起吊桥，岳胜不得跑，只好在河外嗃：

滚：如果放出杨六郎，一笔勾销莫谈论，要是不放杨六郎，攻打你午朝门。

再说寇准进嘞城，直奔金殿奏本：“万岁哎，花刀太岁岳胜，不听良言相劝，杀野就和我打，我哪是他的对手呀。”

平：好嘞溜嘞快，落到一条命残生。

“他要你万岁放啦杨六郎，如果不放，他要杀进午朝门。”万岁说：“寇爱卿，边关众将杀进午朝门，祸在眉睫，应当如何处置？”“万岁，据我所知，岳胜知情达理，你可亲自到城头劝他退兵。凭借浩荡皇恩，他定能回心退兵。”其实，寇准有意叫万岁上城头，看看边关众将的厉害，看你果放六郎？众朝臣，也晓得寇准的想法：“对呀，请万岁到城头退兵。”

平：万岁也无法，只好就动身。

万岁到城头一看，吓得龙体放汗，恨不得魂灵吓断。为底高这么怕呢？他天天住深宫，吃的是山珍海味，听的是婉转的音乐，看的是翩翩的舞姿。今朝看见边关的将官，人如猛虎，马似蛟龙，盔甲明亮，高举刀枪。衣装整齐，杀气冲天，个个嘞头爆眼，摩拳擦掌。万岁想：

平:这些兵将杀进城,孤家哪有命残生。

寇准看嘞高兴,看你放不放六郎。左右对万岁说:“那个红脸的就是岳胜。他一员能挡千员将,单刀能杀数百兵。”这时岳胜金盔金甲,淡黄征袍,胯下胭脂马,手拿青龙刀,双眉倒竖,龙目圆睁。还有一个红花花脸的彪形大汉,拿着斧子,对城头嚆:“昏君哎,快放人哦。”

平:如果不放人,我孟良杀进你午朝门。

寇准又添油加醋:“万岁啊,那个孟良,天不怕,地不怕,不能惹他发火。如果等他发得火,事情不卵妥。边关众将造反,韩昌再侵犯。”

平:等两路兵将来进攻,你铁打龙庭坐不成。

平:万岁听嘞浑身抖,爱卿叫啦好几声。

平:众位爱卿,哪个能退兵,官上加职重封尊。

寇准说:“万岁哎,要退兵只有王强可以退兵,因为当初王强替六郎写过御状,孟良、岳胜,总是六郎的盟弟。”

平:不看金刚看佛面,也要看看六郎面上情。

王强想,要去退兵,我只好躲在里面,要在口头,被他们抓住得。

平:将我千刀并万剐,碎尸几段多伤心。

“万岁,微臣女儿、女婿被害,尸骨未寒,老夫精神恍惚,无力交战,请我主选其他大臣退兵。”寇准眼睛一翻,转一个弯:“万岁,既然王司马不行,其他大臣更不足道了。你可亲自传话。”万岁万般无奈,只好传口旨,叫岳胜答话,传信官对城下喊:“传皇上口旨,叫岳胜见驾。”岳胜一抱拳,对上一拱手:“万岁,臣有礼了。”“岳胜,你乃边关副帅,为何私离边关,带兵入都,莫非要谋王篡位吗?”“万岁,这不是微臣的本意,想当初——”

十:我们在,八乍山,兄弟四人,
　　占了山,为嘞王,倒也风光。
十:后来有,杨六郎,山下经过,
　　劝我们,保皇上,为国争光。
十:六哥哥,带我们,攻打北国,
　　打三天,并三夜,打败韩昌。
十:杨郡马,领我们,坚守边关,
　　谁知道,进京城,要送残生。

平：我们镇守边关八年整，北国不敢进犯半毫分。

“六哥哥智勇双全，忠肝义胆，可称当代英豪。不知万岁为何要将他斩首？”万岁说：“他身为元帅，知法犯法，擅离职守。不怕一万就怕万一。倘若韩昌进兵，边关便失守，按律斩首。”岳胜说：“万岁，杨元帅在边关八年整，未曾进家门、见亲人，难道只准为国尽忠，不能在老母身边尽孝吗？再说谢金吾欺负杨家，砸碑牌坊，打杨洪撞太君，老太君得了伤寒夹气病。花甲之年的老母有重病，难道儿子就不能探母吗？再说郡马私离驻地，边关也没有丢啊。”

平：万岁听完成，默默无语不作声。

王强好似热锅上蚂蚁，不得过：“万岁，你问岳胜，他们为什么领兵带队，还全身披挂，进谏言是假，想造反是真。”万岁一听，对呀。

平：你们进谏言是假意，要想造反是真情。

岳胜一时答不上话，孟良说：“万岁，你放啦六哥和三弟，我们就是进谏言，如果不放人，我们就造反。你整天在皇宫，赛于人仙，忠奸不辨，偏信奸言。我六哥退外患，除叛逆，吃了多少辛苦，立下多大功劳，你们还要杀他，你们是人吗？常言说，君不正，臣投外国，父不正，子奔他乡。就造反，就造反，弟兄们冲呀。”

平：一个冲字喊出声，能像响雷阵。

平：喊杀之声了不得，惊天动地怕坏人。

平：万岁和王强来看见，吓得三魂剩二魂。

一班忠臣心中有数，是故意吓唬皇上和王强的，也故意说：“边关众将，个个英雄无比，这样不得了哇。”万岁问寇准：“寇爱卿，怎么办啊？”

寇大人说：“边关众将来，皆是为杨景来的，你这样赦免杨景，万事皆休。”王强说：“万岁，边关众将，都是杨景的盟兄弟。既已造反，杀到京城，皆是杨景指使的，杨景是主谋，理应斩首。”寇大人说：“岂容你信口开河，情况紧迫，事关重大，以我之见，我叫杨景到城头来退兵。如退去众兵将，另做处理。如不能退兵，证明杨景有意造反，再杀不迟。”王强说：“万岁，放了杨景，等于纵虎归山。”万岁说：“对呀。”

平：等他归队来造反，我的龙庭坐不成。

寇大人说：“万岁，杨家满门在天波府可作抵押。如不能退兵，杀他满门。”

万岁下旨将杨六郎带上城头。万岁说：“六郎啊，你现在能退兵，我从轻发落。如若你逃走，杀你满门。要是不能退兵，法场过刀。”六郎点头答应，随即对城外一看,心上又气又疼。气的是孟良、焦赞,给自己闯下大祸,疼的是岳贤弟为嘞自己,带兵离边关。万一北国进犯,何人抵挡。

平:如果边关守不往,杀身之祸到来临。

有人给六郎松去绑绳。六郎赤手空拳下了城,骑马过了吊桥,孟良第一个嚆:"六哥出来了,六哥出来了。"这时兵将:

平:一个个跪到地,元帅连叫好几声。

平:元帅哎,如果救不到你的命,我们不要命残生。

万岁看嘞,嘴总气歪嘞,众兵将看见我,只是一抱拳。而看见六郎,就都跪下来行礼。可想而知,六郎深得军心,与众兵将真是换心过命啊。看来,六郎不能再留在军中,幸亏朕已派狄玉陶去代理元帅。再说六郎下马,来到岳胜身边。

平:一把将岳胜来捧住,贤弟连叫好几声。

"岳贤弟和众位兵将,谢谢你们来京救我。不过你们要晓得,边关万一失手,韩昌兵进中原,百姓遭殃。"岳胜说:"六哥啊,我们就为保边关而来的。有你六哥一杆枪,韩昌不敢翻腔。"六郎说:"你们不能造反,速回边关。"

大家说:"元帅,你去我们也去。你不回边关,我们也不回。"孟良说:"还回什么边关呀?新任的元帅狄玉陶,已被我们杀掉,万岁也不知道。"

平:六郎听嘞心总疼,又是一件惹祸根。

"万岁说了,只要你们退兵,对我从轻发落。岳贤弟,你带孟良他们先到太行山。"

平:边关暂时不能去,太行山上好安身。

岳胜说:"焦赞怎么办,我千方百计也要救他。""我可能要坐牢,过啦三五年,叫他到太行山去找你们。如果有朝一日,我要用兵之时,我上太行山去请你们。"岳胜说:"我们听你六哥的话,我们现在撤兵。你也要多保重啊。"

众兵将高喊:"看你元帅的情面,我们撤兵,元帅保重。"兵将走嘞够。

寇准说:"万岁话复前言。现在边关兵将已经撤走,应赦六郎死罪,从轻发落。"万岁赵恒点头答应。王强着躁,心里乱跳,六郎不死,韩昌难以兵进中原,我无法向萧太后交待。他又冒坏水了:"启奏万岁,六郎虽则死罪赦过,活罪不能免,应该发配到云南去充军。"寇准明知王强又是毒计,不过只要六郎不死就行。其实王强是用的借刀杀人之计,因为云南小梁王心狠手辣,凡是充军的到他那里,首先要一百煞威棍。

平:铁打汉子也吃不消煞威棍,个个总是送残生。

万岁宣旨:“杨景六郎,发配你到云南充军。”六郎没有谢恩,万岁问:“你为何不谢恩,不起身?”六郎说:“万岁,我斗胆问一句,对焦赞您怎么处置啊?他杀了新科状元,该当抵命。”寇大人说:“焦赞不该判死罪。”王强说:“万岁,他杀了谢金吾六口,还不要抵命吗?”万岁说:“对呀,应当抵命。”寇大人说:“谢金吾配杀,谢金吾血债累累,欺男霸女,无故调戏民女,唱曲女子至死不从,被他活活打死,打伤田老汉,被焦赞看见,焦赞是打抱不平。恶奴打焦赞,被焦赞杀死,可以说误伤,所以说,焦赞没罪。”

王强说:“寇准,你这个本保得不稳。你说,谢金吾,欺男霸女,有何证据?”寇准说:“万岁,谢金吾目无王法。杨府的上马牌、下马碑、闹龙匾,是老王封的,他竟敢破坏。打死害死良女多人。”

平:如若不相信,状纸拿去看分明。

“这一张是谢金吾逼死唐家夫妻,又两张,谋夺李家首饰店、王家玉器店,再有曹太太家女儿十八岁,在他家做丫环,被奸污后自杀。还有,钱家被他逼得倾家荡产。”

平:万岁将状纸看完成,你的罪业海能深。

寇准说:“焦赞为民除害,为国除奸。”万岁想,焦赞总归有罪,死罪赦免,押入到长沙充军。寇准、六郎听嘞也满意,要留到命就行。人家常说:留住青山在,何愁没柴烧,以后好东山再起。不提焦赞上长沙。

再说,朝纲出这么多的大事,当初八王,还有王延龄、双王,他们怎么不说话的,因为总不在朝。双王丕显虽是双王,不在皇城,出门游玩的,他才十来岁。八王上山东巡视的。王延龄和呼延赞,身体不佳,几天都没有上朝。所以就寇大人在殿。现在六郎被发配到云南充军,派李义、张恩两名解差。太君听说六儿免去死罪,也很高兴。啦晓,一听就上云南,倒又哭起来够,柴郡主说:“娘啊——”

平:为何听说六郎云南去,你老人家倒又泪纷纷。

平:贤媳哎,如果到嘞云南去,哪里还有命残生。

“云南,一来路途遥远,二来气候和我们这里不同,狂风大雨多,霉气冲天,再加活重——”

平:如果有嘞长和短,叫我老身靠何人。

郡主说:“娘呀,不要为儿担心。福是人享的,罪是人遭的,几年功夫一晃就过去的。婆母，不要难过，我想陪郡马一块去云南。凭八王的面子，沿路关口、云南官员，他得高看一眼，可能对我们也有好处。”太君急忙阻拦：“孩子啊，你是金枝玉叶，身体单薄，水土不服。我想不对，你要陪我儿受罪，宁叫一人单，不叫二人寒。”郡主说：“婆母亲，我和郡马，情愿同生死，共患难。”太君又一想，六儿在边关，八年整没有转家门，人家常说，小来夫妻老来伴。总不可以让他们夫妻永不在一起，想到这里：“孩子啊——”

平：你和六儿同到云南去，陪伴六儿你当身。

太君吩咐杨洪准备三辆车，另一部车，挂上黄缎子车帘，让别人一看，就是皇姑的车辆，还有车上装了应用之物，金银路费银子。又派几名女家人，服侍郡主，又对李义、张恩千拜万托。这两人良心也好，也晓得杨家将名扬四海，就对太君说：

平：太君哎，你就放宽心，我们沿路照顾郡马老大人。

全家人送六郎和郡主动身，六郎身穿罪衣罪裙，肩扛枷锁。离城二十里，李义、张恩，给他开枷落锁，脱去罪衣罪裙，穿上便衣，到关口再穿好罪衣罪裙。

平：一路来得快，要到云南一座城。

到云南昭通府，不足十里。六郎说：“你们给我换上罪衣。”李义、张恩说：“早累，再等一歇。”哪晓，跑不多远，来了十几匹战马，马上人全是王官打扮，带住六郎的马，挡住去路：“你们果是押解杨景杨六郎的呀？”

平：六郎闻听这一声，吓得三魂剩二魂。

李义、张恩连忙上前答话：“对呀，那你们两人是什么人？”“你们是解差。那犯人呢？”六郎连三跳下马：“我就是杨景犯人。”来人一看杨景是便衣便帽，来人眼睛一暴：“胆大配军还得了哇，你是国家罪犯，不穿罪衣罪裙，逍遥法外，和解差勾串，徇私作弊。”

平：你作弊罪不轻，哪肯容情你当身。

来人抓住六郎的领宗对马上一带：“统统跟我们走。”郡主吓得抖。

平：柴郡主在车内吓得直哆嗦，六郎就怕活的少死的多。

李义、张恩吓得也无主意，只好跟人家走。不多时进了昭通府，走到一个大宅院，王官将六郎对地下一放：“你先在这里等一等，一会带去见小梁王。”

这十几个人打马如飞走嘞够。李义、张恩将六郎背起，就想，这是怎么回事啊？刚进门，又来许多宁，都是妇女，全是北方女子，很懂礼貌。来到郡主面前。

平:跟手跪到地,郡主万福叫几声。

“请郡主、郡马进府歇息。”又请几个强壮家丁,将车辆赶进府。六郎一看,房子很宽。朱红大门,镶金边。

平:早上开门金鸡叫,夜里关门凤凰声。

平:前后房子几十进,当中一座大客厅。

东西有配房七间,就将李义、张恩安排到配房用酒。柴郡主给每人赏银十两。为六郎不丑,立时办酒。

平:酒是多年陈大酒,菜是云南四季鲜。

六郎和郡主也实在饿嘞够,端碗就吃。哪晓才吃得几口,外面有人嚆:“王爷旨意到。叫配军杨景投堂到案,银安殿见驾。”快快啊!杨景只好丢下碗,来到外面,李义、张恩也出来够。王官说:“只要配军一人去,你们还蹲这里。”解差没法。

平:王官前头走,六郎就在后头跟。

出城几里,越跑越高,前边一蹬蹬青石台阶,直通山顶,隔不多远就有一座牌楼,两边都有兵将,手拿戈或矛。到嘞半山腰,有三个小牌坊,有一丈多高。牌坊之间,相隔四丈多远。两边站立很多壮士,都是二十多岁。手拿刀枪,虎头虎脑,嘞头爆眼,看上去真是惊心。六郎正往前走,来了四个壮士,两个抓住六郎胳膊,两人抓住腿。一喊号子,哎呦呦嘿,将六郎对空一撂,六郎眼睛一闭,准备上阎王瓜兮。

平:如果跌到地,哪里还有命残生。

哪晓,那个牌场四个大汉,将六郎接住得,又对第三个牌坊撂,就这样连撂三次,才把六郎对地下一放。六郎定定神,对前一望,有房子金漆黄黄,滚龙脊、透瓦沟、望天吼、朝天兽。琉璃瓦铺顶,周围绿水青山,苍松翠柏。

平:总说皇宫好,还比皇宫胜三分。

这就是小梁王的银安殿,六郎正看,有人叫:“配军杨景报门而入。”

六郎对里报:“配军杨景报进。”到嘞银安殿,见两边站有几名武士,龙椅上坐着一位老王,年龄在五十多岁,大高个子,浓眉大眼。高鼻子,海方口,花白胡子,头戴王龙珍珠冠,身穿团龙蟒袍。看上去,真是不怒而自威。六郎见礼。

平:六郎跪到银安殿,王家千岁叫几声。

小梁王,一拍龙桌:“下跪之配军,姓甚名谁?”“在下杨景,杨延昭。”“在京做什么事啊?”“千岁,罪人身为边关大帅。”“我问你,身为大帅,身犯何罪呀?”“罪人只因老母病重，我私离边关进京探母，又因盟弟焦赞，杀死新状元家六口人。万岁问我纵弟行凶罪，所以充军发配。”小梁王问：“你有公文吗？”“千岁呀，公文我没有带来。”小梁王眼睛一瞪：“胆大杨景，按你说的，不够充军之罪，明明你避重就轻，狡猾抵赖。想必你是受宋王之托，到云南来监视孤王。来人哪，给我打一百煞威棍。”众位，最强的汉子，最多打五十棍就死的。这时几名武士，拉住六郎，对地一按，就要动手。

这时有人在小梁王身边小声说：“他就是郡马杨景啊。”小梁王说：“王子犯法与庶民同罪，京都官员多数贪赃枉法，到了我云南要教训教训他，给我将他吊起来。”这时六郎已将生死抛在度处。在这天高皇帝远、无法无天的地方，怕也没用。大丈夫，生而何欢，死而何惧。

平：宁可立着死，决不跪着生。

六郎对杠一撑，哼都不哼。

平：小梁王看完成，心中欢喜八九分。

哈哈大笑：“杨景真乃英雄。”吩咐左右退下，亲自拉住六郎手，就问六郎：“你家中还有什么人啊？”“我家中有老娘、妻子、寡妇嫂和弟妹。”“人称你郡马，你的妻子郡主是哪一个啊？”“郡主乃姓柴，是柴王之后，当初柴王被贬出朝，封为藩王。那时郡主很小，八王收他为御妹，后来长大许给我。所说郡主有个哥哥，久无音信，不知去向。”梁王问：“你果知他叫什么名字吗？”“听说叫柴勋。”“杨郡马，你晓孤家是谁吗？”六郎说：“你是梁王。”小梁王说：“我就是柴勋。”

平：小梁王一把背住六郎手，御妹夫连叫好几声。

“妹夫啊，这次发配云南我早就晓得了。是我派王官去接你们的，你们那个宅院是腾出来，给你们的。

平：你家皇兄很多钱，为你们买嘞安童和梅香。

“到这里来，摔三摔，我是试你的胆量的，我看你才是真正的英雄。”

这时李义、张恩也来嘞够。

平：看他们多亲热，原来是亲眷两个人。

随时向小梁王要了回文，六郎写了信给母亲，说明小梁王是舅兄，叫她老人家放心。叫李义带回去。

平：不提差人回皇城，再说六郎一个人。

六郎和柴郡主在昭通府的大厦里居住，有安童、梅香服侍，逍遥自在。这天刚吃完晚饭，安童报郡马爷："外面有你的朋友来了，他说要见你。我问他是什么朋友，他说——"

平：我不是张三其别个，他的兄弟到来临。

"郡马爷，你看让进，还是不让进。"六郎想，莫非是岳胜来了。随时开大门出来迎接，哪晓出来一看，不是岳胜。一位武生公子，头戴青缎子大叶方巾，身披青缎开氅，红中衣、厚底皂靴，面似银盒，通官鼻梁，元宝嘴，大耳轮，五髫胡须飘在胸前，肋下佩腰刀。六郎看嘞好笑，我怎么看见自己了。正在想，来人深深一礼："六哥，哦呀。"

平：六哥哥，我想你想到肝肠断，望你望到眼睛穿。

平：六郎望望清，原来是兄弟任炳任堂惠一个人。

平：两人来捧住哦，悲喜交集泪纷纷。

六郎说："兄弟呀，你嫂子也来了。走，我们到大厅一叙。"来到大厅，六郎说："郡主哎，快来哦，兄弟来了。"郡主也到大厅。

平：任炳来行礼，嫂嫂连叫好几声。

郡主说："兄弟不需客气，弟妹果好哇？"任炳说："谢嫂子，很好。"哪晓郡主再对任炳一望，吓得心直荡。两宁撑一起，分不出哪个是杨景，哪一个是任炳。再说六郎问："兄弟，你怎么晓得愚兄到云南来的？"

众位，我要将以前说起。十几年前任炳任堂惠在皇城误买嘞铁鞭王呼延赞的宝马，被抓住得。刚好六郎去见呼王爷，救嘞任炳，俩人结拜嘞弟兄。后来七郎在天齐庙打擂，劈死潘豹，潘仁美兵将围困登瀛楼，任炳假扮六郎，救了七郎。后来到天波府，太君又给他银子，让他赶快回转，省得惹事。

平：事非地方不好登，赶上云南去安身。

要说任炳任堂惠，家住昭通府五里任家庄。一直从南方带珠宝到北方去卖，再到北方买牛马对南方贩。一次都赚很多钱，用一世都用不完。当初和六郎结拜过后，在杨府住了一时。六郎也教他杨家枪法，所以任炳的枪法虽然比不上六郎，但是比一般人要强几倍，人家称他银枪将。小梁王也爱他的枪法，封他为旗牌官。他这人呢，爱好结交朋友，不管是穷的、富的、武艺大的，只要脾气好的，他都结交，也和旗牌官董齐、宋亮结拜嘞弟兄。董齐有个外号，叫董铁锤，宋亮叫宋铁棒，这两个人晓得六郎是配军，就和任炳讲，任炳一听非常高兴。

平：六郎不是张三其别个，我家哥哥到来临。

“我当初在皇城犯法，不是哥哥来搭救，我到哪有命残生。所以随时就来见哥哥六郎。如有缺吃少穿，我一定照顾好，另外再请哥哥教我枪法。”再说六郎真是他乡遇故知，久旱得雷雨，宁总好煞得。任炳说：

平：哥哥哎，我本想上天波府去探望你，职务在身不能行。

六郎说：“现在好了，我们好天天相聚。”郡主也说：“兄弟呀，你要来呀。免得你瓜哥清闲。”一面吃酒谈到半夜。任炳说：“明天我有几个朋友，要想见你，你看如何？”六郎说：“你的朋友，也是我的朋友。人生在世，朋友多一个好一个。冤瓜对头，少一个，好一个。都带我这里来嘛。”任炳说：“你到我那里，我请客，明天我们到望海楼。”真是遇到知己话就多。

平：讲讲说说天明亮，望海楼去散散心。

六郎到望海楼一看，是竹子搭的，非常风凉，酒菜已摆好，有四位英雄来迎接。

平：四个跪到地，郡马连叫好几声。

任炳一一介绍，红脸的叫董齐，黑脸的是宋亮，白脸的叫马义，还有黄脸的是志强。

平：云南五友有名声，就是我们弟兄五个人。

“哥哥哇，你来就是我们六友。”董齐说：“郡马哎，我们任大哥，经常和我们说，你六哥的为人正直，武艺了当不得。胸怀大量，我们难得相见。”

平：只叫有缘千里来相会，无缘对面不相逢。

六郎问任炳：“兄弟呀，他刚才说的是底高哇？我一句都没听懂。”任炳再用北方原话说给六郎听，六郎听懂嘞够。任炳说：“六哥哎，我来教你南方话，你教我们枪法。”六郎说：“好的，免得以后他们和我说话，我听不懂。”

杨景六郎，专心学云南说话，任炳和六郎答话就说北方话。本来任炳和六郎长嘞一模一现，就连四友和柴郡主都分不清哪个是任炳，哪个是六郎。

平：两人在一起，能像双胞两个人。

六郎好嘞学云南话，后来王强奸贼奏本万岁，说六郎在云南招兵买马积草屯粮。

平：等他兵将粮草足，要反进京都帝皇城。

万岁龙心大怒，万岁出圣旨，王强为钦差官，带一万兵将，到云南来追杀六郎，任炳会说北方话，代替六郎法场过刀。

平：六郎好嘞会说云南话，落到一条命残生。

众位，世上有几个像任炳任堂惠，居然代替六郎死啊！他才是舍命救君子啊。

杨家将宝卷上本讲到六郎在云南结为六友，学南方言。下本从王强狗贼带兵追杀六郎，任炳替死讲起。以后六郎回天波府，用任炳的名字，太君怎样认清是六郎，韩昌兵犯中原，六郎如何出头，怎样冰冻城墙摆牤牛阵，宗保上穆柯寨，最后穆桂英大破天门阵，很多很多的情节。待下本书中说分明。

众位，上本讲到这种地步，也算有始有终。

挂：为人在世莫忘恩，要学古代任炳人，
为嘞救朋友，自己送残生。

挂：杨家将可称英豪，强国富民第一条，
遭啦多少冤枉事，誓死一心保宋朝。

挂：王强狗贼不是人，掺到中原是奸臣，
韩昌野心大，要夺宋朝锦乾坤。

挂：我今劝世人，落了伤疤莫忘疼，
国家强嘞民才富，为人要做勇敢人。

挂：宝卷圆满答谢三光，诸圣菩萨放大光芒，
讲完杨家将，罪业化天堂。

平：圆满师菩萨摩诃萨，宝卷圆满流长生。

平：大家和佛朗朗声，腰不酸来腿不疼。

十一、任堂惠法场舍命替六郎　金殿验尸

重忠良，有忠奸，传百世，臭万年。——圣谕

单：有道君王重忠良，朝朝难免有忠奸。

单：忠臣留芳传百世，奸臣作恶臭万年。

挂：任炳朋友多真心，舍己救别宁，
为嘞救朋友，自己送了命。

挂：宋朝有个叫任炳，结识朋友是杨景。
法场代替六郎送了命，美名传留到如今。

平：开开经来阵阵香，老少福寿广无边。

话说，杨家将宝卷，上本已经讲到，杨景杨六郎发配到云南充军，小梁王是他的舅兄，安排他和柴郡主在昭通城里，高楼大厦里，而且花嘞钱，买嘞安童和梅香。有云南昭通城外五里，任家庄任炳任堂惠，同缘白氏为婚。

平：提到白氏一个人，她是贤良女千金。

生到一子，叫任金童，三岁被鬼头风吹啦得，至今毫无下落。

众位，这个任金童，到底上哪去的？要到穆桂英大破天门阵，才有交代，学生不必后言前讲。任炳和白氏，就两人生活。任炳这个人对朋友真是言而有信，往往舍己为人，吃到酒总是自己掏腰包口，他在云南结了董齐、宋亮为友，正因当初在皇城和六郎结为兄弟，现在六郎到嘞昭通。任炳晓得哥哥来嘞。

平：随时来拜见，拜见哥哥嫂嫂两个人。

平：六郎对他望望清，也是任炳兄弟一个宁。

第二天，任炳说："我有几个朋友，要见你。"六郎就和他到望海楼用饭，也就

和董齐、宋亮结友。吃酒寻话，耕田用耙。哪晓，六郎听不懂，任炳会说北方话的，就对六郎说：“六哥，我们教你南方话，你教我们枪法。”六郎说：“兄弟开口，不让你丢丑，我一心学南方话，我也真心教你们枪法。”

平：六郎好嘞学会南方话，以后落到一条命残生。

后来又和志强、马义，结为云南六友。任炳就叫妻子白氏，做嘞两件白袍，六郎一件，任炳一件。两宁穿起来一模一现，不要说别个分不出哪个是任炳，哪个是六郎，就连柴郡主都分不出。有天子，六郎出得门，任炳去望六哥，就郡主来在瓜。

平：郡主来接见，接见丈夫一个人。

“郡马，你倒回来啦。”任炳说：“嫂子哎，我不是六哥，我是你兄弟任炳。”

平：郡主听完成，脸总红到耳后跟。

滚：不好嘞够，拿兄弟当丈夫，如果三三两两说出去，果要笑坏许多人。

十：怪只怪，两个人，生得太像，穿的袍，也一现，怎能分清。

郡主为嘞分清两个，只好想章程。就拿六郎穿的袍，用红线在他的袍上面绣嘞个“景”字。看见身上的袍有“景”字的，就是六郎，没有“景”字的就是任炳任堂惠。

再说小梁王端坐银安殿，处理事务。有王门官报，现有京城钦差，带二百名御林已到十里长亭，请千岁定夺。意思是，还是你亲自去迎，还是派人去接？小梁王一听，一点不兴：“我远在云南，你万岁在汴梁。我从未问你要过粮和钱，现在昭通才砸嘞如铁桶。要说当初，本来我赵柴共得天下。后来让给赵家独坐龙庭，对我柴家过意不去，就封我柴家小梁王。”

平：云南地区划给我，独立为王治乾坤。

孤王不吃宋天子俸禄，自种、自营、自收、自吃，虽则天朝管，但是不听他召唤，也不纳贡。

平：多少年没来往，今朝钦差到来为何因。

到我云南地界就得听我的，吩咐旗牌官董齐、宋亮“你们去接见”。两人骑马来到十里长亭，论理，小梁王应该亲自去接的，可小梁王不买他的账，要是其他人听见钦差到，肯定迎接蛮俀。为底高？因为一来有皇命圣旨，就等于万岁到嘞，二来，要望钦差官到万岁面前好话多说点，丑话瞒啦点。

平:等万岁一高兴,官职对上升。

而小梁王不顾这一切,就配旗牌官迎接。王强一看,心上不宽。钦差官就是王强,大家要问哦:无故王强怎做钦差官,上云南的?到底有什么事?我们前面已经讲过,王强这个狗贼,本来是北国的文武状元,叫贺黑律,他到中原卧底的,将来好和韩昌里应外合,夺取宋室江山。哪晓黄土坡一战,杨六郎打败韩昌。当时韩昌说过,只要有杨六郎一杆枪,永不反中原。如果六郎不死,王强像热锅上的蚂蚁,日夜睏不着。听说狄玉陶是代理元帅,已经被杀,又听说焦赞在长沙越狱逃走。他想,我害六郎的机会来嘞够,他就将这些事都奏在六郎身上,暗中写好奏折送到万岁宫中。赵恒这个昏君,信以为真,秘密传旨,派王强带二百精兵到云南追杀六郎,就地斩首,将人头带到皇城。

平:这次出皇城,哪个也不知半毫分。

就连八王、寇准、双王丕显也不晓得。王强点好二百名御林军,还又带他的徒弟狄玉尧晓夜行程,现在到十里长亭,总以为小梁王要亲自来迎接,哪晓是旗牌官来的。董齐、宋亮两手抱拳:“钦差大人,我们王爷在银安殿恭候。”

平:王强听完成,心中不欢半毫分。

王强想:这个小梁王,架子不小哇。论理,我是有旨来的,就应亲自来迎,居然要我上银安殿,太不现样。又一想,哎,他毕竟是藩王。没有京城官员的礼性。我只要杀了杨景六郎,有什么礼不礼,你不来接,我也不怪你。带想带相,快到银安殿。他想,现在小梁王应该来接接。哪晓,小梁王传讯,到殿才见。王强想,你太不现样。就几步,你都未迎接咖。有心发火,一想,不要气量小,只要杀啦六郎就好。王强没法,只好动脚,来到银安殿,对小梁王一相,吓得馋沫像牵线,嘴咖嘞不得拢,嘴一咖,舌头一塌。

平:对小梁王看看真,和阎王殿阎王不差半毫分。

定神一想,你再凶一点,我怕你何来,我是天朝钦差。壮壮胆,说:“千岁在上,恕小官有圣命在身,不能施大礼。”小梁王说:“免了。钦差你不在朝纲,上我云南,有何事啊?”王强说:“哎呀,千岁,你独立云南,不敢给你下旨意呀。这个圣旨是给杨景的。”梁王问:“旨意上写的什么事啊?”

平:千岁哎,要问什么事,圣旨上面看分明。

小梁王想,既然不是给我的,杨景本是宋朝的人,又是三关大帅,万岁给他旨意,也是合理的。随时派人给六郎送信,叫他来接旨。随时就叫董齐、宋亮到住处，将六郎带来。

平：两人受嘞王爷令，随时就动身。

来到六郎身边。

平：跟手来接见，六哥哥叫啦好几声。

“六哥，现在有天朝王强，带有皇命圣旨，在银安殿。请六哥到银安殿接旨。”六郎想，提到王强，当初在树林里帮我写御状，我们结为金兰之好。是八王提拔他当官的，只因焦赞杀啦谢金吾，题嘞诗在墙壁上，王强硬说是六郎叫他杀的，冤枉六郎，所以两人有仇，这次来就是要杀六郎的头。六郎不晓为底高有圣旨到，见钦差不能穿便衣，对董、宋说：“贤弟呀，快把罪衣穿起来，带上枷锁，现在就走。”来到银安殿，钦差大人叫几声。王强对六郎一望，养嘞又白又胖。

十：看脸上，红堂堂，哪像充军，

倒能像，高楼上，小姐千金。

平：看他不是来充军，倒是上云南来散散心。

王强老贼故意装出亲热的腔调：“啊呀，兄弟呀。”

平：贤弟呀，我想你想到肝肠断，望你望到眼睛穿。

“我们京城一别，叫我好想啊！”六郎说：“王大人至此何事呀？”“贤弟，为兄奉旨而来，为人不当差，当差不自在，我官身不由己呀！贤弟，请你摆好香案接旨。”六郎跪嘞杠，王强高声宣读圣旨：“犯臣杨景，充军云南，不思悔悟，怨恨朝廷，私养大兵，蓄意谋反。主使岳胜、孟良等人，杀死代理元帅狄玉陶，到太行山自立为王。还到长沙，砸监反狱，救走囚犯焦赞。罪犯杨景，有谋王篡位之心，已犯十恶不赦之罪，特派钦差王强，到云南监杀杨景，就地斩决，不得有误，接旨谢恩。”

平：六郎听完成，三魂吓得剩二魂。

有如五雷轰顶、大海崩舟。这时，董齐、宋亮抽出腰刀，要救六哥。狄玉尧也拉出兵刃，正要动手。小梁王开口：“慢！王强你说杨郡马招兵造反，有哪个亲眼看见的？耳听为虚，眼见为实，在我眼皮底下，我都没看到。你在京城，怎么晓他招兵的？”王强说：“这个我不晓得，只是圣命难违呀。我是按旨行事。”小梁王更火了：“在京城听皇上的，在云南要听我的。要我妹夫死，万不可能。不过，我问我妹夫，这件事，你屈不屈咖？冤不冤啊？”六郎说：“我情冤，命不屈。”梁王说：“妹夫，这叫什么话？”“千岁，岳胜、孟良、焦赞造反是真的。一人犯罪祸灭九族，我们是兄弟，他们惹嘞祸，肯定找我哇。”梁王说：“一人做事一人当，用不了你担当。”梁王的意思是，只要你一喊冤，我就好拿钦差宰掉。

平：将钦差杀啦得，反进帝皇城。

六郎说：“王爷千岁，这样做不对。岳胜他们造反，我浑身是口，难以辩驳。前次他们兵围皇城也是为嘞我。王大人和我曾一头磕到地，他也出于无奈。再说，我如不伏刑，全家在天波府，古人常说：君要臣死，不得不死；父要子亡，不得不亡。我愿意伏法，以死来表示我的忠心。”小梁王嘴总气歪嘞。世上哪有这种人，明明冤枉的，愿意伏刑。

平：你死微小可，我的御妹靠何人。

“我要想办法，等他有逃脱的机会。如果不让他逃走，被一杀，等我御妹回到皇城——”

平：对八王告一状，保不住妹夫我罪不轻。

就对王强说：“王强啊，既然他已经愿意伏刑。让他回去，劝劝柴郡主，省得将来找麻烦。”王强一听，倒也相信：“王爷，看你面上情，明天五更三点行刑。”六郎回转住处。小梁王说：“请王大人到金亭驿馆歇息。”

有人要问，王强怎么不怕小梁王和六郎杀他？你们要晓得，王强本来就是北国的龙虎双状元，另外还有狄玉尧。特别他晓得六郎这个人，与众不同，向来是克己待人，逆来顺受，也就是舍己为人。太君全家都在皇城，如在云南一乱，全家不得太平。所以王强老贼胆大。

平：不提老贼住驿馆，再说六郎转回程。

杨六郎回到住的府门，连三脱下罪衣、罪袍，换上有“景”字的白缎子箭袖袍。

平：君主来接见，郡马连叫好几声。

郡主就问：“郡马，今天钦差有什么事啊？”“没什么，叫小梁王对我严加看管。”因为六郎他不想早告诉郡主自己要伏刑的事，如果早告诉她，怕她哭得一夜总不得平静，干脆到明朝动身之前，和她说明，到那个时候。

平：随她哭得多伤心，我狠狠心肠去伏刑。

所以他装作若无其事的腔调，对郡主说：“你去准备点酒菜来，我们两人今天好好吃顿酒。”六郎的意思：“我明天倒要死了，今天我们夫妻吃顿永别酒。”郡主一点也不明白，就急忙叫人将酒菜办来，这时天已交更，酒刚办来，两人正要

吃,来嘞一个人。两人一看:

平:不是张三其别个,任炳兄弟到来临。

任炳说:"哦呀,六哥六嫂子,我看你们来了。"六郎说:"任炳兄弟,你来得正好,快来喝酒吧。"任炳也不客气,坐下来就吃。六郎想,他来正好,我们兄弟再见最后一面,六郎正举杯向任炳敬酒。任炳开口:"哦呀,六哥,当年你救了小弟,此恩至今未报,我敬你一杯,表我的心意。"就这样:

十:你敬我,我敬你,敬嘞不停,

你一言,他一声,鼓打三更。

一下子吃到三更。郡主说:"你们兄弟之间,话越说越多,我的眼睛涩罗呵,像教要做窝。"六郎说:"郡主,我送你去休息。"郡主说:"任炳兄弟,我就失陪了。"任炳说:"嫂子,你先休息,我和六郎还没吃够嘞。"六郎送走郡主,来对任炳说:"兄弟,我们今朝,吃得不少,外面也不早。我不是赶你,早点回去,省得弟妹盼望。"任炳说:"六哥啊,我现在就去。"六郎送到大门口:"任贤弟呀,今后你多保重啊。"任炳抓住六郎的手:"六哥哥,外面太黑暗,我一个宁走,不敢,你就送送我吧。"杨景六郎想:我还没和郡主说真心话啰。他要我送他,要说不送,我们兄弟之间,如果到天亮,就阴阳之分。再说任炳又不肯松手,只好送他。送到任炳瓜门口,任炳说:"六哥进来坐一歇。"六郎说:"贤弟,弟妹睡着了,不要吵她,我回去了。"任炳说:"六哥,你一人跑,太孤单,我再送送你。"六郎无法,只好让他送,送到六郎住的府门,任炳又要六郎送他,送到任家庄,还要送六郎。

十:两个人,在路上,来回几趟,

天蒙亮,有一个,命送残生。

六郎一想,马上要天亮,我就去死了,郡主也蒙在鼓里,我总要想法和她告别,六郎说:"任贤弟,这次我不要送了,我一人回去。"任炳抓住六郎的手:"六哥哥,我们是真朋友,还是假朋友啊?"六郎说:

平:贤弟哎,总说亲兄弟好哦,我们比亲兄弟还要胜三分。

"如果我们两人撑一起,哪个都分不出哪个是杨景,哪一个是任炳。"任炳说:"六哥啊,我看你对我,还是假心假义。""贤弟,你不要冤枉我,我对你贤弟,是一片真心。""六哥哥,那你为什么有事要瞒呢?"六郎问:"贤弟,我什么事瞒过你呀?""哥啊,五更三点,你就要去伏法啦,这样天掉下来的事,你都没有和我说一声。人家常说——"

平：真人面前不说假，假人面前莫道真。

六郎问："贤弟，你是听哪个说的呀？"任炳说："董齐、宋亮告诉我的。王强老贼监斩，你说，对不对呀？"

平：六郎听完成，默默无语不作声。

杨景说："报喜不报忧呀，我怕你心里着急，所以我没有告诉你。""那你打算怎么办呀？""我准备一歇告诉郡主，天蒙亮，我就去伏法。""哎呀，六哥，你是大宋的肱股之臣，三关大帅，威震北国，名扬天下。"

平：世上总说黄金贵，你的身子也比黄金贵几分。

十：黄土坡，战韩昌，北国平定，

老百姓，得安稳，大宋太平。

挂：如果北国再兴兵，三关难守定，

城关难保住哦，黎民受苦辛。

平：贤弟哎，人犯国法身无主，风扫落叶任他行。

"万岁都不顾黎民百姓、国家安危，你我何必多虑呀？"

平：我天亮身丧命，随他国家太平不太平。

任炳说："六哥哥，万岁是一时糊涂，听信奸臣之言，之后自明。你不为大宋着想，也要为百姓想想，亡国奴的日子不好过啊。现在要救你六哥，我想到一个主意，要望哥哥依我行。""贤弟呀，如果这主意合理，我就依。不合理，我就不依。你说，什么主意？"任炳说：

平：我们弟兄相貌像得很，我情愿代替哥哥送残生。

六郎杨景说："贤弟，你果曾发呆呀，世上哪有替死之理？"任炳说："怎么没得咖？古人就有，羊角哀，左伯桃，舍命全交，名垂青史。"

平：小弟我要学古人，替替哥哥一个人。

六郎说："万万不可能。"任炳说："六哥哎，我死如同草芥。一为尽义，二来尽忠，也可以名垂青史。总有一天，真相大白，说不定可落个死后追封，将来传为千古佳话。也是我交了你六哥这么个好朋友，落个死后留名。六哥哥，你就依我这个主意吧。难道只许你名扬天下，不许我死后扬名吗？"

平：杨景听完成，果要急死又还魂。

平：贤弟哎，你只顾救为兄，自己不要命残生。

十：众人骂，我杨景，太不是人，

犯了法，叫兄弟，替送残生。

平：贪生怕死是杨景，畏刀避剑不该应。

任炳说：“六哥，留下你。要养精蓄锐，万一北国兵入侵中原——”

平：哥哥带兵去交战，打败北国不容情。

“再说，我就一个白氏，她很知理。你有妻有儿，还有几个寡妇嫂嫂，特别还有太君伯母。”

平：如果你法场身丧命，做不到养老送终人。

“你如若不答应我，我就死在你面前，我先死，到法场你再死。”嘴里说，手里亮出佩剑，对颈脖子一现。六郎连忙背住得：“好兄弟，你的心意我晓得，我领你的情。你这样子，我如何见弟妹呀，万万不可以。”

任炳见他真正不答应，眼睛一眨，腾空翻腔：“六哥啊，你真正不答应，我也不强求你。马上天一亮，你要死了。果可以看我们八拜之交，我问你要一现东西留给我做个标记？”六郎想，他已经答应不替我死：“你不要说要一现，就是百咖八十现，我都给你，做到你贤弟满意，不晓兄弟要底高？”

“哥哥，你反正马上到要伏法了，你将你的袍子换给我穿，你穿我的袍子。今后，我看见你的袍子，就等于见到你的人，也就是见物思‘景’。”六郎看看自己的这件征袍，也是任炳的妻子白氏贤妹做的，和任炳穿的一现，郡主为嘞分清哪个是杨景，哪个是任炳，就在杨景的征袍靠衣领的地方，绣嘞一个“景”字，六郎也没有多想：“贤弟，你要穿我的征袍，我现就脱给你。”

平：两人征袍换一换，救到六郎命残生。

六郎说：“贤弟呀，你果还有什么要的呀？”“六哥，你这征袍换给我，我已满足了。我们就各自回转吧。”六郎说：“贤弟，我有一事要求你。我死过后，烦你准备口棺材，将尸体成殓之后，你亲自扶灵，保你瓜嫂子回到京城。”

平：贤弟哎，你送嫂子到京城，我死到黄泉也宽心。

“哥哥，你就放心吧，我一定照办。”任炳说完就走嘞。任炳一走，六郎心里难过。

平：今朝和兄弟见一回，永世不能再相逢。

撑嘞杠，目送任炳，到看不见人影，再才回转内宅。他想，天亮就要伏刑，郡主也不晓得。

平：可怜哦，郡主本是金枝玉叶身，

变作无依无靠的寡妇人。

平：一面想来对里跑，卧室到嘞面前呈。

推开房门一望，郡主和衣而睡。郡主倒被推门声惊醒嘞够："杨景啊，你在哪里象(玩)？外面马上要天亮，快点休息。"这时六郎，虽则是顶天立地的英雄——

平：一声郡主不曾叫得出口，止不住虎目泪纷纷。

郡主问："郡马，你这为的什么事，怎么虎泪珠抛，到底为点底高？"

平：你有消愁事哦，我做消愁解闷人。

六郎捧住郡主："贤夫人，到这时候，我不得不告诉你。岳胜贤弟在边庭造反。孟良杀死代理元帅狄玉陶，焦赞在长沙翻监越狱这些事情，小人当皇奏本，总说我是主谋，万岁赐我一死。"

平：五更三点天一亮，就要我的命残生。

还说在云南招兵买马。郡主吓得恨不得要跌，有如高山失足，大海崩舟，吓得多少时才哭出来。

平：夫君哎，我们前世作得孽，塌天大祸到来临。

平：夫君哎，你也好对钦差问一声，我们招兵买马是假还是真。

六郎说："郡主哎，我们浑身是嘴难辩驳，跳到黄河洗不清。郡主你想，岳胜带兵围困皇城，是为救我。边关杀狄玉陶，太行山造反，祸是因为我杨景引起，我怎能推脱不管呢？君要臣死，不得不死。"

平：我杨家世代忠良将，决不做个不忠人。

"我死无怨言，就是贤妻远离家乡，我实在放心不下。不过念，我已拜托贤弟任炳——任堂惠，将你送回家乡，连我的棺柩也运回天波府。"

平：望你在我老母身边多尽孝，教育宗保宗勉两个人。

平：继承父业做忠臣，绝对不要做奸臣。

平：郡主双手将六郎来搀住，夫君喊嘞不绝声。

"夫君你含冤而死，天地不容，我去找王兄。"

平：我去对王兄说明白，拦住钦差一班人。

杨景说："贤妻呀，王兄的性子暴躁。如果晓得我有屈含冤，他非杀钦差不可，扯旗造反，百姓要遭涂炭。再说我全家都在皇城——"

平：我一个人死都微小可，保住大家得太平。

平：贤妻哎，我死后，你去劝王兄梁王一个人，不要将钦差送残生。

平：郡主听完成，哭到死去又还魂。

郡主说："夫君，我上皇城，去找八王。"

平：找到八王一个人，救到郡马命残生。

六郎说："郡主，圣旨上写嘞明白，就地正法。哪能等你上皇城。"郡主说："夫君啊，世上怎就这么不公平呀。我的命怎么这样苦。"

平：人家总说黄连苦，我比黄连苦三分。

十：想当年，母先亡，父后去世，
丢下我，在赵家，长大成人。

十：我亲哥，叫柴勋，到嘞云南，
谁知道，小梁王，哥哥当身。

十：总以为，有亲哥，我们太平，
想不到，我夫君，要送残生。

十：我夫君，身丧命，丢下奴家，
上有老，下有小，哪个关心。

平：我总想夫唱妻和白头同到老，
谁知道棒打鸳鸯各自分。

平：我独活世上不愿过，情愿陪夫法场送残生。

六郎也哭煞得：

平：贤妻哎，人家总说姊妹好哦，我们夫妻比亲姊妹也要胜三分。

平：贤妻哎，你自己要多多保重，我在地府里照应你二三分。

时辰快到，杨景要走，柴郡主背紧嘞，真是生离死别，哪个不难过呀？杨景没法，轻轻一推。

平：轻轻一推了不得，郡主跌倒地埃尘。

已经昏过去嘞。杨景热泪横流。

平：郡主哎，我们今生再也见不到，梦里三更遇鬼魂。

平：郡主啊，不能怪为夫心肠狠，只怪奸贼丧良心。

把娇妻轻轻抱到床上，又对郡主看看。

平：今生不能同到老，来世也要配为婚。

发火拔脚就走，哪晓忘记不曾穿白缎子征袍，连三进屋穿起来，哪晓一望，不好，上当。这是贤弟任炳——任堂惠的。杨景想："贤弟，为什么要和我换袍呢？

莫非贤弟任炳,替我领死?时辰已到,我快上银安殿,去钦差那里接受正法。”

平:杨景对前行,金亭驿馆面前呈。

二百御林兵,还有许许多多群众,围嘞周围。见人们,交头接耳,也有哭的,也有骂的,也有笑的。也有人说,上天无眼。

平:好人寿不长,祸害活千年。

有人说:“郡马杨景六郎,死得太惨了。”六郎一听,分开人群,到里面一望。王强,狄玉尧站嘞杠,血泊里一个宁死嘞杠,白缎子征袍上,有个“景”字。杨景想:

平:任炳贤弟真是天上少来世上无,代替我杨景送残生。

这个时候,刀斧手正在擦刀上的血。杨景看嘞有如高山失足,大海崩舟。要说这个任炳,听见说六郎要被就地正法,心上就不得过。他想,当初在皇城,误买嘞铁鞭王呼延赞的宝马,呼王爷拿他当盗马贼,正要杀,刚好六郎到,救到他一条命。铁鞭王看他们两人生得一模一现,实在太像,不要说你我分不清哪个是任炳哪是杨景,就连太君和柴郡主也分不出,当时两人就结为金兰之好。

平:结拜兄弟人两个,更改没有半毫分。

任炳第二次进京,正遇上七郎打擂,劈死潘豹。老贼潘仁美和镇京元帅黄龙,围困登瀛楼,任炳报嘞六郎的名字,救嘞七郎。任炳到天波府弟兄相会,任炳拜见盟娘佘太君,太君赠送他银子。快走啊:

平:是非地方不要蹲,回到云南去安身。

杨景哥哥对我恩重如山。

平:当初在皇城,不是哥哥救嘞我,哪有性命到如今。

现在六郎哥哥有难,我怎么办,古人之言:

平:有恩不报非君子,恩得仇报枉为人。

平:我要替哥哥法场过刀死,报到哥哥一重恩。

所以特来找杨景告别,吃酒吃到半夜。你送我,我送你,来回几趟,哪晓任炳提出来,要代替哥哥去正法。杨景再也不肯,任炳就想嘞个换袍计。杨景哪晓这回事呀。只说我的征袍上有个“景”字,兄弟要想到我,只要看这征袍,见物思人,哪晓任炳是用的计呀。所以任炳穿嘞有“景”字的征袍到法场送命,就是等哥哥来嘞,木已成舟。

平:我今身丧命,保住哥哥命残生。

再说就连六嫂子,也辨不清真假,何况王强老贼。四更天,他和杨景分嘞手,就来到驿馆门口，口音一变，全部说的北方话，装成杨景六郎来投案。再说王强老贼自从在银安殿放走杨景，神目不安。如果杨景逃走，杀不到杨景，韩昌难进边关，萧太后不肯饶我。

平：杀不到杨景一个人，要进中原万不能。

快到五更天，本想叫狄玉尧带兵去捉拿杨景的。哪晓就在这时，小兵对里报，现在杨景已到。王强老贼错拿任炳任堂惠当是杨景六郎，还假客气："贤弟呀，愚兄对不起你，我们是一个头磕到地的好弟兄，怎奈我官身不由己啊。你一走，我就哭到现在，我想到一条计，可以救你，我对别处看，你就上算。现在宁不多，你拔脚就逃走。"

平：你逃走出得事，一切责任我当身。

任炳想："你这老贼坏透到顶，头上生疮，脚底流脓。你有这个心要救六哥，你不好不要死嘞上云南来啊？事不宜迟，快些行刑，免得六哥赶到。"就说："王司马，好汉做事好汉当，哪能连累你姓王人，你就传令杀吧。如果杀晚了，我的盟弟任炳——"

平：带领一班人，打嘞你法场不太平。

王强对假六郎说："兄弟呀，我现在就杀你的头，到阎王家不要报我的仇。"假六郎任炳说："到时再说，动手吧。"任炳眼睛一闭，刀斧手一刀，任炳嚆总没嚆，就上阎王瓜去。狄玉尧将人头散上石灰，装到匣子里。王强说：

平：是非地方不能蹲，赶快回转帝皇城。

就在这时，杨景到嘞够，晓得是任炳贤弟替嘞自己，跟手扑到任炳身上。而王强一看，就怕不曾上算，杀啦一个杨景，怎么又来一个呀。王强这个老贼，相当奸诈狡猾。看看刚来的人，又望望地上的无头尸，哎呀，我恐怕杀错嘞。御林军和群众看嘞发呆，怎么来的人，和被杀的人一模一现。

平：真是世上多少稀奇事，两人不差半毫分。

再说六郎对尸体上一伏，如如滴滴哭哭，虽则哭，没有声音，暗中说：

平：贤弟呀，你为愚兄身丧命，我哪有脸面独自生。

平：贤弟哎，我有心和你一同归地府，我你冤仇哪个申。

滚：贤弟哎，我不是苟且贪生啊，我要活世上，

将侄儿金童来寻到，照应弟妹我当身。

滚：贤弟哎，我凭诈死埋名，有朝一日出得头，

为你修庙宇，塑金身啊，万古千秋把名留。

想到这里，“干脆我就装贤弟任炳，再才哭出声来。”这次六郎充军到云南，结识得六友，任炳他们叫他学云南话。六郎传给他们杨家枪。所以这次，六郎学会云南话，配上嘞用场。

平：哦呀，六哥哎，在铁鞭王府我们来结拜，拜为弟兄两个人。

平：哦呀，六哥哎，你对兄弟实在好，比亲兄弟还要胜三分。

平：哦呀，六哥哎，兄弟有心陪你归地府哦，家中妻子靠何人。

平：在场的人来看见，十个倒有九个泪纷纷。

王强老贼问周围的人：“在哭的是什么人啊？”有宁说：“这是杨景的莫逆之交，最好的朋友，称兄道弟，银枪将任炳——任堂惠，外号叫‘假杨景’。”老贼也想起来够，我在京城，也曾听铁鞭王说过有这回事。不过他也不放心，又在杨景身边转上两三转，望嘞又望。六郎心吓得直荡，如果被老贼看出来：

平：不但我也要死，贤弟白白送啦命残生。

王强老贼实在不放心，眼睛一翻，左一眼，右一眼，上一眼，下一眼，对杨景看嘞几十眼，越看，越像是杨景，就怕杀的不是杨景。要说是杨景又有点像，为底高？死尸身上的征袍上有个“景”字，要说不是杨景，哭的人，完全像杨景。

平：如果杀错人，留下杨景后患海能深。

平：杨景活在世，我北国怎能犯皇城。

老贼想，我一定要把哭的人弄清楚，准备将这个人抓到驿馆去审清。哪晓，就在这时，哭声惊天动地。王强一看，来嘞一顶轿，后面几十个宁像跑报。

平：老贼看看清，柴郡主哭来临。

众位，当时夫妻生死要分别，柴郡主背好杨景，而杨景为嘞不误时辰，就轻轻一推郡主。郡主跌下来，昏过去嘞。杨景抱她到床上，再出来到刑场。哪晓任炳，已经替自己伏得刑。柴郡主一醒，晓得不好，连三备轿带宁一大淘。路上有人讲，六郎死嘞冤枉。所以郡主真像疯子，一路哭，来到刑场，推开众人，对假六郎任炳身上一伏，放死声哭。

平：恩夫哎，我们结婚数十春，争论没有半毫分。

平：恩夫哎，你今含屈归地府，丢下孤儿寡母靠何人。

将军哎：

十：想当初，杨家将，八虎闯幽州。

到如今，只落得，将军一人。

将军哎：

十：战北国，黄土坡，战败韩昌，

救人民，保国家，才得太平。

滚：将军哎，你为国家屡建奇功，

总当有好处，哪晓今朝送残生。

平：将军呀，你黄泉路上慢慢跑，带妻同过奈何桥。

平：恩夫哎，阳日三间我也不愿过，情愿地府去安身。

平：杨景哎，我们两宁一同归地府，阴曹里面配为婚。

杨景要想和郡主说明，是贤弟任炳替死的，但在这时万万不能说："我只好以假当真，我现在就是任炳，我要劝解她。"

平：一把背住郡主手，哦呀，六嫂子叫几声。

平：哦呀六嫂呀，你如果身体来哭坏，家中伯母侄儿靠何人。

平：哦呀六嫂呀，六哥已殉难哦，抛尸露骨果伤心。

滚：哦呀六嫂呀，你对王爷说明，用棺椁将六哥来成殓，才好送他转家门。

六郎劝劝就想，我不能在这里时太长，不要再弄出破绽。就说："六嫂子，你身体多保重，我走了，有事你找我。"假任炳走嘞够。再说王强老贼，看哭的人，横一哦呀，竖一哦呀。"我杀的是他，是他，肯定是他。"

平：我杀的，确是杨景杨六郎，讹错没有半毫分。

老贼特别高兴，我办事顶认真，不曾杀错人，吩咐御林军，将人头带好，车辆套好，跑啦得拉倒。

平：回转皇城交圣旨，功劳还是我当身。

王强正要动身，来嘞旗牌官两个人，威风凛凛，杀气腾腾，眼珠通红。剑握手中，直把嗓子嚆："王强哪里跑，现有梁王要你上银安殿。"王强不敢犟，就带嘞狄玉尧一同跑。再说柴郡主都哭昏嘞，丫环婆子解劝。刚才来的旗牌官，就是董齐、宋亮，来到郡主身边。

平：两人忙行礼，嫂子连叫好几声。

两人说："六嫂子哎，我们现在杀嘞王强的头，好帮六哥报仇。"郡主说："慢！二位贤弟，不许你们莽撞。这件事，我们到银安殿见我的皇兄。"二人一听倒也相信，我们都上银安殿去。

平：几个人动嘞身，银安殿到面前呈。

王强对梁王一看，魂灵吓断。梁王听说妹夫已被杀啦嘞的，气嘞脸都发紫。看梁王底高腔调，紫里翻红，红里翻紫，漆紫烂紫，像照紫茄子，看见王强到，眼睛一暴，胡子一翘："王强，你还得了哇，竟敢杀我妹夫？"

平：拿他推出去斩两段，祭奠我瓜妹夫不容情。

王强吓得面如土色，命总吓啦的，只是叫冤枉。

平：总说没有冤枉事，我这冤枉海能深。

梁王说："你拿我妹夫杀啦得，你还叫冤枉啊？你有何冤枉，对本王讲来。"

王强说："王家千岁，你听我慢慢讲来，我身不由己，万岁的圣命难违，我是奉皇上圣旨。"

小梁王一听，更加火，你拿皇上来压我，我的妹夫惧你，我就不怕你。

平：先将你身丧命，再反上帝皇城，问问万岁该应不该应。

吩咐二十四旗牌官拿王强、狄玉尧，将两人捆绑好嘞，推推扭扭。王强吓得浑身筛糠乱抖，就像洒酒。脚都发浮，好像画筛，跑不上路。再说小梁王对自己妹妹——柴郡主望望，哭得太伤心。

平：好比九月菊花遭霜打，又如冰打荷花也伤心。

"御妹呀，只怪你瓜皇兄一时疏忽了，害嘞妹夫送残生。"

滚：御妹哎，我昨天叫妹夫远走高飞，别处好安身，
　　哪晓他真就忠到能功成。

"御妹呀，昨天他回去，你怎就不劝他呀？""皇兄哎，我劝他很多时，很多话，他一点不听，半点不信。他说，君要臣死，不得不死。父要子亡，不得不亡。他还说忠臣不怕死，怕死不忠臣，我就气昏嘞。哪晓他就上刑场。后来我一醒，追到刑场。"

平：杨景已经身丧命，我也情愿不要命残生。

平：不是贤弟任炳来背劝，你王兄也见不到御妹我当身。

"御妹啊，我现在先斩钦差，杀啦来兵，我再借兵马。"

平：兴兵杀上帝皇城，杀啦昏君不容情。

平：他杀啦我妹夫一个人，我要杀啦他赵家一满门。

柴郡主说："皇兄啊，你要压住怒火，火性放小点，你的妹夫殉难，是他的罪

有应得。""哎呀！你怎么也说这话？难道我的妹夫到云南来，就配死吗？""王兄啊，听御妹说给你听。焦赞、孟良杀啦新科状元谢金吾。在边关，又杀啦代理元帅狄玉陶。岳胜带领兵马，围困皇城。现在岳胜又在太行山扯旗造反，这都是杨景的盟弟，杨景有责任要负的。"

平：杀啦杨景一个人，保到盟弟许多人。

"再说我天波府几十号人能够得太平，所以，皇兄啊——"

平：你千万不能杀钦差，不要再惹出大祸来。

"你如果杀啦王强，你的妹夫落不到好名，反而成了反叛。这样，你的妹夫，落到个'忠'字。再说杀了王强，你的妹夫也不得活。"梁王说："御妹呀，都怪你，昨天你要劝他逃走。"

平：只要逃出云南地，就能落到命残生。

郡主说："王兄，现在说也没用。我也没其他要求，只求王兄买口棺木给你的妹夫，我想把我丈夫灵柩运回京城。""御妹，小事一桩。"

平：这些事情都在我，在我王兄一个人。

正在这时，来嘞假任炳，其实是六郎杨景。来到银安殿。

平：跪到地'哦呀''王爷'叫几声。

"我和六哥结为金兰之好，他对我有天高地厚之恩，想当初——"

十：在京城，六哥哥，救我性命，
到如今，我不曾，报他之恩。

"我愿意扶灵，送郡主回京。"

平：一来表表朋友情，二来我等伯母身边尽孝心。

梁王一听，喜之不尽，因为他晓得任炳是正人君子，不是小人，在云南很有名气，文武全才，善行其事。

平：任炳扶灵我放心，一路之上要当心。

又派董齐、宋亮，三百军兵，护送回京。"我的御妹，刚刚丧夫，心情不好，你们要多多照料。"任炳说："哦呀，王爷，请你放心。"

平：保证送到帝皇城，请你王爷放宽心。

再说柴勋梁王，传旨将王强、狄玉尧放了。王强磕头磕到地，像鸡子拾米："多谢王爷不斩之恩。""呔，并不是本王不杀你，是郡主替你求的情。我问你，你与杨家——"

平:有多大的仇和恨,追杀杨景一个人。

"你为何领这道旨意来杀杨景啊?""王爷,我实在不愿来,只是圣上一定要我来。我岂敢违抗圣命啊?"

平:我是开蒙学生写十字,横也难来竖也难。

平:王爷哎,要望你饶我命,饶饶我的命残生。

梁王说:"给我死滚。"王强滚嘞爬走,像赖宝差不多。来到金亭驿馆,带好二百御林军,押得假六郎的人头,其实是任炳的人头动身。

平:是非地方不好蹲,赶上京都帝皇城。

再说假任炳对郡主说:"我叫董齐、宋亮去给六哥做一个木头人头,最近天气也热,将他的尸体,撒点盐和药,我回去对白氏说明嘞,我来扶灵回京。"郡主说:"多谢贤弟,想得周到,你就快去快回吧。"

平:假任炳动嘞身,任家庄到面前呈。

平:白氏哎,六哥身丧命,我要扶灵到皇城。

平:白氏听完成,止不住腮边泪纷纷。

白氏说:"任炳啊,六哥对我们有救命之恩,至今未报,你这次一定将六哥的灵柩顺利送到天波府。另外,老太君娘看见自己的儿已死,心里很难受,你要多劝劝她。"

平:你在盟娘身边多行孝,代替六哥孝母亲。

假任炳说:"白氏你放心。你对我说的话,我一面做到。不过,我什么时候回来,就说不定。"假任炳杨景,离开白氏,来到梁王身边,取过过关公文就和董齐、宋亮,带三百军兵保护郡主和"杨景"的灵车动身。六郎走在最后。

平:路上行走来得快,黄沙岗到面前呈。

一棒锣声,跳出数十罗兵。两名山大王,杀气腾腾,一个红脸,一个黑脸。大吼一声:"你们要丢下买路钱,不丢买路钱,你们要走总覅想。"

军兵对后报,报于假任炳六郎知道,现在有山大王拦住去路,请你定夺。六郎想,劫道的,应该劫上任的,下阵的,做官的,有钱的,喜事的,从来也没有劫送殡的。劫到做官的有钱,劫到办喜事的,不觉忙,最少有喜烟喜糖。劫送殡的,有什么好劫呀?就口棺材。总不见得,山上死嘞宁,没钱买棺材,所以来劫道,等我上前面去望望看。离远一看,欢乐一半。

平:劫道的不是张三其别个,孟良、焦赞两个人。

六郎说:“你们去和劫道的说,就说这灵车是杨家杨六郎的,他们不劫。”董齐、宋亮问:“任大哥,为什么一报杨景六郎的名字,他们就不劫呢?”“哎呀,哦呀,二位贤弟呀,因为他的名声太大了,谁不知道杨家将厉害呀?”“任大哥,我们同去试试看。”假任炳说:“我现在好像身体不舒服,还是你们两位贤弟去吧。”董齐、宋亮,来到前面,两手抱拳:“两位英雄辛苦辛苦。”见面说“辛苦,辛苦”,这是江湖上的一套,劫道的说:“不要来这一套,我问你们哪来的灵车,快给放下。”董齐、宋亮说:“我们是从云南来的,保的是柴郡主。”

平:棺材里亡人不是别一个,就是郡马杨景一个人。

两名大王一听,从马上跳下来:“你说是哪个的棺材呀?”“哎呀!大王哎,是杨景杨六郎的。”两个大王不相信,来到棺材前头一看,上头写的“先考杨景六郎之先灵”,两大王背住问董齐:“他是怎么死的?”董齐就将王强奉皇上圣旨到云南,正因孟、焦杀死代理元帅狄王陶,岳胜造反,所有的事,都说是杨景指使的,要就地正法,讲了一遍。

平:两个大王听完成,躁到死去又还魂。

平:六哥哎,你的阴灵慢步走,我们去将王强狗贼送残生。

平:六哥哎,你为嘞我们兄弟几个人,总就死到能功成。

众位,这个劫灵车的现在哭的两个大王到底是哪两个人?听学生说:

平:不是张三并李四,孟良焦赞两个人。

这两个人怎么在这里做大王的?当初,杨景发配云南充军,焦赞押入长沙牢狱,岳胜带领所有兵将上太行山,准备招兵买马,积草屯粮。

平:等到兵马粮草足,打败北国讨皇封。

也是说明我们杀啦代理元帅,我曾兵马围困皇城,并不是造反,我们打败北国,总好将功抵过吧,到那个时候才能真相大白。而孟良一路想:“和六哥杨景还有三弟焦赞在一起多有意思呀。现在六哥在云南,焦赞在长沙,宁家常说孟不离焦,焦不离孟。现在焦赞押监牢,我在外面倒很逍遥。我自己在太行山,太不像话,我不如先去救焦赞。”主意一定,就和岳胜说:“岳大哥啊,你们先行一步。我有点事情,办完再来找你。”岳胜说:“二弟,千万不要再闯祸啊,再给六哥加罪。”孟良说:“大哥哎,你放心哦,我又不是小孩,还用哥哥操心吗?”岳胜也就答应他。

平:孟良打马加鞭就动身,赶上长沙一座城。

他的胆子要说有多大，赛于东海。一个宁到长沙砸监劫狱，拿焦赞救出来。

平：两人来捧住，果要欢喜八九分。

两人在长沙不敢打等，走到小市镇一家“欢喜来”酒店。一面吃酒，孟良开口：“三弟呀，要说上太行山，岳大哥脾气不怎么好。我们倒要受拘束，不自在。我想，我们不如上云南，去找六哥，我们和六郎在一起，特别高兴，也开心。”

平：两宁商议好，直奔云南赶路程。

平：路上行走数日整，黄沙岗到面前呈。

已经到嘞黄沙岗，钱用嘞精打光。正愁没钱吃酒，局气不丑，从树林来嘞头二百人。为首两个寨主，拦住去路：“呔，大胆，此路是我开，此树是我栽，要从此路过，丢下买路财。”孟、焦一听，呵呵大笑：“你们这些毛贼，也不打听打听。我们是哪个？”寨主说：“我不晓得你们是哪个，我们只晓要过路钱。”孟、焦说：“你们不晓得，我告诉你们——”

平：要问我们哪两个，强盗瓜老子两个人。

平：你们识点相，送我们过路银，

如果不送过路银，将你们山寨来踏平。

平：两个说完成，就打寨主不容情。

拿两个寨主，打嘞对地下一伏，如如滴滴卵哭。

平：英雄哎，要望你饶饶我们一班宁，我将事情说分明。

这时，头二百罗兵——

平：也都跪到地，好汉爷饶命叫几声。

孟、焦见大家总求饶，也不杀野，也就不打。“你们说，到底为的何事，要拦路抢劫？”两个寨主说：“我们本是这里老百姓，因为贪官污吏，割尽地皮，喝尽民血，我们有家不能回，才落草为寇的。请好汉爷当我们的寨主，领我们混碗饭吃。”

平：孟、焦听完成，和我们当初不差分。

“我们当初在八角寨做大王，也和他们差不多。再说这两个人，吃软不吃硬。看大家求饶，也就拉倒，不打他们。”又一想：“我们现在正无安身之处，他们请我们做寨主，也就不客气。先安身一段时间，再去找六哥不迟。”两个宁就上嘞山，孟良做大代王大寨主，焦赞老二，原来的张来老三，李去老四。孟良吩咐，将寨旗竖起来，上写“替天行道”。又派人到云南，打听六哥的消息。探事的回来报，大王：“好消息——”

平：提到小梁王一个人，是你六哥的舅兄一个人。

平：孟、焦听完成，心中放心八九分。

两人想，既然六哥很安全，我们眼睛来堂白，六哥来云南享大福。孟、焦也就安心，在黄沙岗做寨主。吩咐喽罗兵，不许劫穷宁。

平：如果哪个劫穷宁，三十鞭子不容情。

平：假使有落难人，送他盘费转家门。

我们要劫贪官污吏的，富贵有钱的。做生意的我们不劫，为底高？做生意的带夜起早，弄不好还要亏本，真是，烧香买磕头卖，赚点钱不容易。这个不抢，那个不劫，还有落难的经过还送路费。半个多月，山上积聚的银子、粮食，吃用差不多了。罗兵报："寨主，山下有几百人送殡的，果要劫咖？"孟良问："几百人送殡的，什么现子啊？"罗兵说："几百人中间，一辆灵车，还有一辆有篷的车，另外还有丫环婆子，这么多人，全是穿的孝服。"孟良对大家说："大家饿不死了，也不要愁没钱。"

平：该应我们发大财，送来一口大棺材。

焦赞没有孟良的脑子灵话，就问孟良："二哥哎？山上又没有死宁，你劫棺材有底高用呀？"孟良说："老焦啊，这个你就不懂，大户人家的棺材里的葬品不少。可能还有珍珠八宝。我们劫得来，弄不好一世都用不了。"所以都下山，从树林里钻出来，劫棺材。哪晓到前头一看，眼泪含酸，写有杨景先灵。哭坏孟、焦两个宁。他们哭不像宁家做鬼哭，他们对棺材梆子一伏，手要拍，放死声哭，眼泪湿落托，像珍珠对下落。

平：六哥哎，八角寨三捉三放我，饶啦我的命残生。

平：哥哥哎，我们结拜弟兄几个人，总想同到老，
　　哪晓半途之中两离分。

平：哥哥哎，只怪我们惹上许多祸，害嘞哥哥命残生。

平：六哥哎，你在云南有长短，对我送个信，情愿陪嘞哥哥一同行。

平：六哥哎，宁家总说夫妻弟兄好哦，我们还要胜几分。

平：六哥哎，你为嘞保护我们弟兄几个人，情愿自己送残生。

平：六哥哎，你今身丧命，我情愿不要命残生。

一面哭，头就出劲对棺材上撞，好嘞是楠木棺材，否则也被他撞通嘞。董齐、宋亮、张来、李去总来劝。再说所有的人听他这样，心上都不好过。

平:看他们哭得很,个个止不住腮边泪纷纷。

多少宁总劝不住。董亮想:要等孟、焦哭煞得,或者撞煞得,倒又多桩事。连三到篷车里请出柴郡主,哪晓郡主一望是孟良、焦赞,心里更加难过,真是"见鞍思骏马",想起自己丈夫杨景和他们在一起。

平:一声贤弟不曾叫得出,突然昏倒地埃尘。

平:孟、焦吓得"噗通"跪到地,六嫂子喊嘞不绝声。

平:六嫂子哎,千错万错,都是我们错,害嘞六哥命残生。

丫环、婆子大家喊的喊,拍的拍,郡主醒过来。孟、焦说:"六嫂哎,总怪我们,杀了谢金吾、狄玉陶,兵围皇城,给六哥惹的祸。"

平:随你嫂子打来也是骂,责罚我们两个人。

"嫂子啊,你千万心要放开怀,不能有好歹。如有好歹,我们可成千古罪人。"郡主对孟良、焦赞望望:"二位贤弟呀——"

平:总说没得冤枉事,你瓜六哥的冤枉海能深。

孟良、焦赞听说"冤枉"二字,真是"怒从心头起,恶向胆边生":"嫂子,我们和你同进皇城,杀皇上,宰娘娘,割王强的头,给六哥的亡灵祭奠,也算报仇。"

柴郡主说:"贤弟,万万不可能,你们是英雄豪杰,只是怀才不遇,英雄无时且耐时。将来,你们还要替大宋出力,有国才有家,嫂子也要你们在太君面前多行孝。还有你六哥的两个孩子,希望你多照顾,接续杨家香烟后代,也算你们的弟兄没有白结一场。"孟良说:"我们进京不去惹事,替六哥在盟娘身边尽孝。"郡主说:"万万不可能,皇上正到处要抓你们。"

平:你们如果进皇城,自投罗网送残生。

听嫂子良言相劝,先到太行山,多学本领,将来好救国、救民,在世上也留到一个好名声。孟良问:"嫂子呀,六哥为什么被屈含冤而死呢?""贤弟呀!他就是以死来报圣恩,落到个'忠'字,他如果要想造反,就不伏法了,你们千万不要再惹祸。你们一惹就走,天波府怎得卵妥。"孟良说:"嫂子,你说的有理,我们依你,我们走,就是没得……"本来说,没得钱。真是话到嘴边留半句。本来说没得钱,一想,嫂子要为六哥办丧事,我们不资助,反而问嫂子要钱,好意思吗?也太不像话呱,所以没有说出来要钱。郡主问:"贤弟,你说没得底高呀?"孟良不说,焦赞说:"孟二哥要说就是没得钱。"郡主说:"贤弟,有话尽管对嫂子说,我给你们二百两银子,以后没有钱,嫂子再给你们,你们千万要听嫂子的话。"两人多谢嫂子。

孟焦接过银子,对罗兵说:“你们上山吧!我要走了。嫂子啊,你们回京城,我们不放心。”郡主说:“贤弟,我这里有好多人保护,你们就放心吧。”孟焦对柴郡主行个礼,又到杨景的棺前磕啦三个响头:“六哥,你就安息吧,我们一定听嫂子的话。”

平:多学本领多出力,保住国家得太平。

不提孟、焦走嘞。再说假任炳,杨景见孟、焦走远才归队,护送郡主动身。这天一打听,离城还有三十里,六郎怕被人认出来,叫董齐买来几贴膏药,拿脸上总贴满嘞,就留嘴和鼻子眼睛,白天装病躲在车子里,晚上走动走动。

平:路上行程不耽搁,十里长亭面前呈。

郡主派人到京城送信,问皇上灵车是否可以进皇城。皇上说:“按规矩,外丧之灵不可进京。看在太君是无佞侯,再说柴郡主是我赵家的御妹,今天破例让灵车进城。”既然同意进城,郡主吩咐继续向前。离城不远,来嘞许多人迎接,前面佘太君,八姐、九妹,杨排风,再有八王赵德芳,又有天官寇准、铁鞭王、高君保。再后面还有王强老贼。

众位,怎么许多人来的呢?因为万岁登殿,文武朝见,老贼王强献上装杨景人头的木匣:“万岁,臣已把杨景的头取回,请万岁过目。”众文武大臣一听,对杠一盯,怪不到这好多天没有见到王强上殿。大家总对八王望。八王心中有数,就问:“万岁,王强这些天上哪去的,做些什么事,怎么我不晓得。”

平:皇兄你心不要急,听我慢慢说分明。

“皇兄,前阵你不在朝。杨景六郎,发配到云南。他不但不思悔过,反而怨恨寡人处罚过重,在云南招兵买马图谋造反,还叫凶手孟良到长沙劫牢反狱,救走焦赞。又叫岳胜到太行山,举旗造反,犯了十恶不赦之罪。是朕命王爱卿到云南追杀杨景的。”

平:八王听完成,火冒三丈八九分。

“万岁,你想杨家忠孝过天,仁义憨厚,焉能造反。你想当初,金沙滩,你父皇有难,大郎假扮你的父皇,救嘞你父皇的命,你怎么专听小人谗言忠奸不辨?”万岁说:“皇兄啊,岳胜围城是真的吧?岳胜杀死代理元帅狄玉陶不假吧?”八王说:“岳胜兵围皇城是救六郎,并无反意。杀死狄玉陶,我也听说过。是狄玉陶无理,也有所报。”万岁说:“你果记得,六郎出城退兵,对岳胜横望竖望,叫他把边关众将拉到太行山扯旗为王。”

平：八王听完成，默默无言不作声。

歇多少时，八王说：“虽则事情可能有。总之，人命关天，不应草率了事，也应将杨景押回皇城，三审六问，再好定他的罪。”“哎呀，王兄啊，如果明朝杨景押回京，等岳胜、孟良他们晓得，又要躁嘞皇城不太平。”八王说：“假使杀错了，怎么办？”万岁说：“哪有错杀之理。法不责己，怎能责众啊？你不要以为是你的御妹夫，万般袒护。历代亡国，多数都是因皇亲闹事。”八王说：“你也不要忘记，很多皇帝，忠奸不辨，江山翻朝天。”寇准说：“八王千岁，你们都是王兄王弟，不必伤和气。何必争辩，先看看亡人再说。”二王一听，倒也相信，内侍将人头，用托盘托得来，万岁一看，命总吓断。

你们说，死宁的骷颅头，多难看呀，嘴张的，舌头拖的，眼睛睁的，耳朵紫的。本来就是死的，虽然保管得好，云南天又暖，再这么多天。万岁马虎一看是杨景，快点拿走，不要吓我。八王捧住人头，毕竟是至亲，哭得伤心。

平：御妹夫哎，你身丧命哦，果要痛死我当身。

平：八王哭得太伤心，平空跌在九龙庭。

八王跌得杠，人头擢嘞杠，文武盯嘞杠。王强想，杀杨景是我出的主意，又是我上云南追杀的，如果等八王醒嘞，他的金锏不饶宁。

平：如果被他金锏来打死，白白送啦命残生。

趁大家跟八王不注意，溜下金殿。再说汝南王郑印、东平王高君保、铁鞭王呼延赞奏本：“万岁——”

平：总说没得冤枉事，杨景的冤枉海能深。

“请万岁想，杨景要想造反，早就杀掉钦差，逃亡在外。他既能伏法，就是没有造反之意，此事要追究罪魁祸首，哪个多的嘴？”万岁说：“你们果晓得，做生意总拣合算的做。他如不伏法，天波府在皇城，大小几十口。他这样一死，保住几十个人，他太合算。保到全家性命。”呼、高、郑齐说：

平：杨景死得太冤枉，我们帮他把冤申。

“呔，本皇晓得你们呼、杨、高、郑四家交情过命，你们难道也想同流合污？”

平：哪个再巧辩，也和杨景一现行。

万岁真火啦，呼、高、郑一想，坏水肯定是王强冒的。再说岳胜他们造反，还有杀谢金吾、边关元帅狄玉陶，要说和杨景无关，也难说。

大家也无主意，文武官员只顾救八王，就没有注意寇准。再说寇准想，杨景六郎真的能死嘛，我有点不大相信。拿人头左看右看，鼻子、眼睛都像，好像嘴大了一点，可能死了过后要变现。他一宁说像，再看，说不像，一歇摇头，一歇又点头。众位，寇准这个人心细，抓住人头不放，反复望，王强吓得心直荡。看寇准点头，心上要好过点，我杀得对的。看他摇头，我大概杀错嘞，我卧底中原为的就是要杀朝中大臣，北国好兵进中原，特别要杀杨景。

平：如果杀错了人，我功劳没有半毫分。

再说寇准想，人死总要变点色的。我曾记得，有一次，看到六郎头顶头上，有几根红发，我不如将头发打开看看。到头顶心一看，这个头上没有红发，心中就想这是假的，假的。六郎啊你又诈死埋名，你瞒得了王强，怎瞒得了我哇。王强老贼也看好寇准，因为他同杨家很好，如果是六郎的头，他肯定要哭。如果不哭，说明不是六郎的头，我又杀错嘞人。这时寇准想，这个人居然能替六郎死，是仁义过天，肝胆照人，世上能有几个哇，家中的妻儿何人照顾啊？

平：想到这些事，止不住虎目泪纷纷。

王强看他真哭，就像吃得定心丸。又一想："寇准诡计多端，特别我在云南看到一个人和六郎一模一现。我还得随时注意。"

正在这时，一人披麻戴孝，手拿哭丧棒，硬上金殿，卫士拦也拦不住。用哭丧棒乱打。

平：哭哭啼啼到金殿，六哥喊嘞不绝声。

"六哥哎，你云南犯了什么法，哪个将你送残生？"

平：六哥哥哎，你死得实在苦，我要帮你把冤申。

众位，这个人披麻戴孝，手拿哭丧棒，哭上金殿是哪个呀？

平：不是张三其别个，双王丕显一个人。

因为双王小，几天没有上朝。今朝听说王强将六郎的人头从云南带进京，躁煞得："六哥死嘞，我情愿不要命，我去找皇上讲理。"

正好走到街上，碰到一个宁家办丧事，总是穿的孝服。双王说："我和你们商议，将你的孝袍，借给我穿。"有人认得是双王，所以随时就脱下来给双王，干脆拿哭丧棒也给他，现在双王在金殿大哭大闹。

平：万岁看完成，龙心大怒八九分。

"大胆！呼延丕显，你竟敢穿孝服，还拿哭丧棒上金殿哭杨景，你果知罪？"

“昏君，你这昏君，香臭不分，忠奸不辨。要说杨家将为国为民，功劳盖世，当初金沙滩大郎替了你的父皇，二郎替了八贤王，否则哪有你这昏君，杨家最后就留到杨景一个人，还被你这昏君处死。你真是用人之时朝前，不用之时朝后，我今天打死你这无道昏君。”

平：双王越说越伤心，手举哭丧棒来打昏君。

眼珠子通红，举哭丧棒对上冲。

平：铁鞭王吓得跌倒地，神目不知半毫分。

老丞相王苞连三背他起来，搀下金殿。万岁被丕显说得又气又火，一拍龙书案桌：“给我将丕显，杀杀杀。”

平：将他拖出午朝门，腰斩两段要容情。

双天官寇准一看，真要杀呼延丕显。心里着急，八王又不在朝，王苞又下了金殿。“如果我不保本，丕显性命不稳，我要保，怎么能保到他呀？”

平：寇准转不过弯，横也难来竖也难。

眼睛滴溜溜，计上心头：“万岁呀，千万不要杀双王，他冤枉啊！”“寇爱卿，他身穿孝服上殿，是触我霉头，大闹金殿，还用哭丧棒打我，杀他还冤吗？”“万岁，不是他要打你，他是杨景六郎的灵魂附嘞他身上。如若你不信，问他就晓得的。”万岁半信半疑，寇爱卿，那你就问吧。寇准故意问：“双王啊，双王，你刚才是不是一时糊涂，心绪繁乱。有没有鬼上身啊？”

双王想，寇准哪寇准，六郎哥死得惨，你不管，还装什么好人啊，一肚子的气。眼睛一闭，一句话都不说。寇准说：“万岁，他现在心里还不明白，因为六郎是英雄。死后你们还验他的人头，在生和死者一现的，火上心头。双王和他是最好的弟兄，所以六郎的灵魂附在他的身上，才穿孝服对金殿上哭。他心里不服，冲你举哭丧棒。确是杨景闹鬼。”寇准的目的，是救双王。

平：皇上听完成，一点不信半毫分。

“寇准，你不要妖言惑众，欺骗孤家。”“万岁，微臣从下邦县调入进京，一步登天，青云直上，怎敢不报答皇恩。我当初，审葫芦，问黄瓜，打石头，问隍城，断过很多蹊跷案子，像这件事，不足为奇。”

平：等他想想清，要他当众说分明。

寇准说：“你现在到底是六郎，还是双王？”双王想，寇准这样说，都是在救我啊，我无故骂皇上，还用哭丧棒要打他，我有杀头之罪呀！

双王心里明白，只有借这个台阶，才得下台，假意打个花闪。“六哥啊，再见。”

寇准问：“你说和谁再见啊？”“和六郎，我的好哥哥。”“那你为什么穿孝袍上殿呢？”“我不知道谁给我穿的。”“那你这孝服从哪里来的呀？”“寇准啊，你问我，我哪知道，哪来的孝服？”寇准说：“万岁呀，我问双王，你都听清嘞吧？”

平：真是六郎灵魂附嘞他的身，不要怪双王一个人。

众位，杨家将宝卷讲到双王手举哭丧棒要打万岁，寇准想法说六郎的灵魂附嘞他的身。到底有没救到双王丕显。

杨家将卷实在远，下册之中再团圆。

十二、王强搜府被打　太君梳头认六儿 六郎代州买牛救众将

芳草地，绿河地，黄花红，白雪诗。——圣谕

单：唐伯虎春游芳草地，蔡伯喈夏赏绿荷池。

单：杨贵妃秋咏黄花酒，孟姜女冬吟白雪诗。

挂：一寸光阴一寸金，寸金难买寸光阴，
失落黄金有买处，错过光阴哪里寻。

挂：光阴似箭，日月如梭，人生百岁能有几个，
良田万顷种不到许多，金银满库买不到阎罗，
空身来嘞空身走，不如乘早念弥陀。

挂：阿弥陀佛常常念，只要功夫不要钱，
场面看看没好处，到底罪孽要少点。

平：接接连来接接连，杨家将宝卷再向前。

平：两旁善人帮和佛，能消八难免三灾。

上册理文，讲到双王穿嘞麻衣重孝，手拿哭丧棒，哭上金殿，要打万岁，皇上龙心大怒，一拍龙书案："杀，杀，杀。"

平：拿他拖到午朝门，腰斩两段耍容情。

双天官寇准奏本："万岁，并不是双王要打你，是六郎的灵魂附在他的身上。"万岁不信，叫寇准问双王丕显："你从哪来的孝袍？"双王说："我不晓得。我来的时候，没有穿哪。""那你为何用哭丧棒打皇上呢？""双天官，你借给我十个胆，我也不敢打万岁呀。"天官说："这就对了。万岁呀，看来确实是杨景的灵魂附在双王的身上，你都听见了，请万岁宽恕。"呼延赞也跪到万岁面前求饶。

平：要望万岁慈悲心，饶他一条命残生。

万岁被寇准说得好像很准，有鬼有神，也就信以为真。“既然杨景灵魂附体，我不怪你。”这时王强这老贼又冒坏水，和万岁说鬼话（悄悄话）：“明明双王要杀你，硬说是杨景灵魂附体，可能是在骗你。”

平：如果留在皇城里，早晚也是个大祸根。

因为王强是他的御师先生，王强一说，一听，两说，两信，万岁说：“丕显大闹金殿，死罪赦过，活罪不免——”

平：皇城没他蹲，调他外地去上任。

调到哪里？以后再交代。就在这时，有人来到金殿高喊：“万岁，老臣见驾。”看此人鬓发花白，面带泪痕，步履踉跄，手拄龙头拐杖，走上金殿。

平：来者不是张三其别个，无佞侯一个人。

平：忠良将来看见，个个泪纷纷。

宁最伤心，就是中年丧偶，老来丧子。这两件事都落在老太君身上。老太君年过花甲，生七个儿子，又带一个，共八个，现在一个总没得嘞。令公又撞死李陵碑，真是太凄惨伤心。太君忍住悲痛，强压怒火，用龙头拐杖，对天子点三点，老臣见驾。王强老贼，怕太君要用龙头拐杖打他，躲到万岁背后。再说太君启奏万岁：“老臣闻说杨景的人头已解到京，能否让老君将六儿的人头领回府里，好好超度。他死得太苦。”

平：万岁哎，他今生死得苦，超度他早超身。

“老爱卿啊，杨景死后无罪，应该收尸，你就将他的人头领回去吧。”

平：等到尸体回到城，你好超度他当身。

命内侍将装头颅的木匣交给太君。太君谢过万岁，回转府门。

再说三天后，六郎的灵车已到十里长亭，太君上殿问：“万岁，灵车让不让进城？”万岁假施仁德，不但准奏，还命文武群臣迎接郡主和灵车。八王这几天真是悲愤交集，睏觉也睏不着，吃饭无知味，听说六郎灵车回来，也亲自去迎接。

平：一来接灵车哦，二来望望御妹女千金。

王强老贼想，当初在云南，没有将长嘞和六郎相貌相同的宁抓住得，他想借接灵车的机会弄清嘞，我果曾杀错嘞。如果，活的宁是云南银枪将任堂惠，就不会和灵车一同进京。如果是六郎，他一定要随同郡主回府。我只好吃点苦，一定要弄清嘞，扶灵的人，要真是六郎，告他欺君之罪。

平：当皇奏一本，二次要他命残生。

大家接到灵车，柴郡主从车上下来，见到亲人，哭得特别伤心。

平：众妹妹呀！我总以为到云南几载整，顺顺趟趟转府门。

平：姐妹哎！哪里个奸贼谎奏一本，将我亲夫送残生。

平：柴郡主哭得总站不稳，几几乎跌到地埃尘。

杨排风连三去扶住得。太君看到六郎的灵车，更加哭得伤心。

平：可怜哦，我杨家前世作得多少孽，今世怎到能功成。

滚：伤心哦！我杨家八虎闯幽州啊，就剩六郎一个人。哪晓得又送残生。

平：众位哎，我白发人来送黑发人，叫我想想也伤心。

八姐、九妹扶住太君。一面哭，一面劝母亲。群臣，多数总悲泪，杨家太惨啊，柴郡主走到八王面前。

平：皇兄哎，你的妹夫身丧命，我们孤儿寡母靠何人。

八王搀住郡主："御妹呀，宁死不得复生。怪我，一时疏忽，皇上是传的密旨，等我晓得已经晚了。"

平：千错，万错，是我错，只怪皇兄一个人。

"御妹，你要上孝婆母，下要教宗保、宗勉成才、成人。"

平：如有困难事，皇兄帮助你八九分。

郡主又对文武大臣见礼，有劳各位大人，替杨家操心。多多感谢。正在这时跑来两个小孩，身穿麻衣重孝，来到郡主面前："娘啊，我们要爹爹，我们要爹爹。"

平：这两个孩子不是张三其别个，宗保、宗勉两个人。

郡主捧住两个孩子只是哭。再说寇准，专门注意好王强，看他的贼眼，东看西瞅，像在寻宁。怕老贼看出破绽，寇准嘴里嚅："不怕没好事，就怕没好人，有人老在万岁面前吹风，不拿六郎吹死，不肯歇呀！现在可称心了吧。"

老贼晓得寇准是说他，就躲到人群中间，暗中观察，是哪个送郡主回京的。太君说："贤媳，是谁送你的，一路能平安到家的？"郡主说："多亏任炳贤弟，一路辛苦。""那他人呢？""他病了，在车内养病。"太君吩咐车辆启动，文武官员送护灵车，宗保、宗勉扶灵车，王强就跟在后面。

平：所有车辆来得快，天波府到面前呈。

太君吩咐将棺材放到灵棚里，又叫杨洪去用供品。吩咐宗保、宗勉快到车内接任炳叔叔。两个孩子来到车子身边喊:“任叔叔,你快下车哇,我瓜奶奶请你。”六郎想,现在朝中官员应该都走嘞吧,也就从车子里出来。哪晓,王强老贼盯好嘞车子的,看见车子里出来的人,一望,心直荡。这人就是在云南看见的和六郎一现的人,当时没有抓住他,我恨到如今。现在到天波府,我一定要抓住他。

平:踏破铁鞋无觅处,得来全不费工夫。

一个旦步来到假任炳身边,一把抓住六郎:“贤弟呀,我真想死你了。”六郎吓了一跳,转身想跑。王强想,你对哪里逃。王强抓紧他的手,看他满脸贴的膏药,就露个鼻子和嘴,是遮人耳目,怕人认出来。“贤弟呀——”

平:我今看见贤弟人,阿弥陀佛念几声。

众位,他之所以念阿弥陀佛,意思是,你再对哪里逃,抓住你上金殿,再好杀你。所以嘴上说好话,暗中下毒心。抓住六郎手,死总不放。再说寇准,专门盯好王强,看他抓住车上下来的人叫六郎贤弟,晓得不好,连三对宗勉说:“快点去,王强抓住你任叔叔叫杨景,他又给你找来一个爹,是诚心寒碜你们兄弟两人呀。”

平:宗勉听见这一声,火冒三丈八九分。

几步来到王强身边,照他的手背“吭哧”咬嘞一口,咬嘞王强宁总痛煞得。王强手一抖,六郎才得脱手,宗勉搀住他进院:“任叔叔,不要理他。”王强又追来够。宗勉丢啦任叔叔破口大骂:“你这狗贼,我爹已经在云南被你杀死,又给我找来一个爹,今天我非打你不可。”宗勉连踢带打,王强本来就是北国的文武状元。武功很好,他不好和宗勉动手:“一来我是大人,怎好打小孩,二来他是八王的御外甥。”

平:我和宗勉来动手,大家骂我王强不是人。

所以王强只好左闪右让,不敢打宗勉。宗勉也打不到王强,这时宗保也来嘞够。“弟弟,你为何打王司马呀?”嘴里说,连三上前抱住王强,“王司马你不要和小孩一现见识。”抱紧嘞王强,他再不得动,这就叫拉硬劝。宗勉拳头没柄,出劲就钉。

平:打一记来骂一声,头上打到足后跟。

王强今朝倒嘞大霉。寇准来旁边说:“孩子啊,打人,不要打脸上啊。”宗勉一听,特别来劲,专门往脸上打。寇准又说:“孩子,你不能揪他胡子啊,揪胡子真痛。”宗勉想对呀,胡子最痛,我非揪不可。他再像卵生妇女薅草,揪他胡子,还说:“你赔我爹,赔我爹。我叫你坏,替你活拔毛。”

平:王强胡子挨揪啦好多根,果要痛死又还魂。

平:他们来杠做打架,门口围嘞许多人。

看见宗勉占上风,一个总不作声,寇准连三叫宁:“去拿八王找来,就说王强来这里打宗勉。”八王一听,火冒三丈,你居然打我的御外甥,那还得了咖。立时就来嘞。寇准说:“宗保快点松手,你瓜皇舅来嘞够。”宗保、宗勉两人手总松啦得,王强又没听到寇准说底高,王强见他们手一松。他想占上风,手对宗勉一冲,宗勉跌到地,举拳要打,刚好八王到嘞。看见宗勉跌得杠:“王强!给我住手,你身为司马,打人家孩子,成何体统?”

平:千岁哎,总说没冤枉事,我这冤枉海能深。

“是他打我的,我并没有打他。八王啊,你倒望望看脸上被他来打青,胡子揪啦许多根。我挨打嘞多伤心,要请八王把冤申。”

宗勉说:“他说冤枉是假意,我的冤枉是真情,皇舅呀,我说给你听。我的任大叔一下车,他就抓住不放,硬说是我爹。我去问他,他就拿我按倒地,拳头没柄,准备出劲钉。”

平:好嘞皇舅来嘞早,我几几乎没得命残生。

八王说:“王强王强啊,杨家惨到何等地步,你还用花头害杨家。你亲自上云南杀了杨景,你为何背住任炳?还打人家小孩,你有何理?”“啊呀,王爷千岁,六郎和我交情过深,我天天想他,我眼睛想花嘞,拿车上的人看错嘞。我当是我兄弟六郎,所以我去背他的。”

平:总是我的错,赔礼赔罪我当身。

八王说:“晓得错就拉倒,不和你计较,我走了。”寇准在旁边,看嘞真好笑,挨打嘞,对人家赔礼。

平:看王强胡子揪啦好多根,果要笑嘞肚里疼。

寇准也走嘞,再说王强想,我今朝被人家打嘞要死,还对人家赔礼,真是岂有此理,我一定要报今日之辱。就对身边的得力家人,叫怀忠,外号叫“坏种”说:“你蹲杨家,以办丧事为名,在杨府,前前,后后,左左,右右。看好嘞,望好嘞,看见那个任炳,你要盯好嘞,到底果是杨景,如果是杨景——”

平:你对我报一声,我重重赏你雪花银。

王强吩咐完嘞,也走嘞,就剩帮忙的人。到夜,太君在银安殿,就拿柴郡主喊得来:“媳妇,你们在云南是什么情况,说给婆母我听听。”

平：婆母哎，我将事情说你听，点点滴滴说分明。

就拿到云南，遇到亲哥小梁王柴勋，六郎如何殉难，回京的路上多亏贤弟任炳任堂惠一路照应，否则也难以到京，说了一遍。“那我怎么没有看见任炳的？”郡主说：“他在路上受嘞风寒，身体不舒适，在后屋休息。”太君对杨洪说：“你到后屋去看，任恩公身体果曾好累，如果好嘞，就说，我老身有请。”再说杨景，在后屋不敢出来。这时外面基本静嘞够，膏药贴得脸上很难过，也就揭啦得，刚好洗好脸，杨洪进来。对杨景一看，吓得放汗。心想，什么任炳啊，这明明是杨景：“六少爷呀！”杨景晓得不好，连三学任炳的口音。“哦呀，杨洪老哥哥，我还是十几年前到过你们家。哦呀，我是任炳任堂惠呀。”杨洪一听，开口就是“哦呀”，也信以为真：“哦，任员外，不要见怪，老奴眼花。有时总认不得瓜，我认错够。任员外呀，太君叫我来请你到银安殿。”六郎说：“好，你带路。”

平：杨洪前头走，假任炳就在后头跟。

六郎来到银安殿，除啦郡主不惊，别的人都一惊，这哪是任炳啊，明明是六郎。六郎心里也难过，生身老母就在眼前都不敢认。如果走漏风声，不但任贤弟白死，杨家要遭灭门之祸，所以只好还装任炳。

平：跟手跪到地，哦呀盟娘叫几声。

大家听他开口“哦呀”，总哭起来够。太君说：“贤侄咖，我听我贤媳说，他们一路之上多亏你照顾，才得顺利到京。”假任炳说：“盟娘啊，当初六哥救过我的命，我理应报答。”太君说：“贤侄，我本应留你多住几天。古人常说，不见雕鞍，不思骏马。我府里现在都是寡妇。看见你，就想六郎，我家都是女将，你在这里多有不便，歇两天你就回去吧。”六郎想，我好不容易到家，我本想在你老母身边尽孝，你要赶我跑，你叫我上哪去。

平：自己瓜里不好蹲，叫我哪里去安身。

“盟娘啊，我不走，我要替六哥在您跟前尽孝。”太君说：“那可不行，你长得太像杨景，我贤媳看见你，更加伤心。住两天一定要给我走。”假任炳倒哭起来够。

平：盟娘哎，随便你怎样，我不走，我要孝敬盟娘老大人。

太君看他死活不肯走，更加猜疑，到底是任炳，还是六郎？眉头一皱，计上心头。就对假任炳说：“贤侄啊，难得你一片孝心，盟娘给你梳梳头可好哇。”六郎想：

平：老母梳头是假意，辨明真假是真情。

六郎跪到太君面前，背朝里，面朝外。杨排风拿来木梳，太君开始给他梳头，打开中间的头发一望，中间有几根红发，心想这确实是我六儿。心里高兴，我儿六郎没有死，那么死的肯定是任炳。心想，世上竟有这种人，能替人家死，为救六郎舍命全交，令人伤心呀！太君更难过，一面梳头，眼泪珠抛。这些寡妇太太们，见太君哭，以为是想到六郎难过，才哭的，大家也哭。太君给他梳好头，对假任炳说："贤侄咖，你今天歇息，明朝归拢东西，后天一早送你动身。"六郎想，你应该认出我是你六儿，为什么非要撵我出去。六郎回到后屋，在院子里，走三踱四想不通，老母为什么要这么做。

平：六郎在院子里行，"坏种"暗中看分明。

王强叫他看好的。看见院子里的宁，确实是六郎，连三去对王强汇报："大人哎，我看清，确是六郎一个人。原来有膏药贴脸上，我看不清，现在膏药揭啦得，我看准嘞，确实是杨景杨六郎。"王强一听喜之不尽，随时备马动身，直奔午朝门。这时万岁还没有上殿，百官总在午朝门等候万岁，因为王强是皇上的老师，他直进皇官。寇准看他贼头贼脑，晓得不好，连忙拦住他，就问："王大人，你想进宫有什么事啊？""嗯，我有事要禀皇上。""你什么事这么急要找皇上啊？"王强想，寇准一直偏向杨家，我不能告诉他，王强说："我，我有事。"寇准说："好事不瞒人，瞒人没好事。三个臭皮匠，抵个诸葛亮。"

平：你拿事情告诉我，我好帮你八九分。

"是不是你看见杨景没死啊？我对你说，你已犯了杀头之罪，你自己也不晓得。"王强想，难道，我真的犯了杀头之罪吗？"天官大人，我哪一点要犯杀呀？"寇准说："你先告诉我，找皇上为的何事。"王强背住寇准，到偏静的地方："寇大人，你我也算知己，我告诉你，太君欺君罔上，杨六郎诈死埋名。"寇准问："你怎么知道的？""我府里的家人，怀忠，亲眼看见的。送郡主回来的任炳，就是六郎杨景。"寇准想，好嘞给拿话套出来，我要想办法救杨景。随时对王强说："当初，你带你的徒弟狄玉尧上云南追杀杨景，结果你弄个假人头献于皇上，这不是欺君之罪吗？你就犯了杀头之罪。"

平：王强听他说得一点总不错，心中胆寒八九分。

"寇大人，你看我怎样才能免去罪过呀？"寇准说："我看你印堂发暗，做事不能上算，你弄事浮啊浮，要倒大霉。""啊呀，寇大人，我请你帮我想个主意呀。"寇准说："当初说六郎死，是你说的，现在说六郎没死，又是你说的，万岁能饶你吗？

再说，佘太君肯饶你吗？”王强听寇准说得句句有理：“哎，寇大人，你有没看见杨景啊？”寇准说：“我也看见嘞。”“那太好！”

平：我们两人齐参本，杨家要赖万不能。

寇准说：“好，你参本头，我参本尾，看他杨家变底高鬼。”王强想，这寇准，做事顶稳，真会看风使舵，见杨家大势已去，现在帮我。“寇大人，我们现在就走，请万岁升殿。”王强忙得凶，打鼓撞钟。寇准趁王强不注意，叫寇安，快上天波府去，叫他们如此这般。不提寇安走嘞，再就万岁听钟鼓响，随时登殿，文武朝见。王强动本：“万岁，杨景诈死，改名任炳。现在就在杨家，请万岁速速派人去搜府，捉拿犯臣归案。”万岁一听，根本不信：“王爱卿啊，六郎已死，金殿验过人头，怎么又出来个六郎杨景？你有没有亲眼看见啊？”“万岁，我虽没有亲眼看见，是我家人怀忠亲眼看见的，另外，还有人作证。”万岁问：“谁能作证？”“双天官寇准。”万岁问：“寇爱卿，你有没有看到六郎啊？”“万岁，我看见嘞。”“你果愿意给王爱卿作证？”“我愿意。”万岁一听，六郎真没死。当时就发火：“好哇，杨六郎，杨六郎，你好大的胆子，竟敢诈死埋名，欺骗孤家。这还了得。寇爱卿，我命你和我的先生王强同去搜杨府。”寇准说：“万岁，食君之禄，担君之忧，为国尽忠，理应前往。”皇上高兴，又命王强带兵搜杨府。

平：带好三千御林军，立即就动身。

平：三千兵马来围困，天波府围困紧腾腾。

怀忠来到王强面前行礼，王强问：“六郎有没有离开杨府啊？”怀忠说：“没有。刚才我还看他在院子里的，肯定在杨府。”王强老贼说：“寇大人，我去请太君接旨。”寇准说：“先不让太君晓得，如果她一晓得，要将人藏起来，到哪里去寻呀？以我之见，来个迅雷不及掩耳的办法，我们以参灵吊孝为名，进府偷偷搜寻。”

平：搜出杨景一个人，问她太君果该应。

“我看前门，防备他从前门逃走，你进去搜。”王强想，有寇准看前门，我去搜人顶稳。王强进门，杨洪问：“王大人有事吗？”“我们来祭奠亡灵的。”杨洪说：“我去请太君。”王强说：“不用了。”嘴里说，脚就走，来到里面，问怀忠：“你在哪里看见的呀？你给我带路。”

平：怀忠前头领路走，王强搜宁后头跟。

到嘞后院对怀忠说：“你在这里盯好嘞，我进去搜。”到嘞竹林看见一个穿白袍的将军，脸朝里，背朝外，王强一看，这不就是杨景六郎吗？老贼就喊：“贤弟哎。”这人听见喊他，就对里跑。王强就在后面紧追不放，你追得快，那人就走得快，追得慢，他就跑得慢。这人拐了两个弯，王强看不见宁，定睛一看，是个月亮门。青砖院墙，里面花朵鲜艳，香气扑鼻，里面有几间小房。王强着忙，准备进房，一想，这里说不定是寡妇的房子。如果进嘞妇女的内房，等太君晓得，到时，真是秀才遇到兵，有理说不清。要不进去，六郎大概就躲在里面，正站上门口，犹豫，到底进还是不进。

平：王强到嘞危难时，里面出来一位女佳人。

王强一看，吓得放汗，出来的正是柴郡主。王强晓得不好，想跑，柴郡主嚆：“抓贼。”郡主嚆起来不得了，来嘞女将一大淘，来嘞大郎妻子张金定，还有八姐，九妹眼睛一暴，眉毛一翘：“你这老贼脸都不要，竟敢闯进我的弟妹院子里。”上去打老贼几个耳光，这几记，打嘞不轻，一记就有上百斤，老贼嘴被打歪嘞，鼻子打嘞血冒嘞，耳刮子挨打肿嘞。晓得不好，只好带怀忠溜走，兔子赛孙子，拔脚就逃。女将在后面追，一追追到门口。

平：寇准在门口，看见王强人，果要笑嘞肚里疼。

众位，这次王强被打，都是寇准叫寇安对太君送的信，安排好嘞的，所以才被打的。再说张金定她们追到门口，对寇准说：“寇大人啊，你要给我们做主啊。”王强躲到寇准身后，寇准说：“大夫人，我问你，做什么主呀？”王强说：“寇大人，你给我做主，你倒对我望望，我被大夫人打嘞果伤心。”寇准说：“你们两人都要我做主，我先问大夫人，你为什么打王司马呀？”张金定说：“寇大人你是明白人，你给我们评评理，我六弟活的时候，在云南交了一个朋友，叫任炳，送灵进京，他长嘞和六弟一模一现，王强硬说是杨景六弟。其实他在云南亲自监杀了我六弟，他故意装糊涂，今天他以抓六郎为名，上我六弟妹的院子里，要想调戏我六弟妹。”

平：三三两两说出去，坏啦我六弟妹的好名声。

寇准说：“大夫人，你们看在六郎活时和王司马磕头的份上，就拉倒吧。”又问王强：“你有没有上郡主的院子去呀？”“我是追六郎的，进嘞她的院子，其他事情没有。”“只怪你进嘞郡主院子，今天被打。”

平：今朝被打算晦气，扭扭肚子不要作声。

寇准又问：“那你追到郡主院子里，有没有抓到六郎啊？”王强嘴一欠：“光看见不曾抓到，是我走错了门，误入了郡主院子。”“我说王司马，你总不能被人家白打呀！这还了得，告她们去。”王强说：“我去告她们。你果帮我作证啊？”“这还用说,我肯定帮你作证。走啊,我们现在到万岁面前告状去。”这时,万岁正在养心宫喝茶,王强和寇准来到宫中。

平:王强跪到地,哭诉万岁说分明。

“万岁哎,杨景不曾死,诈死埋名罪不轻。”万岁问:“你怎晓杨景没有死的?”王强说:“万岁,我的家人在杨府看见杨景,我去抓杨景的,被杨门女将打嘞伤心,你倒望望看——”

平:一块紫来一块青,不伤脸来也伤心。

万岁问:“寇爱卿,你果晓,王强为何被打哇?”“万岁,这事我略知一二,他到柴郡主院子里,人家说他找便宜,所以才被打的。”

万岁说:“配打的,人家都是寡妇,你跑寡妇院子里去做底高,你心术不正,挨打嘞覅恨。”“万岁,我是去抓杨景的呀。”万岁问寇准:“你有没有看到杨景啊?”“万岁,我问过大夫人张金定,她说是云南任炳,外号银枪将假杨景,宁像宁,物像物的事多嘞,王大人硬说是六郎杨景,我也弄不清。”万岁说:“王爱卿,你妄告不实,快下去吧。”两宁同出得养心宫,王强怪寇准:“你怎么不顺我的话说呀?”“王大人,我们两人都错了,拿任炳当六郎,我们不能再错下去,杨家也不是好惹的。”

平:王强听完成,扭扭肚子不作声。

再说,太君想,世上没有不透风的墙,六郎在府上,早晚要被发现,特别是王强,不如打发冤瓜离眼前,任炳贤侄替死,应该叫六郎到云南去,以恩报德。但是不能让任何人晓得,特别柴郡主。她如果晓得任炳就是六郎,绝对不让他走。所以太君想嘞周到,就叫八姐、九妹去拿任大哥叫来。一歇工夫,假任炳来到太君面前。

平:跟手跪到地,盟娘连叫好几声。

太君拿起拐杖对六郎就是一记,这一记不轻,也有几十斤,六郎肩上一痛,心里一急,倒忘了装任炳了。“娘呀,你为什么打孩儿呀?”太君说:“你倒不哦呀,哦呀啦?”“我被娘打忘掉了。”“你到底是哪个?”

滚:母亲哎,真人面前不说假,假人面前莫道真。

　　我不是任炳任堂惠,我是你六儿一个人。

平:八姐、九妹听他说完成,又是喜来又是惊。

喜的是我六哥没有死,惊的是,在府里这几天,我们都没认出来。就连我六嫂子,从云南回来,一路上,到现在都没认出自己的丈夫。太君说:“其实我早就认出来了,我给他梳头的时候,见他头上有红发,这就是我儿和任炳的区别。六郎啊,你的胆子也太大了,居然畏刀避剑,贪生怕死。叫任炳替你死,到底为什么,还不快给母亲说清。”六郎说:“母亲请息怒,听孩儿说明。任炳为报当初在皇城,我救过他的命。”

平:为嘞报我救命恩,他情愿替我送残生。

太君说:“儿啊,人家有恩有德,有仁有义,你为何忘恩负义呢?”“母亲,我没有哇。”太君说:“我问你,任炳家的妻儿生活有谁照顾?”“母亲,这些事,理应我要照顾。不过,这次我好不容易到京,我想在家多住几天。”“你这奴才,人家为你命都搭上了,你还贪恋妻儿,你对得起任炳吗?再说王强对你怀疑。今日搜府,虽无所获,他怎肯轻易罢休,你得赶快上云南。”

平:是非地方不好蹲,回到云南去安身。

对八姐、九妹说:“你们快点去给你六哥准备珠宝玉器金银,给你六哥带走。我再对你们说,你六哥的事,在府里任何人面前都不能说,任炳是你六哥,就连你的六嫂,也不能告诉她。”“母亲,我们晓得。”两人一歇工夫,装嘞一匣子金银珠宝玉器交给六郎。太君又吩咐将董齐、宋亮叫到银安殿,说:“你们和任炳三位贤侄,你们从云南一路护送六郎到京,一路辛苦,我本应留你们在府多住几天,只因我杨府都是女将,有许多不便,送你们每人纹银三百两,给你们带的小兵每人二十两。早点回转云南去吧。”“谢伯母太君,我们现在就动身。”

平:大众离嘞京城就动身,回到云南一座城。

到嘞云南,先见小梁王,梁王赏给他们三个每人一百两银子,休假一个月。三人谢过梁王回转。董齐、宋亮好回家,六郎怎么办?“如果回任家庄,贤妹肯定拿我当他的丈夫任炳。古人常说:朋友妻,不好欺。再说,我贤弟任炳是替我而死,救嘞我的命。我如果欺嘞他的妻子,天地不容,我不上任家庄,我上哪去呀?”

平:六郎左思右想难得很,我到哪里去安身。

横想竖想,我的任贤弟,在城里开嘞两处买卖店,我不如先到店里。来到店里。小二出来迎接:“老板回来啦?”“嗯,我回来了,这几天生意怎么样啊?”“还好。”六郎第二天给白氏买了许多首饰、绸缎、布匹,还有吃的,叫伙计送回家,又叫伙计对白氏说:“我任炳已从京城回来了。最近店里很忙,暂时没空回家。”

平:白氏看嘞东西多高兴,只盼夫君早点转家门。

白氏对伙计说:"叫你家员外老板抽时间,早点回家。"伙计对六郎一说,六郎想,我总不能老是不回家呀。时间一长,白氏必定要生疑。我一定要想借口,早点离开云南。

平:我要早点离开云南地,省得又要惹是非。

一想,我任贤弟当初贩牲口的,常到外地买马,贩到云南。我不如也以贩牲口为名,远离家乡,省得白氏思念。主意想好,找来董齐、宋亮两位贤弟:"我问你们,我们弟兄合得果好哇?"两宁说:"任大哥哇——"

平:宁家总就亲弟兄好,我们比兄弟还要胜三分。

"两位贤弟,事到如今。我有心里话,不得不对你说。你们的任炳哥哥我的贤弟,他是替我死的。"两人一听,一惊:"啊呀,那你不是任炳哥哇?是我们的六哥哇!"六郎说:"正是得,我和你贤弟商议,我在云南久不回任家庄,白氏弟妹一定要有怀疑,我想离她远点,出贩牲口,白氏弟妹在家我实在不放心,穿吃,安全方面——"

平:请二位贤弟多照顾,照顾我的弟妹得安宁。

"随便花多少钱,我回来算给你们。"两人一听,泪如雨下:"我们任大哥、六哥哥世上有几个,六哥哥,你放一百二十个心。"

平:白氏照顾有我们两个人,你就放心出远门。

多谢二位贤弟,六郎又回到任家庄,白氏看见任炳瓜回来够。

平:一把来背住,将军连叫好几声。

白氏说:"将军啊,你送郡主到京回来,怎么不先到瓜呢?"六郎假装应酬:"我先到店里看看,六哥一死,我心神不定。我有心出门贩牲口散心,还又多赚到钱,我回来和你商议,你看果好?"要说这白氏天下少,是大贤大德的女人。丈夫说话做事,真是百依百顺,有心要留丈夫,哪怕宿啦一宿,又不好意思:"丈夫,你就明朝动身罢。"六郎说:"贤,贤……"说到贤又不好说,为底高?叫贤妻,我肯定不好叫,如果叫嘞,我对不起替我死的任炳贤弟。如果叫贤妹,白氏要明白过来,我是假任炳。所以这说个贤,底下话就没叫出来。"我看过日子的,今朝出门,风调雨顺一本万利。"白氏也没法,只好让他今朝动身。"将军,我去给你拿贩牲口的本钱。"六郎说:"不用了,在京的时候,太君给我很多银子,还有珍珠、玉石,足够了。"白氏说:"那你早去,早回来啊。"

平:你要早点回家门,省得我挂念你当身。

六郎带好盔甲、马匹、兵刃，辞别白氏。白氏目送将军，到看不见六郎，回转绣房。

单说六郎。

平：离嘞云南往前奔，直奔边关赶路程。

非至一日到嘞雁门关，哪晓雁门关已丢失，已落在辽国手里，全部是北国兵将。六郎只好来到代州，找一家住店，这家叫李家店。六郎进店，老板拿六郎当作任炳，连三上前打招呼："这不是任老客吗？前几年，我帮你买过很多马呢。"六郎想这人肯定是任贤弟的朋友："哦，我在云南事情太忙，我的记性不好。哦呀，我倒忘掉了，老板你贵姓啊？"老板说："任老客真是贵人多忘事呀！我叫李有财。你这次又来买马啦？""对呀，我还想做老本行，对南方贩马。"老板说："啊呀，这回可不行呀。买一匹自己骑也马马虎虎，买多了，肯定过不了关。"六郎问："为什么？""眼下辽国和中原打仗。辽国训练马队还不够用呢！一匹马都不许过关。"

平：你买许多马多烦神，要想过关万不能。

"那我不是白来吗？空手回去，要亏来回路费呀！"老板说："你为何一定要贩马呢？依我之见，干脆买牛，我问你南方不也种田吗？买到好的牛，卖给人家耕田。如有不好的，杀肉卖也合算呀！"

平：六郎听完成，一点不错半毫分。

李有财老板就去给他买牛，出去几天买到五百三十头牛。六郎一看，这些买的牛，都是牤牛，不是健牛，所谓牤牛，都是公的，没有一头是母牛。就问老板："你怎么买的都是公牛呀？"老板说："人家的母牛，舍不得卖，要留下来过小牛。你买到南方去，反正是耕地，或者杀肉，有什么公啊母啊？"六郎想倒是得，公母也无所谓。李有财说："任老客，你这些牛，没人喂没人放可不行呀！依我之见，就雇我店里的伙计，我有二十多人，给你赶这五百多头牛，我们也借这机会，好到南方看看。"六郎说："工资照算，吃用都有我来。"随时给他们半年的工资。再说这五百多头牛，当中有一头大老黑，是条大牤牛，和别的牛有点特别。

十：大老黑，这条牛，个子高大，
　　黑色毛，澄澄亮，真正现样。
十：龙门角，对里叉，好像龙门，
　　它在这，牛群中，独自为尊。
平：这条牛实在凶，战场上面立大功。

这是后话。它在整个牛当中，总是走在最前面，如果有的牛跑远嘞，它只要一叫，马上就到。五百多头牛，有嘞这条牛，李有财舒服多了，要到那里，定要牵这条牛，它一叫，其他牛都跟嘞跑。李有财说："任老板，现在两国交战，听见辽国又占了我们中原几个城池。跑晚了，就怕走不掉。"六郎说："你说得有理，我一定依你。"

平：赶嘞牛群动嘞身，遂州到嘞面前呈。

到嘞遂州，城西北角，有一家叫会友店，老板叫张有财，店房也多，地方很大。这个张有财，为人很好，连三帮忙，地方也倒停当，因为五百多头牛，还又帮他弄点草料。六郎想，住他两天好再赶路。哪晓，到半夜就听见街上人喊马嘶。六郎派人一打听，听说，前敌吃了败仗，伤兵进城，到天亮，又一打听，四城都关闭，张老板对六郎说："任老板——"

平：四城门关得紧，这么多牛没的草料怎能行。

六郎说："你们每天少给点牛吃，等我再想办法。"到第三天，听到十三棒铜锣开道，就问张有财："张老板，这是哪里官员开道哇？"张有财说："这是我们遂州知州开道敲的十三道铜锣。"六郎说："按理，最起码是王爷才能敲十三棒铜锣，知州不可能敲的呀？"张有财说："任老板，你真是个内行，我们的知州在皇城的时候，确实是个王爷。""那怎么来当知州的呢？""哎呀，任老客，我也是听人家说的，你听我慢慢说给你听。"

平：提到这件事，也怪老贼一个人。

当初老贼王强，在万岁面前奏本，说杨景杨六郎在云南，招兵买马，起嘞造反之心。万岁大怒，就出旨叫王强上云南追杀六郎杨景，老贼将人头解到京城。让万岁金殿验人头，杀的果是杨景。双王丕显听说，杨景六哥被杀，气得披麻戴孝，哭上金殿，骂万岁，哭杨景。万岁，龙庭大怒，天子生气，要杀他。

平：好嘞寇天官保一本，落到一条命残生。

以大贬小，调出京都，任遂州知州。"所以我们的知州是十三棒铜锣开道。"

平：六郎听嘞多高兴，赛于拾到宝和珍。

心想，呼延贤弟原来在这里，我现在就去见他。就对两位老板说："我这畜牲饿不死了。你们跟我走，去问知州大人借草料。"两个问："任老客，你认识知州大人啊？""对呀，不但认识，而且他是我的好朋友。"张有财说："任老客，你在南方，怎和北方人认识？我晓得你做生意的，别的不会，说大话顶内。"

平:你有朋友是王爷,何必买牛做营生。

六郎说:“这个是各人喜爱,我买牛顶自在。走哦,去借草料去哦。”

平:两人就动身,要会丕显一个人。

来到知州衙门,对看门的说:“请你对知州大人说,有买牛的老客要见。”看门的不多时,出来说:“我们老爷说了,不要说买牛的,就是买马的、买宁的一概不见。”张有财暗中想,凭你买牛的老客,还想问知州大人借草料。

平:恐怕是说得凶,竹篮子打水一场空。

六郎说:“门官,麻烦借支笔和一张纸给我,我写个条子给你们老爷,如果他再不见,我们就走。”这个看门的,也算想好,随时借来纸笔。六郎,纸笔到手,手也不抖,写的字也不丑,写嘞几个字,对看门的说:“就请你交给知州老爷。”丕显接到手,上面写的,当朝郡马杨景之弟求见。丕显想,杨景是我的哥哥,我是他的弟弟,来的人说是六哥的弟弟,那也是我的弟弟,我一定接见,要好好迎接,吩咐悬灯结彩,两廊奏乐迎接贵客。丕显到门口对六郎一看,心上在算,这不是六哥杨景吗?我六哥已死,怎么又活了呢?难道我眼睛发花,捧住户子当冬瓜?“你是——”六郎连三说:“哦呀,我是六郎的盟弟。”丕显一听,喜之不尽,快请到里面一叙。

平:丕显前头走,六郎后面跟。

张有财想,任老客真有两下子,就几个字,就拿知州大人请出来。他也跟嘞进去。再说到里面,丕显吩咐摆上香茶,就问:“请问,你的大名?”六郎说:“哦呀,我是六哥的盟弟,任炳——任堂惠。”丕显说:“你不是我六哥呀?”六郎说:“对,我不是六郎,是任炳。”丕显想,当初我父的宝马被贼人偷去卖给了云南任炳,我父误认是任炳偷的。父亲要杀任炳,刚好我六哥来嘞,帮求情。后来我父亲主谋,让他两人结拜嘞盟兄弟。所以丕显想到从前的事,并不怀疑六郎,再加六郎在云南学得很多南方话,丕显拿他当成是真任炳,说:“任大哥,你来见我,有没有事要我帮忙啊?”

平:我确实有事情,要请兄弟帮帮忙。

“我在代州买了五百头牛,刚赶到遂州,就被困在城里了。现在没有草料,快要饿死了,想借点草料,特意来求兄弟。”丕显说:“任大哥,你有所不知,遂州被困,青草没有了,干草运不来。再说前敌兵军败到我这里,草料还不够呢。哪有拨给你的老牛吃的草料呢?”六郎说:“兄弟,这样,你先借给我喂牛。如果军中没有粮吃的时候，把这些牛卖给你，牛吃草，宁吃牛肉，这样你也不亏呀。再说——"

滚：你不看僧面看佛面，不看鱼情看水情，也要看看六哥面上情。

"无论如何，也要借点草料给我。"丕显说："看你和我六哥的面上，借给你十车草料解燃眉之急，以后我就没办法，你要自己解决。""多谢兄弟。"随时叫张有财去领十车草料。六郎想打听前敌战情，哪晓就在这时，一名将官浑身是血，由门官带上衙门，来到丕显面前。

平：跟手来跪下，双王连叫好几声。

"八王和双天官在雄州打了败仗，头路元帅高君宝身负重伤，带病正败奔遂州。哪晓辽兵又追得来，我们的兵将抵敌不过死啦许多。双天官寇大人，命我冲出敌营，给你送信，请你速发救兵。"

平：双王哎，我今冲敌营，好比一世活到两世宁。

平：请你快点发兵马，救到八王他们许多人。

双王说："你快到后房去休息。"又对六郎说："任大哥，我现在要带兵救八王他们，你先回吧，改天再见。"六郎回店房，双王带兵将立即去救八王。众位，为何韩昌这次又带兵进犯我大邦中原呢？听我慢慢讲来。正因为杨六郎二次诈死埋名，王强老贼带兵到云南，追杀杨景，好嘞任炳，替六郎杨景。老贼以为杨景已死，就写密信给萧太后，说明擒贼先擒王，杀死六郎。萧太后听嘞高兴，叫韩昌火速发兵。再说，三关代理元帅狄玉陶，被岳胜杀死，岳胜他们上了太行山，朝纲没有派大帅霸守，所以韩昌这次兵进中原，势如破竹，猛似饿狼。

平：攻一城来得一城，谁能抵挡他当身。

边关告急进皇城。万岁问道："文武大臣，哪位爱卿替孤家分忧，带兵征辽？"寇准想，辽国进兵，主要见六郎已死，才敢进兵。如果六郎在三关，借个胆给他，也不敢进犯，别个不晓得，只有我晓得。六郎没有死，他二次诈死埋名，怎么能让他早点露面呢？我曾派人到云南打听，说任炳上北方贩马去了。现在，北国作乱，六郎正在北方，他看我大宋兵败，总不能袖手旁观，定会出头抗敌，也可以将功抵过，想到这里，立时奏本万岁：

平：要得辽国打平定，八王千岁亲出征。

八王一听，一点不兴，上次去出征，烦啦许多神，吃啦千辛万苦，你怎么这次又说我去出征啊？也不晓你葫芦里卖的什么药。不过你寇准，说我出征，你蹲朝纲也不稳，要你陪我出征。随时说："万岁——"

平:要我去出征,寇准陪我一同行。

万岁准本,点高君保为领兵元帅,铁鞭王为先锋官,岑林、柴干为解粮官,还有郎千、郎万、马巨、姜礼、苗刚、石青等大将随帐听令,点兵十万。

平:八王带兵动嘞身,平定北国不容情。

这次八王和寇准去出征,高君保烦大神,一面要打仗,还要保护这两个人。其实寇准一点不愁,因为他晓得,六郎就在北方,可是一路都没有遇到六郎假任炳。

平:不提寇准有心事,再说兵将对前行。

刚到草桥关,遇到从雄州、霸州、代州的兵将百姓对南逃。元帅高君保出兵和韩昌交战,连败数阵,就派铁鞭王回朝搬兵,他们死守草桥关,韩昌又调来火炮攻城,还有母子炮,红衣袍。

十:许多炮,来轰城,真正厉害,

有城墙,被轰通,不成隆东。

城墙被轰得,倒的倒,通的通,高君保派郎千、郎万保八王和寇准先走,自己带所有兵将,与辽国大杀一场,只杀得天昏地暗。

平:直杀得乌鸦停了翅,鸡犬无叫声。

高君保身受几处重伤,岑林、柴干、马巨、姜礼奋勇杀敌,总算救到元帅。晓得草桥关难保,带兵败回遂州。哪晓离遂州十里,又被辽兵追到,将宋军团团围住,寇准随时派将给双王丕显送信的。丕显现在顶盔挂甲,统镇京城兵将冲出城,去解围。旗帜招展,擂鼓呐喊。辽将以为是宋朝大部队到,赶快撤回到草桥关。

平:好嘞丕显兵马到,救到八王兵将许多人。

兵将进嘞城,双王吩咐众兵将扯起吊桥,在城头上准备灰瓶、炮子、滚木、磐石,防备辽兵偷城,又给八王在天齐庙设立临时行宫。

平:丕显来行礼,八王千岁叫几声。

八王御手相搀:"爱卿啊,当时你为了六郎的事,万岁将你由大贬小,来到遂州做知州,实在委屈你呀。"

平:今朝不是你搭救,哪个还有命残生。

"现在,元帅高君保身负重伤,你父回朝搬兵已半个月,音信皆无呀。如果辽国进兵如何是好哇?"就在这时蓝旗官报:"王家千岁,南门有辽兵安营扎寨,又有报北门有三万辽兵,东西两门也有辽兵安营。"

平:八王听完成,吓得三魂剩二魂。

随时问寇准:“城门被困怎么办?”寇准说:“千岁哎,车到山前必有路。吉人自有天相呀。双王哎,先找个郎中给高君保看伤,我再想主意。”寇准想,杨六郎,到底上哪去了?这么个打仗,他就是买嘞马,也不得过关啊。

再说辽兵挖战壕,搭帐篷,埋锅造饭。丕显巡城,想:“看来遂州必有一场恶战,非打不可,如果有我六哥,我一点不愁。我城里百姓不算,光兵将陡增几万。外面粮草运不来——”

平:等他围困几月整,总要饿死送残生。

天已三更,来嘞一个人:“知州大人,八王千岁请你去有事相商。”丕显来到行宫,对八王行过礼,八王说:“我为何请你,你听,城外金鼓大作,号角直响。”

滚:百姓总心慌,店铺也关张,
就怕遂州守不住,只好送残生。

八王说:“高君宝身负重伤,其他大将也不是韩昌的对手。如不出阵,韩昌又要轰城,前头几城都是被他轰开的。”丕显说:“八王放心——”

平:我丕显去出阵,会会韩昌一个人。

八王和寇准登上城头,丕显到疆场一看,韩昌作底高腔调。

十:红眉毛,红胡须,蓝靛花脸,
手拿叉,要伤人,杀气腾腾。

平:看他韩昌凶相狠,人鬼害怕二三分。

再说韩昌对中原小将一看,这位小将,面似银盒,通官鼻梁,四方海口,手拿一杆虎头枪,威风凛凛。韩昌下命:“不准轰城,我要大战中原小将。我问你,中原蛮子,你姓什名谁?”丕显说:“你说我哇?我告诉你,我祖居河东,我父乃铁鞭王呼延赞,我是遂州知州呼延丕显。”韩昌说:“哎呀,你是双王丕显啊。听说你十二岁下边关,捉拿潘仁美,当上了双王,怎么被以大贬小了呢?当嘞一个小小知州,还来替昏君卖命。要是我真不高兴。”丕显说:“这些事你甭管。我问你,你果是韩昌?”韩昌说:“我是叫韩昌,我是九沟十八寨的兵马大元帅。”丕显说:“韩昌啊,古人常说,上等之人,说话为凭;中等人,纸笔为凭;下等人纸笔都不为凭。我看你不配当大帅。”韩昌问:“为什么,你说不够当大帅?”“就是不配,你当时在黄土坡是怎么说的?你说永不造反,还写了降书降表,现在你又作吵,出尔反尔,你还是个人吗?你还够大帅吗?我看你小人都不如。”韩昌说:“当时我是有这话的,不过你听清,当时我是说,有杨六郎一杆枪,大辽国家不造反。现在杨六郎已被昏君害死，还怪我造反吗？还怪我说话不算数吗？我说，丕显啊，你们的昏君，卖力的时候有你们，太平时候要贬你们，甚至于要杀你们。”

平：不要看别一个，总看六郎一个人。

“丕显啊，依我之见，不如投我北国，献出遂州，保你有好处。”

平：我到太后面前保一本，包你双王之职受皇恩。

丕显说：“我世代忠良，怎能做卖国贼？誓死保大邦中原，怎能保你，快催马过来。”韩昌说：“你年纪还轻，说话要当心。你们的大帅高君保，还败在我手。何况你又未上过战场，黄毛乳臭没干。不怕丢丑，还想和我动手。”丕显说：“韩昌，你不要啰嗦，说上许多，比上两手。”

平：两个说话藏藏响，脸嘴一变动叉枪。

十：有丕显，虎头枪，真正厉害，
　　有韩昌，托天叉，要你残生。

十：有丕显，朝上打，雪花盖顶，
　　有韩昌，朝下打，枯树盘根。

平：韩昌杀得多有劲，丕显打嘞欠三分。

丕显的枪法是杨六郎教的，枪法虽好，力气太小。韩昌有九牛二虎之力，一叉戳过来，丕显用枪去挡。没有抵得过去，韩昌本来要丕显命的。枪一挡，力道小啦一大半，结果，丕显的战袍被戳通嘞，肋上皮也被刮破嘞。

平：好嘞溜嘞稍，逃到一条命残生。

八王吩咐，拉起吊桥，紧闭城门。又叫士兵掼灰瓶，放乱箭，总算打退番兵。再说韩昌，吩咐小兵仍用炮轰城。众位，过去的炮不是现在的炮，是一个铁管子，里面灌火药、铁沙子，上面有药捻子(就是药线)，放一炮，要忙上半天。韩昌对城上嚎：“宋朝兵将，投降不投降？”一面嚎，一面放炮，可没伤到一个人。番兵见没人就对里攻，哪晓无数箭像雨点，射死番兵许多人，不敢再攻城。再就八王和寇准，一面叫来郎中给丕显看伤，一面商议，我们的箭快用完了，如果番兵再攻城，如何能抵挡。

平：等番兵进嘞城，君臣难有命残生。

寇准说：“八王，想到一个主意。韩昌最怕的就是杨六郎。”八王说：“寇爱卿啊，你怎么活人说死宁话呢？如果杨六郎没死，韩昌怎敢又作乱呀？不就是正因为六郎已死，才敢兴兵造反的吗？你现在提杨六郎有什么用啊？”寇准说：“虽则杨六郎或许不在,可以找一个和杨六郎相仿的人,站到城头,说不定可以吓退韩昌。”八王说:“到哪里去找哇?”丕显说:“八王,我倒想起一个人,真和我六哥一模一现。”八王问:“谁呀?”“就是和我六哥结拜的盟兄弟,云南的任炳——任堂惠。”

平:寇准听说任炳——任堂惠,心中高兴八九分。

平:真是踏破铁鞋无觅处,得来全不费功夫。

八王问:“这个任炳在哪里,快去请来退敌。”丕显说:“在张有财店里,他买了五百多头牛,前天来问我借了几车草料。我现在就去,叫人请他来。”

平:随人动嘞身,张家店到面前呈。

张老板接见,随人就问:“任老客在哪里呀?”老板说:“在里面看兵书嘞。”

随人来到假任炳面前:“任老客,我们知州大人请你到他哪里去,有事相商。”六郎想,既然知州叫我,我现在就去。哪晓到里面一看,八王和寇准也来杠。他假装不认得:“哦呀,知州大人,你唤我有何事?”寇准对八王和丕显说:“你先到行宫去,我有私话和他讲。”八王晓得寇准花头大,随时和丕显上嘞行宫,衙门里就剩寇准和六郎两个人,六郎说:“寇大人你怎么让他们走啊?有什么话要和我讲啊?哦呀。”寇准说:“杨六郎,你当我面不要再哦呀,你不是任炳,你是杨景。”六郎说:“你认错人了,哦呀,我是任炳,不是杨景。”寇准说:“六郎啊,你瞒得别人,你骗不了我。我问你,任炳在云南从未见过我。你说是任炳,怎叫我寇大人的,怎么认得我的?”六郎花头也大了,对寇准说:“我在天波府和我六哥学枪法的时候,刚好你上天波府,听我六哥叫你寇大人,所以我认得的。”寇大人说:“你不要找借口来骗我。其实,当初王强将人头带上金殿那时,我就认清,死的是任炳,不是杨景。不信,我就说给你听,你和任炳长嘞很像。他叫银枪将。其他宁没发觉,你头上有几根红发。”

平:六郎听完成,一点不错半毫分。

寇大人说:“你二次诈死埋名,你现在不出头,到何时能出头?”六郎说:“寇大人,暂时可千万不能和任何人说明此事。”寇准说:“这个我肯定保密。”

平:等你杀嘞韩昌兵,我对八王说分明。

“现在要你站到城头,报杨景杨六郎的名字。”六郎一听,也就答应。

随时请八王和丕显来到衙门,假任炳对八王和双王行礼:“哦呀。”寇准说:“他答应到城头,退辽兵。”八王说:“任炳啊,到城头喊话,千万不要哦呀。”六郎说:“这个我晓得。”随时和八王、寇准、丕显站到城头。

八王说:“辽国兵将,你们不要轰城,我有话说。”兵将听八王讲话,以为八王要投降,都停止放炮。杨景说:“你们的韩昌,说话不算数,黄土坡,你曾说过,有我杨景一杆枪,就永不侵犯。为何这次又来进犯我中原城池呢?”兵将对城头上说话的人一望,心吓得直荡。

平:这人不是张三其别个,正是杨景一个人。

兵将报于韩昌:“元帅,真的是杨景站在城头,请元帅定夺。”韩昌想,贺黑律亲手到云南追杀的,难道杀的是假杨景?既然是真杨景六郎没死,我们就撤兵。撤出十几里,又一想,贺黑律做事很细心,不可能有假。回过来轰城。众位,就这一段时间,丕显他们有嘞准备的时间,对城上又增加灰瓶、雷石,吩咐抵敌。哪晓炮的威力太大,被轰一个豁口。就在这时,一支队伍,约三千多人,打的宋朝旗号,一员小将,身骑白龙驹,手拿一杆亮银梅花枪,来到沙场。“大胆韩昌,你敢侵犯我大邦中原,本先锋来了。”到底来的是哪一个?

平:他是杨将的后代根,宗保一个人。

宗保怎么来的?铁鞭王呼延赞回朝搬兵,朝中无能人,还是天波府出兵,因为杨家将三岁小孩就有官职,就吃俸禄,所以佘太君也不推诿,就将女将都带来,命宗保为先锋官,柴郡主见宗保都来,她不放心,所以也随军来嘞。

太君说:“你们不能去,待我去会会他。”催马来到韩昌面前:“韩元帅别来无恙,不要向前。”韩昌一看,来者是无佞侯。“哦,原来是老太君你老人家。这么老,身体倒还好,还上疆场,你真有用,是巾帼英雄。”“韩昌,我老身为保国土,扶社稷,保百姓,还管什么年老还是年轻。老身在朝为官,就要出力。”韩昌说:“你杨家真是忠心耿耿,值得我敬佩。我问你,现在你来遂州所为何事?”太君说:“韩元帅,你明知故问。”

平:我来遂州有事情,要救八王回朝门。

韩昌眉头一皱,计上心头。

众位,韩昌用什么计,太君有没有救到八王他们。

单:忠孝宝卷路程远,还有许多未曾观。

平:经在闻中打个晚,下册之中再来闻。

十三、六郎遂州遇双王　寇准太行山请岳胜六郎摆牤牛阵

动脑筋,是杨景,杨六郎,把名扬。——圣谕

单:为人都要动脑筋,凝冰筑城是杨景。

单:设计牤牛阵是杨六郎,万古千秋把名扬。

挂:人人有个梦,往往迷失在梦中,

只要你努力,自然梦成功。

挂:三阳从头起,五福自天来,

为人要正派,不要想发外蒯财。

平:杨家将宝卷对前来,大家添福又添财。

话说,杨家将宝卷,上册理文,已经讲到杨宗保落荒而逃,宗保的三千兵将,对太君营盘逃,韩昌就追。太君来到韩昌身边。韩昌说:“你年纪虽老,精神倒好,不蹲嘞天波府纳福,上遂州来做底高?”太君说:“你明知故问,我是救国救民,还要打你韩昌宁。”韩昌眉头一皱,计上心头,他想我如果和太君打起来,遂州兵将再出战,我老恁不上算。

平:两面夹攻打嘞狠,我们难有命残生。

我不如先放她进城,我再攻城。对太君说:“你我虽是仇敌,冰炭不同炉,我敬你年高德重。偌大年纪,还亲临疆场,我可以让条路,等你们进城。”众将官:“快让条路,放无佞侯的人马进城。”真是,军令如山倒,不让不得了。

平:辽兵辽将两边分,一条大路好进城。

太君想:韩昌让路不安好心,怕我们在城外,八王在城里打起来,两面夹攻,他只好送终。所以说好话等我进城,他好围困。不过,现在正是寒冬腊月滴水成

冰,外面扎营兵将冻得伤心。说不定,他还要偷营劫寨,再说我反正要送粮草进城,有事还好和八王、寇准商议。

平:主意想完成,兵军队队就进城。

平:韩昌见太君兵马进嘞城,恨不得笑嘞肚里疼。

今朝我放你进城,我不同你烦神,明朝我就轰城,要你残生。不提韩昌高兴。再说寇准叫军兵将轰开的豁口赶快堵好嘞,对八王说:"刚才好嘞,任炳在城头一声喝喊,吓得韩昌兵将五花四散。"八王说:"你去拿任贤士找来,我有话和他相商。"寇准随时将六郎喊得来,八王说:"你今朝在城头一喊,吓走韩昌,我记你头功一件。我想将你留在我这里,不知你意下如何?"六郎说:"哦呀,王家千岁,谢谢你的好意,我还要去找买主。我要卖牛,我现在就走。"

平:六郎嘴里说话脚下走,难坏八王丕显两个人。

八王说:"今朝吓走韩昌,明朝怎么办?再说,韩昌这个人狡猾奸诈,如果等他识破嘞,肯定去而复返,还要来攻城。"

平:真正来攻城,哪个抵挡他当身。

再说,城里粮草不足,援兵未到,越想越觉躁。寇准心中有数。就在这时,军兵报,太君领兵马已到。八王、寇准迎接到城门。八王一看,虽则杨门都是女将,个个杀气腾腾、威风凛凛,将老太君围在当中,能像众星捧月。宗勉来到八王身边。

平:跟手来跪下,王舅连叫好几声。

八王问:"宗勉,你来干什么?""我和我母亲一起来打仗的。""那宗保呢?""刚才在城外,和韩昌交战,受嘞伤,落荒而逃,去向不明。"

平:八王听嘞难过很,不知外甥死和生。

寇准说:"八王哎,有话到里面再说。"先在里面搭起帐篷,等兵将休息。双王丕显又将衙门腾出跨院,等杨门女将安身。粮食入库,草上堆,为太君不丑,办嘞接风酒,一面吃酒,八王开口:"毕竟人家常说:宁的名,树的影。我们打一天,都没打败韩昌,假六郎任炳到城头上一说是杨景,倒拿韩昌吓跑啦得够。"

平:他们讲的无心活,太君骨里想分明。

平:不好嘞够,假六郎不是张三其别个,是我六儿一个人。

我六儿真不听话呀,叫你到云南任家庄,去帮任炳家忙忙,照顾任家老小。你又跑到前敌做底高。上次为潘仁美的事,叫你诈死埋名,总算万岁饶嘞你的宁,这次任炳替你死,你诈死埋名。

平:等万岁来晓得,怎肯饶恕你当身。

寇准说:“今天城墙被韩昌轰嘞一个豁口,已经修好嘞。如果打多嘞怎么弄啊?太君啊,人无远虑,必有近忧,依我之见,快去将任炳请来。”丕显派人到会友店去请任老客。来到店里,六郎刚用过夜点,来人说:“任老客,我们知州大人请你啰。”六郎本想不去,又一想看他借草料的面子,我一定去。

平:急急忙忙来得快,衙门到嘞面前呈。

再说寇准对八王和丕显说:“你们到行宫,等任老客和太君有话讲讲。”哪晓,六郎进里一看,是自己的老娘。

平:六郎来跪拜,叫嘞亲娘好几声。

太君骂:“你这奴才,不听娘的话,叫你在云南,照应任炳瓜,你为何上前敌?”“母亲,请息怒,听孩儿说你听。我本想在云南,照顾任炳瓜,可是,我的弟妹在瓜。母亲你想,各处都有搬闲话,说白话的,也有说嬲话的。”

平:三三两两盘白话,坏啦弟妹好名声。

“为嘞少说嬲话,当初我的任贤弟是贩牲口、买马的,所以我到口外来买马的。哪晓马不曾买到,遇到李有财老板,说明买不到马的根由。就帮我买嘞五百多头犴牛。刚好赶到遂州。”

平:辽国围嘞遂州城,叫我怎得赶路程。

“再说任炳贤弟临死之前对我说——”

十:杨郡马,确实是,栋梁之宁,

杀敌人,保社稷,百姓安宁。

平:我如果不能退敌兵,对不起任炳一个宁。

“我到前敌立功,将功折罪,再将任炳替死之事,奏明万岁,对任炳可以讨个死后追封,也算对得起我死去的任贤弟。”

太君说:

平:我儿有分寸,道理倒有八九分。

六郎说:“母亲啊,不是孩儿怪你,你不应该进城。古人常说:进城容易,出城难呀。”太君说:“我当初也是这样想的。”

平:开蒙学生写十字,横也难来竖也难。

“当时,我是进退两难,如果不进城,在外面扎营,一来天气太冷,二来怕韩昌偷劫营盘，所以我才决定进城的。儿啊，去弄点水来给我洗把脸。”六郎找来水，太君脸一把洗，水对外地下一滑，六郎说：“母亲，如果明朝韩昌来轰城，君臣、将官、军兵，就连百姓，总难有命。”太君说：“儿啊，大敌当前，为保大家性命，不负你贤弟任炳，速想良策退兵。能够保住遂州，杀退韩昌，乃奇功一件。等寇准和八王对万岁奏本——”

平：将攻折罪还不算，还要受皇恩。

六郎说：“母亲，我们到外面去看看再说。”那天子，是腊月初八，快三更天，腊月的天气，真是寒风凛冽，北风刺骨，滴水成冰。六郎和太君只顾讲话，没对脚下望，上嘞大当，脚下一滑，就是太君洗脸的水倒嘞杠，倒冻嘞够。刚好六郎脚踩在冰上面一滑，总算没跌下来。六郎脑子相当灵活：“母亲，我已想到守城的办法。”“儿呀，有什么办法哪？”“母亲，我们可以效古人的办法，凝冰筑城，城墙四周冻上冰，放光发滑，一趴一塌。”

平：我们来筑冰城，韩昌要想攻城万不能。

“拖些日子，我再想退兵之策。”太君说：“儿啊，这是最好的办法。我也晓古人，也有筑冰城的事，可我不如你。快去告诉寇天官，叫他现在要军兵百姓立即筑冰城。”寇准一听，特别来劲，随时通知全城军民挑水的挑，浇水的浇，有带水桶，挑水的，也有粪桶挑的，有瓷盆浇的，也有用搿勺浇的。这水浇到哪里，就冻到哪里，也有觉躁直接用桶倒，水一面流一面冻。

平：将近到早晨，一座冰城筑完成。

天明亮，韩昌吩咐小兵准备用大炮轰城。哪晓小兵一望，雪亮堂堂，看不见城墙，汇报韩昌：“遂州城雪白，我们看不到城墙。”韩昌想，军中竟有能人，这是用的凝冰筑城，一般的人是想不到的。不管怎样，轰它两炮试试看。哪晓，轰上去，“咚”，城墙动总不动，抛啦两块冰。小兵用水桶对下倒，一歇工夫，又冻好嘞。韩昌再也无法攻城。他想，心慌，吃不到烫粥。等到春暖花开，冰一化，再好轰城。再说，城里粮草不多。

平：等你粮草绝，平民只好送残生。

再说八王见韩昌不来攻城，就问寇准：“这个凝冰筑城的主意是哪个出的？”寇准说：“是卖牤牛的老客出的。”“哎呀，爱卿啊，他有此韬略，我们不能白用人啊！上次站城头一喊，吓退韩昌，这次又用凝冰筑城之计，保住城池。”寇准说：“王家千岁，他两次都是救你贤王啊。”“寇天官，你给我在功劳簿上记他两次大功。等得胜回朝：

平：对皇上奏一本，重重加封尊。

“你去叫卖牛老客，不要住店里，住到我这里来。”寇准说：“他肯定不肯来住这里，他嫌不方便。”“那就随他吧。”

再说光阴似箭，日月如梭，个把多月，城中粮食吃得差不多。军兵人心浮动，寇准问八王怎么弄。八王有心派人闯营，讨救兵。找不到合适的宁。这些将官，也不如杨门女将，只好找卖牛老客，商议计策。

寇准来到店里，杨景接见，寇准说：“郡马，现在城中缺粮，就八王也没菜吃，就在粥里面放点盐。再说，马上春暖花开，冰要融化。八王想叫你去商议，有何良策，可以退敌。”六郎想，我有心出马敌韩昌，我单身独马，敌众我寡，难以取胜。当初有岳胜、孟良、焦赞等众将都是我的好帮手，现在他们都不在我身边，如何对敌。

平：一面想来一面行，到嘞八王面前呈。

对八王行过礼。八王说：“任老客，你两次救我和军民，已给你记了大功两次。现在和你相商，果有退敌之策？”六郎说：“哦呀，我底高都不会，哪有退敌之策？就我的五百多头牤牛，缺少草料，快要饿死了，我只有一个办法，你看我的功劳份上，把我的牛都买去吧，省得我亏本。”八王问：“你要卖多少钱一头牛？”六郎说：“我卖十两黄金一头。”八王说：“不贵。我现在没有，等回朝再给你。”六郎说：“我不欠账，只要现甩。”八王说：“任老客，我实在是无能为力。”六郎说：“交易谈不成，那我就回店了。”六郎一面跑就想，时令不饶人，春暖花开，敌兵就要冲进来。正往前跑，一个空地，围嘞很多人，六郎站杠望望，这人六十多岁，头戴九龙道冠，身穿八卦仙衣，真是鹤发童颜，仙风道骨，大有神仙之态，一边敲渔皮鼓，嘴里在唱。

挂：大东江山上百秋，可恨北国做对头，
　　帝皇闭贤龙耳软，害得忠臣心内忧。
挂：金沙滩里显身手，双龙会上美名留，
　　叹息明珠埋黄土，英雄受气贩马牛。
平：六郎听嘞多认真，好像唱的是我身。

“比喻说最后一句，英雄受气贩马牛，就是说当初黄土坡，我打败韩昌。我是个英雄，而现在贩牛，这不明明说的我吗？他唱得好，我要和他聊聊。”再说这位老道对大众说:“天气也冷,我今天唱的不取分文。”众人一散,六郎对老道面前一站:“仙长,天很冷,你已唱嘞一阵,请到店内喝杯茶吧。”“那倒多谢你的好意。”六郎领老道进嘞店,叫伙计沏壶茶,再去弄点吃的。六郎问:“仙长,你在哪座古庙修行啊?”老道说:“贫道云游四海,没有准确地方。”“那我怎么称呼呀?”“出家人没有什么名姓,不像你们俗家人,讲究人过留名,雁过留声。贫道看你的相貌,无量前程。”六郎问:“仙长,我一个俗子,有何发远,有何前程?”老道说:“你印堂发亮,二目有神,骨骼健壮,定能扶社稷,是栋梁。”

平:有朝一日出得面,高官受职你当身。

六郎说:“我是贩牛的老客呀。”老道说:“正因你是贩牛的,我才同你结道缘。这些牛就是你出面的引线,贫道去也。”六郎说:“仙长别走哇。”老道说:“后会有期。”说走就走,拦都没拦住。六郎来到门口,问张有财:“你果曾看见老道上哪去呀?”“我们眼睛一蒙,不晓他向西向东。”突然从窗外飞进来一块石子,包嘞一层纸,上面有字。上面写的:

挂:贫道出家在终南,姓任名亮字道安。

今日巧会杨郡马,你我师徒结道缘。

平:六郎看完成,原来是道安师父一个人。

任道安的名字,真是如雷贯耳,皓月当空。提到任道安,无人不知,无人不晓,威震四海,名扬天下。早晓是他,无论如何,也不让他走。

正在这时,忽然“叭塌”,从窗外撂进来一个东西,是蓝布包的。六郎拾起来一看,里面是书,分上中下三卷,每卷四本,共十二本,上面写的是《牛阵全书》。上面画的牛和牛童,用牛摆的阵,什么水牛阵,火牛阵,群牛阵,还有许多阵。

平:六郎看完成,赛于拾到宝和珍。

连三拿书供起来:

平:六郎对书拜三拜,谢谢恩师赠书恩。

谢过恩师,认真看书。书上有燕国伐齐,田单巧摆火牛阵,其中写明怎样训牛,怎样牛阵得胜。他想:“我正好有五百多头牛。”

平:将牤牛阵来摆好,杀退韩昌不容情。

主意一定,去找母亲:“老太君,母亲呀,我想摆牤牛阵杀退韩昌,你看如何?”太君一听,果然相信:“儿啊,你要下番苦功,定能训练成功。”六郎说:“母亲,我怕它不通人性呀。”太君说:“人有人言,兽有兽语,如若不信,我说你听。孔夫子有七十二个弟子，其中有一个叫公冶长，他就懂鸟语，还破了一个奇案。当初公冶长以打柴为生，哪晓那天迷了路，找不到回家的路，刚好遇到一个老公公，就问老公公：‘我认不得回家。’老公公说：‘你要懂鸟语，就不会迷路，跟我走。’”

平：跟随公公对前走，一座院子面前呈。进里一看，真如蓬莱仙境。

十：院子里，有多少，青松翠柏，

有鸟笼，无其数，鸟语花香。

平：许多鸟叽叽喳喳叫得很，能像笙箫细乐声。

“老公公问公冶长：‘你果晓鸟儿说什么？’‘我不懂。’公公对他说：‘你仔细听，鸟的高声说的什么，细声叫是说什么。’公冶长就天天用心听。他能听出鸟叫，就等于宁说话。辞别老人回家，那天又去打柴，听鸟在叫。他听见鸟是对他说话：‘公冶长，公冶长，南山死了一只老绵羊，你吃肉来，我吃肠。’公冶长半信半疑，到南山一看，果然有只绵羊。那么倒哪有一只羊的？一只狼叼嘞一只绵羊，是咬颈部，正要吃，被过路的人惊跑嘞，羊就丢在那里。公冶长就抬回去，剥皮破肚，他拿肠子撂下到山洞里。羊肉，母子两个吃七八天。鸟就气伤嘞：‘你吃肉，肠子都不留给我，你忘恩负义，这次我要骗你。’鸟又来叫：‘公冶长，西山，死了一只山羊，你吃肉来我吃肠。’”

平：公冶长听鸟说完成，果要欢喜八九分。

“公冶长想：将山羊拖回来，又好吃到几天，不过我对不起这只鸟。这鸟是乌鸦。上次的肠子被我撂山洞的，这次一定要留给乌鸦吃。一面想，已到西山，看到两个人，‘张头识眼’，公冶长怕山羊被这两个人拿走，离远就嚆：‘是我打死的，是我打死的。’那么这两个人，在查凶手的，有人被打死在这西山。刚好，公冶长说他打死的。这两个人是公差，跟手用铁索将公冶长一锁，拖嘞就走。拖到公堂，报老爷，杀人凶手已被我们捉拿归案，是他杀的。老爷叫李得清，老爷审堂：‘你姓什名谁，指何荣业，为何要杀人？’公冶长说：‘老爷，我叫公冶长，打柴为生，没有打死人。’”

平：总说没有冤枉事，这件冤枉海能深。

“老爷问：‘你有什么冤枉？你自己说是你打死的，还想抵赖吗？’‘老爷请你听我说分明。我所说是我打死的，是打死的山羊。’‘你怎晓那个地方有山羊的？’‘青天老爷哎，乌鸦对我说，山西死了一只山羊，我怕那两个人拿走，所以我嚆，是我打的。'老爷问:'乌鸦是怎么能说人话呢?''老爷,我懂鸟语。'李得清说:'你如真能懂,我可赦你无罪,放你回转;如果不能懂鸟言——'"

平:人是你杀的,法场过刀不容情。

"先拿公冶长带走,老爷的衙门房檐下有燕窝,里面有五个小燕子,刚好两个老燕出去寻食的。老爷叫衙役,将小燕子捉走藏起来。哪晓老燕进窝,看不见小燕,叽叽喳喳叫。老爷叫将公冶长带上公堂:'你既懂鸟言,我问你。老燕子在说什么啊?'公冶长说:'老燕在说:县官,县官,何仇何怨,把我的五个孩子锁到柜子里,是何道理?'"

平:老爷听嘞果然真,一点不错半毫分。

"'公冶长,你真能懂鸟语。人确实不是你杀的,赦你无罪,放你回转。'"

太君说:"儿啊,人能懂鸟语,就不能懂兽语吗?比喻牛耕地、当犁,说:当直!哎,那牛就跑嘞很直。这就说明,牛也懂人言,只要用心训练,功夫不亏人,定能成功。"六郎叫张有财,请来铁匠李硬钢给我打五百对牛儿尖刀。按每条牛的角的尺寸,定打。另外对那条大老黑,要特制一把刀。又请来最有名的糊纸人,叫张巧手,来到会友店:"请问老板,你是糊马,还糊羊子,兔子灯?"六郎说张师父:

平:请你来不糊灯,要你糊起辽兵人。

六郎问:"你见过辽兵辽将吗?"张巧手说:"我见过。""那好,你要给扎起草人,肚子要能打开,要和辽兵辽将差不多高矮,个子差不多小啊大。穿上北国衣,还要画起眉毛、眼睛、鼻子嘴。身上佩弓,带箭,或是刀枪。"张巧手说:

平:任务交给我,定能办完成。

李硬钢刀打好嘞,张巧手,草人也扎好糊好,都送得来。六郎开始训练牤牛阵,叫力大的军卒,牛角上都装刀,牵二十头牛,出来。先将大豆炒熟,磨细,和料,拌好,用纸一包,放到草人肚里,叫牛去拱草人呢。哪晓,把牛对前拉,这些牛,看见这些草人身上有刀枪,吓得对后退。牛想,你叫我去拱,不被他杀死呀。所以都对后,不向前。有一头牛,闻到草料很香,正要去拱,哪晓大老黑在旁边,"哞"的一声,那头牛倒又对后退。军卒忙得满头大汗,一头牛都没上算。六郎想,龙无头不走,鸟无头不飞。刚才本来那头牛去拱,被大老黑一叫,就对后退,我不如先驯大老黑。主意一定,第二天没喂大老黑。第三天将大老黑牵到草人身边,大老黑想,怎么叫我吃人啊?我饿死,不敢吃呀?六郎想,我不如将草人肚子敞开,草料喷香露出来。大老黑闻到香,馋嘞直流馋沫,本来肚子就饿,我不如壮壮胆,试探吃。草人不动,这么大的牛,吃一两包草料,不够做底高。大老黑见辽国人的肚子里有好吃的,它见草人就拱,犄角上有刀,它去一拱一挑,每个人肚里都有草料,大吃一饱。又将二十头牛饿两天,将大老黑像队长一样,带队。这些牛看大老黑去拱草人,其他牛不敢,大老黑,“哞”,意思是说,你们快来呀,这些人肚子里有好吃的。那些牛听见它一叫,跑来蛮馋。这二十头牛也去拱,用力挑草人,把草料吃光。六郎想,草人有的里面有草料,有的不放草料,这些牛,拱到有草料就吃,没草料也去拱,一戳,里面没有草料,又去戳别的草人。就这样,将五百多头牤牛训练成功。

再说:“冰城开始融化,虽则牤牛可以破敌,但是我顶的是贤弟任炳的名呀。我去找寇大人,先将牤牛阵演给八王他们看了,如果八王看嘞高兴,要免去我诈死埋名的罪名,还要追封我任贤弟。”和寇准一讲,非常同意。再说,八王他们看牤牛专戳草人辽兵辽将。

平:八王看嘞多高兴,称赞任炳有才能。

寇准说:“八王千岁,到现在我不能不说,真人面前不说假,假人面前莫道真。”

平:摆牤牛阵并不是任炳,而是郡马一个宁。

八王一听,一点不信。我御妹夫,云南被害,哪里还有杨景。寇准就将六郎在云南,他的贤弟任炳替死说明。大家听嘞,对任炳深受感动,八王来到六郎身边。

平:一把来捧住,御妹夫连叫好几声。

平:等我回朝奏一本,赦你无罪受皇恩。

“任炳一定要追封他。御妹夫,你马上摆牤牛阵破敌。”六郎说:“牤牛阵光牤牛还不行,交战起来,敌众我寡,没有帮手。最好我的兄弟都请得来,共破韩昌。如果韩昌一败,我们乘胜追击,收复失地。现在朝中无能将,依我之见,派人上太行山,当初岳胜,从三关带去有一万多兵将。再说,花刀太岁岳胜、孟良、焦赞、杨兴,杀法骁勇,勇冠三军,都是难得的大将,请八王赦他们。”八王眉头一皱:“他们反监劫狱可赦,可是他们杀啦边关大帅狄玉陶,恐怕万岁不赦。再说他们太过分,带兵攻皇城。”寇准说:“千岁,你要想,他们在黄土坡战韩昌多大的功啊,为何杀狄玉陶,带兵回皇城?都是为六郎打抱不平,并无反意。现在他六哥都赦了,再说,现在正是用人之时,等他将功抵过,还是赦他们拉倒。”六郎说:“贤王,独木不成林,韩昌战,将如云,为国为民,你就赦他们吧,将来杀敌立功。”八王想:

他们说的都有道理，孤王依你，统统赦免。不过，现在韩昌兵将困城，真是风雨不透，水泄不通，谁能闯营去请回岳胜他们呢？六郎说："臣保举一人，准能闯营。"八王问："是哪个？"六郎说：

平：不是张三别一个，就是天官老大人。

寇准一听，对杠一盯："我是文官，不是武将，不会打仗，怎能闯营？不是叫我去送死吗？"六郎说："天官大人，就是因为你是文官，才叫你去的。凭我带兵多年的经验，怎样用兵，什么时候用什么人，事情能办成。现在辽兵太多，就凭武力，绝对闯不过敌营。只有你去，韩昌一定会放你。再说，孟良、焦赞，都是个犟头。别人去，也说不服他们，只有你去才行。"寇准说："好吧，你写封书信给我。"六郎立即就写，叫众贤弟接信，速回遂州。八王又写了奏折，说明杨六郎没死，准备摆牤牛阵破敌，并请皇上恩准杨六郎及岳胜一班人立功赎罪。两封信交于寇准，准备动身。寇准换上青衣小帽，骑马出城。走不多远敌营炮响，一支队伍拦住去路。

平：为首不是张三其别个，就是韩昌一个人。

韩昌挡住去路，寇准认得韩昌，韩昌也认得寇准，都是在黄土坡认得的。寇准在马上脸带笑容："韩元帅请了。"韩昌说："你是寇天官？"寇准说："不错，我是寇准。""我问你，双天官，你单人独骑上哪去，果是回朝搬兵？"寇准说："韩元帅，朝纲哪里还有什么兵啊？就连佘太君和杨门女将都被困在遂州城。""那你不搬兵，你哪里去呀？""哎呀韩元帅，眼看春暖花开，冰要融化，你们攻城，我们只好回老瓜，再说，城里粮草也完了。八王千岁有意投降，又做不了主，叫我回朝和万岁商议，好写降书顺表，你放我过去果好？再说，遂州城早晚也是落在你们手里。真是识时务者为俊杰，我们现在是保命要紧。"韩昌说："寇天官，你说不是回朝搬兵，有何证据？""哎呀，韩元帅，这个你还用问吗，首先我是个文官，手无缚鸡之力。第二，我一兵一卒都没带，你看像搬兵吗？"韩昌说："寇天官，凭你油嘴滑舌，我不能放你。你说八王有奏折，叫你回朝和皇上商议写降书顺表，你拿奏折，拿出来给我看。"寇准说："韩帅呀，事关重大，只能在皇上面前陈述厉害，由皇上决定，就不便写在奏折上。"

平：韩昌听他说的好像真，放啦寇准一个人。

听他说得像真，他又是个文人，也翻不了腔。吩咐放人。寇准说："那我就谢元帅了。"寇准想，刚才好险，既放我，我就快走吧，省得惹祸。

平：打马飞奔往前行，韩昌起嘞怀疑心。

你如果慢慢跑，韩昌不怀疑。拿马打嘞赛飞，韩昌想，不对，我放他一走，搬来强将要杀我，去把他追回来。“寇天官哎，我还有话要说。”寇准头也不回，韩昌就追，刚到中营，被番将围上来。韩昌大骂：“寇准，你敢骗我，你们给我抓住他。”眼看寇准要被抓住。寇准正到为难处，来嘞英雄一个人。突然敌营大乱，“哗”，辽兵将四外奔逃。只见一员将官，马踏敌营，边打边喊：“你家少爷来了。”手中枪上下翻飞，粘到的死，碰到的亡。寇准想这是谁呀，这么厉害。到了近前一看，这位将官，银盔、银甲，胯下千里银河一点红，手中亮银梅花枪。

平：来者不是张三其别个，就是宗保一个人。

宗保怎么这个时候，是从哪里来的呢？听我慢慢讲来。自从太君带兵，宗保先锋官与韩昌交战，被韩昌打伤，战马落荒而走。后面又有追兵，马一惊，乱跑，宗保想，随它跑吧。哪晓追兵不追嘞够，战马一失前蹄，把宗保掼到地。

平：宗保跌到地，神目不知半毫分。

等他醒来，已经躺在屋里，身边两名道姑，年龄只有十五六岁，一个道姑说：“醒过来了，快去告诉师父。”宗保一摸，伤口已包扎好，宗保问另一个道姑：“我怎到这里的？”这名道姑说：

平：将军要问这件事，听我与你说分明。

“我们师弟兄下山，看见你躺在地上，是我们将你抬上山的。当时你不省人事，师兄良心好，帮你又包扎，又上药。这座山，叫离阳山，紫霞宫。”正说话，小道姑来嘞够：“这位将军，师父有请。”

平：两名道姑前头来领路，宗保就在后头跟。

过了跨院，来到前院，门上写着“幽静”二字。屋里生嘞几个火盆，蒲团上坐嘞十几个人，都是道姑，中间一位老道姑。屋里热气腾腾，小道姑对宗保说：“这是我们的师父。”宗保连忙行礼：“师父在上，弟子有礼。”

平：好嘞你的令徒救嘞我，救到我的命残生。

“无量天尊，你叫什么名字啊？怎么带伤的呀？”宗保说：“师父，我家住天波府，父亲杨景杨六郎，母亲柴郡主，我是不孝之子杨宗保。正因攻打遂州，遇韩昌，我才受伤。”道姑点点头：“真是名门之后，将门虎子。你就在这里多住几天，等你伤口治愈了，再好下山。”对两个道姑说：“徒儿，你们两人服侍少帅。”

平：吃喝一切照顾好，服侍少帅一个人。

一晃半个多月，宗保伤已痊愈，出来散步的，听见有兵刃撞击之声。原来离这里不远，还有跨院，门关的，从窗子对里看，两名道姑在练刀枪。师弟使刀，师兄使枪，两人刀枪并举，一来一往。因为宗保也是使枪的，这名道姑的枪法超过他几倍。看到绝妙处，宗保在外面嗬："好哇，好哇。"

平：这一嗬了不得，惊动道姑两个人。

"什么人偷看我们练武？"出来一看原来是宗保，要是别宁那不得了，非杀不可。宗保答话："二位小师父，是我看嘞好，才嗬的。"大的道姑说："杨少帅，你不蹲屋里养伤，你出来做底高？""哎呀，我已全部好了，在屋内待不住，出来走走，正碰见你们练武，你的枪法太好了。"

平：我刚才冒犯你，要请原谅我当身。

大道姑问："你也使枪啊？"宗保说："是啊。""那你果知道我练的是什么枪法？""我不定说对，可能是万胜枪。"道姑说："对，一点不错，你会不会呀？""略知一二。""你学了多少路啊？"宗保说："我只有四十多路。""那你学得太少了，这个万胜枪法一共一百二十四路。""那你就教我几路枪法能行吗？""你肯学，我来教你。我先告诉你，万胜枪的来历，我现就传给你枪法。"使刀的道姑就走嘞。

才传嘞十几招，使刀的小道姑来嘞够："师兄哎，快点哦，师父叫你去嘞。"大道姑脸一红，枪对兵刃架上一摆，就去见师父。宗保想，莫非是为我，这道姑她要被师父责怪："我也去。"道姑走前头，宗保后头跟。

平：一前一后动嘞身，到嘞师父面前呈。

道姑说："师父，你唤徒儿有事吗？"师父说："听说你在传宗保的枪法？""是的。""你要知道这个万胜枪法的来之不易啊，怎么好轻易对外传呢？""师父，他是将军，他学会了，好为国立功。在他身上有大用，在我身上没有用。""哦，你竟敢顶撞我？"宗保在门口一听，不好，连忙进来，对师父磕头。

平：师父哎，不怪小师兄，只怪我宗保一个人。

"是我求她的，你要怪罪，就怪我吧。"师父一笑："宗保哇，看你面上，不怪她。我问你，你的身体好了没有啊？""师父，多谢她们的照顾，我已全部好了。""既然好了，赶快下山。现在遂州被困，正要用人，快下山吧！""师父！"

平：你对我有救命之恩，我宗保永远记在心。

"师父，我到如今也不晓得师父的法号怎称？"师父说："宗保啊，你不要多问，久后自然晓得。徒儿，你们俩赶快送他下山。"宗保再次谢过师父，服侍他的两名道姑牵来马，盔甲挂好，送宗保下山。

平：师弟前头走，师兄后头跟，宗保中间行，三人一同下山岭。

平：三人来得快，山脚到嘞面前呈。

小道姑说："宗保，我不远送了。"宗保又谢小道，穿好盔甲，上马动身，走嘞十几步。回过头一望，使枪的道姑还站嘞杠，盯紧嘞望宗保。望啊望，上大当。哪晓师父就在她后面，这道姑，脸一红。师父说："我看你对宗保有留恋之心。"道姑说："师父，我看宗保上疆场杀敌，我枉一身本领不能上疆场。真是枉活一世。"师父说："徒儿，你既有此心，师父不留你。你就早点回去吧。""师父，你叫我回去，我上哪去呀？我的家在哪里呀？"

平：你的家在穆柯寨，穆羽是你老父亲。

"号天亮，你有两个哥哥，叫穆铜、穆铁，你的名字叫穆桂英。你三岁的时候，为师云游到穆柯寨，我见你生嘞聪明伶俐。也是我你师徒有缘。"

平：将你带上山，就在山上过光阴。

"你在高山十几年。现在你文成武就，该下山之时，全家团聚，将来有出头之日。另外，我看你对宗保一见钟情，对你说，你的终身许配宗保，日后和宗保见面之时，你就说是师父做的媒。"

平：我在中间把媒做，更改没有半毫分。

"我现在赠你一身盔甲，一匹宝马，一口绣绒刀，用它保江山扶社稷，为国出力。"这时小道姑已把东西交给穆桂英，又谢过师父。又问："那师父，你的法号怎么称啊？有人问我师父是谁，我都说不清。""孩子啊——"

平：要问师父是何人，离山老母我当身。

穆桂英全身打扮，背弓带箭，辞别师父就要下山，众师兄弟都来相送。

穆桂英离别紫霞宫，下山，打马如飞，奔穆柯寨。一到三岔路，马停下来，看到路旁有牌子，一条去山东穆柯寨，一条去遂州的。她想，师父说的我的终身许给杨宗保，他回前敌，能闯得过敌人的连营吗？若有个好歹，不误了我的终身，我不如先上遂州，暗中送他一程，也可助他一臂之力。打马如飞。

平：追嘞一天整，杨宗保就在面前呈。

她不让宗保晓得，跟嘞后面。宗保住店，桂英找个地方住啦一宿。那天到遂州敌营，穆桂英站在营外高处望好嘞。如果宗保不行，我再冲进去。刚好遇到寇准，不得出营门。寇准见宗保闯进来，就嚆："宗保哎，救我命哦。"宗保说："寇大人快到我后边来。"这时韩昌来到宗保面前。宗保恨透韩昌，真是仇人见面，分外眼红，上次伤了少爷，今天非报你一叉之仇。韩昌哈哈大笑：“娃娃，常言说，败将不可上阵，何必动手呢？还不如早点投降，留到杨家后代。”

平：如果将你来打死，绝啦杨家后代根。

宗保说：“少废话。”一梅花枪戳过去，韩昌摆叉相还。宗保这几天学到点枪法，和以前不同，梅花枪，上护其身，下护其马。枪招非常快。

平：枪尖不离韩昌身，要他韩昌命残生。

而韩昌的叉更加厉害，越打越有劲，打嘞十个回合。

平：韩昌打嘞多有劲，宗保战嘞少精神。

只有招架之功，没有还手之力。寇准急得浑身放汗。宗保步步对后退，穆桂英在高坡看得清爽，这个大花脸太厉害，看来宗保战不了。我何不助他一臂之力？从走兽壶里取出雕羽箭，刚好韩昌于宗保只隔几步，本来穆桂英想射他的嗓子咽喉。如果射到咽喉，韩昌只好眼睛一闭，上阎王瓜去，哪晓一箭射过来，头一偏，对手膀子上一戳，韩昌痛得大叫一声，赶进营门。宗保带寇准冲出去，宗保想，刚才这一箭，是哪个助我的，现在我也不问，早晚总会晓得的。两人离敌营二三十里，才停下来，歇一歇，宗保问：“寇大人，你怎么一个宁闯营啊？”“哎呀，你还问呢，都是你父亲出的主意，硬叫我上太行山搬兵。”

平：不是遇到你，我到哪有命残生。

宗保说：“寇大人，我爹已经死了。你怎么说是我爹叫你上太行山的呢？”“宗保啊，你爹又诈死埋名。”就将云南任炳如何替死，告诉宗保。

平：宗保听见父亲没有死，果要欢喜八九分。

宗保说：“天官大人，既然我父没死，我要上遂州，见我父亲。”“得了，早见晚见，不一样吗？你就忍心让我一个人去太行山呀？跟我走，两人有伴。”宗保也就答应同行。

平：两人行走来得快，太行山到面前呈。

众位，太行山不象靖江的孤山，江阴的黄山，太行山周围有百里。要寻一个宁，相等于大海捞针，非常难寻。寇准他们局气好，不要起早，刚好遇到一个樵柴的。“哎，请问你，这山上有个叫孟良、焦赞的，你果晓得住什么地方啊？”樵夫说：“你们问的果是公平大王孟良啊？”“是的。”“哦，离这里不远，顺这山路往前走，转个弯，五六里，看见有大旗的就是。”两人顺路走，果然有大旗，上面还绣嘞字“替天行道，除暴安民”，正中间还有一个斗大的“孟”字。两人来到寨门，看门的拦住得:“你们是做什么的?”寇准问:“你们的大王叫孟良吧?”看门的说:“不错,是叫孟大王。”“你去对你们大王报,就说我寇准和杨宗保到。”看门的说:“好。”

平:你们蹲寨门等一等,我报于大王好知闻。

不提看门的对里报,单说花刀太岁岳胜,自从杨六郎叫他们到太行山养兵,岳胜也是照办嘞,在太行山造房筑墙,招兵买马,积草屯粮。现有精兵二万余人,天天操练,只要六哥一招,随时就到。后来,孟良、焦赞回山,哭得告诉岳胜,说六哥在云南被朝廷杀死。

平:岳胜闻听这一声,哭到死去又还魂。

平:我要反进帝皇城,好帮六哥把冤申。

孟良、焦赞一听,起大头劲,我们现在就兴兵。岳胜毕竟有头脑:“二位贤弟,现在不行。现在去打京城,等于如卵击石,不但报不了仇,还要搭上性命。又给太君伯母惹祸。”孟良说:“那我们的六哥就白死啊?”“贤弟不要急,君子报仇,十载不晚。我们加紧操练多聚粮草。再派人去打听太君伯母。”大家一听,都很相信:“大哥,我们都听你的。”就叫杨兴进城,一到天波府一打听,就老杨洪看府,其余人都上了前敌。杨兴一到太行山,告诉他们,杨家女将将宗保、宗勉也带上嘞前敌。

平:他们听完成,杨家将怎就忠到恁功成。

杨家将八虎闯幽州,死的死,还有的下落不明。老令公撞死李陵碑,已经吃大苦。就落到六郎,又被昏皇听信奸党,云南身亡。你为什么还上战场。岳胜说:“这个你不懂,正如人们常说的,三国中的‘周瑜打黄盖,一个愿打,一个愿挨’。我们多说也没有用。”孟良说:“大哥哇,我们来自立为王,我们推你大哥做王,我们大家帮你忙。”岳胜说:“我不干。”孟良说:“你不干拉倒,我来,我做一大王,焦赞做二大王,杨兴做三大王。”杨兴说:“我也不干。”岳胜和杨兴带足路费,出门访友。他们不肯卯丑。岳胜、杨兴走嘞,孟良自称草王,焦赞二王千岁,有当丞相的,也有当将军的,也学皇上式现,像做戏差不多。

今朝正在聚义厅吃酒,看门的报大王,外面来嘞两个人,自报是寇准和杨宗保。

平:孟、焦听说是他们两个人,心中欢喜八九分。

吩咐大开山门。孟良也不晓从哪里弄来一套像皇上的冠袍,穿起来,对虎皮交椅上一坐,宗保来到里面。

平:跟手来拜见,拜见叔叔老大人。

孟良说:“王侄儿免礼平身。”宗保听嘞,哭笑不得:“怎么叫我王侄儿呀?”“宗保啊,叔叔当上了草王,将来王侄继承我的王位。”宗保说:“这个现在不讲,寇大人请你来了。”“王侄,寇天官请我有何事啊?”“叔叔,韩昌进犯中原,八王被困遂州,没人解围。我父在八王面前保举你们和岳叔叔,不计前过,叫你们赶赴前敌,杀韩昌立战功。”孟良问:“你父是哪个呀?”“哎呀,你怎么连我父是哪个都不知道呢?”

平:我父名叫杨景杨六郎,三关大帅有名声。

孟良说:“宗保哇,你父不是云南被害的吗?”“叔叔,那是任炳叔叔,替父死的。”孟良一把抓住宗保:“侄儿啊,你是听人说的,还是亲眼看见的?”“我没有看见,是听见寇天官说的。”孟良说:“侄儿,你是哪里听见寇准说的?”

平:叔叔哎,要问我怎么听见寇大人说,听我慢慢说分明。

就从祖母太君带兵,我是先锋官,和韩昌交战,负了伤,惊嘞马,落荒而走,到离阳山,昏到在地,讲了一遍。

平:好嘞道姑来搭救,我宗保才有命残生。

“我身体好嘞,再次去闯营,正好遇到寇天官,他告诉我说我父没死,叫我同来,请你们解围。”孟良说:“侄儿啊,你年龄小,不懂底高,侄儿呀——”

平:世上稀奇事情多得很,宁死怎得再复生。

“寇准是骗我们给他卖命的。来人呀,给我将寇准绑起来。”宗保想寇天官是个忠臣,就是当初审潘仁美,我瓜好嘞他——

平:不是寇天官设地狱,我杨家的冤案怎能审理清。

“叔叔,你不能绑寇大人。”这时罗兵已经将寇大人绑起来够,寇大人一面跑,一面说:“孟将军,你们绑我为的何事?”孟良说:“你心中有数,我问你,你来是不是诳兵的?你的胆子不小啊,敢到我这儿来诳兵,说真情实话,万事皆休。”

平:如果不说真心话,杀啦你寇准不容情。

寇准说:“两位将军,我这里有八王的信,还有杨景杨六郎写的亲笔信,都在身边。”小兵到寇大人身边,摸出信来:“大王,这里有两封信,你们拿去去。”这两人念,基本不识字,就当初六郎教他们,只识得几个字,连自己的名字也写得歪歪曲曲,真是王糊郎写字,王糊郎识。别人写的字根本不识得。

再说,六郎写的字带点草,信写嘞又长,孟良说:“焦赞你读读看。”焦赞说:

"你是大王,你看哦。"孟良眼睛来杠翻:"这信不是六哥写的,这是假信。"眼睛一暴,胡子一翘:"寇准你得了哇,用假信来诳兵,来呀!"

平:将他拖出去,腰斩两段不容情。

这时寇准嗮:"冤枉。"宗保跪下来:"求你不能杀他的头。"那么寇准果曾挨杀。

平:好比一盏孤灯渐渐熄,来嘞添油点火人。

真是人们常说:无巧不成书。就在这时,来嘞两个人,岳胜、杨兴来嘞,所有人抱拳拱手:"岳将军,杨将军,我们有礼。"岳胜说:"免礼。"寇准听声音,好像是岳胜,他就出劲嗮:"冤枉哦。"岳胜听嗮冤枉,就跑过望一望,这不是寇天官吗?寇准说:"岳将军,是我哇。"岳胜问:"你怎么上这里来的?"寇准说:"现在遂州被困,有八王和你六哥叫我送信给你们,请你们发兵解围。""我六哥不是死了吗?""哎呀,他没有死。"

平:你如果不相信,这里有信看分明。

岳胜问:"你信在哪里?"寇准说:"给孟良的。"岳胜和杨兴只要看到六哥的信,也就忘记给寇准松绑,寇准还被绑嘞杠,真是蛇咬嘞裤裆,有苦说不出。再说,岳胜、杨兴来到聚义厅,孟良连三让位:"大哥,你回来啦,快点上座。"岳胜问:"二弟,可有六哥的信啊?""那是寇准骗人的,是个假信。""拿信给我看看。"岳胜一看,信的笔迹是我六哥写的,一点不错。信上写,在云南任炳替死,现在被困遂州,我准备摆牤牛阵破敌,你我有出头之日,见信,速带兵奔前敌。

平:岳胜看完成,果要欢喜八九分。

岳胜说:"兄弟啊,这信确实是六哥写的。"把信摆桌子上,拜上三拜。杨兴见大哥拜,也来拜信。孟良、焦赞吓得跪嘞杠,不敢起来。岳胜说:"你们起来呀,你们的胆子也太大。我们出门几个月,你们又做千岁,又绑寇大人,还不快去给寇大人松绑。"两人给寇大人松了绑,来跪下:"寇大人,请你原谅,只怪我们——"

平:有眼无珠不识人,相嘞好人当坏人。

平:我们得罪你,赔礼赔罪我当身。

寇大人说:"宰相肚子好撑船,将军额上能跑马,我不怪你们。"天官到聚义厅。

平:一个个总行礼,连叫大人好几声。

为大人不丑,连三办酒,一面吃酒,寇大人开口:"请诸位将军,火速发兵,到前敌解围,救八王,见你们六哥。另外,八王的奏折,要派人送进京,等万岁放心。”岳胜想,我现在有两万多兵将,不一定都愿意上前敌。你们哪位如不愿上前敌的,发给你二十两纹银带回家去。

平:你们东个东来西个西,也好种田做生意。

原来从边关带来的一万多人,一个都不走,后来招的跑啦二千多,现在还有近二万兵将。岳胜想,救兵如救水,我们马上就走。他想四弟杨兴办事可靠,就派杨兴送八王的奏折上皇城,且不提,单提大部队。

平:兵马队队往前行,直奔遂州一座城。

孟良对焦赞说:“我们赶快上遂州,早见到六哥,和六哥在一起多开心呀,我们来比,看哪个的马跑得快。”焦赞说:“好哇。”开始两人并肩,哪晓外面要夜。

平:孟良马快对前奔,岔道到嘞面前呈。

焦赞落上后面不知多远,孟良对前走,前面有火。孟良想,这火,不晓是鬼火还是神火,就去追。哪晓,追嘞快,哪晓火也走得快。一追,追到树林,火倒没得够,就撑杠寻火。这时,外面已夜嘞多时,离他不远一个宁,这个人就问:“你在寻什么呢?”孟良说:“我刚才看见火,这火,不晓是鬼火,还是神火。我寻到这里,寻不到嘞够。”这人说:“火在我这里呢。”孟良一看,老道手里拿个葫芦,这葫芦有三尺长,上面系着红绸子。孟良说:“我不是找葫芦,我是找火的。”那人说:“你先别找火,你是谁呀?”“你要问我,我告诉你——”

平:孟良就是我,边关大将我当身。

这位老道想,不错,是他。老道说:“我可找到你了,猛儿啊。”孟良说:“你这老道,你为何叫我小名啊?”“猛儿啊,我是你的长辈呀!”

平:我名叫郑道平,你家娘舅我当身。

孟良说:“我没见过你,是真还是假娘舅,我弄不清。”“猛儿啊,你弄不清,我说你听,你瓜住河南,郑州孟家屯。我家离你家三十里,郑家庄,还是你满月的时候我到过你家。后来你五岁丧父,六岁亡母,都怪我,当时我在外云游四海。三年后,我回来,再也找不到你。”

平:今朝遇到你的人,送你宝贝紧随身。

平:孟良跪到地,娘舅连叫好几声。

要说老道叫郑道平,出门云游,遇到任道安,结拜嘞弟兄。一个叫道平,一个叫道安,两人在一起,等于平安的意思。郑道平说:“外甥啊,听说你要遂州找杨景杨六郎，我这东西可以帮你立功。”随时将葫芦交给孟良：“我对你说，这个葫芦，你一拍，就有火球喷出来，就能烧死敌人。不过，不好随意拍，要到不得已的时候，才能拍。里面的火星用完了就没用。”孟良接到葫芦，高兴死嘞：“娘舅啊，我再给你磕头，娘舅啊，我有事上哪里去找你呀？”“孩子啊，我没准地方，你到哪里找到我。有事，我来找你。你快回去吧，我也走了。”郑道平走出树林，不提。单说孟良上马回原路，刚到路口，焦赞也到嘞够，焦赞问：“二哥，你上哪去的呀？”孟良说：“我得宝的。”拿葫芦一现，焦赞说：“这个破葫芦有什么用啊？”孟良说：“有大用，到时你就晓得的。”

平：两人讲讲就说不非轻，大队兵马到来临。

大队兵将都到齐，岳胜吩咐用过战饭，等到天亮动身。这天到了敌营前，一看敌营，真是营靠换营，帐挨帐。就像乱坟场里的粪堆差不多。

平：辽兵辽将多得很，围困遂州紧腾腾。

岳胜说：“我们干脆闯过去，我和宗保还有几名副将在前面。”又特派大将保寇大人，孟良、焦赞断后。来他个出其不意。

岳胜一把刀多厉害，碰到的死，刮到的亡。宗保的枪，横冲直撞。

滚：杀得辽兵逃的逃来溜的溜，个个溜嘞气吼吼。

不曾溜啦多少步，跌啦几个大跟斗。

有小兵报于韩昌，岳胜已到城脚。寇准对里嚆：“救兵已到。”韩昌领队来追杀，孟良拿葫芦底一拍，火球对外一喔，火光大有一间屋，韩昌说：“冒火，快点走。”八王和丕显、高君保，排队开城迎接。杨景没有出来，怕消息被韩昌晓得，岳胜他们对八王行礼。

平：岳胜几个跪到地，连叫千岁好几声。

平：千岁哎，以前我们冒犯了朝廷，要望原谅几个宁。

平：千岁哎，我疆场奋勇杀敌人，将功折罪我当身。

这时到嘞衙门，六郎也来杠，岳胜说：“三关帅印我已带来，交给你。”八王接过来又交给六郎，几个宁又拜过六哥。

平：三关帅印交给你，元帅之职你当身。

“以前的一切过失，统统赦免，望诸位多立战功。”

平：等我回朝奏一本，你们个个受皇恩。

六郎和几个兄弟相商，有你们来嘞。我要准备攻打韩昌，首先摆牤牛阵。第二天杨六郎吩咐四更用战饭，五更到帐听令。抽出大令："呼延丕显听令，本帅命你带一千人出马临敌，只许败，不许胜，就是首功一件。""遵令。""孟良、焦赞听令，你二人速找李有财。现在牤牛圈在城门洞下，等丕显败进城时，就赶快砍断缆绳，放出牤牛。""得令。""岳胜、宗保，你们二人领五万兵将，牤牛冲出来，敌将一定要逃。到那时，你们要在后边追杀。八姐、九妹、张金定，你们所有大将，打扫战场。佘太君，高君保，守住遂州，保护八王和双天官。""众将得令。"

单说丕显领军来到疆场，辽将骂阵官正在骂阵，丕显来到阵前，韩昌亲上战场和丕显来个照面。丕显说："韩昌，你眼睛不要翻，马上叫你上鬼门关，你死到临头，还不下马投降，等待何时？"韩昌说："丕显，上次我手下留情没有结果你的性命，是本帅看你年轻，留你条命。你们冰冻的冰城，也化了，我要马踏遂州。"

平：我攻破你遂州城，要你君臣命残生。

平：两人说话藏藏响，脸嘴一变比输赢。

丕显战五六个回合，想到六郎的军令，虚晃一招，拔马就往下败。韩昌钢叉一举："众兵将给我冲啊，追啊！"辽兵将铺天盖地对前追，丕显带兵进嘞城。六郎旗一摆，放牤牛。孟良、焦赞，手起刀落，砍，咔嚓，缆绳都砍断嘞。这些牛，往常看六郎扎的草人，穿的北国衣，肚里总是喷香的草料。最近三天，什么料都没有吃，饿嘞三天，现在看见北国人，条条牛开心，今天我好大吃一饱。大老黑"哞"！意思是难得有这么多好吃的，快用刀挑啊。哪晓辽兵用刀枪砍牤牛，你哪有牛的力气大呀，有的被牤牛踩死嘞。这些牤牛挑到这个人肚里没料，又去挑那个，越是挑不到吃的，越是快点挑，有的一条牛就挑啦上百人。

平：辽兵被牛开膛，破肚血淋淋，死嘞多伤心。

韩昌一看，上嘞宋将的大算，总想对后逃。哪晓岳胜、宗保、孟良、焦赞，还有丕显，冲上来，你们要逃嫑想。杀得番兵番将人仰马翻，呼爹喊娘。

平：只怪少生两个足，晓得果能逃到命残生。

这次韩昌，兵将被牤牛挑死的踩死的，还有被杀死的，共计七八万人。本来他二十万兵进犯中原，几个关口守城的留啦十万，只有十万围困遂州。这一次就死更多，就剩三万不足。韩昌带残兵逃出四十里，到一片树林，下马一想，我带兵这么多年，我时运不通，又吃一次大败仗，有何脸见萧太后呀，我枉为九沟十八寨的兵马元帅，我有何面目活在世上。

平：阳日三间不愿蹲，情愿地府去安身。

韩昌想到这里，拔出腰刀，就要自尽。两个都督连三背住得。“元帅，人生在世，宁蹲世上挨，覅对土里埋。阎王不寻你，覅发他外蒯财。要说打仗吃亏，胜败乃军家常事。”正在这时，听到马铃声。叮铃，叮铃，一支北国兵马来嘞。蓝旗官报：“元帅、丞相，肖天佐、肖天佑到。”韩昌听报，拿刀插入鞘。

平：连忙来行礼，国舅连叫两三声。

“我这次又打嘞败仗。”肖天佐说：“这次不怪你，我们已经晓得，宋朝用的是牤牛阵。”韩昌问：“国舅，中原除啦杨景六郎，别人绝对不可能有这种策略。”肖天佐说：“对呀，是被你估计对嘞，这个牤牛阵，就是杨景摆的呀。”“国舅呀，当初贺黑律送信来说，杨景六郎死在云南，人头到金殿验过。如果杨景不死，我们也不会兴兵造反啊，怎么到现在，又说牤牛阵是杨景六郎摆的呀？”“元帅呀，我们三人到偏静地方去，我说你听。贺黑律送来密信，你们困他遂州。刚好假任炳在遂州。”韩昌问：“人还有假？”“真有啊，你不要急，听我说，云南一个叫任炳，长嘞很像杨景，他们是拜的盟兄弟。在云南，任炳代杨景死的。贺黑律信以为真，杨景就是假任炳，到北方来买牛，正好也被困遂州。八王赵德芳，写奏折进京要皇上免他的罪，戴罪立功。万岁又将奏折交于贺黑律，所以说：

平：杨景没死确是真，点点不错半毫分。

“当时我们包括萧太后心都很急，如何能破他的牤牛阵。”

平：正在危难处，来嘞一个人。

韩昌问：“来嘞哪个呀，能不能破这个牤牛阵呀？”肖天佑说：“告诉你——”

平：严容到来临，是我大师兄一个宁。

“他对我们说，叫我们也扎起草人，肚里也要放好料，料里拌上毒药，单等杨景放牤牛来。”

平：牤牛吃得毒药料，叫它条条牤牛送残生。

“萧太后已命人扎好两千个草人，用大车拉得来，你可重整旗鼓，破牤牛阵，战胜杨景，再将遂州围困。”

韩昌一听，又来大头子劲，有两位国舅助阵，定能得胜，抓住八王，战杨景六郎。随时将残兵败将集合，连肖天佐两人带来的兵将，共四万多人马。又来到遂州城下，安营扎寨。第二天，韩昌将有毒药料的草人，先排好，前面插了旗帜，遮住草人，韩昌带一万人马，骂敌叫阵。再说杨景他们在城头上，只看见辽兵，因为有旗帜遮住得，看不见扎的草人。杨景想，韩昌这次败得惨重，怎么又来叫阵？因敌情不明，没有发兵。韩昌急得大骂：“你们叫杨景六郎出来，你还装什么死宁啊，装神弄鬼算什么本事。”杨景在城头上听得明白，他想，韩昌怎么晓得我没死啊？是哪个走漏了风声呢？八王也听见韩昌骂阵，就催杨景：“御妹夫，出战吧，放牤牛呀。”六郎想：韩昌今天叫阵，必有原因，有心不出战，不过八王在催，只好出战。下令焦赞、孟良：“你们将牤牛都牵到城门，像昨天一样，等候命令，我带岳胜、郎千、郎万、岑林、柴干、苗刚、石青，还有刘奇，一同出战。”杨景来到战场，冲韩昌一拱手：“韩元帅别来无恙。”韩昌对杨景一看，眼睛发暗，昨天一仗，损兵将七八万。今天见到杨景，强压怒火。放嘞心里，不放在嘴上。“杨景，郡马，久未相见。一向可好？”六郎说：“托福托福，韩元帅，你今天叫某家出城有何事呀？”“杨郡马，我问你一事，牤牛阵可是阁下摆的吗？”“不错，是我摆的。”韩昌说：“此事办得不当，大英雄，就不应改名换姓。更不该诈死埋名，装神弄鬼。有本事出头露面，个顶个，打死不罪过。你用牤牛吓唬伤人，算什么大丈夫，算什么英雄好汉。”六郎大怒：“大胆韩昌，你住口，我杨景并非要诈死埋名，是被奸贼所害出于无奈。你韩昌，也不应该背信弃义出尔反尔，你在黄土坡怎么说的？为何你又侵犯我大邦中原？你要不兴师犯境，我杨景可以永不出世当一个贩牛老客。你无故进犯，占我国土，伤我百姓，我杨家将能不管吗？你昨天损兵折将几万，今天就不应该叫阵，应该下马投降。”

平：降书顺表写给我，留到兵将命残生。

韩昌说：“杨景，我不和你斗嘴。英雄斗智不斗口，你我还是交战呢。你还是放牤牛。”杨景说：“你叫放牤牛，那我现在放。”随时传令，放！快放！孟良、焦赞，砍断缆绳，五百多头牤牛冲出来，就像猛虎下山。韩昌吩咐兵将拿旗帜拔走，露出草人。再说牤牛中的大老黑，德拉犄角上的刀一挑，草料对外一抛，大老黑开心了。昨天不曾吃到人肚里的料，今朝，有好吃的，“哞”，意思是快来呀，今天吃的可多啦。这么多牛抢嘞拱，抢嘞吃。哪晓头牛大老黑先吃的，噗通，对下一倒，不多时，所有的牛，噗通，噗通，都倒下了。五百多头牛，统统都死了。

平：六郎看所有牤牛送残生，说明辽国有能人。

杨景想，我费这么多心，辽国居然有能人，破我的牤牛阵。韩昌冲过来：“郡马呀，这回你的牤牛阵没有指望了吧？你别看在黄土坡，我是输给你的，当时我们战了三天三夜，我的马吃不消。今天我们再来比试比试！”众位，今天韩昌说这话，并不是说大话，他和在黄土坡的时候不同，这么多年，他天天操练。这时岳胜要去战韩昌,六郎说:“兄弟,你不要去,还是我去。”六郎催马奔韩昌,六郎拧大枪,奔韩昌扎去,韩昌举叉接架相还。肖天佐和肖天佑商议:“我们看什么呀? 上哦! ”两人使兵刃上前助阵,恼嘞岳胜。你们能上去帮,我们也上。岳胜的青龙偃月刀一推,番将要吃亏。北国都督、土金牛、土金秀、耶律托、耶律休,所有将官都上战场,这一场好杀,真是兵对兵,出劲拼,将对将,杀得刀雪亮,直杀得天昏地暗。

平:你要他的命,他要你的命残生。

单说韩昌敌住六郎,韩昌的钢叉,在六郎的上下左右叉来叉去。而六郎的枪,真像闪电一样,上护其身,下护其马,两人杀得难解难分。就在这时,耶律休的兵刃眼看要砍到六郎,六郎用枪一磕。又一棍打来,六郎又将棍打掉。就在这时,韩昌的铜叉戳来。六郎晓得不好,身子一偏,就差点点,可是戳在大腿上。盔甲戳破,腿上划有几寸长的血影。宝马也受点伤,再加一惊,这马蹦起很高,从人头上飞出战场。

平:宝马飞嘞走,救到六郎命残生。

不提六郎落荒而逃,再说疆场上,岳胜一看,六哥被韩昌打败,现在辽将多,我们大将少。如果再打下去,辽兵就要进城,不如先收兵。

平:现在收嘞兵,守住遂州一座城。

所以随时吩咐鸣锣收兵。岳胜说:“韩元帅,本来要和你交战,只怪军令难违,改日再会。”所有兵马进城。吊桥拉起,城门关嘞紧腾腾。再说六郎的马,一下子跑出四五十里,到嘞一座山脚,马停下来。六郎看看没有追兵,也就下马。这时,口内干,腿上痛,肚子饿,想想不得过:“我本想打败韩昌将功折罪,好给我死去的贤弟任炳死后追封。哪晓,牤牛阵被破,我又败到这里,如果遂州失守——”

平:捉去八王和寇准,我是一个大罪人。

再说,我这几个兄弟,也是戴罪立功的,现在到这种地步,也是罪上加罪啊。

平:六郎想到许多事,止不住虎目泪纷纷。

就在这时,听有马铃声,六郎想,莫非有番兵追得来,我要作战斗准备。仔细一看,是宋朝人的穿戴。这人来到六郎面前,一看是宋将。这人就问:“你这位大将怎在这里的? ”“刚才在战场,战马一惊,就跑到这里来了。”“哦,我问你,你姓什名谁呀?你如实告诉我,我好帮助你二三分。我家就住这座山,这山叫童山,我们也是中原人,手都是对里弯的呀。”六郎听他说话在理,我就告诉你。

平:提到我人一个,不是无名少姓人。

滚:父来名叫杨继业,佘赛花太君老母亲,

我的名叫杨景,正因我排行是老六,六郎也是我的名。

哪晓这宁一听,不晓多高兴,一把抓住六郎:“哥哇,我们找了多少年,总算找到你了。”六郎弄嘞丈二和尚,摸不到头脑,就问:“我们互不相识,怎么叫我哥?还要找我,是何道理?”“哥啊——”

平:要问为何事,母亲面前说分明。

众位,到底为何这个人抓住杨景六郎,叫他哥,要带他到母亲身边?到底是什么事?原来,他姐姐,王兰英从小许给六郎,后来王兰英打败韩昌。

平:杨家将宝卷打个盹,消停消停再谈论。

十四、杨景落荒童山　王兰英刀劈四将
六郎接假圣旨　王强害六郎逃北国

青又青，是杨景，王兰英，记分明。——圣谕

单：高山青松青又青，智摆牤牛是杨景。

单：刀劈四将王兰英，宋史上面记分明。

挂：宋朝大刀王兰英，沿小许配给杨景，

三十八岁来结亲，一直等他杨景到如今。

挂：世上男子和女人，对人心要真。

多少无义汉，终究没有好收成。

平：开开经来阵阵香，老少福寿广无边。

话说杨六郎和韩昌交战，论理个顶个，打死不罪过。哪晓耶律休、耶律托上去帮，因为当时辽将多，宋将少，所以六郎，顾前顾后，还要顾左右。被韩昌一叉戳过来，六郎一偏，就差点点，腿上被叉一叉，马也受嘞伤。这马飞奔从辽将头上蹿出去，走出四五十里。六郎将马停下，自己想想伤心。本想立功赎罪，哪晓吃到这种败仗，现在肚子又饿，口又干。

平：六郎到危难处，来嘞一个人。

这人武生打扮，来到六郎面前："将军，我也是中原人，我看你是吃得败仗，在这里叹气。呔，你家住哪里，姓什名谁？"

平：你将事情告诉我，可能帮助你当身。

六郎看这宁，不像坏宁，也就告诉他："现在八王和寇准他们，都被困遂州城。前天我摆的牤牛阵得胜，今朝，被韩昌破啦我的阵，辽将多，我将少。所以我腿上负嘞伤。"

平：要问我的名和姓，如实对你说分明。

“我姓杨，叫杨景，字延昭，排行第六，所以叫杨六郎。”

平：天波府是家门，京城里面有名声。

这宁一听，一把抓住杨景：“我竟找到你了，我叫王兰贵。”

平：兰贵背往六郎手，连叫哥哥好几声。

“哥哥，我们这山，叫童山。我的母亲朝也望，夜也盼，像盼月亮，盼星星，就盼你哥哥杨景。”六郎被他说得真是丈二和尚摸不到头脑，我这里无故无亲，为何盼我杨景。“兰贵呀，我们互不相识，你母亲，为何盼我呀？”“哎，我不晓得，到山上自然分明。”六郎想走，兰贵说：“你不要想走，你要走，就不妥。我给你牵马，快跟我上山。”六郎没法，只好动脚。

平：兰贵牵马前头走，六郎只好后头跟。

两人跑嘞十几里，外面已夜了。来到山口，罗兵对里报，报于老太太知道：寨主已回来了。这时两人对里跑，老太太嚆：“儿啊，你上哪去到现在才回来？”老太太这个喉咙多响？

平：老太太嚆一声，能像天空响雷阵。

宁没到声先到。兰贵说：“母亲，大好喜事。”“儿啊！什么喜事？”兰贵来到母亲身边：“你朝也盼，夜也望，要望杨六郎。今朝被我找到嘞，已经找到杨景，你看就是他。”六郎想，不管认得不认得，总要礼貌三先。

平：跟手跪到地，伯母连叫两三声。

老太太说：“儿啊，你不是叫我伯母，要叫我岳母。”六郎想，这位老太太，不算事，我倒客客气气叫她伯母，她要我叫她岳母，真是我敬她一丈，要爬我头上。这时，老太太说：“儿啊，我问你，你果是天波府的杨景啊？”“伯母在上，侄儿确是天波府的杨景杨六郎。”老太太来到六郎面前。

平：一把将六郎来背住，心肝喊啦好几声。

六郎想，我们从来没见过面，这位老太太，怎么叫心肝呢？只听老太太说：“心肝啊，说来话长啊。当年你家住山西，保的是河东王刘贵，有四家令公。你家是杨令公，还有杜国显是杜令公，杜令公生到一位女儿叫杜金娥，指腹为婚许给你弟七郎。还有王令公，再就是我们家，我丈夫叫王怀，王令公，当年我们四家令公合得相当好。

平：我们四个好得很，赛于一家人。

“你的母亲佘太君生你的时候，我还没怀孕，就认你为干儿。后来过嘞四年，我有孕在身，你父母对我说：‘是男孩为弟兄，如果是女孩，就许配给我六儿。’当时我也同意，结果生的女孩。哪晓天有不测风云，人有随时祸福。你们家保了大宋，我家在河东，被奸党陷害，令公被杀，我们逃出来。”

平：好嘞逃到童山来，落到我们命残生。

“我有一子，一女，刚才带你上山的是我儿子王兰贵，我的女儿叫王兰英。”

平：等你等嘞三十八年整，等你六郎好成婚。

“兰英长到二十岁，本想到天波府送信。怎耐，兰英长嘞丑。我就没去开口。现在丫头已经三十八岁，从未谈过亲。六儿啊，这么大的丫头没成家，哪个不急呀，人们常说：男大当婚，女大当嫁。叫我怎得安宁。天天叫兰贵下山，真是天缘有份。”

平：今朝见到你多开心，你们两人就成亲。

六郎听嘞，对老太太一看，急得浑身放汗。当初，母亲是说过有这回事，就是王家搬走，久无音信，就丢下这件事。以后和郡主成嘞婚，现都有两个孩子。如果再和王兰英成亲，对不起郡主。再说我在战场，如临阵招亲，又是一个欺君之罪啊。如不答应，是听母亲说过。

平：六郎来杠转啦几个弯，横也难来竖也难。

兰贵跑过来说：“我现在好叫你姐夫了。”六郎嘴上没答应他。兰贵说：“姐夫啊，我们并不是巴结你杨家。你不要看我姐长相不怎么好，可她的本事很好，她用的刀，有门扇这么大，不轻，有头二百斤。”

平：如果上战场，笃定捉韩昌一个人。

“打辽兵，不费吹灰之力，手到擒来。家人，叫我姐姐来，就说姐夫来嘞。”不多时，从里面走出一位女子，人未到，音就到：“母亲有何事啊？”你们晓她这样一说有多响。

平：兰英说话响得狠，震聋耳朵几个人。

六郎一看吓一跳，这姑娘身高九尺，比自己高尺把。

十：宽肩膀，粗胳膊，粗腿大脚，
　　高鼻子，厚嘴唇，满头红发。

十：板塌脸，金鱼眼，眼露凶神，
　　穿一件，红缎子，拖到足跟。

老太太对兰英说:“女儿啊,这就是你的丈夫,三关大帅延昭杨景杨六郎。”又对六郎说:“贤婿啊,这就是你的妻子王兰英。”六郎想到哪里有这么丑的傻丫头,兰英对六郎一看,欢乐一半,我跟到这个宁,不要说成亲,看看总开心。

平:我同六郎来成亲,少活几年也宽心。

“娘呀,我们什么时候成亲啊?”老太太对六郎说:“贤婿啊,兰英等嘞你三十八年,今朝也是有缘相遇。依我之见,拣日不如撞日,要兰英称心,你们今朝就成亲。”兰贵说:“姐夫哥哥,我叫家人大家帮忙,你们好圆房,我来分喜糖,再叫他们杀猪杀羊,你也不要怕吃亏,和我瓜的姐姐捧一堆。”六郎听嘞哭笑不得。六郎说:“老太太呀,要论平时,这事情好办,可是现我吃了败仗。八王他们被困遂州,我不去解围,反而在这里成亲。”

平:等皇上来晓得,我千个残生活不成。

“如果我一死,兰英只好守寡。要说我是元帅,‘先要正已,方能正人’,等我先回前敌,杀退辽兵,禀明母亲,再接兰英。”兰贵说:“我看你是个败将,狼狈现,你也不如我的姐姐兰英,能力大,武艺精,受过高人传授,还会排兵布阵。刀法也精,称她大刀王兰英。就辽国,在我童山周围侵略,就不敢,怕我童山。”

平:带我姐姐上战场,杀他辽兵不容情。

“一来帮你立功,二来见见老太君。”兰英说:“杨元帅,你败在哪个手,你也别怕丑。等我去杀他的头。”六郎眼睛一翻:“我是战韩昌。”兰英说:“元帅,既然是韩昌——”

平:我这次上战场,要送韩昌上鬼门关。

老太太想,这么大的姑娘,到如今没有成亲,实在不定心,能跟六郎走,顶好。“兰贵呀,快用点药给你姐夫的伤治一治,再叫家人立即办酒,给六郎压惊。明天等兰英陪他同上战场战韩昌。”一夜无话,第二天,用过早膳,兰英穿上盔甲,带好板门大刀,兰贵牵来马,六郎辞别老太太动身。

平:六郎前头走,兰英就在后头跟。

兰英一看番营,真正营挨营。兰英说:“六郎啊,你在我后头,跟我闯营。”六郎说:“你能行吗?”兰英手一带,自己到嘞前面,六郎到她后面。六郎一看城头上是宋兵的旗帜,心中也放心了,八王没有出事。如果出了事:

平:如果八王有嘞长和短,我倒哪有命残生。

再说兰英,她的门扇大刀太厉害了,战马连蹿带蹦冲进敌营,六郎跟在后面。敌人见两人闯营，我们不能相，赶快放箭。兰英的大刀，像摇棉车，转嘞拍，拍都拿箭挡开，冲到战壕，一拍马的叉骨，马一用劲，蹿过去。六郎也跟着蹦过来。这时，辽兵吹嘞牛角号，辽将冲上来一大淘。大刀王兰英的刀，正面一刀，砍死两个。手对左一刀，又是一个，右一刀又是一个，对后一刀又是杀一个。她拿刀，像孙悟空舞金箍棒，舞嘞像起花，碰到的死，挨到的亡。因为今天韩昌不在营盘，两人来到城脚。八王、孟焦都在城头，看一男一女，杀进敌营。离远看不清，现在到城脚，看清的是杨景，六郎喊："快开城门哦。"孟良说："六哥，你没死啊？""兄弟哎，我死不了。""那你后面的女人果是奸细呀？""不是的。"孟良说："我晓得够，大概又是一个六嫂子。""别废话，快开城门。"城门一开，两人进来。

众将军说："元帅，这位女的如果不是奸细，肯定是元帅夫人六嫂子。"

平：六郎听完成，脸总红到耳后跟。

六郎不好意思说。可王兰英不高兴，一开声，像响雷阵："我们不是偷来的，更不是抢来的。我是河东王令公之女，我叫王兰英，自幼父母指腹为婚许给杨景。"孟良、焦赞一听，特别起劲，去报于八王和太君。"我六哥已回城了，还带来一位六嫂子。"

平：八王听完成，火冒三丈八九分。

心想：我御妹配于你，都生了两个孩子，你又弄一位六夫人，我妹子不是吃醋了吗？再说你临阵招亲，该当有罪呀！"去给我将杨景叫来。"小兵来对杨景说："八王叫你去。"六郎来到八王身边，行个礼，又到太君面前。

平：跟手来行礼，母亲连叫好几声。

八王问："杨景，你身为元帅，难道你不懂军纪吗？""千岁，我懂，我懂。""那你为什么临阵招亲呢？又带一个叫王兰英的女子回来呀？""千岁，你听我说——"

平：我将事情告诉你，你好责罚我当身。

"昨天战马落荒跑到童山。当时饥饿口干，好嘞王兰贵将我带到童山。结果，老太太对我说，她们是王令公家，流落在童山。并且说，当初，和我杨王两家有指腹为婚的事情，我说——"

平：要知真与假，要问到生身老母亲。

八王问："老爱卿，当初到底是怎么回事呀？"太君说："当初是有这事的。我的杨景四岁的时候，王怀的夫人杨太君刚有身孕，他们说，如果生到男孩，与我杨景结为弟兄,如果生到女的,就许给我杨景。后来,一来王家去向不明。二来,你已将御妹许给我杨景。”

平:这些事情都怪我,没有与你说分明。

八王说:“当初要说明,我绝对不能将御妹嫁给你家杨景。我的御妹是一国的郡主,怎能到人家做妾呢?”太君说:“这件事情,不要怪杨景,都怪我。我到如今也没有告诉杨景,当时和王家有指腹为婚的事。”八王想,现在怪也没有用。“我再问你杨景,王兰英和你同进城,果就是为成亲来的呢?”

平:高问杨景不答应,低问六郎不作声。

为底高不作声?六郎想:“我和郡主结婚,两个孩子都有嘞,而且已长大成人,这么多年,从未红过脸。我诈死埋名,夫妻不能团圆,以至孤单过这几年,我们之间,也是患难夫妻。哪晓,半路上又冒出一个指腹为婚的王兰英,父母定的亲,她等我三十八年,把青春都误了,你问我,她果是来成亲的,叫我怎么说呢?”六郎想到,刚才进城的时候:

平:不是兰英本事好,我六郎怎能闯营得进城?

“八王千岁,我有话要说。大刀王兰英,是女中魁首,一身好武艺,有她在军营,能退敌兵。刚才就是好嘞她杀退敌兵,我才能进城的。我与她成亲是小事,退敌是大事。千军易得,一将难求啊。要得一员勇将不易啊!对王兰英,是留,是去,此事由贤王定夺。”

八王想,只话我怎么说,王兰英等了那么多年,不为完婚的事,她能来遂州吗?如果我答应你们的事,委屈了我的御妹。眉头一皱,计上心头:“杨景啊,要说你与兰英的事,是你们的私事,我不管。你去问问我御妹,她同意就好,不同意就拉倒。”六郎一听,倒也高兴:我去和她说明兰英与我的事,她要说:这事不能,我不准,一哭,一闹。我就好对母亲来说,我倒无所谓,郡主不肯,我对郡主身上一推,叫母亲和兰英说明。

平:再去找个好人家,就好去成亲。

哪晓同母亲一讲,太君心上不好过。当初和王家,赛于一家人,王令公已死,就生一子、一女,兰英终身给我杨景都等了三十八年,如果悔婚,对不起死去的王令公。要说答应兰英,对不起郡主。

平:太君转不过弯,横也难来竖也难。

大郎妻子张金定听说:“婆婆,依我之见,我去将弟媳叫得来,征求她的意见。"太君一听,倒也相信,不多时,郡主来嘞够,太君就将这些事情和郡主相谈。你们要晓得郡主的气量多大,真是宰相肚子好撑船啊。"婆婆,兰英姐姐都等了三十八年了。又是指腹为婚的,本应等兰英和郡马成婚。再说,我和王兰英姐姐妹妹相称,有话好讲讲,对两个孩子,也好多有照顾。婆婆啊,快叫王兰英姐姐进来。"有人将王兰英请进来。太君和八王一看,吓得放汗。

平:总说长嘞丑,怎就丑到恁功成。

不过兰英虽生得丑,但很懂礼貌。来到太君面前行了一个礼。

太君说:"孩子呀,这就是八王千岁。"兰英来到赵德芳面前:

平:跟手跪到地,连叫千岁好几声。

杨排风一看王兰英,高兴了。这位六夫人比我还要丑,我们丑归丑,就要合合好,我要和兰英奶奶接近接近。搀住王兰英的手,来到柴郡主面前:"这位就是我们家杨景元帅家的夫人,柴郡主。"

平:王兰英来听见,果要气死又还魂。

弄到现在他已有妻室,怪不到像伤风的鼻涕,拿我们甩了。哼,等我给你点厉害。站嘞杠,也不动,也不说话。还是郡主跑过来:"姐姐你好,以前不知道你们住哪里,要是知道,早就把你接来了。"又叫宗保、宗勉过来。"快叫,这是你们的大娘。"

平:两个孩子跪到地,大娘连叫好几声。

王兰英被郡主一说,气消啦一半,见两个孩子叫她大娘,气全消了。她想,我还没有过门,就有人叫娘。

平:想到有孩子叫她娘,脸都红到耳后跟。

"孩子快起来。"又对郡主说:"你好哇。"太君说:"兰英啊,以前我没找到你,要是找到,老早就完婚了。现在你住下来,过啦三天,就给你们完婚。"兰英说:"婆母不要急,现在韩昌正困城,应该以国事为重,有国才有家,等边关平定,再好成亲。"

平:六郎听完成,正中下怀八九分。

能够拖一天是一天。太君吩咐:"八姐、九妹,带你瓜嫂子兰英睡在一起。三天过后,大家商议退兵之策。"六郎说:"八王千岁,我可保举一人,定能战胜韩昌。"八王问:"元帅,你保举的何人?""千岁——"

平:我保举的大刀王兰英,定能打败韩昌一个人。

八王和太君也同意，快去将王兰英请来。不多时，兰英来嘞，对八王、太君行过礼。太君说："兰英啊，遂州被困时间太长了，至今无人能战胜韩昌，杨景说你笃定能战胜。孩子啊，你有没有胆量出战啊？"兰英说："婆母，八王，你们放心——"

平：在我在我都在我，在我兰英一个人。

"不过要依我条件打仗，不打则罢，要打就要必胜。可我，不能独战沙场。我得点将派兵，我又是初来乍到，众兵不服。首先我必须要执掌帅印。人常说，一日权在手，谁敢不低头。"太君说："兰英说得有理，我就依你。杨景啊，你将帅印交给兰英。"六郎一听倒也高兴，随时，双手捧住帅印，交给王兰英，兰英将帅印供起来，拜嘞三拜。

平：从现在起，临时元帅我当身。

众将都来见过新元帅，兰英说："众位将官，我这元帅是临时的，掌印管事。可是我掌印，黑脸不认宁，不管是哪一个，抗令者就得杀头，有功者就得赏。明天四更用战饭，五更出仗。"众将议论，这个新元帅的生相。

平：总说五殿阎王狠，还比阎王狠三分。

再说六郎虽则让出帅印，其实不放心，夜上出来巡城，一看王兰英，带八姐、九妹，还有杨排风正在查营观看敌营。

平：六郎看见高兴很，兰英确是帅才人。

到五更，兵将用过战饭，准备打仗，王兰英盔甲鲜明，击鼓升帐："众将官，今日出战，按军规从事，举旗则起，按旗则伏，闻鼓则进，鸣金则退，可我要增加一条，打败者，杀。"

平：大家听完成，舌头伸出二三分。

孟良想，我和六郎哥，打到如今，从来没有打败仗要被杀的。本来胜败乃兵家常事，从没听过，打败要被杀，可想而之，这丑姑娘太厉害了。这时，王兰英元帅，抽出头支令箭："杨景听令！"六郎一惊，意思是，怎么第一个就叫我呢？正在这时，王兰英眼睛一暴，眉毛一翘，吓得六郎连三过来："末将在。""命你带五千人，攻打南城辽兵。""遵命。""岳胜、宗保打东城外的敌人。孟良、焦赞还有郎千、郎万，你们打西城外的敌人。八姐、九妹，众家夫人和我打北门。排风给我点齐一万兵将给我助阵。老太君，你保护八王和寇准守城。"下令完毕，大刀王兰英提板门大刀上马，左有八姐，右有九妹，率人马出门，亮开军队。韩昌，领三川、六国、九沟、十八寨的都督，正在叫阵。王兰英说："你们给压住阵脚——"

平：我上战场去，会会韩昌一个人。

兰英来到沙场，要会韩昌。韩昌对王兰英一看，这位宋将，我从来没见过，男不男，女不女，像公母宁差不多。"你们哪位去会战宋将？"刚出话音，有人讨令，韩昌一看，定心一半。燕国都督，叫仇旺，手拿流星锤，催马来到阵前："宋将，报过名来，方好受死。""哎呀，你不认识呀，告诉你，我是三关大帅杨景的妻子，大刀王兰英，要再对下问，我告诉你——"

平：你个头发得昏，你瓜姑奶奶我当身。

"番将，我问你叫什么东西，我刀下不死无名之鬼。"仇旺想，这个人，不男不女，问话都和别人不同，应该问我叫什么名字，怎么问我叫什么东西？所谓东西，东西是指呆货，可想而之，这个宁是个草包，哎，她的说话声是个女音。"我告诉你，丑丫头，我是燕国的都督，叫仇旺。"兰英说："不要旺啊旺，你对阎王瓜望。"

平：仇旺听完成，火冒三丈八九分。

抡起双锤就对王兰英头上砸，王兰英一不慌，二不忙，看锤要到，用大刀一碰锤子，两个锤的链子都缠到刀杆上，对里一带。兰英的力气本来大，仇旺背不过，手上捋啦一层皮，两只锤就挂在兰英的刀杆上。要想逃，兰英手脚悛，刀对上一举，仇旺吃苦，刀对下一戳，仇旺的头"啪嗒"对地上一落。

平：死尸倒到地，活跳鲜鱼送残生。

仇朗是仇旺的兄弟，他站在韩昌后面，亲眼看见哥哥被这丑丫头杀啦得，气得哇哇大叫，本来是说，哥哥你死得苦，弟弟做个报仇人，哪晓他喊快嘞：

平：哥哥喂，你死得实在苦，等你瓜弟弟一同行。

众位，做任何事情都要说吉利话，不好说霉话。仇朗说得霉话，手拿狼牙锯冲上来，就砍王兰英。王兰英将刀杆上仇旺的锤子、链子该啦得，锤子撂啦得。看仇朗砍来，用刀背一挡，"哐"，反过来对仇朗从头顶对下一刀，将仇郎劈成两半个。

平：我不是你瓜娘舅并老表，今朝把你把瓜分。

韩昌一看，惊嘞放汗，哪里来的丑丫头，这么心狠手辣，连伤我两员大将。"哪位大将上去给我教训教训她？"话未说完，来了大将两员，这两员大将，是肖天佐带来的，一个叫龙路，一个叫龙快，等歇对阎王瓜溜起来蛮快。一个用的生铁的，浑铁棍。一个是用的青铜棍，两人拖棍来到沙场，要双战兰英。杨排风拿烧火棍要上，兰英说："你给我站杠看，不需你帮，等歇他们死成双。"

单说两人拖棍来到沙场，龙路棍子打兰英的头，龙快想打她的腰，要说这棍有多重，不轻，老称上面称称百十斤，也就是现在的百十公斤。兰英看棍打来，不慌不忙，大刀一横对上一举，"当"，龙路的棍脱手。对下一压，龙快的棍子脱手。她左一刀，将龙路杀死，右一刀将龙快杀死。

平：连杀四员将，吓坏番兵许多人。

韩昌都吓呆嘞，这四员将在营盘算是上等将。上去没两个回合就被丑丫头杀死，再叫人上去，估计无人敢上，干脆我自己上去。"众家兄弟，你们给我压住阵脚，待我生擒丑丫头。"提叉催马来到沙场。王兰英破口大骂："你这挨千刀的韩昌，动不动对我中原侵犯，抢劫财物，生灵涂炭，你的姑奶奶要好好教训你。"嘴里嘀，就动刀，抡起门扇大的刀，奔韩昌劈来。

平：这个力气有多大，足有八百斤。

韩昌暗想，怪不得四员大将死于她的手。她的力气太大哇，就一刀被蹦出好远哩。而王兰英坐在马上稳如泰山，巍巍不动。韩昌到底是大元帅，将马带回来和王兰英交战，王兰英使的刀法太厉害了。

挂：力劈华山奔迎门，斜肩带背左右分，
　　搬刀献纂胸前点，犀牛望月大转身。
挂：小鬼推磨拦腰斩，下走枯树带盘根，
　　大刀使到奥妙处，胆裂魂飞惊鬼神。

这口刀，横一调竖一翻，"唰唰唰"不离韩昌，杀得韩昌眼花缭乱。只有招架之量，没有还架之能，勉强应付。排风丫头叫擂鼓助威。这时：

挂：战鼓咚咚响，旗帜不住摇，
　　杀声惊天地，兰英胆气豪。

王兰英的大刀，在韩昌面前像闪电。韩昌的钢叉，顾前顾不到后，顾左顾不到右。兰英刀要砍他的头，连三封住上路，哪晓兰英砍他的头是假意，砍他腰部是真情，拦腰一刀。

平：如果这刀砍过来，韩昌的腰要两段分。

说时迟，那时快，杨排风嘀："六夫人，要活的。"杨排风的嘴快，王兰英的心眼灵，刀离韩昌也只有几寸。一转手腕，刀口朝上，刀背对韩昌一敲，要是别人，肯定要死。而韩昌虽没有死，也受不了，护背的镜被打得粉融，战马也蹿出去好远。兰英的马也冲出去好远。杨排风高兴嘞起大劲,提着烧火棍来抓韩昌。就在这时,肖天佐、肖天佑吩咐射箭,这样一来,排风没有抓住韩昌,有嘞一个脱身的机会。虽则逃到条命,可后背肿起寸把高的血瘤。再说,王兰英圈回马,再来追韩昌时,哪晓北国大将,十几人来围住王兰英。八姐、九妹和众位夫人也冲上战场,兰英一人能抵千员将,单刀能杀数万兵,加上杨排风的烧火棍,番兵番将死的死,逃的逃。

平:杀得血水流成河,尸骨堆成山。

再说东门、南门、西门,有杨景、岳胜、宗保,还有孟良、焦赞,杀退番兵,追出去四五十里,才收兵。八王和太君听说王兰英大获全胜,连三出门迎接。八王对王兰英说:

平:你的刀法实在能,能像仙家下凡尘。

真是女中豪杰,功高盖世。王兰英下马对八王施礼。太君说:"快到府内歇息吧。"众将,来到王兰英身边,像众星捧月,围得紧紧,特别开心。八王吩咐犒赏三军,一夜无话。八王和王兰英相商,我们要乘胜追杀,收复失地。王兰英和杨六郎带兵一路追杀,辽将闻风而逃。不曾用吹灰之力,收复了所有失地。八王吩附杀牛,杀猪,宰羊,就像皇宫里过年。另外在功劳簿上,按功记明,八王写好折报奏明,杨景收复三关有功,请万岁将功折罪,官封原职。对银枪将任炳任堂惠舍命全交,封他忠义之士,应重新安葬。呼延丕显镇守遂州有功,应官封原职。对岳胜、孟良、焦赞、杨兴,将功折罪,重新加封 。另外请旨意,大兵向北进,收复燕云十六州。有人带奏折,星夜进京。

平:路上行走不几日,到嘞京都帝皇城。

万岁一看,欢乐一半。万岁随时刷两道旨意,钦差官带二道旨意,来到遂州。八王接过圣旨,万岁准奏,杨景官复原职,仍然封三关大帅,对岳胜他们:

平:所有罪都赦免,大将之职几个人。

另一道旨意,西岐金木耳,见朝中大将都去征辽,乘虚造反,抢夺关城。现在不能兴师北上,叫杨景火速派兵将,平灭金木耳。八王和寇准和其他众兵将班师还朝。八王和太君和杨景商议:

平:哪位大将带兵去西岐,平定西番不容情。

杨六郎想:"我根本不可离三关,要说三关二十四将当中,只有岳胜够帅才。而岳胜在身边是我的左膀右臂,真舍不得。"这时,就连八王也无主意。

平:不提无将能出征,经中再说一个人。

王兰英,天天想:“辽国已平定,我应该和杨景好结婚,为什么直到现在风不吹草不动,一点喜信都没有?我去问问婆母太君是为什么。”刚进门,太君和杨景说话。

平:兰英来拜见,拜见婆母老大人。

太君说:“儿呀,你起来。你和杨景的事,我和八王已商议了。在我们回家之前,成全你和杨景完婚。”六郎着躁,对母亲面前跳:“母亲,圣上有旨意,叫我们火速发兵去西岐,退西岐州之敌。我想到现在,想不出何人能领兵挂帅征西岐,至于我和兰英的事,暂时先放一放。”

平:等天下都平定,我们两人好成亲。

兰英一听,心中很不高兴,你明明是找借口,就是嫌我长得丑。要说天下太平,等到何年何月天下得太平啊?我都快四十岁了,宋朝战火纷纷,就怕我临死都不能结婚。兰英也是个硬头子,既然你要悔婚,我也不强求。宁家常说:争食不香,至食不饱,你不要我就拉倒。我要是一直住在这里,像个钉子戳你的眼睛,不如你打发冤瓜离眼前,你们夫妻过千年。想到这里对八王说:“千岁,既然无人平定西岐,我王兰英斗胆讨令。”

平:要打西岐,我带兵,保证西岐得平定。

杨景一听,心中高兴。第一王兰英够帅才,定能得胜。第二,省得在身边,天天碰钉子。杨景说:“王家千岁,既然王小姐愿领兵征西,再好不过,定能得胜,王小姐呀,你就辛苦一趟吧。”

平:等到得胜后,我再接你进朝门。

王兰英心上不得过哇,我等你三十八年。

十:总以为,打胜后,我们成婚,谁知道,打发我,西岐安身。

十:世古上,有多少,有情女子,像杨景,负义汉,误我终身。

十:总以为,杨家将,讲情说理,到临了,你杨景,忘恩之人。

平:我今带兵西岐去出征,久后我们就是陌生人。

兰英心中难过:“总想帮你打败韩昌好成亲。哪晓叫我带兵,虽则我说带兵是说的气话,你还真就打发我去西岐。杨景,我和你从现在起——”

平:你走你的阳关道,我走我的独木桥。

太君走过来,一把捧住兰英,“孩子呀,你就别去西岐——”

平：如若有三长并二短，对不起你家老母亲。

兰英说："太君，我去西岐，将西岐打平定，为国为民，我家母亲也高兴，请你放心。"六郎问："王小姐，你要带多少兵多少大将？"兰英嘴一尖："带兵二千，不要大将，带几名偏将就行。"六郎吩咐岳胜点兵两千，几名偏将。王兰英心上难过，我是说气话，凭我一个女子，你竟就发两千兵给我。我所以不问你要大将，是为你考虑，辽将既多又猛，你居然一名大将都不给我。八王看不过，对王兰英说："兰英，孤封你官职上西岐，封你统治另加封。

平：兰英前来听封尊，西岐指挥使之职你当身。

"此去西岐，如有危难事，写折报进京，我好帮助你。我现在刷道旨意给你。"兰英谢过八王，就要动身，杨排风背住："六夫人，我也要和你同上西岐。"

平：六夫人如果去出战，我好帮助你二三分。

"再说我服服侍，帮你捶腰捶腿。"因为这些天杨排风服侍王兰英，两人合得很好，杨排风真舍不得王兰英走。你别看王兰英生得丑，色样倒有。"杨排风啊，太君身边也少不了你，你还是服侍太君，以后我会来接你的。"

平：王兰英带兵就动身，众将送出遂州城。

八王和太君、寇准、丕显就是双王，带嘞除啦边关的兵将，其余统统进京。不提八王他们回转，单说杨景守边关太太平平，已经三载，那天子：

平：杨景坐帅帐，有嘞钦差到来临。

钦差报有圣旨到，杨景摆好香案，跪在案前。

平：一来迎接皇圣旨，二来迎接钦差老大人。

钦差宣读圣旨："奉天承运，皇帝诏曰：三关大帅杨景，久离家乡，镇守关寨，劳苦功高。今逢太君八十寿日，理应母子团聚，兵权暂交副帅岳景龙。杨景见诏速回京都。"

平：六郎将圣旨接完成，心中欢喜八九分。

六郎谢主隆恩，钦差宣完圣旨，拿圣旨对衣袖里一藏。再说六郎为钦差不丑，为他办酒，一面吃酒，六郎问："大人，容我冒犯，不知大人高名贵姓，因我从未见过。"钦差说："免贵姓楚，名贵新。"钦差用过酒菜，对六郎说："今朝是二月三十，你母亲三月三日寿辰。我有要事，我就先走了。"六郎随时对岳胜吩咐一番，孟良、焦赞要同行，给伯母拜寿，岳胜说："你去再给六哥添麻烦，不能去。"

众位，杨六郎他不晓得：

平:他脚脚踏进杀身路,自己不晓半毫分。

到底怎么个杀身之祸?以后你们听到。单说六郎怕韩昌卷土重来,各关检查一遍,又对孟良、焦赞吩咐要协助岳大哥守好边关。两人说:“六哥,你也要速去速回呀。”“晓得。”

平:六郎骑好白龙驹就动身,哪肯耽搁转府门。

要说这白龙驹,不是一般的马。他跟六郎多年,在疆场上驮杨景,真是出生入死,立下无数战功,和六郎,同生死共患难啊!今天为嘞赶时间真是马不停蹄,六郎对白龙驹说:“老朋友,快点到家,我给好草料,让你吃饱。”这马拱拱六郎的怀里,意思是,我只要一弓腰,马上就到。

平:三月初三早清晨,到嘞京都帝皇城。

进嘞城,战马放慢了脚步,顺街去天波府。见路北,有一个大宅院,门前上马、下马石,六郎想,我离京几年,不晓是哪家造的房子这么好。

平:总说我天波府好哦,还比天波府好几分。

正走到大门前,里面出来一个人。来到六郎马前,抓住马缰绳:“哎呀,我想死你了,你不是杨景贤弟吗?”

平:六郎看这人,原来是王强一个人。

其实六郎看见王强火冒三丈,当初,你的姑爷谢金吾,无故欺辱我杨家,推倒天波府牌坊,暴打杨洪,气得我老母生病几乎没命。我私离边关,与你无关。焦赞杀啦谢金吾,为民除害。孟良杀啦边关大帅狄玉陶,也是他做事不公,将他送终。岳胜带边关二十四将,到太行山举旗造反也是出于无奈。你将一切的事,都归我杨景,发配到云南充军,你又带你的二徒弟狄玉尧去云南,追杀我杨景。

平:不是贤弟任炳替我身丧命,哪有性命到如今。

今朝怎就这么巧,在这里遇到他。王强说:“贤弟呀,愚兄本想上边关看望你,怎奈朝中事情多端,公务在身,无法抽身。今朝我们相遇,好比百草逢春,宁也好煞得。快下马,到我府里歇歇脚。”六郎想,恼人不要恼脸上,他对我客气,我也对他有礼:“大哥,这座府就是你的府啊?”“贤弟,正是,三年前蒙皇上恩赐建造的。贤弟呀,今天怎么得回京的?”“我母亲大寿,我奉旨回来的。”“好哇,盟娘千秋吉日,理应团聚,庆祝一番。”

平:我也要上你门,祝贺盟娘千秋春。

六郎说:“多谢了,我赶快回去,还要上殿见驾。”“贤弟呀,我你兄弟,你就盘门而过吗？这几年，无时不想我的贤弟，无论如何，有时我想嘞饭都吃不下。”

平：我想你想到肝肠断，望你望到眼睛穿。

王强不但说得热心，而且还做鬼流眼泪。六郎说：“大哥哇，今天我太忙，过一天，我再登门拜访，我走了。”王强死也不放六郎：“贤弟呀，你看在我你是盟弟兄，又是同殿称臣，进屋喝口水好走，也不迟。家人快来，给我贤弟牵马。”六郎没法，下嘞马。家人将马拴在影壁墙前边的树上。这时王强拉杨景，越过影壁墙，来到大厅。二人分宾主坐下，王强吩咐家人献上茶，王强二目流泪：“贤弟，愚兄实在对不起你。因为焦赞杀了谢金吾，愚兄报仇心切，才伤了手足之情，叫你吃了不少的苦，愚兄追悔不及，只怪我把事情办错嘞。贤弟，你打我也打得，骂也骂得，后来听说，你诈死埋名，我特别高兴。你在遂州智摆牤牛阵，大杀辽兵，真是奇功在身。我想，有贤弟的智能，辽兵不能犯境，愚兄为你高兴。”六郎听嘞，心到软嘞够，人怕见面，树怕剥皮。他是兵部司马，又是皇上的御老师，也五十多了，能当面赔礼。“以前的一切事情，我不怪你。再说：将人心比自己，姑爷姑娘被人家杀啦得，总归于要报仇。以前的事情，过了，过了，过去就拉倒。”

平：王强连三站起身，贤弟喊啦两三声。

“贤弟真是正人君子。以前的事，已过，都是我的错，不管好丑，我为你办酒。”这时白龙驹在外面叫，意思是，主人啊，快点回府啊！六郎说：“大哥，我有很多事要办，我走喽，少陪。”王强背住得，死总不放：“贤弟，你看不起愚兄啊，哪怕喝一杯，你就走。”这时，家人已经将酒菜摆好，六郎挨缠嘞没办法。又不得脱身，好，我只喝一杯就走。王强陪他坐下来。

平：王强见他来喝酒，心总落到足后跟。

众位，为底高，见六郎饮酒，王强高兴。因为老贼一心要害杨景杨六郎。

六郎端起酒杯，一饮而尽，王强又倒一杯，六郎又喝下去，六郎说：“哥哥，我走了。”这时王强的脸色，阴不阴，阳不阳。等你杨景向前，不拦他。哪晓六郎跑到院子里，觉得头轻脚重。他以为自己一天没有吃东西，是空腹吃的酒，他不晓得，王强这狗贼：

平：三番五次想毒计，要害杨景命残生。

六郎走嘞三四步，觉得天旋地转，头发暗，眼皮发笃，舌头发硬，宁要对下一睏。这时才晓得不好，上嘞狗贼的当。

平：狗贼哎，对我赔礼是假意，害我杨景是真情。

这时王强,手一倒背,皮笑,肉不笑,来到六郎面前:“杨景啊,你怎能比得过我王强?”

平:强中也有强中手,能人背后有能人。

六郎,二目圆睁,怒发冲冠,拔剑要杀王强,哪晓六郎现在,心有余而力不足,他喝的是药酒,药性发足。

平:杨景倒到地,神目不知半毫分。

王强的两个儿子,长子王志林、次子王志风拿绳子来,就拿六郎用绳子——

平:横一捆来竖一腰,拿他捆作稻种包。

王强想:白天不好处置他,先藏到影壁墙里面,到夜好动手。

众位,我们前文已经讲过,王强,本来是北国人,在北国叫贺黑律,是文武状元,萧太后派他到我中原来卧底。他想,早晚有杀身之祸,所以造府门的时候,就设计嘞影壁墙。当中是空心的,中间还有暗门。一定的时候好躲身。如果这门关起,一点缝都没得。所以杨景就被藏到这影壁墙里面。六郎被藏到影壁墙里,除啦王强家的自己人晓得,果有其他的宁晓得呀?单单六郎的白龙驹,被扣在树上,你不要看它是畜牲,它很懂人性。再说,六郎骑它南征北战,六郎很爱护它,现在它看见将自己的主人抬进影壁墙里,你们对我主人要干什么呀?急得“唏溜溜”一声暴叫,前蹄要跳后脚要蹬,只是要挣,要想动身。王强说:“家人去,别让它叫。”这个奴才打人打惯的,跑到白龙驹身边,用鞭子照白龙驹身上,拍,拍,拍,就抽几鞭子。白龙驹火了,它想,我的主人从来都没有打过我,你竟敢恶狠狠地打我,我不蹲这里,我现在就走。用出全身力气,一挣,“咔嚓”一声,缰绳倒断嘞够。

平:这里我不蹲,回到自己府里去安身。

在院子里转嘞半圈,就往外跑。王强急坏了:“快点去抓住得,别让它跑啦得。”这个恶奴上去又是一鞭。白龙驹,跑嘞更加快。家奴大家拦马,两个恶奴在马前面拦,白龙驹前蹄一踢,后脚一踏,恶奴嚆:

平:不好嘞够,我肋子骨断啦好几根,晓得果有命残生。

再说白龙驹冲到大街上,王强说:“你们给我抓马哦!”

平:哪个抓住马,赏你五十两雪花银。

这时的马像疯子一样,在大街上横冲直撞,多少宁被撞跌得,菜篮子踏坏嘞,肉台拱翻嘞,豆腐花担子撞倒嘞,豆腐花泼啦得,卖鱼的鱼被踏融嘞。

平：我们今朝生意总亏本，只怪白马是中牲。

王强，还跟后面嚆："抓住它，赏银五十。"俗话说："重赏之下，必有勇夫。"一位马贩子，听说赏银五十两，想发财，穷嘞快，贪财不要命。他以为自己个子大，宽肩膀，厚胸膛，驯过多少烈性马，一个箭步，冲到白马身边，抓住白马已断啦半段的缰绳。可白马气坏了，你为底高抓我呀，我的主人，被人家绑嘞，都藏起来啦，你还帮虎吃食，真是狗子捉老鼠，多管闲事。虽然被你抓住，看倒你狠还是我厉害。本来缰绳就短，马头紧靠这人的前胸，被马头用力一拱，这宁一个倒栽葱。马前脚一踏，后蹄一踩。这宁五肺六脏都冒出来。

平：鲜血流满地，活跳鲜鱼送残生。

平：白马蹦跳对前来，前面到了顺龙街。

直奔天波府。

今朝是三月三，佘太君生日。前院有杨洪，后院有排风。一大早就将寿堂布置好，还贴上对联，上联是"福如东海长流水"，下联是"寿比南山不老松"。自己几个媳妇，都来拜过婆母，不多时，铁鞭王、双王、郑王、高君保，有宗保陪嘞拜寿。哪晓，顺龙街一阵大乱，个个嚆："快躲开，疯马来了。"这马真像疯子，一直奔天波府，刚好要到府门，西面来嘞一顶轿，白马来嘞，白马来嘞，抬轿的没有让得了。白马头一拱，轿子底朝天，霍里落，滚出一个宁。白马用嘴去，要咬这宁。杨府的人，命总吓啦得，大家去，有抓缰绳的，有背耳朵的，有抓脚的，还有抓鬃毛的，也有拖尾子的，总算拿马揪住得。老杨洪，摸摸白马，这时的马精疲力尽。

平：白马睏到地，一点不动半毫分。

大家望望，刚才轿子里滚出是哪个，果曾站得稳。哪晓一望是寇准，现在的寇准，已经升为当朝宰相。杨洪说："寇大人你受惊啦。"寇准说："还好，差点点被马踏成肉泥。也不晓是哪家的马呀。"杨洪说："我去看看。"杨洪过来一看，对这马好像眼熟，拍拍马头，仔细望望。这马用嘴拱拱杨洪的前胸，杨洪倒认出来呦："哎呀，这是六少爷的马啊。"寇准问："你有没有看准？"杨洪说："一点不错，以前战马在府里，我到它身边，总喜欢拱拱我的前胸。肯定是六少爷的马，郡马孝心重，回来给太君拜寿的。"

平：大家听嘞多开心，眉开眼笑笑盈盈。

你们说，太君今年八十岁，生七个儿子，带嘞一子。八虎闯幽州，死的死，还有的下落不明，就剩六郎郡马一个，还镇守边关。将人心比自己，哪个不想儿子，

能够团聚,今朝六郎能回家团聚,太君宁总欢喜煞得。连三吩咐:

平:你们去迎接,接我六儿到府门。

哪晓到顺龙街没接到,又叫杨明、杨光:“你们骑马出去,一路望望。”哪晓,两人去,也没接到六郎。杨洪说:“这马是从远道而来,浑身是汗,非常辛苦。”大家想,为底高马进门,不见杨景人。这时个个一听,对杠一盯,写账的合本子,炒菜的丢铲子,喝茶的丢杯子。排风说:“老太太,这马可能从边关回来的,也不晓是战场出事,也不晓是回府庆寿,在路上遇到劫道的,还是病倒的,还是被害的。”

平:太君听完成,止不住老眼泪纷纷。

滚:不好嘞够,为何白马进府啊,不见六儿人啊,

就怕六郎没得命,晓得果有命残生。

寇准说:“太君,你不要急,事关重大,等我再想想看。”正在这时八王也来祝寿,听说白马回京,不见杨景。太君问:“贤王千岁,圣上可曾有圣旨下边关,调我儿回朝呀?”八王摇摇头,没听说。难道,这冤瓜又私离边关?寇准说:“先别管公私的事——”

平:只要找到杨景人,就能问分明。

八王说:“寇爱卿,找我御妹夫,全靠你了。”寇准说:“将白马带进来。”这时白马休息嘞,也有精神。哪晓对里带,它要对外。寇准仔细查看白马,看到马的缰绳少啦一段,而且是新断的,再看这白马,摇头摆尾。寇准说:“太君,要找六郎,我只要审白马,就能弄清,寻到杨景。”八王说:“它是畜牲,你怎么审?它又不会说话。”寇准说:“我自有办法。”他拍拍白马:“你是不是和杨六郎一起回家的呀?”白马动都不动,杨洪急煞得:“白马呀,寇大人问你有没有和你的主人一同回家,你怎么没反应啊?”寇准说:“你既能回府报信,为何不说请楚呀?要是和主人一同回来的,你就叫一声。”这时马头抬起来,突然高喊一声。

平:大家听它叫一声,果要欢喜八九分。

这马真是神马,能懂人语,可太君急了:“你说,你果知道你的主人是不是被害了?”马又不作声。寇准说:“你审不了它,你看我的。我来一审,就晓得。白马啊,你能回府送信,你肯定晓得,你的主人在什么地方。你给我们带路。”说来也怪,缰绳一松,就对外走。

平:白马前头来带路,寇准、八王、太君几个紧动身。

排风、八姐、九妹、杨宗保，随后来嘞。再说这白马走到大街，说："踏死人的马，又来嘞够，快点让开呀。"这马跑到王强家门口，倒不走嘞够。单说王强，自从在大街上不曾抓住马，反而惹嘞祸，马贩子被踏煞得，快点拿门关紧嘞。寇准到这里，块块转转望望，这马用头去撞大门，八姐、九妹，一看是王强府，拔出宝剑要冲进去。寇准拦住得："你们无故冲进去不好。""我们问王强要人。""你们凭什么问他要宁？""有白马带路，它怎不上别瓜去呀？单到他家，说明我六哥哥，就在他家。"寇准说："二位小姐，畜牲虽则聪明，不会说宁语，你们无故冲进去，问他要杨景，王强肯定不承认。我们要先礼后宾。排风，你去叫门。"排风，啪，啪，啪，敲门："里面有人吗？八王驾到，叫王大人速来接驾。"王强领志林、志风和几个家人出来，门一开，八王和太君几个人进去，王强说：

平：千岁哎，微臣来接驾晚，要望原谅我当身。

八王说："不知不怪。"王强又对太君打招呼："盟娘你好哇，你今天是千秋吉日，我正要到你府上去祝寿。寇大人还有你们几个女将，都到我这里有什么事啊？"可是没有一个人理他。王强心中有鬼，也不请他们上正厅。寇准想，不让我进去，我们怎么找到宁呀？"王大人，我们有事无事，总不能叫我们蹲外面呀？也应该到里面坐下来，有话好说。"八王和太君他们听寇准一说，直进里。寇准在院子里，带转带看，看见树上有半段马缰绳，而且是新断的。寇准来到大厅，就问王强："王大人，你果知道，我来为底高？"王强想，我害杨景，你没有抓到我的把柄。我不怕你。"寇大人啊，我又没躬你肚子里，哪晓你来做底高。"寇准说："我们到你府里来找人的。"太君说："对呀，王大人——"

平：我们不找别一个，单找杨景一个人。

老贼故意一惊："我贤弟杨景进京？要晓得，我也要去接待我贤弟。你们怎么到我这里找人啊？"太君说："我六儿的战马回家了，可没见人呀。"王强说："哎呀，盟娘呀，那要好好查查呀，别被人害嘞呱。"寇准说："王大人，你不要装疯卖傻，我们就是到你家来查人的。"

滚：交出杨景一个人，一笔勾消莫谈论，
　　如果不交人，一定就要搜府门。

王强脸对下一沉："寇准你不要血口喷人，凭什么搜我府门？"寇准说："杨景的战马到天波府将你告了。"王强一听，真不出意料，当初我就想白马回到天波府要找麻烦。又一想，寇准历来做事，多数先用诈语吓人。他说战马把我告了，你吓得住别人,你吓不了我,哑巴中牲,它根本不会说宁话,怎可能说杨景在我家呢?“寇大人,它怎么告诉你,杨景在我家呢?”“王大人,白马虽则是哑口中牲,不会说宁话,但是,它可以指路,它为什么不带我们到别人家去呢?偏偏到你家来呢?”王强说:“你不要捕风捉影,你不要害宁,你无凭证,问我要杨景,那不是天大的笑话。”寇准说:

平:我如果无凭证,决不上你门。

“排风,给我将战马牵进来。”排风将马牵到树下,将马上的绳头和树上的绳头一对:

平:两根绳头对得准,不差半毫分。

王强先一惊,相当担心。不过,老贼毕竟老奸巨滑,呵呵大笑:“我当什么凭据作证呢,原来马的缰绳,我对你说,寇大人,这匹马是我花五十两银子问贩马的买的。哪晓,新到我家,它不习惯,将缰绳挣断嘞,你就以为是杨景在我家,我早晓得是我贤弟杨景的马,我绝对不买。”八王和太君听他说得,无话可说,寇准说:“王大人,你问马贩子买马,这个马贩子姓什么?叫什么名字?住在哪乡?哪村?”“哎呀,寇大人啊,过路生意,认货,不认人。我没问他名姓,哪乡哪村。”再说这时,王强的两个儿子,志林、志风,脸总吓得发青。寇准观颜看色,更加确定,杨景在他家。寇准说:“王大人,你不用巧辩,杨景肯定在你家,犟都不要犟,白马定能晓得杨景在哪里。”寇准拍拍白马:“老朋友,你带我们找你的主人。”白马真懂人话,来到影壁墙,用嘴直拱。王强这时做贼心虚,吓得对后退。

平:如果真的找出杨景人,我全家哪有命残生。

连三去拦住白马。再说寇准,用锤子敲敲影壁墙,一听声音,“嗵嗵”的声音,如果“啪啪”,说明是实墙,现在是“嗵嗵”,说明是空心夹墙。就问王强:“王大人!你这墙是夹心墙,杨景被你藏这里头。”王强说:“我所以造这个墙,为的是藏贵重东西的,里面没有人。”再说寇准,随便多寻,没有找到门,就叫:“杨排风、八姐、九妹给我将墙撬开来。”王强一拦:“慢,寇大人,你无故搜府,该当何罪?”寇大人说:“八王,你可出口旨。有旨,我都可以搜吧?”王强说:“如搜不到杨景,你怎么说?”

平:搜不到杨景人,我的人头交给你当身。

“王大人,我搜出杨景,你对我怎么说?”王强说:“搜到杨景,我的项上人头交给你。不过——”寇准问:“不过怎么样?”王强想我来吓寇准:“我和他打赌,不过我们请八王作证。”八王想，寇准啊，你怎么和人家赌头呀，你又没有亲眼看见，怎么好肯定呢？不过你们两人都愿意，我只好给你们作证。再说王强亲手将杨景藏进去的，他想，如真能搜出杨景，我先杀寇准，再杀八王。带家眷就走。

平：中原地方我不蹲，逃到北国去安身。

王强和寇准当八王，两相击掌，寇准吩咐扒墙。王强暗中手摸宝剑，如搜到杨景，杀他们措手不及。排风她们，出劲敲呀，扑呀，轰隆，影壁墙一声响，倒下了，一望杨景没项。王强总算心中一块石头放下了。寇准想，本来十拿九稳的，为什么没有人在里面啊？王强老贼对八王说：“我和寇准说的话，要话复前言，将人头给我。”这时，太君他们都为寇准担心，又对白马望望，白马啊，杨景不在里面，为什么你要拱墙呢？白马头一犟，意思是，我明明看见我的主人抬进去的，为什么又变了呢？王强这时，比鬼也狠。

平：我要上金殿告御状，告你寇准一个人。

滚：只要御状告得准，要你寇准命残生，除啦一个对头人。

寇准说：“你告御状，你先去，我随后就到。”老贼对金殿直跳。

八王问：“寇爱卿，这事怎么办呀？”寇准说：“王爷你放心，王爷不用着急，微臣自有办法，他有言来，我有语去，我不会输给他的。”

再说八王他们要上金殿，排风她们，回转天波府。王强老贼来到午朝打钟击鼓，请天子升殿，万岁登殿。

平：老贼拜到金銮殿，叫啦万岁好几声。

平：万岁哎，微臣有嘞冤枉事，要请万岁帮我把冤申。

万岁问：“你有什么冤枉啊？”“万岁，微臣在家好好的，寇准和八王，还有佘太君一班人，硬说杨景在我家，到我家搜府。将我家的影壁墙都扒掉，结果又没有找到。”

平：万岁哎，寇准无圣旨去搜府，他是违条犯法人。

“另外还和我赌过人头，请万岁给我做主啊。”万岁出旨，叫传旨官，宣寇准上殿。这时八王他们刚到午朝门，寇准他们都来到金殿，拜过我主万岁，万万岁。万岁问：“寇爱卿，为何无朕的旨意，无故去搜兵部司马府啊？”寇准晓得王强是恶人先告状，寇准也不是省油灯：“万岁，为臣天大的胆，也不敢私自搜王大人的府，八王千岁和我同去的，有他老人家的旨意，难道还不算数吗？”万岁一听，他拿八王搬出来，也不敢再问。为底高，他看八王的王命金锏拿在手里。金锏对我

一举,我就要吃苦。八王想:

平:寇准灵活得很,搬出我当身。

八王想:我干脆听你寇准和人家赌头的事,怎么能打赢?万岁问:"寇爱卿为什么搜司马府啊?""我为嘞找杨景。""我问你,杨景在边关,何时进的京?""这个……微臣不晓得。"太君说:"万岁,你没有调杨景回京啊?""佘爱卿,边关重地,燕云各州还在敌手。辽国随时要进犯,要重守边关。"

平:大帅是杨景,无故怎可调回家。

太君一听,既无圣旨,杨景为何进京,难道又私离驻地。太君她不晓得,杨景确实接到圣旨,并不是私离驻地进京。

平:千不怪来万不怪,只怪王强老贼一个人。

老贼王强,本来就是萧太后派他到中原来卧底,一定要害死杨六郎,谋夺宋室江山。当初,老贼上云南追杀杨景,哪晓杀的是任炳,他以为杀的是杨景,随时写密信,萧太后接到信,已经死啦杨景,所以叫韩昌兴兵。哪晓遂州一战,杨景没有死,智摆牤牛阵,我辽国损兵折将,大败亏输。

平:都怪你传假情,死啦许多兵将顶伤心。

萧太后随时写密信给王强,你在中原十几年,吃的中原粮,用的中原钱。如有叛我之心,我就对宋室写信,说你是贺黑律,是辽国的奸细。

平:等皇上来晓得,杀啦瓜一瓜人。

"你如没有反叛之心,要火速害死杨景,我辽国好进兵。"王强吓得浑身放汗,也就写了回信:"我没有忘恩负义。等我想主意,一定尽快害死杨景,你好发兵。"萧太后接信,又写几次信,催促王强,要越快越好。所以王强,狗急跳墙。耳听太君八十大寿,他称太君贺寿,假传圣旨。那么,圣旨只有皇上有,八王好用,王强这贼,倒哪有的?就是他做御师先生的时候,他可以直进直出,在皇帝龙书案桌上偷的。所以这次,要害杨景,用上了。派他的手下,楚贵新,假传圣旨,传过圣旨过后,又拿假圣旨带回来嘞。所以无凭无证。其实杨景从边关动身,王强就派嘞几个人,沿路探信,俗话说盯梢。盯好嘞的,杨景的一举一动,总有人回来对王强汇报,所以杨六郎刚到王强瓜门口,王强就出来嘞。假意亲热,拿他骗到家,用蒙汗药给六郎吃。吃昏嘞,藏到影壁墙里。

平:老贼做这些事,哪个也不晓半毫分。

太君想,以前私自进京,几几乎没命,这次怎么又私自进京呢?叫我心如火焚，百思不得其解呀。皇上问："众位爱卿，你们哪个是亲眼看见杨景，还是听说杨景进京？"

平：其他人听完成，默默无语不作声。

但寇准稳如泰山，沉着对答："万岁，是白马回天波府送的信。"万岁一听。一点不信，哪有这种事啊？八王说："万岁，寇准奏的是事实，是白马到天波府送信还不算，还把我们带到王爱卿府里，才搜府的，所以说搜府，没有过错，况且是我叫搜的。""皇兄啊，你做的主，我也不怪。不过，我听王爱卿奏本，说寇准和他打过赌，说搜不到杨景，要寇准的人头，如搜到要王爱卿的人头，并且当你面，两人击过掌。话复前言，现在没有搜到杨景，寇准的人头就要交给王强。"八王说："杨景活不见人，死不见尸，事情尚未查明，先杀寇准，恐怕不稳。""那他们总不能出尔反尔。"寇准脖子一伸，"王司马，你要我的头，你来呀，杀呀！"

众位，随他王强多有用，也不敢在金殿上行凶啊。太君倒吓得要死。八王心中有数，寇准是摆的肉头阵。"万岁，以我之见，杨景下落不明，可以叫他将案断清。能够断清就拉倒——"

平：如果案子断不清，杀啦你寇准不容情。

万岁说："皇兄，你说得有理，我就依你。三天之内，找到杨景，将功补过。如审不清，还要自己拿银子，重修王府影壁墙。"寇准谢主隆恩，大家散朝。太君和寇准一同跑，太君说："寇大人，为嘞我们家的事，连累你了。""这个倒没什么，就是时间太紧，太君你回府吧，你放心——"

平：要寻到杨景，在我寇准一个人。

寇准来到府门，叫来书童寇安，叫寇安如此这般，寇安说："大人，依你这种办法，恐怕太危险。"寇准说："不要怕，如果天亮我不回来，你到天波府去找佘太君。"寇安将话记清，两人换衣，寇安穿一套青布衫，头戴蓝帽，还有一套旧的给寇准穿好。

平：两人动嘞身，到嘞王强家前府门。

两人躲到对面弄子里，一看王强家门前挂着"气死风"的灯笼，寇准拿两块石子，来到门口，敲敲门："里面有人吗？"这时，有人将门一开，人对外一站。寇准用石子对这人身上扔，人对下马碑后面躲。寇安用石子扔在灯笼上，灯笼一坏，火一熄，外面乌黑。看门的离开大门去找扔石子的人，寇准就这时，进嘞王府，看门的人，没有找到扔石子的人，随时进府，关好大门。

寇准轻手轻脚，慢慢找杨景下落，前厅没灯火，就摸到后厅。后头厅不但有火，还听见说话声。他来到后墙，这大厅对面有个窗子，他吐点馋沫，将窗户纸弄湿，找来一根硬草杆，捅开一个洞，对里一看，欢乐一半。王强正在训子，面前站着志林、志风，还有女儿王月姑。

平：提到王月姑一个人，听我给你说分明。

这个王月姑，是王强和姘妇才氏所生，因为不是明媒正娶，所以才氏和女儿都不能带进府门。自从大女儿王月荣被焦赞杀死过后，原来夫人气死嘞，才敢将母女带进府门。这个王月姑生嘞也可以，而且武艺也好，比两个哥哥强得多。现在王强在大厅，就骂志林、志风："你们堂堂男子汉，都不如一个闺女，差点坏我大事，他们在敲影壁墙的时候，你们吓得要变貌变色，寇准就是看你们脸色，才和我打赌的。"

平：如果找到杨景人，我们哪有命残生。

志林说："当时你不也吓得对后躲吗？""奴才，还敢顶嘴？""父亲啊，当时杨景是在里面，为什么，以后没有呢？""这都是好嘞你的妹妹。"志林问："妹妹，你是什么时候，将杨景弄走的呀？"王月姑说："哥哥啊，到任何时候做事都要灵活点，当时白马来拱影壁墙，我想，这马很聪明，它晓得里面有它的主人。再说寇准，可以说，无洞捻洞，他看到白马拱墙，就肯定杨景在里面，听到要敲墙，我立时动脑子，就在大家上外面接八王的时候，我将杨景拖出来，放到我的绣房。所以墙敲开来，没有找到人。"

平：两个哥哥听她说完成，佩服妹妹有才能。

再说他们来杠讲嘞起劲，不晓得寇准，在外听嘞清清爽爽。

平：这叫路上说话草中蛇，骨里寇准听分明。

寇准听嘞高兴，杨景到底在王贼府里。这时，王强叫将杨景带上来。时辰不大，有两人搀住杨景，来到大厅。寇准偷看杨景六郎，被五花大绑，嘴里还塞了布，这时药性已过，但是说不出话。王强说："六郎啊，我和你虽是一头磕到地的盟兄弟，怎奈两国交兵，各为其主。今天是你母亲的生日，也是你的死期，志林，把他杀了。"志林抽出腰刀，推六郎到外面好开刀。

寇准看嘞一吓，命总没得，哪晓脚下一滑一塌，"叭哒"，对地下一跌。屋里的人总听见外面有声音，连三出来抓宁。寇准一来是文官，二来心虚，溜不快。

平：不曾溜多远，抓住寇准一个人。

志林、志风，将寇准绑好，带到大厅。王强一看是寇准，火冒三丈："我问你，什么时候进我府门的？"寇准三个不买账："我早就来了，我是来找杨景的。""我说姓寇的，杨景就在这里，你有什么办法将他带走啊？"寇准说："王强啊，你犯下了杀身之祸，你私设公堂，关押三关大帅，你将我绑上，你还能活吗？早点将我两人放了，上金殿请罪，我们既往不咎，如果杀了我和杨景，则天地昭彰，国法不容。"

平：将我们来杀死，你也没有好收成。

王强呵呵大笑："寇准啊，你聪明一世，糊涂一时。到现在，我实话告诉你。"

平：我是北国龙虎双状元，贺黑律就是我当身。

"不瞒你说，萧太后想嘞吞掉中原，才叫我改名换姓混进京。刚好遇到杨景写御状，进朝纲。我为大辽，卧薪尝胆，费尽心机，杨景是宋朝的栋梁。"

平：不将杨景来害死，想得中原万不能。

"这次是我假传圣旨，骗他进京，我才抓住杨景。哪晓你寇准，一向足智多谋，今朝也是倒嘞霉，要和杨景死一堆。"

滚：寇准听完成，心中思量二三分，

我寇准聪明很，今朝怎落到恁功成。

平：我和杨景死总微小可，大宋江山靠何人。

寇准说："王强你这狗贼！你吃我大宋的俸禄，还帮嘞辽国。"

平：等我出了你的门，抄斩你瓜一家人。

王志风说："爹呀，没工夫和他磨嘴，干脆杀啦他们。"王强说："儿啊，我对你们说，千军万马的命都抵不到这两个人的命。寇准是宋朝的文官之首，杨景是武将之帅，宋朝的栋梁之才。我将他们带到北国去，可以用他们来换中原的地盘城池。"王月姑说："父亲，这是好主意。不过，寇准花头足，弄不好外面还有耳目，到天亮，我们就难走。不如趁早，现在就跑。"

平：我们现在就动身，省得再惹祸场根。

对志林来说："你去整理软细之物，志风准备车辆，大家注意外面动静。"老贼从兜里掏出一个药罐，从里面拿出有鸡蛋黄大的两块药饼，脱掉寇准和杨景的帽子，打开头顶的发髻，将药饼贴上去，又把头发梳好。寇准和杨景被贴了药饼，不多时，浑身无力，昏迷过去。

平：迷迷糊糊了不得，神目不知半毫分。

不过，三四天是死不掉的。再说王强一切准备好，已套好五辆车，其中两辆车，有两层，上层坐的月姑和才氏，下层就是藏的寇准和杨景。车的四周都用彩布围好，三辆车都是金银珠宝。父子三人骑马，还有家人一同动身，看上去能像还乡的官员。

平：所有人动嘞身，北城门到面前呈。

他拿出以前偷来的空头圣旨，写上诏书，守门的千总，也就放他走嘞。顺顺趟趟出得城，一出城，真像兔子赛孙子，对前赶路。

平：路上行走来得快，三岔路到面前呈。

按道理从遂州到幽州要近到几十里，老贼想，遂州有岳胜和二十四将，不能走遂州，宁可多走几十里，从澶州走。对前走嘞一段路，到树林，有五六十人，拦住去路。当中一员老将，大约五十多岁，白面，黑须，身骑白马，手拿大刀，他的左右还有两员将官，三十上下岁数，手拿一杆银枪。老将问："车辆从哪里来，要到哪里去呀？"王强吩咐先停下来，他想，要是劫道的，为什么穿中原的服装？想法应付下子，就好动身赶路，对老将一拱手："老英雄，我们从京城来，要到边关祭祖。你们拦路，可是要买路钱？"年轻的将官说："混账，这是我们大人，是澶州的总兵左大人。你从京城来，你姓什么，在京城指为何职？"老贼想，我们不会得露马脚，不可能是追兵吧？就是派人来追我，也没有这么快呀。干脆报过名，好早点赶路。"我说这位左大人，我如果没有说错，你是国忠大人，我，你虽然没有见过面，我清官册上看到你的名字。"左大人听他叫出名讳，心中想："莫非是兵部司马王强。他是皇上的御老师，又是杨景盟兄弟。是真是假我摸不清，我倒要试他一试。"

平：王大人，你不蹲皇宫伴皇驾，连夜出京为何因？

老贼说："出京，一为省亲，二为祭祖。"拿早已填好的假圣旨摸出来，请左大人过目，左国忠听见有圣旨，连三下马。

平：对圣旨拜三拜，拜拜我主万年春。

看圣旨写的和王强说的一样："哎呀，王大人，请你恕罪。"又对两个年轻的将官说："这是我的两个犬子，长子叫左立，次子叫左福。"

平：刚才我有言语冒犯你，请你原谅我当身。

王强说："左大人，边关重地，理应如此，严防才是。"左国忠说："王大人，外面天已黑，不如到城里住上一夜，明日动身。"老贼怕有追兵，连忙说："左大人，那就不必了,我赶路要紧。”左大人想,省亲祭祖,哪有这么急呀,定有缘故。再说,他要上边关,应该从遂州近,何必绕道而行呢?更加怀疑,立时想主意。对王强说:“王大人,这里是我管辖的境内,如果王大人出了乱子,我有责任啊。过了这林子,有个胡家铺。”

平:你到胡家铺歇歇足,明朝及早好动身。

王强想,过分推让,左国忠要生怀疑,再说今天夜上动身,溜出府门外面都夜了,胡家铺又是个偏地方。这时,王志林说:“我肚子都饿痛了,到哪里找点吃的。”所以王强一想:“好吧,你去给我打点,不过,店里的客人,都要赶走,只许住我一家。”左国忠说:“大人你放心。”吩咐左立上胡家铺,又对左立,附语几句。左立去打点。

平:左大人带王强行,胡家铺到面前呈。

王强老贼,首先问胡老板:“店里有没其他人啊?”老板说:“没有。”王强到里面前后一看,欢乐一半。前后两进,当中有一块空地,正好停车辆,客房空空的,又看到最后面,还有三间房子,不怎好。就问胡老板:“最后面的房子有没有住人啊?”胡老板说:“那是我的家眷,都是女子住的。”“那就好。”王强说:“左大人,你们就回去吧。”左国忠他们走嘞,胡老板和两名伙计,随时酒菜备齐。王月姑派两个用人看车辆,所以人都圈在桌子前,酒菜上来,王强说:“今天,不许吃酒。”哪晓志林,看见酒实在馋,馋沫流了一大滩。“父亲,我太冷,用点酒暖身子。”王强说:“酒醉要误事。”志林说:“我们少喝点,不会误事。再说吴老板特地拿的最好的酒,特别香,不要说吃,就闻闻也舒服到好几天。”再说家里在吃酒,苦嘞外面看车的,这两个人,一个姓邱,一个叫大下巴。这两人又饿,再加北方的夜上特别冷。两个人冻嘞抖,只想要吃酒,老邱说:“大下巴,他们在吃香的喝辣的,我们也进去。”大下巴说:“老哥不能进去,如果我们进去,不出事还好——”

平:如果出得事,不过身,他要我们命残生。

就在这时,胡老板用个托盘端来酒和滚热菜,来到两人身边:“你们太苦了,这么冷,还在外面看车,这份酒菜,你们就填填肚子,暖暖身子吧。”老邱和大下巴说:“胡老板啊,你这个人要活二百岁。”胡老板说:“托你福,趁热快吃吧。”两人着躁,拿起壶来倒。塞子一拔,对嘴里倒,像穷吼,一壶酒就作两三口。一个宁喝啦两壶酒,本来又是饿肚子,酒是糯米浆,多吃要翻腔。大下巴说:“老邱啊,真人面前莫说假,假人面前莫道真,胡老板对我就像对自己人。我们和他要说老实话,我们是去幽州的。”胡老板一听,从皇城上幽州,从遂州到幽州近,为何要多跑几十里,从这里走呢?其中必有缘故。就问:“你们上幽州,幽州是辽国地界,你们去不是送死吗?”大下巴说:“我们到幽州城,就能赏到雪花银。”这时,老邱去解手,胡老板对大下巴说:“外面很冷,你就到屋里取取暖吧。”大下巴说:“不可能,丢啦东西吃不消,有命都没毛。”胡老板说:“在我这院子里,放颗夜明珠丢不了,何况几部车辆呢?”大下巴说:“夜明珠有价,车内的无价哇。”大下巴来到胡老板耳边:“我这车内有人,这个人比夜明珠值钱。”

平:只要用这个人,能换宋朝锦乾坤。

胡老板问:“世上人多得很,哪值这么多的代价哇?”“你不知道,人与人大不相同。你晓车内是何人?我告诉你,是大帅杨六——”刚说到这里,老邱来嘞,大下巴不敢再对下说。

滚:胡老板听说杨家,不是张三其别个,就是杨六郎一个人。

我得赶紧给左大人送信。刚到门口,王家恶奴拦住得:“老板,外面更深,你要上哪里去呀?”胡老板说:“店内酒不够,我出去再打点好酒。”恶奴听他说打酒,也就放他出去。

平:胡老板三步当作二步行,做个传书送信人。

来到树林,左大人等他的信,胡老板说明车内有大帅杨六郎。

平:左大人听完成,火冒三丈八九分。

左大人就从遇到王强就有怀疑,所以叫长子左立打店时,就对胡老板说好,有情况立时到树林里来汇报。现在已晓得车内有人。胡老板回转店门,左大人对左立、左福说:“儿啊,看来王强要想投奔北国。”左立问:“刚才胡老板说的杨六郎是谁呀?”左大人说:“儿啊——”

平:杨六郎不是张三其别个,三关大帅杨景一个人。

左福说:“六郎既是三关大帅,又是王强的盟兄弟,怎么被王强抓住,送北国呢?”

左国忠说:“儿啊,不管是真是假,先诈他一次。”随时顶盔挂甲,带领兵将冲到胡家店,呼啦,将大门堵住得,恶奴连三关紧门。

左国忠大叫:“开门哪,快开门!”

滚:放出杨景一个人,一笔勾销莫谈论,

不放杨景人,要你们命残生。

王强以为追兵来嘞，随时吩咐所有人备马。哪晓家人都吃醉嘞，东倒西歪。左大人一声叫，个个吓得不得了，也有钻到桌子底下，也有躲到茅厕里。

平：也有的被吓得很，好像泥塑木雕人。

王志林大骂："你这些奴才，快给我滚出来，看好车辆，家人看车。"王强自己也来不及拿长家伙，带领两子和女儿还有几个家人，手持兵刃从偏门冲出来。他原以为是官兵追来，哪晓到外面一看，眼睛发暗，原来是左国忠。王强说："左总兵，你这是为什么呀？"左国忠说："你这反贼，你敢抓住杨元帅，对北国拐带，真是胆大包天，要走覅想。我们是问你要人来了。"左国忠是打的诈语，王强以为京城送信来的，我也瞒不了，干脆直说："不错，杨六郎是在我手里。凭你左国忠能对我怎么样啊？人常说，识时务者为俊杰，你跟我上北国，保你享福。"

平：我对萧太后奏一本，高官禄位你当身。

"如若你不肯，不要怪我王强手黑心狠。"左大人一听，当真车内是杨景，击手三指："大胆王强，识点相，放出大帅杨六郎！"

平：如果不放人，鬼门关到面前呈。

王强呵呵大笑："左国忠，要论你本领，只好抓几个偷鸡摸鸭的毛贼，要讲同我动手，你只好献丑。"左立嘴都气歪嘞："父亲，我去杀这只狗贼。"左立一抖亮银枪，奔王强扎来，哪晓用力过猛，王强身子一偏，差嘞一点。王强拔出宝剑，反手一剑，左立身子一歪，宝剑砍在左立肩头和后背，滚鞍落马，小兵抢救。

平：好嘞救得快，救到左立命残生。

众位，在胡家店，左国忠父子要捉王强，救杨六郎，到底果救到。杨家将宝卷路程远，下册之中说分明。

天赐平安福，人同富贵春，和贺佛保延生。

十五、王兰英捉王强　任道安要药引
孟良盗发　八郎助孟良

左国忠，救英雄，盗红发，显威风。——圣谕

单：澶州总兵左国忠，舍子忘生救英雄。

单：孟良北国盗红发，驯马回营显威风。

挂：忠奸总有分，舍死又忘生，为嘞救寇准，一子送残生。

挂：讲经要认真，和佛要高声，人人有精神，腰不酸来腿不疼。

平：接接连来接接连，杨家将宝卷再向前。

上册理文所讲到，王强狗贼，将杨景和寇准捉住得，头上用嘞药饼，这两个人昏迷不醒，连夜带家小金银财宝逃走。

平：中原地方我不蹲，逃到北国去安身。

平：连夜赶路来到快，澶州地界面前呈。

刚好遇到总兵左国忠，左国忠看他狼狈相，就去打点，让他们在胡家店歇宿用点心，胡老板问到大下巴，说车内的人杨景值钱，可换万里江山。胡老板听嘞，火冒三丈。左国忠带两子，左立、左福，来到店门。本来是恐吓王强的。开始，王强以为是朝中发兵将来追他的，哪晓门一开，是左国忠。他想凭你左国忠，我不买你的账，我实话告诉你，我本是北国文武双状元贺黑律，到中原来卧底的。以我之见，识时务者为俊杰，跟我上北国。

平：我当萧太后奏一本，保你高官受职你当身。

平：如果说声你不肯，鬼门关到面前呈。

左大人听嘞，真是七窍冒烟，左大人拿刀要战王强。左立说："父亲，让孩儿去。"左立心高气傲，使枪战王强。哪晓一枪戳过去，用力过猛，王强一偏就差点

点。王强老贼，毕竟是文武状元啊，灵活机动，反过来一剑，左立虽则让嘞傍，可肩倒被戳一条口子，从马上栽下来。

平：好嘞军兵救嘞傍，救到左立命残生。

次子左福，提枪上来。王月姑说："父亲，让我来结果他的性命。"王月姑虽是女流，但她武艺高强，能力出众。而左福是总兵府的少爷，自幼娇生惯养，虽然有报国之心，拖枪和王月姑动手，只有交架之功并无还手之力。王月姑，一刀要砍左福的下半身，左福用枪去接刀，哪晓，她这一刀，是虚的，就在这时，王月姑的刀招一变，拦腰锁玉带，左福躲闪不及，被砍为两段，当场送命。

滚：老将军看嘞多伤心，一子伤嘞还不算，二子活活送残生。

躁嘞怒发冲冠，抢刀来战王月姑。这时的左国忠，要捉老贼，报仇心切，拼老命亲战王月姑。两人刀起刀落，王强连三给女儿助阵。

平：我们将他送残生，带领家眷好动身。

再说左国忠的五十名军兵，看见两员主将，一死，一伤，都不敢上前。就左国忠一人战王强，和王月姑交战。

平：好嘞功底深，独战奸贼两个人。

众位，随你左国忠本事多好，双拳不抵四拳啊。况且，王强和王月姑本事非凡，左国忠顾前难顾后，顾左顾不到右，躲开王月姑的大刀，难顾王强的大枪，大枪戳得来，左国忠慢嘞一点，"叭哒"，头盔被打落。刚躲过王强的枪，王月姑的刀又来了，父女两个双战左国忠。

平：一心要他命，早点赶路程。

这时左国忠，发髻散乱，浑身放汗。他想："我死小事，车内杨景怎得逃生，何人来搭救呀？在这半夜三更，连个行人都没有。难道京城连一个人都不晓得，老贼捉郡马，带家小，对北国逃哇。"

平：苍天呀，绝我左国忠微小可，捉走杨景果伤心。

平：苍天哎，救不到杨景人，大宋江山不太平。

平：左国忠等等险没得命，来嘞两个救命人。

就在这时，店房里一阵大乱。蹿出一匹战马，马上端坐一位姑娘，膀宽腰圆，绢帕罩头，黑面皮，粗眉环眼，高鼻梁，火盆口，身穿一件红缎衣，足有尺长的金莲，手擎一口门扇大刀。她对王强高喊："老贼休得逞狂，姑奶奶要你的命来了。"

平：这位女将不是张三其别个，大刀王兰英一个人。

就在这时,大刀王兰英怎么来的?听学生慢慢讲来。就是在三年前,王兰英帮助杨景杀退韩昌,本意要和杨景成婚。哪晓杨景借口,说等国家太平,我们再成婚。就在这时,西岐州金木耳造反。王兰英赌气去平西。杨六郎发给她两千兵将,离开遂州城,带兵出征。在路上越想越伤心,我等你三十八年,正因父母做主,我现在,既不能成婚,又不能毁婚。

平:你给我两千兵将去出征,还不是叫我送残生。

想到这里,我不如了却残生,活得世上也没意思。死了,死了,一死拉倒。对兵卒说:"你们就此歇吧,我到前面树林看看去。"走嘞二里多地,到嘞树林。她将腰带解下来,对树丫把里一挂,做好相思扣,头要对下躬,想想伤心。

平:亲娘哎,你不要当女儿和杨景来成亲,杨景不爱我王兰英。

平:母亲哎,我痴心女子,遇嘞负心汉,枉枉等他三十八年春。

平:亲娘哎,我哪怕疯子赖子配一个,何必要许给杨景人。

平:母亲哎,女儿树林寻短见,你在高山哪知闻。

平:亲娘哎,你譬如不曾养到我,就养兄弟一个人。

平:太君婆婆哦,我也不怪你,只怪杨景一个人。

平:苍天哎,我不怪天来不怪地,只怪我命中苦伤心。

十:王兰英,在林中,要送残生,
在这时,来了个,救命之人。

平:一盏孤灯渐渐熄,来了添油点火人。

王兰英正要对绳里躬,来嘞一位道姑,连三背住她:"我说你这位女士,人生在世,宁蹲世上待,不要对土里埋,阎王不寻你,覅去发他的外蒯财。你有底高山攀不过,要寻短见,做卵事?"

王兰英看她是名道姑打扮:"请问,你这位师父,怎么也到这树林的呀?"道姑说:"我从小出家,在中岳嵩山修行。"

平:你拿事情告诉我,我好帮助你八九分。

平:你有消愁事,我做消愁解闷人。

王兰英说:"我家原居山西,后来到童山。我叫王兰英,还有一个弟弟和母亲。"

平:师父哎,我将事情告诉你,也比黄连苦三分。

"父母亲和杨家,沿小许的亲,将我许给六郎杨景,我等嘞三十八年,遂州帮杨景打败韩昌，杨景不但不成婚，反而就发二千兵将给我去征西，你说，就这点兵将怎能打败金木耳？再说两千兵将家，上有老，下有小。”

平：如果战场身丧命，家中老小靠何人。

平：我现在寻短见丧了命，兵将就好转家门。

道姑说：“王兰英啊，我告诉你，我叫刘云侠，在嵩山修道多年，我虽不能在战场拼杀，不过，我熟读兵书，虽比不上孔明，但也有点韬略。”

平：你去打西岐州金木耳，我好帮助你八九分。

“你何必走绝路呢？我和你同去打金木耳，打胜了，可拯救一方百姓，也可名垂青史。再说，杨将军可能有回心转意的，到那时，你们夫妻可破镜重圆。况且，蝼蚁尚且贪生，何况是人呢？”

平：王兰英听完成，道理倒有八九分。

王兰英说：“我听你的，不过有句话开口，你不要丢我的丑，我们来结拜姐妹，你看果可以？”刘云侠一听，非常高兴，一报年庚，刘云侠大为姐姐，王兰英为妹妹，她们撮土为炉，插树枝为香。

平：两人来结拜，结拜姐妹两个人。

再两人带兵征剿西岐州。好嘞刘云侠的足智多谋，有王兰英的门扇大刀厉害，百姓的支持。王兰英刀削金木耳四大金刚，八大猛将。

金木耳，被打嘞大败。

平：降书降表交到你的手，滚出西岐一座城。

王兰英得胜，本来班师回朝，哪晓百姓跪在大路不准跑。

平：你们转朝门，我们百姓靠何人。

王兰英被百姓说得心软，就不回转。刘云侠出主意，不如写本奏折进京，先留在西岐州。万岁接到奏折，一看，欢乐一半，西岐已平定，孤家定心。当初八王在遂州代万岁封的统制西岐指挥使，万岁现在也照封。

平：王兰英前来听封尊，西岐州总兵你当身。

平：刘云侠听封尊，副总兵之职你当身。

这两个人在西岐州，哪晓连续遭荒。刘云侠出主意，写出告示，官府借出种子，老百姓两年不交租地，一年不收税。这样一来，有多少外地的人都到这里来安家落户。再说当初金木耳丢下的国库粮也不多，加上几年荒灾，没有向百姓收税，现在一年又不收税，她到百姓家收不到，到哪里有粮向皇上上交。原来整个军兵的粮钱,都是皇上发的,现在王兰英没有对上交,皇上也就不发军饷,当兵的口粮不足,没有换季衣服。王兰英急得都要哭。刘云侠出主意,我们不如自耕种。自收,自吃,一点都不上交,自立为王你看果好。

平:王兰英听嘞多高兴,正中机谋八九分。

平:王兰英自立西岐王,刘云侠军师帮大忙。

平:大旗叉到九宵云,保住西岐得太平。

再说王兰英的母亲杨太君,生嘞重病,兄弟兰贵派人送信给姐姐王兰英。王兰英接到信,就和刘云侠军师商议:“我母亲重病在身,有心转家门。”刘云侠说:“你一人走我不放心,我陪你去探望伯母,不能让任何人晓得,我们要速去速回。”所以两人骑马,出得西岐。

平:在路行程来到快,胡家店到面前呈。

到嘞店,就在胡老板的店住下来,哪晓左立去给王强打店,王强不许任何人住这店里,只能让他一家人住。胡老板,将客宁都打发住别家去嘞。来对王兰英说:“请你们两位,这个房间要让出来,住到别家。”兰英说:“你这老板不对,我们先来的,为什么赶我们走。我们就是不走,做任何事都依先来后到。”老板着躁:“我安排你们到最后的房间果好,我的妻室也住在那里。”王兰英想,可能有大客宁,不要让老板大生意做不成,也就住到最后的房间里。哪晓睏到半夜。

平:连喊带叫了不得,喊杀连天怕坏人。

刘云侠出来一打听,外面喊:“抓王强,救杨景。”刘云侠一听一惊,救的是杨景,杨六郎遇难。连三来客房,叫醒王兰英:“贤妹,杨景遇难,快去救他。”王兰英说:“姐姐,杨景被抓,是活该,也是遭报应,他忘恩无义,我才不管呢。”

平:杨景死活不关我们事,非关我们半毫分。

刘云侠说:“贤妹,你四十多岁的人,怎么耍小孩子脾气呀?杨景对与不对你不要记仇,一定要解救。论私事,他是你的未婚夫,论国法,他是元帅,你是将官。你忘啦,你们同帐听令。”兰英说:“我现在自立为王,就不帮他忙。”刘云侠说:“我们自立为王,并不是夺宋朝皇位,是不受朝中奸臣陷害,不受窝囊气,保护百姓安宁。杨景威震番邦,如果杨景一死,韩昌进犯,百姓遭难。再说左总兵,两个儿子,为救杨景,一死一伤,现在左总兵到嘞危难之时。”

平:你不看别人面,也要看看左国忠面上情。

王兰英也不说去,也不说不去。刘云侠用激将法:“妹妹,你见死不救就算,我晓你怕王强人多,你去也战不过,你就不要去,等我上去。"说完拔剑就要对外冲。王兰英一把背住得好姐姐:"你千万不能去,还是我去,我是看你姐姐和左总兵面上,要看杨景我才不去嘞。"

平:嘴里说话跨上马,手提大刀往外冲。

王兰英冲到门口,两个恶奴挡住得,王兰英不分细咖大,一刀一个。刘云侠手拿宝剑也冲得来,王志林、王志风来嘞。刘云侠说:"妹妹,我在这里抵挡,你去助左总兵抓王强。"这时,左国忠战他父女两个,难以抵挡。王兰英骑马来到面前:"呔"!就这一声,王强和月姑吓得连三撤刀枪,对兰英看,长嘞实在难看。王兰英问:"黄毛丫头,你是谁?""我是兵部司马的女儿王月姑。""是你杀死左国忠儿子的吗?""不错,是我杀的,你能怎么样呀?"兰英说:"要你抵命。"

平:两人说话藏藏响,兰英大刀不饶宁。

王月姑看到兰英的门扇大刀已经害怕,要说王月姑的绣绒刀和一般的武将比也算上等,和兰英动手性命不稳。王月姑用刀来砍王兰英,王兰英用刀一挡,"哐当",王月姑的刀被打飞嘞。王月姑扭头想跑,兰英反过来一刀,王月姑的头对下一抛。

平:王月姑身丧命,也算帮左福做嘞个报仇人。

左国忠转危为安多欢喜,连叫女恩公好几声。"女恩公,王强是北国奸细,一定不能放他逃走。"王兰英说:"他逃不了。"再说王强见王兰英,杀法骁勇,我女儿这么好的本领,只一个回合就被她杀死,我虽是文武状元,因多年没有上疆场,更不是她的对手。

平:只吓得魂飞三千里,魄散九霄云。

老贼本来就不是王兰英的对手,加上老贼舍不得到嘴的肥肉杨六郎,一分心,王兰英大刀砍下来,王强头一偏,差点点将马砍为两段。

平:王强滚到地,到底果有命残生。

王兰英举刀要对下砍,左总兵喊:"恩公留活的。"兰英掉过刀口,用刀背压住王强,军兵上来,用绳子将王强:

平:横一捆来竖一腰,拿他捆作稻种包。

王兰英对左国忠说:"你看住他,我到院子里看看去。"这时,王志林、志风两人双战刘云侠,兰英说:"你们两个贼小子,个顶个,不罪过,居然两个打一个,你们不要帮啊帮,叫你们死成双。"恶奴看见王兰英,这么厉害的女子,想逃。兰英大刀横过来一扫，三个恶奴，被拦腰砍为六段。再说志风，看嘞心一慌，被刘云侠一剑，志风嘴说不对，被前心戳到后背。

平：跟手倒到地，一命呜呼送残生。

王兰英，对王志林一刀，哪晓志林对旁边一躲，没有砍到。兰英一脚，将志林踢个嘴啃泥，军兵捆起来。兰英和刘云侠又到房间里将王家人全部杀死，将才氏也捆绑起来。左总兵来谢两位恩公：

平：恩公哎，不是你们来搭救，我到哪有命残生。

平：恩公哎，好嘞你们本领好，才能捉到奸贼几个人。

平：恩公哎，我要谢谢你们两个人，救到杨景他当身。

"请问两位恩公贵姓高名，家住何方贵地？你们将名姓告诉我——"

平：我当天子奏一本，封你们高官受皇恩。

兰英说："哪个喜欢做他的官呀，提到做官，我一点不贪。要发财，我也不来。我是看在我姐姐的慈悲心，再说你这么大的年纪，两个儿子一死一伤的分上，我们才拔刀相助的。我们要走了。"左总兵说："两位恩公，请到澶州一叙。"刘云侠说："你先救人要紧，快救杨景，有话回头再说。"左国忠来到院子里，砸开两辆轿车的车底，在二层隔板里，找到杨景和寇准，看两人，面无血色。

平：喊喊六郎不答应，再喊寇大人不作声。

平：左总兵急得团团转，果要急煞人。

就在这时，军兵报，八王和太君带兵已到村口。左总兵心中大喜，连三来到村口迎接。

平：跟手跪到地，连叫千岁好几声。

平：千岁哎，我今来接晚，要望原谅八九分。

八王说："你起来。"左大人说："我领你到胡家店去，坐下来，再告诉你。"众位，为何这么巧，就在这时，八王和太君带兵来呢？前文已经讲过，寇准和寇安，换过衣服，到夜，寇大人对寇安说："我进王府，如果天亮不回来，你到天波府去，告诉佘太君。"哪晓，寇准在窗外，听到王强父子几个在讲，杨景本来是藏在影壁墙内的，当排风她们敲墙的时候，王月姑偷嘞将杨景弄到自己房里，所以没有搜到杨景。

平：里面人说得轻，外面的人听分明。

寇准在外面听见一吓，脚下一滑一跌，"叭哒"，被捉起来，所以到天亮没有回府。寇安着躁，对天波府一跳，对佘太君汇报："太君，我家大人昨夜进王强府，没有回来。"

平：太君哎，我家大人没有回府门，就怕凶多吉少命难存。

太君着躁去对八王汇报，八王一听不得了，跟手上殿，奏于万岁，现在寇准、杨景，生死存亡不知。再说近日边关报，萧太后请人摆嘞大阵，要和大邦比输赢。杨景不在边关，无人抵抗。叫八王和太君亲征，替杨景守边关。

平：如果抓住王强人，押回京都帝皇城。

所从八王和太君带二百名御林军还有八姐、九妹赶来，刚好，在这个时候到嘞村口。左总兵将他们带到胡家店，八王问："爱卿，果曾救下寇准和杨景啊？"左总兵说：

平：好嘞两位女恩公来搭救，救到我们几个人。

"现在寇大人和杨元帅，在房内养病，神目不知。"八王和佘太君也不放心，对左国忠望望，浑身有血："爱卿，你怎么说两位女恩公搭救的。是什么回事？"

平：王爷哎，听我说分明，微臣几几乎没有命残生。

平：王爷哎，我长子重伤，次子身丧命，要王爷帮我把冤申。

就从在树林遇到王强，怎样为他到胡家打点，请胡老板探听王强情况讲起："结果，这狗贼是北国贺黑律，卧底我大邦中原，将杨景和寇准带到北国，好换我城池。我一听火冒三丈，我父子三个和他们交战，长子负重伤，次子左福身丧命。后来王强和女儿王月姑，双战老夫。当时，我顾前顾不到后，顾左顾不到右。"

平：当时我等等险没得命，来嘞女英雄两个人。

八王听嘞非常难过："左爱卿，你为嘞除奸捉王强，为嘞国家，伤及骨肉，孤家拨五千两银，厚礼安葬左福将军。""谢千岁。"太君问："二位女将在哪里？我倒要见见她们。"这时胡老板送一封信："太君，是刘云侠女士留下的。"太君一看，字迹锦绣，写着：

挂：巾帼英雄世上稀，遂州败辽保华夷。

杨家不认王门女，调遣平叛去西岐。

挂：今日店内巧相遇，拔刀杀敌来相助。

久后若有为难处，请我大刀兰英女。

平：太君看完成，心中明白八九分。

"八王千岁呀，相助的女士，是我儿媳王兰英。不过，还有刘云侠，是底高人，怎和我儿媳在一起的。八姐、九妹，你们出去寻，果寻到宁。”

不多时，八姐、九妹回来说：“我们没有找到人，我们连个宁影子都没看见。”八王心里难过，三年前在遂州，打韩昌，立下汗马功劳。后来到西岐，战金木耳，步步得胜。今天又除奸，救杨景和寇准，连个面都不见，叫我于心何忍。

平：有朝一日找到她的人，我要重封尊。

现在找不到王兰英，我们去看杨景。大家一看魂灵吓断，看这两个人：

十：看两人，嘴不咖，眼睛紧闭，

看脸上，无血色，果有残生。

八王和太君看嘞心疼，到周围请医生。哪晓医生无法，恨不得要蹬脚。两人商议不如先到三关，再想主张。叫左总兵，打好木笼囚车，将王强和才氏关入囚车，押上皇城。对胡老板这次捉奸贼有功，二千银子一封，也就算是皇上的赏钱。

单说他们将杨景、寇准用车辆，来到三关，八姐通知岳胜，八王到。

平：岳胜带领所有将官来迎接，拜见千岁老大人。

平：拜过八王又来拜，拜拜盟娘老大人。

太君说：“王强用假旨，传六郎进京。”被害的经过说于众将听，现在杨景和寇大人整天昏迷不醒，不知得的是什么病，还是王强老贼用的什么明堂，害他二人。众将听嘞火冒三丈。

平：我们去捉住老贼人，剥他皮来抽他筋。

太君说：“众贤侄，众位英雄，老贼在澶州胡家店，已被左国忠总兵捉住，押解进京，你们放心。现在主要要请名医给寇准和你六哥看病。”岳胜召来三军郎中，看嘞不中用。

孟良到张家村请来张一帖郎中，这个张一帖，看病只要一帖药，病就能得好。哪晓脉一搭，嘴直咂，没有这种药。焦赞到包家村，请来包得好郎中。包得好一看，眼睛发暗，太君问：“郎中先生，我儿的病果得好哇？”郎中说：“像这种病，难得好，死多活少。”

平：大家听完成，果要急煞人。

就在这时，军兵报兵元帅，门处来了一个出家道人。他说，他叫任道安，有要事要见你。岳胜听报，任道安到，真是喜出望外。

平：好比久旱得到雷暴雨，五谷也有六成收。

“他是六哥的师父，看来我六哥和寇大人有救。”跟手吩附军兵大门挂灯，二门结彩，大开仪门，排队迎接。看任仙师真是仙风道骨，鹤发童颜，能像神仙。“岳胜拜见仙长，你果是杨景的恩师？”任道安说：“不错，我是杨景的师父，我叫任道安，贫道正是为杨景和寇准而来的。”

平：大家一听多高兴，赛于拾到宝和珍。

特别太君，眼睛总哭红嘞，她想嘞太伤心，连带的王顺共八子，就剩一个杨景，现在又重病。如果看不好，果要躁煞得。

任道安来到房内给六郎和寇准看病，先诊脉，又翻眼皮，又看瞳仁，看不出毛病。他吩咐所有人都退出，就留太君和岳胜，将六郎衣服解开，也看不出什么病，再把杨景金簪取下，打开发髻，仙长一望，吓得心直荡，头顶心上贴了一块药饼，连三取下。就是这药饼，弄得人迷迷糊糊，昏昏沉沉，虽则药饼取了，可是因为贴的时间太长，人已中毒。再说，几天没有吃，身体虚弱，不好治呀。岳胜问：“仙长，难道没有治了吗？”任道安说：“治倒有治。”

平：三十六味药我好找，却是药引实难寻。

岳胜问：“仙长，需要什么药引呀？”老道说：“需要龙须、凤发。”太君问：“底高叫龙须、凤发呀？”老道说：“龙须就是万岁胡须，凤发就是女皇帝的头发。而且女皇上的一般发也没用，一定要三根红发。”太君说：“仙长，要说龙须，随便去剪万岁的胡须是有罪的呀。”道长说：“如不剪万岁的，八王的也可以代替。”太君说：“那好办。”随时来到客厅和八王商议：“要剪你几根龙须，做药引子给寇大人和杨景治病。”八王一听，满心高兴，为嘞给两位爱卿治病，不要说几根，就是胡须剪光，我也同意。龙须弄到，可是凤发难找，我中原没有女皇帝。只有辽国萧太后，可称女皇。只有盗到萧太后的红发，才能治好寇准和杨景的病。

平：如果盗不到红发来治病，两人难有命残生。

众位，辽国和我中原是敌国，要到萧太后头上盗她的红发，可以说比登天也难，好比虎口拔牙。就问任道安：“道长，除啦皇上的红发，果有其他办法？”

仙长说：“宋营这么多能征惯战的英雄，难道都胆小如鼠吗？”这时有人说：“我去。”大家一相，是孟良。太君他们都信不过他，为底高呢？因为孟良办事粗心大意，不要红发盗不到，反而性命不保。太君说：“孟将军，盗发是很危险的呀！你能去就去，如果不能去我也不勉强。”孟良说：“盟娘，请你放心，我保险没事。手到擒来。”

平：在我在我盗发就在我，在我孟良一个人。

太君问："你嬖嘴张像蒲包，口说大话，你怎么能盗到啊？""盟娘呀！我说你听，我会说北国话，可以装作北国人混进城，杀啦萧太后人，头拿回来，要多少发，到她头上拔。再危险我也要去，为救我六哥——"

平：哪怕搭上命，我也没有怨恨心。

太君问任道安："仙长，他能去吗？"任道安说："我算一算看一看，我对所有人相嘞一相，只有孟良，他够英雄，定能成功。"太君说："孟英雄，时间紧迫，不能耽搁，救命如火，你现在就走。"孟良说："盟娘，我六天就回来。"太君又对他说几声鬼话，也就是悄悄话。孟良要动身，拿火葫芦交给焦赞。

平：我如果死嘞不回程，葫芦就是你当身。

孟良换好北国衣铠，大家送出城门，孟良骑上马，直奔幽州。

平：路上行程来得快，一条大河面前呈。

这河，就是我中原和北国的分界河。孟良下马，对河对面一看，全是营盘。孟良吃苦，一数，共计二十八道，他先让马啃点草，自己到岸边石头上一坐。就想，这条河怎么得过？过不了河，不得到北国，怎能盗到发呀？

平：孟良要想主意动脑筋，一条渔船到来临。

刚好，一位渔翁，撑嘞渔船对他身边来。孟良喊："船家，我要过河，快渡我过去。"船家真的开到孟良身边。孟良对船家一看，船家是个老头子，五十多岁，头戴草帽，赤脚，裤子挽到大脚膀，生嘞又矮又瘦。孟良说："老伯，我要过河。"

船家说："哎呀，这位将军，萧太后来旨，现在两国正在打仗，不许摆渡。我走了。"撑船要走，孟良说："大伯，我有急事，你就行行好吧，渡我过去。"渔翁说："要我渡你过去，第一，船钱不能少，第二呢，渡人不渡马，渡马不渡人。"孟良说："老伯，船钱，你说多少，我给多少。不过，我要过去，要连马一同渡过去。"渔翁说："我的船太小，这样我作两次渡，先渡你人，回来再渡马，你看果好？"孟良想，那也可以。孟良随时上船，船家拨跳，撑篙，哪晓他逆道而行。船家说："我先送到渡口的检查处，先将你检查一下，我再来渡你的马。"孟良说："那可不行，我就怕检查的宁。"船家说："你怕检查，说明你不是好人，我非要送你去检查。"孟良说："你再对检查处开，就要你的老命。"渔翁船家说："你还凶啊，你当我不知你是上幽州去盗凤发的？哼，我将你送去，我好领赏。"孟良一听，一惊。不知哪个透的风，他怎么晓得去盗凤发的？如果等他到检查口送嘞信，我就难有命。

平：将他先砍死，省得再惹祸场头。

孟良从腰里拿出斧子，准备砍渔翁，哪晓渔翁船家说："孟良，你怎么还要行凶，还想砍我？"孟良一听，对那里一盯，他怎么晓得我叫孟良的？你是谁呀？"怎么知道我的名字的？"渔翁一笑："孟良，你不要着躁，我是和你开个玩笑。"

平：渔翁说话笑盈盈，其实我是杨家兵。

"想当初，我在杨令公帐下听令。在二狼山，杀得兄不见弟，弟不见兄，我被乱军冲散，流落北国，现在以打鱼为生。萧太后爱吃鲜鱼，特别欢喜吃我打的，叫我三两天就要送一趟，卖到钱，也够买油盐、米粮。"

平：打鱼卖到银，也够我过光阴。

孟良听嘞半信半疑，他和焦赞不大同，有时也是粗中有细，就问："大伯，你叫什么名字啊？""我叫张错，顺嘴叫矬。"孟良又问："你怎晓得我名字的？你没躬我肚子里，怎晓我要盗凤发的呀？"张错说："孟将军，我告诉你——"

平：我打鱼一夜到早晨，突然来嘞两个人。

"来嘞一僧一道，就来我的小土房里。他们对我说，今朝有人要上幽州盗凤发。把这个人长了多高多矮，个子多细多大，都说给我听嘞。并且拿名字也告诉我嘞，你叫孟良，要我帮你忙。我对你一看，欢乐一半。你要不信，僧人还给你一封信。"随时拿信交给孟良。哪晓，孟良将信拿倒嘞，真要丢丑，开不了口，为底高。

平：宁倒像个冲天棍，没有读个上大人。

他不识字，他的名字也是六哥教他写的，总算写得起来，就请张错读给他听，孟良认真听。

众位，我们要说一僧一道，到底是哪个？僧人就是杨继业令公的第五个儿子，五郎杨延德，当年八虎闯幽州，五郎和他们冲散嘞，就在五台山做和尚。要说这道人：

平：他是郑道平，孟良瓜娘舅他当身。

孟良又问张错："老伯，北国几道营盘，我怎么能过去呀？""孟将军，这个你不用怕，我送鱼给萧太后。为嘞使我出入方便，她又给我一个腰牌，可以随便进出。"

平：我将腰牌交给你当身，胆胆大大进营门。

一面说一面将船开到南岸，孟良说："老伯，现在你好将我的战马也装过去。"张错说："孟将军，有战马在身边，出入不方便，不如叫马回到三关去吧。"孟良一听，也相信，在屁股上打嘞一鞭，马跑起来一溜烟。

平:开起船来动嘞身,北岸到嘞面前呈。

孟良要上岸进营盘。张错说:“孟将军,这样去可不行,总要找点借口呀。我这里局气好,一夜打的鱼也不少。你把这一篓子鲜鱼背嘞去,有人要问你,就说给萧太后送鱼的。可是还有一事。你突然送鱼给萧太后,首先营盘里的都督要怀疑,再说,萧太后心很细,说不定拿你当奸细。你和我要沾点亲。”孟良问:“沾点什么亲呢?”张错说:“我们说谎要说圆啰,你要做我的儿子。”孟良想,一来为盗凤发,二来,他比我大得很多。虽则叫他爹,又不是真的,这叫“逢场作戏”。所以他就认可嘞。张错说:“孟将军,你到那边去,你说是我的儿子。要你叫什么名字呢?”孟良说:“叫孟良啊。”张错说:“你如果说叫孟良,那还得了嘛。我听说你在黄土坡杀了几名大将呢,北国还不将你抓起来。”

平:不但你没得命,连我也要送残生。

“我亲自帮你取个临时名字,是我儿,要依我的姓。”

平:取名叫张高,就说是我的后代根。

孟良也答应。张错将他送上岸。孟良肩背鱼篓,拿腰牌,高高兴兴,直奔敌营。兵将问:“干什么的?”“给太后送鱼的。”看他有腰牌,放他直走。

平:直走往前奔,前面到了午朝门。

正要进午朝,门官拦住得,不准进去。孟良说:“我送鱼给太后的。”“那你鱼篓子给我送进去,钱明天给你,你给我快走吧。”孟良想,我不得进去,见不到萧太后,怎能盗到凤发呀?

平:一面想来对前撵,十字街到面前呈。

看到很多人围嘞杠看告示,孟良不识得写的底高,刚好旁边一个人在吃烧饼,就问:“喂,那是什么呀?”这人以为是问他吃的什么,他说:“烧饼。”孟良说:“我问你上面是底高。”这人说:“上面是芝麻。”孟良上去一个巴掌打嘞吃烧饼的宁,烧饼对喉嗓口一叉,不上不下,歇多少时,才缓过气来:“你为底高打我?”孟良说:“为什么打你,问你自己。我好好问你墙上贴的告示,你反而对别去岔。”

平:两人躁得很,又来嘞一个人。

就是接孟良的鱼篓子的人,就问:“你这位送鱼的叫什么各字啊?”孟良说:“我叫张高。”“那我问你张高,你为什么在这,捣什么乱啊?”孟良说:“我没有捣乱,是吃烧饼的捣乱。我是问他上面是底高,他说上面是芝麻。”这人说:“你吃烧饼的就不对,人家问你,你应该说是皇榜。”孟良说:“对呀,你这样说,我绝对不打你。"孟良问:"这位军爷,我不识字,你告诉我皇榜写的底高字呀?""我可以告诉你,皇榜上写的是:哈密国使者送来一匹马,哪个能识此马,并能降服——"

平:百两黄金赏给你,再赏千两雪花银。

"我说张高啊,你也没这本事,还是快点死走吧!"

哪晓孟良,分开人群,就去撕皇榜,看榜的说:"你敢撕皇榜,你能识马吗?""我能识。我没这高妙手,不撕皇榜献丑。"看榜官说:"你如不能识马,撕榜是有罪的呀!""这个我晓得,我一定能识马。""好,既然你能识马,不怪罪与你,帮你去见太后。"

平:带嘞孟良动嘞身,到嘞太后面前呈。

其实太后这几天身体都愁坏嘞,为底高?因为哈密国是大辽的附属国,向来年年进贡,岁岁来朝。近来哈密国不服气,要说和辽国硬打,又打不过,所以要了这个花招,送来这匹野马,要辽国人识得这马的名字,出生何处,并要降服。如果不能识马,降不了它,不但不纳贡,反要辽国对他国进贡,哈密国为大,辽国为小。萧太后问到众朝臣:"哪位爱卿识马?"

平:问到文官不答应,问到武将不作声。

今朝听有人识马,叫将识马之人直接带到她身边。孟良行了个北国礼。对萧太后一看,此妇长得高鼻子,尖下巴,大眼睛,看人的目光像利箭。长嘞很漂亮,六十多岁的人,看上去像四十多岁差不多。名字叫萧绰,小名叫燕燕。按道理,孟良一直对她望,要上当,要在以前非要责罚。今天听说他能识马,不但不生气,反而高兴,就问:"你撕皇榜,你能识马吗?""我能啊。""你叫什么名字?""我叫张高。""哦,你家住哪里呀?""我家住水上。"

平:萧太后听完成,恨不得笑嘞肚里疼。

又问:"你家怎么就住水上呀?水上面能住人吗?"孟良说:"我爹是打鱼的,以船为家,船头到船艄,总在水上飘,不是住水吗?""不错,我问你,你的爹叫什么名字啊?""我爹叫张错。""啊,张老头子就是你爹呀?""哎,不错,是我爹啊。""他今天怎么没来送鱼啊?"孟良说:"他病了。""那他在我面前怎么从来没提起有儿子呢?""哎呀,太后呀,你听我说。"

平:你要问起这件事,听我给你讲分明。

"我三岁的时候,母亲亡故,就靠生身父。我长到十五,那天父亲打嘞我相当痛。我发火,拔脚就走。走到中原遇到一个朋友,就和他学点武艺,占山为贼。前天，我爹有病，带信叫我回来。我爹要送鱼给你，他跑不动，就叫我来送。哪晓你的门官，不让我进来，我将鱼篓子交给他。走到十字街，看人多，我没有走，哪晓是皇榜识马之事。所以，我就撕下皇榜，被人带到你这里。”萧太后说：“难得张错这种孝心人，自己生病他还想着我，叫儿子送鱼，赏给你二十两银子。”

平：我将银子赏给你，叫你父亲养身体。

平：孟良跪到地，谢谢太后一片心。

太后问：“你能识马吗？”“太后，我在中原和马贩子混过饭吃，先试试吧。”“那太好了，事成重赏。”

萧太后随时传旨，叫哈密国使者来。不多时，哈密使臣来嘞够，问：“你们辽国有没有识马之人啊？”太后一阵冷笑：“你们小小哈密国，你们是少见多怪呀，一匹马还能难住我大辽吗？不要说文武大臣，就连我国一位小小渔夫，就识此马。将马拉得来，让我国渔夫识马！”差人用车将装马的铁笼子拉进午朝门外空地。萧太后在房檐下，坐嘞杠对孟良说：“张高，你看看吧，就这马，你看好了说。”孟良抬头一看，铁笼底下两根长柱子，像轿杠一样，十六个武士，将笼子抬下来。再看这马蹄至背，高八尺，头到尾长有一丈二，头像狮子，血盆大口，二目如灯，要像吃人，头至尾像根线，全是黑鬃，其余鬃毛，洁白无瑕，头上长角，肚底下有鳞。孟良说：“好马。”萧太后问：“张高，你果知道叫什么名字？”孟良说：“我晓得，不过，我现在不能说出来。”太后问：“为什么不能说呀？”孟良说：“太后呀，你也是聪明一世，糊涂一时啊。你想，我如果说叫这个名字，他偏说不是得，说叫那个名字。我说东，他说是西，我说南，他要说北，我这世里也说不对呀。”太后问：“这怎么办呢？”孟良说：“这样子，我和使臣，一人一张纸，拿马的名字写在纸上。如果写的名字一样的，就说明我说得对，如果我写的和他写的不同，就是我叫的名字错的。”

平：太后听完成，张高韬略真能行。

随时出旨，孟良和来使，每人一支笔，一张纸。孟良写嘞歪歪扭扭，两人写好，交给太后一看，欢乐一半，叫“一字板肋玉麒麟”。

平：两人写得真，一点不差半毫分。

那么，怎么叫“一字板肋玉麒麟”？它身上，从头到尾，有一条线的黑鬃毛。再说，它的肋子骨不分数根，是整肋子骨。马头上只有耳朵，这个玉麒麟多长嘞两个角。马肚下是毛，而它是长得像鱼鳞差不多，另外它其他地方的毛都雪白如玉，所以叫它玉麒麟。

来使说："名字叫得不错，我再问你，此马出生何处啊？"孟良说："它的妈妈，是人家养的一匹母马，这马呢，逃到深山，和野马交配过后生到嘞这匹马，而这匹马生下来就有野性，就将母马吃掉，而这马的脚力大，跑起来快。日行一千，定心抽烟，夜行八百，可以小宿。我问你，说得对不对呀？"

平：来使听完成，一点不错半毫分。

太后说："哈密国来使，你们应该输了吧？"来使说："我们还不算输，我光为捉这匹马，就死啦三十多人，你们要有人能降住它，我们才服输。"太后问："张高哇，你能降吗？"众人吓得舌头一塌。小小渔夫竟能识马？还想降马。

平：野马力气大，你去降它，就活个少来死个多。

众位，孟良为何能识马，而且敢去降马？听我讲来，张错交给他的信，就是他的娘舅郑道平写的，郑道平毕竟是娘舅，总要望外甥好哇。二次归队的时候，给他一个火葫芦，后来就暗中观察他。看他在六郎身边共守边关，倒也放心，郑道平去找师弟任道安，找到过后，同上五台山找五郎延德。三人见面倒也高兴，五郎说："听说北国请来老道颜容要摆大阵，与宋营决输赢。"任道安一听，暗中担心，就和郑道平，还有五郎，离嘞五台山上幽州。

平：我们上幽州城，把事情探分明。

三个宁在幽州明探暗访十几天，原来摆的是天门阵。正要回转，刚好哈密国送来这匹马，辽国无人识马，贴出告示。郑道平见多识广，又会识马，所以郑道平就和任道安相商，让我外甥孟良来识马。随时叫师弟任道安上三关，叫孟良以盗红发为由，到北国来识马。刚好，任道安到三关，众将为救杨景和寇准，急得没法，恨不得要蹬脚，所以任道安说要龙须凤发，打发孟良动脚。郑道平和五郎，来到张错的小土屋里，说明孟良的名字和长相，又将这马的名字和出生情况写作信，丢给张错，好交给孟良，孟良请张错读给他听。在送鱼的途中，嘴里咕噜咕噜，像念倒头经，总背熟嘞。所以，他胆胆大大撕皇榜。现在太后问他能不能降马，他一口答应。

平：在我在我总在我，在我张高一个人。

虽则这野马，性子暴烈。不过孟良，一来力大无穷，二来驯过好几匹马。再说孟良的胆多大，无了不了，赛于东海。他大喊一声，来到铁笼子面前。一字板肋玉麒麟见有人来了，鬃毛都竖起来，眼睛暴起来，马夫吓得对孟良说："张高啊，如果它要咬我,你要帮啊?”抖抖合合,用钥匙去开锁,才将锁开嘞,这马,“当”,将门顶开,往外就溜,孟良一看为难了。为底高?因为这马没有鞍辔嚼环,没处抓。孟良急中生智,伸手擒住马的尾巴。这时,野马逞凶,回过头来,对孟良“当”就是一口。吓得孟良蹿出老远。我没见过,马还吃人呢。孟良刚躲开,玉麒麟一声咆哮,四蹄蹬开,翻蹄亮掌,赛飞对外跑。孟良不敢怠慢,拔腿就追。野马听后面有人,定要抓我,我要你的命。跑啊跑,突然一回头用头去撞孟良。

平:如果被野马来撞到,千个残生活不成。

孟良这个愣头青,起嘞好奇心,手在马屁股上一揿。玉麒麟对前一蹿,冲到轿子身边,用头对轿子一拱,“哄嗵”,轿子四只脚朝上,轿里的人从轿子里滚到地下。这人还算有本事,一提丹田,就站起来嘞,伸手抓住玉麒麟的缰绳,“呀”,总算把马带住。遇到这事,随便哪个都要发火:“来人哪,将马夫给我捆起来,带走,给我打道回府。”

平:抬起轿子回府门,押解孟良后头跟。

平:路上无阻来得快,府门到嘞面前呈。

到嘞府门,这位大人摸摸衣服,是穿中原式的衣服,对中间一坐,像个老大,就问:“你是做底高的?”这是中原话,看上去能像中原人。孟良说:“我是马夫。”“你给哪个看马呀?”“给萧太后。”这个宁想,我怎么不晓得,太后身边还有这个马夫呢?又问:“你为何骑马到大街上乱跑呢?”孟良说:“北国都是萧太后的,难道她的马就不能走大街吗?”“你为何撞本官的大轿哇?”“哎呀,他个畜牲。它哪管大人、小人、车子、轿子呀,你怎么还和它呕气呀?”

平:这位大人听完成,道理倒有二三分。

“我问你,马夫,你叫什么名字?”“我叫张高。”“从哪里来的?”“从中原来的。”这人一听,心中高兴,立时屏退左右,里面就这位大人和孟良两宁。这位大人问:“你从中原怎么到幽州来的?”“你听我说,我本在中原占山为王,父亲是捉鱼的,他捉得通常送给萧太后。这次父亲有病,我回来探父,代他送鱼。正遇哈密国的野马,是我识马,并驯马,太后就叫我当个马夫。”“噢,原来如此,你既是中原人,你去过京城吗?”“去过。”“那你去过天波府吗?”“我去过好多次,不就是顺龙街上的无佞侯府吗?”“对呀,一点不错。我再问你,杨家现在怎么样啊?”

平:这位大人哎,提到杨家的事情,不伤脸来也伤心。

“杨家八虎闯幽州,最后落到六郎延昭一个人。家中的寡妇小孩子都很孝顺。”“那老太君身体怎样呢？”“老寿星很好，身体健康。”这人泪水含在眼眶。又问：“杨门女将呢？”“都很可怜。”这人眼泪滴下来了，孟良问：“你专门打听杨家做底高哇？”“张高哇，我也是中原人。张高，我问你，你怎么对杨家这么熟的？”“我从小在京城做买卖。我和杨郡马关系也蛮好，赛于老表。”这人突然一跳：“你认识六郎。他现在做底高？”“我不告诉你。你倒对杠一坐，我挨绑嘞果罪过。你像中原人，还拿我当外人。是中原人拿我要当亲人。”“哎呀，对不起张高，我来给你松绑。”又端过椅子给孟良落座：“张高啊，我真是他乡遇故知，久旱逢甘雨呀。”“大人，你既是中原人，什么时候到北国来的呀？”

平：和令公双龙会上来失散，失身北国暂安身。

“那你贵姓大名啊？”这人去将门关紧嘞：“我告诉你——”

滚：我真人面前不说假，假人面前莫道真。

我不是张三其别个，王顺就是我当身。

“那你就是杨八郎哦？”那么孟良怎晓得王顺就是杨八郎的？就是孟良在三关要动身的时候，太君对他耳话时说的。孟良说：“杨八郎，到现在我们都是自己人，我也告诉你我的真名，我叫孟良，和六郎是盟兄弟。”

平：我们弟兄合得好，比亲兄弟胜三分。

孟良问：“你北国怎么做起大人来了？”“哎呀，孟将军啊，说起来话长啊。”

十：想当初，金沙滩，大动干戈，

只杀得，尸遍野，血流成河。

十：恨奸贼，潘仁美，不来解救，

我重伤，年纪轻，被公主活擒。

平：当时求生不行，欲死不可能，公主爱上我当身。

“我被捉去，萧太后要杀，玉镜公主爱上我，将终身许配。我当时，我杨家冤仇海能深，如果我一死，这血海冤仇哪个申。”

平：我忍气并吞声，就与公主配为婚。

“所以我现在是驸马，名字叫王顺。我和萧太后并约法三章，我是中原人，出门回府，要按中原礼节，我虽是降将，不可轻看。我要守关，但不和宋兵将交战。当初我父和六哥七哥被困两狼山，我曾送过饭。后来我六哥和七哥要闯关，到幽州搬兵，我暗中放他们过嘞关。哪晓被萧太后晓得，将我软禁起来，从那时起，不让我参与国事。我愿上朝就上朝，愿意跑就跑。不过，她不准我出城，这十八年来——

平：我真是笼中鸟，插翅也难飞。

平：想到我杨家将人，何年何月把冤申。”

孟良说：“你在幽州，享受荣华富贵，妻财子禄，怎么还想中原、想杨家将呢？”八郎说：“孟将军，人们常说，骅骝向北，越鸟思南，禽兽尚有思乡之心，何况我是人呢？”孟良说：“你要是真没有忘记是中原人杨家的根，现在我有事，你帮不帮忙啊？”八郎说：“我理应帮忙。哪怕是上刀山，下火海，我也一定要帮忙。你说，什么事？”孟良说：“八郎啊，你六哥和寇准被奸贼王强害得昏昏迷迷人事不知。”

平：昏昏沉沉了不得，就怕难有命残生。

“盟娘和嫂子们都要哭死了，好嘞世外高人任道安开的药方，非要萧太后头上的三根红发。”

滚：取到红发做药引，救到他们两人命。

“如果取不到红发做药引，要想救命不可能。”八郎听完，命总吓断：孟良为救盟兄弟，能舍死忘生。我和六哥虽则不是一父母所生，可也是太君抚养长大的呀。六哥对我特别好哇，杨家对我的恩，虽说没天大，只比天小几分。现在六哥生死危在旦夕，我怎能不救，古人常说：

平：知恩报得方君子，恩将仇报是小人。

可是要到萧太后头上盗红发，也是太难了。其他事情都好办，你说到女皇头上盗发，怎么能盗到呀？再说萧太后能坐皇位，当初算命先生就说过，她因这几根红发，才坐到皇位的。萧太后对这几根红发当作命根子，算命的还说，红发掉了，皇位就丢了。你们说，凭八郎，虽是她的附马爷，要到丈母头上取她的宝发，真是难上加难啊。

八郎说：“孟将军，等我慢慢想办法，寻机会盗发。”孟良说：“八弟呀，任道安说的，超过七天，盗到红发也救不到他们的命，今天已经是第四天了。你要越快越好，你六哥的命才救得到。”八郎就说：“这样，天黑后你来一趟。听我的信，一言为定。”孟良非常高兴。孟良走嘞。

再说八郎在大厅里想，如盗不到红发，一来救不到六哥和寇准的命，二来要骂我是贪生怕死。要说到丈母娘头上盗发，怎么能盗到啊？

平：八郎转不过弯，横也难来竖也难。

突然想起一个主意：“公主对我很好，我只有装病，让公主给我到她母后头上去取发。”主意想好看见公主到，突然对床上一倒：“啊呦喂，痛哦。”公主问驸马：“你为底高？”

平：我心痛嘞不得了，就怕难有命残生。

平：公主哎，我心痛如刀绞，生死来堂欠时辰。

平：公主哎，我们夫妻到今朝完，再到地府好成婚。

平：公主听他说完成，止不住凤眼泪纷纷。

“驸马呀，我们成亲，虽是南北两朝人，可是一条心，如鱼得水，相亲相爱。”

平：如果驸马有嘞长和短，我也情愿不要命残生。

“我去叫御医官来给你看病。”八郎说：“我以前也有过像今天一样的疾病，我身边还有点药。”“那你快吃去呀。”八郎说：“光药没有用，需要药引。”公主说：“你快说呀，要什么药引，我去弄啊。”八郎说：“你弄不到。”“哎啊，你只说出来要什么做药引，我舍命也要给你弄来。”“我说你听啊，公主呀，这个药引子是要龙须或是凤发，才能治好我的病。当初，我在中原的时候，生的像今天的急病，好嘞取嘞八王的胡须做药引，我的病才好的。现在我在你北国，怎能取到八王胡须？要说你母后的凤发可以治我的病，但是你母后绝对不肯的。因为是要三根红发呀。”

平：取不到凤发做药引，哪里救到我的命残生。

公主说：“驸马呀！我母后做皇，就好嘞她头上有七根红发。她保护这七根红发，赛于掌上明珠。恐怕我难取得到。”八郎想，公主说这个话，可能不去替他取红发，特地装嘞病重。

平：从床滚到地，哼声更响嘞不绝声。

公主一看，驸马满头放汗，公主魂灵吓断。“驸马呀，你心里病熬住点啊，我现就去和母后要红发。”吩咐宫女服侍驸马。

平：公主穿过月亮门，皇宫到嘞面前呈。

玉镜公主来到萧太后面前。

平：跟手跪到地，母后救命叫几声。

太后说：“皇儿啊，你好好的，救什么命啊？”玉镜说：“母后，我现在是好好的，驸马得了暴病，心疼难忍啊！”“皇儿呀，快叫御医给他看呀。”公主说：“母后哎，御医都看不好。驸马他说是老毛病，他自己有药。”“那你叫他快吃呀，到我这里来做底高呀？”“母后哎，是药都要药引的。”“那你去给他弄呀。”“母后，我就是来弄药引的。”太后说：“我这皇宫里有什么好做药引啊？”“母后哎，其他地方都没有，只有你这里有，而且也只有母后才有。”“儿啊，我有什么好给驸马做药引啊？”公主说：“只要母后三根头发。”萧太后一听，一点不高兴：“皇女啊，当初算命的就说过，我能做皇，就靠这七根红发。王顺是中原人，你是我的皇女，莫非你们来冲我的洪福吗？”

平：别的事情我答应你，要取红发万不能。

玉镜说：“母后，驸马真的暴病，你若不相信，你去看分明，你就看女儿的面上给他几根。”太后说：“不许多言，再多言，拿你先向前，要你的命。”

玉镜公主说：“驸马本来就不许我来，他算你肯定不答应的。我说，母后不是肚量小的人，多数能答应的。哪晓母后竟被驸马算着得，真的不肯。”

平：母后哎，如果驸马他一死，我也不要命残生。

平：母后哎，你譬如不曾生到我，就养皇姐两个人。

平：母后哎，我现在先丧命，驸马随后送残生。

嘴里说话，脚下走，来到墙边，墙上挂嘞宝剑。公主拿下宝剑对颈脖子一现。如果一戳，眼眼一白，只好豆腐店关门——歇搁。萧太后命总吓啦得：“皇女呀，不要做卵事啊，等我去看看驸马，如果真是病重，救命要紧，不要说是红发，就是取心，我也情愿。将来这江山，不还是交给你们吗？要装病的——”

平：先将王顺来杀死，皇女另招别的人。

萧太后乘凤辇来到驸马府。有人对里报，太后驾到，八郎听说太后到，就在床上滚嘞特别佬，太后对王顺一看，头上没得汗：“大胆王顺，你敢在老娘面前班门弄斧，装疯卖傻。来人哪——”

平：将他从床上拖下来，腰斩两段婁容情。

“你们看他头上一点都没汗，他说暴病，明明是欺骗哀家。”公主说：“母后啊，到上你身边去之前，我看他痛得满头大汗，痛得相当厉害。你看他痛得在床上打滚，就怕性命不稳。”太后说：“我就晓得他是装的病，为什么这么痛，连一点汗珠没有呢？”哪晓被太后一吓，八郎吓出一身冷汗。

平：冷汗倒像珍珠现，“滴滴答答”往下流。

公主说：“母后哎，你看哦，他头上的汗像落雨，他痛得好苦，你怎么还说他装病呢？”

平：总说没有冤枉事，驸马的冤枉海能深。

太后一看，王顺真的满头大汗，确实是真的重病，她想——

平：如果不救王顺命，皇女将来靠何宁。

随时就叫："玉镜啊，跟我到寝宫去，让你剪三根红发回来，好给王顺治病。"再母女两个一前一后来到寝宫，萧太后让女儿打开头发："女儿啊，你有没有看到哇？娘头上有七根红发，四根长的，三根短的。你就剪那三根短的吧。"玉镜想，要是短的治不了病，驸马就没得命，我只好守寡，不如剪她三根长发。一剪用纸一包，还将母后的头发梳好："多谢母后。"

平：带嘞红发就动身，回转到府门。

来到府门，这八郎还在装病，公主说："驸马啊，红发弄来嘞，怎么用呢？""你将红发交给我，去给我弄点开水来。"玉镜去弄开水，八郎将红发藏到身边，等公主开水来嘞，将空纸包烧掉，将灰和香灰放到水碗里，当玉镜的面喝下去，又对玉镜说："今天，我要一个人睡。让我好好休息。"玉镜说："那我就另外休息。"好哇，公主走嘞。不多时，夜已深更。八郎起身，来到外面，孟良早就在外面等八郎，八郎说："孟将军，红发已到手，交给你。赶快回去，给我六哥和寇大人治病。"孟良将红发接过来藏好，对八郎说："你为杨家将，虽取发有功，可你也丢脸，不应该贪生怕死啊。""孟将军，我确出于无奈，现在听说北国请来老道颜容，摆了一座天门阵，听说相当厉害。"

平：如果没高人，要想破阵不可能。

孟良说："八郎，中原有的是能人，定能破阵。八郎，我现在要赶快回边关，你也回府吧。"八郎走嘞。孟良想，我不如将玉麒麟骑走。主意一定，要上御马棚，刚在路上行，遇到几个宁，有背枪，也有挎腰刀。中间一位老道，有六七十岁，细高条，水蛇腰，鹰钩鼻子，赖宝嘴，身穿八卦仙衣，腰系水火丝绦，脚穿水铢云鞋，手拿拂尘，摇头晃脑，和一班人要进皇宫。孟良想，不如也跟进去，看他们是做底高的。再说孟良虽是御马夫，官不大，可总晓得他驯马有功，对皇宫出入，一般也不管他。可到嘞最里面一道门，门官拦下了。孟良想，这老道来，到底为什么事，可能对我中原有关，刚才八郎说什么天门阵，我一定摸准，以后打起来，才稳。他就转到宫殿的后面，接耳听声。

那么这位老道是哪个呀，听我慢慢讲来。

自从遂州一战，辽国吃亏，死宁成堆，韩昌到萧太后身边请罪。

平：只怪杨景厉害狠，我国死了许多人。

萧太后真是又气又恨。不过自己的贤婿，也不能责罪于他，叫他重新练兵，重整旗鼓，杀杨景头，好报遂州之仇。韩昌就去找内舅："肖天佑内舅啊，我们如何能打败杨家将啊？"肖天佑说："姑爷，你放心。我去请我的恩师，金壁峰，有他帮忙，中原必亡。"所以肖天佑上九顶铁叉山，八宝云光洞，去请师父。

挂：天佑路上行，沿路莫消停，为嘞请师来，无心看村景。

平：路上行走几天整，高山到嘞面前呈。

来到九顶铁叉山，八宝云光洞见到金壁峰。

平：跟手来拜见，拜见师父老大人。

"师父，我国和中原开仗，多次吃败仗，特别遂州一仗，我国伤亡十几万。"

平：要望师父出主意，打败中原不容情。

金壁峰说："首徒，你放心，请到我个宁包你打得赢。我身边光高手就有百十名。我这里有万阵图，我叫你的大师兄颜容去，再赠给你天门阵的阵图一套，你按照阵图摆，如果再不能胜，有你师父一个人亲自下山。""多谢师父。"随时派颜容来到幽州，萧太后满心高兴，封颜容高官。

平：颜容听封尊，护国军师你当身。

所以颜容又请来保静僧海云，披头僧海环，还有老道王子灵，一同在九龙山飞虎峪摆起一座天门阵。护阵的阵主韩昌，统领大队兵将，而且在飞虎峪内造嘞临时的行宫，这是为萧太后造的，已经摆嘞三年，阵基本摆好。萧太后今天招颜容进殿，刚好被孟良看见。孟良为萧太后驯马，对皇宫基本很熟，他就躲在后墙的窗户下面听。

颜容进宫就说："太后啊，天门阵三五天就摆成练好，你可写战书到中原，叫宋朝的昏君来破阵。"太后说："军师啊——"

平：如果我们能打赢，重重赏你雪花银。

"不过我就不晓得，你是怎么摆的呀？宋朝的高人名将多得很，如果打不赢，真是劳民伤财，又费银来又伤宁。"

颜容说："太后请放宽心，不是我说大话。中原出尽兵马，也无济于事。我的恩师，花了一辈子心血，才设计出来的。这阵奥妙无穷，母阵套子阵，子阵套母阵。别说凡夫俗子，就是大罗神仙进嘞阵，也退去五百年的道行。"太后说："军师呀，中原杨景、岳胜、孟良、焦赞、边关的二十四将，太厉害呀，几次我都吃他们的大亏。"颜容说："太后，你放一百二十个心，这座阵，上有天罡地煞保佑，下有阴曹鬼神帮助。各阵还有海外散仙，八方豪杰，相当厉害。就这个阵门，都是鬼魂把守，宋兵绝对进不去，不出一载，你就可到中原坐殿。”

平：颜容讲嘞多起劲，孟良在外听分明。

孟良想：“我和人打，好打，和鬼打怎么打呀。我不如先杀啦萧太后，再杀颜容。杀啦这两个人，就不用打天门阵。”主意想好，就躲到御花园的柏树旁，而且有几个花盆。这时萧太后送颜容走出宫，刚到台阶，就拿起花盆，瞄准萧太后，一甩，花盆打出去，萧太后做梦也想不到在这里有刺客，孟良打得又准。

平：打到萧太后的身，哪里还有命残生。

就在这千钧一发之时，也是萧太后不该死，一个内侍，正去搀萧太后的，对她旁边挡。刚好打在内侍头上。

平：内侍做嘞替死鬼，替嘞太后一个人。

内侍死嘞，太后吓跌得，大喊：“捉刺客哦！”当时有武士，还有颜容带来的几个人，有枪，有刀，有矛，孟良都对里逃。因为是暗星，孟良看他们一大淘，他们只看见一个黑影，想抓住孟良，抓他的人离嘞蛮近，他捧起几个花盒一蹬，像仙女散花，也有个打嘞头，也有打嘞脑，也有打嘞空顶通，一个倒栽葱。孟良趁机对外逃，哪晓看门的要抓他，孟良来个老和尚撞钟，“当当”头撞头，拿两宁撞嘞仰面朝天，顺手拾起看门的腰刀。

平：将两人送残生，立时溜出门。

准备上御马棚，牵马好走，哪晓对面有个人要抓他，他挨嬲昏嘞，不晓马棚在哪里。一看那个房子里有火，溜进去一看，是个佛殿，还有许多佛像，这几个也追来够，孟良拿起蜡烛扦，对几个人头打来。

捉他的人，越来越多。我不如来放火，拿长明灯里油，对帷帐上一倒，点着得蛮傻，一刻工夫，大殿火光冲天，大家救火，孟良溜走。

平：转弯抹角来得快，马棚到嘞面前呈。

看马的都认识张高：“啊呀，张高啊，那边好像很热闹，是什么事啊？”“噢，那边是刺客在大殿放嘞火，现在要捉刺客，又要救火，相当热闹。”这几人说：“走，我们去看，救火。”孟良牵好玉麒麟，飞身上马，看马的没跑多远，看见孟良要走，就问：“张高你现在骑马上哪去？”孟良说：“和你们再见。”

平：我原是中原人，回到边关去安身。

孟良在玉麒麟的板肋上一骑，这马行走如飞，无人敢拦。有人来问：“看马的，你们有没有看见刺客？”看马的说：“我们没看到什么刺客，只看到了张高。哎呀，他就是刺客，快抓张高。”嘴里嚆，到哪抓得到，已经溜出很远。孟良半夜三更要出城，哪晓城门关嘞紧腾腾，并且无数武士，各举刀枪，灯笼、火把照嘞雪亮，就和白天一样，孟良怎得出城呢？

平：孟良到危难处，来嘞一个救命人。

就在这时，城门“吱扭”一声，开嘞。孟良出城一看：

平：开城不是张三其别个，就是八郎一个人。

孟良出得城，真如蛟龙入水，猛虎归山，就凭腰牌，没费劲闯过二十八道连营。来到河边，渔夫张错等好他，见孟良一到，呵呵大笑：“孟将军，你凤发到手了吗？”“多谢你帮忙，我弄到了。我将腰牌还给你。不过我对你说，辽人如盘查你腰牌的事，你无论如何不能承认。你还要说自己从来就没有儿子。”

平：对于张高的事，我也不知半毫分。

张错说：“这个我晓得，我现在连人带马都送过河，如若以后有需要我帮忙的事，一定帮你们忙。”

平：赶快转回程，救到六郎、寇准两个人。

孟良到嘞对岸，马跑如飞，真是救人如救火。恨不得立时赶到边关。

平：逢山不看山中景，遇水不看取鱼人。

到嘞边关帅府，军卒对里送信：孟将军回来嘞。杨兴、宗保、焦赞、郎千、郎万出来迎接。这时孟良能够将凤发盗回来，又得一匹宝马，宁总假煞得，跑起来头么犟嘞，嘴么支嘞，眼睛眯嘞，身子跑摆嘞，肚子跑挺嘞。意思是你们有什么用啊，我的本事多大嘛，不但盗回凤发，而且还拐回一匹宝马。

来到大厅，这时，八王、太君、任道安都在这里。孟良见过礼，拿凤发拿出来，问：“我回来晚不晚啊？”任道安说：“不晚，今朝是第六天。”孟良又将盗发和驯马的事前后一说。

平：大家听完成，佩服孟良二三分。

任道安又请八王剪下三根胡须，和凤发，还有三十味药，给六郎和寇准治病。

平：两人将药吃下肚，苏苏醒醒转还魂。

众位要说，这个龙须、凤发怎么有这么灵呀。当初，将皇上比作龙，娘娘比作凤。说他们都是天星下凡，是贵人，贵人的东西可以治病，其实也是任道安的中草药，古人常说草头方气死名医。闲言少说，单说，六郎和寇准病好嘞，来到任道安面前。

平:跟手来拜谢,拜谢大师救命恩。

不多天,六郎身体已完全复原,他想上天波府去牵白龙驹。孟良说:“不用了,我在辽国拐回的一字板肋玉麒麟给你。”“哎呀,贤弟,你吃尽辛苦弄到的,我怎好要你的马呀?”孟良说:“六哥,这话说错了。千里马,要千里人骑。”六郎推让不过,将马收下,谢过孟良赠马之恩。一天六郎在帅帐正议军情,军兵报,有辽国下书之人,要见元帅。

众位,辽国下书之人要见元帅到底为的何事,书上底高内容,只因杨家宝卷路程远,下册之中再团圆。

挂:宝卷未完成答谢三光,五谷丰登要谢上苍。

挂:十月怀孕谢老母,国泰民安谢君皇。

十六、孟、焦盗降龙木 辕门斩子三请穆桂英

是辽国，降龙木，要打赢，穆桂英。——圣谕

单：设下天门阵是辽国，破阵须取降龙木。

平：这仗要是打得赢，宗保三请穆桂英。

挂：酒是三点水，色是刀在头，为嘞酒和色，惹出许多祸场头。

挂：人生在世莫忘恩，孝敬父母二大人，

父母生日到，做会讲经贺诞生。

平：接接连来接接连，杨家将宝卷再向前。

话说杨家将宝卷，一部未满。已经讲到，孟良到北国盗回凤发，又拐到一匹宝马叫一字板肋玉麒麟，任道安给六郎和寇准将病看好。不几天，六郎要回皇城取自己的白马，孟良说："六哥，不须回皇城，我将这玉麒麟送给你。"六郎说："贤弟呀，你舍生忘死弄到的，我怎好要你的马呀。""六哥哎，我骑不配，好马配好鞍。"

平：千里马要千里人骑，只配六哥你当身。

"六哥，请你不要客气。"六郎也就答应嘞："谢谢贤弟赠马之恩。"帅将正要议事，军校对里跳，对元帅报：辽国下书人到。元帅叫带进来，随时将下书人带进帅帐。

平：番将跪到地，元帅连叫好几声。

此人说的一口中原话，双手将书呈上，杨景接过书，是两封。一看，一封是萧太后给宋王的，是个战表。一封是韩昌给杨景自己的，大致内容：自遂州一别，三载有余，宋辽两国，连年交兵，三起三落，残害生灵，百姓怨声载道。韩某想出万

全之策，在九龙山飞虎峪摆下天门阵。如能破阵，萧太后退出幽州，愿交降书，永不兴兵。如不能破阵，你们要退出三关，黄河以北归我大辽。

平：我国是君，你国是臣，你要进贡我当身。

六郎将战表交给八王看，八王随时写信派人送进皇城。六郎叫军卒，拿十两银子，赏给来使耶律弟："你回转对韩元帅说，我们看过后，要定日期攻打天门阵。"

平：不提番将转回程，再提宋营几个人。

六郎和太君相商，兵书上面只有一字长蛇阵、金龙阵、三才阵、四门丢底阵、五方阵、六角阵、七星阵、八卦阵、九面大唐阵、十面埋伏阵，从来没有什么天门阵。"我听孟良说，这个阵相当厉害，就是有千军万马，不知阵的内情，进得去出不来。"

再说，一天圣旨到边关，钦命杨景，一定打破天门阵。

平：不将天门阵打平定，宋室江山不太平。

六郎和八王、太君、寇准相商："要破天门阵，我要先去看一看，了解敌情，方可破阵。"几人一听，果然相信。第二天先派人送信给韩昌，六郎带嘞几名大将去观阵。走出三十里，到嘞两国交界的地方，再对前就是辽国的地界，有辽将把守。韩昌下过令，凡是观阵的一律放行，所以敌将没有阻拦。六郎他们很快来到九龙山。这座九龙山，有千余个山头，方圆数百里，主峰有九座，远看像九条恶龙，摇头摆尾，所以称为九龙山。

九龙山两侧帐挨帐，营挨营，不要想得进。杨六郎正在看，就听三声炮响，冲出一支队伍，有千余名辽兵，当中一杆大旗，上写斗大的"白"字。

平：此人就叫白天龙，他在辽国称英雄。

白天龙来到六郎面前："请问，来者果是杨元帅？"六郎说："正是本帅，不知将军贵姓？"白天龙说："我是韩元帅手下的大都督白天龙，奉命镇守山口。"六郎想，将来要打天门阵，首先要除掉此将，听说白天龙杀法骁勇，要将他打败很不容易。就在这时，从山里冲出来几十匹战马。其中一员大将，冲到六郎面前，带住战马，高喊："杨元帅，好久不见啊。"

平：六郎望望清，也是韩昌一个宁。

六郎说："韩元帅，我们三年没见，你脸上皮皱了，胡子也白了，变老了许多。"众位，韩昌变老嘞？其实三年之间也没多大变化，主要是为摆天门阵，熬尽心血,处处担愁。古人常说,一夜愁白头,一点不假。六郎对韩昌一抱拳:“韩元帅,我们今天是来观阵的。”韩昌说:“好哇,不过我现在和你说明,我们以阵赌输赢,杨元帅你能做主吗?你若能破阵打胜,我辽国让出燕云十六州。若打不胜,不能破天门阵,你们退出三关,交递降书顺表。我国为君,你国为臣。”

平:你国年年进贡我当身,不能怠慢半毫分。

六郎说:“韩元帅,你说话一点都不算。当初黄土坡一战,你说,有我杨景一杆枪,永不犯境,为什么屡次兴师动众,侵我中原? 有失元帅尊严。”“哎呀,杨元帅呀,这事哪能怪我呀。当初你守边关,我没有进兵。后来听说你被朝廷杀死,我才起兵,哪晓你心毒手狠,摆下牤牛阵。”

平:杀死杀伤我许多将和兵,叫我想想也伤心。

“你诈死埋名,多不光彩呀!我们现在摆下天门阵,一来报遂州之仇,二来要宋室江山。杨元帅,识时务者为俊杰,依我之见,解甲归故里保住身体,蹲瓜称心,能保你半世英名。如若不知好歹,硬来打阵,必落个身败名裂,要想活命不可能。”六郎听嘞火冒三丈:“休用大话吓人,待我看过阵,再好定夺。”韩昌说:“好,我带你去。白将军,让开道路。”

平:韩昌前头走,六郎带嘞大将后头跟。

平:转弯抹角来得快,飞虎峪到面前呈。

韩昌说:“我陪你们看。”六郎抬头一看,眼睛发暗,有石门挡住去路,再对顶上一看,扯嘞一面大旗,杏黄缎子上写着“天门阵”三个大字。再说,石门三面,都是高山,要进阵,只好从这石门进去。这石门,是石头做的,高有一丈多,是两扇门,现在关得紧腾腾。怎得进去?焦赞说:“六哥哥,我去砸开它。”孟良说:“你不要去,我在北国的时候,听说阵门是鬼魂把守。”六郎眼一瞪,不许孟良开声,不要妖言惑众。焦赞来到石门身边,用尽全身力气对门上一撞,咣当,石门动都没动。韩昌说:“杨元帅,你们要去,我来请一个人来帮你打开石门。”手对东山头一指,山头上出现一股黑气。

平:黑雾笼罩不见天,一个老道在中间。

老道披发,仗剑,身穿八卦仙衣,如同腾云驾雾,来到石门前。

老道左手掐诀,右手举剑,口中在念:“天门开,地门开,吾佛天尊降神台;地门开,天门开,妖魔鬼怪快出来。”念完过后,用宝剑朝石门上的鬼头眼睛上一点,就听石门“嘎啦啦”,就开嘞,只开嘞二尺多宽。大队人马不得进去,焦赞说:

“我去将门开大点。”宁进出跑快点，哪晓一进去命总吓啦得。

平：伸手不见五个指，鬼哭嚎啕怕坏人。

远处还冒着蓝火，焦赞最不信神鬼的，现在看见远处蓝火窜上窜下，他想我往常听人家说鬼火是蓝的，这个火肯定是鬼火，里面真有鬼。

平：焦赞吓得跌到地，神目不知半毫分。

为底高焦赞吓跌得，因为离他不远有一个恶鬼，身高丈余，红舌头拖出来二三尺，手拿弓箭对焦赞射来一箭。焦赞好嘞吓跌得，箭头从他上面飞过去，不曾射到焦赞，射在右门上。岳胜一班人抢嘞将焦赞拖出来。石门倒关紧嘞够，这时的焦赞，脸色苍白，嘴边发紫，大家喊的喊，背的背，锤的锤，拍的拍。

平：宁不伤心心不死，锤锤拍拍转还魂。

焦赞说：“六哥啊，我是死的还是活的呀？我刚才怎么看到许多鬼的呀？”六郎说：“贤弟呀，你不是活得好好的吗，众位兄弟都在这里。”焦赞说：“哎呀，我是活见鬼呀。”六郎有心不让他说有鬼的事，不过瞒也瞒不了，大家总看见嘞。雾中的老道，刚才石门里面冒的蓝火，恶鬼箭射焦赞。再说韩昌问六郎：“杨元帅，你们现在还进不进天门阵啊？”杨元帅说：“我们暂时不进，早晚还是要进的。不但要进，而且还要破你的天门阵。”

韩昌说：“杨元帅，你既然要破我的天门阵，我们定一个日期，如果破嘞，我不失前言，如果你破不了，你也不能失前言。”六郎想，阵门都没有得进，更不知阵里的内情，要说一般阵，十天半个月，多则二三个月就能破，这个天门阵非常特殊，我说他一年。“韩昌啊，你不要认为你的天门阵厉害，你要晓得，我大邦中原，英雄豪杰世外高人，遍于天下。加上我主洪福齐天，我只需一年光景，定能破你的恶阵。”

平：韩昌听完成，笑嘞肚里疼。

韩昌想，我起早带夜，摆嘞三年，才将阵摆好，你一年也破不了。所以他高兴：“我对你说，杨元帅，你不要异想天开，自找苦吃，你一年能破得了吗？”六郎说：“韩元帅，男子汉，大丈夫，一言既出驷马难追，我答应你一年，就是一年。”“好！够英雄，我问你，今朝是几时呀？”六郎说：“今朝是六月初九。”韩昌说：“今朝不算，从明朝算起，到明年的六月初十为止。”

平：顶到六月初十破不了阵，降书顺表交给我当身。

六郎说：“那是当然。”韩昌说：“一言为定，我在阵内等你。”吩咐白天龙将杨元帅他们送出山口，白天龙说："杨元帅，下次再来要多带金银。"六郎说："我带金银做底高？"白天龙说："下次我要你的买路钱。"六郎说："别废话，我们走。"

平：带嘞兵将转回程，边关到嘞面前呈。

来到帅帐，元帅和大家商议，论理，我们都是武将，不信什么神鬼，可是焦赞看见的是真的，大白天怎么有鬼出现呢？正在这时候，八王和太君也来嘞，元帅见过礼，就将看阵的情况告诉他们，八王说："我写奏折进京，再叫万岁发兵。"

平：不提八王写奏折送进京，突然来嘞一个人。

军兵对里报，老恩师任道安来了，六郎离开帅位，来到门口。

平：跟手来拜见，拜见恩师老大人。

"恩师，你今天怎么来的？""哎呀，元帅呀，我到今朝没闲过，自从边关离别，我听说北国摆了天门降，我就去飞虎峪，天门阵察看察看，帮你们想打天门阵的良策。"焦赞说："老恩师，你太好啦，我们也去看过，就连阵门都不得进去，我们亲眼看见阵门是恶鬼把守，人与人好打，和鬼怎么打呀？"

任道安说："你们不要怕。要打天门阵，必须要取到降龙木。"六郎问："师父，这降龙木有什么用呀？"任道安说："元帅，这个降龙木作用很大。"

十：降龙木，作用大，辟邪护身，
　　如妖魔，或鬼怪，也怕几分。
十：降龙树，树上面，长有龙眼，
　　必须要，六十年，才能长成。

平：如果取不到降龙木，要想破阵万不能。

大家问："师父，你倒说得蛮好，这降龙木，上哪里去找？"任道安说："众位将军，据我所知，山东穆柯寨有一棵，是镇山之宝，此树，今年正好六十年。如果将树伐倒，去头去根，取其树身，也就是中间一段——"

平：你们将降龙木带在身，定能破他的天门阵。

六郎问："师父，这个穆柯寨，是哪个把守呀？""杨景啊，提到这事，我也告诉你，寨主姓穆名羽，字天亮，当过宋朝的一任统制官，正因奸党参本，昏君听嘞奸党的话——"

平：将他官职削得干干净，贬回穆柯寨上去安身。

"他到穆柯寨自立为王，夫人亡故，生有两子一女，长子穆铜，次子穆铁，还有个女儿。"

平:女儿名叫穆桂英,有才有智的女千金。

“高山有数百名罗兵,他们自种,自吃,对来往客商一不拦路,二不抢劫,对百姓秋毫无犯。你们去问他借降龙木,定能借给你们。”

平:任道安说得多起劲,焦赞骨里想分明。

他想:“我二哥孟良,上北国盗宝马、得风发,露嘞大脸,取降龙木的功劳该是我的。”因为他怕别人要抢他的功劳,所以,没等元帅开口,就说:“元帅,取降龙木我去。”元帅杨景六郎对他不放心,孟良说:“元帅,我陪他同去。”六郎说:“你们两人去,好是好,不过,我对你们说,你们去问人家借东西,好话要多说点,对宁要有礼貌,客气点,如果你虽大要学小点,你们要说——”

平:等我们天门阵打完成,重重礼物送上门。

孟良、焦赞说:“元帅,你放心,我们现在就动身,去取降龙木。”二人顶盔挂甲,带兵刃,孟良带嘞火葫芦,立时动身直奔山东穆柯寨。

平:两人来得快,到嘞穆柯寨面前呈。

两宁看看清,绿树成荫,禾苗壮盛,果园中,果子累累,奇花异草,飘出异香。有种田的,有采果子的,也有吃苦,来杠练武。焦、孟这两个宁,是有名的呆子,元帅叫你来借降龙木,你应该先找到寨主,和他商议,树在哪里,借给我们破天门阵。而他们不是的,自己去寻,如果寻到,我们不让山寨的人晓得,我们就将树借走,事情就办妥。众位,这两个宁呆里哈气,到哪里总要惹事,这次来借降龙木,又惹嘞大事。

平:到底惹底高事,听学生慢慢说分明。

他们东山到西山,前山望一望降龙木没得项,又转到后山一看欢乐一半。寨墙不高,看到里面,从石头缝里长出一棵树,形状像条龙,龙头伸向东南,龙尾斜卧西北,树有碗口粗。树干的上端,长嘞两个疙瘩,疙瘩中间开了口,就像龙眼一样。树根拱出地面,足有几尺长,长成圈儿,又扎进石头缝里。

平:仔细看看真,和龙爪不差半毫分。

两宁商议,现在树已找到了,怎么把树弄回去,焦赞说:“二哥啊,如果去找寨主借,不一定人家肯借给我们,你没听到任师父说吗?这是镇山之宝,我们不如来个先下手为强。你蹲外面给我望宁,我进去,将树砍倒,撂到外面,拿枝叶掰啦得,树干绑到马背上,就这样借走,你看可妥?”孟良说:“三弟呀,这样不是叫偷吗?”焦赞说:“这不算偷啊!我不让山寨人晓得借走的,怎么说偷呢?”孟良说:

"三弟哎,凡是别人不晓得,而拿走别人的东西,就是叫偷。"焦赞说:"我不管借也好,偷也好,我只要降龙木到手就好。"焦赞随时从马背上摘下大斧,正要对围墙里跳,几十个兵将就到。

平:几十个人用刀枪将两人来围住,拿两人围困紧腾腾。

众位,怎么这样巧,孟、焦要盗降龙木,这几十个兵将怎就这么快来嘞?当时,他们上山看到种田的、练武的,都是看降龙树的,因为是一棵宝树,六十年才长成材。刚好今年是六十年,树上的龙眼也开了,怕有人要来偷,所以派大头目穆瓜,带一班人在离树不远的地方挖了些沟,上面用木竿撑好再铺上芦席,芦席上面铺泥,泥上面又栽些杂草,而且沟里还好躲宁,实际上就是地道,外面的人就不晓得地下有人。见孟良、焦赞正要去砍树,穆瓜从地道出来,将他们围住:"你们这两个人难道吃了熊心豹子胆,敢来偷我们的降龙木?"

平:孟、焦闻听这一声,脸总红到耳后跟。

两人想我们是边关大将,被人家叫贼,多不好意思呀。又一想脸皮老老肚子饱饱,硬着头皮说:"砍树怎么了,不应该砍?我们要降龙木有急用的。如果不是急用,你送给我还不要呢?你识点相,将树砍了送给我。如果不识相,当心你家爷爷给你开片。"

平:你恼怒我们两个宁,剿灭你山寨不容情。

平:穆瓜听完咸,火冒三丈八九分。

随时吩咐罗兵:"给我打这两个偷树贼。"众位,虽则几十罗兵,哪是孟良、焦赞的对手呀?挨打嘞逃的逃,溜的溜,也有着躁,去对寨主汇报。就算穆瓜本事好点,与孟良交战,好嘞虚晃一招,落到命一条,只好对外逃。焦赞说:"二哥啊,我们再去砍树,总不叫偷吧?""三弟呀,现在不叫偷,叫抢。""哎呀,二哥啊,不要管偷呀抢,赶快,去把树砍倒,弄走就妥。"

平:两人正要来动手,许多女将女兵到来临。

两宁看这些女将,个个英姿勃发,娇中透怒,特别中间一位与众不同。

十:看看她,大概有,十八九岁,

骑一匹,胭脂马,耀武扬威。

挂:面如荷花初开放,八字眉毛分两旁。

一双凤眼如水晶,满口银牙白如霜。

十:身穿着,红盔甲,威风凛凛。

手拿着,梅花枪,杀气腾腾。

平:威风凛凛惊人胆,杀气腾腾泣鬼神

平:要问来者是何人,赫赫有名的穆桂英。

提到穆桂英,前文已经讲过。她三岁时,被离山老母带到离阳山紫霞宫,学艺十几年,练就一身好本领,刀枪娴熟,箭法高明,兵书滚熟,精通战策,排兵布阵,样样皆能,用兵如神,确实有用,可称巾帼英雄。三年前杨宗保战韩昌,落荒到离阳山,穆桂英教他枪法。后来宗保要进遂州城,被韩昌拦住交战,穆桂英暗中助宗保,射韩昌一箭,救嘞宗保。

平:好嘞桂英箭法准,救到宗保命残生。

再说,师父晓得,穆桂英与宗保,五百年前在天宫,两人偷吃仙桃结下姻缘,所以叫桂英下山。桂英一心要为国家出力,就等机会。她来到穆柯寨,每日操兵练将,劫富济贫,除暴安良。

平:提到寨主穆桂英,人人敬佩八九分。

半年前她上紫霞宫,老母对她说:"北国摆下天门阵,孩儿应该出世,战颜容,杀韩昌,送他早点上西天,好与宗保配为婚。""师父哎,你叫我破天门阵,我阵内情况摸不清。"

老母说:"首徒,我将天门阵的大致情况说你听。"

十:有三才,和五行,八卦九宫,

有子阵,和母阵,阵阵相连。

平:阵内妙无穷,你去破阵好立功。

"我这里有天门阵的草图一张,也是任道安去看过阵,画起来的,共一百单八阵。你带回去好好琢磨,等到你山寨的降龙树长成,就好破阵。"

桂英问圣母:"降龙树怎么算长成啊?"老母说:"徒儿啊,降龙树树干上有两个树包,就龙眼,只要树包张开,也就是龙眼开了,树算长成。"

平:早一年都不能,六十年才长成。

穆桂英谢过师父,带嘞天门阵的阵图到山寨。一看果然,降龙树的龙眼已经开了,今年刚好是六十年。派人天天看守降龙树,自己就想,我如何能出头,尊师命破天门阵,好与宗保成亲。

刚好,今朝孟良、焦赞来偷降龙木,打散喽罗兵,战败穆瓜,所以穆桂英带领女将——

平：带领女将到来临，问你偷树是何宁。

“胆大狂徒，你们上我穆柯寨来做什么的？”孟良坐在马上，眼睛一白：“我们来要降龙木。元帅叫我们要回降龙木，破阵用的。”桂英想，师父说六十年长成的降龙树，说我有出头之日，并没说降龙木能破阵，我倒要问问清是破什么阵。桂英说：“你这花脸，你们要破哪座阵呀？”孟良说：“和你这黄毛丫头说了你也不懂，快把降龙树砍倒就好，交给我们拉倒。”桂英对他们看看，这两个大花脸，好像有点呆头呆脑，也不晓得他们的名字叫底高，还是辽将呢，还是盗树贼呢？

平：我要问清他们的名和姓，哪里兵将说分明。

桂英想好，就问：“你们两个花脸的，姓什名谁呀？”孟良头一犟：“我们是边关大将，他叫焦赞，我叫孟良，你要叫他三爷，叫我二爷。”

滚：快将降龙木交给我，一笔勾销莫谈论。

如若说声你不肯，破你山寨不容情。

桂英听嘞火冒三丈，这两人决不是边关大将。如果是边关大将应该懂礼貌，说话要客气点，和顺点，等我听嘞高兴点。哪能像他们，恶语伤人。桂英就问孟良：“姓焦的，姓孟的，你们为什么张嘴要降龙木，闭口要降龙木咖？”孟良说：“你们是占山的，占的朝廷的土地，我们是官军，我们可以随便砍伐降龙树，和你说也无用，快去将你的寨主请出来。”桂英说：

平：寨主不是张三其别个，就是我当身。

孟良说：“你是寨主顶好，砍啦降龙树拉倒，不然，我们要平山灭寇。”

桂英说：“降龙木现成的，不给你们，看你们有什么办法。”孟良对焦赞说：“不要和她废话。”

平：将这丫头打趴下，砍嘞木头转回程。

平：举起斧子就动手，要砍桂英女千金。

嘴里还说劈脑门儿，扎眼仁儿，剔排骨，砍肉锤儿，一马四斧子，来得非常快。桂英想，这个红脸的，我要是武艺差点儿——

平：被他砍四斧，哪里还有命残生。

可是桂英的武艺精通，用刀对外一封，对桂英碰都没碰。孟良又来这四招。桂英想，哦，你这红脸的，说到天亮，就这四招哦。

平：你这几招打完成，该我教训你当身。

桂英用力攮，对孟良的腰部一戳，给我下去。

平：孟良听话很，从马上跌到地埃尘。

穆瓜带喽罗兵动手，将孟良捆住手，再又捆脚，捆嘞像树干子菩萨。焦赞晓得不好，打马就跑。桂英再也不肯饶，你对哪里逃，追过来，也一刀攮，焦赞也跌到地，被捆起来。孟良、焦赞两个呆头呆脑，直把嗓子叫："你这黄毛丫头，敢绑官老爷，你姓什名？你敢放我们回去，报于元帅。"

平：元帅带兵马来剿山，剿灭山寨不容情。

桂英说："你难道吃了熊心豹子胆，也还敢来剿山。你们两人听好嘞，我姓穆，叫桂英，父亲叫穆羽，原在朝廷做官，正因被国丈潘仁美陷害，才辞官不做来到穆柯寨的。你们两个是中原的，我不杀你们。如果是辽国的奸细——"

平：将你身丧命，保住中原得太平。

孟良说："我们是奉元帅之令来借降龙木的。借回去，破天门阵的。我们不会说话。"

平：我们说话不在情，惹嘞你桂英女千金。

桂英说："既然你们是宋将，我放你们回去，叫你们元帅来。要借降龙木，我们好商量。"穆瓜说：

平：不是我们寨主良心好，哪肯饶恕你当身。

孟良嘴硬了，头一犟："你敢打边关大将？我要烧你们的耗子窝。"穆瓜真气，吩咐小兵打他们二百鞋底。

平：二百鞋底打完成，两人挨打嘞屁股疼。

这才拿两人放啦得，这两个人，真是没得地洞躬。随时上马带鬃，孟良嘴还凶："我非带兵抄山不可。"孟良对焦赞说："我们今朝霉了。降龙木不曾借得到，反而挨打二百鞋底。"

平：屁股疼来又丢人，怎就霉到更功成。

焦赞说："二哥哎，胜败乃军家常事。往往只要想办法可以败中取胜。我有个主意，来个调虎离山计，你不是有火葫芦吗？放火烧山，他们要救火，我们就好砍降龙木，这样，既能报挨打屁股之仇，又能取到降龙木。"

平：孟良想想真，一点不错半毫分。

两个人来到东北树林里，孟良拿火葫芦一拍，打出两个火球。松树有油，倒着起来够，刚好今朝有风，此遭，风助火势，火借风威，越着越旺，常言说：火旺无湿柴。树林虽不大，着得像火海。喽兵连三嚆："拍火啰。"手里还敲锣，山上山下罗兵也有拿桶的，拿盆的，也有拖被子的，也有扛斧子带锯子的，都去拍火。大家要问，救火有水桶，或面盆用水对火上浇就行了，拖被去干什么？众位，这些罗兵是救火的内行，用被弄湿得，去救火最好，可以说湿被搭到火上就熄的。另外，有的用斧子砍树，或锯子锯树，和没有着的树分开，这样才是树林救火的好办法。

平：不提罗兵在救火，再说桂英女千金。

桂英在绣房，听到三长两短一闷锣，小姐想不好，这是救火的信号。刚好穆瓜来报，东北松柏林，火着得不得了。桂英说："不要紧，今朝是西风，着不到山寨。我们穆柯寨从来没着过火，今天突然起火，事必有因。穆瓜啊，肯定是孟良、焦赞放的，他们用的是调虎离山计。趁我们救火，好将降龙木砍走。你给我快带一班兵将去看守降龙树，不得有误。"再说孟良、焦赞见火着得很旺，两人高兴，哪晓，火对自己身上裹，真是珍珠倒卷帘，风向反的，一阵风吹过来，火烧自身，好嘞跑嘞快，连胡子都烧掉。两宁看许多喽兵来救火，拔脚就走。现在去砍降龙树顶妥。

平：两人动嘞身，到嘞降龙树面前呈。

哪晓一看，眼睛发暗，穆瓜，带很多的罗兵，拿着刀枪。穆瓜还提锣，看见孟、焦到，敲起锣来蛮愯。这是聚将的信号，两宁着躁，只好对外逃。

平：两人逃嘞走，一桩事情又来临。

两宁本想盗降龙木，只好回去再说。穆柯寨离边关八十里，已跑嘞六十里，还有二十里，就到边关。刚好遇到一个宁，是哪个呀，杨宗保。这时杨宗保怎出来的呀？他是奉父帅之令，带二三十军兵出来巡逻，防止辽兵偷袭的，刚好孟良、焦赞遇到。两人眼一眨，立时翻腔："贤侄，你带兵上哪呀？"宗保说："我是奉父帅之令巡营。"两宁说："宗保啊，我们说给你听，你不要着躁，也不要跳。穆柯寨的人说，要是凭我们两人，降龙木早就借给我们了，冲你杨家就是不借。"

平：不借降龙木微小可，打我们屁股顶伤心。

"她还说打我们的屁股，就是打嘞你杨家的脸。"

平：宗保听完成，火冒三丈八九分。

孟良用激将法，对宗保说："侄儿啊，你果知道穆柯寨骂人的是哪一个啊？"宗保说："我没去过穆柯寨，我怎晓得呀？"孟良说："就是寨主，是丫头。"宗保一听，更加冒火："这黄毛丫头，敢骂我们老杨家，非要教训你不可。"刚要走，一想，不妥："叔父呀，我不能去。"孟良问："为底高？""叔父啊，我是奉父帅之令巡营，如果明天点卯，点不到我的宁，违反军规，有杀头之罪。”孟良说：“贤侄，这个，你就不用担心，虎毒不食子，怎可将亲生送残生，何况还有你两叔父，绝对不能对你怎样。再说，穆柯寨离这里头二十里，速去速回，不耽误点卯，即使误嘞卯——”

平：取回降龙木，罪过没得半毫分。

“如果你怕那个丫头，打不过她，那就不要去。”年轻的人，就怕激杠，宗保被他们这样一激，丢掉一切，就和孟、焦上穆柯寨。跑嘞足有三十多里，宗保问叔父：“哎，你说头二十里，我已跑嘞三十多里，怎么还没到呀？我还是回去吧。”孟良说：“我晓你怕那个丫头，你真正怕，你就回去吧。”宗保想我如果半途回去，难道真的怕那丫头吗？既来之，则安之，已经出来这么远，再远，我也去呀。

平：一班人往前撑，穆柯寨到面前呈。

到嘞穆柯寨，孟良、焦赞对山上叫：“穆柯寨的人听好嘞，叫那个黄毛丫头穆桂英，一步一个头将降龙木送下山，越快越好。”

平 如果送得晚，杀上高山不容情。

喽啰兵，报于穆桂英，穆桂英听见一报，调兵将，带嘞三百多名喽罗兵，还有五十名大脚兵。孟良、焦赞一看，欢乐一半。正当中，正是穆桂英。离老远，就对穆桂英喊：“丫头哎，我们已经搬兵来了，非揍你不可。”

平：桂英听完成，火冒三丈八九分。

“你们放火烧我山寨，我正要找你们。你们自己送上门来，看你们有什么能耐。”孟良说：“你顺我的地方看。”桂英一看，有二百多官兵，前边一匹白龙驹，名叫千里银河一点红。马上一员小将，年龄十八九岁，生得五官端正，二目有神，头戴亮银盔，银魁甲，手拿梅花亮银枪，胯下宝马良驹，桂英想：

平：这位小英雄生得美貌很，比潘安还要胜几分。

桂英仔细看看：我好像在哪里见过的，一时想不起来。我来问问他，到底是谁。桂英轻启朱唇，慢吐莺声，问宗保：“这位将军，贵姓啊？到我高山有何贵干啊？”宗保一看，这位女将全身披挂。

十：戴一顶，金凤冠，金光耀眼，
　雉子毛，插两根，杀气腾腾。
十：看脸上，粉红面，眉清目秀，
　穿一件，金装甲，威风凛凛。

十：背上背，雕羽箭，百发百中，

足上穿，凤头靴，铁底铜跟。

平：宗保看看清，山中也有英秀女千金。

宗保想：我看这女将好像眼熟，不过宁像宁，物像物多咧。你这丫头大胆，打了我两位叔父，还毒骂我们杨家，我不给你点厉害，你不晓得喇叭是铜铸的。就问桂英："这位女将，我问你是不是叫穆桂英啊？"桂英说："不错，我是叫穆桂英。那你叫什么大号哇？"宗保说："你要问我，我告诉你——"

平：我是高山点灯名气大，井底栽花根基深。

挂：我家祖父杨令公，父亲三关大帅杨六郎，

柴郡主是我母亲老安人。

我是你家少爷杨宗保，先锋官之职我当身。

平：桂英听完成，想到往事一段情。

三年前，你负伤，我日夜服侍。到后来，你下山，我箭射韩昌。当初，你又矮，个子又小，现在宁又高，身材高大。真是人常说的，眼睛一眨，老母鸡变成鸭。又对宗保相相，真正像样。

平：总说潘安美貌很，宗保还要胜三分。

我下山时恩师对我说过，我的终身许给杨宗保。估计宗保不知晓。再说，宗保是不是有嘞妻室，有心要说：

平：有心说来未开口，脸辄红到耳后跟。

众位，到底还是武将，胆子大。桂英想，鼓不打不响，锣不敲不鸣。我如果不说，宗保也不晓得婚姻之事。"哎呀，原来是杨少帅哦，请上山寨一叙。"宗保说："哪个上你的贼窝。识相，拿降龙木献给我，不献木，我要发火。"

平：等我杀到山寨门，铲平你贼窝不容情。

穆桂英气量大啊，对宗保说："献降龙木不难，我们上山寨细谈。"宗保说："快献降龙木，要上贼窝万不能。"穆桂英想想伤心，你横一声贼，竖一声贼，开口骂我贼，闭口骂我贼，你要降龙木就没得，看能怎样。宗保对孟良、焦赞说："叔父，你们给我掠阵。将这个丫头打败，取嘞降龙木转营门。"

宗保嘴里说话，手提梅花枪，对穆桂英，一枪戳过来，桂英用刀对外一架。肇两个人你一枪她一刀。大战二十回合不分胜败。孟良、焦赞嗬："宗保侄儿啊，加油哇，将丫头打败，我们好去砍降龙树咖。"

穆瓜对喽啰兵说:"不要让两个花脸逃走哇,捉住他们。"

平:不提穆瓜和喽啰兵,再说桂英女千金。

桂英想,宗保这几年,不但宁长嘞高大,而且枪法和以前大有长进。我的终身大事,现在人多无法开口,开嘞口,当众要丢丑,我不如如此这般。主意想好,又和宗保大战二十回合,桂英假败。

平:桂英假意溜嘞走,宗保追嘞紧随身。

已经离穆柯寨十几里,一片荒野地,桂英回过头来对宗保说:"少帅,请你站住,我有几句心中话,要对你说。"宗保立刻带住马就问:"丫头,你溜到这里,有话你讲啊。"桂英说:"杨宗保——"

平:我有句话说不出口,你纸糊灯笼肚里明。

宗保说:"你这丫头脸皮怎就这么厚呀。你也不想想——"

平:我是官家后代根,你是山贼一个人。

桂英说:"杨宗保,你不要以为我真是山贼,我父当初也在朝纲为官,只因潘仁美奸贼所害,我们才到穆柯寨。我们是公平大王。"

平:不抢不夺多公平,自耕自种过光阴。

"我愿将终身相许,结为夫妻。愿献降龙木归宋营。"宗保一听,勃然大怒:"你这无耻丫头,难得你说得出口,婚姻大事,非是儿戏。儿女亲事,父母做主,你难道不知道天下有'羞耻'二字吗?"桂英被宗保说得粉面一红,对宗保说:"我并不是轻薄女子,怎奈师命难违。"

宗保说:"哪晓你师父是什么人,是做底高的?我只晓你是占山的女贼,我是宋营的大将,能要你这丫头吗?"

平:桂英听完成,恼羞成怒怒纷纷。

大骂杨宗保:"你不识好歹的东西,你不要狗咬吕洞宾,不识好人心。"宗保说:"我不但不应亲,我还要宰你,还要降龙木。"嘴里说,手拿梅花亮银枪奔桂英戳过去。桂英闪身躲过,抡起绣绒大刀,像闪电恁快,像厨师切菜,朝宗保,唰唰唰,连砍三刀。前两刀,宗保躲过,最后一刀,拦腰斩来。宗保一看,这一刀躲不了,连三拿枪撂啦得,两手捧住头,滚鞍落马,刚想爬起来溜,哪晓桂英用大刀背,对宗保背上一压:"不要动,如果动一动,立刻将你送终。这门亲事,你应,还是不应?"宗保想:"这个丫头太厉害——"

平:用刀逼着来求亲,我宗保宁死不答应。

这时刚好穆瓜带人来嘞，跟手将宗保绑起来。桂英问穆瓜："那个姓孟的和姓焦的有没有溜走哇？"穆瓜说："他们本事虽好，被我们用绊马索绊倒，已经押到山寨。"吩咐将宗保也带上山寨。桂英来到绣房，换好女儿装，来到大厅，吩咐将宗保带上来。宗保来到大厅，脸都气嘞发青，对杠一盯，立而不跪。穆桂英对宗保望望，又心疼，又生气，就问宗保："我说的事你可答应啊？"

杨宗保说："丫头，我告诉你——"

平：宁可让你将我宗保死，要我答应万不能。

穆桂英真火啊，又气又火，下令将宗保拖走。

平：拿他拖到山门外，腰斩两段不要容情。

两旁的丫环心中明白，连三说："小姐息怒，不要急坏玉体。"桂英一看是大丫环金萍。桂英身边有四个丫环，哪四个呀？金萍、银萍、玉萍、石萍这四个。桂英对这四个丫环，亲如姊妹，无话不讲。往常，桂英曾经和她们讲过未婚夫是杨宗保，现在宗保不应亲，小姐发狠心，要杀宗保，所以金萍站出来说话："小姐哎，俗话说的——"

平：天上无云不下雨，地下无媒不成婚。

桂英一听倒也相信，不过又一想，在我山寨能找哪个做媒说合呢？金萍说："小姐呀，我们都是穆柯寨的人，哪个去说，他都不听，不信。还有那个姓孟的，是他边关的宁，只有孟良做媒，宗保就不推诿。"

平：这门亲事，请小姐放宽心，包我金萍一个人。

拿宗保押到后房，桂英回转绣房，金萍叫银萍去带孟良。

平：银萍动嘞身，去带孟良一个人。

孟良看见有人去带他，宁总吓煞得。

平：不好嘞够，恐怕是为嘞放火事，要将我孟良送残生。

又一想，不管怎样，到时再说。看你能将我怎样，我跟你走哇。银萍将孟良带到大厅，抬头一看，不是穆桂英，是个丫环。这时金萍立时起身："哎呀，这不是孟将军吗？快请坐。"这时反而孟良心里有点害怕，我本来放火烧山，反而对我这么客气。但看她壶里卖的什么药。叫我坐，我就坐。金萍说："孟将军，一见面，我就看出来，孟将军性情直爽，能助人为乐，能说会道，一点不打嘣。"孟良说："你不要啰里啰唆说上许多，转圈子拐弯子，有话直说，有屁直放。你带我来，到底为的何事？"金萍说："好。那我问你，杨宗保是你底高人啊？"孟良说："我实话告诉你——”

平:提到宗保一个人,盟叔就是我当身。

金萍说:“既然是你的侄儿,你应该晓得他,到如今,果曾有妻室呀?”孟良说:“你这丫头,也管得太多了。你管我侄儿有没有妻室,关你什么事呀?”金萍说:“孟将军,你们不是要降龙木吗?我告诉你,你的盟侄儿既然没有娶妻顶好,降龙木能够取得到。我们家小姐穆桂英,要论小姐的容貌,不是摆架子,可以说好盖中原十三省,要论武艺——”

平:提到小姐穆桂英,文武全才有名声。

平:她和宗保配为婚,郎才女貌两个人。

挂:如果亲事说得成,降龙木献给你当身,

小姐随你们去,打破天门阵。

平:孟良听完成,嘴总嗞到耳后跟。

金萍说:“孟将军,宗保不答应哦。”孟良说:“这事你放心,宗保最听我的话。”

平:我去劝宗保,好与桂英配为婚。

金萍说:“孟将军,事成请你喝喜酒。”哪晓,孟良眼睛一瞪,不肯起身:“这门亲事我不管嘞够。”金萍说:“孟将军,刚才,你说去劝宗保的,怎么倒又变卦啦,你哪里是时梅天,说变就变啦。”

孟良说:“丫头啊——”

平:从盘古到如今,哪有将宁绑嘞去做媒宁。

金萍一看,孟良还被绑着呢,我做事也太粗啦,人家被绑着,怎么去做媒呀?金萍亲自给孟良松绑。孟良再四平八满,对椅上一靠,像个老八太。孟良说:“我嘴又干,肚又饿,叫我这媒人怎么做?”金萍亲自给孟良倒碗茶,又叫银萍端来盘点心。孟良还嫌丑,还要好酒,金萍说:“你做媒也没开口,覅想吃酒。”

平:等你亲事说得成,好酒交待你当身。

孟良说:“现在没酒拉倒,说成了,你总少不了。”金萍吩咐,所有人都退走。就留孟良一个宁在大厅,再拿宗保带来,宗保问孟良:“二叔,你怎么在这里的呀?”孟良说:“贤侄啊,我叔侄交好运啦。”

平:我们时也通来运也通,拾到烂铁变成铜。

宗保说:“二叔哎,你这么高兴,到底为的何事呀?”

孟良说:“桂英看中你,桂英又美貌,武艺高,我来做月老。”

平:我在当中把媒做,成全你们两个人。

宗保说:“二叔咖,你看桂英果好哇?”孟良说:“很好。”“那她的本领果高哇?”孟良说:“那还用说,很高。”宗保说:“二叔,你果欢喜咖?”孟良说:“我就是欢喜满意。”宗保说:“既然你欢喜就许给你。”

平:孟良听完成,骂宗保混账不是人。

众位,这种情况,就像有的人家,要娶媳妇,儿子不同意,父母倒很满意。儿子说:你们同意就给你们。当然过去的婚姻是父母做主。不像现在婚姻自由。闲言少说,言归正传。宗保说:“二叔哎,儿女亲事是父母做主,那个桂英丫头,居然自己提亲,挺大的丫头不怕难为情。”

其实桂英就在里屋,听好嘞的,听宗保这样的说法,实在忍不住,从里面冲出来,责问杨宗保:“你以为你是朵鲜花,别人是粪土。我告诉你,我并不是轻浮女子,我一来敬佩你杨家世代忠良。二来——”

平:师父把媒做,我不能违背她当身。

“第三,北国摆下天门阵,我不能袖手旁观,我们结为良姻,帮破天门阵。想不到,你竟忘恩负义。哼!若没有我,你早就死了。”宗保听嘞,丈二和尚摸不到头脑:“桂英,你说这话,我欠你什么情啦?”桂英说:“杨宗保——”

平:枉枉是个大丈夫,却是忘恩负义人。

“你可记得,三年前,你被韩昌扎伤,是在哪儿养伤,又是哪个服侍你?你伤好嘞,哪个教你枪法的,哪个送你下山的?你闯营不过,又是哪个箭射韩昌,救你出敌营?你摸摸心,想一想。”宗保听嘞,就想,这些事她怎么知道这么详细呀?对桂英仔细看看,就问:“难道你是离阳山紫霞宫的使枪道姑吗?”

平:桂英点头来答应,就是我当身。

十:三年前,有韩昌,将你扎伤。

紫霞官,是桂英,救你残生。

十:病好后,我送你,山下分手。

你闯营,难得过,我箭射韩昌。

平:我你婚姻前世定,离山老母指分明。

宗保想,桂英对我恩情似海深,自己惭愧八九分。

孟良说:“宗保哇,桂英对你做的这些事,叔父一点不晓得。现在桂英说的这些事,是不是真的呀?”“叔父,她说的一点不假。”“那你答应不答应亲事呢?”“二叔,她对我恩重如山,我一面答应。不过二叔咖,临阵招亲,要犯杀头之罪的呀。”“宗保哇,这个你放心——”

平:在我在我总在我,在你家二叔一个宁。

“我们得到降龙木,可以将功抵过,再说,穆桂英能打天门阵,更是奇功一件。这样的好事,可以说,天下少,世上无。”

平:随你家父帅军规有多严,决不可责罚你当身。

桂英立即吩咐金萍给宗保松绑。孟良和金萍相商,夜长梦多,锅子趁热端,拣日不如撞日。当时桂英和宗保两人推辞,孟良说:“你们拜过堂,结得婚,同到宋营,共打天门阵。”经一说,两人答应。

穆瓜和金萍,他们大家帮忙,悬灯结彩,八仙台子端过来,天地马纸供起来。又将焦赞放出来共饮喜酒,桂英和宗保拜过天和地。

平:夫妻拜过和合印,山寨香房配为婚,春宵一刻值千金。

挂:洞房花烛夜,五子便登科,

绣花枕头红绸被,香房里还有踏步床。

平:一夜夫妻如山重,百夜夫妻海能深。

孟良、焦赞和小兵吃得醺醺大醉,只好蹲山寨里睡。

再说宗保一睡醒来,就问:“桂英,我怎么没看到我的岳父,你的父亲和两个哥哥的?”桂英说:“两个哥哥上少林寺学法去的,父亲出门访友有两多月,估计最近要回来的。”

平:讲讲说说天蒙亮,一桩事情又来临。

山下喽啰对上报,报于金萍丫环知道,山下来嘞官兵不少,如果抄山怎得了。金萍敲敲桂英的绣房门,没有惊动宗保。桂英来到外面问金萍:“什么事呀?”金萍说:“小姐哎,现在有官兵抄山来了。”桂英随时点嘞几百名喽罗兵,自脱下女儿装。

十:穆桂英,在高山,忙忙打扮,

雉子毛,插两根,杀气腾腾。

平:顶盔挂甲就动身,要和官兵比输赢。

穆桂英来到山下,看官兵队中,一名老将军。白脸黑须,胯下一字板肋玉麒麟,手擎一杆蟠龙金枪,这位老将是哪个,听学生讲。

平:要问老将是何人,就是杨景六郎一个人。

六郎怎么来到穆柯寨的呢?自从昨日宗保带二百名军兵上穆柯寨。宗保、孟良、焦赞被捉,也有小兵被捉。有的小兵溜得快,去对元帅六郎汇报。六郎听小兵一报,心中着躁,边关的事交待给岳胜守好,自己带兵来到穆柯寨。

再说桂英带罗兵来到山下,看见这位老将军,在马上就问:"这位老将军贵姓高名啊?"杨六郎想,听小兵说穆柯寨有位穆桂英相当厉害,我如果报嘞名,被她打败,当这么多的兵要丢丑,我不如先不报名。六郎说:"你别问我。我倒要问你,你是什么人?"桂英说:"这位老将,我告诉你——"

平:我名叫穆桂英,寨主就是我当身。"

六郎问:"既然你是寨主,你抓我的大将孟良、焦赞、杨宗保,可有此事?"穆桂英说:"是有此事,一点没错。"六郎说:"穆桂英,你这丫头胆不小哇,敢抓我边关大将,你要识相,送出三位大将,还要献出降龙木。"

平:如若你不答应,马踏山寨不容情。

穆桂英问:"你口气这么大,你这位老将军,到底是谁呀?"六郎说:"你不要多问,我总归于是宁。"穆桂英说:"这个我晓得,你绝对不是鬼,肯定是宁。不过,猪有名,狗有姓,代斧凿子也有柄,总归你有名姓。"六郎越是见她问,他越不报名,桂英说:"你连个姓名总不敢报啊?"

众位,其实六郎并不是不敢报名,因为他的两个盟弟和儿子被擒,心上来火:"你这丫头,啰里啰唆,对哪里走?"对桂英就是一枪,穆桂英没有还手,六郎连扎几枪,桂英来嘞火,她想三关将官都这么不讲理呀。我让你几招,你不识抬举,既然你无礼莫怪我无情。我如果不用绝招,将他制服,如果将来投到宋营,也要受他们的气,看见我也看不起。我不如将这员老将抓住,带到山上,而后给他赔礼。主意想好,这也是桂英年纪轻,有好胜心,桂英使刀和六郎大打起来。众位,桂英是宗保的妻子,六郎是宗保的父亲,也就是说六郎是公爹,桂英是媳妇。

平:公媳两人做打架,果要笑坏许多人。

再说愣头青孟良,昨夜喜酒吃多嘞,到现在才醒,听见山下有杀声,连三下山。刚到半山,往底下一看,恨不得牙齿笑抛啦得,公爹和媳妇来杠打。

平:真是大水冲嘞龙王庙,自家打嘞自瓜人。

按理,孟良应该赶快下去阻止,你们都不要打,我来介绍,一个是你公爹,桂英是你媳妇。而这个愣头青想,让他打一阵,我好看看热闹。穆桂英这丫头太厉害，要是没有人能管她，她年纪轻，恐怕要成精。让我六哥将她打败，将来我见到她，也有话可说，所以这个愣头青对石头上一坐，来个坐山观虎斗。

平：不提孟良愣头青，再说六郎、穆桂英。

开始六郎和穆桂英，打个平手。到后来，六郎气力跟不上，因为六郎生病刚好，气力还没复原，昨夜又没睡好，又赶这么远的路。再说又没吃早饭，宁是铁，饭是钢，再说心情焦急，哪晓后来打嘞两手脱力，虚汗冒嘞不歇，六郎真是久战沙场，经多识广，还能应付一阵。而穆桂英，心里赞扬这位老将，功底深，枪法稳，抽得快，打得狠。

平：这位老将和山上的三位比，他要胜到十几分。

穆桂英一时半刻不易赢他，眼珠一转，有了主意。绣绒刀招数渐慢，猛然高喊，老将的枪法太厉害了，拔马就走。六郎见桂英败走，在后面就追，你往哪里跑，哪里逃。桂英的战马放慢步子，六郎赶到，一抖蟠龙枪，照桂英的后背心扎去，这一招，就叫怪蟒出洞。哪晓用力扎桂英，桂英宁倒没得够，那么，明明桂英就在前面，六郎的枪应该扎得很稳，很准的，为什么这一枪扎去，没有扎到桂英呢？你们要晓得桂英本领太大。就在六郎枪扎来的一瞬间，桂英一点镫，战马来一个大转弯，桂英躲过这一枪，可六郎用力过猛，宁对前冲。哪晓桂英回过来刀砍过来，六郎用枪去封刀，这时宁在马身上还没坐稳，所以使枪的劲不狠，刀枪一碰，"当"，六郎的枪被打出手了。六郎刚要逃走，穆桂英手疾眼快，把刀挂好，伸右手，抓住六郎的腰带，单膀较力。

平：往怀里一带不着忙，捉住大帅杨六郎。

再说宗保一醒。一望，桂英没在，又去望二位叔叔，哪晓焦赞来杠，孟良不在。正准备商量吃早饭回营的事，听见山下有刀枪碰撞之声，两个出寨就下来看，是不是官兵来抄山。哪晓一看，吓得放汗，穆桂英已捉住六郎，只听孟良叫："桂英哎，快松手哦，他是你的公爹哦，赶快松手哇。"

桂英听说是自己的公爹，吓得手一松。六郎跌到地。六郎也听见孟良说的话，抓我的人是我的媳妇，真是又羞又躁，面红耳赤爬起来。

平：捡枪上马带兵走，回转边关气闷闷。

再说穆桂英，听说是公爹，又难为情，又害怕。孟良说："侄媳妇呀，你也太过分了，怎么把老公公抓住了呢？"桂英说："我问他三次，他都没有报名，我哪晓得是公爹呀。"孟良说："这件事也怪我。早晓有这回事，早喊就好了。"宗保说："二叔咖，你看见他们打的呀？”孟良说：“我只想看热闹，总以为你父得胜的，哪晓反而被桂英捉住呀。”

平：这件事怪嘞我，怪我孟良一个人。

宗保说：“二叔你害人不浅啊，走哦，我们赶快回转边关。”

桂英说：“官人和二位叔父，你们先走一步，我现在就派人伐降龙树，将山上事情安排好，随后就到。”宗保说：“你可要快点去啊。”

平：宗保他们离嘞穆柯寨，回转边关在路行。

已经来到营门。宗保说：“二位叔叔，我父帅怪罪下来怎么办呢？”孟良说：

平：如果你家父帅怪罪你，还有我们两个人。

焦赞说：“宗保，你先别进去，等我先进去探探风声，回头再说。”宗保答应，肇就孟良、焦赞两个宁先进帅帐。二宁来到白虎帐，六郎坐在帅位，脸像青桩，面沉似水。孟良、焦赞上前：“六哥哥，我们前来交令。”六郎问：“你们可借来降龙木咖？”孟良说：“借来了。”六郎说：“那你们将降龙木献上吧。”孟良说：“一会儿有人就送来。”六郎说：“你们先站一旁。”

再说宗保，等嘞很多时，二位叔叔也没出来，也没人叫他进帐。他就叫小兵：“给我进去望望看。”小兵到帅帐去，看到大帅对杠一坐，脸上冷嗖嗖。

平：小兵跪到地，连叫元帅好几声。

“禀报元帅，少将军杨宗保已经回来了。”六郎一听，气不打一处，真是嘴里哼气，头顶心冒火：“叫他报门而入。”小兵来到宗保身边：“少将哎，元帅叫我对你说，命你报门而入。”宗保只好对里一面跑，一面报，来到白虎帐。

平：跟手跪到地，父帅连叫好几声。

六郎问：“杨宗保，你昨夜没有回营，你上哪里去的呀？”

宗保想，在父帅面前，不得不说实话：“元帅，昨日孩儿奉父帅之令巡营，正好碰到孟二叔和焦三叔，他们没有取回降龙木，反而被穆桂英打败。他们为难，二位叔父开口，叫我不要丢丑，去打穆桂英。”

平：将穆桂英来打败，也算做个报仇人。

“我就带兵和二位叔父上穆柯寨的，哪晓那个穆桂英丫头太厉害，我打不过她，反而被她捉住得，带上山寨。”

六郎问：“后来怎样的，她不杀你吗？”宗保说：“父帅，她不但不杀我，小姐将终身许配给孩儿。当时我不答应，我说，无父母之命，孩儿不敢答应。是孟二叔替我做的主，又有穆桂英的老恩师离山老母之命，孩儿斗胆应亲。穆桂英，愿献降龙木，还帮打天门阵。”六郎听嘞勃然大怒：“胆大杨宗保，你随军听令三年有余，应知军规，我问你，夜不归营，该当何罪？”宗保说：“杀头。”六郎又问：“二日连误六卯定什么罪？”宗保说：“斩。”“临阵收妻呢？”宗保说：“砍头之罪。”元帅说：“好哇，来人——”

平：将这冤瓜绑到营门处，腰斩两段覅容情。

再拿宗保推到辕门外，立好桩橛柱，单等三声炮响，人头就要落地。孟良、焦赞吓得浑身抖，跪下来帮宗保求元帅：“宗保虽犯军规，念他是初犯。请你宽恕，宽恕，原谅，原谅。”六郎来火：“呔，你们得了哇。宗保犯罪，全是你们两人勾引的，你们要来求情，先杀宗保，再处理你们两个宁。”

平：两人听嘞傻了眼，眼珠子一转想章程。

两人说：“元帅，贤侄马上要死了，我们做叔父的去祭奠祭奠。果可以呀？”六郎答应：“给你们半个时辰。”所以大家都上法场。

再说六郎，越想越火，我打嘞半辈子仗，都没有被人抓住过，没想到被穆桂英这个丫头抓住，还扔到地上。所以一肚子怒气全发在宗保身上。要说，孟良、焦赞，果是去祭奠法场呀？不是的，孟良对焦赞说：“你看住法场，我到后营去找老太君。”

平：孟良见到老太君，眼泪巴塌叫盟娘亲。

平：盟娘亲哎，你在后营蹲，你的孙子活不成。

“你的孙子，杨宗保已被绑在法场，等一歇，一刀，血对外一喷，杨家就断根。”太君听说要杀宗保：

平：急得浑身抖，神目不知半毫分。

再八姐、九妹，扶住太君来到辕门外。看宗保挨绑嘞杠。太君问：“宗保哇，你惹了什么祸要被杀咖？”宗保哭得说：

平：祖母哎，只怪孙子惹嘞祸，不怪父帅老大人。

太君问：“你到底惹了多大的祸要被杀呀？”宗保说：“祖母，我犯了三条杀头之罪，父帅一定要杀我。”

平：祖母哎，你要多保重，我也孝敬不到你老大人。

平：祖母哎，当初我小的时候，你忙我多欢喜，哪晓竹篮子打水一场空。

平:太君心上像突粥,宗保杀罪为何因。

太君问:“孙子啊,你犯的到底哪三条杀罪呀?”孟良说:“盟娘啊,我说你听,宗保在我们军营,他算最小,等于一个孩子。能有什么大事呀,宗保私离防地,为的是取降龙木,收下穆桂英是为嘞帮我们打天门阵,有什么不对呀。元帅硬是鸡蛋里挑骨头,说宗保犯了三条军规。盟娘啊,元帅是你养的,他应该听你的话,你快点去对元帅说说,救下宗保。”而太君也带过兵的,她明知宗保没理,她硬着头皮去说情。孟良说:“盟娘啊,我先给你对里送个信。”直把嗓子叫:“太君到!”

平:元帅听说太君到,连三迎接母亲老大人。

六郎算到老母来求情的,假装不晓得,明知故问:“母亲,你不在后营养神,来到我这儿有何事啊?”老太君说:“杨景啊,我是给宗保求情来的。念他初犯,应该从轻处理发落。”六郎说:“娘呀,你也领过兵,带过队。国有国法,军有军规,宗保犯了三条大罪,杀之不足,剐之有余,不杀难以服众。”太君说:“六儿啊,按军规杀得对。可是我杨家,就剩宗保和宗勉两个人呀!”六郎说:“母亲,要论私情,宗保是你的孙子,是我的儿子。论国法,我是元帅,他是将军。更应该秉公处置,今天非杀他不可。”太君说:“儿呀,能不能死罪赦过,留他一条命啊?”六郎说:“亲娘,孩儿说句话,你不要生气。”

十:想当初,你带兵,身为元帅,
　　我父亲,为先锋,也听你令。
平:我父亲打败仗,你要杀他为何因。
平:太君听完成,默默无语不作声。

六郎对中军官说:“传我将令,哪个再来求情,为触犯军规论处,如有不服者,一同问斩。”

平:这个令传出去,哪个还敢来求情。

哪晓令传出去,来嘞一个人。那么,这么严的令,还有哪个胆子更大,还来求情呢?八贤王赵德芳来到帅帐,六郎连三离开帅位,迎接八王千岁。大家要问,怎么这么巧,八王这时来的呢?也是孟良的花头。他告诉太君后,就去告诉八王和寇准,告诉他们宗保犯法的全部事情。寇准对孟良说:“你去护法场。”叫焦赞快去办一件事,所以八王听说御外甥要被杀,立时动脚。

六郎将八王迎接到帅帐,因为帅不离位,八王搭个偏坐。八王装作对宗保的事一点不晓得,就问:“杨景啊,宗保犯了什么罪要被杀咖?”六郎也就将宗保犯了三条军规,所以要杀,讲了一遍。赵德芳说:"宗保这孩子,真是胆大包天,敢犯三条军规,本应斩首。不过,一来这孩子年纪轻,二来打天门阵正要用人,依我之见,不如饶过他的死罪,叫他戴罪立功。"六郎说:"千岁,并非我驳你的面子,我打天门阵,再缺多少将官,也不少一个罪人。"八王说:"杨景啊,你连我说的话都不听啊,你说,有哪个不听我孤王的话的?"六郎说:"你是君王,我是臣子,理应从命。不过,这是白虎帐,帅在位,将在外,君命还有所不受。"八王见六郎用不软不硬的话顶他,八王来嘞火,站起来,对六郎说:"有孤王在这里,我看哪个敢杀我的御外甥。"

平:六郎听完成,连三站起身。

摘下帅盔,捧起帅印对八王面前一放:"贤王千岁,我杨景现在辞去元帅职,你就另请贤臣吧。"八王一听,对杠一盯。现在正要破天门阵,没有元帅怎得了。连三改口,将话拉回来:"杨景啊,孤王没有让你交兵权啊,只是求情而已。"六郎说:"贤王,你说到这话,我也就不客气。"仍然拿帅盔戴好。"为臣已经传过将令,有求情者斩首。为臣也不敢无礼。你是骑马来的,还是坐车辇来的?"八王说:"是骑马来的。""那好,将你的马,剁去四蹄,将马汤锅。"

平:八王听完成,脸总红到耳后跟。

再也不敢求情,这时外面头声追魂炮已经响了,太君和杨家人,泣不成声。

第二声又响嘞够,大家想:

平:如果第三声炮一响,宗保哪有命残生。

平:正在为难时,来嘞救命人。

就在这时,人喊马嘶,一阵大乱。穆桂英来嘞够。那么,怎这么巧呀?他们都到,听学生慢慢讲来。自从宗保他们离开穆柯寨,桂英就命人砍伐降龙树,去头去根,中段带嘞随身。又领穆瓜、金萍、银萍、玉萍、石萍同奔边关,离边关四五里,遇到焦赞和寇准,也就是八王上白虎帐的时候,他也就动身,这是寇准用的办法。焦赞对穆桂英说:"桂英啊,这是双天官寇准寇大人。"

平:穆桂英忙行礼,连叫寇大人好几声。

寇大人又将宗保要被杀的事,对桂英详细说清。

平:桂英听嘞要杀宗保宁,火冒三丈八九分。

"我们赶快进城,救宗保要紧。"寇准和焦赞前头领路,桂英带兵紧跟,有寇准和焦赞在前头就无人阻挡,直奔辕门。这时看见桂英小姐,有的人议论,宗保被杀,就害嘞这个丫头。

平:只怪桂英人,是个惹祸根。

这时太君和众寡妇正守住宗保啼哭,焦赞又对桂英介绍,这位是太君祖母,那几位都是你的伯母。穆桂英跟手下马。

平:桂英飘然来拜见,参见祖母老大人

平:参见伯母和婶娘,侄媳拜见你当身。

大家对桂英看看,生嘞非常漂亮。

十:生得来,又不高,又不矮,真正好看,

又不胖,又不瘦,美貌千金。

平:不但生得美貌很,而且礼节也到人。

他们看桂英,虽则生嘞这么好,这么巧,心里总归在打搅,宗保犯军规,就害嘞这个丫头。孟良说:"侄媳啊,你快到里面去看看宗保哇。"大瓜让条路,桂英来到宗保身边,宗保被绑在桩橛柱上。

平:穆桂英将宗保来捧住,连喊将军好几声。

平:将军哎,昨夜我们夫妻恩爱很,今朝怎要送残生。

平:恩夫哎,你到底犯了哪条罪,就要将你送残生。

平:恩夫哎,你将事情告诉我,我好搭救你当身。

宗保说:"贤妻,因为我收嘞你,犯了三条死罪,元帅一定要斩我。"穆桂英一听粉面大怒,对宗保说:"刽子手抽这个空,杀啦宗保怎得了。"眉头一皱,计上心头,就对孟良说:"孟二叔,我求你一件事,果可以呀?"孟良说:"不要说一件事,就是十件八件事,我都给你办好。"桂英说:"二叔,请你给我对元帅回一声,就说我穆桂英献降龙木来了。"

平:孟良就动身,到嘞元帅面前呈。

"元帅哎,穆柯寨的穆桂英来了,她要给你献降龙木。"六郎听是穆桂英,心里一点都不高兴,自己被她生擒活捉,还对地上一笃。现在听桂英的名字有心发怒,有八王来杠,有气无处出,真是蛇咬裤裆说不出。八王可听嘞高兴:"元帅啊,献降龙木可是大功一件啊,赶快请她进来。"可六郎不想见她,想法推托:"你对她说,降龙木交给太君就算了。"这时在法场的寇准对桂英说:"你的公爹有难言之处,肯定不让你进去,依我之见,不如闯进去。"桂英说:"闯进去可犯军规呀。"寇准说:"哪有这么多规矩呀!为献降龙木,闯帐很对,绝对没罪。"正好孟良从帅帐出来:“桂英啊,你的公爹,他不好意思见你。”寇准说:“我就算到你的公爹难为情,不让你见他。还是依我闯进去。”桂英手捧降龙木,一面跑一面叫:“穆桂英告进!”来到里面,脸朝外一跪,“参见元帅。”呰遭六郎不见也得见。强压心头火,就问:“穆小姐,你到我帅帐有什么事吗?”穆桂英说:

平:一来献降龙木,将宝木献给你当身。

“二来……”话还没说完,六郎将话岔过去:“你就将木放在这里,等得胜回朝,我奏明圣上,对你进行封赏。”桂英将降龙木呈上,又说:“二来嘛,看奴家的夫君宗保。”说到这里,六郎又将话茬过去:“奴才犯了三条死罪,一会儿人头落地。姑娘你就覅想他。”

平:小姐你年纪轻,还好嫁好宁。

穆桂英听嘞真火哇:

平:我是真烈女,不做改嫁人。

“元帅,我是看宗保的面上送降龙木的。宗保一死,我还献什么宝贝呀。宗保犯的三条死罪,是因为我才犯的,我献降龙木之功,可补宗保之过。请元帅开恩,免去宗保死罪,饶他不死,可以戴罪立功,将功补过。”

平:六郎听嘞把眼瞪,心里佩服二三分。

这个丫头太厉害,我杀宗保,她就不献降龙木,如果没有宝木,破不了天门阵,看来,这个穆桂英真的得罪不了。如果就这样放了宗保,今后我这元帅还怎么当呀?眼睛一眨,当时翻腔,对桂英说:“穆小姐,你献降龙木是有功。可以免去宗保一条死罪,他还有两条,你看怎么办?”桂英说:“我可以出马临阵,杀敌立功,将功赎罪。”六郎说:“好,可以免去两条罪,那还有一条罪呢?”桂英说:“我可以打破天门阵。”六郎说:“穆小姐啊,你年纪轻,说话要当点心。你只晓打破天门阵,你可知,北国摆嘞三年。里面的奥妙无穷,相当厉害。”桂英说:“元帅——”

平:虽说天门阵厉害很,我桂英能知八九分。

“天门阵是按五行八卦所摆的,每个阵,有阵门,有阵眼、阵脚,还有阵胆,大阵套小阵,子阵套母阵,阵连阵,阵接阵,阵挨阵,阵靠阵,纵横交错,星罗棋布,共一百单八阵,一枝动百枝摇,逃都覅想逃。”

平:六郎听她说完成,称赞桂英有才能。

六郎想,我在穆柯寨被她打败,因我身体欠缺,我得试试她有多大本领。所以就对桂英说:“穆小姐,你既然说杀敌立功,将功赎罪,这样子,你拎敌将的人头,来换宗保的头,你可做到?”桂英说:“元帅,小事一桩。不费吹灰之力。”

平:元帅你放心,包我小女穆桂英。

元帅传令放回杨宗保,宗保来到白虎帐。

平:跟手来拜谢,谢谢父帅老大人。

六郎说:“你不用谢我,该谢桂英,是桂英替你杀敌将立功的。”

平:宗保听完成,倒又为难好几分。

宗保说:“父帅,你这不是为难桂英吗?敌将都在天门阵里,你叫我们上哪里去找敌将杀呀?”

六郎说:“九龙山口,有北国大将白天龙把守。你们如果打败白天龙,打散番兵,也算给打天门阵的道路扫清。”宗保只好遵令。

元帅给他们两千兵和五员战将,擎小夫妻披挂上马带兵动身。

平:兵马队队动嘞身,九龙山口到面前呈。

到嘞山口,番兵拦住去路,桂英叫宗保观阵,自己带四个丫环来到疆场,对小兵说:“你们快去报于你们的主将出来。”不多时,辽将白天龙来到穆桂英面前,穆挂英问:“辽将,你叫什么名字啊?”白天龙说:“我是守九龙口的主将白天龙,那你叫什么东西呀?”桂英想,毕竟番邦国的宁,一点礼貌都没得,问名字都不会问,我也不和你计较,一歇请你吃刀。桂英说:“白天龙啊,我告诉你。我不是东西,是宁,我是穆柯寨的穆桂英。”白天龙说:“穆桂英啊,你是占山的,为底高还保朝廷呢?”

平:有一天朝廷发兵马,剿灭你山寨不容情。

”你还不如保我辽国——”

平:我对萧太后奏一本,保你高官受皇恩。

穆桂英说“呸!我是中原人,我要保国保民,要杀你番邦的宁。”桂英立功心切,对白天龙就一刀。白天龙双锤对外一封,再你一刀,他一锤:

平:锤撞刀叮当响,刀碰锤直冒火星。

十:穆桂英,朝上杀,雪花盖顶,
　　白天龙,朝下打,枯树盘根。

十:穆桂英,朝山杀,山崩地裂,
　　白天龙,朝海打,海起灰尘。

十:穆桂英,朝前杀,怀中抱子,

白天龙，朝后杀，背驮苏秦。

十：穆桂英，朝左杀，黄鹰掠翅，

白天龙，朝右打，猛虎翻身。

平：两人杀得多有劲，棋逢敌手两个人。

桂英想，怪不到听人说阵门都不得进。白天龙的本领确实非凡。桂英毕竟是离山老母的门生，她一刀紧一刀，一刀快一刀，白天龙只见眼前刀像雪花飘，眼睛发花，就怕要上老瓜。身子在马上不敢坐直得，生怕桂英的刀对前握，哪晓桂英的刀是斜过来的，你应对马背一伏，就不被刀戳。哪晓他打昏嘞，反而身子坐直得，刚好穆桂英，斜嘞对前，一刀砍白天龙的腰。

平：白天龙死得苦，腰斩两段送残生。

金萍去一刀，将他的头剁下来，用绳子扣住头发，挂到桂英的马脖子上。这时宗保带兵冲杀一阵。

平：杀死小兵许许多，也有溜走去逃生。

宗保冲到天门阵的阵门，桂英就喊："夫君，不能进去。父帅说，阵里奥妙无穷。不要飞蛾投火自烧身。千军万马进去，也出不来。我们回营，我用敌将的头，抵啦你一条罪。"呰遭，打转回营。

平：所有兵将多欢喜，回转辕门笑呵呵。

来到辕门，桂英想，如果八王和六郎元帅以礼贤下士对我，那么我就留在营中，就帮他们练兵打阵，如果有半点瞧不起我，哼！

平：此处我不蹲，穆柯寨上去安身。

单说，小兵和蓝旗官报于元帅六郎，穆桂英和宗保已得胜回营，已将白天龙的头带回。这时寇准和孟良、焦赞也在白虎帐。寇准说："老杨家祖上有德咖，又收了位巾帼英雄，比元帅还强呀！"孟良更加来劲："怎么样啊，我回来就说过的，穆桂英这丫头厉害嘛。我不是她的对手。"焦赞说："我们当然不是她的对手。就是我们的六哥，怎么样，这么大的能耐，顶天立地的英雄。也被穆柱英走马活……"

平：活擒两字不曾说出口，六郎脸就红到耳后跟。

六郎眼睛一暴，胡子一翘，焦赞晓得不好，"活擒"二字没敢说出来。在帅帐的总是聪明人，有人议论："噢，大概元帅也不是穆桂英的对手。"有的说："我亲眼看见，老公公败在媳妇手的。"孟良说："六哥喊快点，将穆挂英接进白虎帐。"

六郎想,穆桂英有天大的本领,她是我的儿媳妇,我做公爹的,怎么去接她呀。他坐在帅位一动不动。所以又惹嘞事情。

再说穆桂英,见元帅没有出帅帐接她,可生嘞气。将白天龙的人头交给宗保将军:“你将白天龙的人头交去,可以将功赎罪。”宗保说:“桂英啊,我们两人,同到父帅身边去交令。”哪晓就在这时,蓝旗官传话:“命你们两人,同到帐前回话。”

平:穆桂英听完成,火冒三丈八九分。

穆桂英,为底高冒火,她想,我不吃你的粮,不用你的钱,为嘞救你的儿子,我才为你卖命,到前敌杀白天龙的,得胜回来,连个“请”字都没有。杨六郎啊,你太无人情啦。就对宗保说:“你一个人去交令,我们走了。”回过来,带领穆瓜,所有穆柯寨的人。

平:随时就动身,穆柯寨上去安身。

宗保喊:“桂英你不要走啊,我还有话要和你说呀。”桂英说:“有多少话以后再说。”

宗保盯嘞杠很长时间,才回帅帐。刚到门口,寇准和孟良、焦赞也到门口,寇准见六郎没派人去接穆桂英,晓得不好。按理,穆桂英将敌将的人头取回,立下很大的战功,本应出帐相迎。而你杨六郎,不但没有出帐,而且连个“请”字都没有,就一个传令,哪个受得了。再说穆桂英,脾气暴,脸皮薄,不要被气跑。哪晓到门口,就宗保一个宁,拎着白天龙的人头,寇准问:“宗保哇,桂英呢?”“她走了。”“上哪去的呀?”

平:她生气回山去,穆柯寨上去安身。

寇准说:“她要走,你为什么不拦住她呢?她走了,哪个打天门阵呀?快去将她追回来。”宗保说:“我不去,哪个叫她走的呀?”寇准说:“你这小子说的话,真是丧尽良心。你怎么不想想,不是穆桂英阵前刀斩白天龙,给你将功赎罪,你的小命,早就死了,还不快点去追呀?”宗保一想,寇大人说的一点不错,将白天龙的人头交给孟二叔,自己打马动身。

平:打马加鞭追桂英,哪肯耽搁赶路程。

平:追出近有二十里,追到穆桂英女千金。

宗保说:“桂英啊,你这一走,我可急坏啦。寇大人叫我来追你回营,好帮打天门阵。”桂英说:“杨将军,我帮你在敌阵刀斩白天龙,已经帮你将功赎罪。你们的大营里，有我不多，没我不少。既保住你的性命，还要我回去做底高？”宗保说：“桂英啊，我们已经成嘞夫妻，人们常说小夫小妻一步不离。难道我们还要分开吗？”桂英说：“杨将军，话是对的，不过，你们杨家和人家不同。你的父亲是三关大帅，还有杨家女将。有哪一个看得起我这个占山的女寨主？你们是想叫我到疆场杀敌，替你们杨家卖命。这次我打了胜仗，杀了白天龙，如果打了败仗，被白天龙杀死，我只好算白死，只好到鬼庙申冤。我再卵，也不跟你走，你回去转告寇大人，谢谢他老人家，你快回去吧。我们也走了。”宗保见桂英带马绳要动身。宗保从马上跳下来，来到桂英马前抓住桂英的马缰绳。桂英要走，宗保死也不肯松手。

平：宗保抓住马缰绳，急坏桂英一个人。

桂英急得亮出肋下宝剑，“刷”地一挥，砍断缰绳，宗保又没在意，缰绳一断。

平：宗保空听通，跌得头朝西来脚朝东。

平：宗保跌得了不得，神目不知半毫分。

歇很多时，才苏醒过来，哪晓一望，桂英和兵马一个都没来杠。这时宗保心上不好过哇。

平：桂英哎，我们夫妻恩情如山重，你怎就能无情。

这个时侯已是红日西坠，玉兔东升，宗保想，我还是回营，还是上穆柯寨。就在这时，来嘞小兵。

平：小兵跪到地，少帅连叫好几声。

“寇大人叫我们来找你，叫你赶快回营。”杨宗保真是无精打采回转。刚到辕门，孟良见到宗保和小兵，没有穆桂英，倒说起风凉话来够：“咳咳，我就算到，穆桂英不会回来的，人家不呆不卵，为你老杨家，打了胜仗，连个请字都没有，叫人家怎么蹲得住啊？硬把人气走了，看你们天门阵怎么打。如果打不开天门阵，大家散伙。”

平：我们东个东来西个西，改名换姓做生意。

孟良正吵，寇准已到。寇准说：“你不用吵。穆桂英没有回来，你和宗保去见元帅，我去见八王。我们话分两头，花开两朵。”

先说，孟良和宗保，带嘞白天龙的人头来到白虎帐：

平：跟手跪到地，元帅父亲叫几声。

“穆桂英刀斩白天龙，孩儿交令。”六郎说：“好，免去一条罪。”可是没看见桂英进帐，自己说不出口。就在这时，寇准已经将穆桂英气跑的事告诉八王。八王听嘞,龙心大怒,气呼呼来到白虎帐:“杨景六郎,你好大的胆子哇,倚仗权势,嫉妒贤能,逼走穆桂英有功之臣,该当何罪?”

平:六郎被责问,默默无语不作声。

寇准说:“八王哎,穆桂英能破天门阵,被人家气走,我们不如散伙。”这时八王已经很恼怒,孟良左右添火:“人家对帅位上一坐,自称老大。又没这本事破天门阵,干脆江山让给辽国吧。”八王听嘞更加生气。八王说:“杨景六郎,速去将穆桂英请回来,万事皆休,如果请不来,

平:我要将你来定罪,误国误民罪不轻。

平:将你押到帝皇城,腰斩两段送残生。”

包括焦赞对他也睁眼闭眼,这时的六郎,真是无地自容。

平:六郎到嘞为难时,来嘞恩师一个人。

刚好任道安来嘞。其实他们所说的话,任道安都听见嘞。对六郎说:“穆桂英是离山老母的大徒弟。她懂得阵法,你们纵然有降龙木也未必能破阵。你们一定要快去将穆桂英请来。”

平:如果请不来穆桂英,要想破阵万不能。

这时六郎,确实为难,为底高呢?公公怎么去请儿媳妇呀,也太难为情呀。不过,六郎不愧是元帅,主意还真多,一拍虎胆,厉声高喊:“宗保听令。”宗保莫名其妙,怎么对我下什么令啊,随时答应“末将在”。“本帅命你,现在就上穆柯寨,去请穆桂英。”

滚:请来穆桂英,一笔勾销莫谈论,
　　请不到桂英到营门,定要将你送残生。

平:宗保听嘞有话无处说,扭扭肚子不作声。

他说不出口:八王逼你,你又来逼我,我如不去,父帅之命难违;去嘞,桂英这个死丫头又不听我的话。真是老鼠躬嘞风箱里,两头受气。宗保问:“父帅,什么时候动身?”六郎说:“现在立即动身。”宗保没法,只好动脚。刚出帅门,遇到姑姑两个人,八姐、九妹说:“宗保哇,你吃点东西再去呀。”“姑姑,我哪有心事吃东西呀?我吃不下去。我现在过一天,赛过一年啊。”八姐、九妹说:“宗保喂,你心不要急,见了桂英——”

平:你将委屈说她听,叫她原谅你当身。

宗保点头上马。

平：宗保急急行，只为要请穆桂英。

第二天到晚，宗保回到营帐。“父帅，孩儿交令。”六郎问：“穆桂英来了没有啊？”宗保说：“没有请来穆桂英。”六郎说：“你没有请来穆桂英，你回来做底高呀？”宗保说：“父帅，你听孩儿说，桂英她病了。”六郎问：“怎得病了的呢？”“父帅哎，是山下喽罗兵言说的，他们的寨主生了御甲风，自从边关回来，憋气窝火，身染重病，人事不知，昏迷不醒。孩儿怕误军机，所以先回来交令。”

平：六郎听完成，理由倒有好几分。

对八王说：“你听见宗保说的话，再总不能怪我吧。”寇准说：“元帅呀，并不是我要多话。穆桂英为什么早不生病，晚不生病，怎么单单我们去请她，她就病了呢？这病怎么来得这么快，这么巧呀？”六郎说：“寇大人，哪个吃得五谷杂粮不生灾，不生病呀？要生起病来也分什么时候吗？”寇大人说：“宗保哇，看来不对呀，桂英的病，我晓得是生的心病，你就再辛苦一趟。”

平：请不到桂英来，八王要杀你的父帅老大人。

宗保说：“寇大人，桂英病了，怎么来呀？”寇准说：“不要说她病了，就死了，也拿她哭活的，就看你果有这本事。”八王说：“寇爱卿说得对，宗保哇，穆桂英是病，是死，是活，你都要将她请得来。”

平：如果请不来，要你父子两宁命残生。

六郎只好拿儿子出气：“我命你杨宗保，二次去请穆桂英，如果请不到穆挂英，你也不要回营。”

宗保只好出营门。

平：宗保前头走，寇准跟出门。

对宗保说：“你去请桂英，专门要说好话，客气话，你是去请她的，求她的，人家常说——”

平：站在人家檐头下，身子矮三分。

“另外，她提出什么条件，你尽管答应，有我做主。”宗保说：“我依你，不过今天也不早，我明朝动身可好？”寇准说：“宗保哇，今朝好好休息，明天及早，你要动身。”第二天一早，宗保早饭用好，带好马，直奔穆柯寨。

平：宗保正对山上行，来嘞罗兵几个宁。

罗兵问：“杨将军，你怎么又回来了呀，你来有事吗？”宗保说：“我来请你们寨主穆小姐的。”罗兵眼泪巴塌说：“我们小姐她……”刚说到这里，来嘞三个人，宗保一看，头戴白帽子，身穿麻衣重孝，腰系麻绳，手拿哭丧棒。一面哭一面跑，来到宗保面前对下一跪："少帅呀。"宗保说："你怎哭我呀，我又没死，你怎么哭我呀？"

平：宗保望望清，是穆瓜一个人。

穆瓜说："我又不是哭你，我是哭我们小姐，我不哭啦几声，心上不好过。

平：少帅呀，提到桂英寨主的苦，也比黄连苦三分。

平：少帅哎，寨主为你宗保将白天龙丧残生，你杨家是忘恩负义人。"

宗保说："穆瓜啊，你啰里啰唆哭上许多，为点底高呀？"穆瓜说："我们寨主她……"宗保问："她怎么啦？"穆瓜说："她死了。"宗保以为自己耳朵没有听清，又问她到底怎么啦，穆瓜说："桂英小姐她已经死了。"

平：宗保听见这一声，赛于天打一雷阵。

宗保又问："桂英她什么时候死的呀？"穆瓜说："刚断气，时间不长，我今天不是怪你杨少帅——"

平：我们小姐就为嘞你，所以才要送残生。

"少帅你想，她为嘞救你，到两军阵前，大战白天龙。打了胜仗，边关将官，就连寇大人，都没出来客气客气，迎接迎接，就你的父帅，连个"请"字都没有说。叫哪个受得了哇？我们小姐是生的气病，她回到山上，赌气脱去甲胄，吹嘞风，受嘞寒。请来的先生，说这种病没法看。"

平：昨天专门说糊言，哪晓今朝送残生。

"老寨主和两位少寨主又不在家，把宁也急煞得。你倒得救，可把我的寨主坑死了。"

滚：宗保听完成，有如冷水浇嘞头，

又如怀中抱嘞冰，想想也伤心。

这时，宗保看见两个宁，从树上跳下来，却像无事的样子。宗保想，开头我遇到他们，怎么没说桂英死呢？莫非穆瓜吓我的，骗我的。要说诈死埋名，我天波府搭过两次灵棚。我现在不哭，等见到桂英的死尸好哭。就对穆瓜说："麻烦你，带我去看看她的死尸。"穆瓜说："少帅啊，死嘞有什么看头呀？活着的时候你们杨家对她就无情，现在死了，还看做底高呀？"宗保说："穆瓜哎，我和你家小姐结过婚的——"

平：一夜夫妻百夜恩，百夜夫妻海能深。

平:我要到她灵前去吊祭,九泉之下早超身。

穆瓜说:“看来少帅是非要去看不可。那我带你去,先派人对山上送信。”

平:穆瓜前头走,宗保就在后头跟。

来到山寨,就听见里面哭声一片,有哭寨主的,有哭姑姑的,有哭姐姐的,也有哭妹子的。

平:那个哭声真叫惨,叫人听嘞也伤心。

宗保来到穆桂英绣房。看见一块门板上面,躺嘞一个宁,身子挺直,脸上盖嘞白纸钱。

平:供桌上点嘞火,门板后面点嘞灯。

平:宗保看完成,止不住虎目泪纷纷。

对供桌上一伏,如如滴滴卵(胡乱地)哭。

平:恩妻呀,我远远道道来见你,哪晓你今朝送残生。

平:恩妻哎,三年前我受伤到离阳山,是你服侍我当身。

平:恩妻呀,是你为我熬药又端汤,怨恨心没有半毫分。

平:桂英哎,你教我枪法多用功,叫我两军阵前好立功。

平:桂英哎,我要回营你送我到出脚跟,难舍难分两个人。

平:恩妻呀,我不晓你暗中跟随我,箭射韩昌我不知闻。

平:桂英哎,你箭射韩昌救嘞我,救到我宗保命残生。

平:桂英哎,我为降龙木到你穆柯寨,孟良二叔做媒人。

平:桂英哎,我们两人来结婚,地生一对两个人。

平:恩妻呀,我们恩如山能高,情到有海能深。

平:恩妻哎,我回营门,父帅三条军规不饶人,要将宗保送残生。

平:恩妻哎,你为嘞救我命残生,抛头露面去出征。

平:恩妻哎,你武艺精通杀啦白天龙,救到我的命残生。

平:恩妻哎,你得胜回营,我家父帅不曾接待你,望你原谅二三分。

平:恩妻哎,总以为我们打破天门阵,白头同到老,哪晓阴阳之间两离分。

平:宗保越想越伤心,哭成潭来啸成坑。

平:大家听嘞多悲伤,铁石心也软三分。

金萍一面哭一面说:“杨将军,你是帮办丧事呢,还是回营啊?“

宗保说:“按理我要蹲这里办完丧事好回营。”

平:如果不将丧事办,对不起恩妻女千金。

“不过我家父帅的军规重,如果犯嘞军规有杀头之罪。”

平:宗保转不过弯,横也难来竖也难。

金萍说:“杨将军,依我之见,高山的事,有我们姊妹几个,不需要你,多一个、少一个无所谓,你还是快点回营吧。上次你犯了军规,我们姑娘帮你杀敌赎罪,现在姑娘已死,没人给你赎罪。”

平:你赶快回营门,省少再做犯法人。

宗保想,我如果请到桂英,早天、晚天回营都无所谓,现在桂英已死,回去晚了,又要犯军规。就对金萍说:“小姐的事就拜托你们帮办,我现在就回转。”宗保又跪到供台前面,因为死者为大。

平:跪下来拜三拜,表表夫妻结发情。

宗保对前跑三步,转过头望一望,望好几次,眼泪巴塌就动脚。到嘞半山,宗保想嘞伤心,要寻短见。

平:一盏孤灯渐渐熄,来嘞添油点火人。

到底来嘞哪个,果曾救到宗保,穆桂英到底果曾死。

平:杨家将宝卷路程远,下册之中再团圆。

十七、穆桂英挂帅　破鬼门阵
何庆倒反青龙阵　岳胜、杨兴负伤

暗难留，渐渐休，多等候，旧根由。——圣谕

单：日落西山暗难留，门外霞光渐渐休。

单：各位多等候，提起杨家将宝卷旧根由。

挂：山在西来水在东，三山六水处处通，

长江里水归大海，人到何处不相逢。

平：杨家将宝卷来接连，学生慢慢再向前。

上册理文，已经讲到，宗保二次上穆柯寨去请穆桂英。寇准说："这次一定要将穆桂英请到边关。哪怕是死嘞，也要将她哭活得。"宗保没法，只好动脚，哪晓到半山，穆瓜穿嘞麻衣重孝，对宗保说："我们寨主已经死了。"

平：宗保闻听这一声，赛于天打一雷阵。

随时和穆瓜同到山寨，到内房一望，穆桂英睏在门板上，脸上盖了白纸钱。

滚：头前点嘞火，脚头点了灯，亮亮堂堂好动身。

宗保哭到死去又还魂。金萍说："杨将军，人已经死了，哭也无用。你的父帅军规严，论以前，你犯了三条死罪，有我小姐杀敌立功，将功赎罪。小姐的事，我们有人手。不在于多你一个、少你个宁，还是快点回营。"宗保想，金萍说得很在理。

平：宗保对桂英拜三拜，表表夫妻结发情。

宗保再就下山，这时的宗保真是无精打采，脚提起来，恨不得有千斤。慢慢对前，跑到半山，实在没精神，对石头一坐。突然看见有一棵弯脚树，宗保想，我二次来请桂英，哪晓她已经死了。我请不到桂英，回营无法交令。再说请不到桂

英,我们无法打破天门阵。我不如死了,死了,死了,一死就拉倒。主意想好,将腰带解下来,做好相思扣,头要对下躬,想想伤心。

平:双亲哎,你们白白养嘞我,我也做不到养老送终人。

平:祖母哎,你对我爱得凶,竹篮子打水一场空。

平:桂英小姐哎,你倒身丧命,叫我想想也伤心。

平:桂英哎,你倒归地府,丢下你瓜亲夫靠何人。

平:桂英哎,你黄泉路上慢慢跑来慢慢撑,宗保陪你同进枉死城。

宗保哭泪一番,狠狠心肠,头对相思扣躬。

众位,如果宗保躬到相思扣里,就吊死嘞。在这个时候,有人救,就救到他的命,如果无人救,宗保只好死。到底果有人救?

平:一盏孤灯渐渐熄,来嘞添油点火人。

就在这时,有人喊:"那个哇,不要死嘞高山害我,死别处去。"

平:嘴里说话脚下行,到宗保面前呈。

刚好来两个宁,肇一个宁抱住宗保,一个宁解绳子,将宗保放下来,宗保说:"你们不救我倒蛮好——"

平:我阳日三间不愿蹲,情愿地府去安身。

这两个人说:"你这宁不识好,古人常说的,宁可蹲世上待,不要对地里埋,阎王不寻你,你不要想发阎王家外快财。"

平:寻死作活没好处,枉死城里做罪人。

"你这位将军,姓甚名谁,为的何事,要寻短见?"

平:你将事情告诉我们人两个,我们做消愁解闷人。

宗保看这两个人,确是好人,就直截了当告诉他们:"我叫杨宗保,穆桂英是我的妻子,为嘞打天门阵,我二次来请她,哪晓倒死嘞。我想,桂英不在世,我活在世上也没意思,所以我做这卵事。"

平:两人听完成,连叫妹婿好几声。

"妹婿啊,我们是你的舅兄,我叫穆铜,他叫穆铁。妹婿呀,你不能死。"

平:如果你一死,我的妹妹靠何人。

宗保一听,立时来劲:"舅兄啊,听你的话音,桂英没死啊,你是怎么知道的呀?"穆铜说:"刚才我们也看见桂英在后山呢。"宗保说:"那就请两位哥哥带我去见桂英。"穆铜说:"不行啊,妹婿呀,我的妹妹,太任性。就是这样去,不但见不到她,等她发火,就我们三人打她也打不过。再说,她既然装死,就是故意躲你,你现在上山,她又要躲起来的。”宗保说:“二位哥哥,我如果请不到桂英,我无法进营,父帅发火还要杀我。”

平:穆铜听完成,立时想章程。

“我帮你想办法,拿桂英叫出来。”叫宗保如此,对穆铁说你这般。再就和穆铁上山寨。桂英的内房,有银萍、石萍、看门的,一般人不得进去的。现在穆铜、穆铁到门口,银萍说:“大、二寨主,你们来做什么?我们家小姐,不准任何人进门的。”穆铜说:“正因为我的妹妹有病,我才来张望的,快点死开点,等我们进去。”嘴里说,手拿银萍一拱,银萍跌个倒栽葱。两人对里一那躬。桂英一看两位哥哥来嘞,就问:“二位哥哥,你们不蹲后山,到我前山来有何事呀?”穆铜说:“妹妹,你没有死啊?”桂英说:“我不是活得好好的吗?”“那我问你,门前有哭,有戴孝,是为哪个呀?”“啊呀,两位哥哥,你听我说,我是被杨家逼的呀。”就拿怎样和宗保成亲,宗保犯了三条军规,怎样替宗保赎罪,九龙山杀白天龙,元帅连个“请”字都没有说,讲了一遍。“所以我赌气回穆柯寨,我算到宗保要来请我,我想一计,因为玉萍长嘞和我差不多,我就叫玉萍暂时替我,给她吃了蒙汗酒,装死。我这样一死,免得很多麻烦。”穆铜说:“妹妹的主意很好,我问你,宗保有没有来呀?”桂英说:“他来过的,见我已死——”

平:他哭得多伤心,已经下山岭。

穆铜说:“只要身体好就行,我们走了。”穆铜在前,穆铁在后,一脚在门外,一脚在门里,对桂英说:“妹妹呀,我们刚才来的时候,在半山树林地方看见一个在寻短见的。”桂英问:“什么宁,遇什么事,想不开,要寻短见啊?你们有没有救这个宁啊?”穆铁说:“我们没有救,只对那个人看嘞看。年纪不大,小白脸,旁边树上还扣嘞马,那杆枪也是挺好的。”

平:桂英听了定嘞神,倒像宗保一个人。

“不是我怪你们,见死要救,救人一命,胜造七级浮屠。”穆铜说:“妹妹,我们不救也有道理,人家已经上吊要死,我们如果救下来,他还是要寻死,再上吊,反而吃两次苦,所以我们干脆不救,让他一死拉倒。他有事,我们也帮不了。”

平:桂英听嘞忧愁很,不知上吊是何人。

平:如果是杨宗保,叫我终身靠何人。

桂英说:“两个哥哥,那个上吊的在哪里,你们果记得咖?”穆铜说:“应该有印象的。""那你们带我去看看,好不好哇?"两人说:"既然亲妹要看,我们带你去。外面要暗了,带灯笼火,现在就走。"

也有几名小兵跟随,已经要到宗保上吊的地方。穆铜说:"怎么,我忘记啦,怎么找不到了?"其实穆铜说得很响,是对宗保送信。"妹妹啊,估计就在前面不远,你们去吧,我们走了。"穆铜他们一走,小兵特别胆寒,外面太暗。

平:伸手不见五个指,面东不见西人。

小兵怕地上有蛇虫百脚要咬脚,头上又怕撞吊煞鬼,抖抖合合,不敢向前。桂英说:"你们拿灯笼给我。"桂英拿灯笼举高嘞,人常说,高灯远照,宗保在暗处,倒看见桂英。心里想,你这姑奶奶,当真没有死啊。他如果轻轻说话,慢慢走出来那就好了,他是怎样啊?从树林里对外一蹿,喉咙哑声哑气:"桂英啊,你来嘞呱,当真没死啊。"就他这一说,哪个不怕呀,当真有吊煞鬼。

平:小兵吓得跌到地,桂英胆大也打寒惊。

差点点,拿灯笼扔啦得。她一想,如果是其他宁,我怕底高,用宝剑杀啦他。如果是宗保,更加不要怕,是我的亲丈夫。干脆拿灯笼举举高,对说话的人身边跑。

平:仔细望望清,确是宗保一个人。

可是桂英又想,我两个哥哥说一个宁上吊,莫非就是宗保。既是宗保上吊,两个哥哥又没有救他,我现有看见人?是吊煞鬼?难道我活见鬼呀?就在桂英想不明白的时候,宗保说:"桂英啊,你不要怕,我是杨宗保,你还是随我上宋营吧。"穆铜、穆铁,离老远一看,欢乐一半,就对宗保喊话:"妹夫啊,我们帮嘞你的大忙,有本事,就拿桂英带走。没本事带走,不能怪我,以后我们不管啦,我们走了。"

平:桂英听听清,也是两个哥哥的花头经。

此时,桂英也想对山上跑,宗保拦住得:"我有话要和你说,如果你真死了,我活在世上有什么意思呀?"桂英说:"杨将军,我听我两个哥哥说,有人上吊,可是你呀?"宗保脸红到哪里。

平:不是两个哥哥来救命,我到哪有命残生。

"桂英,看在我的面,千万不要生我父帅的气。他是元帅,被你走马活擒,他有点不好意思。你走后,他很后悔,才叫我二次来请你的。寇大人还说:'请不到桂英,不要回营。'"这时桂英既不跑,也不答应。

平:就在这时候,突然来嘞一个人。

黑夜在这半山树林来个人,桂英举起灯笼一望,是父亲。桂英跟手给父亲介绍:“这位是杨家小帅杨宗保。”又对宗保说,“这是我的父亲老寨主,子不言父,叫穆羽。”

平:宗保跪到地,连叫岳父好几声。

穆羽听嘞呵呵一笑:“贤婿快快起来,有话到山寨一叙。”宗保牵马和他们一同行,听众要问喽!穆羽怎么这个时候来的呀?听我讲啊,因为穆柯寨四面都有路可以上山的,宗保是走的后山,穆羽是走的前山,所以宗保上山都没有遇到人。现在穆羽和他们不住在一起,穆铜和穆铁也是另外居住,都相隔很远。桂英为嘞不见宗保,所以叫玉萍扮作她的样子,穿嘞桂英的袍服,服蒙汗酒装死。又叫罗兵都穿白戴孝。随便宗保从哪条路上山,都有罗兵说桂英死了。穆羽到山脚,就问:“你们给哪个戴的孝呀?”罗兵说给寨主穆桂英的,穆羽问:“她什么时候死的,怎么得死的呀?”有一个罗兵倒笑起来了:“我们是在做戏。”老寨主来火:“你们好好看山,怎么做戏呀?”罗兵说:

平:请老寨主要息怒,听我将事情说分明。

就拿桂英嫁给杨宗保这些事告诉老寨主,穆羽听嘞高兴。

平:该应桂英有福分,杨家是个大忠臣。

“正因宗保犯了三条军规,三条死罪,是寨主去帮杀白天龙抵罪,哪晓得杨元帅连个‘请’字都没有,是小姐赌气回山寨的。她算到宗保要来请她的,第一次装病,没有见宗保,这次诈死,还叫我们穿白戴孝,你说果发笑,我们果像做戏呀?”穆羽听嘞又好气又好笑,他想桂英活得好好的,我着底高躁哇。这几天我跑嘞也辛苦,不如先到我的住处休息,到晚上去看她也不迟。哪晓一到寨门,金萍说:“小姐和她两个哥哥去看吊煞鬼的。”所以穆羽没有耽搁,也就来嘞,离远就听见桂英和宗保在讲话,所以就喊他们同到山寨一叙。

穆羽将小夫妻领到山寨聚义厅,穆瓜穿的重孝,老寨主一看,眼睛发暗,赶快给脱啦得。

平:大门悬红灯,彩绸挂到二重门。

为宗保不要丑,赶快办酒。一面吃酒,老寨主开口:“桂英啊,我就你一个女儿,你嫁给杨门宗保不晓多好。你终身有靠,为父也高兴。你不要耍小孩子脾气,动不动就生气,你在穆柯寨占山——”

平:万一朝纲发来千军并万马,你能挡他多少人。

“再说占山,终究名声不好。依父之见,听父之言,跟你丈夫到前敌立功。”

平:破了天门阵,女儿才有好名声。

宗保说:“桂英啊,老岳父言之有理,以前我不怪你,快跟我下山上边关。”桂英说:“将军,要我下山上边关,依我三件事。”

平:如果依不到三件事,要我下山万不能。

宗保心中想,只要你跟我上宋营,不要说三件事,就是三十件,我也能答应。就问桂英:“你倒说说看,哪三件?”桂英说:“宗保哇,第一,我这次进宋营,要以礼相待。”宗保说:“这点要求不高,我答应你。”“第二,我们结婚,不是鬼五鬼六的,有孟良主婚的,虽说我穆柯寨上下都吃过喜酒,大家都晓得,可营中众兵将不晓得,必须明媒正娶,父亲在这里,女儿也不能走空身。要在营中完婚。”宗保想,桂英想嘞比我周到,这样多光彩呀!“桂英啊,第二件我也答应你。那第三条呢?”桂英说:“叫我打天门阵,我一定要有兵权,可调兵遣将,我要喝水断流,违反军令杀他的头。”

平:宗保将第三件听完成,倒又为难好几分。

宗保想,兵权在我父帅手里,我怎么好开口,怎么能叫父帅的兵权交给自己的老婆,要说不答应桂英,她又不肯回营,这件事实在太难啊。

平:难上难,难嘞我,难坏我宗保一个人。

宗保说:“桂英啊,前两件,我现在就答应你。第三件呢,我回营和大家商议嘞再说。”桂英说:“那你不答应,我就不下山,你回边关。”

穆羽说:“女儿啊,听从父母为大孝,顺从丈夫是贤惠。不要太任性,再说,打天门阵不是小事,关系到国家太平,百姓能安居乐业的大事。你如果有能力有把握能打天门阵,到一定的时候,说不定八王他还非叫你挂帅呢,何必现在和宗保计较呀?”

平:桂英听父亲说得多在理,转怒为欢笑嘻嘻。

桂英答应下山,这就是杨宗保三请穆桂英。第一次桂英装病,没有下山,宗保连桂英的面都没有见。第二次,桂英诈死,宗保到半山树林要上吊,好嘞穆铜、穆铁。这次好嘞岳父穆羽,桂英才答应下山的,所以说杨宗保三请穆桂英。

桂英到绣房,带好离山老母给的天门阵图。穆羽吩咐罗兵搬嫁妆,对车上装。

挂：四箱金来四箱银，珍珠玛瑙亮晶晶，

金萍、银萍跟随你，玉萍、石萍也随身。

平：红绿绸缎陪许多，十几辆车子对前拖。

又配几十名罗兵送行。宗保和桂英有说有笑，不曾坐轿，是骑的马，倒也热热闹闹。正对前行，前面罗兵遇到宁，本来路就窄，哪晓前面一淘人不肯让路，而罗兵想，我们是喜事，你们应该让我们先走。两方面都不肯，所以打嘞等。桂英想，好好跑跑为何要停呀？就对宗保说："我们到前面去看看，为的何事？"桂英到前面一望，对面三四十个宁来杠，百姓打扮，中间有一个人，桂英一看，不知是女是男。

平：对他仔细望望清，看出是个女千金。

这女子有四十岁上下，身高马大，膀阔腰粗，大眼睛，蚕眉毛，身穿一身孝服，骑一匹千里龙驹马，马上挂着门扇大刀。桂英很讲义气，见她也是女的，就对罗兵说："你们真大胆，快，给我让条路，让人家先过去。"

平：罗兵让路暂不提，再说桂英女千金。

桂英带马来到这位女将身边，打恭作揖，行礼不失："都怪我管教不严。"

平：恐有言语得罪嘞你，赔礼赔罪我当身。

"现在道路已让开，就请你先行吧。"桂英这么一客气，反而弄得女将不好意思。她想，这位小姐，既生得美，又会说话，好事对别人身边推，丑事对自己身上背，这位小姐生嘞不丑，世上少有。你敬我一尺，我敬你一丈。

女将说："不怪你们，还是怪我，刚才是我脾气不好，所以争吵，叫你见笑。请问小姐贵姓大名啊？"桂英说："免贵姓穆，叫桂英，家住穆柯寨。我是上宋营的。""哎呀，你有什么人在宋营啊？"桂英说："我嫁给三关大帅之子杨宗保。"这人问："这样说来你就是杨景杨六郎的儿媳妇了。"桂英说："对呀。""那这次是他们请你的，还是自己要上宋营的呢？"桂英说："是他们请我去破天门阵的。"这人又说："桂英啊，你可知天门阵的厉害呀？"桂英说："我略知一二，看来你也知道天门阵的底细。"这个人说："不错，孩子啊，我家离天门阵不远，内有一百单八阵。"

平：如果没能人，要想破阵万不能。

桂英想，这个人胆子不小哇，我敬她一丈，她居然爬我头上。我倒要问问她到底是什么人："请问你，贵姓啊？"这位女将说："我姓王，叫兰英，孩子呀——"

平：想到我的苦，也比黄连苦三分。

十:想当初,我父亲,也把官做,
是奸贼,潘仁美,害他残生。
十:杨令公,在暗中,密信来送,
我全家,为活命,只好逃生。
十:我母说,和六郎,沿小订亲,
到现在,不认亲,实在伤心。
平:打败韩昌也是我,捉住王强奸贼我当身。

“你的公爹杨景是个黑心人,就两千兵马叫我去平西岐。本意我要寻短见,好嘞刘云侠搭救,后来同去,打败西岐王,百姓得安康。哪晓西岐落荒,我回来,母亲又生病,结果又故去,我办完事将所有财产带西岐去救济。刚好在这里遇上你呢,孩子啊。我就叫大刀王兰英。”

平:桂英听听清,原来是婆母老大人。

穆桂英,跟手下马,跪到王兰英面前:“婆母,孩儿有礼。”

王兰英本来想到往事悲伤流泪,被桂英一叫,真是破涕为笑:“孩子啊,快点起来,地下有石子,不要拿腿子跪坏嘞跪青嘞。”桂英起来,又去告诉宗保,宗保连三过来。

平:宗保来跪到地,母亲连叫好几声。

王兰英又拿宗保扶起来。宗保对桂英说:“我的母亲可是个能人,留她在边关帮打天门阵。”桂英说:“宗保你去对她说。”宗保说:“我不大会说话,你嘴边子薄削削,说起话来轻飘飘,还是你去说。”这时王兰英已叫人找到一处凉块地方,“儿子媳妇啊,我们到那凉块地方歇歇。”三个宁,坐下来谈心。桂英说:“婆母啊,你们不要上西岐,陪我们进边关遂州城,帮打天门阵。”王兰英说:

平:大帅杨景黑心人,不愿见到他当身。

桂英说:“婆母哎,古人常说:人非圣贤,怎能无过。我公爹身为元帅,以国家为重,放去个人利益。对你婆母,可能想嘞不周。”

平:不曾照应婆母人,要望原谅二三分。

宗保说:“母亲,我来给你牵马。”肇小夫妻,母亲长,婆母短,特别亲近,叫嘞不歇,弄得兰英真是哭笑不得。对宗保说:“儿呀,你们都很好,只怪你爹心太黑,逼得我有家难归,有国难投。结婚是小事,就派两千兵给我征西岐。像你们这样,我先陪你们进营。不过,一来你的父亲,我实在不愿见。二来西岐现在荒年,百姓难以生活，我把全部家产都带到西岐去发救济。”

桂英一听，婆母肯定不肯进营，特别要去救济百姓，我不如拿陪嫁的四箱金、四箱银总送给她好去救济。就对王兰英说：“婆母——”

平：我将八箱金银赠给你，救到百姓命残生。

平：王兰英一把将宗保、桂英来抱住，心肝喊嘞不绝声。

平：心肝儿子媳妇哎，我代表西岐老百姓，谢谢你们好心人。

平：心肝啊，你们大破天门阵恐怕遇到为难事，我好帮助二三分。

平：心肝孩儿啊，你们代替我对太君多孝敬，表我对杨家一片心。

王兰英不肯进边关，宗保、桂英又舍不得她。这时，三宁心上都难过，桂英对王兰英说：“婆母，你有困难派人来找我，我好搭救你们。”兰英说：“孩子啊，天门阵韩昌摆嘞三年，一百单八阵，你们打阵要小心。如果遇到强敌，你们上西岐，母亲一定帮助你们，打破它天门阵。”肇各自要赶路。

平：宗保、桂英对母亲鞠个躬，各自西来各自东。

平：不提王兰英奔西岐，再说宗保、桂英上边庭。

宗保对桂英说：“你蹲这里等等，这里离边关只有三里多路，我先进营对我父帅汇报，等他们来接你。”桂英说：“将军，你速去速回啊。”

平：宗保来得快，营门到嘞面前呈。

宗保一面笑一面对里报，这时八王、寇准都在帅帐。“宗保报父帅，末将奉帅令，已将穆桂英请来了，还是叫她进来呢，还是去迎接咖？”寇准未曾等元帅开口，就说：“八王和元帅呀，我们统统出去迎接，并且要敲锣打鼓，热热闹闹。”八王说：“对呀，礼贤下士嘛。”六郎弄嘞无法开口，八王都开嘞口，更加不能丢丑。再和大小兵将，边关二十四将排的队伍蛮像样。锣鼓敲嘞特别响。

平：敲锣打鼓来迎接，迎接桂英女千金。

金萍说：“姑娘啊，这次我们的面子太大嘞呱，连八王、寇大人也来嘞，三关大帅也亲自出来迎接。”石萍爱说笑话：“桂英姑娘啊，大帅不怕吃亏，晓得果想爬灰。”桂英说：“石萍啊，不可说卵话，现在是如何打破天门阵的关键时候。”讲讲说说，进嘞营门，六郎坐到帅位。

平：桂英飘飘来下拜，拜拜公爹元帅老大人。

拜过八王和寇准，再拜过孟良、焦赞二位叔父。孟良对六郎望望，满脸通红，为底高，当初在穆柯寨被穆桂英生擒活捉的。

平:哪晓桂英不是张三其别个,自家儿媳妇女千金。

当时不能怪桂英,因为我六郎一直没报名,现在想起来很难为情。

八王说:“桂英啊,你现在是杨家将的人,上次你九龙山谷口,大战番兵,杀死白天龙,我还要封你官职,今朝过来听封。”

平:穆桂英来听封尊,混天侯之职受王恩。

穆桂英谢八王封赏。八王又问:“桂英啊,原来说天门阵一百单八阵,你可知,有哪些阵啊?”桂英说:“我的师父离山老母,自从北国摆阵开始,她就研究到底能有哪些阵,怎么破法,并且还画了一张草图。其中,一字长蛇阵、二龙戏水阵、三山月儿阵、四门兜底阵、五虎巴山阵、六甲迷魂阵、七纵七擒阵、八方阴阳子母阵、九曲黄河阵、十代冥王阵、无极阵、太极阵、两仪阵、三才阵、四象阵、五行阵、六合阵、七星阵、八卦阵、九宫阵、十面埋伏阵、青龙阵、朱雀阵、勾陈阵、白虎阵、玄武阵、缠蛇阵、黑风阵、金煞阵、风吼阵、寒冰阵、烈焰阵、红砂阵、落魂阵、化血阵、天罡阵、天才阵、天宝阵、天德阵、天翻阵、天魁阵、天绝阵、天斗阵、黑水阵、毒水阵、混水阵、黄水阵、洪水阵、泉水阵、涧水阵、海水阵、昆山阵、恒山阵、泰山阵、华山阵、嵩山阵、宝山阵、阴山阵、峰山阵、响雷阵、霹雷阵、轰雷阵、闪雷阵、光雷阵、急雷阵、迅雷阵、花雷阵、黑风阵、暴风阵、狂风阵、骤风阵、驰风阵、飓风阵、强风阵、旋风阵、烈火阵、灵火阵、神火阵、真火阵、云火阵、鬼火阵、飞火阵、魔火阵、地陷阵、地裂阵、地崩阵、地煞阵、地覆阵、地变阵、地枢阵、地空阵、金光阵、银光阵、铜光阵、铁光阵、日光阵、星光阵、晨光阵、月光阵、鬼魂阵、金童阵、玉女阵、金龙阵、金锁阵、五虎群羊阵、瘟癀阵…… ”

平:八王听完成,心中胆寒八九分。

就在这时,任道安来嘞。八王说:“任道长,你来嘞正是时候,你看这个天门阵怎么能破啊?”任道安说:“桂英的这张图,也是我和离山老母共画的。现在要破天门阵,首先要晓得阵内的情况。它每个小阵里都有主将,这些主将,都是萧太后在三川、六国、九沟、十八寨挑选出来能把守的。依我看,要打破天门阵,只有让穆桂英挂帅。”

平:寇准听完成,正中心意八九分。

任道安说完就走嘞。

六郎想,我对天门阵的情况,根本摸不清,怎能带兵?不如兵权交给桂英。对大家说:“我情愿让位,帅印交给桂英可对。”包括八王说:“应当礼贤下士,很对。”桂英说：“要我当元帅，所有人都要受我调派。就是八王、祖母老太君、公爹都得服从。”八王说：“那是当然，万军之中元帅最大。”

平：如有哪个不服从，军规处置不容情。

六郎正要交帅印，一想，桂英年纪轻轻，果能带兵，我不如考问她：“贤媳，你果知六韬三略？”

桂英说：“公爹，孩儿略知一二。”“你说我听，何为三略？”“就是略天、略地、略人。略天，能晓天文，会观日月星辰，知阴阳运行变化。怎么叫略地，就是善于利用地形，高山莫扎营，预防断绝粮草和水，如断嘞粮和水，只好变鬼。底洼莫屯兵，防止用水淹。第三人略，就是要人和，官兵心要和，知己知彼，百战百胜。何为六韬，就是文韬、武韬、龙韬、虎韬、豹韬、犬韬。所为文韬，文韬治国，武韬安邦，龙韬使水，虎韬使火，豹韬能战，犬韬能守。”

平：大家听完成，称赞桂英有才能。

肇穆桂英随时拜过帅印，从现在起，穆桂英是元帅，所有三军都要听令。过嘞几天，桂英登台点将，打开花名册点名。第一个点，三关大帅杨景何在，六郎想怎么第一个就点我呀？我带兵二十多年，从来没人点过我的名字。又一想，现在不同啦，以前是元帅，现在随营听令，只好答应：“末将在。”孟良呆想，真是一日权在手，谁敢不低头。媳妇点公爹，也只好听点，而且不犟。再说桂英想，他毕竟是公爹，在营中，也不大方便，所以说：“老元帅，您偌大年纪，镇守边关多年，太辛苦了，你就不用随营听令，我有事再请你，和你商议，来呀！看座。”六郎想桂英不但有才、有智，而且还很孝顺。

平：该应我杨家发大财，有用头小姐上我家来。

再说穆元帅第二个点三关副帅岳胜：“岳景龙。”岳胜答：“到！”桂英说：“你镇守边关劳苦功高，打阵之事，还要请你老将多出力。”岳胜说：“是，请元帅放心。”第三名点先锋官杨宗保，哪晓没人答应。桂英嘴上不说，心里想，你这冤家，我挂帅，你怎么不给我捧场啊，你不是要我好看吗？头一天你就没到，难道你要难为我吗？我再等一歇。还是无人答应，点到第二次，中军官说杨宗保未到。穆桂英下令，将误卯牌挂出，这时六郎说：“你这奴才，你今天误卯不是难为桂英吗？如不按公办事，众将不服呀。”

平：我秉公执法是根本，军棍就要打你身。

六郎再急也不敢起身离坐，因为在点卯的时候，不好随便走动。再说桂英继续往下点，孟良、焦赞、杨兴、岑林、柴干、郎千、郎万、八姐、九妹都点完嘞。宗保也进来了。

那么宗保为什么现在才来的呢？果是要为难桂英呀？听我讲啊。宗保见桂英挂帅，特别高兴，晓得今天要点卯，他醒嘞特别早。到外面一看，天很暗，太早啦，再眯啦一会儿，桂英起身也没叫他。宗保再醒来，已经天光大亮，晓得不好，已经误卯，误卯牌已挂出来。他想，论以前，我父帅点卯，误嘞卯就不好，现在是我的老婆点卯，我是她的丈夫，她不会计较。他嘴一龇，笑嘻嘻，来到白虎帐前："末将杨宗保参见元帅。"穆桂英元帅，一拍帅案："杨宗保，你为何误卯？"宗保说："我贪睡，起来晚了。"桂英说："今朝点卯你果知道？""我知道。""那你果知道误头卯应当何罪啊？"宗保想，莫非桂英要考我军规，我当先锋官连军规都不懂，还当什么先锋呀？"回禀元帅，头卯不到，重打四十军棍，二卯不到，重打八十，三卯不到，枭首示众。"桂英问："为什么要这样严呢？""营中千军万马，没有规矩，就无法打仗，调动不灵，这就叫不罚不斩不齐。"杨宗保说得很流利，桂英真气呀，她想，你既懂军规，故意误卯，说明你没有把我这个元帅放在眼里。再说，你都不服我，可能众将更不服，我还怎么调动三军呀？想到这里，抽出一支大令，"当啷"，往地下一掼："来人哪，把杨宗保拖下去，重打四十军棍。"

平：宗保听完成，吓得汗淋淋。

桂英发火，有人拖起宗保就走。六郎翘起大拇指，桂英做得对，执法如山，大义灭亲。可孟良心上不好过啊，他们结婚没几天，怎么就要打丈夫呀。桂英这样做，是杀鸡给猴看，是做给我们看的。不管怎样，宗保是我的侄儿，我要帮求情。"请元帅息怒，我给宗保求情，把他饶了。"按理桂英怎么舍得打宗保呀？可是按军规不打不行，以后怎么治宁，桂英说："孟将军，本元帅按军规不按人情。"孟良想，我个宁，救不了宗保。他肇捅捅这个，拱拱那个，你们都开冷铺呀，小夫妻结婚不久，就闹翻脸呀？大家快去求求情吧。

平：很多兵将跪到地，元帅连叫好几声。

平：元帅哎，求你开开恩，饶啦先锋一个人。

"我们情愿杀敌立功，替宗保赎罪，你看果对？"孟良说："元帅呀，你打开功劳簿看看，我孟良立了几次功，我现在都不要了，替宗保赎罪。"桂英一看，除了自己的公爹以外，都帮求饶，这说明我的丈夫蛮有人缘的，按理要给大家点面子。又一想，其他事情可以看面上情，而只国法军规，绝对不能以感情办理，只能依规而行。“众位将军，先锋官杨宗保目无国法皇章，如不重责，将来必然重犯，来呀，拖下去重打四十。”这下，宗保可真的害怕啦，对桂英看看，要是家里，我非和你丑不可。现在你是元帅，人常说，一日权在手，谁敢不低头。

平：宗保低下头，默默无语不作声。

孟良对杨六郎望望，意思是，你快点给你儿子求情呀，一来你是三关大帅，二来桂英是你的儿媳妇，她总要给你点面子呀。哪晓，六郎装作没有看见：我才不丢这脸皮，桂英做得对，就是我当元帅，也得揍他。这时，有人将宗保拖到下边，执刑官举起板子就打。

平：宗保挨打嘞多伤心，只恨妻子穆桂英。

滚：桂英哎，我挨打嘞痛又疼，等我回房门，

我宁可做个光棍汉，和你桂英来离婚。

其实虽则打宗保，每一板子，都疼在桂英心里。她为了执法如山，能够调动三军，不得不这样做。再说宗保拖来，挨打嘞，一跑一欠，就像下河宁拉纤。桂英问：“杨宗保，今天打你屈不屈啊？”宗保咬紧牙齿说：“不屈。”“好，既晓得打你不屈，说明你知错，以后要改，不能再犯，本帅给你十天假期。”又对众将说：“不久要打天门阵，大家齐心协力，多立战功。”

平：打天门阵多立功，高官禄位受皇封。

所以大小将官，一个都不敢犟，犟一犟，就怕要开片。

宗保被送进内帐，众将散去，桂英和公爹六郎相商如何破阵，正在这时，来嘞任道安。

平：六郎忙行礼，连叫恩师好几声。

桂英也行礼：“请道长指点我们如何破阵。”任道安说：“穆小姐，我马上去请名人、贤士、高僧、名将。”

平：请来许多人，共打天门阵。

“我马上动身，你可以先打鬼门阵。”杨六郎又写折本进京，求万岁发兵。桂英诸事办完，回到自己寝房，对床上一望，宗保趴嘞杠。桂英换上女儿装，来到宗保身边：“夫君，让你受苦啦。”宗保把脸转过去，不理她。桂英想望望他的伤，宗保也不让她看。晓得宗保生她的气，亲自到厨房炒嘞两盘菜，带嘞一壶酒，放在托盘里，端到宗保面前。

平：夫君啊，有酒有菜服侍你，赔礼赔罪我当身。

哪晓宗保突然坐起来，手一拱，“啪”，桂英的托盘挨打翻落地。

平：菜都泼到地，酒壶打嘞碎纷纷。

“你这贱人，你眼里，哪有这个丈夫呀？常言说：男子为天，女子为地，你败坏三纲五常，当众将，羞臊于我，分明要逼我一死。从今以后，我们俩好比荞麦屑团，一戳两开。”

平：你走你的阳关道，我走我的独木桥。

平：杨家没你这穆氏女，滚到别处去安身。

桂英被他骂嘞心里难过，泪流满面，对宗保说：“我原以为你是边关少帅，堂堂正正赫赫有名的先锋，哪晓也是鼠肚鸡肠的小人，是非不分。怪我桂英，拿黔驴当骏马，小人当豪杰。”宗保挨说得更火，伸拳要打桂英，桂英一把抓住宗保的手，用力实在重，抓嘞宗保不得动。桂英说：“姓杨的，今天的事情，我们夫妻在家吵个架。我让你是无所谓，可今天是点将台啊，国有国法，军有军规，我必须秉公而断。”

平：如果不以军规行，以后我怎能再领兵。

“你不能因为你妻是元帅，就可以无法无天。既然我们是好夫妻，你就应该带头遵守军规，不能叫我为难。”宗保听嘞心里很服，可嘴还挺硬：“不要拿元帅来吓我，我才不把你放在眼里呢。”桂英说：“姓杨的，你不要拿我当疯皮赖子，一定赖在你杨家，是你三次到穆柯寨请我的。你既然说荞麦屑团一戳两开，我现在就走。”

平：嘴里说话脚下走，要想走出内房门。

宗保见桂英当真要走，要去拦桂英，又怕难为情，宗保花头也大了，直把嗓子喊：“啊喂，我这里痛哦。”其实桂英怎舍得离开宗保哇，本来桂英就是善心人。再说，我们毕竟结过婚，一夜夫妻如春宵，恩情到有海能深。丈夫身上痛，为妻怎能心不疼。连三来到宗保身边：“亲夫你哪里痛啊，我来给你摸，今天我也是实在没法，才让你受苦的。”

平：内房里面我赔礼，我来服侍你当身。

“我帮你捶腿，端茶倒水。”宗保一听，心里高兴：“贤妻啊，当时确实怪我，不怪你。怪我不听军令，所以挨打。”

平：从今以后再不敢，不做违犯军令人。

桂英问：“夫君，你现在身上还疼吗？”宗保说：“贤妻啊，有你在身边，我一点不疼。”

平：两宁合得晓多好，恩爱夫妻两个人。

再说过嘞几天穆桂英要大破天门阵，派老元帅杨景镇守城池。又选了一万多强壮军兵和岳胜边关大将，准备出征。先将降龙木截成三段，中间一段三尺三寸，这一段木质最好，用红绫裹好，桂英自己带在身边。再将其余的劈成二寸多长，分给每个将士，夹在耳边。带好应用之物。

挂：桂英去出征，兵将紧随身，带好降龙木，冲破它鬼门阵。

挂：桂英来挂帅，兵将绳索、弓箭都要带，

防止乱放箭，各带挡箭牌。

平：兵马队队动嘞身，放炮能像响雷阵。

平：有嘞降龙带在身，不怕鬼怪半毫分。

平：兵马动嘞身，九龙山到面前呈。

九龙山就是桂英大战白天龙的地方，桂英派兵将霸守，兵将又向前。进入峡谷，这地方天色发暗，为底高，树木丛生，昏暗阵阵，难免有山猫野兽叫。有的军兵胆子小，就怕有鬼，穆桂英说："你们都不用怕，我们有降龙木，我们以正避邪。"另外吩咐敲锣打鼓。孟良问："元帅呀，我们吓得不敢对前，你还叫敲锣打鼓看热闹哇？"桂英说："孟将军，山猫野兽，妖魔鬼怪，就怕响声。"

平：锣鼓敲嘞震天响，妖魔鬼怪怕几分。

肇兵将胆子也大嘞，走路也快嘞，劲也变大嘞。

平：兵将对嘞前，天门阵阵门面前呈。

众位，要说这天门阵，穆桂英身边的图上就有共一百零八阵，鬼门阵是头一阵。阵主是护国军师，颜容的大徒弟王子灵，副阵主是大都督熊三贵，还有四员将，共有七千多兵卒。这些兵将，有打埋伏的，有装神弄鬼的，也有躲树上的，拿着弓箭的，也有用石头垒起来躲在里面的。番兵在暗处，宋将在明处，人常说，明箭好防，暗箭难防。当时，山中的怪叫，也是番兵自己叫的，哪晓桂英，用的敲锣击鼓的办法，番兵吓得不敢叫。熊三贵想，宋将什么人，能想出这种办法，此人足智多谋，以毒攻毒。随时吩咐各兵将，各尽其职，各务其责。

平：等到宋兵来，好将宋兵送残生。

花开两朵，话说两头。

平：学生一口难说两头话，巧女一手难拿两支针。

再说穆桂英他们正向前。焦赞说："元帅呀，看那远处的山头啊，上次就是从那个山头下来一个妖怪的。"桂英对杠一望，并无异样，下令兵将继续向前。

平:兵将对嘞前,一桩祸事到来临。

将近要到阵门,哪晓,熊三贵下令伏兵四起,有放冷箭的,也有从山上对下掼石头的。宋兵根本没有防备,有的射嘞心,死嘞多伤心,有的射嘞肺,立得杠就断气。有的射嘞肠,拖出来几尺长,石头掼下来,有的打断脚,也有打断手,浑身发抖。也有头打犟嘞,肩斗打塌得,嘴打豁得。也有身上打嘞发红,就怕要进桶,有的打嘞发紫,就怕要死。也有的只好溜。

滚:有的溜嘞气吼吼,腰杆子像秤钩,

不曾溜啦多少步,跌啦许多大跟斗。

平:不好嘞,桂英被暗算,晓得果有命残生。

这时岳胜冲到桂英前面拨打羽箭,桂英晓得有伏兵,下令郎千、郎万、岑林、柴干,你们一班,除掉两边的伏兵。自已摘下镇天弓,取出鱼尾箭,一箭,射过去,将天门阵的旗帜射落。

平:将天门阵来射落,吓坏番将许多人。

又下令用爬山绳,穿上蹬山鞋,爬到山上,杀死山上的伏兵,又调来盾牌队,挡住雕羽。再说番将熊三贵,他想,天门阵的阵旗一落,就等于大阵被破。随时下令,重新升旗。桂英一看,你要升,我就再射,正好射嘞升旗的番兵。

平:番兵倒到地,活跳鲜鱼送残生。

这时,熊三贵身边的副将叫多尔臣,他本来是猎户出身,有一身好武艺,韩昌摆天门阵,兵将不足,就重金招兵纳将,所以多尔臣被纳进来,做嘞熊三贵的副将,他很厉害。

平:不但武艺精,还有飞镖紧随身。

他打的飞镖,可以说百发百中,这狗贼一扬手,好像流星赶月。"唰唰唰",三支飞镖朝穆桂英的面门打来,只听穆桂英"哎呀"一声,倒在马背上。所有兵将吓得浑身放汗。

平:不好嘞够,元帅中嘞镖,晓得果有命残生。

多尔臣哈哈大笑,中原元帅已被我射死。熊三贵说:"你立下大功一件。"哪晓就在这时候,穆桂英猛然挺起身。两手同时打出三支飞镖,像闪电能快。多尔臣做梦也想不到,他的三支镖原封回来,"扑扑扑",真是打得匀称,分为上中下,打嘞多尔臣的头上、胸部和脚。

平:狗贼倒到地,活跳鲜鱼送残生。

这时众番兵将晓得不好，只好乱逃。熊三贵想，洞门难保，只好弃门而逃。

再说穆桂英带兵将继续向前。

平：穆桂英对前进，又遇敌将几个宁。

穆桂英对为首的敌将一看，身高一丈有余，膀宽三尺开外，头戴狼皮帽，身穿软铠，足蹬薄底狼皮靴，生嘞面似黄土，豹眼金睛，阔口咧肋，压耳根毛好似抓笔，连鬓胡须好像钢针。一看就晓得是员猛将。

平：要问敌将哪一个，也是副阵主一个人。

熊三贵逃到前面，和三位都督要想群战桂英："呔！大胆黄毛丫头，你用镖射死我的部将，快拿命来。"

平：今朝将你身丧命，也算做个报仇人。

平：嘴里说话就动手，要想桂英命残生。

熊三贵带三名都督群战穆桂英。孟良、焦赞一看，那还得了哇，个顶个，打死不罪过，你用群战，我们不能看冷铺："上哦。"

平：两人就动手，定要番奴命残生。

熊三贵见孟良、焦赞上来，他个宁敌住穆桂英，手带狼牙棒，照定桂英拦腰打来。桂英用刀对外一拨，随手一刀攥，打嘞熊三贵的腰，这招叫玉带缠腰。熊三贵躲闪不及，"啪"，正好打在他的腰部。这小子吃不消，棒一撂，就想逃。桂英手脚快，"哈刹"一刀，熊三贵的头对下一抛。

平：鲜血流到地，阎王家里去安身。

这时孟良、焦赞也将三名都督杀死。番兵对阵门里逃，桂英就追。

平：带领兵将追嘞狠，前面到阵门。

孟良喊："元帅哎，不好，上次的妖怪又来嘞够。"大家对东南方一看，吓得浑身放汗，也有的吓得牙齿不得咬合，为底高？那个妖怪太吓人啊，面目狰狞，披头散发，手拿宝剑，嘴里在念："天门闭、地门关，要想进阵比登天难；地门闭、天门关，进嘞阵门就上鬼门关。"桂英一看，上嘞大算："众兵将怕什么，我们有降龙木。"桂英自己也拿降龙木，高喊："妖道，看我破你的阵门。"嘴说来到阵门，这阵门全部是石头的，中间有处突出来的，如果不懂的人，就是有九牛二虎之力也打不开，桂英她晓得其中的奥妙，拿起降龙木，照准突出的鬼头眼，点了一下，就听这石门"吱呀呀"，门分两边开开来。

平：石门开了了不得，一股阴风吹出来。

妖道见穆桂英破嘞他的法，只好动脚，又升起一股黑云逃走。孟良、焦赞说：“元帅，现在阵门也开嘞，妖道已走嘞，我们胆也大嘞，我们好进去。”哪晓孟良、焦赞刚进去，遇到两个鬼，一个大鬼，一个小鬼，头上长嘞长角，身上长毛。脸上漆黑，就眼乌珠来杠识。孟良、焦赞吓得要逃，大小二鬼哪肯饶。大鬼对孟良一钢叉戳过来，孟良转身慢嘞点，被钢叉戳得肩膀。这时，小鬼也用钢叉戳焦赞，焦赞拨过钢叉，用枪对小鬼胸部一戳，哪晓戳不进去，觉得软乎乎的。

平：两人和鬼来交战，吓得三魂剩二魂。

两个鬼缠住孟良、焦赞，而孟良、焦赞被吓得四肢无力。

平：两人到嘞为难处，来嘞一个救命人。

穆桂英来到小鬼面前，拿起降龙木，照定鬼的头，用劲一打，“啪”，将小鬼打倒。小鬼不动嘞够，大鬼从桂英背后戳过来，桂英在马上，来个卧看巧云，大鬼的钢叉走空，想换招再戳桂英。哪晓桂英手脚快，抡起降龙木，照定大鬼的后背一打，“啪”，也倒地不动。兵将看元帅打死两个鬼，胆子就大嘞，进嘞门里，阴森鬼哭嚎啕，到处是鬼，有哪些鬼，我说点你们听听。

十：高子鬼，生得来，长拖抹样，
　　矮子鬼，生得来，矮步喽缩。
十：无常鬼，生得来，一丈八尺，
　　红舌头，伸出来，好几寸长。
十：剁颈鬼，走得来，实在吓怕，
　　拖钢刀，亮锃锃，要想杀人。

不但有人鬼，还有中牲鬼，哪些鬼呀？

十：牛儿鬼，角又长，个子又大，
　　看见人，它用角，正好触人。
十：虎儿鬼，生得来，虎头虎脑，
　　张大口，看见人，一口而吞。

众位，并且到处冒蓝火，就是胆子再大的人，到这鬼门阵哪个不怕呀？

平：这个阵阴恶很，神也怕好几分。

有兵将不敢向前，只想对后退。穆桂英下令，只准向前，不准后退，我们有降龙木，还怕什么鬼呀！哪个后退，按临阵逃脱罪处置。

平：一刀将他身丧命，怎肯容情他当身。

桂英一说，一个都不敢对后跑。桂英冲在最前头，所有兵将紧跟。那些鬼，看见桂英他们，就对后退，也不退远，远离三丈多。你进，他退，你退，他进，而且冒蓝火，跳来跳去，一歇上，一歇下。有的说："降龙木能辟邪，鬼怎样不怕呀？"有的说："好嘞有降龙木。"

平：如果不是有降龙木，我们早已送残生。

孟良、焦赞说："鬼能跳来跳去，我们也去和他们跳。"两个一到鬼身边。哪晓许多鬼围上来，有用棒打的，有用角戳的，有用引魂幡打马眼的，也有虎鬼张大嘴要吃他们的。"我们要被鬼吃喽。"

平：我们就怕死嘞顶伤心，鬼吃我们当点心。

穆桂英的胆多大，无了不了的大，赛于东海。来到鬼窝里，一个无常鬼，冲到桂英面前，桂英一看有一丈七八高，红舌头拖出来好几寸。手拿一根木棍，正要想打桂英。哪晓桂英手馋，一剑刺过去，正好戳得他的前胸，鬼倒嚆起来够："哎哟，我的妈呀！"桂英又一剑。

平：无常鬼倒到地，一命呜呼送残生。

孟良说："焦三弟呀，鬼也有妈呀？"焦赞说："二哥啊，他在世的时候不也是娘老子所生吗？"孟良说："话是这么说，不过现在是鬼，我没有看到鬼的娘老子底高腔调，我们来望望这鬼有没有长五肺六脏。"哪晓一望，舌头是弄竹皮，拿红布裹起来，咬嘞嘴里拖出来的。那么怎有一丈八高的呀？原来底下是装的高脚、戴的高帽子，上面用白布裹起来戴在头的，所以这么高。拿他衣服一脱，里面穿的是黄袍，原来是个出家人。

平：两宁看看清，北国装鬼来吓人。

大家一看欢乐一半，原来这些鬼总是人装的，再一个都不怕嘞，追嘞打鬼。这些鬼看宋将没有被吓住得，只好溜，因为对里还有一道石门。北国宁，晓得机关在哪里的，为嘞逃命，开嘞石门，对里溜。桂英就追，刚追到门口，一人挡住去路："呔，什么人，这么大的胆子，能破我的鬼门阵？"

平：桂英看这人，原来是个老道人。

身穿八卦仙衣，披发仗剑，胯下骑的黑毛驴，后面跟嘞许多番兵，拦住桂英，高喊："你敢破我的鬼门阵，过来受死。"

桂英说："你这妖道，装神弄鬼，算什么本事呀？报过名来，方可受死。"老道说："要问我名字，我告诉你。你家仙师在九顶铁叉山，八宝云光洞，师爷是海外教主金壁峰，我的恩师是天门阵的阵主，大辽国的军师颜容。”

平：我名叫王子灵，丧门神浑号我当身。

平：嘴里说话就动手，要想桂英命残生。

桂英假意对后退，从玉宝瓶中取出捆仙索。

平：口念真言咒，捆仙索放嘞下凡尘。

就拿王子灵捆嘞直手直脚，像树干子菩萨，将王子灵活捉。一班兵要对前追，番兵只顾溜，穆桂英下令鸣锣收兵。岳胜问：“元帅，应该趁胜前进，为何反而收兵？”元帅说：“一来怕北国有伏兵，二来不能打疲劳战。如果再追，可能要吃亏，现在我们就在这二道门扎下营盘。”一道门派将霸守，营盘扎好，埋锅造饭。再提焦赞问元帅：“当时我戳的大小两鬼，我怎戳不进的呀？”桂英说：“焦将军，大小二鬼身上穿的狻皮，是软的，刀枪不入，就怕棒打。所有鬼都是装的。”“好嘞有降龙木，我们胆子就大嘞，几乎挨他吓住得。”再说杨兴、郎千、郎万他们也已将山上伏兵打败，回到营盘，又送信给边关大帅杨六郎。八王得知，吩咐犒赏三军。

数日过后，穆桂英要打青龙阵，有离山老母给的锦瓶妙计。这时杨宗保早已身体康复，桂英就派先锋官杨宗保和七夫人杜金娥带兵前去打金龙阵。众大将想，营中这么多大将都不派去打青龙阵，为何单派杜金娥去，是何道理？不过军令已下，不好多言。

杜金娥接过令，准备动身，穆桂英将杜金娥叫到无人处：“七婶娘，我这里有字柬，你带在身边。”

平：遇到为难事，你就打开看分明。

再说杨宗保，一肚子气，我虽则身复原，哪有以前强，叫我上前线，而且不派大将，单派个七婶子娘，不是给我添麻烦嘛。

平：军令已下，我不好违，违抗军令罪不轻。

平：闷住头皮去点兵，揉揉肚子不作声。

点齐兵马动身，一面宗保问杜金娥：“婶娘啊，你可懂怎么破阵呀？”杜金娥说：“我哪里懂呀。”“桂英对你讲了没有啊？”“讲是讲嘞，时间太长了，我想不起来，我总归于记得，从这石洞直走，前面就到飞虎峪。”

平：过了石洞往前行，飞虎峪到面前呈。

再对前，山路弯弯曲曲，底下一条沟，像条卧龙。再对前看，一面大旗，旗有大字“青龙阵”三个字。宗保说：“婶娘啊，桂英叫我们打青龙阵，看来阵已经找到了,怎么打呀?我们进去还是不进去哇?”杜金娥说:“我们先蹲外面看看再说。”哪晓正观阵,从里面射来一支响箭,宗保头一偏,就差点点。又射来第二支箭,宗保对马鞍上一伏,响箭“嗖”的一声,箭从宗保头顶上飞过去嘞。

平:宗保好嘞功夫深,落到一条命残生。

响箭过后,一支队伍冲来,上来一员老将,五十多岁,黄头发,黄眉毛,黄胡子,一对狗眼睛,头戴青铜盔,身披青铜甲,外罩豆红色征袍,额头上一根火叉胫。左手拿弓,右手提束缨大砍刀,来到宗保面前。“呔,什么人敢偷探我的青龙阵?”这时杨宗保,怒气冲天,虎头虎脑:“我是三关大帅杨景之子,正印先锋官杨宗保。我妻是大破天门阵的元帅穆桂英。我奉元帅之令,来破你的青龙阵。刚才你想用暗箭伤人,你到底叫什么东西?”苏天保想:这个杨宗保目下无人,应该问我叫什么名字,怎么问我叫什么东西,要说,东西是呆货,他拿我比作呆货,以为我怕他。你是不把我放在眼里,可是我才不怕你。“我告诉你杨宗保,我在辽国称臣——”

平:我叫苏天保,青龙阵的阵主我当身。

众位,韩昌和颜容摆这天门阵,时间就用嘞三年多。因为一百单八阵,每个阵都要有阵主。所以萧太后就在三川、六国、九沟、十八寨选择能将。苏天保,被选到辽国,他有个儿子叫苏何庆,两人同到辽国。肖天佐有个女儿肖艳秋,这个肖艳秋生嘞相当美貌,而且相当贤良。

平:要说艳秋美貌很,还比貂蝉胜几分。

所以,肖天佐就将女儿许配给苏何庆。按理出门打仗,不可以带家眷,因为这个天门阵连摆到打结束,估计要四五年,何庆可以带家眷随身跟。再说苏何庆和肖艳秋结婚,将近半年,人常说:小夫小妻一步不离。所以也带到青龙阵,在后营另造两处房子,一处是苏何庆和艳秋住的,还有处就是苏何庆的母亲住的。为嘞能保青龙阵万无一失,苏天保在帅帐也有卧室,如果有情况,随时到帐汇报,只要一报苏天保就知道。宗保和杜金娥一动身,小兵就去报于苏天保。所以宗保要进阵门,苏天保射来两支响箭。

平:好嘞宗保躲闪快,落到一条命残生。

现在苏天保名字一报,手拿大刀:“嘿,杨宗保,你活得不耐烦了吧,你摸摸长了几个脑?”宗保说:“少废话,今天不是鱼死,就是网破。”

平:两人说话藏藏响,脸嘴一变动刀枪。

宗保一枪戳过去,苏天保用刀对外一挡,“当啷”,震嘞宗保钻心痛。这时,他恨死穆桂英。

平:恨只恨桂英心肠狠,点卯责罚我当身。

今天我如果死在这青龙阵,看你怎么办。他再以死相拼,真是一个拼命,数人难挡啊,他的梅花枪,扎得又快,又狠,又稳,只听杀杀杀。

平:梅花枪杀来像喔闪,泼水不进半毫分。

苏天保虽则刀法也好,不过上了年纪啦,眼花缭乱。宗保照他的心口一戳,苏天保刀一挡,"当啷",宗保太快啦,没有戳到他的心,斜肩一戳,苏天保没有躲得掉,对肩上一戳。

平:戳下去几寸深,锁子骨戳得碎纷纷。

苏天保痛嘞一声惨叫,只好对里逃,一面跑一面喊:"快叫你们的二阵主来啊,杀杨宗保哇。"

平:将杨宗保身丧命,给我做个报仇人。

就在这时,后面像刮旋风一样,蹿出一匹青鬃马,马上一员小将,年纪大约二十多岁,头戴束发紫金冠,身穿青色征袍,上绣青云龙,青缎中衣,青缎靴子,手拿双枪,生得来,黄白净脸,鼻直口方,两耳有轮,十分精神。他就是苏天保之子苏何庆,从阵里就对外箭射杨宗保。当苏何庆在肖艳秋房时听见嘞,跟手带马就出来嘞,所以苏天保被宗保枪戳得带伤,对里逃,嘴里喊,苏何庆来嘞这么快,正和父亲遇到,苏何庆问:"父亲,是哪个将你打伤的呀?"苏天保说:

平:孩儿哎,不是张三其别个,杨家将宗保一个人。

平:要望孩儿显威能,去将宗保送残生。

吩咐小兵,将父亲搀入后帐,自己来到沙场,和杨宗保交战。杨宗保是单枪,苏何庆用双枪,三杆枪战来只听见"啪啪啪",像疾风暴雨,密似雨点。

平:杨宗保要破青龙阵,苏何庆要做报仇人。

滚:两人打嘞多有劲,胜败没得半毫分。

一个上秤称八两,一个下秤称半斤。打嘞几十个回合都不分胜败,苏何庆想,我不但要保住青龙阵,还要替父报仇,我何必蛮战呀?不如智取。眼睛一眨,突然翻腔:"杨宗保!你可敢进我的青龙阵啊?"嘴里说话,虚晃一招,带马对阵里跑。宗保想这员小将,明明打不过我,还说大话哩,我非追你不可。"不要讲青龙阵,就是你对阎王家溜,我也追到你森罗殿,你对哪里跑?"杜金娥也跟嘞追上来,宗保不晓得这一追,就要吃大亏。再说,苏何庆进阵里,他不走直路,开始宗保还能追得上，哪晓苏何庆专走弧形路，宗保越离越远。宗保正在看路，哪晓，突然伏兵四起，吼声震地。“杀呀，活捉杨宗保哇，不要放南蛮跑掉哇。”呰遭，鼓声“咚咚咚”，响彻长空。

平：不好嘞够，宗保中嘞计，晓得果有命残生。

要想退出青龙阵，已经不可能，对边上一斜，叭地哒，对陷马坑一落。苏天保太坏，真是头上生疮，脚底冒脓，他在这陷马坑的底上铺嘞尺把厚的散石灰，宗保连马对下一落，石灰掺到宗保的眼睛。

平：眼睛不得睁，东西南北也难分。

杜金娥也追来嘞，看见宗保掉进陷马坑，想叫军卒去救，哪晓军卒没得来杠，已经被番兵打败嘞，打散嘞，也有的逃出青龙阵。杜金娥这时候心上不得过啊。

平：不好嘞够，如果宗保身丧命，一来对不起婆母佘太君，

二来对不起桂英女千金。

平：杜金娥想想不得过，情愿自尽送残生。

杜金娥本想抹脖子，突然想到临出征前桂英给她字柬，摸出来一看，欢乐一半，那么上写的底高，杜金娥欢喜呀？上面写，青龙关的二阵主苏何庆，是当年道马关总兵夫人杜金香的儿子，进青龙关要找到杜金香，她是你的姐姐，你们姊妹相见，要劝苏何庆弃辽投宋。

年：杜金娥看完成，心中欢喜八九分。

那么，果是穆桂英晓得这事，写字柬呀？不是的，也是任道安，在离开遂州的时候对桂英说清此事的，所以桂英派杜金娥去打青龙阵，写好字柬送给杜金娥。再说，正这时，苏何庆骑马已回过来嘞，看见杜金娥：“你这位女将，你果识相，如不识相，马上给你开片。”宗保已落坑，怎得逃生。杜金娥问：“你口出狂言，你姓什名谁，母亲叫什么名字，你敢告诉我吗？”苏何庆说：“我叫苏何庆，是辽国的郡马，青龙阵的二阵主，母亲叫杜金香。”

平：杜金娥听完成，连叫孩子好几声。

平：孩儿哎，我叫杜金娥，是你亲姨母一个人。

杜金娥一面说，眼泪鼻涕像牵线，确实是个伤心样。

而苏何庆一听，怒发冲冠，破口大骂：“你这泼妇，你们打不过，不认输，反而爬我头上称大，叫我孩儿。不得了哇，你到底是什么人，敢口出胡言称大哇？”

杜金娥说：“孩子，我已对你说了，我叫杜金娥，你的母亲叫杜金香。”苏何庆

更加火:“你从哪里套来我母亲的名字,吃我一枪。”杜金娥说:“孩子,我不和你交手,我真要见你的母亲。”跟手拿刀撂到地,跳下马。何庆想,她已手无寸铁,我也不能欺负一个手无寸铁的女子,等别人来耻笑,说我只会欺负手无寸铁的女人,算什么英雄啊。所以何庆没再和杜金娥打。不过,苏何庆想,可能这女子用的骗局,我不上你的当。吩咐小兵:“给我将这女将绑起来。”还将没有逃得走的宋将统统捉住,又将宗保从陷马坑里用挂钩搭上来。将杜金娥和杨宗保绑起来。

平:推推搡搡就动身,龙爪坡到面前呈。

龙爪坡是底高地方呀,就是苏天保和儿子他们练兵、议事的地方,后面就是帐篷,再后面就是寝帐,苏何庆将杜金娥和杨宗保绑在帐外,吩咐手下人:

平:将他两人身丧命,首级挂到阵前门。

杜金娥说:“慢!并不是我怕死。孩子啊,你不能一时莽撞,落下千载骂名,先去问问你的母亲。”

平:将母亲问问清,再将我们送残生。

苏何庆听杜金娥说的话,半信半疑。他想,这女子到这个时候还叫我孩子,要我问问母亲,要说是真的,有点像,要说假的,为什么她哭得像牵线。不如先问下母亲,再杀不迟。下令刀斧手:“等会儿开刀,我到后边有点事。”刀斧手说:“二阵主,没有你的令,我们决不动手。”

平:苏何庆动嘞身,东宅院到面前呈。

西院是他和肖艳秋的住宅,东院是他母亲杜金香的住宅。到嘞门前,丫环对里报,报于老夫人知道,杜金香说:“叫他进来。”苏何庆来到里面,跟手跪到地,连叫母亲好几声。

对母亲一望,见母亲愁容满面,脸边挂泪,何庆以为母亲见父亲受伤而难过,这时,杜金香问:“儿啊,你今天出马和谁交战呢?”苏何庆说:“母亲,宋将来的是杨宗保,我父亲被他扎伤,大败而归。是孩儿出马,将他引进阵内,掉进陷马坑,被我生擒活捉,另外还有一名女将,也被捉住。”

平:我要将他二人丧命,替父做个报仇人。

母亲问:“儿啊,这两个人你有没有杀咖?”“母亲,你听我说,那个女的,她说叫杜金娥,她还说是我的姨娘。”

平:我特来问母亲,要把事情弄分清。

“请问母亲,宋营里,我家有没有底高亲戚?”老夫人一听,大惊失色:“你说什么？”何庆说：“杜金娥说是我的姨娘。我们家有没有个姨娘呀？”

老夫人说：“你将杨家七夫人杜金娥也抓了吗？”“是啊，母亲。”“现在在哪里？”“绑在帐外。”杜金香说：“奴才，你真乃大胆。”老夫人抬手，“啪”，打了何庆一个嘴巴子，何庆手捂住嘴问：“娘啊，孩儿哪里做错了，你打我呀？难道杜金娥真是我的姨娘吗？我从小到如今都没有听你说过什么亲戚，哪个姨母哇？也不能怪我呀，是我报仇心切，才要杀宗保和杜金娥的呀。”

平：请母亲要息怒，原谅孩儿我当身。

杜金香听嘞泪如雨下。

滚：孩儿啊，真人面前莫说假，假人面前莫道真，

我拿事情告诉你，也比黄连苦三分。

滚：孩子哎，你眼睛没有相得清，拿亲人当仇人，认贼作父亲。

“你是非不分，叫我白等，我不如一死方休。”嘴里说，脚下跑，到墙跟她想撞墙而死。苏何庆是个有名孝子，连三将母亲捧住，对丫环说：“快去拿我爹爹请得来。”杜金香听说要请苏天保，更加难过，反而止住哭，避退左右，拿门窗关紧嘞。“儿啊，我到如今没有和你说，今朝我要告诉你——”

十：想起来，这件事，十八余春，

认贼子，为父亲，总怪母亲。

苏何庆说：“母亲，你今天说的怎么糊里糊涂呀？我怎么拿个贼认父亲呀？”杜金春说：“儿啊，我现在说也无用，你是肖天佐的女婿，是郡马，萧太后是你的姑妈。你已成家立业，你提起我苦命的妹妹杜金娥，我才想到许多往事，否则，我烂肚子里也不作声。”何庆说：“你说明呀，至今我的亲父亲是谁呀？能不能替父报仇哇？”“儿啊，这就看你自己。”苏何庆说：“母亲，我也急煞你手里，你啰里啰唆说上许多。到底我的亲父是谁，杜金娥可是我的姨娘？”

平：你将事情说分清，我一定要做报仇人。

杜金香说：“儿啊，你能替亲父报到仇，我死到九泉也宽心，我说你听——”

平：我和杜金娥人两个，确是姊妹两个人。

滚：我家父母亡故早，金娥家父母将我扶养长成人，

对我特别好，比对亲生胜三分。

滚：我长到二九十八春，佘太君帮我做媒人，

许给道马关总兵何东博，金娥家还重重嫁妆送上门。

“哎啊呀！母亲，好嘞你今朝告诉我。”

滚：母亲哎，我有眼无珠不识人，拿嫡亲姨娘当坏人，
　　好嘞母亲说分明，否则将姨娘送残生。

“母亲，为什么我们和姨娘不来往呀？”“儿啊，金娥妹妹的父亲叫杜国显，也是令公之职。”

平：也是怪奸臣来谋害，害啦令公命残生。

“后来金娥妹妹和我的婶母不知搬到何处，所以，以后音信不通。”

平：孩儿哎，拿以前事情告诉你，也比黄连苦三分。

“我和你的亲父何东博在道马关，结婚三年生到你。”

平：取名叫何庆，传接何家后代根。

“那年辽国兵进中原，肖天佐和苏天保攻打道马关，你父双手不抵四拳，被苏天保打伤，你亲父何东博败进城里。肖天佐攻破城池，你父带伤和肖天佐交战，被肖天佐一刀砍死。

平：你亲父被砍死，活跳鲜鱼送残生。

“后来，苏天保带兵杀进总兵府，苏天保这狗贼对我一看，我吓得浑身放汗，他说：‘夫人啊，你生得真好看。’”

十：生得来，又不高，又不矮，真正好看，
　　既不胖，又不瘦，美貌千金。

“拿我和儿掳到营盘里，强迫奴家要成亲。”

平：可怜我，我要寻死上吊又无绳，刎胫又没刀。

平：孩儿哎，当时，我死不得死啊，生不得生啊，
　　为了何家香烟后，和这狗贼结了婚。

滚：孩儿哎，我和狗贼十八春，忍气并吞声，等你有本领，好帮父母把冤申。

平：孩儿哎，苏天保贼父侵占我十八春，拿金娥姨母当坏人。

“孩儿你当初才三岁，我为嘞你，我如一寻死，你有何人来抚养？”

平：我为何家香烟后，才和天保狗贼过光阴。

“本来你叫何庆，苏天保就在你的名字上加了个苏字，所以人都叫你苏何庆，实际上你就叫何庆。”

平：何庆听完成，止不住虎目泪纷纷。

“母亲,我家的血海深仇,我一定要报。”杜金香说:“儿啊,你报不了仇,因为你的娇妻是萧太后的嫡亲内侄女,肖天佐的女儿,你现在是郡马。人常说:小时是妈好,结了婚是妻好。再说艳秋这姑娘,生嘞又美,人心又好,你怎舍得,这仇怎么报呀?”何庆说:“母亲,人常说:有仇不报非君子,恩将仇报枉为人。”

母亲说:“儿呀,这仇你准备怎么报呀?”“母亲,我要杀死肖天佐、苏天保二贼。”

平:我要倒反青龙阵,也算替你把冤申。

母亲说:“儿啊,好是好的。不过青龙阵有苏天保这狗贼严守,还有千军万马,你一个人,独拳打虎怎行?再说——”

平:你反出青龙阵,哪里去安身?

“到中原,如果中原不接收,辽国要捉你,那不是老鼠躬风箱里,两头受气吗?何处藏身?”

何庆说:“母亲,假使杜金娥真是我的姨娘,只要她能帮忙,那就好了。”杜金香说:“对呀,你去将两名宋将带来。让我看看,到底果是你的姨娘。如果是姨娘顶好,要不是姨娘,我们和他们商议,请他们帮忙。”

平:杀啦狗贼苏天保,也算替父把冤申。

何庆说:“母亲说得有理,我一概依你,我现就去拿他们带过来,让母亲认亲。”

平:何庆动嘞身,到了营帐面前呈。

到嘞帐前,杜金娥和杨宗保还被绑嘞杠,有十几名军卒看守,看见何庆来到嘞——

平:急忙来行礼,二阵主连叫好几声。

“刚才老阵主派人传令,叫你速将宋将杀死,要你越快越好,将人头送到军师那里去报功。”

何庆说:“众军卒,你们懂什么?像这些宋将一刀嫌轻。我要带到后帐,好好审理,再一刀一刀剐,剥他的皮,从头上剥到脚底。”军卒听嘞只好服从,将绳子解下来,推到后帐。

杜金娥想,穆桂英字柬也不灵哦。宗保小声问:“七婶娘,你和那小子攀亲,怎么没攀上啊,到底是真亲,还是假亲呀?”杜金娥说:“我也弄不清,是桂英的字柬上写的,说那小将是我姐姐杜金香的儿子。”

平:推推搡搡来得快,夫人房到面前呈。

何庆将二人领进房内,将门关好,打发军卒死远点去。何庆再进到房内,对母亲说:“这一位是杨宗保,这一位就是杜金娥,你认识她吗?”杜金香,站起身,擦干眼泪,横一相,竖一相,多数像,也有地方不像。众位,当初杜金香在杜金娥家,是金娥的父亲杜国显抚养长大的,因为杜金香比金娥大好多岁,杜金香出嫁的时候,金娥还小咧,到现在已经十八年姊妹都没有见过面。再说金娥正因七郎被潘仁美乱箭射死,自己产的一子又失去,一直心上焦愁,脸上都有嘞皱纹,怎能比当初呀?立时没看出来,再细看看,竟是人所说的伞破骨子在,貌似当初。

平:杜金香一把将金娥来捧住,叫啦亲妹大半声。

平:一声不曾叫得完,平空跌倒地埃尘。

呰遭,锤的锤,拍的拍。人不伤心心不死,锤锤拍拍转还魂。

杜金香醒来,眼泪珠抛。

平:好妹妹呀,我总以为姊姊今生见不到,哪晓今朝能相逢。

平:好妹妹哎,我们今朝来见面,好比枯木又逢春。

何庆连忙用刀子将杜金娥和宗保的绳子挑开来,跪到杜金娥面前。

平:姨娘哎,随你骂来随你打,我总接受你当身。

平:姨娘哎,怪孩儿大逆不道对嘞你,请你大人原谅二三分。

杜金娥扶起何庆:“孩子啊,姨娘不怪不罪,因为你确实不晓得我是你的姨娘,知理不怪人,不知理怪煞人。”何庆见姨娘不怪,肇才起来。金香满面是泪对金娥说:“好妹妹,我也活不长了,我一事拜托你。”

平:我将何庆交给你,算你的亲生儿子一个人。

金娥抱住姐姐:“你为何说这话?”

平:如果姐姐有嘞为难事,妹妹帮助你当身。

“姐姐,人常说:宁可蹲世上呆,不要对土里埋。你现在活得好好的,为什么说活不长呢?”

平:妹妹呀,我拿以前事情告诉你,也比黄连苦三分。

杜金香又难为情,又难过,眼泪鼻涕拖到地,告诉以前的事,我们讲经不必重复,道马关何将军身丧命,苏天保逼得成亲,上下根由告诉金娥。

平:杜金娥听姐姐诉完成,同情姐姐泪纷纷。

平:姐姐喂,不能怪你贤良女,只怪萧太后黑心人。

“她如果不是兵出中原，姐夫不会身丧命。你也不会走这条路。你能把何庆抚养成人，你是有功之人。何家人不会忘记姐姐你的。”

平：姐姐有亲儿子，何家不绝后代根。

“你比我好到天上到地下。”

平：姐姐哎，我们姊妹比苦瓜，苦瓜结在一根藤。

金香问金娥：“妹妹你这句话怎说呀，你有什么苦呀？”“哎呀，姐姐，我告诉你——”

滚：我和杨家七郎结得婚，潘仁美害死他当身，

我在树林生子痛得很，被猛虎含去送残生。

平：我男花女花总没有，年老终身靠何人。

金香说：“妹妹呀，这一件事，你就不用担心，何庆是我的孩子，也是你的儿子——”

平：妹妹将来年老事，有何庆一个人。

杜金娥听嘞心上高兴，就问金香：“姐姐，何庆果曾娶亲啊？”哎呀。

平：提到娶亲事，倒又为难好几分。

“他娶的什么人家之女啊？”“她的姑母就是萧太后，岳父肖天佐。”

平：妻子名叫肖艳秋，仇人家女千金。

众位，要说肖艳秋和她的父亲大不相同，这位小姐，心地善良，贤惠聪明，容貌秀美，懂情温柔，百依百顺。

平：夫妻两人合得晓多很，赛于亲兄妹两个人。

平：艳秋孝顺很，孝敬公婆两个人。

每次吃到饭，她肚子再饿点，都要到苏何庆回来同吃。从来都没肯自己一个人吃的。

现在何庆有心，倒反青龙阵，母亲说：“儿啊，你要替父报仇，要杀肖天佐，你的美妻肯吗？”何庆说：“母亲、姨母——”

平：我先杀妻子肖艳秋，再杀天佐、天保两个人。

桂金香，真是用牛结扣，加白凿扣：“儿啊，依我看，父仇就不要吧。算你爹白死，拉倒。”这样一说更加戳得何庆的心：“母亲，我虽则和艳秋如胶似漆，为替父报仇，我一切都舍得。”

平：我不替父把仇报，枉活世过光阴。

“母亲、姨妈你们在这里，我已有了良策，我去办点事，马上就来。”

平：不知何庆有何事，再说艳秋女千金。

此时，天已黑了，何庆来到后西帐，见门半开，听里面艳秋在说：“丫环啊，你们的郡马怎么还不回来呀？饭菜都冷了。”丫环说：“郡马今天打了胜仗，被老夫人叫去了，我估计是夫人为郡马庆功贺喜。以我之见还是你自己吃吧。”艳秋说：“我不——”

平：我要等到郡马人，一起用点心。

丫环说：“饭菜又冷啦。”艳秋说：“再热呗。”丫环说：“哎呀，已经热得四回了，再热菜就不太香啊。”艳秋说：“不要紧，香不香我不怪你们。”丫环说：“郡主啊，中午郡马没有回来，你中午又没有吃，现在已经黑夜，你何需等他，你先吃吧。郡马回来，我再热菜热酒，对他也不丑。”郡主说：“此言错了。”

平：我和郡马恩爱很，饭菜怎好独自吞。

其实何庆来外面听嘞碧清，艳秋和丫环说的话，他本意是来杀艳秋的，听艳秋的话，再想到艳秋对他情意，气就消啦一半。我怎能对她下手哇，人非草木，谁能无情呀？唉，算了吧，她是她，她爹是她爹。

平：我到母亲面前求个情，把艳秋带嘞一同行。

平：如若她不肯跟我走，再杀艳秋女千金。

回过头上母亲房，哪晓刚到门口，就听见号啕大哭。

平：可怜哦，有艳秋千金女，冤仇无法申。

平：对肖天佐下不了手，怎能报到血海仇！

平：如果报不了仇，我情愿不要命残生。

何庆听嘞脸上发烧，手拖钢刀，为嘞报杀父之仇，我情愿不要美娇妻，我一开门，只要一刀，艳秋头对下抛，再杀她父亲和苏天保，这个主意不晓多好。回过来，来到郡主的黄罗帐，对帐篷“啪”，推开帐篷门“当”蹿进屋内，举起宝剑，照准肖艳秋就要落，何庆刀落下来，艳秋哪里还有命残生。

艳秋命总吓啦得，不过，肖艳秋虽然是文人，正因父亲是武将，她平时也肯吃苦，平时也练武。再说，萧太后的几位女儿和她一起长大的，表姊妹常在一起比比武，互相学习学习。现在肖艳秋看丈夫要杀她，手快眼亮，一把抓住宝剑。就问夫君：“你为什么要杀我呀？”何庆好久不说，从艳秋手里拿宝剑抽出来，又要砍她，艳秋跪到地捧住何庆，亲夫喊啦好几声。

平：亲夫哎，奴家哪方面得罪你，夫君当面说分明。

平：夫君啊，如果奴家不正经，你有三或五人，好将奴家送残生。

平：郡马哎，我们好似亲兄妹两个人，你的宝剑怎好意思往下沉。

平：郡马哎，我总想给你生一子，传接你的后代根。

艳秋哭得眼泪滴滴嗒嗒对下流。何庆想，不杀她，丝断藕不断，不杀她头，怎能替父报到仇，我也难成业，怎能倒反青龙阵。“贱婢，今天非杀你不可。”艳秋说：“夫君你真忍心下手吗？你果记得——”

十：想当初，在花园，吟诗作赋，

是奴家，陪伴你，一路同行。

十：花园中，有百鸟，互相保护，

你曾说，保护我，到老终身。

十：你练武，是奴家，陪伴于你，

香房中，是奴家，顺从你行。

平：夫君哎，你今将我杀死千古恨，想到奴家我怎得再还魂。

平：肖艳秋哭得多伤心，铁石心肠软三分。

何庆被肖艳秋哭得，确实如此。流下英雄泪，我杀她是不对，拿宝剑对地下撂，双手搀起艳秋。

平：贤妻哎，今朝怪嘞我，要望原谅我当身。

肖艳秋，揩揩眼泪就问夫君，今天为的何事。

平：你有嘞烦恼事，我好帮助二三分。

何庆屏退左右，扶郡主坐到床上，帮揩啦眼泪，对艳秋说：“贤妻，我是和你开玩笑的。”艳秋说：“也有哪家杀头开玩笑呀？你肯定有事。”何庆说：“算了，就不要问吧。”何庆要走，艳秋说：“鼓不敲不响，锣不敲不鸣，有事不告诉我，事情不稳妥，我也不准你走。如果不说明，等于钝刀杀宁。”

何庆说：“好，我跟你实话实说吧。贤妻啊，我是中原人，和你们老肖家，有杀父之仇。”艳秋说：“啊，怎么？你们苏家和我肖家有仇？”何庆说：“对。”

平：我本来不姓苏，是何家后代根。

“我叫何庆，辽国兵进犯中原，父亲是道马关总兵，被你爹肖天佐杀死，苏天保逼母成亲，所以我要报仇，今天我要杀苏天保和你父肖天佐，刚才逼你，是我不对。”

平：你对我一片真痴情，我对不起你女千金。

“现在我进退两难。”艳秋想：

滚：千不怪来万不怪，只怪父亲一个宁，

别人家也好嫁，何必拿我嫁给对头星。

平：你们兵进中原杀得宁，苦嘞我艳秋女千金。

事到如今叫我怎么办，跟何庆走吧，对不起父亲和姑母萧太后，如果不跟何庆走，我就得和他分开，真是难上加难。

平：一难做作二难人，难坏我艳秋一个人。

我总不能不让他尽孝吧！他是中原人。

平：水流千遭归大海，是树落叶也归根。

何庆说完，拔脚就走，艳秋一把拖住得：“夫君，你对哪里走啊，我肖艳秋，在世，是你何家人，死啦得，是你何家鬼，你对哪里推，夫君来呀！”艳秋粉颈伸出来多长：“你现在一刀，我的头对下一抛。”

平：你不要忘记夫妻情，拿我尸骨送到何家坟堂去安身。

平：何庆听完成，抱住艳秋女千金。

平：夫抱妻哭得难过，妻捧夫哭得伤心。

正在为难之时，帐篷门一开，一个宁闯进来，两宁一吓命总没得，何庆抬头一看，我当是哪个，原来是姨母杜金娥。

大众要问，杜金娥怎来的呀？听学生讲来，自从何庆第二次上艳秋帐篷，姊妹两个讲，金娥问姐姐：“何庆至今果晓得他的根由底细呀？”金香说：“以前不晓得，是今朝你来嘞我才敢说的。”

平：如果说得被苏天保来晓得，我们母子没得命残生。

“现在，我儿已长大，再说有你和宗保在这里，我就不怕他苏天保，所以才敢说的。”杜金娥一听，不好，因为肖艳秋是仇人肖天佐的女儿。何庆年纪轻，去要艳秋的命，实在不放心，就叫宗保，将姐姐保护好，叫一个丫环带路上艳秋的帐篷，所以来嘞。小夫妻正哭得难解难分，金娥打发小丫环先回去，一手拉住何庆，一手拉住艳秋：“孩子，你们不要哭。”艳秋眼泪巴塌问郡马：“她是哪个呀？”何庆说：

平：她不是张三其别个，就是姨妈老大人。

平：艳秋跪到地，连叫姨妈好几声。

艳秋暗想：何庆已经认祖归宗，我倒弄得家破人亡，我还何脸活在世。拾起何庆撂在地下的刀，横在脖子上："姨妈、婆母，我要走了。"

平：阳日三间多余我，情愿地府去安身。

何庆一看，吓得放汗，还是杜金娥，毕竟上了年纪的人，主意多，几步蹿过去，夺下宝剑，拦住艳秋。

平：姨侄媳妇哎，有难事同我讲，我好帮助你当身。

就这样，艳秋颈脖子，也拉开二三寸长的口，对外冒血。

何庆连三拿艳秋抱到身边，艳秋说："夫君，姨妈，我肖家欠你何家的人命啊！"

平：奴家今朝来一死，偿还何家命残生。

杜金娥说："孩子啊，不要说卵话，更不要做错事。当初你父杀何庆的父亲，也是各为其主。再说，又不是你去杀的，你何必要找死呢？"

平：你死，事情了不成，丢下何庆靠何人。

"孩子啊，你听姨妈的话，现在跟何庆倒反青龙阵上中原。"

平：等到两国都太平，送你回来看母亲。

何庆问："姨妈，宋营果接收我和艳秋呀？"杜金娥说："你们放心，你们倒反青龙阵有功，将来皇上还要加封。"艳秋说："姨妈，我是女流，一会儿打起来，反而给你添麻烦。"何庆想，艳秋不能打仗，母亲更加不行。杜金娥想，何庆和艳秋夫妻恩爱，艳秋虽是肖天佐的女儿，可她很通情达理，再说她们婆媳妇和睦，我应该成全她们，不能像我成个孤雁。想到这里，对何庆说："孩子啊，你们放心，我先将艳秋送出阵外，再对穆元帅送信，等她发兵，打起来，里应外合。"

平：里应外合动手打，杀他番兵不容情。

何庆一听，倒也高兴："姨妈，你和艳秋，都穿男的服装，我再给你一支巡阵大令，你们先走，我随后杀出阵外。"艳秋说："这样不行，我的婆母怎么办呀？"杜金娥想艳秋实在有孝心，两人换好衣服，杜金娥说："我们三人一齐走。"三宁来到夫人杜金香身边，杜金娥说："姐姐，我们三人先走出青龙阵。"正在这时，听见青龙阵号炮连天，杀声震地，因为杨宗保和杜金娥被擒，小兵有打散的，也有被打死，也有逃回去的，正要给穆元帅送信，刚到半路，遇到岳胜和杨兴带队来打接应的。军兵对岳副元帅哭诉：

平：宗保、金娥被活擒，快点搭救两个宁。

岳胜和杨兴听说宗保和杜金娥被擒，气得火冒三丈，带兵冲进青龙阵。刚对里冲，就听号角齐鸣，番将、番兵听见号角声，都来交战。再长枪手、短枪手、大刀手、小刀手、双锤手、单锤手、捆绑手、挠钩手、弓箭手，人人都不空手，各拿兵刃冲出来，岳胜带来的军卒被冲散，又将岳胜和杨兴：

平：里三层来外三层，就被围困紧腾腾。

再说，杨宗保听见号角声，就问何庆："何将军，怎有号角声的？"何庆说："杨将军，我们的龙头峰上有帐篷，里面有十个号手，吹号为令，号声拉长声为进，短声是退，快跟我走，让我去打死号手，号声不响，阵内自乱。"

平：何庆前头走，宗保后头跟。

那么何庆是二阵主，小兵看见二阵主到，让起来蛮愡，宗保是何庆带来的，所以也不阻拦。一到龙头峰——

平：号角手忙行礼，连叫阵主好几声。

趁行礼的时候，何庆的刀来得快，对号手像厨师切菜，"喀嚓、喀嚓"，十个号角手都被何庆和宗保杀啦得。

号角不响，番营大乱，何庆趁混乱之时，在大营放火，只烧得金蛇乱舞，火光冲天，何庆对宗保说："青龙阵大势已去，我找仇人报仇，杀他的头。"

平：两人动嘞身，对面来嘞对头人。

就在这时，前面飞来一匹战马，拦住去路，是哪个呀？青龙阵的阵主苏天保，因为苏天保被宗保扎伤，在后帐篷养伤的。开始听号角响，现在人声嘈杂，火光冲天，他想为点底高，出嘞什么事，勉强上马出来打探的，刚好遇到何庆和宗保。

苏天保喊："哎，儿啊，阵里出什么事啦，你这是上哪里去呀？"何庆看见苏天保，真是仇人见面，分外眼红，破口大骂："呸，苏天保，你这狗贼，谁是你的儿子啊！我是你老祖宗。""啊！儿啊，难道你疯啦，怎么骂起为父来了？"何庆说："你是我的仇敌。"

平：是你和肖天佐，杀死我的老父亲。

"我爹叫何东博，你杀死我父亲不算，还又强霸我母亲，恨不能吃尔肉，喝尔血，方解心头之恨，老狗贼，速拿命来。""哎啊，你这奴才，这事是谁告诉你的呀？""是我母亲说的，怎么样啊，难道是假的吗？"苏天保说："原来是金香贼婢，你对我无情，我现在就去要她的命！""哼！你还想欺负我母亲啊？你千万做不到，我要替爹娘报仇，杀你天保的头。"苏天保说："慢！何庆啊，你不要忘了，我对你娘俩有养育之恩啊。"

十：十八年，我给你，买衣做裤，

又叫你，学文武，才得做人。

平：给你娶的媳妇多称心，你怎就忘记许多好事情。

“哼！苏天保，你拿我当三岁小孩好糊弄，你家小爷是中原人，能和你野兽样吗？小爷今天就要你的命。”嘴里说话声藏藏响，双枪一抖要他命残生。

苏天保手脚也不慢，拿起大砍刀，对着何庆搂头就剁。说实在话，如果不是负伤，只在何庆之上，因为刚被宗保把锁骨扎碎嘞，身带重伤，拿刀都费很大的劲。何庆见他大刀砍来，左手枪对外一挡，“当啷”，震到苏天保疼痛难忍，“啊呀”一声刀就撂啦得，想带马逃走，何庆就说：“你哪里走，哪里逃——”

平：请你吃我枪，叫你上西天。

何庆双枪一合，对苏天保的软肋一戳。两膀较劲一绞，再对外一拖。

平：肠子拖出来，一命呜呼送残生。

何庆说：

平：亲娘哎，天保被我已杀死，我替父做嘞报仇人。

何庆和宗保再去追杜金娥他们，一歇工夫就追到嘞，何庆说：“我在前头开路，宗保断后，杜金娥姊妹两个和艳秋，三人合条马在中间。”何庆在前头，他的双枪杀起来太厉害啦，真是碰到的死，挨到的亡。宗保在后面挡杀追兵，五个人都冲出青龙阵。

这时正好岳胜、杨兴带来打接应的，杜金娥就告诉岳胜：“何庆是我的姨侄，艳秋是我的姨侄媳妇，他们倒反青龙阵，今后在营中听差，望副元帅多多照应。”

平：何庆来行礼，连叫副元帅好几声。

岳胜说：“何将军，有如此功劳，我一定在穆元帅面前保举就是。”杜金娥又说：“还有一位是我的好姐姐杜金香。”大家听嘞非常高兴，青龙阵已破，杜金娥又遇上好姐姐，准备回营庆贺。就在这时，阵左边，号炮连天，冲出支队伍，足有四千人马。其中一杆黑旗，上面一行白字：“玄武阵主”。中间斗大的“姜”字。大约有十几名将官，当中一员，年纪二十七八岁，乌金甲，乌金盔，皂罗袍，胯下青泉兽，手拿一口金背刀，背后飘着五绸丝，面似锅底黑漆抹塌，像锅底菩萨。

平：来将是姜飞熊，玄武阵主他当身。

这个姜德姜飞熊，是北国的武状元。萧太后心中想，天门阵被破，就是国破家亡，所以到处选拔将官。人里拔人，千里拔一，挑到这么个姜德姜飞熊。他受过高人指点,异人传授,不但刀法好,还有六把飞刀,可以说百发百中。

平:如果被他飞刀来中到,九死一生命难存。

姜飞熊是玄武阵的副阵主,他有妹妹叫姜翠萍。提到小姐姜翠萍,智勇双全女千金。妹妹翠萍的本领超他,所以妹妹姜翠萍是正阵主,姜飞熊是副的,他们兄妹也是中原人。萧太后多坏,她怕姜家兄妹不帮她出力,就收买人心,把姜翠萍收为干女儿,其他人都叫她王女。所以妹妹为正阵主,哥哥为副,镇守玄武阵。

再说,颜容摆的天门阵,前头已经讲过,一百单八阵,它是子阵套母阵,母阵套子阵,真是一枝动,百枝摇,如有一阵被破,二阵出兵援助。何庆在青龙阵打死苏天保,打散小兵,颜容在吊斗上,一看青龙阵已破,随发信号给玄武阵的阵主,因为玄武阵离青龙阵最近,就相隔一座小山。姜飞熊接到信号,随时带兵来嘞,正好遇上何庆和岳胜他们,姜飞熊就问:“哎呀,这不是郡马苏何庆吗?你要上哪去呀,你后面是什么人啊?我是奉军师之命,前来打探的。不知青龙阵为何火光冲天?”

何庆想,到这个时候瞒也瞒不了,我不如如实说吧:“姜将军,我对你实说。”

平:我是中原人,今朝倒反青龙阵。

平:我失落番邦十八春,认祖归宗转家门。

姜飞熊一听就问:“苏何庆!你姓苏,怎么要认什么祖,归什么宗呀?”何庆说:“姜将军,我本来就不姓苏,我是姓何。”

平:父亲是叫何东博,道马关总兵他当身。

滚:辽国进兵犯中原,肖天佐杀死老父亲,

苏天保起兽心,强霸我生身老母亲。

姜飞熊说:“郡马,我对你说,你现在是皇家,理应保萧太后。你就是到了宋朝,你也没有多大好处。宋朝的昏君,宠信奸臣杨景,霸占朝纲,害了我姜家满门。我其实也是中原人,和北国无亲无故,我们还保萧太后,你何必要反呢?”何庆说:“姓姜的,这些事,用不了你担心,人各有志嘛。你放我们走,万事皆休。”

平:如果你不肯,鬼门关上去安身。

姜飞熊说:“姓何的,你听我劝,上我这边来,同保一主,真要造反归宋,我不可放你。”

平:两人说话藏藏响,脸嘴一变动刀枪。

何庆,马往前一蹿,双枪去刺姜飞熊,姜飞熊大刀对外一拨,何庆已打嘞多时,体力欠缺,姜飞熊大刀砍过来,何庆好嘞让得快,不然肩斗就被削掉。何庆抖双枪，奔姜飞熊胸口刺来，姜飞熊用大刀磕开，二马错镫之时，真是说时迟，那时快，姜飞熊反手一刀，奔何庆的后背，何庆再也躲不掉了。

平：大刀砍到身，哪里还有命残生。

何庆眼睛一闭，等歇就没气。姜飞熊就在这千钧一发之时，他想，何庆毕竟是郡马，萧太后的侄女婿，如果我今朝拿他杀啦得，今后萧太后问我要人，我交不出，反而不得过身。所以刀没有落下来，掉过刀背，对准何庆背脊一砍，"啪"，姜飞熊认为没有用多大的劲，可何庆受不了。

平：从马上栽到地，晓得果有命残生。

这时番兵上来要生擒活捉何庆，可杨宗保还有杨兴见势不好，冲上来，杨兴敌住姜飞熊，宗保杀退番兵，抢回何庆。

平：何庆好嘞铠甲硬，不然打嘞骨头碎纷纷。

何庆后背被打嘞一条血印，口吐鲜血。

再说，姜飞熊问杨兴："宋将！你是谁呀？"杨兴说："我是边关大将，打虎太保杨兴。"姜飞熊听了，摆刀就剁，杨兴也不示弱，举棍接架。

十：姜飞熊，朝上打，雪花盖顶，

有杨兴，朝下打，枯树盘根。

平：两人打嘞多有劲，胜败没有半毫分。

打嘞五六个回合，姜飞熊乘杨兴不备，左手从后面抽出飞刀。对杨兴喊："你死到临头。"杨兴没防备有暗器，一把飞刀扎在杨兴肩膀上，杨兴一吓，命总没得，低头一看，带红绸子的飞刀扎在肩膀上，他气得哇呀呀，抓住红绸子拔出飞刀，对地下一撂，姜飞熊哈哈大笑。

平：飞刀中你身，要想活命不可能。

杨兴以为伤得不太重，还想过去和姜飞熊交战，可气坏了岳胜，手提青龙偃月刀，直奔姜飞熊，而姜飞熊趁这空的时候，拾起飞刀。姜飞熊问："来将何人？我手下不死无名之鬼。"岳胜说："本副帅叫岳景龙，外号花刀将岳胜。您敢用飞刀害我杨将军——"

平：我要将你身丧命，替杨兴做个报仇人。

再你一刀，他一刀。刀刀要砍对方人。杜金娥想，我们还看什么呀，趁空我们先走。

平：哪晓杜金娥动嘞身，来嘞番兵许多人。

杜金娥和杨宗保又和番兵一场大战。这边一乱，姜飞熊无心和岳胜蛮战：已经打嘞二十几个回合，两人不分胜负。我再和他蹲这里硬打，那员女将她们一溜走，就不妥。就在和岳胜圈马背对背的时候手脚慢，从背后拿出两把飞刀，岳胜猛回头看他要放飞刀。这时姜飞熊的飞刀已经甩出手，岳胜来个犀牛望月。用大刀去封，被他挡出一把，还有一把没挡得住，打在锁子下边，抖觉钻心刺骨疼痛，又觉得发麻，岳胜明白，这是毒药飞刀，千万不能拔。

平：如果将飞刀来拔掉，就怕难有命残生。

岳胜晓得不好，拔脚就跑。姜飞熊拾起地下的飞刀就追。他想拿那把飞刀也要回来。

平：一前一后追得很，再说杜金娥一班人。

杜金娥一马坐嘞三个人，杜金香吓得哭，艳秋吓得发抖，周围都是番兵番将，杜金娥也着躁：我们怎么能逃得掉，我死总微小可，不能让姐姐和艳秋死啊，等等险要被捉了。就在这时候。

平：一盏孤灯渐渐熄，来了添油点火人。

一支队伍，行走如飞，像腾云驾雾一样，说话声洪亮："众将不要怕，穆元帅来了。"真是音到人到，穆桂英亲自领兵来了。姜飞熊抬头一看，前面十几名女兵，全是短衣襟，小打扮，手拿单刀，两边还有很多彪形大汉，当中帅字旗下一员女将官。

十：看年纪，大若有，十八九岁，
　　戴帅盔，银装甲，威风凛凛。
十：手拿着，绣绒刀，金光闪闪，
　　肋下佩，杀人剑，杀气腾腾。
十：瓜子脸，真好看，粉面桃腮，
　　双秀目，鼻口小，齿白唇红。
平：不但生嘞美貌很，而且杀气腾腾怕坏人。

姜飞熊看罢想，好不威风的女将啊！看来，绝非等闲之辈。"哎，你可是新来的穆元帅呀？"穆桂英说："不错，本帅正是，我叫穆桂英。"姜飞熊说："耳听为虚，眼见是实，听说你献降龙木进宋营，挂印为帅，就露了大脸。你刀劈白天龙，破了鬼门阵，箭射熊三贵，活捉了王子灵，能耐不小哇！"

平：随你本事有多大，我要和你比输赢。

"某家可不服你，我早就想会会你，怎奈没有机会，今天你们都来了。杨兴、岳胜马上就要送命,我不说谎,你还是下马服绑。"穆桂英一阵冷笑:"我问你叫什么名字呀?"姜飞熊说:"穆桂英啊,我告诉你——"

滚:我姓姜名德字飞熊,辽国里面称英雄。

萧太后驾前称大臣,玄武阵主我当身。

穆桂英说:"英雄倒像英雄,我听你的口音像中原人。"姜飞熊说:"不错,我确实是中原人。"桂英说:"你既是中原人,为何背叛祖先保辽国呢?辽国兵将无故犯我边境,又摆下天门阵,伤害生灵,天怒民怨。有志男女都抗敌卫国保民,你却反亲为仇,助纣为虐,难道不知'羞耻'二字吗?"

平:姜德听嘞多冒火,牙齿咬嘞冒火星。

"穆桂英啊,你不用说这些话,我和大宋有一天二地恨,三江四海仇。宋昏君,宠听杨景,无辜杀了我姜家满门。"

平:不是我兄妹溜嘞走,哪有性命到如今。

"我与你们不共戴天,不要说有天门阵,就是天门阵被破,我也要和你们拼到底。"桂英说:"噢,老杨家对你们怎么啦?请你把话说清。"姜飞熊:"我没工夫和你啰唆,快放马过来,我倒要领教领教你的刀法。"穆桂英说:"姓姜的,我们杨家把你怎么啦?你把话说清楚方可动手。"姜飞熊说:"少废话。"举起大刀照穆桂英砍来,岑林、柴干,眼尖手快,冲上去换了元帅。两人双战姜飞熊。穆桂英来到岳胜面前:"大叔,你的伤怎么样啊?青龙阵如何呀?"岳胜说:"中的是毒药飞刀。"这时杜金娥过来说:何庆倒反青龙阵,如何杀死苏天保。

平:所有事情说分明,桂英听嘞也开心。

桂英说:"现在我没有时间去见何家人,等得胜回营,再给他们庆功。"可岳胜觉得已有半身麻木,桂英说:"这是毒气,赶快回营。"命令杨宗保护何庆一家随时离开此地。

这时,岑林、柴干哪是姜飞熊的对手啊,已经败下来,八姐、九妹要想上去战姜飞熊,桂英想,岳胜、杨兴都败在他手,你们去不死也伤,干脆我亲自与他交战:"众位将军,给本帅压住阵脚,本帅亲自出马。"

众位,穆桂英亲自战姜飞熊,到底谁胜谁败。

单:杨家将宝卷路程远,今朝难以满团圆。

单:收起经书打个等,下次有机会再谈论。

天赐平安福,人同富贵春,和佛保延生。

十八、杨宗保乾坤洞求药　宗英下山认母

天门阵，要请宁，男子形，王兰英。——圣谕

单：辽国摆下天门阵，破阵必须要请宁。

挂：姜飞熊英雄很，镇守玄武阵，抢嘞苗秀英，舍啦妹妹女千金。

挂：人生在世有几何，还是太平值钱多，
　　你争他夺有何用，两手空空见阎罗。

平：杨家宝卷未完成，学生再来劝善人。

平：接接连来接接连，提起宝卷再向前。

话说杨家将宝卷，上册理文已经讲到，穆桂英已经破嘞九座阵，现在要破玄武阵。岳胜、杨兴被姜飞熊用毒药飞刀打伤。穆桂英亲自上战场，劝姜飞熊反回中原，姜飞熊说："我和杨家有不共戴天之仇。"桂英问："杨家对你们怎么啦？""我不说，请你吃刀。"

平：嘴里说话就动手，刀砍桂英不容情。

桂英也就动刀，不要看桂英平时很文雅，在两军阵前可了不得，莫怪宗保三请穆桂英，就是八请也值得，她舞的刀，真是：

平：舞起刀来像喔闪，泼水不进半毫分。

姜飞熊虽则刀法也高妙，哪是她的对手呀。姜飞熊想，何不用飞刀取胜哪。随时大刀一摆，一点镫，马一斜身，回过头来对桂英说："你敢追我吗？"桂英说："你逃到东海，我敢追到你龙王殿。"桂英吃亏就追，这个姜飞熊不对别处溜，就在疆场上兜圈子。桂英晓得他又要用暗器，特别当心，哪晓姜飞熊果不其然，看穆桂英和他只有点点远的时候，从背后摸出三把飞刀，对桂英一射，他这三把

刀,对桂英是上中下,这一射,三道寒光,直奔桂英。

平:如果是别人,哪里还有命残生。

为底高,因为他分上中下三处的,你躲得掉上面的,躲不掉中间和下面的。

要说穆桂英,当初在离山老母身边,就下过苦功的,她练的箭,白天射金钱眼,晚上射香火头,她的穿云箭,可以说是百发百中,可是她不会打飞刀。今天她早有准备,看见姜飞熊打出三把飞刀,这三把刀是打三处,上处打桂英头,中处打她的左肩,下处要打她的腹部。桂英头一点一偏,上处中处的飞刀已经躲过,可下处打腹部这把飞刀怎么能躲过呀。桂英急中生智,将大刀对门前一竖,只听"当啷",飞刀正打在刀背上,三把飞刀都抛落地上。

平:姜飞熊恼怒很,桂英真是厉害人。

要是别个,一把刀总难躲,情丧能躲过我三把飞刀,有心再发飞刀,他舍不得,一共六把,岳胜身上带走一把,已射出三把,现在就剩两把,实在舍不得,他要去拾飞刀。穆桂英大刀一举,拦住他,又一场大战。

姜飞熊想飞刀不能用,真打,也打不过穆桂英。

平:带领兵将溜嘞走,玄武阵里去安身。

穆桂英下令收兵,派人镇守青龙阵,自己带兵回营。哪晓到半途,杨兴昏迷不醒,穆桂英吩咐用担架抬嘞两个宁,路上不耽搁来到宋营,杨六郎、太君连三迎接,将病人抬到后帐,何庆家三口见到八贤王。

平:何庆跪到地,连叫千岁好几声。

八贤王问桂英:"跪在地的谁呀?"桂英说:"八贤王,他的父亲是当初道马关总兵何东博,他是青龙阵的二阵主。还有一位是苏天保阵主的夫人,何庆他倒反青龙阵,带来他的亲生母亲杜金香和他的娇妻肖艳秋。"八王问:"桂英啊,何庆怎有两个父亲的呀?"何庆心上不得过。

平:千岁哎,我拿我的事情告诉你,也比黄连苦三分。

滚:父亲道马关做总兵,辽国来进兵,肖天佐杀死老父亲。

"苏天保狗贼丧良心,强占我生身老母亲。"

平:我认贼作父十八春,微臣不知半毫分。

"战场遇到杜金娥姨母亲,我母和他说分明,我本是中原人,我就倒反青龙阵。"

滚:我杀了苏天保的头,替父你报了仇,

连累嘞岳胜、杨兴两个人,我的罪业到有海能深。

这时杜金香和肖艳秋哭得泣不成声。八王说:“何将军,你快起来,不但没罪,而且有功。常言说:不知者,不怪罪。你能倒反青龙阵,已立了大功。杜夫人教子成人,替夫报仇,可谓贤妻良母。肖艳秋能够大义灭亲,伸张正义,是位贤孝的女子,令人敬佩。”

滚:我写道折本给你上皇城,皇上对婆媳要有赏,

对你何庆要重封尊。

滚:我准你两月假,送你休息在皇城,

等你身体全愈后,再来帮打天门阵。

何庆谢过八王,带母亲和妻子上皇城。

再说八王和寇准、六郎、焦赞、孟良到后帐看岳胜、杨兴,这时老太君带一班女将都在这里,见八王来嘞,她们也就出去嘞。大家看头张床躺的岳胜,飞刀还在身上,脸色发青,恨不得要发紫,两眼紧闭。如果身上发得紫,可能要死。第二张床上杨兴,因为他拿飞刀拔啦得的,刀口对外流黄水,晓得果要变鬼。焦赞孟良嘴一加就哭。

平:岳大哥、杨兴兄弟哎,你们对我们说句话,我们也没能伤心。

寇准说:“他们要能说话,还躺在这里吗?”八王问随军郎中:“你们给他们看过吗?”郎中说:“看过了。”“那他们是什么病啊?”郎中说:“是飞刀。”八王说:“这个还用你说吗?飞刀还在身上,不是飞刀是什么?我是问你们,他们的伤能不能治好?”郎中说:“千岁,他们昏迷不醒,这个飞刀相当毒,我们号不到脉。”

平:我们实在没本事,另请郎中好先生。

挂:请来郎中早,救到两个命,

如果请来晚,难救他们命残生。

平:大家听完成,倒又为难好几分。

六郎更加难过。

十:想当初,八乍山,收他二人,

就和我,来结拜,弟兄相称。

十:总以为,跟着我,久后有福,

谁知道,杀敌人,苦战伤心。

平:六郎流下英雄泪,孟良、焦赞泪纷纷。

这时穆桂英带领金萍、银萍还有杨排风，前来看受伤的两名将军。八王说："穆元帅，岳、杨二将的病很危险，你可有良策调治呀？"桂英说："贤王不要着急，我自幼和恩师学过医术，等我来看看。"孟良眼泪还流在脸上，倒笑起来嘞够："我的侄媳真有用，什么都行。不但能调动三军，而且还会行医。"

桂英对岳、杨二将看嘞，心如油煎，孟良问："侄媳妇，你看看怎么样啊？"桂英说："叔叔，这个伤，不是一般的伤，因为这个飞刀上喂过毒药，药劲一发作，宁就昏迷不醒。在我看来，多则五天，少则三天。"

平：如果弄不到解药来，两人只好送残生。

孟良说："你就快点弄解药呀。"桂英说："我能弄到解药，或能配解药，还用说嘛！我也治不了哇。"孟良说："总不能看他们死呀！"焦赞、孟良急得和桂英吵起来，寇准说："都不要吵了，等病人安静一点，我们大家再商议果有良策。"大家一听，都相信，桂英和大家都到大帐议事。八王问："桂英啊，为救两位将军，果想到什么良策呀？"桂英说："我在山上的时候，师父曾给我讲过很多名山古迹，还讲了许多名人，贤士豪杰，曾提到，有一位很有名的道士专门会配药治病。"

平：如果求到这个人，定能救到他们命残生。

"这个人就住在太行山乾坤洞，名字叫李天威，他在太行山修行了几十年，手下弟子有好几个，跟他学武炼丹，还铸剑，无论什么病症，只要经他一看，一帖药就痊愈。"

平：人们称他李一帖，四海之内有名声。

"听恩师就说，虽说离这里不太远，可他住的地方很难找。再一个，就是到敌营里去弄药，姜德用的毒药刀，他肯定有解药，这个就费劲了。"杨六郎说："要擒住姜德，才能弄到解药。看来还是上太行山，找到李天威，求到解药，才是好办法。"随时问在帐内的将士："你们哪个认识太行山乾坤洞李天威的？"

平：所有将士不作声，好似泥塑木雕人。

桂英说："我有办法，写好告示贴到营门，晓喻所有军兵，如有人能认识的上我帅帐报名，如果我军营没有人认识，再问当地老百姓。"

平：告示刚贴到营门，惊动嘞一个人。

告示贴出去不多时，来嘞一个人，六郎抬头一看，是位老兵，看来眼熟，可是叫不上名字。为底高？带兵几十万，怎可能总叫得出名字呀？这位老兵来到六郎面前："元帅，我能上太行山，而且我认识李天威。"六郎问："你叫什么名字，怎么认识李天威的？”这位老兵说：“元帅你听我说——”

平：我的名字叫金四，其实是个北国人。

六郎问：“老人家，你既是北国人，怎么到我的营门了？”

平：元帅哎，你杨家对我有恩情，我要报答你的恩。

六郎听嘞，真是丈二和尚，摸不到头脑，就问：“我说老兵啊，你说清点，我家对你有什么恩，值得你报呀？”老兵说：“我叫金四，是辽国人，辽国为嘞侵略中原，到处抓人当兵，当时我也被抓去当兵。当时我年龄小，才十五岁，要我修战壕，我实在做不动，就将我打个半死，撂嘞冰天雪地里。”

平：我等等险没得命，来了一个救命人。

“老令公杨继业，带兵打仗，看见我躺在雪地里，摸摸我，还有口气，就叫小兵将我抬到营盘，给我治病，还给我好的吃。我养嘞很胖，令公给我路费，叫我回辽国。当时两国正在开仗，我想，回去被他们抓住得，不还是死吗？再说，令公对我有救命之恩，所以我就留在军中。我算跟了你们老杨家三辈人啦，老令公一辈，你杨郡马一辈，现在又在穆元帅帐下听令。要说请李天威的事，我定能请到。”六郎问：“你怎么能请到哇？”金四说：“当初在令公帐下，他见我年龄小，打仗不可靠，就叫我养马。哪晓有一天，在边疆有马吃了毒草。”

平：吃毒草的马等等险没得命，果要急煞我当身。

“嘿，真是局气好，覅起早，偏巧遇到一个出家的，对马一看，给嘞点药给我，我随时喂给马吃。”

平：马将药吃下肚，毛病没有半毫分。

平：我千恩万谢来拜谢，谢谢先生救命恩。

“我问他叫什么名字，他说叫李天威，他对我相当好，还又将我带到山上，进嘞乾坤洞，老仙师对我很好，对我说，有事就来找。”

平：为嘞两位将军毒病好，我情愿太行山去走一遭。

挂：两位将军身体得康宁，打破天门阵，两国能和平，百姓得安宁。

平：为嘞国家得太平，我舍死忘生也要行。

大家听嘞很受感动，就连穆桂英、杨六郎都受感动，他虽是北国人，难得一片忠心。“那就你辛苦一趟吧。”随时又命杨宗保陪金四同行。

平：路上行走来得快，太行山到面前呈。

金四的记性还真好，一直对乾坤洞跑。到嘞半山，有个洞门，门关的，石头上刻得“乾坤洞”三个字，宗保连三敲门，里面有人说话：“无量天尊。是谁呀，你们是干什么的呀？”宗保说：“我们是来找李真人的。”“哦，我来开门啊。”门一开，小道走出来，宗保对小道一看。

平：大概有十五六岁春，道袍袈裟穿在身。

十：看脸上，红而黑，带有杀气，

他出生，不知道，谁家门庭。

平：众位哎，他不是张三其别个，也是杨家后代根。

这是后话，以后学生自有交待。但说，小道问：“你们是从哪里来的，有何事啊？”宗保说：“我是宋营的先锋官，奉元帅之命，来求见李真人的。”小道说：“李真人就是我的恩师，你们见我恩师，有什么事，就对我说吧。因为恩师今天不在家，已经出门多天，至今没有回来。”宗保说：“那我就求你小师父，我们营中的将官岳胜、杨兴被姜飞熊用毒药飞刀打伤了，我们没有解药，特地来求仙师赏点仙丹妙药，好救人的。”

平：救到两位将军命，谢谢仙师赏药情。

小道一听，哈哈大笑：“宗保哇，如果是别人伤嘞你们的大将，我无话说，立时给你们解药。可是你果晓，姜德姜飞熊是哪个？”宗保说：“这个人我不晓得。”小道说：“你不晓，我告诉你们——”

平：姜飞熊不是其别个，是我师兄一个人。

“你们真是不知死活，还来问我要解药。你要识相，否则请你吃辣乎酱，再不走，我要发火，本意要捉你们送给我师兄，你们要得性命稳，快点对营盘滚。”小道连三拿山门一关。

平：山门关嘞紧腾腾，不理不睬半毫分。

杨宗保和金四想，弄到现在，姜飞熊原来就是李天威的徒弟，战伤我们的大将，反而来问他求药，那不是白来吗？宗保说：“我们干脆拆他们的窝。”金四说：“杨先锋，遇事不要急，我们先回营，大家再商量。”两个人真是高兴而来，扫兴而归。

再说，这个道童叫海宁，赶走宗保、金四，关好山门，来到里面就想：今天我这事办得对不对呀？师兄用毒药飞刀伤嘞大宋的宁，我应该救，还是不应该救。师父不在家，我也实在没主意，不如到后山去找几个师兄弟商量商量。哪晓正要开门去后山，有人敲门，海宁拿门一开，抬头一看。

平:原来是师父李天威,今日转山门。

平:海宁跪到山门口,连叫师父好几声。

师父面沉似水:“我问你,我临出门之前,就对你说要你好好看山门,你现在看得怎么样啊?”海宁说:“师父,我看得很好,山门一块石头都没少。山门不是好好的吗?”李天威说:“山门怎么得少,我是问你,洞里有没有少哇?”海宁说:“师父,洞还是这样洞,也没有少。”李天威大怒:“我问的话,你不直接回答,和我转圈子,我是问你,我那六把飞刀还在不在洞里啊?”海宁说:“丢了。”李天威说:“那还得了,这是我的镇洞之宝,你是怎么丢掉的?”

平:师父哎,你定点心,听我与你说分明。

“你走之后,师兄姜德说要和我作伴,就在这里住嘞三天三夜。他走嘞过后,我去一望,飞刀没项。我就和后山几位师兄弟相商,他们说:你不用着躁,我们总归于帮你寻到。歇得几天,他们对我说,是师兄姜德拿走的,已经投到北国要和杨家将开仗。”

平:只怪师兄不正经,偷走宝刀不该应。

“那我再问你,刚才有人到这山门吗?”海宁想,不怪人家叫真人,能掐会算,方才来人他都知道。

众位,并不是真人李天威能掐会算,因为乾坤洞很少有人来,真是无事不登三宝殿,他的贵重东西都放在洞里,其他的徒弟炼丹或者练武都在后山,所以飞刀、药丹都在这山洞里。因为海宁一是武艺好,二是很忠心耿耿,所以就安排海宁看守山门,今天李天威回来刚好在半山遇到宗保和金四,从山门出来到半山。金四认识李天威,所以,就将你的小道,听我们说求解药的事,就将我们赶出来,这么一说,李真人心中有数,所以他问有没有人来过。

平:海宁听他问完成,脸总红到耳后跟。

海宁说:“师父,刚才确实有人来过。”师父问:“刚才来的果是叫杨宗保哇?”海宁想瞒也瞒不了,对师父说:“来的确实是杨宗保,正因为我的师兄姜德,姜飞熊用毒药飞刀,打伤嘞他的大将岳胜、杨兴,他和金四来问你求解药的。”

平:我拿不出解药给他们,赶他们就动身。

李天威气嘞说:“你这没有头脑的东西,我的镇洞之宝怎好让人家偷走。姜德杀害生灵的过失,都在你身上。再说,我原来的飞刀上没有毒药,肯定是将我的药也偷去了,刀上喂了毒药。他这样杀害生灵,不是叫人骂我一世吗?我炼丹

的目的,是普渡众生。总算好,刀鞘还没拿走。海宁啊,至今我还有一桩没有对你讲啊,你果晓你的家乡在哪里呀?"海宁说:

平:我枉枉长嘞十几春,不知父母双亲是何人。

李天威说:"海宁啊,刚才来的杨宗保,是你的叔伯哥哥。"

平:你母亲,在树林,生养了你,
　我抱你,到山中,抚养成人。

十:你母亲,杜金娥,令公千金,
　你父亲,杨七郎,有名之人。

十:你名叫,杨宗英,是你乳名,
　在山中,叫海宁,是你法名。

平:徒儿哎,你现在下山林,寻你生身好母亲。

海宁说:"师父,你叫我下山,第一,我终身孝敬你师父,第二,我现在到哪里去寻母亲呀?"师父说:"我不要你孝敬,现在赶快下山。"

平:你到宋营去,寻到你的好母亲。

"你家是宋朝的忠良将,满门在朝为官,是世袭的爵位。"海宁问:"师父,那我叫什么名字啊?父亲叫什么,母亲是谁人?"李天威说:"徒儿,我告诉你——"

滚:你叫杨宗英,父亲杨家排行是七郎,名字叫作杨延嗣,
　母亲杜国显之女杜金娥,小姐女千金。

杨宗英听嘞问师父:

平:我是杨家后代根,怎到山上来做道人?

师父说:"这件事,我告诉你呀,

十:想当初,有韩昌,带兵犯境,
　杜金娥,杀敌兵,哪肯容情。

十:到后来,在树林,产下娇婴,
　无法带,丢树林,实在伤心。

挂:我从树林过,听见娇儿声,
　我就抱到山洞内,慢慢扶养长成人。

平:徒儿哎,水流千遭归大海,叶落树林也归根。

"你今年已十五岁,应该归根寻母才对,我再对你说,姜德是你师兄,要劝他归降,你将刀鞘带好,收他的飞刀。"

宗英听嘞眼泪不得干，弄到现在我不晓得是杨家后代，早晓得，我不应该得罪宗保哥哥。“师父，我什么时候下山？”师父说：

平：时间不可等，现在就动身。

宗英准备下山，李天威到里面拿解药，哪晓一望，解药没项。他来对宗英说：“徒儿啊，洞里的解药都被姜德拿走了。现在再炼也来不及，因为宋将中的毒，最多只有五天，还是快去问姜德要。他见到刀鞘，就等于师父亲临，收回他的飞刀。”宗英问：“师父，收回飞刀，那受伤的宋将怎么办？”“我现在要配解药也来不及，你赶快下山，去问你师兄要解药。”

平：救宋将最要紧，你就下山巅。

“师父，你陪我同去吧。”“徒儿，我山上还有点事要安排一下，你先下山，我随后就到。”宗英实在舍不得离开师父。

平：师父哎，你扶养嘞我，我怎么报到你的恩。

平：师父哎，你受徒儿拜三拜，拜谢师父老大人。

平：离嘞师父就动身，真奔前敌赶路程。

一路无话，直到宋营，来到营门，对里高喊：“咳，军兵哥哥，请你们对里通报，我找人来了。”有人问：“你找谁呀？”宗英一听，眼睛发定。宋营，我哪个也不认得呀，光说找人，回过一想，要得好，只有找问我要解药的宗保。小兵说：“哦，你找先锋官啊？”

平：你在营门外面等一等，我报于大帅好知闻。

不提宗英在营门外等回音，再说宗保也只比宗英早到营门小半天，宗保到营盘就将解药的情况说给八王，还有元帅听。

平：大家听完成，个个忧愁八九分。

就在这时，小兵报：“元帅，外面一个小和尚，说来找先锋官宗保的。”桂英说：“宗保啊，既然小道指名找你，你必须去看看，是哪个小道？”宗保想，我和老道、小道从来没有来往，怎么今天有小道要来找我呀？莫非是我去要解药，关山门的那个小道吧！他的师兄姜德，用毒药飞刀，将我两名大将打得命在垂危，你不给解药，难道也和我作仇，真要作仇，我就杀啦他的头。一面跑一面想。

平：越思越想心越火，已经到嘞营门口。

宗保登高对下一看，上嘞大算，当真是乾坤洞的小道海宁。宗保想，他如果送解药来，我客客气气接待，如果是替他的师兄姜德来与我作仇，这是我一亩三分地,我就杀他的头。而宗英对上一看,欢乐一半。

平:对上面看看清,正是宗保哥哥一个人。

真把嗓子喊:"宗保哥哥,宗保哥哥。"杨宗保一听,完全不信:"喂,你这话从何说起呀?你为何叫我哥哥呀?"宗英说:"哥哥——"

平:哥哥哇,你听听清,听我与你说原因。

"自从你走后,我的恩师就回来嘞。他对我说:杨宗保是我的哥哥。"

平:提到我海宁一个人,也是杨家后代根。

"我和你是叔伯兄弟。你在山门口,是我无礼,你不要生我的气,我现来认祖归宗,所以我来找你哥哥。"宗保想:我杨家就我和宗勉弟兄俩,哪里有什么叔伯兄弟呀?"喂!小道啊,你倒叫我哥哥,你说你是杨家后代,我倒要问你。"

滚:你的母亲是何人,父亲叫何名,排行第几人?

滚:哥哥哇,我的母亲杜金娥,父亲名叫杨延嗣,弟兄排行第七人,
七郎就是他当身,我是不孝子,杨宗英就是我当身。

平:宗保听完成,火冒三丈八九分。

就想:我的七叔和七婶娘杜金娥没有成亲,到哪里有孩子呀?又一想,如果不是七叔和七婶的孩子,他怎么说得这么圆合,等我问过七婶娘,如果有这孩子,我客客气气,如果没有这个孩子——

平:将此道童来抓住,好好责罚他当身。

宗保说:"你这个道童啊,我去叫七婶娘来接你。如若七婶不认你,那我就不客气。"

平:嘴里说话脚下走,去叫七婶一个人。

宗保一面走,一面想,我是她的侄儿,怎么好开口就问:七婶啊,你果曾和七叔结婚啊?你果曾养儿子啊?这事我决不好问,要是不问,事情弄不清爽。

平:要将事情弄明白,问到祖母一个人。

可是又一想,杨门女将都是寡妇,都立了贞节牌坊,今天又冒出个孩子来,祖母不要生气吗?

平:如果将祖母来气坏,都怪我宗保一个人。

宗保想,不能让祖母生气,想问父亲。不对呀,七婶是他的弟媳妇,怎么做哥哥的去问呀?弟媳呀,你果曾和我七弟结婚生孩子啊?这不是笑话吗?要说去叫桂英去问吧,她现在正为岳胜着躁,弄不到解药,救不了他的命,这件事怎么能

明白呀?

平:宗保到难处,横也难来竖又难。

横想竖想,还是自己去问七婶娘。随时来杜金娥面前。

平:跟首跪到地,连叫七婶娘好几声。

金娥说:“侄儿,今天有何事,对婶娘行大礼呀?”宗保说:“婶娘,我们到僻静处,我有话和你相讲。”就拿金娥请到静处。金娥说:“宗保哇,你有什么秘密要到静处来讲呀?”宗保说:“婶娘,有件事我想问又不敢,不知可问不可问。”杜金娥说:“贤侄啊,婶侄之间,有事你就大胆地问吧。”宗保说:“既然婶娘有这句话,我请问了。”

平:你和我七叔两个人,果曾结过婚。

杜金娥一听,一惊,今天宗保怎么问起这事呀?这是十几年的事,杨府上的人眼里,对我都高看一眼,再说,只怪我命苦,到现在再说这些事,有什么用呢?“宗保啊,怎可能结婚呀?”宗保说:“七婶娘,我也听我母亲说过,你确实是个苦命, 没有成过亲。”杜金娥说:“那你今天问这事为底高?”“啊呀,不是我要问,外面来嘞一个小道,他说你是他亲娘,所以我才问你的啊!”

平:杜金娥闻听这一声,脸总红到耳后跟。

为底高?当初社会封建嘞很厉害,她和七郎结婚的事,树林产子的事,任何人都不晓得,特别老太君对她和对其他寡妇不同,高看一眼。今朝宗保突然问她果曾结婚,寻丧,说小道来认她娘,她心里很难过,她以为在树林产的子,不在人世。正在这时,宗保倒又说起来嘞够:“七婶娘啊,那个小道,他还说得有板有眼,是你的孩子。”可杜金娥以为宗保说她守寡,守出个孩子来嘞,有嘞误会:“宗保啊,你是说我守寡不清贞,不规矩,不上路,居然守出野孩子来吗?”宗保说:“不,不,不,我是说,老杨家正缺人,他来认祖归宗,还不好吗?”可杜金娥听嘞更加来火:“好哇,你成心寒碜我,你是在骂我。”走上一记,打嘞宗保的耳光。

平:宗保被打嘞不算轻,叽三咕四不绝声。

“婶娘,你为底高打我,又不是我要说的。营门外的小道说的,他叫杨宗英,父亲是七郎,延嗣。”

平:杜金娥是他母亲,他是杨家后代根。

杜金娥一听,眼睛发定,又是悲,又是高兴,悲底高?当初在黄土坡树林产出子,几几乎没得命。

平:好嘞杨排风来搭救,才有命残生。

高兴的是底高?当初生到一子,是我取的名,叫杨宗英,现在宗保说,来的小道叫宗英,难道真的没有死,如果确实没死——

平:该应我和七郎不绝后,还有宗英后代根。

可宗保摸摸耳光,火辣辣,就想,平时,七婶娘对我最好,今朝为何打我这么痛,嘿,冤有头,债有主。

平:千不怪来万不怪,这怪小道一个人。

宗保正在火性头上,他底高事,总做得出来,拔脚就走。杜金娥问:“宗保,你上哪去呀?”宗保说:“我去教训那个小道。”“宗保啊,你等我,我们一起去啊。”

平:宗保前头走,金娥紧随身。

一到营门高处,杜金娥对门外的小道一看,怎么?那是什么小道啊,就好像七郎站在门外,眼泪倒淌下来嘞够。宗保莫名其妙,为底高,刚才我告诉她外面的小道来认娘,被打一记,现在看见小道,不是她养的,为何淌眼泪。

再说宗英,看上面一位中年妇女,就问:“这位夫人,你叫什么名字啊?”“我叫杜金娥。”

平:宗英跪到地,母亲连叫好几声。

“亲娘啊!”

十:想当初,你生我,撂在树林,
　　是师父,李天威,搭救我身。
十:是师父,抚养我,已经成人,
　　我现在,有武艺,百般随身。
十:我今日,奉师命,前来认亲,
　　七郎父,杜金娥,是我母亲。

“母亲哎,你快开营门哪!等孩儿再对你行礼啊!”

这时的杜金娥,真是心如刀绞哇,想到以前更加伤心。

十:想当初,和七郎,结婚三天,
　　谁知道,到以后,怀孕随身。
十:到营盘,找七郎,有人相告,
　　七将军,被仁美,活送残生。
十:有韩昌,到营门,前来挑战,

我婆母,佘太君,逼我出征。

十:我无法,杀韩昌,追到树林,

将韩昌,来打败,毫无精神。

十:就当时,我腹中,实在疼痛,

谁知道,是孩儿,就要奔生。

十:在树林,我无法,产下一子,

用内布,包孩儿,紧紧腾腾。

十:上写有,我孩儿,年庚八字,

取名字,杨宗英,杨家后根。

平:七郎延嗣是你父,杜金娥是你老母亲。

杜金娥这时的心像钢刀戳心:“要不认,明明是自己身上掉下的肉,是我和七郎生的孩子,要是认吧,我的名气坏到九霄。我不好暂时不认,等过啦几天,再想法和婆母佘太君慢慢将事情说明,她也是知情达理的人。再说,杨家多嘞个后代,她也不怪,我也好去拿宗英找回来。我还是拿他赶走为好。”这时的杜金娥心硬了。

平:总说生铁硬,她的心比生铁硬几分。

咬紧银牙,拿起弓箭:“喂,你这小道童,不要错认人,我没有你这个儿子,快点走,不走要发火。”

宗英说:“娘啊!我确实是你生的儿子,你的心也太狠啦,生下来就不要我,我现在已长大成人,武艺学成。”杜金娥说:“不要啰嗦,再不走,不要怪我,请你吃箭。”宗英说:“母亲,我不白吃饭啊。我能战姜德,要解药。”杜金娥说:“快滚,再不滚,你的性命不稳。”杜金娥一箭过去。

众位,小道杨宗英确实是她的亲儿子,她能真射自己的儿子吗?人们常说的:

平:虎毒尚且不食子,怎能将自己儿子送残生。

不过杜金娥的箭法很准,并不射他的要害,特意超过头顶射的,箭头从宗英的头顶飞过去。宗英见箭射来,头一低,眼睛一闭,满以为母亲真的射他,听见射头从头顶飞过去,睁眼一望,杜金娥没项。宗英想:母亲不要我,我待在这里也没用,我先去找师兄要解药,要到解药再来。

不提宗英离开营门,再说宗保,今天的一切看在眼里,想在心里,七婶娘刚才看见宗英哭得更伤心,其中必有隐情,我是晚辈,管嘞闲事要吃亏。

平:告诉祖母老太君,等她事情好弄清。

不提杜金娥和宗保回营,再说杨宗英,既然母亲一时不认我,我先去找师兄姜德姜飞熊,又一想,还是先找师父,拿血衫拿来,看母亲还有何话可说。主意一定,还是先上乾坤洞找师父。

平:哭哭啼啼动嘞身,三岔路到面前呈。

一到三岔路他哭昏嘞,倒跑错嘞够,跑到一个村庄,他肚子也实在太饿,想到村上善心人家讨点吃的,他就从头对前寻,哪晓得,家家门都关的。

平:他去敲敲门,家家关嘞紧腾腾。

他想:大白天,为什么门都关的呢?到底这个村是底高回事呀?难道这里的风俗习惯和其他地方不同,大白天都要关门吗?我无论如何,总要找到人,一来问问为到底高好关门,二来我饿嘞头昏眼花,弄点吃的。主意一定,再寻人家敲门。真是鸡不飞,狗不叫,走到一户人家,撑门口听听,好像里面有脚步声。宗英确定里面有人,敲敲门:“开门哪!”里面人问:“你做底高的?”宗英说:“我是过路的,想问你家哪怕是剩饭给我吃,钱照算,绝对不亏你。”里面人说:“跑远点去。”随你宗英多敲门,他死总不肯开门。宗英没法,只好动脚。

平:宗英对前撑,一个大户人家面前呈。

宗英抬头看这户人家,大门上面有横批“慈善堂”,大门有对联,开口就念。

平:寿比南山松不老,福如东海水长流。

果么这个是哪家呀?就是苗姓员外家。你不要看,他门上面写的“慈善堂”三个字,他一点不虚伪,他人就真做到慈善事,果么,他是怎么做的呀?

挂:冬舍棉来夏舍单,春二三月送草粮,

腊月里来要过年,挨家挨户送钱铜。

平:一心做好事,救济贫苦落难人。

大众要问个,苗员外家,生到多少男女后代呀?

平:苗员外有慈善心,生到一位小姐女千金。

再说,杨宗英想,他门上面写的“慈善堂”,这个人家和其他人家不同,可能有善心,我可能弄点吃的。不过,人常说:“知人知面不知心。”前几个人家,不开门,其实也怪我,我太直爽,敲门,人家都不肯开,我这次用办法,骗煞人,覅偿命,打煞人,要偿命的。我要假说是他家的人,或是亲眷,可能就会开门的,只要能进嘞门，不要愁弄不到吃的。主意想好，来到门口，敲敲门："喂，开门哦。"里面有人问："哪个啊？"宗英说："是老哥哥回来啦。"里面人说："我怎么听不出老哥哥的喉咙呀？""哎呀，连我的音你都听不出来呀？快、快、快点开呀。"里面人想，听音，实在听不出哪个老哥哥，叫门又这么急，我倒开咖点点缝，望望看，是哪个老哥哥，如果是认得的，我就放他进来，假使不认得的，我就拿门关紧嘞。主意想好，来抽门栓。门栓一抽，开嘞点点门缝，一看是个小道，连三关门，而宗英看见开嘞点缝，说时迟，那时快，正关门，宗英用力一推门，"咣当"，门被打开，里面的人对地下一栽，宗英走进来，里面人连三爬起，再要关门也来不及了。对宗英一看，十五六岁的小道童。"喂！你在门外说是老哥哥，叫我开门，估估堆，做我的老哥哥，我不吃大亏唉。"宗英说："我不说我是你的老哥哥，我是叫你老哥哥开开门，我来了。因为我晓得你们家的主人乐善好施。你们在这个村上大放异彩 。小户，我都不去叫门，到你家来叫门，是瞧得起你们家主人的。再说，我叫你老哥哥还对不起吗？"这人一听，倒蛮高兴，到今朝，人家叫起都叫安童，今朝头一回听叫他老哥哥，怎得不高兴呀！就问："小师父，到门果有什么事呀？"宗英拿安童的高帽子举到天："我说，老哥哥啊，我晓得，你的心肚也很善的，你们的主人善，真是一瓜门，哪怕自己吃不成，总要救济人。"这个安童叫苗兴，一听特高兴："那小师父，你现在果饿？"宗英说："老哥哥，饿也不算顶饿，肚子曹宁嘞难过。"苗兴说："小师父哎，宁是铁，饭是钢，肚子饿嘞心发慌，快点跟我来，我给你弄点吃的。"就拿宗英带到灶房。苗兴连三拿杂股八腊的菜啊饭，统统倒锅里一热，端给宗英，宗英也太饿啦，吃起来像穷吼，一碗就做几口，没算，吃啦八碗半。苗兴问："小师父，你果曾吃饱啊？""老哥哥哎，我现在肚子高是头，恨不得要你帮我揉。"

平：谢谢老哥哥良心好，送我一板好点心。

苗兴说："小师父哎，谢，不用你谢，现在你已吃饱，就快点走。"宗英说："饭饱吃袋烟，快乐赛人仙，我虽则不吃烟，你等我歇啦一歇。"

平：苗兴闻听这一声，心中着躁二三分。

"我说小师父，真对不起你，快点走，你是局气好遇到我，要是遇别人绝对不开门，全村没有一家敢开门的，门都关得死死的。"宗英问："为底高呀？""哎呀，我们全村的人，快要吓死了，就连我家的主人苗员外绳子都准备好了。马上就要上吊。"

平：等他上嘞吊，活跳鲜鱼送残生。

宗英说："好好地生活，为底高要上吊呀？"苗兴说："我告诉你也没用。"宗英说："哎！天下人管天下事嘛。"

平：你拿事情告诉我，可能帮助二三分。

苗兴说："小师父啊，真是好人多磨难，我并不是帮我的主人苗员外吹牛，苗信员外，可是远近闻名的大善人。"

平：如果有困难找到他，一定帮助八九分。

"按理说，行善有好报，作恶没得好收成，唉！偏偏遇上倒霉的事。员外家就生到位小姐，叫苗秀英。小姐可以说，生嘞天姿国色。"

平：总说秀英美貌很，不弱是九天仙女下凡尘。

"就在最近，妖精窜到小姐绣楼，全村总晓得妖精进村，所以——"

平：家家都关门，就怕妖精要伤人。

平：如果小姐被妖来吃掉，员外上吊送残生。

宗英想，我在太行山，乾坤洞，从未见过什么妖精。嗯！我今朝倒要看看妖精是底高腔调。就对苗兴说："老哥哥啊，今朝我也巧，你也巧，你家员外死不掉，为底高，我专门捉妖，我巧嘞吃到一饱。"

平：苗兴听见一声，阿弥陀佛叫几声。

连三拖住宗英，上员外身边去。一面跑，嘴里念嘞不歇，阿弥陀佛。来到员外身边："员外哎，局气好，覅起早。你赶快办酒菜，这位师父专门降妖捉怪。"这个时候，员外上吊的绳子也抓嘞手里。

平：员外听说能降妖并捉怪，绳子撂到房门外。

"师父，你如果捉住妖精，你要底高，我都给你。"

平：你将妖精捉完成，送你千两雪花银。

宗英说："正因为你是有名的善人，我是普渡众生，我不要你分文，你告诉我，苗秀英在哪个房门。""那我带你去啊！"

平：员外前面来领路，宗英就在后头跟。

来到小姐绣楼，丫环连三迎接。

平：丫环来行礼，连叫员外好几声。

宗英对小姐绣楼一望，清清爽爽，并且墙壁上也挂嘞画，挂的底高画呀？是美人画。

平：貂蝉搀住吕布手，妲己不离纣王身。

平:书画挂嘞有条纹,一口宝剑亮铮铮。

员外吩咐丫环把幔帐窗帘撂起来,宗英一望,一位十八九岁的美女躺嘞杠,青丝散乱,脸色苍白,耳根发灰,嘴边发青,好像真遇到妖精,眼睛发定,睁不睁,吓而得病。

平:病情严重很,果能救到她的命残生。

宗英想,要是有师父的一粒丹药,病就好的,可是现在说他没用,师父的药都被师兄偷走嘞。等我捉住妖精再说。

“员外,我请你将小姐安排到其他房间。我要在这个绣房里捉妖精。”员外问:“仙师你需用什么东西只管吩咐,我一定办到。”宗英说:“我底高都不要。”员外拿小姐,抬到另外房间。这个绣房就剩宗英一个人。宗英拿房门关好,把幔帐放下来,对床上一睏。想想又恨,母亲啊,我十五年没见过你,今天去认母,你居然狠心不认,弄得我去找师父,哪晓跑错路,岔路认不清,现在来捉妖精。又想到,师兄姜德,你也太坏啦,你偷走飞刀,不应该连丹药都偷走哇。不过,我马上要去收回飞刀,师父的刀鞘来我身边。想到很多事,倒也瞌睡起来够。

平:刚好要闭眼睛,一个妖精到来临。

刚要睏着得,啪一响,宗英想,大概妖精来嘞呱。连三坐起来揉揉眼睛。哎呀,妖精已经到嘞窗台上。

平:对妖精望望清,确实要吓坏人。

宗英从里面看妖精,看嘞碧清。

十:满身上,长的毛,不曾爱长,
　两只眼,睁得大,眨眼铜铃。

平:尾巴倒有尺把长,倒是像个大妖精。

妖精对里看不清,今天的亮月不明,他在窗台上一听,里面没有声音,从窗外对里一蹦,伸出前爪将幔帐掀开,就对宗英身上扑,宗英就手一拳,打在妖精的眼睛,就听扑托,妖精眼睛对下落,眼乌珠抛啦得,而妖精晓得上当。

平:这个地方不好蹲,赶快去逃生。

转过来就对外溜,宗英一看欢乐一半,妖精也怕打个,你溜,我不怕吃亏,就追。妖精想,你这人也太没意思,我已经让你,躲你,还不行嘛,你真正要追,叫你吃亏,干脆将你抓走。妖精一转身,来抓宗英,宗英是什么人呀?李天威的徒弟,本领非凡,妖精扑来,他身子一下矮,哪晓妖精扑个空,“空厅通”,妖精反而伏得地下，宗英唰一踢，踢得妖精的额骨，妖精倒爬不起来够，宗英用脚对他身上一踏，拳头一现，就要给他开片。妖精倒说起人话来够。

平：英雄哎，望你饶我命，饶饶小人命残生。

“我的骨头都要被你踏嘞要断。”宗英想，哦，妖精也怕死咖，就问：“你是什么妖精啊？”假妖精说：“我不是妖精，我也是人。”一面说话，一面拿头罩拿啦得，宗英一望是人面，上面是头罩，宗英胆子更加大：“我放你起来呀。”呰遭这人，拿身上脱啦一外套，原来是张兽皮，披嘞身上个。眼睛是两颗珠子，已经在绣房里被打抛啦得够，吓人的舌头，是用红布做的，都是假的。一般的人，看见不吓死，也要吓起病来。毕竟宗英武艺精，他有英雄胆，现在宁已被宗英打服得。

平：跟着跪到地，英雄饶命叫几声。

“我问你，你为什么装神弄鬼呀？”

平：英雄哎，我拿事情告诉你，要望你原谅我当身。

“你说咖，到底为底高要装神弄鬼？”“哎呀，我也是被逼得没法，才来装神弄鬼的。实不相瞒，我本来是个穷人。我学到点本领，后来占山为王，哪晓不久前姜德从我山下经过，和我动起手来。”

平：姜德本事实在来好，我不是他的对手人。

“我被他打败，我就和他同上北国，姜德做嘞玄武阵的阵主，我在他身边也算是个大将，也最知己。他要叫我替他弄个美人，送到阵中做个夫人，因为苗家村，苗员外家千金苗秀英是远近闻名的美人。我想这么好的小姐，怎肯嫁到北国去呀？所以，我就想到一个办法，土地菩萨死儿子，绝妙的主意，用野兽皮缝好嘞，作外衣，装个妖精，想拿苗秀英弄到营盘成亲。哪晓今朝碰上英雄你呀！”

平：要望英雄饶我命，一重恩报九重恩。

宗英说：“我问你呀，叫什么名字啊？”“英雄，我叫吴心。”宗英说：“你不叫吴心，我说你叫无心，为底高，我说你听。”

平：哪一个不都有父母生，哪一家不都有姊妹，
强抢别人，你确实是个无心人。

吴心说：“我确实被姜阵主所逼。”

平：这件事情不能全怪我，实在是怪阵主一个人。

宗英一听，倒也高兴，往往好事变坏事，也可能坏事变好事。既然吴心晓得姜德的下落，我不如先不上乾坤洞，先去找姜德，一来问他要解药，救宋将，二来

收回他的飞刀,也作上宋营的见面礼。就问:“吴心啊,姜德阵主在北国住在什么地方啊?”“英雄,我告诉你,他虽则是玄武阵的阵主,可他住的地方不在天门阵里,因为他有个妹妹叫姜翠萍,她不愿意住在阵里,兄妹两个就住离这里大若十几里,一个地方叫八里地的石虎庄,村上有一大户,院子也大,房子也多,所以姜德住在前院,姜翠萍住在后院。”杨宗英一听,特别来劲:“你带我去见他怎么样啊?”吴心说:“那不可以。因为一道一道的岗哨很严,一般的人都进不去。”“你果晓我是哪个哇?”吴心说:“我晓你是英雄,不晓你是哪个?”宗英说:“我说你听,我名字叫海宁。”

平:姜德不是张三其别个,是我师兄一个人。

吴心说:“那师父我和你同去,我对里一报,阵主接你蛮馊。”“慢。”宗英说,“我们就这么去,他不等于能接待我,我想到一个办法,你用被单拿我包起来,把我扛进营盘,有岗哨要问,你就说给阵主抢的美人。扛到姜德房内。姜德要问,你就说苗小姐被我扛来嘞,你再拿我对他床上撂,不晓多好,事情办妥,你拔脚就走,一切事情总有我。”

平:吴心听完成,一点不错半毫分。

宗英又想假使吴心不依计而行,将我给姜德出卖怎么办,我说点狠话给他听听。“你不要看我包在里面,有宝刀随身,万一你出卖嘞我——”

平:先将你来杀死,再杀姜德一个人。

吴心说:“英雄,人家常说,受人滴水之恩当涌泉之报。”

平:你已经饶嘞我的命,怎好做忘恩负义人。

再说宗英拿兽皮裹嘞又裹,藏到假山石头底下,到楼上拿幔帐、门帘撕下来,就和吴心蹦到围墙外面,再用幔帐门帘拿宗英一包,扛到水池边,杨树身边,因为吴心是骑马来的,他拿马扣在杨树杆上,再拿宗英放在马上,让马驮宗英,一马双雕。

平:骑起马来就动身,营门到嘞面前呈。

岗哨问:“喂,什么人,驮的底高东西?”吴心说:“是我哦,我是吴心。驮的是阵主要的东西。”哨兵总认得吴心的,听他说是阵主要的东西,也就不过问,放他直行。一直来到姜德的门口,“啪、啪、啪”敲门。里面小兵一看是阵主派出办事的吴心,连三大开门,让他进去。这个时候姜德还没有睏,就等吴心回来,现在吴心已经回来,而且肩上扛嘞东西。

平：姜德看见吴心到，心中高兴八九分。

吴心想扛的宗英，对床上一搿，对外跑起蛮快，他想，等他一歇，一看要吓得放汗。

平：等他看看清，两个男宁怎成亲。

我不提吴心，要说姜德见吴心走嘞，又打发小兵总走，自己拿门关好嘞，来到床身边。“美人啊！让你受苦啦，我马上给解开来，好好吃顿酒，等会儿两人称心，就好成亲。”伸手要去解包的幔帐，其实宗英巴不到快点解开来，挨包嘞里嘞得难过，哪晓就来这辰光，房门“啪、啪、啪”，有人敲门，直把嗓子喊：“开门哦！开门！快点开啊！”

姜德只好手缩回来，不敢去解喽，为底高呀？因为弄这件事，确实是见不得人的事，他再连三拿幔帐放下来，稳稳神，就问：“是哪个呀，半夜三更，有什么事，要这么急促呀？”“是我哦！啊呀，是妹妹哦。”“那你等等啊，我就来开门。”拿门一开，一位女将闯进来。

众位，他的妹妹叫姜翠萍，要说姜翠萍。

平：生嘞美貌很，还比苗家秀英美几分。

而且她的武艺只在哥哥之上，不在哥哥之下。

平：萧太后多见爱，认作干女儿一个人。

要说姜德随便几时，夜上叫门，他是不开的，而今朝妹妹来叫门，他怎好不接待呢，所以只好开门，让妹妹进来。果么，今朝怎么这么巧，姜德刚要解包，妹妹就到啊，那么姜翠萍，怎么这么巧来的呀？

众位，要说姜翠萍这么巧来，哥哥姜德叫吴心弄个假苗秀英，其实是杨宗英，以后很多的事，杨宗英日得三宝。

到底得哪些宝，下册之中说分明。

单：忠孝宝卷路程远！一时间难以满团圆。

收起经书打个等，下册之中再谈论。

十九、宗英得三宝　姜翠萍认亲 宗英误入玉女阵

有坏心，抢女宁，要开心，女千金。——圣谕

单：姜德有坏心，派嘞吴心抢女宁。

单：到嘞房中要开心，来嘞妹妹女千金。

桂：山在西来水在东，三山六水处处通，
　　长江里水归大海，人到何处不相逢。

桂：杨家将么是忠臣，保住宋朝纲山稳，
　　为嘞大破天门阵，舍死又忘生。

平：接接连来接接连，忠孝宝卷再向前。

话说杨家将宝卷，上册理文，已经讲到，玄武阵的阵主姜德，派嘞吴心到苗家村抢苗秀英小姐，刚好杨宗英到营盘认母，杜金娥对宗英看清，确像七郎杨延嗣，可她确到难处。

平：杜金娥难得很，一难做作两难人。

众位要说，那有什么难呀，认个儿子，不就好嘞嘛。你们要晓得，杜金娥在杨家，她总说是黄花闺女守的寡呀，她说和七郎没有成过亲，既然没有成亲哪里来的孩子呀？封建社会对女子非常苛刻、压迫。如果，没成亲生出孩子，不光是看不起的事，甚至于要被杀的呀！所以现在的杜金娥很难。要是不认吧，确是七郎的骨肉。她想，现在将宗英吓走，慢慢再想法相认。宗英见母亲真不认，只好走。

平：哭哭啼啼动嘞身，前面到了苗家村。

到岔路，跑错嘞，到嘞苗家村。家家关门的，到苗员外家他用计，算开嘞门，安童给他饭吃，讲到员外要上吊，宗英一打听，有妖怪进村，所以，家家不敢开

门,妖怪要吃女儿苗秀英。宗英想我和师父多年,从未见过妖怪,我不如做假苗秀英,好捉妖怪。哪晓是姜德身边的大将吴心,而且吴心身上是穿的野兽皮,倒被宗英捉住得。跪下来求饶。

平:英雄哎,要望你饶我一条命,我一重恩报九重恩。

宗英问:"你为什么要装神弄鬼来吓人呀?"吴心说:"我是奉阵主之令来的,我们的阵主叫姜德。叫我抢苗秀英去成亲。"

平:宗英听完成,只怪师兄一个人。

宗英用计,叫吴心用幔帐包好嘞,像个包裹,放在马上驮到营盘,放在姜德的床上,吴心走嘞,姜德开心,正要去解幔帐,有人敲门,果么敲门是哪个呀?

平:敲门不是张三其别个,姜翠萍妹妹一个人。

要说姜翠萍怎么这么巧,现在来敲门的呀?听学生慢慢讲来。

因为今朝轮到姜翠萍巡营,她到村头问小兵:"今天有没有出什么事呀?"小兵说没有。姜翠萍又问:"有没有人出入呀?"小兵回答:"有姜阵主身边的徒弟吴心,从外面进的。"姜翠萍想:深更半夜,难道出底高事,吴心为何从外面进来呀?又问小兵:"吴心是空身,还是有东西呀?"小兵说:"看马背上驮嘞一个大包袱。""驮上哪里去的?""到阵主房里去的。"说来真巧,正在这时,吴心正从这里经过,姜翠萍叫住他。吴心听见阵主姜翠萍一叫,吓得心惊肉跳。姜翠萍问:"你刚才驮的东西,是什么呀?"吴心吓得发抖,结结巴巴难出口:"啊!没,没有什么呀!我不敢说。"因为姜德对他说过:这件事,天知、地知、你知、我知,千万不能让别个晓得。所以,他不敢说。而姜翠萍,见他不说,越是要问。

平:如果不交认,军规处罚你当身。

姜翠萍吩咐:"小兵,他不说,给我把他抓起来,掌他的嘴。"吴心想:你的哥哥抢女人,反而要揍我,这不太冤枉吗?

人常说:

平:君子不吃眼前亏,情愿当你说分明。

平:公主哎,今朝事情不怪我,只怪你家哥哥一个人。

"你讲啊,什么事,不怪你,要怪我家哥哥啊?""公主,你听我说,他叫我去给他弄女人的。""你弄来了没有啊?""我弄来一个。""啊!你这个该死的,哪一家不都有姊妹呀!你为什么要干这缺德的事呀?"

"公主哎,我冤枉。""我问你,你刚才自己说,去弄女人的,并且弄来一个,这是我冤枉你吗？”吴心说：“公主，你听我说，是你家哥哥姜阵主叫我去弄的，他叫我办事，我能不给他办吗？现在你反而怪我，我不是受冤枉吗？”姜翠萍说：“不管责任是谁，我问你，弄来的人住哪里呀？”“住苗家村，那里有个有名的美人，叫苗秀英。”

姜翠萍听说是苗秀英，心里像十五个吊桶打水，七上八下，为底高？她个师姐叫苗秀英。又一想，同名同姓多得很，也作兴，苗家村叫苗秀英的可能有几个，不过我再问：“吴心啊，苗秀英的父亲叫什么名字啊？”吴心说：“她的父亲叫苗信。”

平：姜翠萍听分明，被抢的确是师姐一个人。

你们说，姜翠萍多火啊！照吴心就是一鞭，带兵直奔哥哥的住所，就直敲门，“啪、啪、啪”，姜德门一开，翠萍对里一栽，姜德吓得发呆。而姜翠萍虽则发火，她也尊重哥哥，为底高？父母亡故早，妹妹当然靠哥哥才长大成人的呀！所以翠萍，忍住火气，就问哥哥：“你做的好事啊，你做的事，把姜家人的脸都丢尽啦。”姜德说：“妹妹，你家哥哥做什么啦？”“啊！你还装聋作哑哇？你为什么要抢人家小姐呢？”姜德说：“妹妹，你听哪个说的呀？”“你给我住口，哥哥哇——”

平：正因为父母冤仇深，才投到北国来安身。

“你不思给父母报仇，反而抢人家小姐，做出这种下流事，给姜家人丢脸。”姜德说：“妹妹，你啰里啰唆，说上许多，我没做对不起姜家的事，从来没有做给姜家人丢脸的事啊？”姜翠萍见哥哥不认账，就拿哥哥的幔帐撂起来。“我问你，床上幔帐里的是什么呀？”姜德说：“没有什么啊！”“你还不给我说老实话啊。刚才我遇到吴心。”

平：我将吴心来问清，他将事情对我说分明。

“哎呀，妹妹，你既已经晓得，我就实不相瞒，你也替哥哥想想，我也十七八岁喽，男大当婚，女大当嫁，这是天经地义的事，我想给你妹子娶个嫂子，怎么不可以？”翠萍说：“哥哥娶个嫂子，理所当然，不过你今天是娶的吗？”

平：你叫吴心去抢亲，名气坏到九霄云。

“再说，你也不睁眼睛望望，吴心抢来的是哪个呀？”“吴心说，是苗家村，苗员外家小姐，苗秀英。”翠萍说：“哥哥，苗秀英是哪个呀？”“哎呀！妹妹，苗秀英就是苗秀英，还问哪个不哪个呀？”“你不晓得，我告诉你——”

平：苗秀英不是张三其别个，我的师姐一个人。

平:姜德听完成,脸辄红到耳后跟。

姜德说:“妹妹呀,你不能全怪我呀,你从来没提过有什么师姐、师妹呀!更不曾说有什么苗秀英的呀?”翠萍说:“你给我死远点,你没听见的事多哩。”姜德被妹子一骂,要霉到几夏。只好出去。再说姜翠萍想,我和苗秀英都是马云姑的徒弟,苗秀英比我先投师,果么,先进山门为大,她虽则在师父身边只学得两个月,后来因为身体不怎么好,就回嘞家,不管,她总归于是我的师姐。见哥哥已走,救师姐顶妥,来到床边,对床帮上一坐,她推推床上包的人:“师姐哇——”

平:只怪哥哥做嘞没出息的事,赔礼赔罪我当身。

嘴里说,又去推推:“师姐,你嫑生我的气,我就帮你解开。你假使还生我的气呀,我一世都不给你解开来,看倒是你好过,还是我好过。”她来杠,又说又推,宗英吃大亏,你们说,他被包嘞里头更多时,不难过呀!再说如果解开不是苗秀英师姐,而是杨宗英小道,那怎么弄呀?姜德又死走嘞,宗英被一闷,心又一急,真是汗流浃背,快点解开来才对,丑媳妇不得不见公婆,等我出来去找你的哥哥。宗英实在憋不住嘞,用手掐住嗓子说话:“喂!妹妹,你走开,等我出来嘞,去找你哥哥姜德算账。”本来宗英是叫翠萍跑开点,哪晓翠萍一听,反而高兴,看来师姐爱我的哥哥,那顶好,我有嫂子喽。

平:我在当中把媒做,相配他们夫妻两个人。

宗英在里面说:“妹妹呀,你嫑取笑,解包裹要紧。我已经受不了了。”姜小姐去解幔帐包的上面一层,解啦得,再解第二层,一面解,用手伸到里面,抓住宗英的手:“姐姐哇,让你受苦啦,我拉你起来哟。”哪晓杨宗英扑腾倒坐起来够:“哎哟我的妈呀!憋死我了。”姜翠萍一听声音不对。

平:仔细望望请,不是师姐苗秀英。

平:哪晓是个小道男子汉,不是小姐女千金。

姜翠萍吓得魂飞魄散,一下子退出多远。宗英一看欢乐一半,这位小姐,生得小巧玲珑,穿白戴素,格外漂亮。

这时姜翠萍真着气了,心中冒火:“呸!你,你,你这人,怎么跑这里来找便宜呀?”杨宗英说:“哪个跑这里来找什么便宜呀,差点也拿我闷煞得,是你家哥哥找便宜,没找到,他是遭报应。”姜翠萍问:“你是哪个哇?”宗英说:“你要问我哎,我告诉你——”

平:我和姜德两个人,师兄弟两相称。

平:我祖籍山西火塘寨,后来住到京都帝皇城。

滚:祖父金刀令公杨继业,祖母就是佘太君,

七郎是我生身父,杜金娥是我老母亲。

滚:小道就是我,学法就在乾坤洞,师父名叫李天威,

姜德是我亲师兄,杨宗英就是我当身。

“姜小姐,你果晓得我来做底高的?”姜小姐说:“这个我不晓得。”宗英说:“你不晓得,我来告诉你,我是奉师命,来劝我宝贝师兄,改邪归正,弃暗投明,赶快投到宋营。”

平:他用飞刀打伤宋将二个宁,我来收他宝刀不容情。

“姜小姐,这些事,与你无关,我只找你的哥哥,我的师兄姜德姜飞熊。”而姜翠萍一面听他说,一面对杨宗英望望,小伙子一等,好盖几个省。自己又想,我一个黄花闺女,居然去背男子的手,背一次不算,还背上几霍子。众位,过去讲男女授受不清,今朝此事——

平:三三两两说出去,坏啦我的好名声。

人们常说的,好事不出门,坏事传千里。这事要让别人知道,我这世里想嫁人,都嫁不掉。姜翠萍越想越难为情,心中又火,个脸上一歇白,一歇红。

平:一歇白来霜能白,一阵红来火能红。

姜翠萍说:“杨宗英啊,你千不该万不该,男子扮作女子来,你不够英雄。你硬是惹是生非,我今天非宰了你不可,要你的命。”跟手亮出宝剑,就来砍杨宗英。杨宗英一让,就差点点。“你要做底高?”翠萍说:“我要杀你。”翠萍一面说,手里刀对宗英“唰、唰、唰”连砍几刀。宗英连闪竖躲,总算躲过去。可是房间地方太小,没法和她对搞,对外一跳,姜翠萍喊:“哥哥哎,快点来哦。”

平:高喊不答应,低喊没回声。

为底高,姜德姜飞熊,做个见不得宁的事,他怕坍台,倒不晓溜哪去嘞够。再说杨宗英蹿到外面,对前溜,姜翠萍就在后头追,我今朝非要杀啦你,不杀啦你,你再处处卵高,我的名气不好,我这脸对哪里搁咖。所以——

平:杨宗英前头溜,姜翠萍紧追在后头。

一到大院外面,看到有一匹宝马,还有十几个小兵,宗英急中生智,溜嘞多吃力呀,我不如上马和她交战。他真是头尖眼快,生意买卖,溜嘞如飞。一蹦,坐到马身上。

军兵看一个陌生人在前头，阵主姜翠萍在后头。嘴里咕咚咕咚，又听不见她咕哝底高，其实是在骂杨宗英，她骂响嘞，怕被军兵听见，这件事多难为情呀。而军兵不知怎么回事，所以宗英上马，没有一个人拦挡。

平：宗英骑马走，急坏小姐女千金。

要说这马，金鞍玉辔，浑身白如霜，唯独头顶心有撮黑毛，是萧太后赠给姜翠萍的宝马良驹，现在被杨宗英骑上身。

姜翠萍在后面直把嗓子喊："这马是我的呀，快停下来还给我啊！"宗英说："小姐哎，你不是赠给我的吗？不是给我的见面礼吗？"你们说，杨宗英多调皮呀，可姜翠萍不得过哇。

平：姜翠萍听嘞多生气，果要气死又还魂。

姜翠萍看宗英快要出营门，再才喊："快给我把骑马的拦住哇，不能放他逃走哇。"到这个辰光，军兵才晓得公主的宝马被人抢去，大家去围住宝马。可它是宝马啊，它想，骑在我身上的人，也是位英雄，你们为底高也围住我呀？哇哇两口咬伤两个小兵，踢倒几个，这马蹦出人群。宗英在马屁股上打嘞一巴掌，这是宝马啊，跑起来多快哇。

平：跑起来快得很，腾云驾雾不差分。

跑出营盘好远，它的脾气也发够了，它自己停下来。宗英一看，翠萍没有追来。为底高没有来？她追嘞一阵，怎能有宝马跑得快呀？所以，她干脆不追。冤有头债有主，他叫杨宗英，是杨家的人，我只要去问杨家人要。所以她不追，追也没用，马已无影无踪。

再说杨宗英，见马停下，看翠萍没追来，也就放嘞松，下马一看，宝马浑身放汗，让马慢慢散步，顺便吃点草。宗英一面看看宝马，一面想，我现在上哪里去呢？解药没弄到手，去见师父吧，又没有收回飞刀。

平：师父我无法见，母亲不认我，我到哪里去安身。

就在这时，有人高喊："无量天尊。"宗英，抬头一看，欢乐一半。

平：宗英看看清，原来师父到来临。

平：宗英来行礼，连叫师父好几声。

李天威说："徒儿，你起来呀。"宗英站起来，就将认母的事告诉师父，我的母亲不认我，李天威说："徒儿啊，我就是为这件事来找你的。"众位，自从杨宗英下山，李天威一想，宗英下山匆忙，我没有将血书交给他。到嘞宋营——

平：如果杜金娥她不认，叫他哪里去安身。

所以随后下山，一到宋营外，听说杜金娥不认宗英，宗英只好离去，李天威又到嘞苗家村，听说一个小道，帮捉妖怪，对外追嘞蛮快。

平：李真人听完成，大概是宗英一个人。

怕他要出底高事，所以就追得来，刚到此树林，就遇到宗英。

平：宗英来拜见，拜见师父老大人。

李真人就问："徒儿，你去捉妖精，果曾捉到哇？"宗英说："师父哎，捉是捉到嘞，其实是个假妖精，是宁身上穿的兽皮。"师父问："那兽皮呢？""被我藏在那块石头底下。"师父说："走！我们去将兽皮烧掉。"再师徒两个来到假山身边，到石头底下拿兽皮拿出来，当苗员外面：

平：放起南方丙丁火，就将兽皮化灰尘。

李真人又摸出两粒丹药替苗秀英看病，苗员外随时将丹药给女儿吃。

平：苗秀英将丹药吃下肚，毛病没得半毫分。

平：苗员外来拜谢，拜谢师父救命恩。

师徒离开苗家村，师父就说："海宁啊，当时你走得快，我有东西没有给你带身边，我估计没有东西，你的母亲杜金娥可能不认你，所以我来追你的，现在为师将血书交给你。"宗英接到手，打开一望，不太清爽，到底十几年啦，字迹已经褪色，认真看，还可以看得出。

平：宗英看完成，止不住虎目泪纷纷。

就问："师父，我母亲为什么不认我呀？反而还用箭射我，是何道理呀？"李真人说："徒儿啊，你有所不知啊，你的母亲和你父亲结婚的事，杨家一个人都不晓得。她在杨家守的女儿寡，老太君对她都高看一眼，你突然去见她，就等于半途上冲出个程咬金，她怎么能认你呀，你不晓她有难处呀？再说，她用箭射你，意思是叫你走哇，省得等她看见你，心上难过啊。"

平：现在你拿血书去认母亲，她要认你孩儿一个人。

平：我再送你一发盔甲袍。

平：不提宗英动身，再说杜金娥想到宗英，到一处悲痛要上吊。

再说，宗英正骑马对前跑，听见有人哭嚎啕，开头没听清，后来听见喊："宗英。"啊呀呀，她喊心肝宗英，这不就是我的母亲吗？

平：打马回一鞭，到嘞母亲面前呈。

一把抱住杜金娥,杜金娥问:“你是什么人,敢来抱我?”宗英说:

平:母亲哎,我不是张三其别个,你的孩儿宗英一个人。

杜金娥,对他望望,当初在营门的时候宗英是个小道,现在将军样。定睛一看,和七郎一样,真是我的孩儿。

平:一把将宗英来捧住,心肝喊嘞不绝声。

平:心肝啊,我总以为今生见不到,哪晓枯木又逢春。

平:宗英双膝来跪下,连叫亲娘好几声。

哪晓就在这辰光,远处有马蹄声,开始以为是番将,哪晓到近前一看:“娘啊,是杨宗保,这个家伙坏了。”杜金娥说:“不是宗保,我早就认下你了,也就是他将你母气糊涂的,才没认你的,将你气走的。”

平:找不到孩儿人,我情愿不要命残生。

“母亲啊,他欺负我们娘俩,待我去揍他。”跟手拿起亮银枪,拦住宗保,“呔,给我站住。”

大家要问哦,这时,宗保怎么来的呀?因为太君心细,打发杜金娥去寻孙子,哪晓杜金娥一走,想想发火:“不晓宗英去哪里的,没有一定的地点,叫她上哪里去寻呀?不等于大海捞针吗?再说,杜金娥本来心情就不好,心气高,如果寻不到,一时脾气躁,弄不好要上吊,有个三长两短,我不是等于偷鸡不成,蚀啦把米吗?”

平:一来寻不到杨宗英,二来送啦金娥命残生。

所以随时打发宗保:“赶快去找你的七婶和宗英。”哪晓到这里,被宗英拦住,被宗英一闹,宗保一吓一跳。还以为哪个劫道,跟手提枪,你是不是要放抢。宗英一看,眼睛发暗,我娘都认我了,你还装蒜。在城头上,不是你气我的母亲,我娘早就认下我杨宗英了。我母亲要上吊,你情丧还来追杀。我今天非要训到你不可。

宗英对宗保,“啪、啪、啪”,就是三枪,宗保真以为是劫道的。有人说宗保不是见过宗英两次面嘛,第一次在乾坤洞,当时是海宁小道;第二次在宋营城头上,也个是小道,自称杨宗英。按理应该是认得的,那么现在为什么当他是劫道的呢?因为当初是小道打扮,现在穿嘞盔甲,并且提嘞亮银枪,所以,看劫道蛮像,也就提枪和宗英打起来。宗英想,我在气头上打你,你是我的哥哥,要得好,大让小。你连做哥哥的骨子一点总没得。

平:你对我没得礼,我也对你没有情。

再两人真打起来够。

平:一个如同猛虎下林,一个好似蛟龙出龙宫。

平:两人打嘞多有劲,急坏嘞金娥女千金。

杜金娥看两人真打哇,连三喊:“宗英哎,住手啊!”宗英不听,还是猛打,宗保一听,七婶喊宗英。这是我兄弟,我做哥哥的,怎么好打弟弟呀?大欺小顶不好,虚晃一招,躲到杜金娥身后:“婶娘,他是谁呀?是不是劫道啊?”杜金娥说:“贤侄,你覅嬲,他不是劫道,他是你兄弟,杨宗英。”杨宗英说:“母亲,他对你不好,你还护他做底高?”杜金娥说:“儿啊,他对你母亲很好。”

平:他对你母亲好得很,和对自己母亲不差分。

宗英说:“母亲你骗人,要不是他,在营盘的时候,你就认我了。再说,我也不走,你也不到这里来上吊。”杜金娥说:“儿啊,不能怪你的哥哥,都怪我,因为你母亲,在杨家没将和你父结婚的事说明,所以杨家人不晓得还有你宗英是杨家的后代根。再说,当初我将你丢在树林里,我有血书包在你身上的。”

平:你又没有血书为凭证,所以没有认你是亲生。

宗英一听也有道理,跟手拿血书交给母亲,杜金娥接过血书,虽则模糊,还看得出字迹。

平:上下看完成,讹错没有半毫分。

平:一把将宗英来捧住,赛于枯木又逢春。

平:这件事已经十五年,今朝母子得相逢。

平:又是悲来又是喜,悲喜交集泪纷纷。

宗保也来拉住宗英的手:“好兄弟,刚才我不晓得是你,要是晓得是你,我绝对不动手。”宗英说:“要不是我母亲讲情,我绝不饶你人。”宗保也晓得宗英是说的笑话,他想兄弟在外像个孤雁,飘流十几年,连一个亲人都没有,情丧来到营盘认祖归宗,怪我不会说话,连婶娘亲儿都不认。“婶子娘、好兄弟。”

平:以前都怪我,赔礼赔罪我当身。

再说,宗英个宁,硬不怕,软不欺,听宗保这样一说。心想,你对我有礼,我也对你有情,宗英假装要跪下来对宗保行礼:“哥哥,兄弟给你磕头。”宗保以为宗英真的要跪下来给自己磕头。

平:连三将宗英来搀住,好弟弟连叫好几声。

杜金娥看嘞更加高兴，一手拉住宗保的手，一手拉住宗英的手："你们小弟兄要多亲多近，有事要互相帮忙，替杨家将争光。"

平：只因为宗英小，宗保要照应他当身。

宗保说："婶娘，宗英本领比我强得多嘞。"宗英说："哥哥，你覅客气。听说我嫂子穆桂英才真有本领。"宗保说："穆桂英有底高本领啊？连个解药都没本事弄到，上次我去问你师父求解药，被你顶回来，两个叔叔的病危在旦夕，兄弟，你去找你的师父求解药吧。"

平：求到解药转营门，救到两位叔叔命残生。

宗英说："哥哥，你的叔叔也是我的叔叔，理当要救。不过师父的药都被我的师兄姜德姜飞熊偷去了，我师父说就是现在再配也来不及。"

宗保说："兄弟，总不能见两位叔叔就这样死去呀，你果想到其他办法能弄到解药呀？"宗英说：

平：要得解药弄到手，我去会会姜德一个人。

杜金娥说："儿啊，做事不能忙，我们先回营盘和大家商议，宁多主意多，三个臭皮匠，抵个诸葛亮。"

平：宗保、宗英听完成，一点不错半毫分。

平：讲讲说说来得快，营盘已到面前呈。

有小兵对里报，报于穆桂英知道："元帅，七夫人和她的儿子还有宗保回营，现在营门口。"穆桂英一听，非常高兴。随时带宗勉、焦赞、孟良、寇准也一同来迎接。寇大人看见杨宗英，嘴吱嘞像瓜花："七夫人啊——"

平：也是你前世积得德，生到有用头后代根。

杨宗英问："母亲，他是哪个呀？"杜金娥说："儿啊，他就是双天官寇准。可是个大忠臣，是个老好人，是个清如水、明如镜的清官，快来给寇大人行礼。"

平：宗英跪到地，连叫大人好几声。

寇大人连三拿宗英扶起来："小将军，快，我们一同进营。"佘太君、杨六郎、八王都在这帅帐，杜金娥一一介绍，宗英对个个行礼，穆桂英看宗英风尘仆仆，就说："好兄弟，你先回帐内休息吧。"宗英说："大帅嫂子，我不累，不要休息，我要去战姜德，取解药。"

平：将解药弄到手，救到两位叔叔命残生。

哪晓就在这辰光，营门外号炮连天，战鼓咚咚，蓝旗官着躁，对里报，报于元帅知道,现在有北国公主,姜翠萍带兵已到营门,口口声声要杨宗英到阵前交锋。

平:大家听完成,心中思想八九分。

杨宗英刚到营盘,北国公主姜翠萍为什么指名要他出营交锋呢?莫非杨宗英上营之前,在北国惹了什么事吗?其实,他们都不晓得,杨宗英抢来姜翠萍的宝马良驹,墨顶银河兽。这匹马是外国进贡给萧太后的,而萧太后爱姜翠萍,收她为女儿,也就是公主,她拿这匹宝马就赠给了姜翠萍,现在被杨宗英抢嘞骑走,到嘞宋营。不要说是姜翠萍,就是随便哪个,被人家抢走东西肯定要来要的。所以姜翠萍,现在到营门,指名要杨宗英出马,穆桂英听一报,心中着躁。她想:杨宗英是七叔的独生子,有个好歹,对不起七婶杜金娥和死去的七叔。再说,他刚到营盘,又不知他的武艺如何,可敌将又指名要他杨宗英。

平:穆桂英眼睛翻,横也难来竖也难。

就问众将:"哪位将军出战,会姜翠萍啊?"杨宗英说:"元帅,我愿去会战姜翠萍。"元帅说:"好兄弟,你刚到营门,很累,你歇歇吧。"宗英说:"元帅嫂子,我不累,我要去会战翠萍,问他要解药。"

平:将解药要到手,救到两位叔叔命残生。

桂英想,既然宗英自己愿意出战,还说问翠萍要解药,也就同意嘞,但是很不放心,就派焦赞、孟良二位大将去保宗英。

平:你们去保杨宗英,打败翠萍女千金。

杨宗英来到阵前对姜翠萍一看,带嘞二十四名女将,全都穿白,每人背后,都背双刀,姜翠萍外罩月白色斗篷,嵌着云彩边,真像一朵白牡丹。

十:姜翠萍,生得来,小巧玲珑,
像一朵,白牡丹,确是美容。

而姜翠萍,对宗英一看,骑的自己的墨顶银河宝马良驹。直翻眼乌珠,火上心头,真是仇人见面,分外眼红,银牙咬嘞响。而杨宗英看她生怒气,看你有多大的气,左右等你气生足得:"哎,姜小姐,你还有脸来见我呀!"姜翠萍说:"你问错了,这句话应该是我问你。"宗英说:"为什么不该我问你呢?你的哥哥抢人家姑娘——"

平:不曾抢到姑娘女千金,反将我宗英抢进门。

"你还坐到床边,将我横背竖背,好话说嘞一大堆,差点点我们要宿一堆。"

平:翠萍听他丑话说完成,脸辄红到耳后跟。

“啊哟哟，杨宗英，你真气死我了，同你势不两立，我非揍你不可。”

平：嘴里说话就动手，要打宗英一个人。

杨宗英连忙拦住得：“慢！我是男子汉，好男不同女斗。你把你的哥哥叫来，我有话要和他说。不管怎样，他和我是师兄弟，你是他的妹子，我们也是兄妹，如果我们打起来，正是——”

平：海水冲嘞龙王殿，自家打嘞自家人。

翠萍说：“你啰里啰唆说上许多，快将宝马还给我。”宗英说：“翠萍啊，你和我一样，我们都是中原人，为底高，手对里弯，你要对外呀？为底高要保萧太后呢？你可知道，就为这事，我的师父生嘞大气，命我来收回飞刀，你们要赶快交出飞刀，献出解药。”

平：将解药献给我，救到英雄命残生。

姜翠萍说：“呸！你真是白日做梦，你杨家杀了我家十几口。如今，伤嘞你们两个人，还没够本哩。情丧你又抢走嘞我的宝马良驹，真是——”

平：旧仇未曾报，又添新恨在我心。

宗英说：“翠萍啊，你好说，难听啊，哪个偷你马，抢你的马呀？这马是你送给我做表记的呀！”

姜翠萍说：“你这该死的东西，你专门糊头乱说，明明是你抢走的。我当哪个说是送给你呀？请你吃刀。”

平：嘴里说话就动手，大刀砍下不容情。

宗英看她大刀砍来，用亮银枪抵挡。再说这匹宝马，它见是自己的女主人。它想，我驮的不是主人，对面的女将才是我的主人，你这个陌生人怎么骑在我身上呀？它暴跳如雷，直蹦直跳，宗英着躁，随时叫它停，它一点都不听，宗英恰起来一鞭，马更加翻腔。

平：宝马特别凶，反而对外冲。

姜翠萍见宗英对外跑，更加生气，一来自己的宝马被他弄去，二来，你不该将这些不可告人的话总说出来，我这脸对哪里搁呀？我一定要追到你，狠狠的揍你，也算出啦口气，看你对哪里溜，哪里跑，哪里逃。

平：杨宗英前头溜，姜翠萍就在后头追。

那晓宗英溜到村庄一个死胡同，真是不得进，无法退。宗英一看，两头有围墙。他急中生智，下马一看，欢乐一半，围墙中间有个耳角门，他一推门，真是局气好，要起早，门没有栓，一推就开嘞，他牵马进去，栓好门。一看，是个大院，这时已夜嘞，看院内有纱灯。有假山，有石台、石凳，坐嘞三个人。夜上也看不大清是哪个，我如果不去说明，人家以为我是贼啊，强盗，干脆来到三个人身边。那么，是哪家呀，究竟是哪三个人呀？原来一个是苗信员外，一个是院君。

平：还有一个不是别个人，就是苗秀英小姐女千金。

因为是夜上，都看不大清，宗英来到员外面前："请问，你是不是苗员外呀？"员外开头一吓，听他说话的音很熟，就说："我是苗信。你是谁呀？"宗英说："你是贵人多忘事呀。你果记得，捉妖是哪个？"

平：我不是张三其别个，捉妖的小道我当身。

员外看宗英，身材口音像个："哎啊，英雄，怪我没有迎接你。"随喊："秀英啊，这位就是帮你捉妖的，他的师父是给药你吃的恩公。"

平：秀英忙行礼，恩公连叫好几声。

宗英说："我不用你们谢我，现在要你们救我，有姜翠萍要追杀我，我走到你们那个死胡同，所以我上你们家来的。"秀英问："是不是那个姜北萍呀？"宗英说："小姐，什么北萍、南萍、我不晓得，我只晓得她叫姜翠萍。"秀英问："英雄，虽则你们师徒救嘞我，我也不晓得你的大号。"宗英说："我告诉你——"

平：我是高山点灯名气大，井底栽花根基深。

滚：祖父令公杨继业，祖母太君徽舒人。

七郎是我老父亲，杜金娥是我老母亲。

我的名叫杨宗英，也是杨家后代根。

苗秀英又问："你说的姜翠萍，她有没有哥哥呀？"宗英说："苗小姐哎，她有哥哥叫姜德。"

平：要说姜德一个人，同我师兄弟两相称。

苗秀英一听喜之不尽："杨英雄，姜翠萍就是姜北萍，我和她是一师之徒。"

平：翠萍是我的师妹妹，我是她的师姐一个人。

宗英一听喜之不尽："苗小姐，现在不但你要救我，还要想法帮弄到解药。我宋将杨兴、岳胜两位大将，被姜北萍的哥哥姜德用毒药飞刀打伤，现在昏迷不醒。"

平：如果弄不到解药救两人，他们难有命残生。

"你也是中原人，要为国争光。现在北国摆的天门阵，破阵正要用人。"苗秀英说:“杨将军,我总归于尽力而为。”正在这时,有人敲门,“啪、啪、啪”。“快开门啊！快开,看你对哪里跑,哪里逃。”宗英说:

平:敲门不是张三其别个,姜翠萍到来临。

苗秀英说:“杨将军,你放心,我去开门。”苗秀英门一开,确是姜翠萍闯进来。姜翠萍对开门的苗秀英一看:“啊呀,这不是师姐吗?”苗秀英说:“北萍,你说我是哪个呢?”

平:北萍哎,我是苗秀英,你的师姐一个人。

平:姜翠萍看到苗秀英,脸辄红到耳后跟。

为底高,她的哥哥姜德叫吴心抢亲,就是抢的师姐苗秀英,随便哪个遇到面,总归难为情的呀,姜翠萍歇蛮多时才开口。

平:姜翠萍搀住苗秀英手,师姐连叫好几声。

“哎呀,师妹呀,你怎么敲我的耳角门呀?你上姐姐家来,应该送个信给我,从大门来,我好迎接你呀。快拿马牵进来。”姜翠萍来到里面,这时,员外已叫宗英到嘞屋内,马也牵扯到马棚。姜翠萍说:“我也不晓师姐家就是这一家。”苗秀英说:“我家祖辈就住在这里。快坐下来看茶。”翠萍说:“我茶倒不需要,我求姐姐帮我办件事。”“你要姐姐给你做什么事呀?”北萍说:“刚才有位小将,骑的宝马良驹,手拿着银枪,到你家来的。”

平:要请师姐帮我忙,捉住小将不容情。

苗秀英说:“妹妹,你乱七八糟,什么宝马,底高大将、小将呀?你是从哪里来的,为何要捉小将呀?”“姐姐,你是我的师姐——”

平:我真人面不说假,假人面前莫道真。

“我现已经高升,萧太后收我为公主。”苗秀英说:"哎呀,既然妹妹高升,现在是公主,到我绣楼坐坐,我们好好谈谈。“姜北萍说:"慢,你帮我捉住小将,再上你绣楼。“苗秀英假意叫家人带姜北萍到后面脚屋去寻,其实,宗英就躲在花园八角亭。姜北萍说:“师姐,我不必和家人同去,我就蹲这里,等他们去寻。”为底高不肯同去,她怕,覅我向后寻,小将好从前门逃走。没有多歇,家人来报,没曾寻到。苗秀英说:“妹妹呀,后头没得,前门没有,人跑啦得,哪怕一歇再寻,先上我绣楼。”姜翠萍想:师姐真心要我上她楼,就是小将上哪里,要逃,我还好捉的,我就先上绣楼,蹲绣楼看好嘞,听好嘞。

平:苗秀英搀住北萍手,姊妹同上绣楼门。

一到绣楼，姜翠萍脱下戎装，苗秀英想去解她的百宝囊。姜翠萍用手去护住得:“姐姐，这个东西，你不能动啊。”“为底高？”北萍说:“我告诉你实话——”

平：总说黄金贵，它比黄金贵几分。

“哎呀！妹妹，你覅骗我，好不好哇，这个小小瓶子，有什么值钱呀？”“姐姐，你有所不知，这是我和我哥哥的命。”苗秀英说:“你们的命怎么放在瓶子里呀？”北萍说:“姐姐，你覅绞哎，不是命放瓶子里，这是我哥哥的师父李天威配制的解药。”苗秀英说:“你乱七八糟，说这些话，我怎么听不懂呀！”“哎，你听不懂就覅多问。”苗秀英说:“不问就不问。”

姜翠萍拿百宝瓶放到自己身边。

平：其实有心人听嘞无心话，苗秀英就记在心。

喔，原来解药就在这瓶子里哦，我一定要帮杨宗英弄到手。连忙吩咐丫环:“快点为我的师妹准备酒饭。”姜翠萍坐不住:“姐姐，我不能在这里久留，我要赶快寻到杨宗英。”苗秀英问:“到底杨宗英和你有多大的仇，你一定寻他呀？”“师姐，论理说，他和我哥是一师之徒，是师兄弟，我不该对他下毒手，可这个杨宗英欺人太厉害。”苗秀英问:“他怎么欺人太厉害啦？”

平：你将事情告诉我，我好帮你把仇报。

“他到底怎么欺你呀？”姜翠萍说:“他，他将我的马偷去了。”苗秀英说:“就一匹马，有什么可大惊小怪呀，我哪怕送你一匹马。”姜翠萍说:“啊呀，这匹马，不是一般的马，那是萧太后送给我的宝马呀。这是御赐的呀！如今被杨宗英偷去，叫我对萧太后怎么交代呀？唉！说起来这事，也是怪你。”苗秀英说:“师妹呀，你的马被人家偷去、抢去，怎么反而怪起我来呀？我到底惹了哪个呀？你寻不到，为底高怪我呀？”“师姐啊，你定点心，听我把事情说分明。前天，我的没出息的哥哥，叫手下人吴心，帮他抢美女，想称心好成亲。被我晓得，我想这件缺德的事，万万不能，我就到解劝他，就问他，抢来的小姐叫什么名字呀？他说是吴心从苗家村抢的苗秀英。当时我就像十五个吊桶打水——七上八下。我想我的师姐就是苗家人氏，叫苗秀英，我又一想，同名同姓的人多得很。我就坐到床帮上，问包在里面的人:‘你叫什么名字啊？’里面的人说:‘我叫苗秀英。’我听说话的音，就像师姐你。我就伸手去摸住里面人的手，还打上很多招呼，我又去推，最后把包裹打开一看，命总吓断。”

平：原来是个杨宗英，不是师姐女千金。

“师姐哎，就被这个杨宗英，我的名气坏到九霄云。寻丧出得院子，抢走嘞我的宝马，我问他要，他还卵绞，说是我送给他的订亲礼，你说可怪你？”

苗秀英说：“妹妹，我说你不讲理。第一我没有到营盘。第二，我没有叫杨宗英抢你的马，你们像做把戏，怎能怪我呀？”姜北萍说：“怪你生嘞美貌很，惹到这种祸害根。”苗秀英说：“北萍啊，事情已经出得够。心上不要火，事情总归于得要妥。”

平：事情出在杨宗英，解铃还要系铃人。

“要说杨宗英不是坏人，是个好人。”北萍说：“师姐，他抢嘞我的马，还说些难听话，你情丧还说他是好人。”“北萍啊，你听我说呀。就前天，我被妖精吓病嘞，多亏杨宗英降妖捉怪，为民除害。”

平：不是杨宗英师徒来搭救，秀英难有命残生。

“你这些事情——”

平：千不怪来万不怪，怪你哥哥一个人。

“不是你哥哥抢亲，宗英不会到你哥哥床上，你也不会去摸他拉他，他也不会抢你的宝马。再说，你这么大的姑娘，坐小伙子身边，男女授受不亲，一手难护众嘴，哪有不透风的墙呀？再说，你也是中原人，怎能卖国求荣呢？落个千载骂名。”姜翠萍觉得师姐说的话句句有道理。

平：默默无语不作声，止不住凤眼泪纷纷。

苗秀英一看，上嘞大算：“妹妹，不必悲泪，姐姐帮你想主意，你看果对？”北平说：“师姐，你说得有理，我就依你。”秀英说：“依我说，杨宗英本是杨家将之后，为人正直，英雄气概。再说和你哥哥又是师兄弟，依我之见，来个一俊遮百丑，干脆将终身许给于他，随便别人多说，男大当婚，女大当嫁，天经地义。”姜翠萍听嘞，凤眼一暴，嘴边一翘：“你给我住嘴，这是姐姐说的！”

平：要是其他人，定要将他送残生。

“你果知道，我们和杨家仇深似海，不共戴天。”“哎呀！妹妹呀，我不晓得，你们和杨家到底有底高仇恨，这么深？”“姐姐，你听我告诉你啊。”

十：我哥哥，投国家，武艺在身，

谁知道，杨六郎，嫉贤妒能。

平：不收哥哥还是小事，不该杀我姜家一满门。

众位，姜翠萍家十几口人是被杀死的，那么，果是杨家杀的呀？

不是的,也是王强贺黑律搞的鬼,本来姜德下山,是去杨家的。刚好,遇到王强,就将他带到家中。老贼想萧太后派他来中原,是想里应外合的,谁知杨六郎没有被害死,如果再多一个姜德能将,又是个祸害。所以他就暗中派心腹打嘞杨家将的旗号,去杀啦姜家一满门,使得姜德和杨家作对,并且写嘞假信给姜德,假信以杨六郎的名写的。姜德看信后,到家一看,全家人被杀死。一打听说是杨家人杀的。所以,姜德写信叫妹妹姜北萍下山,两人投到北国。

平:萧太后见两位英雄到,果要欢喜八九分。

随时教场比武。

平:兄妹两人本领好,打败将官许多人。

萧太后为嘞收买人心,收嘞姜北萍为公主,是她的干女儿。

萧太后一想,姜北萍的名字对北国不利,就帮她改嘞名,所以叫姜翠萍。这些事情哪个总不晓得,都是贺黑律搞的鬼。苗秀英听她说杨家杀啦她家十几口人的冤仇,听嘞,也难以解释,不过,她想杨家不会得做这个缺德的事。"我说妹妹呀,古人常说,耳听为虚,眼见为实。要说杨家的事,我略知一二,杨家,相当讲义气,杨六郎在八乍山收嘞焦赞、孟良、岳胜、杨兴。全仗大仁大义呀!难道就嫉妒你老姜家吗?在我看来,你们家的事,有人从中搞鬼,移花接木。"

平:弄得你们冤仇深,永做对头两家人。

平:妹妹哎,不能以假信为真,慢慢将事情查分明。

"妹妹,其他事情暂时不便谈,姐姐为你办酒,丫环,赶快给我上酒菜来。"翠萍说:"姐姐,一来我不会喝酒,二来我的心事重重,哪吃得下呀。""哎,妹妹,酒能解心头之闷。"这时酒菜已上来,苗秀英给倒杯酒,翠萍说:"姐姐,我不吃,我实上心里难受,一连串的事在心上。"苗秀英说:"妹妹呀,我对你说——"

平:酒入喜肠千杯少,酒入愁肠半盏多。

挂:酒是迷魂汤,多喝要犯丧,

酒醉要误事,今朝害嘞女红妆。

哪晓姜翠萍黄不起姐姐,就喝嘞三杯酒。

平:三杯酒喝下肚,神目不知半毫分。

苗秀英晓得妹妹已经醉嘞,左右趁醉,再和她说:"妹妹,我再敬你一杯喜酒。"翠萍糊里糊涂说:"姐姐,我倒愁死嘞,还说敬我喜酒。我的喜从何来啊?"苗秀英说:"我问你,如果我查出来,你们家不是杨家人杀的,你投不投宋营啊,嫁不嫁给杨宗英啊？”翠萍说：“此话难说。”苗秀英说：“你要不要面子啊？”

平：宁要脸来树要皮，哪个不要一张好脸皮。

“你一个女人，坐在男人床帮上，又摸人家，又拉他，你难道不怕人家说笑话吗？”

平：三三两两说出去，坏啦你妹妹的好名声。

“依我之见，你就许给杨宗英。你也落到个好名声。”哪晓秀英来杠说得凶，翠萍已经入梦中，酒醉到睏着得够。苗秀英吩咐丫环拿翠萍搀到床上，再从她身上拿百宝瓶拿出来，里面还有个小罐子。小罐里一个小药瓶哦，这个就是解药。苗秀英推开房门，又将房门锁好。

平：拿嘞解药就动身，寻找宗英一个人。

这时杨宗英有员外陪同吃酒用点心，已经酒足饭饱，苗秀英已到：“杨将军，我把姜翠萍灌醉，解药已到手。”

平：我将解药交给你，救到宋将命残生。

众位，本来此解药是在哥哥姜德身边的。那么，现在怎么在妹妹姜翠萍身边的呀？因为姜德是个粗心人，他怕解药丢啦得，又怕被人偷啦得。妹妹是女孩子心细，所以他就交给妹妹保管。

哪晓今朝被苗秀英用计，从姜翠萍身边拿到手，交给杨宗英。杨宗英拿到解药，真是千恩万谢，就要动身，苗秀英说：“慢，你要带走解药——”

平：你要依我一件事，方可将解药带动身。

宗英说：“苗小姐，你只要说得有理，我就依你。”“杨将军——”

平：我在当中把媒做，师妹许给你当身。

平：宗英闻听这一声，脸辄红到耳后跟。

“苗小姐，我听姜翠萍说与我杨家有仇，怎能结婚睏一头。”苗秀英说：“这事，我的师妹已经答应嘞够，现在只要你同意。”宗英说：“虽则她答应，可我的终身大事，不能儿戏，要得到我母亲同意。”

平：苗秀英听完成，道理倒有八九分。

“不过姜翠萍的宝马你要还给她。”宗英说：“那我怎么得回营啊？”苗秀英说：“这个你不用担心，姜翠萍不是骑马来的吗？她的马可以给你骑回营。”宗英也只好答应。宗英带好解药，牵到姜翠萍骑来的马要走，苗秀英说：“慢！你再等一歇，方可回营。”杨宗英不晓苗秀英有底高事要他等一歇，他只好等啊！

再说，这时天已蒙蒙亮，苗秀英来到绣房，姜翠萍酒劲已过嘞，正在穿衣裳，准备起身，苗秀英进来："师妹呀，你真好睡呀！"哪晓姜翠萍到身边一摸，百宝瓶没着落，跟手拿宝剑拔出来，就问苗秀英："姐姐！我的百宝瓶呢？上哪去啦？"苗秀英说："哎呀，你真是好人多忘事呀！你不是给了杨宗英吗？""姐姐！我什么时候给杨宗英的哟？""你昨晚上，吃酒的时候，交给宗英的，我再问你，你昨天晚上有没有喝酒？""该死的姐姐，我是喝得酒，可我没有拿百宝瓶交给他呀！"秀英说："师妹呀！你不但将百宝瓶送给了宗英，你和他的亲事你也答应。"翠萍说："姐姐你专门说糊涂话。我什么时候将百宝瓶送给他的呀？又什么时候答应亲事的呀？"秀英说："妹妹，你酒吃醉的时候，你将百宝瓶就送给了宗英。你刚睡下来，我问你，你和宗英的亲事果同意呀？你点点头，那不是等于同意了吗？"

平：翠萍听完成，火冒三丈八九分。

"你害我，根本没有这回事，你和宗英同出一口气，我没有你这个师姐。"跟手亮出宝剑，"我今天非要宰啦你。"那么，苗秀英也是马云姑的徒弟，也就拔出宝剑，就和翠萍打起来。

平：师姊妹做打架，突然来嘞一个人。

突然门一开，一人冲进来，来人一看，两人做打架，连忙大吼一声："都给我住手！"两人一听，对来人一望，吓得直荡。

平：来者不是其别个，原来师父到来临。

两人一看是师父马云姑，两人也不打，来到师父面前。

平：跟着跪到地，连叫师父好几声。

那么，马云姑怎么就这么巧，她们两做打架就到？因为姜北萍是马云姑的爱徒，自从北萍下山，马云姑就不放心，暗中跟随，晓她投到北国，并且改嘞名，叫翠萍，昨天听小兵说阵主去追杨宗英的，也就随后追来，所以这么巧。马云姑说："你们都起来呀！你们师姊妹为点底高要打架呀？"苗秀英说："师父——"

平：我将事情告诉你，果怪我秀英一个人。

"师父啊，我是出得好心，没有好报哇，烧嘞好香，未得到好照。我对妹妹说，我们都是中原人，应该帮中原打北国，现在宋营，两名大将中嘞毒药飞刀，需要解药救命，你妹妹身边有，应该拿出来救人；第二，我帮你妹妹顾面子，杨宗英在你哥哥床上，你更大的女孩子，用描花手去背他，拉他，我帮说亲，说给杨宗英，一来好遮百丑，二来杨宗英是杨家将之后，可以说是门当户对。所以妹妹对我动武，反而叫我吃苦，真是狗咬吕洞宾，不识好人心。师父哎，我告诉你，你要帮我把冤申。”

翠萍说：“师父，师姐说的也不错，不过，杨家人杀啦我父母，我和杨家仇深似海，怎好和宗英结婚?!”马云姑说：“翠萍啊，杨家是大仁大义的人，我想，杨家人是不会杀你家人的。秀英说的话一点不错，为师也有这么个想法。你的终身许给宗英，你要回转宋营，共破天门阵。”

平：我和秀英把媒做，覅做推三托四人。

平：翠萍跪到地，谢谢两位大红人。

平：师姐哎，刚才怪嘞我，赔礼赔罪我当身。

苗秀英背住翠萍：“师妹，过去的事，让它过去。牙齿和舌头能好，也有碰坏的时候。”马云姑说：“秀英说得很对，姊妹要合好，不要计较。我还有事，我现就走了。”师姊妹送过师父。

秀英说：“我去将宗英寻来，让他给你道歉，将事情说明，你们从现起——”

平：夫妻两个人，双双回转宋营门。

哪晓去找杨宗英，安童说：“杨将军已经走了。你前脚走嘞，他随后就跑嘞。”苗秀英听嘞火冒三丈，我馋吐辄说啦多少，事情刚说妥，你寻丧就走。又问安童：“他有没有换马啊？”安童说：“他还是骑的原来的马。”秀英更火，你竟不是个东西，我一定要找你算账。跟着来姜翠萍身边，告诉她，宗英已经走嘞。

平：翠萍闻听这一声，骂他宗英不是人。

“姐姐！我原说杨家不是底高好人。没良心的东西，我的解药给他连谢都不谢，连宝马也不换给我，我这口气实在咽不下去。”

平：我要上宋营，找他宗英一个人。

苗秀英说：“妹妹！确实宗英做嘞不对，我和你一同去找他算账。”翠萍说：“姐姐！你身体欠佳，你就覅去嘛。”“不，我一定要去。”随时丫环牵来马。

平：姊妹两个动了身，宋营已到面前呈。

现在二人来到营门，翠萍对里嚆：“喂！你们给对里报，要杨宗英出来答话。”小兵着躁，去对元帅汇报：“元帅！营门外有两名女将，指名要杨宗英出去搭话。”

众位，这时杨宗英和八王、寇准还有一班大将，都在岳胜、杨兴的帐篷，杨宗英弄到解药，在半途遇到宗保，现在弄解药果能救两位将军啊？

平：哪晓两人将药灌下去，苏苏醒醒转还魂。

正为两位将军高兴，听见报，两位小姐到。穆桂英和大家商议，现在有姜翠萍在营门外，指名要杨宗英回话。“叔叔，你是不是惹了她？”宗英说：“嫂帅，我没有惹她，这个解药是苗秀英小姐从她身边拿来的。”穆桂英想，她为底高指名要会宗英？如果让他去，不放心。寇准说：“你放心，我陪宗英同去。”再寇大人和宗英同出去回话。宗英刚到门口，看见姜翠萍、苗秀英，他想，今天的事怪我，特别苗小姐，帮我弄百宝瓶解药，我连谢都没谢。

平：怪我礼貌没到人，所以人家找上门。

现在看她们搁着很着气，无法开口。而苗秀英其实看出宗英有话难出口。所以，苗秀英先开口，就说：“杨将军，我和妹妹找你来啦。”宗英说：“好哇，你们找我有事吗？”苗秀英说：“杨将军，我们是无事不登三宝殿，有事才上门。你不是明知故问吗？百宝瓶解药到嘞手，受伤的大将也救活得。”宗英说：“这是事实，我要多谢苗小姐救助之恩。”秀英说：“哼！光是这点事啊，还有件大事，难道你想赖吗？”“哎呀，苗小姐还有什么大事呀？”秀英说：“你还装聋作哑呀？我妹妹的终身大事，当时我做媒，许给你，你也点过头。你说回来和母亲相商，你骑人家的宝马就想走。我问你，你偷嘞回来光是救人，你和我妹妹翠萍的事，有没有和你母亲讲啊？你母亲她说了底高啊？”

平：小姐哎，你们听我说，我对你们说分明。

“两位小姐，因为，为嘞救大将心急，赶快给他们用解药。对于我和姜翠萍的事，其实我能做主，不需和母亲相商。苗小姐要我应亲可以，要姜翠萍答应我一件事。”苗秀英问：“什么事呀？”“她回去，将她的哥哥，姜德——姜飞熊绑得来。收回飞刀。”

平：送到宋营，这门亲事就得成。

平：苗秀英听完成，火冒三丈好几分。

“我说杨宗英，你太没良心，我费尽千心，说服我师妹，百宝瓶交给你。你当时答应我，同意和我师妹的亲事，说到现在，你还逼我师妹。你对得起哪个呀？”

平：姜翠萍听嘞脸上红一块来青一块，骂你杨家不是人。

“你杨家杀啦我姜家一满门，此事还没查清。真是看在师父和师姐的面上，说的亲事，我现在找上门，你还不认账，还要逼我。你抢走我的宝马，你做的许多事，既然不答应，我和你一不做二不休，你对我无情，我对你无意。”跟手抽出雕翎，认添弦，把弓拉开：“姓杨的看箭。”

平：一箭射过来，宗英果有命残生。

众位，宗英不愧是杨家将，身子一偏，就差点点，箭从旁边飞过去，姜翠萍一拍战马，驰马而去。苗秀英看，事情到这种地步，也无话可说。

平：只好就动身，去追妹妹一个人。

宗英见人家都走了，想想自己做得很不对，对不起两位姑娘。其实寇准看嘞碧清，已知内情，而宗英还拿寇准当好人，悄悄和他说，就拿怎样救苗秀英，从中做媒，弄来解药，都说出来。寇准听嘞很生气，你小子的良心太坏啦。

平：我将事情对元帅说分明，非要责罚你当身。

随时来到帅帐，将事情告诉穆桂英。穆桂英听嘞火冒三丈，将杨宗英传来："你今天做的事，太没良心，你坏啦我杨家将的名气。姜翠萍本来对我杨家有怀心。"

滚：你找回姜翠萍，一笔勾销莫谈论，

找不回姜翠萍，军纪处罚不容情。

随时下令，杨宗英，带宗保、宗勉、三千兵将，去追寻姜翠萍。

平：兵马队队来得快，玄武阵到面前呈。

时间不长，姜德——姜飞熊领北国兵马亮队，对宗英一看，眼睛发暗，他不晓得宋将是哪一位，根本认不出是师弟海宁。因为原来海宁在山上的时候，没有盔甲，现在的海宁，也就是杨宗英，盔甲明亮，特别现样。所以，姜德认不出是海宁："喂，对面的宋将，报过名来方可动手。"

宗保说："哎呀，你的记性真不好，连你的师弟都忘了哇。""哎呀！原来是师弟海宁啊，你怎跑到宋营去啦？来、来、来，快跟师兄同保萧太后吧！"宗英说："你先覅叫我到你身边去，我先要问你，你只晓得我叫海宁，你可知道我是谁家后代呀？"姜德说："这个我可不晓得。你告诉我看，到底是哪家后人。"宗英说："你听好嘞，我告诉你。"

滚：祖籍山西火塘寨，现在天波府是家门，爷爷金刀令公杨继业，

七杨延嗣老父亲，我的名字就叫杨宗英。

平：吴心抢亲不是苗秀英，就是你的师弟杨宗英。

姜德一听火冒三丈："你不是我师弟，你抢走我妹的宝马，骗走我的解药，真是气煞人！"

平：千不该来万不该，男子扮作女的来。

宗英说:“师哥啊,亏你说得出口,你抢人家小姐,我就不应教训你吗?再说,我没见到你的人,倒是你妹子翠萍又陪我,又背我。最后还终身许配于我。她送给我一匹马,有什么稀奇。你不但是我的师兄,而且还是我的舅兄。我们是亲上加亲,亲嘞发绿,你快到我宋营好享福。”

平:姜德听完成,更加恼怒好几分。

随时亮出一金背大刀:“大胆杨宗英!你敢把我妹妹拐到宋营,怪不到我派兵找嘞四天,都没找到,原来被你拐到宋营。你杨家杀啦我姜家满门,此仇未报,又加新恨。二仇归一,我要你的命。”

平:将你身丧命,再找妹妹姜翠萍。

嘴里说话,手里举刀就要杀宗英。宗英说:“慢!你让我把话说清,你再动手。我是奉师命来的,师父说你不该把飞刀拿走,更不该喂上毒药,伤害良将,叫我来让你改邪归正,弃暗投明。另外,你说我杨家杀啦你满门,你我都没看见,耳听为虚,眼见为实,很可能是奸贼陷害我杨家,挑弄你姜家和我杨家为仇。”

平:要得怨结来解开,拿寇大人请出来。

“寇大人可是个有名的清官,可以说铁面无私。如果查清,确实是我杨家杀了你姜家的——”

平:我情愿来伏罪,赔礼赔罪我当身。

“如果没有这事的,我对你说老实话。”

滚:你投我宋营,一笔勾销莫谈论,
　喊声你不肯,鬼门关到面前呈。

姜德听嘞眼冒金星,提刀,“唰、唰、唰”!宗英连三闪身,并不还手,宗英随时带住战马,大枪一举:“姜德,你可知道,我让你三刀。你要不识好丑。第一刀,因为你是我的师兄,我不能以小犯大,所以我让你的。第二刀,我为底高要让你,你的妹妹姜翠萍的终身已许给我,你是我的大舅兄,妹夫怎好杀舅兄呢,太没礼貌。可这第三刀,我说你听,我让的目的,因为我杨家人都是大仁大义的,不和你计较,我们都是中原人,欢迎你过来。”姜德说:“哪个要你让我呀?我决不领情。”又来砍宗英,宗英也急起来够,随时提起亮银枪,“啪”的一声,将刀磕出去,两人战在一处。

平:两人打嘞多有劲,胜败没有半毫分。

姜德想,我们是跟一个师父学的,同一个门道,所以难以取胜。我不如用绝招，就是放毒药飞刀。

平：中嘞我的毒药刀，千个残生活不成。

主意想好，打马对前溜，宗英想：元帅命我接回姜翠萍，战胜姜德，现在没有找到翠萍，如果让姜德溜走，我回营怎么对元帅交待呀？吃亏就对前追，姜德看宗英追来，估计放飞刀够得到喽，忙挂上大刀。而宗英，算到他要放飞刀，拿枪挂好，就在这时，姜德射出三把飞刀。他这三把刀，不是射一处，两把射宗英的左右肩膀，宗英身子一偏，让过刀头，一手抓住一把刀上面的红绸子条，哪晓第三把是射他的咽喉，宗英真是说时迟那时快，让过刀尖，一张嘴，"啊唔"一口，把绸子条咬住，再将三把飞刀插进刀鞘。拿三把空的刀鞘拿出来，对姜德说："师兄，快放啊，师父还有三个空刀鞘在这里。"姜德看刀鞘，就等于师父亲临。

平：玄武阵里无法蹲，快点去逃生。

姜德逃嘞走，宗英在后头追，哪晓眼看要追到，一支队伍拦住去路。

平：来的不是其别人，玉女阵的阵主到来临。

宗英被阻住去路，姜德正好逃走。他想，我一来对不起师父，偷去他的飞刀和解药；二来，看来我是冤枉杨家的，如果杨家真要是杀我姜家人的，还让我三招？我无法再露面。

平：我不如修正道，寻到庙里亦修行。

姜德去寻庙修道，我不提。再说宗英对玉女阵的阵主一看，是位主将，并且是女的。

十：头上盔，身上甲，威风凛凛，

手中刀，背后剑，杀气腾腾。

这位女将一横手中大刀："呔！姓杨的，你逼走姜翠萍，打败姜阵主，可知道我玉女阵厉害？速拿命来。"宗英说："你买四两棉花纺纺(访访)我杨家将，可说百战百胜。"

平：两人说话藏藏响，脸嘴一变动刀枪。

打嘞三个回合，眼看宗英要取胜，哪晓这名女将，从背后抽出宝剑，用宝剑对宗英的枪头一削，枪头就削啦得。抡起绣绒大刀，来个鬼推磨，奔宗英杀来，宗英头一低，就差点点，刀从头盔上面过去嘞。女将又反手一刀，宗英让嘞慒，不曾戳得到，戳得马脖子，宝马一声暴叫。

平：蹦纵如飞溜嘞走，血滴淋淋怕坏人。

宗英逃出玉女阵，宗保、宗勉随时迎敌，那么，宗保、宗勉哪有宗英的本事好呀，没战几个回合，两人被擒。幸亏这些兵，跟随有多年，久经沙场，临危不惧，来个万箭齐发，以死相拼，固守阵地。

女将说："宋兵听好，你们些小兵，我不来杀你们，杀了你们污了我的手，快回去通知大帅穆桂英和杨六郎。我在玉女阵等他们，火速来受死。"

平：宋兵回营盘，报于元帅得知闻。

"报告元帅，大事不好，杨宗英他们攻破玄武阵，误入玉女阵。阵主是个女将。她的宝剑削铁如泥，宗英的宝马带伤，离阵而去。宗保、宗勉被擒。还说要元帅的性命。"

平：桂英听完成，心中难过好几分。

一来是丈夫宗保被擒难过，二来杨宗英败走，下落不明。我对不起婶娘杜金娥，婶娘就这个独生儿子，刚见面，倒又离开，婶娘心里肯定难受，我一定要去战败番将。

平：救回宗保和宗勉，寻到宗英转回营。

随时下令，队伍集中，留公爹六郎守营，带大部队出征，要攻打玉女阵。救人如救火，随时就走。

平：兵马队来得快，玉女阵到面前呈。

穆元帅对阵主一看，心中盘算，这位女将生嘞——

十：细腰条，个子高，真正好看，

五官正，容颜貌，美貌千金。

穿的是北国打扮，看相貌是我中原人，不过，我不晓她叫什么名字。

众位，穆桂英到玉女阵，看此阵主，像中原人，她叫什么名字，能不能救出宗保、宗勉——

平：忠孝宝卷路程远，一时难以满团圆。

平：暂时打个等，稍停片刻劝善人。

平：和佛保延生。

二十、五台山请五郎　黄凤仙劫母进营 穆桂英西岐请兰英救宗保　刘云侠遇难

昼夜流，等春秋，生死路，早回头。——圣谕

单：海水滔滔昼夜流，所有树木等春秋。

单：百鸟愁到生死路，奉劝作恶早回头。

挂：朝转西来暮转东，人生好比采花蜂。

采尽百花成了蜜，辛苦到头一场空。

平：接接连来接接连，忠孝宝卷再向前。

话说杨家将宝卷一部未满，上册理文已经讲到，姜德败走，杨宗英误入玉女阵，阵主的宝剑削铁如泥，宝马受伤，宗英逃走。宗保、宗勉和阵主战不几合，被小兵捉来到营盘，报于元帅，穆桂英带兵，救夫心切，不肯了耽搁。

平：兵马队队来得快，玉女阵到面前呈。

一看这位女将了不得，穿的北国服装，说话是我们中原人。

女阵主问："来将何人？"穆桂英说：

平：要问我的名，我是大帅穆桂英。

阵主说："啊呀！原来你就是穆柯寨的穆小组呀！果不其然，你是文武全才，美貌出众，今日相见，真乃三生有幸。"桂英说："小姐，你过奖了，请问小姐贵姓高名？"小姐说："穆元帅，我告诉你，我父叫黄川，北国大都督，要问我的名，黄凤仙就是我当身。"

滚：我是奉萧太后之命，韩昌元帅之令，

镇守玉女阵，宋将难进半毫分。

穆桂英说："黄小姐，你要看战败杨宗英，擒住宗保和宗勉，你要晓得，中原

兵多将广,能人辈出,天门阵早晚必破。早点回中原,莫替北国卖命。你替北国卖嘞命,终究没得好名声。”

黄凤仙说:“穆桂英啊,我早就听说过,你是舌剑唇枪,能拿死人说上天,果然不假,能说会道,你要说服我,你难做得到。再说多点也没用,简直是白日做梦。来、来、来,你能将我战败,我就归降你。”

平:如果战不败,要你桂英命残生。

桂英听嘞凤眼睁圆,拖大刀就要动手:“你藐视本帅。”就在这时有人说:“大帅,杀鸡何需宰牛刀,末将愿意代劳。”

穆桂英一看:

平:来将不是其别个,原来何庆到来临。

众位,这个何庆怎么这个时来的呢?因为自从他倒反青龙阵,后来在玄武阵大战姜德,负嘞伤,八王赵德芳准他假期,带母亲和肖艳秋回京都皇城休假。现在伤已痊愈,到八王身边来交令的。问元帅在哪里,八王说:“穆元帅亲自带兵去攻打玉女阵的。”所以随时赶来,刚好,桂英要和黄凤仙动手。所以何庆说杀鸡何需宰牛刀,随时上阵,大战黄凤仙。何庆拿枪催马来到黄凤仙马前,黄凤仙对何庆一看,眼睛发暗:“忘恩负义之徒,萧太后对你至厚,你有何理由,要倒反青龙阵啊?我定要你的首级,替萧太后消恨。”何庆说:“丫头,你着忙,覅发狂,也覅起劲,我说你听,鸟飞故里也归巢,水流千里归大海。我是堂堂中原人,大宋子民,我怎能不归故里,怎可能保北国,留下千载骂名,你听我良言相劝,你还是赶快受降。天门阵一破,你就死无葬身之地。”黄凤仙听嘞火冒三丈,“唰、唰、唰”,对何庆砍上几刀。何庆摆双枪迎战。

平:黄凤仙刀刀想要何庆命,而何庆枪枪要她命残生。

平:一个如同天山虎,一个犹如龙翻身。

平:两人打嘞多有劲,胜败没有半毫分。

黄凤仙眼睛一眨,腾空翻腔,从背后抽出宝剑,将何庆的双枪枪头都削啦得。何庆见势不妙,这丫头太厉害,败下阵来,来到元帅面前,高喊:“元帅,现在不能再战,快回营,我有要事禀告。”穆桂英一听,果然相信,带兵回营。

平:元帅带兵回嘞营,就问你禀告是何因。

何庆说:“元帅,你们不晓得,黄凤仙的剑为何削铁如泥,这是高人锻造的剑,名字叫三皇剑。”

平:三皇剑厉害很,削铁如泥不差分。

“玉女阵,相当厉害,有黄凤仙的父亲是副阵主,还有赵子清、马子初、赤风、赤水、赤火几员猛将。不能硬打,只能智取。另外,我回来的时候,遇到一个道长,见我是回前敌的,给我一封信,带给元帅的,现在我将信交给你。”桂英问:“你可认得那人吗?”何庆说:“我素不相识。”何庆随时从怀里摸出信交给元帅。

平:桂英看完成,心中思想八九分。

信上就两句话:“要收凤仙女娇娥,五台山去请杨延德。”下面落款是郑道平。

桂英想,这是底高回事呀?就问老元帅公爹杨六郎杨景,六郎说:“贤媳元帅,郑道平是孟良的娘舅,世外高人,按他的意思是——”

平:要破玉女阵,请到你五伯父一个人。

桂英想,为底高要破玉女阵,要请到五伯父,到底为何事,嗯?我心中也无底,看来必有缘故。要说这五伯父,有点和别人不同,脾气有点古怪,可能他不肯下山。就想,要请五伯父,哪个能请他下山?对孟良一看,欢乐一半。“孟二叔,我有一件焦愁事。”孟良说:“元帅——”

平:你有嘞焦愁事,我做消愁解闷人。

“元帅!你到底有何焦愁事呀?”穆桂英说:“孟二叔,现在要破玉女阵,要到五台山请到我五伯父延德,不过他这个人,有点古怪,就怕不肯下山,所以我有这个难事。”孟良说:“元帅就为这个事啊!”

平:在我在我总在我,在我孟良一个人。

桂英一听,正中计谋:“不过孟二叔,君无戏言,如请回我五伯父,记大功一件。”

平:你请不回五伯父,军规处罚不容情。

孟良说:“元帅,你放心。我请不回五将军,决不回营。不过,我总不能单人独马,我需要一个伴当。”元帅说:“孟二叔,我军中大将多得很,你欢喜哪个,你只要说,我可以点名叫他跟随你去,总好嘞吧!”孟良说:“元帅!难道你不晓得,孟不离焦,焦不离孟,只要焦赞陪我同行。”

平:我们两个人,保险请回五将军一个人。

元帅说:“三叔——焦将军,那你就和二叔两个人同去请回我五伯父。”其实孟良、焦赞两人,从未见过五郎,也不晓得长的是高子还是矮子,是胖子还是瘦子，是光脸还是赖胡子。就问六郎：“六哥，五哥长的底高腔调呀？”六郎说：“二位贤弟，我五哥长得相当魁梧、结实，是个带发的头陀。他一惯喜欢背后背个大斧头。你们如果道路不熟，我可以画个路线图给你们。”孟良说：“我们不需要，话在嘴边，路在脚下。”

平：我们问当地人，就能寻到五郎一个人。

“不需要画底高图。破阵急促，我们不能耽搁。”两个人带好盘费，上了战马，随时动身。

平：路上行走来得快，五台山到面前呈。

两人看此山，真是，山靠山、山连山、山接山、山套山、山挨山，山山相连。有青松翠柏、奇花异草、野兽奔腾、百鸟飞翔，森林的绿，山泉碧清，能像仙境。

平：两人无心看山景，要寻五郎一个人。

众位，要到五台山找一个人，很不容易啊！为底高？因为这五台山，相当大，有南台、北台、东台、西台、中台。现在又不晓得五郎在哪一台山上。两人只好到处跑，四处找。南台、北台、东台、西台都找过嘞，不曾找到，刚好遇到一个樵柴的，樵柴汉子说：“你们不晓得，这五台山，最壮观的地方是中台，你们要寻人，只有上中台，可能要找的人就在中台。”孟良想：我们多跑多少山路，也是怪我们自己，要是依六哥，给我们画个图，我们少跑多少冤枉路。

平：两人一直走，中台到嘞面前呈。

到中台一看欢乐一半，有一座大庙，叫“大安寺”，红砖绿瓦、青松参天，非常壮观。两人上去就敲打山门：“喂，里面有人吗？”不多时，里面人高喊：“阿弥陀佛，是谁在叫门啊？我来开门。”里面人刚要开门，又问：“你们敲打门，是为的底高事呀？”孟良说：“我来找人的。”“你要找哪个呀？”

平：不找其别人，但找五郎一个人。

里面人说：“我们这里没有这个人啊，你们到别的地方去找吧，我也不开门喽。”

平：两人听完成，拔起心中火一盆。

“我们好不容易找到这座庙，不管有没有五郎延德，你连倒头门都不开。”焦赞说：“看来，我们也是白来。”孟良说：“不可能白来，善寻，寻不到，恶找，作兴能找得到。”焦赞问：“怎么恶找呀？”孟良说：“我叫我的老伙计帮忙，着起火来不晓多旺。烧他倒头庙，庙一起火，所有和尚要来救火，我们再看见身材魁梧个，个子大的，肩背大斧子的，就背住他，如果是延德，叫他跟我们走，你看可妥？”

平：焦赞听完成，倒也高兴八九分。

又一想：“我们这样，恐怕太缺德，假使人家动武抓我们，怎么弄？”“哎，要抓我们，就溜走，不就拉倒呗。”焦赞说：“这样，放火前，先给他们个信。如果再不开门，无人答应，不能怪我，就好放火。”呰遭，对里喊：“喂，庙里和尚听好嘞，我们来，不为别的事。”

平：我们找上门，是找延德一个人。

“为找五郎杨延德，整个五台山都找遍了，不晓他到哪个旮旯去了，我们也没办法，借你们贵庙一用，哎，我们准备放火了。我们是礼貌在先，如果放嘞火，烧它几天，你们听见没有哇？要放啦。放火啰。”孟良拿出火葫芦，正要拍，只要一拍，火就着起来。就在这时，里面有人，就在高呼：“阿弥陀佛，什么人在吵闹哇？”孟良说：“哎，是我们啊。”这时，已打开庙门，从里面走出一个僧人，是带发的和尚，身材魁梧，并且，肩背大斧子，看上去百般威风。

平：两人看个真，大概是五郎一个人。

那么是头一回见面，是不是五郎啊？孟良诡计能多，假装哭起来。

平：杨家出了大事儿啊，找不到五郎一个人。

这个人问：“杨家出了什么大事呀？”

平：我们千里迢迢来送信，遇不到杨家后代根。

那么这个出来的和尚就是五郎延德，听孟良一哭，可受不了啦，连三问：“哎，这位将军，杨家出了什么大事呀？”孟良说：“老太君，她、她……”这时的和尚五郎更加急，一把抓住孟良：“你快说呀！老太君她怎么啦？”孟良说：“你放轻点呀，我说，我说，我先问你，你到底是什么人，对杨家能关心？”孟良说：“哎呀，原来你就是五哥延德啊，总算找到你啦。”五郎问：“你是哪个，对杨家这么关心？”孟良说：

平：我们不是别的人，我和六郎弟兄称。

“我们和六哥是磕头的好弟兄。”“那我的娘，你的伯母她怎么啦，你哭腔乌拉为底高？”“嘿嘿！你的娘，我的伯母，她可挺好的。”“那你哭什么呀？”孟良说：“我不哭你能报名吗？焦赞快来给五哥哥磕头。”

平：两人跪到地，连叫五哥哥好几声。

“五哥哎，北国摆下天门阵。你杨家将，就连伯母佘太君也都在战场杀敌破阵。你倒好,对五台山一躲,不顾国家,不顾家人,住山上,过上清静快乐的日子。玉女阵的黄凤仙,太厉害了,就连大将何庆也被她打败。是郑道平写的纸条给何庆带给元帅穆桂英的。”

平:要收凤仙女千金,必请延德下山林。

“是元帅派我们来请你的,找遍前后东西山都没找到,结果,找到你这里寻丧不开门,所以要放火。”

平:我们放火是假意,见你五哥是真情。

“要问老太君怎样,你覅着躁,身体挺好。你要快点下山,去帮破玉女阵,收黄凤仙。”

平:如果破不了玉女阵,杨家难有命残生。

“你要是不去,我跪个钉糟木烂,总不起来。”

五郎想:孟良、焦赞来请我,是为了大宋,为了我老杨家,再说,我出家多年,也未见过老娘和妻子,我不如就下山,趁机也好见她们。这是个一举两得的好机会。“两位老弟,你们起来呀,我一面答应你们,现在就下山。不过,我还要带一个人同下山。”五郎带好大斧子。

平:急急忙忙就动身,翠云庵到面前呈。

一到翠云庵,五郎说:“二位老弟,你们先蹲外面等等,我要到里面带一个人同行。”孟良想,怎么有男人躲在尼姑庵里呢?倒是个奇事。就在这时,一个四十多岁,非常漂亮的女子出来,孟良正在想,难道五兄场面做和尚,骨里外面有别人,而就在这时,五郎已将这位夫人安顿在车上,吩咐动身。

平:一路无话来得快,宋营到嘞面前呈。

焦赞、孟良来到帅帐,报了元帅,五将军已被请来了。穆元说:“我五伯父现在何处?”孟良说:“在营门外,还带来一位夫人。”

穆桂英不愧是文武全才的人,随时吩咐八姐、九妹:“你们去将来的夫人安排到内营门,好好照顾。”又叫孟良将五伯父带到太君帐内,焦赞给太君报信。

平:太君听说五郎到,心中恼怒二三分。

她恨五郎:“你在五台山倒清闲,我这么大年纪,还带一班寡妇在两军阵前厮杀,这么多年,你都没有回来看望过,你心中还有我这个妈吗?还有我这个杨家吗?”杨门女将都来了。太君越想越生气,要怒斥五郎不容情。

平:再说这时,孟良已将五郎带到大门,太君和女将都来杠。

平：五郎“扑通”跪到地，连叫老娘好几声。

他看老娘热泪盈眶，五郎心上也很难过，多少年没有见到亲人，今天见到白发苍苍老母，泪如雨下。

平：对前爬几步，连叫老母好几声。

而太君对五郎一看，心中盘算，本想要好好骂他一顿，可现在儿子已经成了带发的头陀，有家难归，有妻不能团圆，我还骂得出口吗？

滚：千不怪来万不怪，只怪潘仁美烂良心，

私通北国不该应，金沙滩上双龙会，害得杨家将伤心。

想到这里强忍泪水：“儿啊，你起来呀。”呰遭，五郎才敢起来，哪晓对杠一撑，听见有哭声。

平：对哭声望望清，就是贤妻女千金。

曹氏贤妻，看到五郎，心如刀绞，为底高？她想：众嫂子、弟媳守寡，是丈夫不在守的寡，而我的五郎好好的，我也活守寡，这事，任何人遇到，心上都不好受，所以曹氏夫人——

平：越想越难过，好比尖刀戳得心。

其实五郎心上也很难过：“我活得好好的，就把贤妻丢啦得。太对不起她呀！”随时来到曹夫人面前：“曹夫人我对不起你，阿弥陀佛。”

平：延德阿弥陀佛说出声，夫人气倒消啦八九分。

曹氏夫人想：他已经出家了，根本没有我这老婆了，还有什么夫妻呢？所以也就不多想，也不哭。就在这时，六郎来嘞。

平：两人见嘞面，哥弟两相称。

六郎说：“娘不要难过，嫂子也不要伤心。这次哥哥也难得回来。大家见面应该高兴，我们举家团圆。”穆元帅也来拜过五伯，跟手设宴摆酒。人常说耕田寻耙，吃酒寻话。五郎说：“侄媳元帅说，玉女阵的黄凤仙相当厉害。还有宝刀三皇剑，削铁如泥。不过，你不要怕，我带来位夫人，定能破阵。”桂英想，怪不到五伯你不回来。原来，在外面有嘞夫人。不过，我是晚辈，不管你们大人的事，只要能破阵，也不管是伯父还是夫人，都好。

“伯父啊，你说有位夫人，怎么能破玉女阵呀？”“元帅——”

平：兵将我来选，定能捉住黄凤仙。

穆桂英说：“五伯父，你选哪个，我下令，他必然要听。”五郎说：

平:别人我都不要,只选孟良一个人。

“孟贤弟,你一个人去将黄凤仙引到树林里,你就无事。”

孟良嘴辄翘到哪里,黄凤仙更种厉害,叫我一个去,不是死多活少吗?不敢答应,这时穆桂英抽出令箭:“孟良接令,本帅命你一个人将黄凤仙引到树林,违令者斩。”

平:孟良听完成,吓得汗淋淋。

孟良想,我不去,违抗军令也是死,去嘞,被黄凤仙杀拉得,也是死,倒像乡下人挑粪,前也屎,后也屎。不如去和黄凤仙决一死战,拼她个你死我活。

平:匡死就动身,玉女阵到面前呈。

大叫:“黄凤仙,快出来受死。”再说,黄凤仙求战心切,听有人叫阵,策马来到阵前,抬头一看,就孟良一个人。“喂,你是什么人,胆敢来和我交战?”孟良说:“丫头,你听好嘞,我是穆元帅帐前的大将,我叫孟良。”黄凤仙说:“啊呀,你个饭桶,你一个人做底高,多少大将都败在我的手下,难道你是来送死的吗?”孟良说:“那些大将,没有一个比得上我的。我今天要和你拼个你死我活。”

平:黄凤仙听完成,火冒三丈八九分。

“大胆孟良,既然如此,就和你来个我活你死。”

平:两人说话藏藏响,脸嘴一变就动刀枪。

只一个回合,孟良就溜,黄凤仙就追,一面追,黄凤仙想,刚才大话连天,怎么一战就溜呢?莫非他有什么诡计吗?我不能追,追啊追,就怕要吃大亏。黄凤仙不追嘞够,孟良一看,不上算,她不追,怎得到树林呢。回过身来,大喊:“丫头,你真的怕我孟良啊,你怕我就不要追,不怕我,你就追我。”黄凤仙想,宋军多少大将都败在我的手,你就是有埋伏,我也不怕你,不怕吃亏就追。

平:追嘞动嘞身,树林到嘞面前呈。

到嘞树林黄凤仙带住战马,想不进去。她想:可能树林有伏兵,我不能上孟良的当。可孟良见她停嘞不追,可就急了,如不将黄凤仙引到树林里,要受军规处置。孟良眼睛一眨,腾空翻腔,对黄凤仙说:“丫头啊,你不要认为我在平野地打不过你,可到这林子里,你就打不过我,你不信,你就进来试试看。”

平:你进到树林里,我定将你送命残生。

黄凤仙想,凭你的本领,我能战十几个,就是有伏兵,凭我的三皇刀,也能取胜,随时打马对里进。

平：一声炮响声，将黄凤仙围困紧腾腾。

而这些人将黄凤仙围住没有打，只看其中一个僧人，扶一辆车，车上一位中年妇人，穿一身蓝布衣服，脸沉似水，黄凤仙愣住啦：“哎，你这是做什么呀？”这时听妇人高声断喝：“奴才，为娘在此，你还不下马参拜？”黄凤仙一怔：“这位夫人，你说什么呀？我怎么没懂呀？”这位夫人说：“冤家，你不认得为娘啊？”凤仙说：“我娘在北国，哪有你这个娘呀？一个人，只有一个娘，哪有你这个娘呀？”

平：如果突然认嘞这个娘，要笑坏世上许多人。

可五郎听嘞，眼睛一瞪，立时开声：“阿弥陀佛，黄凤仙啊，亏你说得出口，古人常说：乌鸦反哺，羊羔跪乳，连生身母亲都不认，她才是你的生身母亲啊！”

平：你枉枉活得到如今，连个生身母亲认不清。

黄凤仙问：“你是底高人，敢说我不认生身母呀？我的老母在北国。”五郎说：“要问我是谁，我告诉你——”

平：五台山僧人杨延德，杨家将排行第五人，五郎就是我当身。

众位，五郎说这个妇人是黄凤仙的生身母亲，是真是假，听学生慢慢讲来。

这位夫人姓王，嫁给雁门关总兵黄川，生到一女，就是黄凤仙，这个丫头两岁的时候，辽兵侵犯我大邦中原，当时宋兵无力抵抗，雁门关被困。黄川贪生怕死，要投降辽国，而夫人王氏对黄川说：“我们吃的是大宋的俸禄，应该以死相报，人常说——”

平：忠臣不怕死，怕死不忠臣。

平：如果投嘞降，你的臭名万万年。

黄川不信、不听，一心要献城给北国，王氏说：“你投北国，我母女不跟你，孩子归我，你走你的阳关道，我们哪怕走独木桥。”

平：我们宁死北国人的手，要我们投降万不能。

黄川说：“你死活我不管，孩子要归我。”趁王氏不注意，就从王氏怀中将女儿抢走，投嘞北国。

平：不提黄川坏良心，再说王氏好心人。

王氏失掉女儿，痛不欲生，趁慌乱之际，总算逃出雁门关。王氏对前撑，树林到嘞面前呈。一到树林中间，对杠一坐，想想难过，丈夫投奔北国，女儿又被他抢走，我到将来也无依无靠。

平：此处无亲人，我到哪里去安身。

平：可怜哦，阳日三间多余我，地府少我个苦命人。

平：这日子我也不愿过，情愿地府里去安身。

平：心肝女儿哎，你失啦生身母，也比黄连苦三分。

哭泪一翻，狠狠心肠，旁边正好有一棵弯榔头树，再拿身上的腰带解下来，做好相思扣，脚底下摆泥拔头，头要对下躬，心上不得过哇，惦记女儿。

平：女儿哎，如果你长成人，飘山化白你当身。

平：可怜哦，你就是长成人，也不晓你的生身母亲是何人。

平：女儿哎，我到地府里，也要托梦告诉你当身。

挂：王氏哭得多伤心，就要寻短见，王氏不该死，来嘞一个救命人。

平：也是王氏不该死，来嘞五郎延德一僧人。

那么，五郎僧人怎来的呀？偏巧，五郎云游天下，正好从树林经过，遇到王氏刚刚吊上去，五郎将她救下来。王氏说："你这个师父，我本来要到阎王家，到嘞阎王家我的日子倒好过，你拿我救下来，我还要上二次吊。"五郎说："你这位夫人，我们出家人行善为怀，救人一命，胜造七级浮屠。我现在救嘞你，为什么还要二次上吊呢？人家常说：宁可世上待，不要对土里埋，阎王不寻你，不要去发他的外崩财。你到底为点底高？"

平：你将事情告诉我，做个消愁解闷人。

平：师父哎，我将事情告诉你，也比黄连苦三分。

再就拿丈夫黄川是雁门关总兵，投降北国，抢走女儿黄凤仙，自己趁乱逃到此树林，现在女儿离别，有家难归，无处安身，所以要寻短见，讲了一遍。

五郎说："这位夫人，我行不改名，坐不改姓，我是杨令公之后，五郎延德，正因金沙滩一战，弟兄打散，我在五台山住，是带发的僧人，我听你说的无处安身，我可带你上五台翠云庵。"

平：翠云庵里好安身，做个尼姑办修行。

"至于女儿黄凤仙被黄川抢嘞带到北国，等我慢慢打听，帮你寻。"

平：有朝一日寻到黄凤仙，你们母女得相见。

王夫人一听，倒也相信，所以就随五郎到五台山翠云庵，又叫小尼姑服侍她。

平：也算有嘞安身处，再提黄川父女两个人。

黄川带嘞女儿凤仙，一到北国，萧太后收买人心，就重用嘞他。

平：封他官职也不小，都督之职他当身。

黄川在北国喜新忘旧，又娶嘞老婆。黄凤仙才两岁呀，底高也不晓得，拿继母当作亲娘。这丫头，从小肯吃苦，喜欢练武。刚好韩昌家有个小妹子，叫韩红纱，两人是对脚板，是一个师父教出来的，武艺都很高。黄川又拿宝刀三皇剑给了她，所以黄凤仙，在北国很有名气，萧太后安排她把守玉女阵。

孟良到五台山请五郎，提到黄凤仙，所以五郎记好嘞，黄凤仙，是王氏的女儿，再到翠云庵，将王氏带嘞下山。现在，王氏他们都在这树林里，孟良将黄凤仙引到这里。

平：王氏看见女儿到，止不住两眼泪纷纷。

平：女儿哎，我不是张三其别个，就是你家生身老母亲。

挂：王氏哭得泪纷纷，连叫女儿凤仙好几声，
　　你不是别人养，确实是我所亲生。

平：女儿哎，水流千遭归大海，你本来就是中原人。

黄凤仙听嘞半信半疑，要说这位夫人不是我娘，为什么，我的脸相和她一样，说话的声音也差不多，很多地方都蛮像。要说是我母亲，可北国，有母亲啊，这到底是底高回事？又一想，可能穆桂英用的这种计策，想骗我投降，不管怎样，我要回去，把事情问清再说，现在他们围困好嘞，要想脱身万不可能，我双手抵不过数拳，我不如用计脱身。甩镫离鞍，下了马，来到夫人面前。

平：跟手跪到地，连叫夫人好几声。

“等我回去问问父亲，如果我确是你生的，我一定认你这位母亲，如果没有这回事，另作计议。”王夫人一听，丫头说的，也有道理。哪晓，就在这个辰光，黄凤仙趁大家不注意，抱起王夫人，放到马鞍上，自己飞身上马。一手按住夫人，一手拿三皇剑，冲出人群。

平：打马加鞭就动身，玉女阵里去安身。

五郎、孟良带兵将，吃亏就追，哪晓追到阵门，被乱箭射回。延德想想伤心。

平：总指望劝降凤仙女，反而抢啦夫人一个人。

真是偷鸡不成，撂啦把米，不但不曾劝到黄凤仙，反而将夫人抢走，果要气煞人。孟良说：“五哥哎，这事，不怪你，也不怪我，只怪这个丫头太厉害。”

平：我们回营对元帅报一声，她再好想章程。

两人带兵来到营盘帅帐，将前后事情报于元帅穆桂英。现在王夫人被黄凤

仙抢进玉女阵。桂英说:“五伯父你们都去休息吧。”可穆桂英夜里都睡不着。

平:想到宗保、宗勉捉进玉女阵,心中忧愁八九分。

哪晓刚吃过早饭,军兵对里报,报于元帅知道,黄凤仙在营门外叫阵,要你亲自出马,决一死战。

穆桂英说:“来得正好,众兵将给我观敌掠阵。”

平:待本帅亲自出马,战败丫头一个人。

十:穆桂英,在营盘,忙忙打扮,

雉子毛,插两根,威风凛凛。

穆桂英来到战场,对黄凤仙一相,真正像样,身骑宝马良驹,手拿三皇剑。而黄凤仙在马上,得意洋洋:“穆元帅你好哇,我未来之前,先锋官杨宗保叫我替他向你问好!”

平:穆桂英听完成,火冒三丈八九分。

“呸,黄凤仙,你不要便宜卖乖,宗保被擒,杀剐任凭于你,何必来羞臊人。”“你为何用个老乞婆假装我的母亲呢?难道你不是羞臊人吗?”穆桂英说:

平:连个亲生母亲都不认,你枉活世上过光阴。

黄凤仙说:“我北国有母亲,你说,那个老乞婆是我生身母,有何凭证啊?”穆桂英无话可说。凤仙说:“你不要以为足智多谋,我黄凤仙,眼睛不揉沙子,骗得了别人,骗不了我凤仙。你用花头,到最后,自搬砖头,打自脚。”穆桂英听嘞真是:

平:酒逢知己千杯少,话不投机半句多。

火冒三丈:“黄凤仙,少废话,放马过来,今朝与你拼个你死我活。”黄凤仙抡起大刀,来个力劈华山,破穆桂英,穆桂英来个双手托天,用刀对外一磕,“哐当”,黄凤仙的刀,挨她磕出去,要是差不多的人,肯定刀要磕飞啦得,可黄凤仙,毕竟武艺超群,二次又和穆桂英交战。

平:两人大战三十合,胜败没有半毫分。

众位,穆桂英和宗保已结婚数月,有孕在身,身体虚弱。而黄凤仙,是实心女子,血气方刚。桂英想,我今天和黄凤仙交战难以取胜。但是不和她战,心上不服气,硬是和她战。就在这时,黄凤仙想,穆桂英的武艺确实非凡,我这样和她战,要战到何时啊,不如用宝剑削她的刀头。主意想好,一手拿出三皇剑,看桂英的刀过来,凤仙用三皇剑削,也就在这千钧一发之时,宋军响锣声。你们要晓得,闻鼓声进,听锣声要收兵,宋军见黄凤仙拿出三皇剑,穆元帅肯定要吃亏,所以鸣锣收战。穆桂英说:“黄凤仙,本来本帅和你决一死战的,怎奈鸣锣收战。咱们以后再战。”黄凤仙说:“一面奉陪。”

平:两人收战回营门,桂英还要想章程。

穆桂英来到帅帐,请来老太君和父帅,杨六郎又请双天官寇准,桂英说:“黄凤仙如此厉害,军中无她敌手,我的身体又欠缺,也难以取胜,依我之见,需请一位能人,方能有用。”太君问:“请哪个呀?”桂英说:“祖母——”

平:不是张三其别个,我的婆母王兰英一个人。

平:提到王兰英,六郎脸瓤红到耳后跟。

为底高,因为当初,本来兰英要和他结婚的,结果被他挤走,自己的媳妇,又提要请她回营,觉得难为情。

太君问:“桂英啊,兰英难道比你强吗?”桂英说:“祖母,我的婆母兰英,力大过人,她的板门大刀,刀法精奇,我从穆柯寨下山时,遇到她的,她说了解天门阵的事,现在要对付黄凤仙——”

平:要战凤仙能得胜,需请兰英一个人。

“另外,婆母身边的军师刘云侠,排军布阵,半隐埋伏,攻杀战守,无一不精。要想破天门阵,需请她们两个人。”大家一听,倒也相信。只有到西岐求贤,可是哪个去能请得动这两个人呢?

这时六郎杨景想,我把人家气跑啦个,这个仇扣,到现在都没解开。我现在大把胡子,媳妇都有嘞,再去和兰英说三道四,也说不出口,比鬼也多两个耳朵,宁也难为情煞得,我去也请不动她。大家对六郎看好嘞,而六郎干脆头一低,随你对我多望,我不上这当,我总归于死活不去。

这时,寇准开口:“我保举一个人,定能请到刘云侠、王兰英。”太君问:寇大人,你看谁能去呀?寇准说:

平:我保举穆桂英,定能请到王兰英。

“非穆桂英不可。”八王问:“寇爱卿,为什么非穆桂英不可呢?”“八王你有所不知,王兰英恨透你们老杨家,原因在杨景身上。想当初,王兰英打败韩昌,你杨景支她走,西岐安身。你们对她功劳没得,苦劳没得,不能成婚,叫她想想果恨,所以怪你老杨家。而穆桂英虽则也是杨家人,可和你们不同,当初从穆柯寨下山的时候,在半途上遇到王兰英,婆媳两人,一见如故,并且,把自己嫁妆还有金银都给嘞她,这是大恩大德咖。临分手,王兰英曾对桂英说过,只要有事,去找她,她一定来帮忙。”

太君问:“寇大人,这些事你怎晓得的?”寇准说:“啊呀,我哪样不晓得咖,桂英,你说,有没有这回事?”桂英说:

平:寇大人说的确实真,一点不假半毫分。

暗中佩服寇准,我要是不去,别人真的请不来。可是我身子不便,要是不去,又得让公爹为难。

平:穆桂英真正难,一难做作两难人。

又一想,既然寇大人看我去最合适,我就亲自走一趟。军中之事,暂由三关大帅公爹代理。杨六郎也就答应嘞,问桂英:“你想带多少人马呀?”桂英说:“人多行动不便,我只要一个人动身。”太君说:“孙媳,你的身体欠佳,多有不便,怎么能去呀?”“祖母,你放心,我不是犯丧,可以女扮男装。”

平:女子扮作男子样,别人不晓半毫分。

桂英穿起宗保的服装,太君对桂英,横相竖相,别的总像,就一双脚不像。“桂英啊,你只三寸金莲要出洋相。”桂英说:“祖母,我自有办法。”再用裹脚布,裹上几层,对靴子里一伸,刚好紧腾腾。

平:太君笑嘞肚里疼,称赞孙媳聪明人。

穆桂英辞众人就动身,身骑宝马,直奔西岐。

挂:桂英路上行,沿路莫消停,为嘞请兰英,无心看村景。

平:路上行走来得快,到嘞西岐一座城。

一到城门口,门官问:“你做底高的?”桂英说:“我是找人的。”“既然你找人,我放你进去。”

平:桂英对嘞里,二道门到面前呈。

可到二道,和前道不同,二道门查得很严,外人不得进城,所以王兰英,在西岐,治理得很好,连个小偷都没有。门官问桂英:“你是做底高的?”桂英说:“我是找人的。”门官问:“你是从哪里来的?到我这城里来,找什么人?”桂英想,问我,问得这么详细,我干脆要报我的名字,以宗保的身份回答他。“要问我,我告诉你。站好嘞,你不要被吓倒嘞。

滚:我是先锋官杨宗保,今朝进城不找其他人,

专找你们大刀王兰英。

门官听嘞嘴一笑,胡子一翘:“我的绳发跳,你的胆子不小,居然敢叫我们大

王的大名，来人，将宗保捆起来。”穆桂英想，在别的地方，我非打死你不可。现在在人家一亩三分地的地方，只好学小，就让他们绑起来。

平：可怜哦，桂英被绑起，晓得果有救命人。

再说，门官对王宫报，报于大王兰英知道：“大王，我有事不可不报，无事不可乱报，我现在绑住宋将先锋官杨宗保。”

平：兰英听说侄儿宗保人，火冒三丈八九分。

你六郎杨景啊，你害得我好苦啊。为你，我等夫三十八年，我为你打辽将，结果不但不成婚，还逐我出走。我一个女流之辈，你就给三千兵将，叫我打西岐金木耳。我的婚姻至今没处结，今天倒好，你杨宗保到我手。

平：杀啦宗保人，解除我心头恨。

平：兰英发狠心，急坏了军师一个人。

军师心中着躁。就说：“妹妹，你恨六郎，你怎能在宗保身上出气呀？再说，我们去看看，宗保对你底高态度，他来做底高的，如果他无情，我们也就无意，再杀不迟。”兰英一听倒也相信。

再说，门官听大王要杀宗保，就将假宗保绑到将军柱，将刀磨快嘞。再听发令，就好杀宁。

门官等嘞要杀假宗保，就在这时候，军师刘云侠来嘞。

再说桂英，眼睛一闭，等嘞断气，她想。

平：两军阵上杀死总无所谓，死到西岐多伤心。

平：婆母哎，我哪三桩对不起你，硬要将我送残生。

平：桂英等等险没得命，来嘞军师救命人。

就在这时候，军师对绑的假宗保望望，啊呀，这个人，我好像在哪里见过的。就问：“你到底是哪个呀？”

平：你将真话告诉我，我好救你命残生。

穆桂英说：“你将兵将退去，方可说话。”再云侠立即叫兵将退走。

平：桂英一句话不曾说出口，止不住凤眼泪纷纷。

就将为破天门阵，特地来请婆母王兰英，为嘞路上行走方便，我所以犯丧，女扮男装。我报我丈夫杨宗保的名字，哪晓，小兵报于我婆母王兰英，不但不接我，反而要杀我桂英，我实在是穆桂英，讲了一遍。

平：刘云侠听完成，连叫穆小姐好几声。

“你放心,我去找你的婆母,不但不杀你,而且,我叫她去帮破天门阵。你先委屈一时,我这就去找她。”刘云侠来到银安殿,兰英大王还在生气。嘴里还在叽咕:“杨家没有一个好人,就连老太君也不是个东西,这门亲事,你大人做的主,我守了三十几年,容易吗?你连自己的儿子都管不住,也不撮合我和你六儿成亲,今天我非要杀宗保。”

众位,王兰英虽则这么说,其实不真心要杀“杨宗保”。

刘云侠进门就听兰英叽咕这些话,也就接过话来:“妹妹。”因为她们是姊妹相称,刘云侠大,为姐姐,兰英小,是妹妹。“我刚才听你说,杨家没有一个好人,你不要一棒打十个桃子,杨家没一个好人,我问你,是真,是假哇?”兰英说:“那还有假吗?就是没有一个好东西。”

刘云侠说:“妹妹,你这人吃得果子,忘啦树。”

平:喝得井水凉到心,居然忘记挖井人。

兰英问:“姐姐,我底高时候喝井水啦,说我忘记挖井人啦?”刘云侠问:“妹妹,你说杨家没一个好人,可是当真没有一个好人啊?你这个人真是忘恩负义的人。人常说——”

平:有恩不报非君子,恩将仇报不是人。

兰英说:“姐姐,你啰里啰唆,说上许多。我说杨家没有一个好人。你说我恩将仇报,我是怎么恩将仇报啦?”“我问你妹妹!当初金木耳将城中洗劫一空,西岐百姓不得生活,是哪个送你八箱金银财宝,带到西岐来,救度百姓?真是雪里送炭啊!”

平:兰英听完成,想到一个好心人。

“姐姐哇,你不说,我真的倒忘掉一个好人,我的儿媳穆桂英,倒是一个好人。”

平:不是当初桂英助得我,西岐怎能得太平。

平:如果久后得相见,好好答谢她的恩。

刘云侠说:“妹妹,看到桂英不要谢,应该要杀。”兰英说:“姐姐说得不对。”

平:有恩不报非君子,恩将仇报枉为人。

刘云侠说:“妹妹啊,你说得好听。你这个人就是恩将仇报。你可晓得,今天要杀的是哪个啊?”兰英说:“我要杀的是杨宗保。”刘云侠说:

平:你要杀的是假宗保,实在是你恩人穆桂英。

王兰英问:“姐姐,你说的是真是假哇?”“妹妹——”

平:你将要杀的人带进门,自然看分明。

兰英随时下令,将绑的假宗保带到书房。兰英横望竖望,看不出,因为桂英穿的是男装。再说,和桂英只见过一面,所以认不出,就在这时——

平:穆桂英跪到地,婆母就叫好几声。

“娘啊!一向可好哇?孩子有礼了。”兰英连三离座:“我问你是谁呀?”

平:我不是张三其别个,你的儿媳穆桂英。

兰英还有怀疑,就问:“你为何这身打扮呀?”“娘啊,孩儿为嘞行走方便。我才犯丧,女扮男装。”跟手拿男装脱啦得,露出女儿装。

平:兰英将桂英来抱住,心肝喊嘞不绝声。

平:心肝贤媳啊,我以为婆媳今生遇不到,哪晓枯木又逢春。

平:心肝哎,不是贤媳赠金银,西岐哪有能太平。

平:两人多情泪,两对凤眼泪纷纷。

刘云侠说:“妹妹,开头要杀她,现在又说些怪话。”

平:不是我理得清,几几乎杀啦恩人穆桂英。

“快点让她梳洗,你为她不要丑,快点办酒。”

一歇辰光,酒菜停当。

平:酒是多年陈大酒,菜是鹿肝凤凰心。

平:山珍海味都摆上,又杀一只活麒麟。

穆桂英梳洗完,换好女儿装,刘云侠陪她坐到酒席台。

王兰英亲自为穆桂英倒酒夹菜,婆媳不晓多热络。人常说:吃酒寻话,耕田寻耙。桂英说:“婆母,我这次来是有事的啊!”兰英说:“孩子啊,你爱吃什么,你只顾吃,台上菜你如果不爱吃的,我再帮你再做,两军阵前的事不许提。”

桂英想:“我不是为吃来的呀!我是请你帮破天门阵的呀!现在不准提阵前的事,我不是白来吗?”

平:不好嘞。我枉到西岐城,难请婆母一个人。

婆母不许提军中的事,我只好想办法。拈一筷菜放到王兰英的碗里:“婆母你多吃点菜。”“桂英,孩子呀,你真孝顺哩。”桂英说:“婆母,现在西岐被你治理得多好哦。”兰英说:“这事,都是我们的军师,也就是我刘云侠姐姐的功劳,另外还有你的一份功劳。”桂英说:“婆母,我点小意思,何必挂齿,你当初打败韩昌,军中常提起你。""哎呀桂英,对你说,不准提军中的事。快点喝酒。"桂英只好喝酒,又给兰英倒一杯酒:"婆母,我敬你一杯,你在这里可好哇?"兰英说:"很好,孩子你也住这里来。"

平:我们婆媳住一起,赛于母女两个人。

桂英说:"好是好的,

平:等我打破天门阵,好到西岐来安身。

兰英说:"孩子啊,对你说,不提军中事,更不能提天门阵。"

桂英心中真为难啊,刚沾点边,又被顶回来,没法,眼睛对刘云侠直划。

再说刘云侠,头一低,看把戏,但看婆媳两个,哪个斗得狠。桂英想,军师又不帮说话,婆母又不准提军中事。

平:我来想章程,转弯摸角请她好动身。

"婆母啊,我是为你来的呀,你在这里蹲不长啦。"兰英问:"贤媳,这话怎讲?""婆母,我先问你,我的丈夫是哪一个啊?"兰英说:"不是杨宗保吗?"桂英说:"你的记性很好,确实是杨宗保,他现被困在天门阵里,生死不知,我去打阵。"

平:怎奈我身子有了孕,不是人家的对手人。

"玉女阵的黄凤仙,相当厉害,我被她打败。我说,你不要逞凶,我请个人来,一定把你治服。她问我是哪个。我说,不是张三其别个,我的婆母一个人。我的婆母西岐王,大刀王兰英。她一听,哈哈大笑,她说了,提到王兰英,有名无实,无能之辈。"

平:她如果敢和我来交战,我要活捉兰英一个人。

滚:捉住王兰英,踏平西岐城,

　　跪到我面前,叫我老母亲。

平:王兰英听完成,暴跳雷怒纷纷。

兰英听嘞,脸都气白得,身手气抖嘞,拳头捏紧嘞。桂英说:"母亲啊,我是给你送信的,以孩子之见,虽则你现在独霸西岐,这也是弹丸之地,兵微将寡,不堪一击,你还是赶快躲起来,一躲了之。"

穆桂英是用的激将法。她脑子一动,果真有用。王兰英真的上嘞当,因为她相信穆桂英,以为她说的是真话,再说王兰英脾气暴,虽则有智有谋,今朝被穆桂英用的激将法一说,气得哇哇大叫,什么都忘掉:"大胆黄凤仙,你这黄毛丫头,你敢小看我王兰英,真是熊猫心,豹子胆,敢到老虎头上扑苍蝇,现在不用你来打我,我要去打你。"

平:捉你黄毛丫头一个人,问问你骂我可该应。

"来人哪,给我点齐大兵,我要去大破天门阵。"

平:穆桂英听完成,恨不得笑嘞肚里疼。

"哼!现在不用我请,她自己要去,这事总算办成嘞,我没有白来。"刘云侠想:

平:总说兰英智谋很,桂英还要胜三分。

"桂英用的激将法,兰英上嘞当,我也不便说破,她们是婆媳呀。"

王兰英跟刘云侠说:"姐姐,你也和我同去,共打天门阵。"刘云侠说:"妹妹,你去打天门阵,我帮你治理西岐城。"兰英说:"你要不去,我也不去。我们是姊妹同去。不过,破完阵,我是要回来的。"兰英想,姐姐陪我同去,我们走嘞,西岐派哪个治理? 两人一商议,拿弟弟王兰贵叫得来。"弟弟——"

平:我们帮打天门阵,镇守西岐你当身。

第二天,王兰英点好五百兵将,车辆,马匹,应用之物,就动身,刚出城门——

平:许多人跪到城门口,连叫王爷好几声。

平:王爷哎,你们离嘞西岐城哦,我们百姓靠何人。

王兰英对百姓一看,有拿酒的,有篮子装蛋的,也有头顶香炉的,有叫王爷的,也有喊军师的:"你们不能走哇! 你们在这里,我们的生活多幸福,好比走个天堂路。"

平:如果你们不回来,我们只好闯入地狱门。

王兰英说:"诸位父老乡亲,我们在这里大家安居乐业,也是靠大家齐心协力。"

平:我们将天门阵打完成,我们也就回转西岐城。

平:你们将礼物带转门,各自做营生。

乡亲让开一条路,兰英带兵赶路程。

平:路上行走数日正,到嘞宋营面前呈。

穆桂英吩咐小兵对里报,报于三关大帅知道。杨六郎和八王大家商议,吩咐放礼炮,大家出营迎接。

单:只听礼炮放嘞"格楞格楞"数声响,后面来嘞许多人。

都是来迎接王兰英和刘云侠的。有哪些人?有八王千岁赵德芳、宰相寇准寇大人、无佞侯佘太君、三关大帅杨六郎杨景,还有焦赞、孟良很多大将,都来迎接王兰英、刘云侠。寇准拱拱杨六郎，快点过去呀，给王兰英赔赔礼，她就不怪你。

平：杨六郎对兰英看看真，脸辄红到耳后根。

随便多难为情，也只好来到王兰英身边。

平：一把挽住兰英手，连叫兰英好几声。

平：王兰英哎，往常怪嘞我，赔礼赔罪我当身。

平：你在外面吃尽千辛苦，都怪我杨景一个人。

“来、来、来，快跟我进营。”连三帮王兰英牵马。可王兰英受不了啦，堂堂三关大帅帮自己牵马，听他说许多怪话。

平：千个怨来万个恨，一笔勾销不记论。

再就和大家一齐进城，为王兰英、刘云侠不丑，营盘办酒。第二天用过战饭，来到帅帐，和王兰英、刘云侠商议，破阵如何救人。王兰英问：“哪个进过的，叫他来，将阵的情况告诉我。”

平：穆桂英听完成，就拿何庆召进门。

何将军来到帅帐，说明，阵主黄凤仙，副阵主黄川是黄凤仙的父亲。将台西南面，有个石洞，宗保、宗勉就关在洞里面。上石洞的途中，还有很多翻板、绷腿绳、绊马索、毒弓毒箭。

平：王兰英听完成，我们要好好想章程。

军师刘云侠和王兰英相商：“元帅，我们今夜先去，探探敌情。摸摸清，破阵就定心。”元帅答应。王兰英和刘云侠，到夜动身。

平：两人一夜非嘞心，将阵内看分明。

天刚亮来，告诉元帅，今天我们一定去破她的阵。穆桂英说：“娘啊，王凤仙太厉害，她的三皇剑，削铁如泥。”

王兰英说：“孩子元帅。”大家要问，哪有这样称呼的呀？为什么称“孩子元帅”呀？众位，按杨家的家族，兰英和六郎是儿女亲，穆桂英是她的媳妇，所以称孩子是母爱之言。在军中穆桂英是元帅，所以，她这样称呼，有爱，也有尊重穆桂英。所以称孩子元帅。“你但放宽心。”

平：随她黄凤仙多厉害，我要战她不容情。

穆桂英说：娘啊，孩儿望你旗开得胜，马到成功。

平：打败黄凤仙，救出宗保、宗勉两个人。

王兰英和刘云侠带西岐来的五百兵将，出营和黄凤仙交战。杨六郎和穆桂英，送出营门，放起“格楞格楞”数声狼烟炮，兵马队队就动身。

挂：兰英去破阵，小兵随身跟，
　　六郎送出门，放炮响雷阵。
挂：兰英走前面，小兵像牵线，
　　遇到番兵面，送他上西天。
平：兵将动嘞身，玉女阵到面前呈。

一到玉女阵，兰英一看，不大上算：“姐姐，这个阵门是个石门，看啊，这个旗上也写嘞‘玉女阵’，这个石门上面有‘玉女阵’三个字，我们没有跑错，怎么鸦雀无声？”刘云侠说：“妹妹呀！越是静越是要当心。这个倒头跟石门，中间有栓，你先将这个栓打啦得，我们如果救嘞人，就好逃得出门。”兰英一听果然相信。兰英力气多大，两膀涨劲，有千斤力。拿起大刀。

平：一砸门栓打嘞粉粉碎，石门倒在地埃尘。

王兰英带所有兵将冲进去，进嘞玉女阵一看，离这里不远有三丈多高的帐篷，这个就是玉女阵的阵台。老道周子恒看见有人冲进来，连三手摇黑旗。

平：黑旗摇完成，冲出兵将许多人。

兰英一看，眼睛发暗，这些兵将，都是黑盔、黑甲，黑漆抹塌，像个锅底菩萨。中间一位老道，胯下黑马，手执丧门剑，冲到王兰英面前，高颂“无量天尊”的道号：“什么人敢闯玉女阵？”王兰英说：“我是三关大帅的夫人王兰英，你是什么人？”老道说：“贫道乃天门阵总阵主颜容的师弟，我叫赵子清。我在玉女阵，是守这条最重要的路口的。你的胆子不小哇，敢闯我这条道，速拿命来。”

平：嘴里说话就动手，要想兰英命残生。

抽出宝剑，直刺王兰英。王兰英看他宝剑刺来，用大刀对宝剑一捅，就这一下子，赵子清的宝剑挨她打飞开去。赵子清想逃，兰英手快，一手拿刀，一手伸过来，两马错镫的时候，抓住赵子清的水火丝绦，你对哪里逃，哪里跑。单膀一用力，动作又快，拿赵子清对自己马背上一带，赵子清被走马活擒。兰英问：“赵子清，你还是要命，还是不要命？如果要命的，就和我说实话，我们是来救杨宗保的。如果不要命的，现在一刀。”赵子清说：

平：夫人哎，望你饶我一条命，情愿对你说分明。

兰英问：“杨宗保他们关在哪里，从哪里走？”赵子清说：“我说，他们都关在石洞里面，从这条路对西南走，那里没有埋伏，可是不能走正道，因为正道有陷马坑。

平：如果走嘞到陷马坑，千个残生活不成。

王兰英一听，真的相信，就将赵子清对马背上一掀，依赵子清指点的路径，催马向前。来了许多兵，想来拦路，兰英说："哪个敢拦路，就将老道送残生。"

赵子清对小兵说："你快让开呀！等她们走哇！"

平：如果做嘞拦路人，我你都没命残生。

再说，刘云侠在后面，带兵杀追兵。兰英她们一直对前，因为赵子清说的不准拦路，所以王兰英直向前。到大路，赵子清说："这位夫人，不能走大路，因为大路有陷马坑。"

平：落到陷马坑，你我都没命残生。

兰英她们不走正道，在阵台的周子恒着躁，不好，宋将不走正路，肯定是赵子清指的，绕开我的机关，那还得了哇。跟手摇动红旗，因为，他有五色旗，这五色旗代表五方。东方青旗，甲乙木，南方红旗，丙丁火，西方白旗，庚辛金，北方黑旗，壬癸水，中央方黄旗，戊己土。开始摇的是黑旗，所以赵子清他们是黑盔、黑甲；现在他摇的红旗，南方兵将晓得，是我们去抓住宋将；又摇动小旗，这个小旗，是对树林里的兵指挥的，树林里的兵将看见小旗一动，大家对外直冲，有大都督赤风、二都督赤火，还有三都督赤水。

平：都督三个人，群战兰英一个人。

赤风使金背大刀，奔王兰英，搂头盖顶劈，右边赤水使一条棍拦腰打来，左边赤火用皂缨枪照兰英的胸门戳来，兰英就在这时，拿赵子清对外一挡，赤风的刀正砍在赵子清身上。

平：赵子清被砍两段，活跳鲜鱼送残生。

再说王兰英，真是艺高人胆大，临危不惧，她将赵子清挡啦一刀。可是赤火的枪、赤水棍又到。她用大刀一掼，这两人吃苦，两人的兵器总脱手，就在这时，赤风的刀又砍来，赤火、赤水趁赤风和兰英战的时候，拾起枪棍，又来群战兰英。

众位，人常说：双手抵不到四拳。现在六拳战王兰英，刘云侠看到，连三骑马带剑冲过来："大胆番奴，个顶个不罪过，你们居然三人打一个。本姑奶奶来了！"用剑拨开赤火的皂缨枪，转身朝赤火进招，哪晓就这千钧一发之时，赤风从背后来嘞。

平：对刘云侠一棍不非轻，将军师打落地埃尘。

王兰英要去救姐姐，哪晓赤风的刀又到，兰英又和赤风交战。刘云侠刚想爬起来，就在这时，赤水又一棍打来。

平：英明的军师被打死玉女阵，急死兰英一个人。

王兰英凤泪珠抛，叫声姐姐哇。

十：想当初，我们俩，西岐相遇，
我们俩，合多好，姊妹相称。

十：我姐姐，出主意，治理西岐，
治理得，西岐州，太太平平。

十：我总想，和姐姐，治理到老，
谁知道，玉女阵，命送残生。

平：姐姐哎，你死在番将手，我定做个报仇人。

这时王兰英两眼睁嘞像晓星。目射出凶光，手提刀在舞，赤水砍来，赤风、赤火又来群战王兰英。这时的王兰英，因为姐姐刘云侠被赤水用棍子打死，报仇心切。人常说：一人拼命，数人难当。王兰英用板门大刀用力挡，三位都督吃苦，一刀砍啦赤火、赤水。赤风离远一点，没有砍到。兰英对前一蹿，用刀一砍，赤风连人连马都被砍为两段。

平：姐姐哎，我将三人都杀死，已替姐姐做嘞报仇人。

小兵看见三位都督总被杀啦得。

滚：只是逃来，只是溜，个个溜嘞气吼吼，
不曾逃啦多少步，跌啦几个大跟斗，
转过来望一望，杀人的祖宗在后头。

王兰英趁机冲到石门身边，石门上有大锁，兰英用大刀砍去大锁，冲开石门，对里一看，里面太暗。

平：伸手不见五个指，面东不见面西人。

兰英就喊："宗保、宗勉，你们在哪里呀？"

宗保和宗勉，有气无力地答应："我们在这里哦。"为什么有气无力呀？他们已有几天不曾有吃，而且也被捆嘞结结实实。王兰英顺音找过去："孩子啊，你们受苦啦。"宗保见过王兰英一面，对兰英一看，宗保跪到地。

平：连叫娘亲好几声，搭救我弟兄两个人。

宗勉听见哥哥叫娘，也就叫娘。“孩子，娘来晚嘞，让你们受苦。”王兰英连三割断绳子，“我们走啊！”宗保说：“我们的手脚都被捆麻嘞够。”肇兰英挽住两人，一到石门口，兰英想，我去弄两匹马，让他们好骑。就在这时，军兵大乱。怎么乱的？因为黄凤仙镇守玉女阵，名声很大，在天门阵是个红人。北国人说：

挂：北国女英雄，得数凤仙红，

不但容貌美，武艺显威风。

挂：三皇宝剑厉害很，擒敌她最能，

镇守玉女阵，北国有名声。

平：提到凤仙女千金，萧太后赞她八九分。

黄凤仙用三皇剑，刀削杨宗英、何庆的刀枪，擒住宗保、宗勉，连战败宋将多人。所以名气很大，萧太后都赞扬她。今朝早上，就拿她传上银安殿内宫，为她不丑，办嘞御酒。所以，王兰英进阵，她不晓得。三名都督被杀死，小兵对内宫报，报于阵主知道。

平：叫声阵主哎，三名都督被中原人杀死，你在内宫不知闻。

平：黄凤仙听完成，飞身上马就动身。

所以王兰英刚到石门，就大乱，是黄凤仙来嘞。两位女英雄对嘞面，王兰英对宗保、宗勉说：“你们就蹲门口。”又问黄凤仙：“听说你的娘来嘞，你不但不认，反而劫进阵内，有这回事吗？”黄凤仙说：“是有个婆子来的，被我带进，我问过父亲，她根本就不是我娘，是你们用的离间计。”

平：打不过我用谋计，骗我凤仙女千金。

“请你吃刀。”王兰英也提起板门大刀，两个人的刀，杀起来不得了。

平：一个舞起刀来像喔闪，一个杀来能像雪花飘。

平：王兰英力大刀法稳，黄凤仙天门阵里是能人。

平：王兰英越来越有劲，凤仙越杀越精神。

平：两人杀得实在狠，胜败没有半毫分。

黄凤仙想，要杀败王兰英，只有用三皇剑，看她对哪里逃。主意想好，左手拿刀和王兰英交战，右手取出三皇剑，这时王兰英正好进招，凤仙乘势舞宝剑，“呛啷”一声，拿王兰英的刀头削去一寸多长。

平：兰英刀被削去有一寸，吓得三魂丢二魂。

兰英想，我不能和她硬拼，我要舍死忘生，救出弟兄两人。跟手带战马对黄凤仙身边冲，走她身边蹿过去，凤仙以为她要逃走，哪晓兰英蹿到石门口，将宗保、宗勉拉上马。三人骑一马，黄凤仙上嘞兰英的当，跟手追。因为阵门口有西岐二百兵将，兰英直奔阵门，走到刘云侠的死身边，本想带她走，黄凤仙追得紧，兰英泪流粉面默默说："姐姐——"

平：姐姐哇，我们今生已分别，只好到地府再相逢。

平：今生难见面，半夜三更遇鬼魂。

平：将来帮你立坟碑，纪念姐姐一个人。

单说，黄凤仙追得太紧："我千心万计，捉住宗保、宗勉。现在被你劫走，哪肯饶你呀！"

平：今朝追到你，将你三人送残生。

兰英一到阵门，西岐放过大王，也就逃，那么，凤仙追来，兵将一面杀，一面溜，所以凤仙耽搁一歇。兰英初到外地，路途不熟，只顾对前杨威，越跑越高，原来是个山岭，前面是山涧，对面是峭壁。再说：老阵主，老道颜容，传令给各阵出兵，要捉住宋将。黄凤仙杀退西岐兵将又紧追兰英，看兰英到嘞山岭，是绝路，就说呱：

平：天堂有路你不走，地狱无路闯进来。

看你对哪里跑，哪里逃。兰英一看，不好嘞够，不光是凤仙个宁追得来，还有很多兵将一齐追来够，真正黄凤仙就一个人，原来，我还可以和她交战，现在无数兵将追来够。

平：随我本事有多好，怎能敌得过许多人。

平：我死都微小可，死啦宗保弟兄多伤心。

平：如果保不到宗保命，对不起贤媳穆桂英。

黄凤仙快到身边。

众位，王兰英和宗保、宗勉到底可有命。

平：只因杨家将宝卷路程远，一时难以满团圆。

平：到底救到命，救不到命，下册之中说分明。

挂：宝卷未完成，大家莫议论，

一口难吃数碗饭，只好慢慢吃来，慢慢吞。

二十一、群英大破天门阵　八郎倒卖幽州　众将受封　追封任炳

两座楼，未曾修，修圆满，慢慢修。——圣谕

单：宝卷好比两座楼，多年失落未曾修。

单：上册讲完，好比前头一座楼已修圆满！

下册讲来尤如后头一座楼再慢慢修。

挂：为人在世莫忘恩，孝敬父母上大人，

如果不把父母敬，活在世上枉为人。

挂：人生在世有分寸，覅拿坏人当好人。

有恩不报非君子，恩将仇报是畜牲。

平：杨家将宝卷未讲究，慢慢再团圆。

上册之中，已经讲到，天门阵总阵主，老道颜容调令很多兵将，就和黄凤仙紧追大刀王兰英，王兰英一马三骑。

平：兰英逃嘞走，山岭到嘞面前呈。

哪晓一看，吓得浑身放汗，是个断头路。底下是涧，对面是峭壁。

平：不好嘞，我们到嘞断头路，三个难有命残生。

平：我死么也微小可，对不起贤媳女千金。

“我怎对得起我的媳妇穆桂英？”就在这时，黄凤仙和番将离兰英只有一箭之地。什么叫一箭之地呀？就是一箭射多远，大约百十步。现在到嘞生死关头。王兰英对宝马说：“你帮帮忙。”你们要晓得王兰英的宝马，不是一般的良驹，价值连城，现在背上驮嘞兰英、宗保、宗勉三个人。这座山岭和对面峭壁有一里多远，王兰英的意思是要叫它跳过去，而这马抬头一看，毛丛里放汗。

平：如果跳不过，只好跌死送残生。

王兰英照马屁股一拳。马被打嘞痛，可是就在那里不动，我一跳就要送终。兰英见它没动，黄凤仙已追到身边，兰英对马又是一拳。马想，我不跳要被她打死。匡得跳死。

平：舍死忘生跳动身，对面山崖面前呈。

众位，不愧人称它宝马良驹啊，背上驮了三个人，能够如飞跳过一里多远的山涧。三人到嘞对面，按理应该安全，哪晓兰英扶宗保下马的时候，一口刀搁在王兰英颈脖子，王兰英扭头一相，是一员辽国女将，长得相当像样。

十：生得来，又不高，又不矮，真正像样，

又不胖，又不瘦，美貌千金。

平：这位小姐哎，我同你前无冤来后无仇，你为何要杀我个头。

女将说："我刀下不死无名鬼，我问你，你叫什么名字啊？""我叫王兰英。"女将问："你是不是西岐州的大刀王兰英？"兰英说："正是，你是哪个啊？""我叫姜翠萍。"兰英说："你想将我们怎么发落？"姜翠萍问："那两人是谁呀？"兰英见她没有恶意，也就告诉她。

平：他们是杨家后代杨宗保、宗勉两个人。

姜翠萍一听，随时收起刀，跪到兰英面前。

平：跟手来拜见，连叫伯母好几声。

兰英被她叫嘞莫名其妙，才间请我吃刀，现在又叫我伯母，为点底高，姜翠萍说：

平：伯母哎，我没有来叫错，细细听我说分明。

再就拿哥哥姜德叫吴心抢亲，遇到杨宗英，苗秀英做媒，说了一遍："当时正因为老贼王强移花接木、栽赃，说杨家杀了我满门，所以我当时对杨家有仇，没有答应杨宗英的亲事。其实，我又拉过杨宗英的手，男女授受不清。后来我师父马云姑，从河南回来对我说，杨家是个大好人，和我姜家没有仇，这些事，都是王强使的毒计。"

平：老贼使毒计很，叫我们自己残杀自家人。

"师父命我投宋营，奔杨家。"

平：兰英听完成，赛于拾到宝和珍。

姜翠萍又和两位叔叔相见，兰英问："侄媳，现在你准备上宋营，还是上北国呢？”姜翠萍说：

平：我陪伯母同动身，宋营里面好安身。

兰英将宗保、宗勉扶上马。姜翠萍说：“是非之地，不可久留。”四人一同下山。

不提四人动嘞身，再说凤仙一班人。黄凤仙刚要追到王兰英，眼看抓到，哪晓王兰英的宝马飞跳过去。黄凤仙也想叫马跳过去，连打四五记。可这马随你多打，动都不动。所以只好看王兰英到对面山头，还看到一个女将接应，黄凤仙着躁，只好绕道，追嘞半天连个影子也没看见。

平：气气闷闷就动身，只好回转玉女阵。

到玉女阵一看，几名大将命丧身，小兵死啦无其数，阵内挨打嘞乱七八糟。“看来我守的玉女阵即将瓦解。我不如去和父亲商议。”

平：凤仙想动身，来了丫环一个人。

萧太后见黄凤仙人才出众，武艺精通，就买嘞一个丫环给她。

平：取名叫黄花，服侍凤仙女千金。

黄花来到小姐身边：“小姐不好了。”黄凤仙说：“大胆丫环，我虽则没有得胜，我又没有死，怎么说我不好嘞？”

黄花说：“小姐哎，不是说你不好嘞，我是告诉你，你的父亲和你抓来的老婆子吵起来够，所以我说不好嘞。”“好哇得咖！到底为底高呀？”黄花说：

平：两人吵得很，我怎敢去问分明。”

黄凤仙说：“不怪你，我现在就去问清。”

众位，要说黄凤仙和这位老婆是不是母女关系，听学生说清。自从王氏被凤仙带到帐篷，问过父亲黄川，而黄川矢口否认，说是宋营穆桂英用的计，凤仙也只好将信将疑。而黄川也审过这位夫人，意思是你在凤仙面前不要说真言。哪晓今朝，倒又吵起来够。凤仙刚到门口，就听里面一男一女在吵。那男的就是自己的父亲黄川，只听父亲说：“眼看玉女阵保不住了。念我你夫妻一场，结发之情，我将你带嘞同上辽国，保你不用受罪，享不尽荣华富贵。”女的说：“呸，我受我的罪，我不要荣华富贵，哪个跟你走呀？你这个卖国求生，苟且偷安的人，有何脸面活在世上啊？”

平：你的名气坏得很，遗臭万年春。

平：我为了劝凤仙女，所以才忍气并吞声。

黄川说："是从你进嘞玉女阵，闹得凤仙也跟我三心二意。如果不杀你后患无穷。"

平：今朝将你身丧命，除啦你个祸害根。

黄川被王氏说得怒火冲天，拿刀向前，杀王氏，就在这时，黄凤仙踢门而入，大喊："住手！"本来黄川想把王氏杀啦得，也就是想杀人灭口的，哪晓就在这时凤仙踢门而入。

黄川一看欢乐一半："凤仙啊，你来得正好，快来将这个老乞婆杀啦得，省得生是非。"凤仙已晓这位夫人确实是自己的母亲，正因父亲怕事情败露，才要杀她的。两眼对黄川一瞪，对王氏面前一撑，一头扑到王氏怀内。

平：王氏将凤仙捧嘞紧腾腾，心肝孩儿叫几声。

平：两人捧嘞晓多紧，悲喜交集泪纷纷。

黄川看到这个腔调，晓得凤仙已经认母，纸里包不住火，只好拔脚就走，对凤仙说："人各有志——

平：你走你的阳关道，我走我的独木桥。"

黄川走嘞。

平：黄凤仙跪到地，亲娘连叫好几声。

平：母亲哎，以前女儿将你当坏人，赔礼赔罪我当身。

王氏说："女儿啊，不知不怪，以前，我们发生的事情你不晓得。"

平：我拿以前事情告诉你，也比黄莲苦三分。

"你父亲当初是雁门关总兵，他将你抢嘞投降辽国，我总算逃出城池，来到树林，我想想夫离子散。"

平：阳日三间不愿蹲，情愿地府去安身。

"正要上吊，遇到杨家将，五郎延德，

平：不是杨家来搭救，你的母亲哪有命残生。

"是他救我，说早晚帮我找到你，等我们母女相会，我一听也就相信，杨家将真是好人。我问他，我到那有安身呀？他说——"

平：我带你上五台山，翠云庵内好安身。

"我肇就在翠云庵，帮一班尼姑写经书。总算有嘞安身处。"

平：我等你等嘞十几春，等到你女儿一个人。

平：凤仙听母亲讲完成，更加啼哭泪纷纷。

平：母亲哎，这怪辽国侵略狠，只怪父亲不是人。

王氏说："儿啊，不要哭，娘总算没有白等你十几年，你快和我上中原吧，女儿啊，人常说——"

平：水流千里归大海，鸟飞数里也归巢。

"我们应该归宗耀祖，替祖争光，为国争辉。"凤仙说："我现在是无家难归。有国难投啊。"王氏说："我们直接投奔宋营。"凤仙说："母亲——"

平：诸处地方都好去，不可进他宋营门。

王氏问："为底高？"凤仙说："母亲，因为我曾经连害数员宋将，又绑嘞宗保、宗勉，他们对我有恨。"

平：如果进嘞宋营门，飞蛾投火命难存。

王氏说："女儿你有所不知，杨家将宽宏大量，特别是穆桂英元帅不是个小人。人常说，

平：开箩里面难躲人，宰相肚里好撑船。

"穆桂英可是宰相肚膛，不会计较你的，我们还是快走吧。"就在这时来了钦差官，推门高喊："黄凤仙接旨！"

平：黄凤仙连三来跪接，迎接圣旨到来临。

钦差高读萧太后的旨意："玉女阵举足轻重，要以死相守，如有闪错，枭首来见"。钦差一读，倒走嘞 。

平：黄凤仙听完成，好似泥塑木雕人。

凤仙想，我为你萧太后卖力，得胜之时，为我不丑，请我吃酒，刚刚失利，你就以死相逼。再说，父亲不念你女儿之情，恼羞而去，现在就我一个人，怎能守住玉女阵？越想越气，来到王氏身边，就对母亲说："玉女阵我不蹲，赶上宋营去安身。"

王氏说："这就对了。女儿啊，我怕萧太后派将来阻拦啊。"

平：事非地方不好蹲，我们敢快就动身。

凤仙说："娘啊，言之有理。我一面依你。"说走，就走。娘两个合骑一匹战马。

平：凤仙刚要出阵门，遇到一个拦路人。

一哨人马，中间一位小将，拦住去路，来将高声大叫："黄凤仙哪里走？"黄凤仙一看，是金童阵的阵主，任金童。胯下闪电白龙马，手拿方天画戟，气势汹汹。黄凤仙问："你到玉女阵门来做底高？"任金童说："黄凤仙啊，你的父亲黄川副阵

主，在萧太后面前说你有谋反之心，萧太后派我来拿你。”黄凤仙一听，吓啦大半条命。本身有母亲在身边，再说，我又是单将独骑，任金童的武艺又精，杀法勇。我万万不可轻敌。对任金童说：“任将军，我们同是一个命运。萧太后见我打嘞胜仗，笑脸相迎，刚失利，对我就以死相逼。今天你就放我过去吧。”

平：今朝放嘞我母女两个人，永远不忘你的恩。

任金童说：“大胆黄凤仙，你去阵而逃，我哪里肯饶。”

平：嘴里说话就动手，哪肯饶恕你当身。

使方天画戟就刺，凤仙也不怠慢，与任金童厮杀起来够。

王氏夫人吓得面如土色，浑身发抖，众位如果没有上过战场的，吓得怕啊！何况一位懦弱女子呀！

平：王氏怕得很，吓得三魂少二魂。

黄凤仙要战任金童，又要顾母亲，任金童的武艺又精。凤仙眼看要被捉。这时，在最危险的时候，到底可有救呀？

平：好比一盏孤灯渐渐熄，来嘞添油点火人。

就在这时，从远处飞来一匹战骑，马上坐嘞一员老将，白面黑须，银盔银甲，手拿一杆蟠龙金枪，英雄气概，这位老将是哪个呀？怎么这个辰光来的呀？

平：来的不是其别个，六郎杨景到来临。

六郎怎来的？王兰英带宗保、宗勉还有姜翠萍，就和姜翠萍回到宋营，大家非常高兴，都向她们问长问短。六郎想，要大家高兴，辽兵来偷营袭寨，不如我独自巡营。刚到玉女阵，正碰见任金童挡住凤仙的去路。

平：王氏看见杨景到，可能救到命残生。

王氏放声喊：“杨元帅哎，快救我们哦。我女儿凤仙要去投宋营，被这位小将拦住得，快帮忙哦。”

哪晓任金童听见喊来的老将是杨元帅，甩开凤仙，拨马奔杨景而来。凤仙乘这个机会，总算脱得身。

平：打马加鞭动嘞身，宋营里面去安身。

不提黄凤仙，但提任金童，奔向杨景就问：“你是杨景杨六郎吗？”杨景说：“正是本帅。”

平：任金童听说杨景一个人，怒目圆睁怒纷纷。

“好哇，你这个人面兽心的东西，我正要找你，至今没找到。”

平：踏破铁鞋无觅处，得来全不费工夫。

六郎问："你找我做底高呀？"金童说："你自己做的事，还问我啊。我要报你杀父戏母之仇！"

平：如果不将此仇报，枉活世上枉为人。

平：嘴里说话就动手，要想杨景命残生。

催马向前，抖戟便刺，杨景身子一让，就差点点。杨景说："小将军，要人死，总要死个明白。你说和我有仇，你是哪家的贵子，到底有多大的仇，要杀我的头？"

任金童说："你这个人，嘴里甜似蜜，心里辣似椒。我问你，你当初有没有上云南啊？"杨景说去过哇。"好哇，这就对了！你逼死我爹任炳——任堂惠，我娘白氏被你玷污，忍辱自尽。"

平：今朝将你身丧命，做我父母的报仇人。

又是一戟刺过来，杨景又让过去，并不还手，他听说是任炳之子，又惊又喜。

十：想当初，任堂惠，与我结拜，
　　我们俩，比亲人，还胜三分。

十：贼王强，到云南，害我杨景，
　　任炳弟，讲义气，替我送生。

十：我丢钱，给白氏，自己生活，
　　我杨景，到北方，贩牛为生。

十：我贤弟，对我说，丢失金童，
　　如若我，能找到，当作亲生。

平：我没法找嘞好几春，不曾找到金童一个人。

平：不好嘞够，今朝见到金童人，反而将我当仇人。

"其中肯定有人从中颠倒是非，挑拨离间，现在将我当仇人。我一定要想法，将真实事情说他听，以后收留身边，帮他成家立业，传宗接代，才对得起我那讲义气的兄弟任炳。"

平：如果做不到，对不起替死的任贤弟一家人。

想到这里，就对金童说："刚才你说的些话，冤枉你的伯父了。"金童眼睛一瞪："我还冤枉你呀？我问你，我爹不就是你逼死的吗？"杨景说："当时是这样的，万岁信奸当要我死，是你父仁义过天，瞒啦我，替我死的。"

金童听嘞一阵冷笑："哈、哈、哈，杨景杨六郎，你真是油嘴滑舌，我父亲一不呆，二不傻，别的都可替，怎肯替人家死呀？还有你扮作我父的模样，穿他的衣裳，蒙骗我的老娘！我的老娘无地自容，悬梁自尽，你罪恶昭彰，还有何话可讲呢？”杨景说：“金童啊，有苍天作证，我确实没有做半点烂心事。”金童说：“呸！你这个衣冠禽兽的东西，你的良心早叫狗吃了。在我面前还装人呢？”

平：非要将你身丧命，才算做个报仇人。

又是一戟刺来，杨景又一让，六郎想：“金童被坏人挑拨，随我多说——”

平：我有口难辩驳，跳到黄河洗不清。

“算了，譬如当初在云南，不是任贤弟替死，我早就没得命了。”

平：不是贤弟替我死，哪有性命到如今。

“算了吧，让他刺死拉倒。”枪挂到得胜钩上，眼睛一闭，就等金童将他刺死，金童毫不客气，用戟照准杨景刺来，哪晓，这匹宝马不肯。看对方的戟来，它想，我驮的活人来的，我还要驮活人回去，绝对不能驮死人回去。

众位，所以说，好马懂人事，好马能救主啊。这匹宝马是外国进贡给辽国萧太后的，叫“一字板肋玉麒麟”。是孟良到北国盗凤发，当初有杨八郎也帮忙，盗到凤发，又偷到这匹宝马回来的，送给嘞元帅杨景的。今天这匹一字板肋玉麒麟，保嘞杨景的命，宝马驮嘞杨景就走。

平：宝马前头跑，金童就在后头追。

平：金童追得很，前面遇到三个人。

开始杨景一吓，命总没得，难道命该绝，后面金童在追，前面又遇三个人，而且是并排行的，左边红脸，右边是黑脸，中间一位老道，这位老道，生得鹤发童颜。老道眼睛尖：“哎啊！这不是杨景吗？”那么这位老道是谁呀？

平：老道就是任道安，杨景的师父到来临。

红脸的叫董齐，黑脸是宋亮。那么，董齐、宋亮怎来的呀？自从任炳替杨景法场送命，杨景就拜托两位兄弟。因为当初杨景和任炳他们三人结拜嘞弟兄，杨景想，如果在云南，一直不回任炳家，白氏要有别的想法，好比我们有些人日夜不归家，妻子肯定要说你在外面嫐七廿三。所以杨景怕生事非，丢嘞钱叫董齐、宋亮照顾弟媳白氏，自己到北方贩牲口的。哪晓白氏很想丈夫任炳，就叫董齐、宋亮帮到北方去寻找任炳的，这两人也蛮会办事，在外面玩嘞几天，回来说，任大哥在北方贩牲口，遇到北方战乱，任大哥身亡。

平：白氏闻听见这一声，可要哭死又还魂。

董齐、宋亮解劝,任大哥不在人世,我早晚帮你找回儿子。

平:找到金童一个人,支撑任家这个门。

白氏一听,果然相信,也就不相恋丈夫,已经十几年。最近白氏生病,人常说:

平:宁到困处想朋友,到嘞难处想亲人。

丈夫不在,只想儿子金童。

这两个人对白氏说:"贤嫂,你放心,我们到全国各地去找,总归于要找到金童的。"所以两个人离嘞云南,找金童。两人想,全国地方这么大,上哪里去找呀?两人商议:

平:别的地方总不去,但上京都帝皇城。

"去找我们的大哥,杨景杨六郎。"所以带足川资动身。

平:两个人动嘞身,半途遇到一个人。

遇到哪个呀?任炳的堂房叔父,任道安,为嘞要破北国的天门阵,到各处请高人,来帮破阵。哪晓,在半路遇到董齐、宋亮。

平:正是有缘能相会,无缘不能逢。

因为董齐、宋亮和任炳、杨景结拜嘞弟兄,几个人常到任炳家聚酒,有时任道安也在家,所以,认识的。在路途遇到,任道安就问:"两位将军,你们上哪里去呀?"

平:我们上京都皇城,寻找哥哥杨景一个人。

任道安说:"你们不要上皇城天波府,杨家将都在边关。

平:你们对皇城跑得凶,到杠还是一场空。

"他们都在边关,要大破天门阵,以我之见,你们不如陪我上边关,助你杨景大哥一膀之力,帮破天门阵,另外还好寻找金童的下落。"

平:两人听完成,一点不错半毫分。

所以三人同行的,真是无巧不成书,刚好在这里遇到金童追杨景。任道安一看,欢乐一半,这不是杨景吗?杨景也看清是师父任道安。

平:跟手下马来拜见,拜见师父老大人。

就在这里,任金童也追来够。任道安对路中间一站,拦住得:"娃娃,你是干什么的呀?"任金童说:"你这位道人为何要拦路呀?我正要抓仇人杨景,被你拦住得。"任道安说:"娃娃,你是不是叫任金童啊?"金童说:"不错,我是住云南任家庄,父亲任炳任堂惠,母亲白氏。”任道安说:“既是金童,你对我望望看,可认识我是哪个?”

平:金童望望清,还是爷爷老大人。

那么,金童两岁就被岳华山玉泉寺长老海空师父带到高山学法,任道安一直闲游三山,闷踏五岳。那天游到岳华山玉泉寺,和长老海空闲谈时,长老讲到任金童。任金童聪明好学,长老有心要金童一直蹲他身边养老送终,任道安说:“任家就这根独苗,让他回家。”师父答应,再过几年,等他武艺学成,让他转家门,正来杠讲话,金童来嘞,任道安一把来捧住,孙孙连叫好几声。任道安在山上不曾久留,就走嘞,所以今朝在这里相遇,任金童认识是自己的叔爷爷。

那么,任金童,为何硬说杨景逼死父亲,污辱母亲呢?听我讲来,金童学得几年,哪晓师父海空亡故,金童就和师兄弟办完师父的后事,也想回家,正好在途中遇到老道颜容。老贼颠倒是非,说:“你的父亲任炳被天波府的杨景杨六郎害死,强淫你的母亲,你母亲白氏不从,上吊而亡。”金童听了咬牙切齿。

平:任道安将金童来捧住,连喊孙孙好几声。

“孙孙啊,你冤枉杨伯父的呀!”金童说:“我没有冤枉他,他逼死我的父亲,污辱我的母亲。”任道安问:“你说的这些事,哪个对你说的?”金童说:“是老道,也可称我的师父颜容说的。”任道安说:“孙孙啊,这是颜容挑拨是非。”

平:他将事情挑得很,自己打嘞自己人。

平:你的父和杨景好得很,赛于亲弟兄两个人。

“当初你父亲在皇城买嘞脏马,呼王爷要杀他。”

平:不是杨景来搭救,你父哪有命残生。

“从那时两人就结为金兰之好,后来杨景到云南,被奸臣王强所害,是你父要报杨景的救命之恩,才舍命全交。再说,杨景就到你家去过一次,是从天波府拿来银子交给你母亲生活的,怕你母思想你父,杨景就到北方来贩买牲口的。你的母亲到现在还活得好好的。”

平:如若不相信,两位叔叔作证明。

任金童对一个红脸、一个黑脸望望,不认识,任道安说:“孙孙啊,我告诉你,这个红脸的叫董齐,那个黑脸叫宋亮,都是父亲盟弟。”

平:他们合得晓多好,赛于亲弟兄几个人。

董齐、宋亮说:“贤侄,你的祖父说得一点不错,你的老母确实活得很好,这里还有你母亲的信。”金童接过信，看清。

平：贤侄哎，如若不相信，探望母亲看分明。

任金童，经过几个人一说，完全相信，连三从马上面下来，先来到杨景面前。

平：跟手跪到地，伯父连叫好几声。

平：伯父哎，只怪奸臣挑是非，我拿伯父当坏人。

平：我向你磕三个头，赔礼赔罪我当身。

杨景连三将任金童扶起来：“贤侄，不知不怪，还怪奸贼太坏。”任金童又向董齐、宋亮行过礼。

任道安说：“你先回营盘，我还要请人来，帮破天门阵。”这话是对金童说的：“你到天门阵里做卧底，到时好里应外合一举成功。”对杨景说：“贤徒元帅，你带董齐、宋亮回营。现在正是用人的时候。兵将要抓紧操练。”

平：等我请来人，大破他天门阵。

任金童听嘞叔祖任道安的话，回转金童阵，将来好作内应，我不提。

再说，任道安去请能人。杨景带董齐、宋亮来到营盘，将遇到任金童，是任炳任堂惠之子，开始，金童听嘞狗贼挑弄是非，要杀我杨家将，幸好遇到师父任道安和二位将军，也是我在云南的时候结拜的兄弟董齐、宋亮，将事情说明，任金童也蛮信，现在他卧底金童阵做内应，我的两位兄弟也帮破天门阵，告知桂英。

平：穆桂英听完成，果要欢喜八九分。

桂英想，现在比原来多了很多大将，我要大破天门阵，可是身怀有孕，就怕不大方便。可是离限期越来越近，总不能不去破他的阵，一来人生在世言而有信，不可失言；第二个，我不破他的天门阵，活在世上枉为人。想到这里，等任道安请来人，一定破他的天门阵。

这时小兵对里报：“报于元帅知道。现在由京城发来兵将已到营门，有高君保带来二十万大军。请元帅定夺。”

穆元帅吩咐大开营门。

平：元帅亲自来迎接，迎接大兵到来临。

现在已多几名大将和二十万大兵，就等任道安请来人好破阵。不几天，任道安请来了好几个高人。

平：到底请来哪些人，听学生说分明。

穆柯寨穆天王、穆铜、穆铁、穆瓜，离阳山紫霞宫离山老母，乾坤洞李天威，又请来郑道平——就是孟良的娘舅，还有姜翠萍的师父马云姑。

平：穆桂英见几位高人到来临，心中欢喜八九分。

穆桂英先拜过父亲，姊弟相见，又来到离山老母身边。

平：跟着来拜见，拜拜恩师老大人。

任道安说："元帅，兵马粮草足，你准备几时破阵啊？"

平：赶快破啦天门阵，大宋江山得太平。

穆桂英想限期将到，现在不破，过期破嘞，要惹他笑，拣日，不如当日，既然众位都到，今朝日子很好。

平：破啦他天门阵，降书顺表交给我当身。

随时金鼓齐鸣，打起聚将鼓：

单：只听金鼓"咚咚咚"三声响，聚起兵将许多人。

穆桂英健步来到帅帐，众兵将齐声参见元帅。元帅说："众位免礼，我们要齐心协力，一举成功，大破他的天门阵，为国争辉，替祖争光。在京城万岁说得算，在营盘，我元帅说得算，不管长幼不分大小，听我军令，违令者斩！"

平：大家听完成，个个害怕好几分。

就连佘太君和八王，舌头伸出来多长，为底高，她说的，不管长幼可想而之，这个穆桂英真是个帅才，智勇双全啊。

平：真是军令如山倒，神鬼也害怕二三分。

穆桂英大元帅，先点卯，怎么叫点卯呀？就点名，哪个来嘞，哪个没来。东边站的是高君保从皇城带来的将官，呼延丕显、郑印，还有任道安请来的离山老母、郑道平、穆天王、穆铜、穆铁、穆瓜，又有澶州总兵，左国忠的儿子左立，倒反青龙阵的何庆，马云姑和徒儿姜翠萍，黄凤仙。

平：有的是仙风道骨体，还有黄花女千金。

对西边一看欢乐一半，有哪些大将？佘太君、杨六郎杨景、五郎延德、八姐、九妹、杨排风、张金定、马翠平、花谢玉、云翠英、罗氏女、王兰英、杜金娥、杨宗保、杨宗勉、杨宗英、孟良、焦赞、岳胜、杨兴、岑林、柴干、郎千、郎万、郑七、张盖、苗刚、石青、吴凯、吴奇、马巨、姜礼、董齐、宋亮。

平：有杨家将众英雄，还有三关英雄许多人。

真是群英会，豪杰云集，有高的、矮的、胖的、瘦的、白的、黑的，真正是胖大的，身子魁梧，确实是瘦小的，满脸精神。

穆桂英看到这么多将官，更加是浩气满怀，威风凛凛，虽则身怀有孕，信心十足。随时点将，抽出一支令箭，高喊："杨景听令！"杨景答应："末将在。""本帅给你一千军兵，带孟良、焦赞攻打白虎阵。"杨景接过令箭："末将遵令。"

平：带领兵将就动身，要去攻打白虎阵。

元帅随时抽出第二支令箭："佘赛花听令！"佘太君"腾腾"几步，来到前面："元帅，哪路差使啊？"元帅说："命你带张金定、马翠平、花谢玉、云翠英、罗氏女、杜金娥，领军兵一千去攻打王母阵。"太君说："老身遵命！"

平：一班女将精神很，定要打下王母阵。

"命杨宗保、宗勉、宗英你们带一千军兵去打金童阵！"三人合应："是！""命八姐、九妹、杨排风去打黑风阵！如得胜，再攻打太阴阵。"

平：杨排风听到令，心中欢喜八九分。

平：凭我这根烧火棍，定将番奴送残生。

"点八王千岁赵德芳。"八王一听，一点都不高兴：这个穆桂英，难道也点我去攻打哪个阵吗？你们打仗，让我也不得闲。不过她事先说过，不管点到哪个，都不可违令，违令者必斩，她的祖母，不也是照样受令吗？再说宋朝纲山，是我赵家的，不是她姓杨的，她为我赵家都肯卖命，我怎好推诿。想到这里，只好听令，随时答应："本王在。"穆桂英说："命你和仙长任道平、杨兴带兵一千，攻打玉皇阵。"

平：元帅下嘞令，八王也不违抗半毫分。

穆元帅继续点将："双天官寇大人听令！"寇大人一听，很不高兴，随时说："元帅，你准备安排我底高差使呀？"穆桂英说："寇大人，本帅命你攻打阎王阵。"寇大人说："元帅，其他差使都可以，要我打仗，可能不行，因为我是文官，又不是武将，怎能上战场啊？我也不是违抗你的军令，请你另选其他将官。"穆桂英说："寇大人，我不怪你提出理由，你是文官，这也是事实。不过，你可记得，当初，你审潘杨一案，你曾经说过，地狱扮过阎王判官，你对地府的机关相当熟识，所以，只有你能攻打阎王阵。"

平：你带将兵一班人，定能破他阎王阵。

平：寇大人听完成，称赞穆桂英有才能。

穆元帅命寇大人、仙长郑道平、马巨、姜礼带兵一千攻打阎王阵，不得有误。寇大人将令箭接到手："遵令！"

穆元帅抽出一支令箭："五伯父延德听令！命你带董齐、宋亮及一千军兵，去攻打罗汉阵！只准胜，不可败。"杨延德口称："遵令！"

平：元帅请放心，保证得胜报喜信。

元帅抽令箭一支："令三关副帅岳胜带郎千、郎万领兵一千攻打金光阵，不得有误。"岳胜口称："遵令。"

穆元帅又抽令箭一支："倒反青龙阵的何庆将军，你和张盖、苗刚领兵一千，去打朱雀阵，只准得胜！"何庆说：

平：请元帅放宽心，朱雀阵交给我当身。

穆元帅又抽出大令一支："我父穆天王穆羽、兄长穆铜、穆铁和穆瓜领兵一千攻打玄武阵！"穆天王口称："遵令！"

穆元帅又令黄凤仙、姜翠萍，打玉女阵。两人齐称："遵令！"

又抽一支令箭，请任道长任道安、杨兴同岑林、柴干带兵一千攻打瘟癀阵。任道安说："元帅放心——"

平：随它瘟癀阵多厉害，我有妙技紧随身。

穆元帅再抽一支令箭，交于姜山、姜海、姜青、姜红："你们兄弟四人带兵一千共破红砂阵，不得有误！"

平：兄弟四人听嘞令，奉请元帅放宽心。

平：红砂阵交给我弟兄四个人，保证得胜进营门。

元帅又下令："高君保、呼延丕显、郑印，带兵二千守住我代州营盘，保住代州万无一失，防止辽兵偷劫。"

穆元帅说："我带领其余众兵将，先攻打天门阵的阵门。你们就好进阵，按指定的阵去攻打。现在我只派嘞十四个阵的兵将，天门阵一共是一百零八单阵，母阵套子阵，子阵连母阵，阵阵相连的，你们各位英雄，将一个阵打破得胜，再互相帮助，将其余的九十四阵全部打破。"

平：将天门打破得了胜，捉住萧太后一个人。

平：把萧太后来捉住，降书交给我当身。

大众齐喊："遵令！"

穆元帅对众兵将一望，个个血气方刚，精神饱满，信心十足。大家对元帅一看，也和往常一样。

十：穆桂英，打扮得，威风凛凛，

雉子毛，插两根，杀气腾腾。

十：头上戴，紫金盔，金光闪闪，

脚上穿，凤头靴，铁底铜跟。

身上穿的金铠金甲，腰藏八宝刀，内装的是雕羽箭，还有降龙木，并带了镇天弓。

元帅又吩咐每个兵都带好二寸左右长的降龙木，准备动身，齐破天门阵。

元帅吩咐放炮！

单：只听放起，“格楞格楞”数声狼烟炮！

兵马随就动身。

平：兵马动嘞身，放炮能像响雷阵。

十：马上将，步下兵，川流不息，

狼烟炮，一声响，惊动人心。

挂：穆桂英大元帅，小兵小将随身带，

谨防放乱箭，各带滚龙牌。

挂：将兵去破阵，降龙木带在身，

遇到妖魔鬼怪人，定要叫他化灰尘。

挂：刀斧手跨上马，手提刀斧说大话，

遇到番兵面，杀他个人头滚西瓜。

挂：马叉手跨上马，手摆马叉说大话，

遇到番兵来交战，像戳青蛙一马叉。

平：枪像南山新出笋，兵如北海浪千层。

平：红旗如同山头火，黑旗犹如暴头云。

穆桂英带领几十万的兵将去攻打天门阵。

平：路上行走来得快，阵门到嘞面前呈。

刚到阵门，一员番将挡住去路，是哪个呀？听学生讲明。是白天龙的弟弟白天蛟。

平：提到白天蛟，北国名将有名声。

众位，因为要破天门阵，首先，要将守阵的番将杀啦得，打开阵门，各路兵马才得去按元帅下的令去破各个阵。

穆元帅要亲自战白天蛟。王兰英说：“贤媳元帅，杀猪何需宰牛刀，小小的白天蛟,何需你动手。”

平:在我在我都在我,在我王兰英一个人。

王兰英来到白天蛟面前一看,身高丈八,脸上黑漆抹塌,像个锅底菩萨,身上穿的黑铠黑甲,手使一柄大刀。

而白天蛟对来的中原大将一看,心中盘算,这员将,又像男又像女,到底是男是女,我也分不清,我不如问清嘞好动手:“喂,你这个人是叫什么名字啊?你是男的还是女的呀?”

王兰英说:“你给我马上坐好嘞,听我名字一报,你就吓倒嘞。我本是西岐王,我的名叫王兰英,我的丈夫是杨景,我是杨家将的一员人。”

白天蛟说:“耳闻你在西岐治理得蛮好,你上天门阵来做底高?人们常说——”

平:有福不享是呆子,要想享福万不能。”

王兰英说:“番将少废话,报过名来,方可受死,我刀下不死无名之鬼。”

白天蛟说:“我告诉你,我的哥哥白天龙,我是他的弟弟白天蛟,我们是黑塔国的兵马大元帅,正因萧太后请来军师颜容,摆下天门阵,请来三川六国九沟十八寨的大将来守天门阵。你们破不了天门阵,我们打进你京都帝皇城。江山与我们平分半。”

王兰英听嘞火冒三丈:“大胆番奴,拿命来!”

两人说话声藏藏响,脸嘴一变动刀枪。

十:王兰英,朝上打,雪花盖顶,
　　白天蛟,朝下杀,枯树盘根。

十:王兰英,朝左杀,黄鹰掠翅,
　　白天蛟,朝右杀,白兔翻身。

十:王兰英,朝南杀,南山猛虎,
　　白天蛟,朝北打,北海蛟龙。

十:王兰英,朝前打,怀中抱子,
　　白天蛟,朝后杀,背驮苏秦。

对白天蛟一看,浑身冒冷汗。王兰英的刀,越来越快,劲也越来越大。

平:王兰英越杀越有劲,白天蛟打嘞欠三分。

白天蛟晓得不好,正要想逃,被王兰英“咔嚓”一刀,头对下一抛。主将一亡,番兵对别处逃嘞蛮忙。宋兵将像潮水涌进去。

滚:番兵只是逃来只是溜,个个溜嘞气吼吼,

不曾溜啦多少步,跌啦许多大跟斗,

回头来望一望,杀人祖宗在后头。

平:不提番兵去逃生,再说穆桂英许多人。

进了阵门,各路人马按元帅下的令去破阵。

众位,穆元帅下的令,是先破十四个阵,学生不可能一齐说出来,古人常说:

平:一口难说两句话,一手难拿双支针。

学生先说杨六郎杨景带孟良、焦赞及一千兵马攻打白虎阵,白虎阵的阵主肖天佐,手使三亭刀。这个肖天佐相当刁,他在阵内挖了陷坑,而且坑里设有转轮刀,四周有埋伏。

平:如果落到坑里面,千个残生活不成。

那么杨景带兵将进阵一望,上嘞大当,阵内没有一兵一卒。正在犹豫的时候,只听一声炮响,不知多少番兵从四周围上来,杨景和宋兵不晓得有陷坑,番兵他晓得哪里有陷坑的,所以宋兵在白虎阵死伤很多兵。六郎和肖天佐正杀的时候,就在这时候,突然来嘞一个蒙面人,来者也没有报姓名,就让过杨景,与肖天佐交战。肖天佐说:“你不报名,我也晓得是哪一个。”其实他可晓得呀?不晓得,他使个诈言,就在这时,杨宗保、宗勉、宗英,还有任金童带兵来嘞够。自从前几天,任金童追黄凤仙的时候,遇到杨景,开始将杨景当为是仇人,后来遇到祖父任道安,他告诉金童,杨景没有做对不起你父母的事。董齐、宋亮又对他说你的老母活得好好的,生活费都是我们的六哥杨景给的。经过这么说,任金童也就相信嘞,任道安叫他回转金童阵,做个内应,帮破天门阵。那么,今天杨宗保他们来破金童阵,所以不费吹灰之力。

平:金童阵不曾要烦神,番兵死啦许多人。

金童阵得胜,随时来帮打白虎阵。那么,这个蒙面人谁呀?

平:蒙面人不是其别个,就是杨八郎一个人。

这个八郎正和肖天佐交战,任金童来嘞,随时去换蒙面人。

平:任金童将八郎来换下,要将天佐送残生。

任金童的马,正好和肖天佐马碰对头,肖天佐手举三亭刀劈来,金童举双锤往上一架。肖天佐“哎呀”一声,三停刀出手,刀被打飞啦,肖天佐晓得不好,要想逃,任金童的手脚快,大锤对肖天佐头上一敲,嗝辄不曾嗝。

平:花红脑子流到地,一命呜呼送残生。

主将身亡,小兵逃嘞,不晓有多忙,总去逃命,白虎阵破啦得,八郎对杨景说:“六哥,我现在无事先走,如有不能破的阵,我一定帮忙。”

平:不提八郎转营门,再说宋将许多人。

杨景要去破其他阵,跟首带兵对里杀。

宗保、宗勉、宗英刚到金光阵,三关副帅岳胜带领郎千、郎万正在和敌交战,那么金光阵的阵主是哪个呀?是塔鞭国的兵马大元帅。

平:要问叫什么?就是沈达一个人。

提到沈达,在六国之中,很有名气,不但武艺精通,并且善用暗器伤人。宗保他们一到,岳胜非常高兴。宗勉说:“我去会他一会。”随时来到阵前。宗勉对沈达一看,狗贼生嘞虎头虎脑,身高一丈,一手使狼牙棒,两人互通过名姓,打嘞五六个回合,宗勉使大枪,照准沈达扎去,沈达用狼牙棒对外一磕,“啪”,枪被打脱手而飞。宗勉晓得不好,正想逃,哪晓沈达手脚来了傍,来个拦腰锁玉带的招数,将宗勉打落马下。

平:宗勉落马下,哪里还有命残生?

宗勉一死,杨宗英怒火冲天,抖枪直刺沈达。

平:今天将你身丧命,也算做个报仇人。

两人战在一处,足有二十个回合。

平:宗英越打越有劲,沈达战嘞欠三分。

沈达这个人智勇双全,硬打,肯定打不过宗英,沈达眼睛一眨腾空翻腔,假意作败,拨马败走,宗英随时就追,哪晓吃大亏。沈达突然甩出如意金钩,宗英万没想到沈达使用这种暗器,中了如意金钩,正钩住宗英的前胸,沈达用劲一背黄红绒绳索,宗英从马上跌下来,沈达用狼牙棒对宗英打来,这一记足有八百斤,宗英哪里还有命?

平:花红脑子流满地,活跳鲜鱼送残生。

宗保看两个兄弟死于他手,正是气冲斗牛,“啊呀呀”一声大叫,抖枪上前,直刺沈达,沈达抡棒相迎。

众位,宗保的本领哪有宗英的本领大呀!没战几个回合,手中枪被沈达打飞。宗保还算逃嘞,落到一条命,岳胜拦住沈达,宗保撤出金光阵。走出不远,遇到姜翠萍。

姜翠萍、黄凤仙要去破玉女阵，金光阵是必经之路。所以遇到宗保他们，姜翠萍就问："宗英在里呀？"

平：宗保一句不曾说出口，止不住虎目泪纷纷。

平：宗英、宗勉死在番奴手，你们要做报仇人。

姜翠萍一听，好比高山失足，大海崩舟，对阵里一望，宗英死嘞杠。像发疯一样奔过去，大放悲声："将军啊！"

平：你今死嘞苦，奴家帮你把冤申。

正在这时，沈达催马过来。对姜翠萍一看，眼睛发暗。狼牙棒一指，萧太后收你为闺女，公主身份，居然投奔杨家将，我正要找你算帐，至今没找到你，你现在真是飞蛾投火。

平：踏破铁鞋无觅处，得来全不费工夫。

你既像飞蛾投火，打死别怪我。而姜翠萍，见到打死她丈夫的沈达，真是仇人见面，分外眼红，紧咬银牙，冲过去，摆刀就刺，沈达也不示弱。姜翠萍的刀，上下翻飞如龙似虎，沈达的棒快而不乱似怪蟒穿林。

平：一个为国争名利，一个为丈夫做报仇人。

姜翠萍晓得沈达的棒来得快而猛，姜翠萍急中生智，来一个大转身，沈达万万没想到，姜翠萍来了这招，翠萍的刀像闪电能快，"喀"，把沈达的头削落地下。

平：沈达身丧命，鬼门关上去安身。

姜翠萍来到杨宗英尸首身边，眼泪不得干，想想伤心。

平：将军啊，我总想国泰民安我们好结婚，
　　哪晓你天门阵里送残生。

平：将军啊，你的父亲七郎被奸臣害死来苦，
　　你也没有替你父亲把冤申。

平：将军哎，你今身丧命，杜金娥母亲靠何人。

平：将军哎，我们今生难婚配，到地府里面配为婚。

姜翠萍，哭泣一番，狠狠心肠，用刀抹脖子，自尽身亡。

平：可怜哦，一代真烈女，一命呜呼送残生。

再说大帅穆桂英破啦几个阵，小兵报于元帅，宗英战死沙场，姜翠萍自尽身亡。穆桂英听嘞，真是怒从心头起，恶向胆边生。对王兰英说："母亲，看来，天门阵大势已去，我们现在去看八王他们攻打的玉皇阵。"

平：不提穆桂英去看玉皇阵，再说阎王阵内一段情。

寇大人和李天威还有马巨、姜礼带兵一千，一进阎王阵，真是阴气扑人。

十：高子鬼，生得来，长拖抹现，
　　矮子鬼，走出来，矮步啰疏。
十：胖子鬼，跑起来，哼里哼蹲，
　　瘦子鬼，走起来，姜气腾腾。
十：无常鬼，个子高，足有丈八，
　　嘴一爹，伸舌头，血滴鲜红。
挂：阎王当堂坐，判官两边排，
　　牛头并马面，抓进罪鬼来。
平：兵将看看清，魂灵吓到九霄云。

寇大人说："众兵将不要怕，这些场面都是假的。我当初审潘杨一案，我也扮过，也是这个式样。你们给我对里冲。"哪晓就在这时，一个小兵喊："不好嘞够，我挨鬼虐得够，现在身上发紫，晓得可要死？"

李天威说："我有灵丹妙药，只要一塌，一世总不发。"再说，马巨、姜礼受寇大人之令对里冲。无常鬼，红舌头伸出来八寸长，手拿生铁棍，拦住去路，马巨手提钢叉与无常鬼交战，无常鬼一丈八高，马巨不足六尺。众位，打起仗来，高矮相差太多，不一定高子能专，利再马巨，矮虽矮，相当灵活。打嘞几个回合。马巨来个黑狗蹿裆，拿起一掀，无常鬼脚腾空，一个倒栽葱，马巨回过来一钢叉，将无常鬼戳死。

平：鲜血流到地，一命呜呼送残生。

大家说这是人装扮的无常鬼，哪家鬼有血，再看他脚是木头装的假脚，所以经马巨一掀就跌。看他的舌头，原来是尺把长的红布，咬在嘴里的，现在大家看嘞，真相大白，兵将一个都不怕，奋勇杀敌。李天威杀死假阎王。

平：杀死假鬼许多人，鬼哭号啕去逃生。

寇大人破啦阎王阵，去支援其他阵，我不提。

再说杨排风、八姐、九妹，攻打太阴阵。辽国土金辉霸守。杨排风来到阵内。土金辉一看是个丫头，哈哈大笑："你这个丫头，年纪轻轻不蹲闺房中，何必到这里来送死啊？"杨排风说："你这番奴，通报过名姓，方可棍下送死。"土金辉说："你小小丫头，你敢口出狂言。我是黑水国的都督，土金辉，你听良言，定要你丫头的命。”杨排风哈哈大笑:“马上叫你化成灰。”土金辉被杨排风说得火冒三丈,手使双锤就来打杨排风,杨排风举烧火棍还招,杨排风的烧火棍,赫赫有名的呀!

平:舞起棍来像闪电,泼水不进半毫分。

土金辉的眼睛总发得花,杨排风的手脚又快,反过来对土金辉的头上一敲,这一记不轻,足有八百斤。

平:脑盖打嘞粉粉碎,鲜血流到地埃尘。

主将阵亡,小兵溜起来不晓有多忙。

平:辽国不能蹲,逃到黑水国里去安身。

杨排风破啦太阴阵,带八姐、九妹去支援其他阵。

单说任道安带领杨兴、岑林、柴干去打瘟癀阵,要说这瘟癀阵,相当厉害,上面有毒气对下,用毒水对下洒,地下有坑,坑里埋嘞尖刀,沾上毒水要死,跌到坑里要被刀戳死嘞。任道安说:“你们不要怕,有降龙木,可以解毒。”不过,任道安不晓得地下有坑。

那么,阵主是哪一个呀?就是披头僧老道王子灵,还有徐昆。任道安和杨兴刚进阵,上面的水就对下洒。按理说,毒水滴到人身上,覅说皮肤变色,就是连盔甲也要发烂,可是今天的毒水一点不灵,不曾伤到宁。王子灵想为底高,今天的毒水不灵,不能伤人?他不晓得,其中有个缘故,有人将这毒水换作无毒的水,所以,水洒到身上无所为。那么,是哪个换的呀?不是其别个,番将徐昆一个人。

再说杨兴想,当初我和岳胜大哥、孟良、焦赞几个人和六哥杨景结为金兰的,共守边关。孟良、焦赞立了很多功劳,岳大哥也露过脸,很有名声,就我杨兴,不曾得出名,这次大破天门阵,我也显显威风。想到这里,不管三七二十一,手提大刀对里杀。

平:杀啦小兵许多人,惊动阵主一个人。

阵主王子灵,一看,很不上算,我这个瘟毒水,没有效果,现在小兵被杀死许多,我一计不着,来二计,我设的刀坑好起作用。

平:只要宋将落到刀坑内,哪里还有命残生。

主意一定,手拖大铁铲,这个铁铲有多重,足足四百斤。可想而知,这个老道力气相当大,拖嘞大铁铲来和杨兴交战。

老道战嘞两回合,拖铲就溜,其实他假败。而杨兴有好胜之心,就追,哪晓吃大亏。因为王子灵设的刀坑，他绕过刀坑，杨兴不晓得，只硬追，哪晓"空通"对刀坑一落。

平：杨兴跌到刀坑里，千个残生活不成。

不提杨兴身丧命，再说王子灵溜，任道安哪肯饶他呀？徐昆生怕宋将要跌刀坑，在旁边引路。所以，其他人都没有跌落坑里，任道安追王子灵，刚好，对面来嘞杨排风。杨排风看老道溜得来，刚好面对面，杨排风也没等王子灵认出是自己兵将，还是宋兵将，一定神，杨排风的烧火棍照他头上一敲。

平：这一敲了不得，老道立时送残生。

平：任道安来看见，可要欢喜八九分。

这时，八王和老太君带兵也来嘞，他们怎么来的呀？因为，要破玉皇阵和王母阵，这里是必经之路。现在瘟癌阵已经破啦得，任道安告诉八王和老太君，老道今天的毒水无用，刚才有一番将帮带路的，如果不是番将带路，我们要死到很多人。杨兴就死在刀坑里的。

平：太君听说杨兴身丧命，越想越伤心。

平：贤侄啊，你们结拜弟兄几个人，将我当作老母亲。

平：贤侄哎，你为嘞宋室江山稳，怎就未有好收成。

就来这时候，帮带路的番将跪到太君面前："太君你不要哭。"

平：千不怪来万不怪，怪我徐昆一个人。

太君问："你这员番将，杨兴死，怎么好怪你呀？你到底是谁呀？"

徐昆未曾开口，虎泪珠抛："太君，你听我说——"

十：想当初，老令公，带兵出征，
　　有八虎，闯幽州，威风凛凛。

十：我徐昆，是副将，跟随令公，
　　金沙滩，这一战，记得分清。

十：贼潘洪，确实想，谋皇篡位，
　　恨杨家，英雄很，难以得逞。

十：贼潘洪，通辽国，设下毒计，
　　金沙滩，杨家将，杀退敌人。

"延平替嘞万岁死，杨延定替了八贤王，延光死嘞更加苦，踏成肉泥见阎王。令公带伤又出征，我随令公就动身，二狼山上被围困，令公李陵碑前送残生。"

挂:我饿嘞七天七夜整,遇到番兵许多人,

我为嘞帮杨把冤申,所以忍气并偷生。

平:太君哎,瘟毒水被我来换掉,我要帮破天门阵。

“我晚来一步,不曾救到杨兴,杨兴的死都怪我。”徐昆又跪到八王面前,口称。“千岁,我是罪臣。请千岁发落。”八王说:“爱卿快起来,你不但没有罪,而且有功。”

平:瘟瘽阵不是你帮忙,多少宋将见阎王。

徐昆谢八王不斩之恩。一面带兵将破啦瘟瘽阵,再去支援其他阵。

穆桂英和八王去破玉皇阵,佘太君带兵去破王母阵。

单说王母阵,有萧太后和她的四位公主和两位驸马,就是王顺和木易。大公主金镜、二公主银镜、大、二驸马已经身丧其命,三公主玉镜、驸马就是杨八郎、四公主铁镜、驸马就是杨四郎杨延辉,他们镇守王母阵。萧太后想,现在一百零八个阵,已经大部分阵都被破啦得,看来王母阵也保不住。

平:天门阵里不能蹲,逃上幽州去安身。

到幽州紧关城门,招收能人,好挽回败局。公主他们一听,倒也相信,连夜逃走嘞。

太君她们到王母阵,不曾找到一兵一卒。所以带兵攻打其他阵。

平:其他阵暂不讲,单说玉皇阵内一段情。

穆桂英带领众英雄攻打玉皇阵,你们要晓得,何为玉皇阵,就是老道颜容骗银宗太后。也就是,摆的天门阵,他自己镇守玉皇阵。阵内设有玉皇宝殿,塑了玉皇大帝。

十:左旁边,塑的是,太白星君,

右旁边,塑的是,赤脚大仙。

颜容每天都要去烧香,礼拜玉皇大帝,并且搭有数丈高的箭台,箭台上面插了五色旗,有颜容指挥,只要哪一方旗一动,箭就对下射。

穆桂英刚到阵门,遇到韩昌,狗贼见穆桂英的肚子蛮大,打我打不过,就和穆桂英交战,哪晓韩昌大意失荆州,被穆桂英反手一枪。

平:这一枪了不得,就将韩昌送残生。

穆桂英带兵对里冲,哪晓箭像雨点,不得向前。穆桂英对上一看,眼睛发暗,原来上面的旗在动,所以才有箭射来的。她想,我只要将拿旗的射啦得,就没有箭射我们的。主意一定，从八宝瓶中取出雕羽箭，对上一射，舞旗的兵将被射死嘞，连射四支箭，四方舞旗的都挨射死嘞，颜容亲自舞中间的黄旗。穆桂英用尽全身力气，对上一射，箭一偏，差滴点，射嘞颜容的眼睛，颜容一只眼睛被射瞎啦得，桂英也用力过猛。

平：桂英腹中疼痛很，就怕孩子要降生。

颜容溜嘞走，桂英带兵就追，哪晓吃亏，原来颜容挖有暗道，另有伏兵，桂英不晓从哪里能追寻到颜容，就在这时，任金童喊："元帅哎，从这里来哦！"任金童怎么晓得路线的呀？

因为任道安叫他仍回金童阵，到破阵的时候好作内应。所以任金童到金童阵，而且在颜容面前表现很好，得到老道的信任，并且对他说：如果金童阵失守，立即去守暗道的洞口。所以，杨宗保他们一到金童阵，任金童就请进阵内，他就去守洞口。现在穆元帅，不晓从哪里追老贼，金童喊元帅。就在这时，老道刚要出洞口，一看金童，怒从心头起，恶向胆边生。举剑直扎金童，因为金童看元帅有没有听见，哪晓颜容一剑扎在任金童的后背。

平：任金童被老贼来扎死，急怒元帅一个人。

穆桂英要替任金童报仇，大战颜容，可是就在这时，穆桂英腹中疼痛难忍。真是心有余而力不足。可能孩子要诞生。

平：打马加鞭转过弯，树林到嘞面前呈。

刚一下马，便对下一抛，而且小孩还在嚆，桂英抱起来一看，是个男孩，这就是杨家后代，杨文广。颜容看桂英上树林，也就追得来，如果不追来，颜容逃走，落到条命，而追得来，刚好桂英生产，一道血光冲嘞老贼。桂英将孩子放到胸中，上马和颜容交战，颜容也有一个眼睛，被桂英一个回马枪戳死颜容。

平：老贼摆阵作恶很，终究未有好收成。

这时王兰英也追来嘞，一看颜容已经被桂英戳死，对桂英一看，胸中鼓的，靴子上还有血，桂英脸色苍白，就问："贤媳，你怎么啦？"桂英说："我刚才生了孩子，现在孩子在胸中，我给你看。"

平：兰英将孩子抱到手，可要欢喜八九分。

平：该应杨家不绝后，我也有嘞小孙孙。

"孩子啊，你真是命大哇。"

穆桂英说："母亲，我们去找八王和太君，再看，还有哪些阵没有破的。"兰英说："元帅，你说得有理，我们都依你。"

平：两人刚进阵，来嘞英雄许多人。

双天官报，阎王阵破啦得，五郎延德报罗汉阵已破。

岳胜报金光阵已破，何庆报朱雀阵已破。

姜山、姜海报红砂阵已破，穆天王报玄武阵已破。

还有众将来报，黑风阵、金煞阵、天翻阵、地覆阵已破。

恒山阵、泰山阵、嵩山阵、宝山阵、阴山阵、阳山阵已破。

闪雷阵、迅雷阵、急雷阵、霹雷阵、光雷阵、轰雷阵已破。

暴风阵、狂风阵、骤风阵、驰风阵、旋风阵、强风阵已破。

神火阵、真火阵、灵火阵、云火阵、鬼火阵、飞火阵已破。

金光阵、银光阵、铜光阵、铁光阵、日光阵、月光阵已破。

平：真是穆桂英来挂帅，群英大破天门阵。

总共一百零八阵，全部破啦得，佘太君来嘞，说于桂英听："现在王母阵，我带兵去的，而王母阵本是肖银宗太后守的，结果空无一兵将，据说，肖银宗已逃到幽州，请元帅定夺。"

穆桂英和八王相商："你们先回营盘。我和祖母太君，带兵赶遇上幽州。"

平：捉住肖银宗人，定要她的命残生。

八王他们一听，果然相信，回转代州营盘。

单说：穆桂英和老太君、王兰英带一班英雄，一面向幽州出发。

平：一路行军来得快，要到幽州一座城。

离幽州十里扎下营盘。

平：不提营盘事，再说幽州一段情。

肖银宗太后和四位公主、两位驸马，还有一班将官逃到幽州，就和大家商议。金镜和银镜公主，哭得如泪人："母后哇，我们现在是国破家亡。"

平：如果穆桂英将幽州来围困，我们难有命残生。

萧太后说："不要长他人的志气，灭自己威风。我还有两位驸马，王顺和木易。另外，还有我的外甥，韩昌之子韩冷，肖天佐之子肖国律。还有守城的都督。你们本领超群。"

平：一人能抵千员将，单刀好杀百万兵。

"穆桂英来围城，我们就高悬免战牌，招收能人。

平:只要有能人来幽州城,好将宋将送残生。

众位,三驸马王顺,就是杨家将的杨八郎,金沙滩一战,失落辽国和玉镜公主成婚的。

平:夫妻恩爱很,生到一子后代根。

取名叫宗山,他既不姓肖,也不姓王,就叫宗山,而宗山的本领武艺相当好。武艺确实精,真是将门出虎子。

再说,四驸马木易,当初金沙滩父子兄弟失散,杨四郎被铁镜公主捉住得,带到自己绣房,就问杨四郎:“喂!你这个东西,姓底高,叫底高哇?”

四郎一听,火冒三丈,北国人怎么这样不会问话呀?我明明是个人,还问我这个东西,我干脆不回答,看她将我怎样。

公主连问三声,四郎哼都没哼,问到第四声:“喂!你是不是哑巴哇?”

四郎说:“你才是哑巴哩。”公主说:“你既不是哑巴,为底高我问你,你不回答我呢?”四郎说:“我明明是人,你是问的东西,还问姓底高,叫底高?”

平:你问几天几夜整,我不会告诉你半毫分。”

铁镜公主一听,火冒三丈,发火将四郎拖走。

平:将他身丧命,杀啦冤家一个人。

那么,铁镜可是真心要杀四郎呀?嘴说杀啦他,公主眼中流泪,她身边最知己丫环看出来,并不是要杀他,而是吓唬的。而四郎将生死置于度外,挺胸直跑,丫环帮讨饶:“公主哎!”

平:等我来问问清,让他当你说分明。

而公主看四郎小伙子一等,好盖辽国几个省,是个美男子。

平:总说潘安生得好,还比潘安胜几分。

再说四郎的性子刚烈,公主更加喜爱,本来就舍不得杀他,刚好丫环一说,正中心怀,随时将四郎仍然带到绣房。

丫环说:“公主,让我来问他如何啊?”公主说:“那你就问吧。”

丫环也不客气,就问:“喂!你这位将军,高姓大名啊?”

四郎说:“这样问也差不多。”又一想,我如果报嘞真名真姓,她的父皇,天庆梁王,就是被我杨家将射死的,肯定不饶我。要说不报名姓,我对不起我杨家祖宗。眼睛一眨,老能翻腔,他拿杨字分开来报。

平:要问我的名和姓,木易就是我当身。

公主一听特别高兴，只要不是杨家将，我情愿将终身许配。公主微开凤口：“木易将军，我现在不但不杀你，而且给你好处。”

平：婁嫌奴家容貌丑，终身许配你当身。

四郎一听，火冒三丈：“番邦女子，我堂堂中原大将，怎能和你番邦女子成婚！”

平：要杀要剁随你便，要我成婚万不能。

公主身边的丫环嘴边子薄削削，说起话来轻飘飘，来到四郎身边，叫声木易将军：“我劝劝你，第一，人生在世，投一个人不容易，何必有生路不走，非要往死路上走呢？第二，公主生嘞这么美貌，到哪里去找啊？你们是天生一对，地配一双啊。第三，夫到天边妻随行，你和公主结婚后，恩恩爱爱，好对中原一带，认祖归宗。”

平：四郎听完成，道理不错半毫分。

所以四郎就和铁镜公主成嘞婚，夫妻恩爱生到一子。

平：取名叫木宗峰，实在是杨家后代根。

再说，穆桂英围困幽州，萧太后高挂免战牌。穆桂英派骂阵宫骂阵。

平：骂嘞三天整，战事没有半毫分。

辽国无人出战，单说辽国营盘，来嘞一位小将，是哪个呀？

平：要问哪一个，四郎之子到来临。

木宗峰在九仙山桃园洞学法，师父见他艺满，打发他回转，赠他宝马，一身盔甲，随时下山，来到幽州，拜过萧太后皇姥姥，又来见父母。

平：跟手来拜见，拜见父母二双亲。

公主问：“儿啊，你怎么这个时候回来的呀？”宗峰说：“师父见我艺成，叫我回转，我现在百般武艺精通。回来助皇姥姥一肩之力。”

平：有我宗峰一个人，定能保住幽州城。

萧太后说：孙孙啊，你年纪轻，说话当点心，过头饭好吃，过头话不能说，我三川六国九沟十八寨，这么多的名将都被穆桂英挂帅打败，另外，还有老道颜容、王子灵也身丧其命。”

平，你家皇姥姥愁得很，恐怕难保幽州城。

宗峰说：“皇姥姥，不妨我打打拳，踢踢腿，射射箭，舞舞枪，给你们看。”太后说：“好哇，看你的本领如何。”宗峰随时动手，确实不丑。

平:太后看完成,心总落到足后跟。

可是四郎看嘞心中担心,为底高,因为宗峰本事确实好。如果和宋将交战,要死到很多人。那还得了咖?四郎想了个主意:“叫声太后,还有众位英雄,穆桂英围城几天,我们没出战,恐怕她要偷营劫寨,我夜上亲自巡逻,方可万无一失。如有动静,我就一声号令。”

平:太后听完成,称赞驸马有才能。

到夜,太后想,我的孙子木宗峰,本事更好,何愁打宋将打不了,再有驸马亲自巡城,也就放心睡大觉。

再说四郎写好密信,将近半夜,用箭射到宋营。巡营的焦赞,本来就不识字,拾到信交于大元帅穆桂英。穆桂英接信一看,欢乐一半,上面只有几个字,怎么写的?“我是中原兵,要见老太君。现在高举火把为号。”

穆桂英想,他写的是中原兵,可能对攻打幽州有利。随时下令,叫小兵高举火把。

再说四郎看见宋营有火把,对小兵说:“现在情况紧迫,我去探个虚实,你们不能随意乱跑,关好城门,不许出,不准进,等我回来。”

平:对小兵吩咐清,独自进嘞宋营门。

焦赞看四郎进嘞营门,他想,这个人是好是坏吃不准,随时将四郎捆绑。

平:带嘞四郎对前撑,到嘞元帅面前呈。

再说穆桂英没见过四郎,以为是北国奸细:“我问你,你为何要见太君?有话与本帅相说无妨。”四郎说:“元帅,我有话必然要和太君说明。”穆桂英说:“既然如此,焦叔,你仍去巡营,我带这人去见太君。”

平:带嘞四郎动嘞身,到嘞太君面前呈。

太君对来人望望,好像面很熟,很像四郎,不过四郎在金沙滩一战,音信不通生死不明。而四郎对太君望望,哎呀,老母头发都白了,这么大的年纪还要出征上战场,我却躲到幽州享福,实在对不起老母。

平:四郎跪到地,连叫老母好几声。

太君和穆桂英还有在场的人,都莫名其妙,这个怎么叫老母呀?老太君说:“你这个人,各方面像我们中原人,不过错拜了人,无所谓。”

平:如果将母亲来叫错,要笑坏世上许多人。

四郎说:“母亲,我没有叫错。”

平:我不是张三其别人,四郎延辉我当身。

老太君一听,对杠一盯:“刚才你说什么啊?”四郎说:“我是你儿延辉四郎啊。”太君对四郎横一看,竖一望,越望越像四儿。

平:一把将四郎来捧住,悲喜交集泪纷纷。

老太君又一想,你这个冤家,我杨家将,世代忠良,你四儿为何贪生怕死,北国交亲是何道理。“来呀,将这个冤家拖出去杀,杀了。”穆桂英连三帮求情:“祖母啊,你等他将事说清,再作处理。”老太君一听也蛮相信。四郎就将金沙滩一战,我被铁镜公主捉住,我并不是贪生怕死,我为嘞要替我杨家将报仇,要保宋室江山太平,我是人在曹营,心在汉。我现在,在北国叫木易,两个字并起来是杨字,讲了一遍。

平:我为了宋室江山稳,所以忍气并吞声。

平:我今朝来,一来拜见老母亲,二来倒卖幽州城。

平:穆桂英听完成,连叫四伯父好几声。

亲自给四郎松绑。四郎再次对太君行礼。

平:对穆桂英望望清,确是巾帼英雄女千金。

四郎说:“侄媳元帅,我来就和你们相商,明天我要倒卖幽州,你们做好攻城准备,我回到幽州和八郎相商,八郎也是萧太后的驸马,就是当初孟良盗凤发的时候,我从中也帮了大忙。你们放心,明朝我们一举成功,拿下幽州。”

平:降书顺表得到手,得胜回朝见君皇。

平:老太君听完成,称赞四儿有才能。

四郎说:“我不能在此久留,明天见我一开城门,你们就一涌而进。”穆桂英说:“四伯父,我们一定依你,明天,只要你一开城门,踊跃而进,大破幽州,捉住萧太后。”

四郎拜别母亲和元帅并众将,独自回城。再说小兵见驸马回城,难免问长、问短:“刚才宋营有火把是底高回事呀?”四郎说:“宋营高举火把,是想偷营,幸亏我到半路将宋将打败。所以保住幽州万无一失。”

单说到天明亮,四郎回到驸马宫,公主迎接,公主说:“驸马辛苦啦。”四郎说:“多谢你这么关心,我问你,我们夫妻好不好呀?”公主说:“我们真是天上一对,地上一双。”

平:我们夫妻晓多好,赛于亲姊妹两个人。

四郎说:“好是好,不过,我今天要杀你!”公主问:“那是为底高?”

平:我哪三桩对你差,要将我送上阎王瓜。

平:驸马啊,我们夫妻恩爱很,为何将我送残生。

平:恩夫哎,你如果有消愁事,奴家做消愁解闷人。

平:公主哭得伤心很,粉面哭得似泪人。

众位,其实四郎并不要杀她,用这种办法试探公主可顺从倒卖幽州。

四郎说:“公主,我不杀你可以的。我问你,你还是顺从太后,还是顺从我呀?”公主说:“恩夫,古人有言,夫到天边,妻随行。跟了做官的是官娘子,嫁到做贼的称为贼婆娘。”

平:官人有事吩咐我,一面顺从你当身。

四郎一听,暗中高兴:“公主,刚才的事怪我,我们之间——”

滚:不看鱼情,看水情,看看夫妻面上情,原谅我当身。

公主说:“我不怪你,你今天到底为底高事?”

平:你有危难事,我好帮助你当身。

四郎说:“公主,鼓不打不响,锣不敲不鸣,事到如今,我不得不将说挑明。公主呀!你晓我姓什名谁呀?”

公主说:“驸马,你真会逗人哩。你不是姓木,叫易吗?我的儿子叫木宗峰。”四郎说:“公主,这是在你北国的名字,我现在将真名告诉你。”

滚:原居山西火塘寨,现住京都帝皇城,天波府上是家门。

滚:杨继业是我老父亲,母亲就是佘太君。

我们弟兄人八个,四郎延辉我当身。

平:三驸马王顺不是其别个,是弟弟杨八郎一个人。

公主听嘞,心中想,原来驸马是杨家将,这也是由命注定。四郎说:“我今天要倒卖幽州。”公主说:“你倒卖幽州,我不反对,不过我有二事相求。”四郎说:“你说哪两件事?”公主说:

平:倒卖幽州我同意,饶啦我家母后一个人。

平:如果幽州得平定,带我和儿一同行。

四郎说:“公主,这两个条件我一面依你。”哪晓这时冲进一个人:

平:不是张三其别个,就是木宗峰到来临。

其实木宗峰来嘞多时,在门外听父母讲的话,真是啊。

平:路上行走草中蛇,骨里宗峰听分明。

宗峰冲进去,四郎和公主一惊:“儿啊,你怎么不叫一声就开门哪?弄我们吓一跳。”宗峰说:“我已来多时,在门外听你们讲话的。”四郎想,看来我们所讲的话,他已经都听到了,也瞒不了孩子了,干脆就和他直说吧。“儿啊,我现在告诉你。”

平:你的父亲不是其别个,杨家将四郎我当身。

“正因为金沙滩一战,我被你母亲一捉,失落辽国。”

平:你母亲对我爱者很,所以与我配为婚。

平:我们夫妻恩爱很,生到你孩儿一个人。

平:孩儿哎,其实你不是辽国人,实在是杨家后代根。

木宗峰说:“怪道听你们讲,要倒卖幽州。好嘞今朝你把真相告诉我。不然到战场我要大战宋将。那是——”

平:海水冲嘞龙皇殿,自己战杀自己人。

“你倒卖幽州,我也同意,不过,我们对三姨父王顺怎么处置?”四郎说:“儿啊!这事我也和你说明。提到三姨父王顺,其实也是自己人。我是杨家将的四郎,你的姨父是杨家将的八郎。他和我一条心,久已要返回中原。”

平:木宗峰听完成,果要欢喜八九分。

四郎说:“儿啊,锅子趁热端,赶快去将你的姨父母请来商议,如何倒卖幽州,我们要一举成功。”

宗峰听父母吩咐,跑起来一阵风,对三姨父房中一躬。

平:跟首跪到地,连叫姨父母两三声。

“我的父母叫我来请你去,有事相商。”王顺本来就为目前的战事发愁,听见说他的父母请去有事相商,正中机会,随时就和宗峰来嘞。今朝弟兄见面和往常不同。为底高?往常是北国的礼节,今朝,弟兄两个来见面,哥哥兄弟两相称。

平:可怜哦,在北国十八春,明明哥弟不能认。

那么,今朝为底高能认,因为两人见机会已到,都有倒卖幽州的心事,只有公主不晓得,所以,宗峰将八郎叫来,八郎也算到是为倒卖幽州的事相商。

弟兄两个真是心往一处想,劲往一处使。四郎将自己倒卖幽州的部署和八郎一讲,八郎无不赞扬,一百个同意。两位公主说:“你们倒卖幽州,要杀辽兵辽将,我们决不反对,可是,不可伤害我的母后。如果做到,我们随你们上中原,你们拉儿子,可认祖归宗。”

平:如果做不到,与你们拼啦命残生。

四郎和八郎说:“贤妻,你们放一百二十个心,君子一言,驷马难追。我们决不失言。”

平:如果将太后来伤害,对不起公主女千金。

商议到半夜,要休息,四郎、八郎睡不着。为底高,因为两位公主,都是武将,生怕有变,再说还有肖天佐的儿子肖国律,韩昌的儿子韩冷,还有很多大将。

四郎来到宗峰房中:“儿啊,今朝出战,你要将肖国律和韩冷处理掉,不得有误。”宗峰说:“孩儿遵令。”

平:杀死这两个人,除啦两条祸场根。

平:讲讲说说天明亮,一场战事到来临。

天明已亮,穆元帅发兵,因为四郎和她约好,今天,一举成功。所以一天亮就发兵攻城。萧太后听小兵报宋军攻城,随时聚将,所有大将到银安殿,特别和两位驸马商议,今天有宗峰,武艺超群,杀啦宋军的人,其他兵将怎调派。四郎说:“首先两位公主要保你皇姥姥。我和三驸马还有肖国律、韩冷和其他兵将一齐冲杀宋兵,可保万无一失。”萧太后一听果然相信。

再说,穆桂英带嘞宗保、杨排风还有很多大将来到幽州城门。肖国律走在最前头,韩冷第二,宗峰第三,其他人在后。城门一开,肖国律对外冲,哪晓,宗峰在韩冷后面,对韩冷一枪。

平:韩冷倒死地,活跳鲜鱼送残生。

本来宗峰,杀死韩冷,再杀肖国律的,哪晓他已经冲出城门,刚好遇到杨排风,你们说,烧火丫环杨排风的烧火棍有多厉害。

平:杨排风的烧火棍厉害很,神鬼也怕二三分。

肖国律遇上排风,烧火棍,将肖国律打死。四郎回过来,带领宋将对里冲,宋将的刀实在快,看见番将如切菜,也有番将喊:“驸马发得呆,专杀自己人。识相的溜。”

滚:只是逃来,只是溜,个个逃嘞气吼吼,

不曾溜啦多少步,跌啦许多大跟斗,

转过来望一望,杀宁的祖宗在后头。

平:杀得血水流河,死人堆成山。

萧太后对公主说:“看来幽州不保,我们快点逃。”

平:我们逃嘞走,可能落到命残生。

肖银宗太后正要逃,玉镜和铁镜公主,在母后左右,一边一个背住得:“母后你对哪里逃?”

平:有我们两人在,要想逃走万不能。

平:萧太后听他们说完成,赛于天打一雷阵。

“啊呀!现在到这种地步,你不逃与我无关,为什么还抓住我,不准我逃呢?”公主说:“母后,要逃就没命,不逃可有命。”太后说:

平:穆桂英杀到银安殿,寡人哪有命残生。

铁镜公主说:“你可知道,你的三驸马、四驸马是哪个呀?”太后说:“我怎不知道呱,三驸马王顺、四驸马木易。”公主说:“不对,今天我实话告诉你,三驸马是杨八郎,四驸马是杨四郎。”

平:他们确是杨家将的人,在你身边不知闻。

萧太后听嘞牙齿咬嘞吱嘎响:“快快快,去捉住驸马两个人。”

平:将他们身丧命,碎尸万段才称心。

两位公主说:“事到如今,两位驸马倒卖幽州,你是逃不走的,一逃性命不保,现在唯一的办法,只有写降书顺表。”

滚:写嘞降书并顺表,交给大帅穆桂英,

不但保到你的命残生,能保辽国永太平。

平:太后听完成,默默无言不作声。

这时,四郎带穆桂英已冲进银安殿。萧太后看见四郎带穆桂英冲到银安殿,破口大骂:“你这没良心的东西,我将皇女许配你木易,你有恩不报,反而恩将仇报,古人常说——”

平:有恩不报非君子,恩将仇报妄为人。

平:海水不应冲龙王殿,自己不该杀自己人。

四郎说:“太后——”

滚:我杨四郎,在你北国十几春,忍气并吞声,

一来为两国都和好,二来为嘞为杨家将把冤申。

萧太后说:“这都是老贼潘仁美,他想谋皇篡位,夺取宋室江山,与我北国平半分。”两位公主说:“母后,事不宜迟,赶快写降书顺表,交给穆元帅,穆元帅是

宽宏大量的，可以饶你性命。”

萧太后对四周看看，总是中原人，都是中原兵将。三川六国九沟十八寨的兵将，人都不见。战嘞十几载，结果惨败。只好写降书顺表。

赔偿中原十车金、十车银、十车马蹄金，从今以后，年年进贡，岁岁来朝，两国和好。

穆桂英大帅，得到降书、顺表，对萧太后说：“识时务者为俊杰，退后一步海阔天空，进前一步万丈深渊。如今饶你性命。永保两国太平，百姓能安居乐业。”

两位公主说：“我们要带你的外孙宗山、宗峰回中原。要认祖归宗。我们都是杨家将的人。”

萧太后如梦初醒：“我想争田夺地。”

平：我心大没有用，到最后一场空。

再说，穆元帅得到降书顺表并赔偿的金银，就和四郎他们一起带兵将回转代州营盘，来见八王。将两位公主抓住太后说明。八王千岁来看见，可要欢喜八九分。四郎和八郎跪到八王面前。

平：千岁哎，金沙滩一战，我们流落北国十几春，
我们实在是有罪人。

八王说：“你们快起来，你们不但没罪，而且是有功，到金殿加封。”

八王仍封杨六郎三关大帅，原来的焦赞、孟良和所有三关兵将，留在他的身边，镇守三关。其余兵将都回京都皇城。

任道安请来的，都送到原处。穆天王回穆柯寨。郑道平游四海。八王和寇准相商，看好黄道吉日，带兵回转皇城。

平：打起逍遥鼓，唱起太平歌，回转皇城笑呵呵。

万岁带领文武百官，迎接到午朝门外。随时办起庆功酒。所有大将到庆功楼加封。

平：穆桂英听封尊，浑天侯之职你当身。

平：四郎、八郎听封尊，保国将军两个人。

平：玉镜和铁镜听封尊，保国将军家正夫人。

还有所有英雄都封为大将军。

八王奏本：“万岁，云南任炳任堂惠，为嘞救杨六郎，舍命全交。请万岁对任炳死后追封。因为不是任炳替六郎法场过刀，以后打北国没有杨六郎冰冻城墙，

没有杨六郎摆的牤牛阵大战韩昌。”万岁听完。赞扬任炳对国家忠，对朋友有义。随时就封。

平：任炳死后追封尊，忠义王之职受香烟。

另外对在天门阵战死的英雄也都一一追封。

从此国家风调雨顺，国泰民安，中原和北国都太平，家和万事兴。

众位，要说穆桂英大破天门阵，是哪些阵？

一字长蛇阵、二龙戏水阵、三山月儿阵、四门兜底阵、五虎巴山阵、六甲迷魂阵、七纵七擒阵、八方阴阳子母阵、九曲黄河阵、十代冥王阵、无极阵、太极阵、两仪阵、三才阵、四象阵、五行阵、六合阵、七星阵、八卦阵、九宫阵、十面埋伏阵、青龙阵、朱雀阵、勾陈阵、白虎阵、玄武阵、缠蛇阵、黑风阵、金煞阵、风吼阵、寒冰阵、烈焰阵、红砂阵、落魂阵、化血阵、天罡阵、天才阵、天宝阵、天德阵、天翻阵、天魁阵、天绝阵、天斗阵、黑水阵、毒水阵、混水阵、黄水阵、洪水阵、泉水阵、涧水阵、海水阵、昆山阵、恒山阵、泰山阵、华山阵、嵩山阵、宝山阵、阴山阵、峰山阵、响雷阵、霹雷阵、轰雷阵、闪雷阵、光雷阵、急雷阵、迅雷阵、花雷阵、黑风阵、暴风阵、狂风阵、骤风阵、驰风阵、飓风阵、强风阵、旋风阵、烈火阵、灵火阵、神火阵、真火阵、云火阵、鬼火阵、飞火阵、魔火阵、地陷阵、地裂阵、地崩阵、地煞阵、地覆阵、地变阵、地枢阵、地空阵、金光阵、银光阵、铜光阵、铁光阵、日光阵、星光阵、晨光阵、月光阵、鬼魂阵、金童阵、玉女阵、金龙阵、金锁阵、五虎群羊阵、瘟瘟阵、玉皇阵、王母阵。一共一百单八阵，这真是：

挂：群英大破天门阵，文武奇才惊敌魂，
　　披肝沥胆洒热血，疆场征杀显威能。
挂：忠心忧国杨家将，大破天门穆桂英，
　　前赴后继立功勋，万古流芳传美名。

后 记

靖江的讲经,有三百多年的历史,是我们靖江的非物质文化遗产,是我们靖江人民最喜爱的一种文化娱乐活动。

本人陶林生,出生在季市的石榴村,我在童年时代就爱听讲经。我们家每年都做会,经堂都设在我家,只要做到会,我夜上不睏,要听经。讲经人称佛头先生,他讲的内容,相当好,其中有文经、武经,有圣卷、草卷。不管底高卷,都不外乎喜怒哀乐,悲欢离合,劝人多做好事,百善孝为先,劝人走上正确道路,不要做坏事走歪门邪道。

我家里只要做到会,会场的人都挤得满满的。我认为,这个行业蛮好的,坐到台子上讲经,得到人家尊重,被人称为"佛头先生",所以,从那时起,我内心就种下了讲经的种子。放学回来,我就听经,有时听一夜,听讲过后,我也能哼上几句。初中毕业,因为特殊时代,我没有上高中,我就务农。虽然没有投师,我能讲蛮多经给群众听。后来,我拜袁戈生为师,我的先生是讲经最有名的、最好的先生。从此,我就走上了讲经的道路。其实,我十几岁就开始学讲经。

所谓圣卷,就是百姓称颂菩萨的经典。我不但会讲观音卷、大圣卷,还有东岳卷、关帝卷。就是说是圣卷,我基本都会讲。拿手的草卷,有十几部。我在电视台讲了《双花记》《二探聚宝楼》,共三十六集。拿手的有《独角麒麟豹》《魏徵梦中斩老龙》等经典,还有这本《杨门忠烈》。

2011 年,我想到小时课文中的王倬烈士。我所讲的古代英雄,哪有我们的英雄王倬牺牲得惨呀?所以我编成经书,用讲经的形式,唱到群众中去。我不辞辛苦,走访和搜集有关王倬的资料。世上不负有心人,最后我用了两年多的时间，终于写成功。2013 年孤山庙会，市政府有关部门安排我到庙会上讲英雄王倬。听众中有很多人是亲眼看到王倬牺牲的现场的，但是当时他们是个小孩子，现在都七十多岁的人了，他们听了，很多人泪流满面。有人问我："陶先生，你怎么讲得这么真的呀？"我说："我从季市到王倬的家乡，走访了十几次。王倬的小女婿陆峥嵘先生给了我不少资料。其中有原县级领导汪青辰、吴立批及很多老干部的回忆录。所以，我才能写成，讲给你们听的。"

我用讲经的形式，宣传红色经典，讲红色故事，我编了《革命老区弯腰沟》共六册经书。市政府安排我到很多村和社区去宣讲。我还编了勤劳致富带头人、生祠镇东进村书记张金荣的事迹，又编写了《慈善记》《金玉满堂》《济公卷》《王清明合同记》等几部，已交市史志办保存。

我编的这本《杨门忠烈》，是从杨七郎打擂写起的，八虎闯幽州、辕门斩子、穆桂英挂帅、大破天门阵，共二十一册。

我花了十多年的时间，用去二百多支笔，终于编成书。在编书过程中，遇到很多困难。我是用我们靖江方言写的，有时为一个字或一句话想上大半天，写不出来。因为尽量要押韵，这是很难的。有时于梦中想出来，立时爬起来写好，就怕过后要忘记掉。最后把书编成。

另外，我带了几名学生，姚灿培、陈宇明、张根、朱素珍、夏美娟，他们讲的经，都得到听众的赞扬。这次能出《杨门忠烈》这本书，我要感谢靖江电视台、靖江文体广电和旅游局，感谢市文化馆各位领导，感谢社会有识之士对我的大力支持。本人文化有限，敬请读者批评指教，谢谢大家！

陶林生